HEYNE

Bernhard Hennen
KINDER DER NACHT
Eine Geschichte aus der Welt der Elfen
jetzt exklusiv als E-Book

BERNHARD HENNEN
& JAMES SULLIVAN

DIE ELFEN

Roman

Mit den Bonusgeschichten
»Nuramon der Wanderer« und »Farodin«

WILHELM HEYNE VERLAG
MÜNCHEN

MIX
Papier aus verantwortungsvollen Quellen
FSC® C014496

Verlagsgruppe Random House FSC® N001967

4. Auflage
Neuausgabe 10/2014

Printed in Germany
Umschlaggestaltung: Isabelle Hirtz, Inkcraft, Augsburg
Umschlagillustration: Melanie Miklitza, Inkcraft, Wedel
Karten: Andreas Hancock
Satz: Buch-Werkstatt GmbH, Bad Aibling
Druck und Bindung: GGP Media GmbH, Pößneck

ISBN: 978-3-453-31566-2

www.heyne-fantastisch.de

@HeyneFantasySF
twitter.com/HeyneFantasySF

Durch den Wald im Mondenscheine
Sah ich jüngst die Elfen reiten;
Ihre Hörner hört' ich klingen,
Ihre Glöckchen hört' ich läuten.

Ihre weißen Rösslein trugen
Güldnes Hirschgeweih und flogen
Rasch dahin; wie wilde Schwäne
Kam es durch die Luft gezogen.

Lächelnd nickte mir die Kön'gin,
Lächelnd im Vorüberreiten.
Galt das meiner neuen Liebe,
Oder soll es Tod bedeuten.

Heinrich Heine

DER MANNEBER

Inmitten der tief verschneiten Lichtung lag der Kadaver eines Elchbullen. Das zerschundene Fleisch dampfte noch. Mandred und seinen drei Gefährten war klar, was das bedeutete: Sie mussten den Jäger aufgeschreckt haben. Der Kadaver war mit blutigen Striemen bedeckt, der schwere Schädel des Elchs aufgebrochen. Mandred kannte kein Tier, das jagte, um dann nur das Hirn seiner Beute zu fressen. Ein dumpfes Geräusch ließ ihn herumfahren. In wirbelnden Kaskaden fiel Schnee von den Ästen einer hohen Kiefer am Rand der Lichtung. Die Luft war erfüllt mit feinen Eiskristallen. Misstrauisch spähte Mandred ins Unterholz. Jetzt war der Wald wieder still. Weit über den Baumwipfeln zog das grüne Feenlicht tanzend über den Himmel. Das war keine Nacht, um in die Wälder zu gehen!

»Bloß ein Ast, der unter der Last des Schnees gebrochen ist«, sagte der blonde Gudleif und klopfte sich den Schnee von seinem schweren Umhang. »Jetzt schau nicht drein wie ein tollwütiger Hund. Du wirst schon sehen, am Ende folgen wir doch nur einem Rudel Wölfe.«

Sorge hatte sich in die Herzen der vier Männer geschlichen. Jeder dachte an die Worte des alten Mannes, der sie vor einer todbringenden Bestie aus den Bergen gewarnt hatte. Waren sie doch mehr als Hirngespinste, gesprochen im Fieberwahn? Mandred war der Jarl von Firnstayn, jenes kleinen Dorfes, das hinter dem Wald am Fjord lag. Es war seine Pflicht, jede Gefahr abzuwenden, die dem Dorf drohen mochte. Die Worte des Alten waren so eindringlich gewesen, er hatte ihnen nachgehen müssen. Und doch …

In Wintern wie diesem, die früh begannen, die zu viel Kälte brachten und in denen das grüne Feenlicht am Himmel tanzte, kamen die Albenkinder in die Welt der Menschen. Mandred wusste das, und seine Gefährten wussten es auch.

Asmund hatte einen Pfeil auf den Bogen gelegt und blinzelte nervös. Der schlaksige, rothaarige Mann machte nie viele Worte. Er war vor zwei Jahren nach Firnstayn gekommen. Man erzählte sich, er sei im Süden ein berühmter Viehdieb gewesen und König Horsa Starkschild habe ein Kopfgeld auf ihn ausgesetzt. Mandred scherte sich nicht darum. Asmund war ein guter Jäger, der viel Fleisch ins Dorf brachte. Das zählte mehr als irgendwelche Gerüchte.

Gudleif und Ragnar kannte Mandred von Kindesbeinen an. Sie beide waren Fischer. Gudleif war ein stämmiger Kerl mit Bärenkräften; stets gut gelaunt, zählte er viele Freunde, auch wenn er als etwas einfältig galt. Ragnar war klein und dunkelhaarig, er unterschied sich von den großen, meist blonden Bewohnern des Fjordlands. Manchmal wurde er dafür verspottet, und hinter vorgehaltener Hand nannten sie ihn ein Koboldkind. Das war närrischer Unsinn. Ragnar war ein Mann mit dem Herzen auf dem rechten Fleck. Einer, auf den man sich unbedingt verlassen konnte!

Wehmütig dachte Mandred an Freya, seine Frau. Sie saß jetzt gewiss an der Feuergrube und lauschte hinaus in die Nacht. Er hatte ein Signalhorn mitgenommen. Ein Hornstoß bedeutete Gefahr; blies er hingegen zweimal ins Horn, so wusste jeder im Dorf, dass keine Gefahr hier draußen lauerte und die Jäger sich auf dem Heimweg befanden.

Asmund hatte den Bogen gesenkt und legte warnend einen Finger an die Lippen. Er hob den Kopf wie ein Jagdhund, der Witterung aufgenommen hatte. Jetzt roch Mandred es auch. Ein seltsamer Geruch zog über die Lichtung. Er erinnerte an den Gestank fauler Eier.

»Vielleicht ist es ja ein Troll«, flüsterte Gudleif. »Es heißt, in harten Wintern kommen sie aus den Bergen herab. Ein Troll könnte einen Elch mit einem Fausthieb niederstrecken.«

Asmund blickte Gudleif finster an und bedeutete ihm mit einer Geste zu schweigen. Das Holz der Bäume knarrte leise in der Kälte. Mandred beschlich das Gefühl, beobachtet zu werden. Etwas war hier. Ganz nah.

Plötzlich stob das Geäst eines Haselstrauchs auseinander, und zwei weiße Schemen stürmten mit lautem Flügelschlag über die Lichtung hinweg. Mandred riss unwillkürlich den Speer hoch, dann atmete er erleichtert aus. Es waren nur zwei Schneehühner gewesen!

Aber was hatte sie aufgescheucht? Ragnar zielte mit dem Bogen auf den Haselstrauch. Der Jarl senkte die Waffe. Er spürte, wie sich sein Magen zusammenzog. Lauerte das Ungeheuer dort im Gebüsch? Lautlos verharrten sie.

Eine Ewigkeit schien zu vergehen, doch nichts rührte sich. Die vier hatten einen weiten Halbkreis um das Dickicht gebildet. Die Spannung war kaum mehr zu ertragen. Mandred spürte, wie ihm kalter Schweiß den Rücken hinabrann und sich am Gürtel sammelte. Der Weg zurück zum Dorf war weit. Wenn seine Kleidung durchgeschwitzt war und ihn nicht länger gegen die Kälte schützte, wären sie gezwungen, irgendwo ein Lager aufzuschlagen und Feuer zu machen.

Der dicke Gudleif kniete nieder und steckte den Speer in den Boden. Sodann grub er die Hände in den frischen Schnee und formte mit leisem Knirschen einen Ball. Gudleif blickte zu Mandred, und der Jarl nickte. In weitem Bogen flog der Schneeball ins Gebüsch. Nichts rührte sich.

Mandred atmete erleichtert aus. Ihre Angst hatte die Schatten der Nacht lebendig werden lassen. Sie selbst waren es gewesen, die die Schneehühner aufgescheucht hatten!

Gudleif grinste erleichtert. »Da ist nichts. Das Mistvieh, das den Elch gerissen hat, ist längst über alle Berge.«

»Ein schöner Jagdtrupp sind wir«, spottete nun auch Ragnar. »Demnächst laufen wir noch vor einem Hasenfurz davon.«

Gudleif stand auf und nahm seinen Speer. »Jetzt spieß ich die Schatten auf!« Lachend stocherte er im Geäst des Buschwerks herum.

Plötzlich wurde er mit einem Ruck nach vorn gerissen. Mandred sah eine große, krallenbewehrte Hand den Speerschaft umklammern. Gudleif stieß einen schrillen Schrei aus, der abrupt in kehliges Blubbern überging. Der stämmige Mann taumelte zurück, beide Hände auf die Kehle gepresst. Blut spritzte zwischen seinen Fingern hindurch und rann über sein Wolfsfellwams.

Aus dem Gebüsch trat eine riesige Gestalt, halb Mann, halb Eber. Durch das Gewicht des massigen Eberkopfs stand die Kreatur tief vorgebeugt, und dennoch ragte sie mehr als zwei Schritt auf. Der Leib der Bestie war der eines kräftigen Hünen; dicke, knotige Muskelstränge zogen sich über Schultern und Arme. Die Hände endeten in dunklen Krallen. Die Beine waren unterhalb der Knie unnatürlich dünn und dicht mit grauschwarzen Borsten besetzt. Anstelle von Füßen hatte die Kreatur gespaltene Hufe.

Der Manneber stieß ein tiefes, kehliges Grunzen aus. Dolchlange Hauer ragten aus seinen Kiefern. Die Augen schienen Mandred verschlingen zu wollen.

Asmund riss den Bogen hoch. Ein Pfeil schnellte von der Sehne. Er traf die Bestie seitlich am Kopf und hinterließ eine feine rote Schramme. Mandred packte seinen Speer fester.

Gudleif aber brach in die Knie, verharrte einen Herzschlag lang schwankend und kippte dann zur Seite. Seine verkrampften Hände lösten sich. Noch immer quoll Blut aus seiner Kehle, und seine stämmigen Beine zuckten hilflos.

Blinde Wut packte Mandred. Er stürmte vor und rammte den Speer in die Brust des Mannebers. Ihm kam es so vor, als wäre er auf einen Fels aufgelaufen. Das Speerblatt glitt seitlich von der Kreatur ab, ohne Schaden anzurichten. Eine Krallenhand schnellte vor und zersplitterte den Schaft der Waffe.

Ragnar griff das Ungeheuer von der Seite her an, um es von Mandred abzulenken. Doch auch sein Speer vermochte nichts auszurichten.

Mandred ließ sich in den Schnee fallen und zog eine Axt aus dem Gürtel. Es war eine gute Waffe mit schmaler, scharfer Klinge. Der Jarl hieb mit aller Kraft nach den Fesseln des Mannebers. Das Ungeheuer grunzte. Dann senkte es den wuchtigen Kopf und rammte den Krieger. Ein Hauer traf Mandred an der Innenseite des Oberschenkels, zerfetzte die Muskeln und zersplitterte das silbergefasste Signalhorn, das an Mandreds Gürtel gehangen hatte. Mit einem Ruck riss der Manneber den Kopf in den Nacken, sodass Mandred in den Haselstrauch geschleudert wurde.

Halb betäubt vor Schmerz, drückte er mit einer Hand die Wunde zu, während er mit der anderen einen Streifen Stoff von seinem Umhang riss. Schnell presste er die Wolle in die klaffende Wunde und nahm dann den Gürtel ab, um das Bein notdürftig abzuschnüren.

Gellende Schreie klangen von der Lichtung. Mandred brach einen Ast vom Strauch und schob ihn durch den Gürtel. Dann drehte er das Lederband enger, bis es so stramm wie ein Fassband um seinen Oberschenkel lag. Der Schmerz ließ ihn fast ohnmächtig werden.

Die Schreie auf der Lichtung waren verstummt. Vorsichtig bog Mandred die Äste des Gebüschs auseinander. Seine Kameraden lagen leblos im Schnee. Der Manneber stand über Ragnar gebeugt und rammte ihm wieder und wieder die Hauer in die Brust. Mandreds Axt lag dicht neben der Bestie. Alles in ihm drängte danach, das Ungeheuer tollkühn anzuspringen, ganz gleich, ob er bewaffnet war oder nicht. Es war ehrlos, sich aus einem Kampf davonzuschleichen! Aber es war dumm, einen aussichtslosen Kampf zu führen. Er war der Jarl, er trug die Verantwortung für das Dorf. Deshalb musste er jene warnen, die noch am Leben waren!

Doch er konnte nicht einfach nach Firnstayn zurückkehren. Seine Spur würde das Ungeheuer direkt zum Dorf führen. Er musste einen anderen Weg finden.

Zoll um Zoll kroch Mandred rückwärts aus dem Gebüsch. Jedes Mal, wenn ein Ast knackte, blieb ihm fast das Herz stehen. Doch die Bestie scherte sich nicht um ihn. Sie kauerte auf der Lichtung und hielt ihr schauriges Mahl.

Als er aus dem Gebüsch herausgekrochen war, wagte es Mandred, sich halb aufzurichten. Ein stechender Schmerz fuhr durch sein Bein. Er tastete über die Wollfetzen. Eiskrusten bildeten sich darauf. Wie lange würde er in der Kälte durchhalten?

Der Jarl humpelte das kurze Stück Weg bis zum Waldrand. Er blickte zur Steilklippe, deren dunkles Haupt hoch über den Fjord ragte. Dort oben gab es einen uralten Steinkreis. Und ganz in der Nähe war der Holzstoß für das Signalfeuer aufgeschichtet. Wenn er das Feuer entfachen könnte, wäre das Dorf gewarnt. Doch es waren mehr als zwei Meilen Weg bis dort oben.

Mandred hielt sich am Waldrand, doch er kam nur langsam durch den frischen Schnee voran. Beklommen betrachtete er das weite Schneefeld vor sich, das in sanfter Steigung an der Rückseite der Klippe hinaufführte. Dort gab es kaum Deckung, und die breite Spur, die er durch den Schnee ziehen würde, wäre nicht zu übersehen.

Erschöpft lehnte er sich an den Stamm einer alten Linde und sammelte Kräfte. Hätte er den Worten des alten Mannes nur Glauben geschenkt! Sie hatten ihn eines Morgens vor der hölzernen Palisade gefunden, die das Dorf schützte. Die Kälte hatte dem armen Kerl schon fast das Leben aus den Knochen gestohlen. In seinen Fieberträumen hatte er von einem Eber erzählt, der aufrecht ging. Von einem Ungeheuer, das aus den Bergen weit im Norden gekommen war, um Tod und Verderben über die Dörfer des Fjordlandes zu bringen. Ein Menschenfresser! Hätte der Alte von Trollen gesprochen, die aus den Tiefen der Berge kamen, von bösartigen Kobolden, die ihre wollenen Mützen im Blute Erschlagener färbten, oder von der Elfenjagd mit ihren weißen Wölfen, Mandred hätte ihm geglaubt. Aber ein Eber, der aufrecht ging und Menschen fraß … Niemand hatte je zuvor von einem solchen Geschöpf gehört! Schnell hatten sie das Gerede des Alten als wirre Fieberträume abgetan.

Dann war die Mittwinternacht gekommen. Der Fremde hatte Mandred an sein Sterbebett gerufen. Er hatte keinen Frieden finden können, bis Mandred ihm schließlich geschworen hatte, nach der Fährte des Ungeheuers zu suchen und die anderen Dörfer am Fjord zu warnen. Mandred hatte dem Alten da noch immer nicht geglaubt, doch er war ein Mann von

Ehre, der einen Eid nicht auf die leichte Schulter nahm. Deshalb war er hinausgegangen …

Wären sie nur vorsichtiger gewesen!

Mandred atmete tief aus, dann humpelte er hinaus auf das weite Schneefeld. Sein linkes Bein war ganz taub. Wenigstens ein Gutes hatte die Kälte, er spürte jetzt keine Schmerzen mehr in der Wunde. Doch das taube Bein erschwerte ihm das Gehen. Immer wieder strauchelte er. Halb kriechend, halb gehend kämpfte er sich vorwärts. Von dem Manneber war noch nichts zu hören. Ob er sein grausiges Mahl wohl schon beendet hatte?

Endlich erreichte er ein breites Geröllfeld. Ein Steinschlag war hier im letzten Herbst niedergegangen. Der tückische Untergrund lag nun unter einer dicken Schneedecke verborgen. Mandreds Atem ging stoßweise. Dichte weiße Dunstwolken standen ihm vor dem Mund und schlugen sich als Raureif auf seinem Bart nieder. Verdammte Kälte!

Der Jarl dachte an den letzten Sommer zurück. Manchmal war er mit Freya hierher gekommen. Sie hatten im Gras gelegen und den Sternenhimmel betrachtet. Er hatte vor ihr mit seinen Jagdabenteuern geprahlt und damit, wie er König Horsa Starkschild auf seinem Kriegszug an die Küsten von Fargon begleitet hatte. Freya hatte ihm geduldig zugehört und ihn manchmal ein wenig aufgezogen, wenn er seine Heldentaten zu sehr ausgeschmückt hatte. Ihre Zunge konnte so scharf sein wie ein Messer! Aber sie küsste wie … Nein, nicht daran denken! Er schluckte hart. Bald würde er Vater werden. Aber sein Kind würde er niemals sehen. Ob es wohl ein Junge wurde?

Mandred lehnte sich an einen großen Felsbrocken, um zu verschnaufen. Den halben Weg hinauf hatte er geschafft. Sein Blick schweifte zurück zum Waldrand. Die Dunkelheit des Waldes vermochte das grüne Feenlicht nicht zu durchdringen, doch hier auf dem Berghang sah man alles so deutlich wie in einer wolkenlosen Vollmondnacht.

Nächte wie diese hatte er immer gemocht, obwohl das unheimliche Himmelslicht den meisten Menschen in den Nordlanden Angst machte. Es sah aus, als würden riesige Bahnen Tuch, gewoben aus funkelndem Sternenschein, über den Himmel gezogen.

Manche sagten, die Elfen verbärgen sich in diesem Licht, wenn sie nachts zur Jagd über den frostklaren Himmel ritten. Mandred lächelte. Freya hätte an diesem Gedanken Gefallen gefunden. Sie liebte es, an Winterabenden an der Feuergrube zu sitzen und Geschichten zu lauschen; Geschichten von den Trollen aus den fernen Bergen und von den Elfen, deren Herzen so kalt wie Wintersterne waren.

Eine Bewegung am Waldrand schreckte Mandred aus seinen Gedanken. Der Manneber! Die Bestie hatte also seine Verfolgung aufgenommen. Gut so. Mit jedem Schritt die Klippe hinauf lockte er sie fort vom Dorf. Er musste nur durchhalten … Sollte sie ihm ruhig die Brust aufreißen, um sein Herz zu fressen, wenn er es nur schaffte, das Signalfeuer zu entzünden!

Mandred stieß sich von dem Felsbrocken ab und strauchelte. Seine Füße! Sie … sie waren noch da, aber er spürte sie nicht mehr. Er hätte nicht stehen bleiben dürfen! War er denn närrisch … Jedes Kind wusste, dass eine Rast bei dieser Kälte den Tod bedeuten konnte.

Mandred sah verzweifelt auf seine Füße hinab. Erfroren und ohne jedes Gefühl, würden sie ihn nicht mehr warnen, wenn Geröll unter ihnen wegrutschte. Sie waren Verräter an ihm geworden, waren zum Feind übergelaufen, der verhindern wollte, dass er das Warnfeuer entzündete.

Der Jarl lachte auf. Doch es lag kein Frohsinn in dem Gelächter. *Seine Füße waren übergelaufen.* Welch ein Unsinn! Er wurde langsam verrückt. Die Füße waren einfach nur totes Fleisch, so, wie schon bald der ganze Mann totes Fleisch sein würde. Wütend trat er gegen den großen Felsbrocken. Nichts! Als wären die Füße nicht da. Er konnte aber noch gehen! Das war nur eine Frage des Willens. Doch er musste sehr genau aufpassen, wohin er trat.

Voller Sorge blickte er zurück. Der Manneber war auf das

Schneefeld hinausgetreten. Er schien keine Eile zu haben. Wusste er, dass es nur diesen einen Weg zur Klippe hinauf gab? Mandred konnte ihm jetzt nicht mehr entkommen. Doch das hatte er ja auch nicht vorgehabt. Wenn er nur das Feuer entzünden könnte, dann wäre alles andere egal!

Ein Geräusch ließ ihn aufschrecken. Die Bestie stieß ein tiefes Knurren aus. Mandred hatte das Gefühl, dass ihm der Manneber geradewegs in die Augen sah. Natürlich war das auf diese Entfernung unmöglich, und doch ... Etwas streifte sein Herz wie ein kalter Luftzug.

Der Jarl beschleunigte seine Schritte. Er musste seinen Vorsprung halten! Um das Feuer zu entfachen, würde er ein wenig Zeit brauchen. Sein Atem ging pfeifend. Wenn er ausatmete, war da ein leises Klirren, wie von Eiszapfen, die in hohen Tannenwipfeln aneinander schlugen, nur zarter. Der Kuss der Eisfee! Ein Märchen, das man den Kindern erzählte, fiel ihm ein. Es hieß, die Eisfee sei unsichtbar und wandere in Nächten, in denen es so kalt war, dass selbst das Licht der Sterne gefror, durch das Fjordland. Näherte sie sich, dann verschwand der dampfende Atem, und ein leises Klirren lag in der Luft. Kam sie so nahe, dass ihre Lippen das Antlitz eines Wanderers berührten, dann brachte ihr Kuss den Tod. War das der Grund, warum der Manneber sich nicht näher heranwagte?

Wieder blickte Mandred zurück. Der Bestie schien es keine Mühe zu bereiten, sich durch den tiefen Schnee zu bewegen. Eigentlich hätte sie ihn viel schneller einholen müssen. Warum spielte sie mit ihm wie eine Katze mit der Maus?

Mandred rutschte aus; sein Kopf schlug schwer gegen einen Felsbrocken, doch er fühlte keinen Schmerz. Mit den Fäustlingen fuhr er sich über die Stirn. Dunkles Blut troff von dem Leder. Ihm war schwindelig. Das hätte nicht passieren dürfen! Gehetzt blickte er zurück. Der Manneber war stehen geblieben, hatte den Kopf weit in den Nacken gelehnt und blickte zu ihm auf.

Mandred schaffte es nicht mehr auf die Beine. Was war er nur für ein Narr. Zurückzublicken und dabei weiterzugehen!

Mit aller Kraft versuchte er hochzukommen. Aber die halb erfrorenen Beine verweigerten ihm den Dienst. Er hätte einen großen Felsbrocken gebraucht, um sich emporzuziehen. Jetzt musste er kriechen. So eine Demütigung! Er, Mandred Torgridson, der berühmteste Kämpfer am Fjord, kroch vor seinem Feind davon! Sieben Männer hatte Mandred allein auf dem Kriegszug König Horsas im Zweikampf besiegt. Für jeden überwundenen Feind hatte er sich stolz einen Zopf geflochten. Und nun kroch er davon.

Dies war eine andere Art Kampf, ermahnte er sich. Gegen dieses Ungeheuer konnte man nicht mit Waffen ankommen. Er hatte doch gesehen, wie Asmunds Pfeil von ihm abgeprallt war und wie seine Axt keine Wunde geschlagen hatte. Nein, dieser Kampf hatte andere Gesetze. Er würde siegen, wenn er es schaffte, das Feuer zu entfachen.

Verzweifelt robbte Mandred auf den Ellenbogen voran. Langsam wich auch die Kraft aus seinen Armen. Aber der Gipfel war nicht mehr weit. Der Krieger blickte zu den stehenden Steinen auf; sie waren von hellen Schneemützen gekrönt, die sich gegen den grün schimmernden Himmel abzeichneten. Gleich hinter dem Steinkreis waren die Scheite für das Signalfeuer aufgeschichtet.

Die Augen zusammengekniffen, kroch er weiter. Seine Gedanken galten nur noch seiner Frau. Er musste sie retten! Seine Kraft durfte nicht versiegen! Weiter, immer weiter!

Blinzelnd öffnete er die Augen. Der Schnee war fort. Er lag auf blankem Felsen. Vor ihm erhob sich einer der Pfeiler des Steinkreises. Er zog sich an dem Stein hoch und kam schwankend zum Stehen. Weit würden ihn seine Beine nicht mehr tragen.

Der Gipfel war abgeflacht und so eben wie der Boden einer Holzschüssel. Gewöhnlich hätte er um den Steinkreis einen Bogen gemacht. Niemand trat zwischen die stehenden Steine! Das war keine Frage von Mut. Im Sommer hatte Mandred den Gipfel einmal einen ganzen Nachmittag lang beobachtet. Nicht einmal Vögel waren über den Steinkreis hinweggeflogen.

Ein schmaler Pfad verlief dicht am Rand der Klippe und erlaubte es, die unheimlichen Steine zu umgehen. Doch mit seinen gefühllosen Beinen war er nicht mehr trittsicher genug, um diesen Weg wagen zu können. Ihm blieb nichts anderes übrig, als zwischen den Steinen hindurchzugehen.

So als erwartete er einen plötzlichen Hieb, zog Mandred den Kopf zwischen die Schultern, als er ins Innere des Kreises trat. Zehn Schritte, dann hätte er das andere Ende erreicht. Es war ein so lächerlich kurzes Stück Weg …

Ängstlich sah Mandred sich um. Kein Schnee lag hier auf dem Boden aus gewachsenem Fels. Im Innern des Kreises schien der Winter keinen Einzug halten zu wollen. Seltsame Muster aus geschwungenen Linien waren in den Stein geritzt.

Zum Fjord hin fiel das Hartungskliff fast senkrecht ab. Unten vom Dorf sah es so aus, als hätte man eine steinerne Krone auf das Haupt des Kliffs gesetzt. Mehr als drei Mannlängen ragten die Granitblöcke auf, die in weitem Kreis das Felsplateau umschlossen. Es hieß, sie hätten schon lange, bevor die Menschen ins Fjordland gekommen waren, hier gestanden. Auch sie waren mit Mustern aus verschlungenen Linien geschmückt. So fein war dieses Gespinst, dass kein Mensch es nachzuahmen vermochte. Und sah man es zu lange an, dann fühlte man sich trunken wie von schwerem, gewürztem Wintermet.

Vor Jahren war einmal ein wandernder Skalde nach Firnstayn gekommen, der behauptet hatte, die stehenden Steine wären alte Elfenkrieger, die von ihren Urahnen, den Alben, mit einem Fluch belegt worden wären. Sie wären verdammt zu endloser, einsamer Wacht, bis das Land selbst sie eines fernen Tages um Hilfe riefe und der Zauberbann gebrochen werde. Mandred hatte den Skalden damals verspottet. Jedes Kind wusste, dass die Elfen von zarter Gestalt und nicht größer als Menschen waren. Die Steine waren viel zu wuchtig, um Elfen zu sein.

Als er den Kreis durchmessen hatte, schlug Mandred eisiger Wind entgegen. Jetzt hatte er es so gut wie geschafft. Nichts würde … Der Holzstoß! Er hätte ihn von hier aus sehen müssen! Er war auf einem Sims windgeschützt dicht unter dem Klippenrand aufgeschichtet. Mandred ließ sich auf die Knie nieder und kroch vorwärts. Da war nichts!

Die Klippe ging hier fast zweihundert Schritt senkrecht in die Tiefe. Hatte es einen Steinschlag gegeben? War der Sims weggebrochen? Mandred hatte das Gefühl, dass seine Götter ihn verhöhnten. All seine Kräfte hatte er aufgeboten, um es bis hierher zu schaffen, und nun …

Verzweifelt blickte er über den Fjord hinweg. Weit unten, auf der anderen Seite des gefrorenen Meerarms, kauerte sein Dorf im Schnee. Firnstayn. Es bestand aus vier Langhäusern und einer Hand voll kleiner Hütten, umgeben von einer lächerlich schwachen Palisade. Der hölzerne Wall aus Fichtenstämmen sollte Wölfe fern halten und ein Hindernis für Plünderer sein. Den Manneber würde diese Palisade niemals aufhalten.

Vorsichtig wagte sich der Jarl ein Stück näher an den Abgrund und blickte hinab zum Fjord. Das Feenlicht am Himmel zauberte grüne Schatten in die tief verschneite Landschaft. Firnstayn hatte sich in den Winterschlaf zurückgezogen. Weder Mensch noch Tier waren auf den Wegen zu sehen. Durch die Rauchfänge unter den Dachfirsten stieg weißer Qualm auf, der von Windböen zerpflückt und hinaus über den Fjord gejagt wurde. Sicher saß Freya bei der Feuergrube und horchte auf das Hornsignal, das verkündete, dass sie von der Jagd zurückkehrten.

Wenn das Horn nur nicht zerbrochen wäre! Von hier oben hätte man seinen Ruf bis hinab ins Dorf gehört. Welch ein grausames Spiel trieben die Götter mit ihm und den Seinen! Sahen sie ihm nun zu und lachten?

Mandred hörte ein leises Klicken. Matt wandte er sich ab. Der Manneber stand auf der anderen Seite des Steinkreises. Langsam ging er den Kreis entlang. Wagte auch er es nicht, zwischen die stehenden Steine zu treten?

Mandred robbte vom Rand der Klippe fort. Sein Leben war verwirkt, das wusste er. Aber wenn er die Wahl hatte, dann wollte er lieber von der Kälte getötet werden, als zum Fraß für die Bestie zu werden.

Das Klicken der Hufe wurde schneller. Ein letzter Zug noch! Mandred hatte es geschafft. Er lag im Bannkreis der Steine.

Bleierne Müdigkeit griff nach seinen Gliedern. Mit jedem Atemzug schnitt der eisige Frost in seine Kehle. Erschöpft lehnte er sich gegen einen der Steine. Böiger Wind zerrte an seinen froststarren Kleidern. Der Gürtel um seinen Oberschenkel hatte sich gelockert. Blut sickerte durch die Wollfetzen.

Leise betete Mandred zu seinen Göttern. Zu Firn, dem Herrn des Winters, zu Norgrimm, dem Herrn der Schlachten, zu Naida der Wolkenreiterin, die über die dreiundzwanzig Winde gebot, und zu Luth, dem Webmeister, der aus den Schicksalsfäden der Menschen einen kostbaren Teppich für die Wände der goldenen Halle wob, in der die Götter mit den tapfersten der toten Krieger zechten.

Mandred fielen die Augen zu. Er würde schlafen ... den langen Schlaf ... Seinen Platz in der Halle der Helden hatte er verwirkt. Er hätte mit seinen Gefährten sterben sollen. Er war ein Feigling! Gudleif, Ragnar und Asmund, keiner von ihnen war fortgelaufen. Dass der Holzstoß die Klippe hinabgestürzt war, war die Strafe der Götter.

Du hast Recht, Mandred Torgridson. Wer feige ist, den schützen die Götter nicht mehr, erklang eine Stimme in seinem Kopf.

War das der Tod?, fragte sich Mandred. Nur eine Stimme?

Mehr als eine Stimme! Sieh mich an!

Der Jarl vermochte seine Augenlider kaum mehr zu öffnen. Warmer Atem schlug ihm ins Gesicht. Er sah in große Augen, so blau wie der Himmel an einem Spätsommertag, wenn Mond und Sonne zugleich am Firmament standen. Es waren die Augen des Mannebers! Die Bestie war neben ihm, gleich außerhalb des Steinkreises, in die Hocke gegangen. Geifer troff von ihrem blutverkrusteten Maul. An einem der langen Hauer hingen noch faserige Fleischfetzen.

Wer feige ist, den schützen die Götter nicht mehr, erklang wieder die fremde Stimme in Mandreds Kopf. *Nun können die anderen dich holen.*

Der Manneber richtete sich zu voller Größe auf. Seine Lefzen zuckten. Fast schien er zu lächeln. Dann wandte er sich ab. Er umrundete den Steinkreis und war bald ganz außer Sicht.

Mandred legte den Kopf in den Nacken. Noch immer tanzte das geisterhafte Feenlicht über den Himmel. *Die anderen?* Schon umfing ihn Dunkelheit. Waren ihm die Augenlider zugefallen, ohne dass er es gemerkt hatte? Schlafen … nur für kurze Zeit. Die Dunkelheit war verlockend. Sie verhieß Frieden.

MINNESPIEL

Noroelle saß im Schatten zweier Linden und ließ sich von Farodins Flötenspiel und Nuramons Gesang berühren. Fast schien es ihr, als schenkten ihr die beiden Werber mit ihren sanften Weisen die Sinne neu. Versonnen betrachtete sie das Spiel von Licht und Schatten im Blätterdach weit über ihr. Ihr Blick schweifte hinab zu der Quelle, die knapp außerhalb des Schattens lag. Sonnenlicht glitzerte auf dem Wasser. Sie beugte sich vor, ließ die Hand hineingleiten und spürte das Kribbeln des Zaubers, der darin wohnte.

Ihr Blick folgte dem Wasser, das sich in den kleinen See ergoss. Die Sonnenstrahlen drangen bis auf den Grund und ließen die bunten Edelsteine funkeln, die Noroelle einst dort mit Sorgfalt gebettet hatte. Sie nahmen den Zauber der Quelle in sich auf. Die Magie, die nicht gebunden wurde, strömte mit dem Wasser aus dem See in den Bach und wurde hinweggespült. Dort draußen nährten sich die Wiesen vom Zauber des Wassers. Und des Nachts verließen die kleinen Auenfeen ihre Blüten und trafen sich, um im Sternenlicht zu schwärmen und die Schönheit Albenmarks zu besingen.

Die Wiesen hatten ihre blühenden Frühlingskleider angelegt. Ein milder Wind trug den vielfältigen Duft der Gräser und Blumen zu Noroelle; unter den Bäumen vermischte er sich mit dem süßen Duft der Lindenblüten. Ein Rascheln schwebte über der Elfe, das sich mit dem Gesang der Vögel und dem Plätschern des Quellwassers verband und Farodins und Nuramons Klänge untermalte.

Während es Farodin gelang, mit seinem Flötenspiel einen feinen Klangteppich aus all den Schwingungen dieses Ortes zu weben, erhob Nuramon seine Stimme über diesen und ersann Worte, die Noroelle wie eine Albe erscheinen ließen. Liebevoll blickte sie zu Nuramon, der auf einem flachen Stein am Wasser saß, und wieder zu Farodin, der am Stamm der größeren der beiden Linden lehnte.

Farodins Gesicht war das eines Elfenfürsten aus den alten Liedern, deren edle Schönheit als Glanz der Alben gepriesen wurde. Die lindgrünen Augen waren der Kronschmuck dieses Gesichts, das weißblonde Haar der sanfte Rahmen. Er trug die Tracht der Minnesänger, und alles – das Hemd, die Hosen, der Mantel, das Halstuch – war aus feinster roter Feenseide gefertigt. Nur seine Schuhe waren aus weichem Gelgerok-Leder. Noroelle blickte auf seine Finger, die auf der Flöte tanzten. Sie hätte ihrem Spiel den ganzen Tag zuschauen können …

Während Farodin dem Ideal eines Elfenmannes entsprach, konnte man dies von Nuramon so nicht behaupten. Die Frauen am Hof spotteten offen über sein Aussehen, nur um dann hinter vorgehaltener Hand von seiner andersartigen Schönheit zu schwärmen. Nuramon hatte hellbraune Augen und mittelbraunes Haar, das sich ein wenig wild bis auf seine Schultern wellte. In seiner sandfarbenen Kleidung entsprach er zwar nicht dem Bild eines Minnesängers, bot aber dennoch einen angenehmen Anblick. Statt der Seide der Feen hatte er deren Wollstoffe gewählt, die weit weniger kostbar waren, aber so fest und weich, dass Noroelle beim Betrachten des Hemdes und des waldfarbenen Mantels am liebsten zu Nuramon gegangen wäre, um den Kopf an seine Brust zu legen. Selbst die halbhohen Stiefel, die aus erdfarbenem und besonders weichem Gelgerok-Leder waren, erweckten bei Noroelle den Wunsch, sie zu berühren. Der Ausdruck von Nuramons Gesicht war so wandelbar wie seine Stimme, die alle Formen des Gesangs beherrschte und jeder Gefühlsregung einen treffenden Klang verlieh. Seine braunen Augen aber sprachen von Sehnsucht und Melancholie.

Farodin und Nuramon waren unterschiedlich, doch jeder war auf seine Art beeindruckend. Beide hatten ihre eigene Vollkommenheit, so wie das Licht des Tages ebenso reizvoll war wie die Dunkelheit der Nacht, oder Sommer und Winter, Frühling und Herbst. Noroelle wollte nichts davon missen, und der Vergleich des Äußeren der beiden Männer brachte sie einer Entscheidung für einen von ihnen nicht näher.

Bei Hofe hatten manche ihr geraten, sie solle bei der Wahl ihres Gefährten das Familienhaus berücksichtigen. Doch war es denn etwa Farodins Verdienst, dass seine Urgroßmutter noch eine leibhaftige Albe gewesen war? Und war es etwa Nuramons Schuld, dass er aus einer Familie stammte, die durch viele Generationen von den Alben getrennt war? Noroelle wollte ihre Entscheidung nicht von ihren Vorfahren abhängig machen, sondern von ihnen selbst.

Farodin wusste, wie er um eine hohe Frau werben musste. Er kannte alle Regeln und Bräuche und handelte stets so angemessen und ehrenvoll, dass man ihn allseits bewundern musste. Noroelle war sehr davon angetan, dass er ihr Innerstes zu kennen schien, es zu berühren vermochte und stets so passende Worte fand, als könnte er in jedem Augenblick ihre Gedanken und ihre Gefühle wahrnehmen. Doch hier lag zugleich auch sein Makel. Farodin kannte sämtliche Lieder und alle alten Geschichten. Er wusste stets, welches süße Wort er sprechen musste, weil er sie alle zuvor gehört hatte. Welche waren aber seine Worte und welche die der alten Dichter? War diese Weise von ihm selbst, oder hatte er sie zuvor gehört? Noroelle musste lächeln; der scheinbare Makel haftete nicht Farodin an, sondern ihr. War dieser liebliche Ort nicht in allem so, wie es die alten Sänger geschildert hatten? Die Sonne, die Linde, der Schatten, die Quelle, der Zauber? Und boten die alten Sänger demnach nicht auch die passenden Lieder zu diesem lieblichen Ort? Konnte sie demzufolge Farodin einen Vorwurf machen, dass er nichts anderes tat als das, was in dieser Lage angemessen war? Nein, das durfte sie nicht. Farodin war in jeder Hinsicht vollkommen, und jede Frau in den Gefilden der Elfen wäre glücklich über sein Werben.

Dennoch fragte sie sich, wer Farodin eigentlich war. Er entzog sich ihr, wie die Quelle von Lyn sich den Blicken der Elfen durch strahlendes Licht entzog. Sie wünschte sich, er würde seinen Schein für eine Weile schmälern, sodass sie einen Blick auf die Quelle werfen konnte. Oft hatte sie versucht, ihn dazu zu bewegen, doch er hatte ihre Gesten nicht verstanden. So war ihr der Blick in sein Innerstes bislang verwehrt gewesen. Und manchmal fürchtete sie, dort könnte etwas Dunkles lauern, etwas, das Farodin um jeden Preis zu verbergen trachtete. Hin und wieder unternahm ihr Liebster lange Reisen, doch nie sprach er davon, wohin er ging und aus welchem Grunde. Und wenn er zurückkehrte, erschien er Noroelle bei aller Wiedersehensfreude noch verschlossener als zuvor.

Bei Nuramon hingegen wusste Noroelle genau, um wen es sich handelte. Schon oft hatte man ihr gesagt, Nuramon sei nicht der Richtige für sie, er sei ihrer Würde nicht angemessen. Er stammte nämlich nicht nur aus einer vielköpfigen Sippe, sondern auch aus einer Linie, der eine Schande anhaftete. Denn Nuramon trug die Seele eines Elfen in sich, der in all seinen Leben, in die er hineingeboren worden war, die Bestimmung seines Daseins nicht gefunden hatte und demnach nicht ins Mondlicht gegangen war. Wem dieser Weg versperrt blieb, der wurde in seiner Sippe wiedergeboren, bis sein Schicksal sich erfüllte. Und dabei war er nicht in der Lage, sich an die vorigen Leben zu erinnern.

Kein anderer war so oft wiedergeboren worden wie Nuramon; seit Jahrtausenden war er dem Wechselspiel von Leben, Tod und Wiedergeburt nun schon ausgesetzt. Mit der Seele hatte Nuramon auch seinen Namen geerbt. Die Königin hatte in ihm die Seele seines Großvaters erkannt und ihm dessen Namen gegeben. Die scheinbar nicht enden wollende Suche nach seiner Bestimmung hatte selbst in Nuramons eigener Familie für hochmütigen Spott gesorgt. Zumindest musste sich derzeit keiner um sein Neugeborenes sorgen; doch sobald Nuramon stürbe, würde seine Seele gleich einem Schatten über seiner Sippe liegen. Niemand wusste, wem der nächste Nuramon geboren würde.

Alles in allem konnte er wahrlich nicht auf seine Abstammung schauen und dabei hoffen, ihretwegen bewundert zu werden. Im Gegenteil, alle sagten, Nuramon werde den gleichen Weg gehen wie zuvor; er werde nach seiner Bestimmung suchen, darüber sterben und wiedergeboren werden. Noroelle war diese Sichtweise zuwider. Sie sah einen vortrefflichen Mann vor sich sitzen, und als Nuramon ein weiteres Lied auf ihre Schönheit sang, spürte Noroelle, dass jedes Wort, das er sprach, seiner tief empfundenen Liebe zu ihr entsprang. Was die Wiege ihm verwehrt hatte, das hatte er sich selbst erworben. Nur eins wagte er nicht: ihr zu nahe zu kommen. Noch nie hatte er sie berührt, noch nie hatte er es gewagt, so wie Farodin, ihre Hand zu fassen und diese gar zu küssen. Und wann immer sie versuchte, ihm eine harmlose Zärtlichkeit zukommen zu lassen, wies er sie mit süßen, berauschenden Worten zurück.

Von welcher Seite sie ihre beiden Werber auch betrachtete, sie konnte im Augenblick zu keiner Entscheidung finden. Wenn Farodin ihr sein Innerstes offenbarte, dann würde sie ihn wählen. Wenn Nuramon seine Hände nach ihr ausstreckte und ihre Hand fasste, dann würde sie ihm den Vorrang geben. Die Entscheidung lag nicht bei ihr.

Es waren erst zwanzig Jahre vergangen, da dieses Werben begonnen hatte. Es mochten noch einmal zwanzig Jahre vergehen, bis sie eine Entscheidung von ihr erwarteten. Und wenn sie keine Entscheidung traf, dann würde derjenige, der die größere Beständigkeit zeigte, ihre Gunst gewinnen. Sollten sie sich auch darin ebenbürtig sein, so mochte die Werbung auf immer anhalten – eine Vorstellung, die Noroelle zum Schmunzeln brachte.

Farodin stimmte ein neues Stück an und spielte so innig, dass Noroelle die Augen schloss. Sie kannte das Lied, sie hatte es einst bei Hofe gehört. Doch mit jedem Ton, den Farodin erklingen ließ, übertraf er, was sie damals vernommen hatte.

Nuramons Stimme verblasste dagegen ein wenig, bis Farodin wiederum ein neues Lied begann. »*O schau nur, holdes Albenkind!*«, sang Nuramon nun. Noroelle öffnete die Augen, sie war von dem plötzlichen Wechsel in seiner Stimme überrascht.

»Dort auf dem Wasser ein Gesicht.« Er schaute auf das Wasser, aber sie konnte seinem Blick nicht folgen, so gebannt war sie von seiner Stimme.

»O Noroelle, geh hin geschwind / Vom Schatten aus hinein ins Licht.« Noroelle stand auf und folgte den Worten; sie ging einige Schritte von der Quelle fort und kniete sich an das Ufer des Sees, um ins Wasser zu blicken. Doch da war nichts.

Nuramon sang weiter. *»Die blauen Augen sind ein See.«* Noroelle sah blaue Augen; es waren ihre eigenen, die Nuramon gern mit einem See verglich.

»Dein Nachthaar weht im Frühlingswind.« Sie sah ihr Haar, wie es sanft über ihren Hals streifte, und musste lächeln.

»Du lächelst dort wie eine Fee. O schau nur, holdes Albenkind!« Sie betrachtete sich ganz genau und lauschte, wie Nuramon in den verschiedenen Sprachen der Albenkinder von ihrer Schönheit sang. In den Feensprachen klang einfach alles schön, aber er konnte selbst mit der Zunge der Kobolde sprechen und ihr dabei schmeicheln.

Während sie ihm zuhörte, hatte sie nicht länger sich selbst vor Augen, sondern eine andere Frau, viel schöner als sie sich je empfunden hatte, so erhaben wie die Königin und mit einer Anmut versehen, wie man sie den Alben nachsagte. Auch wenn sie sich selbst nicht in diesem Licht sah, wusste sie, dass Nuramons Worte direkt von Herzen kamen.

Als ihre Liebsten verstummten, wandte sie den Blick unsicher vom Wasser ab und schaute zu Nuramon, dann zu Farodin. »Warum habt ihr aufgehört?«

Farodin schaute hinauf zum Blätterdach. »Die Vögel sind unruhig. Ihnen ist offenbar nicht länger zum Singen zumute.«

Noroelle wandte sich zu Nuramon. »War das wirklich mein Gesicht, das ich im Wasser sah? Oder war es deine Zauberei?«

Nuramon lächelte. »Ich habe nicht gezaubert, nur gesungen. Aber dass du es nicht zu unterscheiden wusstest, schmeichelt mir.«

Farodin erhob sich plötzlich, und auch Nuramon stand auf und blickte über den See und die Wiesen hinweg in die Ferne. Da ertönte ein tiefes Hornsignal über dem Land.

Nun erhob sich auch Noroelle. »Die Königin? Was mag geschehen sein?«, fragte sie.

Farodin war mit wenigen Schritten neben Noroelle und legte ihr die Hand auf die Schulter. »Mach dir keine Sorgen, Noroelle.«

Nuramon war herangekommen und flüsterte ihr ins Ohr: »Es ist gewiss nichts, was nicht von einer Schar Elfen gelöst werden kann.«

Noroelle seufzte. »Es war wohl zu schön, um den ganzen Tag anzuhalten.« Sie sah, wie die Vögel sich in die Luft erhoben und kurz darauf der Burg der Königin entgegenflogen, die jenseits der Wiesen und der Wälder auf einem Hügel lag. »Beim letzten Mal hat die Königin dich zur Elfenjagd berufen. Ich sorge mich um dich, Farodin.«

»Bin ich nicht jedes Mal zurückgekehrt? Und hat nicht Nuramon dir stets die Zeit versüßt?«

Noroelle löste sich von Farodin und wandte sich beiden zu. »Und wenn ihr nun gemeinsam fortmüsstet?«

»Man wird mir keine solche Pflicht anvertrauen«, wandte Nuramon ein. »Das war immer so, und so wird es auch immer sein.«

Farodin schwieg, Noroelle aber sagte: »Die Anerkennung, die man dir verwehrt, werde ich dir geben, Nuramon. Aber nun geht! Holt eure Pferde und reitet voraus! Ich werde nachkommen und euch heute Abend bei Hofe sehen.«

Farodin fasste Noroelles Hand, küsste diese und verabschiedete sich. Nuramons Abschied bestand in einem liebevollen Lächeln. Dann ging er zu Felbion, seinem Schimmel. Farodin saß bereits auf seinem Braunen. Noroelle winkte ihnen noch einmal zu.

Die Elfe beobachtete ihre beiden Liebsten, wie sie abseits der Feenblüten über die Wiese ritten, dem Wald und der jenseits davon liegenden Burg entgegen. Sie trank ein wenig Wasser aus der Quelle und machte sich dann auf den Weg. Barfüßig schritt sie über die Wiesen. Sie wollte zur Fauneneiche gehen. Unter ihr konnte sie so klare Gedanken fassen wie nirgends sonst. Die Eiche hielt ihrerseits Zwiesprache mit ihr und hatte sie in jungen Jahren viel Zauberei gelehrt.

Auf ihrem Weg dachte sie über Farodin und Nuramon nach.

ERWACHEN

Es ist erstaunlich warm, dachte Mandred, als er erwachte. Ganz in der Nähe erklang Vogelgezwitscher. In die Halle der Helden war er gewiss nicht eingegangen. Vögel gab es dort keine … Und überhaupt sollte der Honigduft von schwerem Met in der Luft hängen und der Geruch von harzigem Fichtenholz, das in der Feuergrube glühte!

Er hätte nur die Augen aufschlagen müssen, um zu wissen, wo er war. Aber Mandred zögerte es hinaus. Er lag auf etwas Weichem. Nichts schmerzte. Hände und Füße kribbelten leicht, aber das war nicht unangenehm. Er wollte gar nicht wissen, wo er war. Er wollte einfach nur den Augenblick genießen, in dem er sich so wohl fühlte. So war es also, wenn man tot war.

»Ich weiß, dass du wach bist.« Die Stimme klang, als ob es ihr schwer fiele, Worte zu formen.

Mandred schlug die Augen auf. Er lag unter einem Baum, dessen Äste sich wie eine weite Kuppel über ihn wölbten. Neben ihm kniete ein Fremder und tastete mit starken Händen seinen Körper ab. Die Äste reichten bis dicht über seinen Kopf; sein Gesicht blieb im Spiel von Licht und Schatten verborgen.

Mandred blinzelte, um deutlicher sehen zu können. Irgendetwas stimmte hier nicht. Die Schatten schienen um das fremde Gesicht zu wirbeln, so als wollten sie es voller Absicht verbergen.

»Wo bin ich?«

»In Sicherheit«, entgegnete der Fremde knapp.

Mandred wollte sich aufrichten. Da bemerkte er, dass seine Hände und Beine auf den Boden gebunden waren. Nur den Kopf konnte er anheben.

»Was hast du mit mir vor? Warum bin ich gefesselt?«

Kurz blitzten zwischen den Schatten zwei Augen auf. Sie hatten die Farbe hellen Bernsteins, wie man ihn manchmal nach schweren Stürmen weiter im Westen an den Ufern des Fjordes fand.

»Wenn Atta Aikhjarto dich geheilt hat, kannst du gehen. Ich lege längst nicht so viel Wert auf deine Gesellschaft, dass ich dich fesseln würde. Er war es, der darauf bestand, deine Wunden zu versorgen ...« Der Fremde machte einen seltsam schnalzenden Laut. »Deine Sprache macht einem Knoten in die Zunge. Sie ist ohne jede ... Schönheit.«

Mandred sah sich um. Außer dem Fremden, der auf so unheimliche Weise vom Zwielicht umgeben war, war hier niemand. Von den tiefer hängenden Ästen des mächtigen Baumes fielen Blätter wie an einem windstillen Herbsttag und sanken sanft schaukelnd zu Boden.

Der Krieger blickte zur Krone hinauf. Er lag unter einer Eiche. Ihr Laub strahlte in kräftigem Frühlingsgrün. Es roch nach guter, schwarzer Erde, aber auch nach Verwesung, nach fauligem Fleisch.

Ein goldener Lichtstrahl stach durch das Blätterdickicht hinab zu seiner linken Hand. Jetzt sah er, was ihn gefangen hielt: Es waren die Wurzeln der Eiche! Um sein Handgelenk hatte sich fingerdickes, knotiges Wurzelwerk geschlungen, und die Finger waren von hauchzartem, weißem Wurzelgeflecht überzogen. Von dort kam der faulige Geruch.

Der Krieger bäumte sich in seinen Fesseln auf, doch jeder Widerstand war sinnlos. Fesseln aus Eisenbändern hätten ihn nicht fester halten können als diese Wurzeln.

»Was geschieht mit mir?«

»Atta Aikhjarto hat angeboten, dich zu heilen. Du warst vom Tod gezeichnet, als du die Pforte durchschrittest. Er hat mir befohlen, dich hierher zu bringen.« Der Fremde deutete zu den weit ausladenden Ästen hinauf. »Er zahlt einen hohen Preis dafür, das Gift des Frostes aus deinem Körper zu ziehen und deinem Fleisch die Farbe von Rosenblättern zurückzugeben.«

»Bei Luth, wo bin ich hier?«

Der Fremde stieß ein meckerndes Geräusch aus, das entfernt an ein Lachen erinnerte. »Du bist da, wo deine Götter keine Macht mehr haben. Du musst sie verärgert haben, denn eigentlich behüten sie euch Menschenkinder davor, durch diese Pforten zu gelangen.«

»Die Pforten?«

»Der Steinkreis. Wir haben gehört, wie du zu deinen Göttern gebetet hast.« Wieder verfiel der Fremde in meckerndes Lachen. »Du bist jetzt in Albenmark, Mandred, bei den Albenkindern. Das ist ziemlich weit weg von deinen Göttern.«

Der Krieger erschrak. Wer die Pforten zu der jenseitigen Welt durchschritt, war ein Verfluchter! Er hatte genug Geschichten über Männer und Frauen gehört, die in das Reich der Albenkinder geholt wurden. Keine dieser Geschichten nahm ein gutes Ende. Und doch … Wenn man beherzt auftrat, konnte man sie zuweilen dazu bringen, einem einen Dienst zu erweisen. Ob sie von dem Manneber wussten?

»Warum hilft mir Atta Aik … Atta Ajek … die Eiche?«

Der Fremde schwieg eine Weile. Mandred wünschte, er hätte dessen Gesicht sehen können. Es musste wohl ein Zauber sein, der es so beharrlich vor seinen Blicken verbarg.

»Atta Aikhjarto muss dich für bedeutsam halten, Krieger. Bei manchen sehr alten Bäumen, so heißt es, reichen die Wurzeln so tief, dass sie in eurer Welt gründen, Mensch. Was immer Atta Aikhjarto um dich weiß, muss ihm so viel bedeuten, dass er einen großen Teil seiner Kraft für dich opfert. Er nimmt dein Gift in sich auf und gibt dir dafür von seinem Lebenssaft.« Der Fremde deutete auf die fallenden Blätter. »Er leidet statt deiner, Mensch. Und du hast fortan die Kraft einer Eiche in deinem Blut. Du wirst nicht mehr sein wie die anderen deiner Art, und du wirst …«

»Genug!«, unterbrach eine scharfe Stimme den Redefluss des Fremden. Die Äste des Baums teilten sich, und eine Gestalt, halb Mensch, halb Pferd, trat an Mandreds Lager.

Der Krieger schaute das Geschöpf fassungslos an. Nie zuvor hatte er von einer solchen Kreatur gehört. Dieses Mannpferd hatte den muskulösen Oberkörper eines Menschen, der aus dem Rumpf eines Pferdes wuchs! Sein Gesicht wurde von einem in Locken gedrehten schwarzen Bart eingerahmt. Das Haupthaar war kurz geschoren, und ein Goldreif ruhte auf seiner Stirn. Um die Schultern geschlungen trug er einen Köcher mit Pfeilen, und in der Linken hielt er einen kurzen Jagdbogen. Er hätte einen stattlichen Krieger abgegeben, wäre da nicht dieser rotbraune Pferdeleib gewesen.

Das Mannpferd verneigte sich knapp in Mandreds Richtung. »Man nennt mich Aigilaos. Die Herrin von Albenmark wünscht dich zu sehen, und man hat mir die Ehre übertragen, dich zum Königshof zu geleiten.« Er sprach mit tiefer, melodiöser Stimme, doch betonte er die Worte dabei auf seltsame Weise.

Mandred spürte, wie sich der eiserne Griff der Wurzeln lockerte und ihn schließlich ganz freigab. Doch er hatte nur Augen für das Mannpferd. Dieses seltsame Geschöpf erinnerte ihn an den Manneber. Auch er war halb Mensch, halb Tier gewesen. Wie mochte erst die Herrin dieses Mannpferdes aussehen?

Mandred tastete über seinen Oberschenkel. Die tiefe Wunde hatte sich geschlossen, ohne auch nur eine Narbe hinterlassen zu haben. Versuchshalber streckte er die Beine. Kein unangenehmes Kribbeln, keine Schmerzen mehr! Sie schienen völlig gesundet, so als wären sie niemals vom Frostbiss verstümmelt gewesen.

Vorsichtig stand er auf. Noch traute er der Kraft seiner Beine nicht. Durch die Sohlen seiner Stiefel fühlte er den weichen Waldboden. Das war Zauberei! Mächtige Zauberei, wie keine Hexe im Fjordland sie hätte wirken können. Beine und Füße waren tot gewesen. Jetzt war das Gefühl wieder in sie zurückgekehrt.

Der Krieger trat an den mächtigen Eichenstamm heran. Fünf Männer hätten den Baum mit ausgestreckten Armen nicht umfassen können. Er musste Jahrhunderte alt sein. Ehrfürchtig kniete Mandred vor der Eiche nieder und berührte mit der Stirn die zerklüftete Rinde. »Ich danke dir, Baum. Ich stehe mit meinem Leben in deiner Schuld.« Er räusperte sich verlegen. Wie bedankte man sich bei einem Baum? Einem Baum mit Zauberkräften, den der gesichtslose Fremde mit einer Ehrfurcht behandelte, als wäre er ein König. »Ich … Ich werde wiederkehren und dir zu Ehren ein Fest feiern. Ein Fest, wie wir es in den Fjordlanden begehen. Ich …« Er breitete die Arme aus. Es war jämmerlich, sich mit nichts als einem Versprechen bei seinem Lebensretter zu bedanken. Es sollte etwas Handfesteres sein …

Mandred riss einen Streifen Stoff von seiner Hose und knotete ihn um einen der tiefer hängenden Äste. »Wenn es je etwas gibt, was ich für dich tun kann, sende mir einen Boten, der mir diesen Stoffstreifen überbringt. Ich schwöre bei dem Blute, mit dem der Stoff durchtränkt ist, dass meine Axt von heute an zwischen dir und all deinen Feinden stehen wird.«

Ein Rascheln ließ Mandred aufblicken. Eine rotbraune Eichel fiel von der Krone des Baumes herab, streifte seine Schulter und landete im welken Laub.

»Nimm sie«, sagte der Fremde leise. »Atta Aikhjarto macht selten Geschenke. Er hat dein Gelöbnis angenommen. Hüte die Eichel gut. Sie mag ein großer Schatz sein.«

»Ein Schatz, von dem in jedem Jahr tausende Brüder an den Ästen Atta Aikhjartos wachsen«, spottete das Mannpferd. »Schätze, mit denen sich Heerscharen von Eichhörnchen und Mäusen den Bauch voll schlagen. Du bist wahrlich reich beschenkt, Menschensohn. Komm nun, du wirst unsere Herrin doch nicht warten lassen?«

Mandred musterte das Mannpferd misstrauisch und bückte sich nach der Eichel. Aigilaos war ihm nicht geheuer. »Ich fürchte, ich werde mit dir nicht Schritt halten können.«

Weiße Zähne blitzten zwischen dem dichten Bart. Aigilaos grinste breit. »Das wirst du auch nicht müssen, Menschensohn. Schwing dich auf meinen Rücken und halte dich gut am Lederband meines Köchers fest. Ich bin nicht weniger kräftig als ein Schlachtross deiner Welt, und ich wette meinen Schweif, dass ich jedes Pferd, dem du je begegnet bist, im Laufen schlagen würde. Dabei ist mein Tritt so leicht, dass sich kaum ein Grashalm unter meinen Hufen beugt. Ich bin Aigilaos, der Schnellste unter den Kentauren, und man rühmt mich …«

»… einer noch schnelleren Zunge«, spottete der Fremde. »Man sagt von den Kentauren, dass ihnen gern die Zunge durchgeht. Sie ist so schnell, dass sie manchmal sogar die Wirklichkeit überholt.«

»Und von dir, Xern, heißt es, dass du ein solcher Griesgram bist, dass es mit dir nur Bäume aushalten«, erwiderte Aigilaos lachend. »Und das vermutlich nur, weil sie nicht vor dir davonlaufen können.«

Die Blätter der großen Eiche rauschten, obwohl Mandred keinen Luftzug spürte. Welkes Laub fiel dicht wie Frühlingsschnee.

Der Kentaur blickte zu den mächtigen Ästen empor. Das Lächeln war von seinem Gesicht verschwunden. »Mit dir habe ich keinen Streit, Atta Aikhjarto.«

In der Ferne erklang ein Horn. Das Mannpferd wirkte plötzlich erleichtert. »Die Hörner von Albenmark rufen. Ich muss dich zum Hof der Königin bringen, Menschensohn.«

Xern nickte Mandred zu. Für einen Augenblick schwand der Zauber, der sein Antlitz den Blicken entzog. Er hatte ein schmales, hübsches Gesicht, wenn man davon absah, dass seinem dichten Haar ein mächtiges Hirschgeweih entsprang. Dem Krieger verschlug es den Atem. Erschrocken wich er zurück. Gab es hier denn nur Tiermänner?

Plötzlich fügten sich für Mandred alle Ereignisse zu einem deutlichen Bild zusammen. Der Manneber war von hier gekommen! Er hatte ihn bei der Jagd verschont. Es war kein Zufall gewesen, dass er als Einziger nicht unter den tödlichen Hauern der Bestie gestorben war. Die Verfolgung … War dies etwa Teil eines heimtückischen Plans? Sollte er in den Steinkreis getrieben werden? Vielleicht war er nur das Wild dieser Bestie gewesen und hatte genau das getan, was sie wollte. Er war in den Steinkreis getreten …

Das Mannpferd scharrte unruhig mit den Hufen. »Komm, Mandred!«

Mandred griff nach dem Gurt des Köchers und zog sich auf den Rücken des Kentauren. Er würde sich dem stellen, was ihn erwartete! Er war kein Feigling. Mochte diese geheimnisvolle Herrin tausend Hörner rufen lassen, er würde gewiss nicht das Knie vor ihr beugen. Nein, er würde ihr aufrecht und voller Stolz entgegentreten und ein Wergeld zur Sühne für das Unheil fordern, das ihr Manneber ins Fjordland getragen hatte.

Aigilaos zerteilte mit seinen kräftigen Armen den schützenden Vorhang aus Ästen und trat auf eine steinige Wiese hinaus. Mandred sah sich verwundert um. Hier herrschte Frühling, und der Himmel erschien ihm viel weiter als im Fjordland! Aber wie konnte dann eine reife Eichel vom Baum fallen?

Das Mannpferd verfiel in einen scharfen Galopp. Mandreds Hände klammerten sich fest um das Leder des Köchers. Aigilaos hatte nicht gelogen. Schnell wie der Wind eilte er über die Wiese, vorbei an einer mächtigen Turmruine. Dahinter erhob sich ein Hügel, der von einem Steinkreis gekrönt wurde.

Mandred war nie ein guter Reiter gewesen. Seine Beine verkrampften sich, so fest presste er sie gegen die Flanken des Mannpferdes. Aigilaos lachte. Er trieb ein Spiel mit ihm! Doch er würde ihn nicht bitten, langsamer zu werden, schwor sich Mandred stumm.

Sie durchquerten einen lichten Birkenhain. Die Luft war erfüllt von goldenen Samen. Alle Bäume waren gerade gewachsen. Ihre Stämme schimmerten wie Elfenbein. Nirgends hing die Rinde in Fetzen herunter, so wie bei den Bäumen, die er vom Fjordland kannte. Wilde Rosen rankten sich um vereinzelte Findlinge aus grauem Fels. Fast schien es, als herrschte in dem Hain eine seltsame, wilde Ordnung. Doch wer würde seine Zeit damit vertun, ein Stück Wald zu hegen, das keine Ernte einbrachte? Gewiss nicht ein Wesen wie Aigilaos!

Der Weg stieg stetig an und war bald nur wenig mehr als ein schmaler Wildpfad. Die Birken wurden von Buchen abgelöst, deren Blätterdach so dicht war, dass es kaum Licht hindurchließ. Wie graue Säulen erschienen Mandred die hohen, schlanken Stämme. Es war unheimlich still. Nur mehr der vom dicken Laubboden gedämpfte Hufschlag war zu vernehmen. Hin und wieder bemerkte Mandred hoch in den Kronen seltsame Nester, die wie große Säcke aus weißem Leintuch aussahen. In manchen der Nester leuchteten Lichter. Der Krieger fühlte sich beobachtet. Irgendetwas war dort oben und folgte ihnen mit neugierigen Blicken.

Aigilaos preschte noch immer mit halsbrecherischem Galopp voran. Eine Stunde oder vielleicht noch länger ritten sie durch den stillen Wald, bis sie schließlich auf einen breiten Weg stießen. Das Mannpferd schwitzte nicht einmal.

Der Wald wurde nun lichter. Breite Bänder aus grauem, moosbewachsenem Fels durchschnitten den dunklen Boden. Aigilaos wurde langsamer. Er sah sich aufmerksam um.

Mandred erblickte halb zwischen den Bäumen verborgen einen weiteren Steinkreis. Die stehenden Steine waren von Efeu umrankt. Ein gestürzter Baumriese lag quer im Kreis. Der Ort schien seit langem verlassen.

Der Krieger spürte, wie sich die feinen Härchen in seinem Nacken aufrichteten. Die Luft war hier ein wenig kühler. Er hatte das beklemmende Gefühl, dass knapp außerhalb seines Gesichtsfeldes etwas lauerte, das selbst dem Mannpferd unheimlich war. Warum hatte man diesen Steinkreis aufgegeben? Was mochte hier geschehen sein?

Der Weg führte sie hinauf zu einer Klippe, die einen atemberaubenden Blick auf das umliegende Land gewährte. Direkt vor ihnen lag eine weite Klamm, die aussah, als hätte hier einst Naida die Wolkenreiterin mit einem gewaltigen Blitzschlag den felsigen Boden gespalten. Ein schmaler, aus dem Stein geschlagener Weg führte hinab zu einer Brücke, die sich in kühnem Bogen über den Abgrund spannte.

Jenseits der Klamm stieg das Land in sanften Hügeln an, die zum Horizont hin in graue Berge übergingen. Über den jenseitigen Rand der Klippe ergoss sich eine Vielzahl kleiner Bäche schäumend in den Abgrund.

»Shalyn Falah, die weiße Brücke«, sagte Aigilaos ehrfurchtsvoll. »Es heißt, sie sei aus einem Fingerknöchelchen der Riesin

Dalagira geschnitten. Wer sie überschreitet, betritt das Herzland von Albenmark. Es ist sehr lange her, dass ein Menschensohn diesen Ort zu sehen bekam.«

Das Mannpferd machte sich an den Abstieg in die Klamm. Der Boden aus glattem Fels war mit Gischtwasser benetzt. Vorsichtig tastete es sich abwärts und fluchte dabei herzhaft in einer Sprache, die Mandred nicht verstand.

Als sie einen breiten Felssims erreichten, bat Aigilaos Mandred abzusteigen. Vor ihnen lag die Brücke. Sie war nur zwei Schritt breit und zur Mitte des Weges hin leicht gewölbt, sodass das Sprühwasser sich nicht in Pfützen sammelte, sondern ablief. Es gab kein Geländer.

»Wahrlich ein wunderschönes Bauwerk«, murmelte Aigilaos missmutig. »Nur haben die Erbauer nicht daran gedacht, dass es vielleicht Geschöpfe mit beschlagenen Hufen geben könnte. Es ist besser für dich, wenn du auf eigenen Füßen die Brücke passierst, Mandred. Man erwartet dich auf der anderen Seite. Ich werde einen Umweg nehmen und wohl erst in der Nacht auf der Burg eintreffen. Dich aber erwartet die Herrin zur Stunde der Dämmerung.« Er lächelte schief. »Ich hoffe, du bist schwindelfrei, Krieger.«

Mandred hatte ein flaues Gefühl, als er die spiegelglatte Brücke betrachtete. Aber er würde diesem Mannpferd seine Angst nicht zeigen! »Natürlich bin ich schwindelfrei. Ich bin ein Krieger aus dem Fjordland. Ich kann klettern wie eine Ziege!«

»Zumindest bist du so haarig wie eine Ziege.« Aigilaos grinste frech. »Wir sehen uns am Hof der Herrin.« Der Kentaur wandte sich ab und erklomm zügig den steilen Pfad zum Rand der Klamm.

Mandred betrachtete die Brücke. In den Märchen vom Fenland mussten die sterblichen Helden meist eine Prüfung bestehen. War das hier seine Prüfung? Hatte das Mannpferd ihn hinters Licht geführt?

Es war müßig, sich darüber den Kopf zu zerbrechen! Entschlossen trat Mandred auf die Brücke. Er war überrascht, mit den Sohlen seiner Winterstiefel guten Halt zu finden. Vorsichtig setzte er einen Fuß vor den anderen. Feines Sprühwasser perlte von seinem Gesicht. Der Wind griff mit unsichtbaren Fingern nach seinem Bart. Bald war Mandred weit über dem Abgrund. In immer dichteren Wolken zog das Sprühwasser über die Brücke. So musste sich ein Vogel in luftiger Höhe fühlen, mitten zwischen Himmel und Erde.

Neugierig musterte er den steinernen Boden. Nirgends war eine Fuge zu entdecken. Es schien ganz so, als wäre die Brücke tatsächlich aus einem einzigen Stein geschnitten. Oder war die Brücke in Wahrheit aus dem Fingerknöchelchen einer Riesin gefertigt, so wie Aigilaos es behauptet hatte? Sie war glatt wie poliertes Elfenbein. Mandred verscheuchte den Gedanken. Eine Riesin von dieser Größe hätte das ganze Fjordland unter sich begraben, wenn sie gefallen wäre. Diese Geschichte konnte nur ein Märchen sein.

Je weiter er kam, desto übermütiger wurde Mandred. Schließlich trat er dicht an den Rand der Brücke und blickte in den Abgrund. Die Tiefe hatte etwas Anziehendes. Sie erweckte in ihm den Wunsch, einfach zu springen. Sich der Freiheit des Falls hinzugeben. Je länger er hinabsah, desto stärker wurde sein Wunsch, diesem Lockruf nachzugeben.

»Mandred?« Aus den Dunstschleiern trat eine hoch gewachsene, schlanke Gestalt. Sie war ganz in Weiß gekleidet. Die linke Hand ruhte auf dem Knauf des Schwertes am Gürtel.

Mandreds Rechte wollte im Reflex dorthin greifen, wo für gewöhnlich seine Axt im Gürtel steckte. In diesem Augenblick wurde ihm bewusst, dass er unbewaffnet war.

Sein Gegenüber hatte die Bewegung durchaus bemerkt. »Ich bin nicht dein Feind, Menschensohn.« Er strich sich mit nachlässiger Geste das Haar aus dem Gesicht. »Mein Name ist Ollowain. Ich bin der Wächter der Shalyn Falah. Meine Königin hat mich beauftragt, dich das letzte Stück Weg zu ihrer Burg zu geleiten.«

Mandred musterte den Mann abschätzend. Er bewegte sich mit der Gewandtheit einer Katze. Sonderlich stark sah er nicht aus. Und doch umgab ihn eine Aura der Selbstsicherheit, als wäre er der Held vieler Schlachten. Sein Gesicht war schmal und blass. Spitze Ohren stachen durch das hellblonde Haar, das von Sprühwasser strähnig geworden war. Ollowains Augen verrieten nicht, was er dachte. Überhaupt war sein Gesicht wie eine Maske.

Mandred dachte an die Geschichten, die man sich in langen Winternächten erzählte. Es konnte wohl keinen Zweifel geben: Dies musste ein Elf sein! Und auch er wusste um Mandreds Namen … »Warum kennt mich jeder in diesem Land?«, fragte er misstrauisch.

»Nachrichten reisen schnell in Albenmark, Menschensohn. Unserer Königin entgeht nichts, was in ihrem Land geschieht. Ihren Kindern schickt sie Boten, die auf dem Wind reisen. Doch nun komm. Es liegt ein langer Ritt vor uns, und ich werde nicht gestatten, dass du meine Herrin warten lässt. Folge mir!« Der Elf drehte sich auf dem Absatz um und trat in die schmale Klamm, die hinter der Brücke lag.

Verblüfft sah Mandred dem Elfen nach. Was war denn das? So behandelte man doch keinen Gast!, dachte er aufgebracht. Noch mehr ärgerte ihn, dass Ollowain offensichtlich keinen Augenblick daran zweifelte, dass er ihm hinterherlief. Missmutig folgte er dem Elfen in die Klamm. Die rötlichen Felswände waren von blaugrauen und schwarzen Adern durchzogen. Doch Mandred hatte keinen Blick für die Schönheit der Farbmuster. Immerzu musste er daran denken, dass er dem Elfen folgte wie ein Hund seinem Herrn.

Hätte ein Fjordländer ihn auf solche Weise behandelt, hätte er ihn ohne zu zögern niedergeschlagen. Doch in seiner Heimat hätte es niemand gewagt, derart respektlos mit ihm umzugehen. Machte er etwas falsch? Vielleicht war es ja sein Fehler? Gewiss war der Elf empfänglich für Komplimente. Jeder Krieger redete gern über seine Waffen. »Du trägst ein prächtiges Schwert, Ollowain.«

Der Elf antwortete nicht.

»Ich bevorzuge den Kampf mit der Axt.«

Schweigen.

Mandred ballte die Fäuste und öffnete sie wieder. So ein eingebildeter Kerl! Er war der Wächter einer Brücke und Laufbursche seiner Königin. Was bedeutete das schon! Für einen richtigen Krieger war der Elf viel zu schmal gebaut. »Bei uns tragen nur die schwächlicheren Männer Schwerter. Die Königin des Kampfes ist die Axt. Es erfordert Mut, Kraft und Geschicklichkeit, mit einer Axt zu kämpfen. Nur wenige Krieger erfüllen diese drei Tugenden in gleichem Maße.«

Noch immer zeigte der Elf keine Reaktion. Was musste man denn noch sagen, um diesen Lakaien aus der Fassung zu bringen?

Schließlich wichen die steilen Felswände zurück, und sie gelangten zu einer hohen, weißen Mauer. Sie war in einem weiten Halbkreis angelegt, so als wiche sie vor dem Engpass zurück. Mandred wusste, was der verborgene Sinn dahinter war: Die Mauer wurde länger. So würden mehr Bogenschützen auf ihr Platz finden, falls jemals ein Gegner wahnsinnig genug sein sollte, über diesen Pass hinweg das Herzland von Albenmark anzugreifen.

In der Mitte der Mauer erhob sich ein schlanker Turm. Ein großes, bronzebeschlagenes Tor öffnete sich, als sie sich näherten.

»Stünde dieser Turm am Ende der Brücke oder besser noch oben am Steilweg auf der anderen Seite der Schlucht, wäre das Herzland einfacher zu verteidigen. Eine Hand voll Männer könnte dann ein ganzes Heer aufhalten«, sagte Mandred leichthin.

»Auf der Shalyn Falah darf kein Blut vergossen werden, Menschenkind. Glaubst du wirklich, du wärest klüger als die Baumeister meines Volkes?« Ollowain machte sich nicht mal die Mühe, sich umzudrehen, während er sprach.

»Vor Baumeistern, die beim Brückenbau das Geländer vergessen, habe ich in der Tat keinen großen Respekt«, entgegnete Mandred spitz.

Der Elf blieb stehen. »Bist du so einfältig, oder verlässt du dich einfach darauf, dass du unter dem Schutz der Königin stehst, Menschensohn? Hat dir deine Amme nicht erzählt, was Elfen mit Menschen tun, die derart respektlos sind?«

Mandred leckte sich nervös über die Lippen. War er denn vollkommen verrückt geworden? Hätte er nur den Mund gehalten! Doch wenn er jetzt nicht antwortete, würde er sein Gesicht verlieren, es sei denn … Er lächelte. Es gab noch einen Weg.

»Es zeugt wahrlich von deiner Tapferkeit, Elf, einen unbewaffneten Mann zu verspotten.«

Ollowain fuhr mit wirbelndem Umhang herum. Sein Schwert verharrte mit dem Griff voran kaum einen Fingerbreit vor Mandreds Brust. »Du glaubst, du wärest mit einer Waffe in der Hand eine Gefahr für mich, Menschenkind? Versuche es!«

Mandred grinste frech. »Ich kämpfe gegen keinen Unbewaffneten.«

»Es heißt, den Feigling erkennt man zuerst an seiner flinken Zunge«, erwiderte Ollowain. »Ich hoffe, du wirst dir nicht gleich die Beinkleider benässen.«

Mandreds Hand schoss vor. Er packte Ollowains Schwert und machte einen Satz zurück. Das war genug! Er würde diesem aufgeblasenen Kerl nicht wirklich etwas tun, doch ein Klaps mit der breiten Seite vom Schwert sollte ihm zeigen, dass er sich mit dem Falschen anlegte! Ein schneller Blick zu den Zinnen der Sperrmauer verriet ihm, dass ihnen niemand zusah. Das war gut so. Ollowain selbst würde bestimmt nicht herumerzählen, dass er Prügel bezogen hatte.

Mandred musterte seinen Gegner. Er war prächtig gewandet, gewiss, aber ein Held oder Zauberer war er bestimmt nicht. Wen stellte man schon als Wächter an eine Brücke, die niemand überqueren würde, der all seine Sinne beisammen hatte? Einen Schnösel! Einen Niemand! Diesen Wichtigtuer würde er schon noch Respekt lehren. Selbst wenn er ein Elf war.

Er vollführte ein paar schwungvolle Hiebe in die Luft, um seine Muskeln zu lockern. Die Waffe war ungewöhnlich leicht, ganz anders als ein Menschenschwert. Sie war beidseitig geschliffen. Er würde vorsichtig sein müssen, wenn er Ollowain nicht versehentlich verletzen wollte.

»Greifst du mich nun an, oder brauchst du noch ein zweites Schwert?«, fragte der Elf gelangweilt.

Mandred stürmte vor. Er riss das Schwert hoch, als wollte er Ollowain den Schädel spalten. Im letzten Augenblick änderte er die Schlagrichtung, um einen Rückhandhieb gegen die rechte Schulter des Elfen zu führen. Doch der Schwertstreich ging ins Leere.

Ollowain war gerade so weit ausgewichen, dass Mandred ihn um wenige Zoll verfehlte. Der weiß gewandete Krieger lächelte überheblich.

Mandred ging auf Abstand. Auch wenn der Elf die Statur eines Knaben hatte, verstand er zu kämpfen. Mandred würde es mit seinem besten Trick versuchen. Eine Finte, die drei seiner Feinde das Leben gekostet hatte.

Mit der Linken fuhr er vor, so als wollte er Ollowain eine schallende Ohrfeige verpassen. Gleichzeitig führte er mit rechts einen Schwerthieb aus dem Handgelenk, der auf das Knie seines Gegners zielte. Den mit sparsamer Bewegung geführten Schwertstoß hatten seine Feinde stets erst dann bemerkt, wenn sie die Klinge getroffen hatte.

Ein Fausthieb prellte Mandreds Hand zur Seite. Ein Fußtritt traf die Schwertspitze, sodass sie ihr Ziel verfehlte. Dann rammte der Elf ihm ein Knie zwischen die Beine.

Mandred tanzten Sterne vor den Augen, er glaubte vor Schmerz nicht atmen zu können. Ein Stoß vor die Brust brachte ihn aus dem Gleichgewicht, ein zweiter Hieb ließ ihn straucheln. Er blinzelte, um wieder klarer zu sehen. Der Elf war so schnell, dass seine Bewegungen zu geisterhaften Schemen verschwammen.

Hilflos schlug Mandred um sich, um den Gegner wieder auf Distanz zu bringen. Etwas traf seine rechte Hand. Die Finger waren taub vor Schmerz.

Mandreds Klinge wurde nur noch von seinen Instinkten als

Krieger gelenkt. Er fühlte sich hilflos, während Ollowain überall zugleich zu sein schien.

Mandreds Schwert beschrieb einen wirbelnden Halbkreis. Dann wurde ihm die Waffe mit einem Ruck aus der Hand gerissen. Ein Luftzug strich dem Krieger über die rechte Wange. Dann war der Kampf vorbei.

Ollowain war ein paar Schritte zurückgetreten. Sein Schwert steckte in der Scheide, so als wäre nichts geschehen. Langsam sah Mandred wieder klarer. Es war lange her, dass ihn jemand dermaßen verprügelt hatte. Der tückische Elf hatte es vermieden, ihm ins Gesicht zu schlagen. Bei Hof würde niemand bemerken, was vorgefallen war.

»Du musst ja ganz schön Angst gehabt haben«, brachte Mandred keuchend hervor, »dass du dich deiner Zauberei bedient hast, um mich zu besiegen.«

»Ist es Zauberei, wenn dein Auge zu langsam ist, meiner Hand zu folgen?«

»Kein Mensch kann sich ohne Zauberei so schnell bewegen«, beharrte Mandred.

Der Anflug eines Lächelns spielte um Ollowains Lippen. »Ganz recht, Mandred. Kein Mensch.« Er deutete zum Tor des Turms, das nun weit offen stand. Dort warteten zwei gesattelte Pferde auf sie. »Würdest du mir die Ehre erweisen, mir zu folgen?«

Mandred tat jeder Knochen weh. Steifbeinig ging er auf das Tor zu. Der Elf hielt sich an seiner Seite. »Ich brauche niemanden, der mich stützt«, brummte Mandred missmutig.

»Andernfalls würdest du auch eine kümmerliche Figur bei Hof abgeben.« Ein freundlicher Blick nahm Ollowains Worten ihren Stachel.

Die Pferde unter dem Torbogen warteten geduldig. Nirgends waren Knechte zu sehen, die sie herbeigeführt hatten. Ein gewölbter Torweg zog sich wie ein Tunnel durch das Mauerwerk des mächtigen Turms. Er lag verlassen. Auch hinter den Zinnen der Mauer ließ sich niemand blicken. Und doch spürte Mandred mit einem Mal, dass er beobachtet wurde.

Wollten die Elfen verbergen, wie stark die Garnison war, die das Tor zum Herzland bewachte? Hielt man ihn denn für einen Feind? Für einen Späher vielleicht? Aber hätte ihn dann die Eiche geheilt?

Ein Schimmel und ein Grauer erwarteten sie. Ollowain trat an den weißen Hengst heran und tätschelte ihm verspielt die Nüstern. Mandred kam es so vor, als schaute der Graue ihn erwartungsvoll an. Er verstand nicht viel von Pferden. Diese Tiere waren von leichtem Körperbau; sie hatten schlanke Fesseln und wirkten zerbrechlich. Aber er hatte sich ja auch von Ollowains Aussehen täuschen lassen. Wahrscheinlich waren sie ausdauernder und stärker als jedes andere Pferd, das er bislang geritten hatte. Ausgenommen Aigilaos. Mandred schmunzelte bei der Erinnerung an den großsprecherischen Kentauren.

Stöhnend zog er sich in den Sattel. Als er halbwegs aufrecht saß, bedeutete der Elfenkrieger ihm zu folgen. Dumpf hallte der Tritt der unbeschlagenen Hufe von den Wänden des Tortunnels wider.

Ollowain schlug einen Weg ein, der über sanft ansteigende grüne Hügel führte. Es wurde ein langer Ritt bis zur Burg der Elfenkönigin, vorbei an dunklen Wäldern und über eine Unzahl kleiner Brücken. Ab und an sah man in der Ferne Häuser mit kühn geschwungenen Kuppeldächern. Mit Bedacht in die Landschaft gebettet, wirkten sie auf Mandred wie Edelsteine, die in eine besonders kostbare Fassung eingearbeitet waren.

Es war ein Land des Frühlings, das er mit Ollowain durchquerte. Wieder fragte Mandred sich, wie lange er unter dem Eichbaum geschlafen haben mochte. In den Märchen hieß es, dass in der Elfenwelt ewiger Frühling herrsche. Gewiss waren nicht mehr als nur zwei oder drei Tage vergangen, seit er durch den Steinkreis gegangen war. Vielleicht sogar nur ein einziger!

Mandred zwang sich, seine Gedanken zu ordnen, um vor der Königin nicht wie ein Narr dazustehen. Inzwischen war er überzeugt davon, dass der Manneber von hier, aus der Elfenwelt, gekommen war. Er dachte an Xern und Aigilaos. Hier schien es nichts Ungewöhnliches zu sein, wenn Menschen und Tiere miteinander verschmolzen – so wie der Manneber.

Wenn sich die Fürsten des Fjordlands trafen, um Recht zu sprechen, war es an Mandred, Firnstayn zu vertreten. Er wusste, was zu tun war, um eine Fehde im Keim zu ersticken. Kam es zwischen zwei Sippen zu einer Bluttat und ein Mann wurde getötet, dann musste die Familie des Mörders der Familie des Opfers ein Wergeld abtreten. Wurde dieses geleistet, so gab es keinen Grund mehr zur Blutrache. Der Manneber kam von hier. Die Königin der Elfen trug für ihn Verantwortung. Mandred hatte durch ihn drei Gefährten verloren. Firnstayn war so klein, dass der Verlust von drei kräftigen Männern seinen Bestand gefährden mochte. Er würde ein hohes Wergeld fordern! Luth allein mochte wissen, wie viele Männer aus anderen Dörfern von der Kreatur getötet worden waren. Die Albenkinder hatten den Schaden angerichtet, also sollten sie auch für ihn aufkommen. Das war nur gerecht!

Gewiss fürchteten die Elfen keine Blutfehde mit seinem Dorf. Dennoch war er es seinen toten Freunden schuldig, dass er die Stimme am Hof der Königin erhob und Gerechtigkeit forderte. Ahnte die Herrin von Albenmark das vielleicht? Wusste sie, welche Schuld sie auf sich geladen hatte? Ließ sie ihn deshalb mit solcher Eile an den Hof holen?

Am späten Nachmittag erblickten sie zum ersten Mal die Burg der Elfenkönigin. Sie lag noch ein ganzes Stück entfernt auf einem steilen Hügel, jenseits eines weiten Landes mit Wäldern und Wiesen. Ihr Anblick verschlug Mandred die Sprache. Die Burg schien geradewegs aus dem Fels zu wachsen und sich mit den Dächern ihrer höchsten Türme in den Himmel bohren zu wollen. Die Mauern waren von strahlendem Weiß, während sich die Dächer in einem Blaugrün absetzten, das an die Farbe alter Bronze erinnerte. Kein Fürst der Nordlande hatte einen Sitz, der sich auch nur mit dem kleinsten der Türme dieser Burg messen konnte. Selbst die goldene Halle von König Horsa wirkte unbedeutend, verglichen mit dieser

Pracht. Wie mächtig musste die Frau sein, die über dieses Land herrschte! Und wie reich musste sie sein … So reich, dass es sie wohl nur ein Fingerschnippen kosten würde, alle Langhäuser seines Dorfes mit goldenen Schindeln decken zu lassen. Er sollte das bedenken, wenn er die Höhe des Wergeldes für seine toten Jagdgefährten festsetzte.

Mandred war insgeheim überrascht, wie langsam sie sich der Burg näherten. Obwohl die Pferde schnell wie der Wind über das Land dahinflogen, wurde die Burg am Horizont kaum größer. Sie kamen an einem Baum vorbei, der so alt wie die Berge zu sein schien. Sein Stamm war mächtig wie ein Turm, und in seinen weit ausladenden Ästen waren seltsame Dinge zu sehen. Es schien, als hätte das lebende Holz runde Hütten aus ineinander geflochtenen Ästen geschaffen. Seilbrücken spannten sich durch die Baumkrone und verbanden die Hütten miteinander. Halb verborgen zwischen den Zweigen erkannte Mandred Gestalten. Waren es Elfen, so wie Ollowain? Oder noch ein anderes, seltsames Volk?

Plötzlich erhob sich wie auf ein unhörbares Kommando ein Schwarm Vögel aus dem Baum. Ihr Gefieder schimmerte in allen Farben des Regenbogens. Sie flogen dicht über Mandred hinweg, beschrieben einen weiten Bogen am Himmel und kreisten dann über den zwei Reitern. Es mussten tausende sein. Die Luft war erfüllt vom Rauschen ihres Flügelschlags. So wunderbar war das Spiel der Farben auf ihren Federn, dass Mandred den Blick nicht abwenden mochte, bis sich der Schwarm nach und nach auflöste.

Ollowain war den ganzen Ritt über still geblieben. Er schien in Gedanken versunken zu sein und unbeeindruckt von den Wundern des Herzlandes. Mandred hingegen konnte sich kaum satt sehen.

Einmal kamen sie an einem flachen See vorbei, auf dessen Grund funkelnde Edelsteine lagen. Was waren das nur für Wesen, dass sie solche Schätze einfach ins Wasser warfen! Allerdings hatte er selbst auch schon den Göttern Opfergaben gebracht. Die Axt des ersten Mannes, den er besiegt hatte, hatte er in einer stillen Vollmondnacht an der Heiligen Quelle tief in den Bergen Norgrimm, dem Gott der Schlachten, zum Geschenk gemacht. Freya und die anderen Frauen ehrten Luth, indem sie kunstvoll gewobene Stoffbänder in die Äste der Dorflinde flochten. So reich wie das Elfenvolk schien, war es nur angemessen, wenn sie ihre Götter mit Edelsteinen beschenkten. Dennoch … Der Reichtum der Elfen erzürnte Mandred. Er wusste zwar nicht, wie er hierher gekommen war, doch so weit konnte dieses Königreich nicht vom Fjordland entfernt sein. Und hier gab es alles im Überfluss, während seinesgleichen im Winter Not litt. Nur ein kleiner Teil dieser Schätze könnte den Hunger für immer vertreiben. Was immer er als Wergeld für seine toten Gefährten forderte, für die Elfen war es gewiss bedeutungslos.

Er wollte etwas anderes als Gold und Edelsteine. Er wollte Rache. Diese Bestie, der Manneber, sollte tot zu seinen Füßen liegen!

Mandred beobachtete Ollowain. Ein Krieger seiner Art würde das Ungeheuer sicher mit Leichtigkeit besiegen können. Er seufzte. Alles schien hier leichter zu sein.

Sie waren in einen lichten Buchenwald gekommen. Der Klang von Flöten hing in der Luft. Irgendwo in den Baumwipfeln ertönte eine Stimme von solcher Klarheit, dass einem das Herz aufging. Obwohl Mandred kein einziges Wort verstand, verflog sein Zorn. Was blieb, war die Trauer um die verlorenen Freunde.

»Wer singt dort?«, fragte er Ollowain.

Der weiß gewandete Krieger blickte zu den Baumwipfeln. »Eine Maid aus dem Waldvolk. Sie sind seltsam. Ihr Leben ist eng verbunden mit den Bäumen. Wenn sie nicht gesehen werden wollen, dann vermag niemand sie zu finden – außer vielleicht ihresgleichen. Sie sind berühmt für ihren Gesang und ihren Umgang mit dem Bogen. Wie Schatten bewegen sie sich durch das Geäst. Hüte dich, einen ihrer Wälder zu betreten, wenn du mit ihnen in Fehde stehst, Menschensohn.«

Beklommen sah Mandred zu den Baumkronen auf. Hin und

wieder glaubte er dort oben Schatten zu sehen, und er war froh, als sie den Wald wieder verließen. Lange noch folgte ihnen der warme Flötenklang.

Die Sonne berührte schon die Berge am Horizont, als sie das weite Tal erreichten, über dem die Burg der Königin thronte. Entlang eines kleinen Bachlaufs war ein Zeltlager errichtet. Seidene Banner wiegten sich im Wind, und die Zelte schienen in ihrer verschwenderischen Pracht miteinander zu wetteifern. Auf den Hügeln standen Häuser, eingefasst von Säulengängen. Manche der Häuser waren durch lange Laubengänge miteinander verbunden, die ganz von Rosen und Efeu überwachsen waren. So vielfältig waren die Bauwerke rings auf den Hängen, dass sich das Auge nicht abwenden mochte. Was Mandred aber am meisten beeindruckte, war die Tatsache, dass es keinen Wall gab, der die Elfensiedlung umschloss, und keine Wachtürme auf den umliegenden Hügeln. Sie schienen sich völlig sicher zu sein, dass dieses Tal niemals angegriffen werden würde. Selbst die Burg der Königin, so eindrucksvoll ihre himmelhohen Türme auch waren, war kaum dazu geschaffen, als mächtiges Verteidigungswerk zu dienen. Sie sollte wohl eher das Auge eines friedlichen Betrachters erfreuen und nicht etwa beutegierige Eroberer abschrecken.

Mandred und Ollowain folgten einem breiten Weg, der von Bäumen überschattet war, hinauf zum Tor. Öllampen waren seitlich des Weges entzündet und tauchten ihn in einen goldenen Schein.

Der Tortunnel war kürzer als derjenige bei der Festung am Pass hinter der Shalyn Falah. Elfenkrieger in knöchellangen Kettenhemden lehnten hier auf ihren Schilden. Ihre Blicke folgten Mandred – wachsam, aber unaufdringlich. Im weiten Hof waren kostbar gekleidete Würdenträger versammelt, die ihn ohne Scham musterten. Unter ihren Blicken fühlte sich Mandred schmutzig und unbedeutend. Alle trugen hier kostbar bestickte Gewänder, in denen sich das Licht der Lampen fing. Die Kleider waren voller Perlen und Steine, für die Mandred nicht einmal Namen hatte. Er hingegen war in Lumpen gekleidet: eine zerrissene, blutverschmierte Hose, eine abgetragene Fellweste. Wie ein Bettler musste er ihnen vorkommen. Trotzig reckte er sein Kinn vor. Er würde sich in Stolz kleiden!

Ollowain schwang sich aus dem Sattel. Nun bemerkte Mandred einen feinen Riss im Umhang des Kriegers. Hatte er ihn bei ihrem Duell getroffen? Gewiss würde Ollowain nicht ohne Not ein Kleidungsstück mit einem Riss anlegen.

Auch Mandred stieg ab. Ein bocksbeiniger Kerl eilte herbei, um die Zügel seines Grauen zu nehmen. Mandred betrachtete den seltsamen Pferdeknecht verblüfft. Der Kerl stank wie ein alter Ziegenbock. Schon wieder so ein Tiermensch! Sie durften sogar auf diese prächtige Burg!

Aus der Gruppe der Höflinge löste sich ein hoch gewachsener Elf. Er trug ein langes schwarzes Gewand, gesäumt mit einer Schmuckborte aus silberner Stickerei, die ineinander verwobene Blätter und Blüten zeigte. Silberweißes Haar fiel ihm bis auf die Schultern, und ein Kranz aus hauchzarten, silbernen Blättern ruhte über seinen Schläfen. Das Gesicht war blass, fast farblos, die Lippen nur schmale Striche. In kaltem, hellem Blau brannten seine Augen. Ollowain verbeugte sich knapp vor dem Mann. Der Unterschied zwischen ihnen beiden hätte kaum größer sein können. Sie erschienen Mandred wie Licht und Schatten.

»Ich entbiete dir meinen Gruß, Meister Alvias. Wie unsere Herrin Emerelle es wünschte, habe ich den Menschensohn sicher zur Burg geleitet.« Ollowains Tonfall ließ keinen Zweifel daran aufkommen, dass ihm die Wünsche seiner Herrin Befehl waren.

Die beiden Elfen maßen einander mit Blicken, und Mandred kam es so vor, als hielten sie ein stummes Zwiegespräch. Schließlich gab Meister Alvias Mandred durch eine Geste zu verstehen, dass er ihm folgen solle.

Der Krieger fühlte sich wie in einem Albtraum gefangen, als er hinter Meister Alvias eine breite Treppe emporstieg, die zu einem Säulengang führte. Alles um ihn herum war von beklemmender Schönheit und durchtränkt von fremdem Zauber – ein Ort, so vollkommen, dass es zum Fürchten war.

Sie durchquerten zwei weite Hallen. Jede für sich hätte sein ganzes Dorf aufnehmen können. Von Emporen hingen breite Banner hinab, die mit stilisierten Adlern und Drachen geschmückt waren, aber auch mit Tieren, wie Mandred sie noch nie gesehen hatte. Obwohl der Krieger keinen Luftzug spüren konnte, bewegten sich die Banner, als griffe eine leichte Brise nach ihnen. Noch unheimlicher waren die Wände. Kam man ihnen nahe, so erkannte man, dass sie aus weißem Stein gefügt waren, so wie die Brücke von Shalyn Falah und die Festung jenseits des Engpasses. Doch dem Stein der Burg musste ein Zauber anhaften. Von ihm ging ein blasses, weißliches Licht aus. Schon auf wenige Schritt Entfernung verging der Eindruck, von Stein umgeben zu sein. Man hatte eher das Gefühl, als bewegte man sich inmitten einer Halle aus Licht.

Wann immer sie sich einem Portal näherten, schwangen die Flügel wie von Geisterhand bewegt auf. Inmitten der zweiten Halle gab es eine Quelle, die sich aus dem Rachen eines steinernen Ungeheuers in einen kleinen, runden See ergoss. Die Bestie war umringt von versteinerten Kriegern. Beklommen spürte Mandred sein Herz schneller schlagen. Hätte es noch eines letzten Beweises für die Zaubermacht der Elfenkönigin bedurft, so war er nun geliefert. Wer ihr Missfallen erregte, den verwandelte sie in steinernen Schmuck ihrer Burg!

Eine weitere hohe Pforte schwang vor ihnen auf, und sie betraten einen Saal, dessen Wände hinter einem Vorhang silbern schimmernden Wassers verborgen blieben. Es gab keine Decke, stattdessen wölbte sich hoch über ihnen der rot glühende Abendhimmel. Leise Musik schwebte in der Luft. Mandred hätte nicht zu sagen gewusst, welche Instrumente so liebliche Töne hervorzubringen vermochten. Die Musik nahm ihm die Furcht, die in seinem Herzen gewachsen war, seit er den Hof der Burg betreten hatte. Und doch, dies hier war kein Ort, der für Menschen geschaffen war. Er sollte nicht hier sein.

Etwa drei Dutzend Elfen warteten bereits im Saal, und ihrer

aller Augen richteten sich auf Mandred. Es war das erste Mal, dass der Krieger Elfenfrauen sah. Sie waren groß gewachsen und schlank und ihre Hüften knabenhafter als bei Menschenfrauen. Die Brüste waren klein und straff. Unter Menschen hätte Mandred keinen Gefallen an solchen Kindfrauen gefunden. Doch die Elfen waren anders. Ihre Gesichter waren von einer Schönheit, die einen alles andere vergessen machte. Mandred wusste nicht zu sagen, ob es an ihren geschwungenen Lippen lag, den alterslosen Zügen oder den Augen, in deren Abgründen die Verheißung ungekannter Freuden lockte. Manche von ihnen trugen fließende Kleider aus Stoffen so fein, als wären sie aus Mondlicht gewoben. Sie betonten die Vorzüge ihrer schlanken Körper mehr, als dass sie diese verbargen. Mandreds Blick blieb an einer der Frauen haften. Sie war aufreizender als die anderen gekleidet. In der Farbe von Rosenblüten schimmerten die Knospen ihrer Brüste durch den Stoff, und verlockender Schatten lag zwischen ihren Schenkeln. Keine Menschenfrau hätte es gewagt, ein solches Gewand zu tragen.

Gegenüber der Pforte führten sieben Stufen hinauf zum Thron des Elfenvolkes. Es war ein schlichter Stuhl aus dunklem Holz mit Intarsien aus schwarzen und weißen Steinen, die zwei untrennbar miteinander verflochtene Schlangen zeigten. Neben dem Thron erhob sich eine niedrige Säule, die eine flache Silberschüssel trug. Vor dem Herrschersitz aber stand eine junge Elfe. Sie war ein wenig kleiner als die übrigen Frauen im Saal. Dunkelblondes Haar fiel in Wellen auf ihre nackten, milchweißen Schultern. Ihre Lippen hatten die Farbe von Waldbeeren, und ihre Augen waren vom selben hellen Braun wie das Fell eines Rehkitzes. Sie trug ein blaues Kleid, durchwirkt mit Silberfäden. Es war diese Frau, vor der sich Meister Alvias verbeugte. »Emerelle, Herrin, dies ist der Menschensohn Mandred, der dein Reich betrat, ohne gerufen zu sein.«

Die Königin musterte Mandred eindringlich. Es war dem Krieger unmöglich, an ihrem Gesicht abzulesen, was sie wohl dachte. Es blieb reglos, wie aus Stein geschnitten. Eine Ewigkeit schien zu vergehen. Die Musik war verklungen; es war still jetzt, bis auf das Rauschen des Wassers.

»Was ist dein Begehr, Mandred Menschensohn?«, erklang schließlich die helle Stimme der Königin.

Mandreds Mund war trocken. Lange hatte er sich auf dem Ritt überlegt, was er sagen sollte, wenn er der Elfenkönigin gegenüberstünde. Doch nun war sein Kopf leer. Da war nichts, außer Sorge um die Seinen und Zorn über den Tod seiner Gefährten. »Ich fordere Wergeld für die Morde, die einer deiner Untertanen begangen hat, Herrin. So ist es Gesetz im Fjordland!«, stieß er hervor.

Das Rauschen des Wassers wurde lauter. Mandred vernahm hinter sich empörtes Raunen.

»Welcher meiner Untertanen soll diese Bluttaten begangen haben?«, fragte Emerelle mit ruhiger Stimme.

»Ich kenne seinen Namen nicht. Es ist ein Ungeheuer, halb Mensch, halb Eber. Ich habe viele Geschöpfe wie ihn auf dem Weg zu deiner Burg gesehen.«

Eine steile Falte erschien zwischen den Brauen der Königin. »Ich kenne kein Wesen, wie du es benennst, Mandred Menschensohn.«

Mandred spürte, wie ihm das Blut in die Wangen schoss. So eine freche Lüge! »Ein Mannpferd war dein Bote, und im Hof der Burg hat ein Mannbock die Pferde fortgeführt. Woher sonst sollte ein Manneber kommen, wenn nicht aus deinem Reich, Königin! Ich fordere …«

Das Wasser schoss nun mit lautem Dröhnen die Wände hinab.

»Du wagst es, unsere Königin eine Lügnerin zu nennen!«, empörte sich Alvias. Eine Schar von Elfen umringte Mandred.

Der Krieger ballte die Fäuste. »Ich weiß, was ich gesehen habe!«

»Achtet das Gastrecht!« Die Königin hatte die Stimme kaum erhoben, und doch wurde sie von jedermann gehört. »Ich habe den Menschensohn in diese Halle geladen. Wer ihn anrührt, rührt auch an meiner Ehre! Und du, Mandred, zügele deine

Zunge. Ich sage dir: Ein Geschöpf, wie du es beschrieben hast, gibt es nicht in Albenmark. Berichte uns, was dieser Manneber getan hat. Ich weiß sehr wohl darum, dass ihr Menschen die stehenden Steine meidet. Wovor bist du hierher geflohen?«

Mandred erzählte von der vergeblichen Jagd und der Kraft des Mannebers. Als er endete, hatte sich die Falte zwischen Emerelles Augenbrauen noch vertieft. »Ich bedauere den Tod deiner Gefährten, Mandred. Mögen sie in den Hallen deiner Götter freundliche Aufnahme finden.«

Der Krieger sah die Herrin verwundert an. Er wartete darauf, dass sie fortfuhr. Ihm ein Angebot machte. Das konnte doch nicht alles gewesen sein! Das Schweigen zog sich in die Länge. Mandred dachte an Freya. Jede Stunde, die er hier verlor, brachte sie in größere Gefahr, falls der Manneber nicht schon längst über Firnstayn hergefallen war.

Betreten senkte er den Blick. Was zählte sein Stolz, wenn er mit dem Blut der Seinen erkauft war! »Herrin Emerelle, ich … bitte dich um Hilfe bei der Jagd auf das Ungeheuer. Ich … Ich bitte um Verzeihung, wenn ich dich beleidigt haben sollte. Ich bin nur ein einfacher Mann. Mit Worten zu kämpfen ist nicht meine Sache. Ich trage mein Herz auf der Zunge.«

»Du kommst in meine Burg, Mandred, beleidigst mich vor meinem Hofstaat und fragst nun, ob ich das Leben meiner Jäger in Gefahr zu bringen gedenke, um deiner Sache zu dienen? Du trägst dein Herz wahrlich auf der Zunge, Menschensohn.« Emerelles Hand machte eine kreisende Bewegung über der Silberschale, und sie sah flüchtig in das Wasser. »Was bietest du mir für meine Hilfe? Wird in deinem Volk nicht Blut mit Blut vergolten?«

Mandred war überrascht von der Königin. Die Fürsten des Fjordlandes hätten offen ihre Forderungen ausgesprochen und nicht wie Krämer gefeilscht. Er kniete nieder. »Befreie mein Land vom Manneber, und du magst über mich verfügen. Ich gehöre dir.«

Emerelle lachte leise. »Mandred, du bist wahrlich kein Mann, den ich jeden Tag um mich sehen wollte.« Sie schwieg und schaute wieder in die silberne Schüssel. »Ich fordere, was dein Weib Freya unter ihrem Herzen trägt. Das erste Kind, das dir geboren wird, Mandred Menschensohn. Die Freundschaft des Elfenvolkes erlangt man nicht um ein paar wohlfeile Worte. Ich werde das Kind heute in einem Jahr holen.«

Mandred war wie vom Blitz gerührt. »Mein Kind?« Hilfe suchend blickte er zu den anderen Elfen. Doch in keinem der Gesichter las er Mitgefühl. Wie hieß es in den Kindermärchen? Elfenherzen seien so kalt wie Wintersterne …

»Nimm einen Dolch und stoß ihn mir ins Herz, Königin. Beende hier und jetzt mein Leben. Diesen Preis zahle ich, ohne zu zögern, wenn du dafür den Meinen hilfst.«

»Große Worte, Mandred«, entgegnete die Königin kühl. »Doch welchen Nutzen brächte es, dein Blut vor den Stufen meines Thrones zu vergießen?«

»Welchen Nutzen hast du an einem Kind?«, begehrte Mandred verzweifelt auf.

»Dieses Kind wird ein Band zwischen Elfen und Menschen knüpfen«, entgegnete sie ruhig. »Es soll unter meinem Volke aufwachsen und wird die besten Lehrmeister haben. Wenn dein Kind alt genug ist, mag es entscheiden, ob es für immer bei uns bleiben will oder ob es zu seinen Menschenbrüdern zurückkehren möchte. Will es zurück, so werden wir ihm reiche Geschenke mitgeben, und ich bin mir gewiss, es würde einen Platz unter den Ersten deines Volkes erobern. Die kostbarste Gabe aber, die es in die Menschenwelt tragen würde, wäre die Freundschaft des Elfenvolkes.«

Mandred hatte das Gefühl, als hielte diese zierliche Frau sein Herz mit eiserner Hand umschlossen. Wie konnte er sein ungeborenes Kind den Elfen versprechen? Und doch – wenn er sich verweigerte, so würde sein Kind vielleicht nie geboren werden. Wie lange mochte es dauern, bis der Manneber in die kleine Siedlung am Fjord eindrang? War er vielleicht schon dort gewesen?

»Lebt mein Weib Freya denn noch?«, fragte er niedergeschlagen.

Die Hand der Königin strich sanft über die Silberschale. »Etwas verbirgt die Kreatur, die du Manneber nennst. Doch sie scheint noch immer in der Nähe des Steinkreises zu sein. Dein Dorf hat sie nicht angegriffen.« Sie hob den Blick und sah ihm nun geradewegs ins Gesicht. »Wie lautet deine Entscheidung, Mandred Menschensohn?«

Ich werde noch weitere Kinder mit Freya zeugen, redete er sich ein. Vielleicht trägt sie ja ein Mädchen unter dem Herzen, und der Verlust wird nicht so schwer wiegen. Er war der Jarl seines Dorfes. Er trug die Verantwortung für alle. Was wog ein Leben gegen viele? »Du wirst bekommen, was du forderst, Königin.« Mandreds Stimme war kaum mehr als ein Flüstern. Seine Lippen wollten sich den Worten verschließen, und doch zwang er sich zu sprechen. »Töten deine Jäger den Manneber, dann wird mein Kind dir gehören.«

Emerelle nickte in Richtung eines Elfen, der in helles Grau gewandet war, und bedeutete ihm mit einer Geste vorzutreten. »Farodin aus der Sippe des Askalel, du hast dich oftmals bewährt. Deine Weisheit und deine Erfahrung sollen der Jagd zum Erfolg verhelfen. Hiermit berufe ich dich zur Elfenjagd.«

Mandred spürte einen Schauer über seinen Rücken laufen. Die Elfenjagd! Wie viele Geschichten hatte er über diese geheimnisvolle Jagdgemeinschaft gehört!

Keine Beute vermochte diesen unheimlichen Jägern zu entgehen, hieß es. Was auch immer sie jagten, war des Todes. Wölfe, so groß wie Pferde, waren ihre Jagdhunde, und in den Adern ihrer Rösser floss flüssiges Feuer. Sie ritten über den Nachthimmel und verbargen sich im Feenlicht, um dann wie Adler auf ihre Beute hinabzustoßen. Nur die Edelsten und Tapfersten durften mit der Elfenjagd reiten. Sie alle waren Krieger und Zauberer zugleich. So mächtig waren sie, dass selbst Drachen sie fürchteten und Trolle sich in ihren Burgen verbargen, wenn die Elfenjagd ausritt. Und er hatte sie auf den Manneber losgelassen, dachte Mandred frohlockend. Sie würden die Bestie zerfleischen und blutige Rache für seine toten Freunde nehmen!

Die Königin nannte noch weitere Namen, doch die Berufenen schienen nicht im Thronsaal zu sein. Schließlich deutete sie auf eine in Braun gekleidete Gestalt, die im ersten Augenblick zu erschrecken schien. »Nuramon aus der Sippe des Weldaron, deine Zeit ist gekommen.«

Ein Raunen ging durch die versammelten Elfen.

Eine Frau trat aus einer Gruppe hervor, die besonders betroffen wirkte. »Herrin, du willst ihn doch nicht etwa dieser Gefahr aussetzen? Du weißt um sein Schicksal!«

»Deshalb habe ich ihn erwählt.«

Mandred betrachtete verstohlen den braunhaarigen Elfen. Er wirkte verunsichert. Ein erfahrener Jäger war er gewiss nicht!

»Morgen früh schon soll die Elfenjagd aufbrechen, um das Ungeheuer zu töten, von dem uns berichtet wurde. Und du, Mandred Menschensohn, wirst sie anführen, denn du kennst die Bestie und das Land, das sie verheert.«

Das Raunen im Saal verstummte schlagartig. Wieder spürte Mandred alle Blicke auf sich ruhen. Er konnte nicht glauben, was Emerelle soeben gesagt hatte. Er, der Niederste in den Augen der Versammelten, war auserwählt, die Elfenjagd anzuführen! Er wünschte, Freya wäre nun an seiner Seite.

EIN ABEND AM HOF

Nuramon stand inmitten seiner Kammer, deren Wände und Decke reich mit Fresken verziert waren. Sieben hatte die Königin zur Elfenjagd berufen, und sieben Kammern gab es. Einst waren die Gemächer errichtet worden, damit die Jagdgefährten sich ausrüsten und ausruhen konnten. Hier sollten ihnen ihre Verwandten die Ehre erweisen. Und hier war es, wo Nuramon völlig allein war.

In die Decke und in die Wand waren honigfarbene Barinsteine eingelassen, die warmes Licht spendeten. An der Wand zu Nuramons Rechten zog sich eine tiefe Nische entlang, in der einige Waffen und Ausrüstungsgegenstände, aber auch Schmuck und so manches Kleinod lagen, dessen Zauberkraft er spüren konnte. All dies hatten seine Vorgänger einst auf der Elfenjagd getragen. Wer immer von der Jagd zurückkehrte, pflegte etwas in der Kammer zurückzulassen.

Als Berufener hätte Nuramon einige dieser Stücke an sich nehmen können; zumindest hatte ihm Farodin es so erzählt. Aber er wollte nichts von diesen Dingen für sich beanspruchen, wollte ihnen nicht den Glanz nehmen. So blieb ihm als Ausrüstung nur das, was er ohnehin besaß, und das war keineswegs viel. Die Bräuche verlangten, dass seine Verwandten ihn hier trafen, um ihm Beistand zu leisten und ihn auszustatten. Doch darauf konnte Nuramon sich nicht verlassen. Auf der steinernen Bank gegenüber der Nische saß weder ein Verwandter, noch lag dort irgendeine Gabe.

Hatte die Königin ihm nicht eine große Ehre erwiesen, dass sie ihn zur Elfenjagd berufen hatte? Hatte er es nicht verdient, dass seine Sippe, wie es üblich war, zu ihm kam, um ihm ihre Freude zu zeigen? Stattdessen hatte sich jedermann überrascht gezeigt. Sie machten sich nicht einmal mehr die Mühe zu flüstern, wenn sie über ihn spotteten. Er war ein Ausgestoßener, und er war sich sicher, dass nicht einmal die Königin etwas daran ändern konnte.

Was außer Noroelle gab es in dieser Welt, das ihn noch hier halten konnte? Seine Eltern waren längst ins Mondlicht gegangen. Geschwister hatte er keine und Freunde ebenso wenig. Da war nur Noroelle. Allein sie schien sein Erbe nicht zu bekümmern. Und hätte sie die Entscheidung der Königin vernommen, so hätte sie ihre Freude mit ihm geteilt. Sie wäre zu ihm in dieses Gemach gekommen.

Nuramon hatte die Geschichten von der letzten Elfenjagd gehört. Die Gefährten waren ausgezogen und hatten einen Trollfürsten vom Kelpenwall fern gehalten. Die Familien hatten den Jägern Waffen und allerlei Kostbarkeiten vorgelegt, aus denen sie hatten auswählen dürfen. Und jene, deren Gaben von den Jägern angenommen worden waren, waren mit Stolz erfüllt gewesen.

Gewiss überreichte man in diesem Augenblick, da er hier allein war, seinen Gefährten in den anderen Kammern die Ausrüstung. Bestimmt waren sogar einige bei dem Menschensohn. Nuramon fragte sich, ob jemals zuvor ein Elf einen Menschen beneidet hatte.

Das Geräusch von Schritten vor der Tür schreckte ihn aus seinen Gedanken. Er wandte sich um, in der Hoffnung, dass es ein Vetter, eine Base, ein Onkel oder eine seiner Tanten wäre, irgendeiner aus seiner Familie. Noch ehe die Tür sich öffnete, hörte Nuramon eine Frauenstimme seinen Namen nennen. Die Tür öffnete sich. Eine Frau im grauen Gewand einer Zauberin trat ein.

»Emerelle«, sagte er überrascht. Seine Herrin sah völlig verändert aus. Sie wirkte nun weniger wie eine Königin, sondern eher wie eine reisende Zauberin von großer Macht. Ihre hellbraunen Augen funkelten im Schein der Barinsteine, und auf ihrem Gesicht lag ein Lächeln. »*Du* kommst zu mir?«, fragte er.

Sie schloss die Tür. »Und wie es scheint, bin ich die Einzige.« Sie trat an ihn heran und tat dies mit solcher Eleganz und Macht, dass Nuramon glaubte, eine Elfe aus den alten Tagen der Heldensagen vor sich zu haben. Die Königin hatte diese großen Zeiten noch miterlebt. Sie war nicht von Elfen gezeugt; sie stammte direkt von den Alben ab und hatte sie noch gesehen, bevor sie die Welt verlassen hatten. Irgendwo in dieser Burg verbarg Emerelle ihren Albenstein, das Kleinod, welches ihr die Alben hinterlassen hatten und das sie einst verwenden würde, um ihnen zu folgen. Warum aber kam sie zu ihm wie eine Magierin?

Als hätte sie seine Gedanken gelesen, antwortete sie: »Es ist Tradition, dass die Königin jedem Mitglied der Elfenjagd einen Besuch abstattet. Und da ich überall Stimmen hörte außer bei dir, wollte ich hier den Anfang machen.« Sie blieb vor ihm stehen und blickte ihn erwartungsvoll an.

Ein Hauch von frischen Frühlingsblüten stieg ihm in die Nase. Es war der Duft der Königin, und er besänftigte ihn. »Verzeih mir«, sagte er leise. »Ich bin nicht mit allen Traditionen vertraut.« Er senkte den Blick.

»Hast du nie davon geträumt, an der Elfenjagd teilzunehmen? Jedes Kind träumt davon, kennt die Traditionen und jeden einzelnen Schritt des Weges in dieser Nacht.«

Nuramon seufzte und sah ihr ins Gesicht. »Ein Kind, das nirgends Anerkennung findet, träumt von kleineren Dingen.« Er dachte an die Zeit, nachdem seine Eltern ins Mondlicht gegangen waren. Er war fast noch ein Kind gewesen, doch niemand war gekommen, um sich seiner anzunehmen. Seine Verwandten hatten ihn abgewiesen, und so war er in das Baumhaus seiner Eltern zurückgekehrt. Dort war er einsam gewesen. Allein die Albenkinder, denen der Fluch nichts bedeutete, welchen die Elfen in ihm sahen, hatten ihn in ihrer Nähe geduldet. Und das waren keineswegs viele gewesen.

»Ich weiß, wie schwer es ist«, sagte die Königin und holte Nuramon mit ihren Worten aus seinen Erinnerungen zurück. »Doch meine Entscheidung wird ein Zeichen für die anderen sein. Noch sind sie überrascht, aber bald schon werden sie dich mit anderen Augen sehen.«

»Ich wünschte, ich könnte das glauben.« Er wich Emerelles Blick aus.

»Schau mich an, Nuramon!«, forderte sie. »Du darfst nicht vergessen, dass ich auch *deine* Königin bin. Ich kann die anderen nicht dazu bewegen, dich zu lieben. Aber ich werde dich behandeln, wie ich sie behandle. Du fühlst dich einsam und fragst dich, ob du überhaupt noch den Elfen zugehörig bist. Doch schon bald werden die anderen dein wahres Wesen erkennen.« Sie senkte den Blick. »Du hast dein Leid der jungen Jahre überwunden. Es scheint, als hätte Noroelle Kräfte in dir geweckt, die keiner für möglich gehalten hätte. Jetzt ist der Augenblick gekommen, da ich dir die Anerkennung schenke, die du gemäß deiner Eigenschaften verdienst.«

»Und ich werde diese Gelegenheit nutzen, Emerelle.«

Die Königin schaute sich zur Tür um. »Da niemand kommt, die Jäger aber seit jeher ausgestattet werden, möchte ich mich deiner Ausrüstung annehmen. Ich werde sie später in dein Gemach bringen lassen.«

»Aber …«

»Nein, sag nicht, es stünde dir nicht zu! Schau nach dort oben.« Sie deutete auf das Abbild einer Elfe, die gegen einen Drachen kämpfte. »Das ist Gaomee. Sie besiegte den Drachen Duanoc, der durch das Tor von Halgaris in unsere Gefilde gelangt war.«

Gaomee! Duanoc! Halgaris! Das waren Namen aus der Sage, die auf große Taten verwiesen und an heldenhafte Zeiten erinnerten.

Viele Drachen waren einst nach Albenmark gekommen, doch nur wenige hatten ihren Platz in dieser Welt gefunden und waren mit Elfen ein Bündnis eingegangen. Aber Duanoc war weit davon entfernt gewesen, einen solchen Pakt zu akzeptieren. Zumindest erzählte man es sich so. Und die junge Gaomee hatte ihn erschlagen. Nuramon lief ein Schauer über den Rücken.

Die Königin sprach weiter. »Gaomee hatte keine Familie mehr. Ich habe sie erwählt und auch damals für große Überraschung gesorgt. Ich sah in ihr etwas, das ich einst in mir selbst gesehen hatte.« Emerelle schloss die Augen und zog Nuramon völlig in ihren Bann. Nie zuvor hatte er die geschlossenen Augenlider der Königin gesehen. So mochte sie aussehen, wenn sie schlief und von Dingen träumte, die nur eine Elfe von außergewöhnlicher Macht begreifen konnte. »Ich sehe Gaomee so klar in meiner Erinnerung … Sie stand hier vor mir, und die Tränen liefen über ihre Wangen. Sie besaß keine passende Ausrüstung, um mit den anderen gegen Duanoc auszureiten. Also stattete ich sie aus. Es soll nicht sein, dass einer der Jäger schlecht ausgerüstet ist, besonders wenn es in die Reiche der Menschen geht.«

»Dann will ich es annehmen.« Nuramon schaute hinauf zur Freske der Gaomee und verlor sich in ihrem Anblick. Die Königin hatte ihm einen Weg aufgetan, von dem er nie geglaubt hatte, dass er ihm offen stünde. Längst hatte er sich damit abgefunden, abseits der anderen stehen zu müssen.

»Ich weiß, es ist neu für dich«, sagte die Königin leise und holte ihn abermals aus seinen Gedanken zurück. »Doch dies ist ein Wendepunkt für deine Seele. Nie war einer, dem man den Namen Nuramon gegeben hat, Mitglied der Elfenjagd. Du bist der Erste. Und weil mit der Elfenjagd auch Elfenruhm verbunden ist, werden sich viele bei deiner Rückkehr neu entscheiden müssen, ob sie dir mit Spott oder aber mit Anerkennung begegnen wollen.«

Nuramon musste lächeln.

»Warum lächelst du? Lass mich an deinen Gedanken teilhaben«, forderte Emerelle.

»Ich muss an die Angst denken, die ich in den Gesichtern meiner Verwandten gesehen habe, als du mich berufen hast. Nun bin ich mehr als nur eine Schande, ich bin eine Gefahr. Sie müssen fürchten, dass ihnen im Fall meines Todes ein Kind geboren wird, das meine Seele trägt. Eigentlich sollten sie hier sein, um mir die beste Ausrüstung zu übergeben, in der Hoffnung, dass ich überlebe. Aber die Abscheu mir gegenüber scheint größer zu sein als die Angst vor meinem Tod …«

Emerelle schaute ihn gütig an. »Nimm sie nicht so sehr ins Gericht. Sie müssen sich erst an die neue Lage gewöhnen. Nur die wenigsten, die durch die Jahrhunderte gehen, gewöhnen sich schnell an das Neue. Niemand konnte ahnen, dass ich dich berufe. Nicht einmal du selbst hast es erwartet.«

»Das ist wahr.«

»Du bist dir im Klaren, wie es nun weitergeht?«

Nuramon wusste nicht, was sie meinte. Sprach sie von seinem Leben oder aber von diesem Gespräch?

Bevor er etwas sagen konnte, fuhr Emerelle fort: »Die Gefährten der Elfenjagd begeben sich in Gefahr. Deswegen gibt die Königin jedem Einzelnen einen Rat mit auf den Weg.«

Nuramon schämte sich für seine Unwissenheit. »Ich werde ihm folgen, wie immer er auch lauten mag.«

»Gut, dass du mir so sehr vertraust.« Sie legte ihm die Hand auf die Schulter. »Du bist anders als die anderen, Nuramon. Wenn du in die Welt hinausblickst, dann siehst du etwas anderes als ein gewöhnlicher Elf. Du siehst das Schöne in dem, was andere verabscheuen. Du siehst das Erhabene dort, wo andere voller Verachtung vorübergehen. Und du sprichst von Harmonie, wo andere es nicht aushalten. Und weil du so bist, werde ich dir einen Rat geben, den ich einst das Orakel von Telmareen sagen hörte. *Wähle dir deine Verwandtschaft! Kümmere dich nicht um dein Ansehen! Denn alles, was du bist, das ist in dir.*«

Nuramon war wie gebannt. Er durfte die Worte des Orakels von Telmareen aus dem Munde der Königin hören! Eine Weile lang kostete er das Gefühl aus, das ihm die Königin vermittelte. Dann, mit einem Mal, erwachte eine Frage in ihm. Er zögerte, doch schließlich wagte er es, sie zu stellen. »Du meintest, du habest den Rat vernommen. Zu wem hat das Orakel gesprochen? Wem hat es diesen Rat gegeben?«

Emerelle lächelte. »Folge dem Rat der Königin!«, sagte sie und küsste ihn dann auf die Stirn. »Das Orakel sprach zu *mir.*« Mit diesen Worten wandte sie sich von ihm ab und ging zur Tür.

Nuramon blickte ihr fassungslos nach. Bevor sie die Tür hinter sich schloss, sagte sie, ohne noch einmal zu ihm zurückzublicken: »Ich habe Noroelle im Obstgarten gesehen.«

Als Emerelle fort war, ließ sich Nuramon auf die steinerne Bank sinken und dachte nach. Das Orakel hatte der Königin einst diesen Rat gegeben? Hatte sie ihn berufen, weil sie sich in ihm wiedererkannte? Nuramon wurde mit einem Mal bewusst, wie sehr er sich in der Königin getäuscht hatte. Er hatte sie immer als unnahbare Elfe betrachtet, als Frau, deren Glanz man nur bewundern konnte, wie man einen fernen Stern bewunderte. Aber nie und nimmer wäre er von selbst auf den Gedanken gekommen, es könnte irgendeine Gemeinsamkeit zwischen ihr und ihm geben.

Emerelle war allen Elfen und auch den anderen Albenkindern, die unter ihrem Schutz standen, Vorbild und Ideal zugleich. Wie hatte er sich davon ausnehmen können? Sie hatte ihm nicht nur einen Weg offenbart, den sie einst gegangen war, sondern auch auf Gaomee verwiesen. Auf der Elfenjagd würde er sich an Gaomee ein Beispiel nehmen. Darüber aber schwebte der Rat der Königin.

Noch einmal rief er sich ihre Worte ins Gedächtnis, und so wurde er auch an Noroelle erinnert. Er verließ die Kammer und sah Mandred am Ende des Ganges inmitten einiger Elfen stehen. Der Menschensohn bedankte sich lauthals. Nuramon musste schmunzeln. Um keine Gabe dieser Burg hätte er mit Mandred oder einem anderen aus der Elfenjagd nun mehr tauschen wollen.

Während er den Gang entlangging, bemerkte er, dass keine Frauen bei Mandred zu sehen waren. Das verwunderte ihn nicht. Offensichtlich hatte sich bei Hof schon herumgesprochen, auf welch unsittliche Art er die Frauen anstarrte. Er war froh, dass Noroelle im Thronsaal nicht Mandreds Blicken ausgesetzt gewesen war. Wie konnte man nur so taktlos sein!

In diesem Augenblick rief Mandred laut: »Nun, meine Freunde! Sprecht einen Zauber, der mich in diese Rüstung passen lässt, und so will ich sie mit Freuden annehmen …

Halt! Bleibt mir mit Schwertern und anderem Kinderkram vom Leib. Ich bin Mandred! Habt ihr keine Axt?« Nuramon schüttelte den Kopf. Eine raue Stimme, ein raues Gemüt! Und doch eine Art, der man sich nicht entziehen konnte.

Auf dem Weg zum Obstgarten fragte sich Nuramon, wie Noroelle die Kunde von seiner Berufung aufnehmen würde. Würde die Angst um ihn die Freude überwiegen? Die Königin hatte ein Lob für Noroelle in ihre Worte eingeflochten. Und es entsprach der Wahrheit: Seine Liebste hatte ihn verändert. Sie hatte ihm Selbstvertrauen geschenkt, und er war durch ihre Zuneigung gewachsen.

Wenig später erreichte Nuramon den Obstgarten. Er war auf einem weiten Felsvorsprung angelegt, den man nur durch die Burg erreichen konnte. Es war Nacht. Er sah zum Mond hinauf. Das war das Lebensziel. Endlich ins Mondlicht zu gehen! In all den Jahren war der Mond sein Vertrauter gewesen. Seine Vorfahren – jene, die zuvor seine Seele und seinen Namen getragen hatten – mochten ebenfalls diese Verbundenheit zum Mond verspürt haben. Der Lichtschimmer, der ihn traf, war wie ein kühler Windhauch, welcher der warmen Frühlingsnacht ein wenig Frische verlieh. Nuramon ging unter den Bäumen hindurch.

Unter einer Birke blieb er stehen und schaute sich um. Er war vor langer Zeit zum letzten Mal hier in diesem Garten gewesen. Man sagte, jeder der Bäume hier besitze eine Seele und einen Geist, und jeder, der ein offenes Ohr habe, könne sie flüstern hören. Nuramon lauschte, doch er vernahm nichts. Waren seine Sinne immer noch zu schwach?

Nun aber galt es, Noroelle zu finden. Dies war ein Obstgarten, also sollte er sie unter einem Obstbaum suchen. Er schaute sich nach den Früchten um, welche die Bäume hier das ganze Jahr trugen. Er sah Äpfel und Birnen, Kirschen und Mirabellen, Aprikosen und Pfirsiche, Zitronen und Orangen, Pflaumen und … Maulbeeren. Noroelle liebte Maulbeeren!

Ganz am Rande des Gartens standen zwei Maulbeerbäume, aber Noroelle war hier nicht zu finden. Nuramon lehnte sich an die Mauer und blickte über das Land. Die Zelte vor der Burg erschienen bei Nacht wie bunte Laternen. »Wo bist du nur, Noroelle?«, fragte sich Nuramon leise.

Da vernahm er ein Wispern in den Baumwipfeln. »Sie ist nicht hier, sie war nicht hier!« Erstaunt wandte er sich um – und sah doch nur die beiden Maulbeerbäume.

»Wir sind es«, drang es aus dem Geäst des größeren Baumes. »Geh zur Feentanne. Sie ist weise«, setzte der kleinere Baum nach. »Aber bevor du gehst, nimm von unseren Früchten!«

»Erzählt man sich denn nicht, dass beseelte Maulbeerbäume für die Sorge um ihre Früchte bekannt seien?«, fragte Nuramon voller Überraschung.

Die Blätter des größeren Baums raschelten. »Das stimmt. Wir sind nicht wie unsere seelenlosen Geschwister. Aber du bist auf dem Weg zu Noroelle.«

Der kleinere Baum schüttelte sich. »Es wäre uns eine Ehre, wenn sie von unseren Beeren kosten würde.«

Zwei Beeren fielen Nuramon direkt in die Hände. Die des kleinen Baumes war dunkelrot, die des großen weiß.

»Ich danke euch sehr, ihr beiden«, sagte Nuramon mit bewegter Stimme und machte sich auf den Weg. Er meinte eine Tanne ganz in der Nähe der Birke gesehen zu haben.

Als er die Feentanne erreichte, erinnerte er sich an sie. Als Kind hatte er im Winter dort mit den Auenfeen gespielt. Sie war weder hoch noch breit, sondern eher unscheinbar zu nennen. Aber sie war von einer Aura umgeben, die keine Kälte duldete. Daran war ein Zauber geknüpft, wie Nuramon ihn selbst beherrschte. Die Tanne besaß Heilkräfte. Er spürte es deutlich.

Ihre Zweige regten sich im Wind. »Wer bist du, dass du mich stören willst?«, raunte es aus ihrem Wipfel.

Ein Rascheln erhob sich rings umher. Überall dort, wo eben noch Stille geherrscht hatte, wurde nun gewispert.

»Wer ist es?«, schienen die Bäume zu fragen.

»Ein Elfling«, lautete die Antwort.

Die Feentanne gebot: »Still! Lasst ihn antworten!«

»Ich bin nur ein einfacher Elf«, sagte Nuramon. »Und ich suche meine Geliebte.«

»Wie ist dein Name, Elfling?«

»Nuramon.«

»Nuramon«, klang es vom Wipfel herab. Auch die anderen Bäume raunten seinen Namen.

»Ich habe von dir gehört«, erklärte die Tanne.

»Von mir?«

»Du wohnst in einem Haus auf einem Baum, auf einer Eiche namens Alaen Aikhwitan. Das Haus ist aus dem Holz, in dem einst die Seele der mächtigen Ceren steckte. Kennst du Alaen Aikhwitan? Und hast du von Ceren gehört?«

»Ceren ist mir nicht bekannt, doch Alaen Aikhwitan kenne ich. Ich spüre seine Anwesenheit, wenn ich zu Hause bin. Seine Magie hält das Haus im Sommer kühl und warm im Winter. Von ihm hatte meine Mutter die Heilkunst erlernt und ich von ihr. Aber er hat sich mir nie offenbart.«

»Er muss sich erst an dich gewöhnen. Du bist noch jung. Seine Boten haben mir von dir erzählt … von deiner Einsamkeit.« Nuramon lagen Fragen über Fragen auf der Zunge, aber die Tanne fragte nun ihrerseits: »Wer ist denn deine Liebste?«

»Ihr Name ist Noroelle.«

Ein heiteres Tuscheln wanderte durch die Baumwipfel rings herum, und Noroelles Name fiel gleich mehrere Male. Doch die Stimmen der Bäume verbanden sich auf eine Weise mit dem Rascheln ihres Blätterwerks, dass er nicht vernehmen konnte, was sie über Noroelle sagten.

Die Feentanne aber konnte er verstehen. »Sie ist nicht hier, sie war heute Nacht nicht hier.«

»Aber die Königin sagte, sie wäre hier in diesem Garten.«

»Die Königin sagt, was gesagt werden muss. Noroelle ist nicht hier, aber sie ist nahe. Geh zur Terrasse, dorthin, wo Linde und Ölbaum nebeneinander stehen!«

Nuramon hätte gern noch nach Ceren gefragt, aber im Augenblick war es wichtiger, Noroelle zu finden. So dankte er dem Baum und machte sich auf den Weg, den die Tanne ihm gewiesen hatte.

Bald sah er Linde und Ölbaum. Sie standen vor der Felswand, die bis hinauf zur Terrasse reichte. Als er näher kam, fand er eine schmale Treppe, die nach oben führte.

An der steinernen Brüstung der Terrasse stand Noroelle in einem weißen Gewand. Sie sah aus wie ein Geist, der aus dem Mondlicht herabgestiegen war. Noch hatte sie ihn nicht erblickt. Er trat unter die Linde. Die Feentanne hatte Recht: Die Königin hatte gesagt, was hatte gesagt werden müssen. Sie hatte ihn mit Bedacht in diese Lage gebracht. Noroelle dort oben, er hier unten! Diese Situation rief geradezu nach einem Gedicht, das aus dem Schatten einer Linde hinauf ins Mondlicht gesprochen wurde.

Da sagte Noroelle etwas. Sprach sie mit dem Mond? Sprach sie in die Nacht hinaus? Schon fühlte er sich fehl am Platze. Er lauschte ihr, ohne dass sie es ahnte. Nun wandte sie sich zur Seite. Sie sprach nicht mit dem Mond oder der Nacht, sondern mit einem Elfen. Einen Lidschlag später sah Nuramon, wem sie sich zugewandt hatte: Es war Farodin.

Nuramon wollte nichts wie fort und taumelte aus dem Schatten der Linde in den des Ölbaums. An den Stamm gelehnt, lauschte er halbherzig den Worten, die dort oben gesprochen wurden. Farodin hatte einen neuen Ton gefunden, und Noroelle schien es zu gefallen. Zum ersten Mal sprach Farodin aus tiefstem Herzen von seiner Liebe.

Dann war es also vorbei …

Zwischen den Ästen hindurch beobachtete Nuramon, wie Noroelle Farodins Zauber im Mondlicht erlag. Nie hatte er sie so glücklich gesehen. Mit einem Kuss verabschiedete sich Farodin und zog sich zurück. Noroelle blieb, wo sie war, und blickte lächelnd in die Nacht hinaus. Und weil Nuramon sie liebte, konnte er nicht anders, als selbst zu lächeln. Es war nicht wichtig, dass Farodin offenbar den Sieg errungen hatte. Seine Liebste lächelte, und das berührte ihn.

Nuramon betrachtete Noroelle eine ganze Weile und sah, wie

ihr Lächeln mehr und mehr verging und sich schließlich Trauer auf ihr Gesicht legte. Mit ihrem Lächeln schwand auch seines, und als sie leise seinen Namen in die Nacht hinaussagte, hielt er den Atem an. Farodin brachte sie zum Lächeln, der Gedanke an ihn jedoch bereitete ihr Kummer. Als er sah, wie eine Träne ihr Gesicht hinablief, hielt er es nicht länger aus. Er holte leise Luft und flüsterte: *»O hör mich, holdes Albenkind.«*

Noroelle schreckte auf.

»Hör die Stimme aus dem Baume!«

Sie blickte hinab, ihre Blicke trafen sich, und schon lächelte sie wieder.

»Ich seh dich dort im Abendwind. Wie die Fee aus meinem Traume.«

Noroelle wischte sich die Träne fort, atmete tief ein und sagte dann leise: »Aber wie kann eine Elfe einer Fee gleichen?«

»Nun«, begann er und fuhr dann rasch fort: *»Dein Kleid ist eine Birkenrinde. Sie strahlt und macht mich liebesblind.«* Er wechselte aus dem Schatten des Ölbaums zurück in den der Linde. *»Glaub der Stimme einer Linde. O hör mich, holdes Albenkind!«*

»Ich höre dich, du Baumgeist. Doch nie zuvor hörte ich einen Baum in Reimen sprechen.«

Er antwortete flüsternd: »Es fiel mir auch schwer, mit der Stimme eines Elfen zu sprechen, um meiner Fee zu gefallen.«

»Mir war so, als hätte ich eben noch einen Ölbaum sprechen hören.«

»Unsere Wurzeln sind verbunden. Wir sind ein Geist in zweierlei Rinde. In uns verbinden sich Liebe und Leben«, entgegnete er.

»Gibt es dort unten nicht genug Birken? Wieso sehnst du dich nach mir?«

»Wie du siehst, stehe ich am Rande des Gartens, den Blick zu dir erhoben. Die Herrin dieses Ortes sagte mir, ich solle den Liebenden beistehen, wenn sie der Liebsten die Worte hinaufsprechen.«

»Ich kenne diesen Garten, und ich weiß, dass du nur lauschen sollst, nicht aber sprechen. Hast du etwa meinetwegen dein Schweigen gebrochen?«

»Jeder muss irgendwann sein Schweigen brechen. Die Unendlichkeit ist lang und weit.«

»Dann liebst du mich?«

»Aber ja.«

Er sah, wie sie einen Ast berührte. »Du bist ein wundervoller Baum. Und deine Blätter sind zart.« Sie zog den Ast zu sich heran und küsste ein Blatt. »Ist das schön, mein Baum?«

»Es ist wie ein Zauber. Und dafür möchte ich dich beschenken.«

»Beschenken? Vielleicht mit einer Olive?«

»Aber nein. Jeder, der dort oben steht, nimmt sich eine Olive, ohne dass ich etwas dagegen habe. Ich möchte dir nichts schenken, was sich jeder von mir nehmen kann. Für meine Liebste muss es etwas Besonderes sein, für sie ist kein Aufwand zu hoch. Du weißt, wie eifersüchtig die beseelten Maulbeerbäume ihre Früchte hüten?«

»Ja. Deshalb ist es klüger, die seelenlosen zu suchen. Denn den anderen musst du gut zureden, damit sie sich von einer Frucht trennen.«

»Nun, genau das habe ich getan. Ich … Ich spürte einen Wind vorüberziehen, hin zu den beiden Maulbeerbäumen, die am anderen Ende des Gartens wurzeln. Da bat ich sie, mir je eine Frucht zu überlassen. Zuerst weigerten sie sich und sagten, ich sei schließlich auch nur ein Baum. Was sollte ich wohl mit den Beeren anfangen? Als sie aber erfuhren, dass ihre Früchte für dich bestimmt sind, da wurden sie mit einem Mal freigebig.«

»Aber wie haben sie dir die Beeren zukommen lassen? Du stehst hier, die anderen aber sind ein ganzes Stück von dir entfernt, wie du sagst.«

»Ach, sie wurden von Baum zu Baum gegeben und dann auf die Wiese gelegt, wohin ich meine Wurzeln ausstreckte und mich den ganzen Tag über abmühte, um das Geschenk für meine Liebste zu erreichen.«

»So hast du die Beeren denn nun?«

»Ja, und ich möchte sie dir geben.«

»Aber wie? Soll ich zu dir kommen? Oder wirst du sie in ein Blatt legen und mir mit einem Aste reichen?«

»Wir Bäume kennen große Zauberkraft. Sieh her!« Nuramon warf die rote Beere so, dass sie auf der Brüstung der Terrasse direkt vor Noroelle landete. Dann warf er die weiße Beere hinterher, die Noroelle geschickt auffing. »Sind sie beide angekommen?«, fragte er.

»Die eine liegt in meiner Hand, die andere vor mir. Sie sind so schön und so frisch!«

Nuramon sah zu, wie sie die Beeren aß. Wie gebannt betrachtete er ihre Lippen.

Nachdem sie die Früchte gekostet hatte, sagte sie: »Das waren die süßesten Beeren, die ich jemals gegessen habe. Aber was soll nun aus uns werden, mein Baumgeist?«

»Willst du nicht zu mir herabkommen und hier Wurzeln schlagen?«

»Ebenso gut könntest *du* deine Wurzeln lösen und über die Treppe zu mir heraufkommen ...«

»Hör mich an, Liebste! Hör meinen Vorschlag! Hier schläft ein Jüngling in meinem Schatten und träumt. Wäre er dir vielleicht genehm?«

»Ja, verbinde dich mit ihm und komm zu mir. Der Geist hinter deiner Stimme in diesem Körper, das wünsche ich mir in dieser Nacht. Komm zu mir, Nuramon!«

Der Elf zögerte. Doch war heute nicht ein Tag der Wunder? Er war zur Elfenjagd berufen worden. Die Königin hatte ihm ihr Orakel verraten. Die Bäume hatten zu ihm gesprochen.

Er fasste sich ein Herz, trat aus dem Schatten der Linde und stieg über die Treppe auf die Terrasse hinauf, wo Noroelle ihn erwartete. Zuerst wollte er Abstand zu ihr halten, so wie er es immer tat, um ihr nicht zu nahe zu kommen. Er wollte sie keinesfalls berühren. Aber sie stand dort so verführerisch wie nie zuvor. Der Nachtwind ließ ihr Kleid und das lange Haar wehen. Sie lächelte still und neigte den Kopf zur Seite. »Ich habe gehört, was die Königin getan hat. Du kannst dir nicht vorstellen, wie glücklich ich bin.«

»Und du kannst dein Glück nicht vor mir verbergen.«

»Ich habe dir immer gesagt, dass man eines Tages dein wahres Wesen erkennen werde. Ich habe es gewusst. O Nuramon!« Sie zeigte ihm ihre Handflächen und wollte sie ihm entgegenstrecken, verharrte dann aber.

Und Nuramon überwand seine Scheu und fasste ihre Hände.

Noroelle sah hinab, als müsste sie sich vergewissern, dass seine Hände sie tatsächlich berührten. Sie hielt den Atem an.

Er küsste sie zärtlich auf die Wange, und sie atmete seufzend aus. Als seine Lippen sich langsam ihrem Mund näherten, begann sie zu zittern. Und als sich ihre Lippen berührten, spürte Nuramon, wie Noroelles Anspannung sich löste und sie den Kuss erwiderte. Dann schloss sie ihn fest in die Arme und flüsterte ihm ins Ohr: »Im richtigen Augenblick, Nuramon. Und doch so überraschend.« Sie sahen einander lange an, und Nuramon hatte das Gefühl, es wäre nie anders zwischen ihnen gewesen.

Nach einer Weile bat Noroelle: »Erzähl mir, was heute Abend geschehen ist.«

Nuramon berichtete ihr, was sich zugetragen hatte, und vergaß auch nicht das versteckte Kompliment der Königin an sie. Die Verbindung zu Gaomee und der Orakelspruch schienen Noroelle besonders zu berühren. Nuramon endete mit den Worten: »Ich fühle die Veränderung. Die Königin hat ein Feuer entfacht, das nun brennen muss. Ich bin noch derselbe wie zuvor, aber ich kann endlich handeln.«

»Kannst du mich deswegen erst jetzt berühren?«

»Zuvor hatte ich Angst. Und wenn ich Angst habe, dann tue ich törichte Dinge. Ich hatte Angst, dass du mich zurückweisen könntest; ich hatte Angst, dass du mich wählen könntest. Es war ein Zwiespalt.«

»Du und Farodin, ihr seid eigenartig. Heute am See sah es noch so aus, als würdest du dich mir niemals nähern und als würde Farodin mir niemals auch nur einen Hauch seines Innersten offenbaren. Heute Nacht aber habt ihr euch beide verwandelt.«

»Nur war Farodin schneller als ich.«

»Das wäre nicht gerecht, Nuramon … Bloß weil er zuerst den Weg zu mir fand? Soll ich dich dafür bestrafen, dass die Königin bei dir war? Nein! Eine Nacht ist für mich nur ein Augenblick, und da ihr beide in dieser Nacht zu mir kamt, kamt ihr im gleichen Augenblick. Du betrachtest die Zeit als zu knappes Gut, Nuramon.«

»Ist das verwunderlich? Wenn ich den Weg meiner Vorfahren gehe, dann ist jeder Augenblick, der mir bleibt, kostbar.«

»Du wirst diesen Weg nicht gehen. Du wirst lange leben und ins Mondlicht gehen.«

Nuramon schaute auf zum Mond. »Es ist so eigenartig, dass etwas, das ich so sehr liebe wie den Mond, sich meiner Seele seit so langer Zeit entzieht.« Er schwieg und dachte an all die Geschichten, die er über den Mond gehört hatte. Seine Großmutter hatte ihm vom Mond in den Menschenreichen erzählt. »Wusstest du, dass in Mandreds Welt der Mond seine Form verändert?«

»Nein, davon habe ich noch nie gehört.«

»Er ist viel kleiner als unser Mond. Und wie die Tage vergehen, nimmt er ab, verwandelt sich Nacht für Nacht immer weiter in eine Sichel, bis er ganz verschwunden ist. Dann wächst er allmählich wieder zu seiner vollen Größe heran.«

»Das klingt wie ein Zauber. Ich weiß nicht viel über die Andere Welt. Ich habe einige Sprachen von meinen Eltern gelernt. Aber im Grunde weiß ich nichts über die Welt der Menschen. Welche Magie dort wohl wirkt? Können Elfen auch in das Mondlicht der Menschenreiche gehen? Was geschieht, wenn sie dort sterben?«

»Das sind Fragen, die nur die Weisen beantworten können.«

»Aber was glaubst du, Nuramon?«

»Ich glaube, dass die Magie, die dort wirkt, mit unserer verwandt ist. Ich glaube, dass ein Elf ins Mondlicht der Menschen gehen kann. Nur ist der Mond dort weiter entfernt. Es ist eine viel längere Reise. Und wenn ein Elf in den Menschenreichen stirbt, dann ist es nicht anders, als wenn ein Elf hier sein Leben verlöre. Denn der Tod unterscheidet nicht zwischen den Gefilden.« Er musterte sie und sah einen Hauch von Sorge in ihren Zügen. »Du hast Angst um unser Leben.«

»Die Elfenjagd zieht es selten hinaus in die Menschenreiche. Erinnerst du dich, ob dort je ein Elf starb und dann hier wiedergeboren wurde?«

»Es heißt, einer meiner Ahnen wäre jenseits unserer Welt gestorben. Und siehe! Ich bin hier.«

Sie lachte, strich ihm über die Wange und sah ihn dann wie gebannt an. »Dein Gesicht ist einzigartig.«

»Und deines ist …«

Sie fuhr ihm mit den Fingern über die Lippen. »Nein, du hast mir jahrelang diese Worte zugesprochen. Nun heißt es für dich: *O schweig, du schönes Albenkind!*« Sie löste die Finger von seinem Mund, und er schwieg.

Sanft strich sie ihm durchs Haar. »Du hast immer gedacht, die Frauen hier würden nur über dich spotten. Und gewiss tun sie das auch gern. Über deinen Namen, über dein Schicksal … Das tun sie, weil man dich immer verspottet hat. Aber auch ihnen ist deine besondere Erscheinung nicht entgangen. Du würdest nicht glauben, was ich hinter vorgehaltener Hand alles gehört, welche geflüsterten Wünsche ich vernommen habe.« Nuramon wollte etwas sagen, doch Noroelle legte ihm wiederum die Fingerspitzen auf den Mund. »Nein. Du musst jetzt schweigen, wie die beiden Bäume dort unten.« Sie zog die Hand zurück. »Du bist viel mehr als das, was diese Frauen heimlich in dir sehen. Das Orakel hat Recht. *Alles, was du bist, das ist in dir!* Und alles, was in dir ist, das liebe ich, Nuramon.« Sie küsste ihn.

Als sie die Lippen von seinen löste und ihn anschaute, setzte er vorsichtig zum Sprechen an. »Alles hat sich verändert. Ich kann kaum glauben, mit dir hier zu sein, diese Zärtlichkeiten auszutauschen und diese Worte. Was ist geschehen?« Er schaute sich um, als könnte er hier auf der Terrasse oder in der Tiefe der Nacht die Antwort finden.

»Es ist etwas, das weder du noch ich oder Farodin hätten leisten können, sondern nur die Königin. Dir steht jetzt die Welt offen.«

»Es ist nicht die *Welt*, nach der ich mich sehne.«

Sie nickte. »Nachdem ihr zurückgekehrt seid, werde ich mich entscheiden. Denn ihr habt alles getan, was ihr tun konntet. Nun ist es an mir … Ich gestehe, ich hatte gehofft, ihr könntet mich noch viele Jahre umwerben, aber das war wohl ein Traum. Ich muss einen von euch wählen. Welch ein Verlust, ganz gleich, wen von euch ich zurückweisen muss! Aber welch ein Gewinn für eine andere Elfe!«

Sie sahen einander schweigend an. Nuramon wusste, wie sehr ihn eine Zurückweisung schmerzen würde. Für ihn gab es keine andere Elfe; keine, für die er solche Liebe verspüren konnte. Er küsste noch einmal ihre Hände, strich ihr über die Wange und bat dann: »Lass uns nicht jetzt daran denken. Denken wir daran, wenn Farodin und ich wieder zurückkehren.«

Sie nickte.

»Wirst du morgen zugegen sein, oder wird dies hier unser Abschied sein?«

»Ich werde da sein«, sagte sie leise.

»Dann freue ich mich auf morgen. Welche Farbe wird dein Kleid haben?«

»Grün. Obilee hat es gemacht.« Sie strich sich gedankenverloren eine Strähne aus dem Gesicht. Nuramon mochte diese unbewusste Geste an ihr; sie nahm das Haar zwischen Ringfinger und kleinen Finger, wenn sie es zurückstrich.

»Dann ist das Kleid gewiss wunderschön.«

»Ich bin gespannt, was die Königin *dir* bringen lässt. Was es auch ist, es wird kostbarer sein als alles, was dir irgendwer sonst hätte schenken können.«

»Schenken? Ich werde es für die Elfenjagd annehmen. Aber wenn wir zurückkehren, werde ich es ihr wiedergeben.«

Noroelle musste lachen. »Nein, Nuramon. Die Königin ist freigebig. Sie wird es nicht zurücknehmen.«

Er küsste sie auf die Stirn. »Ich werde jetzt gehen, Noroelle.«

»Vielleicht kann sich doch noch einer deiner Verwandten dazu durchringen, dich in deiner Kammer aufzusuchen.«

»Nein, daran glaube ich nicht.« Er fasste ihre Hände und sagte: »Aber wer weiß.« Er schaute zu den Sternen hinauf. »Heute Nacht scheint alles möglich zu sein.« Er ließ von ihr ab. »Gute Nacht, Noroelle.«

Sie küsste ihn zum Abschied.

Nuramon verließ die Terrasse und blickte, als er an der Tür zum Festsaal angekommen war, noch einmal zu Noroelle zurück. Sie war einfach vollkommen. Nie und nirgends zuvor hatte er es so klar sehen können wie in diesem Augenblick.

Als er den Gang erreichte, von dem die Kammern der Elfenjäger abgingen, stellte er fest, dass nun alle Türen geschlossen waren. Die Besucher, die erwartet worden waren, hatten ihre Aufwartung gemacht, mit weiteren schien keiner zu rechnen. Das Stimmengewirr bezeugte, dass es viele waren, die den Weg zu den anderen gefunden hatten.

Vor seiner eigenen Tür blieb er stehen und lauschte. Es war still. Er hoffte so sehr, dass wenigstens einer seiner Verwandten über seinen Schatten gesprungen war und dort auf ihn wartete. Nuramon öffnete die Tür und schaute hinein. Tatsächlich, neben dem Bett stand eine reglose Gestalt und wandte ihm den Rücken zu. Seine Freude währte nur einen Herzschlag lang. In seiner Abwesenheit hatte man einen Rüstungsständer gebracht, und er hatte ihn im schwachen Licht der Barinsteine für einen Elfen gehalten, so sehr hatte er sich Besuch gewünscht.

Enttäuscht schloss er die Tür hinter sich. Er trat an den Rüstungsständer heran und betrachtete die Geschenke der Königin. Es waren ein Mantel, eine Rüstung und ein Kurzschwert.

Nuramon nahm den weinroten Mantel vom Ständer und wog ihn in den Händen. Er war schwer und aus Wolle und

Leinen gefertigt; so geschickt war er gearbeitet und mit Zauberfäden verwoben, dass kein Windzug und kein Tropfen Wasser den Weg hindurchfinden würde. Er würde ihn vor Hitze wie auch vor Kälte schützen.

Noroelle besaß einen solchen Mantel. Sie hatte ihn aus Alvemer mitgebracht. Die Königin hatte ihn gewiss nicht unbedacht zur Verfügung gestellt. Ein Stück aus Alvemer war ein Stück aus Noroelles Heimat. Wenn er im Winter der Menschenwelt durch die Kälte ritt, würde er es warm haben.

Er faltete den Mantel und legte ihn auf die steinerne Bank. Neugierig betrachtete er die Rüstung. Es war der Harnisch eines Drachentöters. Diese Panzer waren berühmt dafür, zäh und anschmiegsam zugleich zu sein. Es erforderte eine besondere Kunstfertigkeit, eine solche Rüstung zu fertigen. Sie war aus zahlreichen Stücken Drachenhaut zusammengesetzt und schützte Rumpf und Arme. Der Rüstungsmacher war ein Meister seines Handwerks gewesen. Jedes Fragment Drachenhaut hatte er in zahlreiche dünne Lagen gespalten, dann bearbeitet und nach seinem Willen neu zusammengefügt. Zwischen den einzelnen Lagen hatte er etwas Tropfenförmiges eingelassen. Wahrscheinlich handelte es sich um zurechtgeschnittene Drachenschuppen. Was es wirklich war, blieb wohl das Geheimnis des Rüstungsmachers. Das Leder roch angenehm. Der Gestank der Drachen war bei der Behandlung der Haut vergangen und einem milden Geruch nach Wald gewichen.

Nur in Olvedes wurden noch Drachenrüstungen hergestellt, denn allein dort stellten die Feuer speienden Ungeheuer noch eine Gefahr dar. Die Rüstungsmacher von Olvedes waren berühmt, sie pflegten ihr Symbol auf ihren Werken zu hinterlassen. Nuramon löste das Wehrgehänge und nahm die Rüstung vom Ständer. Auf ihrer Innenseite suchte er nach dem Zeichen des Meisters, der dieses Prachtstück gefertigt hatte. Er fand es am Bruststück versteckt. Eine Sonne war dort abgebildet. Darunter stand in kleinen Lettern: Xeldaric.

Nuramon war gerührt. Xeldaric galt als einer der besten Rüstungsmacher, die es je gegeben hatte. Er war ins Mondlicht gegangen, nachdem er für die Königin sein Lebenswerk geschaffen hatte: eine vollständige Albenrüstung. Nuramon war noch ein Kind gewesen, als er von dieser Rüstung gehört hatte. Xeldaric war im Thronsaal der Burg ins Mondlicht gegangen, nachdem die Königin das Werk entgegengenommen hatte.

Eine Rüstung aus den Händen Xeldarics zu tragen war eine große Ehre. Und selbst wer sich nicht die Mühe machte, nach dem Zeichen des Meisters zu suchen, konnte erkennen, dass dieser Harnisch eine wahrhaft fürstliche Gabe war. Auch wenn ihr auf den ersten Blick die Gleichförmigkeit eines Plattenpanzers fehlte, war jedes Teilstück der Rüstung am rechten Platz und erzählte die Geschichte der Drachenjagd. Die grüne Haut der Drachen aus Olvedes war ebenso eingearbeitet wie das braune Leder der Drachen aus den Wäldern von Galvelun bis hin zu den roten Sonnendrachen von Ischemon. Zusammengenommen bildeten die Fragmente ein Mosaik aus Waldfarben, die fließend ineinander übergingen.

Nuramon hängte die Rüstung wieder auf den Ständer. Nun griff er nach dem Schwertgurt, den er auf das Bett gelegt hatte. Er fand ein Schwert in einer schlichten Lederscheide. Der Wiegenknauf und die Parierstange waren aus Gold und aufwändig verziert, der Griff war aus Perlmutt- und Kupferstreifen gefertigt. Nuramon zog die Waffe aus der Scheide und hielt den Atem an. Die Klinge war aus Sternenglanz geschmiedet, einem Metall, das nur auf den höchsten Gipfeln zu finden war. Diese Waffe war ein ebenso großes Meisterwerk wie die Rüstung. In der Mitte der breiten Parierstange befanden sich verschlungene Runen. Erst auf den zweiten Blick erkannte Nuramon, was dort stand: Gaomee! Er hielt das Schwert der Gaomee in Händen! Mit dieser Waffe hatte sie Duanoc besiegt. Und jetzt sollte er sie führen …

DER RUF DER KÖNIGIN

Farodin hatte seine Gäste schon früh verabschiedet. Er wollte mit sich allein sein, um seine Gedanken zu ordnen. Doch dies war ihm kaum möglich, denn aus dem Nachbarzimmer schallte der Lärm eines Gelages. Der Menschensohn war wahnsinnig! Niemand von Vernunft betrank sich in der Nacht vor der Elfenjagd. Und das wiehernde Lachen verriet, dass ihm Aigilaos bei dieser Torheit noch Gesellschaft leistete.

Er legte sich auf das harte Bett, das ihm aus anderen Nächten wie dieser vertraut war. Stille Freude überkam ihn, als er an die Ereignisse des Abends zurückdachte. Endlich hatte er es gewagt, sich Noroelle zu offenbaren. Hatte es gewagt, in eigenen, unbeholfen gesetzten Worten von seiner Liebe zu sprechen. Und was tausend Lieder nicht vermocht hatten, hatten ihm einige wenige Sätze, die von Herzen gesprochen waren, schließlich beschert: Er war sich sicher, Noroelle an diesem Abend für sich gewonnen zu haben.

Ein leises Klopfen riss ihn aus seinen Gedanken. Ein Kobold mit einer großen Blendlaterne trat ein. »Entschuldige, dass ich deine Ruhe in der Nacht vor der großen Jagd störe, Ehrenwerter, doch die Königin wünscht dich zu sehen. Bitte folge mir.«

Überrascht streifte der Elf sein Gewand über. Was mochte geschehen sein?

Der Kobold spähte vorsichtig in den Gang hinaus. Seine Nasenflügel blähten sich, als nähme er Witterung auf wie ein Spürhund. »Die Luft ist rein, Ehrenwerter«, flüsterte er in verschwörerischem Tonfall. Mit weiten Sätzen eilte er den Gang entlang und öffnete eine Tür, die hinter einem Wandvorhang, der eine Hirschjagd zeigte, verborgen war. Er führte Farodin eine enge Stiege hinauf, die sonst nur von Kobolden und Gnomen benutzt wurde. Unter einem Treppenabsatz öffnete er eine zweite verborgene Tür, hinter der sich ein gekachelter

Flur verbarg. Ab und an drehte sich der Kobold lächelnd zu Farodin um. Offensichtlich genoss er die Rolle, die ihm Emerelle zugewiesen hatte.

Sie gelangten zu einer Wendeltreppe, die im Innern einer großen Säule verborgen lag. Farodin vernahm schwach den Klang von Musik durch das Mauerwerk. Beklommen dachte er an das letzte Mal zurück, da Emerelle ihm einen geheimen Auftrag erteilt hatte. Wieder hatte er für sie töten müssen. Während der Trollkriege vor siebenhundert Jahren war etwas in ihm zerbrochen. Nur die Königin wusste darum. Und sie hatte es sich zu Nutze gemacht. Er verbarg diese dunkle Seite seiner Seele. Bei Hof kannte man nur den glatten, ein wenig oberflächlichen Minnesänger. Als er Noroelle zum ersten Mal begegnet war, war in ihm die Hoffnung aufgekeimt, wieder jener zu werden, der er einst gewesen war. Allein sie vermochte dieses Wunder zu vollbringen.

Der Kobold verharrte am Ende der Treppe vor einer Pforte aus grauem Holz. »Weiter darf ich dich nicht geleiten, Ehrenwerter.« Er gab Farodin die Laterne. »Du kennst den Weg. Ich werde hier warten.«

Farodin spürte einen leichten Luftzug auf seinem Gesicht, als er die Pforte durchschritt. Die Melodie eines altvertrauten Liedes schwang in der Luft. Seine Mutter hatte es ihm oft vorgesungen, als er noch ein Kind gewesen war. Es erzählte vom Auszug der Alben.

Der Gang führte Farodin zur Rückseite des Standbildes einer Dryade. Mit Mühe zwängte er sich durch einen schmalen Spalt zwischen der Statue und dem Mauerwerk und fand sich auf jenem kleinen Balkon hoch über dem Saal der fallenden Wasser wieder. Ein Blick hinauf zeigte ihm ein Turmdach, das wie ein Meeresschneckenhaus in sich gedreht war.

»Es freut mich, dass du meinem Ruf so schnell gefolgt bist, Farodin«, erklang eine wohl vertraute Stimme. Der Elfenkrieger drehte sich um. Hinter ihm war Emerelle auf den Balkon getreten. Sie trug ein schlichtes weißes Nachtgewand und hatte sich einen dünnen Schal um die Schultern gelegt.

»Ich bin in großer Sorge, Farodin«, fuhr Emerelle fort. »Eine Aura des Unheils umgibt den Menschensohn. Er hat etwas an sich, das sich meiner Magie entzieht, und mich ängstigt, auf welche Weise er hierher gelangt ist. Er ist das erste Menschenkind, das wir nicht gerufen haben. Nie zuvor ist eines von ihnen aus eigener Kraft durch die Pforten nach Albenmark gekommen.«

»Vielleicht war es nur ein Zufall«, wandte Farodin ein. »Eine Laune der Magie.«

Emerelle nickte bedächtig. »Das mag sein. Vielleicht steckt aber auch mehr dahinter. Da ist etwas jenseits des Steinkreises ... etwas, das sich vor meinem Blick verbirgt. Und Mandred ist damit verbunden. Ich bitte dich, Farodin, sei besonders wachsam, wenn du in die Andere Welt reitest. Mandreds Geschichte kann nicht stimmen! Ich habe mich lange mit den Ältesten beraten. Niemand von ihnen hat je zuvor von einem Manneber gehört.« Emerelle hielt inne, und als sie fortfuhr, klangen ihre Worte nicht länger besorgt, sondern kühl und befehlsgewohnt. »Wenn der Menschensohn ein Betrüger ist, Farodin, dann töte ihn, so wie du den Fürsten von Arkadien und all die anderen Feinde von Albenmark für mich getötet hast.«

DIE NACHT IN DER ELFENBURG

Mandred lehnte sich an die Flanke des Kentauren. Dieses rote Gesöff, welches das Mannpferd mitgebracht hatte, hatte es wirklich in sich. Wein! Mandred hatte davon schon gehört, aber in Firnstayn trank man nur Met und Bier.

Schwankend hob er den schweren goldenen Becher. »Auf unsere Freundschaft, Aigil … Ailalaos! Dein Name ist wirklich unaussprechlich.«

»Da solltest du erst einmal die Namen der Einäugigen von der Klippenburg hören«, erwiderte der Kentaur lallend. »Die Trolle von Dailos, die spinnen. Die sind so verrückt, die stechen sich ein Auge aus, um damit ihrem berühmtesten Helden zu huldigen.«

Mandred war beeindruckt. Das war Treue! So etwas würde es bei den Elfen gewiss nicht geben! Sie waren alle so … Dem Krieger wollte kein passendes Wort einfallen. Kalt, glatt, überheblich … Feiern konnten sie jedenfalls nicht! Dabei hatten sie doch die Trinkpokale mitgebracht und ihm diese kleine Festhalle zur Übernachtung angeboten. Als er mit Aigilaos richtig in Stimmung gekommen war, hatten sich die Elfen einer nach dem anderen verabschiedet. Weichlinge! »Ein Mann, der nicht trinken kann, ist kein richtiger Mann!«

»Jawohl!«, stimmte der Kentaur mit rauer Stimme zu.

Mandred taumelte ein wenig zurück, um mit Aigilaos noch einmal anzustoßen. Allerdings taugten diese goldenen Pokale dazu nicht richtig. Was die Elfen herstellten, sah zwar hübsch aus, aber es war nicht wirklich robust. Sein Trinkbecher hatte längst eine große Delle. Mit Methörnern wäre das nicht passiert. Einen Augenblick lang sorgte sich Mandred, ob er deshalb Ärger bekommen würde. Aber die Elfen hatten ihn reichlich beschenkt. Sollten sie sich wegen des Bechers anstellen, würde er ihnen einfach irgendeines der Geschenke zurückgeben.

Der Krieger betrachtete die Gaben, die aufgereiht auf einer steinernen Bank neben der Tür lagen. Ein Kettenhemd, wie es nicht einmal die Fürsten des Fjordlandes besaßen. Ein goldgefasster Spangenhelm mit einem angefügten Kettengeflecht, das weit in den Nacken reichte. Ein reich bestickter lederner Köcher mit leichten Wurfspießen. Eine Saufeder, deren langes Speerblatt bläulich schimmerte. Ein prächtiger Sattel mit silbernen Beschlägen. Und die Königin hatte ihm versprochen, dass er morgen ein Pferd aus ihrem eigenen Stall bekommen würde. Eines, das gewillt sei, auch einen Menschensohn zu tragen, so hatte sie gesagt. Mandred schnaubte ärgerlich. Als ob ein Gaul ihm Ärger machen würde! Wenn das Vieh sich danebenbenahm, würde er ihm einfach mit der Faust auf den Kopf hauen, das hatte bisher immer geholfen. Niemand mochte das, nicht einmal störrische Pferde.

»Du siehst betrübt aus, Freund.« Aigilaos legte Mandred einen Arm um die Schultern. »Wir werden das Ungeheuer schon zur Strecke bringen. Du wirst sehen. Morgen Abend stecken wir den Kopf von dem Vieh auf einen Pfahl und stellen ihn mitten in dein Dorf.«

»Man sollte die Haut des Drachens nicht verteilen, bevor man ihn erlegt hat«, erklang eine vertraute Stimme.

Mandred fuhr herum. In der Tür stand Ollowain, in makelloses Weiß gekleidet. Mit einem weiten Schritt setzte der Elf über einen Haufen Pferdeäpfel hinweg, die das farbenprächtige Mosaik auf dem Boden verunzierten. »Ihr habt es geschafft, dem Jagdzimmer den Charme eines Stalls zu verleihen«, sagte er und setzte dazu ein schmallippiges Lächeln auf. »In all den Jahrhunderten, in denen die Elfenjagd besteht, hat das noch niemand vollbracht.«

Mandred stellte sich dem Elfen breitbeinig in den Weg. »Wenn ich es richtig verstanden habe, wurde die Jagd auch noch nie von einem Menschen angeführt.«

Ollowain nickte bedächtig. »Selbst die Mächtigen machen mitunter Fehler.« Er griff nach dem Wehrgehänge um seine Hüften und löste es. Sorgfältig wickelte er den silberbeschlagenen Gürtel um die Schwertscheide, dann reichte er Mandred die Waffe. »Ich hätte dich nicht schlagen dürfen.«

Mandred blickte verwundert auf das schlanke Schwert, nahm es aber nicht an. »Warum?« Er hätte sich nicht anders verhalten als Ollowain. Was sollte daran unehrenhaft sein, jemanden zu verprügeln, der so dumm war, einen überlegenen Gegner herauszufordern?

»Es ziemt sich nicht. Du bist ein Gast der Königin.« Der Elf deutete auf den Schnitt in seinem Umhang. »Du hättest mich um ein Haar getroffen. Du – ein Mensch! Das hat mich erzürnt … Wie auch immer, ich hätte dich nicht schlagen dürfen. Du warst gut … für einen Menschen.«

Mandred griff nach dem Schwert. Es war die Waffe, mit der er gegen Ollowain gekämpft hatte. Ein Schwert, wie für einen König geschaffen. »Eigentlich bin ich im Kampf mit dem Schwert nicht sonderlich gut«, erwiderte Mandred grinsend. »Du hättest mir eine Axt geben sollen.«

Ollowains Augenbrauen zuckten leicht, ansonsten blieb sein Gesicht eine ausdruckslose Maske. Er griff unter seinen Umhang und holte einen fingerdicken roten Zopf hervor. »Das gehört dir, Menschensohn.« Seine Augen funkelten.

Mandred brauchte einen Augenblick, bis er begriff, was Ollowain ihm da reichte. Erschrocken tastete er nach seinem Haar. Dicht über seiner Schläfe fand er den kurzen, verstümmelten Überrest eines Zopfes. Heiße Wut wallte in ihm auf. »Du … du hast mich verstümmelt, du hinterhältiger Bastard! Du … Missgeburt. Elfenbrut!« Mandred wollte das Schwert ziehen, doch der Gürtel war um Parierstange und Scheide gewickelt, sodass er die Klinge kaum einen Zoll weit herausbrachte. Wütend schleuderte er die Waffe weg und hob die Fäuste. »Ich schlag dir deine schöne gerade Nase zu Brei!«

Der Elf wich dem Hieb mit einem tänzelnden Schritt aus.

»Dem verpassen wir 'ne Abreibung!«, grölte Aigilaos und bäumte sich auf den Hinterbeinen auf.

Ollowain tauchte unter den wirbelnden Vorderhufen hinweg, kam in fließender Bewegung wieder auf die Beine und verpasste dem Kentauren einen Stoß in die Flanke.

Aigilaos stieß einen wütenden Schrei aus. Seine Hufe gerieten auf dem glatten Mosaikboden ins Rutschen. Er schlitterte durch eine Pfütze vergossenen Weins.

Mandred wollte dem stürzenden Kentauren aus dem Weg springen, doch sein Freund breitete in dem verzweifelten Versuch, sich an ihm festzuhalten, die Arme weit aus. So schlugen beide gemeinsam auf den Boden. Der harte Aufprall presste Mandred die Luft aus den Lungen. Einen Moment lang rang er keuchend nach Atem. Halb unter dem Kentauren begraben, war er kaum in der Lage, sich zu rühren.

Ollowain packte ihn beim Arm und zog ihn unter Aigilaos hervor, als dieser einen vergeblichen Versuch machte, sich wieder aufzurichten.

»Atme flach!«, befahl der Elf.

Mandred hechelte wie ein Hund. Ihm wurde schwindelig. Endlich, endlich kehrte der Atem zu ihm zurück.

»Wie kann man nur so überheblich sein, sich am Abend vor einer gefährlichen Jagd zu betrinken!« Ollowain schüttelte den Kopf. »Du schaffst es jedes Mal, wenn ich dich sehe, dass ich die Beherrschung verliere, Mandred Menschensohn! Wenn du schon nicht an dich denkst, dann denke an die Männer und Frauen, die dich begleiten werden. Du bist morgen der Anführer, du trägst die Verantwortung für sie! Ich schicke dir ein paar Kobolde, die diesen Stall hier ausmisten, euch den Wein wegnehmen und ein paar Eimer Wasser hier lassen. Ich hoffe, ihr kommt bis morgen früh wieder halbwegs zu Verstand.«

»Muttersöhnchen«, lallte Aigilaos. »Einer wie du kann einen richtigen Mann niemals verstehen.«

Der Elf lächelte. »In der Tat, ich habe noch nie versucht, mir vorzustellen, was ein Pferd wohl denken mag.«

Mandred schwieg. Am liebsten hätte er Ollowain niedergeschlagen, aber ihm war klar, dass er gegen den Elfen niemals bestehen würde. Und was noch schlimmer war: Im Innersten seines Herzens wusste er, dass Ollowain im Recht war. Es war dumm, sich zu betrinken. Der süße, süffige Wein hatte ihn verführt. Und er hatte die Angst betäubt. Die Angst davor, dass Freya nicht mehr lebte, und die Angst, dem Manneber noch einmal entgegentreten zu müssen.

DER ABSCHIED

Selten war der Thronsaal so belebt gewesen wie an diesem Morgen. Noroelle stand nahe einer der Wände, an der das Wasser leise flüsternd herablief. An ihrer Seite war ihre Vertraute Obilee; sie war erst fünfzehn Jahre alt und von zierlicher Gestalt. Die Gestik zeigte ihre Scheu, die Mimik ihre Neugier. Wie Noroelle stammte sie aus Alvemer und erschien ihr wie die kleine Schwester, die sie sich immer gewünscht hatte. Obilee hatte mit dem blonden Haar und den grünen Augen äußerlich zwar kaum etwas mit ihr gemein, dennoch waren sie einander so vertraut wie Geschwister. Wie Noroelle war sie früh aus der Heimat fortgegangen. Allerdings war Noroelle einst mit ihren Eltern hierher gekommen, während Obilee von ihrer Großmutter in Noroelles Obhut gegeben worden war.

»Sieh nur, Noroelle«, flüsterte Obilee. »Alle schauen dich an. Sie sind neugierig, was du deinen Liebsten mit auf den Weg gibst. Sei vorsichtig! Sie werden auf jede Geste und auf jedes Wort achten.« Sie kam nahe an Noroelles Ohr. »Das ist die Stunde, in der neue Bräuche geboren werden.«

Noroelle schaute sich rasch um. So viele Augenpaare auf sich gerichtet zu spüren bereitete ihr Unbehagen. Obwohl sie oft am Hofe war, hatte sie sich noch nicht daran gewöhnt. Leise erwiderte sie: »Du irrst dich. Es ist das Kleid, das sie betrachten. Du hast dich diesmal selbst übertroffen. Man könnte meinen, du hättest Feenhände.«

»Vielleicht ist es etwas von beidem«, sagte Obilee lächelnd. Dann schaute sie an Noroelle vorbei und machte ein erstauntes Gesicht.

Noroelle folgte dem Blick ihrer Vertrauten und sah Meister Alvias, der an sie herantrat und freundlich nickte. »Noroelle, die Königin wünscht dich an ihrem Thron zu sehen.«

Die Elfe bemerkte die vielen neugierigen Blicke, verbarg aber ihre Unsicherheit. »Ich werde dir folgen, Alvias.« Dann wandte sie sich an Obilee. »Komm mit!«

»Aber sie will doch nur …«

»Komm mit mir, Obilee!« Noroelle fasste die junge Elfe bei der Hand. »Hör gut zu! Wir werden jetzt vor die Königin treten, und sie wird mich fragen, wer du bist.«

»Aber die Königin kennt mich doch, oder? Sie kennt doch jeden hier.«

»Du wurdest ihr aber noch nicht vorgestellt. Wenn ich deinen Namen genannt habe, gehörst du zur Hofgesellschaft.«

»Aber was muss *ich* sagen?«

»Nichts. Es sei denn, die Königin fragt dich etwas.«

Alvias schwieg; weder ein Schmunzeln noch Argwohn waren in seiner Miene zu sehen. So folgten Noroelle und Obilee dem Meister zum Thron der Königin. All jene, an denen sie vorübergingen, begegneten Noroelle mit respektvollen Worten und Gesten. Vor der Königin angekommen, trat Meister Alvias zur Seite, während Noroelle und Obilee ihr Haupt senkten.

»Sei gegrüßt, Noroelle.« Emerelle schaute zu Obilee und fragte: »Wen bringst du mir?«

Noroelle wandte sich halb um und deutete mit eleganter Geste auf die junge Elfe. »Dies ist Obilee. Sie ist die Tochter Halvarics und Orones aus Alvemer.«

Emerelle lächelte die junge Elfe an. »Damit stammst du aus der Sippe der großen Danee. Du bist ihre Urenkelin. Wir alle werden deinen Weg beobachten. Bei Noroelle bist du in guten Händen. – Noroelle, mir ist zu Ohren gekommen, dass dich ein Band mit der Elfenjagd verbindet.«

»So ist es.«

»Du bist die Minneherrin von Farodin und Nuramon.«

»Ja, das ist wahr.«

»Eine Elfenjagd, bei der Minneherrin und Königin sich nicht einig sind, ist von Beginn an zum Scheitern verurteilt. So frage ich dich: Wirst du als Minneherrin deine Liebsten zur Elfenjagd freigeben?«

Noroelle musste an die Furcht denken, die in der Nacht ihre Träume begleitet hatte; sie hatte Farodin und Nuramon leiden sehen. Trotz ihres Stolzes auf die beiden wäre es ihr lieb gewesen, wenn sie nicht an der Jagd hätten teilnehmen müssten. Aber die Frage der Königin war nur eine Geste. Noroelle stand es nicht frei, Emerelle den Wunsch abzuschlagen. Wenn die Königin um die Hilfe ihrer Liebsten bat, dann konnte sie ihr diese nicht verwehren. Sie seufzte leise und merkte, dass Schweigen im Saal eingekehrt war. Allein das Rauschen des Wassers war noch zu vernehmen. »Ich werde sie dir für die Elfenjagd überlassen«, sagte Noroelle schließlich. »Was *du* ihnen aufträgst, das werden sie für *mich* tun.«

Emerelle erhob sich und trat an Noroelle heran. Sie sagte: »So sind Königin und Minneherrin vereint.« Dann fasste sie Noroelle und Obilee bei den Händen und führte sie die Stufen hinauf neben ihren Thron, um sich wieder zu setzen.

Noroelle hatte oft hier gestanden, doch wie jedes Mal fühlte sie sich fehl am Platze. In den Augen vieler stand Bewunderung, in manchen aber auch leiser Spott. Weder das eine noch das andere behagte ihr.

Die Königin bedeutete Noroelle mit einer knappen Geste, sich zu ihr hinabzubeugen. »Vertrau mir, Noroelle«, flüsterte sie in ihr Ohr. »Ich habe viele auf die Jagd geschickt. Und Farodin und Nuramon werden wiederkehren.«

»Ich danke dir, Emerelle. Und ich vertraue dir.«

Meister Alvias trat nun an die Königin heran. »Emerelle, sie warten vor dem Tor.«

Die Königin nickte Alvias zu. Dieser wandte sich um, breitete die Arme aus und rief mit wohltönender Stimme: »Die Elfenjagd steht vor dem Tor.« Er wies mit dem Finger auf die andere Seite des Saales. »Einmal entfesselt, werden sie ihrem Ziel nachjagen, bis sie ihre Aufgabe erledigt haben oder aber gescheitert sind. Wenn wir dieses Tor öffnen, dann gibt es für die Jagd kein Zurück mehr.« Er schritt durch die breite Gasse, die sich in der Mitte des Saales formte. »Wie immer müsst ihr die Königin beraten.« Er musterte einige der Anwesenden, offenbar stellvertretend für alle. Dann sprach er weiter: »Erwägt die Lage. Eine mächtige Bestie! In den Menschengefilden! Nahe unseren Grenzen! Soll die Königin das Tor geschlossen halten und damit hinnehmen, dass dort draußen etwas umherstreift, das auch uns einst gefährlich werden könnte? Oder soll sie das Tor öffnen, auf dass wir die Menschen des Fjordlandes von der Bestie befreien? Beide Pfade können Glück oder Verderben bedeuten. Bleibt das Tor geschlossen, mag die Bestie eines Tages ihren Weg zu uns finden. Öffnen wir das Tor, mag es sein, dass Elfenblut vergossen wird, um den Menschen zu dienen. Ihr habt die Wahl.« Alvias deutete mit sanfter Geste auf Emerelle. »Ratet der Königin, wie sie sich entscheiden soll!« Mit diesen Worten kehrte Alvias zu Emerelle zurück und verbeugte sich vor ihr.

Die Blicke der Anwesenden wanderten zwischen dem Tor und der Königin hin und her. Bald wurden die ersten Stimmen laut, die Emerelle rieten, sie solle das Tor öffnen. Es gab aber auch etliche, die sich dagegen aussprachen. Noroelle sah, dass Nuramons Verwandtschaft dazugehörte. Sie hatte es nicht anders erwartet. Die Angst stand ihnen ins Gesicht geschrieben; doch es war nicht die Angst um Nuramon, sondern die um Nuramons Tod und dessen Folgen.

Die Königin fragte den einen oder anderen, wieso er sich für dieses oder jenes entschieden hatte, und lauschte geduldig den Erklärungen. Dieses Mal hörte sie sich mehr Stimmen an als sonst. Als sie Elemon fragte, einen Onkel Nuramons, wieso er das Tor geschlossen sehen wollte, sagte dieser: »Weil daraus, wie Alvias sagte, Ungemach erwachsen kann.«

»Ungemach?« Die Königin musterte ihn eindringlich. »Du hast Recht. Das mag geschehen.«

Nun trat Pelveric aus Olvedes vor. Sein Wort zählte viel bei den Kriegern. »Emerelle, bedenke das Elfenblut, das vergossen werden könnte. Warum sollen wir den Menschen helfen? Was gehen uns deren Schwierigkeiten an? Wann haben sie uns das letzte Mal geholfen?«

»Das ist lange her«, war alles, was Emerelle zu Pelveric

sagte. Schließlich wandte sie sich Noroelle zu und flüsterte: »*Deinen* Rat will ich hören.«

Noroelle zögerte. Sie könnte der Königin raten, das Tor geschlossen zu halten. Sie könnte wie so viele von Elfenblut und der Undankbarkeit der Menschen sprechen. Doch sie wusste, dass aus solchen Worten nichts anderes als die Angst um ihre Liebsten spräche. Hier aber ging es um mehr als um sie. Leise sagte sie: »Mein Herz hat Angst um meine Liebsten. Und doch ist es richtig, das Tor zu öffnen.«

Die Königin erhob sich würdevoll. Das Rauschen des Wassers an den Wänden schwoll langsam an. Mehr und mehr Wasser drang aus den Quellen, lief die Wände hinab und ergoss sich rauschend in die Bassins. Emerelles Blick war auf das Tor gerichtet. Sie schien nicht zu bemerken, wie sich der glitzernde Wasserdunst in der Luft verteilte, nach oben zur weiten Deckenöffnung des Saales stieg und dort unter dem Licht der Sonne einen breiten Regenbogen erscheinen ließ. Plötzlich glühten die Wände hinter dem Wasser auf. Es zischte, und ein Lufthauch wehte durch den Saal. Die Torflügel schlugen zur Seite und gaben den Blick auf die Jagdgemeinschaft frei. Das Wasser beruhigte sich, doch der Dunst und der Regenbogen blieben.

Die Gefährten verharrten kurz unter dem Torbogen, bevor sie eintraten. An der Spitze ging Mandred der Menschensohn, der mit großer Verwunderung den Regenbogen betrachtete, dann aber der Königin entgegenblickte. Links und rechts dahinter kamen Farodin und Nuramon, hinter ihnen wiederum Brandan der Fährtensucher, Vanna die Zauberin, Aigilaos der Bogenschütze und Lijema die Wolfsmutter. Es war ungewohnt, einen Menschen als Teil der Elfenjagd zu sehen, obwohl er von seinem Wesen her den Elfen ähnlicher war als Aigilaos der Kentaur. Doch in all den Jahren hatte man sich daran gewöhnt, dass Kentauren Teil der Elfenjagd sein mochten. Aber ein Mensch? Dass Mandred an der Spitze ging, ließ das Geschehen noch befremdlicher erscheinen. Stets hatte ein Elf die Jagd angeführt.

Nuramon und Farodin erinnerten an die Helden der Sage. Farodin bot wie gewohnt einen makellosen Anblick, während Nuramon erstmals auch in den Augen der anderen dem Ideal entsprach. Noroelle konnte es deutlich in den Gesichtern der Umstehenden erkennen. Sie freute sich darüber. Selbst wenn sein Ansehen nur von kurzer Dauer sein sollte, diesen Augenblick konnte ihm keiner nehmen.

Die Gemeinschaft schritt der Königin entgegen. Als sie vor der Treppe zum Thron angekommen waren, beugten die Elfen das Knie vor Emerelle, und selbst der Kentaur war bemüht, sich so weit wie möglich zu neigen. Nur Mandred blieb aufrecht stehen, er schien von der Art der Ehrerbietung seiner Gefährten überrascht zu sein. Er war im Begriff, es ihnen nachzutun, als die Königin sich in seiner Sprache an ihn wandte. »Nein, Mandred. In der Anderen Welt bist du der Jarl deiner Gemeinschaft – ein Menschenfürst. Du brauchst das Knie nicht vor der Elfenkönigin zu beugen.«

Mandred machte ein erstauntes Gesicht und schwieg.

»Ihr anderen: erhebt euch!« Auch diese Worte sprach Emerelle auf Fjordländisch. Einige der Anwesenden waren dieser Sprache offenbar nicht mächtig und blickten verstimmt drein.

Fjordländisch! Noroelles Eltern hatten ihr viele Menschensprachen beigebracht, und doch hatte Noroelle Albenmark noch nie verlassen. Das wilde Land der Menschen hatte sie sich bislang nur in ihrer Vorstellung ausmalen können.

Die Königin wandte sich wiederum an Mandred. »Du hast aus meinen Händen eine zweifache Würde empfangen. Du bist der erste Menschensohn, der Teil der Elfenjagd ist. Und ich habe dich außerdem zum Anführer berufen. Ich kann von dir nicht erwarten, dass du dich wie ein Elf benimmst. Deine Wahl hat viele Albenkinder empört. Aber die Macht Atta Aikhjartos ist in dir lebendig. Ich vertraue deinem Gespür. Keiner von uns kennt deine Heimat so, wie du sie kennst. Du wirst deinen Gefährten ein guter Anführer sein. Aber bei allem, was du tust, vergiss nicht, was du mir versprochen hast.«

»Ich halte mein Verspechen, Herrin.«

Noroelle hatte erfahren, welchen Pakt der Menschsohn mit der Königin geschlossen hatte. Sie musterte Mandred und war von seinem Auftreten überrascht. Bisher hatte sie keine Gelegenheit gehabt, ihn zu sehen, da sie erst spät am vergangenen Abend an den Hof gekommen war. Und in den Palastflügel, in dem die Gemächer der Elfenjäger lagen, hatte sie sich nicht vorgewagt. Doch sie hatte die verschiedenen Gerüchte über Mandred gehört, wenngleich nicht alle zu ihm passen wollten. Gewiss, er war breit wie ein Bär und sah auf den ersten Blick bedrohlich aus mit all seinem Haar, das rot war wie der Sonnenuntergang und ihm ungezügelt auf die Schultern fiel. Er hatte einige dünne Zöpfe hineingeflochten und trug einen Bart wie viele der Kentauren. Seine Züge waren grob, aber ehrlich. Er erschien ihr ungewöhnlich blass, und dunkle Ringe lagen unter seinen Augen. Vielleicht hatte er vor Aufregung nicht geschlafen? Gewiss war er sehr stolz auf die Ehrung durch die Königin. Er trug nun große Verantwortung. Noroelle erschauderte bei dem Gedanken, welchen Preis er für die Hilfe zu zahlen hatte. Sie würde ihr Kind niemals aufgeben, wenn sie überhaupt einmal eines bekommen sollte. Nachdenklich musterte sie ihre beiden Geliebten. Die Frage war wohl nicht, ob, sondern mit wem sie ein Kind bekommen würde.

Als hätte er ihre Gedanken gehört, musterte Mandred sie kurz und lächelte dann. Obilee fasste ihre Hand. Sie zitterte. Noroelle blieb ruhig und schaute dem Menschensohn in die blauen Augen. Das war nicht der lüsterne Blick, von dem man sich hier am Hof erzählte. So grob seine Gestalt auch wirkte, so viel Gefühl lag in seinen Augen. In seiner Gegenwart konnte man sich sicher fühlen, und ihm konnte sie beruhigt ihre beiden Liebsten anvertrauen. Sie blickte zu Nuramon und Farodin. Seit sie vor zwanzig Jahren ihre Liebe zu ihr erkannt hatten, war stets einer der beiden in ihrer Nähe gewesen. Nun würde sie für unbestimmte Zeit allein sein.

»Ihr wisst, was zu tun ist«, sagte die Königin. »Ihr seid ausgestattet und ausgeruht. Seid ihr bereit zu gehen?«

Jeder der Elfenjäger antwortete einzeln mit den Worten: »Ich bin bereit.«

»Farodin und Nuramon, tretet vor!« Die beiden taten, was Emerelle verlangte. »Ich bin eure Königin, und ihr steht unter meinem Schutz. Aber ihr dient auch einer Minneherrin. Und ich kann nicht für sie sprechen. Sie hat entschieden.« Sie ging zu Noroelle und führte sie die Stufen hinab zu Farodin und Nuramon. Obilee folgte. »Hier ist sie.«

Noroelle nahm die beiden Männer bei der Hand und sagte: »Dient ihr mir, dann dient ihr der Königin.«

»So werden wir stets der Königin dienen«, erklärte Farodin darauf.

»Mögen unsere Taten euch beide erfreuen«, setzte Nuramon nach.

Sie küssten ihre Hände.

Noroelle wusste, dass nun der Abschied bevorstand. Doch es war zu früh, sie wollte ihren Liebsten nicht hier vor den Augen aller Lebewohl sagen. »Eure Minneherrin hat noch einen Wunsch. Sie möchte euch bis zum Tor des Aikhjarto begleiten.«

Farodin tauschte einen Blick mit Nuramon. »Wir müssen tun, was die Minneherrin verlangt.«

Die Königin lächelte und nahm Noroelle wie auch Obilee bei der Hand. »Hier, Mandred, bringe ich dir zwei, die bis zum Tor unter deinem Schutz stehen. Behandle sie gut.«

»Das werd ich.«

Die Königin blickte nach oben, als könnte sie im Schein der gedämpften Sonne etwas sehen, das den Augen der anderen verborgen war. »Der Tag ist noch jung, Mandred! Geh und rette dein Dorf!«

So setzte sich Mandred an die Spitze der Elfenjagd, und Noroelle und Obilee gingen in der Mitte. Auf dem Weg wünschten die Albenkinder den Gefährten Glück. Noroelle warf einen Blick zur Königin zurück und sah, wie diese vor ihrem Thron stand und mit sorgenvoller Miene hinter der Gemeinschaft her schaute. Hatte sie etwa Sorge, dass ihnen etwas zustieße?

Wenn es sich so verhielt, dann hatte Emerelle ihre Befürchtungen bisher gut verborgen.

Obilee riss Noroelle aus ihren Gedanken. »Ich wünschte, ich wäre auch bei der Elfenjagd«, sagte sie.

»Im Augenblick sieht es so aus, als wärst du es.«

»Du weißt, was ich meine«, entgegnete Obilee.

»Natürlich. Aber hast du nicht gehört, was die Königin zu dir gesagt hat? Und habe ich dich nicht auch oft darauf aufmerksam gemacht, dass du so aussiehst wie Danee? Eines Tages wirst auch du zu solchen Ehren kommen, als große Zauberin, die zugleich eine Meisterin des Schwertes ist.«

Die Gemeinschaft schritt entschlossen durch die Hallen ins Freie. Der Burghof war voller Albenkinder. Selbst die Kobolde und die Gnome waren gekommen, um den Auszug der Elfenjagd zu sehen. Eine Jagd, die von einem Menschen angeführt wurde, war etwas Besonderes. Von diesem Tag würde man sich noch in vielen Jahren erzählen.

Die Pferde für die Gefährten standen bereit, die Ausrüstung war schon verstaut. Nur der Kentaur Aigilaos band sich noch einige Beutel auf den Rücken und fluchte leise über seinen verspannten Nacken. Er hatte es in der letzten Nacht offenbar nicht besonders bequem gehabt.

Während Meister Alvias zwei weitere Pferde holte, betrachtete Noroelle Farodin und Nuramon. Sie erschienen mit einem Mal so unsicher. Schon bald würden beide von ihr getrennt sein. Welche Worte würden sie in dieser Lage finden? Was mochte die Geliebte trösten?

»Ist die Elfenjagd bereit?«, fragte Mandred, wie es das Hofzeremoniell forderte. Die Gefährten nickten, und der Menschensohn rief: »Dann los!«

Die Elfenjagd machte sich auf den Weg. An der Spitze ritt der Menschensohn, dahinter Noroelle. Zu ihrer Linken war Nuramon, zu ihrer Rechten Farodin. Hinter ihr ritt Obilee, die von Brandan, Vanna und Aigilaos umgeben war. Lijema bildete den Schluss. Laute Abschiedsrufe begleiteten sie zum Tor; die Kobolde waren dabei nicht zu überbieten.

Kaum hatte die Gemeinschaft das Tor hinter sich gelassen, glaubte Noroelle ihren Augen nicht zu trauen. Auf der weiten Wiese hatten sich so viele Albenkinder wie wohl nie zuvor eingefunden. Sie alle wollten den Ausritt der Elfenjagd beobachten. Über der Wiese glitzerten die Flügel der Auenfeen im Sonnenlicht; die Feen waren neugierig, das war bekannt. Nahe dem Weg, den sie nahmen, standen Elfen aus dem Herzland und auch den fernsten Marken des Königreichs. Manche hatten es gestern wohl nicht mehr zum Hof geschafft, wollten sich nun aber den Auszug der Elfenjagd nicht entgehen lassen. Von hier und dort kamen den Gefährten Grüße entgegen. Selbst auf den Hügeln am Wald standen Elfen vor den Häusern der Abgesandten und winkten ihnen zu.

Mit einem Mal sah Noroelle eine kleine Fee neben Mandreds Kopf fliegen. Der Mensch schlug nach ihr wie nach einem lästigen Insekt, verfehlte sie aber. Die Fee schrie und kam zu Noroelle geflogen. Mandred schaute sich um. Er hatte den Schrei gehört, konnte die Fee aber offenbar nicht sehen.

Allmählich erhöhte er das Tempo. Er schien Gefallen daran gefunden zu haben, ein Elfenross zu reiten. Hoffentlich stürzte er nicht. Es hieß, er hätte sich auf dem Rücken von Aigilaos nicht besonders geschickt angestellt.

Als sie die Albenkinder mit ihren Grußworten hinter sich gelassen hatten und die offenen Wiesen vor ihnen lagen, ritt Lijema rechts an ihnen vorbei und war kurz darauf neben Mandred angelangt. Dieser schaute sie überrascht an. Lijema aber nahm ihre Holzflöte vom Gürtel und blies hinein. Obwohl sich deutlich sichtbar ihre Backen blähten, war kein Laut zu vernehmen.

Kurz darauf rief Obilee: »Schaut nur, dort!« Sie deutete nach rechts. Etwas Weißes löste sich aus dem Schatten des Waldes und näherte sich rasch.

»Da sind sie!«, rief Aigilaos.

»Es sind sieben!«, erklärte Nuramon.

»Sieben?«, fragte Farodin. »Unglaublich!«

Mandred drehte sich im Sattel. »Sieben was?«

Noroelle kannte die Antwort, so wie jedes Albenkind. Es waren die weißen Wölfe der Elfenjagd. Niemand konnte sagen, wie viele der Jagd folgen würden, bis sie sich hinzugesellten. Je mehr es waren, desto wichtiger war die Angelegenheit und umso größer die Gefahr. Zumindest erzählte man es sich so.

»Das sind unsere Wölfe!«, rief Lijema Mandred entgegen.

»Wölfe? Verdammt große Wölfe sind das!«

Noroelle musste schmunzeln. Die Wölfe mit ihrem weißen, dichten Fell waren so groß wie Ponys.

»Sind die gefährlich?«, hörte sie Mandred fragen. Aber Lijema verstand ihn wegen des lärmenden Hufschlags nicht. »Sind die gefährlich?«, wiederholte er lauter.

Lijema lächelte. »Aber natürlich.«

Als die Wölfe sie eingeholt hatten, setzten sich vier an die Spitze der Jagd. Je einer hielt sich links und rechts der Gemeinschaft. Der siebte Wolf aber lief direkt an Lijemas Seite.

Bald erreichten sie den Waldrand und hielten an, um einen letzten Blick zurück auf die Burg der Königin zu werfen. Selbst Mandred schien berührt zu sein.

Farodin und Nuramon konnten sich dem Anblick ebenfalls nicht entziehen. Besonders Nuramons Gesicht verriet die insgeheime Sorge, während Farodin versuchte, seine Gefühle verborgen zu halten. Noroelle aber blickte hinter seine Maske der Gelassenheit.

Die Wölfe waren ungeduldig und umringten Mandreds Pferd. Der Menschensohn schien nicht recht zu wissen, wie er den Tieren begegnen sollte. Ständig behielt er die Wölfe im Auge. Er musste wohl schlechte Erfahrungen gemacht haben, dachte Noroelle. Vielleicht waren Wölfe in seiner Welt eine Gefahr für Leib und Leben, so wie es die Wölfe in Galvelun für die Albenkinder waren. Als Mandred Noroelles Blick bemerkte, beugte er sich im Sattel hinab. Als wollte er seinen Mut beweisen, strich er dem größten Wolf über das Nackenfell. Das gefiel dem Tier! »Sollen wir reiten?«, fragte der Menschensohn. Der Wolf knurrte und musterte Mandred dann.

Lijema musste lachen. »Der spricht kein Fjordländisch. Aber er mag dich.« Auf Elfisch erklärte Lijema den Wölfen, warum sie Mandred nicht verstehen konnten, und übersetzte dann, was der Menschensohn gefragt hatte. Der Wolf legte den Kopf schief, dann wurde er mit einem Mal unruhig. Auch die anderen ließen sich davon anstecken und liefen umher, mal voran, dann wieder zurück zu Mandred. Die Wölfe wollten weiter.

»Verstehen die denn, was du sagst?«

»Jedes Wort. Die sind klüger als mancher Elf. Das darfst du mir glauben.«

»Und sie? Wie sprechen sie?«, wollte Mandred wissen.

Lijema strich dem größten unter den weißen Wölfen über das Fell. »Sie haben ihre eigene Sprache. Und ich beherrsche sie.«

Noroelle musste schmunzeln. Dieser Mensch war leicht zu durchschauen. Wie er den großen Wolf betrachtete, wie er die eine Augenbraue hochzog und sich gleichzeitig auf die Lippe biss, konnte er nur eines denken: Ein solcher Wolf wäre ein vollkommener Jagdgefährte.

»Die sind sicher die besten Jagdgefährten«, sagte Mandred.

Noroelle musste sich beherrschen, um nicht laut zu lachen.

»Gewiss«, antwortete Lijema dem Menschensohn.

»Sind sie so treu wie Hunde?«

Lijema lachte ausgelassen. »Nein, mit Hunden kannst du sie nicht vergleichen. Sie sind viel klüger. Sag noch mal, was du eben gesagt hast.«

»Auf Fjordländisch?«

»Ja.«

»Sollen wir reiten?«

Und wieder wurden die Tiere unruhig und warteten darauf, dass es endlich weiterging.

»Na dann los!«, rief Mandred, und die Gemeinschaft setzte ihren Weg fort.

Das Schweigen zwischen Noroelle und ihren Liebsten hielt an. Die sieben Wölfe schürten Noroelles Sorge um ihre Liebsten. Die Tiere hatten ein Gespür dafür, wie groß die Gefahr war, welche die Jäger erwartete. Sie entschieden selbst, wie groß die Meute sein sollte, die sich der Elfenjagd anschloss. Als Gaomee gegen den Drachen Duanoc geritten war, hatten sie acht Wölfe begleitet. Was mochte das nur für eine Kreatur sein, die dort jenseits des Steinkreises lauerte? Zwar vertraute Noroelle auf die Fähigkeiten ihrer Liebsten, aber selbst große Helden waren schon im Kampf gestorben. Was, wenn das Schlimmste geschah? Was, wenn Nuramon sich täuschte und eine Elfenseele, die in den Menschenreichen starb, nicht in Albenmark wiedergeboren wurde?

Sie kamen an der Fauneneiche und an Noroelles See vorbei. Gestern noch war sie hier mit Farodin und Nuramon gewesen. Noroelle fragte sich, ob ein solcher Tag je wiederkehren würde.

Als der Festungsturm bei der Shalyn Falah in Sicht kam, machten sie kurz Halt, um sich von Aigilaos zu verabschieden; er konnte die weiße Brücke mit seinen beschlagenen Hufen nicht überqueren. Der Kentaur fluchte mehrfach über das alte Bauwerk. »Ich sehe euch am Tor«, sagte er dann und trabte davon.

Noroelle schaute dem Kentauren nach und dachte an all die Geschichten, die man sich über ihn erzählte. Gewiss beneidete er die Elfenrösser, die mit ihren unbeschlagenen Hufen und ihrer elfischen Gewandtheit ohne weiteres über die Brücke schreiten konnten.

»Wieso hat er sich eigentlich die Hufe beschlagen lassen, wenn das der Grund ist, dass er nicht über die Brücke kann?«, fragte Mandred.

»Die Kobolde am Hof haben ihm angeblich erzählt, mit beschlagenen Hufen könne er schneller laufen«, antwortete Lijema. »Nun glaubt er, schneller zu sein, und muss dennoch den Umweg auf sich nehmen.«

Mandred musste lachen. »Das klingt mir ganz nach Aigilaos!«

Sie setzten ihren Weg fort. Am Turm der Shalyn Falah erwartete Ollowain die Gemeinschaft. Mandred begegnete ihm kühl, was Ollowain zu einem amüsierten Lächeln herausforderte. Zügig passierten sie das Tor. Noroelle fragte sich, was zwischen Ollowain und Mandred wohl vorgefallen war.

Sie überquerten die Shalyn Falah und folgten auf der anderen Seite dem breiten Weg vorbei an den Überresten von Welruun. Die Trolle hatten einst den Steinkreis zerstört. Sie selbst hatte es nicht miterlebt, aber die Bäume erinnerten sich ebenso daran wie die Waldgeister. Früher einmal hatte das Tor von Welruun in eines der Fürstentümer der Trolle geführt. Deutlich spürte Noroelle dort die Macht der sieben Albenpfade, die sich zu einem großen Albenstern kreuzten. Die Trolle hatten einen Weg gefunden, das Tor zu schließen. Und kein Elf wusste, welchen Zaubers sie sich dabei bedient hatten.

Der Wald wurde immer dichter. Noroelle erinnerte sich an früher, da sie oft hier gewesen war. Sie mochte diesen Wald.

Die Gefährten folgten dem Weg hinab zwischen den Birken und erreichten schließlich die große Lichtung, auf der sich der Hügel mit dem Steinkreis befand. Bei der Turmruine hatte einst Landowyn die letzte Schlacht gegen die Trolle geschlagen. Betrübt dachte Noroelle daran, wie viele Elfen hier den Tod gefunden hatten.

Die Gemeinschaft hielt am Fuß des Hügels und wartete auf Aigilaos. Mandred stieg ab und trennte sich schweigend von den Gefährten. Er wollte zu Atta Aikhjarto gehen.

Noroelle hatte davon gehört, dass die Eiche sein Leben gerettet hatte. Sie fragte sich, was Atta Aikhjarto in Mandred gesehen hatte. Die Fauneneiche hatte ihr einmal zugetragen, der alte Atta Aikhjarto könne in die Zukunft schauen. Was die alte Eiche wohl wusste, dass sie ihre Kraft schmälerte, um einen Menschensohn zu retten?

Noroelle ließ sich von Farodin vom Pferd helfen. Nuramon kam ein wenig zu spät und half stattdessen Obilee abzusteigen. Die junge Elfe bekam rote Wangen, so sehr war sie angetan von Nuramons Geste. Er führte sie zu Noroelle.

Gemeinsam setzten sie sich ins Gras, doch es war noch immer zu früh für Worte. Bald schwiegen auch die anderen Gefährten. Selbst die Wölfe waren ungewöhnlich still.

Erst als Aigilaos eintraf, wurde wieder gesprochen. »Hab ich etwa zu lange gebraucht?«, fragte er außer Atem. Blanker Schweiß stand ihm auf den Flanken.

»Nein, Aigilaos. Mach dir keine Sorgen«, sagte Noroelle.

Der Kentaur war erschöpft und musste sich ausruhen. Wiederum senkte sich Schweigen über die Gemeinschaft.

Nun fehlte nur noch Mandred, dann würde die Elfenjagd endgültig aufbrechen. Es verging über eine Stunde, bis der Menschensohn zu ihnen zurückkehrte. Noroelle hätte viel darum gegeben zu wissen, was Mandred bei Atta Aikhjarto erfahren hatte. Er aber fragte nur: »Seid ihr bereit?«

Die Gefährten nickten. Noroelle fühlte sich ein wenig schuldig. Sie wusste, sie hatte das Schweigen in die Gemeinschaft getragen. Nun wollte sie es wieder gutmachen. »Kommt, ich werde euch noch bis nach oben zum Steinkreis begleiten.«

Auf dem Weg hinauf spürte Noroelle die Macht des Albensterns wie einen Windhauch, der ihr entgegenwehte. Dieser Ort hatte nichts von seiner Magie verloren. An einen Stein gelehnt stand dort Xern und schaute in den Kreis, in dessen Mitte Nebel aufwallte. Ohne sich zu ihnen umzudrehen, fragte er: »Wer geht dort?« Da er auf Fjordländisch fragte, wusste er offenbar, dass es Mandred war.

Der Menschensohn kam nach vorn und antwortete: »Die Elfenjagd!«

Xern wandte sich ihnen zu. »Dann steht euch dieses Tor offen. Mandred, du kamst mit kaum einem Funken Leben in diese Welt. Und du verlässt sie mit der Kraft Atta Aikhjartos. Möge seine Macht dich und deine Gemeinschaft schützen!« Er wies mit der Hand auf die Nebelwand.

Farodin und Nuramon blickten Noroelle erwartungsvoll an. Endlich brach sie das lange Schweigen. »Denkt daran, dass ihr es für mich tut. Denkt daran, dass ich euch *beide* sehr liebe. Achtet aufeinander. Ich bitte euch.«

»Ich werde mit meinem Leben für Farodin einstehen«, sprach Nuramon.

Und Farodin erklärte: »Nuramons Leid soll meines sein. Was ihm geschieht, soll mir geschehen.«

»Bei allen Alben! Ich flehe euch an, gebt euch nicht selbst auf, um den anderen zu schützen. Passt nicht nur aufeinander auf, sondern auch auf euch selbst. Ich möchte nicht, dass das Schicksal mir eine Entscheidung auf schmerzvolle Weise abnimmt. Kommt beide wieder!«

»Ich werde alles dafür tun, dass wir *beide* zurückkehren«, sprach Farodin.

»Und ich *verspreche* dir, dass wir wiederkehren werden«, sagte Nuramon. Farodin wirkte überrascht, denn sein Gefährte versprach etwas, das er nicht versprechen konnte. Wer wusste schon, was dort draußen geschehen würde? Und doch war es genau dieses Versprechen, das Noroelle hören wollte.

Sie gab Obilee ein Zeichen und wandte sich dann wieder zu ihren Liebsten. »Ich möchte euch etwas schenken, das euch auf der Reise an mich erinnern soll.«

Obilee holte zwei Beutelchen hervor. Noroelle nahm sie und gab eines Farodin, eines Nuramon. »Macht sie auf!«, bat sie.

Die beiden folgten ihrem Wunsch und betrachteten den Inhalt. Während Nuramon nur lächelte, sagte Farodin erstaunt: »Maulbeeren!«

»Sie tragen einen Zauber in sich«, erklärte sie. »Sie werden euch Kraft spenden und euch mehr den Bauch füllen, als ihr es vermuten würdet. Denkt an mich, wenn ihr sie esst!«

Ihre Liebsten tauschten einen kurzen Blick, dann sprach Nuramon: »Das werden wir. Und nicht nur, wenn wir davon essen.«

Noroelle umarmte zuerst Farodin und küsste ihn zum Abschied. Er wollte etwas sagen, aber sie legte ihm zwei Finger auf den Mund. »Nein. Keine Abschiedsworte. Keine süßen Beschwörungen deiner Liebe. Ich weiß, was du fühlst. Lege das, was ich in deinem Gesicht sehe, nicht auf deine Zunge. Ein

Wort, und es würde mich zum Weinen bringen! Und noch lächle ich.« Er schwieg und strich ihr durchs Haar.

Noroelle löste sich von Farodin und umarmte Nuramon. Auch ihn küsste sie. Er nahm ihr Gesicht in seine Hände und schaute sie lange an, als wollte er sich ihren Anblick genau einprägen. Dann schenkte er ihr ein letztes Lächeln und ließ von ihr ab.

Die Gefährten stiegen auf ihre Rösser. Nur Aigilaos, der dies nicht nötig hatte, blickte bereits voraus zur Nebelwand. Da rief Mandred: »Folgt mir, Gefährten!«, und die Elfenjagd betrat den Steinkreis.

Farodin und Nuramon ritten hinter den Wölfen am Ende der Gemeinschaft. Ein letztes Mal blickten sie zu Noroelle zurück. Dann verschwanden auch sie im Nebel.

Xern wandte sich vom Steinkreis ab und ging langsam fort. Obilee griff Noroelles Hand. Während sich der Nebel auflöste, wuchs Noroelles Angst. Sie hatte das Gefühl, Farodin und Nuramon soeben zum letzten Mal gesehen zu haben.

DIE WELT DER MENSCHEN

Als der Nebel sich lichtete, schlug den Gefährten der eisige Atem der Menschenwelt entgegen. Nuramon sprach einige Worte der Wärme, um die Kälte zumindest aus seinen Kleidern zu vertreiben. Neugierig sah er sich um. Sie befanden sich in einem Steinkreis auf einer hohen Klippe. Weit unter ihnen lag ein Dorf.

Mandred hatte sein Pferd an den Rand des Abgrunds gelenkt. Fast schien es, als wollte er das Tier in die Tiefe führen. Offenbar übte das Dorf auf der anderen Seite des Fjords eine starke Anziehungskraft auf ihn aus. Dies musste die Siedlung sein, von der er bei Hof gesprochen hatte.

»Ich habe die Fährte gefunden!«, rief Brandan. »Sie ist ganz frisch, als wäre der Manneber eben noch hier gewesen.«

Dieser Ort war dem Wind ausgesetzt, und hier oben gab es nichts zu fressen. Was mochte die Bestie so lange hier gehalten haben? Hatte sie gewartet? Nuramon musste lächeln. Das war natürlich Unsinn.

»Mandred!«, rief Farodin mit scharfer Stimme.

Der Menschensohn fuhr zusammen. Dann zog er an den Zügeln und lenkte seine Stute vom Rand der Klippe fort. »Entschuldigt ... Ich musste einfach wissen, wie es um die meinen steht. Der Manneber scheint Firnstayn noch nicht angegriffen zu haben.«

Er setzte sich an die Spitze der Schar und führte sie die Klippe hinab. Das Rudel Wölfe lief weit aufgefächert vor ihnen her. Auch sie hatten die Fährte des Mannebers aufgenommen.

Obwohl die Spur offensichtlich vom Dorf wegführte, schien es Nuramon so, als würde der Menschensohn mit jedem Moment unruhiger. »Stimmt etwas nicht, Mandred?«, fragte er ihn.

»Die Pferde«, murmelte der Krieger gepresst. »Sie sind verhext, nicht wahr?«

Nuramon begriff nicht, was er meinte. »Warum sollte man Pferde verhexen?«

»Aber ... sie versinken nicht im Schnee. Das kann nicht sein. Der Schnee liegt hier mindestens kniehoch.«

Nuramon bemerkte, wie Farodin und Brandan einander zugrinsten. Was wussten sie? »Warum sollten Pferde im Schnee versinken?«

»Weil sich das so gehört!« Mandred zügelte seine Stute. »Wenn die Pferde nicht verhext sind, muss der Schnee verhext sein.« Er schwang sich aus dem Sattel und versank augenblicklich bis zu den Knien im Schnee.

Brandan lachte.

»Ich finde das nicht witzig«, mischte sich Aigilaos ein. Er eilte an Mandreds Seite und ließ dabei hinter sich eine tiefe Spur zurück. »Diese Langohren machen sich gern einen Spaß mit uns. Ich habe bis heute nicht begriffen, wie sie es schaffen, auf dem Schnee zu gehen. Ein Zauber ist es jedenfalls nicht. Und es liegt auch nicht daran, ob sie ihren Pferden die Hufe beschlagen oder nicht.«

Nuramon erwartete, dass der Menschensohn beleidigt wäre, doch plötzlich stand ein Leuchten in dessen Augen. »Glaubt ihr, die Königin wird mir das Pferd schenken, wenn wir zurück sind?«

»Wenn du dich bewährst, vielleicht, Mensch«, meinte Farodin.

»Glaubt ihr, einer meiner Hengste könnte diese Stute decken?«

Aigilaos stieß ein wieherndes Lachen aus.

Nuramon fand die Vorstellung bizarr. Was dachte sich der Menschensohn nur dabei?

»Wir sollten hier nicht herumstehen und Witze machen«, mahnte Vanna. »Bald wird es schneien. Wir müssen weiter, sonst werden wir die Fährte aus den Augen verlieren.«

Mandred stieg auf. Schweigend setzte sich der Trupp in Bewegung und folgte der Spur.

Nuramon ließ den Blick über das Land schweifen. Die Welt

der Menschen hatte er sich anders vorgestellt. Der Schnee war hier fest und rau, und die Hügelketten verliefen so unregelmäßig, dass er sich die Umgebung nur schwer einprägen konnte. Nichts schien zueinander zu passen. Wie sollten sie in diesem Chaos den Manneber finden? Tausend Dinge, die anders waren als in Albenmark, zogen seinen Blick auf sich.

All die neuen Eindrücke ermüdeten Nuramon. Er rieb sich die Augen. Diese Welt schien ihm unüberschaubar. Wenn er einen Baum ansah, dann vermochte er es kaum, den Baum als Ganzes zu betrachten, so sehr zogen dessen Einzelheiten ihn in den Bann. Auch war es schwierig, Entfernungen abzuschätzen. Die Dinge schienen näher zu sein, als sie es tatsächlich waren. So kam ihm diese Welt eng vor. Nun verstand Nuramon, wieso die Königin Mandred zum Anführer berufen hatte. Ihm war all dies vertraut.

Die Gemeinschaft blieb dem Manneber den ganzen Tag auf der Spur. Sie ritten schnell, wenn sie der Fährte über offenes Land folgten, und vorsichtig, wenn die Spur durch einen Wald oder durch felsiges Gelände führte. Sie waren stets darauf gefasst, auf den Manneber zu stoßen. Zumindest hatte Nuramon den Eindruck.

Brandan hatte in den letzten Stunden immer wieder betont, dass ihm die Fährte des Ebers merkwürdig vorkam. Sie wirkte einfach zu frisch. Es war fast so, als weigerte sich der Schnee, in die Spuren des Ebers zu fallen. Das beunruhigte Nuramon, und auch Lijema machte ein besorgtes Gesicht. Die anderen erweckten zwar den Eindruck, dass sie Brandans Warnung ernst nahmen, aber keiner von ihnen schien daran zu zweifeln, dass sie ihren Auftrag erledigen würden. Die Elfenjagd war ausgezogen, und gerade die Wölfe, die gern voranhetzten, gaben Nuramon das Gefühl, dass nichts und niemand sie aufhalten konnte, auch nicht in dieser sonderbaren Welt.

Am Nachmittag hörte es auf zu schneien. Sie folgten der Spur in einen dichten Wald. Hier mochte der Manneber überall lauern. Schließlich befahl Mandred, dass sie sich früh genug einen Lagerplatz suchen sollten. Brandan prägte sich ein, wo sich die Spur befand, dann folgten sie Mandred. Farodin zog indessen ein ungewohnt missmutiges Gesicht, das Nuramon nicht recht einordnen konnte.

Sie erreichten den Waldrand und schlugen dort ihr Lager auf. Aigilaos hatte Hunger und wollte unbedingt jagen. Er hatte Spuren gesehen, Brandan begleitete ihn.

Nuramon und Farodin sattelten die Pferde ab. Vanna die Zauberin machte ein kleines Feuer in der Mitte des Lagers. Dabei schienen ihre Gedanken abwesend zu sein. Irgendetwas beschäftigte sie. Lijema und Mandred kümmerten sich um die Wölfe. Die Wolfsmutter erklärte dem Menschensohn, was er wissen wollte. Die Tiere waren ruhig, was Nuramon als gutes Zeichen wertete.

Farodin setzte einen Sattel ab, dann hielt er inne. »Ist es so, wie du dir die Elfenjagd vorgestellt hast?«

»Ehrlich gesagt, nein.«

»Von außen sieht alles immer viel glanzvoller aus. Wir spüren unsere Beute auf, schlagen sie und kehren zurück zu unserer Herrin. Im Grunde ist es ganz einfach.«

»Du bist schon einmal hier gewesen, hier in der Menschenwelt, nicht wahr?«

»Ja, schon oft. Ich erinnere mich noch an das letzte Mal. Wir sollten einen Verräter finden und zur Königin bringen. Es war wie jetzt. Kaum kamen wir durchs Tor, fanden wir auch schon seine Spur. Wenige Stunden später waren wir bereits auf dem Rückweg. Aber das war keine richtige Elfenjagd gewesen.«

»Und? Erscheint dir die Andere Welt genauso merkwürdig, wie sie mir erscheint?«

»Du meinst die Enge?«

»Ja, genau das.«

»Es liegt an der Luft. Das hat mir die Königin einmal erklärt. Die Luft ist hier anders. Nicht so klar wie bei uns.«

Nuramon dachte darüber nach.

»Hier ist alles anders«, fuhr Farodin fort. »Die Schönheit und Klarheit von Albenmark wirst du hier vergeblich suchen.

Die Dinge hier passen nicht zusammen.« Er deutete auf eine Eiche. »Der Baum dort passt nicht zu diesem hier.« Er klopfte auf die Eiche neben sich. »Bei uns sind die Dinge unterschiedlich, aber alles befindet sich in Harmonie zueinander. Kein Wunder, dass die Menschen unsere Gefilde so schön finden.«

Nuramon schwieg. Er fand die Andere Welt dennoch reizvoll. Hier gab es so viel zu entdecken. Und wenn man nur das Geheimnis dieser Welt kannte, dann mochte es sein, dass man auch in dieser Welt eine Harmonie fand. »Für Mandred scheint alles im Einklang zu sein«, sagte er leise und schaute kurz zum Menschensohn hinüber.

»Er verfügt nicht über unsere feinfühligen Sinne.«

Nuramon nickte, Farodin hatte Recht. Aber dennoch ... Vielleicht gab es eine Ordnung hinter allem hier, für die es noch schärferer Sinne bedurfte, als sie selbst Elfen besaßen.

Als alle Arbeiten getan waren, setzte sich Nuramon an den Waldrand und ließ den Blick über die Landschaft schweifen. Farodin gesellte sich zu ihm und hielt ihm seinen Beutel mit Maulbeeren hin.

Nuramon war überrascht. »Soll ich wirklich?«

Der Gefährte nickte.

Er nahm Farodins Angebot an. Sie aßen einige Maulbeeren und schwiegen.

Als die Dämmerung heraufzog, fragte Lijema, wo Brandan und Aigilaos geblieben seien.

Nuramon stand auf. »Ich werde die beiden holen.«

»Soll ich mitkommen?«, fragte Farodin.

»Nein.« Er schaute zur Zauberin. »Frag lieber Vanna, ob alles in Ordnung ist«, sagte er flüsternd. »Sie schweigt schon die ganze Zeit und grübelt über irgendetwas nach.«

Farodin musste lächeln und erhob sich, um sich zur Zauberin zu gesellen. Nuramon aber verließ das Lager auf den Spuren von Aigilaos und Brandan.

Die Fährte der beiden war leicht zu verfolgen. Zwar waren Brandans Stiefelabdrücke schwer zu erkennen, doch Aigilaos hatte eine tiefe Furche in den Schnee gepflügt. Mehrmals schaute Nuramon auf seine Füße; er musste an Mandred denken und daran, wie er eingesunken war. Vielleicht war es doch ein Zauber, der ihn auf dem Schnee gehen ließ. Er versuchte deutliche Spuren zu hinterlassen, und es gelang ihm auch. Aber er musste sich darauf konzentrieren und den Fuß möglichst ungelenk aufsetzen. Tat er es nicht, so weigerten sich seine Füße, im Schnee zu versinken.

Nach einer Weile veränderten sich die Spuren. Nuramon sah, dass seine beiden Gefährten die Fährte eines Rehs aufgenommen hatten. Kurz darauf hatten sie sich getrennt, Aigilaos war nach links gegangen, Brandan nach rechts. Die Fährte des Rehs führte geradeaus. Nuramon folgte Aigilaos' Spur, weil sie deutlicher zu erkennen war.

Plötzlich hörte er etwas. Er blieb stehen und lauschte. Zuerst vernahm er nur den Wind, der durch den Wald wehte. Doch dann hörte er ein leises Zischen. Es mochte nichts weiter sein als ein wenig verharschter Schnee, der ganz in der Nähe von einem Baum geweht wurde. Doch das Zischen kehrte immer wieder. Mal klang es länger, mal kürzer. Vielleicht war es ein Tier dieses Waldes. Ebenso gut konnte es der Manneber sein.

Vorsichtig ließ Nuramon die Hand zum Schwert gleiten. Er überlegte, ob er nach Aigilaos und Brandan rufen sollte, entschied sich dann aber dagegen. Der launische Kentaur würde seine Pfeile auf *ihn* richten, wenn er durch einen unbedachten Ruf das Wild vertrieb.

Das Geräusch schien ganz in der Nähe zu sein. Aber Nuramon wollte sich nicht zu sehr auf seine Sinne verlassen. Diese Welt war ihm zu sinnenverwirrend! Er hatte sich heute oft genug mit seinen Augen getäuscht. Das mochte mit seinen Ohren ebenso geschehen.

Behutsam verließ Nuramon Aigilaos' Spur, um dem Zischen nachzugehen. Bald sah er eine Lichtung zwischen den Bäumen. Von dort schien das Geräusch zu kommen.

Am Rand der Lichtung angekommen, versuchte Nuramon

etwas zu erkennen. Etwa in der Mitte standen drei Eichen. Ein unangenehmer Geruch wurde vom Wind zu ihm getragen und ließ ihn einen Augenblick verharren. Irgendetwas stimmte nicht an diesem Geruch. Aber was stimmte in dieser Welt schon für Elfensinne?

Vorsichtig trat er auf die Lichtung und schaute sich um. Es war niemand zu sehen. Aber mit jedem Schritt, den er machte, wurde das Zischen lauter. Was immer es war, hinter den drei Bäumen auf dieser Lichtung musste sein Ursprung liegen. Nuramons Hand umfasste den kühlen Knauf seines Schwertes fester.

Als Nuramon fast bei den Bäumen angekommen war, erblickte er zu seiner Linken eine breite Fährte, die vom Wald her kam. Das waren Aigilaos' Spuren!

Er hastete den drei Eichen entgegen. Das Zischen war nun entsetzlich laut und langatmig. Er sah einen zerbrochenen Stirnreif im Schnee. Rasch umrundete er die kleine Baumgruppe – und glaubte seinen Augen nicht zu trauen.

Vor ihm im Schnee erblickte er Aigilaos! Sein Kopf war weit in den Nacken zurückgebogen, und mit offenem Mund stieß er dieses Zischen aus. Sein gelockter Bart war von Blut verklebt. Am Hals sah Nuramon vier schmale Wunden. Wären sie nicht gewesen, hätte man die Schreie des Kentauren gewiss im ganzen Wald gehört. Doch so war er kaum mehr fähig, einen Laut von sich zu geben. Man hatte ihm wahrhaftig die Stimme abgeschnitten. Sein Schrei war nichts weiter als ein langer Luftzug, der ihm aus dem Rachen wehte.

In Aigilaos' Gesicht lag mehr Schmerz, als Nuramon je bei einem Wesen gesehen hatte. Seine Augen waren weit aufgerissen. Immer wieder verkrampfte er sich, wollte schreien, und konnte doch nur ein klägliches Zischen hervorbringen.

Die vier Läufe des Kentauren waren gebrochen, bei einem ragte gar der Knochen hervor. Sein langer Bauch war aufgeschlitzt. Eine gefrorene Blutlache hatte sich im Schnee gebildet, und ein Teil der Innereien quoll heraus. Einer der Arme lag unter seinem Körper begraben, der andere war ausgekugelt und wie die Beine gebrochen. Sein Fell war von breiten Wunden gezeichnet, als hätte ihn ein Raubtier angefallen.

Nuramon vermochte sich den Schmerz nicht vorzustellen, den Aigilaos verspüren musste. Er hatte noch nie ein Lebewesen gesehen, das so zugerichtet war wie der Kentaur.

»Farodin! Mandred!«, rief er, unschlüssig, ob er Hilfe holen oder aber den Versuch wagen sollte, etwas für Aigilaos zu tun. Er blickte auf seine Hände hinab und sah, wie sie zitterten. Er musste einfach etwas tun! Seine Gefährten im Lager hatten ihn gewiss gehört.

»Ich werde dir helfen, Aigilaos!«

Der Kentaur hörte mit seinem stimmlosen Schreien auf und blickte Nuramon mit bebender Miene an.

Es war aussichtslos. Die Bauchwunde allein würde den Kentauren umbringen. Die Halswunden hatten ebenfalls viel Schaden angerichtet. Sollte er den Kentauren anlügen? »Ich werde erst einmal deine Schmerzen lindern.« Nuramon legte die Hände auf Aigilaos' Stirn und blickte ihm in die tränenden Augen. Es war ein Wunder, dass er überhaupt noch bei Bewusstsein war. »Nur noch einen Augenblick!«, sagte Nuramon und konzentrierte sich auf den Zauber.

Er begann mit einem Kribbeln in den Fingerspitzen. Nuramon achtete auf seinen Puls und spürte, wie kühle Schauer durch seine Arme zu den Händen hinabliefen. Unter seinen Fingern fühlte er, wie sich Aigilaos' Stirn wärmte. Er konnte den rasenden Puls des Kentauren spüren und merkte, wie sein eigener Herzschlag sich zunächst an den des Gefährten anpasste. Dann verlangsamten sich beide Herzschläge, und Aigilaos wurde ruhiger. So viel war geschafft, auch wenn der Kentaur nicht mehr zu retten war.

Als Nuramon die Hände von Aigilaos' Stirn löste, konnte er mit ansehen, wie sich dessen Gesichtszüge langsam entspannten. Bei all dem Blut, das Nuramon sah, wunderte er sich abermals, dass der Kentaur noch bei Bewusstsein war. Er beschloss, den Versuch zu wagen, gegen den Tod seines Gefährten anzukämpfen, auch wenn es aussichtslos erschien. Er hatte keine

Erfahrung mit Kentauren. Es mochte sein, dass sie solche Wunden überleben konnten. So legte er dem Verletzten vorsichtig die Hand auf den offenen Hals.

Aigilaos konnte keine Schmerzen mehr spüren und starrte ihm ernst in die Augen. Dann schüttelte er den Kopf und blickte auf das Schwert des Elfen.

Nuramon war entsetzt. Aigilaos wusste, dass es zu Ende war. Und nun sollte er Gaomees Schwert ziehen, um dem Kentauren damit einen schnellen Tod zu bereiten. Das Schwert, mit dem Gaomee einst in heldenhaftem Kampf Duanoc erschlagen hatte, sollte nun mit dem Blut eines Gefährten befleckt werden.

Nuramon zögerte, aber im Blick des Kentauren lag ein Flehen, dem er sich nicht entziehen konnte. Es nahm ihn geradezu in den Bann. Er musste es tun. Aus Mitgefühl! So zog er das Schwert.

Aigilaos nickte.

»Wir sehen uns im nächsten Leben wieder, Aigilaos!« Er hob die Waffe und ließ sie niederfahren. Doch kurz vor der Brust des Kentauren verharrte die Schwertspitze. Ungläubig schaute Aigilaos auf. »Ich kann es nicht«, sagte Nuramon verzweifelt und schüttelte den Kopf. Die Worte, die er dem Kentauren zum Abschied gesagt hatte, läuteten in seinem Geist wie eine gewaltige Glocke. *Wir sehen uns im nächsten Leben wieder!* Wer konnte das schon sagen? Nuramon war sich nicht sicher, ob Aigilaos' Seele ihren Weg aus dieser Welt zurück nach Albenmark finden würde. Wer ihm hier das Leben nahm, der mochte ihn für immer der Aussicht auf eine Wiedergeburt berauben.

Nuramon warf das Schwert beiseite. Er hätte die Waffe beinahe mit dem Blut seines Gefährten befleckt. Ihm blieb nur eines zu tun: seine Zauberkraft einzusetzen und zu versuchen, seinen Gefährten zu retten.

Nuramon prüfte noch einmal die Wunden am Hals. Mandred hatte den Eber als grobe Bestie beschrieben. Diese Wunden aber waren so zielsicher in die Haut geritzt, dass sie von einem Messer zu stammen schienen. Konnte der Manneber

Waffen führen? Oder hatte eine andere Bestie Aigilaos derart zugerichtet? Was Nuramon verwunderte, war, dass außer dem Blut seines Gefährten keinerlei Spuren zu finden waren, nicht einmal die Fährte des Rehs, das Aigilaos gejagt hatte, setzte sich fort. Auch von Brandan war nichts zu sehen. Vielleicht lag er ebenfalls irgendwo dort draußen im Wald und war ähnlich zugerichtet.

Nuramon unterdrückte den Wunsch, nach den übrigen Gefährten zu rufen. Damit würde er nur die Bestie anlocken. Behutsam legte er die Hände auf die schmalen Wunden. Und kaum hatte er an den Zauber gedacht, kribbelte es erneut in den Fingern. Diesmal jedoch blieb der Schauer aus, den er eben noch in den Armen verspürt hatte. Stattdessen wurde aus dem Kribbeln ein Schmerz, der sich von den Fingerspitzen aus über die Hände bis zu den Gelenken ausbreitete. Schmerz gegen Heilung! Das war der Tausch, der seinem Zauber innewohnte. Als der Schmerz schließlich verblasste, löste Nuramon die Hände von Aigilaos und betrachtete dessen Hals. Die Wunden hatten sich geschlossen.

Doch als er sich den klaffenden Schnitt im Bauch ansah, wusste er, dass seine Kräfte dort nichts ausrichten konnten. Hier war ein Zauber gefragt, der den Körper als Ganzes belebte. Nuramon beugte sich zu Aigilaos' Oberkörper. »Kannst du wieder sprechen?«, fragte er den Kentauren.

»Tu es nicht, Nuramon!«, bat Aigilaos heiser. »Nimm das Schwert und mach dem hier ein Ende!«

Nuramon legte Aigilaos die Hände auf die Schläfen. »Es sind nur Schmerzen.« Er wusste nur zu gut, dass größere Wunden größere Schmerzen für ihn bedeuteten. Dennoch konzentrierte er sich und versuchte ruhig zu atmen.

»Ich wünsche dir das Glück der Alben, mein Freund«, sagte der Kentaur.

Nuramon entgegnete nichts darauf, sondern ließ seine Zauberkraft über die Hände in Aigilaos' Körper fließen. Er dachte an all jene, die er geheilt hatte. Es waren viele Bäume und Tiere gewesen, selten einmal ein Elf.

Mit einem Mal durchfuhr ein stechender Schmerz seine Hände und zog sich die Arme hinauf. Das war der Preis für die Heilung, das galt es auszuhalten! Dann wuchsen die Schmerzen ins Ungeheuerliche. Nuramon schloss die Augen und kämpfte dagegen an. Doch all seine Versuche, die Schmerzen zu zerstreuen, scheiterten. So traf es ihn wie ein Blitz in den Kopf. Er wusste, er hätte nur loslassen müssen, und der Schmerz wäre vorüber. Aber Aigilaos wäre dann verloren.

Da waren nicht nur die zahlreichen Wunden, nicht nur der große Schaden, der durch die Bauchwunde entstanden war; es gab auch etwas anderes, etwas, das Nuramon nicht zu fassen bekam. War es ein Gift? Oder gar ein Zauber? Nuramon versuchte sich zu entspannen, doch der Schmerz war zu groß. Er spürte, wie seine Hände verkrampften und er am ganzen Oberkörper zu zittern begann.

»Nuramon! Nuramon!«, hörte er eine raue Stimme schreien. »Bei allen Göttern!«

»Still! Er heilt ihn!«, rief die Stimme eines Elfen. »O Nuramon!«

Der Schmerz wuchs, und Nuramon biss die Zähne zusammen. Es schien kein Ende der Qualen zu geben. Sie wuchsen und wuchsen. Er spürte, wie ihm die Sinne schwanden.

Für einen Moment musste Nuramon an Noroelle denken. Und mit einem Mal war der Schmerz fort.

Es war still.

Nuramon öffnete langsam die Augen und sah Farodins Gesicht über sich. »Sag etwas, Nuramon!«

»Aigilaos?«, war alles, was ihm über die Lippen kam.

Farodin blickte zur Seite, dann wieder zu ihm und schüttelte den Kopf.

Neben sich hörte er Mandred rufen: »Nein. Wach auf! Wach wieder auf! Geh nicht so! Sag mir noch etwas!«

Aber der Kentaur schwieg.

Nuramon versuchte sich aufzurichten. Langsam kehrten seine Kräfte zurück. Farodin half ihm auf. »Du hättest sterben können«, flüsterte er.

Nuramon starrte auf Aigilaos hinab; Mandred hatte sich über ihn gebeugt und weinte. Die Züge des toten Kentauren wirkten zwar entspannt, aber sein Leichnam bot immer noch einen erschreckenden Anblick.

»Hast du vergessen, was du Noroelle versprochen hast?«

»Nein, das habe ich nicht«, flüsterte Nuramon. »Und deswegen musste Aigilaos sterben.«

Nuramon wollte sich abwenden und gehen, doch Farodin hielt ihn fest. »Du hättest ihn nicht retten können.«

»Aber was, wenn er zu retten gewesen wäre?«

Farodin schwieg.

Mandred stand auf und wandte sich ihnen zu. »Hat er noch etwas gesagt?« Der Menschensohn blickte Nuramon erwartungsvoll an.

»Er wünschte mir Glück.«

»Du hast alles versucht. Das weiß ich.« Mandreds Worte vermochten Nuramon nicht zu trösten.

Er nahm das Schwert auf, betrachtete es und dachte an Aigilaos' Wunsch. Das konnte er Mandred nicht sagen.

»Was ist geschehen? Und wo ist Brandan?«, fragte Farodin.

»Ich habe keine Ahnung«, entgegnete Nuramon langsam.

Mandred schüttelte den Kopf. »Wir können von Glück sagen, wenn er noch lebt.« Er blickte auf Aigilaos und atmete geräuschvoll aus. »Bei allen Göttern! Niemand sollte so sterben.« Dann schaute er sich um. »Verdammt! Es ist viel zu dunkel geworden!«

»Dann lasst uns Brandan rasch finden«, sagte Farodin.

Sie warfen noch einen Blick auf Aigilaos und beschlossen, ihn später in der Nacht zu holen, sollte dies irgendwie möglich sein.

Nuramon führte Farodin und Mandred zurück zu Brandans Spur. Es war inzwischen Nacht geworden. »Hätte ich doch nur die Barinsteine aus dem Lager mitgenommen!«, sagte Farodin. Die Spur war an sich schon schwer zu verfolgen, aber im Dunkeln war es aussichtslos. So gute Fährtenleser waren sie nicht.

Mit einem Mal erhob sich ein Stück hinter ihnen ein monströses Geheul. Die drei wandten sich um. Dann rief Mandred: »Das Lager! Los!«

Sie hetzten zurück. Dabei erschien es Nuramon, als hätte Mandred große Schwierigkeiten, sich in der Dunkelheit zu bewegen. Dauernd streifte er niedrige Äste, bis er sich schließlich hinter Farodin zurückfallen ließ, um ihm nachzulaufen. Der Menschensohn fluchte darüber, dass er bis zu den Waden im Schnee versank, während die Elfen sich leichtfüßig darüber hinwegbewegten.

Endlich erreichten sie das Lager. Es war verlassen.

Das Feuer brannte, und die Pferde standen still. Vanna, Lijema und die Wölfe aber waren verschwunden. Während Farodin neben seinen Satteltaschen kniete, umkreiste Nuramon das Lager und suchte nach Spuren. Mandred war wie gelähmt. Er dachte wohl, alles wäre verloren.

Im Wald war es still.

Nuramon fand die Spuren der Wölfe und Elfen, sie führten am Waldrand entlang. Kampfspuren oder Ähnliches waren nicht zu sehen. Kaum hatte er seinen Gefährten die Entdeckung verkündet, warf Farodin ihm und Mandred je einen Barinstein zu. Sie waren klar und leuchteten in weißem Licht.

Als ihnen lautes Geheul tief aus dem Wald entgegenhallte, machten sie sich auf den Weg. Immer wieder riefen sie nach Vanna und Lijema, doch es kam keine Antwort.

Dann fanden sie eine Blutspur und folgten ihr. Die Wölfe und offenbar auch Vanna und Lijema waren schon vor ihnen dem Blut gefolgt. Bald stießen sie auf einen toten Wolf; seine Kehle war zerfetzt. Voller Sorge folgten sie den Spuren und entdeckten alle paar Schritte weitere Blutstropfen.

Noch immer war Geheul zu hören. Mit einem Mal sahen sie zwischen den Bäumen die weißen Wölfe hin- und herspringen. Da war ein Schatten, auf den sie es abgesehen hatten. Eine riesige Gestalt! Sie schlug wild um sich. Das Heulen eines Wolfes ging in schmerzersticktes Jaulen über. Dann ertönte der Schrei einer Frau.

Nuramon, Farodin und Mandred erreichten eine Lichtung.

Der Schein ihrer Barinsteine vertrieb die Finsternis. Nuramon sah, wie die Wölfe einer großen, geduckten Gestalt nachsetzten und im Wald verschwanden.

Nuramons Licht fand in der Mitte der Lichtung Vanna die Magierin. »Kommt zurück! Keine Zeit für Rache!«, schrie sie den Wölfen hinterher. »Kommt zurück!« Doch sie hörten nicht auf sie. Die Magierin brach in die Knie und beugte sich über etwas.

Mandred und Farodin waren sogleich bei ihr. Nuramon wagte sich nur langsam näher und schaute sich um. Drei Wölfe lagen tot auf der Lichtung, unter ihnen der Leitwolf. Irgendetwas war ihm in den Rücken gedrungen. Nuramon bemerkte einen stechenden Geruch in der Luft. Es war derselbe Gestank, den er auch schon bei Aigilaos bemerkt hatte. Das musste die Ausdünstung der Bestie sein.

Als Nuramon seine Gefährten erreichte, sah er im Schein der Barinsteine, dass Vanna sich über Lijema beugte. Als die Magierin sich aufrichtete, erkannte Nuramon, dass der Wolfsmutter die Brust zerfetzt worden war. Irgendetwas hatte ihren Körper durchstoßen und Lunge und Herz zerrissen. Ihre Augen glänzten noch, doch ihr Gesicht war zu einer erstaunten Maske erstarrt.

Vanna presste ihr Gesicht liebevoll an das der Toten.

»Was ist gesehen?«, fragte Farodin.

Vanna schwieg.

Farodin packte die Magierin bei den Schultern und schüttelte sie sanft. »Vanna!«

Mit großen Augen schien sie durch Farodin hindurchzusehen. Sie deutete zur Seite. »Dort hinter dem Baum liegt Brandan. Der Eber hat ihn …« Sie brach ab.

Nuramon lief los. Er wollte so rasch wie möglich bei Brandan sein. Er hatte Angst, denn er musste an Aigilaos denken.

Zwischen Mandred und Farodin entbrannte indessen ein Streit. Der Menschensohn wollte der Bestie nachsetzen, Farodin aber wollte das nicht zulassen. Wie konnten sie nur jetzt über so etwas streiten? Vielleicht war Brandan noch am Leben!

Nuramon erreichte den Waldrand und fand Brandan. Der Fährtensucher lag auf dem Rücken, er hatte eine leichte Wunde an der Schläfe und eine im Bein. Er war zwar bewusstlos, doch sein Herz schlug noch, und sein Atem ging langsam. Nuramon legte seine heilenden Hände auf die Bein- und die Kopfwunde. Er spürte, wie das Kribbeln kam, gefolgt von Schmerz. Schließlich verkrusteten die Wunden unter seinen Fingern. Das sollte für den Augenblick ausreichen. Später würde er ihn ganz heilen.

Mit Mühe nahm Nuramon Brandan auf den Arm und machte sich schweren Schrittes auf den Weg zurück zu den anderen. Seine Füße versanken unter der Last, die er trug, im Schnee.

Er hörte Farodin mit geduldiger Stimme auf Mandred einreden. »Die Bestie spielt mit uns. Wir dürfen uns jetzt nicht zu etwas Unüberlegtem hinreißen lassen. Lass uns die Bestie morgen jagen!«

»Wie du meinst«, entgegnete Mandred widerstrebend.

Als sie Nuramon bemerkten, war ihnen die Angst anzusehen. Sie liefen ihm entgegen.

»Ist er …?«, begann Mandred.

»Nein, er lebt. Aber wir sollten ihn ins Lager schaffen.«

Schweigend verließen Farodin, Vanna und Mandred die Lichtung.

Es war ein mühsamer Weg zurück ins Lager. Mandred schleppte Brandan, während Farodin und Nuramon die Leiche Lijemas trugen. Die toten Wölfe ließen sie dort, wo sie waren. Auf dem Weg versuchte Mandred Brandan aufzuwecken. Doch der Fährtensucher lag in tiefer Bewusstlosigkeit.

Im Lager angekommen, kümmerte sich Farodin um Lijema; er wickelte ihren Leichnam in einen Mantel ein. Mandred und Vanna saßen am Feuer und lauschten in den Wald hinein. Nuramon beobachtete sie, während Brandans Kopf auf seinen Händen ruhte und seinen Zauber aufnahm. Die Haltung des Menschensohns und der Zauberin sagte mehr als alle Worte. Zwei Mitglieder der Elfenjagd waren gestorben, und ihre Wölfe waren entweder tot oder verschwunden.

Nuramon betrachtete den Mond. Seine Großmutter hatte wahr gesprochen. Der Mond war nur zur Hälfte zu sehen und viel kleiner als der Mond in Albenmark. Er musste an sein Gespräch mit Noroelle zurückdenken. Was geschah, wenn man in den Menschenreichen starb? Er konnte nur hoffen, dass Lijema wiedergeboren wurde. Er wusste nicht, wie es sich bei den Kentauren verhielt. Von manchen Albenkindern hieß es, dass sie mit dem Tod direkt ins Mondlicht gingen. Er hoffte, dass die Seelen ihrer toten Gefährten nicht verloren waren.

Als der Schmerz aus Brandans Körper in seine Hände kroch, schloss Nuramon die Augen und dachte an Aigilaos. Farodin hatte Recht gehabt: Der Kentaur war nicht mehr zu retten gewesen. Und doch fragte sich Nuramon, ob der Gedanke an Noroelle und an das Versprechen, das er ihr gegeben hatte, an seinem Tod Schuld trugen. Vielleicht hätte er Aigilaos mit ein wenig mehr Mühe doch noch retten können.

Mit einem Mal verebbte der Schmerz, und Nuramon schlug die Augen auf. Farodin, Mandred und Vanna waren bei ihm und machten sorgenvolle Gesichter. Er ließ von Brandan ab. »Keine Angst. Es ist alles in Ordnung.«

Als Brandan kurz darauf erwachte, waren alle erleichtert. Er fühlte sich müde, aber er konnte berichten, was geschehen war. »Der Eber war plötzlich da. Da war dieser Gestank, und ich war wie gelähmt. Ich konnte nichts unternehmen. Nichts!« Er war vom Manneber bewusstlos geschlagen worden, um dann als Köder zu dienen. Das Letzte, woran er sich erinnerte, war ein entsetzliches Röcheln gewesen.

Nuramon berichtete Brandan und Vanna, was mit Aigilaos geschehen war. Er beschrieb das Schicksal des Kentauren bis in die letzte Einzelheit, nur dass Aigilaos ihn um den Tod gebeten hatte, verschwieg er. Auf den Gesichtern der anderen stand nacktes Entsetzen.

Farodin schüttelte den Kopf. »Irgendetwas stimmt nicht mit diesem Manneber. Er ist mehr als nur eine ungeschlachte Bestie.«

Mandred entgegnete: »Was er auch ist, wir können ihn erledigen, wenn wir uns nicht mehr trennen lassen. Wir werden jetzt Wachen einteilen, damit uns dieses Mistvich nicht überrascht.«

Noch bevor sie die erste Wache einteilten, kehrten zwei Wölfe still und mit angewinkeltem Schwanz ins Lager zurück. Sie waren unverletzt. Mandred war froh, die Tiere zu sehen, und streichelte einem von ihnen den Kopf. Vanna nahm sich des anderen an. Die Wölfe waren erschöpft, und sie stanken nach dem Manneber.

»Was ist das da?«, fragte Farodin und deutete auf die Schnauze des Wolfs, der bei Mandred war.

Für Nuramon sah es aus wie Blut.

Der Menschensohn schaute nach. »Es ist gefrorenes Blut. Seht, wie hell es ist!«

Nuramon gewahrte einen silbernen Glanz darin, konnte aber nicht sagen, ob der Glanz vielleicht vom Frost kam.

Alle betrachteten das Blut genau. Mandred sagte darauf: »Der Eber ist verletzbar. Morgen werden wir ihn aufspüren und es ihm heimzahlen!«

Farodin nickte entschlossen. Nuramon und Brandan stimmten gleichfalls zu.

Nur Vanna antwortete nicht darauf. Sie betrachtete die Schnauze ihres Wolfes, die auch blutig zu sein schien.

»Was ist mit dir?«, fragte Farodin.

Die Zauberin erhob sich, ließ den Wolf zurück und setzte sich zwischen Nuramon und Farodin. Sie machte ein besorgtes Gesicht und holte tief Luft. »Hört mir gut zu! Wir befinden uns nicht auf einer gewöhnlichen Elfenjagd. Und ich sage das nicht nur, weil wir so kläglich versagt haben und zwei unserer Gefährten tot sind.«

»Was soll das heißen?«, fragte Mandred. »Weißt du etwas, das wir nicht wissen?«

»Am Anfang war es nur eine Ahnung. Sie erschien mir so abwegig, dass ich schwieg und sie rasch verdrängte. Ich spürte eine Gegenwart, die anders war als alles, was mir vertraut ist. Als wir auf der Fährte des Mannebers waren, nahm ich seinen

Geruch wahr. Und wieder war da diese Ahnung, doch der Gestank war mir nicht Beweis genug. Als ich schließlich dem Manneber gegenüberstand und sah, wie die Wölfe gegen ihn kämpften, als ich in seine blauen Augen schaute und er seine Magie einsetzte, um Lijema diese Wunde zuzufügen, da wusste ich, womit wir es zu tun haben. Doch ich wollte es noch immer nicht wahrhaben. Aber jetzt, da ich dieses Blut sehe, kann es keinen Zweifel mehr geben …« Sie verstummte.

»Woran?«, drängte Mandred.

»Dir, Mandred, sagt es vielleicht nicht viel, aber die Kreatur, die du Manneber nennst, ist nichts anderes als ein Devanthar, ein Dämon aus alten Tagen.«

Nuramon war fassungslos. Das konnte nicht sein! In Farodins und Brandans Gesichtern sah er das gleiche Entsetzen, das auch er fühlte. Zwar wusste Nuramon nur sehr wenig über die Devanthar, doch sie galten als Schattenwesen, die sich dem Chaos und der Zerstörung verschrieben hatten. Die Alben hatten die Devanthar einst bekämpft und sie allesamt vernichtet. So hieß es in den Erzählungen, und in diesen waren den Dämonen nur wenige Worte gewidmet. Man sagte, sie könnten die Gestalt wechseln und seien mächtige Zauberer. Wahrscheinlich wusste allein die Königin, was es mit den Devanthar wirklich auf sich hatte. Nuramon konnte sich nicht vorstellen, dass Emerelle sie wissentlich gegen ein solches Schattenwesen ausgesandt hätte. Was Vanna sagte, durfte nicht wahr sein!

Farodin blickte mit starrer Miene zu der Zauberin. Er sprach aus, was Nuramon dachte: »Das ist unmöglich! Das weißt du.«

»Ja, genau das habe ich auch gedacht. Selbst als ich dieses Wesen klar vor mir sah, wollte ich es nicht glauben und redete mir ein, dass ich mich irrte. Doch dieses Blut mit seinem seltsamen Silberglanz hat mir die Augen geöffnet. Dieses Wesen *ist* ein Devanthar.«

»Nun, du bist die Zauberin, du kennst das Wissen der Alten«, sagte Farodin, doch er klang keineswegs überzeugt.

»Was sollen wir jetzt tun?«, fragte Brandan leise.

Vanna wich den Blicken der anderen aus. »Wir sind die Elfenjagd, wir müssen es zu Ende bringen. Also werden wir gegen ein Wesen kämpfen, das für einen Alben ein würdiger Gegner war.«

Aus Mandreds Zügen sprach Entsetzen. Jetzt erst schien er zu begreifen, wovon Vanna sprach. Offenbar kannte man die Alben und deren Macht auch bei den Menschen. Es mochte sein, dass sie für Mandred so etwas wie Götter waren.

»Noch nie hat ein Elf einen Devanthar getötet«, warf Farodin ein.

Nuramon tauschte einen Blick mit Farodin und musste einmal mehr an sein Versprechen gegenüber Noroelle denken. »Dann werden wir eben die Ersten sein!«, sagte er entschlossen.

DER FLÜSTERER IM SCHATTEN

Farodin hatte sich in den Schatten des Waldrands zurückgezogen. Nicht mehr lange, und die letzte Wache wäre vorüber. Sie hatten beschlossen, noch vor dem Morgengrauen das Lager abzubrechen und nach der Fährte des Devanthars zu suchen. Sie würden zusammenbleiben. Es durfte nicht noch einmal geschehen, dass diese Kreatur mit ihnen spielte, sie als Köder benutzte.

Das Feuer war zu einem Haufen dunkler Glut herabgebrannt. Der Elf vermied es, direkt in das Licht zu blicken, um sich seine Nachtsicht nicht zu verderben. Leises Schnarchen erklang. Mandred war tatsächlich eingeschlafen. Seit er gestern von der hohen Klippe aus gesehen hatte, dass sein Dorf nicht verwüstet war, hatte sich der Menschensohn verändert. Trotz aller Schrecken blieb er ruhig. Offenbar war er noch immer davon überzeugt, dass die Elfenjagd das Ungeheuer töten würde. Selbst nachdem ihnen Vanna offenbart hatte, gegen wen sie ausgezogen waren. Das naive Vertrauen des Menschen in die Elfenjagd hatte etwas Rührendes.

Aus den Augenwinkeln heraus bemerkte Farodin eine Bewegung. Keine zwanzig Schritt entfernt war ein Schatten unter den Bäumen. Farodin nahm den Bogen von seinem Schoß, ließ die Waffe aber sogleich wieder sinken. Die Stämme und das dichte Unterholz machten es unmöglich, einen gezielten Schuss abzugeben. Die Kreatur wollte ihn reizen, aber er würde sich nicht darauf einlassen.

Der Elf nahm ein paar Pfeile aus dem Köcher und stieß sie vor sich in den Schnee. So könnte er bei Bedarf schneller schießen. Sollte der Devanthar versuchen, vom Waldrand aus das Lager anzugreifen, hätte er mindestens drei Schuss auf ihn. Unverwundbar war dieser Dämon gewiss nicht! Es war an der Zeit, dass er für das bezahlte, was er angerichtet hatte.

Farodin blinzelte. War die Kreatur wirklich dort drüben? Oder hatte ihm die Dunkelheit einen Streich gespielt? Wenn man zu lange in einen finsteren Wald starrte, dann konnte man dort alles sehen.

Nimm dich zusammen, schalt sich der Elfenkrieger stumm. Eine leichte Brise strich über das verschneite Land. Tief im Wald zerbarst ein Ast unter der Last des Schnees. Einer der beiden Wölfe hob den Kopf und blickte zum Waldrand, dorthin, wo Farodin den Schatten gesehen hatte. Er stieß einen wimmernden Laut aus und drückte dann den Kopf flach auf den Schnee.

Ein stechender Gestank lag einen Atemzug lang in der Luft. Dann war da nur noch der Geruch der Kälte.

Ich erwarte euch in den Bergen, Farodin mit den blutigen Händen.

Der Elf schreckte auf. Die Worte ... Sie waren in ihm gewesen.

»Zeig dich!« Seine Stimme war nur ein Flüstern. Noch wollte er die anderen nicht aufschrecken.

Und wieder treffe ich auf einen allein, höhnte die Stimme in seinem Kopf. *Du bist sehr von dir eingenommen, Farodin. Wäre es nicht klüger, deine Gefährten zu wecken?*

»Warum sollte ich tun, was du erwartest? Berechenbarkeit ist der treueste Gefährte der Niederlage. Warum sollten wir uns dir an einem Ort stellen, den du wählst?«

Es ist wichtig, die Dinge am richtigen Ort und zur richtigen Zeit zu tun. Du planst doch auch sehr sorgfältig Ort und Zeit, wenn du in Diensten der Königin reist.

»Deshalb weiß ich, warum ich nicht auf dich hören werde«, entgegnete der Elf.

Ich kann jeden von euch allein durch einen Gedanken töten. Ihr seid kaum mehr als ein schwacher Abglanz der Alben. Ich hatte mehr erhofft, als ich den Menschensohn in die Albenmark schickte.

Farodin blickte zum Lagerplatz. Noch immer war Mandreds leises Schnarchen zu hören. Sollte er den Worten eines Devanthars trauen? Hatte die Königin mit ihrem Verdacht Recht gehabt?

Glaubst du, der Menschensohn hätte aus eigener Kraft das Tor durchschreiten können?

»Warum hättest du deinen Boten um ein Haar töten sollen?«

Damit er überzeugend wirkt. Er wusste nicht, in wessen Dienst er stand. So konnte eure Königin keine Lüge in seinen Worten entdecken.

»Wenn du unseren Tod willst, dann lass es uns gleich hier am Lagerplatz austragen. Ich wecke die anderen!«

Nein! Frag Mandred nach der Höhle des Luth. Dort erwarte ich euch am Mittag in drei Tagen.

Farodin überlegte, ob er ihn wohl noch etwas hinhalten und dann die anderen wecken konnte. Vielleicht hatten die Wölfe den Devanthar verletzt. Warum zeigte er sich nicht, wenn er sich unbesiegbar fühlte? Hier und jetzt sollten sie ihn töten! Er würde sich auf keinen Handel einlassen!

Allein ein Gedanke von mir hat die Kraft zu töten, Farodin. Fordere es nicht heraus!

»Warum leben wir dann noch?«, fragte der Elf selbstsicher.

In diesem Augenblick hat Brandans Herz aufgehört zu schlagen, Farodin mit den blutigen Händen. Dein Zweifel hat ihn getötet. Seid ihr in drei Tagen nicht in den Bergen, dann werdet ihr alle diesen Tod sterben. Ich hatte dich für einen Krieger gehalten. Überleg dir gut, ob du mit dem Schwert in der Hand unter den Augen deines Feindes sterben willst oder so wie Brandan im Schlaf. Du glaubst, du wärst besonders gewandt. Vielleicht wirst du mich ja töten? Ich erwarte euch.

Kaum drei Schritt entfernt trat eine massige Gestalt zwischen den Bäumen hervor. Farodins Hand fuhr zum Schwert. Wie hatte sich der Devanthar so nah heranschleichen können, ohne dass er ihn bemerkt hatte? Da war kein Geräusch gewesen, kein Schatten zwischen den Bäumen. Selbst der faulige Geruch, der von dem Dämon ausging, war nicht stärker geworden.

Der Manneber nickte mit dem Kopf, als grüßte er ihn spöttisch. Dann verschwamm er wieder mit den Schatten.

Farodin stürmte vor. Laut knirschte der verharschte Schnee unter seinen Stiefeln. Keine zwei Herzschläge, und er war dort, wo der Dämon eben noch gestanden hatte. Doch der Devanthar war längst verschwunden. Es gab keine Spuren im Schnee. Nichts wies darauf hin, dass die Bestie eben noch hier gestanden hatte. War die schattenhafte Gestalt nur ein Trugbild gewesen? Hatte der Dämon ihn fortlocken wollen? Farodin blickte zum Lager. Seine Gefährten lagen noch immer eng in Decken gerollt am Feuer. Alles war ruhig.

In den alten Geschichten hieß es, dass ein Devanthar schon mit einem Wort zweimal zu lügen vermochte. Farodin wünschte, er wäre in der Lage zu durchschauen, was hinter der Aufforderung steckte, in die Höhle zu kommen.

Es war kälter geworden. Er schlug sich die Hände auf die Oberschenkel, um die Taubheit aus seinen Fingern zu vertreiben. Dann ging er zurück zu dem Baum, an dem sein Bogen lehnte.

Er zog die Pfeile aus dem Schnee und prüfte sie sorgfältig. Für den Manneber hatte er Kriegspfeile ausgewählt. Sie hatten ein flaches Blatt mit nach innen gekrümmten Widerhaken. Die Spitzen waren nur locker auf die Pfeilschäfte gesteckt. Versuchte man ein solches Geschoss aus einer Wunde zu ziehen, dann löste sich der Schaft, und die Spitze blieb mit ihren Widerhaken tief im Fleisch stecken. Farodin wünschte sich, er hätte wenigstens einen dieser Pfeile auf den Manneber abschießen können.

Wieder blickte er zum Lagerplatz. Er musste Gewissheit haben! »Sie vermögen mit nur einem Wort schon zweimal zu lügen«, flüsterte er leise. Wenn er jetzt zum Lager zurückging, dann tat er genau, was der Dämon von ihm erwartete. So war es, seit sie das Tor Aikhjartos durchquert hatten.

Farodin nahm Bogen und Köcher und trat zur Feuerstelle. Feine Eiskristalle tanzten in der Luft. Nie zuvor hatte er einen so eisigen Winter erlebt. Wie gelang es den Menschen nur in diesem unwirtlichen Landstrich zu siedeln? Er legte die Waffen auf seine Decke. Dann kniete er sich neben Brandan nieder. Der Fährtensucher hatte sich auf die Seite gedreht. Ein Lächeln lag auf seinen Lippen. Wovon er wohl träumte?

Er würde Brandan nicht in seinen Träumen stören! Schon wollte er sich abwenden, als er ein winziges Eiskristall in Brandans Mundwinkel bemerkte. Erschrocken beugte sich Farodin vor und rüttelte an der Schulter des Jägers.

Brandan rührte sich nicht. Sein Lächeln im Schlaf war ihm zur Totenmaske geworden.

ALTE WUNDEN

»Möge das Feuer euch durch die Dunkelheit geleiten.« Farodin hielt die Fackel an den Scheiterhaufen, den sie aufgeschichtet hatten. Nur langsam griffen die Flammen auf die Fichtenzweige über. Dichter weißer Rauch quoll zum Himmel. Noch trug er den Geruch des Waldes in sich, den Duft von Fichtennadeln und Harz.

Farodin wandte sich ab. Stunden hatten sie gearbeitet, um den Scheiterhaufen aufzurichten. Weil es unmöglich war, den toten Kentauren zu bewegen, hatten sie schließlich Brandan und Lijema zur Lichtung gebracht.

Mandred kniete neben dem Feuer. Seine Lippen bewegten sich stumm. Der Mensch überraschte Farodin. Er schien Aigilaos ins Herz geschlossen zu haben, als wäre er ein Bruder. Und das in so kurzer Zeit!

Der Wind drehte. Wie ein dichter Schleier griff der Rauch nach ihnen. Schon lag ein erster Hauch von brennendem Fleisch in der Luft.

Farodin kämpfte einen Anflug von Übelkeit nieder. »Wir müssen aufbrechen. Uns läuft die Zeit davon.«

Nuramon sah ihn vorwurfsvoll an, als hätte er kein Herz. Oder ahnte er etwas? Vanna hatte nicht feststellen können, woran Brandan gestorben war. Farodin hatte den anderen diesen Teil seines Zwiegesprächs mit dem Devanthar verschwiegen. Er wollte ihnen nicht den Mut nehmen, sagte er sich. Sie durften nicht wissen, dass der Devanthar nur mit einem Gedanken töten konnte! Vielleicht war es ja auch nur Trug. Vielleicht war Brandan auch an etwas anderem gestorben. Es reichte, wenn er sich mit dieser Frage quälte.

»Brechen wir auf!« Mandred erhob sich und klopfte sich den Schnee von der Hose. »Folgen wir dieser Missgeburt und bringen sie zur Strecke.«

Die Sprache des Fjordlandes klang wie ein drohendes Zischeln in Farodins Ohren. Die Königin musste sich geirrt haben. Dieser Mensch würde sie nicht verraten. Er war nur ein Opfer des Devanthars, wie sie alle!

Der Elf zog sich in den Sattel. Er fühlte sich müde. Mit der Zuversicht hatte ihn auch ein guter Teil seiner Kraft verlassen. Oder war es das Schuldgefühl? Würde Brandan noch leben, wenn er, Farodin, nicht gezögert hätte? Er blickte zu den Wölfen. Nur zwei der wilden Jäger begleiteten sie noch. Sie hatten die Ruten ängstlich zwischen die Hinterbeine geklemmt und hielten sich nahe bei den Reitern, als sie die Lichtung verließen.

Farodin lenkte seinen Braunen dicht an die Seite des Menschensohns. »Was ist das für ein Ort – die Höhle des Luth?«

Mandred schlug mit fahriger Geste ein Zeichen in die Luft. »Ein Ort der Macht«, flüsterte er. »Luth, der Weber der Schicksalsfäden, soll dort einen langen Winter verbracht haben. Es war so kalt, dass die Wände der Höhle weiß von seinem Atem wurden.« Der Krieger reckte das bärtige Kinn vor. »Es ist ein heiliger Ort. Wir werden den Manneber dort zur Strecke bringen, denn die Götter werden an unserer Seite sein, wenn …« Der Blick des Menschen heftete sich auf den polierten Schaft der Saufeder, die quer vor ihm auf dem Sattel ruhte.

»Wenn was?«, setzte Farodin nach.

»Wenn sie uns gestatten, dorthin zu kommen.« Mandred deutete nach Norden. »Die Höhle liegt hoch in den Bergen. Die Pässe werden tief verschneit sein. Niemand geht dort mitten im Winter hin.«

»Du warst aber schon einmal dort?«, fragte der Elf misstrauisch.

Mandred schüttelte den Kopf. »Nein, aber die Eisenbärte werden uns den Weg weisen.«

»Eisenbärte? Was ist das?«

Mandred lächelte flüchtig. »Keine Feinde. Man muss sich nicht vor ihnen fürchten. Jedenfalls nicht wir. Es sind die Trolle, die ihnen aus dem Weg gehen. Die Priester haben sie gebracht.

Sie sind aus den Stämmen heiliger Eichen geschnitten. Bilder der Götter. Wer immer zur Höhle des Luth zieht, der opfert ihnen. So gewinnt man ihr Wohlwollen … jedenfalls meistens. Die hölzernen Statuen haben lange Bärte. Man stößt eiserne Gegenstände hinein. Nägel, ein altes Messer, das zerbrochene Blatt einer Axt. So werden aus hölzernen Bärten mit der Zeit Eisenbärte.«

»Du beschenkst deine Götter mit Nägeln?«, fragte Farodin ungläubig.

Mandred sah ihn missbilligend an. »Wir leben hier im Fjordland nicht im Reichtum. Eisen ist kostbar. Ein Kettenhemd, wie es in der Burg deiner Königin jeder Wächter trägt, besitzen in meinem Land nur Fürsten und Könige. Unsere Götter wissen das!«

Und die Trolle fürchten Eisen, dachte Farodin, hütete sich aber seine Gedanken auszusprechen. Ihre Waffen waren stets aus Holz oder Stein. Der Elf dachte an die Schlacht bei Welruun, als die Trolle den Steinkreis zerstört hatten, der in das Tal ihrer Königshöhlen führte. Sie brauchten kein Eisen und keinen Stahl. Ihre Kraft reichte, um mit bloßer Faust einen Helm einzuschlagen, doch war ihnen die Berührung von Eisen unangenehm. Und so boten Rüstungen doch einen gewissen Schutz gegen diese Unholde. Voller Ekel erinnerte sich Farodin an die Kämpfe mit den hünenhaften Ungeheuern. Wann immer er an sie dachte, hatte er den ranzigen Geruch in der Nase, der von ihnen ausging.

»Ihr müsst den Eisenbärten opfern«, schreckte ihn die Stimme des Menschen aus seinen Gedanken. »Selbst wenn ihr nicht an sie glaubt.«

»Sicher doch.«

Farodin nickte beiläufig. Er hätte die Erinnerung nicht aufwühlen sollen. Aileen! Die Trolle hatten sie getötet, nur fünf Schritt von ihm entfernt. Er erinnerte sich an ihren Blick, als die mächtige Steinaxt ihr Kettenhemd zerteilt hatte, als wäre es dünne Seide. Siebenhundert Jahre waren vergangen, bis er wieder lieben konnte. All die Jahrhunderte hatte er nicht aufgehört zu hoffen. In den Trollkriegen war Aileens ganze Familie umgekommen, und so hatte es lange gedauert, bis sie wiedergeboren wurde. Und niemand hatte wissen können, in welche Familie sie geboren wurde. Farodin hatte Jahrhunderte dafür gebraucht, einen Suchzauber zu erlernen und sie schließlich in Alvemer aufzuspüren. Sie war als Noroelle zurückgekommen, doch er hatte der Elfe nie etwas über ihre Vergangenheit verraten. Er wollte, dass sie sich noch einmal in ihn verliebte, dass es reine Liebe war und nicht nur Zuneigung, geboren aus dem Gefühl einer alten Verpflichtung. Siebenhundert Jahre …

»Du hast Angst vor den Trollen, nicht wahr?« Mandred richtete sich im Sattel auf. Seine Hand strich über den Schaft der Saufeder. »Keine Sorge! Hiervor werden sie Respekt haben. Und meine Sippe fürchten sie auch. Sie haben keinen meiner Ahnen töten können.«

»Dann haben deine Ahnen und ich ja etwas gemeinsam«, entgegnete Farodin grimmig.

»Wie meinst du das? Bist du etwa schon einmal einem Troll begegnet?«, fragte der Menschensohn ehrfürchtig.

»Sieben haben die Begegnung mit mir nicht überlebt.« Farodin lag es nicht, mit seinen Taten zu prahlen. Alles Trollblut hatte den lodernden Hass in ihm nicht auslöschen können.

Mandred lachte. »Sieben Trolle! Niemand tötet sieben Trolle.«

»Glaub es oder nicht«, herrschte Farodin ihn an. Er zog seinen Hengst am Zügel herum und ließ sich zurückfallen, bis Nuramon und Vanna ihn überholt hatten. Er wollte allein sein, mit sich und seinen Gedanken.

DER WEG INS EIS

Mandred schob die vier Kettenhemdringe über einen rostigen Nagel im Bart der Firnstatue. Hochnäsiges Elfenpack, dachte er. Natürlich hatte keiner von ihnen dem Herrn des Winters geopfert, wenn sie an einem Eisenmann vorbeigeritten waren. Und jetzt hatten sie den Ärger! Immer dichter wurde das Schneetreiben, und sie hatten die Höhle noch immer nicht gefunden.

»Kommst du, Mandred?«

Der Krieger blickte zornig zu Farodin. Der war der Schlimmste von allen. Farodin hatte etwas Unheimliches an sich. Manchmal war er zu still, dachte Mandred. So waren Männer, die etwas zu verbergen hatten. Trotzdem würde er auch für ihn opfern. »Verzeih ihnen, Firn«, flüsterte Mandred und schlug das Zeichen des schützenden Auges. »Sie kommen von einem Ort, an dem mitten im Winter Frühling ist. Sie wissen es nicht besser.«

Der Krieger erhob sich, nur um sich gleich darauf schwer auf den Schaft seiner Saufeder zu stützen. Er musste Luft schöpfen. Nie zuvor war er so hoch in den Bergen gewesen. Längst hatten sie die Baumgrenze hinter sich gelassen. Hier gab es nichts mehr außer Felsen und Schnee. Wenn der Himmel klar war, sahen sie ganz nah den Gabelbart und das Trollhaupt, zwei Gipfel, auf denen selbst im heißesten Sommer der Schnee nie schmolz. Sie waren den Göttern so nah, dass sie schon bei einer leichten Anstrengung kurzatmig wurden. Dieser Platz hier war nicht für Menschen gemacht!

Mandred griff nach den Zügeln seiner Stute. Ihr schien die Kälte nichts auszumachen, und sie musste sich auch nicht mühsam einen Weg durch den tiefen Schnee bahnen. Ganz gleich, wie brüchig der Harschpanzer auf dem alten Schnee war, sie brach niemals ein, genau wie die beiden Wölfe und die

Elfen. Sie ließen ihn vorgehen, damit er das Tempo bestimmte. Ohne ihn wären sie gewiss doppelt so schnell vorangekommen.

Trotzig stemmte sich Mandred gegen den eisigen Wind. Wie Knochennadeln stach der Schnee in sein Gesicht. Er blinzelte und versuchte seine Augen so gut es ging mit der Hand abzuschirmen. Hoffentlich wurde das Wetter nicht noch schlechter!

Sie zogen einen langen Gletscher hinauf, der zu ihrer Linken von steilen Felshängen gesäumt war. Heulend brach sich der Wintersturm in den Felszinnen weit über ihren Köpfen. Hoffentlich ist es nur der Sturm, der dort oben heult, dachte Mandred beklommen. Im Winter sollte es hier Trolle geben.

Der Krieger blickte zurück zu den Elfen. Denen schien die verdammte Kälte nichts auszumachen. Sicher hatten sie irgendeinen Zauber gewirkt, um sich zu schützen. Aber er würde nicht jammern oder sie gar um irgendetwas bitten!

Es wurde schnell dunkel. Bald müssten sie Rast machen. Zu groß war die Gefahr, in der Finsternis in eine Gletscherspalte zu stürzen. Verdammtes Wetter! Mandred wischte sich fahrig über die Stirn. Seine Augenbrauen waren von Schnee verkrustet. Er musste den anderen klar machen, dass es keinen Sinn mehr machte, noch länger zu suchen. Selbst wenn sie nicht abstürzten, mochten sie in dem Schneetreiben dicht an der Höhle vorbeilaufen, ohne sie zu bemerken.

Plötzlich verharrte der Krieger. Da war ein fauliger Geruch! Er erinnerte Mandred an die Ausdünstungen der Bestie. Er blinzelte ins Schneetreiben hinein. Nichts! Hatte er es sich nur eingebildet?

Einer der Wölfe stieß ein lang gezogenes Heulen aus.

Die Bestie war hier! Ganz nahe! Mandred ließ die Zügel fahren und umklammerte den Schaft der Saufeder mit beiden Händen. Ein Stück voraus im Schnee erhob sich ein Schatten. »Für Aigilaos!«, schrie der Krieger.

Erst im letzten Augenblick erkannte er, was dort aufragte. Es war ein weiterer Eisenmann! Diesmal aber blickte er nicht weiter den Gletscher hinauf, sondern geradewegs zur Felswand. Ein schmaler Steig führte dort hinauf. Viel zu schmal, als dass Pferde ihn erklimmen konnten.

»Das ist es.« Vanna war an Mandreds Seite getreten und deutete den Felssteig hinauf. »Viele Albenpfade kreuzen sich irgendwo dort oben und bilden einen Albenstern.«

»Was ist ein Albenstern?«, fragte Mandred.

»Ein Ort der Macht, ein Platz, an dem sich zwei oder mehr Albenpfade kreuzen.«

Mandred war sich nicht sicher, was sie damit meinte. Vermutlich Wege, die früher häufig von Alben beschritten wurden. Aber was hatten sie in Luths Höhle gesucht? Waren sie gekommen, um dem Gott zu huldigen?

»Ich spüre die Pfade schon seit Stunden«, fuhr Vanna fort. »Wenn sich sieben Wege an dieser Stelle kreuzen, dann wird es dort ein Tor geben.«

Der Krieger sah die Elfe verwundert an. »Ein Tor? Dort gibt es kein Haus und keinen Turm. Es ist eine Höhle.«

Vanna lächelte. »Wenn du es sagst.«

Farodin machte sich an der Decke zu schaffen, die er hinter seinen Sattel geschnallt hatte. Er zog ein zweites Schwert hervor und schlang den Gurt um seine Hüften. Brandans Waffe! Dann rollte er die Decke auf und warf sie seinem Hengst über.

»Die Pferde werden sich eine windgeschützte Stelle suchen und auf uns warten, so lange sie die Kälte ertragen«, erklärte Vanna. Sie kraulte den kleineren der beiden Wölfe zwischen den Ohren und redete beruhigend auf ihn ein. »Du bleibst hier und schützt die Pferde vor den Trollen.« Sie zwinkerte Mandred zu.

Die Gefährten taten es Farodin nach und schützten auch die übrigen Tiere mit Decken.

Denen ist wahrscheinlich längst nicht so kalt wie mir, dachte Mandred ärgerlich. Er tätschelte seiner Stute über die Nüstern. Sie sah ihn mit ihren dunklen Augen auf eine Art an, die ihm nicht gefiel. Wusste sie etwa um sein Schicksal? Pferde sollten nicht so traurig dreinblicken können!

»Wir werden dem Mistvieh den Bauch aufschlitzen und

dann sehen, dass wir so schnell wie möglich verschwinden. Hier ist es viel zu kalt, um lange zu verweilen«, sagte Mandred, um sich selbst Mut zu machen.

Die Stute drückte ihm die weichen Nüstern in die Hand und schnaubte leise.

»Bist du bereit?«, fragte Vanna sanft.

Statt zu antworten, ging Mandred auf die Felswand zu. Verwitterte Stufen waren in den grauen Stein geschlagen. Vorsichtig tastete der Krieger sich voran. Eis knirschte unter seinen Tritten. Die linke Hand legte er auf den Fels, um zusätzlichen Halt zu haben. Immer enger wurden die Stufen, sodass zuletzt kaum ein Fuß auf ihnen Platz fand.

Mandreds Atem ging keuchend, als er endlich das Ende des Felssteigs erreichte. Eine Klamm öffnete sich vor ihm. Ihre Wände lagen so dicht beieinander, dass dort keine zwei Männer nebeneinander gehen konnten.

Mandred fluchte stumm. Der Manneber hatte diesen Ort mit Bedacht gewählt. Hier konnte immer nur einer von ihnen gegen ihn antreten. Weit oben in der Klamm flackerte rötliches Licht, das die Schneewechten auf dem Fels wie gefrorenes Blut erscheinen ließ. Mandred schlug das Zeichen des schützenden Auges. Dann ging er langsam voran. Die dünne Luft war rauchgeschwängert. Irgendwo dort oben brannte harziges Fichtenholz! Der Geruch würde den Gestank des Mannebers überdecken. »Verdammtes Mistvieh!«, entwich es ihm.

Jedes Mal hatte der Manneber sie überrascht. Es schien fast, als könnte er sich unsichtbar machen. Allein sein Geruch verriet seine Anwesenheit. Vorsichtig pirschte Mandred vor. Hoch über ihm hing ein riesiger Felsklotz verkeilt zwischen den Wänden. Wie ein Türsturz rahmte er den Weg. Hatte Vanna diesen Ort gemeint, als sie von einem Tor gesprochen hatte?

Geröll polterte von einer der Felswände. Erschrocken riss Mandred die Saufeder hoch. Etwas kletterte über ihm in der Klamm, aber in der Dunkelheit konnte er es nicht genau erkennen.

Der Menschenkrieger beschleunigte seine Schritte. Langsam weitete sich die enge Schlucht zu einem kleinen Talkessel. Kaum hundert Schritt entfernt klaffte ein finsteres Maul im Felsen. Luths Höhle! Der Boden des Tals war mit großen Felsbrocken übersät. Nahe bei der Höhle brannte ein Feuer.

»Komm heraus und stell dich!« Mandred hob die Saufeder herausfordernd über den Kopf. »Hier sind wir!« Seine Stimme hallte von den Felsen wider.

»Er wird erst kommen, wenn er uns genau dort hat, wo er uns haben will!«, sagte Farodin grimmig. Der Elf öffnete die Brosche seines Umhangs und ließ ihn zu Boden gleiten.

Kurz überlegte Mandred, ob auch er seinen schweren Pelzumhang ablegen sollte. Er mochte ihn vielleicht im Kampf behindern. Aber es war einfach zu kalt. Im Zweifelsfall konnte er ihn immer noch mit einem Handgriff abstreifen.

Farodin ging nun voran. Mit katzenhafter Anmut bewegte er sich zwischen den Felsen.

»Wir bleiben zusammen«, befahl Mandred. »So können wir uns besser verteidigen.« Vanna war deutlich die Angst anzusehen. Ihre Augen waren geweitet, und der Speer in ihren Händen zitterte leicht.

Nuramon hatte als Letzter den Talkessel betreten. Der verbliebene Wolf hielt sich dicht an seiner Seite. Er hatte die Ohren angelegt und wirkte ängstlich.

»Gibt es nicht doch noch etwas, das du uns über die Devanthar erzählen kannst, Zauberin?«, fragte Mandred.

»Niemand weiß viel über sie«, erwiderte Vanna knapp. »Sie werden jedes Mal anders beschrieben in den alten Geschichten. Mal werden sie mit Drachen verglichen, dann wieder mit Schattengeistern oder riesigen Schlangen. Es heißt, sie könnten ihre Gestalt wandeln. Von einem Manneber habe ich allerdings noch nie gehört.«

»Das hilft uns nicht weiter«, murmelte Mandred enttäuscht und stieg dann in das kleine Tal hinab.

Farodin erwartete sie am Feuer. Dort lag ein großer Stapel Brennholz, zersplitterte Stämme und grüne Fichtenzweige.

Der Elf schob einen der Zweige zur Seite. Darunter lag ein Stamm aus dunklerem Holz. Mandred erkannte erst auf den zweiten Blick, was es war.

»Der Devanthar scheint keinen großen Respekt vor deinen Göttern zu haben.«

Mandred zog das schwere Götzenbild unter den Zweigen hervor. Es war einer der Eisenmänner, diesmal ein Bildnis von Luth. Viele der Opfergaben waren aus dem Holz gebrochen und hatten tiefe Kerben hinterlassen. Mandred tastete ungläubig über das geschändete Standbild. »Er wird sterben«, murmelte er. »Sterben! Niemand verspottet ungestraft die Götter. Hast du ihn gesehen?«, fuhr er Farodin an.

Der Elf deutete mit Brandans Schwert auf die Höhle. »Ich vermute, dass er uns dort drinnen erwartet.«

Mandred breitete die Arme aus und blickte in den Nachthimmel. »Herren des Himmels und der Erde! Gebt uns die Kraft, euer rächender Arm zu sein! Norgrimm, Lenker der Schlachten! Hilf mir, unseren Feind zu vernichten!« Er wandte sich der Höhle zu. »Und du, Manneber, fürchte meinen Zorn! Ich werde deine Leber den Raben und Hunden vorwerfen!«

Entschlossen ging Mandred auf die Höhle zu und schlug noch einmal das Zeichen des schützenden Auges. Hinter dem Eingang bog ein Tunnel scharf nach links und weitete sich schon nach wenigen Schritten zu einer Höhle, die größer war als die Festhalle eines Königs und von sinnenverwirrender Schönheit.

In ihrer Mitte lag ein großer Felsbrocken. Davor war der Boden von Ruß geschwärzt. Hier musste Luth am Feuer gesessen haben, dachte Mandred ehrfürchtig.

Schimmerndes Eis bedeckte die Wände. Dahinter schienen Lichter gefangen zu sein. Sie sahen wie kleine Flammen aus und wanderten zur Decke hinauf, wo sich ihr Licht in hunderten von Eiszapfen spiegelte. In der Höhle war es fast so hell wie auf einer Wiese an einem Sommertag.

Zwischen den Eiszapfen wuchsen steinerne Säulen von der

Decke hinab, um mit mächtigen Steindornen zu verschmelzen, die sich vom Boden emporstreckten. Nie zuvor hatte Mandred so etwas gesehen. Es schien, als wüchse hier der Fels, so wie Eiszapfen von den Dächern der Langhäuser wuchsen. Dies war wahrlich ein Ort der Götter!

Auch die drei Elfen waren eingetreten. Staunend sahen sie sich um. »Ich spüre nur fünf«, sagte Vanna.

Mandred folgte ihren Blicken. Da war niemand außer ihnen! »Fünf was?«

»An diesem Ort kreuzen sich fünf Albenpfade. Dem Kundigen öffnet sich hier ein Weg zwischen den Welten. Wer seine Reise an einem solchen Ort beginnt, der wird nicht verloren gehen. Aber dieses Tor ist versiegelt. Ich glaube nicht, dass wir es öffnen können.«

Mandred sah die Elfe verwundert an. Er verstand kein Wort von dem, was sie sagte. Elfenschnickschnack!

Und ihr sollt dieses Tor auch nicht öffnen, denn eure Reise endet hier, hallte eine Stimme in seinen Gedanken. Erschrocken fuhr der Jarl herum. Im Eingang zur Höhle stand die Bestie. Der Manneber erschien ihm jetzt noch größer als in der Nacht, in der er ihm zum ersten Mal begegnet war. Dabei stand die massige Gestalt sogar gebeugt.

Der Kopf des Devanthars war der Kopf eines Wildebers, dicht behaart mit schwarzen Borsten. Nur seine blauen Augen erinnerten nicht an ein Tier. Sie funkelten spöttisch. Aus seinem Maul ragten Hauer, so lang wie Dolche.

Der Rumpf war wie bei einem kräftigen Mann, doch seine Arme waren viel zu lang und hingen bis fast zu den Knien. Die Beine waren eine Mischform von menschlichen Gliedern und den Hinterläufen eines Ebers. Sie endeten in großen, gespaltenen Hufen.

Das Ungeheuer spreizte die Hände, und aus den Fingerkuppen schoben sich Krallen. Mandred wurde bei dem Anblick mulmig. Der Manneber *hatte* sich verändert! So lange Krallen hatte er nicht gehabt, als er ihn und seine drei Gefährten auf der Lichtung nahe Firnstayn überfallen hatte.

Der Wolf stieß ein tiefes, kehliges Knurren aus. Er hatte die Ohren angelegt und die Rute zwischen die Hinterbeine geklemmt. Gleichzeitig waren seine Lefzen zurückgezogen, und er zeigte drohend seine Fänge.

Der Manneber legte den Kopf in den Nacken und stieß einen markerschütternden Schrei aus, ein dumpfes Grölen, das immer heller wurde, bis es in schrilles Kreischen überging.

Vanna presste sich die Hände auf die Ohren und ging in die Knie. War das ein Zauber? Mandred stürmte vor. Ein Stück Eis fiel ihm vor die Füße. Erschrocken blickte der Krieger zur Decke. Im selben Augenblick lösten sich hunderte von Eiszapfen. Gleich kristallenen Dolchen fuhren sie hinab.

Mandred riss die Arme über den Kopf, um sich zu schützen. Die ganze Höhle war vom Getöse zerschellenden Eises erfüllt. Etwas schrammte über seine Stirn. Dicht vor ihm schlug ein armlanger Eiszapfen auf den Boden und zerbrach. Dann prasselte es auf seinen Rücken. Wie ein Keulenschlag traf ihn etwas am Hinterkopf.

Vanna lag zusammengekrümmt am Boden. Ein Eiszapfen hatte ihren Oberschenkel durchbohrt. Ihre Hose aus Hirschleder war von Blut durchtränkt. Nuramon hatte offensichtlich einen Treffer am Kopf abbekommen. Er lehnte an einer Steinsäule und rieb sich benommen die Stirn. Nur Farodin schien gänzlich unverletzt zu sein.

»Schluss mit den Spielen!« Der Elf zog seine beiden Schwerter und hob eine der Klingen. »Erkennst du diese Waffe? Ihr Besitzer ist tot, und doch wird sie dich treffen. Mit ihr werde ich das Leben aus dir herausschneiden.«

Statt zu antworten, stürmte der Manneber in die Höhle. Vanna versuchte vor ihm fortzukriechen, doch binnen eines Herzschlags war die Kreatur über ihr. Mit einem leichten Rückhandschlag streckte der Manneber sie vollends nieder. Einer seiner Hufe schnellte hinab. Ihr Schädel zerbarst wie ein weingefüllter Tonkrug, der auf Steinplatten fiel.

Mit einem gellenden Schrei warf sich Nuramon auf das Ungeheuer. Doch der Devanthar reagierte überraschend schnell.

Mit einer seitlichen Drehung wich er dem Schwerthieb aus. Eine Krallenhand fuhr hinab und zerfetzte den Umhang des Elfen.

Mandred sprang vor und versuchte dem Manneber die Saufeder zwischen die Rippen zu stoßen. Ein Prankenhieb traf das Speerblatt und hätte dem Krieger beinahe die Waffe aus der Hand gerissen. Auf dem Boden voller Eis geriet Mandred ins Rutschen.

Der Wolf hatte seine Fänge in eines der Beine des Mannebers gegraben, während Farodin mit einem Wirbel von Schlägen angriff. Doch statt den Schwerthieben auszuweichen, sprang die Kreatur vor. Eine Klauenhand fuhr hinab. Farodin warf sich zurück, doch die Pranke hinterließ vier tiefe Striemen auf seiner linken Wange. Der Wolf zerrte am Bein des Mannebers. Mandred wünschte sich, sie hätten den anderen Wolf nicht bei den Pferden zurückgelassen. Hier wäre er ihnen eine größere Hilfe!

Die Bestie fuhr herum und versetzte dem Wolf einen wuchtigen Schlag in den Rücken. Mandred hörte ein scharfes Knacken. Das Tier jaulte auf. Seine Hinterläufe knickten zuckend zur Seite. Noch immer waren seine Fänge in das Bein des Mannebers gegraben. Helles Blut quoll zwischen den schwarzen Borsten hervor. Ein Huftritt ließ Kiefer und Fänge des Wolfes zersplittern.

Wild wirbelte der Manneber herum. Nuramon hatte versucht, ihn von hinten anzugreifen. Ein Prankenhieb prellte dem Elfen das Kurzschwert aus der Hand, und ein zweiter Schlag zerfetzte den Brustpanzer aus Drachenhaut.

»Denkt nicht!«, schrie Farodin. »Er kennt jeden eurer Gedanken. Überlegt nicht, was ihr tun wollt. Greift einfach an!«

Mandreds Saufeder zerteilte das Fleisch der Bestie. Er hatte ihr einen tiefen Schnitt gleich unter dem Rippenbogen beigebracht. Mit einem wütenden Schnauben fuhr die Kreatur herum.

Der Krieger riss die Waffe hoch, um den Prankenhieb aufzuhalten, der nach seinem Kopf zielte. Der Schaft der Saufeder zersplitterte unter der Wucht des Treffers. Mandred wurde zurückgeworfen. Doch bevor die Bestie nachsetzen konnte, war Farodin über ihm. Mit ungestümen Schwerthieben trieb er den Manneber fort von Mandred und verschaffte diesem so die Gelegenheit, sich wieder aufzurappeln.

Der Jarl blickte auf die zerstörte Waffe. Das Blatt der Saufeder war so lang wie ein Kurzschwert. Der Krieger warf die nutzlose Hälfte des Schaftes fort. Blut rann seinen Arm hinab. Er hatte nicht einmal gemerkt, dass der Manneber ihn getroffen hatte.

In tödlichem Tanz umkreisten Farodin und der Manneber einander. Sie bewegten sich so schnell, dass Mandred es nicht wagte vorzustürmen, aus Angst, er könnte Farodin behindern.

Der Atem des Elfen ging keuchend. Die dünne Luft! Mandred konnte sehen, wie Farodins Bewegungen langsamer wurden. Klirrend zerriss ein Prankenhieb das Kettenhemd über seiner linken Schulter. Im selben Moment schnellte Brandans Schwert hoch. Blut spritzte, und eine der Pranken des Mannebers wirbelte durch die Luft. Der Schwerthieb hatte das Handgelenk durchtrennt.

Der Manneber grunzte und wich ein Stück zurück. Spiegelte sich da etwa Angst in seinen blauen Augen?

Farodin stürmte vor. Die Bestie senkte den Kopf und warf sich nach vorn. Ihre Hauer gruben sich in Farodins Brust. Beide wurden zu Boden gerissen.

»Mandred …«

Die Spitze von Brandans Schwert war der Kreatur quer durch den Leib gedrungen und ragte aus ihrem Rücken. Und doch war noch immer Leben in der Bestie. Mit Entsetzen sah Mandred, wie sie sich hochstemmte.

»Nuramon …« Blut troff von Farodins Lippen. »Sag ihr …« Sein Blick trübte sich.

»Farodin!« Mit einem Mal war Nuramon über dem Manneber. Er hob das Schwert mit beiden Händen und ließ es auf das Haupt des Ebers hinabfahren. Knirschend glitt die Klinge ab und hinterließ eine tiefe, blutige Furche. Von der Wucht des eigenen Schwerthiebes taumelte Nuramon zurück. Blankes Entsetzen stand ihm ins Gesicht geschrieben.

Noch halb gebeugt fuhr die Bestie herum und setzte dem Elfen nach. Doch dann verharrte sie plötzlich.

Das ist die letzte Gelegenheit!, dachte Mandred. Der Krieger trat von hinten an den Manneber. Entschlossen packte er mit der Linken die Hauer und riss den mächtigen Kopf zur Seite. Mit der Rechten rammte er dem Ungeheuer die Klinge der Saufeder durch eines seiner Augen. Tief grub sich der Elfenstahl in den Schädel des Devanthars.

Ein letztes Mal bäumte sich der Körper der Bestie auf. Mandred wurde gegen den mächtigen Stein geschleudert, auf dem einst Luth gesessen hatte. Dumpfer Schmerz pochte in seiner Brust.

»Deine Leber werden die Hunde fressen«, stieß Mandred hustend hervor.

EIN TRAUM

Es war ein klarer Traum, der Noroelle im Schlaf ereilte. Zunächst schweifte ihr Blick über die frühlingshafte Umgebung ihres Hauses und weiter über die Steilküste von Alvemer. Mit einem Mal aber sah sie eine unheimliche Winterlandschaft, schroffe Berge und dichte Wälder, die von Stimmen und Schreien durchdrungen wurden. Vor einem Eichenstamm lag ein toter Kentaur, so jämmerlich zugerichtet wie kein Wesen, das sie je gesehen hatte. Es war Aigilaos. Plötzlich hatte sie Lijema vor Augen, die regungslos im Schnee lag und eine riesige Wunde im Leib hatte. Aus Lijema wurde Brandan, der todesstarr neben einem Lagerfeuer ruhte, während aus dem Wald die Schreie leidender Wölfe drangen.

Noroelles Blick fand eine Höhle aus Eis, die von Kampflärm erfüllt wurde. Sie konnte nicht sehen, wer dort gegen wen kämpfte. Sie sah nur jene, die niedergestreckt wurden. Da war Vanna die Zauberin und dann ein Wolf. Mit einem Schlag verstummte der Kampflärm, und Noroelle sah Farodin am Boden. Eine Wunde klaffte in seiner Brust, und in seinen Augen war kein Leben.

Noroelle schrie und schrie, ohne Luft zu holen …

Auf einmal fand sie sich neben dem leeren Thron im Saal der Königin wieder. Sie schaute sich um, doch sie war allein. Das Wasser schwieg, die Wände waren trocken. Tageslicht fiel durch die Decke in den Saal. Noroelle sah an sich herab. Sie trug ihr weißes Nachthemd.

Langsam öffnete sich das Tor. Weiß gewandete Elfenfrauen, die ihre Gesichter hinter Schleiern verbargen, trugen zwei Bahren nebeneinander herein. Noroelle wusste, wen sie zu ihr brachten. Verzweifelt wandte sie sich ab. Den Anblick würde sie nicht ertragen.

Die Frauen kamen näher und näher. Schließlich verharrten

sie vor der Treppe zum Thron. Noroelle betrachtete aus den Augenwinkeln die Bahrenträgerinnen, die stumm und starr dastanden, als wären sie Statuen. Sie wollte auf keinen Fall die toten Körper ihrer Liebsten sehen. Doch ihr Blick gehorchte ihr nicht, sondern wanderte zu den Leichnamen von Farodin und Nuramon. Sie schienen unversehrt zu sein, doch ihnen fehlte jedes Leben.

Noroelle schaute sich zitternd um, so als müsste doch irgendjemand da sein, der ihr beistünde. Doch da war niemand. Dann sah sie, wie von den Wänden Blut hinablief. Sie schaute auf und beobachtete, wie das Blut aus den Quellen drang.

Noroelle eilte davon. Durch die Seitentür, die der Königin vorbehalten war, verließ sie den Saal. Sie lief so schnell sie konnte und achtete nicht darauf, wohin sie ihre Füße trugen.

Unvermittelt fand sie sich an ihrem See wieder. Sie trat zur Quelle und war erleichtert, hier Wasser und kein Blut vorzufinden. Erschöpft lehnte sie sich an den Stamm einer der beiden Linden und fing an zu weinen. Sie wusste, dass es nur ein Traum war. Aber sie wusste auch, wie oft sie im Traum die Wahrheit gesehen hatte. Sie hatte Angst vor dem Erwachen.

Nach einer Weile kniete sie sich an den See und betrachtete ihr Antlitz auf der Wasseroberfläche. Nichts war von dem geblieben, was Farodin und Nuramon in ihr gesehen hatten. Ihre Tränen fielen ins Wasser und ließen ihr Spiegelbild verschwimmen.

»Noroelle!«, hörte sie eine vertraute Stimme sagen.

Sie stand auf und wandte sich um. Es war Nuramon. »Bist du es wirklich?« Er war in eine Hose und ein Hemd aus einfachem Leinen gekleidet. Seine Füße waren nackt.

»Ja«, sagte er lächelnd.

Noroelle setzte sich auf den Stein beim Wasser und bedeutete ihm, zu ihr zu kommen.

Er nahm neben ihr Platz und fasste ihre Hand. »Du hast geweint.«

»Ich hatte einen bösen Traum. Aber nun ist er vorüber. Du

bist da.« Sie sah sich um. »Es ist merkwürdig. Es ist alles so klar. So, als wäre es gar kein Traum.«

»Du hast Macht über diese Traumwelt. Das spüre ich. Was du willst, das wird geschehen. Der Schmerz hat dir diese Kraft verliehen. Er hat Wünsche in dir geweckt.«

»Ich sehe dich nicht zum ersten Mal in meinen Träumen, Nuramon. Erinnerst du dich an das letzte Mal, da wir uns hier in meinem Schlaf trafen?«

»Nein. Denn ich bin nicht der Nuramon aus deinen Träumen. Ich bin kein Bild, das du dir von mir machst. Ich bin von außen in deinen Traum gekommen.«

»Aber warum?«

»Weil ich mich entschuldigen muss. Ich habe mein Versprechen gebrochen. Wir werden nicht zurückkehren.« Er sagte es mit einer so sanften Stimme, dass sie ganz ruhig blieb.

»Dann war es die Wahrheit, die ich vorhin gesehen habe?«

Er nickte. »Die Elfenjagd ist gescheitert. Wir sind alle tot.«

»Aber du bist hier.«

»Ja, aber ich kann nicht lange bleiben. Ich bin nur ein Geist, den der Tod bald fortnimmt, auf dass ich einst wiedergeboren werde. Nun weißt du, was geschehen ist. Und du hast es nicht aus dem Munde irgendeines anderen erfahren.« Er erhob sich. »Es tut mir so Leid, Noroelle.« Nuramon schaute sie sehnsuchtsvoll an.

Sie stand auf. »Du hast gesagt, dass ich Macht über diesen Traum habe.«

Er nickte.

»Dann nimm meine Hand, Nuramon!«

Er gehorchte ihr.

»Schließ die Augen!«

Nuramon fügte sich ihrem Wunsch.

Noroelle dachte an ihre Kammer. Oft hatte sie sich den Tag ausgemalt, da sie Farodin oder Nuramon in ihr Gemach führen würde. Und da es in der Wachwelt nie mehr geschehen würde, beschloss sie, es hier im Traum geschehen zu lassen. Sie führte ihn einige Schritte über die Wiese und wünschte, sie wäre in ihrer Kammer. Plötzlich waren da Mauern um sie herum. Die Pflanzen verwandelten sich in Efeu, sie rankten sich an den Wänden hinauf und nahmen bald die ganze Decke ein. Der See schwand ebenso wie die Linden. Stattdessen wurde der Boden zu Stein, und Möbel aus lebendem Holzgeflecht stiegen aus ihm empor. Selten hatte sie solche Macht in ihren Träumen verspürt. »Öffne die Augen, mein Geliebter!«, sagte sie leise.

Nuramon tat es und schaute sich lächelnd um. »Ich hatte es mir anders vorgestellt.«

»Es ist nur im Traum so groß. Und dass hier überall Pflanzen wachsen, sollte dich nicht wundern.«

Er legte die Hände auf ihre Schultern. »Ich wünschte so sehr, ich hätte mein Versprechen halten können.«

»Und ich wünschte, das Schicksal hätte mir meine Entscheidung nicht abgenommen. Alles, was uns noch bleibt, ist dieser Traum.« Sie wartete darauf, dass er etwas sagte oder etwas tat, doch Nuramon zögerte. Sie wäre ihm längst entgegengekommen, wenn er es nicht all die Jahre vermieden hätte, sie zu berühren. Es war an ihm zu entscheiden, das würde sie ihm nicht abnehmen.

Als er die Bänder ihres Nachtgewands zwischen ihren Schultern löste, atmete Noroelle erleichtert aus. Endlich hatte er diesen Schritt gewagt! Er schaute ihr unverwandt in die Augen. Der Schrecken der Menschenwelt hatte Nuramon verändert, er machte einen ernsteren Eindruck.

Ihr Nachthemd glitt an ihrem Körper zu Boden.

Nuramon senkte den Blick.

Das hatte sie nicht erwartet. Gewiss, er mochte neugierig sein, wie ihr Körper, den er so oft besungen hatte, wirklich aussah, aber war der Blick nicht zu rasch gefallen? Dann dachte sie daran, was er gesagt hatte. Er musste bald fort. Ihnen blieb kaum Zeit. Und nichts wäre schlimmer, als im falschen Moment voneinander getrennt zu werden.

Er schloss sie in die Arme und flüsterte in ihr Ohr: »Verzeih mir. Ich bin nicht mehr der, den du gekannt hast. Es ist schwierig für mich, hier zu sein. Ich bin nur ein Schatten desjenigen, der ich einst war.«

Noroelle schwieg; sie wollte nichts darauf sagen. Auch wagte sie nicht, sich vorzustellen, was Nuramons Preis dafür sein mochte, dem Tod die wenigen Momente hier mit ihr abzuringen. Sie machte einige Schritte zurück und wartete.

Nuramon zog sich aus. Irgendetwas stimmte nicht ... Sie musterte ihn. Es lag nicht an seinem Körper, dieser war makellos. Sie erinnerte sich, was die Frauen bei Hof gesagt hatten. Manche von ihnen hatten sich eine Liebesnacht mit ihm gewünscht. Jetzt, da er sich ganz vor ihr entblößte, konnte Noroelle mehr denn je verstehen, wieso diese Frauen all das vergaßen, was man sich über Nuramons Fluch erzählte. Nie hätte sie gedacht, dass Nuramon aussah wie einer der legendären Minnesänger, von deren Liebesabenteuern die Frauen so schwärmten. Wie hatte er diesen Körper nur verstecken können?

Als Noroelle Nuramon wieder ins Antlitz blickte, erkannte sie, was an ihrem Liebsten nicht stimmte. In seinen Zügen stand ein stummer Schmerz. Er hatte viel erleiden müssen.

Zaghaft kam Nuramon näher. Er streckte die Hand nach ihr aus und berührte sie, als wollte er sichergehen, dass sie tatsächlich da war. Sanft streichelte er ihr über die Schulter.

Noroelle fuhr Nuramon mit den Händen durch das wilde Haar, dann den Hals entlang auf seine Brust. Seine Haut war weich. Sie nahm ihn in die Arme und küsste ihn. Dabei schloss sie die Augen und spürte, wie seine warmen Fingerspitzen ihren Rücken hinabstrichen und kühle Schauer nach sich zogen.

Gemeinsam ließen sie sich auf die Bettstatt sinken. Es war anders als in der Wachwelt. Das Holzgeflecht war ein wenig feiner, das weiche Blätterwerk schien dichter zu sein. Nuramon strich über die Blätter. Hatte er noch nie ein solches Bett gesehen? Oder wunderte es ihn nur, wie weich es war?

Sie verharrten und sahen einander lange an. Dies also war das Ende ihres langen Weges. So oft hatte sie von diesem Augenblick geträumt. Und obwohl auch dies nur ein Traum war, spürte sie alles viel eindringlicher als je zuvor.

Nuramon berührte ihr Haar und rieb es sanft zwischen den Fingern, um es dann zu küssen. Mit den Handflächen strich er ihr über die Wangen, um sich dann einen Weg zu ihrem Hals und dem Brustansatz zu suchen. Dort hielt er inne. Noroelle blickte ihn liebevoll an. Er sollte an ihren Augen lesen, dass er alles wagen durfte.

Mit einem Mal spürte sie, wie seine Hand zwischen ihre Brüste fuhr und bis zum Bauchnabel hinabstrich. Ein Schauer durchfuhr sie. Es war nicht nur ein Schauer der Berührung, sondern auch der Magie. Sie vermochte nicht zu sagen, ob es Nuramons heilende Hände waren oder aber ihre Zaubersinne. Vielleicht vermischte sich beides.

Er ließ die Hände über ihre Hüften auf ihren Rücken gleiten. Dann löste er sie von ihrem Körper, blieb aber so nahe, dass Noroelle die Wärme seiner Finger fühlen konnte. Sie schloss die Augen und ließ sich zurücksinken.

Sie spürte, wie er langsam über sie kam, wie seine Hände ihre Brüste streichelten und dann ihr Gesicht liebkosten. Sie konnte nicht fassen, wie warm sein Körper war. Es musste ein Zauber sein, der diese Wärme hervorbrachte.

Als sie spürte, wie sein Glied über ihre Schenkel streifte, umklammerte sie Nuramon mit ihren Beinen. Schauer um Schauer liefen ihr durch den Körper.

Als er in sie eindrang, stockte ihr der Atem. Sie hatte oft von Liebesnächten mit Farodin oder Nuramon geträumt, hatte Verlangen gespürt und Erfüllung gefunden, aber kein Traum war je so reich an Sinnesfreuden gewesen wie dieser. Diesmal waren all ihre Zaubersinne erwacht. So wie jetzt musste es auch in der Wachwelt sein. So wäre es gewesen, wenn …

Nuramon verharrte. Sie fragte sich, worauf er wartete. Sie öffnete die Augen und sah sein Gesicht über ihr. Beinahe schüchtern schaute er sie an. Hatte sie ihn verschreckt, weil ihr der Atem stockte? Noroelle strich ihm durchs Haar und dann über die Lippen. Ihr Lächeln sollte ihm alles sagen.

Vorsichtig begann er sich in ihr zu bewegen.

Im gleichen Moment verschwamm alles vor ihren Augen. Sie wusste nicht, ob es am Traum lag, ob ihre oder seine Magie ihre Empfindungen verstärkte und ihre Sinne berauschte.

Mit jeder Bewegung Nuramons schien eine neue Welt aufzubrechen. Überall waren Lichter und Farben. Dann war da sein Gesicht. Es kam und es ging, und es erschien ihr schön wie nie. Und sein Duft! Es kam ihr so vor, als nähme sie alle jene Düfte wahr, die sie mit Nuramon verband: den von Lindenblüten, den von Maulbeeren und den der alten Eiche, auf der Nuramons Haus stand. Ihr war, als holte ein Zauber diese Düfte aus ihrer Erinnerung in den Traum.

Ebenso verführerisch war Nuramons weiche Haut. Sie schien sie zu umfangen wie eine weiche Decke und hatte ihren kühlen Körper längst gewärmt. Noroelle konnte Nuramon gleichmäßig atmen fühlen. Es war ein langer Hauch, den sie gern einatmete und schmeckte.

Mit einem Mal hörte sie sich selbst. Sie hörte sich Nuramons Namen flüstern. Immer lauter wurde sie; so sehr, dass sie von sich selbst überrascht war. Und dann war da ein Schrei! Alle Sinneseindrücke vereinten sich im Rausch.

Noroelle erwachte schlagartig. All das, was sie vor einem Moment noch gespürt hatte, verblasste, floh mit einem Kribbeln aus ihrem Körper. Sie wagte nicht, die Augen zu öffnen, um das zu sehen, was sie längst spüren konnte: dass Nuramon fort war. Sie wollte nach ihm tasten, aber es ging nicht. Sie wollte seinen Namen sagen, aber ihre Lippen bewegten sich nicht. Und als sie nun doch die Augen öffnen wollte, musste sie feststellen, dass die Lider ihr nicht gehorchten. Sie war gefangen in ihrem Leib und fragte sich, ob sie wirklich aufgewacht war oder noch immer träumte.

Mit einem Mal spürte sie die Gegenwart eines anderen in ihrer Kammer. Ob es wirklich Nuramon war? Ob er auch in der Wachwelt zu ihr zurückgekehrt war?

Wer immer bei ihr war, er kam an ihr Bett heran. Deutlich hörte sie seine vorsichtigen Schritte. Er blieb bei ihr stehen und verharrte, bis sie nicht mehr zu sagen vermochte, ob er immer noch da war. Schließlich war sie sich sicher, allein zu sein.

Plötzlich erklangen Schritte vor ihrem Zimmer. Dann wurde die Tür geöffnet, und sie hörte Obilees Stimme ihren Namen rufen. Ihre Vertraute trat näher, setzte sich neben sie und berührte sie. »Noroelle!«

Verzweifelt versuchte Noroelle, die Macht über ihren Körper zurückzugewinnen.

Obilee stand auf und schloss die Fensterläden. Dann kehrte sie zu Noroelle zurück und deckte sie zu.

Mit einem Mal stockte Noroelle der Atem, sie wurde unruhig, und im nächsten Augenblick war sie wieder die Herrin über ihren Körper. Sie öffnete die Augen und richtete sich mit einem Ruck auf.

Obilee erschrak.

»Nuramon!«

Die junge Elfe musste schmunzeln.

»Ich habe geträumt, Obilee.« Noroelle sah ihr Nachthemd neben sich liegen. Und sie wusste, dass das Fenster offen gestanden hatte … »Es war mehr als ein Traum. Er war hier … Er war tatsächlich hier!« Sie stockte. »Aber wenn er hier war, dann …« Dann war die Elfenjagd gescheitert. Dann war alles so, wie Nuramon ihr im Traum gesagt hatte. Es war vorbei. Ihre Geliebten waren tot.

DER HEILZAUBER

Nuramon stand wie betäubt vor dem toten Devanthar. Irgendetwas hatte der Dämon getan, bevor Mandred ihn erschlagen hatte. Ein Hauch von Magie hatte ihn wie ein Schatten umgeben. Doch nun lag die Bestie reglos da. Das Blatt von Mandreds Saufeder ragte aus ihrer Augenhöhle. Der Menschensohn kniete am Boden und atmete schwer.

Nuramon schüttelte sich. Endlich konnte er wieder klar denken. Er wandte sich um und sah die toten Körper von Vanna und dem Wolf. Farodin lag auf dem Rücken; eine tiefe Wunde klaffte in seiner Brust.

Sofort war Nuramon bei ihm. »Farodin!«, rief er, doch sein Gefährte hatte das Bewusstsein verloren. Er atmete nur flach, und sein Puls war kaum noch zu spüren. Trotz der blutigen Striemen auf der Wange erinnerte sein Gesicht Nuramon an das eines schlafenden Kindes.

Der Elf hatte Noroelle versprochen, dass sie beide zu ihr zurückkehren würden. Und nun verging Farodins Leben vor seinen Augen. Mit dem blassen Atemdunst verblasste auch jede Hoffnung. Denn ein Toter war nicht zu heilen.

Nuramon fasste die Hand seines Gefährten. Sie war noch nicht ganz kalt. Da war immer noch ein wenig Wärme zu spüren. Seine Mutter hatte ihm einmal gesagt, es gebe eine Schwelle, von der man einem Albenkind nur mehr beim Sterben zusehen könne. Als er die tiefe Wunde betrachtete, wusste er, dass Farodin nicht zu helfen war.

Sein Gefährte hatte das Unmögliche gewagt, um sie zu retten. Nuramon war es ihm schuldig, alles zu versuchen, so wie er es Noroelle schuldig war. Nun war es an ihm, das Unmögliche zu wagen. Wenn dies das Ende war und es nichts mehr zu gewinnen gab, dann würde er wenigstens bei dem Versuch sterben, Farodin zu retten.

Er schloss die Augen und dachte noch einmal an Noroelle. Er sah ihr Gesicht vor sich – und begann mit seinem Zauber.

Der Schmerz kam sogleich und drang tief in seinen Kopf vor. Es schien, als verwandelte sich jede Ader in seinem Leib in einen glühenden Faden.

Nuramon hörte sich schreien. Irgendetwas griff nach seiner Kehle. Er musste um jeden Atemzug kämpfen. Würde er den Atem verlieren, damit Farodin den seinen wieder erlangte? Dann fasste etwas nach seinem Herzen und presste es erbarmungslos zusammen. Der Schmerz überwältigte ihn. Er wollte Farodin loslassen, spürte aber nicht, was er tat. Es kam ihm so vor, als hätte er keinen Körper mehr. Er dachte an Noroelle. Daraufhin wollte er Farodin um jeden Preis festhalten und diese Qualen über sich ergehen lassen. Er wusste nicht, ob er selbst noch lebte, und wusste nicht, wie es um Farodin stand. Und er wusste ebenso wenig, wie viel Zeit vergangen war. Es gab nur das Leid, das all seine Sinne ausfüllte. Alles, was ihm blieb, war ein Gedanke: Nicht loslassen!

Plötzlich schreckte Nuramon auf. Der Schmerz zog sich fließend in seine Hände zurück. Ihm war schwindelig, und seine Sinne waren verwirrt. Er hörte eine Stimme seinen Namen sagen. Als er aufblickte, sah er einen Schatten, der mit ihm sprach.

Es dauerte lange, bis er Mandreds Stimme erkannte. »Verdammt! Sag endlich was!«

»Noroelle!« Seine Stimme klang fremd, so als käme sie aus weiter Ferne.

»Komm schon, tu mir das nicht an! Bleib wach!«

Nuramon sah sich neben Farodin kauern. Er berührte ihn immer noch auf der Brust und hielt seine Hand umfangen. Bald spürte er seinen Herzschlag. Sein Atem war zurückgekehrt. Blasser Dunst stand in der eisigen Luft vor seinem Mund.

Nuramon war kalt. Seine Adern schienen zu Eis gefroren zu sein. Würde er sterben, oder kehrte das Leben in ihn zurück? Er wusste es nicht zu sagen.

Schließlich sah er Mandred ins Gesicht. Der Menschensohn

betrachtete ihn voller Ehrfurcht. »Du bist ein großer Zaubermeister! Du hast ihn gerettet.« Mandred legte ihm die Hand auf die Schulter.

Nuramon löste die Hände von Farodin und ließ sich zurückfallen. Erschöpft schaute er zur Decke und betrachtete das magische Glitzern hinter dem Eis. Nur langsam fand er zu innerer Ruhe.

Plötzlich merkte Mandred auf. »Hörst du das?«

Nuramon horchte. Am Rande vernahm er ein summendes Geräusch. »Was ist das?«

»Ich weiß nicht.« Der Menschensohn zog die Saufeder aus der Augenhöhle des Devanthars. Der Schaft der Waffe war zersplittert und maß gerade noch eine Armeslänge. »Ich werde nachsehen.«

Nuramon wusste, dass es noch nicht ganz vorüber war. Er musste prüfen, ob Farodin tatsächlich geheilt war. Müde richtete er sich auf und untersuchte ihn. Sein Gefährte schlief ruhig. Die Wunde hatte sich völlig geschlossen. Nuramon konnte spüren, wie Farodins Kraft mit jedem Atemzug wuchs. Es war vollbracht! Er hatte sein Versprechen nicht gebrochen!

Vom Ausgang der Höhle erklang ein schrilles Kreischen, das nicht abreißen wollte. Erschrocken griff Nuramon nach seinem Schwert. Als Mandred herbeigelaufen kam, senkte er die Waffe wieder.

Der Menschensohn schien beunruhigt. »Irgendetwas ist da faul!«

Nuramon stand auf. Ihm war schwindelig. »Was ist?«

»Komm, schau es dir selbst an!«

Er folgte Mandred einige Schritte, dann blickte er zu Farodin zurück. Nur ungern ließ er ihn in der Nähe des toten Devanthars zurück. Doch Mandred war sehr aufgewühlt. So eilte er ihm schließlich nach.

Als er den Ausgang der Höhle erreichte, glaubte Nuramon seinen Augen nicht zu trauen. Da war eine dicke Eiswand, die den Weg aus der Höhle versperrte und den Blick hinaus trübte. Jenseits davon schwoll ein Licht langsam an, dann wieder ab.

»Was ist das, Nuramon?«, fragte Mandred.

»Ich kann es dir nicht sagen.«

»Ich habe versucht, mit der Saufeder ein Loch durch das Eis zu stoßen. Aber da ist nichts zu machen.« Der Menschensohn riss den Speer hoch und stieß die Spitze mit aller Kraft gegen das Eis, an dem sie kreischend abglitt. Mandred fuhr mit der Handfläche über die Wand. »Nicht einmal ein Kratzer.« Er sah Nuramon erwartungsvoll an. »Vielleicht könntest du deine Hände benutzen und …«

»Ich bin ein Heiler, Mandred. Nicht mehr, nicht weniger.«

»Ich weiß, was ich gesehen habe. Du hast Farodin vom Tod zurückgeholt. Versuch es!«

Nuramon nickte widerstrebend. »Aber nicht jetzt. Ich brauche Ruhe.« Der Elf konnte den Zauber deutlich spüren, der in der Eiswand wirkte. War das die Rache des Devanthars? »Lass uns zurückgehen.«

Mandred fügte sich unwillig. Nuramon folgte ihm und dachte an den Kampf gegen den Devanthar. Sie hatten sich gut geschlagen; der Menschensohn hatte seinem Volk alle Ehre gemacht und die Elfen und Wölfe den Albenkindern. Und doch hätten sie nicht so leicht gewinnen dürfen. Oder waren sie in ihrem Zorn so sehr über sich hinausgewachsen, dass ihre Kraft den Alben gleichgekommen war?

Als sie zum Kampfplatz zurückgekehrt waren, musterte Nuramon den toten Devanthar. Mandred bemerkte es. »Wir haben diese Bestie besiegt. Und die Eismauer werden wir auch durchbrechen!«

Der Menschensohn irrte sich. Doch woher sollte er es auch besser wissen? Der Devanthar war ein Albenfeind. Wenn sie ihren Sieg richtig einschätzen wollten, dann mussten sie sich an den Alben messen und sich fragen, wie ein Alb diese Lage einschätzen würde. Und genau dies machte Nuramon zu schaffen. Ein Alb konnte nur eines annehmen …

»Wir werden erfrieren!«, sagte Mandred und riss Nuramon aus seinen Gedanken. Der Menschensohn saß mit seiner Saufeder bei Farodin. »Du wirst hier keine Ruhe finden, Nuramon.

Wir müssen versuchen, durch diese Eiswand hindurchzukommen, solange du überhaupt noch Kraft hast.«

»Beruhige dich, Mandred! Ich werde mich hier erholen, ebenso wie Farodin. Und dennoch werden wir nicht erfrieren.«

Der Menschensohn machte ein besorgtes Gesicht.

»Das gilt auch für Menschen.« Er setzte sich zu dem Krieger, löste Noroelles Beutel von seinem Gürtel und öffnete ihn. »Hier, nimm eine!« Er hielt Mandred die Maulbeeren hin.

Der Jarl zögerte. »Du willst mit mir teilen, was deine Liebste dir gab?«

Nuramon nickte. Die Beeren besaßen Zaubermacht. Wenn sie einen Elfen sättigten und ihm ein wohliges Gefühl gaben, dann würden sie bei einem Menschen gewiss wahre Wunder wirken. »Wir haben Seite an Seite gekämpft. Betrachte diese Beere als ein erstes Geschenk von Noroelle. Wenn du mit uns zurückkehrst, wird sie dich mit Reichtümern überhäufen. Sie ist sehr freigebig.«

Sie beide nahmen eine Maulbeere. Mandred betrachtete schwermütig Vanna und den toten Wolf. »Gibt es wirklich einen Grund, dies als einen glorreichen Sieg zu betrachten?«

Nuramon senkte den Blick. »Wir haben den Kampf gegen einen Devanthar überlebt. Wer kann das schon von sich behaupten!«

Der Menschensohn machte ein ernstes Gesicht. »Ich! Denn ich habe schon einmal gegen ihn gekämpft. Und ich bin ihm schon einmal entkommen. Aber nicht weil ich so großartig war, sondern weil er es so wollte. Und wenn ich jetzt diesen Kadaver dort sehe, dann kann ich kaum fassen, dass uns das gelungen ist, was sonst nur Alben bestimmt war.«

Nuramon schaute zu dem Devanthar hinüber. »Ich weiß, was du meinst.«

»Die Alben! Für euch sind sie die Väter und Mütter eures Volkes, aber für uns sind sie wie Götter. Nicht unsere Götter, aber ihnen gleich an Macht. Wir nennen sie in einem Atemzug: Götter und Alben!«

»Das verstehe ich.«

»Dann sage mir, wie wir diese Bestie besiegen konnten!«

Nuramon senkte den Blick. »Vielleicht haben wir das nicht. Vielleicht hat er mit uns das getan, was er bereits mit dir getan hat.«

»Aber da liegt er. Wir haben ihn erschlagen!«

»Und doch mag es sein, dass er genau das erreicht hat, was er wollte. Was, wenn meine Kraft nicht ausreicht, um die Mauer zu durchbrechen? Dann müssen wir hier sterben.«

»Aber er hätte uns schon früher erledigen können.«

»Du hast Recht, Mandred. Es geht auch nicht um dich, denn er hätte dich leicht töten können. Es geht um Vanna, Farodin oder mich. Einer von uns soll hier gefangen gehalten werden.«

»Aber du hast mir gesagt, dass die Seelen der Albenkinder zurück in deren Gefilde wandern. Wenn ihr hier sterbt, dann werdet ihr wiedergeboren.«

Nuramon deutete zur Decke. »Schau dir diese Lichter an. Dies ist ein Ort der Macht, den der Devanthar nicht ohne Absicht als Kampfplatz gewählt hat. Es mag sein, dass unsere Seelen niemals einen Ausweg finden. Es mag sein, dass sie hier auf ewig gefangen sind.«

»Aber hatte Vanna nicht von einem Tor gesprochen?«

»Ja. Sie meinte, dass dies ein Ort ähnlich dem Steinkreis bei deinem Dorf ist. Nur ist das Tor hier geschlossen. Und Vanna sagte, dass wir es nicht öffnen können. Vielleicht hat es der Manneber auf immer versiegelt, um uns hier festzuhalten.«

Mandred nickte. »Dann habe *ich* euch in diese Lage gebracht. Wäre ich nicht in eure Welt gekommen, dann …«

»Nein, Mandred. Wir können unserem Schicksal nicht entkommen.«

»O Luth, wieso musste es hier in deiner Höhle geschehen? Warum webst du deine Fäden zu unserem Leichentuch?«

»Sag das nicht! Nicht einmal zu Wesen, die ich nicht kenne.« Er schaute Farodin an. »Es ist heute nicht das erste Mal, dass wir beide unmögliche Taten vollbracht haben. Wer weiß, vielleicht bezwingen wir diese Wand da draußen ja doch.«

Mandred hielt ihm seine Hand hin. »Freunde?«

Nuramon war erstaunt. Noch nie in seinem Leben hatte jemand um seine Freundschaft gebeten. Er fasste Mandreds Hand und auch die des schlafenden Farodin. Sie beide fühlten sich kalt an. Er würde ihnen Wärme schenken. »Nimm du seine andere Hand«, forderte er Mandred auf.

Der Menschensohn machte ein verwundertes Gesicht. »Ein Zauber?«

»Ja.«

Sie saßen da, und Nuramon tauschte seine Wärme gegen ihre Kälte. Und weil stets neue Wärme in ihm entstand, doch immer weniger Kälte von den beiden Gefährten zu ihm gelangte, kam es bald, dass die Kälte aus den Körpern Mandreds und Farodins schwand.

Der Menschensohn brach nach einer Weile das Schweigen. »Sag, Nuramon, was glaubst du? Auf wen von euch hatte es der Devanthar abgesehen?«

»Ich weiß es nicht. Vielleicht hatte der Devanthar Visionen von Dingen, die einst geschehen mögen. Vielleicht wäre aus Vanna eine der großen Zauberinnen geworden. Und Farodin ist ein Held, über den schon manches Epos gedichtet wurde. Wer weiß, was aus ihm werden wird?«

»Hat er wirklich sieben Trolle erschlagen?«

Nuramon zuckte mit den Schultern. »Manche sagen, es wären mehr gewesen.«

»Mehr als sieben!« Ungläubig blickte er zu dem Schlafenden.

»Er ist niemand, der um seine Taten große Worte macht. Und weil er so bescheiden ist, reist er oft als Gesandter in Diensten der Königin.« Nuramon hatte ihn im Stillen darum beneidet, und er hatte nie verstanden, warum es Noroelle nichts zu bedeuten schien.

»Und welchen Grund hätte dieses Vieh gehabt, dich zu töten?«, setzte Mandred nach.

»Wer weiß schon, worin seine Bestimmung lag? Aber jetzt lass uns schweigen und ruhig atmen. Am Ende erfrieren wir doch noch.«

»Gut. Aber zuerst musst du mir noch eins versprechen.«

»Was wäre das?«

»Zu keinem ein Wort davon, dass ich hier mit euch Händchen gehalten habe.«

Nuramon hätte beinahe lauthals gelacht. Menschen waren schon seltsam. »Versprochen.«

»Und ich verspreche dir, dass du immer auf Mandred zählen kannst«, sagte der Menschensohn feierlich.

Sein Gebaren rührte Nuramon. »Danke, Mandred.« Andere Elfen hätten sich wohl nichts aus der Freundschaft eines Menschen gemacht, aber Nuramon bedeutete sie viel. Er überlegte lange und sagte dann: »Ab heute bist du ein Elfenfreund, Mandred Aikhjarto.«

DAS KIND

Noroelle schloss die Augen. Ein Jahr war vergangen seit jener Nacht, in der sie vom Liebesspiel mit Nuramon geträumt hatte. Und es war mehr als ein Traum gewesen. In den letzten vier Jahreszeiten war ein Kind in ihr gewachsen. Heute war der Tag der Geburt gekommen. Sie spürte es so deutlich wie das Wasser, in dem sie schwebte, oder wie die Berührung der Nixen, die bei ihr waren.

Sie öffnete die Augen. Es war Nacht, und der Himmel war sternenklar. Im Mondlicht wurden die Elfen geboren, ins Mondlicht würden sie einst zurückkehren. Sie spürte kühles Wasser nach ihren Gliedern tasten. Der Zauber der Quelle durchdrang sie und berührte auch das Kind in ihr. Es regte sich.

Eine der drei Nixen stützte ihren Kopf. Noroelle konnte spüren, wie sich ihre Brust in regelmäßigen Atemzügen hob und senkte. Die zweite der Nixen sang eines der Lieder aus ihrer fernen Heimat, dem Meer. Die dritte aber war still an Noroelles Seite, bereit, ihr jeden Wunsch von den Augen abzulesen. Sie alle waren aus Alvemer gekommen, um ihr bei der Geburt zu helfen. Sie waren Vertraute der Zauberin aus dem Meer, deren Name kein Elf kannte. Ihre nackte Haut funkelte, als wäre sie von winzigen Diamanten überzogen. Noroelles Blick schweifte zum Ufer und dann weiter zu den Wiesen, wo die Flügel unzähliger Auenfeen im Mondschein glitzerten.

Am Ufer standen Obilee, die Königin und einige Frauen vom Hof. Die junge Obilee lächelte vor Glück. In Emerelles Gesicht aber fand sich keine Regung. Diese beiden Gesichter waren wie ein Spiegel des vergangenen Jahres.

Obilee hatte ihr die alten Geschichten von Männern erzählt, die ihre Liebste nach ihrem Tod als Geist besuchten, um mit ihr ein Kind zu zeugen. Die Königin jedoch hatte ihre Zweifel geäußert und sich abweisend gezeigt.

Noroelle spürte, wie sich das Kind in ihrem Bauch bewegte. Der Streit mit der Königin beschäftigte sie weit weniger als die Frage, ob sie ihrem Kind eine gute Mutter sein konnte. Sie kannte die Geschichten, die Obilee ihr in langen Nächten erzählt hatte. Und sie wusste, welchen Teil ihre Vertraute stets ausgelassen hatte: Das Kind, das gezeugt wurde, trug die Seele des Geliebten. Dieser Gedanke machte Noroelle Angst, denn es hieße, dass Nuramon sich selbst gezeugt hätte. Er wäre sein eigener Vater, und sie wäre die Mutter ihres Geliebten.

Bang hatte sie sich gefragt, ob sie Nuramon eine Mutter sein könnte. Doch nun, da sie hier lag, wusste sie die Antwort. Ja, sie konnte es! Sie würde den Vater in Erinnerung halten, wie er gewesen war. Und sie würde dieses Kind …

Es war so weit! Ihre Mutter hatte ihr einst so viel von der Geburt erzählt. Doch nichts hatte sie auf das vorbereiten können, was sie nun spürte. Als wäre ein mächtiger Zauber gesprochen worden, bewegte sich das Kind. Ihr Körper veränderte sich, das spürte Noroelle deutlich. Sie wuchs, wo das Kind hinwollte, und zog sich zusammen, wo es herkam. Es war eine ständige Verwandlung, und Noroelle fühlte, wie ihr Leib in einem Wechselspiel wie von Ebbe und Flut die Magie des Quellwassers in sich aufnahm, um die Wandlung zu vollziehen und dem Kind den Weg zu bereiten. Deutlich spürte sie sein Drängen, es wollte endlich in diese Welt geboren werden.

Selbst die Zeit schien sich nun zu dehnen. Das Mondlicht auf dem Wasser, das Lied der Nixe, das Kind, selbst die unbedeutendste Kleinigkeit – all dies würde für immer in Noroelles Erinnerung bleiben. Sie atmete ruhig, schloss die Augen und ließ geschehen, was geschehen sollte.

Mit einem Mal spürte sie, wie etwas ihren Körper verließ und eine Welle neuer Empfindungen nach sich zog. Ihr ganzer Leib vibrierte und wandelte sich ein letztes Mal. Dann hörte sie den Schrei des Neugeborenen. Gebannt schlug sie die Augen auf.

Die Sängerin unter den Nixen hielt das Kind so, dass gerade

eben sein Kopf über dem Wasser war. Es war so klein! So zerbrechlich. Und es schrie aus Leibeskräften.

Die Nixe berührte die Nabelschnur und war sichtlich überrascht, dass sie einfach abfiel. Noroelle wusste, dass bei anderen Albenkindern ein scharfes Messer benötigt wurde, um das Band zur Mutter endgültig zu durchtrennen.

»Ein Junge!«, sagte die Nixe leise. »Es ist ... ein wunderschöner Junge.«

Die anderen beiden Nixen zogen Noroelle bis ans Ufer und hoben sie sanft aus dem Wasser. Sie setzte sich auf den flachen Stein und blickte auf das kleine Wesen, das die Sängerin noch immer im Wasser hielt.

Jemand legte Noroelle eine Hand auf die Schulter. Sie schaute auf und sah Obilee neben sich. Sie fasste die Hand der Vertrauten. Dann stand sie auf und schaute an sich hinab. Ein unversehrter Körper. Was hatte sie nicht alles über die Geburt anderer Albenkinder gehört! Dass es Stunden oder gar Tage voller Anstrengung dauerte. Und dass schreckliche Schmerzen wie ein Schatten über diesem wundervollen Ereignis lagen. Bei Noroelle verriet nichts, dass sie soeben ein Kind geboren hatte. Nur innerlich fühlte sie sich geschwächt und leer. Das Kind fehlte ihrem Körper.

Die Hofdamen kamen heran, rieben Noroelle mit blütenzarten Tüchern trocken und halfen ihr dabei, ihre weißen Gewänder anzulegen. Obilee reichte ihr das Tuch, in das sie das Kind wickeln würde.

Erwartungsvoll betrachtete Noroelle die Nixe mit dem Neugeborenen. Endlich kam die Wasserfrau herangeschwommen und hielt Noroelle den Jungen hin. Die Haut des Kindes war ganz glatt, und das Wasser perlte davon ab.

Noroelle nahm ihr Kind in die Arme und wickelte es vorsichtig in das Tuch. Neugierig musterte sie es. Es hatte ihre blauen Augen, und es schrie nicht länger, nun, da es bei der Mutter war. Das wenige Haar, das sie vorsichtig mit dem Tuch trocknete, war braun wie Nuramons. Doch ihre Mutter hatte ihr gesagt, dass ihr Haar bei der Geburt auch braun gewesen und erst mit den Jahren dunkler geworden war. Dieses Kind kam ganz nach ihr. Nur die Ohren unterschieden sich deutlich. Sie waren zwar ein wenig länglich, aber keineswegs spitz. Doch auch das mochte sich noch ändern.

Die Königin trat an Noroelles Seite. »Zeig mir das Kind, auf dass wir erfahren, ob es die Seele eines bekannten Elfen trägt.«

Noroelle hielt der Königin den Jungen hin. »Hier ist mein Sohn.«

Emerelle streckte die Hand aus und wollte das Kind an der Stirn berühren. Doch plötzlich zuckte sie zurück. Entsetzen spiegelte sich auf ihrem Gesicht. »Dies ist nicht Nuramons Kind. Du hast dich geirrt, Noroelle. Es ist nicht einmal ein Elfenkind.«

Das Neugeborene fing wieder an zu schreien.

Noroelle wich erschrocken vor der Königin zurück und drückte ihren Sohn an die Brust. Sie versuchte, das Kind zu beruhigen.

»Schau dir die Ohren an!«, sagte Emerelle.

Gewiss, die Ohren waren zu rund für einen gewöhnlichen Elfen. Aber vielleicht würden sie noch die gewohnte Form annehmen. Was sie viel mehr beunruhigte, war die Tatsache, dass Emerelle in dem Kind nicht Nuramon sehen wollte. »Bist du dir sicher, dass nicht Nuramons Seele in meinem Sohn wohnt?«

»Das Kind kommt sehr nach dir, es ist aber nicht der Sohn eines Elfenvaters.«

Noroelle schüttelte entschieden den Kopf. Die Königin irrte sich! »Nein! Das kann nicht sein! Das ist unmöglich. Es war Nuramon, der mich in jener Nacht besuchte.«

»Es ist so, wie ich es sage. Hör mir gut zu!« Emerelle richtete den Finger auf sie. Noch nie war ihr jemand mit einer solch drohenden Geste begegnet. »Du wirst deinen Sohn in drei Tagen vor meinen Thron bringen! Dort werde ich über ihn und auch über dich entscheiden.« Mit diesen Worten wandte sich die Königin ab und verließ mit ihrem Gefolge das Ufer des Sees.

Noroelle wollte sich an die Nixen wenden. Doch sie waren verschwunden. Sie schaute zur Wiese jenseits des Sees. Auch die kleinen Auenfeen waren fort. Nur Obilee war bei ihr geblieben.

Die Vertraute legte ihr einen Mantel um. »Gib nichts darum, was die anderen über dich sagen. Du hast einen Sohn.«

Noroelle dachte an die Worte der Königin. »Du solltest dich von mir …« Ihr wurde schwindelig.

Obilee stützte sie. »Komm, lass mich dich führen.«

Gemeinsam gingen sie fort.

Es hätte der schönste Tag in ihrem Leben werden sollen. Und nun war alles zerstört. Die Königin machte ihr Angst. Was meinte sie damit, dass sie über den Jungen und sie entscheiden würde? Das klang wie ein Urteilsspruch. Könnte denn Emerelle über sie richten, ohne zu wissen, was in jener Nacht vor einem Jahr geschehen war? Wer sollte dieses Kind gezeugt haben, wenn nicht Nuramon? Hatte sie etwa ein anderes Albenkind besucht, sie gelähmt und sich während ihres Schlafes an ihr vergangen? Noroelle schaute dem Kind in die Augen und mochte nicht daran denken. Selbst mit seinen unförmigen Ohren war es ein schöner Knabe. Die Königin musste sich irren.

Zum ersten Mal in ihrem Leben misstraute Noroelle ihrer Herrin. Emerelle verheimlichte ihr etwas. Sie hatte es auf ihrem Gesicht gesehen. Für einen kurzen Augenblick hatte Noroelle dort Furcht erkannt.

»Wird Emerelle dir das Kind wegnehmen?«, fragte Obilee völlig unvermittelt.

Noroelle blieb erschrocken stehen. »Was?«

»Sie hat mir Angst gemacht. Glaubst du, sie sagt die Wahrheit?«

Noroelle strich ihrem Sohn über die Wange. »Schau ihn dir an! Siehst du irgendetwas Schlechtes in den Augen dieses Kindes?«

Obilee musste lächeln. »Nein. Es ist wunderschön und dir sehr ähnlich.«

»Ich werde allem, was die Königin sagt, folgen. Nur eines werde ich nicht zulassen: dass diesem Kind ein Leid geschieht.«

Obilee nickte. »Aber wie heißt er denn nun?«

»Es gibt nur einen Namen, den ich ihm geben kann.« Sie küsste das Kind sanft. »Nuramon!«, flüsterte sie.

DAS VERLASSENE TAL

Noroelle lief mit dem Kind im Arm durch den Wald. Es war Nacht, und ein leiser Wind wehte zwischen den Bäumen. Ihr Sohn umklammerte ihren kleinen Finger. Er schwieg, als spürte er die Gegenwart der Krieger, die ganz in der Nähe waren und nach ihnen suchten.

Da! Ein junger, rothaariger Elfenkrieger kam direkt auf sie zu. Er trug ein langes Kettenhemd. Der Wind zerrte an seinem grauen Kapuzenmantel. Der Kämpfer sah genau in ihre Richtung. Er hatte schöne, grüne Augen. Verwirrt runzelte er die Stirn. Vielleicht spürte er etwas, doch Noroelle war sich sicher, dass er ihren Blendzauber nicht durchschauen würde. Schließlich ging er weiter, nur um sich nach wenigen Schritten noch einmal abrupt umzudrehen. Er war ihr jetzt so nahe, dass er sie fast mit ausgestrecktem Arm berühren könnte. Und doch sah er sie nicht. Er schüttelte den Kopf und murmelte etwas vor sich hin. Dann ging er weiter.

Es war leicht für Noroelle, den Bewaffneten auszuweichen. Sie ging mitten durch ihre Reihen, ohne gesehen zu werden. Sie mochten gute Kämpfer und auch Fährtenleser sein, doch Zauberer waren sie nicht. So war es leicht, sie zu täuschen.

Als Noroelle dem Anführer der Schar begegnete, hielt sie inne und musterte ihn. Er trug wie die anderen einen grauen Kapuzenmantel, der sein Gesicht verbarg, aber einen Blick auf die glänzende Rüstung erlaubte.

»Bist du sicher, dass du die Königin richtig verstanden hast?«, fragte der rothaarige Krieger. »Ich kann es einfach nicht glauben.«

Der Anführer stand reglos und scheinbar unbeeindruckt da. »Wenn du sie in ihrem Zorn gesehen hättest, dann würdest du diese Frage nicht stellen.« Die Stimme kam ihr bekannt vor.

»Aber wieso hat sie uns geschickt? Noroelle ist eine Zauberin, der kaum jemand gleichkommt. Und unter uns ist niemand, der sie hier aufspüren könnte. Wieso hat uns die Königin nicht einen Zauberer mitgegeben?«

»Weil sie wohl nicht damit gerechnet hat, dass Noroelle sich ihrem Willen widersetzen würde. Und das, ohne zu wissen, was unser Auftrag ist.«

»Ich weiß nicht, ob ich diesen Auftrag ausführen kann.«

»Das hättest du dir überlegen sollen, bevor du der Königin den Schwur geleistet hast.«

»Aber ein Kind zu töten!«

Noroelle wich vor den Kriegern zurück. Sie wollte nicht glauben, was sie soeben gehört hatte. Hatte sie Emerelle all die Jahre über falsch eingeschätzt? Sie hätte nicht einmal zu denken gewagt, dass die Königin ihre Krieger ausschickte, um ein hilfloses Kind zu töten. Eine Gefangennahme war das Äußerste, womit Noroelle gerechnet hatte. Was war geschehen, dass Emerelle solche Befehle gab? Oder war sie immer schon so gewesen, und sie hatte es nicht gemerkt?

Die Königin hatte nicht nur diesen unerhörten Mordauftrag erteilt, sondern auch ihr Vertrauen in sie verloren. Sie hätte warten können, bis Noroelle mit ihrem Kind im Thronsaal erschien. So hatte Emerelle es gefordert. Noroelle hätte sich auch daran gehalten, wenn die Königin ihr nicht die Krieger ins Haus geschickt hätte.

Nur eines verstand Noroelle nicht: Warum hatte sie nur Schwertträger geschickt? Die Antwort des Anführers war nicht ausreichend. Denn wenn sich Emerelle nicht vorstellen konnte, dass Noroelle sich ihrem Befehl widersetzte, wieso hatte sie dann die Krieger ausgeschickt? Da steckte mehr dahinter. Was es auch war, Noroelle wusste nun, was sie zu tun hatte.

Niemals würde sie ihren Sohn der Königin und ihren Häschern überlassen. Sie würde das Kind in Sicherheit bringen. Es gab nur einen Ort, an dem Emerelle das Kind nicht ohne weiteres aufspüren konnte: die Menschenwelt.

Noroelle verließ den Wald und ging langsam über die weiten Wiesen. Sie dachte an Farodin und Nuramon. Seit die beiden vor einem Jahr ausgezogen waren, um in der Menschenwelt eine Bestie zu jagen, war ihr Leben nicht mehr das gleiche gewesen. Ein Wolf der Gemeinschaft war verletzt an den Hof der Königin gekommen, ein stummer Bote eines grausigen Schicksals. Kurz darauf waren auch die Pferde ihrer Liebsten zurückgekehrt.

Damals hatte Noroelle an ihren Traum denken müssen. Die Körper ihrer Liebsten waren nie gefunden worden. Jene, die nach ihnen gesucht hatten, wussten zu berichten, dass das Dorf des Menschensohns Mandred unversehrt war. Hätte sie nicht diesen Traum von Nuramon geträumt und ihren Sohn bekommen, sie hätte nicht geglaubt, dass ihre Liebsten tot waren.

Noroelle ging die ganze Nacht über das Land und wurde von niemandem gesehen. Als die Morgensonne über den Bergen aufging, erreichte sie ein einsames Tal. Sie trug ihren Sohn in einem über Kreuz geschlagenen Tuch eng an den Leib gewickelt. Er hatte sich die ganze Zeit über ruhig verhalten und sogar ein wenig geschlafen. »Du bist ein gutes Kind«, sagte sie leise und strich ihm über den Kopf. Dann setzte sie sich ins Gras und gab dem Kind die Brust. Als es gesättigt war, legte sie es neben sich und betrachtete es. Es würde ein schmerzvoller Abschied werden. Aber es war der einzige Weg, ihren Sohn zu retten.

Noroelle erhob sich. Die Andere Welt! Sie würde die Grenzen überschreiten. Sie wusste zwar viel von den Albenpfaden, die durch die drei Welten führten und sie miteinander verbanden, aber sie hatte dieses Wissen nie angewendet. Die festen Tore, wie jenes, durch das ihre Liebsten gegangen waren, waren kein Weg für sie. Dort hatte Emerelle sicher längst Wachen stehen, und es wäre auch zu leicht, dem Weg zu folgen, den sie genommen hatte, wenn sie ein solches Tor für ihre Flucht wählte. An Orten großer Macht, so wie bei dem Steinkreis Atta Aikhjartos, kreuzten sich bis zu sieben jener unsichtbaren Wege, die alle Welten durch magische Bande miteinander verwoben. Durchschritt man ein solches Tor von großer Macht, so gelangte man stets zum gleichen Ort. Je weniger Albenpfade sich aber kreuzten, desto wandelbarer wurde das Tor in die Andere Welt. Wenn man an solchen kleinen Albensternen den Übergang wagte, konnte niemand sagen, wohin es ihn in der Menschenwelt verschlagen mochte. Und jene, die über keine große Zauberkraft verfügten, mochten sogar ein Opfer der Zeit werden. Noroelle wusste, dass sie sich hüten musste, damit es nicht auch ihr so erging. Ein Fehler, und mit dem Schritt durch ein Tor konnten zugleich hundert Jahre vergehen.

Zudem musste sie darauf achten, dass sie einen Pfad nahm, der in die Menschenwelt führte. Die Zerbrochene Welt war nicht ihr Ziel, denn diese war nichts weiter als die Ruine einer Welt, Reste des Schlachtfeldes, auf dem die Alben gegen ihre Feinde gekämpft hatten. Dieser trostlose Ort zwischen Albenmark und der Anderen Welt bestand nur mehr aus öden Inseln, umgeben von Leere. Diese Inseln dienten heute als Verbannungsorte, oder sie waren Heimstätten für Einsiedler und Eigenbrötler. In ein solches Gefängnis würde sie ihren Sohn nicht bringen. Deshalb war sie in dieses Tal gekommen.

Noroelle spürte einen Albenstern aus zwei sich kreuzenden Pfaden. Sie schloss die Augen und konzentrierte sich auf die Kraft. Falls es Emerelle gelingen sollte, ihrer Fährte bis an diesen Ort zu folgen, so war es unmöglich, sie in der Anderen Welt aufzuspüren, dachte Noroelle. Sie könnte hundert Mal durch diesen Stern gehen und würde hundert Mal an einem anderen Ort in die Menschenwelt eintreten, denn das Band zwischen den Welten war hier nur schwach. Die Fauneneiche hatte ihr erzählt, dass das Band mit jedem Herzschlag einmal zerriss, um sich dann aufs Neue mit einem anderen Ort zu verbinden. Ihrer Ansicht nach wies dieser Umstand darauf hin, dass das Gefüge zwischen der Welt der Menschen und Albenmark vor langer Zeit einmal so sehr erschüttert worden war, dass die beiden Welten sich beinahe voneinander getrennt hätten.

Noroelle schaute in die Sonne. Sie würde ihr die Kraft spenden. Es würde nicht die Magie des Wassers, die Magie ihres Sees sein, sondern die des Lichtes, die ihr half, das Tor zu öffnen. Sie dachte an das Licht, das bis auf den Grund ihres Sees drang. Sie dachte an den Zauber, und die Veränderung nahm ihren Lauf. Es gab kein Zurück mehr.

Die Sonne schrumpfte und schrumpfte. Noroelle sah sich um. Alles veränderte sich. Die Farben wurden trüber, alles erschien rau und unscharf. Bäume verblassten und wurden durch neue, schattenhafte Stämme ersetzt. Aus Frühling wurde Winter, aus einer Herbstwiese ein verschneites Feld. Die Berge wichen sanften Hügeln. Bald war jede Ähnlichkeit verschwunden.

Dies also war die Andere Welt!

Es war ein unheimlicher Ort. Noroelle fragte sich, wie Nuramon diese Gefilde wohl wahrgenommen hatte, als er sie zum ersten Mal betreten hatte. Gewiss war er so erstaunt gewesen, wie sie es nun war.

Es war zwar Winter, aber ihre Magie spendete Noroelle Wärme. Sie konnte barfuß über den Schnee gehen, ohne dass ihr kalt wurde. Ihr Sohn aber würde hier ohne ihre Wärme nach kurzer Zeit erfrieren. So suchte sie nach Menschen.

Auf ihrem Weg sah sie nicht ein einziges Tier. Der Winter hier schien kein Leben zuzulassen. Lange irrte sie durch die verschneite Ödnis, bis sie Hasenfährten fand. Der Anblick beruhigte sie, und sie setzte ihren Weg fort. Denn wo es Leben gab, da gab es Hoffnung für ihren Sohn.

Sie suchte lange nach den Menschen und sah schließlich eine dünne Rauchsäule hinter einem Hügelkamm aufsteigen. Sie folgte diesem Zeichen und fand ein Haus, wie es schlichter nicht sein konnte. Zumindest erschien es ihr so. Sie musste sich eingestehen, keine Erfahrung mit Menschenhäusern zu haben. Das Gebäude war klein und aus Holz. Seine Balken hatten sich verzogen, und es hatte ein windschiefes Dach.

Langsam näherte sich Noroelle der Hütte. Mit jedem Schritt fürchtete sie, dass plötzlich ein Mensch die Tür öffnen und heraustreten könnte. Sie wusste nicht, ob der Zauber, der sie auch jetzt noch unsichtbar machte, Menschenaugen zu täuschen vermochte. Sie musste hier auf alles gefasst sein.

Als sie an der Tür angekommen war, lauschte sie und hörte, wie Möbel über hölzerne Dielen bewegt wurden. Eine helle Stimme sang eine fröhliche Weise. Der Gesang klang fremd, aber der Ton gefiel ihr.

Noroelle küsste ihren Sohn und flüsterte leise: »Nuramon … Ich hoffe, ich tue das Richtige. Es ist die einzige Möglichkeit. Lebe wohl, mein Sohn.« Sie löste den Säugling aus der Unsichtbarkeit und legte ihn vor der Tür ab. Das Kind blieb ruhig und schaute sie mit seinen großen Augen unentwegt an.

Erst als Noroelle sich abwandte und die ersten Schritte von ihm fort machte, begann es zu schreien. Ihr kamen die Tränen. Aber sie musste gehen! Es war zu seinem Wohl.

Noroelle versteckte sich hinter einem nahen Baum. Das Kind schrie so herzerweichend, dass sie für einen Moment überlegte, es zu holen und für immer mit ihm in dieser Welt zu bleiben. Aber die Königin würde sie aufspüren. Noroelle wusste, dass sie Magie wirken müsste, wenn sie in der Welt der Menschen bestehen wollte. Doch jeder Zauber ließ die Albenpfade schwingen. Und so würde sie die Häscher der Königin schon bald auf sich aufmerksam machen. Ihr Sohn hingegen war noch zu klein, um jene Macht zu nutzen, die Noroelle in ihm gespürt hatte. Und da es in der Menschenwelt keinen Lehrmeister für ihn gäbe, würde seine Gabe wahrscheinlich niemals erwachen. So würde er vor dem Zorn der Königin bewahrt bleiben.

Aus ihrem Versteck heraus sah Noroelle, wie die Tür des Hauses geöffnet wurde und jemand heraustrat. Es war eine Menschenfrau. Neugierig und zugleich beklommen betrachtete die Elfe jenes Weib, das dem kleinen Nuramon zu einer neuen Mutter werden mochte. Die Frau trug zwar dicke Kleidung, aber dennoch machte sie den Eindruck, als hätte sie selbst nackt noch sehr breite Hüften und Schultern. Noroelle musste an Mandred denken. Offenbar war es eine Eigenart der Menschen, von stämmiger Gestalt zu sein.

Die Menschentochter machte ein verwundertes Gesicht und blickte sich misstrauisch um. Gewiss fragte sie sich, wer ihr ein Kind vor die Türe legte und dann spurlos verschwand. Zögernd beugte sie sich über Noroelles Sohn. Das Gesicht der Frau wirkte herb. Sie hatte eine Knollennase und kleine Augen. Doch als sie sich zu dem Kind beugte, lächelte sie, und man sah, wie sich die Wärme ihres Herzens in ihrem Antlitz spiegelte. Die Menschentochter tröstete das Kind in einer Sprache, die Noroelle nicht beherrschte. Aber die Worte klangen so liebevoll, dass sie das Kind beruhigten. Die Frau schaute sich noch einmal suchend um, dann brachte sie den Jungen ins Haus.

Kaum hatte sich die Tür geschlossen, huschte Noroelle zum Haus zurück und lauschte. Sie wollte sicher sein, sich in der Frau nicht geirrt zu haben, auch wenn ihr bewusst war, dass sie nicht lange genug bleiben konnte, um wirklich Gewissheit zu erlangen.

Noroelle hörte die Frau in heller Freude sprechen.

Es gab auch einen Mann. Er schien weniger erfreut zu sein. Seine Stimme war voller Zweifel. Aber nach einer Weile schien er seine Meinung zu ändern. Auch wenn die Worte der Menschen in Noroelles Ohren grobschlächtig klangen, hatte sie das Gefühl, dass ihr Kind hier sicher war. Nun musste sie nur noch dafür sorgen, dass die Königin ihren Sohn nicht fand.

Sie zog sich in den Schutz der Bäume zurück. Eigentlich hatte sie vorgehabt, zu jenem Ort zurückzukehren, an dem sie in die Andere Welt gekommen war. Nun aber entschied sie sich dagegen. Sie wollte es der Königin so schwer wie möglich machen. Sie würde einen Tag und eine Nacht lang so weit wie möglich von dieser windschiefen Hütte fortgehen und erst dann mit Hilfe ihres Sonnenzaubers nach Albenmark hinübertreten. Dort würde sie auf den Albenpfaden den kürzesten Weg ins Herzland nehmen und sich der Königin stellen.

DAS URTEIL DER KÖNIGIN

Die Krieger fanden Noroelle bei der Fauneneiche. Sie ergab sich ihnen ohne Bedingung, doch wo sich das Kind befand, das verriet sie ihnen nicht.

Die Schwertträger führten sie zur Burg der Königin. An der Spitze ging ihr Anführer; es war Dijelon, ein Krieger, so treu, dass er jederzeit bereit gewesen wäre, sich selbst aufzugeben. Er hatte ungewöhnlich breite Schultern für einen Elfen, die weder der blaue Umhang noch das lange, schwarze Haar verbergen konnten. Als sich das Tor des Thronsaales vor ihnen öffnete, hielt Dijelon inne. Meister Alvias stand vor ihm. Noroelle würdigte der alte Elf keines Blickes. »Folge mir«, sagte er zu Dijelon. »Euch andere bitte ich hier zu warten.«

Noroelle verwunderte Alvias' Gebaren nicht. Man behandelte sie offenbar wie eine Feindin. So blieb sie unter dem Torbogen stehen und warf einen Blick in den Saal. Fast der ganze Hofstaat hatte sich dort versammelt. Alle wollten die Ankunft der gefallenen Zauberin miterleben. Bis zur Geburt des Kindes war ihr Ansehen stetig gewachsen, doch nun war mit einem Schlag alles vorüber. Allein die Bäume hatten sich nicht vom Zorn der Königin beeindrucken lassen. Die Fauneneiche hatte ihr das Gefühl gegeben, all die Dinge wären zu schnell geschehen, um sie richtig einschätzen zu können.

Noroelle schaute zu den Wänden. Das Wasser toste in schäumenden Kaskaden. Die Königin wollte offenbar sichergehen, dass Noroelle klar war, welche Macht sie im Thronsaal erwartete. Aber dessen hätte es nicht einmal bedurft. Noroelle wusste nur zu gut, dass niemand in Albenmark sich mit der Königin messen konnte.

»Wir haben sie bei der Fauneneiche gefunden«, hörte sie den Krieger sagen. »Sie hat uns nicht preisgeben wollen, wo sich das Kind befindet.«

Das Wasser an den Wänden versiegte, und eine entsetzliche Stille legte sich über den Saal.

»Noroelle die Zauberin kehrt zurück.« Die Stimme der Königin war leise, drang aber durch den gesamten Saal bis zu ihr. »Und sie ahnt nicht, wie groß das Übel ist, das sie über uns gebracht hat. Nenn mir einen Grund, wieso ich dich noch in meinen Thronsaal hineinlassen sollte, Noroelle!«

»Um mich mit deinem Richtspruch wieder daraus zu verbannen.«

»Dann siehst du ein, dass du etwas Abscheuliches getan hast?«

»Ja. Ich habe mich dir widersetzt. Und das sollte niemand tun, der unter deinem Schutz steht. Aber ich bin nicht nur hier, um ein Urteil zu empfangen, sondern auch, um anzuklagen.«

Ein Raunen ging durch den Saal. Niemand in Albenmark hatte die Königin an ihrem Hof je so offen herausgefordert. Noroelle war jedoch nicht willens zu verschweigen, was Emerelle dem Kind hatte antun wollen. Sie wunderte sich, dass die Königin diese Zusammenkunft in aller Öffentlichkeit abhielt. Auf diese Weise würde alles an den Tag kommen.

»Dann tritt vor den Thron von Albenmark, wenn du es wagst.«

Noroelle zögerte, durchschritt dann aber das Tor und ging der Königin entgegen. Dieses Mal waren ihr die Blicke all derer, an denen sie vorüberging, völlig gleichgültig.

Vor der Königin verbeugte sie sich und sah kurz zur Seite. Neben Meister Alvias stand Obilee. Ihre Freundin machte ein verzweifeltes Gesicht und schien den Tränen nahe.

»Bevor ich über dich entscheide, werde ich anhören, was du vorzubringen hast«, sprach die Königin voller Kälte. »Du sagtest, du wollest jemanden anklagen. Um wen handelt es sich?«

Selbstverständlich um Emerelle! Aber einen direkten Angriff auf die Königin vor versammeltem Hofstaat wollte Noroelle nicht wagen. »Ich klage Dijelon an«, sagte sie stattdessen. »Denn er kam vor drei Tagen in mein Haus, um meinen Sohn zu töten.«

Noroelle sah, wie der Krieger erstarrte. Sie wusste, dass er auf Befehl der Königin gehandelt hatte und war gespannt, wie weit seine Treue ging.

Die Königin blickte kurz zu Dijelon, dann wieder zu Noroelle, als hätte sie lediglich feststellen wollen, ob der Krieger noch anwesend war. »Und, ist es ihm gelungen?«

»Nein.«

»Was soll ich deiner Meinung nach tun, Noroelle? Rate mir in diesem Fall.«

»Ich möchte keine Genugtuung, und ich will Dijelon auch nicht bestraft sehen. Ich möchte nur wissen, warum er das Leben meines Sohnes auslöschen wollte.«

»Nun, Noroelle, Dijelons Treue verbietet es ihm zu sprechen, also will ich an seiner Stelle antworten: Er handelte auf meinen Befehl.« Flüstern erhob sich unter den Höflingen. »Aber ich schätze, diese Antwort wird dir nicht genügen, nicht wahr? Du fragst dich, wie ich, euer aller Königin, die Tötung eines Albenkindes befehlen konnte.«

»So ist es.«

»Und wenn es kein Albenkind wäre, sondern …«

Noroelle unterbrach die Königin. »Er ist mein Sohn, das Kind einer Elfe! Und damit stammt er von den Alben ab.«

Die Anwesenden im Saal waren empört. Der Krieger Pelveric rief laut: »Wie kannst du es wagen!«, und fand damit allgemeine Zustimmung.

Emerelle aber blieb ruhig. Sie hob die Hand, und Schweigen kehrte ein. »Noroelle, wenn du das Wasser bist, dann ist der Vater des Kindes das Feuer.«

Noroelle merkte, worauf die Königin anspielte. Mit einem Mal bekam sie es mit der Angst zu tun. »Bitte sage mir, wer der Vater dieses Kindes ist. Etwa ein Mensch?« Sie musste an die runden Ohren ihres Sohnes denken.

»Nein, es gab schon manches Mal Verbindungen zwischen Menschen und Elfen. Nein, Noroelle.« Sie erhob sich. »Hört, was ich zu sagen habe! Nichts ist mehr so, wie es einst war. In jener Nacht, da Noroelles Kind gezeugt wurde, ist etwas in

Bewegung geraten, das wir mit aller Macht beenden müssen. So viele Jahre haben wir in Sicherheit gelebt, selbst wenn wir gegen Trolle oder Drachen kämpfen mussten. Ich erinnere mich an jene Tage, da die Welt, die zwischen unserer und der der Menschen liegt, noch blühte. Ich kenne die tödlichste aller Bedrohungen. Nie werde ich vergessen, was die scheidenden Alben mich sehen ließen: Ich wurde Zeuge des Untergangs der Zerbrochenen Welt. Ich sah die letzte Schlacht gegen die Feinde unserer Ahnen, gegen die Devanthar!«

Noroelle erstarrte. Nie zuvor war der Name der alten Feinde in dieser Halle laut ausgesprochen worden.

»Das Wesen, das deine Liebsten jagen sollten, war ein Devanthar«, sagte Emerelle. »Als der Wolf von der Elfenjagd zurückkehrte, wurde es mir offenbar, denn der geschundenen Kreatur haftete noch der Geruch jenes Übels an, das längst hätte besiegt sein sollen!«

»Dann hat ein Devanthar Farodin und Nuramon getötet?«

»Ich wünschte, ich wüsste es. Aber eines ist sicher: Er hat gesiegt, denn er kam in jener Nacht zu dir und zeugte mit dir dein Kind.«

Noroelle war von den Worten der Königin wie betäubt. Das war unmöglich! Sie hatte von Nuramon geträumt ... Nun sollte dieses Traumbild die Fratze eines Dämons gewesen sein? Sie schaute sich um und bemerkte das Entsetzen und den Abscheu der Anwesenden. Die Krieger hinter ihr wichen zurück. Selbst Obilee erbleichte.

Die Königin sprach weiter. »Als ich das Kind sah, überkam mich eine dunkle Ahnung, wer dessen Vater war.« Sie deutete auf ihre Zauberschale. »Und als ich in meinem Zweifel in das Wasser blickte, offenbarte sich mir der Trug des Devanthars. Er ist damals in unser Herzland eingedrungen, ohne dass wir es gemerkt haben.«

Im Saal wurde es immer unruhiger. Ein Onkel Nuramons rief: »Was, wenn dieser Dämon noch immer hier sein Unwesen treibt?«

Die Königin machte eine beschwichtigende Geste. »Die

Frage ist berechtigt, Elemon. Aber ich versichere dir, dass er nur in jener Nacht hier war und dann in die Andere Welt entkam.«

»Aber er könnte wiederkehren«, entgegnete Elemon.

»Ihm war klar, dass ich ihn erkennen würde, wenn er zu lange in Albenmark bliebe. Nun, da ich von ihm weiß, werde ich ihn sehen, sobald er noch einmal versucht, in unsere Welt einzudringen. Nein, meine Albenkinder, der Dämon hat seine Saat gesetzt. Sein Werk ist damit vollbracht.«

»Wo kommt er her?«, fragte Meister Alvias, der sich sonst selten zu Wort meldete. »Es heißt doch, alle Devanthar seien von den Alben vernichtet worden?«

»Dieser eine muss all die Schlachten überlebt haben.«

»Was hast du uns bloß angetan!«, rief Pelveric Noroelle entgegen. »Wie konntest du dich nur von diesem Dämon verführen lassen?«

Die Königin sprach aus, was Noroelle dachte. »Weil ihre Liebe größer war als ihr Verstand.«

»Was kann ich tun?«, fragte Noroelle nun mit leiser Stimme. »Wenn du es verlangst, werde ich den Devanthar suchen und gegen ihn kämpfen.«

»Nein, Noroelle, das ist nicht dein Handwerk. Sag mir einfach, wo das Kind ist!«

Noroelle schaute zu Boden. Sie fühlte, dass es nicht richtig war, das Kind zu verraten. Sie hatte nichts Dämonisches in dem Neugeborenen gesehen. Zudem würde sie nicht einmal mehr selbst den Weg zu ihrem Sohn finden können. »Ich weiß nicht, wo er ist. Ich brachte ihn in die Andere Welt. Und wenn ich es recht bedenke, dann möchte ich über alles Weitere schweigen.«

»Aber es ist ein Dämonenkind, das Kind eines Devanthars! Jenes Wesens, das womöglich deine Liebsten vernichtete.«

»Ich mag mich im Traum getäuscht haben, aber nichts habe ich je deutlicher gesehen als die Unschuld dieses Kindes. Ich werde es nicht zulassen, dass ihm etwas geschieht.«

»Durch welches Tor bist du in die Andere Welt gelangt?«

»An einem Ort, wo sich zwei Albenpfade kreuzen.« Noroelle wusste, dass es unzählige solcher Orte in Albenmark gab.

»Sag mir, wo dieser Albenstern ist!«

»Das werde ich nur tun, wenn du mir bei allen Alben schwörst, dass meinem Kind kein Leid droht.«

Die Königin schwieg lange und musterte Noroelle. »Diesen Schwur kann ich nicht leisten. Wir müssen das Kind töten. Ansonsten kann großes Unglück über uns kommen. Dieses Kind wird einst zaubern lernen. Es ist viel zu gefährlich, um es am Leben zu lassen. Du bist die Mutter, du musst es lieben, auch wenn es ein Dämonenkind ist. Aber bedenke, welchen Preis Albenmark für deine Liebe zahlen muss, wenn du schweigst.«

Noroelle zögerte. »Wenn mein Sohn sein Leben verliert, wird seine Seele dann wiedergeboren?«

»Das ist eine Frage, auf die ich keine Antwort habe. Das Kind ist weder Devanthar noch Elf. Denke an Feuer und Wasser! Es mag sein, dass sich seine Seele dazwischen verliert. Aber es mag auch sein, dass sich im Tod die Seele deines Sohnes teilt und Albenkind und Devanthar getrennt werden. Nur dann würde das Albenkind wiedergeboren.«

Noroelle war verzweifelt. Ein Devanthar! Sie sollte Abscheu empfinden, aber sie konnte es nicht. Sie vermochte ihren Sohn nicht als Dämonenkind zu sehen. Sie hatte ihn in Liebe empfangen. Konnte er dann schlecht sein? Nein, eine Mutter wusste um die Seele ihres Kindes. Und in ihrem Sohn hatte sie kein Übel gesehen. Jedoch gab es dafür keinen anderen Beweis als ihr Wort, alles andere sprach gegen sie. Sie wusste, dass das Urteil der Königin sie das Leben kosten konnte. Sie aber hatte die Gewissheit, wiedergeboren zu werden. Und so sagte sie: »Weil mein Kind nur dieses eine Leben besitzen könnte, darf ich es nicht in den Tod führen.«

»Aber manchmal muss man das in den Untergang schicken, was man liebt.«

»Ich kann mein eigenes Leben oder meine eigene Seele opfern. Aber über die eines anderen darf ich nicht verfügen.«

»Du hast es vielleicht bereits einmal getan. Erinnerst du

dich an deine Worte? *Was du ihnen aufträgst, das werden sie für mich tun*? Warst du nicht die Minneherrin von Farodin und Nuramon? Es mag sein, dass der Devanthar ihre Seelen getötet hat. Vielleicht hast du schon einmal das, was du liebtest, vernichtet.«

Noroelle wurde wütend. »Du bist Emerelle, die Königin! Und ich danke dir dafür, dass du meinen Besucher in jener Nacht als Lügner entlarvt hast. Das gibt mir die Hoffnung zurück, dass Nuramon und Farodin noch leben. Über das Schicksal meiner Liebsten gibt es keine Gewissheit. Doch selbst wenn ich sie ins Verderben geschickt habe, dann geschah es, weil ich die wahre Gefahr nicht kannte. Und wie hätte ich wissen können, was selbst die Königin nicht wusste? Würde ich nun aber meinen Sohn verraten, dann würde ich wissentlich Schuld auf mich laden.«

Emerelle schien unbeeindruckt. »Das ist dein letztes Wort?«, fragte sie nur.

»Das *war* es.«

»Hast du das Kind allein fortgeschafft? Oder hat dir irgendjemand dabei geholfen?« Sie schaute zu Obilee, die vor Angst bebte.

»Nein. Obilee wusste nur, dass ich alles Leid von dem Kind fern zu halten gedachte.«

Die Königin wandte sich an Dijelon. »Hat dich Obilee in irgendeiner Weise behindert oder belogen?«

»Nein, dazu hatte sie zu große Angst«, antwortete der Krieger und starrte dann Noroelle mit seinen kalten grauen Augen an.

Die Königin wandte sich an Noroelle. »Dann höre mein Urteil.« Sie hob die Arme, und mit einem Mal floss das Wasser wieder aus den Quellen. »Du, Noroelle, hast schwere Schuld auf dich geladen. Als mächtige Zauberin hast du nicht zwischen deinem Liebsten und einem Devanthar unterscheiden können. Als das Dämonenkind in dir wuchs, hast du sein wahres Wesen nicht erkannt. Deine Liebe zu deinem Sohn ist so groß, dass du für ihn sogar die Völker Albenmarks opfern würdest. Und selbst im Angesicht dieser Wahrheit stellst du das Leben eines Kindes über das Leben aller. So sehr ich dich als Frau verstehen mag, kann ich als Königin deine Entscheidung nicht hinnehmen. Du hast Albenmark verraten und zwingst mich, dich zu bestrafen. Nicht den Tod mit der Aussicht auf Wiedergeburt sollst du erleiden, sondern die Verbannung. Doch nicht in die entferntesten Marken oder die Andere Welt sollst du entrückt sein. Deine Strafe ist die ewige Verbannung auf eine Insel in der Zerbrochenen Welt. Das Tor zu diesem Ort wird nicht in Albenmark liegen, und niemand soll je den Weg zu dir finden.«

Kalte Angst griff nach Noroelles Herz. Das war die schlimmste Strafe, die man über ein Albenkind sprechen konnte. Sie wandte sich zum Hofstaat um, doch in den Gesichtern der Anwesenden fand sie nur Abscheu und Zorn. Dann dachte sie an ihren Sohn, und die Erinnerung an sein Lächeln gab ihr die Kraft, den Pfad zu Ende zu gehen, den ihr das Schicksal bestimmt hatte.

»Du wirst an diesem Ort auf ewig leben. Suchst du den Tod, kannst du nicht auf Wiedergeburt hoffen«, verkündete Emerelle mit tonloser Stimme, »denn auch deine Seele wird den Verbannungsort nicht verlassen können.«

Noroelle wusste, was das bedeutete. Sie würde nie ins Mondlicht gehen. Ein Albenkind konnte an einem solchen Ort niemals seine Bestimmung finden.

»Wirst du dieses Urteil annehmen?«, fragte Emerelle.

»Das werde ich.«

»Ein letzter Wunsch steht dir frei«, sprach die Königin.

Noroelle hatte viele Wünsche, aber keinen davon könnte sie äußern. Sie wünschte sich, das alles wäre nicht geschehen. Sie wünschte sich, ihre Liebsten wären hier, könnten sie retten und mit ihr fortgehen; an einen Ort, an dem sie niemand finden würde. Aber das waren nur Träume.

Noroelle blickte zu Obilee. Sie war noch so jung. Dass sie ihre Vertraute gewesen war, würde ihr gewiss schaden. »Ich wünsche mir nur eines von dir«, sagte sie schließlich. »Sieh meine Schande nicht in Obilee. Sie ist unschuldig, und ihr steht eine große Zukunft bevor. Nimm sie in dein Gefolge auf. Lass sie hier für Alvemer sprechen. Mit der Gewissheit, dass dieser Wunsch sich erfüllt, gehe ich beruhigt in die Unendlichkeit.«

Emerelles Gesichtszüge veränderten sich, und ihre Augen glänzten. Die unnahbare Kälte wich von ihrem Antlitz. »Den Wunsch werde ich dir erfüllen. Nutze diesen Tag, um Abschied zu nehmen. Ich komme heute Nacht an deinen See. Dann werden wir fortgehen.«

»Danke, meine Königin.«

»Nun geh!«

»Ohne die Krieger?«

»Ja, Noroelle. Nimm Obilee und verbringe diesen letzten Tag ganz so, wie du es willst.«

Obilee kam zu Noroelle und schloss sie in die Arme. Dann gingen sie Seite an Seite zwischen den Höflingen hindurch. Noroelle wusste, dass sie nie wieder in diesen Saal zurückkehren würde. Mit jedem Schritt nahm sie Abschied. Ihr Blick badete in dem Meer von Gesichtern, Bekannten und Unbekannten. Selbst denen, die sie bei ihrem Eintreten mit Verachtung gestraft hatten, stand nun Mitleid ins Antlitz geschrieben.

ABSCHIED VON ALBENMARK

Noroelle nahm drei Zaubersteine, die all die Jahre hier auf dem Grund des Sees gelegen hatten, und kehrte zu Obilee zurück. Die junge Elfe saß am Ufer und ließ ihre nackten Füße vom Wasser umspielen. Noroelle legte die drei Steine auf den flachen Fels neben Obilee. Dann trocknete sie sich und legte ihr grünes Kleid an. Es war jenes, das sie beim Auszug ihrer Liebsten getragen hatte.

Obilee schien froh, es an ihr zu sehen. Sie betrachtete die funkelnden Zaubersteine. »Sie sind wunderschön.«

Noroelle hatte einen Diamanten, einen Almandin und einen Smaragd gewählt. »Der Diamant ist für dich.«

»Für mich? Aber du hast doch gesagt, ich soll sie für …«

»Ja. Aber es sind drei. Dieser eine gehört dir. Nimm ihn!«

Noroelle hatte nicht viel Zeit gehabt, um Obilee die Geheimnisse der Zauberei zu lehren. Der Stein würde ihrer Schülerin gute Dienste leisten. Er war wie für sie geschaffen.

Obilee hielt den Kristall gegen das schwache Licht des schwindenden Tages. »Ich werde einen Anhänger für eine Kette daraus machen. Oder verliert er dann seinen Zauber?«

»Nein, das wird er nicht.«

»O Noroelle. Ich weiß nicht, ob ich ohne dich zurechtkomme.«

»Das wirst du. Und die Fauneneiche wird dir helfen. Sie wird dich das lehren, was sie mich einst lehrte. Ollowain wird dich im Schwertkampf unterweisen, denn du bist eine Erbin der Danee.« Noroelle hatte alle nötigen Vorbereitungen getroffen. Ihrer Vertrauten würde es gut ergehen.

Auch an alles andere hatte sie gedacht. Für sich selbst hatte sie einige wenige Dinge in einen Beutel gepackt. Mehr würde sie nicht brauchen. Für ihre Familie in Alvemer hatte sie Worte gefunden, die Obilee persönlich überbringen würde. »Du hast dir alles gemerkt, das ich dir gesagt habe?«, fragte Noroelle die junge Elfe.

»Ja. Ich werde deine Worte niemals vergessen. Selbst deine Gesten und den Tonfall deiner Stimme habe ich mir gemerkt. Es wird so sein, als sprächest du selbst.«

»Das ist gut, Obilee.« Noroelle schaute in die tief stehende Sonne. »Nun wird die Königin bald kommen. Und sie wird ihren Albenstein bei sich tragen.«

»Wirklich?«

»Ja. Sie braucht seine Macht, um eine Barriere zu schaffen. Sonst könnte ich den Ort allzu leicht wieder verlassen.«

Obilee senkte den Kopf. »Ich will dich begleiten, wohin du auch gehst.«

»Gebrauche deinen Verstand, Obilee! Ich bin auf ewig verbannt. Warum solltest du dein Leben fortwerfen?«

»Aber dann wärst du wenigstens nicht allein.«

»Das ist wahr. Doch dann würde ich nicht weinen, weil ich allein wäre, sondern um deinetwillen.« Noroelle trat einen Schritt zurück. Die Verzweiflung in Obilees Antlitz rührte sie. »Die Königin würde niemals zulassen, dass mich jemand in meine Verbannung begleitete.«

»Ich könnte sie darum bitten.«

»Versteh doch … Der Gedanke, dass du hier bist, wird mich trösten. Wenn du an mich denkst, dann wirst du gewiss manches Mal verzweifelt sein, aber stell dir einfach vor, dass ich an allem, was du tust, Anteil habe.«

»Auch wenn ich bleibe, wird die Trauer wie ein alles erstickender Schatten über meinem Leben liegen!«

»Dann musst du hierher kommen. Hier habe ich jene Stunden verbracht, die mir am kostbarsten sind. Ich habe die Magie der Quelle erweckt und die Zaubersteine in den See gelegt. Hier war ich glücklich mit Farodin und Nuramon. Und auch du wurdest mir hier vorgestellt.«

»Und hier hast du dein Kind bekommen«, sagte Obilee und blickte betrübt zum Wasser.

»Das ist richtig. Aber ich erinnere mich nicht in Trauer oder gar in Zorn daran. Ich liebe meinen Sohn, auch wenn er das ist, was die Königin in ihm sieht. Und dafür muss ich bezahlen. Aber du … du kannst aus meinen Fehlern lernen.«

Mit einem Mal hörte Noroelle Schritte im Gras. Sie wandte sich um und erhob sich, als sie die zierliche Gestalt im Dämmerlicht erkannte.

Emerelle trug ein weites blaues Gewand, das mit Silber- und Goldfäden bestickt war. Noroelle kannte das Kleid nicht, und dabei hatte sie viele Gewänder der Königin gesehen. Alte Runenzeichen waren in die Seide gewoben. In ihrer Linken hielt Emerelle ein Stundenglas, ihre Rechte aber war zur Faust geballt.

Jetzt erkannte sie, welchen Zauber die Königin sprechen würde, um ein Eindringen in Noroelles Gefängnis unmöglich zu machen. Nachdem Emerelle sie an den fremden Ort verbracht hätte, würde sie das Stundenglas auf einem Albenpfad zerschlagen, auf dass die Sandkörner in alle Winde verstreut würden. Niemand würde sie je wieder zusammentragen und das Glas erneuern können. Die Barriere würde auf ewig bestehen.

Emerelle zeigte ihr, was in ihrer rechten Hand lag. Es war ein rauer Stein mit fünf Furchen. In ihm erwachte ein rotes Glimmen. Das also war der Albenstein der Königin! Noroelle hatte sich oft gewünscht, einmal einen Blick auf ihn werfen zu dürfen. Aber nie hätte sie gedacht, dass es unter solchen Umständen geschehen könnte.

Noroelle spürte Macht in dem Stein. Seine tatsächliche Kraft verbarg er jedoch. Wer nicht um sein Geheimnis wusste, hätte ihn gewiss nur für einen Zauberstein wie jene aus ihrem See gehalten. Aber in Wahrheit besaß dieser Stein eine Macht, von der Noroelle nicht einmal zu träumen wagte. Es hieß, ganz Albenmark ziehe seine Kraft aus diesem einen Stein. Mit ihm konnte die Königin Tore öffnen oder schließen, Albenpfade schaffen oder vernichten. Und mit ihm würde sie eine unüberwindliche Barriere schaffen, wo der Zugang zu ihrem Verbannungsort lag. Der Albenstein würde die Mauer und der Sand des Stundenglases das Schloss ihres Gefängnisses sein.

Noroelle wandte sich Obilee zu und umarmte sie. »Du bist wie eine Schwester für mich.« Sie hörte, wie ihre Vertraute zu weinen begann. Sie selbst kämpfte mit den Tränen. Zum Abschied küsste sie Obilee auf die Stirn. »Lebe wohl!«

»Lebe wohl, und denke oft an mich.«

»Das werde ich.« Sie konnte die Tränen nicht länger zurückhalten. Mit zitternden Händen nahm sie ihren Beutel und trat vor die Königin.

Emerelle blickte sie lange an, als wollte sie in Noroelles Augen lesen, ob sie das richtige Urteil gesprochen hatte. Sie erschien dabei so würdevoll, dass jeder Zweifel verflog, den Noroelle je gegen ihre Königin gehegt hatte. Dann wandte sich Emerelle ab und ging voraus.

Noroelle blickte noch einmal zu Obilee zurück. Die junge Elfe würde es gewiss nicht leicht haben. Aber sie würde ihre Bestimmung finden, dessen war sich Noroelle sicher. Sie musste an Farodin und Nuramon denken. Sie hatte Obilee alles gesagt, was sie wissen musste, falls ihre Liebsten tatsächlich zurückkehrten. Ihr Gefühl beim Auszug der Elfenjagd hatte sie nicht getäuscht: Sie würde ihre Liebsten nie wiedersehen.

Sie schritt hinter der Königin her, ohne Abneigung gegen sie zu verspüren. Emerelle war ihre Herrin, und daran würde sich nichts ändern. Sie hatte sich den Tag über mehrmals gefragt, was sie getan hätte, wenn es nicht um ihren Sohn gegangen wäre. Und sie musste sich eingestehen, dass sie die Entscheidung der Königin unterstützt hätte. Aber weil sie die Mutter des Kindes war, nahm sie lieber die Unendlichkeit auf sich, als ihrem Fleisch und Blut zu schaden. Und deshalb musste sie diese Welt nun verlassen. Eine Elfe konnte ihr Schicksal nicht ändern, selbst wenn es sie niemals ins Mondlicht führte. Noroelle blickte zurück. Solange es ihren See gab, würden sich die Albenkinder an Noroelle die Zauberin erinnern.

DIE SAGA VON MANDRED TORGRIDSON

Von Svanlaib und was er im Tal des Luth fand

Svanlaib hieß ein Mann, Sohn des Hrafin aus Tarbor. Er war erst zwanzig Winter alt und hatte die Kraft eines Bären. Er baute die besten Schiffe am Fjord und schuf für seine Nachbarn Bildnisse des Schicksalswebers. Da kam einmal der alte Hvaldred, Sohn des Heldred, und erzählte ihm die Geschichte von den Eisenbärten des Luth, die jenseits von Firnstayn hoch oben in den Bergen standen und den Weg zur Höhle des Schicksalswebers wiesen. Und Hvaldred erzählte ihm auch, dass den Eisenbärten des Luth Schande getan ward. Die Höhle sei entweiht, sagten die Weisen Männer. Dort könne niemand mehr dem Weber opfern.

Da wurde Svanlaib zornig und sprach: »Ich werde nach Firnstayn fahren, hinauf ins Gebirge gehen und dort als Erster Sühne für die Untat fordern.« So schlug er aus einem Eichenstamme ein neues Bildnis des Schicksalswebers. Und alle in Tarbor opferten dem Luth, sodass dem Weber aus Holz ein Eisenbart wuchs.

Svanlaib nahm seine Sachen, begab sich nach Firnstayn und trug das Bild des Luth auf seinem Rücken hinauf durch Schnee und Eis. Da sah er die Eisenbärte und opferte ihnen, wie es der Brauch verlangte. Er folgte dem Weg, den ihm die Eisenbärte wiesen, und gelangte zur Höhle des Luth. Die fand er verschlossen vom Atem des Firn. Da machte er ein zorniges Gesicht, und über sein Haupt hob er den Eisenbart, den er geschaffen hatte. Und Luth zerschlug des Winters Wand, wo Heldenkräfte nichts vermochten.

Svanlaib wartete; er wagte nicht, die Höhle zu betreten. Da hörte er Stimmen und Schritte kommen. Hervor trat des Torgrid Sohn. Er war jung an Gestalt, und rot war sein Haar. An seiner Seite waren zwei Albenkinder. Es waren Elfen aus der Albenmark.

. *Da fragte Svanlaib, wer es denn sei, der da aus der Höhle komme. Er kannte des Torgrid Sohn nicht. Der aber sprach: »Ich bin Mandred Aikhjarto, Sohn des Torgrid und der Ragnild!«*

Da staunte Svanlaib, denn man erzählte viel von Mandred Torgridson und von dem Manneber, den er gehetzt hatte, und dem Verschwinden von Jäger und Gejagtem. Es hieß, Mandred habe den Eber gepackt und sich mit ihm in eine Gletscherspalte gestürzt. Das alles, um sein Dorf zu retten.

Da fragte Svanlaib den mächtigen Mandred, was geschehen sei. Und Mandred brachte dem Befreier Kunde von dem Tod des Mannes, der ein Eber war. Und er dankte ihm, dass er durch Luths Kraft das Eis des Ebers gebrochen habe. Von den Elfen sagte er, dass sie ihm geholfen hätten. Ihre Namen waren Faredred und Nuredred. Sie waren Brüder und Elfenfürsten, die Mandred zu Diensten waren.

Des Torgrid Sohn nahm nun den Eisenbart, den Svanlaib getragen und geworfen hatte, und stellte ihn an den Platz, wo die verbrannten Reste des geschändeten Eisenmannes gestanden hatten. Luth zu Ehren legte Mandred das Haupt des Ebers zu Füßen des Bildnisses.

Was in der Höhle geschehen war, das blieb Svanlaib verborgen und wurde erst später offenbar. Dort hatte Mandred mit Luth gesprochen, und die Elfen waren seine Zeugen gewesen. Der Schicksalsweber hatte dem Sohn des Torgrid seine Bestimmung offenbart. Und von jenem Tage an hatte die Zeit keine Macht mehr über Mandred. Doch Luth hatte ihm nicht gesagt, welchen Preis er dafür zahlen musste. So kehrte Mandred mit Svanlaib und den Elfenbrüdern zurück nach Firnstayn.

NACH DER ERZÄHLUNG DES SKALDEN HROLAUG,
BAND 2 DER TEMPELBIBLIOTHEK ZU FIRNSTAYN, S.16 BIS 18

DER PREIS DES WORTES

Der Frühlingshimmel war von so klarem Blau, dass Mandred Tränen in den Augen standen, als er emporblickte. Endlich wieder frei! Ohne ein Gefühl für Tag und Nacht war es schwer zu sagen, wie lange sie in der Höhle gewesen waren. Doch es konnten nur wenige Tage vergangen sein. Allerdings musste irgendein Zauber am Werk gewesen sein, denn wie sonst war zu erklären, dass sie die Höhle im Winter betreten hatten und sie nun im Frühling verließen?

Mandreds Blick folgte einem Adler, der mit majestätisch ausgebreiteten Schwingen in weiten Kreisen hoch über dem Gletscher dahinzog.

Hier oben in den Bergen wich der Winter nie. Und doch wärmte die Sonne das Gesicht, während sie durch verharschten Schnee hinab zum Fjord wanderten.

Seine Gefährten waren still. Am Morgen hatten sie Vanna und den toten Wolf in einer kleinen Höhle abseits von Luths Tal beigesetzt. Die Elfen hingen stumm ihren Gedanken nach. Und Svanlaib ... Der Bootsbauer hatte etwas Seltsames an sich. Gewiss, ein Stück weit ließ sich sein Verhalten durch die Ehrfurcht erklären, die er vor den Elfen empfinden musste. Welchem Sterblichen war es schon vergönnt, leibhaftig den Gestalten aus den Sagas der Skalden zu begegnen? Aber da war noch etwas anderes in Svanlaibs Verhalten. Etwas Lauerndes. Mandred spürte förmlich die Augen des Mannes in seinem Rücken. Svanlaib hatte ihm ein paar seltsame Fragen gestellt. Der Bootsbauer schien ihn zu kennen.

Mandred grinste zufrieden. Das war nicht verwunderlich! Schließlich hatte er sieben Männer allein im Namen des Königs erschlagen, und er hatte den unüberwindlichen Mannneber hoch in die Berge gelockt und mit seiner Saufeder durchbohrt. Er blickte auf den gesplitterten Schaft der Waffe, die er in der Rechten hielt. Ein schwerer, blutiger Beutel hing unter dem langen Speerblatt. Er war aus einem Stück vom Fell der Bestie geschnitten. Darin war die Leber des Devanthars. Ich werde Wort halten, dachte Mandred grimmig.

Drei Tage dauerte der Abstieg von den Bergen zum Fjord. Tage, an denen jeder Schritt sie weiter in den Frühling brachte. Frisches helles Grün schmückte die Äste der Eichen. Geradezu berauschend war der Duft der Wälder, auch wenn die Nächte noch sehr kalt waren. Svanlaib hatte Farodin und Nuramon unzählige Fragen über die Albenmark gestellt. Mandred war froh, dass er von dem Geplapper des Bootsbauers verschont blieb. Dennoch verfolgte ihn der Mann mit seinem Blick. Wann immer er glaubte, dass Mandred es nicht bemerkte, musterte er ihn eindringlich. Hätte der Kerl uns nicht aus der Höhle geholt, hätte er längst Bekanntschaft mit meinen Fäusten gemacht, dachte Mandred so manches Mal.

Als sie endlich aus den Wäldern traten und sie nur mehr eine weite Hochweide vom ersten Blick auf Firnstayn trennte, begann Mandred zu laufen. Sein Herz schlug wild wie eine Trommel, als er den Höhengrat erreichte und auf den Fjord und sein Dorf hinabblicken konnte. Hoch über ihm lag die Klippe mit dem Steinkreis. Dort würde er den Göttern opfern! Doch erst, nachdem er Freya in den Armen gehalten hatte …

Und seinen Sohn! Er hatte in Luths Höhle von ihm geträumt. Er war ein junger Mann gewesen in einem langen Kettenhemd. Ein Schwertkämpfer, dessen Namen man überall im Fjordland kannte. Mandred lächelte. Das mit dem Schwert war sicherlich ein Irrtum. Ein wahrer Krieger kämpfte mit einer Axt! Er würde es seinem Sohn schon beibringen.

Mandred war verwundert darüber, wie fleißig man im Dorf gearbeitet hatte. Drei neue Langhäuser waren hinzugekommen, und der Landungssteg war ein Stück in den Fjord hinein verlängert. Es gab auch mehr als ein Dutzend kleinerer Hütten. Die Palisade war niedergerissen und durch einen viel weiter gefassten Erdwall ersetzt.

Es mussten im Winter etliche neue Familien ins Dorf gekommen sein. Vielleicht hatte der Hunger sie aus ihren Heimen vertrieben. Mandreds Faust schloss sich fester um den Schaft der Saufeder. Wahrscheinlich würde es Kämpfe geben. Ein Jarl war man nicht vom Blute her. Diesen Titel musste man sich verdienen, und es waren sicherlich etliche heißblütige junge Männer im Dorf, die ihm seinen Rang streitig machen wollten. Mandred sah zu seinen Gefährten, die inzwischen die Hochweide überquert hatten. Wenn er mit zwei Elfen an seiner Seite heimkehrte, würde es sich mancher vielleicht überlegen, mit ihm Streit anzufangen. Nuramon und Farodin mussten mit ihm in seine Halle einkehren, wenigstens für eine Nacht. Möglichst viele Männer sollten die beiden Elfen sehen. Dann würde sich die Geschichte von der Jagd auf den Manneber bis zum Ende des Sommers selbst in den entferntesten Tälern des Fjordlandes verbreiten.

Nuramon sah sehnsüchtig zum Steinkreis hinauf. Mandred aber sagte: »Seid für eine Nacht meine Gäste, Kameraden, und lasst uns an meinem Herdstein auf das Andenken unserer toten Freunde trinken.« Er zögerte kurz, bevor er hinzufügte: »Ihr würdet mir einen großen Dienst erweisen. Ich möchte, dass alle Männer und Frauen des Dorfes euch sehen.«

Die beiden Elfen tauschten einen Blick. Es war Farodin, der nickte. Gemeinsam begannen sie den Abstieg zum Fjord.

Seit er das Dorf wiedergesehen hatte, hatte eine Unruhe Mandred ergriffen, die einfach nicht weichen wollte. War Emerelle schon gekommen? Nein, das konnte nicht sein! Ein Jahr, hatte sie gesagt. Ihm blieb noch Zeit. Er würde einen Weg finden, seinen Erstgeborenen zu retten.

Es war das Dorf … Etwas stimmte nicht mit Firnstayn. Es war zu schnell gewachsen. Obwohl sie reichlich Wintervorräte angelegt hatten, hätte es niemals ausgereicht, so viele Menschen zu ernähren. Und die Dächer der neuen Häuser … Ihr Holz war nachgedunkelt, und von den Dachfirsten zogen sich weiße Bahnen aus Möwenkot hinab. Die Holzschindeln sahen aus, als hätten sie schon mehr als einen Winter kommen und wieder gehen sehen.

Mandred dachte an seine Träume in Luths Höhle. Sie waren düster gewesen und erfüllt von Waffenklirren. Er war Trollen und mächtigen Kriegern begegnet, und zuletzt hatte er sich unter einem prächtigen weißen Banner reiten sehen, auf dem eine grüne Eiche als Wappen geprangt hatte. Die Männer, die ihm gefolgt waren, waren auf seltsame Weise gewappnet gewesen. Sie hatten Rüstungen getragen, die ganz aus eisernen Platten bestanden hatten, und ihre Gesichter waren unter schweren Helmen verborgen gewesen. Wie eine Mauer aus Stahl waren sie Mandred vorgekommen. Selbst ihre Pferde waren in Stahl gekleidet gewesen. Auch Mandred hatte eine solche Rüstung getragen. Der Krieger lächelte und versuchte trotzig seine düstere Stimmung zu verdrängen. Das mit der Rüstung war ein gutes Omen! Er würde einmal sehr reich sein, wenn er sich so viel Stahl leisten konnte. Die Zukunft verhieß also Gutes. Und bald schon würde er Freya in die Arme schließen!

Als er das Ufer des Fjordes erreichte, winkte Mandred mit den Armen und rief mit lauter, unbändiger Stimme, um auf sich aufmerksam zu machen. »Heho, holt über! Hier stehen drei Recken und ein Pilger mit durstigen Kehlen.«

Der Fjord war hier immer noch mehr als hundert Schritt breit. Jemand auf dem Landungssteg bemerkte sie und winkte zurück. Dann wurde eines der runden Lederboote bereitgemacht, auf denen die Fischer ausfuhren. Zwei Männer paddelten es über den Fjord, doch ein gutes Stück vom Ufer entfernt machten sie Halt. Mandred hatte keinen der beiden je gesehen.

»Wer seid ihr? Und was wollt ihr in Firnstayn?«, rief der Jüngere der beiden misstrauisch.

Mandred hatte damit gerechnet, dass die beiden Elfen ihnen Angst machten. Hoch gewachsen und wohl bewaffnet sahen sie nicht gerade aus wie die üblichen Reisenden. Doch dass sie nicht einmal Menschen waren, würde auf den ersten Blick wohl niemandem auffallen.

»Hier steht Mandred Torgridson, und dies sind meine Gefährten Nuramon, Farodin und Svanlaib Hrafinson.«

»Du trägst den Namen eines Toten, Mandred!«, schallte es

über das Wasser. »Falls dies ein Spaß sein soll, so ist Firnstayn nicht der rechte Ort für solche Scherze!«

Mandred lachte schallend. »Nicht die Bestie hat Mandred erschlagen, *ich* habe den Manneber erlegt.« Er hob die Saufeder hoch über den Kopf, sodass man gut den Beutel daran sehen konnte. »Und hier bringe ich meine Trophäe. Ihr beide müsst fremd sein! Holt Hrolf Schwarzzahn oder den alten Olav. Sie kennen mich gut. Oder bringt mir Freya, mein Weib. Sie wird euch mit ihrer großen Kesselkelle den Schädel einschlagen, wenn ihr mich noch länger warten lasst.«

Die beiden Männer beratschlagten kurz, dann brachten sie das Lederboot ans Ufer. Beide starrten ihn seltsam an. »Du bist wirklich Mandred Torgridson«, sagte der Ältere von beiden ehrfürchtig. »Ich erkenne dich, auch wenn du keinen Tag gealtert scheinst, seit ich dich das letzte Mal sah.«

Mandred musterte den Mann; er hatte ihn noch nie gesehen. »Wer bist du?«

»Ich bin Erek Ragnarson.«

Mandred runzelte die Stirn. Er kannte ein Kind mit diesem Namen. Einen frechen rothaarigen Bengel. Den Sohn seines Freundes Ragnar, den der Manneber zerrissen hatte.

»Setzt uns über«, mischte sich jetzt Svanlaib ein. »Und lasst uns bei einem guten Krug Met weiterreden. Meine Kehle ist wie ein vertrocknetes Bachbett, und dies ist kein guter Platz, um müde Reisende zu empfangen. Zumindest an mich erinnert ihr euch doch noch, oder? Ich war erst vor ein paar Tagen im Dorf.«

Der ältere Fischer nickte. Dann gab er ihnen ein Zeichen, in sein Boot zu kommen. Als Nuramon und Farodin einstiegen, sah Mandred, wie Erek verstohlen das Zeichen des schützenden Auges schlug. Hatte er erkannt, was sie waren?

Die Fahrt über den Fjord verlief in aller Stille. Immer wieder blickte Erek über seine Schulter. Einmal schien es, als wollte er etwas sagen, dann schüttelte er nur den Kopf und wandte sich wieder ab.

Es dämmerte, als sie das Boot am Landungssteg vertäuten.

Unter den Dachfirsten der Langhäuser quoll Rauch hervor. Es roch nach gebratenem Fleisch und frischem Brot. Mandred lief das Wasser im Munde zusammen. Endlich wieder richtig essen! Braten und Met statt Maulbeeren und Quellwasser!

Mit festem Schritt ging Mandred den Steg entlang. Ihm war, als säße eine große, wild mit den Flügeln schlagende Möwe in seinem Bauch. Hoffentlich konnte er sich die Tränen verkneifen, wenn Freya kam.

Ein großer Hund versperrte ihm am Ende des Stegs den Weg. Er knurrte warnend. Noch andere Hunde kamen vom Dorf. Ihnen folgten Männer mit Speeren.

Mandred knüpfte den Fellbeutel an seiner Saufeder auf und warf den Hunden blutige Fleischklumpen hin. »Hier, meine Feinen. Ich habe euch etwas mitgebracht.« Dann blickte er auf. Er kannte keinen der Männer.

»Mandred Torgridson ist zurückgekehrt«, verkündete der alte Fischer mit feierlicher Stimme. »Es war eine lange Jagd.« Mit einer herrischen Geste scheuchte er die bewaffneten Dorfbewohner zu Seite. »Macht Platz für Jarl Mandred.«

Guter Mann, dachte Mandred stumm. Er kannte ihn zwar nicht, aber mit Erek ließ sich etwas anfangen.

Immer mehr Menschen liefen zusammen, um die Fremden zu begaffen. Mandred warf den Hunden, die um seine Beine tollten, Leberstücke zu und zuletzt auch das Stück Fell, das ihm als Beutel gedient hatte.

Dass Freya nicht kam, wunderte ihn schon ein wenig. Aber gewiss hatte sie eine dringende Arbeit zu erledigen. Wenn sie Brot buk und kochte, dann brachte sie nichts von ihrem Herd fort.

Sein Langhaus hatte den Winter gut überstanden. Aber irgendjemand hatte die beiden geschnitzten Pferdeköpfe am Giebel gegen zwei Eberköpfe ausgetauscht.

Mandred öffnete die schwere Tür aus Eichenholz, schlug den wollenen Vorhang zur Seite und winkte seinen Gefährten einzutreten. In der fensterlosen Halle des Langhauses herrschte trübes Zwielicht. Glut flackerte in der langen Feuergrube in der

Mitte der Halle. Eine junge Frau drehte einen Bratspieß, auf dem eine Gans steckte. Sie blickte überrascht auf.

»Mandred Torgridson ist zurückgekehrt«, verkündete Erek, der sich an Nuramon und Farodin vorbei durch die Tür drängte.

»Schäm dich, schon vor Sonnenuntergang betrunken zu sein, Erek«, keifte die Frau. »Und nimm deine Saufkumpanen mit. Für sie ist kein Platz in meiner Halle.«

Mandred sah sich verwundert um. Freya konnte er nirgends entdecken. »Wo ist mein Weib?«

Der Fischer senkte den Kopf. »Bring uns Met, Gunhild«, zischte er in einem Ton, der keinen Widerspruch duldete. »Und dann ruf die Alten zusammen. Hol den lahmen Beorn herbei und Gudrun und Snorri. Und bring allen Met, verdammt noch mal! Dies ist ein Tag, von dem unsere Urenkel noch erzählen werden.«

Mandred eilte an der Wand mit den Schlafnischen vorbei und schlug den letzten Vorhang zurück. Auch hier war Freya nicht. Neben ihrer Schlafstatt hing die Wiege von der Decke, die er am Anfang des Winters gezimmert hatte. Sie war leer.

»Setz dich, Jarl.« Der Fischer nahm ihn behutsam beim Arm und führte ihn zur Feuergrube.

Mandred ließ sich im Grätschsitz auf einer der Bänke nieder. Was war hier los? Ihm wurde schwindelig.

»Erinnerst du dich, wie du dem kleinen Erek Ragnarson einmal ein altes Messer geschenkt hast und ihm dann einen Nachmittag lang gezeigt hast, wie man Hasen ausweidet?« Die Stimme des Fischers ging stockend. Seine Augen schimmerten feucht.

Gunhild stellte einen Metkrug zwischen sie auf die Bank und legte einen köstlich duftenden Brotlaib dazu. Mandred riss ein Stück vom Brot ab und stopfte es sich in den Mund. Es war noch warm. Dann nahm er einen tiefen Schluck Met.

»Erinnerst du dich?«, beharrte der alte Fischer.

Mandred nickte. »Ja, warum?«

»Der Junge … Das … das war ich, Jarl.«

Mandred setzte den Krug ab.

»Wir alle haben dich für tot gehalten«, brach es nun aus Erek hervor. »Wir haben sie gefunden … meinen Vater und die anderen. Nur dich nicht … Und das Ungeheuer nicht. Es gibt viele Geschichten darüber, was in diesem Winter geschah … Manche glauben, du hättest den Manneber aufs Eis gelockt und seiest mit ihm in der kalten Tiefe des Fjords versunken. Andere dachten, du wärst in die Berge gegangen. Und es hieß, Luth habe in der Trauer um dich einen eisigen Vorhang vor seine Höhle gezogen. Freya hat nie glauben wollen, dass du tot bist. Den ganzen nächsten Frühling hat sie die Männer immer wieder hinausgetrieben, um nach dir zu suchen. Und sie ist mitgegangen, bis das Kind kam. Ein kräftiger Junge. Er hat ihr Frieden gegeben. Oleif hieß er.«

Mandred atmete tief aus. Es war Zeit vergangen, das wusste er. Und es war Frühling, obwohl es noch hätte Winter sein sollen. In der Höhle war es immer hell gewesen. Nur das Licht hinter dem Eis war in stetem Flackern aufgeglüht und vergangen. Er zwang sich zur Ruhe.

»Wo ist mein Weib? Und mein Sohn …« Der Krieger blickte auf. Die Männer mit den Speeren waren in die Halle gekommen und starrten ihn an. Immer neue Fremde traten durch die niedrige Eichentür. Nur Nuramon und Farodin wichen seinen Blicken aus. Und Svanlaib. Was wussten sie, das ihm verborgen blieb?

Erek legte ihm die Hand auf die Schulter. »Mandred, ich bin der Junge, dem du das Messer geschenkt hast. Du warst fast dreißig Winter lang verschollen. Erinnerst du dich … Als ich noch ein kleines Kind war, das kaum laufen konnte, hat mich einer von Torklaifs Hunden angefallen.« Erek streifte den linken Ärmel seines groben Hemdes zurück. Sein Unterarm war zerfurcht von tiefen Narben. »Ich bin der Junge. Und nun sag du mir, warum du kein Greis bist, Mandred. Du warst mehr als doppelt so alt wie ich. Und doch sehe ich kein Silber in deinem Bart und keine Müdigkeit in deinen Augen.« Er deutete zur Tür des Langhauses. »Du bist noch immer der Mann, der vor fast dreißig Jahren dieses Langhaus verlassen hat, um gegen den Manneber zu ziehen. War dies das Geschenk, für das du mit deinem Sohn bezahlt hast?«

Kalte Wut packte den Krieger. »Was sagst du da? Was ist mit meinem Sohn?« Er sprang auf und stieß dabei den Metkrug von der Bank. Die Schaulustigen wichen vor ihm zurück. Farodins Rechte ruhte auf dem Knauf seines Schwertes. Er beobachtete aufmerksam die Speerträger.

»Was ist mit Freya und meinem Sohn geschehen?«, schrie Mandred mit sich überschlagender Stimme. »Was ist hier los? Ist denn das ganze Dorf verhext? Warum seid ihr alle so anders?«

»Du bist anders, Mandred Torgridson«, keifte ein altes Weib. »Sieh mich nicht so an! Bevor du Freya erwähltest, hast du mich gern auf deinen Schoß gezogen. Ich bin es, Gudrun.«

Mandred starrte in das verwitterte Gesicht. »Gudrun?« Sie war einst schön wie ein Sommertag gewesen. Konnte das sein? Diese Augen … Ja, sie war es.

»Der Winter, nachdem das Ungeheuer aufgetaucht war, wurde noch härter. Der Fjord war zugefroren, und eines Nachts kamen sie. Zuerst hörten wir nur ihre Hörner in der Ferne, und dann sahen wir die Kette der Lichter. Reiter. Hunderte! Sie kamen vom Hartungskliff auf der anderen Seite des Fjords. Vom Steinkreis. Und sie ritten über das Eis. Niemand, der dabei war, wird diese Nacht je vergessen. Wie Geister waren sie und doch lebendig. Das Feenlicht wogte am Himmel und tauchte das Dorf in grünes Licht. Die Hufe ihrer Pferde wühlten kaum den Schnee auf. Und doch waren sie von Fleisch und Blut, die kalte Elfenkönigin Emergrid und ihr Hofstaat. Schön waren sie anzusehen und zugleich schrecklich, denn in ihren Augen spiegelten sich ihre kalten Herzen. Das prächtigste Pferd ritt eine zierliche Frau, die mit einem Kleid wie von Schmetterlingsflügeln angetan war. Trotz des bitteren Frostes schien sie die Kälte nicht zu spüren. An ihrer Seite ritten ein Mann ganz in Schwarz und ein Krieger in weißem Umhang. Falkner begleiteten sie und Lautenspieler,

Krieger in schimmernder Wehr und Frauen, gekleidet wie für ein Sommerfest. Und Wölfe, so groß wie Hochlandpferde. Sie hielten vor deinem Langhaus, Mandred. Vor dieser Halle hier!«

Ein Holzscheit zerbarst in der Feuergrube, und Funken stiegen zur rußschwarzen Decke empor, als Gudrun fortfuhr. »Dein Weib öffnete der Königin Emergrid. Freya empfing sie mit Met und Brot, wie es das Gesetz der Gastfreundschaft gebietet. Doch die Elfenkönigin nahm nichts an. Sie forderte allein das Pfand, das du ihr versprochen hattest, Mandred. Deinen Sohn! Den Preis dafür, dass dieses Dorf leben durfte und die Bestie von uns genommen wurde.«

Mandred verbarg das Gesicht in Händen. Sie war gekommen! Wie hatte er ihr nur dieses Versprechen geben können! »Was … was ist mit Freya?«, stammelte er hilflos. »Ist sie …«

»Mit deinem Sohn haben ihr die Elfen den Willen zum Leben genommen. Sie schrie und bettelte um Gnade für ihr Kind. Sie bot ihr Leben als Pfand, doch Königin Emergrid ließ sich nicht erbarmen. Mit bloßen Füßen lief Freya durch den Schnee und folgte den Elfen hinauf auf das Hartungskliff. Dort fanden wir sie am nächsten Morgen inmitten des Steinkreises. Sie hatte sich die Kleider zerrissen und weinte und weinte … Wir haben sie ins Dorf geholt, doch Freya wollte nicht mehr mit uns unter einem Dach sein. Sie ist auf den Grabhügel deines Großvaters gestiegen und hat dort die Götter und die finstersten Geister der Nacht um Rache angerufen. Mehr und mehr hat sich ihr Geist verwirrt. Man sah sie immer mit einem Bündel Lumpen im Arm, so wie man ein Kind in seinen Armen hält. Wir haben ihr Essen gebracht, Jarl. Wir haben alles versucht … Am ersten Frühlingsmorgen nach der Tagundnachtgleiche haben wir sie tot auf dem Grabhügel deines Großvaters gefunden. Sie starb mit einem Lächeln auf den Lippen. Wir haben sie noch am selben Tag im Hügel bestattet. Ein weißer Stein ruht auf ihrem Grab.«

Mandred hatte das Gefühl, sein Herz müsse aufhören zu schlagen. Sein wilder Zorn war dahin. Tränen rannen über seine Wangen, ohne dass er sich dessen schämte. Er ging zur Tür. Niemand folgte ihm.

Der Grabhügel seines Großvaters lag ein Stück außerhalb des neuen Erdwalls, der Firnstayn schützte, ganz nah bei dem großen, weißen Felsbrocken am Ufer des Fjords. Hier hatte sein Großvater angelegt und war an Land gegangen. Er hatte das Dorf gegründet und es nach dem Stein, so weiß wie Mittwinterschnee, benannt. Firnstayn.

Mandred fand den weißen Grabstein an der Flanke des niedrigen Grabhügels. Lange kniete er dort nieder. Zärtlich strichen seine Hände über den rauen Stein.

Es war in der dunkelsten Stunde der Nacht, dass Mandred glaubte, einen Schatten in zerrissenen Kleidern auf der Hügelkuppe zu sehen.

»Ich bringe ihn zurück, Freya, und wenn es mich mein Leben kostet«, flüsterte er leise. »Ich bringe ihn zurück. Ich schwöre das bei der Eiche, die mir mein Leben gegeben hat. Stark wie ein Eichenstamm sei mein Eid!« Mandred suchte nach Atta Aikhjartos Geschenk, und als er es fand, versenkte er die Eichel in der schwarzen Graberde. »Ich werde ihn dir zurückbringen.«

Der Mond trat zwischen den Wolken hervor. Der Schatten auf der Hügelkuppe war verschwunden.

RÜCKKEHR NACH ALBENMARK

Es war Winter in Albenmark, und bei aller Schönheit der verschneiten Landschaft machte ihm die Eiseskälte hier nicht weniger zu schaffen, als sie es in seiner Welt getan hätte. Auch hier musste der Krieger sich mühsam seinen Weg durch den hohen Schnee pflügen, während seine Elfenkameraden mit leichtem Schritt neben ihm her gingen. Und diesmal fehlte ihm die Kraft. Am Grab von Freya hätte er es noch mit ganz Albenmark aufnehmen können, doch heute war er niedergeschlagen und verspürte nichts als Verzweiflung und Leere in sich.

Selbst der Gedanke an seinen Sohn, der ihm ein Fremder sein würde, vermochte ihn nicht zu trösten. Er wollte ihn sehen, gewiss … Aber er verband damit wenig Hoffnung. Oleif musste längst zum Mann herangewachsen sein, und er mochte vielleicht in jemand anderen seinen Vater sehen. Dass auch noch Winter war in Albenmark, hatte Mandred endgültig entmutigt. Dies war das Land der Elfen und Feen, hier sollte ewiger Frühling herrschen! So hieß es zumindest in den Märchen. Es war gewiss ein böses Omen, diese Welt im Winter vorzufinden, auch wenn Farodin und Nuramon ihm hundert Mal versichert hatten, dass die Jahreszeiten hier genauso wechselten, wie sie es in der Welt der Menschen taten.

Atta Aikhjarto hatte nicht zu ihm gesprochen, als Mandred ihn am Tor besucht hatte. Hielten Bäume Winterschlaf, nachdem sie ihr Laub abgeworfen hatten? Oder gab es einen anderen Grund dafür? Niemand hatte sie am Tor empfangen, und das, obwohl die Königin doch angeblich alles wusste, was in ihrem Reich geschah.

Am ersten Tag waren sie bis zum Tor von Welruun gekommen, und keiner hatte ihren Weg gekreuzt. Mandred glaubte zu wissen, warum. Das Verhängnis war ihnen hierher nach Albenmark gefolgt! Schon von der ersten Stunde an hatte ein

Unglücksstern über der Elfenjagd gestanden. Und dieser Stern war nicht verloschen. Was sie erlebt hatten, war eine Geschichte wie in den Sagas der alten Helden gewesen. Und diese Geschichten endeten immer tragisch!

Als Mandred sich am Morgen des zweiten Tages in Albenmark von seinem kalten Nachtlager erhob, tat er es nur, weil künftig niemand von ihm sagen sollte, er wäre seinen Weg nicht zu Ende gegangen. Er würde die Elfenjagd – die erste, die von einem Menschen angeführt worden war – zurückbringen; jedenfalls das, was von ihr noch geblieben war. Und er wollte wissen, welches Verhängnis ihr Schicksal endgültig besiegelte.

Keine Wache verstellte ihnen den Weg durch das Tor von Shalyn Falah. Selbst in Emerelles Burg erwartete sie niemand, sie schien wie ausgestorben. Unheimlich hallten ihre Schritte wider, als sie die mächtige Toranlage passierten. Mandred hatte zwar das Gefühl, beobachtet zu werden, aber wohin er seinen Blick auch wandte, fand er nur verwaiste Zinnen und leere Fensterhöhlen.

Farodin und Nuramon hatten während der Reise kaum gesprochen. Auch sie schienen beunruhigt.

Warum mied man sie?, fragte sich Mandred verärgert. Sie waren lange fort gewesen, gewiss, und sie hatten einen hohen Blutzoll entrichtet … aber sie kehrten siegreich heim. Sie sollten würdiger empfangen werden! Aber wer war er, Elfen begreifen zu wollen? Was hier geschah, musste mit dem Verhängnis zu tun haben … Mit jenem letzten Schicksalsschlag, der jeder Saga ein Ende setzte.

Nuramon und Farodin beschleunigten ihre Schritte. In dumpfem Stakkato wurde der Hall ihrer Tritte von den durchscheinenden Wänden zurückgeworfen.

Ganz am Ende der großen Halle wartete eine schwarz gekleidete Gestalt. Es war Meister Alvias. Er neigte vor Mandred leicht das Haupt, während er Farodin und Nuramon keines Blickes würdigte.

»Sei gegrüßt, Mandred Menschensohn, Jarl von Firnstayn.

Die Königin hat dein Kommen für diese Stunde vorhergesagt. Sie möchte dich und deine Gefährten sehen. Folge mir!«

Wie von Geisterhand öffnete sich das Tor zum Thronsaal, der überfüllt mit Albenkindern war. Elfen und Kentauren, Feen, Kobolde und Wichtel drängten sich dicht an dicht und schwiegen. Mandred hatte das Gefühl, als wollte ihm etwas die Kehle zuschnüren. Das Schweigen dieser riesigen Versammlung war noch unheimlicher als die endlosen leeren Hallen und Höfe. Kein Husten erklang, kein Räuspern, nichts.

Mandreds Blick schweifte zur Decke. Eine weite Eiskuppel hatte den Regenbogen des Frühlings ersetzt. Er musste an die Höhle des Luth denken.

Inmitten der Menge führte eine Gasse bis vor den Thron. Die Zeit war an der Königin spurlos vorübergegangen. Emerelle sah immer noch aus wie eine junge Frau.

Meister Alvias gesellte sich zu einer Gruppe junger Krieger, die links am Fuß der Treppe zum Thron standen, während Farodin und Nuramon ihr Knie vor der Königin beugten.

Der Anflug eines Lächelns umspielte Emerelles Lippen. »Nun, Mandred Menschensohn, du neigst dein Haupt noch immer nicht vor der Herrin von Albenmark.«

Weniger denn je, dachte Mandred.

Emerelle deutete auf die Schale neben ihrem Thron. »So oft ich auch in das Wasser schaute, ich konnte weder dich noch deine Gefährten sehen. Was ist geschehen, Mandred, Anführer der Elfenjagd? Habt ihr eure Beute gefunden?«

Mandred räusperte sich. Sein Mund war so trocken, als hätte er ein Fuder Mehl geschluckt. »Die Bestie ist tot. Erschlagen. Zu Luths Füßen liegt ihr Haupt, und ihre Leber ward den Hunden zum Fraß gegeben. Unser Zorn hat sie ausgelöscht!« Der Krieger bemerkte, wie Alvias eine verächtliche Grimasse schnitt. Sollte diese schwarze Krähe doch von ihm denken, was sie wollte! Oder besser noch … Mandred lächelte grimmig. Der Hochmut würde Alvias und den anderen schon noch vergehen, wenn sie erfuhren, *welchem* Jagdwild sie nachgestellt hatten.

»Wir ritten aus, eine Kreatur halb Mann, halb Eber zu jagen.«

Mandred machte eine kurze Pause, wie die Skalden es manchmal taten, um die Ungeduld des Publikums zu schüren. »Doch wir fanden ein Geschöpf, das es seit den Tagen der Alben nicht mehr geben darf. Eine Kreatur, den Völkern von Albenmark bekannt als Devanthar!«

Mandred beobachtete die Menge aus den Augenwinkeln. Er hätte mindestens mit einigen ohnmächtigen Blütenfeen gerechnet. Aber statt eines überraschten Raunens erntete er nur Schweigen, ganz so, als hätte er den Albenkindern nichts Neues verkündet.

Die Stille verwirrte ihn. Leicht stockend berichtete er von der Jagd, von ihren Schrecken und den Toten. Er schilderte den Weg den Gletscher hinauf, sprach voller Zorn von den geschändeten Eisenbärten und lobte Farodins Heldenmut und Nuramons Heilkunst. Bitternis erstickte beinahe seine Stimme, als er von der Falle des Devanthars sprach und davon, wie viele Jahre der Dämon ihm gestohlen hatte. Als Mandred dazu ansetzte, von seiner Rückkehr nach Firnstayn zu berichten, schaute er kurz zu den Gefährten, die noch immer neben ihm knieten. »Mit meinen beiden letzten Jagdbrüdern ging ich …« Farodin schüttelte kaum merklich den Kopf.

»Was wolltest du sagen, Mandred?«, fragte die Königin.

»Ich …« Mandred begriff nicht, warum er verhehlen sollte, was geschehen war. Er zögerte kurz. »Ich wollte sagen, dass wir nach Firnstayn zurückkehrten, um bei den Meinen eine Nacht zu verbringen.« Die letzten Worte sprach er in eisigem Ton.

Die Königin ließ sich nichts anmerken. »Ich danke dir für deinen Bericht, Mandred Menschensohn«, entgegnete sie förmlich. »Ihr drei habt Großes geleistet. Doch was glaubst du, war die Absicht hinter den Taten des Devanthars?«

Der Krieger deutete auf seine Gefährten. »Wir haben lange darüber gesprochen. Und wir denken, dass er in der Höhle des Luth ein Gefängnis für die Elfenseelen schaffen wollte. Wir wissen jedoch nicht, auf wen er es abgesehen hatte. Jedenfalls ist er zuletzt in allem gescheitert. Wir haben ihn besiegt und sind aus seiner Gefangenschaft entkommen.«

Die Königin musterte sie schweigend. Wartete sie auf etwas? Hatte er irgendwelchen Elfenschnickschnack nicht beachtet, mit dem es galt, seinen Bericht zu beenden? Einen Herzschlag lang schien es ihm, als gälte ihr Blick vor allem Nuramon.

»Ich danke dir und deinen Gefährten. Die Elfenjagd hat ihr Ziel erreicht. Du hast deine Aufgabe gut erfüllt.« Sie hielt kurz inne, und nun war er es, dem ihre Aufmerksamkeit galt. »Da du in deinem Dorf warst, weißt du, dass ich meinen Lohn eingefordert habe. Nun möchte ich dir Alfadas vorstellen – deinen Sohn.« Die Königin deutete auf einen der Krieger, die neben Alvias standen.

Mandred stockte das Herz. Der Mann sah aus wie ein Elf! Seine Ohren waren von schulterlangem blondem Haar verdeckt. Erst als er ihn genauer betrachtete, bemerkte er die feinen Unterschiede. Dieser Alfadas, wie Emerelle in ihrem Hochmut seinen Sohn Oleif nannte, trug ein knöchellanges Kettenhemd und einen weiten Umhang. Er war fast einen Kopf größer als er selbst. Sein hoher Wuchs verbarg, dass er ein wenig breiter und kräftiger gebaut war als die anderen Elfen. Doch so fremd er auch wirkte, seine warmen braunen Augen tilgten jeden Zweifel. Es waren Freyas Augen. Und es war Freyas Lächeln, mit dem sein Sohn ihn begrüßte. Aber warum, zum Henker, trug der Kerl keinen Bart? Sein Gesicht war glatt wie das eines Weibs … oder eines Elfen.

Alfadas trat vom Thronpodest. »Vater, ich habe die Hoffnung niemals aufgegeben …« Er legte in feierlicher Geste die rechte Hand aufs Herz und neigte den Kopf.

»Du verbeugst dich nicht vor deinem Vater!«, sagte Mandred hart und schloss den Krieger in die Arme. »Mein Sohn!« Bei den Göttern, der Junge roch wie eine Blüte.

»Mein Sohn«, sagte er noch einmal, jetzt leiser, und löste sich aus der Umarmung. »Alfadas?« Der Name fühlte sich falsch auf der Zunge an. Mandred musterte ihn von Kopf bis Fuß. Oleif sah aus wie eine Heldengestalt. »Du bist … groß«, bemerkte er, einfach um irgendetwas zu sagen und der Gefühle Herr zu werden, die ihn schier übermannten. Sein Sohn … Das

Kind, von dem er noch vor fünf Tagen gedacht hatte, es sei gerade erst geboren worden … es war ein Mann.

Was hatten der Devanthar und Emerelle ihm angetan! Sie hatten ihm seinen Sohn gestohlen, auf eine Weise, wie er es sich niemals hätte vorstellen können! Vor ein paar Tagen noch hatte er sich darauf gefreut, ein Neugeborenes in Armen zu halten, und nun stand vor ihm ein Mann in der Blüte seiner Jahre. Oleif hätte sein Bruder sein können! Um so vieles hatten sie ihn betrogen! Um all die Stunden, in denen er ihm beigebracht hätte, was einen Mann von Ehre ausmachte. Unbeschwerte Sommerabende, an denen sie gemeinsam zum Fischen auf den Fjord gefahren wären. Der erste Kriegszug, wo aus einem Jüngling ein Mann wurde, lange Jagdausflüge im Winter …

Und trotz allem konnte er wohl noch von Glück sagen. Wie wäre es wohl gewesen, einem Mann gegenüberzustehen, der älter an Jahren war und zu dem er Sohn hätte sagen müssen?

Er musterte Oleif noch einmal. Ein stattlicher Kerl war er geworden. »Ich bin froh, dass ich älter bin als du, Junge!« Mandred lächelte verschmitzt. »Vielleicht gibt es ja noch ein, zwei Dinge, die ich dir beibringen kann. Ich fürchte, diese Elfen haben keine Ahnung, wie man mit einer Axt kämpft und …«

Sein Sohn lachte hell … wie ein Elf.

»Alfadas soll dir nun folgen«, erklärte Emerelle feierlich. »Ich habe ihn das gelehrt, was es hier zu lernen gab. Nun sollst du ihn in die Menschenreiche führen und ihn dort unterweisen, wie du es wünschst.«

Mandred war sich nicht sicher, ob ein Hauch von Ironie in Emerelles Worten mitgeschwungen hatte. »Das werde ich«, sagte er mit fester Stimme, sodass es jeder in der weiten Halle hören konnte.

Farodins Kettenhemd klirrte leise, als er sich überraschend aufrichtete. »Königin, erlaube mir eine Frage.«

Emerelle nickte auffordernd.

»Wo ist unsere Minneherrin? Wir haben getan, was sie wünschte.«

Mandred hatte das Gefühl, als würde es eine Spur kälter im Thronsaal.

»Ihr erinnert euch an die Terrasse über dem Obstgarten?«, sagte Emerelle förmlich.

»Ja, Herrin!« Farodin gab sich nun keine Mühe mehr, seine Sehnsucht zu verbergen. Auch Nuramon hatte sich inzwischen erhoben, ohne dazu aufgefordert zu sein.

»Dorthin müsst ihr gehen!«

»Mit deiner Erlaubnis, Herrin?«, fragte nun Nuramon.

Die Königin nickte knapp.

Leichten Schrittes gingen seine Gefährten zurück zum hohen Portal des Thronsaals. Mandred sah ihnen nach; er war froh, dass wenigstens sie zu ihrer Geliebten zurückkehrten, auch wenn er nie verstanden hatte, wie zwei Männer dieselbe Frau lieben konnten, ohne sich die Schädel einzuschlagen.

Als Farodin und Nuramon das Portal durchschritten hatten, erklärte die Königin feierlich: »Mandred, ich erkläre die Jagd auf den Manneber für beendet. Sie hat manche Bitternis gebracht, doch zuletzt ward das Fleisch, das sich erhoben hatte, besiegt. Du und deine Gefährten, ihr werdet noch eine Nacht in den Kammern der Jäger verbringen. Ihr sollt Leib und Seele reinigen, derer gedenken, die nicht zurückgekehrt sind, und Abschied voneinander nehmen.«

Emerelle erhob sich, trat an Oleifs Seite und fasste seine Hände.

»Du warst mir beinahe wie ein Sohn, Alfadas Mandredson. Vergiss das nie!«

Die Worte der Königin waren für Mandred wie glühende Funken, die in Zunder fielen. Oleif hatte eine Mutter gehabt! Und sie würde gewiss noch leben, wenn Emerelle nicht seinen Sohn als Preis für die Elfenjagd eingefordert hätte! Nur mit Mühe riss er sich zusammen. Trotz seines Zornes merkte er doch, dass Emerelle der Abschied von Oleif wirklich schmerzte. Nicht einmal die kaltherzige Herrscherin der Albenkinder war gänzlich frei von Gefühlen. Und Mandred begriff, wie töricht es war, ihr allein die Schuld zu geben. Gewiss, sie war es gewesen, die sein Kind als Preis für die Elfenjagd gefordert hatte, doch er hatte zugestimmt. Er hatte sein eigen Fleisch und Blut verschachert. Und er hatte Freya, als sie sein Kind noch unter dem Herzen getragen hatte, nicht einmal gefragt. Der Mannebер war besiegt … Aber seine Entscheidung hatte Freya, die er vor allen anderen retten wollte, den Tod gebracht. Was mochte sie empfunden haben, als Elfen vor ihr standen, wunderschön und kalt zugleich, und alles von ihr forderten, was ihr in ihrem Leben noch lieb war? Hatte sie den Handel hingenommen oder hatte sie aufbegehrt? Was war in jener Nacht geschehen? Er musste es wissen!

»Königin … Was hat meine Frau dir gesagt, als du das Kind holen ließest?«

Eine steile Falte bildete sich zwischen Emerelles Brauen. »Ich habe Alfadas nicht holen lassen. Mit meinem ganzen Hofstaat bin ich nach Firnstayn gezogen! Es war kein Raub in Nacht und Schnee. Wie einen Königshof habe ich dein Dorf besucht, um dir und deinem Sohn Ehre zu erweisen. Doch vor dein Weib trat ich allein.« Sie blickte zu Alfadas. »Deine Mutter hatte große Angst. Sie hielt dich schützend an sich gepresst … Ich erzählte ihr die Geschichte von der Jagd. Und niemals werde ich ihre Worte vergessen, Mandred. Sie sagte: *Zwei Leben für ein ganzes Dorf, dies ist die Entscheidung des Jarls, und ich achte sie …*« Emerelle trat von Oleif zurück und sah Mandred offen ins Gesicht. Nur eine Handbreit stand die kleine Frau nun noch von ihm entfernt.

»War das alles?«, fragte Mandred. Er wusste, wie streitbar Freya sein konnte. Auch dafür hatte er sie geliebt.

»Es gibt Wissen, das nur schmerzt, Menschensohn. Du hast getan, was getan werden sollte. Lass es gut sein, Mandred, und frage nicht.«

»Was waren ihre Worte?«, beharrte er.

»Du willst es wirklich wissen? Nun denn … *Meinen Mann aber verfluche ich dafür, dass er den jungen Stamm seiner Familie ausgerissen hat, noch bevor er Wurzeln schlagen konnte. Möge er niemals wieder ein Haus finden, das ihm zum Heim wird. Rastlos soll er wandern! Rastlos, wie meine Seele ist, der er alles genommen hat, woran sie sich wärmen konnte.«*

Ein Kloß hart wie Stein saß in Mandreds Kehle. Er schluckte, doch das Gefühl wollte nicht weichen. Ihm war, als müsste er ersticken.

»Ich versuchte dein Weib zu trösten«, fuhr Emerelle fort. »Ich wollte ihr von der Zukunft ihres Sohnes erzählen, doch sie wollte nichts hören. Sie wies mich von der Schwelle. Erst als sie die Tür hinter sich schloss, fing sie an zu weinen. Doch wisse, Mandred, ich kam nicht aus Freude daran, grausam zu den Menschen zu sein. Es war deinem Sohn bestimmt, in Albenmark aufzuwachsen. Der Tag wird kommen, da die Elfen die Hilfe der Menschen brauchen. Und es wird das Geschlecht sein, das aus dem Samen deines Sohnes erwächst, das Albenmark die Treue hält, wenn eine Welt in Flammen steht. Nun ist es an dir, Mandred. Bringe deinen Sohn zurück ins Fjordland. Gib ihm all das, was ein Sohn nur von seinem Vater bekommen kann. Hilf ihm, seinen Platz unter den Menschen zu finden.«

»Ist sein Schicksal so bitter wie das meine, Königin?«

»Ich sehe manches klar, manches verschwommen und vieles gar nicht. Zu viel schon habe ich euch von eurer Zukunft offenbart!« Emerelle machte eine ausholende Geste, die auch ihren Hofstaat umfasste. »Niemand sollte sein Schicksal zu genau kennen. Denn im Schatten der Zukunft kann kein Leben wachsen.«

NOROELLES WORTE

Farodin und Nuramon schwiegen auf dem Weg zur Terrasse. Jeder war in seine Gedanken versunken. Nach all den Strapazen der letzten Tage fieberten sie danach, ihre Geliebte wiederzusehen und ihre Entscheidung zu hören. Farodin musste an all die Jahre denken, die er um Noroelle geworben hatte, während Nuramon sich auf den Augenblick freute, da er Noroelle sagen konnte, dass er sein Versprechen gehalten hatte.

Als sie durch das Tor in die Nacht hinaustraten, waren sie verwundert. Denn auf der Terrasse stand nicht Noroelle. Dort wartete eine blonde Elfe in einem hellgrauen Kleid und wandte ihnen den Rücken zu. Ihr Kopf war erhoben, sie schien zum Mond hinaufzublicken.

Zögernd näherten sie sich ihr. Die Elfe drehte den Kopf halb und schien zu lauschen. Dann seufzte sie und wandte sich um.

Nuramon erkannte sie sogleich. »Obilee!«

Farodin war verblüfft und erschrocken zugleich. Gewiss, sie wussten, dass sowohl in der Welt der Menschen als auch hier in Albenmark fast dreißig Jahre vergangen waren. Aber erst der Anblick Obilees machte ihm klar, was dies bedeutete.

»Obilee!«, sagte Nuramon noch einmal und musterte die Elfe, deren Lächeln nicht über die Schwermut in ihren Augen hinwegtäuschen konnte. »Du bist eine wunderschöne Frau geworden. Ganz so, wie Noroelle es gesagt hat.«

Farodin sah das Abbild der großen Danee vor sich. Früher hatte es nicht mehr als eine vage Ähnlichkeit gegeben, aber nun war sie kaum von ihrer Urgroßmutter zu unterscheiden. Zum ersten Mal hatte er Danee bei Hofe gesehen. Er war damals noch ein Kind gewesen, doch er erinnerte sich immer noch deutlich an die Ehrfurcht, die ihn erfasst hatte, als ihr Blick ihn gestreift hatte. »Nun sehe ich es auch. Etwas von Danees Aura haftet dir an, ganz so wie Noroelle es immer sagt.«

Obilee nickte. »Noroelle hat Recht behalten.«

Farodin schaute zum Obstgarten. »Ist sie dort unten?«

Die junge Elfe wich seinem Blick aus. »Nein, sie ist nicht im Obstgarten.« Als sie ihn wieder ansah, standen ihr Tränen in den Augen. »Sie ist nicht mehr hier.«

Farodin und Nuramon tauschten einen verunsicherten Blick. Farodin dachte an die dreißig Jahre, die verstrichen waren. Hatte Noroelle nicht glauben müssen, dass sie tot wären? Hatte sie deshalb den Hof verlassen und sich in die Einsamkeit zurückgezogen?

Nuramon musste an die Stille im Thronsaal denken. Alle dort hatten irgendetwas gewusst. Was konnte geschehen sein, dass Obilee so sehr trauerte? Der Tod war es nicht, denn auf den Tod folgte die Wiedergeburt. Es musste etwas Schmerzvolleres sein, und diese Vorstellung machte Nuramon Angst.

»Noroelle hat es gewusst«, sagte Obilee. »Sie hat gewusst, dass ihr zurückkehren würdet.«

Farodin und Nuramon schwiegen.

»Es sind Jahre vergangen, und ihr tragt noch immer die Sachen, mit denen ihr damals ausgezogen seid …«

»Obilee? Was ist geschehen?«, fragte Farodin geradeheraus.

»Das Schlimmste, Farodin. Das Allerschlimmste.«

Nuramon fing an zu zittern. Er musste an die zurückliegenden Prüfungen denken. Er hatte doch alles getan, um sein Versprechen zu halten!

Da Obilee nicht wagte weiterzusprechen, fragte Farodin: »Hat sich Noroelle von uns abgewendet? Ist sie nach Alvemer zurückgekehrt? Ist sie enttäuscht?«

Obilee machte einen Schritt zurück und holte tief Luft. »Nein … Hört meine Worte! Denn diese sprach Noroelle in der Nacht, in der sie fortging.« Obilee hob den Blick. *»Ich wusste, dass ihr wiederkehren würdet. Und nun seid ihr da und erfahrt, was mir widerfahren ist.«* Sie sprach die Worte so, als wäre sie Noroelle. Jede Gefühlsregung spiegelte sich in der Melodie ihrer Stimme wider. *»Denkt nicht schlecht von mir, wenn ihr nun erfahrt, was ich getan habe und wohin mich* *mein Schicksal gebracht hat. Kurz nachdem ihr ausgezogen wart, hatte ich einen Traum. Du, Nuramon, hast mich besucht, und wir haben uns geliebt. Ein Jahr später gebar ich einen Sohn. Ich dachte, es wäre dein Kind, Nuramon, aber ich habe mich geirrt. Denn nicht du warst bei mir in jener Nacht, sondern der Devanthar, den ihr in der Anderen Welt gejagt habt.*«

Farodin und Nuramon stockte der Atem. Allein der Gedanke, dass der Devanthar in Noroelles Nähe hatte gelangen können, war ihnen unerträglich.

Farodin musste an den Kampf in der Höhle denken. Der Dämon hatte es ihnen zu leicht gemacht. Nun wusste er, warum. Hatte er vielleicht immer nur einen Weg zu Noroelle gesucht?

Nuramon schüttelte fassungslos den Kopf. Der Devanthar hatte sich seiner Gestalt bedient, um Noroelle zu verführen. Er hatte ihre Liebe ausgenutzt. Sie hatte von ihm geträumt, während der Devanthar sich ihr näherte und sie …

Obilee fasste Nuramons Hand und holte ihn damit aus seinen schmerzvollen Gedanken. »*Nuramon, mach dir keine Vorwürfe. Der Dämon trug dein Gesicht, und ich ließ mich von deinem Antlitz und deinem Körper verführen. Aber denke nicht, dass ich deswegen Verachtung oder Ekel verspüre. Ich liebe dich mehr noch als zuvor. Verachte nicht dich, sondern den Devanthar! Er hat das, was wir füreinander fühlten, gegen uns gewandt. Nur wenn wir zu dem stehen, was wir sind und was wir fühlen, kann seine Tat verblassen. Sie wird unwichtig. Gib nicht dir die Schuld.*« Obilee schaute ihn an, als wartete sie auf eine Reaktion seinerseits. In ihren Augen lag ein Flehen, dem er sich nicht widersetzen konnte. Er atmete tief aus und nickte dann.

Obilee fasste nun Farodins Hand. »*Und du, Farodin, glaube nicht, dass ich meine Wahl schon getroffen hatte. Ich hatte mich nicht insgeheim schon für Nuramon entschieden. Der Dämon ist nicht deshalb zu mir gekommen.*«

»Aber wo bist du, Noroelle?«, fragte Farodin. Er war verwirrt. Für einem Moment war ihm wirklich so, als könnte seine Liebste ihn hören.

Obilee lächelte und legte dabei den Kopf zur Seite, wie Noroelle es oft getan hatte. Ihre Augen aber konnten ihre Trauer nicht verbergen. »*Ich wusste, dass du diese Frage stellen würdest, Farodin. Dieser eine Funke, den du mir in jener Nacht gewährt hast, dieser eine Blick in dein Innerstes, hat ausgereicht, um dich so kennen zu lernen, wie ich es mir immer gewünscht habe. Ich kann in deinem Innern genauso lesen wie in Nuramons Gesicht. Wo bin ich also? Nun, es wird euch schmerzen, das zu vernehmen. Denn ich bin an einem Ort, an dem mich niemand je erreichen kann. Die Königin hat mich für immer aus Albenmark verbannt. Uns trennen nun Barrieren, die ihr nicht überwinden könnt. Mir bleibt nur die Erinnerung; die Erinnerung an die Nacht vor eurem Aufbruch, da ihr mir beide so viel gegeben habt. Du, Farodin, zeigtest mir den Glanz deines Wesens. Und du, Nuramon, berührtest mich zum ersten Mal.*«

Obilee hielt inne, sie schien zu zögern. Schließlich sagte sie: »*Ihr sollt auch erfahren, warum ich verbannt wurde. Das Kind, das ich gebar, hatte runde Ohren, und die Königin erkannte es als Dämonenkind, als Kind des Devanthars. Ich sollte mit meinem Sohn drei Nächte nach der Geburt bei Hofe erscheinen, aber die Königin sandte Dijelon und seine Krieger noch in der Nacht aus, um das Kind zu töten. Ich brachte es in die Andere Welt, an einen Ort, an dem die Königin meinen Sohn nur schwer finden würde. Und als ich vor Emerelle stand, weigerte ich mich, seine Zuflucht zu verraten. Vergebt mir, wenn ihr könnt, denn ich sah nichts Böses in den Augen des Kindes. Nun kennt ihr meinen Makel. Aber er soll nicht eurer sein. Verzeiht mir, dass ich so töricht gehandelt habe.*« Obilee fing an zu weinen, denn auch Noroelle hatte einst die Tränen nicht länger zurückhalten können. »*Bitte erinnert euch an jene schönen Jahre, die wir miteinander verbracht haben. Denn an ihnen war nichts Schlechtes; nichts ist geschehen, was wir bereuen müssten. Was immer auch kommen mag, bitte vergesst mich nicht … Bitte vergesst mich nicht …*« Obilee konnte ihre Gefühle nicht länger zurückhalten. »Das waren die Worte Noroelles!«, sagte sie mit tränenerstickter Stimme und vergrub ihr Gesicht an Nuramons Schulter, während dieser Farodin ansah und dessen gefrorene Miene gewahrte. In seinen Zügen fand er keine Träne, keine Regung, kein noch so kleines Zeichen der Trauer. Nuramon selbst konnte kaum fassen, was Obilee gesagt hatte. Es war zu viel, um es auf einmal zu verkraften.

Farodin aber sah in Nuramons Zügen all das, was er im Innersten spürte, all die Tränen und all die Qual. Ihm schien es so, als wären seine Gefühle vom Körper getrennt. Er stand da und wusste nicht, wieso er nicht weinen konnte.

Es dauerte lange, bis Obilee die Fassung wiedergewann. »Verzeiht mir! Ich hatte nicht gedacht, dass es so qualvoll sein würde. All die Jahre trug ich diese Worte in mir; Worte, die Noroelle zu einem Kind sprach und die ihr nun von einer Frau vernahmt.« Obilee wandte sich von den beiden ab und trat zum Rand der Terrasse. Dort nahm sie etwas von der Brüstung und kehrte dann zu ihnen zurück. »Ich habe ein letztes Geschenk von Noroelle für euch.« Sie öffnete die Hände und zeigte ihnen einen Almandin und einen Smaragd. »Es sind Steine aus ihrem See. Sie sollen euch an sie erinnern.«

Farodin nahm den Smaragd und dachte an den See. Noroelle hatte ihm einmal gesagt, die Steine würden unter dem Zauber der Quelle wachsen.

Nuramon tastete nach dem Almandin in Obilees Hand. Er zögerte und strich mit den Fingerspitzen über die glatte Oberfläche des rotbraunen Steins. Er spürte Magie. Es war Noroelles Zauberkraft.

»Ich spüre sie auch«, sagte Obilee. »Auch mir hat sie ein solches Geschenk gemacht.« Die Elfe trug einen Diamanten an einer Kette am Hals.

Nuramon nahm den Almandin in die Hand und fühlte dessen sanfte Magie. Das war alles, was ihm von Noroelle geblieben war: die Wärme und der Zauberhauch dieses Geschenks.

Obilee zog sich zurück. »Ich muss nun fort«, sagte sie. »Verzeiht mir! Ich muss mit mir allein sein.«

Farodin und Nuramon blickten ihr nach, als sie die Terrasse verließ.

»Dreißig Jahre hat sie diesen Schmerz in sich getragen«, sagte Nuramon. »Wenn uns diese wenigen Tage wie eine Ewigkeit vorkamen, dann hat sie tausende von Ewigkeiten durchlebt.«

»Das also ist das Ende«, sprach Farodin. Er konnte es nicht fassen. Alles in seinem Leben war auf Noroelle gerichtet gewesen. Er hatte sich viel vorstellen können: Dass er sterben würde, dass Noroelle Nuramon wählte, aber nie und nimmer hätte er damit gerechnet …

»Das Ende?« Nuramon schien nicht bereit, es hinzunehmen. Nein, dies war nicht das Ende. Es war der Anfang, der Anfang eines unmöglichen Weges. Auch wenn es hieß, dass man sein Schicksal nicht zu oft herausfordern sollte, würde er alles tun, um Noroelle zu finden und zu befreien. »Ich werde mit der Königin sprechen.«

»Sie wird dich nicht anhören.«

»Das werden wir sehen«, erwiderte Nuramon und wollte gehen.

»Warte!«

»Warum? Was habe ich noch zu verlieren? Und du solltest dich fragen, wie weit du für sie zu gehen bereit bist!« Mit diesen Worten verschwand Nuramon in der Burg.

»Bis ans Ende aller Welten«, flüsterte Farodin vor sich hin und dachte an Aileen.

DREI GESICHTER

Das Tor zum Thronsaal stand offen. Nuramon sah am anderen Ende die Königin bei ihrer Wasserschale stehen. Er wollte eintreten, doch Meister Alvias stellte sich ihm in den Weg. »Wo willst du hin, Nuramon?«

»Ich möchte mit der Königin über Noroelle sprechen und sie um Milde bitten.«

»Du solltest diese Halle nicht im Zorn betreten!«

»Fürchtest du, ich könnte meine Hand gegen Emerelle erheben?«

Meister Alvias sah an ihm herab. »Nein.«

»Dann gib den Weg frei!«

Alvias blickte zur Königin, die kurz nickte. »Sie wird dich empfangen«, sagte er widerstrebend. »Doch bezähme deine Gefühle!« Mit diesen Worten trat er zur Seite.

Während Nuramon Emerelle entgegeneilte, hörte er, wie hinter ihm das Tor geschlossen wurde. Die Königin trat vor die Stufen zu ihrem Thron. In ihrem Antlitz spiegelten sich Ruhe und Güte. Nie hatte Emerelle für ihn so sehr die Mutter aller Albenkinder verkörpert.

Nuramon spürte, wie sein Zorn verebbte. Die Königin stand schweigend da und blickte ihn an wie in jener Nacht, da sie ihn in seinem Zimmer besucht und ihm Mut zugesprochen hatte. Er musste an den Orakelspruch denken, den sie mit ihm geteilt hatte und der ihm so viel bedeutete.

»Ich weiß, was du denkst, Nuramon. Ich schätze an dir, dass du noch nicht gelernt hast, deine Gefühle zu verbergen.«

»Und ich habe bislang deinen Sinn für Gerechtigkeit geschätzt. Du weißt, dass Noroelle niemals etwas Abscheuliches tun könnte.«

»Hat Obilee dir gesagt, was geschehen ist?«

»Ja.«

»Vergiss, dass Noroelle deine Geliebte war, und sage mir, dass sie keine Schuld auf sich geladen hat!«

»Sie ist mir das Liebste. Wie sollte ich das vergessen können?«

»Dann kannst du auch nicht verstehen, wieso ich es tun musste.«

»Ich bin nicht gekommen, um zu verstehen. Ich bin gekommen, um deine Gnade zu erflehen.«

»Noch nie hat die Königin ein Urteil zurückgenommen.«

»Dann verbanne auch mich an jenen Ort, an dem sich Noroelle befindet. Gewähre *mir* zumindest diese Gnade.«

»Nein, Nuramon. Das werde ich nicht tun. Ich kann kein unschuldiges Albenkind verbannen.«

Und was war Noroelle? War sie nicht eher ein Opfer als eine Schuldige? Sie war getäuscht worden, und dafür musste sie büßen. Sollte Emerelle nicht all ihre Kraft daransetzen, den wahren Übeltäter zu bestrafen? »Wo ist der Devanthar?«

»Er ist in die Menschenwelt geflohen. Niemand kann sagen, in welche Gestalt er sich gekleidet hat. Nur eines ist gewiss: Er ist der Letzte seiner Art. Und er sinnt auf unseren Untergang. Denn sein Wesen ist die Rache.«

»Würde Noroelles Schuld gemildert, wenn wir den Dämon zur Strecke brächten?«

»Er hat sein Spiel gespielt. Nun wartet er ab, was daraus erwächst.«

Nuramon war verzweifelt. »Aber was können wir tun? Irgendetwas müssen wir doch tun können!«

»Es gibt etwas … Aber die Frage ist, ob du bereit dazu bist.«

»Was immer du auch verlangst, ich verspreche dir, alles zu tun, um Noroelle zu befreien.«

»Ein kühnes Versprechen, Nuramon.« Die Königin zögerte. »Ich nehme dich beim Wort. Suche dir Gefährten, und finde Noroelles Kind. Denk daran, es ist jetzt ein Mann. Viele haben vergeblich nach ihm gesucht. Du bist also nicht der Erste, der auszieht. Aber vielleicht ist dir mehr Glück beschieden, denn du hast den nötigen Ansporn, das Dämonenkind zu finden.«

»Noroelle fürchtete um das Leben ihres Sohnes. Müssen wir das auch?«

Emerelle schwieg lange und musterte Nuramon. »Noroelle hatte die Wahl. Sie wählte die Verdammnis, weil sie das Kind eines Devanthars schützte.«

»Wie soll ich übers Herz bringen, was sie nicht vermochte?«

»Währen deine Versprechen so kurz?«, hielt Emerelle dagegen. »Wenn ich Noroelle freigeben soll, dann müssen du und deine Gefährten das Kind töten.«

»Wie kannst du mir eine solche Qual auferlegen?«, entgegnete Nuramon leise.

»Bedenke deine Schuld und die deiner Gefährten. Weil ihr gescheitert seid, konnte der Devanthar zu Noroelle gelangen. Er hat deine Gestalt angenommen, hat Noroelle benutzt und dieses Kind gezeugt. Und Noroelle konnte es deswegen nicht aufgeben, weil sie die ganze Zeit über dachte, du wärest der Vater und das Kind trüge deine Seele. Sie hat ihm sogar deinen Namen gegeben. Du tust es nicht allein für Noroelle, sondern auch für dich und deine Gefährten.«

Nuramon zögerte. Der Wahrheit ihrer Worte konnte er sich nicht verschließen. Er war sich sicher, dass er niemals ein Kind ermorden könnte. Doch Noroelles Sohn war längst ein Mann. Gewiss hatte sich sein wahres Wesen bereits offenbart. »Ich werde Noroelles Sohn finden und ihn töten.«

»Und ich werde dir unter den besten Kriegern Gefährten erwählen. Was ist mit Farodin? Er wird dich doch gewiss begleiten.«

»Nein. Die Hilfe deiner Krieger werde ich annehmen, aber ich werde Farodin nicht bitten, mich zu begleiten. Wenn Noroelle zurückkehrt, dann darf sie mich hassen, weil ich ihr Kind getötet habe. An Farodins Händen aber wird kein Blut kleben. In seinen Armen wird sie die Liebe finden, die sie verdient.«

»Nun gut, es ist deine Entscheidung. Doch gewiss wirst du zumindest den Pferden aus meinem Stall nicht abgeneigt sein. Wähle dir jene, die zu dir und deinen Gefährten passen.«

»Das werde ich, Königin.«

Emerelle trat an ihn heran. Sie betrachtete ihn jetzt voller Mitgefühl. Ein besänftigender Duft umwehte sie. »Wir alle müssen unserem Schicksal folgen, wohin es uns auch führt. Doch wir bestimmen, wie wir diesen Pfad gehen. Glaube an die Worte, die ich dir in jener Nacht riet. Sie gelten noch immer. Was immer man auch einst über dich sagen mag, niemand kann sagen, du hättest deine Liebe verraten. Nun geh und ruhe dich in deiner Kammer aus. Die Elfenjagd ist zurückgekehrt, ihr sollt euch in den Gemächern erholen. Entscheide selbst, wann du aufbrechen magst. Diesmal werdet ihr nicht als Elfenjagd reiten, sondern allein im Auftrag der Königin.«

Nuramon dachte an die Ausrüstung, die Emerelle ihm gewährt hatte. »Ich möchte dir die Rüstung, den Mantel und das Schwert zurückgeben.«

»Ich sehe, die Drachenrüstung und der Mantel haben dir gute Dienste geleistet. Lass sie in deiner Kammer zurück, wie es Brauch ist. Das Schwert aber soll deines sein. Es ist ein Geschenk.« Emerelle stellte sich auf ihre Zehenspitzen und küsste ihn auf die Stirn. »Nun geh und vertraue deiner Königin.«

Nuramon befolgte ihre Worte. Er blickte noch einmal zu ihr zurück, bevor er den Saal verließ. Sie lächelte freundschaftlich. Als er draußen vor den anderen stand, konnte er nicht fassen, welche Wendung das Gespräch genommen hatte. Emerelle hatte ihn wie eine wohlwollende Mutter empfangen, wie eine kaltherzige Königin über ihn gerichtet und ihn wie eine gute Freundin entlassen.

DREI SANDKÖRNER

Farodin lehnte den Kopf an die Wand. Ein schmaler Lichtstreif fiel durch das geheime Schlupfloch, das hinaus auf den Balkon vor dem Gemach der Königin führte. Er dürfte nicht hier sein …

Er trug ein unscheinbares graues Wams, eng anliegende graue Hosen und einen weiten grauen Kapuzenumhang, dazu dünne Lederhandschuhe sowie einen breiten Gürtel und Armschienen, in denen Dolche steckten. Er hoffte, dass er von den Waffen keinen Gebrauch machen musste. Tief unter sich hörte Farodin im Labyrinth der verborgenen Stiegen und Gänge das Gelächter der Kobolde. Eine ganze Generation von ihnen war herangewachsen seit dem Tag, an dem Noroelle verurteilt worden war.

In hilfloser Wut ballte Farodin die Fäuste. Zu frisch war der Schmerz. So oft hatte er der Königin als geheimer Henker gedient, und nie hatte er dabei an ihrem höheren Verständnis der Gerechtigkeit gezweifelt. Nicht einen Gedanken hatte er daran verschwendet, dass ihre geheimen Todesurteile womöglich nichts anderes als Willkür waren. Nun hatte ihr Urteil sein Leben vernichtet, auch wenn er noch stand und atmete.

Niemand kannte Noroelle so, wie er sie kannte. Niemand wusste, dass sie einst Aileen gewesen war, die an seiner Seite im Kampf gegen die Trolle ihr Leben gelassen hatte. Jahrhunderte hatte er nach ihr gesucht, und nun, da er sie gefunden hatte, war sie ihm erneut entrissen worden. Dieses Mal konnte er nicht auf Aileens Wiedergeburt hoffen. Stürbe sie an ihrem Verbannungsort, dann gäbe es keinen Weg zurück. Ihre Seele wäre für immer an jenem Ort gefangen.

Tränen der Wut rannen Farodin über die Wangen. Noroelle war getäuscht worden durch einen Devanthar, eine Kreatur, die doch als Meister der Täuschung galt! Und der Dämon hatte sich ihrer Liebe bedient …

Warum hatte er Nuramons Gestalt angenommen? Farodin bemühte sich, die aufkeimenden Zweifel zu unterdrücken. Vergebens. Hatte der Devanthar vielleicht etwas gewusst? Hätte Noroelle bei der Rückkehr der Elfenjagd Nuramon erwählt? Waren ihre Worte an Obilee nur ein Trost für ihn gewesen, leicht dahingesprochen in der Gewissheit, dass sie beide sich nie wiedersehen würden?

Immerhin musste sie sich dem falschen Nuramon sehr schnell hingegeben haben. So viele Jahre hatten sie beide um sie gefreit, und sie hatte keine Entscheidung treffen können … Und dann konnte sie es in einer Nacht. Es musste der Zauber des Devanthars gewesen sein, versuchte Farodin sich einzureden.

Noroelle war unschuldig! Sie war reinen Herzens … Sie *ist* reinen Herzens! Sie lebt! Und deshalb würde er sie finden, schwor sich Farodin. Ganz gleich, wie lange seine Suche auch dauern mochte! Die Königin hatte kein Recht dazu gehabt, die schwerste aller Strafen über Noroelle zu verhängen. Er würde das Urteil nicht akzeptieren. Farodin blickte zu dem schmalen Lichtstreif am Ende der Treppe. Er sollte wirklich nicht hier sein … Doch was galt das jetzt noch? Emerelle hatte ihn dazu benutzt, ihre Gerechtigkeit zu üben, wo gesprochenes Recht nicht mehr weiterhalf. Nun würde er seine Gerechtigkeit üben!

Entschlossen zwängte sich Farodin durch den schmalen Spalt. Er schlich zum Geländer des Balkons und spähte in die Tiefe. Eine Kuppel von Eis verbarg den Thronsaal vor seinen Blicken, aber er wusste, dass Emerelle dort unten Hof hielt.

Er trat an die breite Flügeltür zum Gemach der Königin und fand sie unverschlossen. Lag es an ihrer Überheblichkeit? Verließ sie sich darauf, dass ein Tabu sicherer war als jedes Schloss?

Farodin verwischte die flachen Fußabdrücke, die er im frischen Schnee hinterlassen hatte, und drückte dann vorsichtig die Tür auf. In all den Jahrhunderten, die er Emerelle nun schon als ihr geheimer Henker diente, hatte er niemals ihre

Gemächer betreten. Er war überrascht, wie bescheiden sie ausgestattet waren. Die wenigen Möbel waren von schlichter Eleganz. Die Glut des niedergebrannten Feuers im Kamin tauchte das Schlafgemach in rotes Zwielicht. Es war angenehm warm.

Farodin sah sich verwirrt um. Er wusste, dass es eine Gewandkammer geben musste, einen Raum, in dem die Königin ihre prächtigen Kleider verwahrte; Noroelle hatte einmal davon gesprochen. Hier sollte seine Suche beginnen! Er musste das Kleid finden, das Emerelle getragen hatte, als sie Noroelle in die Verbannung geführt hatte. Aber wo mochte sich der Zugang zur Gewandkammer verbergen? Außer der Flügeltür zum Balkon und einer Tür, die hinaus zum Treppenhaus führen musste, sah er keine weitere. Er tastete die Wände ab, blickte hinter Gobelins und blieb schließlich vor einem großen Spiegel stehen. Er war in einen Rahmen aus Ebenholz mit Perlmuttintarsien gefasst. Farodins Finger glitten über die stilisierten Blüten und Blätter. Eine Rose war von einer deutlich sichtbaren Fuge umgeben. Vorsichtig drückte der Elf auf das Perlmuttstück. Ein leises Klicken erklang, dann glitt der Spiegel zur Seite. Überrascht trat Farodin einen Schritt zurück. Hinter dem Spiegel lag ein Raum voller leuchtender Gestalten. Kopfloser Gestalten … Der Elf atmete aus und lachte leise. Es waren nur Kleider. Man hatte sie auf Puppen aus Weidengeflecht gespannt, damit sie ihre Form behielten. Unter den Kleiderpuppen standen Duftkerzen, welche sie wie große Lampions leuchten ließen.

So schlicht das Schlafgemach der Königin war, so wunderbar war diese Kammer. Farodin war ganz benommen von der Vielzahl der Gerüche. Pfirsich, Moschus und Minze waren die vorherrschenden Duftnoten. Emerelle kleidete sich nicht nur in Gewänder, sie kleidete sich auch in Düfte.

Die Kammer krümmte sich entlang der Außenwand des Turms, sodass man von der Tür aus nicht den ganzen Raum überblicken konnte. Farodin trat über die Schwelle; mit leisem Schaben schloss sich die Spiegeltür hinter ihm. Noch immer war der Elf ganz gefangen von der Vielzahl der Eindrücke. An den Wänden waren Samtkissen auf kleine Simse gebettet und prunkten mit dem Schmuck der Königin. Perlen und Edelsteine in allen Regenbogenfarben funkelten im warmen Licht. Es musste eine Lust sein, zwischen all den Kleidern und dem Schmuck zu träumen.

Fenster gab es hier seltsamerweise keine.

»Noroelle«, flüsterte der Elf. Sie hätte die Gewandkammer der Königin geliebt. Die Vielzahl der Kleider. Jagdkostüme in Samt und Wildleder, Abendkleider aus erlesener Spitze, hauchzarte, durchscheinende Seidengewänder, die Emerelle gewiss niemals in Gegenwart des Hofstaats tragen würde. Prächtiger Brokat, in Form gehalten von Walbarten und Draht; Korsagen steifer Feierlichkeiten und eines Hofzeremoniells, das sich in Jahrhunderten nicht geändert hatte.

Ellenlange Regale waren gefüllt mit Schuhen, die auf Spannern aufgezogen waren. Schmale Tanzschuhe, Schuhe aus Stoff und Stiefel mit schweren Lederstulpen. Ein breites Sims lag voller Handschuhe.

Farodin kniete nieder und holte aus seinem Lederbeutel einen Ring hervor; drei kleine, dunkelrote Granate waren darin eingelassen. Es war Aileens Ring. Auf der Suche nach ihr war er ihm eine große Hilfe gewesen. Er war ein Anker, fest in den Abgründen der Vergangenheit verkeilt, und er half Farodin, sich auf seine Geliebte zu konzentrieren. Der Smaragd, das Abschiedsgeschenk Noroelles, würde ein zweiter Anker sein. Leise flüsterte er die vertrauten Worte der Macht und wob den Zauber des Suchens. Es war der einzige Zauber, den er gemeistert hatte, und er war erprobt in den Jahrhunderten der Suche nach Aileen.

Unter all den Kleidern dieser Kammer musste auch jenes Gewand sein, das Emerelle getragen hatte, als sie Noroelle in die Verbannung verstoßen hatte. Wenn er es fand, mochte dies der erste Schritt zu Noroelle sein. Farodin hatte einen Plan, der so verzweifelt war, dass er zu niemandem darüber sprechen würde.

Die Macht des Zaubers durchdrang den Elfen. Er griff nach dem Edelstein. Dann richtete er sich langsam auf. Mit geschlossenen Augen tastete sich Farodin durch die Gewandkammer, geführt allein von einem vagen Gefühl. Sehnsucht und Erinnerung verdichteten sich. Einen Herzschlag lang war ihm, als würde er durch Noroelles Augen sehen. Er blickte ins Antlitz der Königin; in ihren Zügen spiegelten sich Entschlossenheit und beherrschte Trauer. Das Bild verschwamm. Farodin schlug die Augen auf. Er stand vor einer Kleiderpuppe, über die ein Gewand aus blauer Seide gespannt war. Es war durchwirkt von Silber- und Goldfäden, die verschlungene Runenmuster formten. Wie Knochen zeichneten sich die Weidenruten durch das Licht der Kerze unter dem Kleid ab.

Farodin lief ein Schauer über den Rücken. Dies also hatte Emerelle getragen, als sie seine Liebste verbannt hatte. Seine Finger glitten über den zarten Stoff. Tränen traten ihm in die Augen. Lange stand er einfach nur da und rang um seine Beherrschung.

Die Runen auf dem Gewand waren durchdrungen von magischer Macht. Wenn seine Finger sie streiften, dann spürte er ein Prickeln auf der Haut und mehr … Er durchlebte Noroelles Gefühle im Augenblick des Abschieds. Etwas von ihnen war in den Runen gefangen. Und da war keine Angst. Sie hatte sich in ihr Schicksal ergeben und war im Frieden mit sich und der Königin gegangen.

Farodin schloss die Augen. Er zitterte jetzt am ganzen Leib. Die Macht der Runen hatte auch ihn durchdrungen. Er sah ein Stundenglas auf einem Stein zerbrechen und spürte, wie das magische Gleichgewicht erschüttert wurde. Der Weg zu Noroelle war verschlossen. Sie war entrückt. Unauffindbar …

Der Elf brach in die Knie. In verzweifeltem Trotz wob er noch einmal den Zauber des Suchens. Er hatte gewusst, was geschehen war. Doch es nur zu wissen oder es durch die Macht der Runen mitzuerleben waren zwei verschiedene Dinge …

»Kommt«, flüsterte er. »Kommt zu mir!« Er hielt die Hand ausgestreckt und dachte an das Stundenglas. Wind zerrte an ihm und wollte ihn fortreißen. Er war inmitten wirbelnden Sandes, schien im Strudel des Stundenglases gefangen.

Erschrocken schlug Farodin die Augen auf. Es war nur eine Vision, ein Trugbild, geboren aus seiner Sehnsucht, und doch … In der Gewandkammer schien es dunkler geworden zu sein, so als wäre dort etwas Fremdes. Etwas, das das Licht der Kerzen langsam erstickte.

Drei winzige, glühende Pünktchen erhoben sich von der kalten, blauen Seide und schwebten in Farodins Hand. Drei Sandkörner aus dem Stundenglas, das Emerelle zerschlagen hatte. Sie mussten sich in den Falten des Gewandes verfangen haben.

Der Zauber und der Sturm seiner Gefühle hatten Farodin entkräftet. Und doch pflanzten die drei langsam verblassenden Lichtpunkte den Keim neuer Hoffnung in sein Herz. Er würde Noroelle wiederfinden, und wenn er noch einmal siebenhundert Jahre nach ihr suchen musste. Er schob den Smaragd tief in die Hosentasche. Die Sandkörner aber wollte er fest in der Hand behalten. Sie waren der Schlüssel. Wenn er alle Sandkörner aus dem zerschlagenen Stundenglas wiederfand, dann konnte er den Zauber der Königin brechen. Dies war der einzige Weg, der zu seiner Liebsten führte!

AUFBRUCH BEI NACHT

Es war tief in der Nacht, und in der Burg war es still geworden. Von draußen drang das leise Rauschen des Windes herein. Nuramon blickte durch das offene Fenster in die helle Nacht hinaus. Es hatte aufgehört zu schneien. Das Licht des Mondes wurde vom Schnee reflektiert und verlieh allem einen silbernen Schein. Bald würde der Morgen kommen, und aus Silber würde Gold werden. Einen geeigneteren Zeitpunkt konnte sich Nuramon für seine Abreise nicht vorstellen.

Seine Sachen waren gepackt, alles war bereit. Noch in dieser Nacht wollte er aufbrechen. Sein Blick fiel auf die Rüstung und den Mantel, die wieder auf dem Ständer hingen. Sie hatten ihm in der Menschenwelt gute Dienste geleistet. Nun aber war Nuramon in jene Kleider gehüllt, in denen Noroelle ihn zuletzt gesehen hatte. Es war schlichte Kleidung aus weichem Leder. Sie bot ihm zwar kaum einen Schutz im Kampf, aber er bezweifelte, dass er dessen bedurfte. Schließlich ging es nicht darum, einer Bestie gegenüberzutreten, sondern darum, einen Mann zu töten, der wahrscheinlich wehrlos war. Es lag nichts Glanzvolles in dieser Aufgabe. Er würde sich auf immer dafür schämen.

Er betrachtete sein Schwert. Die Königin hatte ihm tatsächlich das Schwert der Gaomee geschenkt. Sie wollte offenbar, dass er seinen Auftrag mit dieser Klinge ausführte. Seit er die Waffe zur Hand genommen hatte, schien ein Fluch an ihr zu haften. Aber er würde sie deswegen nicht fortgeben. Wer würde diese Waffe noch tragen wollen, nachdem seine glücklosen Finger sie berührt hatten?

Es klopfte an der Tür.

»Komm herein«, sagte Nuramon und hoffte, dass es jemand im Auftrag der Königin war, vielleicht ein Gefährte, den sie ihm zugewiesen hatte und den er zum Stillschweigen verpflichten konnte. Aber seine Hoffnung sollte sich nicht erfüllen.

Mandred und Farodin traten ein. Sie machten bedrückte Gesichter. »Gut, dass du noch wach bist«, sagte Farodin. Er wirkte aufgewühlt.

Nuramon versuchte sich nichts anmerken zu lassen. Vor seinen beiden Kameraden galt es den schändlichen Auftrag, den er angenommen hatte, um jeden Preis zu verbergen. »Ich kann nicht schlafen.« Das entsprach sogar der Wahrheit. Er hatte in dieser Nacht kein Auge zugetan.

Farodin deutete auf den Menschensohn. »Mandred hat mir gesagt, dass du allein mit der Königin gesprochen hast. Sie hat dich also empfangen.«

»Das hat sie.«

»Ich habe ebenfalls versucht, von ihr gehört zu werden, aber seitdem du bei ihr warst, lässt sie niemanden mehr vor. Merkwürdige Gerüchte machen die Runde.«

»Welche Gerüchte?«, fragte Nuramon, bemüht, seine Aufregung zu verbergen.

»Manche sagen, die Königin hätte dich besänftigt und du hättest ihren Urteilsspruch akzeptiert. Andere behaupten, du hättest von ihr die Erlaubnis erhalten, nach Noroelle zu suchen.«

»Emerelle hat mir diese Erlaubnis nicht erteilt. Aber ihren Urteilsspruch habe ich angenommen.«

Argwohn legte sich auf Farodins Gesicht. »Das hätte ich nicht von dir erwartet.«

Endlich zeigte Farodin eine Gefühlsregung! Es mochte das Beste sein, seinen Hass auf sich zu ziehen. Dann konnte Farodin am Ende mit reinem Gewissen Noroelle gegenübertreten.

Mandred machte ein misstrauisches Gesicht. Der Menschensohn schien zu merken, dass Farodin Nuramons Worte falsch verstanden hatte.

»Wie kannst du so an Noroelle zweifeln?«, fuhr Farodin enttäuscht fort. »Hast du sie je geliebt?«

Auch wenn die Worte seines Gefährten ungerechtfertigt waren, sie schmerzten doch. »Ich liebe sie mehr denn je. Und deshalb tut es so weh zu wissen, dass wir nichts mehr tun können. Wir können die Königin nicht dazu zwingen, Noroelle freizugeben.« Es fiel Nuramon schwer, die Wahrheit zurückzuhalten.

Nun schien auch Farodins Misstrauen geweckt. Sein Gefährte sah ihn an, als könne er in sein Innerstes blicken.

»Der Junge schwindelt«, stellte Mandred trocken fest.

»Und er ist ein schlechter Schwindler«, setzte Farodin nach.

Mandred blickte zu den Taschen, die auf der Steinbank lagen. »Ich habe fast den Verdacht, er will ohne uns ausziehen, um seine Liebste zu finden.«

»Was hat die Königin gesagt?«, drängte Farodin. »Hast du um deine Verbannung gebeten? Darfst du dahin gehen, wo Noroelle ist?«

Nuramon setzte sich neben seine Taschen auf die Bank. »Nein. Ich habe alles versucht. Aber die Königin wollte sich auf nichts einlassen. Sie wollte mich nicht dorthin verbannen. Selbst wenn wir den Devanthar endgültig zur Strecke brächten, würde das nichts ändern.«

»Du willst demnach allein ausziehen, um Noroelle zu suchen.«

Lange starrte Nuramon Farodin an. Es war ihm nicht möglich, seinen Plan vor ihm zu verheimlichen. »Ich wünschte, es wäre so einfach. Ich wünschte, ich könnte meine Sachen nehmen, aufbrechen und nach irgendeinem Weg suchen, Noroelle zu helfen.« Er hielt inne. »Wenn ich dich bitte, mich einfach ziehen zu lassen und keine Fragen zu stellen, würdest du es tun?«

»Ich habe noch eine Schuld zu begleichen. Du hast mich vom Tod zurückgeholt ... Aber ich schätze, das Schicksal hat uns aneinander gebunden. Und bedenke, Noroelle hat ihre Wahl noch nicht getroffen. Deshalb ist es unsere Bestimmung, sie gemeinsam zu suchen.«

»Vor wenigen Stunden hätte ich es sein können, der das gesagt hätte.« Das Gespräch mit Emerelle hatte alles verändert.

»Was hat die Königin dir gesagt?«, fragte Farodin erneut.

»Ganz gleich, worauf du dich eingelassen hast, ich werde dich dafür nicht verachten. Doch nun rede!«

»Nun gut«, sagte Nuramon und stand auf. »Sie sagte, es gäbe eine Möglichkeit, Noroelle zu retten. Und ich versprach ihr, alles zu tun, was sie verlangt.«

»Das war ein Fehler.« Farodin lächelte mitleidig. »Lernst du es denn nie?«

»Du kennst mich, Farodin. Und du weißt, wie leicht es ist, mich zu Unbesonnenheiten zu verleiten. Emerelle wusste es auch.«

Mandred mischte sich wieder ein. »Und was verlangt sie von dir?« Nuramon wich dem Blick des Menschensohns aus. Er hatte von ihnen allen den höchsten Preis gezahlt.

»Was will sie nun von dir?«, drängte Farodin.

Nuramon zögerte zu antworten, denn sobald sein Gefährte die Wahrheit kannte, würde es auch in seinem Leben kein Glück mehr geben.

»Sag es, Nuramon!«

»Bist du dir sicher, dass du es hören willst, Farodin? Manchmal ist es besser, die Wahrheit nicht zu kennen. Wenn ich rede, wird für dich nichts mehr sein wie zuvor. Wenn ich schweige, könntest du glücklich werden … Ich bitte dich! Lass mich aufbrechen, ohne weiter in mich zu dringen und ohne mir zu folgen! Bitte!«

»Nein, Nuramon. Was immer es für eine Last ist, wir müssen sie gemeinsam tragen.«

Nuramon seufzte. »Du hast es so gewollt.« Tausend Gedanken gingen ihm durch den Sinn. Fehlte ihm die Kraft, die Bluttat allein zu begehen? Hatte er sich vielleicht insgeheim doch gewünscht, die Schuld mit Farodin zu teilen, und gab er deshalb nach? Oder war es anmaßend, allein entscheiden zu wollen? War es Farodins Recht zu erfahren, was die Königin verlangte? »Ich werde ausziehen, Noroelles Sohn zu suchen und ihn zu töten«, sagte Nuramon leise.

Farodin und Mandred starrten ihn an, als warteten sie immer noch auf seine Worte.

»Lasst mich allein gehen! Hörst du, Farodin! Warte hier, bis Noroelle zurückkehrt.« Er wusste, was nun geschehen würde. Es gab kein Zurück mehr.

Wie betäubt schüttelte Farodin den Kopf. »Nein, das kann ich nicht tun. Du erwartest von mir, dass ich hier sitze und auf Noroelle warte? Was soll ich ihr sagen, wenn sie zurückkehrt? Dass ich dich habe ziehen lassen in dem Wissen, du würdest ihren Sohn töten? Nun, da ich es weiß, habe ich nur zwei Möglichkeiten: Entweder ich halte dich auf, oder ich begleite dich ... Wenn ich dich hindere, ist Noroelle nicht geholfen. Also muss ich dein Schicksal teilen, um sie zu retten.«

Mandred schüttelte fassungslos den Kopf. »O Luth, was für ein Netz hast du diesen Elfen gesponnen!«

»Es sieht so aus, als meinten es deine Götter nicht gut mit uns«, bestätigte Nuramon. »Aber im Grunde tragen wir die Schuld. Die Königin hat mich an unser Versagen in der Höhle erinnert.« Er erzählte seinen Gefährten, was Emerelle ihm vorgehalten hatte.

»Soll es etwa unsere Schuld sein, dass wir keine Alben sind?«, empörte sich Mandred.

»Wenn es so ist, dann sind wir mit dieser Schuld geboren. Dann steht unser ganzes Sein unter diesem Makel.« Farodin machte eine lange Pause. »Es scheint, als würden nur noch finstere Pfade vor uns liegen. Lass uns ausreiten!«

Nuramon wandte sich an den Menschensohn. »Unsere Wege trennen sich hier, Mandred. Du hast deinen Sohn gefunden. Nimm dir Zeit für ihn und sei ihm wenigstens jetzt der Vater, den das Schicksal ihm gestohlen hat. Du bist nicht wie wir verdammt. Gehe deiner Wege und lass uns unserem düsteren Schicksal folgen.«

Der Menschensohn machte ein verdrossenes Gesicht. »Törichtes Elfengeschwätz! Wenn die Königin sagt, dass *wir* den Dämon hätten besiegen müssen, dann habe auch ich versagt. Unsere Wege sind ab jetzt miteinander verbunden.«

»Aber dein Sohn!«, wandte Farodin ein.

»Der wird uns begleiten. Ich muss doch sehen, ob er etwas

taugt. Nehmt es mir nicht übel – aber ich kann mir nicht vorstellen, dass es gut ist für einen Jungen, wenn er an einem Elfenhof aufwächst. Die Düfte hier verkleben einem ja die Lungen. Und dann die weichen Betten, das feine Essen ... Wahrscheinlich hat er nie gelernt, wie man einen Hirsch ausweidet und dass man das Fleisch ein paar Tage hängen lässt, damit es schön mürbe wird. Also, versucht erst gar nicht, mich davon abzuhalten, ihn mitzunehmen. Ab nun gilt: Wo ihr hingeht, da geht auch Mandred hin!«

Nuramon tauschte einen Blick mit Farodin. Sie kannten den Dickkopf inzwischen gut genug, um zu wissen, dass sie ihn kaum von seinem Entschluss abbringen konnten. Farodin nickte unmerklich.

»Mandred Aikhjarto!«, hob Nuramon an. »Du hast die Standhaftigkeit des alten Atta. Wenn es dein Wunsch ist ... Uns ist es eine Ehre, dich an unserer Seite zu haben.«

»Wann brechen wir auf?«, fragte Mandred tatendurstig.

Bevor Nuramon antworten konnte, sagte Farodin: »Sofort. Noch ehe irgendjemand etwas merkt.«

Mandred lachte zufrieden. »Dann wollen wir mal! Ich packe meine Sachen.« Mit diesen Worten verließ er das Zimmer.

»Der Menschensohn ist so laut, dass wir wohl kaum unbemerkt davonkommen«, sagte Farodin.

»Wie viele Jahre hat Mandred? Wie lange lebt ein Mensch?«

»Ich weiß es nicht genau. Vielleicht einhundert Jahre?«

»Er ist bereit, von seiner knapp bemessenen Lebenszeit zu opfern, um uns zu helfen. Ob er ahnt, wie lange unsere Suche nach dem Kind dauern kann?«

Farodin zuckte mit den Schultern. »Das kann ich nicht sagen. Aber ich bin mir sicher, dass er es ernst meint. Vergiss nicht die Macht Atta Aikhjartos. Die alte Eiche hat ihn verändert, als sie ihn gerettet hat. Er ist nicht mehr wie andere Menschen.«

Nuramon nickte.

»Ob es noch schlimmer kommen kann?«, fragte Farodin unvermittelt.

»Wenn wir tun, was die Königin verlangt, werden wir zwar Noroelle befreien, aber dafür für immer mit ihrer Verachtung leben müssen. Was sollte noch schlimmer sein?«

»Ich werde meine Sachen holen«, war alles, was Farodin darauf sagte. Leise verließ er die Kammer.

Nuramon trat ans Fenster und blickte zum Mond hinauf. Noroelles Verachtung, dachte er traurig. Es mochte noch schlimmer kommen. Es mochte sein, dass sie daran verzweifelte, dass ihre Liebsten ihren Sohn getötet hatten. Das Schicksal, oder Luth, wie Mandred es nannte, hatte sie auf einen schmerzvollen Pfad geführt. Irgendwann musste das Glück doch emporsteigen.

Es dauerte nicht lange, bis Farodin zurückkehrte. Schweigend warteten sie auf den Menschensohn. Da erklangen auf dem Flur Stimmen.

»… das ist Blutrache«, sprach Mandred.

»Rache ändert auch nichts mehr. Meine Mutter ist tot. Und was hat Noroelles Sohn damit zu tun?«

»Er ist auch der Sohn des Devanthars. Die Blutschuld seines Vaters hat sich auf ihn übertragen.«

»Das ist doch alles Unsinn!«, entgegnete Alfadas.

»Das also haben dich die Elfen gelehrt! In meiner Welt folgt ein Sohn dem Wort seines Vaters! Und genau das wirst du jetzt auch tun!«

»Sonst geschieht was?«

Nuramon und Farodin sahen einander an. Plötzlich war es totenstill vor der Tür. »Was tun die?«, fragte Nuramon leise.

Farodin zuckte mit den Schultern.

Die Tür flog auf. Mandred hatte einen hochroten Kopf. »Ich habe meinen Sohn mitgebracht. Es ist ihm eine Ehre, uns zu begleiten.«

Farodin und Nuramon griffen nach ihren Bündeln. »Lasst uns gehen!«, sagte Nuramon.

Alfadas wartete vor der Tür. Er wich Nuramons Blick aus, gerade so als schämte er sich für seinen Vater.

Leise machten sie sich auf den Weg hinab zu den Ställen.

Dort brannte trotz der späten Stunde noch Licht. Ein bocksbeiniger Stallknecht öffnete ihnen das Tor, als hätte er auf sie gewartet. Und er war nicht allein. Vier Elfen in langen grauen Umhängen standen bei den Pferden. Sie waren gerüstet, als wollten sie in den Krieg ziehen. Sie alle trugen feingliedrige Kettenhemden und waren gut bewaffnet. Ihr Anführer wandte sich mit einem schmalen Lächeln um und sah zu Mandred.

»Ollowain!«, stöhnte der Menschensohn.

»Willkommen, Mandred!«, entgegnete der Krieger und wandte sich dann an Nuramon. »Wie ich sehe, hast du dir Waffengefährten gesucht. Das wird unsere Kampfkraft stärken.«

Alfadas war überrascht. »Meister!«

Mandred zog eine Miene, als hätte er einen Huftritt ins Gemächt bekommen. Nuramon wusste, was Mandred von Ollowain hielt. Dass ausgerechnet dieser Elfenkrieger seinen Sohn unterwiesen hatte, war ein übler Streich des Schicksals.

Er trat vor. »Hat die Königin euch ausgewählt?«, fragte er Ollowain.

»Ja. Sie sagte, wir sollten uns hier bereithalten. Sie wusste, du würdest keine Zeit verlieren.«

»Sagte sie auch, worin der Auftrag besteht?«

Ollowains Lächeln schwand. »Ja. Wir sollen das Dämonenkind töten. Ich kann nicht nachfühlen, was in euch vorgeht, aber ich kann mir denken, wie bitter euch dieser Weg sein muss. Noroelle war immer gut zu mir. Sehen wir in dem Kind nicht ihren Sohn, sondern den des Devanthars! Nur so werden wir unseren Auftrag meistern.«

»Wir werden es versuchen«, sagte Farodin.

Ollowain stellte ihnen seine Begleiter vor. »Dies ist meine Schildwache, die besten Krieger der Shalyn Falah. Yilvina ist ein wahrer Wirbelwind im Kampf mit zwei Kurzschwertern.« Er deutete auf die zierliche Elfe zu seiner Linken. Sie hatte kurzes, blondes Haar und erwiderte Nuramons Blick mit einem verschmitzten Lächeln.

Als Nächstes stellte Ollowain Nomja vor, eine hoch gewachsene Kriegerin. Sie musste sehr jung sein, ihre feinen Gesichtszüge wirkten fast noch kindlich. Sie stützte sich auf ihren Bogen wie ein erfahrener Kämpe, doch wirkte diese Geste einstudiert.

»Und dies ist Gelvuun.« Der Krieger hatte ein Langschwert über den Rücken geschnallt, dessen Griff unter dem Umhang hervorragte. Ausdruckslos erwiderte er Nuramons Blick. Den Elfen wunderte das nicht, er hatte schon von Gelvuun gehört. Der Krieger galt als mürrischer Raufbold. Manche sagten, es gäbe Trolle, die umgänglicher seien. Aber niemand spottete in seiner Anwesenheit.

Ollowain trat zu seinem Pferd und griff nach einer langstieligen Axt, die vom Sattelbaum hing. In fließender Bewegung drehte er sich um und warf sie Mandred zu.

Nuramons Herzschlag setzte aus, dann sah er erleichtert, dass Mandred die Axt im Flug fing. Der Menschensohn strich fast zärtlich über das Doppelblatt der Waffe und bewunderte die verschlungenen Elfenknoten, die es schmückten. »Schöne Arbeit.« Mandred wandte sich zu seinem Sohn. »So sieht die Waffe eines Mannes aus.« Er wollte sie Ollowain zurückgeben, doch dieser schüttelte nur den Kopf.

»Ein Geschenk, Mandred. In der Welt der Menschen sollte man stets auf Ärger gefasst sein. Ich bin gespannt zu sehen, ob du mit der Axt besser kämpfst als mit dem Schwert.«

Mandred ließ die Axt spielerisch durch die Luft wirbeln. »Eine gut ausgewogene Waffe.« Plötzlich hielt er inne und legte ein Ohr auf das Axtblatt. »Hört ihr das?«, flüsterte er. »Sie ruft nach Blut.«

Nuramon spürte, wie sich ihm der Magen zusammenzog. Hatte Ollowain dem Menschen etwa eine verfluchte Waffe zum Geschenk gemacht? Nuramon kannte manch düstere Geschichte über Schwerter, die jedes Mal, wenn sie gezogen wurden, Blut vergießen mussten. Es waren Waffen des Zorns, geschmiedet in den schlimmsten Tagen des ersten Trollkriegs.

Unbehagliches Schweigen hatte sich über die Gruppe gesenkt. Außer Mandred hörte wohl keiner den Ruf der Axt, aber das mochte nichts heißen.

Schließlich ging Alfadas zu einer der Boxen weiter hinten im Stall und sattelte sein Pferd. Das brach den Bann des Schweigens.

Nuramon wandte sich an den Stallknecht. »Hat die Königin Pferde für uns bereitgestellt?«

Der Bocksbeinige deutete nach rechts. »Dort stehen sie.« Nuramon glaubte seinen Augen nicht zu trauen. Das war sein Schimmel!

»Felbion!«, rief er und trat zu ihm.

Auch Farodin war überrascht, seinen Braunen wiederzusehen. Selbst Mandred sagte: »Bei allen Göttern, das ist ja mein Pferd!«

Sie führten die Tiere zu Ollowain. »Wie kann das sein?«, fragte Nuramon. »Wir mussten sie in der Anderen Welt zurücklassen.«

»Wir haben sie bei dem Steinkreis am Fjord gefunden. Sie warteten dort auf euch«, erklärte Ollowain. Er schaute zum Stallburschen. »Ejedin hat sich gut um sie gekümmert. Das stimmt doch, oder?«

»Natürlich«, antwortete der Faun. »Sogar die Königin ist manches Mal gekommen, um nach den Pferden zu sehen.«

Nuramon empfand diese Fügung als ein gutes Vorzeichen. Selbst Farodins Stimmung schien sich zu heben. Nuramon war aufgefallen, dass Farodin sich gegenüber Ollowain sehr zurückhaltend gab. Es war keine Abneigung wie in Mandreds Fall. Vielleicht vertraute Farodin der Königin nicht mehr so wie einst, und da Ollowain ein Diener Emerelles war, mochte er auch ihm misstrauen.

Der Morgen nahte auf silbernen Schwingen, als die Gemeinschaft ihre Pferde auf den Hof hinausführte. In der Burg war es noch immer still. Niemand außer den Torwachen würde sie ausreiten sehen. Größer könnte der Unterschied zu ihrer letzten Abreise nicht sein. Damals waren sie im Tageslicht wie Helden aufgebrochen, nun aber schlichen sie sich Häschern gleich davon.

DIE SAGA VON ALFADAS MANDREDSON

Die erste Reise

Noch im selben Winter verließen Mandred und Alfadas Seite an Seite das Reich der Albenkinder. Der Vater wollte sich gewiss sein, dass der Sohn seiner Nachfolge würdig war. So zogen sie mit den Elfenprinzen Faredred und Nuredred aus und suchten das Abenteuer, wo es sich ihnen bot. Keinem Kampf wichen sie je aus, und wer ihnen in den Weg trat, der bereute es, noch ehe der erste Hieb geführt ward. Alfadas folgte seinem Vater an Orte, die kein Fjordländer zuvor gesehen hatte. Doch Torgrids Sohn sorgte sich zu sehr um seinen Spross. Er unterwies ihn im Kampf mit der Axt, ließ es aber nur selten zu, dass Alfadas sein Können erprobte. Und wann immer die Gefahr groß war, musste der Sohn Mandreds die Pferde oder das Lager bewachen.

Ein Jahr verging, da sprach Alfadas zu Mandred: »Vater, wie soll ich lernen, so wie du zu sein, wenn du mich vor jeder Gefahr bewahrst? Wenn du immerzu fürchtest, mir könnte etwas geschehen, dann werde ich nie der Jarl von Firnstayn werden.«

Da erkannte Mandred, dass er sein Fleisch und Blut bislang um jeden Ruhm betrogen hatte. Er fragte die Elfenprinzen um Rat. Die sagten ihm, er solle seinen Sohn vor eine Prüfung stellen. So schlich sich Mandred des Nachts davon, um einen steilen Berg voller Gefahren zu besteigen. Auf dem Gipfel rammte er seine Axt in den Boden und kehrte ohne sie ins Tal zurück.

Am nächsten Morgen sprach er zu Alfadas: »Steig hinauf auf diesen Berg und hole das, was ich dort oben versteckt habe.«

So machte sich Alfadas auf den Weg, den Mandred ihm gewiesen hatte. Kaum war der Sohn gegangen, da geriet Mandred in große Sorge, denn der Aufstieg war voller Gefahren. Alfadas aber mühte sich den Berg hinauf und fand schließlich unterhalb des Gipfels eine Höhle. Da steckte ein Schwert im Eis. Das nahm er und kletterte hinauf zum Gipfel, um die Aussicht zu genießen. Dort steckte die Axt seines Vaters. Alfadas ließ sie, wo sie war, und kehrte zurück ins Tal zu den anderen. Die staunten, als sie die fremde Klinge sahen. Nur Mandred war verärgert: »Sohn! Das ist nicht die Waffe, die ich dort oben versteckt habe.«

Da sprach Alfadas: »Aber Vater, die einzige Waffe, die dort oben versteckt war, war dieses Schwert. Deine Axt ragt offen aus dem Gipfeleis. Hätte ich den Blick eines Adlers, so könnte ich sie gewiss von hier aus sehen, so wenig ist sie versteckt. Du nanntest mir das falsche Ziel, doch hast du mir den rechten Weg gewiesen.«

So musste Mandred den Berg noch einmal besteigen, um seine Axt zu holen. Fluchend kehrte er zurück. Als Faredred und Nuredred dem Sohn des Torgrid aber erklärten, dass sie in Alfadas' Schwert eine edle Klinge aus Albenmark erkannt hätten, da verflog Mandreds Zorn, und er wurde stolz auf seinen Sohn. Denn dieses Schwert war eines Königs würdig. Alfadas aber beschloss, dass eben das Schwert künftig seine Waffe sein würde, weil Luth es ihm zum Geschenk gemacht hatte. Zu seinem Vater sprach er: »Die Axt ist die Waffe des Vaters, das Schwert die des Sohnes. So werden Vater und Sohn sich nie miteinander messen müssen.«

Sie setzten ihre Reise fort, doch Mandred zweifelte noch immer an seinem Sohn. Bald darauf durchquerten sie ein Gebirge. Es hieß, ein Troll lebe dort in einer Höhle. Des Nachts hörten sie ein Hämmern und glaubten, der Troll wolle sie erschrecken. Da beschlossen Faredred und Nuredred hinabzusteigen, um das Ungeheuer zu erschlagen, aber Mandred hielt sie zurück. Zu seinem Sohn sprach er: »Geh du zum Troll! An deinem Tun werde ich dich messen.«

Alfadas wagte sich hinab in die Höhle des Trolls. Er fand ihn dort an einem Amboss stehen. Der Troll erblickte ihn und hob seinen Hammer. Da drohte Alfadas ihm mit seinem Schwerte und sprach: »Ein Teil von mir sieht einen Feind und sagt: Streck ihn nieder! Ein anderer sieht den Schmied vor Augen. Entscheide, was du sein willst!«

Der Troll wollte lieber der Feind sein und griff ihn an. Doch Alfadas wich den schweren Hammerhieben aus und ließ ihn sein Schwert spüren. Da gab der Troll auf und sagte: »Mein Name ist Glekrel, und wenn du mein Leben schonst, dann will ich dir ein königliches Geschenk machen.«

Alfadas traute dem Troll nicht. Als dieser aber eine Elfenrüstung hervorholte und ihm zum Geschenk machte, da legte Alfadas voller Freude seine Rüstung ab, um die andere anzulegen. Doch ehe er erneut gerüstet war, griff der Troll ihn an. Da geriet der junge Recke so sehr in Zorn, dass er dem Troll ein Bein abschlug. Die Elfenrüstung nahm er an sich und ging seiner Wege. Noch heute ist diese Rüstung im Besitz des Königs und erinnert an jene frühen Tage. Selbst die Trolle wissen um die Begebenheit, denn Glekrel überlebte und erzählte, was Mandreds Sohn ihm angetan habe.

Am nächsten Morgen kehrte Alfadas zu seinen Gefährten zurück. Und als Mandred seinen Sohn gewahrte, da war er abermals stolz, dessen Vater zu sein. Denn Alfadas sah nun wahrhaftig wie ein König aus.

Sodann durchstreiften die Gefährten die Gefilde im Süden und stießen auf ein weites Meer und mächtige Königreiche. Sie vollbrachten große Taten, sodass ihr Name dort noch heute in aller Munde ist. Einmal schlugen sie hundert Krieger aus Angnos zurück, um ein Dorf zu retten, das sie an das junge Firnstayn erinnerte. Auch befreiten sie die Feste von Rileis von ihren Geistern. In zahlreichen Zweikämpfen erwies sich Alfadas als ein gewandter Schwertkämpfer, der neben Faredred und Nuredred bestehen konnte. So waren zwei weitere Jahre vergangen, als Mandred und Alfadas den Elfenprinzen aus Freundschaft in die Stadt Aniscans folgten. Dort wollten die Prinzen nach einem Wechselbalg suchen …

Nach der Erzählung des Skalden Ketil,
Band 2 der Tempelbibliothek zu Firnstayn, S. 42

DER HEILER VON ANISCANS

Drei Jahre waren vergangen, seit sie Albenmark verlassen hatten, und dennoch gab es für Nuramon jeden Tag etwas Neues in der Welt der Menschen zu entdecken. Besonders ihre Sprachen hatten es ihm angetan, und er hatte sich viele von ihnen angeeignet. Dabei wunderte er sich, wie schwer es Mandred fiel, diese Sprachen zu erlernen. Alfadas, den Mandred stets Oleif nannte und dem dieser Menschenname fremd war, hatte ebenfalls seine Schwierigkeiten damit. Dass er bei Elfen aufgewachsen war, schien in diesem Fall wenig zu nützen. Seltsam waren die Menschen!

Die Suche nach Noroelles Sohn war bisher ergebnislos gewesen. Sie hatten die weiten Wälder von Drusna durchquert, waren durch das vom Krieg verwüstete Königreich Angnos gezogen, hatten Monde lang auf den weit verstreuten Aegilischen Inseln gesucht und waren zuletzt in das Königreich Fargon gelangt. Es war ein grünes und fruchtbares Land, ein Land, das von den Menschen erobert sein wollte, wie Mandred immer wieder sagte. Viele Flüchtlinge aus Angnos waren in den letzten Jahren hierher gekommen, und sie hatten ihren Glauben mitgebracht. Einige der wenigen Menschen, die schon seit Generationen hier lebten, begegneten den Fremden mit Neugier, andere aber empfanden sie als Bedrohung.

Die Gefährten hatten viele Spuren verfolgt. Ihre einzige Hoffnung war, dass der Sohn einer Elfe und eines Devanthars magische Kräfte besaß. Wenn er von dieser Gabe Gebrauch machte, würde er auffallen. Man würde sich von ihm erzählen. Und so gingen sie jeder Geschichte über Zauber oder Wunderwerk unter den Menschen nach. Bisher waren sie jedes Mal enttäuscht worden.

Während die Elfen und Alfadas sich als ausdauernde Jäger erwiesen, fehlte es Mandred mit den Jahren zunehmend an

Geduld. Häufig betrank er sich, so als wollte er vergessen, dass ein Menschenleben für die Suche nach dem Dämonenkind zu kurz sein könnte.

Nuramon wunderte es, dass Alfadas, anders als sein Vater, elfengleich die Ruhe behielt. Selbst Mandreds Lehrstunden ertrug er mit einer Geduld, die an Selbstaufopferung grenzte. Alfadas schien nur wenig von seinem Vater geerbt zu haben, außer vielleicht dessen Dickkopf, denn Alfadas weigerte sich auch nach drei Jahren noch, die Axt als die Königin aller Waffen anzuerkennen, was Ollowain sichtlich Vergnügen bereitete.

Ein neuer Frühling war angebrochen, und sie kamen von den Bergen hinab, um einer Spur in die Stadt Aniscans zu folgen. Nomja, Yilvina und Alfadas waren längst gute Freunde geworden und ließen so manches Mal den nötigen Ernst bei ihrer Suche vermissen. Gelvuun blieb ein Eigenbrötler, der kaum die Zähne auseinander brachte. Farodin hatte einmal behauptet, dass die Trolle Gelvuun einst sämtliche Zähne ausgeschlagen hätten und er deshalb den Mund nicht aufbekam. Nuramon wusste bis heute nicht, ob dies nur ein Scherz war.

Ollowain war derjenige von ihnen, der die Pflicht, die ihnen auferlegt war, nie aus den Augen verlor. Stets drängte er darauf, nur kurz an einem Ort zu verweilen und rasch weiterzuziehen, wenn wieder eine Spur im Nichts verlaufen war.

Farodin hingegen verließ die Gruppe, wann immer es ihm möglich war. Stets war er es, der sich freiwillig meldete, um den Weg auszukundschaften. Nuramon kam es manchmal so vor, als befände sich Farodin nicht auf der Suche nach dem Kind, sondern als hielte er insgeheim nach etwas anderem Ausschau. Vielleicht versuchte er auch die Reise hinauszuzögern, um nicht die Bluttat an Noroelles Sohn begehen zu müssen.

Mandred ritt an Nuramons Seite; gemeinsam führten sie ihre kleine Truppe bei ihrem Abstieg zwischen den Hügeln hindurch. Der Menschensohn, dessen Freundschaft Nuramon in der Eishöhle angenommen hatte, sorgte mit seinen Worten und Taten oft für Kurzweil und ließ den Elfen dann für eine Weile vergessen, aus welchem Grunde sie unterwegs waren. Auch wenn auf den Frohsinn irgendwann die Einsicht folgte, dass ihr Ziel den Anfang eines Daseins voller Seelenqualen markierte, war Nuramon froh, dass Mandred seine erheiternde Gabe besaß.

»Weißt du noch, damals, als wir diesen Räubern begegnet sind?«, fragte Mandred grinsend. Der Menschensohn nahm die Zeit anders wahr als ein Elf. Ein Jahr, und er schwelgte bereits in Erinnerungen. Das Merkwürdige war, dass sich das Gefühl, viel erlebt und damit auch viel Zeit verbracht zu haben, auch auf Nuramon übertrug.

»Welche Räuber meinst du?« Sie waren einigen begegnet. Und die meisten waren alsbald vor ihnen geflüchtet.

»Die ersten, die wir getroffen haben. Die, die sich richtig gewehrt haben.«

»Ich erinnere mich.« Wie könnte er die Plünderer aus Angnos vergessen! Er und die anderen Elfen hatten ihre Kapuzenmäntel getragen und waren nicht auf den ersten Blick als Albenkinder zu erkennen gewesen. Für die Räuber war es ein böses Erwachen geworden. Dummerweise hatten sie nicht aufgeben wollen, weil sie sich ihnen von der Zahl her weit überlegen glaubten. So hatten sie auf schmerzhafte Weise den Unterschied zwischen Macht und Masse kennen gelernt.

»Das war doch ein Kampf!« Mandred schaute sich um. »Ich wünschte, hier würden ein paar Strauchdiebe auf uns lauern.«

Nuramon schwieg. Dieser Wunsch Mandreds konnte nur eines bedeuten: Heute Abend würde Alfadas sich wieder einmal für eine Übung bereithalten müssen. Mandred konnte es nicht lassen, seinen Sohn für den Kampf mit der Axt begeistern zu wollen. Doch Alfadas bewies seinem Vater ein ums andere Mal, dass er in der Lage war, mit dem Schwert gegen ihn zu bestehen. Wenn Mandred von seinem Sohn besiegt wurde, so war sich Nuramon nie über die Gefühle des Kriegers im Klaren. War er stolz oder war er beleidigt? Manchmal hegte

Nuramon auch den Verdacht, dass Mandred sich insgeheim in den Übungskämpfen zurückhielt, aus Sorge, er könne Alfadas verletzen.

Sie erreichten einen Hügelkamm und hatten nun einen freien Blick auf das weite Flusstal unter ihnen. Nuramon deutete zu der Stadt am westlichen Ufer. »Aniscans! Endlich lassen wir die Wildnis hinter uns.«

»Endlich kehren wir wieder in eine Taverne ein und bekommen was Vernünftiges zu trinken. Mein Magen denkt schon, man hätte mir den Kopf abgeschnitten.« Mandred schnalzte. »Was glaubt ihr? Haben die dort unten Met?«

Fast schien es, als hätte der Menschensohn seinen Kummer um Freya vergessen. Doch Nuramon durchschaute den Schein und sah einen Mann, der seinen Schmerz verbergen und betäuben wollte.

Langsam ritten sie den Hang hinab. Unterhalb des Hügels verlief eine Straße, die geradewegs zur Stadt führte. Eine Brücke überspannte in sieben flachen Bogen das weite Flussbett. Die Schneeschmelze hatte den Strom anschwellen lassen und viel Treibholz aus den Bergen mitgebracht. Männer mit langen Stangen standen auf der Brücke und verhinderten, dass treibende Stämme sich vor den Brückenpfeilern quer legten und das Wasser stauten.

Die meisten Häuser von Aniscans waren aus hellbraunem Bruchstein errichtet. Es waren wuchtige, hohe Bauten, die sich eng aneinander drängten. Ihr einziger Schmuck waren die leuchtend roten Dachschindeln. Rings um die Stadt hatte man Weinberge angelegt. Mandred würde in jedem Fall Gelegenheit haben, sich zu betrinken, dachte Nuramon bitter.

»Ein Land voller Narren«, polterte der Menschensohn plötzlich los. »Seht euch das an! So eine reiche Stadt, und sie haben nicht einmal eine Mauer. Da ist ja Firnstayn besser befestigt.«

»Man hat eben nicht mit deinem Besuch gerechnet, Vater«, sagte Alfadas lachend. Die übrigen Gefährten fielen in das Gelächter ein. Selbst Gelvuun grinste.

Mandred wurde rot. »Leichtfertigkeit ist die Mutter manchen Unglücks«, sagte er dann ernst.

Ollowain lachte auf. »Wie es scheint, schmilzt die Frühlingssonne den harten Eispanzer des Barbarenhäuptlings, und, o Wunder, darunter kommt ein Philosoph zum Vorschein.«

»Ich weiß nicht, was Vielosoof für eine Beleidigung ist, aber du kannst sicher sein, dass der Barbarenhäuptling dir gleich die Axt in den Rachen schiebt!«

Ollowain schlang die Arme übereinander und tat, als zitterte er. »So plötzlich kehrt der Winter zurück und lässt die schönsten Frühlingsblüten erfrieren.«

»Hast du mich gerade etwa mit Blüten verglichen?«, grollte Mandred.

»Nur eine Allegorie, mein Freund.«

Der Menschensohn runzelte die Stirn. Dann nickte er. »Ich nehme deine Entschuldigung an, Ollowain.«

Nuramon musste sich auf die Lippen beißen, um nicht laut loszulachen. Er war froh, als im nächsten Augenblick Alfadas zu singen begann, um den unglücklichen Disput zu unterbrechen. Der Junge hatte eine überaus schöne Stimme … für einen Menschen.

Sie folgten der Straße am Fluss, vorbei an Ställen und kleinen Gehöften. Vieh weidete entlang des Weges. Die Landschaft hier wirkte seltsam ungeordnet. In all der Zeit in den Menschenreichen hatte sich Nuramon nicht an die Andersartigkeit dieser Welt gewöhnen können. Doch er hatte gelernt, die Schönheit im Fremden zu sehen.

Die Häuser der Stadt drängten sich um einen Hügel, auf dem sich ein Tempel erhob. Seine Mauern waren von Gerüsten umgeben, und man konnte das Hämmern der Steinmetzen bis weit über den Fluss hinaus hören. Der Bau war schmucklos, mit Mauern, so dick wie die eines Festungsturmes, und doch lag in seiner groben Schlichtheit ein eigener Reiz. Es schien, als wollte er dem Betrachter aus der Ferne zurufen, dass es hier nichts gebe, was den Gläubigen ablenkte, denn kein

Kunstwerk könne sich mit der Schönheit wahren Glaubens messen.

Nuramon dachte an den alten Wanderprediger, dem sie vor ein paar Tagen in den Bergen begegnet waren. Mit leuchtenden Augen hatte der Mann von Aniscans erzählt und dem Priester, dessen Name im Flusstal angeblich in aller Munde war: Guillaume, der mit solcher Inbrunst vom Gotte Tjured sprach, dass sich die Kraft seiner Worte auf die Zuhörer übertrug. Es hieß, dass Lahme wieder gehen könnten, wenn sie ihm Gehör schenkten und er ihre Glieder mit Händen berührte. Seine Zauberkraft schien jedes Leiden zu vertreiben und jedes Gift zu besiegen.

Wie oft waren sie in den letzten drei Jahren Gerüchten wie diesem gefolgt! Doch jedes Mal waren sie enttäuscht worden. Sie suchten einen Mann von etwa dreißig Jahren, der Wunder wirkte. Diese knappe Beschreibung passte auf Guillaume, so wie sie schon auf mehr als ein Dutzend anderer Männer gepasst hatte, von denen nicht einer magische Kräfte besessen hatte. Die Menschen waren viel zu einfältig! Sie waren nur zu bereit, jedem Scharlatan zu glauben, der ihnen einigermaßen glaubhaft vorgaukelte, Magie wirken zu können.

Der Wanderpriester hatte behauptet, noch in seiner Kindheit sei dort, wo sich heute die Stadt erhob, nicht mehr als ein kleiner Steinkreis gewesen, an dem sich die Menschen zu den Sonnwendtagen trafen, um den Göttern zu opfern.

Nuramon blickte auf. Wahrscheinlich hatte der Steinkreis auf dem niedrigen Hügel gelegen, wo nun am Tempel gebaut wurde.

Der Hufschlag ihrer Pferde hallte wie Trommelschlag auf dem Pflaster der Brücke. Einige der Arbeiter drehten sich um. Sie trugen schlichte Kittel und breitkrempige Hüte aus geflochtenem Stroh. Demütig neigten sie die Köpfe. Krieger galten viel in diesem Königreich.

Nuramons Blick schweifte über die Häuser der Stadt. Ihre Mauern waren aus unbehauenem Stein gefügt, sie wirkten grob und solide. Gemessen an dem, was die Menschen sonst zu Stande brachten, waren sie keine schlechte Arbeit. Die meisten Mauern waren gerade, und nur wenige der Dächer bogen sich unter der Last ihrer Schindeln.

Bevor sie die Brücke verließen, setzten sich Mandred und Alfadas an die Spitze der kleinen Reiterschar. Wer die beiden sah, der musste annehmen, dass Fürsten aus dem Wilden Norden mit geheimnisvollem Gefolge gekommen waren. Die Einwohner musterten sie voller Verwunderung, doch bald darauf gingen sie wieder ihrem Tagwerk nach. Offenbar war man hier an Fremde gewöhnt.

Dennoch herrschte in der Stadt eine Unruhe, die nichts mit ihnen zu tun hatte. Je weiter die Gefährten dem Tempel entgegenstrebten, desto spürbarer wurde sie. Irgendetwas ging in Aniscans vor sich. Die ganze Stadt schien auf den Beinen zu sein. Die Leute drängten sich durch die engen Gassen den Hügel hinauf. Bald gab es mit den Pferden kein Vorankommen mehr. Die Gefährten mussten absitzen und brachten die Tiere auf den Hof einer Taverne, wo Nomja, die Bogenschützin, mit ihnen zurückblieb. Sodann reihten sie sich erneut unter den Leuten ein, die wohl zum Tempel hin zusammenströmten. Es herrschte eine Stimmung, die Nuramon an eine Koboldhochzeit erinnerte. Alle rannten durcheinander und waren guter Dinge.

Nuramon schnappte Gesprächsfetzen auf. Man unterhielt sich über den Wunderheiler und seine sagenhaften Kräfte. Darüber, dass er am Vortag ein Kind gerettet hatte, das um ein Haar erstickt wäre, und darüber, dass immer mehr Fremde in die Stadt kamen, um Guillaume zu sehen. Ein älterer Mann erzählte stolz, dass der König Guillaume eingeladen hätte, an seinen Hof zu kommen und dort zu bleiben, doch der Priester hatte es offenbar abgelehnt, die Stadt zu verlassen.

Endlich erreichte der kleine Trupp den Platz vor dem Tempel. Aus dem Gedränge heraus war nur schwer abzuschätzen, wie viele sich hier versammelt hatten, doch es mochten Hunderte sein. Eingekeilt zwischen den schwitzenden und drängelnden Menschen, fühlte sich Nuramon zunehmend unwohl.

Es stank nach Schweiß, ungewaschenen Kleidern, ranzigem Fett und Zwiebeln. Aus den Augenwinkeln sah der Elf, wie sich Farodin ein parfümiertes Tuch vor die Nase hielt. Nuramon wünschte, er hätte sich auch auf diese Weise Erleichterung verschaffen können. Menschen und Reinlichkeit, das waren zwei Dinge, die einfach nicht zusammengingen – wie er es schon seit langem durch Mandred wusste. In den letzten drei Jahren war Nuramon ein wenig unempfindlicher gegen die vielfältigen Gerüche geworden, die einen vor allem in den Städten bestürmten. Doch der Gestank hier inmitten der Menschenmenge war wahrhaft überwältigend.

Plötzlich erklang weiter vorn eine Stimme. Nuramon reckte den Kopf, doch in dem Gedränge konnte er den Sprecher nicht erkennen. Er schien bei der großen Eiche zu stehen, welche die Mitte des Platzes beherrschte.

Die Stimme war wohlklingend, und der Sprecher war bestens mit allen Künsten der Rhetorik vertraut. Jede Silbe war mit Bedacht betont, so wie bei den Philosophen von Lyn, die sich jahrhundertelang in Disputen übten, um zur Vollendung ihrer stimmlichen Möglichkeiten zu gelangen. Dabei bestand die Kunst weniger darin, durch Argumente zu überzeugen, sondern die Worte so darzubieten, dass der Geist ganz der Stimme erlag. Es kam fast einem Zauber gleich, was dieser Mensch dort vorn vollbrachte.

Die Leute rings herum beachteten Nuramon und seine auffälligen Gefährten gar nicht mehr, so sehr hingen sie an den Lippen des Mannes.

Farodin drängte sich an Nuramons Seite. »Hörst du die Stimme?«

»Wundervoll, nicht wahr?«

»Das ist meine Sorge. Vielleicht sind wir am Ziel.«

Nuramon schwieg. Er fürchtete sich davor, was zu tun wäre, wenn dort vorn wirklich Noroelles Sohn sprach.

»Ollowain«, sagte Farodin, »du nimmst dir Yilvina und Gelvuun. Ihr geht links herum. Mandred und Alfadas, ihr nehmt die Mitte. Nuramon und ich werden rechts herumgehen. Wir werden ihn zunächst nur beobachten. Hier inmitten der Menschenmenge können wir nichts anderes tun.«

Die Gefährten trennten sich, und Nuramon ging Farodin voraus. Sie drängten sich vorsichtig durch die Reihen der Leute, die wie gebannt dastanden und lauschten. Deutlich übertönte die Stimme des Priesters das Gemurmel auf dem Platz. »Nimm die Kraft des Tjured an«, sagte er mit großer Sanftmut. »Sie ist ein Geschenk, das ich dir von ihm bringe.«

Kurz darauf rief jemand: »Seht nur, er ist geheilt! Die Wunde hat sich geschlossen!« Jubel erhob sich auf dem Platz.

Eine alte Frau fiel Nuramon um den Hals und küsste ihn auf die Wange. »Ein Wunder!« jauchzte sie. »Er hat wieder ein Wunder getan! Er ist der Segen dieser Stadt!« Nuramon schaute die Alte verständnislos an. Es musste wohl wahrlich ein Wunder sein, wenn sie einen Fremden küsste.

Nun erhob sich der Prediger vor ihnen aus der Menge. Er half einem sichtlich erleichterten Mann auf die Beine. »Das ist die Macht Tjureds, unseres Gottes!«

Nuramon erstarrte beim Anblick des Heilers. Er spürte, wie Farodin an seiner Seite ebenfalls in der Bewegung innehielt.

Der Priester stieg auf die niedrige Mauer des Brunnens neben der Eiche und sprach zu den Menschen. Doch Nuramon achtete kaum auf die Worte. Er war gefangen genommen von der Haltung und den Gesten des Mannes. Guillaume hatte schwarzes Haar, das ihm bis auf die Schultern fiel. Wie alle Priester des Tjured war er in eine nachtblaue Kutte gewandet. Sein Gesicht war oval, die Nase schmal, das Kinn sanft und der Mund geschwungen. Hätte Noroelle einen Zwillingsbruder gehabt, er hätte wohl so ausgesehen wie dieser Priester.

Dieser Mann war ihr Sohn!

Nuramon beobachtete, wie Guillaume sich einem Mann mit strähnigem, grauem Haar zuwandte, dessen Hand steif zu sein schien. Er fasste die Hand des Mannes und sprach ein Gebet.

Nuramon schrak zurück. Es war, als hätte etwas sein Innerstes ergriffen. Als hätte eine kraftvolle Hand seine Seele berührt. Nur einen Lidschlag lang währte dieses unheimliche

Gefühl. Benommen taumelte der Elf zurück und stieß gegen eine junge Frau.

»Ist dir nicht wohl?«, fragte sie besorgt. »Du bist ganz bleich.«

Er schüttelte den Kopf und drängte sich vor bis zum Rand der Menge, die einen engen Kreis um den Brunnen gebildet hatte.

Der Mann, der zu Guillaume gekommen war, hob seine Hand. Er ballte sie zur Faust und streckte die Finger dann wieder. »Er hat mich geheilt!«, rief er mit sich überschlagender Stimme. »Geheilt!« Der Grauhaarige warf sich vor dem Priester zu Boden und küsste ihm den Saum des Gewandes.

Guillaume wirkte verlegen. Er nahm den Alten bei den Schultern und richtete ihn wieder auf.

Er kann zaubern wie seine Mutter, dachte Nuramon. Die Königin hatte sich geirrt. Noroelles Sohn war kein Dämonenkind. Ganz im Gegenteil. Er war ein Heiler.

Plötzlich drang ein Schrei durch die Menge. »Guillaume! Guillaume! Hier ist einer umgefallen!«

»Er ist tot!«, rief eine Frau mit schriller Stimme.

»Bringt ihn zu mir«, befahl der Heiler ruhig.

Zwei stämmige Männer mit Lederschürzen trugen eine hagere Gestalt zum Brunnen. Einen Mann in einem grauen Umhang! Guillaume schlug die weite Kapuze zurück. Vor dem Heiler lag Gelvuun.

Verwirrt blickte Nuramon zu Farodin. Dieser gab ihm durch eine Geste zu verstehen, dass sie abwarten sollten. Dann flüsterte er: »Hoffentlich macht Mandred keinen Unsinn!«

Jetzt ging ein Raunen durch die vorderen Reihen. Guillaume hatte Gelvuuns Haar zurückgestrichen. Deutlich waren die spitzen Ohren zu erkennen. Gelvuun, der sonst immer so mürrisch war, erschien nun friedlich wie ein schlafendes Kind.

Guillaume beugte sich über ihn. Der Priester wirkte aufgewühlt. Ob es nur der Anblick des Elfen war oder aber etwas anderes, vermochte Nuramon nicht zu sagen. Dann schaute sich Guillaume um, und Nuramon spürte, wie der Blick von

Noroelles Sohn ihn streifte. Eiskalt lief es ihm über den Rücken. Die Augen des Heilers waren von leuchtendem Blau.

Der Prediger erhob sich und sprach: »Dieser Mann steht nicht unter dem Schutze Tjureds. Er ist ein Albenkind und kein Mensch. Ihm kann niemand mehr helfen. Er ist zu spät hierher gekommen. Und ich kann nicht erkennen, woran er erkrankt war. Es scheint, als hätte sein Herz einfach aufgehört zu schlagen. Aber es heißt, dass auch den Albenkindern ein Dasein jenseits des Lebens bestimmt sei. So betet für seine Seele. Ich werde seinen Körper mit allen Ehren bestatten, auch wenn er niemals zu Tjured gebetet hat. Die Gnade unseres Herrn ist unermesslich. Er wird sich auch dieses Elfen erbarmen.«

Noch einmal streifte Guillaumes Blick Nuramon. Es war etwas Lähmendes in diesen wunderschönen blauen Augen.

»Komm, Nuramon«, flüsterte Farodin. »Wir müssen fort.«

Sein Gefährte packte ihn und zog ihn mit sich durch das dichte Gedränge. Nuramon konnte das Gesicht und die Augen nicht aus seinem Kopf verbannen. Es war Noroelles Gesicht, es waren Noroelles Augen, die diesem Mann dort gehörten.

Mit einem Mal wurde er geschüttelt. »Wach auf!«, sagte Farodin harsch. Nuramon sah sich erstaunt um. Sie hatten den Platz verlassen und waren nun wieder in einer der engen Gassen. Er hatte nicht bemerkt, wie weit sie gegangen waren. »Das war Noroelles Gesicht!«, sagte er.

»Ich weiß. Komm!«

Sie fanden Nomja und die Pferde. Mandred und Alfadas kamen wenige Augenblicke später auf den Hof. Sie führten Yilvina zwischen sich. Die junge Elfe war blass und schien sich kaum aus eigener Kraft auf den Beinen halten zu können.

Mandred war ganz außer sich. »Habt ihr das gesehen? Verdammt! Was ist geschehen?«

Farodin schaute sich um. »Wo ist Ollowain?«

Alfadas deutete zum Eingang des Hofs. »Da kommt er!«

Dem Schwertmeister stand die Angst ins Gesicht geschrieben. »Kommt! Wir sind hier nicht mehr sicher.« Er blickte zurück zur Straße. »Lasst uns Abstand zu diesem Dämonenkind gewinnen. Los! Auf die Pferde und raus aus der Stadt!«

»Was ist mit Gelvuun geschehen?«, fragte Nomja.

Nuramon schwieg. Er dachte an die fremde Macht, die nach seinem Innersten gegriffen hatte, an die blauen Augen und daran, wie sehr Guillaume ihn mit jeder seiner Gesten an Noroelle erinnerte. Nun war Gelvuun tot, und Yilvina sah so elend aus, als wäre sie dem Tode nur knapp entgangen.

»Was ist geschehen?«, fragte nun auch Ollowain und wandte sich an die blasse Elfe.

Yilvina rang um Atem. »Er hat sich weiter vorgedrängt … Bis fast an den Rand der Menge. In dem Augenblick, als der Priester die Hand des alten Mannes ergriff …« Sie blickte zum Himmel. Tränen standen ihr in den Augen. »Ich weiß nicht, wie ich es beschreiben soll. Es war, als griffe eine Kralle in meine Brust hinein, um mir das Herz zu zerreißen.« Sie fing an zu schluchzen. »Es war … Ich konnte den Tod spüren … Den ewigen Tod, ohne Hoffnung auf Wiedergeburt oder den Weg ins Mondlicht. Wäre ich nicht um ein paar Schritt zurückgeblieben …« Sie konnte nicht mehr weiter sprechen.

»Er hat euch bemerkt und sofort angegriffen?«, fragte Nomja.

Ollowain zögerte. »Ich bin mir nicht ganz sicher … Ich glaube nicht, dass es ein Angriff war. Es geschah in dem Augenblick, als er den alten Mann heilte. Ich konnte seine Macht spüren … Yilvina hat Recht. Auch ich fühlte plötzlich den Tod.«

Mandred wandte sich an Nuramon. »Wie hat er das gemacht?«

Der Menschensohn überschätzte Nuramons Fähigkeiten. Nur weil er einmal über sich hinausgewachsen war und Farodin geheilt hatte, fragte der Mensch ihn bei allem, was im Entferntesten mit Magie zu tun hatte, nach seiner Einschätzung. »Ich habe keine Ahnung, Mandred.«

»Aber *ich* kann es dir sagen!«, mischte sich Ollowain ein. »Die Magie des Dämonenkindes ist durch und durch böse! Sie kann uns auf der Stelle töten. Ein einfacher Zauber, der einen

Menschen heilt, kann uns vernichten. Mir ist jetzt klar, welche Gefahr die Königin in Noroelles Sohn sieht. Wir müssen ihn töten.«

»Das werden wir nicht tun!«, sagte Nuramon entschieden. »Wir werden ihn zur Königin bringen!«

»Dieser falsche Heiler dort kann uns alle mit einem Zauber erledigen!«, sagte Ollowain. »Ist dir das klar?«

»Ja, das ist es.«

»Wie willst du ihn zwingen, die Stadt zu verlassen?«

»Ich werde ihn nicht zwingen. Er wird freiwillig mit uns kommen. Er wusste nicht, was seine heilenden Hände unserem Gefährten antaten. Er ist nicht das Dämonenkind, das die Königin erwartet hat.«

»Du willst dich gegen die Königin wenden? Sie hat uns ausgesandt, ihn zu töten!«

»Nein, Ollowain. Die Königin sandte *mich* aus, um ihn zu töten. Ich allein muss mich vor der Königin rechtfertigen.«

»Ich weiß nicht, ob ich das zulassen kann«, sagte Ollowain langsam. »Warum, Nuramon? Warum hast du deine Meinung geändert?«

»Weil ich das Gefühl habe, dass es ein verhängnisvoller Fehler wäre, Guillaume zu töten. Es kann nichts Gutes daraus erwachsen. Wir müssen ihn vor die Königin bringen. Dann kann sie ihn von Angesicht zu Angesicht sehen und über ihn entscheiden. Lasst mich mit ihm sprechen. Wenn ich bis morgen Mittag nicht zurück bin, dann könnt ihr ihn erledigen.«

Ollowain schüttelte den Kopf. »Du willst ein Dämonenkind, dessen Magie uns Elfen tötet, an Emerelles Hof bringen? Geh nur! Rede mit ihm! Wir werden dich nicht lebend wiedersehen! Du hast bis morgen zur Abenddämmerung Zeit, dann hole ich ihn auf meine Weise. Bis dahin lagern wir außerhalb der Stadt.«

Nuramon suchte in den Mienen der anderen nach Unterstützung. Doch keiner widersprach Ollowain, selbst Mandred nicht. Auf ein Zeichen des Schwertmeisters saßen sie auf. Alfadas nahm Gelvuuns und Nuramons Pferde bei den Zügeln.

Farodin war der letzte der kleinen Reitertruppe, der den Hof verließ. Er beugte sich aus dem Sattel zu Nuramon herab. »Bist du sicher, dass du dieses Wagnis eingehen möchtest? Was, wenn es dir ebenso ergeht wie Gelvuun?«

Nuramon lächelte. »Dann sehen wir uns im nächsten Leben wieder.«

ZU GAST BEI GUILLAUME

Nuramon hatte Guillaume den ganzen Nachmittag lang beobachtet. Er hatte dessen Predigt gelauscht und dann gesehen, wie er den Körper Gelvuuns bestattet hatte. Anschließend war er Noroelles Sohn durch die Stadt gefolgt. Dabei hatte er manchmal das beklemmende Gefühl gehabt, als würde er seinerseits verfolgt. Doch so oft er sich auch umsah, er konnte niemanden entdecken, der sich auffällig benahm. Da waren nur die Bewohner von Aniscans, die ihren Geschäften nachgingen. So richtete er seine Aufmerksamkeit wieder auf Guillaume und folgte ihm, bis dieser den Tempelhügel erreichte und dort in einem schmalen Haus verschwand. Mit seinen Mauern aus Bruchstein fügte es sich ganz in das Bild der Stadt; wenn dies Guillaumes Heim war, dann schien er viel Wert auf Bescheidenheit zu legen.

Nuramon hielt inne und beobachtete das Haus von der gegenüberliegenden Gasse aus. Er wartete darauf, dass Guillaume die Fensterläden öffnete, um die letzten Strahlen des schwindenden Tageslichts hineinzulassen. Doch die Läden blieben geschlossen. Als sich die Nacht über Aniscans senkte, sah Nuramon warmes Kerzenlicht zwischen den Ritzen hindurchdringen.

Er fasste sich ein Herz und trat vor die Tür des Heilers. Nun musste er nur noch klopfen. Aber er wagte es nicht. Er hatte Angst; nicht davor, dass ihm das Gleiche widerfahren könnte wie Gelvuun, sondern davor, einen großen Fehler zu begehen. Er kannte Guillaume nicht und wusste nicht, wie er die Wahrheit aufnehmen würde. Dann aber dachte er an Noroelle. Dies war die einzige Hoffnung, Guillaume vor dem Tod zu bewahren und vielleicht gleichzeitig Noroelle zu retten – selbstverständlich nur, wenn die Königin einsah, dass es ein Fehler wäre, Guillaume zu töten.

Er klopfte.

Im Inneren des Hauses regte sich nichts, und Nuramon überlegte, ob er noch einmal klopfen sollte. Gerade als er den Arm hob, hörte er endlich Schritte. Nuramons Herz raste. Gleich würde sich die Tür öffnen, und Noroelles Gesicht würde ihn anschauen. Er warf die Kapuze seines Mantels zurück, sodass Guillaume sofort wüsste, mit wem er es zu tun hatte.

Ein Riegel wurde zurückgeschoben, dann öffnete sich die Tür. Nuramon hatte sich nicht verschätzt. Es war Guillaume. Der junge Priester wirkte keineswegs überrascht, einem Fremden gegenüberzustehen. Unfähig, auch nur ein Wort hervorzubringen, starrte Nuramon in das Gesicht von Noroelles Sohn. Wie aber würde sich sein Ausdruck verändern, wenn Guillaume alles über seine Herkunft erfuhr?

»Komm herein, Albenkind«, sagte der Priester mit seiner ruhigen Stimme und lächelte. Dann ging er voran. Offenbar hatte er ihn erwartet.

Guillaumes Haus war sehr schlicht eingerichtet. Der Raum, in den Nuramon eintrat, nahm das gesamte Erdgeschoss ein. Hier war alles Nötige untergebracht, vom gemauerten Herd bis zum Gebetsschrein. Nur ein Bett war nicht zu sehen. Wahrscheinlich befand sich das Schlafgemach im Obergeschoss, das man über eine Treppe gegenüber der Haustür erreichen konnte.

»Du bist wegen deines Gefährten gekommen«, sagte Guillaume und setzte sich an den kleinen Tisch in der Mitte des Raumes. Dort brannte eine Öllampe vor einem Holzteller, auf dem noch Fleischreste lagen. Mit einer einladenden Geste deutete Guillaume auf einen zweiten Stuhl am Tischende.

Nuramon setzte sich schweigend.

Der Priester schob den Teller beiseite. »Ich fürchte, dein Gefährte wurde bereits auf dem Friedhof beerdigt. Ich hoffe, das schadet seiner Wiedergeburt nicht.«

»Bei uns heißt es, dass die Seele sich im Augenblick des Todes vom Körper des Albenkindes löst«, erklärte Nuramon. »Wenn es denn einen Seelenweg zwischen deiner Welt und

Albenmark geben sollte, dann hat Gelvuun ihn bereits genommen und wartet dort auf seine Wiedergeburt.«

»Dann war seine Seele schon fort, als ich seinen Körper beerdigte.«

»Ja. Doch deswegen bin ich nicht hier. Ich bin deinetwegen gekommen.«

Die Worte schienen Guillaume nicht zu überraschen. »Weil ich ihn getötet habe …«

Nuramon stutzte. »Woher weißt du es?«

Der Heiler senkte den Blick. »Ich wusste es, als ich ihn untersuchte. Er sah aus, als hätte er Würgemale am Hals, auf die nur meine Finger passen.« Er hielt inne und musterte Nuramon. »In den Gesichtern von Elfen zu lesen ist nicht leicht. Ich sehe keinen Zorn in deinen Zügen. Aber dennoch bist du gewiss gekommen, um Vergeltung zu fordern.«

»Nein, auch deswegen bin ich nicht hier.«

Guillaume starrte ihn fragend an.

»Ich möchte nur wissen, was du in deiner Zukunft siehst.«

»Ich bin ein Suchender im Dienste des Tjured. Ich glaube, diese Welt ist voller verborgener Geschenke, doch nur wenige vermögen sie zu finden. So weiß ich, dass die Macht der Götter sich an bestimmten Orten sammelt. Ich kann diese Orte spüren und den unsichtbaren Flüssen folgen, die sie miteinander verbinden.« Er sprach offensichtlich von Albenpfaden, er hielt sie für die Pfade seines Gottes. »Dieses Wissen nutze ich, um Menschen zu heilen und Frieden zu predigen. Ich möchte, dass der Hass verschwindet. Doch nach dem heutigen Tag scheint es, als wäre der Preis zu hoch. Was ist das nur für eine Gabe, die Menschen heilt und Albenkinder tötet?«

»Ich kann dir darauf eine Antwort geben. Doch überlege es dir gut, ob du sie hören willst.«

»Du weißt etwas über die Begabung, aus der ich meine Wunder schöpfe?«

»Ich kenne ihre Herkunft.«

»Dann bist du klüger als jeder Weise und jeder Priester, dem ich bislang begegnet bin. Bitte erzähle …«

»Soll ich es wirklich tun? Denn wenn du mich anhörst, dann weißt du auch, aus welchem Grunde ich und meine Gefährten in diese Stadt gekommen sind, wieso ich hier bin und das Wagnis eingehe, in deine Nähe zu kommen.«

»Kennst du meine Eltern? Meine wahren Eltern?«

»Ja, ich kenne sie beide.«

»Dann sprich!«

»Du bist der Sohn einer Elfe namens Noroelle. Sie nahm einst die schrecklichste aller Strafen auf sich, um dein Leben zu schützen.« Mit diesen Worten begann Nuramon seine Erzählung. Er sprach von Noroelle, von seiner und Farodins Liebe zu ihr, vom Manneber und der Elfenjagd, von seiner Rettung und von Noroelles Verbannung. Und er beobachtete dabei, wie Guillaumes Gesichtsausdruck immer ernster wurde und die Ähnlichkeit zu Noroelle Falte um Falte schwand. Er endete mit den Worten: »Du weißt nun, wer deine Eltern sind und warum du eine Macht besitzt, die Menschen heilt, aber Elfen tötet.«

Guillaume starrte auf den Tisch, dann fing er unvermittelt an zu weinen. Dieser Anblick schmerzte Nuramon, nicht nur, weil der Heiler Noroelle wieder so ähnlich sah, sondern weil er sich in dessen Lage versetzen konnte. Er musste an sich halten, um nicht selbst in Tränen auszubrechen.

Nach einer langen Zeit des Schweigens sagte der Heiler schließlich: »Ich Narr dachte, meine Gabe sei ein Geschenk Tjureds!«

»Ganz gleich, welchen Ursprung deine Begabung hat, du hast für die Menschen Gutes getan, ebenso wie deine Mutter es für die Albenkinder zu tun pflegte. Bis zu der Nacht, da sie …« Er wollte es nicht noch einmal aussprechen.

»Erzähl mir mehr von meiner Mutter«, forderte Guillaume mit leiser Stimme.

Nuramon nahm sich die Zeit und erzählte dem Heiler bis spät in die Nacht hinein von den zwanzig Jahren, die er in Noroelles Gegenwart verbracht hatte. Seine Worte brachten ihm all das, was er mit seiner Liebsten erlebt hatte, wieder in

Erinnerung. Als er aber zum Ende kam, schlug seine Stimmung um, denn nun, da alles erzählt war, wurde ihm klar, dass all das verloren war und Noroelle wohl niemals zurückkehren würde. Auch Guillaume wirkte zutiefst aufgewühlt, nun, da er um das Opfer seiner Mutter wusste.

»Du hast den Schleier, der meine Herkunft umgab, zerrissen«, sagte der Heiler. »Und du hast mir erklärt, woher meine Kräfte kommen. Aber du hast mir nicht gesagt, was dich herführt.«

Nuramon atmete tief durch. Nun war es also so weit. »Ich fragte meine Königin, was ich tun könne, um Noroelle zu retten. Und sie sagte, ich solle ausziehen, um dich zu töten.«

Guillaume nahm diese Nachricht sehr ruhig auf. »Das hättest du längst tun können. Warum lässt du mich am Leben?«

»Aus dem gleichen Grund, aus dem deine Mutter dich damals in diese Welt brachte. Weil ich nichts vom Devanthar in deinem Gemüt spüren kann.«

»Aber dass meine Heilkräfte deinen Gefährten töteten, das muss das Erbe meines Vaters gewesen sein. Und wer weiß, was noch in mir schlummert!«

»Hättest du den Tod Gelvuuns hingenommen, um die Hand des Mannes zu heilen?«

»Niemals.«

»Dann ist zumindest dein Geist frei von der finsteren Kraft des Devanthars, auch wenn sich sein Wesen in deiner Magie spiegelt.«

»Aber das ist ja das Verhängnis. Schuldlos bin ich schuldig. Meinetwegen wurde meine Mutter verbannt. Meinetwegen starb dein Gefährte. Und doch kann ich nichts dafür. Es scheint, als bestünde meine Schuld darin zu leben.«

»Und genau deswegen ist es falsch, dich zu töten. Und deshalb möchte ich meinen Auftrag auf andere Weise zu Ende führen, als die Königin es vorgesehen hat. Auch wenn ich dadurch ihren Zorn auf mich ziehe.«

»Würdest du mich fliehen lassen?«

»Ja, das würde ich. Doch meine Gefährten würden dich

rasch aufspüren.« Nuramon dachte an Ollowain. »Du musst verstehen, warum ich hier bin. Wäre ich es nicht, dann wärst du jetzt schon tot. Ich bin gekommen, um dir ein Angebot zu machen, das vielleicht dein Leben retten und Noroelle befreien kann. Es ist jedoch nicht mehr als eine vage Hoffnung.«

»Sprich es aus!«

»Ich könnte dich zur Königin bringen und auf dem Weg nach Albenmark jede Gefahr von dir fern halten. Wenn du am Hof zu Emerelle sprichst, dann magst du sie vielleicht von deinem wahren Wesen überzeugen, so wie du Noroelle und auch mich überzeugt hast. Das ist das Einzige, das ich dir anbieten kann.«

»Ich werde dein Angebot annehmen«, entgegnete Guillaume, ohne zu zögern. »Um meiner Mutter willen.«

Nuramon bewunderte den Heiler insgeheim. Er fragte sich, ob er ebenso bereitwillig zugesagt hätte, denn es gab keine Sicherheit, dass die Königin sich gnädig zeigen würde. Es mochte gut sein, dass Emerelle an ihrer Entscheidung festhielt. Doch Nuramon hatte trotz allem, was geschehen war, so viel Vertrauen in die Königin, dass er zweifelte, dass sie sich seinem Einwand verschließen konnte.

»Wann sollen wir aufbrechen?«

»Spätestens am Mittag sollten wir die Stadt verlassen. Eile brauchen wir nicht zu haben.«

»Dann erzähle mir etwas über Albenmark.«

Nuramon beschrieb Guillaume das Herzland, erzählte ihm aber auch von Alvemer, der Heimat Noroelles. Als der Hahn krähte, endete Nuramon und schlug vor, sie sollten am besten mit dem Tag ausziehen, damit sie unbemerkt gehen konnten.

Guillaume stimmte zu und packte seine Sachen. Dann dankte er Nuramon, dass er ihm die Wahrheit gesagt hatte. »Ich werde es dir nie vergessen.«

Nuramon war zufrieden. Er hatte sein Ziel erreicht, auch wenn er sich damit gegen den Auftrag der Königin gewendet hatte. Sicherlich würde Ollowain murren, doch sie würden den Sohn Noroelles zu Emerelle bringen. Das war ein Kompromiss, mit dem der Schwertmeister sich zufrieden geben musste. Dennoch würde er vorsichtig sein und den Elfenkrieger im Auge behalten.

Guillaume bereitete sich einen Brei aus Hirse, Haselnüssen und Rosinen. Er fragte Nuramon, ob er ebenfalls etwas essen wolle, doch dieser lehnte dankend ab. Der Heiler saß gerade beim Frühstück, als draußen in der Stadt Unruhe aufkam. Nuramon lauschte, er glaubte Schreie zu hören. Als er die Hufschläge von Pferden vernahm, sprang er auf, und seine Hand fuhr zum Schwert.

»Was ist da los?«, fragte Guillaume.

»Nimm deine Sachen!«, sagte Nuramon. In den Gassen vermischte sich jetzt Kampfeslärm mit Schmerzensschreien. Die Stadt wurde angegriffen!

Guillaume sprang auf und griff nach seinem Bündel.

Der Kampfeslärm kam näher. Plötzlich donnerte etwas gegen die Haustür, und Nuramon sah zu seinem Entsetzen, wie sie aufschwang. Eine Gestalt stürmte zu ihnen herein. Nuramon zog sein Schwert, um den Eindringling niederzustrecken. Er erschrak, als er die Gestalt erkannte. Es war niemand anderes als …

DAS VERHÄNGNIS

Farodin schlug die Tür hastig zu und schob den hölzernen Riegel vor. »Steck dein Schwert weg, sonst bringst du noch den einzigen Freund um, den du in dieser Stadt hast.« Er sah sich gehetzt um. »Gibt es einen zweiten Ausgang?«

Guillaume starrte ihn an, als wäre er ein Gespenst. »Was geht da vor sich?«

»Bewaffnete. Sie haben alle Straßen, die aus der Stadt herausführen, besetzt und dann den Tempel gestürmt. Sie scheinen nicht viel für Priester wie dich übrig zu haben.« Farodin trat an das Fenster zum Tempelplatz und schob die Läden ein Stück weit auf. »Sieh!«

Die Krieger waren bestens gewappnet. Fast alle trugen sie Kettenhemden und Helme mit schwarzen Pferdeschweifen. Etwa die Hälfte war mit Äxten oder Schwertern bewaffnet. Auf ihren roten Rundschilden prangte als Wappen ein weißer Stierkopf. Die übrigen Männer waren mit Armbrüsten ausgerüstet. Auch wenn sie die Priester ohne Rücksicht aus dem halb fertigen Tempel zerrten, war offensichtlich, dass es sich bei ihnen nicht um einfache Plünderer handelte. Sie gingen diszipliniert vor. Die Armbrustschützen sicherten den Platz, während die Axtkämpfer die Priester zu der großen Eiche trieben.

Auf Befehl eines hünenhaften blonden Kriegers wurde einer der Priester, ein korpulenter, schon etwas älterer Mann, von seinen Leidensgenossen getrennt. Man band ihm ein Seil um die Füße, warf das andere Ende über eine dicke Astgabel und zerrte ihn von den Beinen. Verzweifelt versuchte der Geistliche, seine rutschende Kutte über sein Gemächt zu zerren.

»Vater Ribauld!«, flüsterte Guillaume erschrocken. »Was tun sie da?«

»Ich habe gehört, wie die Bewaffneten deinen Namen genannt haben, Guillaume.« Farodin musterte den jungen Priester von Kopf bis Fuß. Ein Kämpfer war er gewiss nicht. »Wie es scheint, hast du dir gleich in zwei Welten Todfeinde gemacht. Was hast du getan, dass diese Männer nach dir suchen?«

Der Priester strich sich nachdenklich das Haar aus dem Gesicht. Eine kleine Geste nur, und doch erfüllte sie Farodin mit tiefem Schmerz. So hatten sich Aileen und auch Noroelle das Haar aus der Stirn gestrichen, wenn sie tief in Gedanken gewesen waren. Der Priester war erstaunlich zartgliedrig. In seinem Gesicht sah er Noroelle wie in einem fernen Spiegel. Sie lebte in ihm fort.

Farodin war Nuramon gefolgt, weil er in Sorge gewesen war, dass sein Gefährte dem Priester zur Flucht verhelfen könnte. In den vergangenen drei Jahren hatte Farodin seinen Frieden mit sich gemacht. Er hatte den Befehl der Königin angenommen. Gestern auf dem Tempelplatz wäre er dazu bereit gewesen, Guillaume zu töten. Doch jetzt … Er musste den Blick abwenden, so sehr erinnerte ihn Guillaume an Noroelle. Wenn er die Waffe gegen den Priester hob, dann wäre es so, als wendete er sie gegen Noroelle.

Ollowain hatte ihn gewarnt, als er das Lager verlassen hatte, um heimlich Nuramon zu folgen. Noch deutlich klangen die Worte des Schwertmeisters in seinen Ohren: *Vergiss nicht, er ist auch das Kind eines Devanthars, eines Meisters der Täuschung. Er missbraucht Noroelles Antlitz als eine Maske, hinter der sich das Böse verbirgt. Ein Devanthar ist der Fleisch gewordene Hass auf die Alben und uns, ihre Kinder. Was Gutes in ihm gewohnt haben mag, wird längst durch das Erbe des Vaters vergiftet sein. Du hast gesehen, was mit Gelvuun geschah. Wir können ihn nicht gefangen nehmen. In Wirklichkeit wären wir seine Gefangenen. Selbst wenn wir ihn in Ketten legten, könnte ein Wort der Macht uns alle töten. Und schlimmer noch: Stell dir vor, was eine solche Kreatur in Albenmark anrichten könnte! Wie sollten wir ihn bekämpfen? Wir müssen Emerelles*

Befehl ausführen! Ich habe heute Mittag auf dem Tempelplatz die Weisheit der Königin erkannt.

»Sie kommen für etwas, das ich *nicht* getan habe«, antwortete Guillaume auf Farodins Frage.

»Was?« Farodin schreckte aus seinen Gedanken auf.

Die Krieger auf dem Platz schlugen unterdessen mit langen Ruten auf Ribauld ein. Hilflos pendelte der Mann hin und her. Seine Schreie gellten über den Platz und mussten weithin in der Stadt zu hören sein. Doch keiner der Bürger eilte herbei, um dem Priester zu helfen.

»Siehst du die Stierköpfe auf den Schilden?«, fragte Guillaume. »Dies sind die Männer König Cabezans. Seine Leibwachen. Cabezan hat nach mir schicken lassen. Es heißt, dass ihm die Glieder bei lebendigem Leibe verfaulen und er einen langsamen, qualvollen Tod stirbt. Er hat mir befohlen, ihn zu heilen. Doch das kann ich nicht. Wenn ich dieses eine Leben rette, so werden Hunderte sterben, denn Cabezan ist ein grausamer Tyrann. Er hat seine eigenen Kinder ermordet, weil er fürchtete, dass sie seinen Thron begehren. Er ist vom Wahnsinn besessen … Man darf nur nackt vor ihn treten, weil er fürchtet, man könnte Waffen in seinen Gewändern verbergen. Wer zu seiner Leibwache gehören will, muss vor seinen Augen ein Neugeborenes mit bloßer Faust erschlagen … Er duldet nur Männer ohne Gewissen um sich. Mit Cabezan regiert das Böse in Fargon. Deshalb werde ich ihn nicht heilen … Ich darf es nicht. Wenn er endlich stirbt, dann wird ein Fluch von diesem Land genommen.«

Noch immer hallten die Schreie des Priesters über den Platz. »Ich darf nicht …« Guillaume standen Tränen in den Augen. »Ribauld ist wie ein Vater für mich. Ich bin bei einer armen Bauernfamilie aufgewachsen. Als meine Eltern … meine Pflegeeltern starben, nahm er mich auf. Er ist …«

Einer der jüngeren Priester, die von den Soldaten aus dem Tempel gezerrt worden waren, deutete mit ausgestrecktem Arm auf Guillaumes Haus.

»Gibt es hier einen zweiten Ausgang?«, fragte Farodin erneut. Schon kamen zwei Krieger über den Tempelplatz in ihre Richtung.

Der Priester schüttelte den Kopf. Er nahm ein langes Brotmesser vom Tisch und schob es in den Ärmel seiner Kutte. »Ich werde gehen, dann werden sie nicht auch euch töten. Aber König Cabezan wird mich nicht lebend zu Gesicht bekommen.«

Nuramon trat ihm in den Weg. »Tu das nicht. Komm mit uns!«

»Du meinst also, es sei klüger, dir zu einer Königin zu folgen, die dich geschickt hat, um mich zu töten?« In Guillaumes Worten lag keine Herausforderung; er klang unendlich traurig. »Ich weiß, dass du mir nichts Böses willst. Aber wenn ich jetzt dort hinausgehe, dann werde ich vielleicht euch und das Leben meiner Ordensbrüder retten. Und wenn du deiner Königin meinen Tod melden kannst, dann wird sie meine Mutter vielleicht begnadigen.« Er schob den Riegel der Tür zurück und trat auf den Platz.

Farodin konnte nicht fassen, dass Nuramon keinen weiteren Versuch machte, den Priester aufzuhalten. Er stürmte zur Tür, doch es war zu spät. Guillaume war bereits von den Kriegern gepackt worden.

»Ritter des Königs«, rief er mit tönender Stimme. »Lasst ab von meinen Brüdern. Ihr habt mich gefunden.«

Der blonde Anführer gab seinen Männern einen Wink, die Armbrüste zu senken. Er trat neben Ribauld, packte den alten Mann bei den Haaren und bog seinen Kopf weit in den Nacken zurück.

»Du also willst der Wunderheiler sein!«, rief der Ritter. Er zog ein Messer aus dem Gürtel und stieß es Ribauld durch die Kehle. »Dann zeigt uns mal, was du kannst.«

Farodin hielt den Atem an. Guillaume stand noch zu nah am Haus. Wenn er seine Heilkräfte einsetzte, dann würden er und Nuramon sterben.

Der alte Priester schwang am Seil hin und her. Wie ein Stück Schlachtvieh am Metzgerhaken hing er vom Baum. Seine Hände krallten sich jetzt um die Kehle.

Farodin stieß die Läden auf, sodass sie krachend gegen die Hauswand schlugen. Er griff mit beiden Händen nach dem Fenstersims, stieß sich davon ab und schnellte hinaus. Federnd landete er vor dem Haus. »Vergreife dich nicht an meiner Beute, Menschensohn!« Seine Stimme war wie Eis.

Der blonde Krieger legte die Hand auf den Schwertknauf. »Du hast deinen Auftritt gehabt. Nun mach dich davon.«

»Du greifst nach deiner Waffe? Willst du ein Duell?« Farodin lächelte. »Ich bin der erste Recke der Königin von Albenmark. Überlege dir gut, ob du Streit mit mir suchst. Ich bin hier, um den Priester Guillaume zu holen. Wie du siehst, war ich in seinem Haus. Ich habe ihn vor dir aufgespürt. Und ich werde mir meine Beute nicht entreißen lassen. Er hat gestern Mittag einen Elfen getötet. Dafür wird er sich verantworten.«

»Der erste Recke der Königin von Albenmark«, äffte ihn der blonde Krieger nach. »Und ich bin Umgrid, König von Trollheim.« Die Männer ringsherum lachten.

Farodin strich sich das Haar zurück, sodass man seine spitzen Ohren sehen konnte. »Du also bist Umgrid?« Der Elf legte den Kopf schief. »Hässlich genug bist du wohl, um ein Troll zu sein.« Er machte eine halbe Drehung und blickte zu den Dächern der Häuser rings um den Platz.

»Wer kein Troll ist, sollte jetzt gehen. Dieser Platz ist von Elfen umstellt. Und wir werden uns Guillaume nicht abnehmen lassen.«

Einige der Krieger blickten ängstlich auf und hoben ihre Schilde.

»Worte! Nichts als Worte!« Der Anführer klang nun nicht mehr ganz so selbstsicher wie zuvor.

»Du solltest uns um Erlaubnis fragen, bevor du irgendeinen dieser Halsabschneider laufen lässt«, ertönte Nuramons Stimme. Der Elf hatte sein Schwert gezogen und stand nun in der Tür zu Guillaumes Haus.

»Schießt sie nieder.« Der Hauptmann der Krieger riss einem der Schützen die Armbrust aus der Hand und legte auf Farodin an.

Der Elf warf sich mit einem Hechtsprung nach vorn. Mit den Händen stieß er sich vom groben Pflaster ab, rollte über die linke Schulter ab und schaffte es so fast bis zum Brunnen. Ein Armbrustbolzen streifte seine Wange und hinterließ einen blutigen Striemen.

Farodin warf sich herum, um den Kriegern kein unbewegtes Ziel zu bieten. Er landete vor den Füßen eines Axtkämpfers. Der Mensch versetzte ihm mit seinem Rundschild einen Stoß, der Farodin aus dem Gleichgewicht brachte. Er torkelte und stieß gegen den Brunnenrand. Gerade noch konnte er einem Axthieb ausweichen, der nach seinem Kopf zielte.

Mit einem Tritt stieß Farodin den Schild des Menschen zur Seite und zog sein Schwert. Ein Rückhandhieb schlitzte dem Krieger den Bauch auf. Der Elf riss dem Sterbenden die Axt aus der Hand. Von überall her stürmten Kämpfer herbei. Nuramon verteidigte sich im Hauseingang bereits gegen zwei Krieger. Ihre Sache war hoffnungslos. Sie waren den Menschen mehr als zehn zu eins unterlegen.

Farodin sprang vom Brunnenrand und warf die Axt nach einem Armbrustschützen, der auf ihn anlegte. Mit einem grässlichen Knirschen fand die Waffe ihr Ziel.

Der Elf wich einem weiteren Axthieb aus, parierte ein Schwert und stach einem der Angreifer über den Schildrand hinweg in die Schulter. In weitem Kreis hatten ihn nun Krieger umringt.

»Nun, wer ist der Erste von euch, wenn es ans Sterben geht?«, fragte Farodin herausfordernd.

Der hünenhafte Hauptmann hatte sich inzwischen einen Helm aufgesetzt und einen Schild um den Arm geschnallt. »Holen wir ihn uns!« Er hob eine doppelköpfige Axt und stürmte los.

Von allen Seiten griffen sie Farodin an. Der Elfenkrieger ging in die Hocke, um den wütenden Hieben auszuweichen. Sein Schwert beschrieb einen flachen Kreis. Wie ein heißes Messer durch Wachs, so schnitt seine Klinge durch die Beine derjenigen, die ihm zu nahe kamen.

Etwas streifte Farodins linken Arm. Warmes Blut tränkte sein Hemd. Mit tödlicher Ruhe fing er einen Axthieb ab, der nach seiner Brust zielte. Sein Schwert zersplitterte den hölzernen Schaft der Waffe. Die Menschen bewegten sich unbeholfen. Farodin hatte es schon oft bei Mandred beobachtet. Sie waren mutig und stark, doch im Vergleich zu einem Elfen, der sich Jahrhunderte im Schwertkampf geübt hatte, waren sie wie Kinder. Und doch konnte es am Ausgang des Kampfes schwerlich einen Zweifel geben. Sie waren einfach zu viele.

Wie ein Tänzer bewegte sich Farodin durch die Reihen der Gegner, tauchte unter Hieben weg oder ließ sie von seiner Klinge abgleiten, um sofort mit einem Gegenschlag zu reagieren.

Plötzlich stand er dem blonden Anführer gegenüber.

»Aus deinen Ohren werde ich mir eine Halskette machen«, zischte der Mann. Er griff mit einem wuchtigen Hieb an, der auf Farodins Schwertarm zielte, wechselte dann aber mitten im Schlag die Angriffsrichtung.

Mit einem tänzelnden Schritt wich Farodin aus und trat dem Hünen dann voller Kraft unter die Schildkante. Mit einem üblen Knirschen schlug die eisenverstärkte Oberkante des Schildes unter das Kinn seines Angreifers. Der Hüne biss sich die Unterlippe durch und spuckte Blut.

Farodin vollführte eine Drehung und versetzte dem Schild einen weiteren Tritt, der diesen zur Seite stieß. Mit der flachen Seite des Schwertes traf er den Hauptmann mitten ins Gesicht.

Der Hüne strauchelte. Farodin fing ihn auf, riss ihm den Helm vom Kopf und setzte ihm die Klinge an den Hals. »Hört auf zu kämpfen, oder euer Anführer stirbt!«, rief der Elf mit schallender Stimme.

Die Krieger wichen zurück. Unheimliche Stille senkte sich über den Platz, unterbrochen allein vom leisen Stöhnen der Verwundeten.

Nuramon trat aus dem Haus des Priesters. Sein ledernes Jagdhemd war blutverschmiert.

»Wir ziehen uns in den Tempel zurück!«, rief Farodin ihm zu.

»Ihr kommt niemals lebend aus Aniscans«, sagte der Hauptmann der Menschen drohend und laut genug, dass seine Männer ihn hören konnten. »Die Brücke ist besetzt. Alle Straßen sind versperrt. Wir waren darauf vorbereitet, dass der Heiler Schwierigkeiten macht. Gib auf, und ich verspreche dir einen schnellen Tod.«

»Wir sind Elfen«, entgegnete Farodin kühl. »Glaubst du wirklich, du könntest uns aufhalten?« Er winkte Nuramon zu, und sein Gefährte zog sich mit zwei Priestern zum Tor des Tempels zurück.

Guillaume war leichenblass. Während der Kämpfe hatte er einfach nur dagestanden und zugesehen. Offenbar war er völlig unfähig, jemandem ein Leid zuzufügen.

»Du blutest, Elf«, sagte der blonde Krieger. »Du bist aus Fleisch und Blut, so wie ich. Und du kannst sterben, so wie ich. Bevor die Sonne untergeht, werde ich Wein aus deiner Hirnschale trinken.«

»Für einen Mann mit einem Schwert an der Kehle blickst du bemerkenswert zuversichtlich in die Zukunft.« Farodin ging langsam rückwärts in Richtung des hohen Tempelportals.

Die Armbrustschützen rings herum luden ihre Waffen nach.

Farodin dachte an Mandred und die übrigen Gefährten, die er auf dem Weinberg zurückgelassen hatte. Würden sie kommen? Sie mussten gesehen haben, wie der Tempel angegriffen wurde.

Schnell stieß er seinen Gefangenen zu Boden und sprang durch das Tor des Tempels. Armbrustbolzen sirrten an ihm vorbei. Nuramon schlug die schwere Eichentür zu und legte den Torbalken vor. Farodin betrachtete besorgt Nuramons blutverschmiertes Hemd. »Wie schlimm ist es?«

Der Elf blickte an sich hinab. »Ich glaube, das ist eher Menschenblut als mein eigenes.«

Es war dunkel und kühl im Tempel. Massige Holzsäulen

strebten der Decke entgegen, die von starken Balken getragen wurde. Der ganze Tempel bestand aus einem hohen Raum. Es gab keine Möbelstücke und kein Podest, auf dem ein Redner stehen konnte. Der einzige Schmuck war ein Menhir, ein fast drei Schritt hoher Stein, in den gewundene Schriftzeichen eingeritzt waren. Die Wände waren weiß getüncht und wurden von zwei Galerien gegliedert, die jeweils ganz um die Innenwände des Tempelsaals liefen. Noch über den Galerien lagen hohe Fenster, durch die blasses Morgenlicht schimmerte. In Nischen entlang der Wände brannten Öllämpchen, und rings um den Menhir waren kupferne Räucherpfannen aufgestellt, von denen blasser Rauch aufstieg.

Der ganze Bau erinnerte Farodin mehr an einen Festungsturm als an einen Tempel. Was für ein Gott mochte Tjured wohl sein? Ein Krieger war er jedenfalls nicht, so hilflos, wie sich seine Diener gebärdeten. Die beiden Priester knieten vor dem Menhir in der Mitte der runden Tempelhalle. Unterwürfig beteten sie zu ihrem Gott und dankten ihm für ihre Rettung.

»Guillaume?«, rief Nuramon, der noch immer bei der Flügeltür stand. »Wo bist du?«

Der Heiler trat hinter einer Säule hervor. Er wirkte ungewöhnlich ruhig, ja fast entrückt. »Du hättest mich ihnen überlassen sollen. Nach dem Blutbad auf dem Tempelplatz werden sie erst ruhen, wenn wir alle tot sind.«

»Kann es sein, dass du deinen Tod herbeisehnst?«, fragte Farodin aufgebracht.

»Hat man nicht auch euch geschickt, um mich zu töten? Welchen Sinn macht es, darum zu kämpfen, wem das Vorrecht zukommt, mein Henker zu sein?«

Farodin machte eine wegwerfende Geste. »Wer im Kampf über den Tod sinniert, den wird das Leben verlassen. Mach dich lieber nützlich. Bring uns zum Hinterausgang. Vielleicht können wir dort unbemerkt hinausschlüpfen.«

Guillaume breitete hilflos die Hände aus. »Dies ist ein Tempel und keine Festung. Es gibt keinen Hinterausgang, keine verborgenen Tunnel oder Geheimtüren.«

Farodin sah sich ungläubig um. Neben dem Portal strebte eine Wendeltreppe hinauf zu den beiden Galerien. Dicht unter dem Dachgebälk war das Mauerwerk von hohen Bogenfenstern aus buntem Glas durchbrochen. Sie zeigten Bilder von Priestern in den nachtblauen Kutten des Tjuredkultes. Verwirrt betrachtete der Elf die Fenster. Eines der Glasbilder zeigte einen Priester, der in einen Kessel auf einem Feuer gestürzt wurde. Auf einem anderen Bild hackte man einem Priester Arme und Beine ab, auf einem dritten wurde ein Mann in nachtblauer Kutte von Wilden in Tierhäuten auf einem Scheiterhaufen verbrannt. Fast alle Glasfenster zeigten solche Mordszenen. Jetzt verstand Farodin, warum Guillaume so gelassen blieb. Ein schreckliches Ende zu nehmen war offenbar die höchste Erfüllung eines Tjuredpriesters.

Ein Donnerschlag riss den Elfen aus seinen Gedanken. Feiner Staub rieselte aus den Ritzen des Tempelportals. Ein weiterer Donnerschlag folgte. Die schweren Torflügel knirschten in ihren Angeln. Farodin fluchte leise. Offensichtlich hatten die Wachen des Königs etwas gefunden, was sich als Rammbock verwenden ließ.

»Hört auf zu beten und tut etwas Nützliches«, herrschte der Elf die beiden Priester an, die vor dem Menhir knieten. »Holt alle Öllämpchen aus den Nischen. Nuramon, sieh dich um, ob du eine Fackel findest. Und dann macht, dass ihr auf die oberste Galerie kommt. Ich werde euch aus dieser Falle wieder herausbringen.«

Knirschend riss eines der dicken Eichenbretter des Portals. Lange würde das Tor nicht mehr halten.

Unbarmherzig trieb Farodin die Priester zur Eile an. Während sie die Wendeltreppe hinaufstiegen, mussten sie ihre langen Kutten wie Frauenröcke raffen, um nicht zu stolpern. Von der zweiten Galerie aus konnte man die Fenster des Tempels erreichen. Wegen der Stärke der Tempelmauern lagen sie in tiefen Nischen. Wenn er die Arme ausstreckte, konnte Farodin gerade bis zur Unterkante der Fensternische greifen. Mit einem Ruck zog er sich hoch und stand vor dem Glasbild eines

Priesters, dessen zerschmetterte Gliedmaßen durch die Speichen eines Rades geflochten wurden. Die Gesichter der Folterknechte wirkten maskenhaft; auch hatte der Künstler nicht bedacht, wie die Farben des bunten Glases mit dem Morgenlicht harmonieren würden. Es war ein minderwertiges Kunstwerk, wie es selbst ein Unbegabter in ein bis zwei Jahren halbwegs ehrgeiziger Arbeit erschaffen konnte. Einem Vergleich mit den Glasfenstern in Emerelles Burg, die aus tausenden Glasfragmenten zusammengefügt waren, konnte dieses Machwerk nicht standhalten. An jenen Fenstern hatten die begabtesten Künstler Albenmarks Jahrzehnte gearbeitet, um ein vollkommenes Wechselspiel von Licht und Glas zu jeder Tagesstunde zu erreichen.

Farodin zog sein Schwert und schlug dem gläsernen Priester in sein schmerzverzerrtes Antlitz. Klirrend zerbrachen die Scheiben. Mit wenigen Hieben entfernte der Elf die Bleifassungen der Glasfragmente, sodass man durch die Fensternische treten und die Angreifer auf dem Tempelplatz beobachten konnte.

Auf der Galerie hörte Farodin die Priester lamentieren. Deutlich war die Stimme Guillaumes zu vernehmen. »Bei Tjured, er hat ein Bildnis des heiligen Romuald zerstört. Wir sind verloren!«

Farodin trat ein Stück in die Nische zurück, damit man ihn vom Platz aus nicht entdecken konnte. Der Tempelturm war von einem hölzernen Gerüst umgeben. Kaum mehr als einen Schritt unterhalb des Fensters lag eine schmale Plattform für die Steinmetzen, die an der Fassade arbeiteten. Von dort konnte man weiter über das Gerüst klettern. Misstrauisch musterte Farodin die hölzernen Pfeiler und Streben. Alles erschien ihm unfertig.

Seitlich des Tempelturms lag ein Pilgerhaus. Seine Fassade war durch Nischen untergliedert, in denen Statuen von Heiligen standen. Es war prächtiger geschmückt als der Turm, in dem die Menschen zu ihrem Gott Tjured beteten. Mit etwas Wagemut konnte man vom Gerüst auf das Dach springen. Von dort mochte man auf andere Dächer gelangen und den Häschern des Königs entkommen.

Farodin kletterte durch das Fenster zurück. Die Priester erwarteten ihn mit verschlossenen Mienen. Hilflos zuckte Nuramon mit den Schultern. »Ich verstehe sie nicht.«

»Was ist daran so schwer zu verstehen?«, fragte ein junger rothaariger Priester. »Ihr habt ein Bildnis des heiligen Romuald zerstört. Er war ein jähzorniger Mann, der erst spät seinen Weg zu Tjured fand und den die Heiden in den Wäldern von Drusna ermordeten. Er hat alle verflucht, die die Hand gegen ihn erhoben haben. Binnen Jahresfrist waren seine Mörder tot. Die Heiden waren davon so beeindruckt, dass sie zu tausenden den Glauben an Tjured annahmen. Sein Fluch wirkt noch bis auf den heutigen Tag weiter, sagt man. Wer eines seiner Bildnisse schändet, der muss mit dem Schlimmsten rechnen. Selbst als Heiliger ist Romuald ein zorniger Mann geblieben.«

Farodin traute seinen Ohren nicht. Wie konnte man nur solchen Unsinn glauben? »Ihr habt nichts getan. Romualds Fluch wird allein mich treffen. Ihr braucht euch keine Sorgen zu machen, wir …« Krachend zerbarst das Tempelportal.

»Nuramon, geh voraus. Führe die Priester. Wir müssen einzeln über das Baugerüst klettern und dann zum Nachbarhaus hinüber. So fallen wir weniger auf. Und wir sollten das Gerüst nicht mit zu viel Gewicht belasten.«

Unten aus der Tempelhalle erklangen die Rufe der Krieger.

»Gießt das Öl der Lampen über das Gerüst, wenn ihr flieht.«

»Warum ich?«, fragte Nuramon. »Du kennst den Weg …«

»Und ich bin der bessere Schwertkämpfer.«

Nuramon sah ihn beleidigt an.

»Geh schon! Ich werde sie aufhalten.«

Auf der Wendeltreppe waren schwere Schritte zu hören. Farodin griff nach den Lampen und warf sie die Stufen hinab. Dann riss er einen Ärmel von seinem Hemd und tränkte ihn mit Öl. Am Docht einer Lampe entzündete er den Stoff. Das Öl war von minderer Qualität. Es fing schwer Feuer, und dicker, schwarzer Qualm stieg auf, als es endlich brannte. Der

Elf warf den Ärmel die Treppe hinab und beobachtete, wie die Flammen über das vergossene Öl leckten. Schnell verzehrte das Feuer den Stoff … und verlosch.

Fassungslos starrte Farodin die Stufen hinab. Das Öl war von allzu schlechter Qualität gewesen! Der erste Krieger kam um die Wende der Treppe in Sicht. Ängstlich duckte er sich hinter seinen Schild. Der Anblick des Elfen ließ ihn zögern. Dann wurde er von nachfolgenden Kämpfern weitergeschoben.

Farodin streckte sich und lockerte seine Muskeln. Er war entschlossen, den Menschen einen guten Kampf zu liefern.

Aus den Augenwinkeln sah er, wie eine Gruppe Schützen unten in der Halle anlegte. Ihre Salve war schlecht gezielt. Armbrustbolzen schlugen in die hölzerne Verkleidung der Galerie; klirrend zerbrach eines der großen Fenster.

Angefeuert von den zornigen Rufen seiner Kameraden, machte der Schildträger einen weiten Satz nach vorn und rutschte auf den ölverschmierten Stufen aus. Schwer schlug er auf die Steintreppe und riss etliche seiner Kameraden mit sich.

»Komm!« Guillaume stand in der Fensternische und winkte Farodin zu. »Die anderen sind schon auf dem Dach.«

Der Elf schob sein Schwert in die Scheide zurück. Guillaume packte seinen Arm und zog ihn hoch zur Fensternische. Der Priester war trotz seines schlanken Körperbaus erstaunlich stark. Mit nur einer Hand hatte er Farodin hinaufgeholfen. War diese Kraft ein Erbe seines Vaters?

Ein Armbrustbolzen schlug knirschend in die gewölbte Decke der Fensternische. Vom Platz vor dem Tempel war die Stimme des Anführers der Krieger zu hören. Er hatte ihren Fluchtweg entdeckt.

»Geh du zuerst!«, sagte Farodin.

Der Priester zögerte.

»Worauf wartest du?«

»Ich … Ich habe Angst … vor der Höhe. Wenn ich nach unten blicke, dann bin ich wie gelähmt. Ich … Ich kann nicht. Lass mich zurück!«

Farodin packte Guillaume grob beim Arm. »Dann gehen wir zusammen!« Er zerrte ihn zum Rand der Nische. Gemeinsam sprangen sie auf die hölzerne Plattform unter dem Fenster. Das Gerüst erzitterte unter ihrem Aufprall. Mit klopfendem Herzen drückte sich Farodin gegen die Steinwand.

Ein dumpfer Schlag ertönte, und wieder erbebte das ganze Gerüst. Irgendwo unter ihnen löste sich eine hölzerne Strebe und stürzte polternd in die Tiefe.

Als das Gerüst ein drittes Mal erzitterte, beugte sich Farodin über den Rand und sah mit Entsetzen, was geschah. Unten beim Portal hatte eine Gruppe Krieger einen schweren Balken gepackt und rammte ihn immer wieder gegen die Tragestreben des Gerüsts. Diese Narren schienen nicht daran zu denken, dass sie selbst unter Trümmern begraben würden, wenn das mehr als zwanzig Schritt hohe Baugerüst in sich zusammenstürzte!

Irgendetwas unter ihnen zersplitterte. Es gab einen Ruck; eine der Bauplattformen neigte sich und stürzte in die Tiefe, wobei sie etliche Stützstreben zerschlug.

Farodin fühlte, wie sich sein Magen schmerzhaft zusammenzog. Nur noch wenige Herzschläge, und das ganze Gerüst mochte in sich zusammenbrechen.

»Vorsicht!«, gellte die Stimme des Priesters.

Der Elf schnellte herum. Im selben Moment landete der Krieger, der zuvor die Treppenstufen hinabgerutscht war, auf dem Baupodest. Ein splitterndes Geräusch begleitete den Aufprall des schweren Mannes. In blitzendem Bogen schoss seine Axt nach vorn.

Farodin ließ sich fallen, um dem Hieb auszuweichen. Er wollte einen Fuß hinter die Ferse des Angreifers haken, als die Arbeitsplattform nachgab. Im Reflex klammerte sich der Elf an einen Holzpfeiler, während sein Gegner mit rudernden Armen in die Tiefe stürzte. Für den Moment schien es, als hätte die schwere Holzplattform noch einmal ein labiles Gleichgewicht gefunden. In steilem Winkel zeigte sie abwärts.

Farodins Herz raste wie eine Trommel. Sie mussten fort von

dem Gerüst. Wie um den Gedanken zu unterstreichen, schlug ein Armbrustbolzen nur eine Handbreit neben seinem Kopf ins Holz.

Der Priester hatte sich auf ein schmales Brett gerettet, das zu einer Leiter führte, von der aus man zur nächsten Ebene des Gerüsts hinabsteigen konnte. Guillaume hatte die Arme um die Knie geschlungen und drückte sich so gut wie möglich gegen die Wand des Turms. Nuramon und die beiden Tjuredpriester lagen auf dem Dach des Pilgerhauses, um den Armbrustschützen auf dem Tempelplatz kein Ziel zu bieten. Farodin konnte sehen, wie der Hauptmann der Leibwachen kleine Trupps seiner Männer aussandte, um das Haus zu umstellen. Der Fluchtversuch war gescheitert!

Krachend schlug unten am Gerüst der Rammbock gegen die Holzpfeiler. Ein Kreischen und Knirschen lief durch die fragile Holzkonstruktion. Die Plattform neben Farodin neigte sich. Beklommen blickte der Elf hinab. Wie ein riesiges Axtblatt würde sie etliche Querstreben durchschlagen, sobald sie sich löste.

Farodin hangelte sich an einem Balken entlang zu dem Brett, auf dem Guillaume kauerte. Der Priester hatte die Augen geschlossen und betete leise.

»Wir müssen hier fort«, rief Farodin. »Hier wird jeden Augenblick alles zusammenbrechen.«

»Ich kann nicht«, stöhnte Guillaume. »Ich kann mich keinen Zoll mehr bewegen. Ich …« Er schluchzte. »Meine Angst ist stärker als ich.«

»Du hast Angst zu stürzen? Wenn du dich nicht bewegst, dann sterben wir beide!« Wie um Farodins Worte zu unterstreichen, ging ein neuerlicher Ruck durch das Gerüst. Die beschädigte Plattform schwang hin und her. Plötzlich gab es einen scharfen Knall. Die letzte Halterung hatte unter dem Gewicht nachgegeben, und die Plattform stürzte in die Tiefe.

Farodin packte den Priester und schob ihn nach vorne. Wie ein riesiges Beil durchschlug die Arbeitsplattform Rundhölzer und Streben. Ein ganzer Abschnitt des Gerüstes löste sich vom

Hauptkörper und neigte sich langsam in Richtung der Eiche auf dem Tempelplatz.

Die Panik hatte Farodin ungeahnte Kräfte verliehen. Er riss den Priester hoch und trug ihn auf den Armen, wie ein großes Kind. Ängstlich klammerte sich Guillaume an ihn. Der Elf konnte kaum noch sehen, wohin er trat.

Alles am Gerüst schien nun in Bewegung zu geraten. Die Planke, auf der er lief, zitterte immer stärker. Mit Schrecken sah Farodin, wie Halteklammern aus der Mauer des Tempels brachen. Sie würden es nicht mehr die Leiter hinab bis zu der Plattform schaffen, von der aus man mit einem kleinen Sprung auf das Dach des Gästehauses gelangte. Sie mussten einen Absprung aus größerer Höhe wagen!

Farodin rannte, wie er selten in seinem Leben gerannt war. Streben und splitternde Kanthölzer hagelten von oben auf sie herab. Das Gerüst schwang hin und her wie ein Betrunkener. Der Elf wusste, dass er zusammen mit Guillaume zu schwer war, um den weiten Sprung zu schaffen. Wie ein Ertrinkender, der in seiner Angst seinen Retter mit in die Tiefe zieht, klammerte sich der Priester an den Elfen.

Ohne Vorwarnung sackte die Planke durch, auf der sie liefen. Zwei Schritte noch, und sie hätten den Absprungpunkt erreicht … Im Fallen griff Farodin nach einem Haltetau, das um einen Stützbalken geschlungen war, der sich ebenfalls schon in die Tiefe neigte.

Etwas Schweres traf Farodin in den Rücken, wie der Fausthieb eines Trolls. Er spürte mehrere Rippen brechen. Das Halteseil war in Richtung des Pilgerhauses geschwungen und pendelte nun zurück.

Halb bewusstlos löste Farodin seinen Griff. Guillaume stieß einen gellenden Schrei aus, als sie fielen. Sie schlugen hart auf das Dach. Schindeln zersplitterten unter dem Aufprall. Farodin wurde herumgerissen. Haltlos rollte er die Schräge hinab. Seine Hände tasteten hilflos über die glatten Schindeln, dann rutschte er über die Kante des Daches. Mit der Linken erwischte er gerade noch einen hervorstehenden Balken. Sein

Körper schwang herum und schlug hart gegen die Mauer des Hauses.

»Dort ist einer«, rief jemand unter ihm.

Farodin hielt sich nun mit beiden Händen am Balken fest, doch seine Kräfte reichten nicht mehr, sich hochzuziehen. Armbrustbolzen schlugen neben ihm ein.

Mit ohrenbetäubendem Getöse brach das Gerüst am Tempel in sich zusammen. Staub wallte über den Platz.

Ein Schlag traf Farodins rechten Oberschenkel. Der Elf schrie vor Schmerz. Ein Geschoss hatte sein Bein durchschlagen und steckte blutverschmiert in der Hauswand.

Langsam glitten Farodins Finger vom Balkenende. Sein Wille war gebrochen. Er konnte nicht mehr kämpfen.

»Nimm meine Hand.«

Farodin blickte in angstweite, himmelblaue Augen. Guillaume war an den Rand des Daches gerobbt und streckte ihm die Hand hin.

»Ich kann nicht mehr …«

»Tjured, verbanne meine Angst«, murmelte der Priester. Blanker Schweiß stand ihm auf dem Gesicht, als er sich ein kleines Stück weiter vorschob und nach Farodins Handgelenk griff. Mit einem Ruck, der ihm fast den Arm auskugelte, war der Elf auf das Dach gezogen.

Farodin atmete hechelnd. Ihm war kalt. Die Wunde in seinem Oberschenkel blutete stark.

Guillaume, der sich mit einem Fuß zwischen den Dachsparren eingehakt hatte, um Halt zu finden, richtete sich halb auf. Besorgt blickte er auf die Wunde. »Ich werde dein Bein abbinden. Sonst wirst du …«

Ein letzter Lebensfunke glomm in Farodin auf. Erschrocken robbte er ein Stück vom Priester fort. »Rühr mich nicht an. Du … Versuch nicht, mich …«

Guillaume lächelte müde. »Abbinden. Ich sprach nicht von heilen. Ich möchte doch …« Er hustete. Blut rann von seinen Lippen. Der Priester tastete nach seinem Mund und starrte auf die blutbesudelten Finger. Ein dunkler Fleck breitete sich rasch auf seiner Kutte aus. Ein Armbrustbolzen hatte ihn dicht unter dem Rippenbogen getroffen und seinen Leib durchschlagen.

Plötzlich kippte Guillaume wie ein gefällter Baum. Farodin versuchte ihn zu greifen, doch das alles ging zu schnell. Der Priester stürzte über die Dachkante. Farodin konnte hören, wie Noroelles Sohn auf dem Pflaster des Tempelplatzes aufschlug.

DIE VERMAUERTEN FENSTER

Das Getöse des einstürzenden Gerüsts war bis zum Weinberg hinauf zu hören. Mandred kniff die Augen zusammen und blinzelte gegen das helle Morgenlicht. Die fremden Krieger hängten etwas an die Eiche vor dem Tempelplatz. Die Entfernung war zu groß, um genauer zu sehen, was dort vor sich ging.

»Wir müssen in die Stadt«, sagte Mandred mit Nachdruck.

»Nein!«, wiederholte Ollowain zum dritten Mal. »Wissen wir, was dort vor sich geht? Wahrscheinlich haben sich Nuramon und Farodin irgendwo versteckt und warten, bis diese Mordbrenner verschwinden.«

»*Wahrscheinlich* ist mir nicht genug!« Mandred schwang sich in den Sattel. »Anscheinend hat das Wort *Freund* in der Sprache der Elfen eine andere Bedeutung als bei uns Menschen«, fügte er hinzu. »Ich jedenfalls werde nicht länger tatenlos hier herumsitzen. Was ist mit euch?« Er blickte zu Oleif und den beiden Kämpferinnen. Von den Elfenfrauen erwartete er nicht viel. Sie waren ganz auf Ollowain eingeschworen. Aber sein Sohn … Drei Jahre waren sie nun miteinander geritten. Hatte er ihm in all der Zeit nicht wenigstens ein Gefühl für Ehre beibringen können? Natürlich wusste Mandred, dass er allein nichts ausrichten konnte, ja, dass sie selbst zu fünft kaum gegen die Übermacht bestehen würden. Doch einfach hier zu warten und zu hoffen, dass ihre Freunde noch mal davonkamen, das war nicht die Art, wie sich ein Mann verhalten sollte.

Oleif blickte fragend zu Ollowain. Sein Sohn schien überrascht vom Verhalten des Schwertmeisters.

»Ihr habt alle gesehen, dass nahezu hundert Mann im Morgengrauen über die Brücke geritten sind«, sagte Ollowain.

Mandred strich über den Schaft der Axt, die von seinem Sattelhorn hing. »Das verspricht ein spannender Kampf zu werden. So wie ich das sehe, herrschen beinahe ausgeglichene Verhältnisse.« Er zog die Zügel herum und lenkte sein Pferd auf den schmalen Pfad, der den Weinberg hinab zum Tal führte.

Als er die Straße zur Stadt erreichte, hörte er hinter sich Hufschlag. Er drehte sich nicht um, doch Stolz erfüllte sein Herz. Dieses eine Mal hatte Oleif nicht wie ein Elf gehandelt.

Stumm ritten sie nebeneinander. Ihr Schweigen sagte mehr, als Worte es vermocht hätten.

An der Brücke hatten fünf Krieger Posten bezogen. Mandred sah, wie einer der Männer eine Armbrust spannte. Ein bulliger Kerl mit rasiertem Schädel verstellte ihnen den Weg. Er zielte mit der Spitze eines Speers auf Mandreds Brust.

»Im Namen des Königs, kehrt um. Diese Brücke ist gesperrt.«

Mandred lächelte gewinnend und beugte sich vor. Seine Rechte glitt in die Lederschlaufe, mit der die Axt am Sattel aufgehängt war. »Dringende Geschäfte führen mich nach Aniscans. Mach bitte den Weg frei, mein Freund.«

»Verschwinde hier, oder ich schlitz dir den Bauch auf und häng dich an deinen eigenen Gedärmen in den nächsten Baum.« Der Speer des Wächters zuckte vor und war nur noch wenige Fingerbreit von Mandreds Kehle entfernt.

Mandreds Axt schnellte hoch und zersplitterte den Schaft der Waffe. Ein Rückhandhieb zerschmetterte dem Wächter den Schädel.

Der Jarl duckte sich tief über den Nacken des Pferdes, um für den Armbrustschützen ein schlechteres Ziel zu bieten. Oleif war aus dem Sattel gesprungen und wütete unter den überraschten Wächtern. Er unterlief ihre Speere und ließ sein Langschwert in tödlichen Kreisen wirbeln. Weder Schilde noch Kettenhemden vermochten dem Elfenstahl zu widerstehen. Es dauerte nur Augenblicke, und die fünf Krieger lagen am Boden.

Die Brücke war jetzt frei. Anscheinend waren sie vom anderen Ufer nicht beobachtet worden. Mandred schwang sich aus dem Sattel und kniete neben dem Armbrustschützen nieder. Der Mann war nicht mehr bei Bewusstsein. Ein Pferdetritt hatte sein Gesicht in eine blutige Masse verwandelt. Mandred zog ein Messer aus seinem Gürtel und schnitt ihm die Kehle durch. Dann durchsuchte er den Toten. Er fand eine dünne Lederbörse mit ein paar Kupferstücken und einem dunkel angelaufenen Silberring.

»Das ist nicht wahr, Vater!«

Mandred blickte kurz zu seinem Sohn auf und ging dann zu dem Kahlkopf, der damit gedroht hatte, ihn an den Gedärmen aufzuhängen. »Stört dich etwas?«, fragte Mandred und tastete die Kleider des korpulenten Mannes nach versteckten Münzen ab.

»Du bestiehlst Tote! Das ist … widerlich! Unmoralisch!«

Mandred drehte den Anführer der Wachen zur Seite. Er hatte große, fleischige Ohren und trug einen einzelnen Ohrring mit einer hübschen Perle. Mit einem Ruck riss der Jarl den Ohrring ab. »Unmoralisch?« Er hielt die Perle gegen das Licht. Sie war so groß wie eine Erbse und schimmerte rosa. »Unmoralisch wäre es vielleicht, Lebende zu bestehlen. Denen hier tut es nicht mehr weh, wenn ich sie um ihre Barschaft erleichtere. Wenn ich es nicht täte, dann würden es ihre eigenen Kameraden tun.«

»Sprich nicht von Kameraden! Im Augenblick scheint es dir ja herzlich egal zu sein, ob deine so genannten Freunde um ihr Leben kämpfen. Ollowain hatte Recht!«

Mandred ging zum nächsten Toten. »Würdest du das andere Ufer im Auge behalten, während du predigst, Sohn? Du würdest dich sicher gut mit Guillaume verstehen. Und womit hatte Ollowain Recht?«

»Er sagte, du wärst wie ein Tier, das allein nach seinen Instinkten handelt. Weder gut noch böse … Einfach primitiv!«

Einer der toten Speerträger trug einen Silberring mit einem großen Türkis. Mandred zog am Ring, doch er saß fest. »Du behältst das andere Ufer im Auge«, war alles, was er sagte. Mandred spuckte auf die Hand des Toten und verrieb Speichel, damit der Ring besser über den Finger gleiten konnte, doch es half nicht. Entnervt zog er seinen Dolch.

»Das tust du jetzt nicht, Vater.«

Mandred setzte die Dolchspitze auf den Ansatz des Fingergelenks und schlug mit dem Handballen auf den Knauf der Waffe. Mit leisem Knirschen durchtrennte der Stahl den dünnen Knochen. Der Jarl nahm den Finger, streifte den Ring ab und steckte ihn zu der übrigen Beute in einen Lederbeutel.

»Du bist schlimmer als ein Tier!«

Der Krieger richtete sich auf. »Was du über mich und Tiere denkst, ist mir gleich. Aber behaupte nie wieder, mir wären meine Freunde egal.«

»Ach so, ich verstehe. Es ist die reine Rücksichtnahme, dass wir hier verharren, während sie kämpfen. Du willst ihnen nicht den Spaß verderben.«

Mandred schwang sich in den Sattel. »Du begreifst wirklich nicht, was wir hier tun, oder?«

»Doch, doch. Das war schon recht offensichtlich. Du füllst dir deinen Geldbeutel … Wahrscheinlich, damit du dich in der nächsten Stadt besaufen und rumhuren kannst. Hat Freya dich vielleicht auch deswegen verflucht?«

Mandred versetzte Oleif eine schallende Ohrfeige. »Nenn deine Mutter und Huren nie wieder in einem Atemzug.«

Der junge Krieger schwankte im Sattel, ganz benommen von der Wucht des überraschenden Schlags. Rote Striemen malten sich auf seiner Wange ab.

»Und jetzt hör mir zu, statt zu schwatzen, und lern etwas.« Mandred sprach leise und überbetont. Er durfte sich nicht vergessen! Am liebsten hätte er diesem Klugscheißer von Sohn eine ordentliche Tracht Prügel verpasst. Was hatten die Elfen nur aus seinem Jungen gemacht! »Die meisten menschlichen Krieger haben Angst vor dem Kampf. Sie reden groß daher, aber wenn es so weit ist, dann sitzt ihnen allen die Angst im Gedärm. Ich selbst habe Angst davor, dass in den Häusern am anderen Ufer Armbrustschützen lauern und uns niederschießen, wenn wir über die Brücke kommen. Wenn sie dort postiert sind, dann warten sie, bis wir auf eine Entfernung herankommen, auf die sie uns nicht mehr verfehlen können. Ich bin abgesessen und habe meine Börse gefüllt, um ihnen ein bisschen Zeit mit ihrer Angst zu lassen. Denn sie fürchten uns genauso. Sie haben Angst, uns zu verfehlen, und davor, dass wir in den Häusern sind, bevor sie nachgeladen haben. Je länger sie uns sehen und warten müssen, desto größer wird die Wahrscheinlichkeit, dass einer die Nerven verliert und schießt. Dann wissen wir zumindest, was uns erwartet.«

Einige Herzschläge lang herrschte angespanntes Schweigen zwischen Vater und Sohn. Man hörte nur das Schaben des Treibholzes, das sich an den massigen Brückenpfeilern entlangschob.

Oleif blickte zu den Häusern am anderen Ufer. »Du hast Recht. Wenn wir blindlings in eine Falle reiten, sind wir keine Hilfe für Nuramon und Farodin. Nichts regt sich drüben. Glaubst du, wir können die Brücke in Sicherheit überqueren?«

Mandred schüttelte den Kopf. »Krieg und Sicherheit sind zwei Dinge, die nicht zusammengehen. Allerdings bin ich mir jetzt sicher, dass dort drüben keine gewöhnlichen Krieger auf uns lauern. Von denen hätte längst einer geschossen. Aber wenn uns statt Grünschnäbeln ein paar ausgebuffte alte Hurenböcke erwarten, Veteranen, die schon in vielen Schlachten gekämpft haben, dann kennen sie dieses Spiel und warten in aller Seelenruhe ab.«

Mandred beugte sich tief über den Hals seiner Stute und gab ihr die Sporen. »Wir sehen uns am anderen Ufer!«

Sie jagten in gestrecktem Galopp über die lange Brücke.

Misstrauisch beobachtete Mandred die Häuser, doch kein Pfeilhagel empfing sie, als sie die Brücke verließen. Die fünf Krieger schienen die einzigen Wachen auf dieser Seite der Stadt gewesen zu sein.

Mandred und Oleif zügelten ihre Pferde. Vor ihnen lag eine breite, gewundene Straße, die zum Markt und von dort weiter hinauf zum Tempelplatz auf dem Hügel führte. Aniscans war wie ausgestorben. Niemand wagte sich auf die Gassen. Langsam ritten sie weiter. Ängstliche Augen folgten ihnen hinter halb verschlossenen Fensterläden. Vom Hügel herab ertönte Geschrei. Man hörte den hellen Klang von Schwertern.

»Wenn ich hier das Kommando hätte, würde ich uns in die Stadt hineinlassen und dann die Gassen absperren«, erklärte Oleif.

Mandred nickte. »Wie es scheint, haben die Elfen dir ja doch etwas mehr beigebracht, als schlau daherzureden oder ein Liedchen zu trällern. Lass uns absitzen. Zu Fuß sind wir beweglicher.«

Sie verließen die Hauptstraße und schlugen sich in das Labyrinth aus engen Gassen. Die Pferde führten sie an den Zügeln hinter sich her. Beklommen sah Mandred sich um. Die ganze Stadt war eine einzige große Falle. Sie konnten nur hoffen, dass niemand das Gemetzel an der Brücke beobachtet hatte.

Die beiden überquerten einen engen Platz aus gestampftem Lehm. Ein großes Haus mit vermauerten Fenstern beherrschte eine ganze Seite des Platzes. Mit seinem hohen Tor, das auf einen Hinterhof führte, sah es fast wie eine Burg aus.

»Dort stellen wir die Pferde unter«, erklärte Mandred und führte seine Stute durch das Tor. Zum Innenhof zeigten viele Fenster. Misstrauisch sah Mandred sich um. Das Gebäude kam ihm seltsam vor. Kurz konnte er eine junge Frau mit halb geöffnetem Mieder an einem der Fenster sehen. Dann war sie verschwunden. Niemand trat aus der einzigen Tür, die ins Haus führte, oder sprach sie von den Fenstern herab an. Mandred war es nur recht so.

Gegenüber dem Tor lag ein offener Schuppen mit einer langen Werkbank. Holzschuhe stapelten sich auf dem Arbeitstisch. Daneben lag ordentlich aufgereiht ein breites Sortiment Schnitzwerkzeuge: Hobel, Stemmmeißel und Messer mit merkwürdig gekrümmten Klingen. Auch hier war keine Menschenseele zu sehen.

Mandred schlang die Zügel um einen der Eisenringe, die in die Häuserwand eingelassen waren. Dann betrachtete er lange die Fenster, die zum Hof lagen. »Ich weiß, dass ihr uns beobachtet. Wenn die Pferde nicht mehr hier sind, wenn ich wiederkehre, dann komm ich herauf und schneide euch die Hälse durch.« Er griff in den Lederbeutel an seinem Gürtel und zog eine einzelne Münze hervor, die er hochhielt. »Finde ich die Pferde aber getränkt und gefüttert, dann lasse ich dieses Silberstück hier.«

Ohne auf eine Antwort zu warten, schulterte Mandred die Axt und ging zum Tor hinaus.

»Hast du einen Plan?«, fragte Oleif.

»Natürlich. Mach dir keine Sorgen. Ich weiß genau, was zu tun ist. Wir sollten dem Lärm des Kampfes folgen.«

Sein Sohn runzelte die Stirn. »Gibt es noch einen anderen Plan?«

Mandred winkte ärgerlich ab. »Zu viele Pläne machen nur Kopfschmerzen und führen dazu, dass man gar nichts mehr tut. Ein guter Anführer schwatzt nicht herum, sondern handelt.«

Mandred verfiel in einen leichten Trab. Er hielt sich dicht an den Hauswänden, um für Schützen ein schlechteres Ziel zu sein. Das Klingen der Schwerter war nun ganz nah.

Plötzlich taumelte ein Krieger aus einem Hauseingang. Er hatte einen großen Rundschild mit einem weißen Stierkopf als Wappen um den Arm geschnallt. In der Tür erschien Nuramon. Der Elf presste sich die Hand auf die linke Hüfte. Dunkles Blut quoll zwischen seinen Fingern hervor.

Ein Fausthieb Mandreds schickte den überraschten Krieger zu Boden, noch bevor er seinen Schild zum Schutz heben konnte.

»Gut, euch zu sehen, Menschensöhne«, krächzte Nuramon. Er ließ das Schwert sinken und lehnte sich erschöpft gegen den Türrahmen. »Kommt.«

Die beiden folgten dem Elfen ins Halbdunkel des Hauses. Sie durchquerten eine verwüstete Küche und stiegen über zwei Leichen hinweg, die die Tür zum Speisesaal blockierten. Auch hier waren alle Läden versperrt, und es fielen nur schmale Lichtstreifen in den Saal. Auf dem langen Esstisch, der den Raum beherrschte, lag Farodin. Ein junger Priester mit flammend rotem Haar stand über ihn gebeugt.

»Du darfst dich nicht bewegen, Herr«, redete der Jüngling in flehendem Tonfall auf den Elfen ein. »Die Wunde wird wieder aufbrechen. Und du hast viel Blut verloren.«

Farodin schob den Tjuredpriester zur Seite. »Herumliegen kann ich, wenn wir aus der Stadt heraus und in Sicherheit sind.«

»Aber du wirst …«, begann der Priester aufgebracht.

Nuramon beruhigte ihn. »Ich werde mich später um seine Wunden kümmern.«

Farodin richtete sich auf und wandte sich an den Menschensohn. »Ihr habt lange gebraucht. Wo steckt Ollowain?«

Mandred wich dem Blick des Elfen aus.

Farodin schnaubte verächtlich. »Das habe ich mir gedacht.« In kurzen Worten erzählte er vom Angriff auf den Tempel und von ihrer Flucht.

»Und Guillaume?«, fragte Oleif, nachdem Farodin geendet hatte.

Der Elf deutete zu den versperrten Fensterläden. »Dort auf dem Tempelplatz.«

Mandred und sein Sohn durchquerten den Saal und spähten vorsichtig durch einen Spalt nach draußen. Überall waren die Krieger des Königs zu sehen. Sie hatten Holz vom eingestürzten Baugerüst rings um die heilige Eiche aufgeschichtet. Von einem der Äste des Baums hingen, mit den Köpfen nach unten, zwei nackte, geschändete Leichen. Ein untersetzter, älterer Mann und … Guillaume. Man hatte ihre Körper mit Rutenhieben zerschunden. Armbrustbolzen und zersplitterte Speerschäfte ragten aus ihren Rümpfen.

Angewidert wandte Mandred sich ab. »Warum tun sie das? Du hast doch gesagt, sie sollten ihn vor ihren König bringen.«

»Nachdem Guillaume vom Dach gestürzt war, war er nicht mehr vorzeigbar«, entgegnete Farodin kalt. Dann presste er die Lippen zusammen, bis sie ein schmaler, farbloser Strich waren.

»Der Armbrustbolzen, der ihn traf, war für Farodin bestimmt gewesen«, sagte Nuramon mit tonloser Stimme. »Ich …«

»Guillaume hat den Tod gesucht«, unterbrach ihn Farodin aufgebracht. »Du weißt das. Er wollte hinaus zu diesen Mördern!«

»Um uns zu retten«, erwiderte Nuramon ruhig. »Ich mache dir doch keine Vorwürfe. Aber zwischen Emerelle und Cabezan sah Guillaume keinen Platz mehr zu leben. Ihm blieb nur die Wahl, auf welche Weise er sterben wollte. Als die Krieger seinen Leichnam vom Pflaster hoben, verfielen sie in blinde Raserei. Sie haben seine Leiche geschändet und aufgeknüpft.«

»Und jetzt werden sie uns holen kommen«, sagte Oleif, der noch immer am Fenster stand.

Mandred blickte hinaus und stieß einen lästerlichen Fluch aus. Der Mann, den er vor der Tür niedergeschlagen hatte, hatte das Bewusstsein wiedererlangt. Er rannte auf den Platz, schrie und deutete auf das Haus, in dem sie sich verbargen. »Verdammtes Gerede über Moral! Früher hätte ich ihm einfach den Hals durchgeschnitten.«

Farodin griff nach dem Schwert, das neben ihm auf dem Tisch lag. »Sie wären uns ohnehin holen gekommen.« Er wandte sich zu dem Priester, der seine Wunden versorgt hatte. »Ich danke dir, Menschensohn. Nun such deinen Ordensbruder und versteck dich. Wir werden euch nicht länger schützen können.« Er versuchte aufzustehen, doch sein verwundetes Bein vermochte ihn nicht zu tragen.

Mandred griff dem Elfen unter die Achseln, um ihn zu stützen.

»Ich brauche keine Hilfe«, murrte Farodin.

Mandred ließ ihn los. Der Elf stand schwankend, aber immerhin … er stand. »Es macht keinen Sinn, hier zu kämpfen. Versuchen wir uns zu den Pferden durchzuschlagen. Wenn die Brücke nicht wieder besetzt ist, können wir vielleicht noch entkommen.« Er winkte Oleif zu sich. »Hilf Nuramon. Er ist weniger widerborstig.«

»Geht nicht durch die Tür hinaus«, sagte der rothaarige Priester plötzlich. »Ich … ich wollte euch auch danken. Mein Ordensbruder Segestus … Ich brauche ihn nicht mehr zu suchen, er hat sich schon davongemacht. Es gibt noch einen anderen Weg. Folgt mir!«

Mandred blickte zu Farodin. »Wir haben nichts mehr zu verlieren«, entschied der Elf. »Verriegelt die Türen. Das wird sie ein wenig aufhalten. Was ist das für ein Weg, den dein Ordensbruder genommen hat?«

Der Priester zündete eine Laterne an und führte sie von der Küche aus in einen Vorratskeller. Der Raum war voll gestopft mit Amphoren in allen erdenklichen Größen und Formen. Von der Decke hingen Schinken und geräucherte Würste.

Der Ordensbruder ging voraus. Mandred blieb ein wenig zurück und schob sich zwei große Räucherwürste unter das Wams. Dies war der Anfang einer wilden Flucht, und allein Luth mochte wissen, wann sie das nächste Mal etwas Vernünftiges zu essen bekamen. Am liebsten hätte er auch eine der Weinamphoren mitgenommen. Der Gott Tjured musste wahrlich bedeutend sein, wenn seine Priester eine so wohl gefüllte Vorratskammer unterhalten konnten. Eigenartig, dachte Mandred, er hatte vor zwei Wochen zum ersten Mal von Tjured gehört. Aber das lag wohl an seiner Unwissenheit …

Der junge Priester brachte sie zu einer niedrigen Pforte, hinter der eine Stiege lag, die weiter in die Tiefe führte. Von dort gelangten sie in einen Raum, in dem riesige Fässer lagerten. Mandred traute seinen Augen kaum. Nie in seinem Leben hätte er gedacht, einmal zu Fässern aufblicken zu müssen. Sie waren zu beiden Seiten an den Wänden aufgereiht. Nach vorn verlor sich der Kellerraum in der Finsternis. Hier war ein ganzer Weinsee eingelagert!

»Bei den Titten Naidas, Priester, was macht ihr mit so viel Wein? Badet ihr darin?«, platzte es aus Mandred heraus.

»Aniscans ist eine Stadt der Winzer. Der Tempel erhält oft Wein als Geschenk. Wir handeln damit.« Er hielt inne, blickte zurück und zählte lautlos mit dem Finger die Fässer ab, an denen sie vorbeigegangen waren. Dann winkte er sie noch ein Stück weiter und führte sie schließlich zwischen zwei hohen Fässern hindurch. In der Dunkelheit verborgen öffnete sich hier ein Durchgang zu einem niedrigen Tunnel.

»Manche Leute sagen, es gäbe unter Aniscans noch eine zweite, verborgene Stadt. Es sind die großen Lagergewölbe der Winzer. Viele der Kammern sind durch Tunnel wie diesen hier miteinander verbunden. Wer sich hier unten auskennt, der kann an einem regnerischen Tag trockenen Fußes von einem Ende der Stadt zum anderen gelangen. Aber man kann sich auch hoffnungslos verlaufen …«

»Na ja, zumindest wird man hier unten nicht verdursten.«

Der Priester sah Mandred peinlich berührt an. Dann bückte er sich und verschwand im Tunnel.

Mandred zog den Kopf tief zwischen die Schultern. Dennoch stieß er auf dem Weg durch die Dunkelheit immer wieder gegen die Decke. Das schwache Licht der Laterne wurde durch die anderen, die vor ihm gingen, fast völlig verdeckt. So tastete er sich durch die Finsternis. Hier unten war es stickig, ein säuerlicher Geruch hing in der Luft. Bald hatte Mandred das Gefühl, dass sie schon eine Ewigkeit unterwegs waren. Er zählte die Schritte, um sich abzulenken. Bei dreiunddreißig erreichten sie einen zweiten Lagerraum voller Fässer.

Der Priester brachte sie zu einer Treppe, und sie verließen das Gewölbe durch eine Klapptür, die sie auf einen sonnigen Hof führte. »Wohin wollt ihr jetzt?«

Mandred blinzelte in das Licht und atmete tief durch.

»Unsere Pferde stehen auf einem Hinterhof. Es ist ein größeres Haus an einem kleinen Platz, die Fenster zum Platz sind vermauert«, erklärte Oleif. »Kannst du uns sagen, wie wir dorthin kommen?«

Der Priester errötete. »Ein Haus mit vermauerten Fenstern?« Er räusperte sich verlegen.

»Stimmt etwas damit nicht?«, fragte Mandred. »Ich habe mich auch schon gefragt, warum sie aus dem Haus eine Festung gemacht haben.«

Wieder räusperte sich der Priester. »Das ist … wegen der Schänke auf der anderen Seite des Platzes. Der Wirt hatte einen besonderen Schankraum im zweiten Stock eingerichtet. Wer dort trinken wollte, musste ein Kupferstück mehr für den Krug Wein zahlen.«

»Und?«

Der Priester wand sich vor Verlegenheit. »Von dem Schankraum aus konnte man gut in die Fenster auf der anderen Seite des Platzes sehen.«

Mandred verlor langsam die Geduld. »Und was gab es dort zu sehen?«

»Es ist ein … ein Haus, in das einsame Männer gehen. Von der Schänke aus konnte man beobachten, was sich in den Zimmern tat. Deshalb hat der Besitzer die Fenster vermauern lassen.«

Nuramon lachte laut auf und presste im nächsten Moment die Hand auf die Wunde über seiner Hüfte. »Ein Hurenhaus! Du hast die Pferde in einem Hurenhaus untergestellt, Mandred?«

»Auf dem *Hof* eines Hurenhauses«, wandte Oleif ein, der ebenfalls rot geworden war. »Auf dem Hof.«

»Ich wette, das ist das einzige Hurenhaus in der Stadt«, setzte Farodin nach. »Und du hast es zielsicher gefunden.«

Mandred konnte nicht begreifen, was daran so komisch sein sollte. »Ich weiß davon nichts. Im Hof steht die Werkstatt eines ehrbaren Handwerkers, das ist alles, was ich gesehen habe.«

»Natürlich«, erwiderte Farodin grinsend. »Natürlich.«

Mandred sah die beiden Elfen verwundert an. Die Kämpfe und der schreckliche Tod Guillaumes, das alles musste für sie zu viel gewesen sein. Anders konnte er sich diesen widersinnigen Ausbruch von Heiterkeit nicht erklären.

»Du kennst dich hier aus, Priester. Bring uns auf dem schnellsten Weg zu diesem … Hurenhaus.«

Der Jüngling führte sie auf verstohlenen Wegen durch schmale Gassen und über Hinterhöfe. Hin und wieder konnten sie ganz in der Nähe die Rufe der Soldaten des Königs hören, doch sie blieben unentdeckt. Mandred hatte das Gefühl, dass sie längst beim Hurenhaus hätten ankommen müssen, als der Priester plötzlich verharrte und ihnen ein Zeichen gab, sich still zu verhalten.

»Was ist los, Betbruder?«, zischte der Jarl und drängte sich nach vorn. Vorsichtig spähte er auf den Platz. Sie hatten ihr Ziel erreicht, doch vor der Schänke gegenüber dem Hurenhaus standen sieben Krieger. Ein hageres Schankmädchen brachte ihnen Humpen mit Bier und hölzerne Platten voll Käse und Brot.

»Luth liebt es, die Fäden des Schicksals zu schwierigen Mustern zu weben«, seufzte Mandred. Er wandte sich zu seinen Gefährten. »Ich werde die Soldaten ablenken. Seht, dass ihr zu den Pferden kommt. Was ist mit dir, Priester? Willst du mit uns fliehen?«

Der junge Mann überlegte kurz, dann schüttelte er den Kopf. »Ich habe Freunde in der Stadt. Sie werden mich verstecken, bis dieses Gesindel wieder abgezogen ist.«

»Dann solltest du nicht mit uns gesehen werden. Ich danke dir für deine Hilfe. Doch nun mach besser, dass du fortkommst.«

»Was hast du vor, Vater? Du willst doch nicht etwa allein gegen sieben ...«

Mandred strich über das runengeschmückte Axtblatt. »Wir sind zu zweit. Sieh zu, dass du mit Nuramon und Farodin so schnell wie möglich zu den Pferden kommst. Wenn ihr es erst einmal bis zum Stadtrand geschafft habt, wird Ollowain euch vielleicht helfen, wenn ihr in Schwierigkeiten kommt.«

»Und du?«, fragte Nuramon. »Wir können dich doch nicht einfach zurücklassen.«

Mandred machte eine wegwerfende Geste. »Mach dir um mich keine Sorgen. Ich komme hier schon irgendwie raus. Du weißt doch, nicht einmal der Manneber hat mich umbringen können.«

»Du solltest nicht ...«

Mandred hörte nicht länger auf die Einwände seiner

Freunde. Jeden Augenblick mochte hinter ihnen in der Gasse einer der Suchtrupps erscheinen. Die Zeit der Worte war vorbei. Er packte seine Axt fester und schlenderte auf den Platz hinaus.

»He, Männer. Ich bin froh zu sehen, dass es hier noch was anderes als Traubensaft zu trinken gibt.«

Die Soldaten blickten überrascht auf. »Was machst du hier?«, fragte ein Krieger mit strähnigem Haar und Stoppelbart.

»Ich bin ein Pilger auf dem Weg zum Tjuredtempel«, erklärte Mandred. »Es heißt, dort gebe es einen Heiler, der wahre Wunder bewirkt.« Er streckte sich. »Meine Finger werden langsam krumm von der Gicht.«

»Der Priester Guillaume ist heute Morgen bei dem Versuch verstorben, sich selbst zu heilen.« Der Soldat grinste gehässig. »Wir halten gerade seinen Leichenschmaus.«

Mandred hatte die Soldaten fast erreicht. »Dann werde ich auch auf sein Wohl trinken. Der Mann …«

»Da ist Blut an seiner Axt«, schrie plötzlich einer der Krieger.

Mandred stürmte vor und schlug den vordersten der Männer mit der Axt nieder, während er einem anderen die Schulter gegen die Brust rammte und ihn so zu Fall brachte. Eine Schwertklinge schrammte geräuschvoll über sein Kettenhemd, ohne es zu durchdringen. Mandred fuhr herum, blockte einen Angriff mit der Axt und hämmerte einem anderen Krieger seine Faust ins Gesicht. Eine Wurfaxt verfehlte nur knapp seinen Kopf. Der Jarl duckte sich und stürmte vor. Keine Rüstung vermochte der tödlichen Doppelklinge seiner Axt zu widerstehen. Wie ein Schnitter im Korn mähte er die Krieger nieder, als ihn ein Warnschrei herumfahren ließ.

Aus einer der Seitengassen kamen weitere Kämpfer mit Stierschilden auf den Platz gestürmt. Oleif hatte sich ihnen in den Weg gestellt, während Farodin und Nuramon humpelnd zum Hof des Hurenhauses zu fliehen versuchten.

Mandred löste sich von den verbliebenen Kriegern und eilte seinem Sohn zu Hilfe. Oleif bewegte sich mit der Anmut eines

Tänzers. Es war ein weibisch wirkender Kampfstil, dachte Mandred, und doch vermochte keiner der Krieger den wirbelnden Kreis des Langschwerts zu durchbrechen.

Seite an Seite kämpfend, wurden Vater und Sohn langsam zum Eingang des Hofes zurückgedrängt. Als sie im Tor standen und nicht mehr von den Seiten oder aus dem Rücken angegriffen werden konnten, zogen sich die Krieger des Königs zurück.

Mandred und Oleif verschlossen das schwere Tor und blockierten es mit einem Querbalken. Nach Atem ringend, ließ sich der Jarl zu Boden sinken. Seine Linke spielte mit einem seiner Zöpfe. »Ich habe vergessen mitzuzählen«, murrte er müde.

Sein Sohn grinste schief. »Ich würde sagen, es waren mindestens drei. Mit den beiden auf der Brücke also insgesamt fünf. Wenn du weiterhin jedes Toten mit einem Zopf gedenken willst, wirst du dir bald neue Haare zulegen müssen.«

Mandred schüttelte unwillig den Kopf. »Dünnere Zöpfe. Das ist die Lösung.« Schnaufend wuchtete er sich hoch.

Nuramon und Farodin waren bei den Pferden. Die Elfen wären keine Hilfe, wenn es darum ging, sich den Weg durch die Stadt freizukämpfen.

Ein glatzköpfiger Kerl mit vernarbtem Gesicht erschien in der Tür zum Hof. Selten war Mandred einem so hässlichen Mann begegnet. Sein Gesicht sah aus, als wäre eine Rinderherde darüber hinweggetrampelt. »Die Pferde sind getränkt und gefüttert, Krieger. Ich wäre dir dankbar, wenn du mein Haus jetzt verlassen würdest!«

»Gibt es einen zweiten Ausgang?«

»Gewiss, aber keinen, den ich dir zeigen würde. Du gehst durch das Tor wieder hinaus, durch das du hineingekommen bist. Flüchtigen vor den Leibwachen des Königs gewähre ich keinen Unterschlupf.«

Oleif machte drohend einen Schritt in Richtung der Tür, doch Mandred packte ihn beim Arm und zog ihn zurück. »Er hat Recht. Ich würde mich an seiner Stelle genauso verhalten.« Der Jarl legte den Kopf in den Nacken und blickte zu den Fenstern hoch. Zwei junge Frauen beobachteten neugierig, was auf dem Hof geschah.

»Ist das hier wirklich ein Hurenhaus?«, fragte Mandred.

»Ja«, erwiderte der Glatzkopf. »Aber ich glaube nicht, dass dir noch genug Zeit bleibt, um mit einem meiner Mädchen anzubandeln, Krieger.«

Mandred löste seinen Geldbeutel vom Gürtel und wog ihn in der Hand. Dann warf er ihn dem Narbengesichtigen zu. »Es könnte sein, dass dein Haus in der nächsten Stunde ein wenig Schaden nimmt. Vielleicht kann es aber auch davor bewahrt werden … Würdest du mir das Tor öffnen, wenn ich dich darum bitte?«

»Du kannst auf meine Unterstützung rechnen, wenn es darum geht, dass ihr hier verschwindet.«

»Dann halte dich beim Tor bereit!« Mandred grinste seinem Sohn zu. »Du hast Recht gehabt. Ich lasse tatsächlich all mein Geld in Hurenhäusern.«

»Es tut mir Leid …«

»Vergiss das. Hilf mir lieber!« Sie gingen zu dem Schuppen hinüber, und Mandred fegte mit dem Arm die Holzschuhe von der Werkbank. Der Arbeitstisch hatte eine drei Zoll dicke Eichenplatte. Mandred strich über das fleckige Holz. »Die Regeln bei Belagerungen sind sehr einfach, Junge. Es gibt die hinter den Mauern. Die sitzen herum, warten, was geschieht, und wehren sich nach Kräften. Und dann gibt es die vor den Mauern. Die sind immer im Vorteil, denn sie entscheiden, wann etwas geschieht. Ich finde, wir sollten diese Regeln ein wenig auf den Kopf stellen.«

Oleif sah ihn verständnislos an.

Mandred steckte einige der Schnitzmesser in seinen Gürtel. »Ich glaube, ich habe dir bisher noch nie gesagt, dass du recht ordentlich geraten bist, obwohl dich dieser Ollowain aufgezogen hat.«

»Du glaubst, dass wir hier sterben werden?«

»Ein richtiger Krieger sollte nicht in seinem Bett sterben.« Er zögerte. So vieles hätte er seinem Sohn noch zu sagen.

Doch die Zeit lief ihnen davon. Sein Mund war plötzlich trocken. »Ich … ich wünschte, wir hätten diese verfluchte Stadt nicht betreten. Und ich wünschte, wir beide hätten einen Sommer gemeinsam in Firnstayn verbracht. Es ist nur ein einfaches Dorf … Aber auf seine Art ist es schöner als alles, was ich in Albenmark gesehen habe.« Er schluckte. »Ich wette, bei den Elfen hat man dir niemals Fliegenfischen beigebracht. Im Spätsommer ist der Fjord voller Salme … Genug geschwatzt! Schenken wir denen dort draußen nicht noch mehr Zeit, sich zu sammeln. Jetzt kommen wir vielleicht noch durch. Sie sind ja in der ganzen Stadt verstreut, um nach uns zu suchen.« Er zerrte an der Werkbank. »Verdammt schwer.« Kurz blickte er zu den beiden Elfen. »Die sind uns im Kampf keine Hilfe mehr. Mit zwei Reitern im Sattel sind die Pferde zu langsam.« Er zögerte. »Ich werde hier bleiben … Ich werde meiner Stute auf die Hinterhand schlagen, sobald wir draußen sind. Wenn sie durchgeht, wird Nuramon alle Mühe haben, im Sattel zu bleiben, und kann keinen heldenhaften Unsinn machen. So schafft er es vielleicht aus der Stadt …«

Oleif atmete tief ein. Dann nickte er. »Ich bleibe bei dir. Mögen die Götter den beiden auf ihrer Suche nach Noroelle beistehen. Ihr Leben hat ein Ziel … Ich aber weiß nicht einmal, in welche Welt ich gehöre.«

Mandred schloss seinen Sohn in die Arme. »Ich bin stolz, an deiner Seite geritten zu sein … Alfadas«, sagte er mit halb erstickter Stimme. Es war das erste Mal, dass er ihn bei seinem Elfennamen nannte. Einige Herzschläge lang verharrten sie, von Gefühlen überwältigt, dann gingen sie hinüber zu den Pferden.

Nuramon blickte sie niedergeschlagen an. »Habt ihr eine Vorstellung, wie wir hier herauskommen?«

»Klar!« Mandred hoffte, dass sein Lächeln nicht allzu aufgesetzt wirkte. »Wir überrumpeln sie, schlagen ihnen die Schädel ein und reiten dann in aller Seelenruhe davon. Ich fürchte, es wird allerdings etwas ungemütlich, sich zu zweit einen Sattel zu teilen.«

Farodin lachte leise. »Bestechend schlicht. Ein echter Mandredplan.«

»Nicht wahr?« Der Jarl ging zu Nuramon und half ihm in den Sattel. »Bleibt bloß auf den Pferden, sonst seid ihr nur im Weg.«

Als beide Elfen aufgesessen waren, gingen Mandred und Alfadas in den Schuppen zurück, um die Werkbank anzuheben und wie einen riesigen Schild vor sich her zu tragen. »Ich hätte eine letzte Bitte an dich, mein Sohn.«

Alfadas' Gesicht war vor Anstrengung verzerrt. »Was?«

»Wenn wir hier lebend herauskommen, dann benutz dieses Duftwasser nicht mehr. Das ist was für Weiber und Elfen. Und es hält Norgrimm von deiner Seite fern. Auf die Gunst des Kriegsgottes solltest du lieber nicht verzichten.« Mandred reckte den Kopf vor. »Mach das Tor auf, Narbengesicht!«

Der Bordellbesitzer riss den Querbalken herunter und stieß die beiden Torflügel auf.

»Für Freya!«, schrie Mandred aus vollem Hals, als sie vorstürmten.

Wie Hagelschlag prasselten Armbrustbolzen auf die Tischplatte. Dicht gegen das Holz gedrückt, rannten die beiden blindlings auf den Platz hinaus, bis sie in eine Gruppe Krieger gerieten. Der schwere Werktisch riss fünf Mann zu Boden.

Mandred blickte sich um und erschrak bis ins Mark. An sämtlichen Fenstern rings herum standen Armbrustschützen, die in aller Eile ihre Waffen nachluden. Die Gassen, die auf den kleinen Platz führten, waren verbarrikadiert und von Soldaten bewacht. Der Trupp Krieger, in den sie hineingerannt waren, zog sich hastig zurück, um nicht in der Schusslinie zu stehen.

Plötzlich erklang Hufschlag. Ein schneeweißer Hengst setzte über eine der Barrikaden hinweg. Eine Reiterin mit wehendem Haar riss das Pferd am Zügel herum und legte ihren Bogen an. In fließender Bewegung ließ sie den Pfeil von der Sehne schnellen und griff nach dem nächsten in ihrem Köcher. Ein Armbrustschütze stürzte schreiend aus einem der Fenster der Schänke gegenüber.

Jetzt erklang aus einer anderen Gasse Hufschlag. Ollowain setzte über eine Barrikade hinweg und schlug dabei einen Speerträger nieder. Er führte Nuramons Pferd am Zügel mit sich. »Los, in den Sattel, Menschensohn. Du magst mir eine Lektion in Sachen Ehre erteilt haben, aber deshalb werde ich noch lange nicht auf deinesgleichen warten.«

Mandred griff nach dem Sattelhorn und zog sich hoch. Er sah, wie Yilvina an einer dritten Barrikade abgesessen war und wie eine Berserkerin mit ihren Kurzschwertern auf die Soldaten eindrosch.

Plötzlich war die Luft erfüllt von Armbrustbolzen. Die Pferde wieherten schrill. Etwas traf Mandred in den Rücken, sodass er vornüber sank.

Nomja schoss noch immer, als ein Bolzen ihren Hengst in den Kopf traf. Eine Fontäne von Blut spritzte über das weiße Fell. Wie von einem Blitzschlag getroffen, brach das große Tier in die Knie. Nomja war mit einem Satz aus dem Sattel und versuchte den stampfenden Hufen der anderen Pferde zu entgehen.

Trotzig riss die Elfe ihren Bogen hoch und schoss zurück.

»Zu Yilvina!«, rief Ollowain. »Sie hat uns den Weg frei gemacht!«

Mandred lenkte sein Pferd an Nomjas Seite und streckte ihr die Hand entgegen. »Komm!«

»Einen noch!« Schon verließ ein Pfeil die Sehne. Sie drehte sich um und zuckte plötzlich zusammen. Mandred packte sie, als sie vornüber zu fallen drohte, und zog sie zu sich aufs Pferd. Trotz ihrer Größe schien sie ihm kaum schwerer zu sein als ein Kind.

Mandred riss sein Pferd herum und gab ihm die Sporen. Mit einem weiten Satz sprangen sie über die Barrikade und preschten in halsbrecherischem Tempo die Gasse entlang. Bald darauf erreichten sie die Brücke. Nirgends versperrten ihnen Soldaten den Weg; sie schienen sich alle nahe dem Platz bei dem Hurenhaus gesammelt zu haben.

Erst auf der Brücke wagte Mandred zurückzublicken. Sein

Sohn, Farodin, Nuramon, Ollowain und Yilvina, sie alle hatten es geschafft! Ihre Truppe war übel zusammengeschossen, niemand war unverletzt, aber sie waren entkommen!

Ein unbeschreibliches Glücksgefühl überwältigte Mandred. Er war so sicher gewesen, zu sterben. Triumphierend riss er die Axt hoch und schwang sie über dem Kopf. »Sieg! Bei Norgrimm! Wir sind ihnen entkommen … Sieg!«

Er packte Nomja, die noch immer quer über seinem Sattel lag, um ihr zu helfen, sich aufzusetzen. Ihr Kopf kippte gegen ihre Schulter.

»Nomja?«

Die grünen Augen der Elfe waren weit aufgerissen und starrten blicklos zum Himmel. Jetzt erst sah Mandred das haselnussgroße Loch in ihrer Schläfe.

DIE HEILIGE SCHRIFT DES TJURED

Buch 7: Vom Ende des Propheten

Es begab sich an demselben Tage, dass König Cabezan im Traume ein Engel erschien. Er hatte silberne Schwingen und führte ein silbernes Schwert. Nichts an ihm aber strahlte so wie seine Augen, die von einem hellen Blau waren. Und der Engel sprach zu Cabezan: Sende deine Krieger aus, denn Not herrscht in Aniscans. Der Prophet Guillaume bangt um sein Leben, denn die Kinder der Alben trachten danach. Und das nur, weil einer der ihren zu spät unter seine heilenden Hände kam. Da ließ Cabezan seine besten Krieger aufsitzen und sandte sie unter dem Hauptmann Elgiot nach Aniscans.

Zu jener Zeit ragten keine Mauern um Aniscans. Und so gelangten die Albenkinder ungesehen in die Stadt. Es waren sechs Elfen und ein Troll, die suchten Guillaume im Tempel. Dort aber war er nicht, dort waren nur die übrigen Priester des Tjured. Die Priester aber wurden von den Albenkindern zur großen Eiche vor dem Tempel gebracht und getötet.

Nun erst hörte der Prophet, was sich draußen in der Stadt zutrug. Da verließ er sein Haus. Und siehe, er stellte sich den Kindern der Alben! Er trat an sie heran, verbeugte sich vor ihnen und sprach: »Handelt an mir, wie es euch beliebt. An euren Taten wird Tjured euch messen.« Da schlugen die Elfen ihn nieder, und der Troll hing ihn in die große Eiche. Der Prophet aber lebte noch und betete zu Tjured. Da schoss eine Elfe mit ihrem Bogen Pfeile auf Guillaume.

Als das geschah, kamen Elgiot und die Krieger des Königs, und sie kämpften um das Leben des Propheten. Doch die Elfe sandte ihre brennenden Pfeile gegen die Eiche, dass sie ganz und gar Feuer fing. Die Krieger des Cabezan vergalten ihr die Tat und erschlugen sie. Doch die übrigen Elfen und den Troll ließen sie um Guillaumes willen laufen. Denn sie hofften, dass der Prophet noch lebte, so sie ihn von der Eiche und vom Feuer befreiten. Die Eiche war ganz schwarz, als sie den Brand mit Wasser begossen und ihn löschten. Sie holten den Propheten vom Baume. Auch er war ganz schwarz und ohne Leben. Doch siehe! Das Wasser, das vom Baume tropfte, fiel ihm auf sein Gesicht und wusch den Ruß fort. Das helle Antlitz Guillaumes kam zum Vorschein. Da wuschen die Krieger den Körper des Propheten und erkannten, dass ihm nur die eisernen Pfeilspitzen im Leib steckten, die Flammen ihn aber verschont hatten. Und er öffnete die Augen, fasste die Hand Elgiots des Hauptmanns und sprach: »Sie haben ihren Pfad gewählt. Möge Tjured ihnen die Gnade schenken, die sie verdienen.« So starb der Prophet unter dem schwarzen Baume. Die Albenkinder aber hatten durch diese Tat einen Fluch auf sich geladen. So ist es gesagt.

ZITIERT NACH DER SCHOFFENBURG-AUSGABE,
BD. 5, FOL. 43 R.

DER JARL VON FIRNSTAYN

Die Gefährten zogen sich hoch in die Berge nördlich von Aniscans zurück. Sie bestatteten Nomja unter einer Silbertanne am Rand eines Gletschersees. Die Waffen der Elfe hängten sie in das Geäst des Baumes.

Unter den Elfen und Menschen herrschte eine düstere Stimmung. Trotz der heilenden Kräfte Nuramons blieben sie fast zwei Wochen, bis sie sich von ihren Verletzungen erholt hatten. Die Wunden an ihren Seelen jedoch wollten so bald nicht heilen. Niemand hätte geahnt, dass der schweigsame und stets mürrische Gelvuun eine solche Lücke hinterlassen würde. Ganz zu schweigen von Nomja, die alle gemocht hatten.

Als es keine Ausrede mehr gab, ihren Aufbruch noch weiter hinauszuzögern, kamen sie überein, nach Firnstayn zu reisen, um vom Albenstern im Steinkreis hoch über dem Fjord den Weg nach Albenmark zu nehmen.

Ihre Reise dauerte fast drei Monde. Sie mieden Dörfer und Städte so gut es ging, um kein Aufsehen zu erregen. Zweimal sahen sie von fern Reitertrupps unter dem Banner König Cabezans. Von Kaufleuten, mit deren Wagenzug sie einen Tag lang ritten, erfuhren sie von den »schrecklichen Ereignissen in Aniscans«. Die Stadt, so hieß es, sei von Dämonenkindern überfallen worden, die den gutmütigen Heiler Guillaume ermordet und den Tempel des Tjured geschändet hätten.

Keiner von ihnen hielt dagegen, um der Wahrheit zu ihrem Recht zu verhelfen, auch später nicht, als sie in einem wuchtigen Kornschiff über die Neri-See nach Gonthabu, der Königsstadt des Fjordlands übersetzten. Während der Woche auf See bekamen sie noch ausgeschmücktere Fassungen der Geschichte zu hören.

Es war Hochsommer, als sie schließlich Firnstayn erreichten. Alfadas war überrascht, wie klein die Siedlung am Ufer des Fjords war. Nach den Erzählungen seines Vaters hatte er sie sich weit bedeutender vorgestellt. Neun Langhäuser und drei Dutzend kleiner Hütten wurden von einer Holzpalisade auf einem Erdwall umfasst.

Am Tor der Siedlung erhob sich ein massiger, hölzerner Wachturm. Kaum hatten sie den Hügelkamm über dem Dorf erreicht, da wurde ein Signalhorn geblasen. Und als sie sich dem Tor näherten, bemannte ein Trupp Bogenschützen die Palisade.

»Heho, kennt man die Gesetze der Gastfreundschaft nicht mehr in Firnstayn?«, rief Mandred wütend. »Vor eurem Tor steht der Jarl Mandred Torgridson und verlangt, eingelassen zu werden.«

»Mann, der du dich Mandred nennst«, entgegnete ein stattlicher junger Krieger, »die Sippe, deren Namen du dich bemächtigt hast, ist verloschen. Ich bin der gewählte Jarl von Firnstayn, und ich sage dir, du und dein Gefolge seid hier nicht willkommen.«

Alfadas blickte zu seinem Vater und erwartete jeden Augenblick einen seiner gefürchteten Temperamentsausbrüche. Doch Mandred blieb überraschenderweise ruhig. »Gut gesprochen, Jarl! An deiner Stelle hätte ich nicht anders gehandelt.« Sein Vater nahm einen silbernen Armreif ab, um den er einen Kaufmann beim Würfelspiel betrogen hatte. »Ich biete das hier für ein Fass Met und lade dich ein, mit mir und meinem Sohn zu trinken.«

Der junge Jarl musterte Alfadas. Dann schüttelte er den Kopf. »Du übertreibst, Lügenmeister! Wie kann ein Mann einen Sohn haben, der fast im selben Alter ist wie er?«

»Wenn du die Geschichte hören willst, dann trink mit mir auf meine Kosten«, rief Mandred lachend.

»Mach endlich das Tor auf, Kalf!« Ein alter Mann drängte sich an die Brustwehr der Palisade und winkte ihnen zu. »Glaubst du uns jetzt? Sieh nur, er hat auch die Elfen wieder mitgebracht!« Der Alte schlug rasch ein Schutzzeichen. »Sei kein Narr, Kalf, und verweigere Elfen nicht den Zugang zum Dorf. Du kennst doch die alten Geschichten.«

»Ich grüße dich, Erek Ragnarson«, rief Mandred. »Schön zu sehen, dass du und dein leckes Boot noch nicht auf dem Grund des Fjords liegen. Wirst du mit uns hinausfahren? Ich will meinem Sohn das Fischen beibringen, bevor ich weiterziehe.«

»Los, macht das Tor auf«, befahl Erek nun entschieden. Und niemand widersetzte sich ihm.

Drei Wochen blieben Mandred und die Elfen. Es waren Wochen, in denen Alfadas die Welt der Menschen mit neuen Augen sehen lernte. Er genoss den ruppigen Respekt, mit dem er behandelt wurde, und die Art, wie ihm die jungen Mädchen nachblickten. Das Leben war einfach. Man musste vor allem Acht geben, auf den schlammigen Wegen des Dorfes nicht von übellaunigen Schweinen umgerannt zu werden. Es gab keinen Luxus. Die grobe Wolle, die die Frauen sponnen, kratzte auf der Haut. Es zog in den Häusern, und Rauch brannte einem in den Augen, wenn man bis tief in die Nacht in den Langhäusern saß und trank und erzählte. Ungläubig hörte Alfadas, wie Kalf davon berichtete, dass man im vergangenen Winter Trollspäher in den Wäldern auf dem anderen Ufer des Fjords beobachtet hatte. Deshalb war auch die Palisade rings um das Dorf verstärkt worden. Selbst die Elfen nahmen diesen Bericht ernst.

Nachdem sie zwanzig Tage in Firnstayn geblieben waren, drängten vor allem Ollowain und Farodin darauf, endlich zum Albenstern zu reiten.

Kalf war der Einzige, der erleichtert war, als die kleine Truppe am Morgen des einundzwanzigsten Tages von Erek Ragnarson zum anderen Ufer des Fjords übergesetzt wurde. Alfadas aber war es schwer ums Herz, denn am Ufer stand Asla, die Enkeltochter Ereks. Mit ihrer stillen Art hatte sie ihn regelrecht bezaubert. Jede der Elfendamen an Emerelles Hof hätte Asla an Schönheit übertroffen, doch in Asla brannte eine Leidenschaft, wie sie Elfen, deren Leben nach Jahrhunderten zählte, kaum kannten. Sie war es nicht gewohnt, ihre Gefühle hinter schönen Worten zu verbergen. Und so standen ihr Tränen in den Augen, als Alfadas übersetzte.

Immer wieder blickte der Krieger zurück, während sie hinauf zum Steinkreis ritten. Als sie schon kaum mehr zu sehen waren, stand das Mädchen in dem blauen Kleid und mit dem wehenden blonden Haar noch immer am Ufer.

»Du solltest Kalf als Jarl anerkennen«, sagte Mandred plötzlich. »Er ist ein guter Mann.«

Alfadas war überrascht von den Worten seines Vaters. *»Du* bist der Jarl von Firnstayn«, entgegnete Alfadas aufgebracht.

Mandred sah ihn eindringlich an. »Das war vor mehr als dreißig Jahren. Ich gehöre nicht mehr in diese Welt. Es wäre nicht gerecht gegen Kalf und all die anderen, die nach mir geboren wurden, wenn ich nach Firnstayn zurückkehrte. Auch nicht gegen dich, mein Sohn. Deine Zeit ist gekommen.«

Alfadas wusste nicht recht, was er dazu sagen sollte. Sie waren ein wenig hinter den Elfen zurückgeblieben, sodass die anderen ihr Gespräch nicht mit anhören konnten.

»Jedes Jahr zur Mittwinterfeier wählt das Dorf den Jarl für das kommende Jahr. Ich glaube nicht, dass man dich in diesem Winter zum Jarl machen wird. Du musst dich erst bewähren … im Kampf, aber auch im alltäglichen Leben. Ich sehe in dir alle Eigenschaften eines guten Anführers, mein Sohn. Ich weiß, du wirst deinen Weg machen, wenn du hier bleibst.«

Mandred zügelte seine Stute und blickte hinab zum Dorf. Seine Stimme klang belegt, als er weitersprach. »Sie blickt dir noch immer hinterher. Sieh nur … Überlege nicht lange, ein Weib wie sie wirst du in Albenmark nicht finden. Sie ist stolz und wird sich von dir nichts gefallen lassen. Ich bin mir sicher, sie wird dir manches Mal das Leben bitter machen. Aber sie liebt dich und wird mit dir zusammen alt werden. Das kann dir keine Elfe schenken. Ein langlebiges Elfenweib wäre eines Tages nur noch aus Mitleid oder aus Gewohnheit mit dir zusammen.«

»Wenn ich bleiben würde, dann vor allem wegen der Geschichten über die Trolle«, entgegnete Alfadas ernst.

Sein Vater verbarg ein Schmunzeln. »Natürlich. Und ich muss sagen, ich wäre beruhigt, wenn ich wüsste, dass es einen

Mann im Dorf gibt, der von Ollowain im Kampf mit dem Schwert unterwiesen wurde und dem ich in den letzten Jahren alle schmutzigen Tricks beigebracht habe … Und falls es dir hier doch nicht gefällt, komm in einer Vollmondnacht hinauf zum Steinkreis und rufe den Namen Xern. Ich bin sicher, man wird dich hören.«

»Ich bleibe zunächst nur für einen Winter«, entschied Alfadas. Und er war überrascht, wie erleichtert er sich mit einem Mal fühlte.

»Eben … wegen der Trolle«, bestätigte Mandred und blickte wie beiläufig hinab zum Ufer des Fjords. »Sie ist wirklich dickköpfig. Sie wartet noch immer auf dich.«

»Willst du nicht auch bleiben? Firnstayn könnte deine Axt gut gebrauchen.«

»Auf mich wartet dort niemand mehr. Ich könnte es nicht ertragen, im Schatten der Eiche von Freyas Grab zu leben. Der Devanthar hat mir meine Liebste entrissen. Ich werde Farodin und Nuramon helfen, ihre Liebe wieder zu finden. Und ich werde meine Blutfehde mit dem Devanthar zu Ende bringen. Meine Vergangenheit ist Asche, und meine Zukunft ist Blut. Ich bin erleichtert, dass du nicht an meiner Seite reiten wirst. Vielleicht …« Er stockte. »Wenn der Devanthar tot ist, kann ich vielleicht in Frieden in Firnstayn leben.« Er lächelte. »Jedenfalls, wenn Jarl Alfadas Mandredson nichts dagegen hat, einen bockigen alten Mann ins Dorf zu lassen.«

Der Schatten einer Wolke zog über den Hang. Die Vögel und Grillen verstummten. Plötzlich hatte Alfadas das Gefühl, dass er seinen Vater niemals wiedersehen würde.

SILBERNACHT

Schweigend ritten sie durch den nächtlichen Wald. Ein lauer Herbstwind pflückte die letzten Blätter von den Ästen. Nie zuvor hatte Mandred so deutlich die Magie Albenmarks gespürt. Der Mond stand tief am Himmel und war viel größer als in der Welt der Menschen. Er schimmerte rötlich in dieser Nacht. Es ist Blut auf dem Mond, hatte er die Elfen flüstern hören, und dass dies eine Warnung vor kommendem Unheil sei.

Das Unheimlichste in dieser Nacht jedoch war das Licht. Es ähnelte ein wenig dem Feenlicht, das er in klaren Winternächten manchmal über Firnstayn gesehen hatte. Dieses Licht aber war silbern. Und es zog nicht hoch über den Himmel, sondern es lag zwischen den Bäumen rings um sie herum, wie Schleier aus einem Stoff, den man aus Mondlicht gewoben hatte. Ab und an tanzten helle Funken zwischen dem Geäst. Sie waren wie Sterne, die vom Nachthimmel hinabgestiegen waren.

Diesmal hatte sie ihr Weg nicht zu Emerelles Burg geführt, und sie waren auch nicht über die Shalyn Falah, die Weiße Brücke, gegangen. Nuramon hatte ihm erklärt, dass die Elfen am letzten Herbstabend das Fest der Silbernacht feierten. Sie trafen sich auf einer Lichtung inmitten des Alten Waldes. Von diesem Ort aus hatten die Alben einst die Welt verlassen. In dieser einen Nacht vermochte Emerelle einen Zauber zu weben, der sie die Stimmen der Ahnen hören ließ – jener Elfen, die ins Mondlicht gegangen waren.

Die Gefährten waren schon Stunden durch den Wald geritten, und Mandred schätzte, dass Mitternacht nicht mehr fern sein konnte, als sie leise Musik vernahmen. Zunächst war es nur eine Ahnung, eine kaum wahrnehmbare Veränderung in den Klängen des Waldes. Der Ruf der Käuzchen und das Rascheln von Mäusen im trockenen Laub verblassten mehr und mehr, als in der Ferne das Lied einer Flöte erklang. Mandred meinte einen bocksbeinigen Kerl im Schatten der Bäume zu sehen, der auf einer Hirtenflöte spielte und dazu tanzte.

Dann mischten sich weitere Klänge zum Lied der Flöte. Klänge, denen der Menschensohn keine Instrumente zuzuordnen vermochte.

Die Elfen waren unruhig, fast wie Kinder, die auf die Leckereien warteten, die es im Fjordland zum Apfelfest gab.

Zwischen den Schattenrissen der Bäume leuchtete jetzt ein rotes Licht. Eine riesige Laterne … Nein, ein Zelt, in dem Licht brannte. Der Wald öffnete sich, und Mandred war wie gebannt von dem Anblick, der sich ihm bot. Sie hatten eine weite Lichtung erreicht, in deren Mitte sich ein großer Hügel erhob, aus dem eine steile Felsnadel erwuchs. Von unten betrachtet schien es, als reichte sie bis zur Mondscheibe hinauf. Den Fuß des Felsens hätten wohl fünfzig Männer mit ausgebreiteten Armen nicht zu umspannen vermocht. Tausende Lichter umtanzten den zerklüfteten Stein zum Klang der Musik.

Um den Hügel herum standen dutzende Menhire, gleich kleineren Brüdern der Felsnadel. Überall zwischen ihnen bewegten sich Elfen, die einen ausgelassenen Reigen tanzten. Auf der ganzen Lichtung erstreckte sich ein Lager. Wie riesige, bunte Laternen leuchteten die Zelte in der Nacht. So viele waren es, dass nicht nur Emerelles Hofstaat zu diesem Fest gekommen sein konnte.

Plötzlich änderte sich der Rhythmus der Musik, und Mandred sah, wie sich eine einzelne Gestalt aus dem Reigen der tanzenden Elfen löste. In gleißendes Licht gehüllt, schwebte sie zur Spitze der Felsnadel und grüßte mit weit ausgebreiteten Armen den Mond.

Wie zur Antwort auf den Gruß quoll fließendes Licht aus der Felsnadel hervor, umhüllte bald den ganzen Hügel und ergoss sich schließlich über die Lichtung. Es griff auch nach den Gefährten. Mandred hielt erschrocken den Atem an. Ein einziges Mal in seinem Leben hatte er ein ähnliches Licht gesehen, als er an einem Sommernachmittag im klaren Wasser des Fjords getaucht war. Deutlich erinnerte er sich daran, wie er aus der Tiefe hinauf zur Sonne geblickt hatte und wie das Wasser ihre Strahlen verändert hatte.

Noch immer wagte er nicht zu atmen. Ein Schwindelgefühl ergriff ihn. Das Licht schien durch ihn hindurchzufließen und ihn mit sich zu tragen.

Mandred hörte Stimmen.

»Nein, es geht ihm gut.«

Blinzelnd sah sich der Menschensohn um. Er lag im hohen Gras. »Was ist mit mir?«

»Du bist plötzlich vom Pferd gefallen«, antwortete Nuramon. »Aber es scheint, als hättest du dich nicht verletzt.«

»Wo ist das Licht?« Mandred versuchte sich aufzurichten. Er lag neben einem roten Zelt; das wunderbare Licht aber, das aus dem Felsen geströmt war, war verschwunden.

Nuramon half ihm auf.

»Du bist der erste Menschensohn, der dem Fest der Silbernacht beiwohnt«, sagte Ollowain streng. »Ich hoffe, du weißt diese besondere Gunst zu schätzen.«

»Schwertmeister?« Zwei Elfen in schimmernder Rüstung traten an sie heran. »Die Königin wünscht dich allein zu sehen.«

Farodin und Nuramon sahen einander erstaunt an.

»Sind wir in Ungnade gefallen?«, fragte Mandred trocken.

»Es steht uns nicht zu, die Befehle der Königin zu deuten.« Ohne ein weiteres Wort entfernten sich die Elfenkrieger mit Ollowain.

»Wurde er eingeladen oder abgeführt?«, fragte Yilvina verwundert.

»Meinst du, Emerelle weiß, wie spät er uns in Aniscans zu Hilfe kam?«, fragte Mandred.

»Ich glaube, sie will sein Wort vor unserem hören«, erwiderte Farodin. Diesmal tauschte er mit Nuramon einen besorgten Blick.

Der Mond war zum Horizont gewandert, als die Wachen zurückkehrten. Über eine Stunde hatte man sie mit ihren Zweifeln allein gelassen, während die übrigen Albenkinder im Lager ein ausgelassenes Fest feierten. Sie folgten den beiden

Kriegern zum safranfarbenen Zelt der Königin. Es war größer als ein Langhaus, dachte Mandred neidisch.

Als er nach seinen Gefährten eintreten wollte, kreuzten die Wachen vor ihm die Speere. »Verzeih uns, Menschensohn«, sagte einer von ihnen. »In dieser Nacht ist es dir nicht erlaubt, die Königin zu sehen. Allein diesem Fest beizuwohnen ist mehr Ehre, als je einem anderen Menschen zuteil wurde.«

Mandred wollte zu einer bissigen Antwort ansetzen, als er aus dem Zelt deutlich die Stimme der Königin vernahm. Ihr Schatten war durch das Zelttuch zu sehen. Sie schien ihm größer als im Thronsaal, doch das musste wohl am Licht liegen. »Ich freue mich, euch wohlbehalten zu sehen.«

»Meine Königin, dein Wunsch ist erfüllt. Der Sohn Noroelles ist tot.«

»Du weißt sehr wohl, was mein Wunsch war und dass er nicht erfüllt wurde. Guillaume starb nicht durch deine Hände und ebenso wenig durch die deiner Gefährten. Also sage mir nicht, mein Wunsch wäre erfüllt!« Die Stimme der Elfenkönigin war so kalt wie Mondlicht. Nie zuvor hatte Mandred sie so reden hören. »Ihr könnt weder ermessen, wie sehr ihr mich enttäuscht habt, noch wie groß der Schaden ist, der aus euren Taten erwachsen wird. Es ging nicht nur darum, *dass* Guillaume stirbt, sondern auch darum, *wie* er stirbt. Wage also nicht, mich nach Noroelle zu fragen! Euer Erfolg hätte Noroelles Schuld tilgen können, so aber hat sich nichts geändert.«

Mandred traute seinen Ohren kaum. Was wollte Emerelle? Guillaume war doch tot! Farodin und Nuramon hatten es nicht verdient, so behandelt zu werden. Am liebsten hätte er die beiden Wachen niedergeschlagen, um ins Zelt zu gehen und ihr eine Lektion in Gerechtigkeit zu erteilen.

»Herrin!«, entgegnete Nuramon trotzig. »Ich bedauere allein, dass ich Guillaumes Tod nicht verhindern konnte. Noroelles Sohn war nicht, was du in ihm sahst. Und wenn er eine Schuld trug, dann allein die, geboren zu sein.«

»Du hast gesehen, was seine Magie bewirken konnte, und wolltest ihn hierher bringen! Gleich, was du sagst, er bleibt der Sohn eines Devanthars. Und selbst im Tod ist er noch dessen Werkzeug. Du hattest eine ganze Nacht, unbemerkt meinen Befehl auszuführen. In dieser Nacht hast du das Geschick von Albenmark verändert. Dort draußen in der Anderen Welt geschieht etwas … Ich kann es nicht in meinem Wasserspiegel sehen, aber ich spüre es. Der Devanthar … Er nutzt die Art, auf die Noroelles Sohn gestorben ist, für seine Zwecke. Er hat seine Rache an uns nicht aufgegeben. Wir müssen von nun an auf der Hut sein. Niemand wird Albenmark mehr verlassen. Und niemand wird hierher zurückkehren. Ich habe Ollowain zum Wächter der Tore ernannt, denn er hat sich als mein treuester Recke erwiesen. Ihr habt nun die Erlaubnis zu gehen.«

Mandred war fassungslos. Wovor fürchtete die Königin sich? Kein Menschenherrscher war so mächtig wie sie, und doch ließ sie die Tore schließen, so als wäre Albenmark eine Burg, die darauf wartete, belagert zu werden.

ALAEN AIKHWITAN

Mandred ritt an der Seite Nuramons in einen großen Wald hinein. Hier irgendwo sollte sich das Haus des Elfen befinden. Farodin war bei seiner Familie. Er wollte am Abend kommen, um mit ihnen zu beraten, was zu tun blieb, da die Königin alle Weltentore bewachen ließ. Nuramon wirkte niedergeschlagen. Das konnte Mandred ihm gut nachfühlen, hatte ihm die Königin doch jede Hoffnung zunichte gemacht, Noroelle jemals wiederzusehen.

Der Wald war Mandred unheimlich. Er konnte sich hier nicht orientieren, die Bäume schienen seine Sinne zu verwirren. Je tiefer sie in den Wald eindrangen, desto schwerer fiel es ihm einzuschätzen, in welche Richtung sie ritten. Vielleicht lag es am Weg, den Nuramon wählte. Mandred beobachtete seinen Gefährten; es kam ihm so vor, als ließe der Elf sein Pferd den Weg wählen. Dieses bewegte sich so zielstrebig durch den Wald, dass es kaum die Richtung ändern musste. Offenbar kannte es den Weg zu Nuramons Haus.

Es gab keine Hindernisse, die sie überwinden mussten, und der Pfad verlief eben. Genau das mochte es sein, was Mandred verwirrte. Von der Ferne hatte es so ausgesehen, als ragte in der Mitte des Waldes ein mit Bäumen bestandener Hügel auf. Längst hätten sie dessen Ausläufer erreichen müssen. Aber rings herum gab es nichts, das sich höher erhob als ein Ameisenhügel. Vielleicht verwirrte ihn aber auch das vielfältige Leben, das ihn hier umgab: all die Vögel, all das Wild, das sich nicht scheute, sie aus der Ferne zu beobachten, so als wollte es sehen, wie Nuramon heimkehrte.

Je tiefer sie in den Wald vordrangen, desto größer und älter wurden die Bäume. Die Vielfalt der elfischen Wälder überraschte Mandred immer wieder aufs Neue. Hier stand Eiche neben Pappel, Birke neben Tanne und Buche neben Weide.

Und alles harmonierte miteinander. Es schien fast so, als wären die Bäume mit Absicht so gewachsen, dass sie zu ihrem Nachbarn passten. Er musste an Aikhjarto denken.

»Wie viele von diesen Bäumen sind so wie der alte Atta Aikhjarto?«, fragte er den Elfen.

Nuramon sah ihn an, als hätte er mit allem gerechnet, aber nicht mit dieser Frage.

»Sind die Bäume auch Albenkinder?«, setzte er nach und überraschte Nuramon abermals.

»Aber ja!«, antwortete der Elf. »Nur die beseelten natürlich. Doch in diesem Wald gibt es nicht mehr viele von ihnen. Die Zeiten sind vorüber, da der große Alaen Aikhwitan Rat hielt.«

»Alaen Aikhwitan? Ist das ein Bruder von Atta Aikhjarto?«

»So kannst du es sehen. Die Eichen sind die Ältesten. Manche sagen, sie seien die ersten Albenkinder. Du wirst Aikhwitan schon bald sehen.« Nuramon lächelte, und Mandred konnte nicht entscheiden, ob es ein schelmisches oder aber ein freundliches Lächeln war. Gefühle in den Gesichtern von Elfen zu lesen fiel ihm immer noch schwer.

Sie ritten an immer größeren Bäumen vorüber, und Mandred fragte sich, wie mächtig wohl Alaen Aikhwitan sein mochte. Wie weit mochte dessen Macht wohl reichen? »Trugen all diese Bäume einmal eine Seele?«

»Ja. Sie gehörten zu einem großen Rat. Doch das ist lange her. Und einzig Alaen Aikhwitan ist vom Rat übrig geblieben. Die anderen beseelten Bäume sind viel jünger.«

Ehrfürchtig sah Mandred sich um. Wenn die Bäume einst einen Rat gebildet hatten, dann war der Wald nun wie eine leere Ratshalle, in der nur noch das Oberhaupt saß. Wie einsam musste sich Aikhwitan fühlen!

Das Geäst der Bäume über ihren Häuptern war dicht verwoben, fast wie fein gewebter Stoff. Die Sonne blieb hinter dem hölzernen Dach verborgen; nur selten stach ein Speer aus Licht hinab zum Boden. Die Stämme wirkten wie Säulen, die Riesen erbaut hatten. Die feierliche Stimmung schien Nuramons Trübsinn zu vertreiben. Er wirkte gelöster.

Sie wichen einem mächtigen Baumstamm aus. Mandred drehte sich im Sattel und blickte zurück. Es war eine Tanne! In seiner Welt gab es nicht einmal Eichen, die einen solchen Stamm hatten.

»Stimmt etwas nicht?«, fragte Nuramon lachend.

»Ganz schön groß, eure ...« Mandred brach mitten im Satz ab. Sie hatten den Rand einer Lichtung erreicht. In ihrer Mitte ragte eine riesige Eiche empor. Als gäbe es für diesen Baumgiganten keine anderen Jahreszeiten als den Frühling und den Sommer, trug er noch Blätter. Er war so mächtig, dass der Schatten des Stammes bis zum gegenüberliegenden Waldrand reichte.

Mandred hielt den Atem an. Der Stamm der Eiche war so gewaltig wie eine Klippe. Er sah nicht aus wie ein Baum, sondern wie etwas, auf dem Bäume wuchsen. Eine hölzerne Stiege klomm in weiten Windungen den Stamm hinauf. Und dicht unter der Krone sah Mandred ein einzelnes Fenster. Er stutzte. Dieses Fenster musste wirklich groß sein, auch wenn es sich im Vergleich zum Stamm winzig ausnahm. »Du wohnst doch nicht etwa da?«, fragte Mandred.

»Doch. Dort auf Alaen Aikhwitan wohne ich«, antwortete Nuramon gelassen.

»Auf diesem Riesenbaum?«

»Ja.«

»Aber du sagtest, er sei beseelt.« Die Vorstellung, auf etwas zu wohnen, das denken konnte, fand Mandred sehr befremdlich. Da musste man sich ja wie der Floh im Pelz eines Hundes fühlen!

»Er ist sehr gastfreundlich, das kann ich dir versichern. Seit vielen Generationen lebt meine Familie dort.«

Plötzlich senkte Nuramon den Blick. Er dachte gewiss an die Schmach, die auf seiner Familie lag. Mandred konnte das nicht verstehen. Die Wiedergeburt! Die Menschen träumten davon, doch für Nuramon schien es ein Fluch zu sein. Manche Albenkinder warteten wohl Jahrtausende auf ihre Erlösung. Jahrtausende ... Das war leicht dahingesagt, doch Mandred merkte, dass er dieses Wort nicht wirklich mit Inhalt füllen konnte. Eine so gewaltige Lebensspanne war für einen Menschen nicht vorstellbar. Den Elfen aber erlaubte sie, alles, was sie taten, bis zur Perfektion zu vollenden. Ob sie sich wohl an ihre früheren Leben erinnerten, wenn sie wiedergeboren wurden? Mandred dachte an das Fest vor zwei Nächten. Sah es so aus, wenn ein Elf ins Mondlicht ging? Es war wahrhaft schön und zugleich bedrückend gewesen. Fremd. Was dort auf dem Hügel geschehen war, war nicht für Menschenaugen bestimmt gewesen!

Sie stiegen aus dem Sattel und führten die Pferde der Eiche entgegen. Mit jedem Schritt erschien der Baum Mandred bedrohlicher. »Wer ist mächtiger, Aikhjarto oder Aikhwitan?«, fragte er schließlich.

Nuramon schüttelte den Kopf. »Wie wichtig euch Menschen die Macht ist! Aber ich schätze, du willst wissen, wo dein Aikhjarto im Gefüge dieser Welt steht. Nun, ich kann dir darauf nur sagen: Aikhjartos Macht liegt in dem Weltentor, in seiner Weisheit und seiner Freigebigkeit.« Er deutete voraus. »Die Macht Aikhwitans liegt in seiner Größe, seinem Wissen und seiner Gastfreundschaft.«

Mandred war unzufrieden mit der Antwort. Diese Elfen mussten immer über Umwege reden! Wollte Nuramon damit sagen, dass man die beiden nicht miteinander vergleichen konnte? Oder waren sie einander ebenbürtig? Elendes Elfengeschwätz! Gab es bei ihnen denn nie eine einfache Antwort?

Der Elf sprach weiter. »Du musst dir keine Sorgen machen, Mandred. Schau, wie ruhig die Blätter sich im Wind wiegen, wie geschickt sie mit dem Licht spielen! Schau dir die Rinde an! Die Furchen sind so breit und tief, dass ich als Kind mit meinen Händen hineingegriffen habe und sogar meine Füße dort Halt fanden. Ich bin daran von hier unten bis hinauf ins Haus geklettert. Er mag in seiner Größe bedrohlich wirken, aber der alte Aikhwitan hat eine gute Seele.«

Mandred musterte den Baum genauer, sah die Blätter, von denen Nuramon gesprochen hatte, und das gedämpfte Licht. Dort oben wirkte es tatsächlich friedlich.

Sie erreichten den Aufgang, der aus hellem Holz gezimmert war. Hier sattelten sie die Pferde ab. Und Mandred fragte sich, wo der Stall für die Tiere war. Selbst die Königin hatte einen Stall auf ihrer Burg gehabt. Nuramon machte keine Anstalten, die Pferde irgendwo hinzuführen. Er befreite die Tiere vom Zaumzeug und legte es zu den Sätteln an den Stamm der Eiche. »Die laufen schon nicht fort«, sagte er dann. »Lass uns hinaufgehen.«

Nuramons Pferd war treu, aber Mandreds Stute hatte ihm die Grobheiten der letzten Monde gewiss noch nicht verziehen. Es wäre zu schade, sie zu verlieren! Widerstrebend folgte er dem Elfen.

Nachdem sie auf der Stiege zum ersten Mal den mächtigen Stamm umrundet hatten, blickte Mandred nach oben. Es lag noch ein weites Stück Weg vor ihnen. Was machte Nuramon, wenn er mal betrunken nach Hause kam? Schlief er dann unten bei den Wurzeln? Andererseits hatte er seinen Freund noch nie betrunken erlebt. Im Gegensatz zu Aigilaos verstanden die Elfen einfach nichts vom Feiern und Saufen. Mandred fragte sich, wozu sie überhaupt feierten.

Um sich zu vergewissern, ob es stabil war, rüttelte der Jarl an dem Geländer der Treppe. Gute Zimmermannsarbeit! Daran konnte man sich immerhin festhalten, wenn einem der Schädel brummte.

Nuramon lief mit federnden Schritten voraus. »Komm! Das musst du dir ansehen!«

Mandred folgte dem Elfen. Sein Atem ging schwer. Verrückt, auf so einem Baum zu wohnen! Vernünftige Leute mussten nur einen Schritt tun, um über die Schwelle in ihr Heim zu gelangen. Verfluchte Kletterei!

Inzwischen waren sie so hoch, dass sie über die Baumkronen hinweg blicken konnten. Nuramon deutete auf verschneite Berggipfel am Horizont. »Das sind die Ioliden. Dort lebten einst die Kinder der Dunkelalben.«

Mandred gefiel der Klang des Namens nicht. Dunkelalben! Und deren Kinder! Das mussten die legendären Dunkelelfen sein, von denen man sich in seiner Welt schlimme Geschichten erzählte. Es hieß, sie zerrten die Menschen in Felsspalten, um dort ihr Fleisch zu fressen. Bei Nacht konnte man sie nicht sehen, weil ihre Haut so schwarz war wie die Finsternis. Mit diesen Wesen wollte Mandred nichts zu tun haben, und es wunderte ihn, dass Nuramon so seelenruhig von ihnen sprach. Der Elf war mutiger, als er zugeben mochte.

Schweigend legten sie den Rest des Weges zurück und hielten vor dem Eingang zum Haus an. Von hier aus konnte man bis zur Burg der Königin und über das umliegende Land blicken. Irgendwo jenseits der Burg musste die Shalyn Falah und dahinter das Weltentor liegen. Alles andere war Mandred fremd. Gewiss hatte kein Mensch je das ganze Land erkundet, das hier vor ihnen lag. Seitdem sie Firnstayn verlassen hatten, hatte Mandred darüber nachgedacht, was er als Gestrandeter im Elfenreich anfangen sollte. Was blieb ihm hier zu tun, was ein Elf nicht unendlich viel besser zu tun vermochte?

Er musste an Aigilaos denken. Würde er doch noch leben! Mit ihm durch die Wälder zu streifen, zu jagen und zu trinken, sich gegenseitig erfundene Heldentaten zu erzählen und feine Elfendamen bei Hof mit derben Komplimenten zu verschrecken … Das wäre ein Leben gewesen! Mandred lächelte stumm in sich hinein. Er vermisste den Kentauren. Und er wäre ihm der beste aller Gefährten gewesen! Mandred war entschlossen, seine Blutfehde mit dem Devanthar zu Ende zu führen. Er wusste nicht, wo er mit seiner Suche beginnen sollte. Und er wusste auch nicht, wie er Albenmark verlassen sollte, nachdem Emerelle nun die Tore bewachen ließ. Aber er würde einen Weg finden! Das war er Aigilaos schuldig … Und Freya!

Nuramon schob die runde Tür auf, die weder verschlossen noch verriegelt schien. Offenbar hatten die Albenkinder keine Angst vor Räubern. Der Elf zögerte einzutreten. »Die Andere Welt hat mir den Sinn für die Zeit verwirrt«, sagte er. »Mir ist, als wären nicht Jahre, sondern Jahrhunderte vergangen.«

»Es ist nicht die Zeit, sondern das Schicksal.«

Nuramon stutzte. »Was hast du da gesagt?«

»Das sind nicht meine Worte«, entgegnete Mandred verlegen. »Ein Priester des Luth sprach sie einst. Er sagte: *Die Zeit mag lang erscheinen, wenn das Schicksal sich vielfältig zeigt.*«

»Das sind die Worte eines klugen Mannes, und es ist ein Zeichen von Weisheit, sie im Gedächtnis zu behalten.«

Mandred war zufrieden. Endlich erhielt er mal ein wenig Anerkennung abseits von Kraft und Kampf.

»Komm, sei Gast in meinem Haus.« Der Elf deutete mit einer einladenden Geste ins Innere des Baumes.

Mandred trat ein. Ihm fiel sogleich der besondere Duft von Nuramons Heim auf. Es roch nach frischen Nüssen und Blättern. Die Wände des Hauses und auch die Tür bestanden aus demselben Holz wie die Stiege, auf der sie heraufgekommen waren. Das Licht, das durch das Laub gedämpft durch die Fenster drang, verteilte sich so gut, dass zwar an manchen Stellen ein wenig Schatten herrschte, es aber nirgendwo völlig dunkel war. Mandred sah rotbraune Barinsteine in den Wänden. Sie erinnerten ihn an die Jagdzimmer auf der Burg der Königin und daran, wie sie bei Nacht zu glühen begonnen hatten. Welche Kostbarkeit wäre auch nur ein einziger dieser Steine in der Menschenwelt!

Ein kühler Hauch durchwehte den Raum, und auf dem Boden waren einige Blätter der Eiche zu sehen. Doch das Laub war nicht verwelkt, sondern lebte, so als wäre es auch jetzt noch Teil des Baumes. Mandred schaute sich um und fragte sich, warum man bei all den Öffnungen keine Zugluft im Haus spürte.

Die Möbel waren eher schlicht gehalten und fügten sich in die Atmosphäre des Zimmers ein. Hier gab es nichts Überflüssiges, und gerade das ließ es schön erscheinen. Nichts wirkte zerbrechlich, sondern alles war so robust wie die Eiche selbst.

Eine Holztreppe wand sich in die oberen Stockwerke, die von draußen wegen des dichten Blätterwerks nicht zu sehen gewesen waren. Dieses Geschoss lag so, dass der Stamm der Eiche teilweise ausgehöhlt war. Mandred fragte sich, wieso Alaen Aikhwitan dem zugestimmt hatte. Was mochten Nuramons Vorfahren für Heldentaten vollbracht haben, um zu dieser Ehre gelangt zu sein? Die abgerundeten Decken gingen so sanft in die Wände über, dass es schien, als wäre das Holz Aikhwitans mit dem helleren der Wände und des Bodens verschmolzen. »Von welchem Baum stammt dieses helle Holz?«, fragte Mandred.

Nuramon legte sein Gepäck auf einer Bank ab. »Das ist das Holz der Ceren.«

»Ist das eine Baumart?«

»Meine Mutter sagte, es sei eine Birke gewesen. In jener Nacht vor der Elfenjagd erfuhr ich, dass ihr Name Ceren war. Sie muss unter den Bäumen eine Legende sein.«

»Hm. Wird mich Aikhwitan hier dulden? Gewiss hat noch kein Mensch seinen Fuß in dein Haus gesetzt.«

Nuramon lächelte. »Du hast es doch bis hierher geschafft. Und fühlst du dich nun etwa unwohl?«

Das konnte Mandred nicht behaupten. Er fühlte sich sicher und geborgen. Noch einmal schaute er sich um. »Und hier wohnt niemand sonst? Dein Haus sieht nicht so aus, als ob es über dreißig Jahre lang niemand mehr betreten hätte.«

Nuramon machte ein verständnisloses Gesicht. »Wie meinst du das?«

»Ich sehe keinen Staub, keinen Schmutz. Nur diese Blätter da am Boden. Aber irgendwie scheint es, als gehörten sie hierher.«

»Es ist noch so, wie ich es verlassen habe.«

Diese Elfen hatten ein einfaches Leben. Vermutlich kümmerte sich der Baum darum, dass es sauber blieb, und Nuramon hatte nicht einmal darüber nachgedacht.

Während Nuramon mit seinen Sachen nach oben ging, schaute Mandred sich in den angrenzenden Zimmern um. Obwohl er noch nie hier gewesen war, kam ihm das Haus vertraut vor. Vielleicht war es, weil er Nuramon kannte und dessen Heim zu ihm passte.

In der Mitte des Baumhauses befand sich ein großer Raum mit einem langen Esstisch. Welch eine Verschwendung!, dachte Mandred. Der Tisch war viel zu groß für einen einzigen Bewohner. Dann erinnerte er sich daran, dass Nuramon von seiner Familie gesprochen hatte. Einst hatte vielleicht seine ganze Sippe hier gelebt. An diesem Tisch fanden leicht zwölf Leute Platz. Es musste niederschmetternd sein, allein mit seinen Erinnerungen in einem solchen Haus zu wohnen. Mandred wurde sich bewusst, dass dies der Grund war, warum er nicht mehr in Firnstayn leben wollte. Dort allein mit seinen Erinnerungen an Freya zu sein, das wäre nichts für ihn. So sehr er Alfadas liebte, er könnte dort nicht mehr glücklich sein.

Mandred war müde und setzte sich in einem Nachbarzimmer an ein Fenster, an dem ein schweres Kissen einen hervorragenden Ruheplatz bot. Von hier aus konnte er bis zum Gebirge blicken. Es wirkte jetzt weniger bedrohlich als eben noch, da Nuramon von den Dunkelalben und deren Kindern gesprochen hatte. Hatte er nicht gesagt, sie hätten dort *einst* gelebt? Was wohl aus den Kindern der Dunkelalben geworden war? Während Mandred darüber nachdachte, sank er in einen ruhigen Schlaf …

Er träumte von einer Männerstimme im Wind, die zu ihm flüsterte. »Zeit, mein Schweigen zu brechen. Erzähle mir, was dir geschah!«

Und Mandred berichtete der Traumstimme von dem Mannebar und seinem Versagen im Eis, von seiner Rettung durch Aikhjarto, von der Elfenjagd, von seinem Sohn und der Suche nach Noroelles Kind.

Als Mandred geendet hatte, wartete er auf ein weiteres Flüstern im Wind. Doch die Stimme schwieg, und der Wind verflog.

Mit einem Mal schreckte er auf. Er schaute hinaus. Es war dunkel geworden. Der Wind bewegte sanft die Äste und Blätter.

Mandred gähnte und streckte sich. Er hatte das Gefühl, nur kurz eingenickt zu sein. Tatsächlich aber musste er einige Stunden geschlafen haben, denn es war Nacht. Er schaute sich um. Die Barinsteine spendeten warmes Licht. Dann bemerkte er einen Duft. Fleisch! Er sprang auf und ging nach nebenan zum Esstisch. Dort lag rohes Gemüse, das offensichtlich frisch geerntet war. Durch die offene Tür zur Küche konnte er Nuramon sehen, wie er vor dem Steinofen stand und irgendetwas hineinschob. Mandred war erstaunt. Nicht nur, dass Alaen Aikhwitan es duldete, dass Nuramon in ihm lebte, er ließ es sogar zu, dass hier ein Feuer gemacht wurde! Wie es schien, machte es der Eiche nichts aus.

Da wandte sich der Elf um und trat zu Mandred ins Zimmer. »Endlich bist du wach. Mir war gar nicht aufgefallen, wie erschöpft du warst. Ich war in der Zwischenzeit draußen im Wald und habe gejagt.« Der Elf nahm das Gemüse vom Tisch.

Mandred schämte sich. Er hatte die Jagd verpasst und faul herumgelegen und geschlafen. »Der Platz am Fenster ist einfach zu gemütlich, um dort wach zu bleiben.«

Nuramon lachte. »An dem Fenster hat meine Mutter oft gesessen und mit Aikhwitan gesprochen.«

Beklommen sah der Jarl zurück. Die Vorstellung, dass ein Geist während seines Schlafs in ihm gewesen war, erschreckte ihn. »Mir war so, als hätte ich eine Stimme gehört.« Er erzählte dem Elfen, was geschehen war.

Nuramon ließ das Messer fallen, mit dem er das Gemüse geputzt hatte. Er wirkte überrascht und auch ein wenig beleidigt. »Da verbringe ich mein ganzes Leben hier, und Aikhwitan spricht nicht ein Wort zu mir. Ein Mensch aber kommt zufällig des Weges, und schon plaudert er mit ihm.« Er schüttelte den Kopf. »Verzeih! Natürlich spricht er mit dir. Immerhin hat Aikhjarto dich gerettet. Das muss er gespürt haben.«

Mandred fühlte sich unwohl. Er hatte nicht um die Gunst eines Baumes gebeten und hatte Nuramon nicht beleidigen wollen. Bäume! Wer hätte gedacht, dass sie so versponnen sein konnten. Gut, dass sie in seiner Welt schwiegen! Er packte Nuramon am Arm. »Komm! Vielleicht spricht er auch zu dir.«

Sie gingen zum Fenster und lauschten. Doch im Rauschen

der Blätter war nichts zu hören. Das Flüstern kehrte nicht zurück. Und zuletzt zweifelte Mandred daran, ob er die Stimme wirklich gehört hatte oder ob es nicht doch ein Traum gewesen war.

»Ich kann ihn hier überall spüren, aber mehr nicht!«, sagte Nuramon. Der Elf gab sich Mühe, seine Enttäuschung zu überspielen, doch es gelang ihm nicht. »Lass uns das Essen machen.«

In der Küche angekommen, sah Mandred die Quelle des Duftes. Da brieten einige Stücke Fleisch vor sich hin. Er war erstaunt, wie rasch Nuramon das Fleisch vorbereitet hatte. Nirgendwo hier in der Küche waren Reste von Eingeweiden, Blut oder die Haut zu sehen. So war es unmöglich zu erraten, von welchem Tier das Fleisch stammte, das da vor sich hin brutzelte. Es war hell wie Geflügel. Beim Anblick lief Mandred das Wasser im Mund zusammen. »Was ist das?«, fragte er Nuramon schließlich.

»Das ist Gelgerok«, antwortete der Elf.

Mandred war neugierig. Die Elfen hatten während ihrer Suche nach Noroelles Sohn oft von Gelgeroks erzählt und sie ausführlich beschrieben, aber Mandred konnte sich noch immer nicht vorstellen, wie solch ein Tier aussehen sollte. »Liegt sein Kadaver noch in der Nähe? Kann ich ihn mir ansehen?«

»Das tut mir Leid, Mandred. Ich habe ihn erlegt und das, was ich nicht brauche, Gilomern überlassen.«

»Gilomern? Wer ist das?«

»Er lebt hier in den Wäldern und ist ein Jäger, holt sich aber auch gern das, was andere zurückgelassen haben.«

»Ist er auch ein Elf?«

»Ja.«

»Und ist er ein Freund?«

»Nein. Gilomern macht sich nicht viel aus Freundschaft. Aber es ist üblich, dass wir ihm seinen Teil überlassen. Er hat sich den Gelgerok gewiss schon geholt. Mach dir keine Gedanken. Früher oder später wirst du noch einen Gelgerok zu Gesicht bekommen.«

Nuramon machte sich daran, das Gemüse zu schneiden. »Mandred, wie wäre es, wenn du die Soße zum Fleisch bereitest? Ich habe die Kräuter schon geschnitten, und die Gewürze sind dort. Am besten nimmst du den Bratensaft aus der Fleischpfanne und mischst alles nach deinem Geschmack.«

Mandred war erstaunt, welches Vertrauen der Elf in ihn setzte. Hier war er, Mandred Torgridson, der Jarl von Firnstayn und Bezwinger des Mannebers! Und er sollte kochen! Wenn das die Leute im Fjordland wüssten! Dann würde man sich bald nicht mehr von Mandred dem Jarl erzählen, sondern ein Trinklied von Mandred dem Koch singen. Was hatte Nuramon auf der Suche nach Guillaume oft gesagt: *Du wirst noch einen Menschen aus mir machen.* Wenn Mandred sich nicht vorsah, dann würden Nuramon und Farodin noch einen *Elfen* aus *ihm* machen, und er würde am Ende gar Gefallen am Kochen finden.

Zögernd tat er, was Nuramon ihm aufgetragen hatte, und war kurz darauf überrascht, wie gut die Soße schmeckte. Nebenher hatte er aufgepasst, dass das Fleisch nicht anbrannte, und sogar das Brot aus dem Ofen geholt. Und als Nuramon von der Soße kostete und sie für köstlich erklärte, konnte Mandred seinen Stolz nicht verbergen. Selbstverständlich war sie köstlich!

Während Nuramon und er die Speisen auf den Tisch auftrugen, traf Farodin ein. Er hatte Gepäck dabei und legte es auf einem der vielen leeren Stühle ab. »Wie es scheint, komme ich keinen Augenblick zu spät.« Er schien gute Laune zu haben und großen Hunger.

»Endlich wieder etwas Richtiges zu essen«, sagte Mandred. Das, was sie hier auftischten, waren nicht die kleinen Portionen, die sie ihm in der Burg gereicht hatten. Nuramon hatte reichlich Gemüse und Fleisch herangeschafft. Jetzt konnte es Mandred nicht schnell genug gehen, bis sie sich endlich an den Tisch setzten.

Beim Essen behielt Mandred Farodin im Auge. Was würde der Elf wohl zu seiner Soße sagen? Bisher hatten sie nicht darüber gesprochen, doch das würde er gleich ändern. Mandred wandte sich an Nuramon. »Dieses Fleisch ist wirklich lecker. Und selbst das Grünzeug schmeckt.« Er schaute zu Farodin. »Stimmt doch, oder?«

Farodin nickte höflich und sagte zu Nuramon: »Noroelle hat immer mit großer Anerkennung von deiner Kochkunst gesprochen. Auch ich habe sie auf der Reise zu schätzen gelernt. Das Essen ist vorzüglich, besonders diese Soße hier.«

Mandred tauschte einen verschwörerischen Blick mit Nuramon, dann lehnte er sich zurück und fragte: »Kannst du ein Geheimnis für dich behalten?«

»Selbstverständlich«, antwortete Farodin und steckte sich ein kleines Stück Fleisch in den Mund.

»Die Soße habe *ich* gemacht«, sagte er genüsslich.

Farodin stockte, kaute dann aber langsam weiter. Als er geschluckt hatte, lächelte er verschwörerisch: »Ihr wollt mich auf den Arm nehmen.«

»Nicht im Mindesten«, erklärte Nuramon.

»Nun, Mandred. Ein großes Kompliment an dich«, sagte Farodin anerkennend.

Mandred war stolz. Wenn man die Elfen überraschte, kamen ihre wahren Urteile an den Tag. »Aber du musst mir versprechen, dass du niemandem davon erzählst, dass Mandred Torgridson am Herd gestanden hat!«

»Ich verspreche es dir, wenn du mir versprichst, niemandem zu sagen, dass ich nicht zwischen der Kochkunst eines Menschen und der eines Elfen zu unterscheiden weiß.«

Das war ein gerechter Tausch. Damit konnte Mandred leben.

Sie hatten bald zu Ende gegessen, und Mandred sah es als Ehre an, dass sie ihm die meisten Stücke Fleisch überlassen hatten. Das war Gastfreundschaft!

Sie gingen in ein großes Nebenzimmer, dessen Boden aus kleinen Steinplatten bestand. In der Mitte des Raumes war ein Mosaik aus Edelsteinen eingelassen, das einen Elfen zeigte, der sich gegen einen Troll wehrte. Dies schien der Ort zu sein, an dem Nuramons Familie früher Kriegsrat gehalten hatte.

Farodin stellte sich ans breite Fenster, von dem aus man über das Land blicken und in der Ferne die Lichter von Emerelles Burg sehen konnte. Nuramon lehnte sich nahe der Tür gegen die Wand und starrte auf das Mosaik, während Mandred sich davorstellte. Unruhe hatte ihn gepackt. Am liebsten wäre er auf und ab gegangen.

Die heitere Stimmung, die beim Essen noch geherrscht hatte, war verflogen. Farodin wandte ihnen den Rücken zu. Man musste kein Priester des Luth sein, um zu wissen, worüber die Elfen nachdachten. Obwohl sie Albenmark nicht mehr verlassen durften, suchten sie verzweifelt nach einer Möglichkeit, ihre Geliebte zu retten. Das lange Schweigen zeigte, wie schwierig die Lage war.

Plötzlich schaute Nuramon ihn an. »Ich möchte dich schon seit Tagen etwas fragen, Mandred. Bitte verzeih mir, wenn ich so direkt bin. Aber warum bist du nicht in Firnstayn geblieben?«

»Weil dort jetzt der Platz meines Sohnes ist«, antwortete er, ohne zu zögern. »Manchmal müssen Väter ihren Söhnen ihr Erbe früh hinterlassen. Wäre ich nicht in der Eishöhle gefangen gewesen, wäre ich jetzt ein alter Mann. Meine Zeit in Firnstayn ist vorbei. Es war eine Frage der Gerechtigkeit, zu gehen und Alfadas so die Möglichkeit zu geben, der Jarl zu werden, wenn er sich in den Augen der Dorfgemeinschaft bewährt.«

»Du bist ein Krieger, Mandred. Ist es dir genug, der Vater eines Jarls zu sein? Ist das alles, was du noch erreichen willst?«

Mandred sah den Elfen verwundert an. Wollte Nuramon ihn beleidigen? Natürlich war das nicht genug! »Ich werde den Manneber … ich meine den Devanthar aufspüren. Er hat mir das Leben geraubt, das ich hätte leben sollen. Dafür werde ich ihn töten. Durch seine Taten habe ich meine Frau verloren …« Er biss sich auf die Lippe, als die Gefühle ihn zu überwältigen drohten. »Und ich möchte euch helfen … Nichts und niemand kann Freya mehr zurückbringen. Aber ihr beiden, ihr könnt eure Liebe noch zurückgewinnen.«

»Diese Zuversicht aus dem Munde eines Menschen zu hören!«, sagte Farodin zynisch. »Die Königin lässt die Grenzen bewachen. Selbst du kannst nicht mehr in deine Welt zurückkehren.« Der Elf wandte sich nicht einmal zu ihnen um, während er sprach.

»Farodin hat Recht«, sagte Nuramon. »Die Königin mag die Tore viele hundert Jahre geschlossen halten. Vielleicht siehst du deine Heimat nie wieder.«

»Ich habe mit meiner Heimat abgeschlossen. Zerbrecht euch also nicht für mich den Kopf. Denkt lieber daran, wie wir Noroelle retten können.«

Nuramon senkte den Blick. »Jedenfalls können wir von der Königin keine Hilfe erwarten. Jede Hoffnung, sie umzustimmen, ist dahin.«

»Was genau hat die Königin mit Noroelle getan?«, fragte Mandred. »Ich habe nie begriffen, was mit ihr geschehen ist. Erklärt es mir, dann werde ich vielleicht eine größere Hilfe sein.«

Farodin schnaubte verächtlich.

Nuramon aber blieb freundlich. »Die Königin hat sie in die Andere Welt geführt, um sie dann von dort aus in die Zerbrochene Welt zu verbannen.«

»Und was ist die Zerbrochene Welt?« Mandred hatte die Elfen auf der Suche nach Guillaume einige Male davon reden hören, konnte sich aber bis heute kein Bild davon machen. »Wie kann eine Welt zerbrechen? Ich meine … eine Welt ist kein Tonkrug.«

»Die Zerbrochene Welt ist ein altes Schlachtfeld«, sagte nun Farodin. »Es ist der Ort, an dem die Alben gegen die Devanthar gekämpft und sie vernichtet haben. Während jenes Krieges wurde die Welt auseinander gerissen. Es gibt nur noch wenige Tore, die von hier oder aber aus der Welt der Menschen dorthin führen. Diese Welt liegt zwischen der unseren und der deinen; stell sie dir vor als einige wenige Inseln in einem Meer aus Nichts. Sie ist jetzt bedeutungslos, sodass wir deine Welt als die Andere Welt bezeichnen, gerade so als existierte die Zerbrochene Welt nicht mehr. Der Weg zu Noroelle führt uns zunächst in deine Welt, Mandred. Dort müssen wir nach dem Tor suchen, von dem aus wir zu jener Insel im Nichts gelangen, auf der Noroelle gefangen ist. Wenn wir es gefunden haben, dann müssen wir den Zauber der Königin brechen. Emerelle war im Grunde unsere einzige Hoffnung. Ich fürchte, gegen ihren Willen werden wir Noroelle niemals aus der Gefangenschaft befreien können. Es ist aussichtslos.«

Nuramon machte einige Schritte auf Farodin zu. Seine Worte schienen ihn zu verärgern. »Nichts ist aussichtslos! Nur weil wir keinen Weg sehen, heißt das nicht, dass es keinen gibt. Die Frage ist, wie weit wir gehen, um unser Ziel zu erreichen.«

Farodin wandte sich um und blickte Nuramon an. Seine Miene war eisig. »Du weißt, wie weit ich gehen würde.«

»Würdest du es auch tun, wenn du nie wieder zu deiner Familie könntest, weil du eine unendliche Schmach auf dich gezogen hättest; wenn auch du verbannt würdest, falls die Königin dich noch einmal zu Gesicht bekäme; und wenn Noroelle sich von dir abwenden würde, wegen deiner Taten? Würdest du all das hinnehmen, um sie zu retten?«

Ein seltsam abgründiges Lächeln huschte über Farodins Antlitz, ohne dass Mandred in Nuramons Worten einen Grund dafür finden konnte. »Ich würde es ohne zu zögern tun.«

»Dann lass uns nicht über die Verbote der Königin nachdenken, sondern einfach über das, was getan werden muss.«

»Ich werde euch begleiten, wohin der Weg auch führt«, sagte Mandred. »Ich habe noch eine Schuld zu begleichen. Mindestens eine.« Wäre er nie in die Elfenwelt gekommen, dann wäre Noroelle heute noch bei ihren Liebsten. Der Mann-eber hatte ihn als Köder benutzt, um die Elfenjagd in die Welt der Menschen zu locken. Warum das für den Devanthar wichtig war, hatte er nicht begriffen. Ging es ihm schlichtweg darum, ein paar Elfen zu töten und Emerelle zu zeigen, dass ein Devanthar den Krieg mit den Alben überlebt hatte? Oder verfolgte er in Wahrheit einen viel tiefgründigeren Plan? Und warum hatte er Guillaume gezeugt? Im Gegensatz zu Emerelle konnte Mandred nicht erkennen, welche Gefahr noch aus dem toten Dämonenkind erwachsen sollte. Ganz gleich, was letztlich die Ziele des Devanthars sein mochten, eines war gewiss: Mandred hatte dem Übel Zutritt zur Welt der Elfen verschafft, und er musste seinen Teil dazu beitragen, dass der Schaden wieder ausgeglichen wurde. Viel schwerer aber wog seine zweite Schuld. Mit seinem Versprechen gegen Emerelle hatte er Freya getötet. Und auch dieses Versprechen wurde nur wegen des Mannebers gegeben. Sein Weib hatte ihn zu Recht verflucht! »Welchen Weg auch immer ihr beschreiten werdet, Mandred Torgridson wird an eurer Seite sein.«

»Aber wie sollen wir in die Andere Welt gelangen?«, fragte Farodin.

Der Jarl ballte die Faust. Es war doch offensichtlich, gegen wen man sich zuerst wenden musste! »Wenn ihr bereit seid, euch der Königin zu widersetzen, dann sollten wir uns einen Weg in die Andere Welt erkämpfen.«

Farodin winkte mit einer eleganten Geste ab. »Nein, Mandred. Was die Königin bewachen lässt, das ist sicher. Die Tore stehen uns nicht offen.«

»Wenn die Tür zu ist, dann müssen wir eben mit dem Kopf durch die Wand!«

Farodin schmunzelte. »Bei *diesen* Wänden wird nicht einmal dein Schädel etwas ausrichten, Menschensohn.«

»Wartet!« Nuramons Augen glänzten. »Durch die Wand! Das ist ein guter Einfall. Das ist geradezu genial ... Mit dem Kopf durch die Wand!«

Mandred verstand nicht, was den Elfen so außer sich brachte. Farodin hatte schon Recht. Diese Tore waren nicht das, was ein Mensch unter einem Tor verstand. Und es gab auch keine Wände.

Nuramon aber lachte. »Wir sind blind! Wir brauchen einen Menschen, der uns die Augen für unsere eigene Welt öffnet!«

»Wovon redest du?«, fragte Farodin.

»Es ist doch offensichtlich! Wir werden jenen Weg in die Andere Welt nehmen, den Noroelle gewählt hat. Wir werden uns nicht um die bewachten Tore kümmern, sondern uns selbst ein Tor schaffen.«

»Nuramon, du überschätzt dich«, erwiderte Farodin gereizt. »Das ist mit Abstand das Dümmste, was ich je von dir gehört habe. Wir haben nicht die magischen Fähigkeiten Noroelles.«

Mandred war da anderer Meinung. »Natürlich ist Nuramon ein großer Zauberer«, protestierte er entschieden. »Gerade du solltest es wissen. Du warst nicht mehr als ein Stück rohes Fleisch in der Eishöhle ... Nuramon hat dich vor dem sicheren Tod bewahrt. Wenn das keine Zaubermacht ist, dann weiß ich nicht, was man Magie nennen will.«

»Nur weil ein Pferd Hufeisen trägt, ist es noch lange kein Schmied!«

»Was haben Pferde damit zu tun?«, polterte Mandred los.

»Ich erkläre es gern für Menschen ... Alfadas ist ein vortrefflicher Krieger, das steht außer Frage. Ollowain hat ihn zu einem Meister im Schwertkampf gemacht. Aber wie gut ist er mit der Axt, Mandred?«

Der Jarl begriff. »Allenfalls mittelmäßig«, antwortete er zerknirscht.

»Und so ist es auch mit Nuramon. Ich stehe tief in seiner Schuld, weil er mich geheilt hat, nicht nur in der Eishöhle, sondern auch nachdem wir Aniscans verlassen haben. Ich will seine Fähigkeiten keinesfalls in Abrede stellen, aber ein Tor zu öffnen ist einfach etwas anderes! Die Grenze zwischen zwei Welten zu durchdringen ... das ist große Magie.«

»Ich habe gesehen, wie Nuramon an der Grenze zwischen Leben und Tod um dich kämpfte und dich ins Leben geholt hat. Welche Grenze könnte unüberwindlicher sein als diese?«

Die beiden Elfen sahen einander verblüfft an. Es war offensichtlich, dass sie die Dinge noch nie von dieser Warte aus betrachtet hatten.

Nuramon wirkte ein wenig verlegen. Schließlich ergriff er das Wort. »Was haben dir deine Eltern als Kind über die Albenpfade erzählt?«, fragte er Farodin.

Der Elf zögerte, ehe er antwortete. »Sie erzählten mir, dass sie unsere Welt durchziehen und sie mit anderen Welten verbinden.«

»So wie die Albensterne!«, warf Mandred ein und sorgte erneut für erstaunte Elfenmienen.

»Woher weißt du das?«, fragte Farodin.

»Vanna erzählte mir auf dem Weg zur Höhle des Luth davon. Das habe ich nicht vergessen. Aber was genau hat es mit den Pfaden auf sich?«

»Es heißt, die Alben wären entlang dieser Pfade gereist. An den Toren, die wir auch die großen Albensterne nennen, kreuzen sich sieben dieser Wege.«

»Und nun denke darüber nach, was Mandred in seiner genialen Einfachheit gesagt hat«, drängte Nuramon seinen Gefährten.

Mandred wusste nicht, ob er die Worte Nuramons als Lob oder als Beleidigung auffassen sollte.

Farodin blickte ihn an. »Wenn die großen Albensterne die Tore sind, was sind dann die Wände? Das ist die Frage.«

Mandred wusste nicht, worauf die Elfen hinauswollten. Er hatte das Gefühl, dass Farodin eine Antwort von ihm erwartete. Auch Nuramon sah ihn fragend an. »Die Albenpfade, die zum Tor führen?«

»Nicht ganz«, meinte Farodin.

Nuramon gab die Antwort. »Die kleineren Albensterne sind es. Jene, die kein sicheres Tor hervorbringen. Man kann dort magische Tore erschaffen und in die Andere Welt übertreten.«

Farodin wirkte sichtlich beunruhigt. »Du hast mich gefragt, was meine Eltern mir über die Albenpfade erzählt haben. Nun will ich dir auch sagen, was sie mir über die Albensterne berichteten. Sie sagten, wer mit Gewalt oder Unwissenheit den Übertritt wage, der könne ein Opfer von Zeit und Raum werden und auf immer verloren gehen. Noroelle ist eine große Zauberin. Sie wusste, was sie tat. Wir aber sind im Vergleich zu ihr Kinder. Du magst ein außergewöhnlich begabter Heiler sein, aber diese Spielart der Magie ist dir so fremd wie mir.«

»Du willst also aufgeben«, hielt Nuramon dagegen.

»Nein. Das könnte ich nicht. Diese Suche ist mein Leben, mehr als ihr ahnt. Schaut!« Farodin holte ein kleines Silberfläschchen und ein Tuch hervor. Das Tuch breitete er auf dem Tisch aus, dann öffnete er vorsichtig das Fläschchen und schüttete den Inhalt auf das Tuch. »Hier könnt ihr sehen, wie groß unsere Hoffnung ist.«

In dem Seidentuch lag ein winziges Häufchen Sand.

»Ist das etwa …«, begann Nuramon, sprach aber nicht weiter.

Farodin nickte. »Nachdem wir von Noroelles Schicksal erfuhren, habe ich mich in die Gewandkammer der Königin geschlichen und dort drei Sandkörner gefunden. Es heißt, wenn man jedes Sandkorn wiederfindet, dann könne der Zauber des Stundenglases gebrochen werden. Auf der Suche nach Guillaume habe ich dreiundfünfzig weitere Sandkörner finden können.«

»Deshalb hast du dich so oft abgesondert«, sagte Nuramon vorwurfsvoll.

»Ja. Und jetzt habe ich sechsundfünfzig Körner gesammelt. Wahrscheinlich gibt es in Albenmark keine mehr. Die übrigen sind gewiss in der Anderen Welt. Sie wurden von einem Windstoß in alle Himmelsrichtungen davongetragen. Ich glaube, es war Teil des Zaubers, die Sandkörner so weit wie möglich zu verteilen.«

Mandred konnte nicht fassen, wovon der Elf sprach. Er hatte Sandkörner gesammelt? Wie konnten ihnen sechsundfünfzig Sandkörner weiterhelfen? Überhaupt … Sandkörner suchen! Das war vollkommen verrückt! Wie wollte er sie überhaupt von gewöhnlichen Sandkörnern unterscheiden?

Nuramon starrte auf das Sandhäufchen. »Das ist wahrlich eine winzige Hoffnung. Aber es mag auch andere Wege geben.«

»Es ist der einzige, den ich sehe.«

»Dann lasst uns auf diesem Weg beginnen«, sagte Mandred. Die beiden Elfen stimmten zu.

Doch das Problem der verschlossenen Tore blieb bestehen. Farodin war der Meinung, es müsse einen sichereren Weg in die Andere Welt geben, als abseits der Tore mit ihren bescheidenen Fähigkeiten den Schritt durch einen der kleineren Albensterne zu wagen.

Nuramon jedoch beharrte darauf, dass sie es schaffen konnten. »Wir müssen ja nicht dort den Übertritt wagen, wo sich zwei Albenpfade treffen. Das wäre gewiss eine Torheit. Aber sollte es an einem Ort, an dem sich drei oder vier Wege zu einem Albenstern treffen, denn nicht möglich sein?«

»Aber woher lernen wir, wie …« Farodin brach erschrocken ab.

Nuramon schaute sich im Raum um, als hätte er jemanden gesehen.

Mandred konnte niemanden entdecken. Misstrauisch sah er sich um. Was erschreckte die Elfen so? Als hätte er seinen Gedanken ausgesprochen, antwortete eine leise Stimme auf Fjordländisch: »Hört mich an!« Wer immer da sprach, befand sich mit ihnen im Zimmer. So viel war gewiss, auch wenn Mandred ihn nicht sehen konnte. »Vernehmt das alte Eichenwissen«, fuhr die Stimme fort. Ein sanfter Windzug fuhr durch den Raum.

Erschrocken warf Farodin sich über den Tisch und deckte die Sandkörner mit dem Seidentuch zu.

»Alaen Aikhwitan!«, rief Nuramon.

Mandred musste an seinen Traum denken.

»Ja, ich bin es.« Der Baum sprach nicht länger flüsternd, sondern mit einer tiefen Männerstimme, tiefer als jede menschliche. »Du bist Nuramon. Ich kenne deine Seele schon seit einer ganzen Weile. Und du, Mandred, trägst das Mal meines Bruders. Von dir, Farodin, habe ich bisher nur gehört. Du würdest dich wundern, wenn du wüsstest, was die Bäume über dich reden.«

Mandred schwieg beklommen. Die Stimme der Eiche füllte ihn ganz aus. Auch Farodin wagte nichts zu sagen, wenn auch vielleicht aus anderem Grund. Allein Nuramon vermochte den Bann zu überwinden. »Offenbarst du dich uns, um uns zu helfen? Wirst du uns den Zauber lehren, den wir brauchen?«

Alaen Aikhwitan brummte, als wollte er Nuramon tadeln. »Seit jeher suchen Albenkinder meine Nähe und meinen Rat. Und auch euch werde ich raten. Euch lehren jedoch will ich nicht. Denn dir, Nuramon, habe ich durch deine Mutter alles beigebracht, was dir von mir zusteht. Und euch anderen bin ich nichts schuldig.« Die Stimme wurde leiser. »Das, wonach ihr strebt, kann euch nur ein anderer Baum beibringen. Geht! Geht dorthin, wo die Elfe vom See unterwiesen wurde. Geht! Dort werdet auch ihr unterwiesen werden. Verweilt nicht! Geht …« Die Stimme verging.

»Die Fauneneiche!«, rief Nuramon.

DIE FAUNENEICHE

Es hatte zu schneien angefangen, als sie an dem See vorbeiritten, an dem sie so oft mit Noroelle gesessen hatten. Farodin zog seinen Umhang enger um die Schultern, doch gegen die Kälte in seinem Herzen vermochte kein Kleidungsstück zu helfen. Er hatte keine große Hoffnung, jemals die Macht zu erlangen, die man brauchte, um ein Tor in die Andere Welt zu öffnen. Vielleicht hatte Mandred ja Recht? Vielleicht sollten sie es wagen, die Wachen bei einem der Tore anzugreifen, und sich mit Gewalt Zugang in die Welt der Menschen verschaffen.

In der Ferne, jenseits des Waldes, erhob sich Emerelles Burg. Ob sie wohl wusste, dass sie hier waren? Es hieß, sie wisse alles, was in Albenmark geschah. Aber vielleicht hatte sie dieses Gerücht selbst ausgestreut? Von dem Eindringen des Devanthars hatte sie allerdings nichts gewusst. Oder doch? Hatte sie es am Ende geschehen lassen, um ein anderes, schlimmeres Schicksal von ihrem Volk abzuwenden? Farodin atmete tief aus. Der Atem stand ihm in einer weißen Wolke vor dem Mund. Es war völlig windstill auf der weiten Wiese. Der Schnee fiel nun dichter, und die Burg verschwamm in der Ferne.

Wer wusste schon um Emerelles Gedanken! Farodin hatte für sie gemordet. Er konnte nicht sagen, wie oft … Aber keinen Augenblick hatte er daran gezweifelt, dass alles, was er in ihrem Auftrag tat, einzig dazu diente, Schlimmeres von seinem Volk abzuwenden. Hatte er sich geirrt? Auf der Königin lastete der Fluch, die Zukunft ahnen zu können. Doch das, was kommen sollte, war wandelbar. Und so konnte es niemals Gewissheit geben.

Ein einziges Mal hatte Emerelle mit ihm darüber gesprochen. Sie hatte die Zukunft mit einem Baum verglichen. Es begann mit dem Stamm, der sich zweiteilte und dann Äste hervorbrachte, die sich immer weiter teilten. Farodin war danach in den Garten gegangen, hatte sich unter einen Baum gestellt und versucht, von unten den Verlauf eines Astes mit all seinen Verästelungen zu betrachten. Es war unmöglich. Man hätte den Baum fällen müssen, um eine sichere Aussage machen zu können. Und so war es mit der Zukunft.

»Was für ein elendes Wetter«, murrte Mandred, der neben ihm ritt. »Bei uns Menschen heißt es immer, dass in eurer Welt ewiger Frühling herrscht. Schöner Frühling!«

»So ist das, wenn Besserwisser von Orten erzählen, die sie niemals gesehen haben«, scherzte Nuramon. Er zog an Felbions Zügeln und deutete ein Stück voraus. »Das ist sie.«

Düster und von allen Blättern entblößt, erhob sich ein mächtiger Baum vor ihnen; nicht so groß wie Alaen Aikhwitan, doch immer noch gewaltig. Sie stiegen vom Pferd und gingen das letzte Stück zu Fuß.

Deutlich konnte Farodin eine große Spalte im Stamm der Eiche sehen. Die Rinde hatte sich abgeschält, und das Holz darunter war faulig geworden. Rings um den Baum lagen dürre Äste, der Tribut der Fauneneiche an die Herbststürme. Die Eiche wirkte heruntergekommen, fast als stürbe sie.

Farodin war entsetzt. Nie zuvor hatte er in Albenmark einen lebenden Baum faulen sehen. Das kam einfach nicht vor!

Auch Nuramon wirkte verstört.

Unschlüssig standen sie vor dem mächtigen Stamm und blickten zur Baumkrone hinauf. Es war keine Stimme zu vernehmen. Farodin musterte seine Gefährten aus den Augenwinkeln. Sie verrieten mit keiner Geste, ob die Fauneneiche vielleicht zu ihnen sprach.

»Mir frieren bald die Füße ab.« Wieder war es Mandred, der das Schweigen brach.

»Wir sollten mit ihr reden«, sagte Nuramon zögerlich. »Doch wie?«

»Sag mal … es war vorgestern, dass Alaen Aikhwitan zum ersten Mal mit dir gesprochen hat, nicht wahr?« Mandred stampfte mit den Füßen auf, wie um die Kälte zu vertreiben.

»Ja«, erwiderte Nuramon. »Und?«

»Du hast auf deiner Eiche viele Jahre gelebt. Mir ging nur gerade durch den Kopf, dass wir womöglich sehr lange warten müssen, bis die Fauneneiche mit uns spricht. Glaubst du, wir können ein Feuer machen?«

»Feuer?« Die Stimme erklang so plötzlich in seinem Inneren, dass Farodin erschrocken einen Schritt zurückwich. »Man muss wohl ein Mensch sein, um auf die Idee zu kommen, sich einem Baum vorzustellen, indem man neben ihm ein Feuer entzündet!«

»Ich muss mich für unseren Freund entschuldigen«, beeilte sich Nuramon zu sagen. »Er ist manchmal etwas voreilig.«

»Haltet ihn davon ab, ein Feuer zu machen. Ich spüre, dass er immer noch daran denkt. Und er wollte meine toten Äste dafür nehmen! Hat er denn gar kein Feingefühl?« Die schrille Stimme des Baumes war die einer Frau.

Mandred zog sich ein Stück weit zurück. Er sagte nichts, schlug sich aber die Arme vor die Brust, wie um zu zeigen, dass er immer noch fror.

Farodin beschlichen Zweifel, ob es klug gewesen war, den Menschensohn mitzubringen.

»Wir sind wegen Noroelle hier«, sagte Nuramon leise.

»Noroelle«, die Stimme der Fauneneiche klang nun sanfter, fast wehmütig. »Ja, Noroelle … Sie wäre niemals auf die Idee gekommen, hier ein Feuer zu entfachen. Es kommt mir so vor, als wäre es vor langer Zeit gewesen, dass ich sie zuletzt sah.«

»Wir wollen sie suchen.«

»Eine gute Idee«, stimmte die Eiche zu. Sie klang nun schläfrig. Ihre Äste knarrten leise.

»Wir brauchen dazu deine Hilfe«, mischte sich Farodin in das Gespräch ein.

»Wie sollte ich euch helfen?« Die Stimme des Baumes klang nun sehr gedehnt. »Ich kann schlecht von hier fort und euch auf eurer Suche …«

»Eure Eiche schläft ein«, spottete Mandred. »Wenn ich nicht von Feuer gesprochen hätte, wäre sie niemals erwacht.«

»Feuer!« Der alte Baum seufzte. »Schafft diesen frechen Kerl von hier fort! Sonst lass ich ihn Wurzeln schlagen. Dann mag er selbst erfahren, warum Bäume keine Späße über Feuer mögen.«

Mandred brauchte keine weitere Aufforderung. Er zog sich von sich aus zu den Pferden zurück.

»Jetzt denkt er an eine Axt«, grollte die Baumstimme. »Ich sollte ihn wirklich ...«

»Verschone ihn«, sagte Farodin. »Auch wenn er ein schlechtes Benehmen hat, würde er sein Leben einsetzen, um Noroelle zu retten.«

»Ich weiß ...« Wieder klang die Stimme des Baumes gedehnt. »Ich fühle, dass Atta Aikhjarto ihn schätzt. Er irrt sich nie ... glaube ich ...«

»Bitte schlaf nicht ein«, sagte Farodin. »Du bist unsere einzige Hoffnung.«

»Es ist Winter, Kinder. Meine Säfte fließen nicht mehr. Es ist Zeit zu ruhen. Kommt im Frühling wieder. Elfenkinder haben doch Zeit ... Wie Bäume ...«

»Fauneneiche?«, fragte Nuramon. »Kannst du uns einen der Zauber lehren, den du Noroelle gelehrt hast? Unterweise uns, wie man ein Tor bei einem der niederen Albensterne öffnet.«

Er erhielt keine Antwort.

»Sie schläft«, sagte Farodin resignierend. »Ich fürchte, wir werden bis zum Frühjahr warten müssen. Falls sie uns überhaupt hilft.«

Eine Weile blieben sie noch, aber die Eiche antwortete auf keine ihrer Fragen. Schließlich gingen sie zu den Pferden zurück. Farodin wollte gerade in den Sattel steigen, als er eine flüchtige Bewegung im Unterholz hinter der Eiche sah. Der Elf saß auf. »Lasst euch nichts anmerken«, sagte er leise. »Wir sind belauscht worden.«

»Ein Spitzel der Königin?«, fragte Nuramon.

»Ich weiß es nicht. Ich reite in den Wald und treibe ihn heraus.«

»Und wenn er uns freundlich gesinnt ist?«, fragte Nuramon.

»Warum sollte er sich dann verstecken?«, wandte Mandred ein.

»So sehe ich das auch!« Farodin riss die Zügel herum und preschte tief über die Mähne gebeugt auf das Unterholz zu. Mandred folgte ihm, ohne zu zögern.

Noch bevor sie den Waldrand erreichten, teilte sich das Dickicht, und eine bocksbeinige Gestalt trat ins Freie. Sie hob die Hände, wie um zu zeigen, dass sie unbewaffnet war.

»Ejedin?« Farodin erkannte den Stallknecht der Königin.

»Was hast du bei der Eiche zu suchen?«, grollte Mandred, der Mühe hatte, seine Stute zu zügeln, und ihr schließlich mit der Faust auf den Kopf schlug.

»Was ich hier zu suchen habe?« Weiße Zähne blitzten durch den dichten schwarzen Bart des Fauns. »Mein Urgroßvater hat hier eine Eichel gepflanzt, die er aus seiner Heimat Dailos mitbrachte. Seitdem pflegen die Faune und Silene, die bei Hof dienen, die Fauneneiche. Sie übermittelt unsere Grüße in unsere ferne Heimat und hat uns auch sonst schon so manchen Dienst erwiesen. Die Frage ist also nicht, was ich hier zu suchen habe, sondern eher, was ihr hier treibt.«

»Werd nicht frech, Knecht!«, zischte Mandred.

»Was sonst, du Meisterreiter? Wirst du mich schlagen, wie deine Stute?« Er hob die Fäuste. »Komm nur herunter und leg dich mit mir an!«

Mandred wollte schon aus dem Sattel steigen, als Farodin sein Ross neben ihn lenkte und ihn zurückhielt.

»Glaubst du, die Königin wird dich reich belohnen?«, fragte der Elf in beiläufigem Tonfall.

Der Faun leckte sich mit seiner langen Zunge über die Lippen. »Ich glaube nicht, dass ich der Königin etwas sagen könnte, was sie nicht ohnehin schon weiß. Aber vielleicht kommen wir ja ins Geschäft?«

Farodin musterte den Faun misstrauisch. Sein Volk stand in dem Ruf, verschlagen zu sein, war aber zugleich berühmt dafür, mit den beseelten Bäumen einen guten Umgang zu pflegen. »Welche Art Geschäft sollte das sein?«

Auch Nuramon war inzwischen herangekommen. Schweigend hörte er zu.

»Ich glaube, ich könnte die Fauneneiche jeden Tag ein oder zwei Stunden dazu bringen, mit euch zu reden.«

»Und was ist dein Preis?«

»Bringt Noroelle zurück!«

Farodin traute seinen Ohren nicht. Das musste ein Faunentrick sein! »Warum sollte dir daran gelegen sein, Ejedin? Und erzähl mir nicht, dass unsere unglückliche Liebe dein empfindsames Herz berührt.«

Der Pferdeknecht brach in schallendes Gelächter aus. »Sehe ich vielleicht aus wie ein rührseliges Auenfeechen? Es ist wegen der Fauneneiche! Seit Noroelle fort ist, ist sie völlig verstört. Sie verschläft selbst Frühling und Sommer.« Er deutete auf die tiefe Wunde in ihrem Stamm. »Seht nur, wie krank sie ist. Bohrkäfer haben sich im letzten Frühjahr unter ihrer Rinde eingenistet.«

»Wie kann das sein?«, fragte Nuramon. »Die Bohrkäfer nähren sich doch nur von totem Holz.«

»Und von dem jener Bäume, denen nichts mehr am Leben liegt.«

»Vielleicht kann ich das faulende Holz wieder erstarken lassen«, sagte Nuramon vorsichtig. »Ich habe noch nie versucht, einen Baum zu heilen. Aber vielleicht ist es möglich.«

»Mach mir keine Hoffnungen!«, entgegnete der Faun barsch. »Kommt morgen zur selben Stunde. Ich werde die Fauneneiche dann wecken. Und bringt mir nicht noch einmal diesen Menschen mit! Er regt sie auf. Das tut ihr nicht gut.«

DIE ERSTE LEHRSTUNDE

Nuramon löste die Hände von der wunden Stelle der Fauneneiche. Viel hatte er nicht ausrichten können; zwar hatte sich das Holz unter der Rinde ein wenig gefestigt, doch es war die Trauer um Noroelle, die das eigentliche Leiden der Eiche darstellte. Nuramon kam es so vor, als wäre seine Liebste für die Eiche wie eine Tochter gewesen.

Der Faun trat an den Baum heran und legte seine Wange an die Rinde. »Hör mich, Fauneneiche!«, flüsterte er. Was er darauf sprach, war zu leise, als dass Nuramon es hätte verstehen können. Bald darauf löste sich Ejedin wieder vom Stamm und trat abwartend hinter Nuramon und Farodin zurück.

»Hat sie dich gehört?«, fragte Farodin.

Ejedin aber schwieg und starrte nur auf die Eiche. Als er nickte, war klar, dass die Fauneneiche mit ihm sprach. Schließlich sagte er: »Sie ist bereit, euch anzuhören.«

Nuramon tauschte einen Blick mit Farodin. Als dieser ihn stumm aufforderte, sprach er: »Hör nun mich an, Fauneneiche!«

Der Baum schwieg.

»Wir flehen dich an! Unterweise uns nun! Warte nicht bis zum Frühling! Jeder Tag ist kostbar. Und selbst wenn deine Lehren lange dauern, mag es am Ende entscheidend sein, dass wir jetzt begonnen haben.«

»Das sind große Worte«, entgegnete die Eiche. Ihre Stimme drang Nuramon direkt in den Geist. »Bist du ein Weiser, dass du das sagst?«

»Nein, ich bin weit davon entfernt«, gab Nuramon zur Antwort. »Es war Alaen Aikhwitan, der uns an dich verwies. Er sagte auch, wir sollten nicht verweilen. Eben so, als wäre große Eile geboten.«

»Der Rat von Alaen Aikhwitan galt schon lange vor meiner

Zeit. Und durch deine Hände, Nuramon, habe ich seinen Hauch gespürt ... Als ihr gestern bei mir wart, da war ich schläfrig. Es war ein schlechter Zeitpunkt. Doch Ejedin und deine heilenden Hände haben mich geweckt. Ich kann nicht sagen, wann ich wieder müde werde. So vernehmt, was ich für euch tun kann.« Die Stimme der Eiche gewann an Kraft. »Ich vermag euch den Zauber zu lehren, der euch auf die Weise der Alben auf den Pfaden gehen lässt. Dich, Nuramon, erkenne ich als Zögling Alaen Aikhwitans und als Günstling der Ceren. Dir wird meine Magie nicht fremd sein. Du aber, Farodin, musst neue Wurzeln schlagen und über dich hinauswachsen. Denn dein Zauber stammt nicht von einem Baume. Du musst mehr sein wollen, als du einst warst und jetzt bist. Von uns allen wird etwas Ungewöhnliches gefordert. Wir müssen auf gefrorenen Boden säen, um im Frühling ernten zu können.«

»Können wir das, was du uns lehren willst, denn bis zum Frühling erreichen?«, fragte Farodin zweifelnd.

Die Fauneneiche schwieg lange, ehe sie antwortete. »Was ihr bis dahin nicht gelernt habt, wird euch nimmermehr nützen. Seid aufmerksam und bewahrt euch einen klaren Geist.«

Der Faun trat vor. »Wirst du die Bohrkäfer verbannen?«

»Sie haben es warm in mir. Sie ruhen und sind ahnungslos. Es wäre grausam, sie in diese Kälte zu schicken. Ich werde im Frühling über sie entscheiden.«

Nuramon ahnte, was das bedeutete. Die Eiche würde im Frühling entscheiden, ob Farodins und seine Fähigkeiten ausreichten, um Noroelle zu retten – und damit auch sie selbst.

»Nun, meine beiden Elfenschüler. Ich sehe, euer Geist ist voller Fragen. Was ich euch nun vortragen werde, das habe ich einst auch Noroelle gesagt.« Die Eiche ließ sich Zeit, bis sie weitersprach. Fast schien es, als wollte sie Nuramons und Farodins Geduld auf die Probe stellen. »Es gibt fünf Welten, die uns bekannt sind. Ihre Wurzeln nennen wir Albenpfade. Sie durchziehen die einzelnen Welten und verbinden sie miteinander. Die Kraft, die in ihnen fließt, macht die Magie und den natürlichen Zauber unserer Gefilde erst möglich.« Die Eiche sprach nun schneller, und ihre Stimme klang wie die einer aufgeweckten jungen Frau. »Die Alben sind einst auf diesen Pfaden von einem Ort zum anderen und auch zwischen den Welten gereist. Die Albensterne sind Wegkreuzungen. Dort treffen sich die Pfade, verbinden sich und gehen wieder auseinander. An diesen Orten ist die Magie stark. Und je mehr Pfade sich kreuzen, desto mächtiger ist sie.« Die Eiche machte eine Pause. »Das sagte ich einst auch Noroelle«, setzte sie nach.

Nuramon starrte auf den Stamm der Fauneneiche. Er stellte sich vor, wie seine Liebste als junge Elfe im Frühling an diesem Stamm saß und die Worte vernahm, die vieles, was nur aus alten Erzählungen bekannt war, zur Gewissheit machten.

Die Fauneneiche sprach weiter. »Ich kann euch den Zauber lehren, den ihr benötigt, um euch ein Tor in die Andere Welt zu öffnen. Doch hört gut zu! Der Zauber schafft nicht nur Tore zwischen den Welten. Wenn ihr in der Anderen Welt nach Noroelle sucht, dann prägt euch die Pfade und Sterne ein. Vielleicht vermögt ihr eines Tages auf den Pfaden zwischen den Albensternen einer Welt zu reisen, so wie die Alben es getan haben. Ich werde euch die Gefahren erklären und euch ein Gefühl für den Zauber schenken. Ihr werdet ihn nie so vollendet beherrschen wie Noroelle. Sie ist so mächtig, dass sie nicht durch eine Pforte schreiten muss, sondern zusehen kann, wie sich die Welt um sie herum verändert. Euch steht dieser Weg nicht offen. Ihr werdet ein kleines Tor öffnen und wieder schließen können. Doch hütet euch vor verschlossenen Toren und magischen Barrieren. Zwingt ihr euch durch diese hindurch, mögt ihr ein Opfer der Zeit werden. Ein Opfer des Raumes werdet ihr nur, wenn ihr durch niedere Albensterne schreitet oder aber kläglich beim Zaubern versagt. Seid ihr bereit, auf Noroelles Spuren zu wandeln, um auf den Pfaden der Alben zu ihr zu gelangen?«

Nuramon musste nicht lange überlegen. Doch Farodin war es, der zuerst antwortete. »Das sind wir.«

»Unterweise uns! In Noroelles Namen«, bat Nuramon.

Die Fauneneiche lachte, und es klang fast wie das helle Lachen einer Auenfee. »Dann seid meine Schüler!«

Dies also war der Anfang der Suche nach Noroelle. Nuramon hoffte nur, dass die Königin nicht misstrauisch wurde. Bis zum Frühling würden sie häufig die Nähe der Fauneneiche suchen, und Emerelle konnte sehen, was in ihrem Reich geschah. Doch war es verwunderlich, dass sie der Fauneneiche nahe kamen, die so sehr um Noroelle trauerte? So sehr er auch den Blick der Königin fürchtete, so sehr freute er sich auf die Unterweisung durch die Eiche. Sie hatte Recht: Sie befanden sich nun auf Noroelles Spuren. Im Frühling würde sich zeigen, wie weit sie auf diesem Weg gekommen waren.

EICHENTRUNK

Der Frühling war ins Land gezogen, und die Fauneneiche hatte sich in frisches Grün gekleidet. »Ich habe euch alles gelehrt, was ihr von mir zu lernen vermögt.« Farodin vernahm ihre Stimme in seinen Gedanken. Trotz all der Übungsstunden hatte er sich nie daran gewöhnen können, etwas Fremdes in sich zu spüren.

Die Bedeutung, die hinter ihren Worten lag, war ihm keinesfalls entgangen. So sehr er den Zauber des Suchens über die Jahrhunderte vervollkommnet hatte, so bescheiden waren seine Fähigkeiten, wenn es um andere Magie ging. Er hatte zwar gelernt, wie auf einem Albenstern ein Tor zu öffnen war und auch, wie man die verborgenen Pfade beschreiten konnte, doch Nuramon übertraf ihn mit seinen Fertigkeiten bei weitem.

Nun war die Zeit gekommen, Abschied von der Eiche zu nehmen. An seiner Seite standen Nuramon und Ejedin, der sie, wann immer es ihm möglich gewesen war, zur Fauneneiche begleitet hatte.

»Seid vorsichtig und erinnert euch daran, was ich euch gesagt habe!«, ermahnte sie der Baum. »Öffnet kein Tor ohne Not, durchbrecht verschlossene Tore und Barrieren nur, wenn ihr euch sicher seid, dass sich jenseits davon etwas befindet. Wenn ihr beim Zaubern einen Fehler macht, dann werdet ihr aus dem Gefüge der Zeit gerückt, sobald ihr ein Tor durchschreitet. Je weniger Pfade sich in einem Stern treffen, desto schwieriger ist der Zauber zu wirken. Und was den Menschensohn angeht, so überlegt euch gut, ob ihr ihm die Gefahr zumuten wollt. Nicht einmal ich kann sagen, wie die Magie der Albensterne sich auf ihn auswirken wird. Für euch geht es um Noroelle. Doch ist er wirklich bereit, das gleiche Wagnis einzugehen? Manchmal ist es besser, einen Freund zurückzulassen, um ihn zu schützen.«

»Nein, alles, nur das nicht!«, stöhnte Ejedin. »Wenn er länger bei Hof bleibt, dann kehre ich nach Dailos zurück.«

»Was hat er angestellt?«, fragte Farodin überrascht. Mandred hatte sich den Winter über zurückgezogen, da die Fauneneiche ihn nicht in ihrer Nähe duldete. Der Jarl war viel herumgereist, und sie beide hatten kaum Gelegenheit gehabt, sich um ihn zu kümmern.

»Fragt lieber, was er nicht angestellt hat. Seit er die beiden Kentauren kennen gelernt hat, ist es zum Verzweifeln. Vorgestern erst sind seine Freunde mitten in der Nacht sturzbetrunken in die Ställe gekommen und haben versucht, unaussprechliche Dinge mit den Stuten zu treiben. Mandred hat sie dabei noch angefeuert.«

Farodin und Nuramon sahen einander betroffen an. »Und dann?«

»Es gab eine gewaltige Schlägerei mit den Palastwachen. Mandred hat eine Nacht im Kerker verbracht, und die beiden Kentauren wurden aus dem Herzland verwiesen. Gestern früh musste ich miterleben, wie er seine Stute vor einen Karren voller Amphoren mit Wein aus Alvemer spannte. Eine Stute aus den Ställen der Königin als Karrenpferd! Man stelle sich das vor!«

»Weißt du, wohin er wollte?«, fragte Farodin.

»Ich glaube, er hatte vor, das Herzland zu verlassen.« Der Faun schnaubte verächtlich. »Aber vermutlich wird er zurückkommen, wenn ihm der Wein ausgeht.«

Die Fauneneiche ergriff noch einmal das Wort. »Die Menschen sind ein eigenartiges Volk. Doch nun zu euch. Bevor ihr geht, möchte ich die Steine sehen, die Noroelle euch hinterlassen hat. Ich spüre ihre Präsenz seit dem Tag, da ich euch als meine Schüler annahm.«

Farodin holte den Smaragd aus einem Lederbeutel an seinem Gürtel. Er sah, wie Nuramon eine Kette vom Hals nahm, deren Anhänger ein Almandin war. Beide hielten sie ihren Edelstein der Eiche entgegen.

»Behütet diese Schätze gut. Sie mögen euch eines Tages von

Nutzen sein. Ich kann euch nichts lehren, was euch helfen könnte, ihre Magie zu enträtseln, doch bedenkt immer, dass in ihnen die Macht Noroelles wohnt. Es mag sein, dass ihr euch einst der Kraft dieser Edelsteine bedienen werdet … Und nun, meine Schüler, geht! Denn der Frühling ist da, und ich will meine Entscheidung treffen. Die Bohrkäfer müssen meine Rinde verlassen. Noch heute Nacht, wenn die Faune und Silene um mich herumtanzen und vielleicht auch die Auenfeen singen, werde ich sie fortschicken. Ihr aber solltet nicht länger meine Nähe suchen …« Mit diesen Worten hüllte sich die Fauneneiche in Schweigen.

Farodin und Nuramon verabschiedeten sich von Ejedin und machten sich auf die Suche nach Mandred. Nach Ejedins Bericht hatten sie eine Vorstellung, wo sie ihn finden würden.

Sie überquerten die Shalyn Falah, und am frühen Abend erreichten sie den Steinkreis, in dessen Nähe Atta Aikhjarto stand. Schon von weitem hatten sie den Karren gesehen. Mandreds Stute weidete friedlich bei dem zerstörten Wachturm. Dort lagerte auch eine Gruppe junger Krieger, die Nuramon und Farodin aufmerksam beobachteten.

Die beiden stiegen ab und gingen Atta Aikhjarto entgegen. Auf der Wiese roch es nach Wein und feuchtem Lehm. Immer wieder schaute Farodin zurück. Er bildete sich ein, die Blicke der Wachen zu spüren.

»Siehst du das da vorne?«, fragte Nuramon. Das Wurzelwerk der Eiche wand sich wie hölzerne Schlangen durch das Gras. In einer Mulde im lehmigen Boden hatte sich eine dunkelrote Pfütze gesammelt.

Farodin kniete nieder, tauchte einen Finger in das Nass und roch daran. »Wein! Er muss völlig betrunken sein, um so etwas zu tun.«

Nuramon grinste breit. »Nur ein Mensch kann wohl auf die Idee kommen, einen Baum mit Wein zu begießen. Was Atta Aikhjarto wohl dazu sagt?«

Farodin erwartete nicht, die mächtige, beseelte Eiche überhaupt sprechen zu hören. Das einzige Geräusch, das den Frieden des Frühlingsabends störte, war ein sägendes Schnarchen. Nach all den Jahren an der Seite des Menschensohns war es Farodin nur allzu vertraut.

Die Elfen stiegen über die Scherben von Amphoren hinweg und über Weinpfützen auf dem glitschigen Boden. Die Zweige der Eiche hingen ungewöhnlich tief und formten eine weite Laube um den Stamm. Farodin bog das Geäst auseinander und hielt mitten in der Bewegung inne. Die Adern auf den zarten, hellgrünen Blättern hoben sich dunkel hervor.

Nuramon, der seine Verwunderung bemerkt hatte, zog einen Ast zu sich und hielt die Blätter gegen das Licht der schwindenden Sonne. »Der Wein ... Es sieht aus, als wäre er bis in die Adern der Blätter gezogen.«

Ob Mandred wohl sein Ziel erreicht hatte? So oft hatte er davon gesprochen, dass er sich mit Atta Aikhjarto betrinken wollte, um gebührend zu feiern, dass die alte Eiche ihm das Leben gerettet hatte. Konnte man etwa eine Eiche betrunken machen? Zweifelnd sah Farodin zu den Blättern auf.

»Spürst du das?« Nuramon sah sich verwundert um.

Farodin hörte ein Wispern in den Blättern, so als striche ein leichter Wind durch das Geäst. Sonst war da nichts.

»Der Baum. Atta Aikhjarto singt. Es ist in mir.« Nuramon blieb stehen und griff sich ans Herz. »Es ist ... außergewöhnlich! Noch nie habe ich so etwas gehört.«

Farodin schob die Äste auseinander. Er hörte nichts dergleichen, nur Mandreds Schnarchen. Der Menschensohn lag an den Stamm gelehnt. Sein Bart war von Erbrochenem besudelt. Rings um ihn lagen noch mehr Scherben. Er schien jede Amphore zerschlagen zu haben, nachdem er sie geleert hatte. Welch sinnlose Zerstörung!

Nuramon kniete neben Mandred nieder und schüttelte ihn sacht an der Schulter. Ihr Gefährte gurgelte im Schlaf, lallte etwas, war aber nicht zu wecken.

»Vielleicht ist es besser, wenn wir ihn hier zurücklassen«, sagte Farodin. »Für ihn und für uns.«

»Das ist nicht dein Ernst!«, entgegnete Nuramon scharf.

»Bist du blind? Er tut das hier aus Verzweiflung. Er kommt in dieser Welt nicht zurecht. Wir *müssen* ihn mitnehmen. Albenmark ist nicht für ihn geschaffen.«

»Jawoll, ich komme mit ...«, lallte Mandred. Der Menschensohn versuchte sich aufzurichten, sackte aber sofort wieder in sich zusammen. »Ich komme mit.« Er rülpste. »Bringt mir ein Pferd!«

»Ihr alle kommt mit!«, erklang eine Frauenstimme. Die Zweige wurden auseinander gebogen, und eine Kriegerin im langen Kettenhemd trat in die Laube. Sie hatte zwei Kurzschwerter um die Hüften geschnallt. Yilvina!

»Versucht nicht zu fliehen!«, sagte die junge Elfe entschieden und ließ ihre Rechte auf einen der Schwertgriffe sinken. »Ihr seid umstellt. Ich befehlige die Wache hier am Tor. Soeben erhielt ich den Befehl, euch zur Königin zu bringen. Sie ist zur Jagd im Alten Wald und wünscht, dass ihr sie begleitet.«

Farodin spannte sich. »Und du würdest dein Schwert gegen uns ziehen, obwohl wir drei Jahre miteinander geritten sind?«

Yilvina hielt seinem Blick stand. »Zwinge mich nicht dazu. Der Befehl der Königin ist eindeutig. Und ich erhielt die Warnung, dass ihr versuchen würdet, durch das Tor zu entkommen.«

Farodin griff nach seinem Waffengurt. »Ich soll also mein Schwert niederlegen.«

»Nein, du Dickkopf. Ich soll euch nicht in einen Kerker bringen, sondern nur zur Königin eskortieren. Glaubst du, ich fühle mich wohl dabei?«

Nuramon legte Farodin sanft die Hand auf den Arm. »Lass es gut sein. Wir fügen uns.«

DER ALBENSTERN

Das Wasser spritzte ihnen bis über die Köpfe, als sie in vollem Galopp durch den Bach preschten. Felbion stürmte die Böschung am anderen Ufer hinauf. Nuramon duckte sich unter einem niedrigen Ast hindurch und blickte zurück. Mandred hatte alle Mühe, sich im Sattel zu halten. Der Menschensohn hatte die Hände in die Mähne seiner Stute gekrallt und war unnatürlich blass. In den Jahren der Suche nach Guillaume hatte sich sein Reitstil zwar verbessert, aber mit seinen elfischen Freunden konnte er nicht mithalten.

Nuramon zügelte sein Pferd und ließ es in einen gemächlichen Trab fallen. Yilvina hatte ohne Mühe mit ihnen mitgehalten. Sie legte ihren Jagdspeer quer vor sich über den Sattel. Farodin ritt dicht hinter ihr und nickte Nuramon zu. Das war der Augenblick! Fünf Tage ritten sie nun schon mit der Jagdgesellschaft der Königin, und keinen Lidschlag lang hatte man sie aus den Augen gelassen. Vor Stunden hatten sie einen großen Hirsch aufgescheucht und waren ihm in wilder Hatz durchs Dickicht gefolgt. Den Rest der Jagdgesellschaft hatten sie dabei hinter sich gelassen; ihnen stand der Sinn nach edlerem Wild. Am frühen Morgen hatte der Kentaur Phillimachos, der Fährtenleser der Königin, die Spur eines großen Gelgerok gefunden. So hatten nur wenige mit ihnen dem Hirsch nachgesetzt, und als es immer beschwerlicher geworden war, ihrer Beute durchs dichte Unterholz zu folgen, waren sie alle zurückgeblieben. Alle bis auf Yilvina, die sich keine Mühe gab, zu verhehlen, dass sie als ihre Wache mitritt. Doch wie sollten sie sie loswerden? Eher würden sie Mandred verlieren, wenn sie versuchten, die Elfe in einem weiteren wilden Ritt abzuhängen.

Sie erreichten eine Lichtung, auf der Brombeerbüsche und junge Birkenschösslinge wuchsen. Am Nordrand erhob sich eine moosbewachsene Klippe, an deren Fuß eine Quelle entsprang. Der Hirsch war nirgends zu sehen.

Yilvina blickte Nuramon herausfordernd an. »Ein guter Platz für eine Rast, nicht wahr?« Sie stieß den Speer in den sandigen Boden und schwang sich aus dem Sattel. »Lasst es nicht den Menschensohn machen«, sagte sie und ging dann, ohne eine Antwort abzuwarten, auf die Quelle zu.

»Was soll ich nicht machen?«, fragte Mandred überrascht. Dann grinste er anzüglich. »Was sollte man überhaupt mit so einem dürren Weib machen?«

»Sie hat es gewusst. Die ganze Zeit.« Nuramon sah der Elfe nach. Mit keinem Wort und auch mit keiner versteckten Geste hatte sie angedeutet, dass sie auf ihrer Seite stand. Doch ganz gleich, was sie dachte, Yilvina hatte der Königin Treue gelobt.

»Ich werde es tun«, sagte Farodin und stieg ab. Er zog den Speer aus dem Boden und folgte Yilvina zur Quelle.

Mandred klappte der Kiefer hinunter. »Bei allen Göttern, was habt ihr vor? Ihr könnt doch nicht …«

Nuramon griff ihm in die Zügel, bevor er davonpreschen konnte. »Lass ihn! Farodin weiß, was er tut. Und Yilvina weiß es auch.«

»Sie hat uns in Aniscans das Leben gerettet! Er kann doch nicht …«

Farodin ging neben der Elfe in die Hocke. Die beiden schienen kurz miteinander zu sprechen.

Dann stand Farodin auf und hob den Speer. Yilvina kniete stolz erhobenen Hauptes neben der Quelle. Nuramon zuckte zusammen, als der Speer niederfuhr. Farodin hatte die Waffe wie einen Knüppel geschwungen und Yilvina einen heftigen Hieb gegen die Schläfe versetzt. Die Elfe sank vornüber und regte sich nicht mehr.

Mandred schüttelte den Kopf. »Ihr spinnt wohl, ihr Elfen! Wie könnt ihr unsere Gefährtin einfach niederschlagen?«

Nuramon wunderte sich, wie schwer es dem Menschensohn fiel, das Offensichtliche zu begreifen. »Sie hat uns auf ihre Art zu verstehen gegeben, dass sie unsere Flucht dulden wird«, erklärte er. »Dass sie den Speer in den Boden gestoßen hat, bedeutet, dass sie ihre Waffe nicht gegen uns erheben wollte. Doch ihre Ehre und ihr Treueeid gegenüber der Königin verbieten ihr, uns einfach laufen zu lassen.«

»Hätte es nicht ausgereicht, einfach zu sagen, dass sie uns verloren hat?«

Nuramon seufzte. »Sie war damit beauftragt, uns zu bewachen. Uns zu verlieren wäre eine Schande für sie.«

»Die anderen Reiter, die uns zu Beginn der Jagd nach dem Hirsch folgten, sind doch auch zurückgeblieben.«

»Sie waren nicht damit beauftragt, uns zu bewachen. Ihnen war die Jagd einfach zu beschwerlich.«

Farodin war zu ihnen zurückgekehrt und saß auf. »Lasst uns reiten!« Er blickte zum Rand der Lichtung. »Hoffen wir, dass wir keine Wächter haben, die uns im Geheimen folgen.«

Beklommen betrachtete Nuramon den Wald. Es war keine Kunst, sich im tiefen Schatten der Bäume zu verbergen. Er folgte Farodin mit einem unguten Gefühl. Mandred hielt sich an seiner Seite.

»Warum sollte ich sie nicht niederschlagen?«, fragte der Menschensohn. »Wäre das nicht besser gewesen? Ich bin in spätestens fünfzig Jahren von den Würmern gefressen. Euch wird diese Tat womöglich noch Jahrhunderte nachgetragen.«

»Vermutlich hatte Yilvina Angst, du könntest ihr in deinem Übereifer den Schädel zertrümmern.«

»Ich kann auch sehr behutsam zuschlagen«, sagte Mandred.

»Nun, ich fürchte, dir eilt ein schlechter Ruf voraus.« Der Elf war des Themas müde. Offenbar bestand jedoch keine Hoffnung, den Menschensohn zum Schweigen zu veranlassen.

»Was geschieht eigentlich, wenn die Königin uns einen Verfolger in meine Welt nachschickt?« fragte Mandred. »Dieser Phillimachos scheint ein sehr guter Fährtenleser zu sein.«

»Um Verfolgern zu entgehen, nehmen wir einen Albenstern, bei dem sich nur drei Pfade kreuzen. Wer dort hinter uns ein Tor auftut, der wird an einem anderen Ort in deine Welt gelangen.«

Mandred runzelte die Stirn. »Es tut mir Leid … Aber da die Fauneneiche mich nicht in ihrer Nähe duldete, habe ich nicht viel von eurer Magie begriffen.«

Amüsiert registrierte Nuramon den Anflug von Ironie in Mandreds Worten. Dann erklärte er dem Menschensohn, was es mit den niederen Albenpfaden auf sich hatte. Ihre Verbindung zwischen den Welten war so instabil, dass man niemals zweimal hintereinander an denselben Ort gelangte, wenn man auf ihnen von einer Welt in eine andere wechselte. Weil sie von eher flüchtiger Beschaffenheit waren, gab es keine festen Tore wie bei den großen Albensternen. Schließlich erzählte er Mandred auch von den Gefahren, die für sie bestanden.

Der Menschensohn hörte aufmerksam zu und versank dann tief in Gedanken. Nuramon würde es ihm nicht verübeln, wenn er zurückbleiben wollte. Um ihn nicht in seiner Entscheidung zu beeinflussen, trieb er sein Pferd voran, bis er zu Farodin aufschloss. »Ich habe eine Frage, Farodin.«

»Nur zu.«

»Wie hast du die Sandkörner gefunden?«

»Nun, ich habe einen Zauber angewandt, den ich vor mehr als fünfzig Jahren zuletzt gesprochen habe. Mit diesem Zauber kann ich alles finden, wenn ich weiß, wonach ich suche.«

»Könntest du diesen Zauber nutzen, um Noroelle zu finden?«

»Nein, denn sie ist in der Zerbrochenen Welt. Aber vielleicht kann ich das Tor zu ihr finden.« Er zögerte. »Dazu muss ich allerdings erst wissen, wonach ich suche«, sagte er schließlich. »In jedem Fall kann ich die Sandkörner aufspüren, wenn ich ihnen nahe genug komme.«

Nuramon konnte sich schwerlich mit der Vorstellung anfreunden, Sandkörnern nachzuspüren. »Es muss einen anderen Weg geben, Noroelle zu befreien.«

»Solange wir einen solchen Weg nicht gefunden haben, ist das alles, wonach wir uns richten können. Lass uns erst einmal sehen, ob wir ein Weltentor öffnen können. Ich zweifle noch daran.«

»Es wird uns gelingen. Ich bin mir sicher.«

»Es sei denn, die Königin hat jemanden geschickt, der unseren Spuren folgt«, sagte Farodin.

Nuramon blickte zurück, konnte aber niemanden sehen.

»Vorhin auf der Lichtung hat irgendwer im Gebüsch gelauert.«

»Warum hast du nichts gesagt?«, fragte Nuramon entrüstet.

»Das hätte doch nichts geändert.«

Nuramon gefiel die Art nicht, wie Farodin sein Wissen für sich behielt und eigenmächtig Entscheidungen für sie alle traf. »Was glaubst du, wer es ist?«

Der Elf zuckte mit den Schultern. »Jemand, der eine offene Auseinandersetzung scheut. Ich hoffe, dass wir unseren Verfolger überraschen können, wenn wir das Tor öffnen. Wenn es denn gelingen sollte … Es wäre auch klüger, nicht dauernd zurückzublicken. Wiegen wir ihn in Sicherheit.«

Als sie endlich den Waldrand erreichten und offenes Grasland vor ihnen lag, ließen sie den Rössern die Zügel schießen. Sie galoppierten dem Hügelland diesseits von Yaldemee entgegen. Die Pferde hatten ihre Freude daran voranzustürmen. Farodins Brauner setzte sich an die Spitze, während Felbion und Mandreds Stute, welcher der Menschensohn immer noch keinen Namen gegeben hatte, Kopf an Kopf liefen.

Mandred saß tief über den Hals seiner Stute gebeugt. Mit wilden Rufen trieb er sie voran. Er schien seinen Spaß an dem Rennen zu haben, und Nuramon ließ sich ein wenig zurückfallen, damit der Menschensohn wenigstens den kleinen Triumph bekam, nicht der Letzte zu sein.

Sie erreichten das Hügelland, ohne dass sie einen Verfolger zu Gesicht bekamen. Vielleicht war es ihnen ja gelungen, ihn abzuschütteln. Zur Sicherheit nahmen sie einen Umweg in Kauf und ritten eine Weile in einem seichten Fluss, um ihre Spuren zu verwischen. Doch Farodin zweifelte offen daran, dass sie Phillimachos auf diese Weise täuschen konnten.

Am späten Nachmittag erreichten sie jenes kleine Hügeltal, von dem die Fauneneiche erzählt hatte.

Sie stiegen ab. Und kaum hatte Nuramon Boden unter den Füßen, da spürte er die Macht eines Albenpfades.

Langsam führten sie ihre Pferde vorwärts. Im Tal gab es nur eine Esche und einige wenige Büsche. Die grasbewachsenen Hügel rings umher stiegen steil an. Mit jedem Schritt fühlte Nuramon den Strom des Albenpfades. Er war wie ein Eisweg auf einem Fluss; Eis, das so hauchdünn war, dass man spüren konnte, wie das Wasser unter den Füßen floss.

Am Ende des Tales blieb Nuramon stehen. Dicht über dem Boden spürte er einen Strudel. Von drei Seiten kam die Kraft der Albenpfade als Strömung heran, vermischte sich und floss auf drei Pfaden wieder davon. Sie hatten ihr Ziel erreicht.

Nuramon schaute sich um. Nichts verriet, dass sich hier ein Albenstern befand. Es gab keinen Stein, der den Ort markierte, und auch keine Lichtung.

Misstrauisch suchte Farodin nach Spuren anderer Albenkinder. Doch nichts wies darauf hin, dass jemand anderes diesen Ort in den letzten Tagen oder Wochen aufgesucht hatte. Die Fauneneiche hatte ihnen einen guten Rat gegeben. Hier konnten sie ungestört ein Tor in die Andere Welt öffnen.

Nuramon hatte den Gefährten in den letzten Tagen immer Mut gemacht und versucht, vor allem Farodins Bedenken auszuräumen. Doch nun beschlichen auch ihn ernste Zweifel. Er hatte sich im vergangenen Winter viel Wissen angeeignet, und die Fauneneiche hatte behauptet, er besitze großes Talent. Doch nichts konnte darüber hinwegtäuschen, dass er noch nie zuvor ein Tor geöffnet hatte.

»Wir haben unser Ziel erreicht. Ich kann den Albenstern spüren«, erklärte Nuramon seinen Gefährten, sprach dabei aber mehr zu Mandred als zu Farodin.

»Werden unsere Pferde es wagen, durch das Tor zu schreiten?«, fragte Mandred und musterte misstrauisch das Gras, als müsste es dort irgendein Anzeichen dafür geben, dass sie vor einem Albenstern standen. »Ich habe mich sehr daran gewöhnt, mir nicht mehr die Füße wund zu laufen.«

»Wir müssen es einfach versuchen«, entgegnete Farodin.

»Schaut euch noch einmal um, atmet diese Luft«, sagte Nuramon schwermütig. »Vielleicht ist es das letzte Mal, dass wir Albenmark sehen.« Wer so offen wie sie gegen das Gebot der Königin verstieß, der durfte nicht damit rechnen, noch einmal einen Fuß in dieses Land zu setzen.

»Ich bin mir sicher, dass es das letzte Mal ist«, erklärte Mandred.

Farodin schwieg. Nuramon aber hatte insgeheim das Gefühl, dass er Albenmark wiedersehen würde, auch wenn er es nicht hoffen durfte.

Schließlich wob Nuramon den Zauber. Zuerst konzentrierte er sich auf den Strom der Albenpfade, deren Kraft sich im Stern vermischte. Dann hob er den Kopf, sodass ihm die Sonne ins Gesicht schien. Es war ein Zauber des Lichtes und der Wärme, und beides traf nun sein Gesicht. Magie und Wärme hatten sich auch oft in seinen Heilungen miteinander verbunden, sie waren ihm nicht fremd. So öffnete er sich der Kraft der Sonne und ließ sie durch sich hindurchfließen, hinab zum Albenstern. Sein Zauber riss geradezu eine Wunde in den Kraftstrudel, und für einen Moment hatte Nuramon ein Gefühl, als würde er in den Albenstern hineingerissen. Mit aller Kraft stemmte er sich dagegen, doch die Macht war zu stark. Plötzlich hielt ihn etwas an den Schultern, und er riss die Augen auf. Er konnte kaum sehen. Ihm war, als strahlte die Kraft der Sonne, die er in sich aufgenommen hatte, aus seinen Augen. In seiner Nähe gewahrte er zwei Schatten. Das mussten Farodin und Mandred sein.

Nuramon schloss die Augen und versuchte angestrengt, den Zauber festzuhalten, der ihm zu entgleiten drohte. Er kniete nieder, legte die Hände auf das warme Erdreich und ließ die Kraft der Sonne durch seine Arme fließen, als wäre der Albenstern ein Verletzter, dessen Wunde er mit seiner Macht schließen müsste. Doch dies war kein Heilzauber, und die Wunde sollte sich noch nicht schließen. Was er für eine Wunde des Albensterns gehalten hatte, musste ein Teil des Zaubers sein. Vielleicht war es am Ende gar das Tor selbst. Nuramon spürte, wie die Kraft aus seinen Fingerspitzen floss, und erwartete den Schmerz, der bisher mit jedem seiner Zauber verbunden gewesen war. Und gerade weil der Schmerz ausblieb, war Nuramon auf der Hut. Er wollte nicht unvorbereitet von der Pein übermannt werden.

Er spürte, wie in einem der drei Pfade eine Kraft pulsierte, die ihn von den beiden anderen unterschied. Es war wie der Gegensatz zwischen Salz- und Süßwasser. Dieser besondere Pfad musste es sein, der in die Andere Welt führte. Plötzlich kam der Schmerz. Brennende Hitze durchfuhr Nuramons Hände und strahlte hinab bis in die Zehenspitzen. Er versuchte verzweifelt, sich gegen den Schmerz zu behaupten, doch er wuchs und wuchs und war bald unerträglich. Nuramon wich vom Albenstern zurück und riss die Augen auf. Das Licht, das ihm den Blick genommen hatte, war vergangen, und er sah die Gefährten an seiner Seite stehen. Neben ihnen erhob sich eine breite Lichtsäule, die wie ein Riss in der Welt wirkte.

»Du hast es geschafft!«, rief Farodin.

Nuramon trat behutsam näher. Er hatte dem Albenstern eine Wunde geschlagen und die Magie der Sonne in sie hinein gegeben.

Während Mandred wie angewurzelt dastand und ins Licht starrte, ging Farodin um die Säule herum. Nuramon konnte fühlen, wie die Lichtsäule aus der Kraft des Strudels gespeist wurde. Er hatte entsetzliche Angst. Wenn er einen Fehler gemacht hatte, würden sie vielleicht alle sterben. »Glaubt ihr, dass dies wirklich das Tor ist, das wir schaffen wollten?«, fragte er.

»Ich bin nicht mit dem Netz deiner Magie verbunden, aber von außen betrachtet ist alles so, wie die Fauneneiche es beschrieben hat«, erklärte Farodin. »Welche Wahl haben wir schon? Ich für meinen Teil bin bereit, es zu wagen.«

Mandred nahm die Zügel seiner Stute. »Ich möchte zuerst hindurchgehen.«

»Das kommt nicht in Frage«, erwiderte Farodin. »Es ist zu

gefährlich. Du kommst unseretwegen mit, deshalb werde ich vor dir gehen. Wenn ich verbrenne, dann übernimm es doch bitte in meinem Namen, Nuramon auszurichten, was ich von ihm halte.« Er lächelte gezwungen.

»Wir gehen in meine Welt, und niemand anderes als Mandred Torgridson wird den ersten Fuß dorthin setzen!« Mit diesen Worten lief er einfach voran und verschwand unversehens im Licht.

Farodin schüttelte den Kopf. »Solch ein Dickschädel!« Er holte sein Pferd. »Wer von uns geht als Nächster?«, fragte er dann.

»Ich habe das Tor geöffnet, ich möchte es auch wieder schließen«, entgegnete Nuramon.

Farodin senkte den Blick. »Wegen unserer Rivalität um Noroelle möchte ich …« Er brach ab. »Lass uns das vergessen und uns an das halten, was Noroelle vor der Elfenjagd gesagt hat.« Ohne ein weiteres Wort folgte er Mandred ins Licht.

»Komm, Felbion«, rief Nuramon, und das Pferd kam an seine Seite. »Geh hindurch. Ich komme nach.« Ohne sich zu sträuben, schritt das Pferd in das Licht und verschwand.

Der Zauber, der das Tor binnen weniger Augenblicke schließen würde, war für Nuramon wie eine Handbewegung im Geiste, die er durch seinen Willen vollzog. Es war nichts weiter als ein Heilzauber für die Wunde des Albensterns. Und auf Heilzauber verstand er sich. Kaum hatte er ihn gedacht, konnte er ihn nicht mehr rückgängig machen.

Nuramon wollte eben ins Licht treten, da wurde er einer Gestalt gewahr, die am Eingang zum Tal auf einem Hügel stand. Es war eine Frau. Sie hob die Hand und winkte mit zurückhaltender Geste.

Obilee! In ihrem Gesicht stand Sorge, das konnte er selbst auf die Entfernung erkennen. Vielleicht weinte sie sogar. Er winkte ihr zurück. Für mehr blieb keine Zeit. Die Lichtsäule begann bereits zu schrumpfen. Er fragte sich, warum Obilee sich ihnen nicht früher offenbart hatte. Dann ging er ins kühle Licht …

Nur einen Herzschlag später schlug sengende Hitze auf ihn ein. War dies das Letzte, was er fühlen würde? War der Zauber missglückt? Ein Schritt, und das Licht des Tores war verloschen. Über ihm brannte eine unerbittliche Sonne.

Seine Gefährten waren bereits hier. Das ließ ihn aufatmen. Doch als er sich umblickte, war die Erleichterung dahin. Überall um sie herum war Sand, so weit das Auge reichte. Es war die Andere Welt. Niemals hätte er diesen Himmel mit dem über Albenmark verwechseln können, denn hier erschien ihm die Luft selbst an klaren Tagen trüb.

Eine Wüste! Von allen Orten in der Anderen Welt waren sie in eine Wüste gelangt! Das Schicksal hatte ihnen erneut einen Streich gespielt. Mandreds Luth hatte ein weiteres seiner Netze gesponnen. Nichts hätte ihnen deutlicher sagen können, wie gering ihre Hoffnung war, Noroelle zu finden, als die Ankunft in dieser Ödnis.

Mandred saß schwitzend im Schatten seines Pferdes und atmete schwer. Farodin aber kniete nieder, hob fassungslos eine Hand voll Sand auf und ließ ihn durch die Finger rieseln.

IM FEUERLAND

Er würde sich nichts anmerken lassen, dachte Mandred. Immer einen Schritt nach dem anderen. Zwei Tage waren sie nun schon in diesem trostlosen Land. Nuramon behauptete, sie folgten einem von drei Wegen, aber er sah keine Anzeichen dafür. Wenigstens hatten sie die Dünen hinter sich gelassen. Vor ihnen lag eine endlose Ebene. Wie Knochen riesiger Ungeheuer stachen weiße Felsen durch den Sand.

Er konnte die besorgten Blicke der anderen nicht mehr ertragen. »Mir geht es gut«, knurrte er Farodin an. Verdammtes Elfenpack! Ihnen schien die Hitze kaum etwas auszumachen. Sie schwitzten nicht einmal!

Mandred fuhr sich mit der Zunge über die Lippen. Sein Mund war trocken, und die Lippen fühlten sich an wie raue Hanfseile. Die Haut war aufgesprungen und von Schorf bedeckt. Sein Gesicht schmerzte, so verbrannt war es von der gnadenlosen Sonne.

Er sah nach seinem Schatten. Er war noch viel zu groß! Noch etliche Stunden bis Mittag! Und schon jetzt war die Hitze unerträglich.

Mandred straffte sich. Nur keine Schwäche zeigen! Wieso hielten die Elfen das nur so gut aus? Nuramon wirkte ein wenig erschöpft, er war längst nicht so ein harter Bursche wie Farodin. Aber selbst er hielt sich gut. Mandred dachte zurück an die Zeit, als sie Jagd auf den Manneber gemacht hatten. Nuramon hatte irgendeinen Zauber gewirkt, der warme Luft unter seine Kleider geweht hatte. Mitten im kältesten Winter hatte der Elf nicht gefroren. Ob sie die Luft unter ihren Kleidern vielleicht auch abkühlen konnten? War das ihr Geheimnis? Es musste etwas in dieser Art sein.

Auch er hatte inzwischen aufgehört zu schwitzen, dachte Mandred müde. Aber nicht, weil er sich an die Hitze gewöhnt hätte. Er war ausgetrocknet wie ein Stück alter Schafskäse. Wieder fuhr seine Zunge über die trockenen Lippen. Sie war angeschwollen.

Mandred griff nach dem Sattelhorn seiner Stute. Selbst ihr schien die Hitze nicht so viel auszumachen. Heute Morgen hatte er sein letztes Wasser mit ihr geteilt. Sie hatte ihn dabei aus ihren großen, dunklen Augen angesehen, als hätte sie Mitleid mit ihm. Pferde, die Mitleid mit Menschen hatten! Die Hitze machte ihn wohl wahnsinnig!

Es war unheimlich still hier in der Wüste. Leise konnte man hören, wie der Wind die Sandkörner aneinander rieb.

Schritt für Schritt. Weiter vorwärts. Das Pferd zog ihn. Sich aufzustützen tat gut. Die beiden Elfen führten ihre Pferde am Zügel. Er ließ sich von seinem Pferd führen! Und er hatte nicht mehr die Kraft, dagegen aufzubegehren.

Der Wind frischte auf. Mandred stieß ein raues, kehliges Geräusch aus. Früher wäre es einmal ein Lachen gewesen. Frischer Wind! Nur Wind. Ein Wind, so heiß wie der Gluthauch, der einem entgegenschlug, wenn ein Bäcker seinen Ofen öffnete. Welch ein beschissenes Ende für einen Krieger! Er hätte heulen können. Aber da waren keine Tränen mehr. Er war ausgedörrt wie ein alter Apfel. So ein elender Tod!

Er hob den Kopf. Die Sonne stach ihm ins Gesicht, ihre Strahlen waren wie Dolche. Mandred wandte sich leicht zur Seite. Sein Blick schweifte zum Horizont. Nichts, kein Ende der Wüste. Nur weiße Felsblöcke und gelber Sand.

Es begann wieder! Die Luft schmolz. Sie wurde dicker und schlierig. Fast wie Sülze. Sie zitterte und zerfloss dann. Würde auch er zerfließen ganz am Ende? Oder wäre er irgendwann so ausgetrocknet, dass er plötzlich Feuer fing? Vielleicht würde er auch einfach nur umfallen und aufhören zu leben …

Mandred zerrte den Wasserschlauch vom Gürtel, zog den Verschluss ab und setzte das aus Horn geschnitzte Mundstück an die Lippen. Nichts. Er wusste, dass er den Schlauch längst leer getrunken hatte. Aber ein einziger Tropfen würde ihm genügen! Nur eine Erinnerung an Wasser. Verzweifelt wrang er das Leder. Warme Luft fauchte durch das Mundstück. Hustend ließ er den Wasserschlauch fallen.

Argwöhnisch blickte er zu Farodin, der vor ihm ging. Sein Schlauch war größer. Bestimmt hatte er noch Wasser und wollte es nicht teilen.

Er würde nicht betteln, ermahnte sich Mandred. Was die Elfen aushielten, das schaffte er auch. Er war viel größer und stärker als diese beiden Mistkerle. Das konnte gar nicht sein, dass sie diese Qualen besser aushielten als er. Bestimmt hatten sie größere Wasserschläuche. Oder vielleicht hatten sie auch verzauberte Wasserschläuche, die niemals leer wurden. Oder … Ja, das war es! Kein Zauber, nein! Sie hatten nachts, als er schlief, von seinem Wasser gestohlen! Nur so war zu erklären, dass sie noch immer weiterlaufen konnten, Schritt um Schritt durch diesen verfluchten Sand. Aber ihn, Mandred Torgridson, würden sie nicht betrügen. Seine Finger tasteten nach der Axt an seinem Gürtel. Er würde sie beobachten. Und wenn sie nicht damit rechneten, dann würde er zuschlagen. Ihm sein Wasser zu stehlen! Niederträchtiges Pack! Und das nach allem, was sie gemeinsam durchgemacht hatten.

Seine Rechte glitt vom Sattelhorn. Er taumelte noch ein paar Schritt, dann brach er in die Knie. Sofort war Nuramon an seiner Seite. Seine Haut sah rosig aus. Dunkle Ringe malten sich unter seinen Augen ab … Doch die Lippen waren nicht aufgeplatzt. Er hatte genug zu trinken! Sein Wasser! Mandreds Linke krampfte sich um den Holzschaft der Axt. Er schaffte es nicht, die Waffe aus seinem Gürtel zu ziehen. Nuramon beugte sich weiter vor. Seine Hände waren angenehm kühl. Sie strichen Mandred über das Gesicht. Das Brennen hörte einfach auf.

Ganz dicht über sich sah Mandred die Kehle des Elfen. Eine Kehle voll köstlich nassem Blut. Er musste nur zubeißen. Gewiss hätte er noch die Kraft, die Kehle mit den Zähnen zu zerreißen. Die Vorstellung, wie das Blut sein geschundenes Gesicht benetzen würde, ließ Mandred lustvoll aufseufzen.

»Nuramon?« Zum allerersten Mal hörte Mandred Angst in Farodins Stimme. »Was ist das?«

Der Elfenkrieger war stehen geblieben und deutete zum südlichen Horizont. Ein schmaler, brauner Streifen hatte sich zwischen Himmel und Wüste geschoben. Mit jedem Herzschlag wuchs er an.

Mandred schien es, als wäre die Luft zu einer zähen, erstickenden Masse geronnen. Mit jedem Atemzug brannte seine Kehle wie Feuer.

»Ein Sturm?«, fragte Nuramon unsicher. »Kann das ein Sturm sein?«

Eine Windbö trieb Mandred Sand ins Gesicht. Er blinzelte, um seine Augen wieder frei zu bekommen. Nuramon und Farodin packten ihn bei den Armen und zerrten ihn hinter eine kniehohe Felskante. Nuramons Hengst wieherte ängstlich. Er hatte die Ohren angelegt und starrte auf die braune Walze, die immer mehr anwuchs.

Die beiden Elfen brachten die Pferde dazu, hinter den Felsen zu knien. Mandred stöhnte laut auf, als er mit ansehen musste, wie Farodin sein letztes Wasser über ein Tuch goss und seinem Hengst um die Nüstern wickelte. Mandreds Stute stieß vor Angst eigentümliche Knurrlaute aus. Dann plötzlich war der Himmel verschwunden. Schleier aus wirbelndem Sand hatten die Welt auf wenige Schritte weit zusammenschrumpfen lassen.

Nuramon presste Mandred ein feuchtes Tuch auf Nase und Mund. Gierig saugte der Menschensohn an dem feuchten Stoff. Die Augen hatte er zu schmalen Schlitzen zusammengekniffen, und dennoch fand der Sand einen Weg zwischen seinen Wimpern hindurch.

Farodin hatte den Schutzplatz gut gewählt. Im Windschatten des flachen Felsens konnten sie rechts und links den feinen Flugsand gleich einem endlosen Schleier vorüberziehen sehen. Erde und Himmel schienen eins geworden zu sein. Von oben wurden sie mit Sand und Staub berieselt. Doch das meiste trieb der Wind über sie hinweg.

Trotz des Tuchs vor seinem Mund spürte Mandred Sand zwischen den Zähnen und in der Nase. Er war in seinen Kleidern und scheuerte über die geschundene Haut. Bald war das Schutztuch ganz und gar verklebt, und Mandred hatte wieder das Gefühl, ersticken zu müssen. Jeder Atemzug war eine Qual, auch wenn mit dem Sturm die Hitze ein wenig nachgelassen hatte.

Er kniff die brennenden Augen zusammen. Jedes Gefühl für Zeit war ihm verloren gegangen. Der Sturm begrub sie bei lebendigem Leibe. Seine Beine waren schon halb im Sand verschwunden, und er hatte nicht mehr die Kraft, dagegen anzukämpfen und sich zu befreien.

Mandred fühlte sich völlig ausgedörrt. Er glaubte zu spüren, wie sein eingedicktes Blut immer langsamer durch die Adern floss. Das also war das Ende …

ELFENPFADE

»Sieh dir das an!« Farodin winkte seinen Gefährten herbei. Nuramon zögerte. Er führte Felbion am Zügel, über dessen Sattel sie Mandred gebunden hatten. Der Menschensohn war in tiefe Ohnmacht gesunken. Sein Herz schlug nur noch langsam, und sein Körper war viel zu warm. Höchstens einen Tag noch, hatte Nuramon am Morgen gesagt. Seitdem waren acht Stunden vergangen. Sie mussten Wasser finden, oder Mandred würde sterben. Und auch sie würden diese Hitze nicht mehr lange ertragen können. Nuramons Wangen waren eingefallen, und feine Fältchen hatten sich rings um seine rot entzündeten Augen gebildet. Es war unübersehbar, dass der Kampf um Mandreds Leben ihn an den Rand des eigenen Zusammenbruchs führte.

»Komm schon«, rief Farodin. »Es ist schön und erschreckend zugleich. Wie ein Blick in Emerelles Wasserspiegel.«

Nuramon trat zu ihm; jetzt, wo er an Farodins Seite stand, meinte dieser seine Erschöpfung fast körperlich zu spüren.

»Du musst dich ausruhen!«

Nuramon schüttelte matt den Kopf. »Er braucht mich. Es ist einzig meine Heilkraft, die seinen Tod hinauszögert. Wir müssen Wasser finden. Ich … Ich fürchte, ich kann nicht mehr lange durchhalten. Gehen wir noch auf dem Albenpfad?«

»Ja.« Farodin war die Aufgabe zugefallen, sie über den unsichtbaren Pfad zu führen. Sie hatten ausgelost, welchem der drei Pfade vom Albenstern sie folgen würden. Und seit Nuramon all seine Kraft aufbieten musste, um Mandred am Leben zu halten, war es Farodin, der sich darauf konzentrierte, dass sie nicht vom Pfad abwichen. Er musste irgendwohin führen. Und sei es nur zu einem weiteren Albenstern.

»Was wolltest du mir zeigen?«

Farodin deutete ein Stück voraus auf ein flaches Felsstück,

das fast gänzlich im Sand verborgen war. »Dort im Schatten. Meine Spuren weisen dir die Richtung. Siehst du sie?«

Nuramon blinzelte gegen das helle Licht. Dann lächelte er. »Eine Katze. Sie schläft.« Freudig ging er ihr entgegen.

Farodin folgte ihm langsam.

Dicht an den Felsen geschmiegt, lag eine Katze, den Kopf auf die Vorderpfoten gebettet. Ihr Fell war von hellem Ocker und mit Sand verklebt, so wie Mandreds Zöpfe. Sie war ausgezehrt, ihr Leib abgemagert und das Fell ganz zerzaust. Sie schien zu schlafen.

»Siehst du, wo ihr Kopf leicht über den Fels hinausragt?«, fragte Farodin.

Nuramon blieb wie angewurzelt stehen.

Man musste recht nah an die Katze herankommen, um einen Blick auf ihren Hinterkopf zu erhaschen. Er war kahl. Der feine Sand hatte Fell und Fleisch abgetragen und den Schädelknochen poliert, sodass er in strahlendem Weiß leuchtete.

»Wie friedlich sie aussieht«, sagte Nuramon sanft. »Sie hat sich in den Schatten des Felsens gelegt, ist erschöpft eingeschlafen und dann im Schlaf verdurstet.«

Farodin nickte. »So wird es gewesen sein. Die trockene Hitze hat ihren Leib erhalten, und der Fels hat ihn vor dem Flugsand geschützt. Unmöglich zu sagen, ob sie seit Wochen tot ist oder seit Jahren.«

»Das ist der Blick in den Spiegel, meinst du? Unsere Zukunft?«

»Wenn wir nicht sehr bald Wasser finden. Und ich wage es kaum noch zu hoffen. Seit wir durch den Albenstern getreten sind, haben wir kein Tier gesehen, nicht einmal eine Fährte! Nichts, was lebt, verirrt sich in diese Wüste.«

»Die Katze hat gelebt«, entgegnete Nuramon überraschend heftig.

»Das hat sie wohl. Doch hierher zu kommen war ein tödlicher Fehler, wie man sieht. Glaubst du, dass Mandred den nächsten Sonnenaufgang noch erleben wird?«

»Wenn wir Wasser finden …«

»Vielleicht sollten wir eines der Pferde töten und ihm das Blut zu trinken geben.«

»Ich denke, dass besser einer von uns die beiden kräftigsten Pferde nimmt und abwechselnd auf ihnen reitet. Er würde viel schneller vorankommen und könnte Wasser suchen.«

»Und wer sollte das sein?«

Nuramon blickte auf. »Ist das so schwer zu erraten? Ich kühle Mandred mit meiner Heilkraft und halte ihn am Leben. Du könntest das gar nicht. Also werde ich zurückbleiben. Die Pferde werden mindestens noch bis heute Abend durchhalten. Wenn du eine Wasserstelle findest, tränkst du sie, füllst die Wasserschläuche und kommst in der Kühle der Nacht zurück.«

»Und wenn ich bis Sonnenuntergang keine Wasserstelle finde?«

Nuramon sah ihn ausdruckslos an. »Dann hast du noch einen weiteren Tag, um zumindest dein Leben zu retten.« Sein Gefährte sah ihn abschätzend an. »Ein Tag zu Pferd wird deine Kräfte schonen. Ich bin sicher, du wirst noch einen weiteren Tag durchhalten. Nur macht es keinen Sinn, dann noch zu uns zurückzukehren.«

»Ein guter Plan!« Farodin nickte anerkennend. »Mit kühlem Kopf durchdacht. Doch braucht er einen mutigeren Mann, als ich es bin, um durchgeführt zu werden.«

»Einen mutigeren Mann?«

»Glaubst du, ich könnte Noroelle unter die Augen treten und ihr sagen, dass ich zwei meiner Gefährten in der Wüste im Stich ließ, um sie zu finden?«

»Du glaubst also noch, dass du Noroelle auf diese Weise finden kannst?«

»Warum nicht?«, fragte Farodin harsch.

»Wie viele Sandkörner hast du aufgespürt, seit wir in die Welt der Menschen zurückgekehrt sind?«

Farodin reckte herausfordernd das Kinn. »Keines. Ich habe aber auch nicht gesucht. Ich war … Die Hitze. Ich habe meine Zauberkraft gebraucht, um mir ein wenig Kühlung zu verschaffen.«

»Das wird dich wohl kaum deine ganze Kraft gekostet haben.« Nuramon deutete mit weit ausholender Geste zum Horizont. »Dies hier hat dir deine Kraft und deinen Mut genommen. Dieser Anblick. Ich glaube nicht, dass wir zufällig hier sind. Das Schicksal wollte, dass wir begreifen, wie sinnlos unsere Suche ist. Es muss noch einen anderen Weg geben!«

»Und welchen? Ich kann es nicht mehr hören, dein Gerede von einem anderen Weg. Wie sollte dieser Weg denn aussehen?«

»Wie willst du all die verlorenen Sandkörner finden?«

»Mein Zauber trägt sie zu mir. Ich muss nur nahe genug an sie herankommen.«

»Und wie nahe ist das? Hundert Schritt? Eine Meile? Zehn Meilen? Wie lange wird es dauern, bis du die Andere Welt abgesucht hast? Wie willst du dir jemals sicher sein, ob du alle Körner gefunden hast?«

»Je mehr Sandkörner ich finde, desto stärker wird mein Suchzauber.«

Nuramon deutete in die Wüste hinaus. »Sieh dir das an! Ich kenne nicht einmal eine Zahl, mit der man annähernd ausdrücken könnte, wie viele Sandkörner dort sind. Es ist aussichtslos ... Und da du offensichtlich die Kraft hast, das Aussichtslose zu versuchen, bist du die richtige Wahl, um hier nach Wasser zu suchen. Wenn es jemand schafft, dann du! Verwende den Suchzauber, um das nächste Wasserloch zu finden!«

Das war genug! »Für wie dumm hältst du mich eigentlich? Es ist eine Sache, etwas so Winziges wie ein ganz bestimmtes Sandkorn inmitten einer Wüste zu finden. Ein Wasserloch aufzuspüren ist unendlich viel einfacher. Glaubst du, ich hätte meine Kräfte noch nicht genutzt, um nach Wasser zu suchen? Warum habe ich dir wohl die tote Katze gezeigt? Das ist unsere Zukunft. Es gibt kein Wasser im Umkreis von mindestens einem Tagesritt. Nur das Wasser in uns. Unser Blut ... So einfach ist die Wahrheit. Kurz bevor ich die Katze sah, habe ich es erst versucht. Da ist nichts ...«

Nuramon blickte angespannt nach Osten. Er schien ihm nicht einmal zuzuhören!

»Hat die Sonne das letzte bisschen Höflichkeit aus dir herausgebrannt? Sag was! Hörst du mir überhaupt zu?«

Nuramon deutete voraus in die leere Wüste. »Dort. Da ist etwas.«

Eine Windbö trieb einen dünnen Sandschleier auf sie zu. Wie die Meeresbrandung eilte er dahin und brach sich an den wenigen Felsen, die aus dem Sand ragten. Nicht weit entfernt folgte eine zweite, blasse Sandwoge.

»Da! Es ist wieder geschehen!«, rief Nuramon aufgeregt.

»Was?«

»Wir stehen hier auf dem Albenpfad. Pfeilgrade läuft er durch die Wüste. Denke ihn von hier aus weiter geradeaus. Etwas mehr als eine Meile, würde ich schätzen ... Beobachte, wie die Sandschleier über ihn hinwegziehen. Dort ist etwas!«

Farodin sah in die angegebene Richtung. Aber dort war nichts! Keine Felsen, keine Düne. Nur Sand. Zweifelnd blickte er Nuramon an. Wurde er verrückt? Brachte ihn die Hoffnungslosigkeit um den Verstand?

»Es ist wieder passiert! Verdammt noch mal ... Jetzt schau doch hin!«

»Wir sollten uns ein wenig Schatten suchen«, sagte Farodin beschwichtigend.

»Es kommt ein neuer Sandschleier. Bitte sieh hin!«

»Du ...« Farodin traute seinen Augen kaum. Der Sandschleier zerriss. Kaum einen Herzschlag lang, dann war die Lücke wieder geschlossen. Es war, als glitte der Flugsand über einen Felsen hinweg, der den Schleier kurz zerteilte. Nur dass dort kein Felsen war.

Farodins Rechte glitt zum Schwertgriff. »Was ist das?«

»Ich habe keine Ahnung.«

»Eine unsichtbare Kreatur vielleicht?« Wer hätte etwas davon, unsichtbar zu sein? Ein Jäger! Jemand, der auf Beute lauerte! Hatte er sie heimlich beobachtet und wartete nun auf dem Weg, dem sie zu folgen gedachten? Farodin zog blank. Das

Schwert fühlte sich ungewöhnlich schwer in seiner Hand an. Die Sonne hatte ihm die Kraft aus den Armen geschmolzen.

Ganz gleich, was da war, sie mussten sich ihm stellen. Jeder Augenblick, den sie zögerten, würde sie nur weitere Kraft kosten. »Ich seh mir das an. Beobachte du, was geschieht.«

»Wäre es nicht besser …«

»Nein!« Ohne sich auf weiteres Gerede einzulassen, schwang sich Farodin in den Sattel. Das Schwert hielt er schräg vor der Brust.

Schon nach wenigen Augenblicken war er heran. Wieder hatte die Wüste ihn getäuscht, ihm eine weitere Entfernung vorgegaukelt. In den hellen Sand war ein Ring aus schwarzen Basaltsteinen gelegt. Sie sahen aus wie große Pflastersteine. Kein Sandkorn lag auf den flachen Steinen. War das ein steinerner Bannkreis? Farodin hatte so etwas nie zuvor gesehen.

Er lenkte sein Pferd um die Steine herum. Die Staubschleier teilten sich, als träfen sie auf eine gläserne Wand, sobald sie den Kreis erreichten. Er bemerkte eine kleine, grob aus Bruchstein geschichtete Pyramide, die etwas abseits des Kreises lag und halb vom Flugsand verweht war. Zuoberst ruhte ein menschlicher Schädel auf den Steinen. Farodin sah sich um und bemerkte noch weitere niedrige Hügel. Bei einem lagen sogar mehrere Schädel. Welch ein Ort war dies? Angespannt sah er sich um. Außer dem Steinring und den Hügeln gab es keine Anzeichen dafür, dass hier einmal Menschen oder Elfen gelebt hatten.

Schließlich stieg Farodin ab. Der Boden war durchtränkt von Magie. Aus allen Richtungen liefen Albenpfade in dem Kreis zusammen. Vorsichtig streckte der Elf die Hand nach der unsichtbaren Barriere aus. Er spürte ein leichtes Kribbeln auf der Haut. Zögernd trat er in den Kreis. Nichts hielt ihn zurück. Offenbar hielt der Bannzauber des Kreises nur den Flugsand fern. Doch wozu die Schädel? Die Steinhaufen passten nicht zur schlichten Eleganz des Ringes. Hatte man sie später errichtet? Sollten sie ein Warnzeichen sein?

Der Kreis, den der Ring aus Basalt umschloss, durchmaß

fast zwanzig Schritt; der Ring selbst war kaum einen Schritt breit. In seinem Innern war der Boden sandig und unterschied sich in nichts von der Wüste, die ihn umgab.

Farodin schloss die Augen und versuchte sein Denken ganz auf die Magie der Albenpfade zu lenken. Sechs Wege waren es, die sich innerhalb des Steinkreises kreuzten. Es wäre leicht, hier ein Tor zu öffnen. Und ganz gleich, wohin es sie verschlug, alles war besser als diese Wüste.

Er winkte Nuramon zu; dieser kam mit den beiden Pferden und Mandred.

»Ein Albenstern!«, rief er erleichtert. »Wir sind gerettet. Öffne das Tor!«

»Du kannst das besser.«

Nuramon schüttelte verärgert den Kopf. »Ich bin zu erschöpft. Was glaubst du, wie viel Kraft es kostet, Mandreds Lebensfunken nicht verlöschen zu lassen? Du hast es gelernt! Tu du es!«

Farodin räusperte sich. Er wollte widersprechen, doch dann schwieg er. Fast wünschte er, hier hätte ein unsichtbares Ungeheuer gelauert. Der Weg des Schwertes, das war sein Weg! Die Pfade der Magie waren ihm trotz der Lehrstunden der Fauneneiche fremd geblieben.

Er legte das Schwert in den Sand und setzte sich im Schneidersitz nieder. Sodann versuchte er, alle Gedanken und Ängste hinter sich zu lassen. Er musste seinen Geist leeren, musste eins werden mit der Magie. Ganz langsam entstand vor seinem inneren Auge ein Bild von Lichtpfaden, die sich in der Finsternis kreuzten. Dort, wo sie aufeinander trafen, verzerrten sie sich. Die Linien krümmten sich und formten einen Strudel. Jeder Albenstern unterschied sich durch das Muster der verwobenen Linien in seinem Herzen von allen anderen Sternen. Erfahrenen Zauberern diente dies zur Orientierung.

Farodin stellte sich vor, wie er mit den Händen mitten in die Lichtpfade hineinlangte. Wie ein Gärtner, der Blumenranken hochband, zerrte er sie auseinander, bis ein immer größeres Loch und schließlich ein Tor entstand. Eine dunkle Anziehungskraft ging von dort aus. Dieser Weg führte nicht nach Albenmark.

Verunsichert schlug er die Augen auf. Er blickte zu dem blank polierten Schädel auf dem Steinhaufen. Wovor wollte er warnen?

»Du hast es geschafft.« Der Zweifel, der in seiner Stimme mitschwang, strafte Nuramons Worte Lügen.

Farodin drehte sich um. Hinter ihm war ein Tor entstanden, doch es sah völlig anders aus als jenes, das Nuramon erschaffen hatte. Lichtbänder in allen Regenbogenfarben umflossen eine dunkle Öffnung, die ins Nichts zu führen schien. Eine pfeilgerade Linie aus weißem Licht führte durch die Finsternis, doch sie vermochte das Dunkel, das sie umgab, nicht zu erhellen.

»Ich gehe vor«, sagte Farodin. »Ich …«

»Dieses Tor führt in die Zerbrochene Welt, glaube ich.« Nuramon betrachtete es mit offensichtlichem Unbehagen. »Deshalb sieht es anders aus. Es ist so, wie die Fauneneiche es beschrieben hat.«

Unruhig fuhr sich Farodin mit der Zunge über die Lippen. Er griff nach seinem Schwert und schob es in die Scheide. Mit der flachen Hand klopfte er Sand von den Falten seiner Hose und wurde sich im selben Augenblick bewusst, dass er all dies nur tat, um eine Entscheidung hinauszuzögern. Mit einem Ruck stand er auf. »Das Tor ist weit genug. Wir können nebeneinander durchgehen, wenn wir die Pferde am Zügel führen.«

Als sie an der Schwelle des Tores standen, verharrte Nuramon. »Entschuldige«, sagte er leise. »Das war nicht der richtige Zeitpunkt, um mit dir über Sandkörner zu streiten.«

»Lass uns diesen Streit ein anderes Mal führen.«

Nuramon entgegnete nichts. Stattdessen zog er am Zügel seines Pferdes und schritt voran.

Farodin hatte das Gefühl, als würde er von dem Tor regelrecht aufgesogen. Mit einem Ruck war er inmitten der Dunkelheit. Er hörte ein Pferd wiehern, ohne es zu sehen. Der Lichtpfad war verschwunden. Er hatte das Gefühl zu fallen, eine Ewigkeit lang. Dann war weicher Boden unter seinen Füßen. Die Finsternis zerrann. Blinzelnd sah Farodin sich um. Eisiger Schrecken griff nach seinem Herzen. Der Zauber war fehlgeschlagen! Sie standen noch immer inmitten des schwarzen Basaltrings, und um sie herum erstreckte sich die Wüste bis zum Horizont.

»Vielleicht sollte ich es noch einmal …«

»Unsere Schatten!«, rief Nuramon. »Sieh nur! Unsere Schatten sind verschwunden.« Er blickte zum Himmel empor. »Die Sonne ist fort. Wo immer wir hier sind, es ist nicht mehr die Welt der Menschen.«

Ein schriller Schrei klang vom Himmel herab. Über ihnen zog ein Falke seine Runden. Er schien sie zu beobachten. Schließlich drehte er ab und flog davon.

Farodin legte den Kopf in den Nacken. Der Himmel war von strahlend hellem Blau, das zum Horizont hin langsam blasser wurde. Es gab keine Wolken und keine Sonne. Der Elf schloss die Augen und dachte an Wasser. Sein Mund fühlte sich trockener an, je intensiver er den Gedanken formte. Dann konnte er es spüren, gerade so, als wäre er kurz in einen Quell aus frischem Bergwasser getaucht.

»Dort entlang!« Er deutete auf eine große Düne am Horizont. »Dort werden wir vor Sonnenuntergang …« Er hielt inne und blickte zum nackten Himmel. »Bevor es dunkel wird, werden wir dort Wasser finden.«

Nuramon sagte nichts, er folgte ihm einfach. Jeder Schritt kostete eine Winzigkeit mehr an Kraft. Sie waren so erschöpft, dass sie nicht mehr auf dem weichen Sand zu gehen vermochten, sondern wie Menschen bei jedem Schritt bis zu den Knöcheln einsanken.

Der Düne, die ihr Zielpunkt war, schienen sie kaum näher zu kommen. Oder bildete Farodin sich das nur ein? Dehnte sich die Zeit ins Unendliche, wenn keine Sonne als Maß der verstreichenden Stunden über den Himmel zog? War eine halbe Stunde oder aber ein halber Tag vergangen, als der Himmel schließlich Ton um Ton dunkler wurde?

Als sie endlich die Düne erreichten, waren sie am Rand des Zusammenbruchs. »Wie geht es Mandred?«

»Schlecht.« Nuramon setzte Fuß vor Fuß, ohne innezuhalten oder aufzublicken.

Farodins Schweigen war fordernder als jede Frage.

»Er wird sterben, bevor die Nacht herum ist.« Nuramon blickte immer noch nicht auf. »Selbst wenn wir Wasser fänden, wüsste ich nicht, ob es ihn noch retten könnte.«

Wasser, dachte Farodin. Wasser! Er konnte es fühlen. Es war nicht mehr fern. Müde ging er voran. Die Düne war noch schlimmer als die Ebene. Mit jedem Schritt sanken sie nicht nur tief im Sand ein, sondern rutschten auch ein wenig zurück, als wollte die Düne ihnen verwehren, bis zu ihrem Kamm zu gelangen. Leichter Wind trieb ihnen Sand entgegen, der in den Augen brannte.

Als sie endlich oben ankamen, waren sie zu erschöpft, um sich über den Anblick freuen zu können. Vor ihnen lag ein tiefblauer See, der von tausenden Palmen gesäumt wurde. Seltsame Hallen standen nahe dem Ufer.

Nurmehr zwei niedrige Dünen trennten sie noch von dem Palmhain. Halb rutschend gelangten sie von ihrem Aussichtspunkt hinab. Die Pferde wieherten ungestüm. Nun waren sie es, die die Elfen an den Zügeln hinter sich her zogen. Die Tiere hatten das Wasser gewittert.

Plötzlich schlug etwas neben Farodin in den Sand. Im Reflex wich er zur Seite aus. Ein schwarz gefiederter Pfeil hatte ihn nur knapp verfehlt. Doch nirgends war ein Schütze zu sehen! Nur der Falke war zurückgekehrt, um erneut seine Kreise über ihnen zu ziehen.

Dann war die Luft von einem Sirren erfüllt. Eine ganze Wolke von Pfeilen kam über den Kamm der Düne geflogen. Wenige Schritt entfernt schlugen die Geschosse in den Sand. Sie bildeten eine fast gerade Linie, so als zeigten sie eine Grenze an, die nicht überschritten werden durfte.

Als Farodin wieder aufblickte, erschienen auf dem Dünenkamm vor ihnen Reiter. Es waren mindestens drei Dutzend.

Sie ritten Tiere, wie der Elf sie nie zuvor gesehen hatte. Mit ihren langen Beinen und dem merkwürdig geformten Kopf, der auf einem gebogenen Hals saß, waren sie von so ausgesuchter Hässlichkeit, dass es ihm den Atem verschlug. Sie alle hatten ein weißes Fell, und aus ihrem Rücken wuchs ein gewaltiger Buckel.

Die Reiter trugen lange, weiße Mäntel. Ihre Gesichter waren verschleiert. Manche hatten Säbel gezogen, andere waren mit langen Speeren bewaffnet, von deren Stichblättern bunte Troddeln herabhingen. Am auffälligsten waren jedoch ihre Lederschilde. Sie waren geformt wie ein Paar riesiger, weit aufgespannter Schmetterlingsflügel und ebenso farbenprächtig. Schweigend blickten die Reiter auf die Fremden hinab.

Endlich löste sich einer aus der Gruppe. Geschickt lenkte er sein Reittier die Düne hinunter. Hinter der Linie aus Pfeilen hielt er an.

»Boten, die Emerelle schickt, sind hier nicht willkommen«, erklang eine gedämpfte Frauenstimme. Sie sprach Elfisch!

Verblüfft sahen die Gefährten einander an. »Wer mag das sein?«, fragte Nuramon leise.

Die Reiterin hatte die geflüsterten Worte offenbar verstanden. »Wir nennen uns die Freien von Valemas, denn Emerelles Wort hat in diesem Teil der Zerbrochenen Welt keine Macht. Eine Nacht dürft ihr hier außerhalb der Oase verweilen. Morgen werden wir euch zurück zum Tor bringen.«

»Ich bin Farodin von Albenmark, aus der Sippe des Askalel«, rief er aufgebracht zurück. »Einer meiner Gefährten ist dem Tode näher als dem Leben. Ich weiß nicht, welchen Groll ihr gegen Emerelle hegt, doch eins weiß ich sicher. Wenn ihr uns nicht helft, dann opfert ihr das Leben meines Freundes eurem Zorn. Und ich verspreche euch, ich werde in seinem Namen Blutrache nehmen, wenn er um euretwillen stirbt.«

Die verschleierte Reiterin blickte hinauf zu den anderen Kriegern. Farodin war es unmöglich, unter ihnen einen Anführer zu erkennen. Sie waren fast gleich gekleidet, und auch ihre Waffen verrieten nichts über ihre Stellung. Schließlich streckte einer von ihnen den Arm hoch und stieß einen schrillen Pfiff aus. Der Reiter trug einen dick gepolsterten Falknerhandschuh. Hoch über ihnen antwortete der Falke mit einem Schrei. Dann legte er die Flügel an und schoss im Sturzflug hinab, um auf der ausgestreckten Hand zu landen.

Als wäre dies ein Friedenszeichen gewesen, nickte die Reiterin ihnen zu. »Kommt. Doch denkt daran: Ihr seid nicht willkommen. Ich bin Giliath von den Freien, und wenn du dich mit jemandem schlagen willst, Farodin, dann nehme ich deine Herausforderung hiermit an.«

DAS VOLK DER FREIEN

Die weiß gewandeten Krieger gaben ihnen Wasser. Dann nahmen sie die drei in ihre Mitte und brachten sie in die Oase. Im Schatten der Palmen wurde Gemüse angebaut und eine Kornsorte, die Farodin nicht kannte. Ein dichtes Netz schmaler Kanäle durchzog den Palmhain, und als sie sich dem See näherten, entdeckte Farodin hölzerne Schöpfräder.

Zwischen den Bäumen standen kleine Lehmhäuser, deren Wände mit aufwändigen geometrischen Mustern bemalt waren. Man sah den Häusern an, mit wie viel Liebe sie gebaut waren und gepflegt wurden. Es gab keinen Balken oder Fensterladen, der nicht mit Schnitzereien geschmückt war. Und doch war dies alles nichts im Vergleich zu der Pracht, die selbst das verlassene Valemas in Albenmark noch besaß. Vor vielen Jahrhunderten waren seine Bewohner gegangen, und niemand wusste zu sagen, wohin. Dies mussten ihre Nachfahren sein. Farodin sah sich aufmerksam um. Er war einmal im alten Valemas gewesen. Jedes Haus dort war ein Palast, und selbst die Straßen hatte man mit Mosaiken ausgelegt. Es hieß, die Bewohner von Valemas hätten sich in ihrem Stolz einst gegen die Königin aufgelehnt. Sie wollten niemanden dulden, der über ihnen stand. Und nach unzähligen Streitereien hatten sie schließlich Albenmark verlassen.

Wie es schien, hatten die Nachkommen der Bewohner des alten Valemas weder den Groll gegen die Königin überwunden noch ihren Stolz abgelegt. Nur in Palästen lebten sie nicht mehr. Entlang des Seeufers standen sieben gewölbte Hallen, wie Farodin noch keine gesehen hatte. Man hatte Palmstämme gebogen, bis sie wie Spanten von Schiffen aussahen, und dann ihre beiden Enden in der Erde verankert. Dazwischen waren Matten aus kunstvoll geflochtenem Schilf gespannt; sie bildeten Wände und Decken der Hallen.

Als sie den Platz zwischen den Schilfhallen erreichten, gab Giliath ihnen das Zeichen abzusteigen. Aus allen Richtungen kamen Neugierige herbei: Frauen in bunten Wickelgewändern und Männer, die Röcke trugen! Sie alle betrachteten die Neuankömmlinge mit stummer Feindseligkeit. Selbst die Kinder lachten nicht.

Einige junge Männer hoben Mandred vom Pferd und brachten ihn fort. Farodin wollte ihnen folgen, doch Giliath trat ihm in den Weg. »Du kannst uns trauen. Wir wissen, was die Wüste dem unvorsichtigen Reisenden antut. Wenn ihm noch zu helfen ist, dann wird er gerettet werden.«

»Warum behandelt ihr uns so herablassend?«, fragte Nuramon.

»Weil wir die Speichellecker Emerelles nicht mögen«, entgegnete die Elfe scharf. »Ein jeder fügt sich ihr in Albenmark. Sie erstickt alles, was anders ist. Wer dort lebt, der lebt in ihrem Schatten. Sie ist eine Tyrannin, die sich anmaßt, allein zu entscheiden, was Recht und was Unrecht ist. Wir wissen sehr genau, wie ihr vor ihr buckelt. Ihr seid doch nur der Staub unter ihren Füßen, ihr …«

»Genug, Giliath«, unterbrach sie eine volltönende Männerstimme. Ein hoch gewachsener Krieger trat aus der Schar ihrer Eskorte hervor. Auf der Faust trug er den Falken, dem er eine bunte Kappe über den Kopf gestülpt hatte. Er neigte knapp sein Haupt zum Gruß. »Man nennt mich Valiskar. Ich bin der Anführer der Krieger in unserer Gemeinschaft und bin verantwortlich für euch, solange ihr unsere Gäste seid.« Er sah Farodin scharf an. »Ich erinnere mich an deine Sippe. Die Nachkommen Askalels standen dem Hof der Königin schon immer sehr nahe, nicht war?«

»Ich bin nicht …«

Valiskar unterbrach ihn. »Was immer du zu sagen hast, kannst du dem Rat vortragen, denn wisse, hier in Valemas entscheidet nicht einer allein! Folgt mir nun.«

Valiskar brachte sie in die größte der sieben Hallen. Dort hatten sich fast hundert Elfen versammelt. Manche standen in kleinen Gruppen zusammen und redeten. Die meisten jedoch hatten sich entlang der Seitenwände auf Teppichen niedergelassen.

Am Ende der Halle saß ein silberhaariger Elf vor dem blauen Pferdebanner von Valemas. Er hatte die Hände im Schoß gefaltet und schien tief in Gedanken versunken zu sein. Während Farodin und Nuramon durch die Halle schritten, wurde es immer stiller, und die übrigen Elfen wichen zu den Wänden zurück. Je näher sie dem Silberhaarigen kamen, desto deutlicher spürte Farodin die Aura der Macht, die ihn umgab.

Erst als sie unmittelbar vor ihm standen, hob er den Kopf. Die Iris seiner Augen schimmerte wie Bernstein. »Willkommen in Valemas.« Er bedeutete ihnen mit einer Geste, vor ihm auf einem Teppich Platz zu nehmen. Kaum hatten sie sich niedergelassen, eilten zwei junge Elfen herbei und brachten einen Krug mit Wasser, Tonbecher und eine Schale mit getrockneten Datteln.

»Ich bin Malawayn, der Älteste unter den Bewohnern dieser Oase. Ihr müsst die bescheidene Tafel entschuldigen, doch die Tage, da wir im Überfluss lebten, sind lange vergangen. Nun sagt uns, warum ihr die weite Reise von Albenmark bis hierher auf euch genommen habt.«

Abwechselnd erzählten die beiden Gefährten von ihren Reisen und Abenteuern. Je länger ihr Bericht dauerte, desto deutlicher spürte Farodin, wie die Feindseligkeit wich. Es war offensichtlich, dass, wer immer sich gegen Emerelle stellte, auf uneingeschränkte Gastfreundschaft in Valemas hoffen durfte. Als sie ihre Erzählung schließlich beendeten, nickte Malawayn. »Die Königin entscheidet, ohne sich zu erklären. So war es schon immer. In meinen Augen hat sie euch beiden und Noroelle großes Unrecht getan.« Er blickte in die Runde. »Ich glaube, ich spreche im Namen von uns allen, wenn ich euch unsere Hilfe bei eurer Suche anbiete.«

Es war still geworden in der großen Halle. Kein zustimmendes Gemurmel erklang, und kaum jemand bestätigte durch ein Nicken oder eine andere Geste Malawayns Worte. Und doch hätte der Unterschied zu ihrer Ankunft nicht deutlicher sein können. Zwar spürte Farodin immer noch Bitternis, Melancholie und Zorn, doch hatte er nun das Gefühl, in den Herzen der Versammelten Aufnahme gefunden zu haben. Wie diese Leute hier war auch er ein Opfer Emerelles.

»Wie könnt ihr in Eintracht mit den Fremden zusammensitzen?« Ganz am Ende der Halle erhob sich eine junge Frau. Farodin erkannte sie an ihrer Stimme. Es war Giliath, die verschleierte Kriegerin, die am Fuß der Düne mit ihnen gesprochen hatte. Offenbar war sie erst später zur Versammlung gekommen, denn sie hatte die Rüstung und ihre weißen Gewänder gegen einen Wickelrock und eine kurze, seidene Bluse getauscht. So konnte man auch ihr langes, dunkelbraunes Haar sehen, das zu einem Zopf geflochten war. Ihr Körper war so durchtrainiert, dass man ihre Brüste eher ahnen als sehen konnte. Hübsch war sie nicht. Ihr Kinn war zu kantig, die Nase zu groß, doch hatte sie sinnliche, volle Lippen, und ihre grünen Augen sprühten vor Leidenschaft, als sie im Zorn auf Farodin deutete. »Dieser dort hat vor kaum einer Stunde unser Volk mit Blutrache bedroht, wenn wir uns seinem Willen nicht fügen! Vor Emerelle sind wir hierher zurückgewichen. Wir wollten unsere Freiheit. Und nun duldet ihr einen Elfen aus ihrem Gefolge, der uns mit derselben Herablassung behandelt wie seine Herrin. Ich bestehe auf meinem Recht, ihm mit der Klinge besseres Benehmen beizubringen.«

»Stimmt es, dass du unserem Volk mit Blutrache gedroht hast?«, fragte Malawayn kühl.

»Es war anders, als sie sagt …«, begann Farodin, aber der Alte schnitt ihm mit einer knappen Geste das Wort ab. »Ich habe dir eine einfache Frage gestellt. Ich erwarte keine Ausflüchte, sondern eine klare Antwort!«

»Ja, es stimmt. Aber du solltest …«

»Willst du nun auch mir vorschreiben, was ich sollte und was nicht?«

»Es war anders, als es sich anhört«, versuchte Nuramon zu beschwichtigen. »Wir haben …«

»Und du glaubst, du musst mir erklären, wie zu verstehen ist, was ich höre?« Malawayn wirkte eher enttäuscht denn wütend. »Ich hätte es besser wissen müssen. Wer vom Hofe Emerelles kommt, der trägt ihren Hochmut in sich. Gemäß unseren Gesetzen hat Giliath jedes Recht, dich zu fordern, Farodin.«

Farodin konnte es nicht fassen. Wie konnte man nur so verbohrt sein? Die freundschaftliche Stimmung war dahin. Niemand in der Halle wollte mehr hören, was sie zu sagen hatten. »Ich entschuldige mich für meine Worte, und ich möchte mit niemandem kämpfen.«

»Hältst du dich in deiner Selbstgefälligkeit für unbesiegbar, oder führt die Angst deine Zunge?«, fragte Giliath. Breitbeinig stand sie vor ihm, die Hände in die Hüften gestemmt.

»Ist die Beleidigung zu groß, dann kann nur Blut die gesprochenen Worte sühnen«, erklärte Malawayn kühl. »Ihr werdet nach dem Klingenlied tanzen. Euer Zweikampf endet mit dem ersten Blut, das fließt. Wirst du verletzt, dann löscht dein Blut deine Worte. Sollte aber Giliath unterliegen, dann hast du dir einen Platz unter uns errungen, und wir nehmen an, was du sagst, denn wir sind ein freies Volk.«

Farodin zog seinen Dolch. Noch bevor ihm jemand in den Arm fallen konnte, schnitt er sich in den linken Handrücken. »Frauen und Männer von Valemas!« Er streckte die Hand hoch, sodass jeder sehen konnte, wie das Blut seinen Arm hinablief. »Ich habe mein Blut vergossen, um meine Worte zu sühnen. Damit ist der Streit beigelegt.«

Die Versammelten hüllten sich in eisiges Schweigen.

»Du solltest aufhören, uns deinen Willen aufzwingen zu wollen, Farodin. Auch wenn dein Weg durch die Wüste dich entkräftet hat, wirst du dich unseren Gepflogenheiten beugen und kämpfen!« Malawayn erhob sich und klatschte in die Hände. »Bringt die Trommeln. Beim Klingentanz folgt jeder Hieb dem Rhythmus des Trommelschlags. Wir fangen mit einem langsamen Rhythmus an, damit du dich daran gewöhnen kannst. Schnell werden Kampf und Trommelschlag sich gegenseitig im Tempo steigern. Üblicherweise führt jeder Tänzer zwei Klingen. Brauchst du noch eine Waffe?«

Farodin schüttelte den Kopf. Schwert und Dolch reichten ihm. Er stand auf und begann mit Dehnübungen, um seine schmerzenden Muskeln zu lockern.

Nuramon trat an seine Seite. »Ich weiß nicht, was in sie gefahren ist. Das ist doch vollkommen verrückt!«

»Ich beginne zu verstehen, warum Emerelle sie nie gebeten hat, nach Albenmark zurückzukehren«, entgegnete er leise. »Doch nun schweig. Wir wollen ihnen nicht noch einen Grund für einen Klingentanz liefern.«

Nuramon griff nach seiner Hand. Angenehme Wärme durchfloss Farodin. Als er die Hand zurücknahm, hatte sich die Schnittwunde geschlossen. »Bring sie nicht um!« Nuramon versuchte aufmunternd zu lächeln.

Farodin sah zu seiner Gegnerin. Valiskar hatte ihr offensichtlich zugetraut, dass sie allein mit zwei Kriegern fertig würde, als er sie die Düne zu ihnen hinabgeschickt hatte. Er sollte sich vor ihr hüten. »Hoffen wir, dass sie mich nicht in Stücke schneidet. Irgendwie habe ich den Eindruck, dass sie mir lieber die Klinge durchs Herz stoßen würde, als den Zweikampf mit einer kleinen Schnittwunde zu beenden. *Bis zum ersten Blut.* Das kann vieles heißen.«

Farodin schnallte sein Wehrgehänge ab, damit es ihn nicht beim Kampf behinderte. Dann nahm er einen kleinen Ring aus dem Lederbeutel, in dem er das Silberfläschchen und Noroelles Stein verwahrte. Der Ring war das Einzige, was ihm außer Erinnerungen von Aileen geblieben war. Drei kleine, dunkelrote Granate waren in ihn eingelassen; in ihrem Schliff brach sich das Öllicht der Halle. Prüfend strich er mit dem Daumen über die Steine. Sie würden jedes Handschuhfutter ruinieren. Es war lange her, seit er den Ring das letzte Mal getragen hatte.

»Bist du bereit?«, rief Giliath. Sie hatte zwei Kurzschwerter als Waffen gewählt und stand wartend inmitten der Halle.

Unterdessen hatte man zwei Trommeln zum Eingang der Halle gebracht. Sie waren so groß wie die riesigen Weinfässer, die sie bei ihrer Flucht in den Gewölben von Aniscans gesehen hatten. Man hatte sie hingelegt, sodass die Trommelfelle senkrecht aufragten. Ein verschlungenes Knotenmuster war in Schwarz und Rot auf das helle Fell gemalt. Zwei Frauen, die Trommelstöcke vor der Brust verschränkt hielten, warteten auf das Zeichen, dass der Klingentanz beginnen sollte.

Die Gäste in der Halle waren bis zu den Wänden zurückgewichen, sodass nun ein Kampfplatz von rund zwanzig Schritt Länge und fünf Schritt Breite zur Verfügung stand.

Farodin nahm seinen Platz ein.

»Jeder Trommelschlag steht für einen Schritt oder einen Hieb«, erklärte Giliath. »Der vollkommene Schwertkämpfer bewegt sich mit der Leichtigkeit eines Tänzers. Selbst wenn du verlierst, wirst du dein Gesicht wahren, wenn du mit Anmut gekämpft hast.«

Farodin nickte, auch wenn er von Grund auf anderer Meinung war. Er hatte noch nie gekämpft, um jemanden mit seinem Können zu beeindrucken. Er kämpfte, um zu siegen!

Giliath winkte den Trommlerinnen zu. »Beginnt!«

Der erste Schlag ertönte. Giliath machte einen Schritt zur Seite und hob die Waffen. Farodin folgte ihrer Bewegung mit einer Drehung.

Beim nächsten Schlag führte sie langsam einen weit ausholenden Hieb, der auf seinen Kopf zielte. Farodin blockte ihn mit seinem Dolch ab. Jedes Kind hätte diesen Angriff parieren können, dachte Farodin verärgert. Dieser Klingentanz war einfach nur albern!

Die Trommeln erzeugten tiefe Töne, die einem direkt in den Bauch fuhren. Sie wurden abwechselnd geschlagen, sodass jeder Ton lange nachhallte.

Ganz langsam steigerte sich das Tempo. Auch wenn Giliath sich zunächst mit seltsam überzeichneten Gesten bewegte, war sie zweifellos eine erfahrene Kämpferin. Farodin fügte sich zwar dem Rhythmus, doch verzichtete er darauf, Giliaths Stil zu kopieren, um sich bei den Zuschauern einzuschmeicheln. Er parierte mit sparsamen Bewegungen und verhielt sich defensiv, um die Bewegungen seiner Gegnerin zu studieren.

Je schneller der Trommelschlag wurde, desto fließender wurden die Angriffe der Kriegerin. Schlag folgte auf Schlag. Sie trieb ihn vor sich her, sprang dann wieder zurück, umtanzte ihn spielerisch und stieß plötzlich wieder vor. Trommelschlag und das Klirren von Stahl mischten sich zu einer Melodie, die nun auch Farodin immer mehr gefangen nahm. Ohne nachzudenken, bewegte er sich im Einklang mit dem Rhythmus und begann Gefallen an dem Kampf zu finden.

Plötzlich ging Giliath in die Hocke und wich überraschend einem Hieb aus, statt ihn zu parieren. Schnell wie ein Viperntoß schnellte ihre Klinge vor. Farodin versuchte auszuweichen, doch der Stahl durchschnitt die Reithose. Der Trommelschlag verstummte.

Lächelnd stand die Kriegerin auf. »Du warst nicht schlecht für einen Speichellecker der Königin.«

Farodin tastete nach seinem Hosenbein. Er spürte keinen Schmerz. Doch das hieß nichts, wenn man mit sehr scharfen Klingen kämpfte. Vorsichtig zerteilte er den Stoff. Sein Oberschenkel war unverletzt. Sie musste ihn um Haaresbreite verfehlt haben.

Giliath runzelte die Stirn. »Glück!«, rief sie in die Runde.

Farodin lächelte überlegen. »Wenn du meinst.« Er konnte sehen, wie ihre Überheblichkeit bröckelte. Sie würde jetzt versuchen, schnell einen weiteren Treffer zu landen. Und vielleicht würde sie in ihrem Ungestüm ihre Deckung vernachlässigen.

»Dann machen wir eben weiter.« Giliath hob die Klingen und bezog eine eigentümliche Grundstellung. Das Schwert in ihrer Linken hielt sie wie zum Angriff vorgestreckt. Das in der Rechten aber hatte sie über den Kopf gehoben und nach vorn gewinkelt, sodass die Spitze auf Farodins Herz zeigte. Sie erinnerte Farodin an einen Skorpion, der drohend den Stachel erhoben hatte.

Diesmal wurde der Trommelschlag rasch schneller. Giliath

machte einen ungestümen Ausfall und bedrängte ihn hart. Doch sie führte keinen einzigen Hieb mit der Rechten. Die ganze Zeit hielt sie ihr zweites Schwert drohend erhoben, bereit zuzustoßen, sobald sich die Gelegenheit fand.

Farodin war verblüfft vom Tempo der Kriegerin und davon, dass sie ihn erneut in die Defensive trieb. So schnell erfolgten ihre Angriffe, dass er kaum Gelegenheit zu Riposten fand. Er musste dieses Spiel beenden, sonst tat sie es!

Ihre Linke schnellte vor. Ein Stich, der auf seine Hüfte zielte. Gerade noch fing er den Angriff ab und gab vor, leicht zu straucheln. Dabei öffnete er weit die Deckung vor seiner Brust.

Darauf hatte Giliath gewartet. Wie ein Stachel fuhr ihre zweite Klinge nieder. Farodin drehte sich in ihren Angriff hinein. Sein Dolch schnellte hoch. Klirrend schlug Stahl auf Stahl. Sie standen nun so dicht beieinander, dass er Giliaths Atem auf seiner Wange spüren konnte. Die beiden Klingen hatten sie auf Kopfhöhe gekreuzt. Nur einen Herzschlag verharrten sie. Dann wich Giliath zurück. Farodin streifte sie leicht mit der Hand an der Wange und trat ebenfalls zurück.

»Der Kampf ist beendet!«, verkündete er mit lauter Stimme, und jeder in der Halle konnte sehen, dass er gewonnen hatte. Ein feiner Blutfaden rann vom Schnitt in Giliaths Wange ihren Hals hinab.

Sie legte ein Schwert ab und tastete ungläubig über ihr Gesicht. Fassungslos sah sie das Blut an ihren Fingern. Doch statt aufzubegehren, verneigte sie sich knapp. »Ich beuge mein Haupt in Demut vor dem Sieger und entschuldige mich für meine Worte«, sagte sie mit tonloser Stimme, offenbar noch immer erschüttert vom unvermuteten Ende des Kampfes.

Rings herum erhoben sich zornige Stimmen. Viele waren nicht bereit, diesen Ausgang des Kampfes anzuerkennen. Laut wurde über die Heimtücke des Höflings geschimpft.

Nuramon eilte an Farodins Seite, um ihn zu beglückwünschen und zu umarmen. »Wie hast du das gemacht?«, flüsterte er.

»Der Ring«, entgegnete Farodin. Er löste sich aus der Umarmung und hob die Hand, sodass man deutlich das kleine Schmuckstück mit den scharfkantig geschliffenen Steinen sehen konnte. Ihr tiefes Rot ließ sie wie in Gold gefasste Blutstropfen erscheinen.

»Ich fordere dich zum Klingentanz!« Ein junger Krieger baute sich vor Farodin auf. »Die Art, wie du den Kampf für dich entschieden hast, war unehrenhaft und beleidigt mich und mein ganzes Volk.«

Farodin stieß einen tiefen Seufzer aus. Gerade wollte er dem Krieger etwas erwidern, als Malawayns Stimme den Tumult übertönte. »Meine Brüder, der Streit ist entschieden. Bis zum ersten Blut, so hieß es. Und nirgends steht geschrieben, dass das Blut durch eine Klinge vergossen werden muss. Erkennen wir den Ausgang des Kampfes an, auch wenn dieser Sieg mehr aus Verschlagenheit denn aus kämpferischem Geschick geboren wurde.«

Trotz Malawayns Einschreiten legte sich die Aufregung nur allmählich. Viele der jüngeren Elfen verließen erzürnt die Halle.

Der silberhaarige Elf aber lud sie mit einer Geste ein, an seiner Seite Platz zu nehmen. Er goss ihnen von seinem Wein ein und reichte ihnen Obst von dem schweren silbernen Teller, der vor ihm auf dem Teppich stand. Ganz allmählich wurde es wieder ruhiger in der Halle.

Nachdem sie miteinander gegessen hatten, bat Malawayn sie von Albenmark zu berichten. Es war Nuramon, der daraufhin das Wort ergriff und sich nach Kräften mühte, was geschehen war, vergessen zu machen. Farodin beneidete ihn um die Fähigkeit, so lebendig zu erzählen, dass man glaubte, Albenmark vor sich zu sehen.

Im Gegenzug hörten die Gefährten vieles vom Leben in der Wüste. Die Elfen von Valemas hatten aus einer schlammigen Wasserstelle eine blühende Oase geschaffen. Lange hatten sie nach diesem Ort gesucht, denn wie ihre Ahnen liebten sie das Wüstenland. Und sie scherzten darüber, dass die Hitze der Wüste sie so heißblütig gemacht hätte.

Auch erzählten sie, dass sie oft in die Welt der Menschen ritten. Die Sterblichen dort nannten sie Girat, was in ihrer Sprache so viel wie Geister heißt, und sie behandelten die Elfen von Valemas mit großem Respekt.

»Wann immer sie uns begegnen, bestehen sie darauf, uns zu beschenken.« Malawayn lächelte. »Ich glaube, sie halten uns für so etwas wie Räuber.«

»Und ihr belasst sie in diesem Glauben?« Kaum war der Satz über seine Lippen, da tat es Farodin schon Leid.

»Wir haben keine Wahl. Es fehlt uns hier an so vielem, dass wir jedes Geschenk dankbar annehmen. Wir haben deshalb unsere Ehre nicht aufgegeben. Wir nehmen uns nichts mit Gewalt, obwohl wir dies leicht tun könnten.« Er senkte das Haupt und blickte auf das verschlungene Muster des Teppichs. »Was mir am meisten fehlt, ist der Sternenhimmel von Albenmark.«

»Und wenn ihr euren Frieden mit der Königin macht?«, warf Nuramon ein.

Malawayn sah ihn überrascht an. »Wir Elfen von Valemas mögen vieles verloren haben, doch nicht unseren Stolz. Nach Albenmark kehren wir nur zurück, wenn Emerelle uns darum bittet und sie uns unsere Freiheit auch dort gewähren wird.«

Also werdet ihr niemals wiederkehren, dachte Farodin bei sich.

AM RAND DER OASE

Als Kind hatte Nuramon oft an die Wüste und die sagenhafte Stadt Valemas gedacht. Er hatte sich ausgemalt, wie es dort wohl aussehen mochte, doch er war nie im alten Valemas gewesen. Diese Oase war ganz anders, als er sich die Stadt aus der Sage damals vorgestellt hatte. Gewiss, die Sonne von Albenmark oder die der Menschenwelt gab es hier nicht. Doch die Zauberer dieser Gemeinschaft hatten einen Schleier aus Licht gewoben und wie ein Zeltdach über die Siedlung und die umliegende Wüste gespannt. Sie hatten sogar an Tag und Nacht gedacht; das Licht verging in einer ungewöhnlich langen Abenddämmerung und kehrte Stunden später in einem kürzeren Morgengrauen zurück.

Die Verbundenheit zur Wüste war trotz all des Wassers, das es hier gab, deutlich zu sehen und zu spüren. Selbst der sanfte Wind, der hier wehte, schmeckte nach Wüste.

Nuramon folgte einem Pfad, der an den Rand der Siedlung führen sollte. Valiskar hatte ihm diesen Weg gewiesen; angeblich befand sich dort die Grenze dieser Gefilde. Die verbliebenen Orte in der Zerbrochenen Welt galten gemeinhin als Inseln in einem Meer aus Nichts. Und dieses Meer wollte Nuramon sich ansehen. Er hatte seine Gefährten an der Quelle bei den Pferden zurückgelassen, sie ruhten dort in einem der Lehmhäuser. Mandred kam trotz der Hilfe der Heiler von Valemas nur langsam wieder zu Kräften. In seinem Fieberschlaf rief er immer wieder nach Atta Aikhjarto. Farodin war bei ihm geblieben. Trotz der Gastfreundschaft, die ihnen letztlich doch gewährt worden war, misstraute er den Bewohnern der Oase.

Nuramon aber war viel zu neugierig, um dort zu verweilen. Er legte sogar noch einen Schritt zu, um möglichst bald an den Rand der Oase zu gelangen.

Plötzlich endete der Pfad, auf dem er ging, an einer Statue, welche Yulivee zeigte, die Begründerin der Oase. Ihr Abbild fand sich hier in Valemas an vielen Orten. Die Elfen der Wüste verehrten sie fast so wie Mandred seine Götter. Sie war eine schöne Frau gewesen. Ein zuversichtliches Lächeln lag auf ihren Lippen, und in die Augenhöhlen der Statue aus Sandstein waren zwei Malachite eingesetzt. Nuramon hatte am Hof der Königin gesehen, wie ein Bildhauer Edelsteine in eine Statue eingefügt hatte. Zuerst wurden die Steine in die Augenhöhle gesetzt, dann nahm man die steinernen Augenlider hervor, legte sie an und ließ sie durch einen Zauber an die Statue anwachsen. So überdeckten sie die Malachite, als wären sie echt und als könnten sie jeden Moment blinzeln. Die Figur deutete einladend auf einen Stein neben ihr.

Nuramon folgte der Geste und setzte sich. Der Anblick, der sich ihm bot, überraschte ihn. Er war hier zwar am Rand der Oase, doch nicht das Meer aus Nichts lag vor ihm – wie er es im Stillen erwartet hatte –, sondern die Wüste. Vielleicht musste man dort hinausgehen, immer weiter, um an den Rand dieser Gefilde zu gelangen. Doch mit einem Mal fiel Nuramon auf, dass etwas nicht stimmte. Der Wind wehte ihm in den Nacken, aber zugleich sah er, wie feiner Sand aufgewirbelt wurde und auf ihn zu wehte. Doch er erreichte ihn nicht, sondern verschwand plötzlich, als hätte es ihn nie gegeben. War es möglich, dass die Wüste, die sich vor ihm auftat, nichts als eine Illusion war? Ein Abbild jener Wüste, die auf der anderen Seite der Oase begann und bis zum Steinring führte? Es musste ein mächtiger Zauber sein …

Nuramon stand auf und machte einen Schritt auf die Wüste zu. Auf einmal konnte er die Macht des Zaubers spüren. Eine Barriere gleich einer Wand aus feinstem Glas trennte die Siedlung vom Trugbild dort draußen. Behutsam tastete Nuramon nach der unsichtbaren Wand.

Plötzlich knisterte es unter seinen Fingern. Hastig zog er die Hand zurück. Die Wüste verschwamm vor seinen Augen, und es wurde finster am Horizont. Mit unheimlicher Schnelligkeit fraß sich die Dunkelheit durch das Land. Sie strebte ihm entgegen, verschluckte die Dünen, dann Schritt um Schritt den Sand und die Steine der Ebene. Kurz vor ihm aber ergraute die Finsternis im Schein von Valemas. Die Lichtstrahlen reichten weit hinab. Vor Nuramons Füßen tat sich ein Abgrund auf. Dort unten wallte blaugrauer Nebel, der sich kaum merklich bewegte. Das musste das Meer sein, auf dem die Inseln der Zerbrochenen Welt schwammen. Und die Finsternis darüber war der Himmel dieser trostlosen Welt.

Irgendwo da draußen war Noroelle. Und vielleicht schaute sie wie er nun in die Unendlichkeit. Gewiss hatte sie wie die Zauberer dieser Siedlung alles nach ihren Vorstellungen geformt. Nuramon blieb nur zu hoffen, dass es kein Ort der ewigen Trauer war, an dem sie sich befand. Wenn es eine Möglichkeit gäbe, diesen Nebel zu überwinden, er würde sie nutzen und so weit gehen, wie es nötig war. Vielleicht gab es einen direkten Weg zu Noroelle, einen Weg, der die Barriere der Königin umging.

Nuramon setzte sich wieder auf den Stein neben der Statue. Und während er zusah, wie das Abbild der Wüste zurückkehrte, dachte er über den Einfall nach, der ihm gerade gekommen war. Vielleicht gab es hier eine Art Schiff, das auf dem Nebel fahren konnte wie ein gewöhnliches auf Wasser?

Eine Stimme schreckte ihn aus seinen Gedanken. »Du hast es gesehen?«

Nuramon führte die Hand instinktiv zum Schwert und wandte sich um. Neben der Statue Yulivees stand ein Mann in weiten hellgrünen und weißen Gewändern.

»Ho! Nicht so schnell, Fremder!«, rief er.

Da bemerkte Nuramon, dass der Mann keine Füße hatte, es wehten nur die Gewänder in der Luft. Doch sie bewegten sich viel zu heftig für den leisen Wind, der hier herrschte. Auch das grüne Haar wallte um den Kopf der Gestalt, als würde es Strähne für Strähne von unsichtbaren Händen zerzaust. »Du hast wohl noch nie einen Geist gesehen, oder?«

Nuramon konnte den Blick nicht von der Erscheinung abwenden. »Geister schon, aber keinen wie dich.« Sein Gegenüber wirkte fast wie ein Elf. Sanft stachen die spitzen Ohren durch das Haar, doch schienen sie fleischiger zu sein als Elfenohren. Seine Hände waren auffallend groß und unförmig; gewiss hätte er Nuramons Kopf mit einer Hand umfassen können. Der Kopf des Geistes hingegen war länglich, das Kinn spitz. Auch sein breites Grinsen konnte daran nichts ändern.

»Ich bin Nuramon. Wie ist dein Name?«

»Namen! Pah!«, sprach der Geist und winkte ab. »Das Leben wäre viel leichter ohne Namen. Namen sind nur Verpflichtungen. Da kennt einer deinen Namen, und schon ruft er ihn und sagt dir, du sollst dies tun, du sollst das tun.« Er hob die Augenbrauen, und seine blassgrünen Augen glitzerten. »Ich bin einzigartig hier. Es gibt in Valemas nur einen Dschinn. Und das bin ich. Selbst wenn ich mal hier und mal da bin …«, er deutete neben Nuramon und verschwand mit einem kühlen Luftzug, nur um dort zu erscheinen, wo er hingezeigt hatte, »… selbst dann bin ich immer noch derselbe.« Der Geist beugte sich zu ihm hinab. »Sag, was ist deine Lieblingsfarbe?«

Nuramon zögerte. »Blau«, antwortete er schließlich und dachte dabei an Noroelles Augen.

Der Geist wirbelte im Kreis, und als er Nuramon wieder entgegenlächelte, hatte er blaues Haar, blaue Augen und trug blaue und weiße Gewänder. »Auch in Blau bin ich noch immer derselbe und der Einzige hier. Wozu also einen Namen? Nenn mich einfach *Dschinn*.«

Nuramon konnte es nicht fassen. Vor ihm schwebte ein leibhaftiger Dschinn! Er hatte von ihnen gehört, es hieß, sie seien verschollen, und einige von ihnen würden sich in den wenigen Wüsten Albenmarks verbergen. Manche behaupteten gar, Dschinnen hätten niemals existiert.

»Nun, Dschinn … Vielleicht kannst du mir helfen.«

Der Geist machte ein ernsthaftes Gesicht. »Endlich! Endlich jemand, der meine unendliche Weisheit zu schätzen weiß.«

Nuramon musste lächeln. »Du bist wahrhaft bescheiden.«

Der Dschinn verbeugte sich. »Gewiss. Ich würde nie etwas über mich sagen, das nicht der Wahrheit entspricht.« Er kam nah an Nuramon heran und flüsterte: »Du musst wissen, dass ich einst …« Er schaute sich um. »Einst lebte ich an einem anderen Ort. Es war eine Oase des Wissens in der allgegenwärtigen Wüste der Unwissenheit.«

»Hm. Und welches Wissen wurde dort gehütet?«

Der Dschinn schnitt eine verständnislose Miene. »Selbstverständlich alles: das Wissen, das *war*, das Wissen, das *ist*, und jenes, das kommen wird.«

Dieser fröhliche Geist hielt ihn wohl zum Narren. Selbst Emerelle konnte die Zukunft nur verschwommen sehen. Aber dennoch … Wenn dieser Dschinn nicht nur ein Trugbild seiner überreizten Sinne war und vielleicht gar ein Fünkchen Wahrheit in seinen Worten steckte, dann mochte er ihm bei der Suche nach Noroelle helfen. »Wo ist dieser Ort?«, fragte er den Geist.

»Du musst ihn dir wie eine riesige Bibliothek vorstellen. Und diese steckt in dem Feueropal der Krone des Maharadschas von Berseinischi.«

»Eine Bibliothek? In einem Stein?«

»Gewiss.«

»Das ist kaum zu glauben.«

»Würdest du eher glauben, dass der Feueropal ein Albenstern ist, der sich bewegt?«

Nuramon schwieg. Der Dschinn hatte Recht, ein Albenstern, der nicht an einen Ort gebunden war, erschien ihm noch unglaubwürdiger als ein Stein, in dem Geister alles Wissen sammelten.

Der Dschinn sprach weiter. »Der Feueropal war unser Geschenk an den Maharadscha Galsif. Wir waren ihm zu großem Dank verpflichtet. So vertrauten wir ihm den Feueropal an und wurden seine Berater. Und wir waren gute Berater.« Er verschwand wieder und tauchte links neben Nuramon auf. »Galsif war ein kluger Mann und hütete unser Wissen mit großer Weisheit. Und in dieser Weisheit verschwieg er seinem Sohn unsere Anwesenheit. Denn dieser war ein Tyrann und ein Narr und unseres Wissens nicht würdig. Wir Geister gingen im Opal ein und aus, ohne dass irgendjemand es bemerkte. Einen Ort, der sicherer ist als die Krone eines mächtigen Herrschers, kann es nicht geben.«

Nuramon überlegte. Das klang alles sehr phantastisch. »Könnte ich in jener ›Bibliothek‹ herausfinden, wie man durch diese Welt von Insel zu Insel reist?«

»Das könntest du, wenn die Bibliothek noch da wäre. Aber sie ist schon seit langem verschwunden. Viele Herrschergenerationen nach Galsif unterwarf der Maharadscha Elebal seine Nachbarreiche und stieß dann nach Osten vor. Zuletzt kämpfte er in den Wäldern von Drusna, wo er mitsamt seinem Heer verschwand. Ohne ihn löste sich sein Reich auf, und die Krone, die in Drusna verloren ging, ist bis heute verschollen. Früher konnte ich von jedem Ort in der Menschenwelt aus den Opal spüren und zu ihm gelangen. Doch seit damals nehme ich ihn nicht mehr wahr, wenn ich durch die Welt der Menschen schwebe. Vielleicht sind die Krone und der Feueropal zerstört. Vielleicht sind sie aber auch von Magie umgeben und behütet. Es mag sein, dass sie eines Tages wieder auftauchen, aber bis dahin wirst du auf das Wissen der Bibliothek verzichten müssen. Allerdings kann ich dir deine Frage beantworten, denn mein Wissen ist umfassend. Die Antwort wird dir allerdings nicht gefallen.« Der Dschinn schwebte zum Rand des Oase, und von einem Augenblick zum anderen war die Finsternis wieder da. »Du hast es ja vorhin gesehen. Schau es dir an! Wer außer den Alben könnte auf diesem grauen Nebel wandeln? Es wäre verhängnisvoll, dort hinauszugehen. Das da draußen gehört im Grunde nicht zu dieser Welt. Es ist viel mehr der Hintergrund der Zerbrochenen Welt, das, was bleibt, wenn eine Welt verschwindet. Die einzelnen Inseln liegen unvorstellbar weit voneinander entfernt. Natürlich gibt es hier in der Oase Albenpfade und auch Albensterne. Aber wir können nur den einen Weg nutzen, der in die Menschenwelt führt. Alle anderen reichen in die Finsternis und enden irgendwo zwischen den Inseln. Nimmst du einen dieser Pfade, bist du auf immer verloren. Sich abseits der Albenpfade zu bewegen ist auch keine Lösung. Ich kann fliegen. Ich bin sogar einmal dort draußen gewesen, aber bald zurückgekehrt, ehe ich das Licht von Valemas aus den Augen verlor. Selbst wenn du fliegen könntest, würdest du ohne Essen und Trinken nicht weit kommen. Glaube mir, Nuramon: Sogar ich würde dort draußen zugrunde gehen. Denn jedes Wesen nährt sich von irgendetwas, aber dort gibt es nichts! Es führt kein Weg durch die Leere von Insel zu Insel.«

Damit war Nuramons Idee zunichte. Wenn es nicht einmal einem Geist möglich war, in der Zerbrochenen Welt zu reisen, konnten sie die Barriere der Königin auf diesem Wege nicht umgehen. Sie würden sich ihr in der Menschenwelt stellen müssen.

»Ich sehe, es bekümmert dich. Aber das Leben ist zu lang, um es mit Trauer auszufüllen. Sieh mich an! Ich habe hier ein neues Heim gefunden und lebe vergnügt unter Elfen.«

»Verzeih mir, Dschinn. Aber für mich ist das keine Lösung. Ich muss eine Barriere um einen Albenstern brechen, um zu einem Ort in der Zerbrochenen Welt zu gelangen. Und ich weiß nicht einmal, wo in der Anderen Welt dieser Albenstern liegt.«

»Aber finden wirst du ihn doch, oder?«

»Ich werde auf Elfenweise danach suchen und ihn eines Tages finden. Doch was dann? Wie soll ich die magische Barriere überwinden, die den Albenstern schützen wird?«

»Ich weiß, was dich plagt. Die Königin von Albenmark ist diejenige, welche die Barriere geschaffen hat.«

»Woher weißt du das?«, fragte Nuramon erstaunt.

»Weil man ihrer Macht nicht gleichkommen kann. Deswegen scheint für dich und deine Gefährten alles verloren.« Der Dschinn schwebte um Nuramon herum. »Donnerwetter! Ein Elf, der einen Zauber seiner Königin brechen will. So etwas habe ich noch nie gehört. Es heißt, ihr seid alle so brav und folgsam in Albenmark.«

»Ich bitte dich inständig, niemandem etwas von meinen Plänen zu sagen.«

»Ich werde es so verborgen halten wie meinen eigenen Namen. Und weil ich Albenkinder mit Mut bewundere, werde ich dir helfen. Du sollst wissen, dass es schon mehrfach gelungen ist, eine Barriere um einen Albenstern zu durchbrechen. Auch wenn der Feueropal verschollen ist und ich leider nur bescheidenes Wissen auf dem Gebiet der Bannmagie besitze, kann ich dich an einen weiteren Ort verweisen, an dem seit Jahrtausenden das Wissen der Welten gesammelt wird. Das Tor dorthin liegt in Iskendria. Natürlich ist diese Bibliothek nicht mit derjenigen der Dschinnen zu vergleichen, aber wozu das ganze Wissen dieser Welt in Händen halten, wenn man nur einen Zipfel davon braucht!«

Iskendria! Der Name hatte einen Klang, der Nuramon gefiel. »Wo liegt dieses Iskendria?«, fragte er den Geist.

»Folge dem Albenpfad, der vom Steinkreis aus nach Norden führt. Gehe bis ans Meer.« Der Dschinn wirbelte um sich selbst und zeigte dann zur Seite. »Dann wende dich nach Westen und gehe die Küste entlang. Du kannst Iskendria nicht verfehlen.« Der Geist verschränkte die Arme vor der Brust.

»Ich danke dir, Dschinn.«

»Oh, Dank bedeutet uns sehr viel. Ich war viele Jahre in der Welt der Menschen. Wie viele Wünsche habe ich dort erfüllt, und wie selten hat jemand danke gesagt!«

»Kann ich etwas tun, um dir zu helfen?«

»Du könntest dich mit mir auf diesen Stein setzen und mir erzählen, was dir widerfahren ist. Glaube mir, in dieser Oase sind deine Geheimnisse sicher. Keiner hier wird nach Albenmark laufen und der Königin von dir berichten.«

Nuramon nickte und setzte sich zu dem Dschinn auf den Stein. Dann fing er an zu erzählen. Die Geschichte wurde mit jedem Mal länger, da er sein Herz ausschüttete.

Der Dschinn hörte geduldig zu und machte dabei ein Gesicht, das gar nicht zu seiner fröhlichen Art passen wollte. Als Nuramon geendet hatte, begann der Dschinn zu weinen. »Das war wohl die traurigste Geschichte, die ich je gehört habe, Elf.« Der Dschinn sprang auf, wischte sich übers Gesicht und grinste ihn plötzlich breit an, dass seine Zähne blitzten. »Aber es ist noch nicht vorüber. Du kannst weinen oder aber lachen.« Das Gesicht des Dschinns veränderte sich, die eine Hälfte wurde fröhlich, die andere betrübt. Und es schien, als kämpften die beiden Hälften miteinander. »Du musst dich entscheiden. Du musst dich fragen, ob es Hoffnung gibt oder aber nicht.« Er schlug sich mit der flachen Hand auf die fröhliche Wange, und das Lächeln und die Freudenfalten wuchsen über die andere Gesichtshälfte. »Du solltest zuversichtlich sein, Elf. Geh nach Iskendria! Gewiss wirst du einen Weg finden. Wenn es keine Hoffnung mehr gibt, hast du noch genug Zeit, um zu verzweifeln.«

Nuramon nickte. Selbstverständlich hatte der Dschinn Recht, wenngleich ihm dessen Frohsinn fremd war. Er wusste nicht, ob er dem Geist böse sein sollte, weil dieser seine traurige Geschichte so leichtfertig zur Seite geschoben hatte. Doch ein Lächeln auf dem Gesicht dieser merkwürdigen Gestalt genügte, und er konnte nicht umhin, seinerseits zu lächeln.

Als sich Nuramon erhob, schwebte der Dschinn wieder neben der Statue. »Gehe mit Zuversicht nach Iskendria. Yulivee war oft dort. Und sie war sehr weise. Sie schuf das Tor, durch welches die Elfen des alten Valemas Albenmark verließen. Sie schuf den Steinring dort draußen, und ihr verdanken die Elfen hier die Zauber des Lichtes, die Barriere dort und das Bild der Wüste, welches dahinterliegt. Yulivee hat immer gesagt, das Reisen sei der beste Lehrmeister. Und sie war eine gute Schülerin. Was sie dort draußen in der Welt der Menschen und auch in der Zerbrochenen Welt lernte, das mag dir auch einst offen stehen.« Mit diesen Worten löste sich der Dschinn auf. Aus dem Wind erklangen die Worte: »Leb wohl, Nuramon!«

Nuramon trat vor die Statue der Yulivee und schaute ihr in die schimmernden Augen. Er wusste zwar immer noch nicht, ob der Dschinn überhaupt ernst zu nehmen war und dort draußen in der Menschenwelt wirklich eine Stadt namens Iskendria existierte. Doch ein Blick in das Gesicht Yulivees genügte, und er wusste, dass er seinen Gefährten von dieser Stadt erzählen und sie überreden würde, dorthin zu gehen.

DIE ERZÄHLUNGEN DER TEARAGI

Die Gefährten Valeschars

Den großen Wüstenwanderer Valeschar kannten schon unsere Vorfahren. Wir sind ihm nur einige Male begegnet und wissen nicht, wie er in den Tiefen der Wüste überleben kann. Doch es heißt, er und die Wüste seien eins. Eines Tages lernten wir die Gefährten Valeschars kennen. In der Nacht zuvor hatten wir die Ghule in den Dünen heulen hören, und so fürchteten wir den Tag. Als wir zur Mittagsstunde die unerbittliche Ebene von Felech durchquerten, da erblickten wir einen Reiter in der Ferne. Wir glaubten, die Ghule hätten einen Dämon geschickt, uns zu holen. Doch dann sahen wir den feuerroten Umhang Valeschars.

Wir errichteten unser Lager an Ort und Stelle, auf dass wir den großen Wüstenherrn würdig empfangen konnten. Doch siehe da! Aus dem Schatten Valeschars lösten sich drei Gestalten mit ihren Pferden. Es waren zwei blasse Girat, wie Krieger bewaffnet. Der dritte aber war ein Girat des Feuers. Langes Flammenhaar loderte im Wind, und sein Antlitz war so rot wie Glut. Seine Waffe war eine große Axt, deren Schneide in der Sonne glühte. Die drei Girat ritten auf edlen, unermüdlichen Pferden.

Wir empfingen Valeschar gemäß unseres Brauches. Und wie immer war er ein guter Gast. Er trank und aß mit uns in Frieden und erfreute sich an unseren Geschenken. Valeschar stellte uns seine Gefährten vor. Die beiden blassen Girat hießen Faraschid und Neremesch, der Girat des Feuers aber Mendere.

Faraschid hatte Haar so hell wie die Sonne und Augen aus

Jade. Neremeschs Haar aber war von der Farbe der Windberge, und seine Augen waren so braun wie die Wüste im Süden. Mendere aber war ein Riese mit einem wilden Flammenbart. Seine blauen Augen wirkten wie zwei Oasen in der Wüste. Der Girat des Feuers hatte nicht die Manieren seines Herrn. Er fraß unaufhörlich, und zu unserer größten Verwunderung trank er ständig Wasser. Neremesch bedeutete uns, dass Mendere die Flammen löschen müsse, die in seinem Magen tobten. Da wurde uns klar, dass Mendere nur zu unserem Wohle handelte. Denn er wollte nicht, dass unsere Zelte in Flammen aufgingen.

Nach dem Mahl bat uns Valeschar darum, seine Gefährten ans Meer zu führen. Wir fürchteten uns zwar vor dem Girat des Feuers, doch aus Ehrfurcht gegenüber Valeschar nahmen wir uns der drei an. Die Girat sprachen nicht unsere Sprache, und wir kannten keine, derer sie mächtig waren. So tauschten wir nur wenige Worte. Wir bewunderten, mit welcher Aufopferung Mendere das Wasser für uns trank. Und auch dem Wein sprach er zu, um die Flammen zurückzuhalten. Als er darauf nach Raki verlangte, da fürchteten wir, Mendere werde seine Flammen damit nur anfachen. Doch wer widersetzt sich schon dem Wort eines Freundes Valeschars? So trank der Girat Raki. Zunächst geschah nichts. Doch in der Nacht erhob sich ein solches Gestöhn und Gejammer, dass wir zunächst aus dem Lager flohen und dachten, die Ghule seien gekommen. Als wir uns zurück in unser Lager wagten, entdeckten wir Mendere, der sich am Boden wand und gegen die Flammen ankämpfte, die der Raki in ihm entfacht hatte.

Je näher wir dem Meer kamen, desto feuriger wurde die Haut des Mendere. Nur die Hände Neremeschs vermochten das Feuer aus dem Gesicht und von den Armen Menderes zu verbannen. Seit jenem Tag heißt es bei uns: Gib einem Girat des Feuers niemals Raki zu trinken!

Schließlich erreichten wir das Meer, und die drei Girat verabschiedeten sich mit den wenigen Worten, die sie in unserer Sprache gelernt hatten. Sie gingen Iskendria entgegen und lie-

ßen uns neugierig zurück. Was mochten sie wohl in Iskendria wollen? Gewiss waren sie im Auftrag ihres Herrn unterwegs. Denn die Völker der Wüste wussten schon seit langem, dass die Bewohner Iskendrias so töricht waren, Valeschar seinen Tribut zu verweigern. Nun aber ritt ihnen das Verderben in Gestalt seiner Gefährten entgegen.

AUS: *Die Erzählungen der Wüstenvölker,*
ZUSAMMENGESTELLT VON GOLISCH REESA.
BD.3: DIE TEARAGI, S.143F.

IN ISKENDRIA

Der Weg durch die Wüste war Farodin eine Qual gewesen. Manchmal war es ihm so vorgekommen, als wollten ihn die Dünen verhöhnen. Unzählbar waren die Sandkörner, und sie führten ihm vor Augen, wie unlösbar seine Aufgabe war. Er konnte nur darauf hoffen, dass sein Zauber mit der Zeit stärker wurde. Farodin wollte dem einmal eingeschlagenen Weg treu bleiben. Seine Unerschütterlichkeit hatte ihn nach fast siebenhundert Jahren zu Noroelle geführt, und er würde auch diesmal wieder zu ihr gelangen. Er war entschlossen, genügend Sandkörner aus dem zerbrochenen Stundenglas zu finden, um Emerelles Zauber rückgängig zu machen, selbst wenn es Jahrhunderte dauerte.

Farodin blickte zu den hohen Stadtmauern am Horizont. Iskendria. War es klug, hierher zu kommen? Sie würden wieder durch einen Albenstern gehen müssen. Den Zauber zu wirken war gefährlich. Wenn sie nun einen Sprung durch die Zeit machten? Sie würden es wahrscheinlich nicht einmal bemerken. Aber für Noroelle bedeutete das viele zusätzliche Jahre der Einsamkeit. Wenn sie in dieser Bibliothek tatsächlich eine Möglichkeit fanden, den Bannzauber Emerelles zu brechen und jenen Albenstern zu finden, durch den Noroelle in die Zerbrochene Welt gegangen war, dann würde ihre Suche ein schnelles Ende nehmen. Doch Farodin war skeptisch. War es möglich, dass Emerelle nicht um die Bibliothek wusste? Wohl kaum. Also ging sie davon aus, dass alles Wissen dort keine Hilfe war. Mochte es sein, dass sie damit irrte? Die ganze Reise lang hatte er darüber schon gebrütet. Es war müßig, weitere Gedanken daran zu verschwenden. Eine Antwort gab es nur in der Bibliothek.

Leichter Verwesungsgeruch lag in der Luft. Farodin blickte auf. Sie hatten die Stadt fast erreicht.

Die letzte Straßenmeile vor Iskendria war von Gräbern gesäumt. Eine Geschmacklosigkeit, wie sie sich nur Menschen ausdenken konnten, dachte der Elf. Wer wollte von Mahnmalen für Tote begrüßt werden, wenn er eine Stadt besuchte? Grüfte und protzige Mausoleen standen dicht bei der Straße. Weiter in die Wüste hinein wurden die Gräber schlichter, bis sie nur noch aus einem Stein bestanden, der den Ort markierte, an dem man einen Toten im Sand verscharrt hatte.

In den prächtigen Grabhäusern aus Marmor und Alabaster hatte man jedoch offenbar darauf verzichtet, die Leichen der Erde zu übergeben. Farodin wünschte sich, man hätte ebenso viel Mühe darauf verwendet, dicht schließende Sarkophage anzufertigen, wie man aufbrachte, um die Grabhäuser mit Standbildern zu schmücken. Sie zeigten meist recht jugendlich wirkende Männer und Frauen. Kein Wunder, dass man in einer Stadt, die einen mit Leichengestank begrüßte, nicht alt wurde! Glaubte man den Standbildern, dann gab es unter den Reichen der Stadt nur zwei Sorten von Leuten: jene, die gedankenschwer dreinblickten und aussahen, als nähmen sie sich fürchterlich ernst, sowie die anderen, die offenbar aus dem Leben ein Fest machten. Ihre Bildnisse zeigten sie lässig hingestreckt auf Sarkophagen, von denen sie den Reisenden mit erhobenen Weinbechern zuprosteten.

Die neueren Gräber und Standbilder waren in schreienden Farben bemalt. Farodin hatte Mühe zu begreifen, wie Menschen sich zu dem Irrglauben versteigen konnten, man sähe gut aus mit schwarz umrandeten Augen und gewandet in ein orangefarbenes Kleid mit purpurnem Überwurf. Bei den älteren Statuen und Grabbauten hatte der Wüstensand längst die Farbe abgeschliffen. So beleidigten sie das Auge des Betrachters weitaus weniger.

Der morbide Eindruck, den Iskendria auf jeden Reisenden machte, wurde ein wenig abgemildert durch die Frauen, die entlang der Straße standen. Sie empfingen die Gäste der Stadt mit einladendem Lächeln und freundlichen Gesten. Anders als die Wüstenbewohner schützten sie sich nicht durch weite Gewänder und Schleier vor der Sonne. Sie zeigten möglichst viel Haut, sah man davon ab, dass auf ihre Gesichter und Arme dicke Schichten von Puder und Schminke aufgetragen waren. Manche hatten gar gänzlich auf Kleidung verzichtet und sich mit verwirrenden Mustern aus Spiralen und Schlangenlinien bemalt.

Mandred, dem diese Art von Willkommensgruß offensichtlich vertraut war, winkte den Frauen zu. Er war bester Stimmung. Breit grinsend verdrehte er den Kopf, um ja keinen Blick auf die Frauen zu versäumen.

Pfeilgerade führte die mit großen Steinplatten gepflasterte Straße auf die Mauern von Iskendria zu. Ein wenig vor ihnen zog eine Karawane. Sie bestand aus jenen hässlichen Tieren, welche die Menschen Kamele nannten, und einer kleinen Gruppe von Kaufleuten, die aufgeregt schnatterten. Plötzlich scherte einer von ihnen aus und sprach eine Frau mit unnatürlich rotem Haar an. Sie saß mit weit gespreizten Beinen auf dem Grabsockel eines marmornen Zechers. Nach kurzem Feilschen drückte er ihr etwas in die Hand, und die beiden verschwanden hinter einem halb verfallenen Mausoleum.

»Ich frage mich, was hier ein Ritt so kostet?«, murmelte Mandred und sah den beiden nach.

»Warum willst du reiten? Haben dir die letzten …« Nuramon stockte. »Du meinst doch nicht … Sind das etwa … Wie nanntest du sie? Huren? Ich dachte, man findet sie in großen Häusern, wie in Aniscans.«

Mandred lachte herzhaft. »Nein, auch in Aniscans gab es reichlich Huren auf den Straßen. Dir fehlt einfach der Blick dafür. Oder es liegt an der Liebe. Noroelle ist schon etwas anderes als diese Huren.« Er grinste. »Obwohl einige von ihnen ausgesprochen hübsch sind. Aber wenn einen die Liebe wärmt, dann sucht man nicht anderswo nach Sinnenfreuden.«

Es ärgerte Farodin, dass ihr menschlicher Gefährte Noroelle und diese angemalten Weibsbilder in einem Atemzug nannte. Das war … Nein, er fand kein passendes Bild dafür, wie absurd es war, Noroelle und diese Frauen miteinander zu vergleichen. Ihm fielen dutzende Metaphern für Noroelles Schönheit ein, Strophen jener Lieder, die er ihr einst gesungen hatte. Keines dieser Bilder wäre den Menschenfrauen angemessen gewesen. Jetzt tat er es auch! Er führte die Liebste und diese Frauen in einem Gedanken! Säuerlich blickte er zu Mandred. So lange gemeinsam mit diesem Barbaren zu reiten war nicht spurlos an ihm vorübergegangen.

Mandred hatte seinen Blick offenbar missverstanden. Er strich sich über den Geldbeutel an seinem Gürtel. »Diese Kameltreiber hätten sich ruhig ein bisschen großzügiger erweisen können. Zwanzig Silberstücke! Wie lange soll das reichen! Wenn ich daran denke, was sie Valiskar alles zugesteckt haben. Die machen das richtig, eure Brüder in der Oase.«

»Das sind keine Brüder«, warf Nuramon ein. »Es sind …«

Mandred winkte ab. »Ja, ich weiß. Sie haben mich wahrhaft beeindruckt. Sie sind wirklich sinnsible Geister!«

»Du meinst sensibel?«, fragte Farodin.

»Elfengequatsche! Du weißt, was ich meine. Das ist doch was … Diese Wickelköpfe mit ihren Kamelen brauchen sie nur zu sehen, und schon sind sie ganz versessen darauf, ihnen Geschenke zu machen. Einfach toll … sennsiebel! Kein Köpfeeinschlagen, keine Drohungen, kein böses Wort. Sie kommen und lassen sich beschenken. Und die Kameltreiber sind noch glücklich dabei. Müssen ganz schön harte Burschen sein, diese Elfen von Valemas.«

Farodin dachte an Giliath. Er hätte gern noch einmal mit ihr gesprochen, um in Erfahrung zu bringen, ob sie ihn wirklich getötet hätte. Sie war nahe dran gewesen. Nach dem Kampf hatte sie sich zurückgezogen. Obwohl sie noch fünf Tage in der Oase geblieben waren, hatte er sie nicht wiedergesehen.

»Hallo, Mädel!« Mandred klatschte einer dunkelhäutigen Frau auf den Schenkel. »Du verstehst mich, auch wenn du meine Sprache nicht kennst.«

Sie antwortete mit einem sinnlichen Lächeln.

»Dich suche ich, sobald wir ein Quartier in der Stadt gefunden haben.«

Sie deutete auf die Geldkatze an seinem Gürtel und blickte vieldeutig in Richtung einer aufgebrochenen Gruft.

»Sie mag mich!«, verkündete Mandred stolz.

»Zumindest den Teil, der an deinem Gürtel hängt.«

Mandred lachte. »Nein, sie wird gewiss auch mögen, was darunter hängt. Bei den Göttern! Wie habe ich es vermisst, ein anschmiegsames Mädel im Arm zu halten.«

Mandreds Worte versetzten Farodin einen Stich. Der Mensch war so erfrischend einfach. Das musste an der kurzen Lebensspanne liegen.

Am Ende der Straße erhob sich ein großes Doppeltor. Es war von zwei mächtigen, halbrunden Türmen flankiert. Allein die Mauern mussten mehr als fünfzehn Schritt hoch sein, die Türme hatten fast die doppelte Höhe. Nie zuvor hatte Farodin eine Stadt der Menschen gesehen, die von so mächtigen Festungswerken umgeben war. Es hieß, Iskendria sei viele Jahrhunderte alt. Zwei große Handelsstraßen und ein mächtiger Strom trafen sich in der Hafenstadt.

Am Tor standen Wachen mit Brustpanzern aus versteiftem Leinen. Sie trugen Bronzehelme, die mit schwarzen Pferdeschweifen geschmückt waren. Reisende, welche die Stadt verließen, gingen durch das linke Tor hinaus. Sie wurden kaum behelligt. Wer aber Iskendria betreten wollte, musste den Wachen einen Wegzoll entrichten.

»Habt ihr das gesehen?«, empörte sich Mandred. »Diese Halsabschneider nehmen ein Silberstück dafür, dass man ihrer Stadt die Ehre eines Besuchs erweist.«

»Ich zahl für dich mit«, sagte Farodin leise. »Aber verhalte dich ruhig! Ich will hier keinen Ärger!« Er behielt Mandred misstrauisch im Blick.

Als der Torposten zu ihnen trat, zählte Farodin dem Mann drei Silberstücke in die Hand. Er war ein pockennarbiger Kerl mit Mundgeruch. Er fragte etwas, das Farodin nicht verstand. Hilflos zuckte der Elf mit den Schultern.

Der Wachmann wirkte unruhig. Er deutete auf Mandred und wiederholte seine Frage. Farodin drückte dem Soldaten noch ein weiteres Silberstück in die Hand. Daraufhin lächelte dieser und winkte sie durch.

»Halsabschneider!«, zischte Mandred noch einmal.

Jenseits des Tores erwartete sie eine belebte Straße. Schnurgerade führte sie in die Stadt hinein. Die Karawane, der sie auf der Küstenstraße nach Iskendria gefolgt waren, verschwand durch einen Torbogen auf einen ummauerten Hof. Farodin sah dort über hundert Kamele stehen. Offenbar war der Hof ein Treffpunkt für Fernhändler. Dorthin konnten sie nicht gehen. Unter den Händlern würden sie nur auffallen, und das galt es um jeden Preis zu vermeiden. So folgten sie weiter der Straße.

Die meisten Häuser hier waren aus braunen Lehmziegeln gebaut. Selten hatten sie mehr als zwei Geschosse. Zur Straße hin waren sie offen und beherbergten im Erdgeschoss Handwerksgeschäfte oder Brat- und Schankstuben.

Vor einer der Schänken saßen Kinder auf der Straße und rupften Rotkehlchen. Die Vögel lebten noch! Ohne sie auszunehmen, wurden sie in siedendes Fett geworfen. Farodin drehte sich fast der Magen um, als er das sah. Ganz gleich, wie groß die Städte waren, die Menschen bauten: Sie blieben Barbaren!

Die drei Gefährten waren die Langsamsten auf der breiten Hauptstraße. Jeder hier schien zu wissen, wohin er wollte, und jeder hatte es eilig. Arbeiter, die schwitzend Karren voller Ziegelsteine vor sich her schoben, Wasserverkäufer, die riesige Amphoren auf den Rücken geschnallt trugen, Botenjungen mit wuchtigen Ledertaschen, Frauen, die Körbe voller Gemüse zu den Märkten brachten. Farodin fühlte sich unter all den Menschen fehl am Platz. Seine Ohren waren unter einem Kopftuch verborgen, so fiel er nicht auf. Doch für ihn änderte es nichts. Selten zuvor hatte er sich so fremd in der Welt der Menschen gefühlt.

Farodin beobachtete eine alte Frau in einem meergrünen Wickelkleid, der zwei Diener mit Warenkörben folgten. Die Alte feilschte mit einem Jungen, der an einer langen Stange mehr als zwanzig Vogelkäfige trug. Schließlich drückte ihm einer der Diener ein paar Kupfermünzen in die Hand. Daraufhin öffnete der Junge einen Käfig und holte eine weiße Taube heraus. Vorsichtig überreichte er sie der alten Frau. Diese warf den Vogel lachend in die Luft. Die Taube drehte eine Runde, offenbar verwirrt über ihre neu gewonnene Freiheit, und flog dann nach Osten in Richtung der Salzseen davon.

Im ersten Augenblick war Farodin beeindruckt von dieser noblen Geste. Doch dann fragte er sich, ob der Junge die Vögel wohl nur gefangen hatte, damit reiche Damen sie zu ihrem Vergnügen wieder freilassen konnten.

Je weiter sie der Straße folgten, desto höher wurden die Häuser, die sie flankierten. Inzwischen waren die meisten Bauwerke aus weiß verputztem Ziegelwerk. Manche der Hauswände waren mit Bildern bemalt, die Schiffe zeigten oder Störche, die durch Schilfdickicht wateten.

Farodin wurde schwindelig von all den Gerüchen, die auf ihn eindrangen. Der Duft von Kräutern und Gewürzen mischte sich mit dem Gestank der Stadt. Überall roch es nach ungewaschenen Menschen, nach Eseln und Kamelen und nach Exkrementen. Unbeschreiblich war auch der Lärm. Lauthals priesen die Händler in den Straßenläden ihre Waren an; die Wasserverkäufer und auch die jungen Mädchen, die in Körben duftendes Fladenbrot und goldbraune Brezen feilboten, leierten einen endlosen Singsang herunter.

Bald wünschte Farodin sich in die Einsamkeit der Wüste zurück. Er hatte stechende Kopfschmerzen. Die Hitze, der Lärm und der Gestank waren mehr, als er ertragen konnte. Und als wäre dies alles noch nicht genug, spürte er, wie der Albenpfad, der sie parallel zur Küstenstraße bis hierher in die Stadt geführt hatte, immer schwächer wurde. Farodin war sich sicher, dass sie den Pfad nicht verlassen hatten. Es schien ihm, als sänke der Pfad mit jedem Schritt tiefer unter das Pflaster der Straße.

Auch Nuramon wirkte beunruhigt. Sie tauschten einen kurzen Blick. »Wir haben schon zwei mindere Albensterne passiert«, flüsterte er aufgeregt. »Die Stadt scheint mir fast wie ein

Spinnenetz, so viele Pfade treffen sich hier. Aber sie liegen unter der Erde. Das ist ungewöhnlich. Ich weiß nicht, ob ich nach ihrer Kraft greifen kann, um ein Tor zu öffnen.«

»Vielleicht gibt es Tunnel«, mutmaßte Farodin. »Irgendwie muss man doch zu den Sternen gelangen können. Jeder große Albenstern ist durch Zauberkraft geschützt, sodass er nicht unter Schnee oder Sand versinken kann.«

»Und wenn man hier auf diesen Zauber verzichtet hat?«, wandte Nuramon ein. »Vielleicht um das Tor besser vor den Menschen zu verbergen? Sieh dir nur das Gedränge an! Welche andere Möglichkeit gibt es hier, als ein Tor tief unter der Erde zu verbergen?«

»Hat dein Dschinn eigentlich gesagt, wann er die Bibliothek aufgesucht hat?«

»Nein.«

»Vielleicht sind seitdem Jahrhunderte vergangen. Vielleicht gibt es gar kein Tor mehr, das von hier aus in die Bibliothek führt.«

Nuramon antwortete nicht. Was hätte er auch sagen sollen? All seine verbliebenen Hoffnungen hatte er in die Bibliothek gesetzt. Nun, da sie einmal hier waren, würden sie so lange suchen, bis sie ein Tor fanden!

Mandred schien von der gedrückten Stimmung der beiden Elfen nichts mitzubekommen. Er wirkte ganz hingerissen von all den fremden Eindrücken und warf jeder auch nur halbwegs ansehnlichen Frau lüsterne Blicke zu. Manchmal beneidete Farodin seinen Gefährten geradezu. Dessen Leben war kurz, und er nahm es überraschend leicht. Nichts schien ihn nachhaltig in eine trübe Stimmung versetzen zu können. Er fand immer etwas, woran er sich begeistern konnte, und sei es, dass er flüchtigen Genüssen in Form eines Besäufnisses oder einer Liebesnacht hinterherjagte. Vielleicht lebte er ja ein besseres Leben?

Sie mochten eine Meile gegangen sein, als die Straße, der sie bisher gefolgt waren, auf eine Säulenallee traf, die ungleich prächtiger war. Unschlüssig, wohin sie gehen sollten, bogen sie schließlich auf die Prachtstraße ab. Hier war das Gewühl der Menschen noch dichter. Rechts und links der Säulenreihen lagen Ladenzeilen. Auch sie öffneten sich mit weiten Türen zur Straße hin und prunkten mit kostbaren Gütern. So gab es Stoffe aus aller Menschen Länder und hübsch bemalte Vasen und Dosen. Goldschmiede fertigten unter den Blicken neugieriger Passanten hauchzartes Geschmeide aus feinen Drähten an.

Jede dritte Säule trug in fünf Schritt Höhe ein Sims, auf der eine überlebensgroße Statue aufgestellt war. Gekleidet in grellbunt bemalte Gewänder, blickten sie würdevoll auf die Passanten zu ihren Füßen. Manche von ihnen waren mit goldenem Schmuck behängt. Farodin fragte sich, ob sie Götter darstellen sollten oder vielleicht doch eher besonders erfolgreiche Kaufherren.

Ein Stück voraus erklang ein herzerweichendes Gewimmer. Bald erreichten sie einen Platz, auf dem Marktstände aus buntem Stoff aufgebaut waren. Jeder der Stände war mit dutzenden Amphoren bestückt.

»Ein Weinmarkt!«, jubelte Mandred. »Das sind alles Weinamphoren.«

Ein magerer Kaufmann mit roter Nase winkte ihm freundlich zu und hielt einen Tonbecher hoch.

»Er lädt mich zum Kosten ein!«

Nuramon deutete auf einen Pfahl, der hoch über den Ständen aufragte. Eine junge Frau war darauf gespießt worden. Man hatte ihr die Kleider vom Leib gerissen. Ihr ganzer Körper war mit blutigen Striemen bedeckt. Sie wimmerte leise. Noch während Farodin hinaufblickte, erzitterte sie, und er sah, wie das Gewicht ihres eigenen Körpers ihr die Spitze des Pfahls ein wenig tiefer ins Fleisch trieb.

»Willst du hier wirklich trinken?«, fragte Nuramon.

Mandred wandte sich angewidert ab. »Warum tun sie das? Was mag die Frau wohl verbrochen haben? So eine schöne Stadt … und dann so etwas. Vielleicht ist sie ja eine Kindsmörderin?«

»Ah! Das würde natürlich rechtfertigen, sie auf so bestialische Weise zu Tode zu quälen. Wie konnte ich das nur übersehen!«, entgegnete Farodin schärfer, als es angemessen gewesen wäre. Was konnte Mandred schon für die Grausamkeit der Herrscher von Iskendria!

Schweigend schoben sie sich weiter durch das Gedränge auf der Prachtstraße, bis die Menge um sie herum plötzlich von Unruhe ergriffen wurde. Ganz in der Nähe ertönten Trommelschlag und der helle Klang von Zimbeln. Die Menschen rings herum wichen bis zu den Säulen zurück. Das Geschrei der Händler und die Gespräche der Passanten verstummten. Die Straße war plötzlich leer. Nur sie drei standen noch dort.

»Heh, Nordmann!« Ein stämmiger blonder Mann trat aus dem Spalier der Menschen. »Weg dort!« Er redete in der Sprache von Fargon. »Die Königin dieses Tages kommt!«

Aus einer breiten Seitenstraße bog eine Prozession auf die Säulenallee. Junge Mädchen in strahlend weißen Kleidern eilten dem Zug voraus und streuten Rosenblätter auf das Pflaster.

Die drei Gefährten beeilten sich, von der Straße fortzukommen. Der blonde Mann drängte sich an ihre Seite. Sein Gesicht war voller Bartstoppeln, über denen himmelblaue Augen strahlten. »Ihr seid fremd, nicht war? Ich wette, ihr seid heute erst in die Stadt gekommen. Ihr braucht einen Führer. Zumindest für die ersten Tage, bis ihr euch hier zurechtfindet und die Gesetze von Iskendria kennen gelernt habt.«

Den Blumenjungfern folgte ein Trupp Soldaten mit bronzenen Brustpanzern und Helmen, auf denen schwarze Federbüsche wippten. Sie trugen große, runde Schilde, auf die das bedrohliche Gesicht eines bärtigen Mannes gemalt war. Ihre Speere hielten sie merkwürdigerweise falsch herum, sodass die Spitzen zum Straßenpflaster zeigten. Schwarze Umhänge mit einer breiten Borte aus Goldstickerei hingen ihnen von den Schultern. Nie zuvor hatte Farodin so prächtig ausgerüstete Krieger in der Welt der Menschen gesehen. In stiller Feierlichkeit schritten sie über die Rosenblätter.

»Die Tempelwachen«, erklärte ihr selbst ernannter Führer.

»Schön anzusehen, aber ein übler Haufen. Kommt denen besser nicht in die Quere. Wer sich mit dem Tempel anlegt, der landet nur allzu leicht auf dem Pferdemarkt.«

»Was ist an eurem Pferdemarkt denn so schlimm?«, fragte Mandred.

»Sie sperren dich in einen Eisenkäfig, ziehen dich an einem Mast hoch und lassen dich verdursten. Und dann hast du noch Glück gehabt. Wenn du Balbar beleidigt hast, den Gott der Stadt, dann werden dir Arme und Beine mit Eisenstangen zerschmettert, und man kettet dich an den Ketzerstein auf dem Marktplatz. Dort bleibst du liegen, bis sich deine Wunden entzünden und du bei lebendigem Leib verrottest. Und Nachts kommen die streunenden Hunde, um von dir zu fressen.«

Farodin wandte sich angewidert der Prozession zu, während Mandred begierig den Geschichten des Fremden lauschte. Die nächste Gruppe, die vorüberzog, bestand aus dunkelhäutigen Männern in roten Röcken, die große Trommeln um die Hüften geschnallt trugen. Sie schlugen einen langsamen Marschtritt und bestimmten so das Tempo, in dem sich der Zug bewegte.

Eine riesige offene Sänfte, getragen von mindestens vierzig Sklaven, passierte die Straße. Auf ihr erhob sich ein großer goldener Thron, den zwei Priester mit kahl geschorenen Köpfen flankierten. Darauf kauerte zusammengesunken ein junges Mädchen. Ihr Gesicht war mit greller Schminke bemalt. Teilnahmslos blickte sie zur Menge hinab.

»Ist sie nicht hübsch?«, fragte der Blonde mit zynischem Unterton. »In einer Stunde schon wird sie Balbar gegenüberstehen.« Er senkte die Stimme zu einem Flüstern. »Sie haben der Kleinen Wein und Opium gegeben. Gerade so viel, dass sie während der Prozession nicht einschläft und bei Sinnen ist, wenn sie Balbar entgegentritt. Ihr solltet das gesehen haben, dann werdet ihr Iskendria besser verstehen.«

Hinter der Sänfte folgte eine Gruppe schwarz gewandeter Frauen. Sie alle trugen Masken, die grässliche Grimassen zeigten. Gesichter, erstarrt in Wehgeschrei, Schmerz und Trauer.

»Und sie wird wirklich einem Gott gegenübertreten, und man kann dabei zusehen?«, fragte Mandred neugierig.

»Worauf du deinen Arsch verwetten kannst, Nordländer. Übrigens, ich heiße Zimon von Malvena. Ich will mich nicht aufdrängen, aber glaubt mir, ihr seid gut beraten, euch einen Führer zu nehmen.«

Nuramon drückte ihm ein Silberstück in die Hand. »Erzähl uns alles von der Stadt, was wir wissen müssen.«

Die Prozession war vorübergezogen. Schon erhob sich allgemeines Gemurmel. »Gehen wir zum Platz des Himmelshauses.« Zimon winkte sie auf die Straße, und sie folgten der Prozession.

»Was führt euch nach Iskendria, werte Herren? Sucht ihr jemanden, der den Dienst eurer Schwerter benötigt? Bei den Karawansereien ist es leicht, Soldherren zu finden. Ich kann euch gern dorthin führen.«

»Nein«, entgegnete Mandred umgänglich. »Wir wollen zur Bibliothek.«

Farodin zuckte innerlich zusammen. In Augenblicken wie diesem hätte er Mandred erschlagen können. Was ging diesen zwielichtigen Kerl an, was sie hier suchten!

»Die Bibliothek?« Zimon musterte Mandred erstaunt. »Du verblüffst mich, Nordländer. Sie liegt nahe beim Hafen. Es heißt, dort sei alles Wissen der ganzen Welt versammelt. Sie ist mehr als dreihundert Jahre alt und verfügt über tausende von Schriftrollen. Es gibt keine Frage, auf die du dort keine Antwort findest.«

Farodin und Nuramon tauschten einen vielsagenden Blick. Eine Bibliothek der Menschen, in der man Antwort auf alle Fragen fand! Das war so wahrscheinlich wie ein Pferd, das Eier legte. Und doch war bemerkenswert, dass es ausgerechnet in Iskendria eine solche Bibliothek gab. War sie vielleicht ein ferner Spiegel dessen, was sich jenseits der Albensterne in der Zerbrochenen Welt hier verbarg?

Sie erreichten einen weiten Platz, in dessen Mitte eine mehr als zehn Schritt hohe Statue stand. Sie zeigte einen Mann mit langem, eckig gestutztem Bart, der auf einem Thron saß. Die Arme der Figur waren seltsam angewinkelt und ruhten auf seinem Schoß. Die Hände waren offen, so als erwartete er, dass man dort Gaben ablegte. Und tatsächlich führte eine hölzerne Rampe hinauf zu diesen Händen. Der Mund der Statue war weit aufgerissen, so als wollte sie schreien. Heller Rauch quoll daraus hervor.

Hinter dem Götterbild erhob sich ein Tempel, dessen himmelhohe Säulen purpurfarben bemalt waren und von goldbeschlagenen Kapitellen gekrönt wurden. Der Tempelgiebel zeigte ein in grellen Farben bemaltes Hochrelief. Dort sah man Balbar durchs Meer waten. Seine riesigen Fäuste zerschmetterten Galeeren.

Auf den Stufen zum Tempel hatte sich die Priesterschaft versammelt. Sie sangen ein Lied von düsterer Feierlichkeit. Obwohl Farodin keines der Worte verstand, lief es ihm kalt den Rücken herunter.

Die Sänfte war am Fuß der Statue abgestellt worden. Die Trommler beschleunigten nun ihren Rhythmus.

Rings herum auf dem Platz standen tausende Menschen. Sie stimmten in den monotonen Gesang der Priesterschaft ein. Farodin sah aus den Augenwinkeln, dass Nuramon ganz blass geworden war. Selbst Mandred war still; jedes Lächeln war aus seinem Gesicht geschwunden.

Die beiden glatzköpfigen Priester, die auf der Sänfte gestanden hatten, führten das junge Mädchen die hölzerne Rampe hinauf. Sie wirkte wie eine Schlafwandlerin.

Zu dritt traten sie zu den offenen Handflächen der Götterstatue. Die Priester zwangen das Mädchen in die Knie. Sie legten ihr Ketten um die Schultern, die sie in eisernen Ösen auf den Handflächen des Gottes einhakten. Der Blütenkranz, der ihr Haar schmücken sollte, fiel herab. Teilnahmslos kauerte sie dort, gefangen in ihrem Rausch und stummer Ergebenheit. Eine Priesterin mit langem, offenem Haar brachte eine goldene Kanne. Sie salbte die Stirn des Mädchens. Dann goss sie den Inhalt der Kanne über ihre Gewänder.

Als sie gemeinsam mit den beiden anderen Priestern von den Handflächen des Götzenbildes zurück auf die Rampe trat, beschleunigte sich noch einmal der Trommelschlag. Schmerzhaft schrill erklangen die Zimbeln. Der monotone Gesang wurde noch lauter.

Plötzlich ruckten die Arme der Statue nach oben. Alles Lärmen verstummte. Die beiden Handflächen der Gottheit schlugen vor das weit aufgerissene Maul, in dem das Mädchen verschwand. Schlagartig verstummten Gesang und Trommelschlag. Man hörte einen gedämpften Schrei. Dann senkten sich die Arme wieder. Festgehalten von den schweren Ketten, hockte das junge Mädchen auf den offenen Handflächen des Gottes. Ihre Haare und das Gewand brannten lichterloh. Schreiend wand sie sich in ihren Fesseln.

Mandred starrte mit weit aufgerissenen Augen auf das brennende Mädchen, während Nuramon sich abwandte und den Platz verlassen wollte. Doch ihr selbst ernannter Führer stellte sich ihm in den Weg. »Tu das nicht«, zischte er.

Schon blickten einige der Gläubigen ärgerlich in ihre Richtung.

»Wenn du gehst, dann beleidigst du Balbar. Ich habe euch doch erzählt, was die Priester mit Frevlern machen. Sieh zu Boden, wenn du den Anblick nicht ertragen kannst, aber mach dich jetzt nicht davon. Bete zu Tjured, Arkassa oder an wen immer du glaubst.«

Die Schreie des Mädchens wurden leiser. Schließlich sackte sie sterbend nach vorne. Wieder stimmten die Priester ihren düsteren Gesang an. Langsam löste sich die Menschenmenge auf.

Farodin war übel. Was für ein Gott war das, dem man mit so unbeschreiblicher Grausamkeit huldigte?

»Jetzt können wir gehen«, sagte Zimon nüchtern. »Niemand ist gezwungen, an den Opferfeierlichkeiten teilzunehmen. Man kann diese Barbarei ganz gut meiden. Ich lebe nun schon zwei Jahre hier und verstehe die zwei Gesichter Iskendrias immer noch nicht. Es ist eine Stadt der Kunst und Kultur.

Ich bin Bildhauer. Nirgendwo anders weiß man meine Arbeiten so zu schätzen wie hier. Die Reichen sind ganz versessen darauf, Standbilder von sich anfertigen zu lassen. Es gibt wunderbare Feste. In der Bibliothek streiten die Gelehrten der ganzen Welt um Fragen der Philosophie. Aber hier auf dem Tempelplatz verbrennt man jeden Tag ein Kind. Man kann einfach nicht glauben, dass das dieselben Leute sind.«

»Jeden Tag?«, fragte Mandred ungläubig. »Warum tun sie das? Das ist doch …« Er hob hilflos die Hände. »Das ist …«

»Vor siebzig Jahren wurde die Stadt von König Dandalus von den Aegilischen Inseln belagert. Seine Flotte brachte ein riesiges Heer vor die Mauern der Stadt. Sie bauten Katapulte und fahrbare Türme. Er hatte sogar Bergleute mitgebracht, die Tunnel unter den Mauern hindurch bauen sollten. Zwei Monde dauerte die Belagerung; da wusste Potheinos, der König der Stadt, dass Iskendria dem Untergang geweiht war. Er versprach Balbar seinen Sohn als Opfer, wenn er die Belagerer aufhielt. Darauf brach eine Seuche unter den Soldaten des Dandalus aus. Er musste die Belagerung ruhen lassen und sich zum Heerlager zurückziehen. Potheinos opferte seinen Sohn. Und er versprach Balbar jeden Tag ein Kind als Gabe, wenn er seinen Feind vernichtete. Zwei Tage später versank die Flotte der Aegilier in einem fürchterlichen Sturm. Unsere Küste ist eine Wüste. Ohne Wasser und Nahrung musste Dandalus die Belagerung aufgeben. Und ohne Schiffe war er gezwungen, am Ufer des Meeres nach Westen zu ziehen. Nur einer von hundert Männern kehrte auf die Aegilischen Inseln zurück. Was dem König widerfuhr, berichtet keine Quelle. Die Priesterschaft Balbars behauptet, ihr Gott selbst habe Dandalus geholt und verschlungen. Seit diesem Tag hat niemand mehr versucht, Iskendria zu erobern. Doch die Stadt blutet dafür, denn Balbar frisst ihre Kinder. Das Königshaus ist verloschen. Heute regieren hier die Priesterschaft Balbars und die Kaufleute. Iskendria ist eine sehr freizügige Stadt, die Heerscharen von Fremden innerhalb ihrer Mauern aufgenommen hat. Doch hütet euch, eines von Iskendrias Gesetzen zu verletzen. Hier kennt man nur eine Art der Strafe: Verstümmelung bis zum Tode.«

Farodin hatte nicht übel Lust, diese Stadt der Kindermörder sofort wieder zu verlassen. Ja, er ertappte sich sogar dabei, wie er daran dachte, die glatzköpfigen Priester in den feurigen Schlund der Statue zu stürzen.

»Wir werden deinen Rat beherzigen«, sagte Nuramon ernst. »Kannst du uns ein gutes Gasthaus nennen?«

Zimon grinste. »Der Schwager eines Freundes hat ein Gasthaus am Hafen. Es gibt sogar einen Stall, in dem ihr die Pferde unterstellen könnt. Ich bringe euch gern dorthin.«

DIE GEHEIME BIBLIOTHEK

»Wasser«, röchelte der Mann in dem Eisenkäfig. Er war der Letzte, der noch lebte. Sieben große Käfige hingen am Ostende des Pferdemarktes. Eine der vielen Todesstrafen in Iskendria bestand darin, Verurteilte in diese Käfige zu sperren und sie dann auf einem öffentlichen Platz verdursten zu lassen.

Mandred tastete nach seinem Wasserschlauch.

»Denk nicht einmal daran!«, zischte Farodin und deutete zu den Tempelwachen, die im Schatten der Kolonnaden standen. Es war zu dunkel, um abschätzen zu können, wie viele es waren.

»Vielleicht hängt er ja völlig zu Recht hier«, fügte Farodin hinzu.

Der Verurteilte hatte einen Arm aus dem Käfig gestreckt und winkte ihnen verzweifelt zu. Mandred war froh über die Dunkelheit, weil er den Mann so nicht genau sehen konnte. Er musste an den Marsch durch die Wüste denken. Daran, wie er beinahe verdurstet war. Kurz entschlossen nahm er den Wasserschlauch ab und warf ihn dem Gefangenen zu.

Vom anderen Ende des Platzes erklang ein Ruf. Mandred verstand kein Wort. In den zwei Wochen in der Stadt hatte er nur das Nötigste gelernt. Worte, die man brauchte, um hier zu überleben: *Wasser, Brot, ja, nein* und *lass uns Liebe machen*.

Zwei Wachen traten unter den Kolonnaden hervor.

Farodin und Nuramon liefen los. Mandred blickte noch einmal kurz zu dem Verurteilten. Gierig trank der Mann in langen Schlucken. Es war eine Sache, einem Straftäter den Kopf abzuschlagen. Aber ihn tagelangen Qualen unter der sengenden Sonne Iskendrias auszusetzen, das war niederträchtig! Niemand hatte so etwas verdient!

Mandred beeilte sich, den beiden Elfen zu folgen. Sie bewegten sich völlig lautlos und waren ein Stück voraus in einer dunklen Gasse verschwunden. Der Jarl fühlte sich gut. Es war richtig gewesen, was er getan hatte!

Hinter ihm rief ein Horn. Ganz in der Nähe antwortete ein zweites Horn. Und dann erklang ein drittes aus der Richtung, in die sie liefen. Mandred fluchte. Die Wachen kreisten sie ein. Jemand hinter ihm bellte einen Befehl.

Bevor Mandred den Elfen in die Gasse folgte, hörte er ganz in der Nähe den Klang genagelter Soldatensandalen.

»Hier entlang!« Farodin trat aus dem Schatten einer Tür und zerrte ihn in einen engen Hausflur. Es stank nach Fisch und feuchter Wäsche. Irgendwo über ihnen stritt lautstark ein Ehepaar. Ein Kind begann zu weinen.

Der Flur machte eine scharfe Biegung nach links und endete auf einem Hof. Nuramon stand dort neben einem Brunnenschacht und winkte ihnen zu. »Hier ist es!«

Mandred schaffte es nicht, in Iskendria die Orientierung zu behalten. Gestern Nacht waren sie nach ergebnisloser Suche aus irgendeinem Brunnen gestiegen. Zwei Wochen tasteten sie sich nun schon Nacht für Nacht durch die Katakomben unter der Stadt und versuchten einen Albenstern zu finden, der einen sicheren Übergang in die Bibliothek erlaubte, von welcher der Dschinn gesprochen hatte.

Mittlerweile hatte Mandred den Verdacht, dass seine beiden Gefährten den Torzauber nicht richtig beherrschten. Sie hatten versucht, ihm das Problem zu erklären. Angeblich musste man genau auf einem Stern stehen, um ein Tor zu öffnen. Aber hier lagen die Sterne unter den Schuttschichten von Jahrhunderten begraben. Da die Albenkinder angeblich immer noch die legendäre Bibliothek benutzten, musste es jedoch irgendwo im Labyrinth aus Tunneln, Grabkammern und Abwasserkanälen einen verborgenen Zugang zu einem Albenstern geben. Und danach suchten sie Nacht um Nacht.

Iskendria war an einem außergewöhnlichen Ort errichtet worden. Hier kreuzten sich nicht nur Land- und Wasserwege, durch das Gebiet der Stadt liefen auch mehr als dreißig Albenpfade; doch sie folgten nicht den verwinkelten Gassen, sondern verliefen durch Wände und Fels.

Nuramon hatte ein Seil mit einem Wurfanker am Brunnenrand befestigt und stieg hinab. Farodin folgte ihm. Die Elfen waren geschickte Kletterer. Mandred hasste es, an Seilen zu hängen, genauso wie er es hasste, wie eine Ratte in der Erde herumzukriechen.

Ein Ruf erklang vom Eingang zum Hof. Krieger! Mandred packte das Seil und ließ sich in den dunklen Schacht hinab. Das raue Hanfseil brannte in seinen Händen. Als seine Füße den Mauerdurchbruch im Schacht ertasteten, erschienen Gesichter am Brunnenrand über ihm.

Wütend blickte Mandred nach oben. Er wollte ihren Verfolgern, den Menschenschlächtern des Tempels, einen Fluch oder eine Beleidigung entgegenschleudern. Einfach so davonzulaufen widerstrebte ihm. Doch sein Wortschatz war zu kümmerlich, da gab es nichts. Außer … Er grinste breit und lehnte sich weit in den Brunnenschacht, damit sie ihn sehen konnten. »Lass uns Liebe machen!«, hallte seine Stimme im Brunnenschacht wider. Er streckte den Wachen die geballte Faust entgegen und lachte gehässig. Einer der Krieger schleuderte seinen Speer in den Brunnen hinab. Hastig wich Mandred aus und zog sich zurück. Die beiden Elfen hatten inzwischen drei Laternen entzündet.

»Was sollte dieser Unsinn?«, fragte Farodin scharf.

»Es war doch nur ein Spruch …«

»Ich meine, was auf dem Pferdemarkt geschehen ist! Plagt dich die Todessehnsucht? Wir hatten eine Absprache! Du tust nichts, wodurch wir auffallen. Erinnerst du dich?«

»Das könnt ihr nicht begreifen …«

»In der Tat«, entgegnete Farodin eisig. »Das kann ich nicht begreifen! Deine Tat war vollkommen sinnlos! Glaubst du, du hättest dem Kerl im Käfig das Leben gerettet? Nein! Seine Qualen werden lediglich einen oder zwei Tage länger dauern. Ich begreife dich einfach nicht!«

Mandred antwortete nicht. Was sollte er dazu auch sagen?

Die beiden konnten das nicht verstehen. Und wie sollten sie auch! Was er getan hatte, war unvernünftig, das war ihm selbst klar. Im Grunde half es niemandem wirklich. Und dennoch würde er es wieder tun.

Zerknirscht folgte er den Elfen. Sie kletterten über Schutthaufen, wateten durch halb überflutete Tunnel und tasteten sich durch säulengetragene, unterirdische Hallen, an deren Wände grässliche Dämonen gemalt waren. Immer wieder stießen sie auf Bilder von Balbar, dem Flammen aus dem Schlund züngelten.

Meistens übernahm Nuramon die Führung; er war angeblich talentierter darin, den verborgenen Albenpfaden zu folgen. Mandred hingegen waren Pfade, die man nicht sehen konnte, unheimlich. Sicher gab es hier unten andere, versteckte Markierungen, die einem den Weg wiesen. Folgte man hingegen den Albenpfaden, dann stand man immer wieder hilflos vor Mauern oder Tunneleinbrüchen. So wie jetzt. Sie waren in eine enge Kammer mit Wänden aus dunkelrotem Sandstein gelangt. Ihnen gegenüber stand ein runder Torstein an der Wand, der an ein Mühlrad erinnerte. In seine Mitte waren zwei Wellenlinien eingemeißelt.

»Hier geht es weiter!«, sagte Nuramon entschieden und deutete auf den Stein. Die beiden Elfen wandten sich um und sahen Mandred an.

Natürlich, wenn es darum ging, ein Problem durch Kraft zu lösen, dann war er gut genug für sie, dachte Mandred ärgerlich. Er stellte seine Laterne ab und ging zum Torstein. Am Boden und unter der Decke war das steinerne Rad in Vertiefungen eingelassen, sodass es nicht umstürzen konnte.

Mandred drückte mit aller Kraft und war überrascht, wie leicht sich der Stein bewegen ließ. Ein intensiver Geruch nach Staub, Gewürzen und Weihrauch schlug ihnen entgegen.

Mandred atmete tief aus. Er kannte diesen Duft. So roch es in den Grabkammern unter der Stadt. Dort, wo irgendeine Magie die Leichen der Toten nicht verfaulen ließ, sondern sie lediglich austrocknete.

Diese Gräber jagten Mandred Angst ein. Wenn Tote nicht verrotteten, so wie es sich gehörte, dann mochten sie vielleicht auch noch andere Dinge tun, die sich für Tote nicht gehörten.

Ohne zu zögern traten die beiden Elfen in die Kammer. Sie hielten ihre Laternen hoch, sodass der Grabraum gut ausgeleuchtet war. Er maß etwa drei mal fünf Schritt. In die Wände waren lange Nischen geschlagen, in denen die Toten wie auf steinernen Betten ruhten.

Mandred verkrampfte sich der Magen, als er sich umsah. Die Gesichter der Leichen waren braun und eingefallen, die Lippen weit zurückgezogen, sodass es aussah, als grinsten sie. Mandred blickte zu dem Verschlussstein. Es würde ihn nicht wundern, wenn er plötzlich wie von Geisterhand bewegt vor den Eingang rollte und sich dann, sobald sie hier eingesperrt waren, die Toten erhoben. Verstohlen musterte er die Leichen. Kein Zweifel! Sie grinsten ihn bösartig an. Und wie es aussah, hatten sie allen Grund, übellaunig zu sein. Es war schon jemand in diesem Grab gewesen. Die Gewänder der Toten waren zerfetzt. Einem hatte man gar die Hand abgerissen. Grabräuber!

Die beiden Elfen schien das nicht im Mindesten zu rühren. Sie leuchteten in die Nischen und suchten nach Geheimtüren. Wahrscheinlich waren sie wieder einmal in einer Sackgasse gelandet.

Mandred betete stumm zu Luth. Einer der Toten hatte den Kopf bewegt. Der Jarl hatte es nicht gesehen, aber er war sich ganz sicher, dass der Kerl eben noch zur Tür und nicht in seine Richtung geblickt hatte.

Zur Vorsicht wich er ein wenig zurück. Die Wand gegenüber der Tür schien ihm am sichersten. Dort gab es keine Grabnischen. Die Steine wirkten verwittert. In einen war etwas hineingekratzt, ein Kreis mit zwei Wellenlinien. »Wollen wir nicht wieder gehen?«, fragte Mandred.

»Gleich«, erwiderte Nuramon und beugte sich über den Toten, der Mandred anstarrte. Merkte sein Gefährte denn nichts?

»Vorsicht!« Mandred zog ihn zurück.

Verärgert machte Nuramon sich los. »Tote tun niemandem etwas. Beherrsche deine Angst!« Er sprach mit Mandred wie mit einem Kind, dann beugte er sich wieder in die Grabnische und griff sogar nach dem Leichnam, um ihn ein wenig zur Seite zu ziehen. »Hier ist etwas!«

Mandred hatte das Gefühl, ihm werde sogleich das Herz zerspringen. Was taten die beiden nur! Man machte sich nicht an Toten zu schaffen!

»Hier liegt weniger Staub, und es gibt einen versteckten Hebel ...«

Von der Tür zur Grabkammer erklang ein leises Knirschen. Mandred sprang auf, doch obwohl es nur wenige Schritt waren, kam er zu spät. Der runde Torstein war vor den Eingang zurückgerollt. In blinder Panik ließ er die Laterne fallen; das Glas zerschlug auf dem Steinboden. Der Krieger hatte die Axt gezogen. Er wusste, jeden Moment würden sich die Toten erheben. Langsam, zu den Seiten hin sichernd, zog er sich zurück. Die Elfen taten nichts. In ihrer Überheblichkeit hielten sie ihn wohl für verrückt. Ganz offensichtlich wagten sie sich nicht in die Nähe seiner Axt. Begriffen sie denn nicht, in welcher Gefahr sie schwebten?

Mandred wich weiter zurück. Wenn er erst einmal mit dem Rücken vor der Wand stand, in der es keine Grabnischen gab, dann war er halbwegs sicher vor Überraschungen!

Vorsichtig hob Nuramon eine Hand. »Mandred ...«

Der Jarl ging einen weiteren Schritt zurück. Um ihn herum verschwamm alles, so wie ein Bild im Wasser vergeht, wenn man einen Stein hineinwirft. Das Licht ihrer Laternen war gedämpft. Etwas zerbrach knirschend unter Mandreds Sohlen. Der Raum schien ihm größer geworden zu sein. Warum stieß er nicht endlich mit dem Rücken gegen die Wand? Die beiden Elfen gafften wie Kälber.

Hastig blickte Mandred zu Boden. Dort lagen Knochen. Und Gold! Armreife, Ringe und dünne Schmuckbleche, wie man sie auf Festgewänder nähte. Eben noch hatte es keine Knochen und kein Gold gegeben! Was ging hier vor sich?

Plötzlich erzitterte der Boden. Etwas kam auf ihn zu. Mandred drehte sich um und sah Balbar, den Gott der Stadt. Er war riesig, vier Schritt hoch oder mehr. Der eckig geschnittene Bart, das Gesicht eine Grimasse des Zorns – es konnte keinen Zweifel geben, das war wirklich der Gott der Stadt! Und er war ganz aus Stein.

Mandred hob die Axt. Nichts stimmte mehr rings um ihn. Nun stand er in einem hohen Tunnel, der schwach von Barinsteinen erleuchtet wurde.

Balbars Rechte schnellte vor. Mandred wurde emporgerissen. Hilflos wie ein Kind strampelte er mit Armen und Beinen. Balbars Linke schloss sich um seinen Nacken, mit der Rechten hielt er Mandreds Füße umfasst. Der Stadtgott bog ihn wie eine Weidenrute. Der Jarl schrie! Er hatte das Gefühl, seine Muskeln würden von den Knochen reißen. Mit aller Kraft stemmte er sich gegen den steinernen Griff. Balbar wollte ihm die Wirbelsäule brechen. Ihn einfach durchbrechen, wie einen Ast. Mühelos überwand der steinerne Koloss seinen Widerstand.

»Liuvar!«

Der Gott verharrte mitten in der Bewegung.

Farodin rief noch etwas, das Mandred nicht verstand. Daraufhin setzte der steinerne Gott ihn auf den Boden. Stöhnend kroch er zur nächsten Wand. Rings herum lagen zersplitterte Knochen. Die anderen Eindringlinge hatten weniger Glück gehabt als er.

»Ein Gallabaal. Kaum ein Albenkind hat eine solche Kreatur je zu Gesicht bekommen. Ein steinerner Wächter. Es bedarf großer Magie, um eine solche Kreatur zu erschaffen.«

Mandred rieb sich den schmerzenden Rücken. Er wäre froh, wenn er dieses Ungetüm nie zu Gesicht bekommen hätte. »Bei den Brüsten Naidas, wie hast du ihn nur aufgehalten?«

»Das war keine Kunst. Es genügt, das elfische Wort für Frieden zu sagen. Geht es dir gut?«

So eine dämliche Frage, dachte Mandred. Mit einem tiefen Seufzer stemmte er sich hoch. Er fühlte sich, als wäre eine ganze Pferdeherde über ihn hinweggetrampelt. »Mir geht es blendend.« Skeptisch musterte er den steinernen Riesen. »Und der gibt jetzt Ruhe?«

»Er wird erst wieder erwachen, wenn jemand Fremdes eintritt.«

Mandred spuckte der Statue auf die Füße. »Du dämliches Stück Fels. Du kannst von Glück sagen, dass du mich überrascht hast.« Der Jarl ließ die flache Seite seiner Axt in die offene Hand klatschen. »Zu Pflastersteinen hätte ich dich verarbeitet.«

Mit einem Ruck erwachte der Riese wieder zum Leben.

»Liuvar!«, rief Farodin erneut. »Liuvar.«

Nuramon war eingetreten. »Welch meisterlicher Zauber. Eine vollkommene Illusion! Man muss die Rückwand des Grabes berühren, um es zu merken, so echt sieht sie aus. Es ist ein Zauber, wie ihn die Elfen von Valemas gewirkt haben, um den Übergang ins Nichts zu verschleiern. Man hat wirklich …« Nuramon verharrte und maß den steinernen Riesen mit abschätzenden Blicken. »Ein Gallabaal. Ich habe die steinernen Wächter immer für Märchenfiguren gehalten.« Ohne ihn eines weiteren Blickes zu würdigen, wies er den Gang hinab. »Dort unten muss es einen großen Albenstern geben. Ich fühle seine Macht.«

Ihr Weg führte sie durch einen hohen Tunnel, an dessen Ende mattes Licht glühte. Es war nicht zu übersehen, dass diese Räume nicht von Menschen gebaut waren. Fugenlos fügte sich das Mauerwerk der Wände ineinander. Der einzige Schmuck der Wände war ein Blumenmuster, dessen Farben so hell leuchteten, als hätten die Künstler gerade erst ihre Arbeit vollendet.

Schließlich traten sie in einen weiten, kreisrunden Kuppelsaal. Matt glühende Barinsteine waren in die Wände gefügt und tauchten den Raum in ein gleichmäßiges Licht, das keine Schatten duldete. In den Boden war ein Mosaik eingelassen, das auf weißem Grund einen schwarzen Kreis mit zwei goldenen Schlangenlinien in seiner Mitte zeigte. Mandred lächelte still in sich hinein. Er verzichtete darauf, seinen Triumph hinauszuschreien. Es hatte Zeichen gegeben, die den Weg hierher wiesen! Er hatte sich nicht geirrt. Und er wusste, dass auch die beiden Elfen in diesem Augenblick begriffen, dass er das Wesen des Labyrinths besser verstanden hatte als sie.

»Sechs Pfade kreuzen sich hier«, sagte Nuramon sachlich. »Es ist fast ein großer Albenstern. Ich bin mir sicher, dieser Weg führt in die Bibliothek.« Der Elf trat in die Mitte des Kreises zwischen die Schlangenlinien. Er kniete nieder und berührte mit der flachen Hand den Boden. Konzentriert schloss er die Augen und verharrte.

Mandred kam es vor, als verginge eine Ewigkeit, ehe der Elf wieder aufblickte. Blanker Schweiß stand ihm auf der Stirn. »Es gibt zwei besondere Kraftlinien. Ich weiß nicht, nach welcher ich greifen muss, um das Tor zu öffnen. Ich verstehe es nicht. Dieses Tor ist irgendwie … anders. Die sechste Linie … Es kommt mir so vor, als wäre sie jünger. So als hätte jemand eine neue Kraftlinie gezogen.«

»Dann muss die ältere diejenige sein, mit der du das Tor öffnest«, sagte Farodin ruhig. »Was ist daran so schwierig?«

»Es ist …« Nuramon fuhr sich mit der Zunge über die Lippen. »Da ist etwas, wovon uns die Fauneneiche nichts erzählt hat. Diese neue Linie scheint das alte Gefüge des Albensterns zu beeinflussen. Die Muster sind gestört … oder besser gesagt, sie sind in eine andere Harmonie verrückt.«

Mandred verstand nicht, wovon die beiden sprachen. Sollten sie nur machen!

Nun kauerten sich beide Elfen in den Kreis und hielten die Hände auf den Boden gestreckt. Es schien, als fühlten sie den Puls von etwas Unsichtbarem. Oder hatte vielleicht die Welt einen Puls? Mandred schüttelte den Kopf. So ein unsinniger Gedanke! Wie sollten Erde und Stein einen Pulsschlag haben! Jetzt fing er schon an, wie diese verrückten Elfen zu denken. Vielleicht reichte es ja, mit der Axt ein Loch in den Boden zu schlagen, um in die Zerbrochene Welt hinabzusteigen.

Strahlend wie poliertes Gold öffnete sich ein Tor, das aussah wie eine flache Scheibe aus Licht. Sie stand mitten im Kreis und reichte vom Boden bis fast unter die Kuppeldecke. Mandred tat ein paar Schritte zur Seite. Von dort aus betrachtet, war die Scheibe dünn wie ein Haar.

»Gehen wir«, sagte Farodin. Er klang angespannt. Noch bevor Mandred fragen konnte, was ihm Sorgen machte, war der Elf in dem goldenen Licht verschwunden.

»Stimmt was nicht?«, wandte er sich an Nuramon.

»Es ist diese neue Kraftlinie. Sie unterstützt den Torzauber, aber sie verändert ihn auch, ohne dass wir abschätzen könnten, ob er nur gestärkt wurde oder ob sie ihn manipuliert. Vielleicht solltest du besser hier bleiben. Ehrlich gesagt sind wir uns nicht sicher, ob dieses Tor nun wirklich in die Bibliothek führt.«

Mandred dachte an die Tempelwachen und an die Strafen, die Iskendria gegen Aufsässige verhängte. Da verschwand er doch allemal lieber in einer fremden Welt, aus der es vielleicht kein Zurück mehr gab, als mit zerschlagenen Armen und Beinen auf dem Pferdemarkt angekettet zu werden, damit streunende Hunde ihn fraßen.

»Es ist nicht meine Art, Freunde im Stich zu lassen«, sagte er pathetisch. Das hörte sich besser an, als über die Hunde zu reden.

Nuramon wirkte verlegen. »Manchmal habe ich das Gefühl, wir sind es nicht wert, mit dir zu reiten«, sagte er leise. Dann streckte er Mandred die Hand entgegen, so wie damals in der Eishöhle.

Der Jarl fühlte sich unwohl dabei, mit einem Mann Händchen zu halten. Aber er wusste, Nuramon bedeutete es viel. So schritten sie Seite an Seite durch das Tor.

Mandred spürte einen eisigen Luftzug auf den Wangen. Das Tor öffnete sich über einem Abgrund. Er zuckte zurück und umfasste Nuramons Hand fester. Neben ihnen schwebte Farodin im Nichts.

»Glas«, sagte der Elf ruhig. »Wir stehen auf einer dicken Glasplatte.«

Mandred ließ Nuramon los. Zornig biss er sich auf die Lippen. Natürlich! Er konnte fühlen, dass er auf etwas stand. Aber da war nichts zu sehen. Wie konnte man Glas so kunstvoll fertigen, dass es unsichtbar blieb und das Gewicht eines Menschen und zweier Elfen trug?

Sie standen über einem weiten, kreisrunden Schacht, der sich nach unten hin in mattes Licht verlor. Mandred schätzte, dass es mindestens hundert Schritt in die Tiefe ging. Der Blick in den bodenlosen Abgrund hatte etwas Furchterregendes. Mandred konnte es kaum ertragen, fast hätte er sich wieder an Nuramon geklammert. Wer nur hatte sich so etwas Verrücktes ausgedacht? Über einem Abgrund zu stehen, so als schwebte man!

Das Ganze hier erinnerte Mandred an das Innere eines riesigen, runden Turms. Nur hatte der verrückte Baumeister vergessen, Zwischengeschosse einzuziehen. An der Innenwand des Turms führte eine sanft abfallende Rampe in weiten Spiralen in die Tiefe. Und es schien, als rückten die Wände weiter unten näher zusammen. Mandred schämte sich für seine Angst vor dem Abgrund. Steifbeinig stakste er über die Glasplatte, den Blick fest auf die Wand gerichtet. Bloß nicht in die Tiefe sehen, dachte er die ganze Zeit über und hoffte, dass seine Gefährten ihm nichts anmerkten. Erleichtert seufzte er auf, als er den Aufgang zur Rampe erreichte und der Boden unter seinen Füßen nicht länger durchsichtig war. Er lehnte sich gegen die Wand und blickte zu der Kuppeldecke, die sich über ihren Häuptern spannte. Sie zeigte einen schwarzen Kreis mit zwei goldenen Schlangenlinien. Doch diesmal fühlte Mandred keinen Triumph.

Schweigend ging er mit den beiden Elfen die Rampe hinab. Der Weg war beängstigend schmal. Mandred hielt sich dicht an der Wand. Hier gab es nicht mal ein Geländer! Kannte denn keines der Albenkinder die Angst vor dem Blick in die Tiefe? Den verstörenden Wunsch, sich einfach in den Abgrund fallen zu lassen, so als klänge von unten eine Stimme hinauf, deren Lockungen man kaum widerstehen konnte?

Mandred betrachtete die Bilder, die die Wand zu seiner Linken zierten, um nicht an den Abgrund denken zu müssen. Sie zeigten von gleißendem Licht umgebene Gestalten, die durch Wälder schritten und auf schlanken Schiffen über aufgewühlte Meere fuhren. Wortlos erzählten die Bilder eine Geschichte. Ihr Anblick schenkte Mandreds aufgewühlten Gedanken Frieden. Dann wurde die Harmonie der Bilder gestört. Andere Geschöpfe tauchten auf, Kreaturen, die wie Menschen aussahen, aber Tierköpfe auf ihren Schultern trugen.

Plötzlich blieben die beiden Elfen wie angewurzelt stehen. Die unbekannten Künstler hatten den Manneber gemalt! Er war von einer Lichtgestalt niedergerungen worden, die ihm einen Fuß auf den Nacken stellte. So natürlich war die Schreckensgestalt getroffen, als hätte der Künstler sie vor sich gesehen. Selbst der Farbton der blauen Augen stimmte. Die Lichtgestalt aber hatte kein Gesicht mehr. Ein Stück Putz war herausgebrochen. Bisher hatte Mandred nirgends eine Beschädigung an dem Wandfries entdecken können. Die Zeit war spurlos an dem Kunstwerk vorübergegangen.

Der Jarl spürte, wie sich die feinen Härchen in seinem Nacken aufrichteten. Hier stimmte etwas nicht! Warum trafen sie hier auf niemanden? Wenn dies hier die Bibliothek war, warum gab es hier dann keine Bücher? Und warum löschte der einzige Schaden an dem gesamten Bilderfries das Gesicht jenes Kriegers aus, der einst den Manneber besiegt hatte? War das wirklich ein Zufall?

Farodin hatte seine Rechte auf den Schwertknauf gelegt. Er blickte den Spiralweg hinab.

»Dort unten gibt es ein Tor«, sagte der Elf leise. »Wir sollten uns möglichst still verhalten.« Er sah Mandred an. »Wer weiß, was uns hier erwartet.«

»Sind wir denn in der Bibliothek, die ihr gesucht habt?«

Farodin zuckte mit den Schultern und ging voran. »Jedenfalls sind wir nicht mehr in deiner Welt, Menschensohn.«

So leise er konnte, folgte Mandred den beiden Elfenkriegern. Es dauerte eine ganze Weile, bis sie das Tor erreichten.

Auf den Wandbildern waren nun blutige Kämpfe zwischen den Lichtgestalten und den Männern und Frauen mit den Tierköpfen dargestellt. Es gab kein zweites Bild des Mannebers. Was immer mit ihm geschehen war, in den späteren Schlachten hatte er offenbar keine Rolle mehr gespielt.

Das Tor, an dem der Spiralweg endete, war mehr als vier Schritt hoch. Jenseits davon lag ein langer, schmaler Gang, dessen Wände mit poliertem Granit ausgekleidet waren. Die Decke des Ganges musste mehr als zwanzig Schritt hoch sein. Dort waren merkwürdige Sprossen angebracht, ganz so, als sollte man sich an der Decke entlanghangeln. Große Barinsteine leuchteten in regelmäßigen Abständen zwischen den Sprossen. Die Wände aber waren über und über mit Kolonnen kleiner Schriftzeichen bedeckt. Wer mochte so etwas lesen? Mandred legte den Kopf in den Nacken. Und wie konnte man lesen, was weiter oben auf den Wänden stand?

Ein Stück voraus hing ein mit Leder aufgepolsterter Sitz an vier eisernen Ketten herab. Die Art, wie er aufgehängt war, erinnerte Mandred an die Kinderwiege, die er vor so langer Zeit gezimmert hatte. Sie hatte an vier starken Seilen vom mittleren Deckenbalken des Langhauses gehangen. Der Jarl spürte einen Kloß im Hals aufsteigen. Das war vergangen! Es war töricht, darüber nachzudenken.

Sie waren etwa zwanzig Schritt dem Gang gefolgt, als nach links ein weiterer hoher Flur mit beschriebenen Wänden abzweigte. Der Hauptgang verlor sich in der Ferne. In regelmäßigen Abständen hingen weitere Sitze von der Decke.

Die Elfen entschieden, weiterhin geradeaus zu gehen. Mandred war es gleich, welchen Weg sie nahmen, solange er sie nicht wieder über einen Abgrund führte.

Sie hatten drei weitere Seitengänge passiert, als Farodin warnend die Hand hob. Der Elf zog sein Schwert und drückte sich eng gegen die Wand. Ein kleines Stück voraus lag eine weitere Abzweigung. Mandred hob die Axt vor die Brust. Dann hörte er es. Hufschlag! Sofort dachte er an das Bild des Mannebers. Die Bestie ging auf gespaltenen Hufen.

Mandred spürte, wie seine Finger feucht wurden. Jeden Augenblick rechnete er damit, die spöttische Stimme des Devanthars in seinen Gedanken zu hören. Stattdessen erklang das Klirren von Ketten. Der Hufschlag verstummte. Etwas quietschte leise. Dann murmelte jemand vor sich hin und seufzte schließlich tief.

Mandred konnte die Spannung nicht länger ertragen. Mit einem wilden Schlachtruf auf den Lippen stürmte er um die Mauerecke – und prallte gegen einen von der Decke hängenden Kentauren. Dieser schrie vor Schreck auf und keilte wild mit den Hufen aus. Ein Tritt traf Mandred mitten auf die Brust und riss ihn von den Beinen. Inzwischen waren seine Gefährten herbeigeeilt und glotzten fassungslos. Nuramon brach in schallendes Gelächter aus. Selbst Farodin schmunzelte.

Vor ihnen hing ein weißer Kentaur in zwei Tragegurten, an denen Ketten befestigt waren, von der Decke herab. Mit Hilfe einer Kurbel und eines Flaschenzugs konnte er sich an der Wand hinauf und herunter lassen.

»Euer Benehmen zeugt von keiner guten Kinderstube, meine Herren!« Der Kentaur sprach Dailisch. Mandred hatte keine Schwierigkeiten, ihn zu verstehen, auch wenn ihm die Worte seltsam gestelzt vorkamen.

»In den Kreisen, aus denen ich stamme, ist es üblich, sich zu entschuldigen, wenn man in seinem Ungestüm jemandem den Kopf in den …« Der Kentaur hüstelte verlegen. »… in den Allerwertesten rammen wollte. Doch da ihr offenbar die einfachsten Regeln des guten Umgangs nicht kennt, werde ich trotz eures Auftretens den Anfang machen und mich vorstellen. Mein Name ist Chiron von Alkardien, seinerzeit Lehrer des Königs von Tanthalia.«

Die beiden Elfen hatten inzwischen ihre Fassung wiedergewonnen und nannten nun ihrerseits ihre Namen.

Der Kentaur betätigte die quietschende Kurbel des Flaschenzugs und ließ sich herab. Geschickt stieg er aus den beiden breiten Lastgurten. Ein Mannpferd wie ihn hatte Mandred noch nicht gesehen. Ein schmales Stirnband aus roter

Seide hielt Chirons lange weiße Haare zurück. Sein Gesicht war von tiefen Falten durchzogen, ein mächtiger weißer Bart wallte bis auf seine Brust. Seine Haut war ungewöhnlich hell. Am ungewöhnlichsten jedoch waren seine Augen. Sie hatten die Farbe von frisch vergossenem Blut.

»Tut mir Leid«, stieß Mandred schließlich hervor.

Der Kentaur trug einen Köcher über der Schulter, in dem mehrere Schriftrollen steckten. In den Laschen am Ledergurt steckten drei Griffel und ein Tintenfass. Offensichtlich war er unbewaffnet und schien also harmlos zu sein. Andererseits hatte er diese roten Augen, dachte Mandred. Geschöpfen mit roten Augen sollte man niemals leichtfertig sein Vertrauen schenken!

»Mandred Torgridson, Jarl von Firnstayn«, stellte er sich vor.

Der Kentaur legte den Kopf schief und blickte von einem zum anderen. »Ihr seid neu hier, nicht wahr? Und ich schätze, ihr seid nicht mit Hilfe von Sem-la hergekommen.«

Mandred sah zu seinen Gefährten. Offenbar verstanden die beiden ebenso wenig wie er, wovon das Mannpferd sprach.

Chiron stieß einen Seufzer aus, der ein wenig an ein Schnauben erinnerte. »Nun gut. Dann werde ich euch drei erst einmal zu Meister Gengalos bringen. Er ist der Hüter des Wissens, der für diesen Teil der Bibliothek die Verantwortung trägt.« Er wandte sich um. »Wenn ihr mir nun freundlicherweise folgen würdet ...« Er hüstelte. »Könnte einer von den verehrten Elfen diesem Menschen vielleicht erklären, dass es unhöflich ist, einem Kentauren auf das Hinterteil zu starren?«

Was für ein aufgeblasener Wichtigtuer, dachte Mandred. Er wollte dem Kerl gerade eine passende Antwort geben, als ein Blick von Farodin ihn zum Schweigen mahnte. Mandred rappelte sich auf und folgte den anderen mit etwas Abstand. Noch ein Spruch von diesem Kentauren, und er würde ihm den Axtstiel in den Pferdearsch schieben!

Chiron führte sie aus dem Labyrinth der Granitwände in einen weitläufigen Raum. Hier waren Holzregale in engen Reihen aufgestellt, auf denen dicht an dicht tausende runder Tontafeln lagen. Mandred sah sich einige flüchtig an und schüttelte den Kopf. Die Tafeln sahen aus, als wären Hühner darauf spazieren gegangen. Wer konnte denn so etwas lesen? Man bekam ja schon vom flüchtigen Hinschauen Kopfschmerzen!

»Sagt eurem Menschen, er soll sofort die Tafeln zurücklegen!«, blaffte der Kentaur die beiden Elfen an.

Trotzig nahm Mandred eine weitere Tontafel in die Hand.

»Nehmt diesem Idioten die Tafeln ab!«, fluchte Chiron. »Das sind Traumscheiben aus dem versunkenen Tildanas. Sie zeichnen die Erinnerungen derjenigen auf, die sie in die Hand nehmen und betrachten. Jede Erinnerung, die eine der Tafeln aufnimmt, wird für immer aus dem Gedächtnis getilgt. Lasst diesen kindischen Dummkopf eine Weile die Tonscheiben ansehen, und er wird nicht einmal mehr wissen, wie er heißt.«

»Ist die Märchenstunde bald zu Ende? Mit solchen Geschichten kannst du Kinder erschrecken, Rotauge, aber nicht mich.«

Der Schweif des Kentauren zuckte beleidigt. »Wenn der Mensch es besser weiß.« Ohne sich noch einmal nach Mandred umzusehen, ging er weiter.

»Du solltest die Scheiben lieber weglegen«, riet Nuramon. »Was ist, wenn er Recht hat? Stell dir vor, du könntest dich plötzlich nicht mehr an Alfadas oder Freya erinnern.«

»Dieser Gaul macht mir keine Angst«, entgegnete Mandred trotzig. Dann schob er die Tafeln ins Regal zurück. Sie schien jetzt dichter mit krakeligen Schriftzeichen beschrieben zu sein. Mandred schluckte. Hatte der Pferdearsch etwa die Wahrheit gesagt? Er würde sich nichts anmerken lassen! »Warum sollte ich mir diese Dinger länger anschauen, wo ich doch nicht einmal lesen kann?«, erwiderte er in einem Tonfall, der nicht im Entferntesten so locker klang, wie er es sich gewünscht hätte. »Versteh mich nicht falsch, Nuramon. Aber ich glaube dieser rotäugigen Mähre kein Wort.«

»Natürlich«, sagte Nuramon und lächelte verhalten.

Die beiden beeilten sich, um zu Chiron und Farodin aufzuschließen. Der Kentaur erzählte voller Begeisterung von der Bibliothek. Alles Wissen der Albenkinder sei hier gesammelt. »Wir haben sogar zwei Kopisten, die in der Bibliothek am Hafen von Iskendria arbeiten. In der Regel ist das, was die Menschen aufschreiben, zwar nicht das Pergament wert, doch um der Vollständigkeit willen sammeln wir auch diese Schriften. Sie machen allerdings nur einen winzigen Bruchteil unseres Bestandes aus.«

Mandred hasste diesen überheblichen Schnösel. »Habt ihr auch die Siebzehn Gesänge des Luth hier?«, fragte er laut.

»Wenn sie bedeutend sind, wird sich sicherlich jemand die Mühe gemacht haben, sie niederzuschreiben. Meister Gengalos wird das wissen. Ich interessiere mich für vollendete Formen der Epik und nicht für Verse, die von lallenden Barden in stinkenden Hallen vorgetragen werden.«

Chiron hatte sie zu einer zweiten Rampe geführt, die in weiten Spiralen in die Tiefe führte. Mandred stellte sich vor, wie er den eingebildeten Kentauren in den Abgrund stürzte. Ganz gleich, was er redete, wenn es nicht mal die Siebzehn Gesänge des Luth zu lesen gab, dann war das alles hier ein Dreck. Im Fjordland kannte jedes Kind diese Lieder!

Chiron erzählte indessen weiter von der Bibliothek. Angeblich gab es hier über hundert Gäste. Tatsächlich aber hatte Mandred auf dem langen Weg noch niemanden außer dem Kentauren gesehen.

Das Mannpferd führte sie weiter durch Flure und Hallen, und mit der Zeit empfand selbst Mandred die Menge des Wissens, das hier lagern musste, als einschüchternd. Er konnte nicht fassen, womit man so viele Schriftrollen, Bücher, Tonscheiben und beschriebene Wände füllen mochte. Stand am Ende überall dasselbe, nur mit anderen Worten? War es mit diesen Büchern wie mit den Weibern, die sich zum Waschen am Bach trafen und dabei endlos über dieselben Belanglosigkeiten redeten, ohne dass es ihnen jemals langweilig wurde? Wenn wirklich alles, was man in dieser Bibliothek fand, wichtig und wissenswert wäre, dann müsste man als Mensch daran verzweifeln. Selbst zehn Menschenleben würden nicht ausreichen, um sämtliche Aufzeichnungen hier zu lesen. Vielleicht nicht einmal hundert. Also könnten die Menschen die Welt niemals begreifen, weil sie sich in ihrer Vielfältigkeit jeder Erklärbarkeit entzog. Der Gedanke hatte etwas Befreiendes. So gesehen war es egal, ob man ein Buch gelesen hatte oder hundert oder tausend – oder aber gar keins, so wie Mandred. Man würde die Welt ohnehin nicht besser verstehen.

Langsam kamen sie in Bereiche der Bibliothek, in denen man auch Besucher sah: Kobolde, einzelne Elfen, einen Faun. Mandred bemerkte eine seltsame Kreatur, die einen Stierleib hatte und den Oberkörper eines Menschen; außerdem wuchsen ihr noch Flügel aus den Flanken. Dann sah er eine Elfe, die aufgeregt auf ein Einhorn einredete, und darauf einen Gnom, der mit einem Korb voller Bücher auf dem Rücken ein Regal erklomm. Die anderen Besucher nahmen keine Notiz von ihnen, während sie vorübergingen. Zwei Elfen, ein Mensch und ein Kentaur, das schien hier kein Aufsehen erregender Anblick zu sein.

Schließlich brachte Chiron sie in einen Saal mit bunt bemalten Kreuzgewölben, in dem etliche Lesepulte standen. Hier hielt sich nur ein einziger Studierender auf, eine schlanke Gestalt, die eine sandfarbene Kutte trug. Sie hatte die Kapuze tief ins Gesicht gezogen und las in einem Buch mit purpurfarbenen Seiten, die mit goldener Tinte beschrieben waren. Neben dem Pult standen merkwürdigerweise einige Körbchen mit welkem Laub. Ein seltsamer Geruch hing in der Luft, etwas Beklemmendes und zugleich Vertrautes. Es roch nach Staub und Pergament. Selbst den Geruch des Laubes konnte Mandred erkennen. Aber da war noch etwas … mehr eine Ahnung als Wirklichkeit.

Chiron räusperte sich leise. »Meister Gengalos? Bitte verzeiht, wenn ich Euch störe, aber drei Besucher sind durch das Tor über der Albengalerie in die Bibliothek gekommen. Sie hatten sich in den Granitfluren verirrt. Und dieser dort hat versucht, mich mit seiner Axt zu erschlagen.« Der Kentaur bedachte Mandred mit einem abfälligen Blick. »Ich habe mir gedacht, es sei besser, sie zu Euch zu bringen, Meister, bevor sie noch wirklichen Schaden anrichten.«

Die Gestalt in der Kutte hob das Haupt, doch die tief ins Gesicht gezogene Kapuze ließ ihr Antlitz im Schatten. Mandred war einen Moment lang versucht, diesem Meister mit einer flinken Bewegung die Kapuze zurückzustülpen. Er war es gewohnt zu sehen, mit wem er sprach.

»Daran hast du wohlgetan, Chiron, und ich danke dir.« Gengalos' Stimme klang warm und freundlich; sie stand in drastischem Gegensatz zu der Unnahbarkeit, die er ausstrahlte. »Ich werde dir die Last der Sorge um die Neuen nun abnehmen.«

Chiron neigte kurz sein Haupt, dann zog er sich zurück.

»Wir möchten ...«, begann Farodin, doch Gengalos schnitt ihm mit einer knappen Geste das Wort ab.

»›Wir möchten‹ gibt es hier nicht! Wer immer in die Bibliothek kommt, der muss ihr zunächst dienen, bevor er etwas von ihrem Wissen geschenkt bekommt.«

»Entschuldigt.« Nuramon hatte einen diplomatischen Ton angeschlagen. Auch verneigte er sich vor dem Hüter des Wissens. »Wir sind ...«

»Das interessiert mich nicht«, winkte Gengalos ab. »Wer immer hierher kommt, der unterwirft sich den Gesetzen der Bibliothek. Fügt euch oder geht!« Er machte eine kurze Pause, wie um seine harsche Antwort zu unterstreichen. »Wenn ihr bleiben wollt, dann werdet ihr zunächst euren Dienst erweisen.« Er deutete zu den Körben, die neben seinem Lesepult standen. »Dies sind Gedichte von Blütenfeen, niedergeschrieben auf Eichenblätter und Birkenrinde. Da wir auch nach Jahrhunderten noch keinen befriedigenden Weg gefunden haben, die Blätter zu konservieren, müssen die Gedichte abgeschrieben werden. Wobei allerdings zu berücksichtigen ist, dass Schrift und Blattadern eine Harmonie bilden, die nachempfunden sein muss, wenn die tieferen Bedeutungsebenen der Gedichte nicht verloren gehen sollen.«

Mandred dachte an die übermütigen kleinen Feengeschöpfe, die er bei seinen Besuchen in Albenmark gesehen hatte. Er konnte sich nicht vorstellen, was diese Plappermäuler Erhaltenswertes dichten mochten.

Gengalos drehte den Kopf in seine Richtung. »Der Schein trügt, Mandred Torgridson. Kaum jemand vermag wie sie zarte Gefühle in Worte zu fassen.«

Der Jarl schluckte. »Du … du siehst in meinen Kopf?«

»Ich muss wissen, was die Besucher bewegt, die hierher kommen. Wissen ist kostbar, Mandred Torgridson. Man kann es nicht jedem überlassen.«

»Was ist unsere Aufgabe?«, fragte Farodin.

»Du und Nuramon, ihr beide werdet einen Korb nehmen und die Gedichte auf Pergament übertragen. Wenn ich mit eurer Arbeit zufrieden bin, dann werde ich euch bei eurer Suche helfen. In dieser Bibliothek finden sich Antworten auf fast jede denkbare Frage, wenn man an der richtigen Stelle zu suchen weiß.«

»Und was ist mit mir?«, fragte Mandred verlegen. »Womit soll ich mir das Recht verdienen, hier zu sein?«

»Du wirst einem Schreiber dein Leben erzählen. In aller Ausführlichkeit. Ich habe den Eindruck, dass dies eine Geschichte ist, die es verdient, aufgeschrieben zu werden.«

Der Jarl blickte verlegen zu Boden. »Das ist … Mein Leben soll aufgeschrieben werden?« Er hatte ein ungutes Gefühl, fast so, als wollte man ihm etwas entreißen.

»Möchtest du nicht nach einem Zipfel der Unsterblichkeit greifen, Mandred Torgridson? Man wird die Geschichte noch lesen, wenn du längst Staub geworden bist. Du solltest dein Licht nicht unter den Scheffel stellen. Wann hat man je gehört, dass zwei Elfen wie Farodin und Nuramon einen Menschen wie dich zu ihrem Gefährten erwählt haben?«

Mandred nickte zögernd. Noch immer hatte er das Gefühl, etwas Kostbares aufzugeben, wenn er von seinem Leben erzählte. Aber vielleicht war das nur abergläubische Furcht? Er durfte sich seinen Gefährten nicht in den Weg stellen. Sie hatten so vieles auf sich genommen, um hierher zu gelangen. »Ich stimme dem Handel zu.«

»Ausgezeichnet, Menschensohn! Ich danke dir für das Geschenk, das du der Bibliothek machst.« Gengalos' Worte vermittelten Mandred ein wohltuendes Gefühl. So wie Branntwein, der einen in einer Winternacht von innen heraus wärmte. »Ich werde euch nun eure Quartiere zeigen. Die Bibliothek ist so groß wie eine kleine Stadt. Eine Stadt des Wissens, gebaut aus Büchern! Es gibt drei Küchen, die Tag und Nacht offen sind, und zwei große Speisesäle. Wir haben sogar Thermen in einem abgelegenen Seitenflügel.« Er wandte sich wieder an Mandred. »Und wir haben einen sehr gut bestückten Weinkeller. Manche der Hüter des Wissens, zu denen auch ich gehöre, halten nicht viel von Askese. Wie soll der Geist frei sein, wenn wir unseren Körper in Fesseln schlagen? So ist jeder unserer Studierenden bestens versorgt.«

AUF YULIVEES SPUREN

Nuramon konnte noch immer kaum fassen, dass der Dschinn in Valemas tatsächlich die Wahrheit gesprochen hatte. Auch wenn die Sehnsucht nach Noroelle ihn bereitwilllig der Spur hatte folgen lassen, hatte er insgeheim Zweifel an der Glaubwürdigkeit des Geistes gehegt. Nun aber zeigte sich, dass er gut daran getan hatte, seinen Gefährten von Iskendria zu erzählen.

Sie waren seit nunmehr neun Tagen hier. Davon hatten er und Farodin allein fünf Tage damit verbracht, die Gedichte der Blütenfeen abzuschreiben. Seither suchten sie nach Aufzeichnungen über die magischen Barrieren. Es war spannend, im unendlichen Wissen dieser Hallen zu stöbern. Und selbst Mandred wurde es in diesen Hallen nicht langweilig. Er erkundete die Bibliothek und genoss die üppigen Speisen, die ihnen in ihren Quartieren aufgetischt wurden. Und der Weinkeller war rasch zu seinem Lieblingsort geworden. Von dem gesammelten Wissen interessierten ihn nur die aegilischen und angnosischen Sagen. Zu Nuramons Erstaunen ließ Mandred sich die Erzählungen von einem Kentauren auf Dailisch vortragen. Diese Sprache war zwar verglichen mit dem Elfischen leicht zu erlernen, doch Mandred hatte sie sich in nur einem Winter mit Hilfe der beiden Kentauren am Hof der Königin angeeignet – was eine Leistung für einen Menschen war. Der Jarl hatte so sehr Gefallen an den Sagen von Eras dem Pandriden und Nessos dem Telaiden gefunden, dass Nuramon ihn im Scherz *Mandred den Torgriden* nannte und dem Geschlecht der Mandriden eine großartige Zukunft voraussagte.

Farodin hatte sich in eine Studierstube zurückgezogen. Die Hüter des Wissens hatten ihm einen Gehilfen zugewiesen, einen jungen Elfen namens Elelalem, den alle schlicht Ele nannten. Farodin sandte den Ärmsten durch die ganze Bibliothek, um Schriften zusammenzutragen. Da der Jüngling alle Sprachen kannte, die in dieser Bibliothek vonnöten waren, diente er Farodin oftmals als Übersetzer. Sein Gefährte wollte zum einen sein Wissen über den Torzauber erweitern. Außerdem suchte er nach Erzählungen über die Barrieren und wollte mehr über die Sandkörner herausfinden.

Nuramon dachte nach wie vor, dass die Sandkörner nicht die Lösung sein konnten. Gewiss, Farodin hatte ein paar Dutzend zusammengetragen, aber es musste andere Möglichkeiten geben. Statt hier an diesem Ort des Wissens auf ausgetretenen Pfaden zu suchen, hatte Nuramon nach neuen Wegen Ausschau gehalten. Er kam gerade von den Pferden, die er aus dem Stall des Gasthauses geholt und nun bei einer Elfe untergestellt hatte, die unerkannt unter den Menschen lebte. In der Stadt hieß es, sie wäre die Witwe eines wohlhabenden Händlers und eine der reichsten Frauen von Iskendria. Um von den Menschen nicht erkannt zu werden, verbarg sie ihre Ohren und ihr Gesicht unter einem Schleier und offenbarte sie nur den Albenkindern. Ihr Name war Sem-la. Nuramon fragte sich, wie sie auf lange Sicht die Tatsache verbergen wollte, dass sie nicht alterte. Der Schleier mochte ihr ein Menschenleben lang hilfreich sein. Doch was geschah dann? Kam dann eine Nichte aus einer fernen Stadt, um ihren Wohlstand zu erben?

Vom Anwesen Sem-las führte ein breiter Gang unterirdisch zu einem Tor, durch das man in das Wohnviertel der Bibliothek gelangte. Nirgendwo hatte Nuramon von solch einer Nähe zwischen den Albenkindern und den Menschen gehört. Sem-la hatte ihm erzählt, dass ihre Beziehungen in die ganze Welt reichten. Sie trieb sowohl mit den Menschen als auch mit anderen Albenkindern und deren Siedlungen Handel. Als Nuramon davon gehört hatte, war ihm zum ersten Mal klar geworden, dass die Welt der Menschen und auch die Zerbrochene Welt kein Exil waren, in das Albenkinder gingen, um von Emerelle unabhängig zu sein. Hier ließ es sich gut leben, auch wenn die Speisen, die Sem-la lieferte, Menschenspeisen waren und an die in Albenmark nicht heranreichten. Doch wer hierher kam, der war an die Menschenwelt gewöhnt.

Über eine breite Treppe erreichte Nuramon endlich den Ort, an den ihn Gengalos verwiesen hatte. Es war eine schmale Halle, die weit in die Höhe reichte. Zur Linken wie auch zur Rechten ragten Regale auf, in denen dicke Folianten ruhten. Nuramon war darüber ein wenig erstaunt, denn in Albenmark vertraute man das Wissen selten Büchern an. Die Eltern lehrten einen, was man wissen musste, und die Weisen erzählten das Bedeutsame. Und wenn man eine Frage hatte, dann wandte man sich an jemanden, der sie beantworten konnte. Nuramon fragte sich im Stillen, wie viele tausend Tiere wohl für all das Pergament dieser Bände ihre Haut hatten lassen müssen.

Aus einer Nische trat ein alter Gnom hervor. »Bist du schwindelfrei?«, fragte er mit krächzender Stimme.

»Ja, das bin ich«, sagte Nuramon.

»Gut, dann muss ich nicht in die Höhe klettern. Ich bin nicht mehr der Jüngste.« Der Alte hielt sich den Rücken. »Ein Leben in dieser Halle! Das bringt zwar Schmerzen, aber sieh nur, wie prachtvoll dies alles ist!« Er deutete in die Höhe.

An jedem der Regale waren schmale Holzstege angebracht, die als Weg dienten. Hoch oben sah Nuramon eine Gestalt. Sie trug einen weiten Umhang und schien neben dem Regal zu schweben. Zwischen den Regalen öffneten sich einige große Nischen in der Wand; offenbar konnte man sich dorthin zurückziehen, um zu lesen. Geschickt platzierte Barinsteine verliehen der gesamten Halle einen feurigen Schein.

»Was führt dich her?«, fragte der Alte.

»Gengalos schickt mich. Hier soll es ein Buch über die Elfe Yulivee geben.«

»Ah, Meister Gengalos! Er hat dich in den richtigen Saal verwiesen. Wir haben hier nicht nur Aufzeichnungen *über* Yulivee, sondern auch eine Sammlung der Schriften *von* Yulivee. Es waren eigentlich nur einzelne Erzählungen, aber wir haben sie schließlich zu einem Buch gebunden. Vielleicht interessiert dich das ja.«

Nuramon konnte sein Glück kaum fassen. »Gewiss. Wo kann ich es finden?«

»Du gehst hier bis zum dreiundzwanzigsten Regal und kletterst dann bis zum einhundertvierundfünfzigsten Bücherbrett nach oben. Dort wirst du auf Yulivees Erzählungen stoßen.« Der Gnom trat zu den Regalwänden. »Klettere über die Leitern bis dorthin. Auf dem Steg kannst du dich gut bewegen, da gibt es Sitzbretter, die du hervorziehen und auf denen du Platz nehmen kannst.«

Nuramon nickte nur. Das Regalbrett, das er suchte, mochte fünfzig Schritte über ihm liegen. Das war keine Höhe, die ihm Angst bereitete. Er schaute noch einmal zu der Gestalt hinauf, die er dort oben gesehen hatte.

»Das ist Meister Reilif«, erklärte der Gnom.

»Ein Hüter des Wissens?«, fragte Nuramon leise.

»Ja, er kommt oft hierher und lässt es sich nicht nehmen, selbst bis dort hinauf zu klettern. Du musst wissen, dass ich verpflichtet bin, für den Wissbegierigen jedes Buch zu holen, wenn er es wünscht.«

Nuramon lächelte den Gnom an. »Aber wie du schon gesagt hast: Da ich schwindelfrei bin, brauchst du dich nicht zu bemühen.«

»Ich danke dir, Elf. Und ich bin froh, dass *du* zu mir gekommen bist. Es heißt, ein Menschensohn befinde sich in der Bibliothek, er habe die Barriere durchbrochen. Ein grober Kerl, der nur säuft und frisst und Schmutz macht.«

»Er heißt Mandred, und er ist einer meiner Gefährten.«

Der Alte wurde rot.

»Wie ist dein Name?«, fragte Nuramon und legte seinen Waffengurt unter den ängstlichen Blicken des Alten ab. Offenbar fürchtete der Gnom, er werde sein Schwert ziehen.

»Builax«, antwortete der Alte mit zitternder Stimme.

»Du brauchst dir keine Sorgen zu machen. Ich kenne meinen Gefährten sehr gut. Und im Augenblick trifft deine Einschätzung zu. Mein Name ist Nuramon, und ich möchte dir mein Schwert anvertrauen.« Er überreichte Builax die Waffe. Die Furcht verschwand so schnell aus dem Gesicht des Gnoms, wie sie gekommen war. Er legte das Schwert in eine Nische zu seinen Schreibutensilien und weiteren Habseligkeiten, dann führte er Nuramon die Bücherwand entlang. Vor dem dreiundzwanzigsten Regal blieben sie stehen.

»Das gesuchte Buch ist das achte in der Reihe.«

Nuramon machte sich an den Aufstieg über Sprossen und Leitern. Als er das einhundertvierundfünfzigste Regalbrett erreicht hatte, wurde er unruhig. Hier sollte das Buch mit Yulivees Schriften stehen – der Schlüssel zu Noroelle. Vorsichtig betrat er den Steg, der seinen Füßen einen guten Halt bot und breit genug war, um darauf zu gehen. Nuramon ließ die Hände über die Buchrücken des gesuchten Regalbretts gleiten. Das achte Buch zog er hervor. Es war in hellbraunes Leder eingebunden und unterschied sich in seiner Schlichtheit kaum von den Büchern links und rechts. Weder auf dem Buchdeckel noch auf dem Buchrücken waren Schriftzeichen oder Verzierungen zu sehen. Als er den Band aufschlug, stellte er fest, dass auch dort keine Ornamente oder Schmuckseiten zu finden waren. Der Titel war nicht einmal besonders hervorgehoben, sondern füllte vier Zeilen, auf die unmittelbar der Text folgte. Nuramon musste schmunzeln. Dieses Buch galt offensichtlich nicht als wertvoll. Man hatte auf alles verzichtet, was ihm einen besonderen Glanz verliehen hätte. Für Nuramon aber war es von unschätzbarem Wert. Andächtig las er den Titel: *Die Erzählungen der Yulivee, die aus Albenmark auszog, die Welt der Menschen durchwanderte und in der Zerbrochenen Welt die Stadt Valemas neu gründete, von ihr selbst vorgetragen in Anwesenheit der Hüter des Wissens und aufgezeichnet von Fjeel dem Flinken.*

Es war die Erzählung einer Elfe, die aus freien Stücken mit den Ihren aus Albenmark fortgegangen war. Wie Nuramon war auch sie auf der Suche gewesen, und auch sie hatte die Magie der Albensterne enträtseln müssen, ehe sie ihr Ziel erreichte. Nuramon hoffte inständig, mit Yulivees Buch einen Pfad betreten zu haben, der ihm mehr Hoffnung schenken würde als Farodins sandiger Weg.

DIE ERZÄHLUNGEN DER YULIVEE

Die Fragen der Hüter des Wissens

Ihr habt mich gefragt, wo ich meine Magie erlernt habe, und ich werde euch antworten. So vernehmt, dass ich bereits in Albenmark der Magie mächtig war. Ich beherrschte die Zauber des Lichtes, des Lebens und des Scheins. Und all jene waren mir in der neuen Oase Valemas von Nutzen. Wir fanden in der Zerbrochenen Welt ein wüstes Land wie in unserer Heimat. Ich schuf dort ein Himmelstuch, einen See, eine Illusion und vieles mehr.

Als ich Albenmark verließ, führte ich meine Gefährten durch ein festes Tor. Damals wusste ich wenig von den Pfaden und den Sternen der Alben. Die Reise ist der beste Lehrmeister, und ich war eine aufmerksame Schülerin. So fremd die Welt der Menschen auch ist, es leben viele Albenkinder an versteckten Orten – Einsiedler, die altes Wissen hüten. Und wir trafen andere Gemeinschaften, die aus Albenmark ausgezogen waren. Mit ihnen tauschten wir uns aus. Wir lehrten sie, was wir wussten, und sie brachten uns das ihre bei.

Doch nirgends habe ich so viel gelernt wie bei dem Orakel Dareen. Sie ist das einzige Orakel, das Albenmark je verließ, um in die Menschenwelt zu gehen. Sie lebt nicht in der zerbrochenen Welt. Wer in der Welt der Menschen durch ihre Pforte schreitet, der verlässt diese nicht, sondern findet sich an einem fernen Ort wieder. Dort darf er Dareens Weisheiten lauschen. Sie wies mir den Weg und öffnete mir den Geist für mich selbst. Ich sah den Albenstern in der Wüste, der das Tor zum neuen Valemas werden sollte. Ich hatte mein Ziel vor Augen. Und von da an suchte ich die Nähe zu diesem Ziel. Dareen veränderte mein Leben mit einigen wenigen Worten und Bildern. Für mich brach eine Welt auf, von deren Vorhandensein ich nie zuvor etwas geahnt hätte.

Ihr fragt mich, wo sich Dareen verbirgt? Nun, ich kann euch nicht mehr offenbaren, als ich bereits gesagt habe. Denn ein Schwur bindet mich.

AUS: *BAND 23/154/8*, BLATT 424.A DER SCHMALEN HALLE IN DER VERBORGENEN BIBLIOTHEK ZU ISKENDRIA

UNTERSCHIEDLICHE PFADE

Das war es, danach hatte Nuramon gesucht! Mit Vergnügen hatte er die Erzählungen Yulivees gelesen, doch erst bei den Fragen der Hüter des Wissens war er auf etwas gestoßen, das ihm einen direkten Weg wies. Yulivee hatte durch das Orakel Dareen jenen Ort sehen dürfen, den sie gesucht hatte. Genau dies mochte auch ihm und seinen Gefährten geschehen, wenn sie den Weg zu Dareen fänden! Sollte das Orakel sie empfangen, dann stünden sie auf Ihrer Suche nach Noroelle kurz vor dem Ziel!

Nuramon stieß einen kleinen Freudenschrei aus. Da hörte er Schritte und dann ein Knarren auf der Leiter, die an der Nische vorbeiführte, in welche er sich mit dem Buch zurückgezogen hatte.

Es war Meister Reilif, der sich näherte. Der Hüter des Wissens stieg von der Leiter zu Nuramon in die Nische. Sein Gesicht wurde halb von einer Kapuze verdeckt, und aus den Ärmeln seines schwarzen Umhangs ragten nur die Fingerspitzen hervor. Der schmalen Gestalt nach mochte er ein Elf sein. Mit kleinen Schritten trat er näher heran.

»Verzeih mir meinen Ausbruch von Freude, Meister Reilif«, sagte Nuramon. »Ich wollte die Ruhe der Bibliothek nicht stören.«

»Es kann für diese Tat nur eine Strafe geben«, entgegnete der Hüter des Wissens mit einer Stimme, die keinerlei Regung verriet. Er setzte sich Nuramon gegenüber, schob die Kapuze ein wenig zurück und offenbarte so seine grauen Augen, die Nuramon zu durchdringen schienen. »Du musst mir erzählen, was dich so bewegt.«

»Das werde ich gern tun. Und vielleicht kannst du mir helfen.« Bereitwillig erzählte Nuramon dem Hüter des Wissens all das, was er von Yulivee gelesen hatte. Er schloss seinen

Bericht mit den Worten: »Gefreut habe ich mich aber, weil ich gefunden habe, was ich suchte.«

»Und das wäre?«, fragte Reilif geduldig.

»Ich habe erfahren, dass Yulivee das Orakel Dareen aufgesucht hat. Und nun möchte ich dieses Orakel finden. Denn ich habe viele Fragen … Fragen, auf die ich hier wohl keine Antworten erhalte.«

»Dann hast du erkannt, dass diese Hallen das tote Wissen beherbergen, das erst dadurch wiederbelebt wird, indem es jemand in sich aufnimmt. Hier hast du von Dareen erfahren. Nun musst du deinen Weg zu ihr suchen.«

»Yulivee hat nicht gesagt, wo sich das Orakel befindet.«

»Aber ich kann es dir sagen. Ich bin ein Hüter des Wissens. Und ich habe viele Bücher in dieser Halle gelesen. Auch Yulivees.«

Nuramon fragte sich, wieso Reilif ihm so geduldig gelauscht hatte, wenn ihm die Geschichte von Yulivee doch vertraut war.

»Wir waren alle damals neugierig und wollten wissen, wo sich das Orakel verbarg. Doch Yulivee wollte es uns nicht sagen. Sie machte einige Andeutungen, die uns zu der Vermutung führten, dass es in Angnos sein müsse. Doch wir konnten es nicht mit Bestimmtheit sagen. Jene, die wir aussandten, um es zu finden, kehrten unverrichteter Dinge zurück.«

»Angnos!«, sagte Nuramon leise. Er und seine Gefährten waren bereits in jenem Königreich gewesen, die Suche nach Guillaume hatte sie dorthin geführt. Es war ein raues Land und voller Abenteuer. »Ich danke dir, Meister Reilif.«

Der Hüter des Wissens erhob sich. »Du wirst das Orakel finden. Ich bin mir sicher. Merke dir folgende Worte, Yulivee hat sie einst gesprochen: *Du kamst zu uns. Deine Stimme kam. Du zeigtest uns die Sterne. Sie funkelten. Wir konnten sehen.* Das hat sie gesagt, als wir sie fragten, ob sie uns nicht doch noch irgendetwas über Dareen verraten wolle. Enträtsele ihre Worte, wenn du es vermagst.« Mit diesen Worten verließ Reilif die Nische und kletterte zu seinem Regal hinauf. Nuramon fragte sich, wie alt der Hüter des Wissens sein mochte.

Aus seinen Worten konnte Nuramon schließen, dass er Yulivee begegnet war; in den Büchern aber stand, dass die Elfe vor 1832 Jahren in diese Bibliothek gekommen sei.

Nachdenklich strich Nuramon über den ledernen Einband des Buches und stellte es schließlich zurück an seinen Platz. Er warf Reilif einen letzten Blick zu, aber der Meister stand bereits wieder vor seinem Regal und war in ein Buch vertieft. Nuramon stieg die Leiter hinab, dankte dem Gnom und nahm sein Schwert entgegen. Ein letztes Mal betrachtete er die schmale Halle; sie gefiel ihm von all den Räumen in der Bibliothek am besten. Vielleicht würde er eines Tages hierher zurückkehren. Noroelle würde es hier gewiss gefallen.

Nuramon machte sich auf den Weg zu Farodin. Er fand ihn in dessen Studierstube. Der kleine Ele war dabei, etwas auf Dailisch vorzulesen. Mandred saß in der Ecke auf einigen Kissen und lauschte der Erzählung. Es ging um die Aegilischen Inseln und die Elfen, die dort zur See fuhren. Nuramon lehnte sich an die Wand und hörte dem Jungen zu. *»Ein Ende der Belagerung war nicht in Sicht. Es wollte ihnen nicht gelingen, die unsichtbare Mauer zu brechen. Erst als die zwölf Zauberer die Insel auf zwölf Schiffen umstellten, da bekamen die Bewohner Zeolas es mit der Angst zu tun. Denn sie wussten, dass zwölf mächtige Zauberer die Macht ihrer magischen Mauer brechen konnten, selbst wenn die Scherben des Spiegels nicht zusammengetragen wurden. Da erhoben die Zauberer die Hände, sprachen ihre Sprüche, und mit einem mächtigen Donnern zersprang die feindliche Mauer. So musste Zeolas fallen.«* Ele machte eine Pause. »Das ist alles, was hier steht.«

»Vielen Dank, Ele«, sagte Farodin. »Die anderen Aufzeichnungen werden wir später lesen.« Dann wandte er sich an Nuramon. »Wir haben eine Menge gefunden. Es gibt zahlreiche Hinweise darauf, dass wir nicht alle Sandkörner benötigen, um Emerelles Zauber zu brechen.«

»Das Schicksal meint es gut mit uns«, setzte Mandred nach, ohne Anstalten zu machen, sich von seinem offenbar bequemen Platz in der Ecke zu erheben.

Nuramon wartete, bis der Junge das Zimmer verlassen hatte. Dann löste er sich von der Wand und trat Farodin entgegen. »Auch ich habe gute Nachrichten, die uns weiterführen könnten.«

Mandred erhob sich. »Erzähl!«, sagte er.

Nuramon berichtete, worauf er in Yulivees Buch gestoßen war. Während er Meister Reilifs Worte wiederholte, merkte er, dass Farodin ihm nur halbherzig lauschte. Vielmehr tauschte er mit Mandred, der unruhig auf und ab ging, eindeutige Blicke. Selbst das Orakel mochte die beiden nicht begeistern.

Nachdem Nuramon geendet hatte, kehrte Schweigen ein. Schließlich sagte Farodin: »Mandred und ich haben viel herausgefunden. Wir hegen die Hoffnung, dass wir nicht alle Sandkörner benötigen, um Emerelles Zauber zu brechen. Sobald wir genügend Sandkörner zusammengetragen haben, werden sie uns an den Ort führen, an dem Noroelles Tor liegt. Auch habe ich Schriften entdeckt, die mir dabei helfen werden, meinen Suchzauber zu vervollkommnen. Warum sollten wir uns mit Yulivee aufhalten? Sie und Valemas liegen hinter uns. Wir sind schon viel weiter gekommen. Und du sagst uns, wir sollen umkehren und einen anderen Weg versuchen.«

Farodins Einschätzung verwunderte Nuramon nicht wirklich. Als er die gelangweilten Gesichter seiner Gefährten gesehen hatte, war ihm klar gewesen, was kommen mochte. Farodin war ans Befehlen gewöhnt und duldete kaum Widerworte. »Mit anderen Worten, euch gefällt der Weg nicht, den ich uns erschlossen habe.«

»Ich sehe keinen Weg.«

»Bis hierher war mein Pfad euch gut genug.«

»Was heißt hier ›dein Pfad‹? Bisher bin ich keinen Schritt gegangen, von dem ich nicht überzeugt war. Und so wird es auch bleiben.«

»Mein Weg könnte eine Abkürzung sein. Ich sage es dir geradeheraus: Deine Sandkörner sind nicht des Rätsels Lösung. Wir müssen andere Wege beschreiten, um Noroelle zu retten. Hast du die Wüste vergessen? Dies ist eine Welt des Sandes.

Warst du am Meer und hast einmal deinen Kopf ins Wasser gesteckt? Hast du gesehen, woraus der Meeresgrund besteht? Ich gehe lieber auf zehn Reisen, um zu dem Orakel zu gelangen, als ziellos durch die Welt zu streifen, um hier und dort ein Sandkorn aufzunehmen.«

»Ich weiß«, sagte Farodin. »Einen Weg bis zum Ende zu verfolgen war noch nie deine Stärke.«

Nuramon verschlug es die Sprache. Er hatte die Anspielung durchaus verstanden, doch was konnte er für das Schicksal seiner Ahnen? Er hatte nicht darum gebeten, ihre Seele zu tragen. Er wusste nur wenig über sie, doch eins war gewiss: Sie alle waren jung gestorben und hatten das Mondlicht nie gesehen. Nie und nimmer hätte er erwartet, dass Farodin alles daransetzen würde, seine Gefühle zu verletzen, statt ihn durch Argumente zu überzeugen. »Denkst du schon immer so von mir und hast es bisher für dich behalten?«

»Ich halte dich für jemanden, der einen sehr langen Weg ins Mondlicht nimmt.«

»Was hat das Mondlicht denn mit unserer Suche zu tun?«, mischte sich Mandred in den aufkeimenden Streit ein.

Farodin hob beschwichtigend die Hände. »Du hast Recht, Menschensohn. Dies ist jetzt nicht unser Thema. Was aber das Orakel angeht, so bin ich nicht bereit, für ein Vielleicht eine Gewissheit aufzugeben. Hast du dich einmal gefragt, ob dieses Orakel nicht vielleicht längst ins Mondlicht gegangen ist? Wie lange ist es her, dass Yulivee dort war?«

Nuramon schwieg.

»Dein Schweigen sagt alles. Du gestehst ein, dass es auf meine Fragen keine Antworten gibt. Ich sage, bleiben wir auf dem Weg, den wir bereits beschritten haben. So werden wir früher oder später unser Ziel erreichen.«

»Mir ist ein vages Früher lieber als ein gewisses Später! Das Orakel gebietet über Wissen, das uns weiterhelfen wird.«

»Einmal vorausgesetzt, du findest das Orakel und es antwortet dir auf deine Fragen: Was kann es uns bieten, was wir in diesen Hallen nicht finden können?«

»Schau dich um, Farodin! So sehr ich diesen Ort schätze, so klar sehe ich, dass hier das Wissen der Vergangenheit behütet wird, das Wissen derer, die es uns nicht mehr mit ihrer eigenen Stimme vermitteln können. Was wir aber brauchen, ist das Wissen der Gegenwart und das der Zukunft. Wir sollten uns ein Beispiel an Yulivee nehmen.«

Farodin verschränkte die Arme vor der Brust. »Könnte es sein, dass du das Interesse an Noroelle verloren hast und stattdessen lieber auf den Spuren Yulivees wandelst?«

Nuramon ballte die Fäuste. »Wie verblendet bist du eigentlich? Du solltest von allen am besten wissen, wie unsinnig dein Vorwurf ist! Obwohl … Wenn ich es mir recht überlege, dann ist diese Verblendung dein Wesen. Du siehst nur, was du sehen willst. Ist dir eigentlich klar, dass ich unser Werben um Noroelle Jahre früher hätte beenden können?«

»*Hätte* … Das ist ein Wort, das Versager stets im Munde führen«, entgegnete Farodin kühl.

»Meinst du nicht, du hast in deiner Liebe zu Noroelle versagt? Du erwecktest den Anschein des vollkommenen Minnesängers. Nie hast du begriffen, worauf Noroelle wirklich wartete. Sie wollte, dass du in eigenen Worten von deiner Liebe sprichst und nicht mittels Liedern, die für andere geschrieben wurden. Von mir erwartete sie, dass ich sie außer mit Worten auch mit Händen berührte. Was glaubst du, warum ich so lange gebraucht habe?«

Farodins Mundwinkel zuckten.

»Ich habe dich beobachtet, Farodin. Und ich habe mich gefragt, was mit dir nicht stimmt. Was hältst du in deinem Innersten verborgen? Was ist es, das du selbst der Frau, die du zu lieben glaubst, nicht offenbaren magst? Versteckt sich am Ende hinter all den geliehenen Worten ein leeres Herz? Was ist das für eine Liebe, die man nicht beim Namen nennen kann?«

Farodins Hand legte sich auf sein Schwert. »Du stehst an einer Schwelle, die wir beide nicht überschreiten wollen.«

»Farodin, wir haben unsere Schwellen längst überschritten.

Glaubst du wirklich, ich folge einem Mann, der zur Liebe nicht fähig ist?«

Mandred packte Farodin bei den Schultern und zog ihn zurück. Offenbar war der Menschensohn davon überzeugt, dass jeden Moment Blut fließen würde. »Es ist genug, Nuramon!«, sagte er scharf.

»Mir scheint, wir sind am Ende unserer Gemeinsamkeiten angelangt«, sagte Farodin mit versteinerter Miene.

»Dort sind wir längst angelangt. Wir haben uns nur bisher geweigert, es anzuerkennen.« Nuramon wandte sich an den Menschensohn. »Und du, Mandred. Was ist dein Weg?«

Der Jarl zögerte.

Nuramon musste an die Höhle des Luth denken, wo er mit Mandred Freundschaft geschlossen hatte. Ihn hatte damals viel mit dem Menschensohn verbunden.

»Es tut mir Leid, Nuramon. Ich weiß, wie tief ich in deiner Schuld stehe. Und doch … Ich bin nicht gut darin, meine Gedanken und Gefühle in schöne Worte zu fassen. Aber Farodin hat Recht. Ich glaube, es ist besser, der Spur des Sandes zu folgen. Es mag ein langer Weg sein, aber er führt gewiss zum Ziel. Es tut mir wirklich Leid … Ich …« Mandred versagte die Stimme.

Er war also wieder alleine … »Ich brauche euer Mitleid nicht. Ihr seid es, die mir Leid tun. Geht doch euren jämmerlichen Weg und sucht eure Sandkörner! Ich werde meinen eigenen Weg nehmen.«

»Sei kein Narr, Nuramon!«, sagte Mandred und machte eine beschwichtigende Geste. »Wir sind wie ein Boot. Ich bin der Rumpf, Farodin ist das Steuer, und du bist das Segel, das den Wind einfängt.«

»Hast du es nicht begriffen, Menschensohn? Ich brauche niemanden mehr, der über meinen Weg bestimmt. Das Segel hat euch der Sturm genommen. Nun seht, wie weit ihr mit euren Händen paddeln könnt!« Mit diesen Worten verließ Nuramon die Stube.

DAS LOGBUCH DER GALEERE PURPURWIND

34. Tag der Reise: *Wir haben im Schutz der Inseln vor Iskendria auf die Lastkähne der Sem-la gewartet. Die Ruderer hatten Zeit, sich zu erholen. Wie verabredet nahmen wir eine Kiste Wüstenglas, ein Marmorbild und zehn Ballen feines Tuch aus Iskendria an Bord. Doch niemand hatte uns angekündigt, dass wir auch Passagiere mitnehmen sollten: einen Elfen aus Albenmark namens Farodin und einen Menschen, offenbar ein Nordländer, mit dem Namen Mandred. Sem-la übernahm die Kosten für die Passage. Offenbar besitzen die beiden kein Gold, sind aber sonst gut ausgerüstet. Allein die zwei Rösser aus Albenmark sind schon ein Vermögen wert.*

35. Tag der Reise: *Langsame Fahrt Nord-Nordwest. Windstille und brennende Sonne. Die Ruderer ermüden schnell. Der Mensch, den wir an Bord nahmen, ist erstaunlich gebildet. Er weiß viel über die See, und er rudert wie drei Männer, da er viel Kraft in den Armen hat. Für die* Purpurwind *wäre er ein Gewinn, zumal er Dailisch spricht und so für den Handel mit den Kentauren von Gygnox hilfreich sein könnte. Vielleicht sollten wir dieses Mal wagen, in Gygnox anzulegen. Der Menschensohn spricht die ganze Zeit von alten Sagen, die er in Iskendria gehört hat, und vom Fjordland hoch im Norden. Wenn er wüsste, welche Meere wir schon befahren haben!*

36. Tag bis 38. Tag der Reise: *Ruhige See. Mannschaft zufrieden. Neugier gegenüber Menschensohn.*

39. Tag der Reise: *Die Mannschaft ist guter Dinge. Südwind, mildes Wetter. Wir machen gute Fahrt. Die Ruderer können sich schonen, nachdem wir schneller vorwärts gekommen sind als erwartet. Am Nachmittag: Schauspiel vor uns auf See. Wir kreuzten den Kurs eines Menschenschiffes, aegilische Galeere. Da erschien eine gewaltige Seeschlange. Die Menschen taten* *das, was alle Grünschnäbel tun: Sie nahmen Reißaus! Wie erwartet, folgte die Seeschlange ihnen und zerschmetterte ihr Schiff, als wäre es nichts weiter als ein kleines Fischerboot. Wir nahmen die wenigen Überlebenden an Bord.*

Eine Stunde später erschien die Seeschlange erneut. Sie tauchte weniger als zwanzig Schritt steuerbord auf. Die geretteten Menschen gerieten außer sich, viele von ihnen sprangen über Bord. Diese Narren wissen nicht, dass man auf eine Seeschlange zuhalten muss, um sie einzuschüchtern. Die Bestien jagen nur jene, die sich vor ihnen fürchten. So fuhren wir der Schlange entgegen. Mandred war der Einzige unter den Menschen, der keine Furcht zeigte. Er griff eine Harpune und eilte mit ihr zum Bug. Er forderte uns tatsächlich auf, dass wir die Schlange angreifen sollten. Als die Bestie schließlich untertauchte und davonschwamm, war der Menschensohn enttäuscht. Er fluchte ihr hinterher. Wir alle lachten, denn er fluchte auf Dailisch. Er klang fast wie ein Kentaur …

***45. Tag der Reise:** Kommen in seichtere Gewässer, fahren vorsichtig durch die Sandbänke vor der Menschenstadt Jilgas. Hier lassen wir die Überlebenden des Schlangenangriffs an der Küste zurück. Vor Sonnenuntergang ankern wir vor Gygnox. Vielleicht lässt der Menschensohn sich doch überreden …*

***51. Tag der Reise:** Dank Mandred: Gute Geschäfte mit den Kentauren von Gygnox. Was dem Menschensohn fehlt, ist der Pferdekörper eines Kentauren. Er hat mit ihnen getrunken und derbe Lieder gesungen. Danach handelten sie bereitwillig mit uns. Auffällig: Obwohl sich nahe bei Gygnox ein Tor nach Albenmark befindet, wollen Mandred und Farodin es nicht durchschreiten. Sind sie vielleicht Verbannte?*

***53. Tag der Reise:** Abreise. Ruhige See, Ruderer betrunken. Menschensohn an der Trommel! Der Elf aus Albenmark scheint sich unwohl zu fühlen. Wahrscheinlich sind wir ihm ein wenig zu rau für Elfen. Was die Zeit in der Welt der Menschen aus einem Elfen macht! Am Abend: Farodin wundert sich, dass ich Logbuch führe. Wer mit Iskendria im Bunde steht, der lernt die Schrift eben zu schätzen! Der Elf aus Albenmark bittet darum,* *einen Kurswechsel vorzunehmen. Er erzählt von etwas, das er vom Meeresgrund holen will. Da es kein großer Umweg ist und ich zudem neugierig bin, gehe ich darauf ein.*

55. Tag der Reise: *Erreichen gesuchte Stelle nach schwerer Ruderstrecke. Mannschaft müde und unzufrieden. Versteht Kursänderung nicht. Zu Farodin: Das Wasser ist zu tief für ihn. Er hat zwar großen Mut, doch er kann den Grund nicht erreichen. Also biete ich mich an, denn ich besitze einen Zauber des Wassers und der Luft. Doch Farodin sagt, ich könnte das Gesuchte nicht finden. So tauchen wir gemeinsam, und ich gebe ihm von Zeit zu Zeit Luft. Am Meeresgrund etwas Merkwürdiges: Er greift in den Sand und bedeutet mir, mit ihm aufzutauchen. Oben öffnet er die Hand voller Sand. Darin sucht er etwas: ein einzelnes Sandkorn! Zugegeben, es schien etwas Magisches an ihm zu haften …*

57. Tag der Reise: *Sturm, unerwartet! Müssen kämpfen. Am Ende: Keine Verletzten, nur kleine Reparaturen, keine Ladung verloren. Ein guter Sturm …*

67. Tag der Reise: *An der Küste vor der Menschenstadt Tilgis, im Osten von Angnos. Es heißt Abschied nehmen. Der Menschensohn und der Elf aus Albenmark wären eine gute Verstärkung für uns gewesen. Ich habe versucht, sie noch einmal zu überreden, aber vergeblich. Welch ein Verlust! Besonders Farodin hätte ich meinem Fürsten gern vorgestellt. Der einzige Trost war das gute Geschäft, das ich mit Farodin gemacht habe. Er tauschte vier Barinsteine gegen 400 angnosische Denare …*

78. Tag der Reise: *Wir erreichen die Meeresenge von Quilas und fahren durch das Tor. Am Abend: Ankunft in Reilimee. Waren abgeladen. Das Ende der Reise. Achtundsiebzig Tage. Das ist eine gute Zeit.*

NIEDERGESCHRIEBEN VON DER ELFE ARANAE,
KAPITÄNIN DER *PURPURWIND*,
IM JAHRE 1287 NACH DER GRÜNDUNG VON REILIMEE

VERLORENE HEIMAT

Mandred war aufgeregt wie ein Jüngling auf dem Weg zum Mittsommerfest, bei dem er mit der Liebsten tanzen wollte und mehr ... Er gab seiner Stute die Sporen und trieb sie den sanft ansteigenden Hang hinauf. Etwa drei Jahre mussten vergangen sein, seit er zum letzten Mal in Firnstayn gewesen war. Die vielen Reisen hatten sein Zeitgefühl durcheinander gebracht, sodass er nicht genau einschätzen konnte, wie lange es her war, dass er sich von Alfadas verabschiedet hatte. Ob sein Sohn wohl zum Jarl gewählt worden war?

Es war ein goldener Herbst, so wie damals, als Mandred Firnstayn verlassen hatte. Die beste Zeit zum Fliegenfischen.

Schnaubend erreichte die Stute den Hügelkamm. Von hier aus hatte man einen weiten Blick über den Fjord. Bis Firnstayn war es noch über eine Meile. Mandred beschirmte die Augen mit der Hand und blinzelte gegen die tief stehende Sonne. Unter ihm lag eine kleine Stadt. Eine feste, steinerne Mauer mit gedrungenen Türmen umgab die Siedlung. Landestege streckten die Arme weit in den Fjord hinaus. Etwa zwanzig größere Schiffe lagen dort vertäut. Das Ufer säumten Lagerhäuser, und auf dem Hügel, auf dem einst Ereks Langhaus gestanden hatte, erhob sich eine steinerne Halle, die einem Fürsten zur Ehre gereicht hätte. Hatte er in den Bergen womöglich einen falschen Weg eingeschlagen?

Verwirrt blickte Mandred zu der Steilklippe, die vom Steinkreis gekrönt wurde. Dies war das Hartungskliff, und dort unten musste sein Dorf liegen. Es half nichts, sich etwas vorzumachen.

Mandred hatte das Gefühl, als presste eine unsichtbare Hand ihm die Kehle zusammen. Er schluckte hart. Jetzt hatte auch Farodin die Hügelkuppe erreicht. Der Elf zügelte seinen Braunen und sah stumm zum Fjord hinab.

»Wir … wir müssen wohl sehr lange fort gewesen sein«, brachte Mandred stockend hervor. Er schloss die Augen und dachte an die Zeit mit Alfadas, die wenigen Jahre mit seinem Sohn. Als wäre es gestern gewesen, erinnerte er sich daran, wie sie in Ereks Boot auf den Fjord hinausgerudert waren und wie Alfadas ihn übermütig ins Wasser gestoßen hatte. Er dachte an den zwanzig Pfund schweren Salm, den er gefangen hatte und der größer gewesen war als jeder Fisch, den sein Sohn an die Angel bekommen hatte. Sie hatten sich gemeinsam betrunken, hatten am Ufer gesessen, den Salm über dem Feuer gebraten und dazu altbackenes Brot gegessen.

Wie alt mochte Alfadas jetzt wohl sein? Wie lange dauerte es, um aus einem kleinen Dorf eine Stadt werden zu lassen? Zwanzig Jahre? Vierzig Jahre?

Sie waren von Westen her durch die Wildnis der Berge gekommen und hatten seit Wochen keine Menschenseele mehr gesehen. Niemanden, der an einem gemeinsamen Feuer Neuigkeiten und alte Geschichten erzählte. So wäre er vielleicht vorbereitet gewesen … Mandred biss sich auf die Unterlippe und versuchte verzweifelt Herr der Gefühle zu werden, die ihn zu übermannen drohten. Die Elfen hatten ihm von der Gefahr des Reisens durch die Tore erzählt. Nach dem Erlebnis in der Eishöhle hätte er es wissen müssen …

Damals aber waren sie von einem bösen Zauber des Devanthars durch die Zeit getragen worden! Farodin und Nuramon hatten doch gelernt, wie man Tore beherrschte. Wie hatte das nur geschehen können?

Voller Unrast trieb er die Stute den Hügel hinab. Er musste zu Alfadas! Wie würde sein Sohn nun aussehen? Ob er wohl Kinder hatte? Vielleicht sogar schon Enkel?

Ohne von den Wachen aufgehalten zu werden, passierten sie das schwer befestigte Stadttor. Es musste Markttag sein. Die Straßen waren voller Menschen. Überall drängten sich Stände dicht an die Häuser. Ein herrlicher Duft nach Äpfeln lag in der Luft. Mandred war abgesessen und führte seine

Stute am Zügel. Jedem, der ihm entgegenkam, stierte er ins Gesicht und suchte nach bekannten Zügen.

Selbst die Kleider der Leute hatten sich in der Zeit seiner Abwesenheit verändert! Fast alle hier trugen gutes Tuch. Es herrschte Festtagsstimmung. Firnstayn war reich geworden. Doch er fand sich nicht mehr zurecht. Kein Haus, das er gekannt hatte, stand noch.

Schließlich hielt Mandred die Ungewissheit nicht länger aus. Er hielt einen grauhaarigen Mann an. Der Alte trug ein weißes Hemd mit bunten Stickereien auf den Schultern. Ein schwerer Halsreif mit silbernen Pferdeköpfen an den Enden wies ihn als bedeutend aus.

»Wo finde ich Jarl Alfadas?«, fragte Mandred aufgeregt. »Was ist hier geschehen?«

Der Alte runzelte die Stirn. Er kniff ein wenig die blauen Augen zusammen und versuchte ganz offensichtlich abzuschätzen, mit was für einem Schelm er es zu tun hatte. »Jarl Alfadas? Ich kenne keinen Jarl, der diesen Namen trägt.«

»Wer herrscht in dieser Stadt?«

»Du kommst wohl von weit her, Krieger. Hast du nie von König Njauldred Klingenbrecher gehört?«

»König?« Mandred verschluckte sich fast. »In Firnstayn herrscht ein König?«

»Veralber mich nicht!«, schimpfte der Alte ärgerlich und wollte schon gehen, als Mandred ihn am Ärmel festhielt.

»Sieh mich an! Hast du mich schon einmal gesehen?« Mandred schüttelte den Kopf, sodass ihm die dünnen Zöpfe ins Gesicht schlugen. »Ich bin Mandred Torgridson, und ich bin gekommen, um nach meinem Sohn Alfadas zu sehen.«

Rings herum waren Leute stehen geblieben. Einige Männer hatten die Hand am Schwert, offenbar bereit einzugreifen, falls der Fremde den Alten noch mehr bedrängte. Dieser indes war leichenblass geworden. Hätte er ein Gespenst gesehen, er hätte nicht erschrockener wirken können. »Mandred Torgridson«, wiederholte er tonlos.

Der Name wurde von den Umstehenden aufgegriffen. Wie

ein Lauffeuer eilte er durch das Gedränge und war bald in aller Munde.

»Du bist gewiss gekommen, die verwundete Elfe zu holen«, stieß der Alte schließlich hervor. »Sie ist im Langhaus des Königs. Er hat Heiler und Hexen von weither herbeigerufen …«

»Ich bin hier wegen Alfadas, meinem …« Farodin legte ihm besänftigend die Hand auf die Schulter.

»Von welcher Elfe sprecht Ihr?«

»Jäger haben sie am Larnpass gefunden. Sie war mehr tot als lebendig. Man hat sie hierher in die Königsstadt gebracht, weil niemand ihr zu helfen vermochte.« Der Alte kniff die Augen zusammen. Plötzlich streckte er die Hand vor und strich Farodin über die Wange. »Du bist … Ich meine, Ihr seid … Ihr seid auch ein …«

»Wo finden wir die Halle des Königs?«, fragte Farodin höflich, aber bestimmt.

Der Greis ließ es sich nicht nehmen, sie persönlich durch die Stadt zu geleiten. Irgendwo in der Menge rief jemand: »Jarl Mandred ist zurückgekehrt!« Darauf wurde das Gedränge und Geschiebe ringsherum noch größer. Manche gafften ihn und Farodin nur an. Andere versuchten Mandred zu berühren, so als wollten sie sich davon überzeugen, dass er kein Geist war.

Endlich erreichten sie den Hügel, auf dem die Königshalle stand. Eine breite Treppe, flankiert von Löwenstatuen, führte hinauf zum Sitz des Herrschers. Erst als die beiden die Stufen hinaufstiegen, blieb die Menge zurück.

Mandred fühlte sich zerrissen zwischen widerstreitenden Gefühlen. Es ärgerte ihn, dass der Alte ihm nicht gesagt hatte, was mit Alfadas war. Auf der anderen Seite war er aber auch stolz. Er war berühmt! Jeder in der Stadt schien seinen Namen zu kennen. Sicher gab es ein Heldenlied über seinen Kampf mit dem Manneber!

Sie hatten beinahe die Festhalle erreicht, da drehte sich Mandred um und blickte auf den Platz. Jeder dort unten schien zu ihm hinaufzusehen. Jeglicher Handel war zum Erliegen gekommen.

Der Jarl zog die Axt und streckte die Arme gen Himmel. »Ich grüße das Volk von Firnstayn! Hier steht Mandred Torgridson, der zurückgekehrt ist, um seinen Erben zu besuchen!«

Jubelrufe brandeten ihm entgegen. Er genoss das Geschrei und die Begeisterung. Als er sich schließlich abwandte, erwartete ihn eine stämmige Gestalt am Ende der Treppe, ein Krieger mit wildem rotem Bart, in dem breite graue Strähnen nisteten. Ein Gefolge gut bewaffneter junger Männer umgab ihn.

»Du also willst Mandred sein«, sagte der ältere Krieger herausfordernd. »Warum sollte ich dir das glauben?«

Der Jarl legte die Hand auf seine Axt. Er hatte nicht übel Lust, dem Kerl ein wenig Respekt einzubläuen. Dann musste er schmunzeln. Der Dickschädel des Alten ... Das musste in der Familie liegen. Allerdings ...

»Ihr erkennt Mandred Torgridson unschwer daran, dass er in Gesellschaft eines Elfen reist«, mischte sich Farodin ein. Er strich sein langes blondes Haar zurück, sodass man seine spitzen Ohren besser sehen konnte.

Der König runzelte die Stirn. Er wirkte plötzlich ernst, ja, erschrocken, so als hätte er soeben eine schreckliche Nachricht erhalten.

Mandred stand wie versteinert. Wenn dieser alte Mann dort oben sein Enkel war, dann musste Alfadas längst tot sein.

»Bist du Faredred oder Nuredred?«, fragte der König höflich.

»Farodin«, entgegnete der Elf.

Mandred spürte, wie seine Knie zu zittern begannen. Er versteifte sich, versuchte still zu stehen, aber er hatte keine Gewalt mehr über sich. »Alfadas«, sagte er leise. »Alfadas.«

Der König kam die Treppe hinab und schloss Mandred in die Arme. Wieder erklangen laute Jubelrufe vom Platz.

»Fehlt dir etwas?«, fragte Njauldred leise.

Mandred schüttelte den Kopf. »Was ist mit Alfadas?«

Der König schob Mandred einen Arm unter die Achseln und stützte ihn. Für alle anderen musste es wohl wie eine

Geste der Freundschaft aussehen. »Wir reden in meiner Halle, nicht hier.«

Langsam stiegen sie die letzten Stufen hinauf. Die Tore der Königshalle standen weit offen. Ihr Inneres wurde von hellem Fackellicht erleuchtet, das sich in goldbeschlagenen Säulen spiegelte. Erbeutete Banner hingen von der hohen Decke. Am gegenüberliegenden Ende der Halle stand auf einem Postament ein Thronsessel aus dunklem Holz.

Mandred bestaunte die Pracht. Nicht einmal die goldene Halle von Horsa Starkschild war so eindrucksvoll gewesen. Eine der Wände war mit türgroßen Schilden geschmückt und mit Steinäxten, die viel zu schwer wirkten, um für Menschenhände gemacht zu sein.

Hinter einer der Säulen trat eine junge, rothaarige Frau hervor. Sie trug ein langes Kleid aus Hirschleder, das ganz mit Knöchelchen, Federn und steinernen Amuletten besetzt war. »Herr, sie wird den Sonnenuntergang nicht mehr erleben. Wir sind machtlos.«

»Dann schafft eine Trage herbei. Wir werden sie hinauf zum Steinkreis bringen. Mandred und sein Gefährte Faredred sind gekommen, sie zu holen.«

»Sie ist auch dazu zu schwach. Selbst auf einer Trage und in warme Decken gehüllt, wird sie den Weg die Klippe hinauf nicht überstehen. Es ist ein Wunder, dass sie überhaupt so lange überlebt hat.«

»Bring mich zu ihr«, forderte Farodin. »Sofort!«

Der König nickte der Frau im Hirschlederkleid zu. Sie nahm Farodin bei der Hand und brachte ihn fort.

Mandred lehnte sich an eine der Säulen. Der Anblick der Halle hatte ihn einen Augenblick lang seine Schwäche vergessen lassen. »Alfadas?«, fragte er flehend und starrte auf die grauen Strähnen im Bart des Königs.

Njauldred klatschte in die Hände und machte eine weit ausholende Geste, die sein Gefolge umfasste. »Bringt Met und zwei Trinkhörner. Und dann lasst mich und meinen Ahnherren allein!«

Ahnherr! Etwas in Mandred zog sich zusammen.

Die jungen Krieger zogen sich zurück. Eine Magd brachte die Trinkhörner und ließ einen großen Tonkrug mit Met zurück. Es waren schöne Hörner, von breiten, goldenen Bändern eingefasst.

»Wie lange ist Alfadas tot?«, fragte Mandred mit tonloser Stimme.

»Trink!«, entgegnete Njauldred nur. »Trink, und ich werde alle deine Fragen beantworten.«

Mandred setzte das Horn an. Der Met war süß und würzig zugleich. Er war köstlich. Als Mandred sich ein zweites Horn einfüllte, erklärte ihm Njauldred ohne Umschweife, dass er der elfte König des Fjordlandes aus der Sippe des Alfadas sei. Er legte Mandred tröstend eine Hand auf die Schulter und begann zu erzählen: »Schon bald nachdem du Firnstayn verlassen hattest, war Alfadas zum Jarl geworden, und nach wenigen Jahren stieg er zum Fürsten auf. Er wurde der Vertraute des Königs und dessen Heerführer in Kriegszeiten. Einige Jahre gingen ins Land, als kurz nach einem Mittsommerfest ein Elf nach Firnstayn kam und Alfadas um Hilfe bat. Ein Heer von Trollen war in Albenmark eingefallen, und es stand schlecht für die Elfen. Alfadas beriet sich mit dem König und den Fürsten des Fjordlandes und stellte schließlich das größte Heer auf, das der Norden jemals gesehen hat. Sie zogen durch ein Tor, das die Elfen ihnen öffneten, und fochten Seite an Seite mit Kentauren, Kobolden und Elfen. Der Krieg währte viele Jahre, und als man die Trolle zuletzt aus Albenmark vertrieb, begannen diese nun Städte und Dörfer im Fjordland anzugreifen. Sie eroberten Gonthabu und erschlugen den König und seine ganze Familie. Wenig später stellte Alfadas die Plünderer am Göndir-Fjord und brachte ihnen eine schwere Niederlage bei. Noch auf dem Schlachtfeld riefen die anderen Fürsten Alfadas zum neuen König aus. Gemeinsam mit den verbündeten Elfen trieb er die Trolle weit in den Norden zurück. Alfadas machte Firnstayn zur Hauptstadt, weil es an einem Tor nach Albenmark und zugleich so weit im Norden liegt, dass die Grenze zu den Trollen nah ist. Seit diesen Tagen besteht ein Bündnis zwischen den Elfen Albenmarks und den Menschen des Fjordlandes.«

»Und was geschah mit meinem Sohn?«, wollte Mandred wissen.

»Er starb als Held. Alfadas geriet in einen Hinterhalt und wurde von Trollen ermordet, die seinen Leichnam verschleppten. Doch sein Elfenfreund Ollwyn holte den toten Körper des Königs zurück und nahm blutige Rache für dessen Ermordung. Alfadas wurde in Firnstayn beigesetzt. An der Seite seiner Mutter unter der Mandredseiche fand er seine letzte Ruhe.«

Bitternis und Stolz, das waren die widerstreitenden Gefühle, die Mandred bewegten. Wie gern hätte er noch einmal ein paar unbeschwerte Wochen mit Alfadas verbracht, so wie damals, als sie gemeinsam nach Firnstayn gekommen waren! Er hob sein Trinkhorn zur Decke. »Mögest du an der Tafel der Götter auf immer einen Ehrenplatz an Luths Seite haben«, sagte er mit belegter Stimme. Dann vergoss er ein wenig von seinem Met als Opfer an den Gott und leerte sein Horn.

»Er wird gewiss an der Ehrentafel sitzen«, sagte der König. Njauldred war aufgestanden und deutete auf eine der goldbeschlagenen Säulen. In das Gold waren breite Figurenbänder gehämmert, die Krieger auf Pferden zeigten. Njauldred deutete auf einen der Reiter, der seine Lanze in den Leib eines Riesen getrieben hatte. »Siehst du? Das hier ist dein Sohn, wie er den Trollfürsten Gornbor tötet.« Der König deutete die lange Halle hinauf. »Auf fast jeder der Säulen wirst du ein Bild von Alfadas finden. Seine Heldentaten sind ohne Zahl. Oft ist er mit dem Elfen Ollwyn ausgeritten, um die Späher der Trolle zu jagen. Er ist unser Stolz und zugleich unser Fluch, denn niemand konnte es seither mit seinem Heldenmut aufnehmen.«

»Kämpft ihr denn noch immer gegen die Trolle?«

»Nein. Seit langem herrscht nun Frieden. Manchmal, wenn ein Boot im Sturm weit nach Norden abgetrieben wird, sehen die Fischer im Nebel eines der großen Trollschiffe. Auch finden Jäger im Winter hin und wieder Trollspuren im Schnee. Doch die Kämpfe sind vorbei.« Der König warf Mandred einen ernsten Blick zu. »Warum bist du gekommen, Mandred Torgridson?«

»Ich wollte Alfadas, meinen Sohn, noch einmal in die Arme schließen.«

Das Gesicht des Königs verfinsterte sich. »Dir muss doch klar sein, dass kein Mensch über Jahrhunderte lebt. Sag mir den wahren Grund, warum du hier bist.«

Der Tonfall des Königs überraschte Mandred. Er klang fast feindselig. »Wenn man mit Elfen reist, dann vergeht die Zeit anders. Schneller. Ich glaubte, seit meinem letzten Treffen mit Alfadas seien erst drei oder vier Jahre vergangen. Sieh mich an. Ich bin noch immer ein junger Mann, Njauldred, und das, obwohl ich der Vater von Alfadas bin.«

Der Herrscher strich sich nachdenklich über den Bart. »Ich sehe, dass dein Schmerz über den Tod von Alfadas echt ist, also will ich dir Glauben schenken. Dennoch versetzt mich deine Ankunft in Firnstayn in große Unruhe.«

Mandred war erstaunt und auch ein wenig verärgert. »Ich trachte nicht nach deinem Thron, Njauldred.«

»Den würde ich dir überlassen, wenn du ihn haben wolltest«, entgegnete der König gereizt. »Es geht um deine Saga. Und auch Alfadas hat es immer wieder gesagt.«

»Was?«

»Es heißt, du würdest in der Stunde der größten Not zu deinem Volk zurückkehren. Wir leben nicht in Not, Mandred. Also frage ich mich, was kommen wird. Erst finden wir eine schwer verletzte Elfe, nachdem über dreißig Jahre lang niemand im ganzen Königreich mehr einen Elfen gesehen hat. Und dann kommst du, mit einem Elfengefährten, so schön und unnahbar, als wäre er ein Sendbote des Todes. Ich bin in tiefer Sorge, Mandred. Wird es einen neuen Trollkrieg geben?«

Der Jarl schüttelte den Kopf. »Das glaube ich nicht. Ich habe keine Fehde mit den Trollen. Ich habe noch nie einen gesehen.«

Njauldred deutete auf das Bild von Alfadas und Gornbor. »Sie sind schrecklich. Einer von ihnen ist so stark wie zehn Männer, heißt es. Sei froh, wenn du niemals einem begegnest. Ein Mann allein kann nicht gegen einen Troll bestehen. Nur Alfadas konnte das.«

»Was ist mit dieser Elfe? Woher kommt sie?«

Der König zuckte mit den Schultern. »Das kann niemand sagen. Sie ist schwer verwundet. Sieht aus, als hätte ein Bär sie angefallen. Als sie gefunden wurde, war sie fast erfroren. Sie hat hohes Fieber und spricht im Schlaf, aber wir verstehen sie nicht. Ich hoffe, dein Gefährte ist ein mächtiger Zauberer. Nur starke Magie kann die Elfe noch retten. Meine Tochter Ragna ist eine begabte Heilkundige. Sie hat der Elfe die Schmerzen genommen und das Fieber gesenkt. Doch die Wunden wollen nicht heilen, seit Wochen nicht. Sie ist schwächer und schwächer geworden. Ragna fürchtet, dass sie noch in dieser Nacht sterben wird. Aber jetzt ist ja dein Gefährte da.«

Mandred wünschte, es wäre Nuramon, der nun am Bett der Elfe säße. Er hätte sie selbst aus den Goldenen Hallen der Götter zurückholen können. Aber Farodin ... Der blonde Elf war ein Krieger, kein Heiler. »Kannst du mich zu der Elfe bringen?«

»Gewiss.« Der König sah ihn mit großen Augen an. »Bist du auch ein Heiler?«

»Nein.« Mandred lächelte. Der König dachte wohl, wer die Jahrhunderte überdauerte, der müsste alles können.

Sie verließen die Halle und betraten einen Seitenflügel des Herrschersitzes. Mandred bewunderte die kunstvoll geknüpften Bildteppiche, die die kahlen Steinwände schmückten. Njauldred führte ihn eine enge Stiege hinauf zu einem Flur, von dem mehrere Türen abgingen. Eine flache Feuerschale vertrieb die Kälte, die sich in den Steinmauern eingenistet hatte. Vor der letzten Tür standen ein Krieger und die junge Frau im Lederkleid, die Mandred schon in der Festhalle gesehen hatte.

Ragna breitete in hilfloser Geste die Arme aus. »Er lässt niemanden hinein. Anfangs konnte man Stimmen hören. Jetzt ist es aber schon sehr lange still in der Kammer.«

»Und da war dieses Licht«, sagte der Krieger ehrfürchtig. »Warum erzählst du nicht davon, Ragna? Ein silbernes Licht fiel unter der Tür hindurch. Und es roch seltsam. Wie nach Blüten.«

»Seitdem kam kein Geräusch mehr aus der Kammer?«, fragte der König.

»Nichts«, bekräftigte der Wachsoldat.

Mandred trat an die Tür.

»Das solltest du nicht tun«, sagte Ragna. »Er hat sehr deutlich gemacht, dass er niemanden in der Kammer duldet. In den Sagas der Skalden sind Elfen höflicher.«

Der Jarl griff nach dem Türknauf. »Er wird mich neben sich dulden.« Ganz sicher war er sich nicht. »Von euch sollte aber keiner nachfolgen.«

Mandred trat ein und schloss sofort die Tür hinter sich. Er stand in einer kleinen Dachkammer. Ein großer Teil des Raumes wurde von der Bettstatt eingenommen. Ein schöner Bildteppich war über die Balken der Dachschräge gespannt. Er zeigte eine Jagdszene mit Keilern. In der Kammer duftete es nach Blumen.

Eine dicke Wolldecke und mehrere Schaffelle lagen auf dem Bett. Eine kleine Kuhle zeichnete sich in der Matratze ab. Farodin kniete vor dem Bett, das Gesicht in den Händen vergraben. Eine Elfe konnte Mandred nirgends sehen. Und es gab keinen Platz in der kleinen Kammer, wo sie sich hätte verbergen können.

»Farodin?«

Langsam hob der Elf den Kopf. »Sie ist ins Mondlicht gegangen. Es war ihre Bestimmung, die Nachricht weiterzugeben.«

»Du meinst, sie ist tot?«

»Nein, das ist nicht dasselbe.« Farodin richtete sich auf. Sein Gesicht war ausdruckslos. »Sie ist jetzt dort, wohin alle Albenkinder irgendwann gehen. Ihre Bürde hat sie mir überlassen.« Er zog sein Schwert und prüfte mit dem Daumen die Klinge.

Mandred hatte seinen Gefährten noch nie in einer solchen Stimmung erlebt. Er wagte es nicht, Farodin anzusprechen. Ein Blutstropfen rann über die Schneide des Elfenschwertes.

»Trolle!«, sagte Farodin schließlich nach einer langen Zeit des Schweigens. »Trolle. Es gab einen Krieg mit ihnen, der aber seit vielen Jahren vorüber ist. Ganz am Ende des Krieges haben sie einen großen Segler gekapert. Fast dreihundert Elfen waren an Bord. Man hat sie in Gefangenschaft verschleppt. Manche von ihnen leben noch heute. Yilvina ist unter ihnen.«

»Yilvina? Unsere Yilvina?« Mandred dachte an die junge blonde Elfe. Mit ihren beiden Kurzschwertern war sie ihm im Kampf immer unbesiegbar erschienen. Wie hatte sie in Gefangenschaft geraten können?

»Yilvina und noch ein halbes Dutzend anderer. Ja. Sie leben noch immer, nach mehr als zwei Jahrhunderten in Gefangenschaft. Orgrim, der Heerführer der Trolle, hat sie einfach behalten, obwohl längst Frieden geschlossen ist.« Farodin deutete auf das leere Bett. »Shalawyn ist ihnen entkommen. Sie haben sie gehetzt wie ein Stück Wild. Sie wollte zurück nach Albenmark, um Emerelle zu berichten.«

»Sollen wir jetzt stattdessen ihre Nachricht nach Albenmark bringen?« Mandred war die Vorstellung unangenehm, der Königin noch einmal unter die Augen treten zu müssen.

Farodin wischte mit der Decke das Blut von seinem Schwert und schob es dann in die Scheide zurück. »Das wäre sinnlos. Emerelle würde einen Gesandten an den Hof des Trollkönigs schicken und nach den Gefangenen fragen. Dieser würde dann Herzog Orgrim zur Rede stellen, und der Feldherr würde mit aller Entschiedenheit bestreiten, dass er noch Elfen gefangen hält. Eine lebende Zeugin dafür gibt es nun auch nicht mehr. Sollte Emerelle darauf beharren, dass Orgrim lügt, könnte das genügen, um einen neuen Krieg gegen die Trolle zu entfesseln. Diese Gefahr wird die Königin nicht eingehen. Es bliebe demnach alles, wie es ist.«

»Also ist Shalawyn vergebens geflohen.«

»Nein, Menschensohn. Was die Trolle den Gefangenen antun, muss gesühnt werden. Sie hat mir alles erzählt.«

Mandred wich einen Schritt zurück. Da war etwas in Farodins Blick, das zur Vorsicht gemahnte. »Was … was tun sie denn?«

»Frag nicht! Nur eins sollst du wissen. Herzog Orgrim wird dafür bluten! Ich werde meinen Weg zu ihm finden, und er wird bereuen, was er getan hat.«

VOR DER PFORTE DES ORAKELS

Gemächlich schritt Nuramon auf einem Albenpfad vor seinem Hengst Felbion her. Er konnte spüren, wie die Macht des Pfades von einem Albenstern angezogen wurde. Hoffnung erfüllte ihn, nun endlich das Orakel Dareen zu erreichen. Wieder und wieder war er falschen Fährten gefolgt. Die Menschen von Angnos vermochten Zauber von Trugbild nicht zu unterscheiden, und das, was sie Orakel nannten, war nichts weiter als ein Schwindel. Er hatte dort nichts erfahren, was er sich nicht auch selbst hätte sagen können. Seit diesen enttäuschenden Erfahrungen suchte Nuramon nach einem alten Orakel, das längst schwieg oder das keinem mehr Zugang gewährte.

Der Weg von Iskendria nach Angnos und die Reise durch das Königreich waren mühsam gewesen. Er hatte Städte und Dörfer umgangen und sich nur einzelnen Reisenden und Einsiedlern gezeigt. Für einen Elfen hielt ihn niemand. Er trug eine Kapuze, die seine Ohren und Teile seines Gesichts verdeckte. Seine Stimme war noch immer die eines Elfen, aber wer von den Menschen hatte je einen Elfen sprechen hören? Sie hielten ihn gewiss für einen geheimnisvollen Reisenden aus einem fernen Land, was in gewisser Hinsicht ja der Wahrheit entsprach.

Während seiner Reisen hatte er sich den Verlauf der Albenpfade eingeprägt und kannte in Angnos bald so viele, dass er das Wagnis eingegangen war, von einem Albenstern zum anderen zu springen, ohne die Welt zu wechseln. Er war erstaunt, wie leicht es ihm fiel. Der Zauber war der gleiche, nur musste man einen Pfad auswählen, der diese Welt nicht verließ. Und dennoch war ihm kein Erfolg beschieden gewesen.

Seit kurzem nun durchreiste er ein Gebiet, dessen Pfade ihm neu waren. Seit Tagen hatte er keinen Menschen mehr gesehen, wohl aber Zeichen von Albenkindern. Diese bestanden in Veränderungen, die nur Elfenhände hätten vornehmen können. Das Wachstum der Pflanzen an manchen Orten erinnerte ihn an Albenmark, und auch die ungewöhnliche Fruchtbarkeit in diesem Landstrich ließ ihn vermuten, dass sich irgendwo eine magische Quelle befand, die der Noroelles ähnlich war. All diese Zeichen verbanden sich mit der lichten und rauen Natur, die auf ihrem steinigen Grund sonst nur wenig Grün hervorbrachte.

Als er an die Wüste dachte, fragte er sich, ob er dieser Welt nicht insgeheim Unrecht tat. Dieses Meer aus Sand hatte ihm gezeigt, dass es auch in der Menschenwelt Landschaften gab, die von großer Schönheit waren.

Der Albenpfad, dessen Macht er nun unter seinen Füßen spürte, führte langsam ansteigend direkt auf einen Berg zu. Er wies jedoch nicht auf die Bergspitze, und so mochte es sein, dass er geradewegs durch den Fels hindurchführte.

Als Nuramon den Aufstieg hinter sich gebracht hatte und direkt vor der Felswand stand, in welcher der Albenpfad verschwand, fragte er sich, ob das Orakel, nach dem er suchte, sich nicht im Innern des Berges befinden könnte. Er verließ den Pfad und machte sich daran, an Felbions Seite den Berg zu umrunden. Dabei hielt er Ausschau nach einer Höhle oder einem verborgenen Gang, der in den Fels hineinführte. Er kreuzte zwei weitere Albenpfade, die beide ebenfalls im Berg verschwanden. Als er auf den vierten Pfad stieß, auf dem er den bekannten Kraftfluss spüren konnte, zweifelte er nicht länger daran, dass sich die Pfade irgendwo im Fels zu einem Albenstern kreuzten.

Auf halbem Weg um den Berg herum traf Nuramon auf einen Albenpfad, der vom Fels fortführte. Das musste jener sein, der ihn hier heraufgeführt hatte, um den Albenstern zu kreuzen, und nun wieder seinen Lauf durch die Welt nahm. Er verfolgte den Pfad bis dicht an den Berg zurück, war aber enttäuscht, als er statt eines Höhleneingangs eine massive Felswand vorfand.

Angestrengt musterte Nuramon den Fels. Da funkelte etwas

im Sonnenlicht! Er ging dem Funkeln entgegen. Nach einigen Schritten sah er es: Irgendjemand hatte Edelsteine in die Wand eingefügt! Er wusste er nicht, was ihn mehr erstaunte: dass die Edelsteine so groß waren wie Äpfel oder dass diese nicht längst geraubt worden waren.

Links war ein Diamant tief in die Wand eingelassen, rechts daneben ein Rubin, der gesplittert war, aber noch in seiner Fassung aus Fels steckte. Daneben befand sich wiederum ein Kristall, in dem sich dunkle Fäden spannten und den Stein schwarz färbten. Es schien ein Bergkristall zu sein, in dem finstere Mineralien eingeschlossen waren. Unter dem Rubin steckte der letzte Edelstein. Es war ein Saphir.

Der Rubin stellte die Mitte dieses Bildnisses dar. Er war durch eine fingertiefe Furche im Fels mit den anderen Edelsteinen verbunden. Da er gesplittert war, vermutete Nuramon zunächst, dass irgendjemand versucht hatte, den Stein aus dem Fels zu lösen, jedoch gescheitert war. Dann aber tadelte Nuramon sich für seine Vermutung, denn er spürte, dass sich direkt vor ihm sieben Albenpfade kreuzten. Der Edelstein war an sieben Stellen gebrochen. Der Rubin war der Albenstern! Und jede Bruchstelle stand für einen Pfad.

Links neben dem Diamanten und rechts neben dem Bergkristall waren Schriftzeichen in die Wand gemeißelt. Die Zeichen beim Diamanten konnte er lesen. Da stand auf Elfisch: *»Singe das Lied der Dareen, du Kind der Sonne! Singe von ihrer Weisheit, mit deiner Hand im Lichte! Singe die Worte, die einst du sprachst, und Seite an Seite tretet ein.«*

Das Orakel! So viele Pfade hatte er beschritten, so lange Zeit gesucht. Und nun ... Nuramon überlegte, was das Lied der Dareen sein könnte. Da fielen ihm die Worte ein, die Meister Reilif, der schwarz gewandete Hüter des Wissens, ihm in Iskendria gesagt hatte. Es waren die Worte Yulivees gewesen.

Er legte seine Hand auf den Diamanten und sang: *»Du kamst zu uns. Deine Stimme kam. Du zeigtest uns die Sterne. Sie funkelten. Wir konnten sehen.«*

Mit einem Mal leuchtete der Diamant auf, und ein gleißendes Licht strömte durch die Furche dem Rubin entgegen, drang in ihn ein und ließ ihn leuchten. Dann trat ein rotes Licht unten aus dem Rubin aus und strebte dem Saphir entgegen. Als der rote Lichtfluss auf den Saphir traf, sprühte er Funken. Das rote Licht vermochte nicht in den Edelstein einzudringen.

Als Nuramon seine Hand vom Diamanten löste, verging der gleißende Lichtstrom zwischen Diamant und Rubin, und auch der rote Fluss zwischen Rubin und Saphir verblasste.

Die linke Hälfte des Rätsels war gelöst.

Nuramon betrachtete die Schrift neben dem Bergkristall. Sie war ihm fremd. Er hatte zwar den Verdacht, die Sprache zu kennen, und hielt es sogar für möglich, dass es eine aus Albenmark war, aber die Schrift bestand nur aus wenigen Zeichen, die sehr kompliziert und daher wenig einprägsam waren. Dies war das eigentliche Rätsel.

Er legte die Hand auf den Edelstein und sang erneut die Worte Yulivees. Doch nichts geschah. Er kehrte noch einmal zu der Elfenschrift zurück. Sie sprach ihn an, doch eintreten sollte er mit jemandem Seite an Seite. Im Lied war auch von *uns* und *wir* die Rede. Wer immer dieser andere war, er konnte die fremde Schrift lesen, musste den schwarzen Stein berühren und das Lied singen. Vielleicht war sein Lied ja deswegen so kurz, weil es nur ein Teil eines größeren war. Den einen Teil musste *er* singen, den anderen der Gefährte. Doch um wen mochte es sich dabei handeln? Vielleicht um einen Menschen?

Nuramon betrachtete das Gebilde vor sich im Ganzen. Der Rubin war der Albenstern, der Saphir galt als Stein des Wassers und der Quellen. Hier stand er gewiss für eine Quelle des Wissens und damit für Dareen, das Orakel. Der Diamant war das Zeichen für ihn oder jemanden wie ihn. Er war der Stein des Lichtes. *»Du Kind der Sonne«*, hieß es vor ihm an der Wand. Wenn er aber ein Kind der Sonne war, dann mochte sich die andere Schrift auf ein Kind der Nacht beziehen. Der Bergkristall galt zwar nicht als Stein der Nacht, doch das schwarze Gespinst in ihm mochte darauf hinweisen.

Plötzlich kam Nuramon eine Idee. Er war ein Albenkind

und wurde hier als Kind der Sonne bezeichnet. In alten Zeiten hatte man die Elfen auch *Kinder der Lichtalben* genannt. Von seinem Haus in der Eiche aus konnte er in die Berge blicken, in denen einst die Kinder der Dunkelalben gelebt hatten. Ein Kind der Dunkelalben! Das musste er finden und es dazu bewegen, mit ihm gemeinsam dieses Tor zu öffnen.

Die Kinder der Dunkelalben waren vor langer Zeit aus Albenmark in die Andere Welt gezogen, um sich ein neues Heim zu suchen. Es gab einige Geschichten über sie, aber diese gerieten langsam in Vergessenheit. Denn die Weisen sagten, die Unterscheidung zwischen Licht- und Dunkelalben ergebe keinen Sinn, und man solle sie ebenso vergessen wie das Volk, das sich auf die Dunkelalben berief. Ganz konnte man die Erinnerung an die Kinder der Dunkelalben und die Gerüchte um sie jedoch nicht auslöschen. Manche behaupteten, sie wären bösartig und es hätte in den frühen Tagen viele Kämpfe mit ihnen gegeben. Sie hätten den Glanz Albenmarks nicht ertragen und wären deswegen in diese trübe Welt gegangen. Andere sagten, sie wären harmlos, wenn man sie nicht reizte, und sie wären in die Andere Welt ausgezogen, um sich dort etwas Neues zu schaffen. Die Ältesten schwiegen, obwohl sie allein die Wahrheit kannten. So blieben die Kinder der Dunkelalben ein Geheimnis.

Wo sollte er nach diesem geheimnisvollen Volk suchen? Wie das Tor zu Noroelle konnten sie sich überall in dieser Welt befinden. Nuramon seufzte. Er war so klug wie zuvor. Er konnte seine Suche nur auf eine Weise fortsetzen: auf Elfenweise. Er würde nach dem verlorenen Volk und nach Noroelle suchen. Irgendwann würde er eines von beiden finden. Und vielleicht ergab sich eine neue Spur, an die er noch nicht gedacht hatte. Jedenfalls würde er nicht zu Farodin zurücklaufen, um ihm auf seinem sandigen Pfad zu folgen!

FARODINS ZORN

Mandred war kein ängstlicher Mann, aber die Art, in der sich Farodin verändert hatte, versetzte ihn in Schrecken. Was verbarg sich in den Abgründen der Seele des Elfen? Nach all den Jahren hatte er geglaubt, seinen Gefährten zu kennen. Ein Irrtum! Nachdem der Elf Shalawyns Bericht gehört hatte, war etwas Dunkles in ihm erwachsen. Aber nein, wenn Mandred es sich recht überlegte, dann war dieser dunkle Wesenszug schon immer dagewesen. Farodin hatte es nur verstanden, ihn zu verbergen. Nun aber war etwas erwacht, das Farodin selbst die Suche nach den Sandkörnern vergessen ließ.

Der Elf hatte ihn gebeten, bei König Njauldred Klingenbrecher um Erlaubnis zu fragen, einen der Bootsschuppen nutzen zu dürfen. Auch bat er um die Hilfe einiger erfahrener Zimmerleute. Großzügig wurde ihm diese gewährt.

Die nächsten Wochen verbrachte Farodin ausschließlich in dem Schuppen. Er baute ein Schiff, wie es Firnstayn noch nicht gesehen hatte. Die Zimmerleute behandelte er fast wie Sklaven, so hart ließ er sie arbeiten. Sie fluchten über sein Wesen, und doch sprachen sie auch voller Bewunderung über sein Können. Nie hatte Farodin davon erzählt, dass er sich auf die Kunst des Schiffsbaus verstand. Doch wie viel mochte man erlernen, wenn das eigene Leben Jahrhunderte währte?

Nur zehn Wochen dauerte es, bis ein kleines, schlankes Schiff gebaut war. Sein Kiel war aus einem einzigen Eichenstamm geschnitten, den Farodin selbst in den Wäldern nördlich der Stadt ausgesucht hatte, ebenso wie die Spannten, die das Skelett des Rumpfes bildeten. Das Segel war aus feinstem Leinen. Man hatte es mit Hanfseilen verstärkt, die zu einem Netz geknüpft waren. Sieben Schritt maß das Boot in der Länge, doch kaum mehr als einen an seiner breitesten Stelle.

Als das Schiff zu Wasser gelassen wurde, kamen die Einwohner von ganz Firnstayn zusammen, um es zu bewundern. Es war schlank und von schöner Form. Seine Planken überlappten einander, was Mandred noch nie zuvor bei einem Schiff gesehen hatte.

Als der Elf dann aber vor dem König und seinem Gefolge erklärte, er werde am nächsten Tag in See stechen, da mochten sie alle ihren Ohren nicht trauen. Im Winter den Fjord zu verlassen, um die Küste hinauf nach Norden zu segeln, das war der blanke Wahnsinn. Ganz gleich wie gut ein Schiff sein mochte, nichts und niemand konnte gegen die Stürme und das Eis bestehen.

So verrückt war dieses Vorhaben, dass niemand von Mandred erwartete, dem Elfen zu folgen. Sich dieser Fahrt zu verweigern hatte nichts mit mangelnder Treue gegenüber einem Waffenbruder zu tun. Und doch fühlte sich Mandred an Farodin gekettet. Er, Mandred Torgridson, war nicht jener unbesiegbare Krieger, von dem die Skalden sangen, wenn sie seinen Namen im Mund führten. Er hatte auch nicht jene Heldentaten begangen, die sie ihm allenthalben andichteten. Aber vielleicht vermochte er Wahrheit und Sagadichtung zu einem Leben zu verschmelzen, wenn er Farodin nun folgte.

König Njauldred versah das Schiff mit den besten Vorräten. Bärenfleisch, das einem nach Kämpfen rasch die Kraft zurückgab, Kleidung aus feinen Otterfellen, von der das eisige Wasser abperlte, und ein Fass mit Tran von Pottwalen, das vor Erfrierungen schützte, wenn man es sich auf die Haut schmierte. Mandred wusste, dass sein Gefährte die Kälte nicht zu fürchten brauchte. Doch um seinetwillen war er froh, das Fass an Bord zu wissen.

Njauldred lud sie in seine Königshalle ein und gab ihnen zu Ehren ein Fest. Mandred kam es so vor, als wäre er zu Gast auf seinem Leichenschmaus. Obwohl die Skalden sich mühten, mochte keine rechte Stimmung aufkommen. Farodin verließ die Festlichkeit schon früh. So tief in Gedanken war er, dass er grußlos in die Nacht hinaustrat.

Auch Mandred zog sich bald zurück. Er mochte den traurigen Blick Ragnas, der Tochter Njauldreds, nicht länger zu ertragen, und außerdem wagte er es nicht, sich an dem Abend, bevor sie zu ihrem tollkühnen Abenteuer aufbrachen, zu betrinken.

Kalter Nordwind zerrte an seinem Umhang, als er aus der Festhalle trat. Ein schabendes Geräusch ließ ihn aufhorchen. Es stand kein Mond am Himmel. Die Sterne verbargen sich hinter Wolken. Wieder war da dieses Geräusch. Es kam von den steinernen Löwen, die den Aufgang zur Königshalle flankierten. Fast hörte es sich an, als scharrten sie unruhig mit ihren Krallen auf den Treppenstufen.

Ein Schatten löste sich von der untersten Stufe. Mandred rief die Gestalt an, erhielt jedoch keine Antwort. Wie der Rauch, der unter den Giebeln der Langhäuser hervorquoll, verschwand die Schattengestalt in der Nacht, als hätte es sie nie gegeben.

Der Krieger senkte die Hand auf die schwere Axt an seinem Gürtel. Langsam stieg er die Treppenstufen hinab. Außer dem Wind, der sich heulend unter den Dächern fing, war kein Geräusch zu hören.

Da ist nichts, beruhigte sich Mandred in Gedanken. Er ging zu dem Haus, das einer von Alfadas' Söhnen für ihn hatte errichten lassen. Als er die Tür aufstieß, brannte ein Feuer unter dem Herdstein. Rauch und wohlige Wärme erfüllten den Raum. Farodin ließ sich nicht sehen. Vielleicht war er hinab zum Bootsschuppen gegangen. Trotz der Kälte hatte er meist dort übernachtet.

Mandred streifte seinen Umhang ab, als ihn ein Geräusch verharren ließ. Jemand war hier. Das Stroh der Schlafnische hatte geknistert. Eine weiße Hand schob den Vorhang aus grober Wolle zurück. Ragna, die Tochter des Königs! Ihre Wangen leuchteten rot. Sie konnte Mandred nicht in die Augen sehen.

»Es ist nicht, wie du denkst«, stammelte sie. »Ich … Ich dachte, der Elf sei gekommen. Da habe ich mich versteckt. Ich habe das Feuer angefacht, damit du es warm hast in dieser rauen Nacht.« Sie blickte zur Tür.

»Ich danke dir, Ragna«, entgegnete Mandred ein wenig steif.

Sie war ein hübsches Ding. Ihre Haut war weiß wie Milch. Verblasste Sommersprossen zierten ihr Gesicht. Das rote Haar hatte sie zu schweren Zöpfen geflochten. Ragna stammte aus der Blutlinie Alfadas', doch Mandred konnte keine Züge seines Sohnes in ihrem Gesicht erkennen.

»Musst du wirklich mit ihm segeln?«, fragte sie schüchtern.

»Das ist eine Frage der Ehre!«

»Zum Henker mit der Ehre!« Ihre Schüchternheit war wie weggewischt. Wut spiegelte sich in ihren Augen. »Du wirst nicht von dort zurückkommen. Niemand kehrt von der Nachtzinne zurück!«

Mandred hielt ihrem Blick stand. Ihre Augen hatten das helle Grün junger Tannentriebe. Sie hielten ein Stück Frühling gefangen. »Ich war schon an vielen Orten, von denen es hieß, dass man von dort nicht zurückkehren würde«, sagte er selbstgefällig.

»Wie wollen zwei Männer gegen hunderte Trolle bestehen? Stürz dich doch gleich von der Klippe ins Meer, wenn du sterben willst, du ...« Erschrocken hob sie die Hand vor den Mund. »Das wollte ich nicht sagen. Ich ...«

»Warum bedeutet es dir so viel, ob ich lebe?« Und warum bedeutet mir mein Leben so wenig?, fügte er in Gedanken hinzu. Weil ich aus der Zeit gerückt wurde? Lebe, obwohl meine Gebeine seit Jahrhunderten im Grab vermodern sollten?

»Du bist der stattlichste Mann, dem ich jemals begegnet bin. Nicht so wie die großsprecherischen Jünglinge in der Halle meines Vaters. Du bist mit jedem Zoll ein Held.«

Mandred lächelte. »Früher waren es die Männer, die um die Frauen gefreit haben.«

Ragna wurde tiefrot. »So habe ich das nicht gemeint. Ich ... Es ist ...« Hilflos hob sie die Hände. »Es ist mir nur einfach nicht gleichgültig, dass du morgen in dein Verderben segelst.«

»Und du würdest alles tun, damit ich bleibe?«

Sie schob ihr Kinn vor und sah ihn herausfordernd an. »Das musst du selbst herausfinden. So sehr haben sich die Zeiten nun doch nicht geändert.«

DIE KINDER DER DUNKELALBEN

Nuramon holte tief Luft. Der steile Weg auf den Pass war anstrengend gewesen. Felbion war ihm mit einigem Abstand gefolgt und schritt nun dicht an seiner Seite.

Sie befanden sich zwischen der Baum- und der Schneegrenze. Vor ihnen ging es steil in ein weites Tal hinab. Die Berge ringsum gaben Nuramon ein vertrautes Gefühl. Es mochte sein, dass sie jenen aus seiner Heimat ähnelten, auch wenn er keine offensichtlichen Gemeinsamkeiten erkennen konnte. Vielleicht war sein Gespür feiner als das Auge.

Auf seiner Suche nach den Kindern der Dunkelalben hatte er sich in die Städte der Menschen gewagt und ihre Gesellschaft gesucht, um ihren Geschichten zu lauschen. Die Ohren hatte er stets gut verborgen, sodass ihn jeder für einen Krieger aus dem fernen Westen gehalten hatte. Die Menschen hatten andere Namen für die Dunkelalben und erzählten sich, dass sie sich ihre Opfer unter den Bewohnern des Gebirges suchten und sie in finstere Täler und Höhlen rissen, um dort ihr Fleisch zu fressen.

Nuramon war den Albenpfaden ins Gebirge gefolgt. Die Umgebung hier wirkte alles andere als finster, und in diesen Höhen wirkte die Luft fast so klar wie in Albenmark.

Während des Abstiegs hinab in das weite Tal dachte Nuramon an Noroelle. Während seiner Reise war er an zwei Albensternen vorübergekommen, deren Pfade versiegelt waren. Er hatte seine Kräfte an ihnen versucht, doch es war ihm nicht gelungen, die magischen Barrieren zu durchbrechen. Vielleicht war er bereits an Noroelles Pforte gewesen! Er fragte sich, wie er das Tor erkennen sollte, das zu seiner Liebsten führte. Er wusste keine Antwort. Nur die Hoffnung auf das Orakel bewahrte ihn davor zu verzweifeln.

Bald verbreiterte sich der Pfad und war auch weniger steil,

sodass der Elf wieder auf Felbion reiten konnte. Während sie durch die Wälder trabten, dachte er an die Zeit, die er mit Noroelle hatte verbringen dürfen. Die Erinnerung war so machtvoll, dass sie jeden Zweifel tilgte, den er in seinem Innern hegte. Er würde sie eines Tages finden und sie befreien, mit oder ohne Farodin.

Plötzlich blieb Felbion stehen.

Nuramon schaute sich um. Da raschelte es im Gebüsch zu seiner Linken, und zu seiner Rechten regte sich etwas im Schatten der Bäume.

»Wer bist du?«, rief eine Männerstimme in seiner Sprache, jedoch mit einem ungewöhnlich rauen Akzent.

Nuramon wandte nicht einmal den Kopf zur Seite, sondern legte nur die Hand an sein Schwert. »Das werde ich dir und deinen Gefährten gern sagen, wenn ihr mir wie aufrechte Albenkinder begegnet und nicht wie gemeine Strauchdiebe.«

»Das sind große Worte für jemanden, der die Ruhe dieses Tales stört«, entgegnete die Stimme. »Du bist ein Elf.«

»Und da ihr immer noch im Schatten der Bäume steht und offenbar die Strahlen der Sonne scheut, gehe ich davon aus, dass ihr Kinder der Dunkelalben seid.« Nuramon wusste, dass dies eine gewagte Annahme war. Doch entweder hatte er Recht, oder die Nennung dieses Namens würde die feindseligen Albenkinder zumindest einschüchtern.

Es kam keine Antwort. Lange geschah nichts. Mit einem Mal raschelte es wieder. Nuramon umfasste sein Schwert fester. Als er aber die Gestalten erblickte, die aus dem Dickicht und dem Schatten der Bäume traten, löste er erstaunt die Finger von der Waffe.

Es waren acht kleine Männer. Sie hatten lange Bärte und mochten ihm allenfalls bis zur Brust gehen, waren dafür allerdings recht kräftig gebaut. Fünf von ihnen trugen Äxte in ihren Händen, zwei Breitschwerter und einer eine Armbrust. Waren das die Kinder der Dunkelalben?

Jeder der stämmigen, kleinen Männer trug eine schwere Metallrüstung und einen Gürtel, in dem weitere Waffen wie

Dolche, Kurzschwerter und Langmesser steckten. Diese Gemeinschaft war zweifellos auf einen Kampf vorbereitet.

Einer der Männer trat näher. Er schien der Jüngste unter ihnen zu sein. »Woher kennst du die Dunkelalben? Und wer hat dir von deren Kindern erzählt?«, fragte der Mann, der vorgetreten war. Nuramon erkannte die Stimme als die, die aus dem Wald zu ihm gesprochen hatte.

»Ich hörte von ihnen im Angesicht der Ioliden.«

Die kleinen Gestalten tauschten verwunderte Blicke. »Du hast die Ioliden gesehen?«, fragte der Anführer.

»Mit meinen eigenen Augen.« Der Elf musste an all die Stunden denken, die er in seinem Haus am Fenster gesessen hatte und auf die blaugrauen Berge geblickt hatte.

»Du darfst ihm nicht glauben«, sagte der Schütze. »Der lügt doch! Der will nur Zeit gewinnen, um uns zu verzaubern.« Nuramon merkte, dass der Schütze auf seinen Kopf zielte, und versuchte, sich seine Anspannung nicht anmerken zu lassen. »Komm, lass mich ihn niederschießen!«

»Still!«, rief der Anführer und hob die Hand. Dann wandte er sich wieder an Nuramon. »Sei willkommen in Aelburin. Mein Name ist Alwerich, und dies sind meine Gefährten.« Er stellte jeden Einzelnen vor.

»Mein Name ist Nuramon.«

»Was führt dich in unser Tal?«, fragte Alwerich.

»Ich suche die Kinder der Dunkelalben … und Wissen über das Orakel Dareen.«

»Die Kinder der Dunkelalben hast du gefunden. Was das Wissen über das Orakel angeht, so wirst du in unserem Reich gewiss alle Antworten finden, die wir dir bieten können.«

»Das klingt sehr gastfreundlich.«

»Gewiss. Wir sind für unsere Gastfreundschaft bekannt.«

Nuramon lag eine Erwiderung auf der Zunge, doch er verkniff sich jedes spitze Wort.

»Nun folge uns«, sagte Alwerich.

»Nur noch eine Frage, bitte.«

»Nur zu, Elf!«

»Wenn ihr die Kinder der Dunkelalben seid, dann sagt mir, wieso ihr im Sonnenlicht wandelt. Heißt es nicht, dass ihr in der Finsternis lebt?«

Alwerich grinste. »Und ihr Elfen lebt im Licht des Tages, und doch sah ich dich auch bei Nacht wandern.«

Nuramon fühlte sich doppelt beschämt. Er hatte Alwerich in der Nacht nicht bemerkt. Zudem hätte er mit dessen Antwort rechnen müssen. Er hatte sich eine Blöße gegeben.

»Wir wären dir übrigens dankbar, wenn du uns *Zwerge* nennen würdest«, setzte Alwerich nach.

Zwerge! Die alten Märchen erzählten von Wesen, die *Twerge* oder *Getwerg* genannt wurden. Sie waren Meister des Bergbaus und lebten einst in Albenmark unter der Erde oder im Fels. Dass die Zwerge die Kinder der Dunkelalben waren, hätte Nuramon nicht gedacht.

Der Schütze senkte nun endlich die Waffe und ging mit seinen Gefährten voran. Nuramon folgte ihnen auf Felbion im ruhigen Schritt. Wie er so eine Weile hinter ihnen her ritt, bemerkte er, dass die Zwerge immer wieder misstrauisch zurückblickten und dass der Abstand, den sie hielten, nicht etwa ihm galt, sondern Felbion. Mochte es sein, dass die Zwerge sich vor einem Pferd fürchteten?

DIE NACHTZINNE

Da war es wieder, das metallische Scharren. Mandred musste sich nicht umdrehen, um zu wissen, welchen Ursprung dieses Geräusch hatte. Farodin stand im Heck. Die Ruderpinne unter die rechte Achsel geklemmt, hatte er einen Dolch gezogen und schärfte die Klinge. Seitdem sie Firnstayn verlassen hatten, hatte er das wohl zwei Dutzend Mal getan. Das Geräusch zerrte an Mandreds Nerven. Es war ein knirschendes, anklagendes Geräusch. Eines, das den Tod versprach.

Ragna hatte Recht gehabt. Das Land im hohen Norden war nicht für Menschen gemacht. Hier gehörten Elfen, Trolle und Geister her, aber er war hier fehl am Platz!

Die Leinen ihres kleinen Bootes waren von Eis überkrustet. Das steif gefrorene Segel knarrte, wenn sich der Wind darin verfing. Sieben Tage waren sie dem Verlauf der Küste nach Norden gefolgt. Sehnsüchtig dachte Mandred an die Tage auf der *Purpurwind* in der Aegilischen See. An die Wärme und daran, wie er sich mittags unter dem Sonnensegel ausgestreckt hatte, um zu dösen.

Er blickte voraus in das Zwielicht der Winternacht und hielt Ausschau nach Eisbergen. Stumm und drohend zogen die weißen Giganten nach Süden. Farodin hatte ihn vor allem vor den kleineren Eisbrocken gewarnt, die fast ganz im Wasser verborgen den Rumpf des kleinen Schiffes beschädigen mochten. Mandreds Gedanken schweiften ab. Er war müde und dachte an Firnstayn. Dort hatten die Frauen sicher schon mit den Vorbereitungen für das Mittwinterfest begonnen. Gänse wurden gemästet, damit sie auf die letzten Tage noch etwas Fett zulegten. Met wurde in großen Wannen angesetzt, und der Duft von Honigküchlein hing gewiss über der ganzen Stadt.

Der Jarl streifte einen seiner Fäustlinge ab und griff in das Fass mit dem Pottwaltran. Ganz zäh war er in der Kälte geworden. Er klaubte einen Klumpen heraus und hielt ihn eine Weile in der Hand, damit er schmolz. Dann trug er den Tran auf sein Gesicht auf und wischte sich die Finger an der schweren Robbenfelljacke ab. Verfluchte Kälte!

Erbarmungslos trieb Farodin das Boot voran. Nur selten ankerten sie im Windschatten von Klippen oder einer geschützten Bucht, um ein paar Stunden zu schlafen. Der Elf schien eins mit dem Eis geworden zu sein, das sie umgab. Wie erstarrt stand er an der Ruderpinne, den Blick in die Ferne gerichtet. Den Dolch hatte er wohl in dem Bündel verstaut, das hinter ihm im Heck lag. Manchmal fragte sich Mandred, ob es tatsächlich dieselbe Waffe war, die Farodin schärfte. Es passte nicht zu dem Elfen, sinnlos immer wieder dasselbe zu tun. Vielleicht spiegelte sich darin aber auch seine Unruhe, die er sonst sehr wohl zu verbergen verstand.

Mandred blickte auf und betrachtete den Himmel, um sich vom fruchtlosen Grübeln zu befreien. Sie waren so weit im Norden, dass die Sonne sich nicht mehr zeigte. Dafür zog grünes Feenlicht von Horizont zu Horizont. Wie Bahnen gefalteten Stoffs wogte es zu ihren Häuptern. Mandred hatte nicht viel zu tun. Farodin hätte das Boot auch allein steuern können.

Oft saß der Jarl stundenlang im Bug und sah dem Licht am Himmel zu. Es tröstete ihn in dieser Einöde aus aufgewühlter See und schwarzen Klippen. Der Wind biss ihm bis in die Knochen, wenn er so dasaß und träumte.

Turmhohe Gletscher erhoben sich über die Küste. Einmal sah Mandred von fern, wie eine Lawine von Eis in die See stürzte und das Wasser aufwühlte. Ein andermal glaubte er eine Seeschlange zu sehen.

Am neunten Tag ihrer Reise wurde Farodin unruhig. Sie waren in einen Fjord eingelaufen. Graue Nebelfinger krochen ihnen über das Wasser entgegen. Mandred stand am Bug und sollte nach verborgenen Riffen Ausschau halten. Das Wasser war ruhig. Bald hatte der Nebel sie verschlungen. Ganz nah war das leise Geräusch der Brandung zu hören.

Farodin schien schon einmal hier gewesen zu sein. Er wusste

um die Untiefen, noch bevor Mandred ihm eine Warnung zurief.

Ein riesiger Schatten ragte vor ihnen aus dem Dunst. Erst hielt Mandred es für eine Klippe, dann sah er ein mattes Licht. Ranziger Geruch hing in der Luft. Der Nebel war jetzt ganz warm. Er kondensierte auf Mandreds Bart.

Plötzlich zerriss eine heisere Stimme die Stille. Sie war tief, wie das Brummen eines zornigen Bären. Farodin gab ihm ein Zeichen, sich nicht zu bewegen, und legte einen Finger auf die Lippen. Dann antwortete er im selben Tonfall in einer kehligen Sprache, wie Mandred sie noch nie gehört hatte.

Ein knapper Gruß wurde zurückgerufen. Dann verschwand der Schatten. Farodin verharrte in angespanntem Schweigen. Eine Ewigkeit schien zu vergehen. Der Nebel nahm Mandred jedes Zeitgefühl. Endlich nickte der Elf ihm zu. »Bald erreichen wir die Nachtzinne. Es gibt warme Quellen hier im Fjord. Sie halten ihn den ganzen Winter über eisfrei. Sie sind auch schuld am Nebel, der die Trollburg verbirgt. Du weißt, wie du dich zu verhalten hast?«

Mandred nickte. Das, was auf der Nachtzinne geschehen sollte, war das einzige Gesprächsthema gewesen, das Farodin während der Reise geduldet hatte. Was allerdings nicht hieß, dass sie über die Pläne des Elfen diskutiert hätten. Doch er traute seinem Gefährten. Farodin wusste schon, was er tat!

Unwillkürlich hatte der Jarl eine Hand auf die Axt in seinem Gürtel gelegt. Er dachte an Farodins Ratschläge für den Kampf gegen Trolle und an die Geschichten, die er in seiner Kindheit gehört hatte. Trolle jagte man in Gruppen, so wie Höhlenbären. Ein Mann allein konnte nicht gegen sie bestehen. Doch dann dachte er an seinen Sohn. Alfadas war den Elfen im dritten Trollkrieg zu Hilfe geeilt. In vielen blutigen Schlachten hatte er gegen diese Ungeheuer gesiegt. Aber zuletzt war er doch von ihnen getötet worden, ermahnte sich Mandred. Er strich über sein Axtblatt. Ein Grund mehr, hierher zu kommen!

Der Nebel teilte sich. Vor ihnen erhoben sich zerklüftete Klippen. Farodin deutete auf einen Felsen, der vage an einen

Wolfskopf erinnerte. »Dort gibt es eine Höhle, die man vom Fjord her nicht einsehen kann. Das letzte Mal habe ich dort mein Boot versteckt.«

»Du warst also schon einmal hier.«

Der Elf nickte. »Vor mehr als vierhundert Jahren habe ich schon einmal die Nachtzinne besucht. Damals habe ich den Herzog der Trolle getötet, ihren Kriegsherrn, der die Heere der Trolle bei den Feldzügen in Albenmark anführte.«

Das war Farodin! Sein Wissen erst im letzten Augenblick weitergeben! »Das hättest du mir wirklich früher sagen können!«, brummte Mandred.

»Warum? Hätte es etwas an deiner Entscheidung geändert?«

»Nein, aber ich ...«

»Dann war es also unnötig, dass du es wusstest. Es gibt übrigens doch eine Änderung in unserem Plan. Du wirst allein zur Nachtzinne gehen.«

Mandred klappte der Kiefer herunter. »Was!«

»Mich würden sie niemals in ihre Feste lassen. Weißt du, wie sie mich nennen? Tod in der Nacht. Sie werden mich umbringen, sobald sie mich sehen. Du siehst also, es ist unumgänglich, dass du allein losziehst. Ich werde einen anderen Weg in die Burg finden. Als vermeintlicher Gesandter stehst du hingegen unter Gastrecht. Sie können dir nichts tun, solange du das Gastrecht nicht verletzt. Sie werden allerdings versuchen, dich dazu zu verleiten. Dem musst du widerstehen, ganz gleich, was sie tun!«

»Und warum sollten sie mich als Gesandten empfangen? Einen Menschen! Sie fressen meinesgleichen!«

Farodin kniete nieder und öffnete das Bündel, das er im Heck verwahrt hatte. Er zeigte Mandred einen Eichenzweig, der in feines Leinen eingeschlagen war. »Deshalb werden sie dich empfangen. Dies ist der Zweig eines Seelenbaumes. Nur Boten der Königin tragen dieses Zeichen. Sie sind unberührbar.«

Verwundert nahm Mandred den Zweig entgegen und schlug ihn wieder in das Tuch ein. »Der ist doch echt, oder? Woher hast du ihn?«

Farodin war die Frage offensichtlich unangenehm. »Er ist aus einer Eichel Atta Aikhjartos erwachsen. Ich hoffe, du verzeihst mir meine Tat. Wir brauchen ihn.«

»Du hast ihn von der Eiche über Freyas Grab geschnitten?«

»Sie hat es mir erlaubt. Sie weiß, wofür wir den Ast brauchen.«

Mandred fragte sich, ob Farodin die Eiche oder Freyas Geist meinte. Seine Hände fingen an zu zittern. Er klemmte sie unter die Achseln. Farodin musste das Zittern bemerkt haben. »Verdammt kalt«, murrte der Jarl. Er wollte nicht wie ein Feigling dastehen.

»Ja.« Farodin nickte. »Sogar mir ist es kalt. Denk an Yilvina. Sie und die anderen sind es wert, was wir wagen.«

Das Boot umrundete einen Felsen, der hoch wie ein Turm aus dem Fjord ragte. Sie steuerten jetzt geradewegs dem Steilufer entgegen. Der Elf manövrierte geschickt zwischen den Klippen hindurch. Dann legten sie den Mast nieder. Mandred griff nach den Rudern und stemmte sich gegen die Kraft der Gezeiten. Dicht vor ihnen, zwischen den Felsen verborgen, öffnete sich ein flacher Höhleneingang.

»Man kann die Höhle nur bei Ebbe finden!«, rief Farodin gegen das Fauchen der Gischt an. »Schon bei mittlerer Flut liegt der Eingang unter dem Wasser verborgen.«

Bei dem Gedanken, sich in eine Höhle zu begeben, die bei Flut offenbar unter Wasser stand, zog sich Mandred der Magen zusammen. Farodin weiß schon, was er tut, ermahnte er sich erneut in Gedanken. Doch diesmal half es nicht, seine Unruhe zu besiegen.

Sie mussten die Köpfe einziehen, so niedrig war der Höhleneingang. Ein Sog packte das Boot und zerrte es voran. Augenblicklich befanden sie sich in völliger Finsternis. Die Bordwand schrammte an unsichtbaren Felsen vorbei. Mandred schrie auf.

Endlich kamen sie in ruhigeres Fahrwasser. Farodin entzündete eine Laterne und hielt sie hoch über den Kopf. Umgeben von einer kleinen Insel von Licht glitten sie voran. Mandred stemmte sich in die Riemen und blickte ab und an über die Schulter. Ein Stück voraus kam ein breiter Kiesstreifen in Sicht. Knirschend schob sich das Boot auf das Ufer.

Sie sprangen von Bord und zogen ihren zerbrechlichen Segler bis weit über die Flutmarke das Ufer hinauf. Staunend sah Mandred sich um. Die Höhle war viel größer, als er zunächst angenommen hatte.

Farodin trat an seine Seite und legte ihm die Hand auf die Schulter. Wohlige Wärme durchrieselte ihn. »Ich danke dir dafür, dass du mit mir gekommen bist, Menschensohn. Allein würde ich diesmal nicht bestehen können.«

Mandred zweifelte daran, dass er eine große Hilfe sein würde. Es kostete ihn all seine Kraft, die Angst in seinem Innern zu beherrschen. Das war Farodin gewiss nicht verborgen geblieben.

Der Elf führte ihn über ein Felssims am Wasser entlang zu einem versteckten Ausgang. Sie balancierten über glatte, eisverkrustete Felsen, bis sie schließlich einen Strand erreichten. Nun war die Zeit des Abschieds gekommen. Einen Moment standen sie einander stumm gegenüber. Dann packte Farodin Mandreds Handgelenk im Kriegergruß. Es war das erste Mal, dass sein Gefährte sich auf diese Weise von ihm verabschiedete. Die Geste sagte mehr als alle Worte.

Mit federnden Schritten eilte Farodin über den Strand davon und verschwand im Nebel. Er hinterließ nur flache Spuren im Schnee, die der Wind bald verwehte. Mandred wandte sich ab und hielt sich dicht am Wasser. Die vereisten Steine knirschten unter seinen Schritten. Dort, wo die Brandung über den grauen Kies spülte, lag kein Schnee. Hier würde auch er keine verräterischen Spuren hinterlassen.

Wohl eine Stunde lief er den Strand entlang, bis der Nebel von einem Augenblick zum anderen verschwand. Ohne Deckung konnte ihn keine Wache übersehen. Er hatte auch das Gefühl, beobachtet zu werden, doch niemand zeigte sich. Mandred wich einen Schritt zurück und drehte sich um. Ihm war, als hätte er eine unsichtbare Grenze überschritten. Hinter ihm griffen lange Nebelfinger von der See her über den Kies. Vor ihm aber war die Nacht klar.

Das Feenlicht glitt ungewöhnlich tief über den Himmel. Vor Mandred erhob sich eine schroffe Felszinne, aus der ein riesiger Turm wuchs. Matt schimmerte gelbes Licht hinter trüben Fenstern. Die Nachtzinne sah ganz anders aus, als er sich ein Bauwerk von Trollen vorgestellt hatte, fast wie eine etwas gröbere, dunkle Variante von Emerelles Elfenburg. Flankiert von Pfeilern und Stützbogen, ragte der Turm weit hinauf in den Himmel und berührte das Feenlicht. Das Bauwerk musste hunderte Fenster haben. An einigen Stellen wuchsen Pfeiler wie riesige Dornen aus dem Mauerwerk. Ohne Zweifel war die Nachtzinne ein meisterliches Bauwerk, doch hatte der Baumeister seine ganze Kunstfertigkeit darauf verwendet, sie düster und bedrohlich wirken zu lassen.

Mandred schlug den Eichenzweig aus dem Leintuch und hielt ihn wie einen Schild vor der Brust. Er dachte an Luth, den Schicksalsgott, und daran, dass es niemanden geben würde, der sein Heldenlied sang, wenn er in dieser Nacht starb. Hätte er auf Ragna hören sollen? Die Nacht mit ihr war ganz anders gewesen als all die Abenteuer in den Hurenhäusern. Sie liebte ihn wirklich. Ihn, ihren Urahnen! Nein, aus dieser Liebe könnte niemals etwas werden. Obwohl zwischen ihm und ihr so viele Generationen lagen, fühlte er sich beim Gedanken an jene Nacht unwohl. Es war gut, dass er mit Farodin gezogen war.

»Was macht ein Menschensohn im Schatten der Nachtzinne?«, erklang plötzlich eine tiefe Stimme. Unter einem Felsüberhang vielleicht zwanzig Schritt entfernt trat eine hünenhafte Gestalt hervor. Sie maß mehr als eineinhalb Mannlängen und hatte ein Ehrfurcht gebietend breites Kreuz. Selbst die Unterarme des Trolls, der trotz der Kälte nur ein Fell um die Lenden trug, waren mächtiger als Mandreds Oberschenkel. Das Gesicht seines Gegenübers konnte Mandred in dem kalten Feenlicht nicht deutlich erkennen. Überhaupt haftete der ganzen Gestalt etwas Unbeständiges, Schattenhaftes an. »Was willst du hier?«, fragte der Wächter mit schwerem Akzent in der Sprache der Fjordlande.

»Ich bin ein Gesandter von Emerelle, der Königin der Elfen.« Der Jarl hielt den Eichenzweig hoch. »Und ich fordere die Gastfreundschaft von Orgrim, dem Herzog der Nachtzinne.«

Ein glucksender Laut erklang. »Du forderst?« Der Troll beugte sich vor und nahm den Zweig. Einen Moment verharrte er und schnupperte. »Du riechst tatsächlich nach Elf, Menschlein.« Vorsichtig strichen die knotigen Hände über den Zweig. Er blickte hinaus auf die dunkle See. »Wie bist du hierher gelangt?«

Mandred blickte auf. Noch immer konnte er das Gesicht seines Gegenübers nicht deutlich erkennen. Der Jarl wünschte sich, er wüsste mehr über die Trolle. In den Geschichten, die er in seiner Kindheit über sie gehört hatte, galten sie nicht gerade als klug. Ob er eine Lüge durchschauen würde? »Weißt du, was die Albenpfade sind?«

Der Troll nickte.

»Ich bin über die Albenpfade gewandert. Ein Elf hat mir ein niederes Tor geöffnet, nicht weit von hier am Strand. So bin ich ins Herz des Trollreichs gelangt.« Mandred war zufrieden mit seiner Lüge. Sie erklärte, warum Späher ihn nicht schon früher entdeckt hatten.

»So«, war alles, was der Troll dazu sagte. Unvermittelt drehte er sich um. »Folge mir!«

Der Troll brachte Mandred zu einem felsumsäumten Hafen am Fuß der Nachtzinne. Dort lagen riesige dunkle Schiffe vertäut. Sie sahen aus wie Festungen, die man das Schwimmen gelehrt hatte. Von der Hafenmole führte ein Weg die Klippe hinauf. Er mündete in einem weiten Tunnel, den Barinsteine spärlich beleuchteten.

Immer wieder passierten sie Wächter – finstere Gestalten, die sich auf schwere Knüppel und manngroße Steinäxte stützten. Keiner richtete eine Frage an sie. Mandred hatte das Gefühl, dass sein Führer großes Ansehen genoss. Jetzt im Licht der Barinsteine konnte er ihn besser erkennen. Seine Haut war von einem dunklen Grau mit hellen Einsprengseln, was sie ein wenig wie Granit aussehen ließ. Der Troll hatte eine fliehende Stirn, und sein Unterkiefer war vorgeschoben. Merkwürdig waren seine Augen. Sie glühten bernsteinfarben, so wie bei Xern, dem ersten Albenkind, dem er begegnet war. Die Arme des Trolls passten nicht zu den Maßen des Körpers, sie erschienen Mandred zu lang. Knotige Muskelstränge legten Zeugnis von ihrer Stärke ab. Im Kampf musste ein Troll ein schrecklicher Gegner sein.

Endlich erreichten die beiden eine weite Halle. Hier waren wohl an die hundert Trolle versammelt. Manche tranken oder spielten mit Knochenwürfeln, andere hatten sich an Feuerstellen ausgestreckt und schliefen. Es stank bestialisch nach altem Fett, säuerlichem Erbrochenen und vergossenem Bier. Der Ort war mehr eine Höhle denn eine Festhalle, dachte Mandred. Entlang der Wände standen grob gezimmerte Tische und Bänke, doch die meisten Trolle schienen lieber auf dem Boden zu hocken. Sie alle waren erschreckend groß. Sein Führer vom Strand war keinesfalls ein Hüne unter seinesgleichen. Mandred schätzte, dass die Größten hier im Saal fast vier Schritt vom Scheitel bis zur Sohle maßen. Erst auf den zweiten Blick bemerkte er, dass keiner von ihnen Haare hatte. Viele schmückten ihre grobschlächtigen Gesichter und kahlen Schädel mit verschlungenen Mustern aus Ziernarben.

Unruhe erhob sich, als die Hünen Mandred gewahrten. Bellende Rufe erklangen. Sein Wächter hielt den Zweig hoch und brüllte auf; seine Stimme übertönte alle anderen. Daraufhin wurde es ein wenig ruhiger. Doch in den bernsteinfarbenen Augen der Trolle las Mandred unverhohlenen Hass.

In der Ferne erklang der Ruf eines Horns. Der Jarl musste an Farodin denken. Hatten die Trolle ihn am Ende aufgespürt?

Breitbeinig ließ sich sein Führer auf einer der Bänke nieder und grinste ihn frech an. »Sag, was du uns zu sagen hast, Menschlein.«

»Verzeih, aber ich werde nur mit Herzog Orgrim sprechen«,

beharrte der Jarl und sah sich um in der Hoffnung, vielleicht irgendwo einen Troll mit goldenen Armreifen und schweren Silberketten zu sehen. Daran erkannten die Sagenhelden stets die Fürsten des großen Volkes. Doch hier trug keiner solchen Schmuck.

Sein Führer rief etwas in den Saal. Darauf erhob sich ringsherum lautes Grunzen. Mandred brauchte einige Augenblicke, bis er begriff, dass dies Gelächter sein musste.

»Was ist so komisch?«, fragte er kühl.

Sein Führer zupfte an seiner Unterlippe und sah ihn eindringlich an. »Du weißt es wirklich nicht, nicht wahr?«, fragte er schließlich mit seinem schweren Akzent.

»Was?«

»Ich bin Orgrim, der Herzog der Nachtzinne.«

Mandred sah sein Gegenüber skeptisch an. Trieb der Kerl Scherze mit ihm? Er unterschied sich durch nichts von den anderen Trollen rings herum. Wenn er allerdings tatsächlich der Herzog war und er ihm nun nicht antwortete, dann beleidigte er ihn. Gab er hingegen nur vor, der Anführer der Trolle zu sein, und Mandred enthüllte ihm die falsche Botschaft, dann konnte man ihm – zumindest nach menschlichen Maßstäben – nicht vorwerfen, sich gegenüber seinem Gastgeber unhöflich verhalten zu haben.

»Königin Emerelle wünscht Auskunft darüber zu erhalten, ob sich noch Elfen in Gefangenschaft befinden.«

Orgrim rief etwas in die Runde. Es kam Mandred so vor, als grinsten einige der Trolle gehässig. Dann klatschte der Herzog in die Hände und gab einen Befehl.

»Man wird uns Speis und Trank bringen«, sagte Orgrim förmlich. »Es soll nicht heißen, ich hätte einem Gast nicht das Beste aufgetischt, was die Vorratskammern der Nachtzinne zu bieten haben.«

Zwei armlange Trinkhörner wurden herangeschafft. Orgrim setzte seines an die Lippen und leerte es in einem Zug. Dann blickte er erwartungsvoll zu Mandred.

Der Jarl hatte schon Mühe, sein Horn nur zu heben. Er

durfte sich auf keinen Fall betrinken! Nicht in dieser Nacht! Doch wenn er gar nichts trank, dann beleidigte er seinen Gastgeber. So nahm er einen Schluck und ließ einen guten Teil des klebrigen Mets in seinen Bart laufen.

Orgrim lachte laut. »Bei uns trinken ja selbst Kinder mehr als du, Menschlein.«

Mandred setzte sein Horn ab. »Wenn ich mich hier so umsehe, dann kommt es mir so vor, dass bei euch die Kinder vielleicht schon mit meiner Statur auf die Welt kommen.«

Der Herzog schlug ihm auf die Schulter, worauf Mandred fast von der Bank gestürzt wäre. »Gut gesprochen, Menschlein. Unsere Neugeborenen sind wahrlich nicht solche zarten rosa Würmchen wie eure Kinder.«

»Um noch einmal auf die Frage der Elfenkönigin zu kommen …«

»Es gibt hier keine Elfen in Gefangenschaft.« Wieder zupfte der Herzog an seiner Unterlippe. »Wer behauptet so etwas denn?«

»Eine Elfe, die hier in Gefangenschaft war«, entgegnete Mandred knapp.

Der Trollfürst stützte das Kinn auf beide Hände und sah ihn nachdenklich an. »Welch ein verwirrtes Wesen muss das nur sein? Der Krieg ist lange vorbei. Alle Gefangenen sind ausgetauscht.« Wäre nicht der wuchtige Unterkiefer mit den vorstehenden Hauern gewesen, wäre Orgrim wohl ein gewinnendes Lächeln geglückt. So aber schnitt er eine Furcht einflößende Grimasse. »Ich hoffe doch sehr, dass Emerelle das Gerede nicht ernst genommen hat.«

Mandred war zutiefst verunsichert. Hätte ihm ein anderer als Farodin von Shalawyns Gefangenschaft berichtet, er hätte Orgrim wohl geglaubt. Der Herzog war völlig anders, als er sich einen Troll vorgestellt hatte. In den Geschichten waren sie dumme, grobschlächtige Menschenfresser, die man leicht an der Nase herumführen konnte. Auf Orgrim traf nichts von alledem zu. Im Gegenteil! Mandred hatte das Gefühl, dass der Herzog mit ihm sein Spiel trieb.

Ein altes Trollweib ließ sich am anderen Ende der Tafel nieder. Sie hatte eine flache Holzschale mit Suppe mitgebracht und einen großen, krumm geschnittenen Löffel. Ihr derbes Kleid war mit hunderten von Flicken besetzt, von denen keine zwei aus dem gleichen Stoff waren. Ein milchiger Film überzog ihre Augen. Sie blinzelte angestrengt, wann immer sie von ihrer Schüssel aufblickte. Um den faltigen Hals hatte sie etliche Lederriemen mit Glücksbringern gehängt: kleine Figuren, die aus Knochen geschnitzt waren, steinerne Ringe, Federn, einen vertrockneten Vogelkopf und etwas, das aussah wie ein halber Rabenflügel.

»Wer ist das?«, fragte Mandred flüsternd seinen Gastgeber.

»Sie heißt Skanga und ist so alt wie unser Volk.« In Orgrims Stimme lag Respekt, ja vielleicht sogar ein wenig Angst. Er sprach sehr leise. »Sie ist eine machtvolle Schamanin, die mit den Geistern spricht und Stürme besänftigen oder herbeirufen kann.«

Verstohlen blickte Mandred zu dem alten Weib. Ob sie in seinen Gedanken lesen konnte? Dann war es besser, an harmlose Dinge zu denken! »Nach dem langen Weg durch die Wildnis bin ich halb verhungert. Ich könnte glatt der Alten ihre Schüssel klauen!«

Wortreich entschuldigte sich der Herzog dafür, dass es mit dem Essen etwas länger dauerte. Es sollte erst noch geschlachtet werden, damit das Fleisch ganz frisch auf die Tafel kam. Orgrim erzählte, dass Schwein viel zarter schmeckte, wenn man die Tiere vor dem Schlachten ein wenig weich klopfte. Das Geheimnis war angeblich, das Tier niederzuschlagen, bevor es ahnte, dass es getötet werden sollte. Orgrim behauptete, dass Angst üble Säfte hervorrief, die das Fleisch verdarben. Mandred hatte von derlei Dingen noch nie gehört, doch der Herzog klang recht überzeugend.

Während sie warteten, verkürzte Orgrim ihm die Zeit, indem er von der Jagd auf Pottwale erzählte. Er schmeichelte Mandred auch, indem er die Kühnheit der Menschen lobte, die im letzten Krieg an der Seite der Elfen gestritten hatten. Besonders hob er die Taten des Heldenkönigs Alfadas hervor.

Mandred lächelte still in sich hinein. Was Orgrim wohl sagen würde, wenn er wüsste, dass er neben dem Vater von Alfadas saß? Nun, er würde es ihm nicht verraten. Schwermütiger Stolz ergriff ihn, als der Herzog von den Schlachten erzählte, in denen sein Sohn gekämpft hatte.

Endlich wurde den beiden aufgetragen. Ein aufgedunsener, speckwangiger Troll brachte zwei große Holzplatten herein. Auf ihnen lag duftender Braten, garniert mit goldbraunen Zwiebelringen. Das größere der beiden Bratenstücke hätte ohne Mühe ausgereicht, drei ausgehungerte Männer satt zu machen. Der kleinere Braten mochte vielleicht zwei Pfund wiegen, schätzte Mandred.

»Als Gast steht dir die Wahl zu.« Orgrim wies auf die Holzbretter. »Welchen der beiden Braten möchtest du?«

Der Jarl dachte an Farodins warnende Worte. Wenn er das größere Stück nahm und nur einen kleinen Teil davon aß, mochten die Trolle das als Beleidigung auffassen. »In Anbetracht meiner Statur wäre es mehr als vermessen, nach dem größeren Stück zu fragen«, sagte Mandred gestelzt. Der Bratenduft ließ ihm das Wasser im Munde zusammenlaufen. »Ich wähle deshalb das kleinere Stück.«

»So sei es.« Der Trollfürst nickte dem fetten Koch zu, und dieser setzte die schweren Holzplatten vor ihnen auf den Tisch.

Orgrim aß mit den Fingern. Ohne Mühe zerrupfte er das Fleisch und schob es sich in großen Stücken in den Schlund. Dazu wurde ihnen frisch gebackenes Brot aufgetragen, das sie in die Soße tunkten.

Mandred zog das Messer aus seinem Gürtel und zerteilte den Braten in sechs dicke Scheiben. Als er das Fleisch anschnitt, quoll dunkles Blut in die schwere Zwiebelsoße. Der Braten war köstlich. Er hatte eine gute Kruste, war im Innern aber noch zart und blutig. Begierig aß Mandred. In den langen Tagen auf dem Boot hatte es nichts Warmes mehr zu essen gegeben. Der Bratensaft troff ihm von den Mundwinkeln, während er kaute. Genüsslich tupfte er mit dem frischen Brot Soße und Zwiebeln auf. Dazu trank er den schweren Met. Orgrim verstand sich wahrlich darauf, seine Gäste zu verwöhnen.

Die übrigen Trolle verhielten sich allerdings merkwürdig. Im Laufe des Festmahls wurden sie immer stiller. Einige brieten ihrerseits Fleisch auf langen hölzernen Spießen. Die meisten jedoch starrten einfach nur zu Mandred. Ob sie ihn wohl um sein köstliches Mahl beneideten? Langsam fühlte er sich unter ihren drängenden Blicken unwohl.

Mit einem stattlichen Rülpser beendete Mandred sein Mahl. Er hatte nicht alles Fleisch essen können. Er saß vornübergebeugt auf der Holzbank und stöhnte leise.

»Darf ich dir noch etwas anbieten?«, fragte Orgrim höflich. »In Honig eingelegte Apfelstücke vielleicht? Köstlich, sage ich dir. Wirklich köstlich! Scandrag, mein Koch, ist ein wahrer Künstler.«

Mandred strich sich über den Bauch. »Bitte verzeih mir. Wie sagtest du gleich? Ich bin nur ein Menschlein. Ich kann nicht mehr.«

Orgrim klatschte in die Hände. Wenig später erschien der Troll, der ihnen aufgetragen hatte, mit einer zweiten, großen Holzplatte. Darauf ruhten zwei umgestülpte Körbe. Die Platte war dunkel von geronnenem Blut.

»Bei uns ist es Sitte, dem, was man gegessen hat, ins Auge zu blicken. Ein Brauch der Jäger, wenn du so willst.« Orgrim schnippte mit den Fingern, und der Troll stellte die Platte auf einen benachbarten Tisch. Dann hob er den größeren der beiden Körbe. Darunter lag ein Wildschweinkopf mit weit klaffendem Maul. Seine Hauer waren lang wie Dolche, so wie beim Manneber. Es musste ein außergewöhnlich großes Tier gewesen sein.

Der Herzog beglückwünschte seinen Koch zu dem vorzüglich zubereiteten Mahl. Dann hob dieser den zweiten Korb. Darunter lag der Kopf einer Frau mit kurzem blondem Haar.

Ihre Stirn war aufgeplatzt, die linke Augenbraue völlig zerschunden. Spitze Ohren stachen durch das kurze Haar. Ihre Haut war so blass, wie Mandred es noch nie bei einer Elfe gesehen hatte. Fast sah sie aus wie frisch gefallener Schnee.

Ungläubig starrte Mandred in das Gesicht. Die Verletzungen waren offenbar durch einen Knüppelhieb hervorgerufen worden. Der Jarl kannte diese Elfe so gut wie seinen eigenen Sohn. Drei Jahre waren sie Seite an Seite geritten. Yilvina! Sein Magen zog sich zusammen und bäumte sich ruckartig auf.

DAS ZWERGENREICH

Als sie nach einem Tag und einer Nacht endlich den Wald verließen, traute Nuramon seinen Augen kaum. Vor ihnen erhob sich eine gigantische Felswand – die Mauern des Zwergenreiches. Ein gewaltiges Eisentor bildete den Eingang. In die Felswand waren Fenster, Spalten und Scharten geschlagen. Am meisten jedoch beeindruckten Nuramon all die Türme, die wie Pilze aus dem Stein wuchsen und sich gen Himmel reckten. Wer immer dies erbaut hatte, war ein Meister seines Handwerks gewesen.

Nuramon stieg von Felbion ab; er konnte den Blick nicht von der Feste abwenden. »Das ist beeindruckend, nicht wahr?«, fragte Alwerich. »Ihr Elfen könnt so etwas gewiss nicht bauen.«

Nuramon starrte auf die Banner, die von den Türmen wehten. Gewaltige Stoffbahnen zeigten einen silbernen Drachen auf rotem Grund, so groß, dass man das Wappen auf viele Meilen erkennen konnte. Für wen waren diese Banner gedacht? Die Zwerge lebten so zurückgezogen, dass wohl kaum ein Fremder seinen Weg hierher fand. Offenbar ging es ihnen nicht um das Nützliche, sondern um den Anblick, der sich hier bot. In dieser Hinsicht waren die Zwerge den Elfen ähnlich, wenngleich dieses meisterliche Bauwerk alles andere als bescheidene Angemessenheit ausdrückte.

Nuramon folgte den Zwergen auf ihrem Weg zum Tor. Je näher sie diesem zweiflügeligen Ungetüm kamen, desto kleiner fühlte sich der Elf. Es war eine riesige Pforte für so kleine Geschöpfe wie die Zwerge. Doch vielleicht befand sich irgendetwas in ihrem Reich, das diese Größe verlangte. Er schaute zum Banner auf und musterte das Wappentier. Dieses Tor mochte genug Platz bieten, um einem Drachen den Eintritt zu erlauben.

Vor dem Tor befanden sich keine Wachen, doch Nuramon fielen die zahlreichen Schießscharten auf und auch der lang gezogene Balkon hoch über ihnen. An diesem Eingang brauchte man keinen weiteren Wächter. Ohne dass Nuramons Begleiter irgendetwas sagen mussten, knackte es nahe dem Tor, und quietschend und kreischend schoben sich die Flügel ihnen entgegen. Wie hatten die Zwerge es geschafft, ein so großes Tor aus Eisen zu schmieden? Wie hatten sie es bewegt, wie hatten sie es aufgerichtet? Nuramon fiel nur Zauberei als Antwort ein.

Auf dem Tor waren in groben Zierrahmen Jagdszenen, kämpfende Heldengestalten und Landschaften abgebildet. Das oberste Bild war wegen der Höhe des Tores nur vage zu erkennen. Es zeigte ein Gebirge, und Nuramon war sich sicher, dass es sich dabei um die Ioliden handelte. In das Tor waren Schriftzeichen eingeritzt. Schon auf den ersten Blick erkannte Nuramon, dass es sich um die gleiche Schrift wie an der Pforte des Orakels Dareen handelte.

Er hatte sich nicht getäuscht und war an den richtigen Ort gekommen. In solch einer gewaltigen Festung musste es einfach einen Zwerg geben, der bereit war, ihn zum Orakel zu begleiten!

Zwischen den sich öffnenden Torflügeln hindurch konnte Nuramon einen ersten Blick ins Innere des Zwergenreiches werfen. Jenseits der Schwelle öffnete sich eine gewaltige Halle, die von baumgleichen Säulen gestützt wurde. Sonnenlicht fiel durch schmale Lichtschächte hoch oben im Fels ins Innere und berührte an vielen Stellen den Boden. Barinsteine in den unterschiedlichsten Farben waren an den Säulen angebracht und spendeten dort Licht, wo die Sonnenstrahlen nicht hingelangten. In der Halle herrschte reges Treiben. Auch wenn zahlreiche Zwerge den Ankömmlingen neugierig entgegenblickten, schienen die meisten ihrer alltäglichen Wege zu gehen.

»Hättest du etwas dagegen, wenn dein Reittier draußen auf dich wartet?«, fragte Alweric.

Nuramon erklärte sich einverstanden und flüsterte Felbion

etwas zu. Der Hengst trabte davon, um in der Nähe des Tors zu grasen. Er wirkte zufrieden damit, auf dieser saftigen Wiese zurückzubleiben.

Die Zwerge führten Nuramon ins Innere. Hier sah er nun zum ersten Mal eine Wache. Sie stand zu seiner Rechten und fragte Alwerich, wer der Elf sei und wohin der Zwerg ihn zu führen gedenke. Alwerich nannte den Namen und erklärte, dass Nuramon aus Albenmark komme. »Ich werde ihn zum König bringen«, setzte Alwerich nach.

Sie durften passieren. Nuramon bemerkte ein großes Rad, an dem mehrere Dutzend Zwerge angestrengt drehten. Das Tor schloss sich langsam.

»Hier entlang«, sagte Alwerich und deutete voraus.

Die Zwerge, die ihnen auf dem Weg durch die imposante Feste begegneten, trugen alle Metall am Körper, obwohl sie hier doch gewiss keine Gefahr erwartete. Anscheinend war das Metall für die Zwerge mehr Kleidung als Rüstung. Manche bevorzugten schwere Kettenhemden und wirkten darin ausnehmend wehrhaft; andere trugen grobmaschige Hemden über leichtem Stoff, die mit Metallplättchen besetzt waren. Offenbar gab es keine Kleidung, die ohne Metall auskam.

All die Zwerge, die ihren Weg kreuzten, musterten Nuramon, als hätten sie noch nie in ihrem Leben einen Elfen gesehen. Und das mochte wohl auch stimmen. Manche flüsterten, manche grüßten ihn zurückhaltend. Er begegnete ihnen freundlich und hoffte, dass seine Gesten richtig verstanden wurden.

Zum ersten Mal erblickte der Elf auch Zwergenfrauen, in deren Kleidung die ganze Kunstfertigkeit dieses Bergvolkes zum Ausdruck kam. Metallfäden und Schmuckstücke zierten die Kleider; selbst jene, die sich Gold oder Silber wohl nicht leisten konnten, trugen schön verzierte Arbeiten aus weniger edlem Metall. Besonders fiel Nuramon eine Zwergin auf, auf deren Kleid blattförmige Kupferplättchen angebracht waren. Obwohl sie von der Statur her klein und breit war, erinnerte sie ihn an eine Baumfee, wie er sie einmal als Gast bei Alaen Aikhwitan gesehen hatte.

Die Gesichter der Frauen wirkten weich und liebenswürdig. Sie trugen ihr Haar lang und meist zu Zöpfen geflochten. Die Frau mit dem Kupferkleid hatte blondes Haar, das in vier dicken Zöpfen auf ihre Schultern fiel. Dass Nuramon sie so eingehend betrachtete, machte sie offenbar verlegen. Sie lächelte ihn an, wandte dann die dunklen Augen ab und schaute zu Boden.

Als Alwerich und die Seinen ihn vom Hauptweg zwischen den Säulen nach rechts führten, fragte sich Nuramon, warum ihm als Elf diese Welt aus Stein so zusagte, obwohl er in den Zwergenhallen bisher nicht einmal Pflanzen gesehen hatte. Durfte er diese Gefilde schön finden? Oder war es einmal mehr sein besonderer Blick, über den seine Sippe daheim in Albenmark stets gespottet hatte? Er wusste es nicht zu sagen. Dennoch verhielt es sich so, dass er diese Umgebung als schön empfand, auch wenn sie ihm fremd war und er sich zwischen den gedrungenen Zwergen wie ein schlanker Riese vorkam.

Nuramon folgte Alwerich in eine weitere Halle, die nicht minder beeindruckend war als der Eingang in das Reich der Zwerge. Die Säulen gruppierten sich hier auf breiten Sockeln zu Pfeilern, die gewaltige Bogen stützten. Breite Treppen schufen kleine Plätze und verbanden sie miteinander. Man bewegte sich über die jeweiligen Stufen von Platz zu Platz und stieg so Ebene um Ebene auf. Viele der Plätze wurden von Zwergen genutzt. Da standen Tische und Bänke, auf denen unterschiedlichste Waren feilgeboten wurden. Dies war ein Markt, und hier ging es laut zu. Das Gerede der Zwerge wurde von einem Rauschen untermalt. Irgendwo in der Nähe musste ein Wasserfall sein.

Am Rande der Halle erreichten sie eine Treppe, die rasch anstieg, aber von mächtigen Säulen geteilt wurde. Davor fand sich ein eindrucksvoller Brunnen. Zwei riesige Zwergenfrauen aus Stein hielten Gefäße, aus denen das Wasser floss und in das große Becken unter ihnen stürzte. Das Rauschen würde jedes Gespräch verschlingen, das in seiner Nähe geführt wurde. Die Luft über dem Brunnen schimmerte in der Lichtsäule, die durch eine breite Öffnung in der Decke hinabfiel. Es wirkte nicht wie Sonnenlicht, denn es hatte eine bläuliche Färbung. Gischt wehte ihnen entgegen, als sie den Brunnen passierten. Sie schmeckte frisch und ein wenig salzig.

Kaum hatten sie die Treppe und die Säulengruppe hinter sich gelassen, durchquerten sie eine weitere Halle und gelangten zu einer breiten Wendeltreppe, die zunächst im Fels verschwand und sie in die Höhe führte, um sich dann linker Hand zu öffnen und einen freien Blick auf die Treppenhalle zu gewähren. In der Ferne sah Nuramon die Säulen der großen Halle nahe dem Eingang.

Alwerich bedeutete ihm weiterzugehen, und schließlich hielten sie vor einem breiten Gang, der von zwei Kriegern bewacht wurde. Diese wollten Nuramon nicht passieren lassen. So beschloss Alwerich, voranzugehen und sein Anliegen am Hof vorzubringen. Nuramon sollte indessen hier warten.

Der Elf betrachtete die nähere Umgebung. Auch hier schien das Licht unter der Decke zu schweben. Er hätte viel darum gegeben, das Geheimnis dieses Lichtes zu kennen. Obwohl er hier fremd war, fühlte er sich wie in Albenmark. Wie Yulivee in Valemas hatten die Zwerge sich ihre Heimat neu erschaffen. Offenbar hatten sie auch Kristalle gezüchtet. Links an der fernen Wand wucherte Jeschilit und glitzerte wie Gras im Morgentau. Zu seiner Rechten erhoben sich deckenhohe Bergkristalle, die von innen heraus leuchteten und Waldlandschaften zu enthalten schienen.

Nuramon beobachtete die Zwerge, die auf den hoch gelegenen Steinstraßen und Holzbrücken unterwegs waren. Für sie musste diese Pracht so alltäglich sein, wie es der Anblick von Emerelles Burg für ihn war. Und doch gab es gewiss Zwerge, die ähnlich empfanden wie er und diese Hallen in all ihrer Pracht bestaunten.

Nach einer Weile kehrte Alwerich zurück und schickte seine Gefährten fort. Er machte ein misstrauisches Gesicht. »Folge mir bitte! Meister Thorwis will dich sprechen.«

Nuramon hatte den Namen noch nie gehört. Er folgte dem Zwerg ohne ein weiteres Wort. Sie passierten die beiden Wachen und liefen einen ruhigen Gang entlang, vorbei an einzelnen Wachen und edel gekleideten Männern und Frauen, die Nuramon betrachteten, als wäre er ein leuchtender Geist. Er versuchte, die Orientierung zu behalten, was ihm schwer fiel ohne den Himmel oder zumindest ein Baumdach über sich.

Die Überraschung auf den Gesichtern der Zwerge konnte Nuramon sich gut erklären. Er war wahrscheinlich der erste Elf, der dieses Weges kam. Er konnte nur hoffen, dass die Zwerge ihn nicht als einen Abgesandten Emerelles betrachteten. Im Grunde wusste er nicht, ob die Zwerge den Elfen überhaupt wohlgesonnen waren. Was, wenn sie im Streit aus Albenmark fortgegangen waren? Womöglich schritt er dann seinem Verderben entgegen.

»So, hier sind wir«, sagte Alwerich und trat in eine Halle mit gut zwei Dutzend hoher Türen ein, von denen einige bewacht waren. Zielstrebig trat Alwerich an einen alten Zwerg mit weißem Haar heran, der vor einer der Türen wartete. »Dies ist der Fremde, Meister«, sagte er und verbeugte sich.

Der Alte musterte Nuramon mit starrer Miene. »Du hast deinen Auftrag gut erledigt, mein junger Krieger. Nun geh!«

Alwerich warf Nuramon einen letzten Blick zu und nahm dann den Weg, den sie gekommen waren.

»Sieh mich bitte an!«, ertönte die Stimme des Alten.

Nuramon folgte dem Wunsch und schaute dem Zwerg direkt in die graugrünen Augen. Thorwis schien jede Einzelheit seines Gesichtes zu prüfen. Dieser alte Zwerg war der Zauberei mächtig, das spürte Nuramon. Das schlichte graue Gewand sprach zudem dafür, dass er kein Krieger war. Er war der einzige Zwerg hier, der kein Metall trug. Selbst sein Ring war aus Jade.

»Folge mir!«, sagte der greise Zwerg schließlich. Er öffnete die Tür und trat ein. Jenseits der Schwelle erstreckte sich ein schmaler Gang. Nachdem Nuramon eingetreten war, schloss Thorwis die Tür und schob einen Riegel vor.

Nuramon folgte dem Alten durch eine Folge von Gängen, die nicht recht zu dem Glanz der anderen Räume passen wollten. Hier waren die Wände schlicht und ohne jeden Zierrat.

Allein die Türen waren kunstvoll geschmückt, und keine glich der anderen. Offenbar passten sie sich an die Gegebenheiten des Raumes an, in den sie führten.

»Diese Flure bekommen nur wenige zu sehen«, erklärte Thorwis. »Kein Elf hat seinen Fuß …« Er brach plötzlich ab und starrte auf Nuramons Schwert. Dann schmunzelte er. »Verzeih! Was ich sagen wollte, ist: Du kannst dich glücklich schätzen, hier zu sein.«

»Das tue ich«, war alles, was Nuramon darauf sagte. Er wunderte sich über das Gebaren des Zauberers. War es wohl unüblich, ein Schwert in diese Flure zu führen?

Sie trafen bald auf breitere Gänge, auf denen auch wieder Zwerge zu sehen waren. Diese trugen kostbare Kleidung und schienen nicht minder verwundert als jene, die Nuramon zuvor erblickt hatten. Manche erschraken gar, als er mit Thorwis um die Ecke bog.

»Bei so einem großen Königreich müssen sich diejenigen, welche die Entscheidungsgewalt tragen, schnell und unauffällig zwischen den wichtigen Orten bewegen können«, erklärte der Alte.

Nuramon spürte, dass die Gänge nicht willkürlich gebaut worden waren. Viele folgten einem Albenpfad. Wer immer schnell von einem Ort des Zwergenreiches zu einem anderen gelangen wollte, mochte sich womöglich eines Albensterns bedienen.

Am Ende eines langen Ganges blieb Thorwis stehen, öffnete eine Tür zu seiner Rechten und trat ein. Nuramon folgte ihm und fand sich in einem leeren Saal wieder, der gemessen an den Hallen und Gängen recht klein war. Zur Linken fehlte die Wand, sodass man von hier aus das Tal überblicken konnte. Das Tageslicht warf seinen Schein bis auf das gegenüberliegende Wandmosaik aus Edelsteinen, welches ein Abbild des Tales zeigte.

»Entschuldige mich!«, sagte Thorwis und verschwand durch eine Tür, die sich in das Edelsteinbild einfügte.

Nuramon fragte sich, wie die Zwerge ihn wohl einschätzten. Offenbar glaubten sie, dass er etwas von ihnen wollte, das es rechtfertigte, ihn in diesem prachtvollen Teil des Königreiches zu empfangen. Ihm hätte es ausgereicht, unten in der Haupthalle jemanden zu finden, der den Mut hatte, sich gemeinsam mit ihm auf die Reise zum Orakel zu begeben.

Er trat an die offene Wand und blickte hinab ins Tal. Die Wolken flogen niedrig über den blauen Himmel, und Nuramon hatte das Gefühl, dass sie Gesichter darstellten, die ihn anlachten. Vom Wind, der die Wolken dort draußen anschob, spürte Nuramon hier nur einen sanften Hauch. Er hielt seine Hand ins Freie und spürte, wie er durch etwas Unsichtbares hindurchgriff. Draußen streifte der Wind seine Finger. In seinem Haus in Albenmark wirkte ein ähnlicher Zauber. Alaen Aikhwitan sorgte dort dafür, dass kein Luftzug durchs Haus wehte, und in der Burg der Königin wirkte dieser Zauber in der Decke ihres Thronsaals. Wieder hatte er eine Ähnlichkeit zwischen den Zwergen und den Elfen entdeckt.

Plötzlich öffnete sich die Tür in der Edelsteinwand, und herein kam ein Zwerg in einem edlen Kettenhemd und einem grünen Mantel. Er trug eine schmale Krone. Ihm folgten Thorwis und einige andere vornehme Zwerge, manche davon Krieger.

Der König hatte Nuramon noch nicht gesehen, sondern sprach mit seinen Kriegern. »Ich möchte, dass dort nicht länger gegraben wird! Und sag ihnen, dass ich …« Der König hielt inne und betrachtete Nuramon.

Thorwis trat an die Seite seines Herrn. »Dies ist der Gast, von dem ich dir berichtet habe.«

Der König wandte sich halb zu den Kriegern, behielt Nuramon aber im Blick. »Geht und tut, was ich gesagt habe!«, befahl er. Dann wandte er sich zu Thorwis. »Du hast mir nicht gesagt, dass es ein Elf ist.«

»Ich wollte dich überraschen. Schau doch!«

Der Zwergenkönig trat gemessenen Schrittes an Nuramon heran. Er hatte graues Haar und trug einen Bart mit kunstvoll geflochtenen Zöpfen. Dicht vor Nuramon blieb er stehen und sah ihn mit großen Augen an.

Nuramon verbeugte sich vor dem König und kam sich dabei merkwürdig vor, musste er doch noch immer zum Herrscher der Zwerge hinabblicken. »Mein Name ist Nuramon. Ich komme aus Albenmark und bin in dieser Welt auf Reisen.«

Der König wandte sich an Thorwis. »Hast du das gehört?« Er schien es nicht fassen zu können, einen Elfen vor sich zu haben.

»Ja, mein König.« Der Alte wandte sich an Nuramon. »Dies ist Wengalf, König der Zwerge und Herrscher von Aelburin.«

»Ich wusste, dass du kommen würdest. Ich wusste nur nicht, wann«, erklärte König Wengalf.

Nuramon war darüber nicht allzu verwundert. Wie Emerelle oft wusste, was sich zugetragen hatte, was sich gerade anderswo zutrug und was sich einst irgendwo zugetragen haben mochte, so blickte vielleicht auch der König der Zwerge in ferne Zeiten und sah, was geschehen mochte.

»Was führt dich zu uns?«, fragte Wengalf.

»Ich bin auf der Suche nach einer Elfe und hoffte, dass mir das Orakel Dareen dabei helfen könnte. Doch der Weg zu ihr ist mir versperrt. Nur mit der Hilfe eines Zwerges vermag die Pforte geöffnet zu werden.« Nuramon beschrieb Dareens Pforte im Einzelnen und erzählte, wie es ihm dort ergangen war.

Wengalf tauschte einen Blick mit Thorwis, was der Alte als Zeichen nahm, das Wort an Nuramon zu richten. »Wir kennen das Orakel der Dareen. In jener Zeit, da wir Albenmark verließen, gingen auch andere Albenkinder fort, um in dieser Welt ihren Platz zu finden. Zwerge und Elfen begegneten sich eines Tages und entdeckten Dareen jenseits eines Tores, das an einen fernen Ort in dieser Welt führt. Und sie sagte uns, wie wir die Pforte schließen sollten. In alten Tagen nutzten wir dieses Tor oft. Doch die Elfen zogen sich zurück. Manche versteckten sich in verzauberten Wäldern, andere schufen sich ihr Reich in der Zerbrochenen Welt. Die meisten aber kehrten nach Albenmark zurück. Wir konnten die Pforte allein nicht öffnen. Und die Not oder die Neugier waren nie so groß, dass wir das Orakel in Anspruch nehmen wollten.«

Nuramon musste an Yulivee denken. Sie musste eine der Elfen gewesen sein, die einst die Zwerge getroffen hatte. »Wäre denn ein Zwerg bereit, mich zu begleiten?«, fragte er hoffnungsvoll.

»Ein Zwerg wird einem Elfen zur Seite stehen, ebenso wie ein Elf einst den Zwergen zur Seite stand«, sagte Wengalf feierlich.

Nuramon wusste nicht, was der Zwergenkönig damit sagen wollte. Vielleicht spielte er auf die Zeit an, da die Zwerge noch in Albenmark gelebt hatten und mit den Elfen Bündnisse eingegangen waren.

»Du erinnerst dich nicht«, sagte der König.

»Nein. Ich bin zu jung. Ich habe nicht gesehen, wie Elfen und Zwerge in Albenmark Seite an Seite lebten.«

»Aber du hast dich kaum verändert. Ich erkenne dich immer noch. Und auch Thorwis hat dich gleich erkannt. Wie viele Jahre ist es her? Gewiss mehr als dreitausend Jahre.«

»Genau dreitausendzweihundertsechsundsiebzig«, erklärte Thorwis.

Mit einem Schlag wurde Nuramon klar, worauf der Zwerg anspielte. »Du musst mich mit einem meiner Vorfahren verwechseln!«

»Nein, wir meinen dich«, sagte Thorwis. »Ich habe dich erkannt. Du bist Nuramon. Es gibt keinen Zweifel.«

»Wir nannten uns einst Freunde«, setzte der König nach.

Nuramon konnte es nicht fassen. Er war an einen Ort gekommen, an dem man sich an einen seiner Vorfahren erinnerte und bereit war, über ihn zu sprechen. Und der Zwergenkönig hatte diesen Vorfahren einst als Freund betrachtet!

»Es war zu jener Zeit, da ich noch auf meine Königswürde wartete, als wir Freundschaft pflegten. Du bist an unserer Seite aus Albenmark fortgegangen. Unser Volk hat gemeinsam mit dir eine große Queste bestanden und diesen Ort ausfindig gemacht. Wir haben zusammen gejagt, gekämpft und gefeiert. Und wir haben gleichermaßen den Tod gefunden.«

»Ich bin hier gestorben?«, fragte Nuramon.

Wengalf deutete hinaus ins Tal. »Dort haben hundert Zwerge gegen den Drachen Balon gekämpft. Doch nur wir beide haben ihn besiegt und es mit unserem Leben bezahlt. Du bist dort draußen gestorben, ich wenige Tage später. Auf dem Sterbebett hat man mich zum König gekrönt.«

Nuramon konnte kaum glauben, was er da hörte. Wengalf dachte tatsächlich, dass er derselbe Elf sei wie damals. Doch er hatte vielmehr das Gefühl, einer Sage zu lauschen, konnte er sich doch an nichts dergleichen erinnern.

»Ich weiß noch, wie du gestorben bist. Wir beide lagen im heißen Blut des Drachens. Du sagtest: *›Das ist nicht das Ende. Ich werde zurückkehren.‹* Das waren deine letzten Worte. Wie lange habe ich auf deine Rückkehr gehofft! Und ich muss gestehen, dass die Zeit so lang wurde, dass ich nur selten, jedoch immer am Gedenktag, daran dachte. Ich malte mir aus, wie irgendwo deine Seele wiedergeboren wurde, du dich aber nicht erinnern konntest, was du einst getan hattest. Schließlich war so viel Zeit verstrichen, dass ich dachte, du wärest längst ins Silberlicht gegangen. Doch ich habe mich geirrt.«

Nuramon ging aufs Knie, um auf der gleichen Augenhöhe wie Wengalf zu sein. »Ich wünschte, mit der Seele hätte ich auch die Erinnerung meiner Vorfahren erhalten. Doch dem ist nicht so. Was du mir erzählst, ist die Geschichte eines anderen. Ich kann sie nicht als Teil meiner selbst betrachten.«

Thorwis mischte sich ein. »Wieso kannst du das nicht? Wenn du dich schlafen legst und wieder aufwachst, bist du dann noch der Gleiche? Und wenn du der Gleiche bist, woher weißt du es?«

»Ich weiß es, weil ich mich an das, was zuvor war, erinnere«, entgegnete Nuramon.

Thorwis legte ihm die Hand auf die Schulter. »Dann betrachte das, was du von deinen Vorfahren erfährst, als Erinnerungen deiner Seele, als etwas, das du nur vergessen hast. Und wer weiß: Eines Tages mag die Erinnerung deiner Seele auch die deines Geistes werden.«

»Du meinst, ich kann mich vielleicht eines Tages an den

Kampf gegen den Drachen und an meine Freundschaft zu Wengalf erinnern?«

»Ich kann es dir weder versprechen, noch kann ich dir Hoffnungen machen. Ich kann nur sagen, dass es schon so geschehen ist. Es gibt Albenkinder, die sich an ihre früheren Seelen erinnern. Die meisten davon sind Zwerge. Vielleicht findest auch du eines Tages den Pfad zu deinen früheren Leben. Die Zauberei ist dir nicht fremd, und deine Sinne sind sehr wach. Der erste Schritt auf diesem Weg ist es anzuerkennen, dass der Nuramon, der sich einst opferte, und der Nuramon, der vor uns steht, ein und dasselbe Albenkind sind.«

»Ich danke dir für den Rat, Thorwis. Und dir, Wengalf, danke ich für das, was du mir erzählt hast. Gestattest du mir eine Frage?«

»Nur zu«, forderte der König ihn auf.

»Kennt ihr eine Elfe namens Yulivee?«

Wengalf und Thorwis tauschten einen überraschten Blick. »Gewiss«, antwortete der König. »Aber das ist lange her. Seite an Seite setzten wir einen Bergkristall und einen Diamanten in das Tor zu Dareen, auf dass Elfen und Zwerge nur gemeinsam den Weg zu Dareen finden mögen.«

»Habe ich sie getroffen in meinem früheren Leben?«

»Nein, zu dieser Zeit bist du deine eigenen Wege gegangen und erst später wieder zu uns gestoßen.«

»Ich danke dir, Wengalf. Und auch dir, Thorwis. Ihr könnt euch nicht vorstellen, wie sehr mich all eure Worte berühren. Ich will euren Rat annehmen und die Erzählungen über mein früheres Leben zu meiner Erinnerung machen.«

Wengalf grinste und klopfte dem knienden Nuramon heftig auf die Schulter. »Dann sollte ich dir dringend von den Festen erzählen, damit du dich erinnerst, was wir getrunken und gegessen haben. Du konntest damals eine Menge vertragen. Komm! Lass uns feiern wie in alten Tagen!« Der Zwergenkönig schloss ihn in die Arme.

DER LETZTE WEG

Farodin zerrte das Messer aus dem Auge des Trolls. Er wischte die Klinge an dem groben Wollmantel des Toten sauber und schob sie zurück in das Futteral, das er um den linken Unterarm geschnallt trug. Dann packte er den Troll bei den Schultern. Seine Muskeln spannten sich zum Zerreißen, als er den Troll langsam, Zoll um Zoll, zum Rand der Mole zog und ihn in das dunkle Wasser gleiten ließ.

»Mögest du lange darauf warten, wiedergeboren zu werden«, zischte er. Dann lief er ein Stück die Anlegestelle hinauf. Er versuchte sich daran zu erinnern, wie es hier früher ausgesehen hatte. Die Mole war mit einem neuen Pflaster versehen und verlängert worden. Hoffentlich hatte man nicht noch mehr verändert!

Voller Verachtung blickte er zu den riesigen schwarzen Schiffen auf. Ihnen fehlte jede Eleganz! Sie waren einfach nur massig. Der Bug und das Heck sahen aus, als hätte man eigentlich Belagerungstürme bauen wollen und kein Schiff. Drohend erhoben sie sich über das Wasser. Welchen Feind wollten die Trolle mit diesen Schiffen wohl bekämpfen?

Hoch über ihm auf der Nachtzinne erklang hundertstimmiges Gelächter. Ob Mandred durchgehalten hatte? Oder war der Menschensohn längst tot?

Sein Plan war einfach nicht durchdacht gewesen. Zu glauben, dass sich hier in all den Jahrhunderten nichts verändert hätte! Farodin hatte schon drei verborgene Pforten zu dem Labyrinth von Geheimgängen, die den Felsen und den Turm durchzogen, vermauert vorgefunden. Und es war altes Mauerwerk. Selbst die Trolle hatten begriffen, von wo er gekommen war, als er einst ihren Heerführer ermordete. Und nun war auch noch die Mole erneuert!

Ohne große Hoffnung stieg er eine Treppe zum Wasser hinab. Er nahm den Umhang ab, rollte ihn und band ihn sich wie eine Schärpe um die Hüften. So würde er ihn weniger behindern. Darauf bedacht, kein verräterisches Geräusch zu machen, ließ er sich langsam in die eisige Umarmung des Wassers gleiten. Er musste sich ganz darauf konzentrieren, dass sich seine Kleider nicht voller Wasser sogen und ihn in die Tiefe zerrten.

Ihm blieb wenig Zeit für seine Suche. Nicht lange, und die Kälte würde ihn allem Zauber zum Trotz lähmen, dachte Farodin verzweifelt. Er tastete sich ein Stück weit die Mauer entlang und tauchte dann unter. Schon nach wenigen Schwimmstößen fand er, wonach er gesucht hatte. Eine dunkle Öffnung in der Mole. Diesen Eingang hatten die Trolle offensichtlich vergessen. Vielleicht hatten sie auch nie um ihn gewusst.

Ein gefluteter Tunnel führte vom Hafen zu einer Grotte, die tief unter dem Turm lag. Von dort gab es mehrere Wege, die hinauf zum verborgenen Labyrinth in den Mauern des Turms führten. Es hieß, die Nachtzinne sei einst von Kobolden erbaut worden, die von den Trollen in Sklaverei verschleppt worden waren. So wie auf Emerelles Burg hatten sie auch hier hunderte Geheimgänge angelegt, in denen sie sich außer Sicht ihrer Herren bewegen konnten. Diese Tunnel waren gerade hoch genug, dass Farodin geduckt in ihnen gehen konnte; ein Troll aber würde niemals hierher gelangen. Es war das vollkommene Versteck!

Der Elf war völlig durchgefroren, als er die weiße Grotte erreichte. Er wusste nicht, wie die Kobolde diesen Platz einst genannt haben mochten. Er hatte ihn damals in den langen Stunden des Wartens so getauft. Decke und Wände der Grotte waren von schneeweißen Kalkablagerungen überzogen. Lange Stalaktiten reichten von der Decke hinab. An einigen Stellen waren Barinsteine in die Felsen eingelassen und verbreiteten auch Jahrhunderte, nachdem die heimlichen Bauherren gestorben waren, ein warmes, gelbes Licht.

Farodin streifte seine Kleider ab und trocknete sie mit Hilfe des Zaubers, mit dem er sich sonst gegen die Kälte schützte.

Der breite Gürtel und die ledernen Armschienen, in denen seine Wurfmesser steckten, waren gut eingefettet. Das Wasser hatte ihnen nichts anhaben können.

Die Jahrhunderte der Erfahrung hatten Farodin gelehrt, dass schwere Wurfmesser für ihn die beste Waffe im Kampf gegen Trolle waren. Ihre Leiber waren so massig, dass es eine Kunst war, ihnen tödliche Verletzungen beizubringen. Farodin hatte schon Trolle gesehen, die mit Pfeilen gespickt gewesen waren und dennoch weitergekämpft hatten. Ein Wurfmesser, das sie ins Auge traf, das war sein bevorzugter Weg, sie schnell und lautlos zu töten.

Wenn er in all den Jahrhunderten seiner Fehde etwas gelernt hatte, dann war es die Regel, dass man sich keinem Troll im Nahkampf stellen sollte. Ein einziger Treffer mit ihren schweren Keulen oder Äxten mochte reichen, einen Elfen zu zerschmettern, wohingegen ein Schwerthieb gegen die Bestien meist nur geringe Wirkung zeigte. Auch war es unmöglich, ihre Hiebe zu parieren. Die Wucht ihrer Schläge brach jeden Arm, der sich ihnen entgegenstemmte. Man konnte ihnen nur ausweichen oder ihnen am besten erst gar nicht nahe kommen.

Wenn man sie mit einem Streich töten wollte, musste man ihre Kehle treffen. Doch schon allein wegen ihre Größe war es schwer, solche Hiebe zu setzen. Die einzige Wahl war ein schräg nach oben geführter Stich zwischen den Rippen hindurch ins Herz. Dies mochte gelingen, wenn man ihre Deckung erst einmal unterlaufen hatte, doch so nah sollte man einem Troll niemals kommen, wenn einem das Leben lieb war.

Farodin hockte sich auf den kalten Boden und spreizte die Arme leicht ab. Er leerte seine Gedanken und versuchte sich ganz auf die geheimen Koboldpfade zu konzentrieren. Fast jede Kammer in der Nachtzinne konnte man auf diesen Wegen erreichen. Wo würde Mandred sein? Und gab es die Pfade noch? Oder hatten die Trolle sie aufgespürt und die verborgenen Pforten vermauert, so wie sie es draußen am Fuß der Steilklippe getan hatten?

FLEISCH

Mandred erwachte in einem Käfig. Er konnte nur wenig sehen. Um ihn herum war es fast völlig dunkel. Als er sich bewegte, begann der Käfig leicht zu schwingen. Er schien an einem Seil zu hängen.

Der Jarl versuchte sich zu strecken, doch seine Arme waren ihm auf den Rücken gebunden, und der Käfig war so klein, dass er in kauernder Haltung verharren musste. Mit Schrecken dachte er an die Gefangenen auf dem Pferdemarkt in Iskendria. Sie hatte man in Käfige gesteckt, auf dass sie verdursteten. Wieder bäumte er sich in seinen Fesseln auf. Doch das Einzige, was er damit erreichte, war, dass ihm die dünnen Lederriemen schmerzhaft in die Handgelenke schnitten.

Mandred versuchte sich zu erinnern, wie er hierher gekommen war. Er hatte sich erbrochen, mitten in den Saal hinein. Die Trolle hatten gelacht und ihn herumgestoßen. Voller Abscheu hatte er den Herzog einen gemeinen Lügner genannt. Orgrim aber hatte das nicht sonderlich beeindruckt. Im Gegenteil, er hatte zynisch gefragt, ob Mandred vielleicht seine Ziegen und Gänse Gefangene nannte. Sein Spott war unerträglich gewesen. Schließlich hatte Mandred die Axt gezogen. Welch unbeschreiblich dummer Fehler! Und doch hatte er nicht anders gekonnt. Schreiend war er auf Orgrim losgegangen, um ihm den Schädel einzuschlagen. Doch noch bevor er den Herzog hatte erreichen können, hatte ihm einer der Trolle einen Knüppel zwischen die Beine geworfen, sodass er gestürzt war. Mit einem Tritt hatte Orgrim ihn entwaffnet und dann an Scandrag übergeben, den Koch. Dieser hatte Mandred wie einen Welpen im Nacken gepackt und ihm die Hände auf den Rücken gebunden. Jeglicher Widerstand war zwecklos gewesen; gegen einen Troll war er machtlos wie ein Kind.

Das Letzte, was Mandred von Orgrim gehört hatte, war die Ankündigung gewesen, dass sie sich zur Mittwinternacht zum Essen wiedersähen. Als er dem Herzog zugerufen hatte, er möge an diesem Mahl ersticken, hatte Scandrag ihn niedergeschlagen.

Ein Wispern schreckte Mandred aus seinen Gedanken. Jemand war schräg über ihm. Er sprach mit leiser, kehliger Stimme. Kurzes Schweigen. Dann begann das Wispern erneut. Diesmal hatten sich Tonlage und Sprachmelodie verändert. Schließlich sprach die Stimme auf Elfisch, doch Mandred verstand nur wenige Worte. Es war von einem Versuch die Rede, von Sprachen und von Menschen, wahrscheinlich von ihm.

»Verstehst du Dailisch?«, fragte Mandred in der Sprache der Kentauren.

»Wer bist du?«, kam nun die Gegenfrage auf Dailisch.

Mandred zögerte. Mochte das hier eine List der Trolle sein, um aus ihm herauszulocken, was er an der Festtafel nicht gesagt hatte? »Ich bin Torgrid von Firnstayn«, antwortete er schließlich.

»Wie haben sie dich gefangen?«, fragte darauf die Stimme über ihm.

»Ich war auf der Jagd.« Langsam gewöhnten sich seine Augen an die Dunkelheit. Es hingen noch andere Käfige rings herum.

»Und warum spricht ein menschlicher Jäger die Sprache der Kentauren? Wer hat sie dich gelehrt? Seit den Tagen des Alfadas pflegen Albenkinder nur selten Umgang mit den Menschen.«

Mandred fluchte stumm. Lügen haben kurze Beine! »Ein Freund hat sie mich gelehrt.«

»Der Menschensohn belügt uns«, sagte nun eine müde Stimme weit oben in der Dunkelheit. »Meine Ohren ertragen weder seine Lügen noch die Art, wie er die dailische Sprache verstümmelt. Lasst ihn! Scandrag wird ihn als Nächsten holen. Es ist nicht mehr lang bis zum Mittwinterfest, das fühle ich. Bis dahin gebiete ich euch Schweigen, meine Brüder und Schwestern. Wir sind ohnehin nur noch Fleisch. Und Fleisch spricht nicht.«

Schweigt doch, ihr Bastarde, dachte sich Mandred. Bestraft mich! In zwei oder drei Stunden holt Farodin mich hier heraus. Und dann werdet ihr mir die Füße dafür küssen, dass ich hierher gekommen bin.

EIN BLICK IN DEN SPIEGEL

Nuramon folgte dem Zwergenkönig und war sich gewiss, dass am Ende des Weges eine weitere Überraschung auf ihn wartete. Er hatte in diesem seinem Leben noch nie so viel Anerkennung erfahren wie hier in den Hallen der Zwerge. Zu seinen Ehren hatte der König ein Fest gegeben, und Nuramon hatte so ausgelassen gefeiert, dass er sich selbst kaum wieder erkannt hatte. Ein wenig Entgegenkommen hatte ausgereicht, und schon hatte Nuramon sich als Teil der Gemeinschaft gefühlt. Die Zwerge behaupteten zwar, er habe den Becher viel zu vornehme gehoben, doch er hatte sich immerhin bemüht, ihren rauen Tischsitten entgegenzukommen und Speis und Trank anzunehmen, die er sonst nie und nimmer gegessen hätte.

Viele Zwerge hatten ihn gefragt, ob er sich noch daran erinnere, ihnen begegnet zu sein. Doch zu seinem Bedauern erkannte er niemanden aus seinem früheren Leben. Er hatte zwar gehofft, die vertraute Umgebung werde ihm die Erinnerung daran schenken, doch so leicht war es offenbar nicht. Wenn er jedoch Thorwis glauben durfte, dann würde er eines Tages all seine Zwergenfreunde wieder erkennen und nachempfinden können, was er einst gewahrt, gedacht und gefühlt hatte.

Längst begriff Nuramon, wieso er in seinem früheren Leben den Zwergen so nahe gestanden hatte, obwohl sie auf den ersten Blick so wenig mit ihm gemein hatten. Thorwis hatte ihm gesagt, dass die Zwerge zwar das Mondlicht kannten und es *Silberlicht* nannten, bislang jedoch nur einige wenige in dieses Licht gegangen waren. Die meisten Zwerge zeichneten die Erfahrungen eines Lebens auf und starben irgendwann, nur um dann in einem neuen Leben ihr eigenes Erbe anzutreten. Von Anfang an war für die Kinder der Dunkelalben die

Wiedergeburt die Regel. Und jeder begriff seinen Tod nur als Unterbrechung des Lebens, gleich einem Schlaf, der die Erinnerung trübte. Mit der Zeit konnte man diese Erinnerung wiedererlangen, und der Tod war nicht mehr als ein kurzer Traum.

Manche Zwerge hatten die Erinnerung an all ihre Leben wiedergewonnen. Thorwis und Wengalf zählten zu ihnen. Die meisten aber befanden sich noch auf dem Weg zu ihrem Ziel. Bis sie es erreichten, würden sie in den Schriften lesen, die sie sich selbst hinterließen, um das Wichtigste über ihre Vergangenheit in Erfahrung zu bringen.

Nuramon war noch weit von der Erinnerung entfernt. Er wusste nur wenig über sich und hatte sich selbst auch nichts hinterlassen. Wengalf und Thorwis hatten ihm zwar berichtet, dass er die Zwerge in Albenmark kennen gelernt hatte, dass er mit ihnen von dort fortgegangen war und hier manche Heldentat vollbracht hatte. Was sie aber über ihn zu erzählen wussten, das widersprach dem Bild, das er von sich selbst gezeichnet hatte. Sie sprachen von einem Helden, wie sie in den alten Liedern besungen wurden. Doch was hatte er in diesem Leben schon geleistet, um solche Anerkennung zu verdienen? Nichts!

Wengalf riss Nuramon aus seinen Gedanken. »Wir sind fast da. Wir müssen hier entlang.« Der Zwerg bog in einen breiten Gang ein. Es war kühl hier, was so gar nicht zu dem warmen Licht passte, das die Barinsteine in den Wänden spendeten. In einiger Entfernung konnte Nuramon ein kräftigeres Licht sehen, das bis in die Gänge strahlte.

»Was ist dies für ein Ort?«, fragte Nuramon.

»Das sind die Hallen der Gesichter«, antwortete der Zwergenkönig rätselhaft.

Sie kamen dem hellen Licht immer näher, und bald schien es, als hafteten Schnee und Eis an den Wänden und spendeten Licht. Doch dann erkannte Nuramon, dass es sich um Kristalle handelte. Als sie das Licht erreicht hatten, sah Nuramon, wie die Wände beschaffen waren: Weiße Mineralien wuchsen in dünnen Kristallnadeln aus den Wänden und wirkten wie helle

Grasbüschel. Jenseits dieses Wegstücks öffnete sich der Gang zu einer runden Halle mit einer vergleichsweise niedrigen Gewölbekuppel. In der Mitte ließ eine runde Öffnung das Licht von der Decke herab auf einen elfenhohen Bergkristall fallen. In diesem Kristall befand sich eine Gestalt. Sie war darin gefangen und stand aufrecht.

»Du hast mich nicht gefragt, was wir nach deinem Tod mit deinem Körper gemacht haben«, sagte Wengalf leise, als sie dem großen Kristall entgegentraten.

Nuramon erschrak. Vor ihm im Kristall stand ein Elf in einer Metallrüstung. Seine Augen waren geschlossen, als schliefe er. Nuramon war es, als blickte er in einen Spiegel. Gewiss, dieser Mann dort hatte schwarzes Haar und nicht braunes, und es war viel länger als seines. Das Gesicht des Mannes war ein wenig breiter, die Nase kürzer. Aber trotz der Unterschiede erkannte er sich selbst in dem Elfen wieder. Die Zwerge hatten seinen toten Körper in diese Halle gebracht und mit ihrer magischen Kunstfertigkeit in den Bergkristall gebannt. Das Ergebnis wirkte wie die Statue eines Helden. Nuramon schritt um den Kristall herum und musterte den Körper seines früheren Lebens. Im Vergleich zu diesem Krieger mit den breiten Schultern und der edlen Haltung musste er wie ein Kind wirken. Und doch konnte es keinen Zweifel geben, um wen es sich handelte.

»Wieso macht ihr das?«, fragte er Wengalf. »Wieso bahrt ihr die Körper auf? Wie soll ich an *ein* großes Leben glauben, wenn ich hier den Körper eines anderen vor mir sehe?«

Wengalf blickte ernst zu ihm auf. »Thorwis meinte, es sei der rechte Zeitpunkt, zu dem du dies sehen solltest. Und ich bin derselben Ansicht. Du musst lernen, dass du viel mehr bist als dein Körper.« Er deutete auf den Kristall. »Diesen da hast du im Tode abgelegt wie eine Rüstung, die ihre Tage gesehen hat. Und was für Tage das waren!« Der Blick des Zwergenkönigs fuhr ins Leere. »Der Tod ist schmerzvoll und die Erinnerung an ihn selten angenehm. Doch wenn ich in diese Hallen komme, um meine alten Körper zu sehen, dann stärkt mich das. Ich betrachte mein früheres Gesicht und erkenne, was ich war. Meine Erinnerung klärt sich. Denn im Angesicht meiner einstigen Körper fühle ich mich in alte Zeiten versetzt.«

Wengalf hatte Recht. Warum den Leib vergehen lassen, wenn sein Anblick als Brücke in die Vergangenheit dienen konnte? Nuramon trat nahe an den Stein heran. Jetzt erst bemerkte er, dass etwas an den Kristall gelehnt war. Er hatte es übersehen, so sehr hatte ihn die Gestalt in den Bann gezogen. Da war ein Schwert mit Gürtel und Scheide, daneben ein gespannter Bogen mit einem Köcher voller Pfeile. »Warum sind die Waffen dort nicht mit ihm eingeschlossen?«, fragte er den Zwergenkönig.

»Das ist eine kluge Frage. Selbst ein Zwerg würde diese Frage stellen.« Der König trat an seine Seite und schaute zu dem alten Körper Nuramons auf. »Du und ich haben oft über den Tod gesprochen. Thorwis hat uns gesagt, dass deine Seele nach Albenmark zurückkehren wird, wenn du stirbst. Und dort war niemand, der dir die Geschichte deines Lebens erzählen konnte. Du musst wissen, dass du dort damals einigen Spott ertragen musstest, weil du wiedergeboren warst.«

Nuramon dachte an seine Sippe. Sie lebten gewiss immer noch in Angst, dass ihm etwas zustoßen könnte und ihnen der nächste Nuramon geboren werden würde.

Der König sprach weiter. »Aber du warst dir sicher, dass dich der Weg wieder hierher führen würde, solltest du dein Leben verlieren. Du sagtest: ›Wenn ich sterbe, dann bewahre meine Waffen auf. Im neuen Leben hole ich sie mir wieder.‹« Wengalf schüttelte den Kopf. »Damals haben wir gelacht. Wir hätten nicht gedacht, dass der Tod so schnell zu uns kommen würde. Das dort sind deine Waffen. Du warst ein hervorragender Bogenschütze und ein Meister des Schwertes.«

»Ich war ein guter Bogenschütze? Das kann ich kaum glauben.« Zwar konnte Nuramon einigermaßen mit einem Bogen umgehen, doch mit den Meisterjägern aus seiner Heimat durfte er sich kaum messen.

»Du musst dich daran gewöhnen, dass du einst anders

warst als nun. Eines Tages wirst du die Barriere durchbrechen, die dich von deiner Erinnerung trennt. Und dann werden deine Fähigkeiten wachsen.«

»So wie deine einst gewachsen sind?«

»Ganz recht. Als wir Seite an Seite gegen den Drachen kämpften, da kannte ich meine vergangenen Leben nur aus den Schriften, die ich mir hinterlassen hatte, sowie aus dem Buch des Königs und den Erzählungen meiner Familie. Auf meinem Sterbebett habe ich Thorwis noch meinen Kampf gegen den Drachen erzählt, damit ich auch im neuen Leben davon erführe. Dann krönten sie mich, denn nie schied ich aus dem Leben, ohne die Krone zu tragen. Und dann starb ich. Doch ich musste mir die Erinnerung nicht mühsam erwerben. Ich erlangte sie in dem folgenden Leben.«

»Wenn du dich erinnerst, dann weißt du auch, wie es ist … zu sterben.«

Wengalf lachte. »Der Tod ist nichts weiter als ein Schlaf. Du nickst ein, und irgendwann wachst du auf. Aber manche von uns träumen. Sie sehen die Alben, sehen das Silberlicht, gewahren die Vergangenheit oder die Zukunft. Was diese Träume bedeuten, das können dir nur die Weisesten sagen.«

»Du meinst Thorwis.«

»Ich habe oft versucht, ihn dazu zu bewegen, mir etwas über die Todesträume zu verraten. Doch er sagt, er habe im Tod noch nie geträumt und könne nicht über Dinge reden, von denen er nichts verstehe.«

»Hast du geträumt?«

»Ja. Doch was immer ich sah, das muss ich für mich behalten, bis das Ende kommt.«

Nuramon fragte nicht weiter. Er schaute hinab auf die Waffen zu seinen Füßen und nahm den Bogen auf. Vielleicht würde er seine Erinnerung zurückbringen. Er wollte wissen, wie er einst in Albenmark gelebt hatte. Und vielleicht hatte er anders als Thorwis im Tode geträumt.

Der Bogen war aus hellem Holz, die Sehne aus einem Material, das Nuramon völlig fremd war. Sie glitzerte im Licht. Es musste einer der Zauberbogen sein, die er aus den Märchen seiner Kindheit kannte.

Er strich über das glatte Holz des Bogens, das nicht gelitten hatte. Ein Duft ließ ihn aufmerken. Er roch an seinen Fingern, dann direkt am Holz. Er kannte dieses Holz besser als jeder in Albenmark. Es stammte von Ceren, dem Baum, aus dem sein Haus gebaut war. Wehmütig dachte er an sein Heim. Er war zu leichtfertig ausgezogen und hatte nicht Abschied genommen wie einer, der nie zurückkehren würde, auch nicht von Alaen Aikhwitan. Mit diesem Langbogen würde er etwas bei sich tragen, das ihn stets an sein Heim erinnerte. Doch woher stammte die Sehne? Sie wirkte wie ein Silberfaden. Er fuhr prüfend mit dem Finger an ihr entlang und zupfte dann an ihr. Sie gab einen klaren Ton von sich, fast wie eine Laute.

»Du hast früher über unsere Armbrüste die Nase gerümpft und gesagt, ein Bogen sei besser.«

»Und? Hatte ich Recht?«

»Eine Waffe ist immer so gut wie der, der sie führt. Demnach war der Bogen der Armbrust überlegen. Nimm ihn! Vielleicht erreichst du im Umgang mit ihm die Höhe, auf der du dich bereits einmal bewegt hast.« Er hob den Köcher auf. »Diese Pfeile haben wir für dich gefertigt. Sie sind ein besonderes Geschenk, denn für uns Zwerge ist der Bogen nicht geschaffen. Aber schau dir die Spitzen an.« Er zog einen Pfeil hervor. Dieser hatte eine Pfeilspitze aus glänzendem Eisen. »Seit dem Tag deines Todes vor über dreitausend Jahren liegen sie hier und haben keinen Schaden genommen. Das ist der Zauber des Zwergenmetalls.«

Jedes Mal, wenn die Zwerge darauf zu sprechen kamen, wann er hier gestorben war, fragte er sich, wie viele Leben zwischen dem damaligen und seinem heutigen liegen mochten. Dreitausend Jahre waren selbst für einen Elfen eine gewaltige Zeitspanne.

Wengalf hielt ihm den Köcher mit dem Gurt hin. Nuramon lehnte den Bogen gegen sein Bein, dann nahm er den Köcher entgegen. Der Zwerg grinste. »Du hast nicht alles vergessen. Wie du den Bogen an dich lehnst … Genau wie damals!«

Nuramon wunderte sich. Er hatte sich nichts dabei gedacht.

Der Zwergenkönig reichte ihm nun das Schwert. »Das ist dein Schwert, eine schmale Klinge aus frühen Tagen, da Zwerge und Elfen Seite an Seite schmiedeten.«

Nuramon nahm die Waffe entgegen. Sie war leicht für ein Langschwert. Der Knauf war scheibenförmig, die Parierstange war schmal und bot einer Hand nicht viel Schutz. Der Griff war kurz, doch er schmiegte sich in seine Hand, als wäre er für sie geschaffen. Nuramon zog die Waffe aus der Scheide und musterte das Blatt. Es war länger als das des Schwertes der Gaomee. Da waren keine Hohlkehlen, und dennoch war die Waffe leicht. Das mochte zum Teil daran liegen, dass die Klinge recht schmal war. Doch das allein konnte das geringe Gewicht nicht erklären. Das Metall sah wie gewöhnlicher Stahl aus. Es musste ein Zauber auf der Waffe liegen. Doch er spürte davon nichts, obwohl er seit der Suche nach Guillaume sehr empfindsam für Magie geworden war.

»Ein schlichtes Schwert und doch verzaubert!«, erklärte Wengalf. »Du sagtest mir einst, das Schwert sei ein alter Familienschatz.«

Das war sein Schwert! Wer wusste schon, in wie vielen Leben er es getragen hatte? Nun besaß er zwei Schwerter, die gegen Drachen geführt worden waren. Das eine war mit diesem Leben verbunden, das andere mit seinen früheren. Nuramon schaute zu seinem einstigen Körper auf. Er würde Gaomees Schwert tragen, bis der Tag käme, an dem er sich an seine vergangenen Leben erinnerte und die Taten des toten Kriegers vor ihm zu seiner eigenen Vergangenheit wurden.

Der Abschied von seinem alten Körper und der Halle fiel Nuramon nicht leicht. Er hatte das Gefühl, hier etwas zurückzulassen.

Widerstrebend folgte er Wengalf in die Hallen des Königs, wo die Wachen auf sie warteten. Auch wenn Nuramon die Wege inzwischen vertraut waren, so hätte er Jahrhunderte in diesem Zwergenreich verbringen können, ohne all die Geheimnisse dieser Welt im Berg zu lüften. Wenn irgendein Elf in Albenmark wüsste, wie sehr ihm dieser Ort gefiel, dann würde sich der Spott, der ihm zuteil wurde, gewiss noch erhöhen. Mit den Zwergen hatten die Elfen nichts im Sinn. Aber wie konnte dieses Volk so sehr in Vergessenheit geraten, dass nicht einmal mehr bekannt war, dass sie die Kinder der Dunkelalben waren? König Wengalf führte es auf den Streit zurück, der Elfen und Zwerge schließlich entzweit hatte. Die Zwerge hatten keine elfische Königin neben Wengalf anerkannt und deswegen sogar einen Krieg geführt, um Albenmark sodann den Rücken zu kehren. In der Folge waren die Zwerge zu Märchengestalten geworden und die Kinder der Dunkelalben zum Mythos.

Nuramon wünschte, er könnte hier bleiben, von den Zwergen lernen und einst als jemand nach Albenmark zurückkehren, der die Erinnerung an seine früheren Leben erworben hatte. Doch ein Gedanke an Noroelle, und die Sehnsucht und Sorge zogen ihn fort. Was wohl seine Liebste von diesem Ort halten würde? Er konnte es nicht sagen.

Sie schritten bis zum Tor, wo Thorwis sie erwartete. Der alte Zauberer war in ein strahlend weißes Gewand gekleidet und hielt einen Stab aus versteinertem Holz in Händen. »Höre mich, Nuramon Zwergenfreund!«

Diesen Namen hatte er in den letzten Tagen oft gehört. Und auch dieses Mal lief ihm ein Schauer über den Rücken.

Thorwis sprach weiter. »Die Taten an der Seite unseres Königs werden nie vergessen sein. Ich und meine Vertrauten mussten große Mühen auf uns nehmen, um König Wengalf davon zu überzeugen, dass sein Platz hier ist und ein anderer an deiner Seite das Orakel Dareen aufsuchen soll. Es war meine Aufgabe, deinen Begleiter zu wählen.«

»Hast du deine Wahl getroffen?«, fragte Wengalf.

»Ja, mein König. Es war nicht leicht. Denn von allen Seiten drangen Stimmen an mich heran und baten mich darum, diesen oder jenen zu erwählen. Ich tat mich schwer, wollte nicht dem einen den Vorzug vor dem anderen geben. Doch dann merkte ich, dass das Schicksal bereits die Entscheidung getroffen hat.« Er deutete auf eine Reihe gut bewaffneter Krieger. »Hier kommt dein Gefährte.«

Die Krieger machten Platz für Alwerich, der mit einem feinen Kettenhemd, einem schweren Mantel und großem Gepäck vortrat.

»Hier ist der Zwerg, dessen Augen dich in diesem Leben als erste erblickten!«, sprach Thorwis und winkte den jungen Zwerg zu sich.

Alwerich verbeugte sich vor dem König und senkte dann das Haupt vor Thorwis und Nuramon.

Wengalf legte dem Jüngling die Hand auf die Schulter. »Alwerich, dies ist die erste Reise seit langem, die einen Zwerg auf einen Pfad aus diesem Gebirge führt. Der Letzte, der Seite an Seite mit einem Elfen eine Queste bestand, war ich. Mache unserem Volk alle Ehre und schwöre, dass du Nuramon ein solcher Gefährte sein wirst, wie ich es einst war.«

»Ich schwöre es!«, sagte Alwerich feierlich.

Thorwis trat an die Seite des Königs. »Du weißt, welche Frage du dem Orakel stellen musst.«

»Das weiß ich, Meister. Und ich werde mit dem Orakelspruch zurückkehren.«

Alwerich wandte sich noch einmal um und trat an eine edel gekleidete Zwergenfrau heran, um sie zu umarmen. Dann kehrte er zurück. »Hier ist meine Axt, Waffenbruder!« Er zog die Streitaxt und hielt sie vor Nuramon hin. Die Waffe hatte einen kurzen Schaft, an dessen Ende ein großes Blatt einem kleinen, schnabelförmigen Schlagdorn gegenüberstand.

»Du musst deine Waffe mit ihm kreuzen«, flüsterte Wengalf.

Nuramon zog Gaomees Schwert aus der Scheide. Hatten eben noch Geflüster, rasselndes Metall und schlichte Aufgeregtheit der Zwerge die Halle erfüllt, so verstummten nun die Laute, und nurmehr der Wind und das entfernte Rauschen von Wasser waren zu hören. Wengalf wie auch Alwerich machten Augen, als hätten sie einen Geist gesehen. Thorwis war der Einzige, der nicht überrascht schien, sondern mit einem Schmunzeln auf die Waffe blickte.

»Sternenglanz!«, sagte Wengalf leise. Und überall wurde dieses Wort nachgeflüstert.

Langsam führte Nuramon seine Klinge an den Schaft von Alwerichs Streitaxt und sagte: »Waffenbrüder!«

Ohne den Blick von Gaomees Schwert abzuwenden, zog der junge Zwerg seine Axt zurück.

Nuramon war verunsichert. Alle betrachteten das Schwert so fassungslos, dass er es nur zögerlich in die Scheide gleiten ließ.

»Ahnst du, wie wertvoll dieses Schwert ist?«, fragte Wengalf.

»Ich hatte es offenbar unterschätzt«, antwortete er dem König. »Gibt es hier keinen Sternenglanz?«

»Nein, den gibt es nur in Albenmark. Und wir haben damals nur wenig davon mitgenommen. Sternenglanz allein macht das Schwert schon zu etwas Beeindruckendem. Doch diese Waffe stammt zudem aus frühen Tagen. Sie ist jünger als dein altes Schwert, aber sie ist die Arbeit eines Zwerges. Er war einer der wenigen, die ins Silberlicht gingen. Er schmiedete viele Waffen wie diese. Darf ich sie noch einmal sehen?«

Nuramon zog das Schwert erneut und reichte es dem König. Wengalf nahm es entgegen und fuhr mit den Fingern über die Klinge. »Der große Teludem hat diese Waffe für einen Elfen geschaffen.« Der König deutete auf Gaomees Namen, der dort in verschlungener Schrift stand. »Dieses Symbol hier ist später hinzugefügt worden, von Elfenhand.« Er gab Nuramon das Schwert zurück. »Es gibt nur vier dieser Elfenklingen aus Zwergenhand. Es heißt, sie wären alle in den Trollkriegen und im Kampf gegen die Drachen vernichtet worden. Ich kann mir keinen besseren Träger für diese Waffe vorstellen als dich, Nuramon. Sie wird dir gute Dienste leisten.«

Nuramon beugte das Knie vor dem König, um auf einer Augenhöhe mit ihm zu sein. Dann sprach er: »Ich danke dir, Thorwis, und all den anderen. Ich bin mit diesem Leben in diese Halle gekommen und verlasse sie mit all den früheren. Ich danke dir für all das, was du mir gegeben hast und woran ich mich noch nicht erinnern kann. Wir werden uns wiedersehen, Wengalf. Wenn nicht in diesem Leben, dann in einem späteren.«

»Wären alle Elfen wie du, Nuramon, wir hätten Albenmark nie den Rücken gekehrt«, gab der König zurück. »Und nun müsst ihr beide gehen, bevor ich gegen alle Vernunft handle und euch doch noch begleite.«

Nuramon nickte. Dann erhob er sich. »Leb wohl! Bis wir uns wiedersehen.« Er warf Alwerich einen Blick zu. Der Zwerg trat an seine Seite. Noch einmal schaute Nuramon in die gigantische Halle, dann schritten die beiden Gefährten hinaus ins Sonnenlicht.

IRRWEGE

Farodin schreckte hoch und schlug sich den Kopf an. Es war vollkommen dunkel um ihn herum. Benommen tastete er in die Finsternis. Seine Hände schmerzten. Er spürte rauen Fels und Geröll.

Langsam kehrte die Erinnerung zurück. Er war vor Erschöpfung eingeschlafen. Die Trolle hatten einen Teil der Geheimgänge mit Schutt aufgefüllt. An manchen Stellen waren sogar primitive Fallen angelegt, Speergruben und Pendelsteine, die einen zerquetschten, wenn man unachtsam war.

Sie mussten Kobold- oder Menschensklaven hier hinabgeschickt haben. Alles, woran Farodin sich erinnerte, stimmte nicht mehr. Lange Tunnel waren verschwunden, Geheimtüren vermauert, Treppen abgebrochen.

Mit bloßen Händen hatte sich der Elf durch das Geröll gewühlt. Manchmal war er nur auf dem Bauch robbend vorangekommen. Zweimal schon hatte er sich durch einen halb verschütteten Tunnel gewühlt, nur um dann auf einen schweren Felsklotz zu stoßen, der den Gang endgültig versperrte.

Wie lange er wohl geschlafen hatte? Nagender Hunger quälte ihn. Seine Kehle war trocken und die Lippen rissig. War er schon ganze Tage hier unten? Die Finsternis hatte jegliches Zeitgefühl getilgt. Allein der Hunger und Durst konnten ihm als Maß der verstrichenen Stunden dienen. Es mussten etwa hundert Stunden vergangen sein, seit sie sich getrennt hatten. Farodin griff in das Geröll und schob das lose Gestein seitlich unter sich weg. Wie ein Maulwurf arbeitete er sich Zoll um Zoll voran. Was mochte mit Mandred geschehen sein? Er hätte nur für ein paar Stunden den Gesandten spielen sollen. Vier Tage, das war viel zu lang!

Polternd rollte der Schutt fort. Er war durchgebrochen! Farodin rutschte ein letztes Stück über scharfkantige Steine, dann erreichte er einen Gang, in dem er geduckt gehen konnte. Vorsichtig tastete er sich voran. Zehn Schritt. Zwanzig Schritt. Der Gang stieg leicht an.

Plötzlich war da eine Mauer. Bruchstein, mit Mörtel verbunden. Hektisch streckte Farodin die Arme aus. Rechts und links von ihm befanden sich solide Felswände. Er war auf drei Seiten von Stein eingeschlossen. Der Elf hätte heulen können vor Wut. Schon wieder war er in eine Sackgasse geraten!

WAFFENBRÜDER

Nuramon und Alwerich hatten das Gebirge verlassen und schritten über die Wiesen des Tieflandes; Felbion folgte ihnen. Der Zwerg schaute sich um. Auf ihn wirkte das offene Land anscheinend grenzenlos, und es war deutlich zu spüren, dass die Weite ihn verunsicherte. Hinzu kam, dass Alwerich einfach nicht auf Felbion mitreiten wollte. Tagelang war er neben dem Pferd hergelaufen, bis seine Füße ganz wund waren. Und hätte er sich nicht mit aller Kraft gegen Nuramons Vorschlag gewehrt, durch die Tore zu schreiten, die der Elf auf den Albensternen schaffen konnte, wären sie längst am Ziel ihrer Reise gewesen. Doch der Zwerg hatte einen Dickkopf, wie Nuramon ihn höchstens noch von Mandred her kannte.

Alwerich senkte den Blick auf seine Füße. »Deine heilenden Hände sind mächtig.«

»Doch haben sie nie zuvor Zwergenfüße berührt«, sagte Nuramon und schmunzelte. »Zumindest nicht in diesem Leben.«

»Deine Elfenfreunde in Albenmark würden gewiss die Nasen rümpfen, wenn sie davon wüssten.«

»Du hättest sie dir wenigstens ab und zu waschen können«, sagte Nuramon und dachte an die Heilung. Es hatte ihn große Überwindung gekostet, die Füße des Zwergs zu berühren.

»Ich werde mich bessern.«

»Mach dir keine Gedanken deswegen. Elfen machen sich die Hände nicht schmutzig. Staub fällt von meiner Haut ab, Wasser perlt ab, und Schlammspritzer lassen sich mit einer kurzen Bewegung abschütteln.«

»Dann musst du dich gar nicht waschen?«

»Ich tue es trotzdem.«

»Wann? Ich habe es nicht gesehen.«

»Was du nicht siehst, Alwerich, das mag dennoch geschehen. Erst wenn das, was du siehst, nicht geschehen sein soll, musst du dir Gedanken machen. Doch sag, Alwerich … Bevor wir uns auf den Weg gemacht haben, bist du zu einer Frau gegangen und hast sie umarmt. War das deine Frau?«

»Ja. Das war Solstane.«

»Währt die Liebe eines Zwerges ewig? Seht ihr euch im neuen Leben wieder?«

»Wir sehen uns wieder, aber müssen uns nicht unbedingt lieben. Nimm den König. Er hat sich in diesem Leben noch keine Frau erwählt. Die Königin aus seinem letzten Leben war schon älter, als Wengalf in sein jetziges Leben hineingeboren wurde. Als er herangewachsen war, nahm er sie wieder zur Frau. Doch sie vertrugen sich nicht mehr. Mit dem Tod wurde sie von Wengalf getrennt. Er wird sich irgendwann eine andere Frau nehmen und Nachkommen zeugen.«

»Dann gibt es so etwas wie ewige Liebe nicht?«

»O doch. Manche geben sich das Versprechen, sich das eigene Leben zu nehmen, wenn die Liebste stirbt. Dann folgt er ihr oder sie ihm nach. Sie können gemeinsam aufwachsen und sich einst wieder lieben. So habe ich es mit meiner Liebsten gehalten. In der Schrift meines Lebens steht, dass Solstane und ich schon in Albenmark ein Paar waren. Wir liebten uns, wurden uralt und zeugten viele Kinder.«

Nuramon bewunderte Alwerich. Eine Liebe, die ewig währte, war etwas, wovon er kaum zu träumen wagte. Er wusste nicht einmal, ob Noroelle zu retten war. Er hoffte es und glaubte daran, doch wissen konnte es wohl nur Emerelle. Selbst wenn es ihm und Farodin gelang, Noroelle zu befreien und die Jahre in der Zerbrochenen Welt sie nicht verändert hatten, müsste sie sich für einen von ihnen entscheiden. Vielleicht würde ja die Liebe zu Noroelle eine ewige werden …

Mit einem Mal befielen ihn Zweifel. Was, wenn er die Erinnerung an seine früheren Leben zurückerhielt und feststellte, dass er unsterblich in eine andere Frau verliebt gewesen war? Und was, wenn auch sie wiedergeboren war?

In Gedanken versunken, liefen sie weiter, dem Orakel Dareen entgegen.

DAS FESTMAHL

»Ässen, Mänsch!«

Widerwillig biss Mandred in die fetttriefende Keule. Jedes Mal, wenn Scandrag kam, musste er an sein Mahl mit dem Herzog denken. Zuerst hatte Mandred sich geweigert, Fleisch zu essen. Dann aber hatte der Hunger gesiegt. Außerdem musste er bei Kräften sein, wenn Farodin kam …

Was war nur mit Farodin geschehen? Wenn er noch lebte, dann wäre er längst gekommen! Nur ruhig, ermahnte sich Mandred in Gedanken. Farodin wird kommen! Etwas mochte seinen Weg verzögern, aber nichts konnte ihn von dem abbringen, was er sich in den Kopf gesetzt hatte. Außerdem war er verdammt schwer umzubringen.

Verstohlen blickte Mandred zu Scandrag, dem Koch. Der Troll hatte gerade einen gewaltigen Haufen Zwiebeln geschnitten. Er kümmerte sich gut um die Gäste in der Vorratskammer des Herzogs, jedenfalls nach den Maßstäben eines Trolls. Alle paar Stunden holte er Mandreds Käfig herunter und sorgte dafür, dass er aß. Es gab viel Brot, Gemüse, frische Eier und Fisch. Heute war Scandrag besonders zuvorkommend. Zweimal schon hatte er Mandred in einer riesigen Pfanne Eier mit Speck gebraten. Der Jarl mochte es, wenn die Eidotter noch weich waren. Dann tunkte er frisches Brot darin ein und schob es sich in großen Stücken in den Mund …

Mandred drehte sich gerade herum, um sich einen zweiten Kanten Brot am Ofen zu holen, als Scandrag hastig etwas hinter seinem breiten Rücken versteckte.

»Nix Angst ham, klaine Mann. Macht Flaisch zäh! Du schnell kaputt.« Der Troll sagte das in einem Ton, als spräche er mit einem unartigen Kind.

Mandred griff nach der großen Pfanne. Sie war aus dunklem Kupfer. Eisen gab es in der ganzen Küche nicht.

Der Koch runzelte die Stirn und rieb sich die breite Nase. Noch immer versteckte er die rechte Hand hinter dem Rücken. »Bittä. Ich war immär gut zu dir, klaine Mann. Mache nix Ärger jätzt!« Plötzlich stürmte er vor. Für seine Größe bewegte sich der Troll erstaunlich behände. Er schwang einen riesigen Knüppel und zielte mit seinem Hieb auf Mandreds Kopf.

Der Mensch schleuderte Scandrag die heiße Pfanne entgegen, doch der schlug sie mit einer lässigen Bewegung zur Seite. »Machä Schluss jätzt!«

Mandred griff sich ein Steinmesser und ging in die Knie. Durch die langen Tage im Käfig waren seine Glieder steif geworden. Scandrag verfehlte ihn nur knapp mit seiner Keule.

Mandred sprang den riesigen Koch an und stieß ihm das Messer durch den Fuß. Der Troll heulte wütend auf. Ein Tritt mit dem unverletzten Fuß fegte Mandred zur Seite und schleuderte ihn gegen den großen gemauerten Ofen. Der Krieger fühlte sich, als hätte er sich sämtliche Knochen gebrochen. Halb bewusstlos sah er noch, wie sich Scandrag mit der Keule in der Hand vor ihm aufbaute.

»Wirst gut schmäcken in Honikkrustä!«

GETRENNTE WEGE

Mit einem leisen Knarren öffnete sich die Tür. Erleichtert verharrte Farodin. Er hatte fast nicht mehr daran geglaubt, es noch zu schaffen. Endlich war er dem Labyrinth entkommen!

Vorsichtig schob er die Geheimtür weiter auf, bis der Spalt gerade breit genug war, um hinauszuschlüpfen. Der Elf befand sich auf einem schmalen Flur, der in graues Zwielicht getaucht war. Vorsichtig schloss er die Geheimtür wieder, bis sie sich vollkommen in die Holztäfelung der Wand einfügte. Er zog eines der Wurfmesser und schnitt eine schmale Kerbe in das Holz, damit er oder andere die Stelle später wieder finden konnten. Dann machte er sich auf den Weg hinab. Er wusste, wo er Mandred finden würde, falls sein Gefährte überhaupt noch lebte. Shalawyn hatte ihm geschildert, was die Trolle mit ihren Gefangenen machten.

Farodin schob den Dolch in das Lederfutter am Arm zurück. An diese Nacht würden die Trolle noch lange denken.

Bald fand der Elf eine Wendeltreppe, die hinab zu den Lagerräumen führte. Hier im Turm hatte sich nichts verändert. Es gab weniger Möbel, und er war schmutziger, doch sonst war alles wie in Farodins Erinnerung. So weitläufig war die riesige Feste, dass man kaum fürchten musste, jemandem zu begegnen, wenn man die etwas abseits gelegenen Gänge und Treppen nahm. Einmal versteckte sich Farodin unter einem Treppenabsatz, ein andermal verschmolz er mit den Schatten einer tiefen Nische, um Trollen auszuweichen. Sie waren unachtsam. Und warum hätten sie auch vorsichtig sein sollen? Es waren Jahrhunderte vergangen, seit es zum letzten Mal jemand gewagt hatte, sie in ihrem Turm anzugreifen.

Farodin war fast am Ziel, als er einen Gang erreichte, auf dem mehrere Trolle hingestreckt lagen. Ihr gluckerndes Schnarchen hatte ihn vorgewarnt. Es waren fünf. Sie lagen quer im Gang und an die Wände angelehnt. Ein leeres Fass ließ darauf hoffen, dass sie nicht allzu leicht aufwachen würden.

Einen Moment war Farodin versucht, ihnen die Kehlen durchzuschneiden. Doch es wäre dumm, solche Spuren zu hinterlassen. Je später die Trolle bemerkten, dass es einen Feind im Turm gab, desto besser war es für ihn.

Behutsam schlich er zwischen den Schlafenden hindurch. Er hatte es fast geschafft, als sich einer von ihnen räkelte und zur Seite rollte. Er hatte in einer Pfütze von blutigem Erbrochenem gelegen. Große weiße Würmer trieben darin. Nein … Nicht Würmer. Es waren schlanke Finger, weiß wie frisch gefallener Schnee. Ein Schauer des Ekels überlief den Elfen. Größe und Form der Finger ließen nur einen Schluss zu, von wem sie stammten. Wieder klang ihm das gequälte Flüstern der sterbenden Shalawyn im Ohr. *Sie halten uns wie Federvieh in Käfigen, mästen uns und schlachten uns zu ihren Festen.*

Farodin zog einen Dolch und trat neben den Troll, der sich in seinem eigenen Erbrochenen wälzte.

Seine Hand schnellte vor. Wenige Zoll über dem linken Auge des Trolls verharrte die Klinge. Es wäre ein Leichtes, den Stahl durch das Auge tief in den Schädel zu stoßen. Der Troll würde nicht einmal merken, wie sein Leben endete. So fest hielt Farodin den Griff der Waffe umklammert, dass die Lederumwicklung leise knirschte. Doch er durfte seinem Hass nicht nachgeben! Er durfte nicht zu früh entdeckt werden! Er würde mehr Trolle töten, wenn sie nicht jetzt schon um seine Anwesenheit wussten! Und vor allem würde er nur dann den einen töten, auf den es ihm ankam, wenn dieser nicht gewarnt war!

Der Elf atmete langsam aus. Nicht die Beherrschung verlieren, ermahnte er sich stumm. Ruhig! Erst rettest du alle, die noch leben. Dann beginnt das Morden!

Hastig eilte er den Gang entlang. Der Geruch von Gebratenem hing in der Luft. Farodin wurde übel. Er beschleunigte seine Schritte und gelangte in eine Kammer mit einer gewölbten Decke. An diesen Ort erinnerte er sich nicht von früher. Es gab sechs Ausgänge. Der Elf zögerte. Der widerliche Bratenduft war überall. Auch ein schwacher Duft nach Honig.

Ein lautes Scheppern ertönte. Es kam vom Durchgang gegenüber. Ohne länger an seine Deckung zu denken, stürmte Farodin voran. Noch immer hielt er das schwere Wurfmesser mit der rautenförmigen Klinge in der Hand.

Er gelangte in einen weiten Küchenraum. Mehrere offene Feuer brannten hier. Die Luft war zum Schneiden. Es stank nach Rauch, ranzigem Fett, frischem Brot und Gebratenem. Neben einem gemauerten Ofen stand ein riesiger Troll. Der Elfenfresser holte mit seiner Keule aus, um auf jemanden einzuschlagen, den Farodin nicht sehen konnte.

»Wirst gut schmäcken in Honikkrustä!«

Farodins Arm schnellte vor. Der Dolch traf den Troll in den Nacken, dort, wo die Wirbelsäule in den Schädel überging. Bis zur Tür hin hörte der Elf das knirschende Geräusch von Stahl, der durch Knochen schnitt. Der Troll ließ seine schwere Holzkeule fallen. Dann brach er in die Knie, ohne einen Laut von sich zu geben.

Als Farodin zum großen Ofen trat, um dem Toten das Messer aus dem Nacken zu ziehen, sah er Mandred. Der Jarl lag übel zusammengeschlagen am Boden. Er blutete aus einer Platzwunde an der Stirn und hatte kaum die Kraft, sich aufzusetzen.

»Du kommst spät«, brummte Mandred und spuckte Blut. »Tut verdammt gut, dich zu sehen.« Er streckte die Hand aus. »Komm, hilf mir auf die Beine. Ich fühl mich, als wäre eine Herde wilder Pferde über mich hinweggetrampelt.«

Farodin lächelte. »Ich finde, diesmal übertreibst du es mit deiner Mühe, einen guten Platz an einer Festtafel zu bekommen.«

Mandred seufzte. »Bei deinem Humor musst du mit Luth verwandt sein. An Tagen wie diesem frage ich mich immer, ob der Schicksalsgott mich hasst oder ob dies seine ganz besondere Art ist, seinen Lieblingen Zuneigung zu zeigen.«

»Leben noch andere von den Gefangenen?«

Der Mensch deutete auf eine Tür, die halb hinter Mehlsäcken verborgen war. »Dort.« Mandred zog sich am Ofen hoch. »Kann ich zuerst hineingehen? Ich habe noch was zu erledigen.«

Farodin stützte ihn, denn Mandred hatte nicht die Kraft, sich auf den Beinen zu halten. Seine Hose war blutverklebt.

Humpelnd schaffte er es zur Tür und riss sie auf. »Ihr seid frei, sagt euch euer Lügner! Und wer mir nicht glaubt, der soll in seinem Käfig verrotten.«

Mandred hatte auf Dailisch gesprochen und mit so schwerem Akzent, dass man ihn kaum verstand. Verblüfft blickte Farodin seinen Kameraden an.

»Das musste sein.« Der Jarl lächelte zufrieden. »Die da drinnen wissen, wie das gemeint ist.« Er deutete zu einigen langen Stangen mit bedrohlich aussehenden Haken. »Damit kannst du die Käfige herunterholen.« Mandred löste sich von Farodin und knickte fast sofort ein. Fluchend sank er gegen die Mehlsäcke und umklammerte sein linkes Bein. Eine blutige Knochenspitze ragte durch Mandreds zerrissene Hose.

»Verdammter Bastard von einem Troll«, fluchte der Jarl. Blanker Schweiß stand ihm auf dem Gesicht.

Farodin sah sich die Wunde an. Schienbein und Wadenbein waren gebrochen und durch das Muskelfleisch gestoßen. Sein Freund musste grässliche Schmerzen leiden. Dafür hielt er sich erstaunlich gut. Aber er würde keinen Schritt ohne fremde Hilfe gehen können, und die Flucht durch die Geheimgänge würde eine mörderische Tortur für ihn werden.

»Ich mache mir Schienen aus den Holzstangen«, sagte Mandred gepresst. »Dann wird es schon gehen.«

»Natürlich.« Farodin nickte. Dann nahm er einen der Haken und trat in die dunkle Kammer. Der Fäulnisgestank hier raubte ihm schier den Atem. Es dauerte einige Herzschläge, bis seine Augen sich an die Dunkelheit gewöhnt hatten. Die Kammer war größer, als er erwartet hatte. Sie maß mindestens zwanzig Schritt im Durchmesser. Tropfenförmige Käfige hingen von der Decke. Es mussten hundert oder mehr sein. Die meisten waren leer.

Sieben Elfen konnte Farodin befreien. Sie waren die letzten Überlebenden. Die lange Gefangenschaft hatte sie gezeichnet. Ihre Haut, die seit zwei Jahrhunderten kein Tageslicht mehr gesehen hatte, war weiß wie Schnee geworden. Ihre Augen waren rot entzündet und konnten kein Licht vertragen. Am schlimmsten jedoch hatten ihnen die zu engen Käfige zugesetzt. Ihre Knochen waren verkrümmt, und es bereitete Ihnen Schmerzen, sich aufrecht zu halten. Sie zeigten keine Freude, als Farodin sie befreite. Schweigend kauerten sie am Boden. Ein Mann mit langem weißem Haar war ihr Wortführer. Elodrin. Er war einmal einer der Seefürsten im fernen Alvemer gewesen. Farodin konnte sich erinnern, ihn manchmal an Emerelles Hof gesehen zu haben.

»Nicht die Königin hat dich geschickt, nicht wahr«, sagte der Alte mit müder Stimme. »Ich kenne die Geschichten über dich, Farodin. Du bist hier, um deine eigene Fehde zu führen.«

»Das wird mich nicht davon abhalten, dich nach Hause zu bringen.«

Elodrin schnaubte verächtlich. »Sieh uns an! Sieh, was sie aus uns gemacht haben!« Er deutete auf eine Elfe, die leise schluchzend am Boden kauerte. »Nardinel war einmal so schön, dass man keine Worte dafür finden konnte. Nun ist sie ein krummes Weib mit gequälter Seele und kann den Anblick der Sonne nicht mehr ertragen. Wir alle haben uns den Tod lange herbeigesehnt. Er hat keinen Schrecken für uns. Im Gegenteil, der Tod bedeutet die Freiheit, wiedergeboren zu werden.«

»Ist es dir wirklich egal, ob du als Fleisch auf der Tafel des Trollherzogs endest? Hast du dich schon so sehr aufgegeben?«, erwiderte Farodin scharf.

Elodrin sah ihn lange schweigend an. Dann nickte er kaum merklich. »Verzeih mir, wenn ich dir nicht danken kann. Versuch uns zu verstehen. Du hast tatsächlich nur unser Fleisch gerettet. Unser Leben hat uns Orgrim schon längst genommen.«

Die Elfen mussten sich die Augen verbinden, um die Küche

mit ihren hellen Feuern durchqueren zu können. Mandred war nicht lange genug in der Finsternis gefangen gewesen, um so empfindlich wie die Elfen zu werden. Der Menschensohn würde sie führen müssen, dachte Farodin, denn er selbst würde nicht mit zurück zum Boot kommen.

Scandrag hatte in Truhen die Schätze seiner Opfer verwahrt: Schmuck und Waffen. Dort fanden sie Mandreds Axt. Die Elfen wollten von all dem nichts wissen, doch Farodin beharrte darauf, dass jeder von ihnen zumindest eine Waffe an sich nahm. Und sei es, damit sie sich selbst das Leben nehmen konnten, bevor sie noch einmal von den Trollen gefangen genommen wurden.

Sie wollten die Küche schon verlassen, als Elodrin riet, Feuer zu legen.

»Dieser Turm besteht nur aus Steinen«, höhnte Mandred, der den alten Elfen offensichtlich nicht leiden konnte. »Steine brennen nicht. Ein Feuer zu legen ist sinnlos.«

»Darum geht es nicht, Menschensohn. Der Turm ist wie ein riesiger Kamin. Der Rauch wird nach oben steigen. Er wird von unserer Flucht ablenken und vielleicht auch ein paar Dutzend Trolle ersticken. Scandrag lagert hier viele Fässer mit Waltran. Wenn sie einmal in Brand geraten, gibt es keine Möglichkeit mehr, sie zu löschen.«

Es dauerte nicht lange, bis sie die Fässer fanden. Sie schlugen ein paar Dauben ein, sodass der Tran in zähen Strömen zu Boden rann. Farodin benötigte mehrere Fackeln, um ihn in Brand zu setzen. Mit Scandrags Küche würde auch ein großer Teil der Vorräte der Nachtzinne vernichtet, und das mitten im Winter. Nicht lange, und diese verfluchten Elfenfresser würden Hunger leiden, dachte Farodin zufrieden. Das Feuer zu legen war ein guter Plan! Hätten die Trolle geahnt, was es hieß, einen Elfen wie Elodrin zum Feind zu haben, sie hätten ihn längst geschlachtet.

Farodin führte die Flüchtlinge auf einem Umweg an den schlafenden Trollen vorbei. Selbst das blasse Licht der Barinsteine in den Gängen war zu hell für die an völlige Finsternis gewöhnten Gefangenen. Mit verbundenen Augen gingen sie hintereinander her. Jeder hatte die rechte Hand auf die Schulter des Elfen vor ihm gelegt. Die dunkelhaarige Nardinel stützte Mandred. Der Jarl versuchte sich nichts anmerken zu lassen, doch er war vor Schmerz fast ebenso bleich wie die Elfen.

Wenn es Luth, dessen Namen der Menschensohn bei jeder Gelegenheit im Munde führte, wirklich gab, dann war ihnen der Gott auf ihrer Flucht wohlgesinnt. Kein Troll kreuzte ihren Weg, bis Farodin sie zur verborgenen Tür brachte. Er erklärte den Elfen, wie sie im Labyrinth der Kobolde hinab zur weißen Grotte finden würden. In der Finsternis der Gänge würden sie sich gewiss zurechtfinden können, und er hoffte, dass die Mittwinternacht dunkel genug war, um sie vor den Blicken der Trolle zu verbergen, wenn sie am Strand entlang zur Höhle liefen.

Farodin nahm Elodrin zur Seite. »Dir ist klar, dass der Mensch nicht überleben würde, wenn ihr durch die Bucht schwimmt. Er kann sich nicht vor der Kälte des Wassers schützen.« Farodin wünschte, Elodrin würde die Binde endlich abnehmen, damit er ihm in die Augen sehen konnte, wenn er mit ihm sprach. »Mandred kam hierher, ohne euch zu kennen, und er hat sein Leben für euch gewagt.«

»Ich habe ihn nicht darum gebeten«, entgegnete der Alte kühl.

»Das kalte Wasser würde ihn töten, Elodrin. Ihr müsst über den Landesteg und dann am Strand entlang zur Höhle laufen.«

»Wenn wir diesen Weg nehmen, dann können wir uns gleich den Trollen stellen. Sollte der Mond am Himmel stehen, sind wir am Strand nicht zu übersehen.«

»Einen anderen Weg gibt es nicht für Mandred!«

»Dann war es eine unkluge Entscheidung von ihm, hierher zu kommen.«

Farodin hatte das absurde Gefühl, dass Elodrin ihn durch die Augenbinde hindurch sehen konnte; dass der Alte ihn studierte, jede seiner Gesten, jede Schwankung im Tonfall seiner Stimme.

»Du warst zu lange in der Welt der Menschen, Farodin. Jetzt haftet dir etwas von ihnen an. Ich fühle es deutlich. Wenn du so sehr um das Leben von Mandred besorgt bist, dann komm mit uns.«

Farodin blickte unschlüssig den schmalen Flur hinauf. Er war sich sicher, dass er bis zum Trollherzog kommen würde. Mandred und die übrigen Elfen waren längst durch die Geheimtür in das Labyrinth der Kobolde verschwunden.

»Bevor die nächste Flut kommt, müsst ihr die Höhle verlassen. Wenn ich bis dahin nicht bei euch bin, dann wartet nicht länger auf mich. Sollte ich nicht zurückkehren, dann reise an meiner Stelle nach Firnstayn. Hinterlasse eine Nachricht für Nuramon, dass er von nun an allein nach Noroelle suchen muss.« Farodin zog das kleine Silberfläschchen mit den Sandkörnern aus seinem Gürtel. Dreihundertsiebenundvierzig hatte er inzwischen gefunden. »Sorg dafür, dass Nuramon das hier bekommt.« Er drückte Elodrin das Fläschchen in die Hand. »Nuramon wird wissen, was damit zu tun ist.«

Der alte Elf nahm das Fläschchen entgegen. »Ich werde dafür sorgen, dass *Mandred* deine Nachricht und das hier weitergibt.« Er ergriff Farodins Handgelenk im Kriegergruß. »Lass Orgrim langsam sterben, wenn du kannst.« Mit diesen Worten trat er durch die Geheimtür.

Farodin schob die Holzvertäfelung zurück. Endlich allein! Er strich seinen zerrissenen Umhang glatt und zog sich die Kapuze über den Kopf. Dann wurde er eins mit den Schatten der Nachtzinne.

Noch hatte es keinen Alarm wegen des Feuers gegeben, aber lange würde es nicht mehr dauern. Farodin hetzte Treppen und Flure entlang. Immer höher führte ihn sein Weg den Turm hinauf. Er setzte über schlafende Trolle hinweg und wich zweimal patrouillierenden Wachen aus. Beim zweiten Mal musste er sich auf einem Abort an der Außenwand des Turms verstecken. Eisige Steigwinde zerrten an seinen Kleidern. Zwischen den Füßen hindurch konnte er bis zum Hafen hinabblicken. Mehr als hundert Schritt ging es unter ihm in die Tiefe.

Endlich erreichte er den Zugang zur Schwarzen Stiege. So hatte er damals die Treppe aus Obsidian genannt, die verborgen in einer tragenden Wand des Turms bis hinauf zur Spitze führte. Die steinerne Geheimtür schwang leicht in ihren Angeln. Sie war vollkommen ausbalanciert. Die Tür lag hinter dem Standbild eines Eisbären, der sich zum Angriff auf seine Hinterbeine aufgebäumt hatte.

Irgendjemand hatte in seinem Übermut die vorgestreckten Vordertatzen des Bären abgeschlagen. Doch ganz offensichtlich hatte sich noch nie ein Troll die Mühe gemacht, die Nische hinter der Statue näher in Augenschein zu nehmen.

Matt glühende Barinsteine beleuchteten die spiegelnden Stufen der Treppe. Farodin dachte an seinen letzten Tag mit Aileen. Der Herzog der Trolle hatte sie während der Kämpfe um die Shalyn Falah getötet. Bevor sie starb, hatte Farodin ihr geschworen, dass es nie eine andere Frau in seinem Leben geben würde. Und er hatte geschworen, Dolgrim, den Herzog der Trolle, von Wiedergeburt zu Wiedergeburt zu verfolgen. Es war der grimmigste aller Eide, den ein Albenkind leisten konnte.

Farodin hatte Dolgrim gefunden und getötet, noch bevor das Bestattungsfest für Aileen gefeiert wurde. Drei weitere Male hatte er den wiedergeborenen Herzog erschlagen. So verhinderte er, dass sich das Schicksal des Trolls erfüllen konnte und er ins Mondlicht einging. Dabei machten es ihm die Trolle leicht. Ihre Anführer wurden stets aus den wiedergeborenen Seelen erwählt. Starb der Herzog, dann konnte dieses Amt nicht besetzt werden, bis sich ein bedeutender Schamane ganz sicher war, den wiedergeborenen Herzog entdeckt zu haben. Erst wenn ein Trollfürst ins Mondlicht ging, wurde sein Platz wirklich frei. Wann immer er den Herzog der Nachtzinne tötete, konnte er sicher sein, das Leben des wiedergeborenen Dolgrims auszulöschen.

Mit klopfendem Herzen verharrte Farodin am Ende der Obsidiantreppe. Er hatte ein fernes Geräusch wie Gongschlag vernommen. War das Feuer entdeckt worden? Ein Zögern konnte er sich jetzt nicht mehr erlauben. Er griff nach dem steinernen Hebel in der Wand neben sich. Lautlos glitt die Decke über ihm weg. Farodin bewunderte die Handwerkskunst der Kobolde. Jahrhunderte war es her, dass sie diese Geheimtür angelegt hatten, doch die Zeit hatte ihr nichts anzuhaben vermocht.

Vorsichtig schob sich der Elf durch die Öffnung. Hinter ihm schloss sich die Bodenklappe. Nichts deutete mehr auf ihre Existenz hin.

Farodin hatte keine Ahnung, wie man die Geheimtür von diesem Zimmer aus öffnete. Vielleicht war sie nie entdeckt worden, *weil* man sie nicht von hier aus öffnen konnte. Wie damals würde er auf einem anderen Weg entkommen müssen.

Die Kammer des Herzogs hatte sich verändert. Sie erschien ihm kleiner. Lag es am wuchtigen Bett? War es einfach nur größer und nahm noch mehr Raum ein?

Der Elf hörte das Atmen des schlafenden Herzogs. Lautlos trat er an dessen Bett. Einige Herzschläge lang stand er still und sah dem Schlafenden zu. Er glaubte, einige der Züge Dolgrims im Antlitz Orgrims wiederzuerkennen, die tiefen Falten an den Mundwinkeln und um die Augen. Selbst im Schlaf lag etwas Grausames in diesem Gesicht.

Mit fließender Bewegung zog Farodin ein Messer und stieß es dem Troll dicht über dem Kehlkopf in den Hals.

Orgrim fuhr hoch, sein Mund klappte auf, doch kein Ton drang über seine Lippen. Nur ein leises Glucksen vom Blut, das ihm in die Luftröhre rann und ihn ersticken würde. Der Stich hatte die Stimmbänder durchtrennt.

Der Troll griff nach seiner Kehle und wand sich in grotesken Verrenkungen. Seine Arme verzerrten sich und wurden dünner. Gleichzeitig stülpte sich sein Kopf aus.

Erschrocken wich Farodin zurück. Nie zuvor hatte er so etwas gesehen. Die Kreatur im Bett hatte inzwischen einen Kopf, der an den eines großen schwarzen Hundes erinnerte.

Gleißendes Licht erfüllte den Raum.

»Was für ein treuer Hund«, sagte eine warme, dunkle Stimme auf Elfisch. »Er stirbt für seinen Herrn.«

Farodin fuhr herum. Die Rückwand der Kammer war verschwunden, oder besser gesagt die Illusion der Rückwand. Nun wirkte das Schlafgemach des Herzogs wieder so groß, wie er es in Erinnerung gehabt hatte. Orgrim saß auf einem dunklen Eichenstuhl. Gleich neben ihm kauerte ein altes Trollweib auf einem Schemel. Vor ihr lagen kleine Knöchelchen auf dem Boden verteilt, die sie mit gichtkrummen Fingern zu einem verschlungenen Muster fügte. Vier schwer bewaffnete Trolle flankierten den Thronsessel des Herzogs.

»Wie es scheint, endet in dieser Nacht der Seelenfluch, der auf mir lastet. Du bist ein tapferer Mann, Farodin. Tapfer, aber verrückt, wenn du geglaubt hast, dass du noch einmal unbemerkt in diese Kammer gelangen könntest. Ich werde dein Herz essen, aus Respekt vor deinem Mut, aber gewiss nicht dein Hirn, Elf. Seit drei Tagen warten wir hier jede Nacht auf dich.«

Die einzige Tür zur Turmkammer öffnete sich. Auch dort erwarteten ihn schwer bewaffnete Trolle.

Farodin zog ein Messer und schleuderte es nach dem Herzog. Der duckte sich zur Seite. Die Klinge verfehlte seinen Hals um weniger als einen Fingerbreit und grub sich in das dunkle Holz des Thronsessels. Farodin fluchte. Für einen Troll bewegte sich Orgrim außergewöhnlich schnell.

Die Leibwächter stürmten hinter dem Thron hervor. Farodin ließ sich fallen, rollte sich ab und zog das nächste Messer. Im Vorwärtsrollen durchschnitt er einem Troll die Sehnen an der Verse. Der Hüne knickte zusammen.

Ein Axthieb verfehlte den Elfen nur knapp. Mit einem Satz war er auf den Beinen und hämmerte einem Troll seinen Dolch in den Leib. Er war nun inmitten der Leibwächter, sodass diese sich mit ihren langstieligen Waffen und großen Schilden gegenseitig behinderten.

Farodin wich einem Schildstoß aus, ging wieder in die Hocke und rammte dem Angreifer seinen Dolch in die Kniekehle. Der Hüne stieß einen gellenden Schrei aus und brachte sich mit einem ungelenken Satz aus Farodins Reichweite.

Der Elf sprang auf, zog in der Bewegung einen weiteren

Dolch und griff nach der Schildkante des Kriegers vor sich. Mit aller Kraft riss er sich daran hoch wie ein Jahrmarktsakrobat und setzte mit einem Überschlag über den Schild hinweg. Noch im Flug traf den Schildträger ein Dolch ins Auge.

Mit hochgestreckten Armen und in vollkommener Balance landete Farodin hinter dem Troll. Er würde gegen die Übermacht nicht bestehen, aber vielleicht konnte er Orgrim mit in den Tod nehmen!

Farodin zog zwei Messer. Weitere Leibwächter stürmten die Tür der Turmkammer, doch im Augenblick stand nur noch ein einziger Troll zwischen ihm und dem Herzog.

Orgrim war aufgesprungen und stemmte den mächtigen Thronsessel hoch. Der Elf wich einem Knüppelhieb des letzten Leibwächters aus und stieß dem Krieger einen Dolch durch das Handgelenk, woraufhin er seine schwere Waffe fallen ließ.

Mit einem Schrei schleuderte Orgrim den Thronsessel nach Farodin. Der Elf ließ sich zur Seite fallen und schlug mit der Schulter hart auf den Boden. Der schwere Sessel schoss über ihn hinweg und zerbarst an der gegenüberliegenden Wand.

Die Luft in der Kammer war schlagartig abgekühlt. Das alte Weib stieß einen kehligen Schrei aus und hob die dürren Arme. Blitze aus hellem Licht spielten um ihre Hände. Farodin schleuderte seinen Dolch. Die Schamanin stürzte über ihren Schemel. Ihre Hände fuhren zur Kehle. Dunkles Blut quoll zwischen ihren Fingern hervor.

Orgrim hatte den Augenblick, den Farodin abgelenkt gewesen war, dazu genutzt, einen Knüppel aufzuheben.

Farodin zog sein Schwert und das letzte Wurfmesser. Aus den Augenwinkeln sah er Krieger durch die Tür treten. Einer holte aus, um seine Axt zu werfen. Wie ein Silberblitz schnellte das Wurfmesser aus der Hand des Elfen und traf den Krieger mit der Axt in die Stirn.

Orgrim aber war nun heran und schwang den Knüppel. Der Elf wollte unter dem Schlag hinwegtauchen, als der Herzog im letzten Moment die Richtung des Hiebes änderte. Farodin schaffte es gerade noch, sein Schwert hochzureißen, doch die

Wucht des Treffers prellte ihm die Waffe aus der Hand. Sie schlitterte über den Boden zur Tür.

Orgrim brach in schallendes Gelächter aus. »Das war's dann, Elflein. Unbewaffnet bist du tot!«

Farodin sprang auf und hämmerte beide Füße unter das Kinn des Hünen. Er konnte hören, wie dem Herzog die Zähne im Kiefer splitterten. Von der Wucht des Trittes taumelte Orgrim nach hinten.

Farodin rollte sich zur Seite ab. Inmitten des Stöhnens und Geschreis ließ ihn ein klirrender Laut herumfahren. Die übrigen Krieger hielten Abstand zu ihm. Die Schamanin war wieder aufgestanden. Vor ihr lag der Dolch. Ganz langsam setzte sie einen Fuß auf die Waffe.

Der Elf blickte auf. Die Wunde in der Kehle des alten Weibes hatte sich geschlossen. Ihre Augen glommen fiebrig.

Farodin senkte den Blick. Doch es war zu spät. Gegen seinen Willen machte er einen Schritt zurück. Sie hatte von ihm Besitz ergriffen.

Krachend schlugen die Fensterläden auf. Eisige Luft strömte in das Turmzimmer.

»Glaubtest du wirklich, du könntest immer wieder den Herzog töten? Und glaubtest du, ich würde das bis ans Ende aller Tage dulden?« Sie schüttelte den Kopf. »Seit Jahrhunderten wusste ich, dass du wiederkommen würdest. Es ist deine Überheblichkeit, die dich das Leben kosten wird, Elf. Der Glaube, du könntest uns ein ums andere Mal besiegen. Nicht einmal Emerelle ist so vermessen wie du.«

Der Wille der Schamanin zwang Farodin, den Kopf zu heben und ihr ins Gesicht zu sehen. Er machte einen weiteren Schritt zurück, dann noch einen …

Farodin versuchte verzweifelt, gegen den Zauber anzukämpfen, der ihm die Bewegungen seines Körpers diktierte. Aber er war hilflos wie ein kleines Kind, das sich trotzig gegen den Griff eines Erwachsenen aufbäumte. Und er spürte ihre Anwesenheit in seinen Gedanken. Sie nahm seine Erinnerungen in sich auf!

Die Schamanin zwang ihn, auf eines der Fenstersimse zu steigen. Klirrende Kälte schlug ihm entgegen. Ein dichtes Schneetreiben hatte eingesetzt. Das war gut. Nein! Er durfte nicht … Er versuchte an Noroelle zu denken.

Das alte Trollweib lächelte. »Die gefangenen Elfen sind geflohen. Sie haben auch den Menschensohn mitgenommen.« Sie sah Farodin forschend an. Der Elf versuchte seine Gedanken zu leeren. Er dachte an ein weites, weißes Schneefeld. Doch scheinbar ohne Mühe bemächtigte sich die Schamanin seiner Erinnerungen. »Die Flüchtlinge wollen zu einem Boot, das in der Höhle auf der anderen Seite des Fjords verborgen liegt.«

»Schickt Suchtrupps zum Strand«, befahl Orgrim einer Wache bei der Tür. »Und lasst auch zwei Schiffe klar zum Auslaufen machen.«

»Du bist in guter Gesellschaft, Herzog.« Auf wunderbare Weise übertönte die Stimme der Alten das Toben des Sturms. »Er hat auch schon Fürsten seines eigenen Volkes ermordet. Im Auftrag seiner Königin. Hast du Angst vor dem Tod, Henker?«, fragte sie neugierig.

Plötzlich furchten zwei steile Falten ihre Stirn. Ihre Augen weiteten sich vor Entsetzen. »Der Devanthar …«

Farodin spürte, wie ihre Macht über ihn plötzlich nachließ, ja, wie sie sich erschrocken aus seinen Erinnerungen zurückzog.

Sein Körper gehorchte jetzt wieder ganz ihm. Farodin legte die Hände auf das vereiste Sims des Fensters. Erwartete sie, dass er ängstlich einen Satz nach vorn machte? Er war vollkommen im Gleichgewicht. In Sicherheit. Er neigte den Kopf wie ein Höfling. »Ihr gestattet, dass ich meine Gedanken für mich behalte?« Mit diesen Worten stieß er sich rücklings vom Fenstersims ab. Gegen den Herzog hätte er nichts weiter ausrichten vermocht. Es war besser, auf diese Weise zu sterben, als willenlos den Trollen ausgeliefert zu sein.

Farodin stürzte in die Finsternis. Sein Rücken schlug hart gegen einen der Strebepfeiler, die den Turm stützten. Er glitt daran ab und fiel tiefer und tiefer. Halb betäubt versuchte er seinen Sturz zu kontrollieren, seinen Körper anzuspannen, um dann vorzuschnellen und nach einem Sims zu greifen. Doch im Fallen hüllte ihn sein flatternder Umhang ein wie ein Leichentuch. Er behinderte seine Bewegungen. Noch wenige Augenblicke, dann würde er tatsächlich sein Leichentuch sein.

Plötzlich gab es einen Ruck. Etwas griff nach Farodins Kehle, als wollte es ihm den Kopf abreißen. Er bäumte sich auf. Der Sturz hatte abrupt ein Ende gefunden. Seine Hände und Füße tasteten ins Leere. Für einige Herzschläge war er völlig orientierungslos. Dann begriff der Elf, dass er von etwas herabhing, hilflos wie ein Katzenjunges, das von seiner Mutter im Nacken gepackt wurde.

Farodin langte über seinen Kopf. Dort fand er Halt. Seine Finger krallten sich in eisverkrusteten Stein. Ein Wasserspeier! Sein Umhang hatte sich am vorgereckten Kopf des steinernen Ungeheuers verfangen. Zitternd zog Farodin sich hoch und gelangte in die relative Sicherheit eines steinernen Simses, aus dem der Wasserspeier hervorragte. Er löste die Brosche des Umhangs, der ihm das Leben gerettet hatte. Sein Hals war vom Stoff aufgescheuert. Die Nackenmuskeln brannten und waren gezerrt. Er konnte den Kopf kaum noch bewegen. Unversehens wurde ihm bewusst, was für ein Glück er gehabt hatte. Eigentlich hätte der Schlag ihm das Genick brechen müssen!

Farodin versuchte einzuschätzen, auf welcher Höhe des Turms er sich befand, doch im dichten Schneetreiben konnte er nur wenige Schritt weit sehen. Tief war sein Sturz sicherlich nicht gewesen, sonst hätte ihn der Ruck umgebracht. Unschlüssig, was zu tun war, blinzelte er sich den Schnee aus den Augen. Dicht vor ihm verschwand ein Stützbogen in der Finsternis. Das Sims, auf das er sich gerettet hatte, war kein Ort, an dem er lange verweilen konnte. Von hier gab es keinen Weg in den Turm hinein. Er musste klettern, wenn er sich in Sicherheit bringen wollte. Blieb er hier, würden ihn die Trolle auf kurz oder lang finden.

Der böige Wind zerrte an dem Umhang, den Farodin nun in Händen hielt. Er ließ ihn in die Finsternis davonflattern. Beim Klettern würde er ihn nur behindern.

Vorsichtig streckte sich der Elf und ließ sich auf den Stützbogen gleiten. Stück um Stück rutschte er daran hinab. Bald traf der Bogen auf einen breiten Pfeiler, der senkrecht in die Tiefe führte.

Vorsichtig tastete Farodin mit den Füßen in die Finsternis. Der Pfeiler war von steinernen Fratzen gesäumt. Schnee und Eis hatten sich auf ihnen festgesetzt. Unendlich langsam kletterte der Elf hinab. Der raue Stein zerschnitt ihm die Finger. Bald betäubte die Kälte seine Hände. Immer unsicherer wurde sein Griff.

Als er den nächsten Stützbogen erreichte, der sich mit dem Pfeiler vereinigte, verharrte er für einen Moment auf einem Sims. Er konzentrierte sich darauf, ein Wärmepolster unter seinen Kleidern entstehen zu lassen. Es dauerte lange, bis die Magie sich seinem Willen fügte. Das Zaubern fiel ihm nie leicht. Vor allem nicht, wenn er erschöpft war. Als ihm wärmer wurde, drohte der Schlaf ihn zu übermannen. Farodin lehnte sich gegen das Mauerwerk und sah in das Schneetreiben zu seinen Füßen.

Vier oder fünf Schritt tiefer gab es ein Bleiglasfenster, hinter dem das matte Licht eines Barinsteins schimmerte. Farodin überlegte, wie er es bis dorthin schaffen konnte. Aus der Turmwand ragten hier einige steinerne Streben. Sie waren wohl einmal dafür vorgesehen gewesen, Balkone zu tragen, die man dann doch nicht gebaut hatte. Zwei Hand breit und mehr als einen Schritt lang stachen sie aus dem Mauerwerk hervor. Eine dieser Streben befand sich unmittelbar über dem Fenster.

Farodin fasste einen verzweifelten Plan. Jeweils fünf Streben lagen mit einem Abstand von etwas mehr als zwei Schritt nebeneinander. Ein wenig tiefer ragten noch einmal fünf Streben aus der Wand. Sie waren so angeordnet, dass sie genau übereinander lagen. Schlug der erste Versuch fehl, gab es noch Hoffnung, sich festzuhalten … Nein, der erste Versuch musste glücken! Zweifelnd musterte Farodin die schneebedeckten Steine. Um sie überhaupt erreichen zu können, musste er von dem massigen Stützpfeiler zurück zur Mauer des Turms gelangen.

Farodin kletterte auf einen der Stützbogen, die in steilem Winkel hin zur Turmwand führten. Zoll um Zoll kroch er vorwärts, bis er die Mauer erreichte. Dort ging er in die Hocke. Ein gutes Stück unter ihm ragte jetzt eine der Querstreben aus der Wand. Sie lag etwa vier, vielleicht fünf Schritt tiefer. Farodin fluchte. Er würde springen müssen. Und die Wahrscheinlichkeit, auf dem vereisten Stein Halt zu finden, war nicht groß.

Lange starrte er hinab. Er spürte, wie ihm die Kälte in die Glieder kroch. In dem Augenblick, in dem er aufgehört hatte, sich auf den Wärmezauber zu konzentrieren, war er wieder verloschen. Seine Finger wurden taub. Er durfte nicht länger warten!

Farodin landete auf der Strebe, doch seine Sohlen fanden keinen Halt. Halb stürzte er, halb stieß er sich ab, überschlug sich und landete mit gegrätschten Beinen auf der tiefer gelegenen Strebe. Der Schlag in sein Gemächt trieb ihm Tränen in die Augen.

Stöhnend löste er den Gürtel von der Hüfte und schlang ihn einmal um den Stein. Dann zog er das Hemd aus und verknotete einen Ärmel mit dem Gürtel. Wie mit Messern schnitt der eisige Wind in seinen nackten Rücken. Das Bleiglasfenster lag nun schräg unter ihm.

Farodin knüpfte einen dicken Knoten in das Ende des zweiten Ärmels und hoffte inständig, dass die Nähte des Hemdes solide waren. Dann schwang er sich von dem Sims. Mit einem Ruck straffte sich das Hemd. Das Leder des Gürtels knirschte auf dem rauen Stein. Pendelnd nahm der Elf Schwung. Doch der böige Wind brachte ihn immer wieder aus dem Takt. Das Fenster lag nun fast auf einer Höhe mit ihm. Langsam verloren seine steifen Finger den Halt. Noch ein Schwung … Dann ließ er los.

Klirrend zerbarst das Fenster unter seinen Stiefeln. Glas

schnitt ihm in die Arme. Er prallte hart auf den Boden und rollte sich ab. Warmes Blut sickerte aus einem Schnitt in seiner Stirn.

Schwer atmend blieb er liegen. Er war davongekommen! Zunächst vermochte er nichts anderes zu tun, als einfach nur die Decke über sich anzustarren. Er lebte! Offenbar hatte bei dem Heulen des Sturms niemand gehört, wie das Fenster zerbrochen war.

Es dauerte einige Zeit, bis Farodin sich des tiefen Dröhnens bewusst wurde, das durch den Turm hallte. Ein Gong schlug. Das Feuer!

Rauchschwaden zogen an dem Barinstein unter der Decke vorbei. Der Qualm wurde schnell dichter. Benommen setzte Farodin sich auf. Seine Augen tränten.

Er riss sich einen Streifen Stoff von der Hose und presste ihn sich auf Mund und Nase. Der Rauch würde ihm die Flucht erleichtern, wenn er ihn nicht umbrachte.

ELODRINS LIED

»Wir können nicht mehr länger warten. Bald steht die Flut so hoch, dass wir nicht mehr aus der Höhle kommen. Dann sitzen wir hier auf Stunden fest!«

Mandred hatte sich schlotternd eine Decke um die Schultern geschlungen. Das Getöse der steigenden Flut hallte von den Wänden der Grotte wider. Der Jarl fühlte sich elend. Er war den Elfen hilflos ausgeliefert. Sie waren mit ihm quer durch den Fjord geschwommen. Landal, ein hagerer, blonder Elf, hatte ihn beim Bart gepackt und hinter sich her gezogen. Sein Zauber hatte Mandred davor bewahrt, im eisigen Wasser zu sterben. Dennoch fühlte er sich mehr tot als lebendig. Die Kälte war ihm tief in die Knochen gedrungen. Er lag auf dem Boden des Boots in mehrere Decken gehüllt und konnte sich kaum bewegen.

»Bringt das Boot aus der Grotte«, kommandierte Elodrin und trat an das Steuerruder im Heck. »Wir werden draußen im Fjord warten. Dort sitzen wir wenigstens nicht in der Falle.«

Die übrigen Elfen legten sich in die Riemen. Gegen die starke Strömung am Höhleneingang anzukämpfen forderte ihnen alle Kraft ab. So hoch stand das Wasser, dass das Boot immer wieder mit dem geschwungenen Vordersteven gegen die Decke schlug. Es sah schon so aus, als wäre es zu spät, der Höhle noch zu entkommen, als der kleine Segler plötzlich einen Satz nach vorn machte. Dann waren sie frei.

Mit großem Geschick steuerte Elodrin sie durch die Riffe und Untiefen, bis sie schließlich in das tiefe Fahrwasser in der Mitte des Fjords gelangten. Erschöpft kauerten die Elfen entlang der Bordwand und erholten sich vom Kampf mit der See. Nur Elodrin stand im Heck. Unruhig spähte er in den dichten Nebel hinaus.

»Ein mächtiger Zauber wird gewirkt«, sagte er leise. »Überall spüre ich Magie. Wir sollten hier nicht bleiben.«

»Wir werden auf Farodin warten!«, beharrte Mandred.

»Das ist nicht klug.« Der alte Elf deutete voraus, dorthin, wo jenseits des Nebels die Nachtzinne liegen musste. »Farodin ist hierher gekommen, um zu sterben.«

»Nein, du kennst ihn nicht. Er hat sein Leben ganz der Suche nach seiner Geliebten geweiht. Er wird hier nicht sterben.«

Elodrin lächelte müde. »So gut kennst du also die Seele der Elfen, Menschensohn?«

Überheblicher Mistkerl, dachte Mandred. »Wenn ihr ihn aufgebt, dann bringt mich zum Ufer. Ich werde nach ihm suchen!«

»Was willst du tun? Zur Nachtzinne kriechen?«

»Jedenfalls werde ich nicht einen Freund im Stich lassen.«

»Was nutzt es Farodin, wenn auch du stirbst?«, fragte Elodrin.

»Das wirst du nie begreifen, Elf. Es ist eine Frage der Ehre, seine Freunde nicht aufzugeben. Ganz gleich, unter welchen Umständen. Und ich bin mir sicher, Farodin würde dasselbe für mich tun!«

Der alte Elf nickte. »Ja, er hat sich sehr verändert. Das konnte ich spüren. Vielleicht ... Schweig nun, Mensch. Ich brauche Ruhe!«

Elodrin ließ die Ruderpinne los und kauerte sich ins Heck. Leise summte er eine einlullende Melodie. Das sanfte Schaukeln des Bootes und die Erschöpfung machten Mandred schläfrig. Sein Kopf kippte zur Seite. Nicht einschlafen, war sein letzter Gedanke.

Erschrocken fuhr der Jarl hoch. Die Elfen saßen wieder an den Rudern, und der Nebel hatte sich aufgelöst.

Sie mussten den Fjord verlassen haben! Wütend blickte Mandred zu Elodrin auf. »Du mieser Feigling! Du hast einen Schlafzauber über mich gelegt, um dann zu fliehen!« Er tastete nach seiner Axt. Sie war fort. Jede Bewegung ließ brennenden Schmerz durch sein Bein fahren.

Der alte Elf hatte seine Augenbinde angelegt. Er neigte den

Kopf in Mandreds Richtung und lächelte. »Dass du gerade jetzt erwachst, zeigt, wie stark das Band eurer Freundschaft ist.«

»Du wirst mich sofort in den Fjord zurückbringen, du elender, dreckfressender ...«

»Nardinel! Landal! Helft ihm auf! Sein Gerede stört meinen Zauber!«

Die angesprochenen Elfen zogen ihre Ruder ein und kamen zu ihm herüber. Auch sie trugen wieder ihre Augenbinden. Mandred stöhnte vor Schmerz, als sie ihn unter den Achseln packten und auf die Beine brachten.

»Ich weiß nicht, wie du es geschafft hast«, zischte Nardinel ihm ins Ohr, »aber deine Unvernunft hat nun auch Elodrin ergriffen! Die Schamanen der Trolle vertreiben den Nebel aus dem Fjord. Jeder kann uns sehen. Und trotzdem halten wir auf den Hafen der Nachtzinne zu!«

Während er sich auf die Elfen stützte, konnte Mandred über die Reling sehen. Das Schneetreiben hatte aufgehört. Der Himmel war klar und voller Sterne. Etwa eine halbe Meile entfernt erhob sich der Turm der Trolle über dem Fjord. Überall auf den Klippen und entlang des Strandes bewegten sich Fackeln. Der Fuß des Turms war von einem matten, rötlichen Leuchten umgeben. Dichter Rauch quoll aus den Fenstern.

Die lange Hafenmole war voller Trolle. Offenbar wurden in aller Eile Schiffe bemannt.

»Siehst du ihn?«, fragte Elodrin vom Heck. »Farodin muss kurz vor uns im Wasser sein. Ich spüre seine Nähe. Es kostet kaum noch Kraft, den Suchzauber aufrechtzuerhalten.«

Mandred spähte in die sanfte Dünung. Einen Schwimmer, der das Wasser aufwühlte, hätte man sofort sehen müssen. Doch da war nichts.

»Bist du sicher, dass er hier ist?«, fragte er leise.

Elodrin deutete links am Vordersteven vorbei. »Dort. Das ist die Richtung, in die du blicken musst!«

Mandred kniff die Augen zusammen. Das Licht der Fackeln spiegelte sich in der glatten See. Plötzlich stieg eine Feuerkugel von der Nachtzinne aus steil in den Himmel. Sie beschrieb einen weiten Bogen und stürzte dann fast senkrecht auf sie zu. Das Geschoss verfehlte sie um viele Schritt. Es war ein Speer mit einem kleinen Brandkorb unter der steinernen Spitze.

Kaum war er im dunklen Wasser verschwunden, stiegen bereits zwei neue Feuerkugeln von der Nachtzinne auf. Vom Hafen her waren kehlige Schreie zu hören. Mandred sah, wie eines der großen schwarzen Schiffe die Leinen löste.

Verzweifelt suchte der Jarl das Wasser ab. Endlich entdeckte er etwas. Einen hellen Fleck. Goldenes Haar, das sich im Takt mit der sanften Dünung wiegte. »Dort! Haltet ein wenig nach Steuerbord! Farodin!«

Sein Gefährte reagierte nicht. Er trieb mit dem Gesicht nach unten im Wasser.

»Schnell! Ein Ruder.«

Mandred stieß Farodin mit dem Ruderblatt an, doch der machte keinen Versuch, sich festzuhalten.

»Landal, hol ihn raus!«, befahl Elodrin.

Der Elf löste sich von Mandred, sprang über Bord und tastete sich am Ruder entlang, bis er zu Farodin gelangte. Er drehte den Elfen um, packte sein Haar und kam mit zwei kraftvollen Schwimmzügen zum Boot zurück.

Als auch Nardinel ihn losließ, um zu helfen, musste Mandred sich an der Reling festklammern. Er konnte sein gebrochenes Bein nicht belasten. Doch langsam kehrten seine Kräfte zurück.

Die beiden Elfen wurden an Bord gezogen. Farodin regte sich nicht. Blicklos starrten seine weit aufgerissenen Augen zu den Sternen. Sein Oberkörper war nackt und blau vor Kälte. Er war übersät mit Schnittwunden und Prellungen.

Fauchend schlug eines der Brandgeschosse dicht neben dem Boot ins Wasser.

Elodrin befahl Mandred, Landals Platz auf der hinteren Ruderbank zu übernehmen. Sie wendeten das kleine Boot. Alle legten sich in die Riemen. Ein Brandgeschoss flog dicht über sie hinweg.

Landal versorgte Farodins Wunden. Er tastete den Leib des

Elfen ab und entfernte Splitter aus seinem Rücken. All dies tat er mit verbundenen Augen. Doch jede seiner Bewegungen zeugte von großem Geschick. Schließlich wickelte er Farodin in eine Decke. Plötzlich hielt er inne und hob den Kopf, so als hätte er Mandreds Blick bemerkt. Landal machte eine beschwichtigende Geste. »Du musst dir keine Sorgen machen. Er wird sich wieder erholen.«

»Aber er ist mit dem Gesicht nach unten im Wasser getrieben. Wie eine … Wie …« Mandred brachte das Wort nicht über die Lippen.

»Es war die Kälte, die ihn gerettet hat«, erklärte der hagere Elf. »Alles wird langsamer in kaltem Wasser. Der Schlag des Herzens, der Fluss des Blutes. Selbst der Tod. Ich will dir nichts vormachen, Menschensohn. Es geht ihm nicht gut. Er ist zu Tode erschöpft und hat fast ein Dutzend Wunden davongetragen. Aber er wird sich wieder erholen.«

Ein Signalhorn ertönte. Besorgt blickte Mandred zurück. Eines der wuchtigen Trollschiffe hielt auf die Hafenausfahrt zu. Ruder wurden aus dem Rumpf geschoben und zerwühlten die dunkle See. Selbst auf eine halbe Meile war zu erkennen, dass das Schiff der Trolle mehr Fahrt machte als sie. Dumpfer Trommelschlag hallte über das Wasser. Die Ruder des Trollschiffs bewegten sich bald im selben Rhythmus.

Mandred und die Elfen ruderten aus Leibeskräften. Doch so sehr sie sich auch mühten, die Trolle holten stetig auf. Schon als die Verfolgungsjagd begonnen hatte, war klar gewesen, wie sie enden musste. Mandred war in Schweiß gebadet. Jede Bewegung bestrafte sein Bein mit pulsierendem Schmerz. Wohl eine halbe Stunde oder länger dauerte die Jagd nun schon. Die Nachtzinne war längst außer Sicht. Hohe Klippen und die Eiswand eines Gletschers flankierten den Fjord.

Mandred saß mit dem Rücken zum Bug und konnte deutlich sehen, was an Bord des Trollschiffs vor sich ging. Das Vorderkastell, das sich wie ein Turm über das Hauptdeck erhob, war von Fackeln erleuchtet. Dutzende Trolle drängten sich dort. Man hatte Becken mit glühenden Kohlen aufgestellt und bündelweise Pfeile heraufgeschafft. Und als wäre das alles nicht genug, folgte ihnen mit einer Viertelmeile Abstand noch ein zweites Trollschiff.

Farodin war noch immer nicht zu sich gekommen. Bei der Wut, mit der die Trolle ihnen nachsetzten, hatte er wohl Erfolg gehabt mit seinem tollkühnen Plan, dachte Mandred.

Ein scharfer Befehl hallte über das Wasser. Die Bogenschützen hoben die Waffen, und im nächsten Augenblick ging ein Hagel von Pfeilen dicht hinter dem Boot der Elfen nieder.

»Wie weit verfehlen sie uns?«, fragte Elodrin ruhig.

»Zehn oder fünfzehn Schritt.«

»Wie sehen die Ufer jetzt aus?«

Der Gleichmut des Elfen machte Mandred noch rasend. Zwanzigmal oder öfter hatte Elodrin diese Frage gestellt. Was kümmerten sie die Ufer! Dort konnten sie nicht anlanden. Auf dem Landweg würden sie den Trollen noch weniger entkommen. Erneut schlug ein Schauer von Pfeilen hinter ihnen ins Wasser. Diesmal waren sie unter zehn Schritt entfernt.

»Das Ufer!«, ermahnte ihn Elodrin.

»Klippen! Immer noch Klippen!«, entgegnete Mandred entnervt. »Der Gletscher liegt jetzt vielleicht sechzig Schritt hinter uns.«

»Landal, übernimm bitte das Ruder.«

Der hagere Elf löste Elodrin ab, und dieser ließ sich neben Mandred nieder. Elodrins Gesicht war ausgezehrt. Die vergangenen Stunden hatten ihn seine letzten Kräfte gekostet. Er nahm die Augenbinde ab und legte sie vor sich auf den Boden. Die Augen hielt er fest geschlossen.

Pfeile klatschten ins Wasser. Mit dumpfem Laut bohrten sich mehrere Geschosse ins Heck.

Die nächsten Salven würden das offene Boot in ein Totenschiff verwandeln, dachte Mandred verzweifelt.

»Für einen Menschen bist du recht bemerkenswert, Mandred«, sagte Elodrin freundlich. »Es war sehr unhöflich von mir, dich während unserer Gefangenschaft mit Schweigen zu strafen. Dafür möchte ich mich entschuldigen.«

Mandred beugte sich im Takt des Ruderschlags vor und zurück. Der Alte war wahnsinnig. Sie kämpften verbissen um jeden Zoll, den sie den Trollen noch abgewinnen konnten, und er kam ihm mit so etwas.

»Ich verzeihe dir!«, keuchte er verdrossen.

Elodrin schien ihn nicht mehr zu hören. Wie ein Betender hatte er die Hände zum Himmel erhoben. Sein Mund war weit aufgerissen, der ganze Körper angespannt, so als schriee er in Todespein. Doch kein Laut kam über seine Lippen.

Pfeile schlugen ins Boot. Nardinel wurde von der Ruderbank gerissen. Ein dunkel gefiederter Schaft ragte aus ihrer Brust. Ein anderes Geschoss blieb dicht neben Mandred in der Ruderbank stecken.

Der Jarl legte sich noch verbissener in die Riemen, doch die anderen Ruderer waren aus dem Takt gekommen. Das Boot driftete nach Steuerbord. Und das rettete sie. Der nächste Pfeilschauer verfehlte sie knapp.

Ein gewaltiges Platschen erklang, so als hätte ein Riese mit flacher Hand aufs Wasser geschlagen. Ein Eisbrocken, größer als ein Heuwagen, war vom Gletscher abgebrochen und trieb in der dunklen See. Sanft wurde das kleine Boot von einer Welle angehoben und ein Stück vorwärts geschoben.

An Bord des Trollschiffes wurden Befehle gebellt. Mandred konnte sehen, wie die Bogenschützen diesmal ihre Pfeile in den Feuerbecken entzündeten.

Wie ein Schwarm von Sternschnuppen flogen die flammenden Geschosse dem Boot entgegen. Mandred duckte sich im Reflex, obwohl er wusste, dass es sinnlos war. Rings herum schlugen Geschosse ein. Einer der Elfen schrie auf. Elodrin stürzte. Ein Pfeil ragte aus seinem weit aufgerissenen Mund. Zwei weitere staken in seiner Brust.

Die Decke, in die Farodin eingewickelt lag, hatte Feuer gefangen. Mandred riss sie zur Seite und schleuderte sie über Bord. Dabei sah er, wie die Bogenschützen erneut ihre Waffen hoben.

Ein Laut, wie Mandred ihn noch nie gehört hatte, hallte von den Steilklippen des Gletschers wider. Das Geräusch erinnerte an das Krachen, mit dem sich der Stamm eines Baumes zur Seite neigte, wenn die Holzfäller ihre Stützkeile zogen. Nur war es unendlich viel lauter.

Ein riesiges Stück des Gletschers löste sich und stürzte in den Fjord. Das Wasser wurde zu wirbelnder Gischt aufgewühlt. Immer mehr Eis brach von der Gletscherkante. Hilflos tanzte das Trollschiff auf den Wellen. Eisbrocken zerschlugen die Bordwand, als wäre sie dünnes Pergament. Eine Flutwelle rollte den Fjord hinab. Das Heck ihres Bootes wurde hochgerissen.

Landal stemmte sich mit aller Kraft gegen das Ruder. Wasser schlug über die Reling. Sie trieben inmitten weißer Gischt auf dem Kamm der Flutwelle. Schnell wie auf einem Elfenpferd, das im gestreckten Galopp dahinjagt, schossen sie dahin. Mandred wagte kaum zu atmen. Doch Luth stand ihnen zur Seite. Und sie kamen unbeschadet davon.

Die Trollschiffe waren durch die Eisbarriere im Fjord gefangen. Eine weitere Verfolgung war für sie unmöglich geworden.

An Bord übernahm Landal das Kommando unter den Elfen. Er entschied, dass der Leichnam Elodrins nicht den Wellen übergeben werden sollte. Er wurde in Decken eingeschlagen und zwischen die Ruderbänke gelegt. Die verletzte Nardinel stimmte ein Totenlied für ihn an, während die anderen Elfen den kleinen Mast aufrichteten, sodass die Kraft des Windes nun das Boot vorantrieb. Doch bis sie den Fjord verlassen hatten, mussten sie sich auch immer wieder mit den Rudern mühen.

Als sie auf die offene See gelangten, entschied Landal, einen Südostkurs einzuschlagen. Mandred war in sprachlose Erschöpfung versunken. Ihm war egal, was die Elfen taten. Sein Bein quälte ihn, und er fror erbärmlich. Farodin lag in tiefer Bewusstlosigkeit neben der Leiche Elodrins. Sein Gefährte atmete regelmäßig, doch jeder Versuch, ihn zu wecken, schlug fehl.

Landal behauptete, es sei ein Heilschlaf, in den Farodin gesunken sei, doch Mandred hatte seine Zweifel. Der hagere Elf hatte etwas Unnahbares. Er schien ungewöhnliche magische Kräfte zu besitzen. Ohne Mühe folgte er einem Albenpfad über das Meer. Am dritten Tag ihrer Reise fand er einen großen Albenstern und öffnete ein Tor. Es sah ganz anders aus als jene Tore, die seine Gefährten bisher erschaffen hatten. Wie ein schillernder Regenbogen erhob es sich hoch über die Wellen.

Beim Übertritt nach Albenmark erwachte Farodin. Wild um sich schlagend, fuhr er hoch. Er brauchte lange, um zu begreifen, wo er war. Über das, was sich auf der Nachtzinne ereignet hatte, mochte er nichts erzählen. Er trat an den Bug und starrte auf das Meer hinaus.

In Albenmark war es weniger kalt. Stetiger Wind füllte ihr Segel, und zwei Tage, nachdem sie das Tor passiert hatten, erreichten sie Reilimee, die Weiße Stadt am Meer.

Landal nahm sie hier in sein Haus auf, und alle Überlebenden schworen, Emerelle gegenüber nicht verlauten zu lassen, dass Farodin und Mandred zurückgekehrt waren.

Mit jedem Tag in der Weißen Stadt wuchs Farodins Unruhe. Doch Mandreds schwere Verletzung erlaubte es ihnen nicht, so bald schon wieder die Stadt zu verlassen. Und Mandred genoss den Frieden. Jeden Tag kam die krumme Nardinel, um nach ihm zu sehen. Sie hatte sich erstaunlich schnell von ihrer Pfeilwunde erholt. Ihre heilenden Hände fügten mit großem Geschick seine Knochen zusammen, und sie taten noch mehr. Keine Elfe war Mandred je so begegnet wie Nardinel. Schon im Boot hatte sie ihn mit ihrem Leib gewärmt, wenn ihn der Schüttelfrost packte, und auch in Reilimee teilte sie oft sein Lager. Sie sprach nur wenig, und bis zum Tag seines Abschieds vermochte sich Mandred nicht zu erklären, was der Ursprung ihrer Gefühle war.

Als er zwei Wochen nach seiner Ankunft wieder in See stach, um mit Farodin in die Welt der Menschen zurückzukehren, fand sie kein Wort des Abschieds und keinen Gruß. Stumm drückte sie ihm einen Armreif in die Hand, geflochten aus ihrem langen schwarzen Haar. Dann wandte sie sich ab und war bald im Gewimmel des Hafens verschwunden.

Ihre seltsame Art der Liebe ließ Mandred mit einem unruhigen Gefühl zurück. Und er freute sich darauf, in seine Welt zu gelangen, wo er die Frauen zumindest manchmal verstand.

DAREEN

Nuramon hatte das Gefühl, dass eine Ewigkeit vergangen war, seit er an dieser Stelle gestanden und seinen Teil des Rätsels gelöst hatte. Vor ihnen in der Felswand ruhten die Edelsteine: Diamant, Bergkristall, Rubin und Saphir.

Alwerich konnte die Schrift über dem Bergkristall lesen und sprach die Worte. *»Singe das Lied der Dareen, du Kind der Nacht! Singe von ihrer Weisheit, mit deiner Hand in der Dunkelheit! Singe die Worte, die einst du sprachst, und Seite an Seite tretet ein.«*

»Wie lauten deine Worte?«, fragte Nuramon seinen Waffenbruder.

»Sie lauten: *In einer stillen Herbstnacht / Den Alben gleich / Die Sterne in der Grotte / Klar wie nie / Wie sie entstehen.*«

»Erinnerst du dich an meine Worte? Wir müssen unsere Verse verbinden und dann gemeinsam singen. Dann heißt es: *Du kamst zu uns in einer stillen Herbstnacht / Deine Stimme kam den Alben gleich / Du zeigtest uns die Sterne in der Grotte / Sie funkelten klar wie nie / Wir konnten sehen, wie sie entstehen.*«

Auf Alwerichs Gesicht entfaltete sich ein Lächeln. »Aus zwei Liedern mach eins! Jetzt verstehe ich.« Er legte die Hand auf den Bergkristall. »Komm, lass uns gemeinsam das Schlüssellied singen!«

Das Schlüssellied! Der Zwerg hatte das richtige Wort gefunden. Es war der Schlüssel zu der Orakelpforte. Nuramon führte seine Hand zum Diamanten, tauschte noch einen kurzen Blick mit Alwerich, dann begannen sie zu singen.

Kaum waren ihre Worte verklungen, leuchteten der Diamant und der Bergkristall auf. Aus dem Diamant strömte das gleißende Licht, das Nuramon bereits kannte, während aus dem Bergkristall ein bleiernes Licht drang und durch die Furche dem Rubin in der Mitte entgegenströmte. Im roten Edelstein trafen sich die beiden Lichter und verbanden sich zu einem, das nach unten drang, funkelnd zum Saphir hinabfloss und in ihn mündete. Der blaue Edelstein leuchtete auf und pulsierte, als schlüge darin ein Herz aus Licht.

Plötzlich waren die Edelsteine, die Furchen und die Schrift vor ihnen verschwunden. Alwerich wich erschrocken zurück. Nuramon schaute nur auf seine Hand, die nun den blanken Fels berührte. Dieser fühlte sich mit einem Mal so weich an, dass er mit der Hand in ihn eindringen konnte. Seine Fingerspitzen waren bereits in der Wand versunken. Als er den Arm in den Fels steckte, merkte er, wie Alwerich an seine Seite zurückkehrte. Der Zwerg schaute verwundert auf Nuramons Arm und wagte dann selbst, seine Hand im Fels verschwinden zu lassen.

Nuramon wandte sich an Felbion, der ein wenig Abstand gehalten hatte. »Komm mit uns!«

Statt näher zu kommen, wandte sich das Pferd ab. Felbion wollte offenbar draußen warten. Das sah dem neugierigen Tier nicht ähnlich.

»Lass uns hineingehen, bevor sich dieses seltsame Tor wieder schließt!«, rief der Zwerg.

Seite an Seite mit Alwerich trat er in den Fels.

Waren so einst die Alben auf ihren Pfaden gereist, sehenden Auges und durch die Elemente?

Nuramon spürte, wie er über die Schwelle des Albensterns schritt. Die Umgebung veränderte sich, das helle Gestein wandelte sich in rotbraunes. Zwei Schritte später drang Nuramons Gesicht aus dem Fels. Vor ihm lag ein Gang zwischen zwei zimtfarbenen Wänden. Sie befanden sich in einer engen Schlucht, in die das Sonnenlicht nur zögerlich hinabdrang. Der Boden war aus welligem Sand. Es mochte ein ehemaliges Flussbett sein, das seit einer Ewigkeit niemand mehr durchschritten hatte.

Nuramon schaute sich um. Alwerich war nicht an seiner Seite. Erschrocken wandte er sich um. Dann endlich drang ein dümmlich grinsendes Gesicht aus dem Fels, und Alwerich trat hervor.

»Wo warst du?«, fragte Nuramon den Zwerg.

»Wenn das hier das Tor ist, dann war ich wohl im Wachhaus. Und dort habe ich das hier gefunden.« Alwerich öffnete seine Hand. Darin lag eine kleine Drachenfigur aus grünem Stein. »Das ist ein zwergisches Jadeamulett, ein Glücksbringer.«

Nuramon schüttelte den Kopf. Der Zwerg, der eben noch vor dem Tor zurückgewichen war, bewegte sich nun in ihm, als wäre es ein Korridor in seinem eigenen Heim.

Alwerich strich an den Wänden der Spalte entlang. »Felsgestein wie dieses habe ich noch nie gesehen. Wo sind wir?«

Nuramon wusste es nicht mit Sicherheit. Die Luft war so klar wie in den Gebirgen der Menschenwelt, jedoch nicht so rein wie die in Albenmark. »Ich schätze, wir sind noch in der Welt der Menschen. Aber ich weiß es nicht ...« Nuramon brach ab, denn er hörte etwas in der Ferne. Er schaute auf. Da waren Rufe, die von weit her in die Schlucht drangen. Sie klangen wie Tierlaute. »Wo immer wir auch sind: Hoffen wir, dass Dareen noch hier ist.«

Sie folgten der schmalen Schlucht. Nuramon ging voraus; der Sand war hier so fein, dass selbst er darin Spuren hinterließ. Es widerstrebte ihm, mit jedem Schritt die Harmonie des feinen Wellenmusters zu zerstören. Doch ein Blick zurück machte ihm klar, dass seine Spuren mit den tiefen Stiefelabdrücken Alwerichs nicht zu vergleichen waren. Der Zwerg schien nicht einmal zu merken, was er da tat.

Der Pfad stieg langsam an. Am blauen Himmel kreiste ein großer Vogel, der Nuramon fremd war, aber mit einem Falken Ähnlichkeit hatte. Dies war gewiss nicht die Zerbrochene Welt, hier gab es zu viel Leben. Es musste ein Ort in der Menschenwelt sein.

Die schmale Schlucht öffnete sich bald in einen kleinen Talkessel. Rechts, nahe der Felswand, lag ein See, in dessen Mitte sich ein Stein erhob, aus dem Wasser sprudelte. An den Ufern des Sees wuchsen Gras, Bäume, Blumen und Sträucher mit sternenförmigen Blüten. Auf der anderen Seite des Tals, in der Steilwand, gähnte der Eingang zu einer Höhle. Dort mochte die Grotte der Sterne liegen, von der im Schlüssellied die Rede war!

Schweigend traten Nuramon und Alwerich näher. Sie wollten das Orakel nicht stören. Nuramon betrachtete den See. Er fragte sich, wohin das Wasser floss, und musste an Noroelles See und dessen besonderen Zauber denken.

Dies war also das Heim der Dareen. Nuramon hatte noch nie ein echtes Orakel gesehen, obwohl es noch einige wenige in Albenmark gab. Doch kaum einer suchte ihre Nähe, denn sie waren schweigsam geworden. Er fragte sich, wie Dareen wohl aussah. Vielleicht zählte sie zu jenen Völkern, die auch heute noch in Albenmark lebten. Vielleicht war sie eine Elfe, eine Fee, eine Nixe, vielleicht sogar eine Kentaurin.

Kaum hatten sie den See hinter sich gelassen, als im Höhleneingang eine Frau erschien, eine Elfe in einem schlichten sandfarbenen Gewand. Das schwarze Haar fiel ihr in langen Wellen auf die Schultern. Regungslos stand sie da und sah ihnen entgegen.

Zögerlich näherten sich Nuramon und Alwerich ihr. Und als sie vor ihr standen, wagte Nuramon nicht, auch nur ein Wort an sie zu richten. Der Blick der Elfe schien ihn zu durchdringen, ihre schwarzen Augen zogen ihn in den Bann.

»Ich sehe die Kinder von Licht und Schatten Hand in Hand«, sprach sie mit klarer Stimme. »Es ist lange her, dass ihr zu mir kamt. Ich bin Dareen, das Orakel.«

Nuramon schaute zu seinem Gefährten hinab, der wie verzaubert auf die Elfe starrte. Als er sich wieder Dareen zuwandte, war er erschrocken, plötzlich eine Zwergin vor Augen zu haben, die eine gewisse Ähnlichkeit mit der Elfe aufwies, die ihm zuvor erschienen war. »Ich zeige mich den Albenkindern auf so manche Weise. Ich werde es euch leicht machen.« Erst geschah nichts, doch dann blinzelte Nuramon, und vor ihm stand plötzlich ein Albenkind, das sowohl als kleine, gedrungene Elfe wie auch als sehr schlanke Zwergin durchgehen konnte.

»Was ist deine wahre Gestalt?«, fragte Nuramon.

Das Orakel lachte mit sanfter Stimme. »Was ist deine wahre Gestalt, Nuramon? Ist es die, welche hier vor mir steht? Oder ist es der Krieger, den du vor kurzem gesehen hast? Vielleicht ist es der Körper, den der Erste deines Namens trug. Es mag aber auch sein, dass deine wahre Gestalt noch auf dich wartet. Welche Gestalt ist also deine?«

»Ich weiß es nicht. Verzeih mir die Frage.«

»Bitte nicht um Verzeihung! Ich bin dazu da, Fragen zu beantworten. Und wenn ich selbst mit einer Frage antworte, dann nur, um dir den Geist zu öffnen. Ich besitze eine wahre Gestalt, doch sie ist euch fremd und würde euch weit weniger sagen als dieser Körper.« Sie wandte sich an den Zwerg. »Komm, Alwerich! Folge mir hinab in die Sternengrotte!« Zu Nuramon aber sprach sie: »Warte du hier! Du kannst dich dort an dem See erfrischen.« Mit diesen Worten trat sie in die Höhle, und Alwerich folgte ihr.

Nuramon blieb zurück; ihn schwindelte. Er ging zum See und trank vom Wasser. Es war kühl und jagte ihm einen Schauer durch den Körper. Der Schwindel verging.

Als sein Blick auf die Wasseroberfläche fiel, musste er wieder an Noroelles Quelle denken. Er nahm seine Kette vom Hals und tauchte den Almandin, den seine Geliebte ihm durch Obilee geschenkt hatte, in das kühle Nass. Dort funkelte der rotbraune Edelstein wie damals all die anderen Steine in Noroelles See.

Nuramon schaute zum Höhleneingang. Was Alwerich wohl fragte? Der Zwerg hatte es ihm während der ganzen Reise nicht sagen wollen. Dabei hatte er sich auf ein Versprechen berufen, das er Thorwis gegeben hatte.

Nuramon hingegen war offen gewesen und hatte über Noroelle gesprochen. Und Alwerich konnte offenbar nachfühlen, was Nuramon bewegte. Der Zwerg war seiner Frau Solstane manches Mal in den Tod gefolgt, um ihr im nächsten Leben nahe zu sein. Nuramon wünschte, für ihn wäre der Weg so einfach. Alwerich hatte angeboten, ihn auf seinem weiteren

Weg zu begleiten. Doch er hatte abgelehnt. Der Zwerg sollte nach Aelburin zurückkehren und dort mit seiner Frau das Leben führen, das er verdiente. Nuramon hatte ihm von Mandreds Frau berichtet, von der verlorenen Zeit, die für sie mit wenigen Schritten vergangen war. Er wollte nicht, dass Alwerichs Leben eine solche Wendung nahm, wenngleich er – anders als Mandred – wiedergeboren würde.

Als Nuramon sich die Kette wieder umlegte und den kalten Stein auf seiner Brust spürte, fragte er sich, welche Macht sich in diesem Almandin verbarg. So viele Jahre hatte er auf dem Grund des Sees gelegen. Noroelle hatte ihm erzählt, der Edelstein werde vom Zauber des Sees genährt. Er war mehr als nur ein Andenken an die Geliebte. Doch Nuramon wusste nicht, wie er dem Stein seine besondere Macht entlocken konnte. Vielleicht war die Zeit noch nicht reif.

Als Alwerich aus der Höhle kam, machte er ein fassungsloses Gesicht. Der Zwerg hatte offenbar Dinge erfahren, mit denen er nie und nimmer gerechnet hatte. Stotternd sagte er: »Du kannst jetzt hineingehen.« Dann setzte er sich auf einen Stein beim See und starrte ins Wasser.

Nuramon fragte seinen Gefährten nicht danach, was er gesehen hatte. Wenn er ihm schon nicht die Frage nennen wollte, würde er ihm gewiss auch nicht die Antwort verraten. So ließ der Elf seinen Waffenbruder am See zurück und trat seinerseits in die Höhle.

Zunächst gelangte er in einen kleinen Raum, von dem drei Gänge tiefer in den Fels führten. Aus einem von ihnen drang ein blauer Schein, während in den anderen Gängen graues Dämmerlicht herrschte.

Dareen trat in den Gang mit dem blauen Licht. Nuramon folgte ihr schweigend. Der Gang führte geradewegs hinab in eine dunkle Höhle. Die Wände waren so schwarz wie die Nacht. Über ihm aber wölbte sich ein Sternenhimmel, der ein wenig Licht spendete. Die Sterne wirkten so echt, als hätte Dareen sie vom Nachthimmel gefangen. Dies also war die Sternengrotte!

Das Orakel stellte sich in die Mitte der Höhle, wo eine blau leuchtende Steinplatte in den Boden eingelassen war. Sogleich hob Dareen mit einfühlsamer Stimme an zu sprechen. »Ich sehe zwei Wünsche in deinem Geist. Davon kann ich dir nur einen erfüllen. Beim anderen kann ich dir nur den Weg weisen. Der eine Wunsch ist der nach deiner Erinnerung. Du möchtest eins werden mit deinen früheren Leben. Der andere Wunsch ist es, deine Liebste zu befreien. Deine Erinnerung kann ich dir hier und jetzt schenken, doch Noroelle vermag ich nicht zu befreien. Ich werde dir nur ein wenig auf deinem Pfad weiterhelfen. Welcher Wunsch soll es demnach sein?«

Nuramon trafen die Worte Dareens wie ein Schlag. Er stand hier und war nur eine Frage von seiner Erinnerung entfernt. Hier und jetzt könnte er all seine früheren Leben zurückerhalten. Und vielleicht würde ihm das gar bei seiner Suche nach Noroelle helfen! Dennoch wollte er das Wagnis nicht eingehen. Selbst der kleinste Hinweis auf Noroelles Aufenthaltsort war ihm mehr wert als die Erinnerung an seine früheren Leben. »Ich kam mit der Absicht, dich nach dem Ort zu fragen, an dem meine Liebste gefangen ist. Und ich hoffe, mit einer Antwort gehen zu können. Meine Erinnerung wird eines Tages von ganz allein zu mir kommen.«

»Das ist eine kluge Wahl, Nuramon. Nun, ich sehe in dir, was geschehen ist. Und ich werde dir Dinge sagen, die dir helfen werden. Ich kann dir nicht alles sagen, denn wenn du zu viel weißt, werden Dinge nicht geschehen, die geschehen müssen. Was ich dir zeigen kann, siehst du dort.« Sie deutete zum Gewölbe.

Nuramon blickte auf. Vor den Sternen erschien eine Landschaft: ein großer See oder aber eine Meeresbucht mit Wäldern am Ufer. Dahinter war in der Ferne eine Bergkette zu sehen. Weit vor dem Ufer lag eine Insel, auf der sich ein kleiner Hain befand.

»Dies ist der Ort, nach dem du suchst. Findest du den Weg von dieser Insel in die Zerbrochene Welt, dann wirst du zu deiner Liebsten gelangen.«

»Ich werde diesen Ort finden, und wenn ich ihn Jahrhunderte suchen muss«, sagte Nuramon, ohne den Blick von der Landschaft abwenden zu können. Das Bild brannte sich förmlich in seinen Geist ein. Er würde es nie vergessen. Er hatte nun sein Ziel wahrhaftig vor Augen. Und dieses Bild war sehr aufschlussreich. Offenbar lag das Tor zu Noroelle im Norden der Menschenwelt oder aber in großer Höhe in einem Gebirge. In der Wüste, deren Randgebieten und im kargen Königreich Angnos musste er nun nicht länger nach ihr suchen.

Mit einem Mal verblasste das Bild vor seinen Augen. Die Insel, das Wasser und das Ufer lösten sich auf. Nuramon starrte immer noch hinauf. Er hatte sich alles eingeprägt.

»Ich werde dir noch etwas sagen«, sprach Dareen. »Nur zwei Dinge können den Zauber brechen: das Stundenglas oder aber ein Albenstein.«

Nuramon konnte nicht fassen, was das Orakel da sprach. Dass das Stundenglas und damit die Sandkörner tatsächlich einen Weg darstellten, beschäftigte ihn weniger als die Erwähnung eines Albensteins. Er war ausgezogen, um einen Pfad zu finden, der leichter war als der Farodins. Und nun musste er feststellen, dass sein Pfad vielleicht noch viel schwieriger war. Er schüttelte den Kopf. »Aber wie soll ich an einen Albenstein gelangen? Ich weiß nur, dass die Königin einen besitzt. Aber sie …«

»Sie wird ihn dir nicht geben. Du musst nach einem anderen Albenstein suchen, wenn du nicht an den Weg deines Gefährten Farodin glaubst. Doch ganz gleich, wie du dich entscheidest, zuerst solltest du dich mit deinen Gefährten vereinen. Legt den Streit bei. Es gibt keine falschen Pfade. Jeder trägt seinen Teil dazu bei, um das Ziel zu erreichen. Geh nach Norden und warte auf deine Freunde in der Stadt des Menschensohns. Sei geduldig und warte auf Elfenweise.«

»Das werde ich.«

»Dann ist dies alles, was Dareen dir zu sagen hat. Auf Wiedersehen, Nuramon!« Sie trat in den Schatten und war verschwunden.

Nuramon wartete, ob Dareen sich ihm noch einmal zeigte. Doch es schien, als wäre dies tatsächlich der Abschied gewesen. Er dachte an das, was sie gesagt hatte. Sie hatte ihm den Weg offenbart, den er gesucht hatte. Sie hatte ihm den Ort gezeigt, an dem sich das Tor zu Noroelles Gefängnis befand. Doch warum war es so wichtig, sich mit Farodin und Mandred zu vereinen? Er hatte oft an seine beiden Gefährten gedacht und an den törichten Streit, der sie getrennt hatte. Er vermisste sie. Und die Stimme Dareens hatte ihn beschworen, sich mit ihnen zu versöhnen.

Er würde nach Firnstayn gehen und dort auf Farodin und Mandred warten.

DAS BUCH DES ALWERICH

Der Abschied vom Waffenbruder

Der Orakelspruch hat alles verändert. Du siehst die Dinge mit anderen Augen, besonders deinen Waffenbruder. Er verhält sich zwar so wie zuvor, aber das Wissen, das du bei Dareen erfragt hast, lässt auch Nuramon in einem neuen Licht erscheinen.

Er hat dir auf der Reise nach Norden erzählt, dass Dareen ihm die Erinnerung anbot, er diese aber für das Wissen um seine Liebste ablehnte. Diese Tat rührt dein Herz, und du musst an Solstane denken. Für sie hättest du das Gleiche getan. Und du kannst nun endlich fühlen, warum Nuramon dich auf seiner Suche nicht dabeihaben will. Du hast bereits alles gewonnen, was dir lieb ist. Und doch fragst du dich, ob es nicht ein Leben wert wäre, dem Elfen beizustehen.

Ihr macht euch auf den Rückweg und meidet die argwöhnischen Menschen. Sie haben nichts mit Zwergen im Sinn, nichts außer Streit. Du hast dich mittlerweile an Felbion gewöhnt, schlägst das Angebot aber aus, reiten zu lernen. Das ist zu viel des Guten. Du magst das Pferd, aber ganz alleine auf ihm zu sitzen, das ist nicht nach deinem Geschmack.

Der Tag des Abschieds ist da. Am Fuß der Berge werdet ihr euch trennen. Du steigst ein letztes Mal von Felbion ab. Nuramon beugt sein Knie, sodass ihr Auge in Auge seid, und er legt die Hand auf deine Schulter. Die Worte, die er spricht, wirst du in diesem Leben nicht mehr vergessen. Er sagt: »Ich danke dir, Alwerich. Du warst mir ein guter Gefährte, ein wahrer Waffenbruder. Doch nun müssen wir unserer Wege gehen.« Er schaut hinauf in die Berge und spricht dann weiter. »Sag Thorwis und Wengalf Dank von mir. Und umarme Solstane in meinem Namen. Du hast mir so viel von ihr erzählt, dass sie mir vertraut wurde.« Du entgegnest darauf: »Sie wird bedauern, dass du nicht mit mir heimkehrst.« Nuramon nickt und spricht: »Erzähle ihr von Noroelle und meiner Suche.« Dann steht der Elf auf und sagt: »Leb wohl … Freund.« Nuramon hält dir die Handfläche entgegen und wirkt mit einem Mal so unsicher, als fürchtete er, du könntest seine Hand zurückweisen. Du schlägst ein und sagst: »Bis wir uns wiedersehen, Freund. Vielleicht in diesem Leben, wahrscheinlich im nächsten. Es mag gar sein, dass wir uns im Silberlicht wieder begegnen.«

Nuramon lächelt und entgegnet: »Wir werden uns wiedersehen. Und vielleicht erinnern wir uns an frühere Begegnungen, von denen wir nichts ahnen.«

Der Elf weiß nicht, dass seine Worte wahr sind. Er hat mich nicht gefragt, ob wir uns bereits in einem anderen Leben begegnet sind. Aber wie wir hier stehen, weiß ich, dass sich das Geschehen wiederholt. Freunde finden zueinander, selbst über etliche Leben hinweg.

Nuramon steigt auf Felbion und sieht dich noch einmal voller Anerkennung an. Dann reitet er fort, und du schaust ihm nach. Du musst an das Orakel denken. Wenn du ihn doch auf das vorbereitet hättest, was auch ihn erwartet! Aber Dareen hat darauf bestanden, dass du ihm gegenüber davon schweigst.

Der Elf ist gerade verschwunden, da machst du dich daran, das letzte Stück nach Aelburin hinter dich zu bringen, um dort Solstane in die Arme zu schließen.

Die Neue Halle der Schriften, Band XXI, Seite 156

DIE STADT FIRNSTAYN

Nuramon blickte über den Fjord. Es war Winter, wie damals, als sie zur Elfenjagd aufgebrochen waren. Hier hatte alles begonnen. Oben am Steinkreis hatte Mandred gegen den Tod gekämpft. Hier hatte der Devanthar sein Spiel in die Wege geleitet.

Er erinnerte sich, wie befremdlich ihm diese Welt erschienen war. Doch nun war ihm der Anblick vertraut. Er wusste, wie weit es von hier bis zu den Bergen war, er konnte die Entfernung richtig einschätzen. Eines war geblieben: Diese Welt war noch immer rau. Die Reise hierher hatte es bewiesen. Es war ein Winter, der selbst für die Menschenwelt besonders streng war und ihn ebenso quälte wie Felbion. Diese Welt war manchmal zu grob für einen Elfen.

Dort unten lag Firnstayn am zugefrorenen Fjord. Das Dorf von einst war zu einer Stadt geworden. Gewiss, die Menschen hatten ein kurzes Leben. Umso wichtiger war es, sich zu vermehren. Aber wie eine Siedlung in so kurzer Zeit wachsen konnte, das verwunderte ihn. Er dachte an die Warnungen der Fauneneiche. Vielleicht war er ein Opfer der Zeit geworden. Er hatte zwar nur wenige Tore durchquert, aber in Iskendria hatte er ein eigenartiges Gefühl gehabt.

Die Stadt mit ihren steinernen Mauern bezeugte, dass mehr als nur ein paar Jahre ins Land gegangen waren, seit er zum letzten Mal am Steinkreis auf der Klippe gestanden hatte.

»Es stimmt also«, sagte jemand neben ihm.

Nuramon zog Gaomees Schwert und fuhr herum. Am Rande des Steinkreises stand Xern. Sein mächtiges Hirschgeweih wirkte wie eine Krone. Beschämt steckte Nuramon die Waffe fort.

»Du bist tatsächlich gekommen.« Seine großen bernsteinfarbenen Augen funkelten.

»Doch nicht, um heimzukehren«, entgegnete Nuramon. »Aber es tut gut, ein bekanntes Gesicht zu sehen.«

»Was führt dich her?«, fragte Xern.

»Meine Suche ist noch nicht vorüber. Ich werde mich dort unten bei den Menschen mit meinen Gefährten treffen.«

»Das ist womöglich ein Fehler, Nuramon. Die Königin hat eure Tat nicht vergessen. Sie spricht zwar nicht mehr darüber. Aber du hättest damals ihren Zorn sehen sollen, als sie erfuhr, dass ihr fort wart! Selten hat sich jemand so sehr gegen ihr Gebot gestellt.«

»Bist du in ihrem Namen hier?«

»Nein, in meinem … und weil Atta Aikhjarto mir sagte, dass du kommen würdest. Du weißt ja: Seine Wurzeln reichen weit. Und ebenso weit reichen die Sinne Emerelles. Sie wird dich sehen, wenn du in der Nähe bleibst. Selbst Firnstayn ist zu nahe am Tor.«

»Daran vermag ich nichts zu ändern. Ich komme mit dem Rat des Orakels Dareen hierher. Und auf ihr Wort vertraue ich.«

»Dareen! Das ist ein Name aus zauberhaften Zeiten. Sie verließ einst Albenmark, weil die Welt der Menschen ein Reich der Veränderung ist.«

»Und sie hatte Recht. Die Stadt dort unten ist der Beweis.«

Xern trat an Nuramons Seite, und gemeinsam blickten sie hinab. »Das ist Alfadas' Vermächtnis.«

»Er lebt nicht mehr?«, fragte Nuramon mit Bedauern. Er hätte Mandreds Sohn gern wiedergesehen.

»Nein. Er wuchs unter Albenkindern auf, doch sein Leben war das eines Menschen. So starb er, als seine Zeit gekommen war.«

»Wie viel Zeit ist vergangen, seit wir Albenmark verließen?«

Xern strengte sich sichtlich an, den Fluss der Jahre in eine Zahl zu bannen. In Albenmark spielte die Zeit eine viel geringere Rolle als bei den Menschen oder den Zwergen. Es gab kaum Veränderungen in Albenmark, und das Leben währte lange. Was bedeuteten schon zehn oder aber hundert Jahre? In Albenmark war nahezu alles so, wie es sein sollte. Ein

Zwerg hingegen hätte ihm gewiss auf der Stelle eine Antwort geben können.

»Es ist etwa zweihundertfünfzig Sommer her, dass ihr verschwunden seid.«

Zweihundertfünfzig Jahre! Früher hätte ihm dem Elfen diese Zahl nichts bedeutet. Und auch wenn sich an seinem Zeitgefühl nichts Wesentliches geändert hatte, verstand er längst, wie viel zweihundertfünfzig Jahre für einen Menschen waren. Also hatte er sich nicht geirrt. Sie mussten wiederum einen Zeitsprung gemacht haben.

Xern sprach weiter. »Und es ist in diesen Jahren viel geschehen.«

Nuramon musste daran denken, dass die Königin alle Tore hatte bewachen lassen. »Nun, Emerelle hat offenbar ihr Verbot aufgehoben.« Es musste so sein, denn Xern hätte die Regeln der Königin gewiss nicht gebrochen, nur um mit ihm zu sprechen.

»Ja, und das kam für uns alle überraschend. Alfadas knüpfte ein Band zwischen den Elfen und den Menschen in diesem Land der Fjorde. Wir haben gemeinsam gegen die Trolle gekämpft.«

»Hat es etwa einen weiteren Trollkrieg gegeben?«

Xern deutete umher. »Hier war eines der Schlachtfelder. Es kam alles so schnell, zu schnell für viele von uns. Die Königin sagte, eine Zeit sei angebrochen, da wir uns an das Neue gewöhnen müssten.«

Nuramon hatte noch viele Fragen, doch eine beschäftigte ihn ganz besonders. Hatte er den Zeitsprung nun mit seinen Gefährten oder ohne sie gemacht? Wenn sie beim Eintreten nach Iskendria ein Opfer der Jahre geworden waren, dann erginge es Mandred und Farodin so wie ihm. Doch wenn er gemeinsam mit Alwerich beim Orakel den Sprung vollzogen hatte, dann mochte Mandred längst tot sein. Und für Alwerich wäre es gewiss eine bittere Heimkehr gewesen. »Hast du etwas von Farodin gehört? Oder von Noroelle?«

»Nein, weder von Farodin noch von deiner Liebsten. In dieser Hinsicht ist alles beim Alten geblieben. Man spricht nur noch wenig von dir und deinen Gefährten. Es gibt jetzt andere Geschichten.« Xerns Blick verlor sich in der Ferne. »Es liegt eine Zeit der Helden hinter uns. Bei den Menschen sind diese längst zur Legende geworden, bei uns leben sie voller Anerkennung oder wurden wiedergeboren. Große Namen! Zelvades, Ollowain, Jidena, Mijuun oder Obilee!«

»Obilee! Hat sie in dem Krieg gekämpft? »

»Ja. Sie macht ihrer Ahnin alle Ehre.«

Nuramon malte sich aus, wie Obilee von allen bewundert wurde und als zaubernde Kriegerin vor die Königin trat. Sie war schon eine junge Frau gewesen, als sie von der Jagd auf den Devanthar zurückgekehrt waren. Inzwischen war sie gewiss die Elfe geworden, die Noroelle immer in ihr gesehen hatte. Er hatte so viel verpasst. Man würde sicher lange über den Trollkrieg sprechen, ebenso wie man von jenem sprach, an dem einst Farodin teilgenommen hatte.

»Du würdest Obilee gern sehen, nicht wahr?«

»Offenbar kann man immer noch leicht in meinem Gesicht lesen«, entgegnete Nuramon lächelnd.

»Obilee soll in Olvedes sein. Ich könnte ihr eine Botschaft zukommen lassen. Sie hat Noroelle nicht vergessen und gewiss auch dich nicht.«

»Nein, es würden nur alte Wunden aufbrechen.« Vielleicht würde sie jetzt gar darauf bestehen, ihn auf seiner Suche zu begleiten. Der Gedanke mochte eigennützig sein, doch Nuramon beruhigte es zu wissen, dass wenigstens die einstige Vertraute Noroelles in Albenmark noch etwas zählte. Seine Liebste wäre gewiss stolz auf ihren Schützling.

Xern legte den Kopf schief und zuckte mit den Schultern. »Wie du willst. Ich werde niemandem außer Atta Aikhjarto von dieser Begegnung berichten.«

»Ich danke dir, Xern.«

»Ich wünsche dir, dass du Noroelle findest.« Mit diesen Worten zog sich Xern in den Steinkreis zurück und verschwand im dünnen Nebel.

Nuramon schaute wieder zur Stadt hinab. Er hatte auf dem Weg hierher nach dem Ort Ausschau gehalten, den Dareen ihm gezeigt hatte. Sogar einen Umweg hatte er in Kauf genommen. Nach den Bäumen zu urteilen, die er gesehen hatte, musste das Tor, das sie suchten, im kühlen Norden am Meer liegen oder aber an einem See in einem hohen Gebirge. Das war alles, was er sagen konnte.

Das Orakel hatte Recht. Er würde die Hilfe seiner Gefährten brauchen. Mit Hilfe seines Wissens und Farodins Zauber würden sie gemeinsam den Ort aufspüren können. Vielleicht warteten Mandred und Farodin dort unten in Firnstayn auf ihn. Es mochte sein, dass das Schicksal sie dort wieder zusammenführte.

Nuramon packte Felbion bei den Zügeln und machte sich an den Abstieg. Am Fuße des Hügels stieg er auf das Pferd und ritt der Stadt entgegen. Dabei dachte er an die Elfenjagd. Obwohl sie für sein Zeitempfinden nur wenige Jahre zurücklag, hatte er das Gefühl, sie wäre in einem anderen Leben geschehen. Aigilaos' Tod, der Kampf mit dem Devanthar und die schreckliche Rückkehr nach Albenmark … Es schien so lange zurückzuliegen, als wäre er schon ewig auf der Suche nach Noroelle.

Als Nuramon vor das Tor der Stadt ritt, hatte ihn die Wache längst gesehen. Doch das Tor stand offen, und Nuramon konnte hindurchgehen, ohne dass ein Wächter nach seiner Herkunft und seinem Begehren fragte. Stattdessen verkündete er auf Fjordländisch, dass ein Elf gekommen sei. Obwohl die Albenkinder – wie Xern gesagt hatte – den Menschen hier nun näher standen, schien es ein besonderes Ereignis zu sein, wenn Elfen nach Firnstayn kamen.

Nuramon saß auf Felbion und ließ das Pferd ruhig zwischen den Häuserreihen hindurchschreiten, begleitet von Kindern, von Blicken aus Fenstern und freundlichen Grußworten. Er wusste nicht, was die Firnstayner in ihm sahen. Wahrscheinlich betrachteten sie ihn als einen Helden der Trollkriege. Das missfiel ihm, denn er hatte nichts getan, um sich diese Ehre zu verdienen. So stieg er von Felbion ab, um nicht auf dem hohen Ross zu sitzen.

Nuramon versuchte, sich zu orientieren, doch nichts war mehr so, wie er es kannte. Schließlich erreichte er einen Platz, über dem ein steinernes Langhaus aufragte. Das mochte der neue Sitz des Jarls sein. Eine breite Treppe, gesäumt von Löwenstatuen, führte dort hinauf. Die Menschen sammelten sich um Nuramon, hielten jedoch respektvollen Abstand. Keiner wagte sich zu nahe an ihn heran. Er dachte an die Abreise bei den Zwergen. Welch ein Wechsel war das in seinem Leben, dass er überall, wo er hinkam, mit Ansehen empfangen oder entlassen wurde!

Zögerlich kam ein Menschenkrieger die Treppe hinab. Er war ein kräftiger Mann, der ein Breitschwert gegürtet hatte. »Bist du gekommen, den König zu sprechen?«, fragte er.

Nuramon zögerte mit der Antwort. Früher hatten sie ihren Anführer *Jarl* genannt. Ob auch das die Spuren Alfadas' waren? Was würde wohl Mandred dazu sagen, wenn er erfuhr, dass es in Firnstayn nun einen König gab? »Ich bin auf der Suche nach Mandred Torgridson«, erklärte Nuramon.

Nun folgte ein Geflüster, dann kehrte Totenstille ein. Er hatte einen Namen genannt, den sie gewiss nur aus den Legenden kannten …

Umso mehr verwunderte Nuramon die Antwort des Kriegers, der an ihn herangetreten war. »Mandred war hier. Und bei ihm war ein Elf namens Farodin. Doch sie sind längst wieder fort.«

Plötzlich machten die Leute für einen Menschensohn Platz, der an seiner prächtigen Plattenrüstung als Anführer zu erkennen war. Diese Rüstung war nicht die Arbeit eines Menschen, sondern stammte aus den Schmieden von Albenmark. Vielleicht war sie ein Geschenk Emerelles. Es mochte sein, dass sie einst Alfadas gehört hatte. Nun trug sie ein Mann mit grauem Haar. Er kam mit großen Schritten auf Nuramon zu und baute sich vor ihm auf. Auch er war ein Riese von einem Menschen und trug ein Schwert am Gürtel, eigentlich zu schmal für die Leute in diesen Gefilden. »Ich bin Njauldred Klingenbrecher, König von Fjordland«, sagte er und nickte. Er strahlte eine geradezu bedrohliche Kraft aus, sodass Nuramon keinen Zweifel hatte, dass der Zorn Njauldreds, einmal entfesselt, keine Grenzen kannte.

»Sei mir gegrüßt, Njauldred!«, sagte Nuramon und wunderte sich, dass der König keine Krone trug, wie es sonst bei den Menschen üblich war. Überhaupt kam es ihm merkwürdig vor, dass das Fjordland nun von hier aus regiert wurde. Ob es Alfadas' Verdienst war, dass Firnstayn zur Königsstadt geworden war?

»Du suchst nach Mandred?«, fragte Njauldred.

»So ist es, und ich hoffe, dass du mir einen Rat gibst, wo ich ihn finden kann«, sagte Nuramon in einem freundlichen Tonfall.

»Das kommt darauf an, wer nach ihm fragt«, sagte der Hüne und verschränkte die Arme vor der Brust. »Er ist immerhin mein Ahnherr.«

Eine gewisse Ähnlichkeit zwischen Njauldred und Mandred war nicht zu bestreiten. Besonders die Augen des Königs glichen denen Mandreds. Doch dieser Mann war viel älter. Nuramon war zwar noch immer nicht besonders gut im Einschätzen von Menschen, doch er glaubte, dass Njauldred jenseits der fünfzig war, denn sein Haar war ergraut. Die meisten seiner Falten lagen halb hinter dem Bart versteckt. Nur an Augen und Stirn waren sie auf ganzer Länge zu erkennen.

»Mein Name ist Nuramon, und ich …«

Njauldred ließ ihn nicht aussprechen. »Bist du etwa der Kampfgefährte Mandreds? Nennt man dich auch Nuredred den Elfenprinzen?«

Nuramon war überrascht. Offenbar hatten die Menschen die Geschichte um Mandred Torgridson nach ihrem Belieben ausgeschmückt. »Ich bin Mandreds Kampfgefährte. So viel entspricht der Wahrheit. Was aber das andere angeht, so fürchte ich, seht Ihr mehr in mir, als ich bin.«

Njauldred schüttelte den Kopf. »Bescheidenheit ist die Tugend der Helden.«

Nuramon blickte in die Gesichter der Menschen. Sie betrachteten ihn, als wären die Alben selbst zurückgekehrt. Und wie er seinen Blick wandern ließ, fiel ihm etwas auf. Auf der Schulter der linken Löwenstatue am Fuß der Treppe war eine Inschrift.

»Eine wundervolle Arbeit, nicht wahr?«, sagte Njauldred.

»Gewiss«, war alles, was Nuramon darauf sagen konnte. Sein Blick hing an den kunstvoll geschwungenen Elfenrunen. Dort stand: ›Verzeih mir und warte auf uns, wenn du kannst. Farodin.‹

»Alfadas ließ diese Löwen aufstellen, im Angedenken an Mandred, von dem die Könige von Firnstayn abstammen.« Njauldreds Blick verfinsterte sich. »Diese Zeichen hat irgendjemand vor vielen Jahren eingeritzt. Der kam gewiss nicht aus Firnstayn. Niemand hier würde in dieser Weise ein Ehrenmal für Mandred Torgridson entweihen.«

Nuramon strich mit der Handfläche über die Inschrift. »Ich finde sie wunderschön! Sie ist vollkommen ausgeführt und lobt den Helden Mandred. Es sieht so aus, als wäre dies das Werk eines Elfen.«

Njauldred machte ein überraschtes Gesicht. »Wirklich?«

Nuramon bekräftigte seine Worte. Und wie er in das gutmütige Gesicht des Königs blickte, tadelte er sich dafür, dass er einen Herrscher an der Nase herumführte. Es war an der Zeit, das Thema zu wechseln. »König Njauldred, ich habe eine Frage. Hat Mandred gesagt, wohin er will?«

Der Blick des Königs wurde härter. »Sie trafen hier auf eine sterbende Elfe. Sie war lange Jahre Gefangene auf der Nachtzinne, einer Festung der Trolle, die weit im Norden liegen soll. Seit den Tagen von König Alfadas hat sich dort kein Mensch mehr hingewagt. Doch Faredred, der Elfenfreund von Mandred, war wild entschlossen, zur Nachtzinne zu reisen und die übrigen Elfen zu befreien, die dort eingekerkert sind. Mehr als drei Jahre ist es nun schon her, dass sie zu ihrer Reise aufgebrochen sind, und keiner hat je wieder von ihnen gehört.«

Nuramon nickte ernst. Zwei Mann gegen eine Festung voller Trolle, das passte zu den beiden! »Wenn du es gestattest, König, dann werde ich hier in eurer Mitte auf die Rückkehr Mandreds und seines Elfenfreundes warten.«

»Du glaubst, dass die beiden nach so langer Zeit noch zurückkehren werden?«

»Ich glaube nicht, ich bin mir sicher«, antwortete Nuramon mit einer Entschiedenheit, die ihn selbst überraschte. Dies konnte nicht das Ende ihrer gemeinsamen Suche nach Noroelle sein!

Das Gesicht des Königs hellte sich auf. »Es ist noch Hoffnung, dass Mandred zu uns zurückkehren wird«, rief er der Menge zu, die inzwischen auf dem Platz zusammengekommen war. »Und der berühmte Nuredred wird als Gast in Firnstayn verweilen. Welch eine Ehre!«

»Ich bin Nuramon. Nuredred ist das, was ihr aus mir gemacht habt«, sagte der Elf leise.

»Du kennst die Geschichte unseres Ahnen. Du warst dabei. Du warst damals wirklich in der Höhle, nicht wahr? Und du kannst den Skalden die Wahrheit berichten. Damit alles so erzählt wird, wie es sich tatsächlich ereignet hat. Das kannst du doch tun, oder?«

»Das kann ich, und ich werde es gern tun.« Natürlich würde er ihnen nicht die ganze Wahrheit erzählen. Er hatte Mandred versprochen, niemandem zu sagen, dass sie sich bei den Händen gehalten hatten. Die Menschen sahen in Mandred mehr als den Mann, den Nuramon kannte. Sie wären gewiss enttäuscht, wenn sie die Wahrheit erführen. So beschloss er, über sich und Farodin alles so zu berichten, wie es sich zugetragen hatte, doch was Mandred anging, würde er dafür sorgen, dass dessen Name unsterblich würde. Die Menschen von Firnstayn würden Torgrids Sohn noch so manches Denkmal setzen.

»Komm!«, sagte Njauldred und klopfte Nuramon freundschaftlich auf die Schulter. Dann deutete er voran. »Dort hinten, wo einst sein altes Haus war, steht nun eines, das auf immer Mandred gehört. Dort sollst du wohnen. Das wird eine Feier! Dein Gefährte, Faredred …«

»Verzeih, aber sein Name ist Farodin!«, wandte Nuramon ein.

»Jedenfalls hat der Junge eine Menge weggetrunken.« Er klopfte ihm noch einmal auf den Rücken. »Mal sehen, was du schaffst.«

Ein größeres Gelage als das, was er bei den Zwergen erlebt hatte, konnten ihm die Menschen gewiss nicht bieten. Doch er war offen für Überraschungen. Er musste sich an die Menschen hier gewöhnen. Wer wusste schon, wie lange Mandred und Farodin noch fortblieben? Vielleicht einige Monde, vielleicht ein Jahr, vielleicht länger. Er würde warten und sich auf den Tag vorbereiten, da er gemeinsam mit seinen Gefährten die Suche fortsetzte. Vielleicht konnten ihm die Menschen gar helfen. Er hatte im Hafen zwei Schiffe bemerkt, die in ihrem Aussehen entfernt an Elfenschiffe erinnerten. Vielleicht kannte jemand unter den Seefahrern die Insel, die er beim Orakel gesehen hatte. Er würde sie malen und dann den Menschen zeigen.

FIRNSTAYNER FAMILIEN

Nuramon der Elf

In jenen Tagen, da Vater Soreis auf Geheiß des Mandred Torgridson die Chronik von Firnstayn begann, damals im fünfzehnten Jahr der Herrschaft Njauldreds, kam Nuramon der Elf nach Firnstayn. Er sagte, er werde auf Mandreds Rückkehr warten.

Damals war ich noch ein Kind. Nun aber neigt sich mein Leben dem Ende entgegen. Und ich kann mit Stolz sagen, dass ich zu der Zeit gelebt habe, da hier ein Elf unter uns weilte. Ich war dabei, als Nuramon zu uns kam. Ich lief neben seinem Pferd her und folgte ihm zum Platz. Und ich war dabei, als er an der Seite Mandreds und des Elfen Farodin davonritt.

Nuramon war ein Gewinn für unsere Stadt, und ich denke gern an jene Tage zurück. Ich erinnere mich, wie er im ersten Frühling nach seiner Ankunft den Wettstreit der Skalden gewann. Nie sonst vernahm man solche Sagas, solche Lieder und solche Verse. Mit seinen schwermütigen Worten über seine verlorene Liebe gewann er die Gunst der Frauen. Und weil das die Männer ärgerte, endete der Tag in einer Schlägerei. Der Elf ging unversehrt daraus hervor. O wie oft hatte Njauldred versucht, Elfenblut in seine königliche Linie zu bekommen! Doch Nuramon war seiner verlorenen Liebe so treu, dass er jede Frau zurückwies, und sei sie noch so schön. Der Elf war aber mehr als ein Skalde. Im einen Jahr übte er sich im Bogenschießen und brachte diese Kunst zur Vollendung. Nie zuvor hatte wohl ein Menschenauge beobachten können, wie ein Elf vom Grünschnabel zum Meister einer Kunst wurde. Er schuf Statuen und Gemälde von großer Schönheit. Er nahm sich zwei Jahre, in denen er nichts anderes tat, als in den Luthtempel zu kommen und mit Vater Soreis und später mit mir über das Schicksal zu sprechen. Er schien ein Mann des Geistes und der Kunst zu sein. Dadurch entstand auch manches Übel. Denn die Jünglinge nahmen sich an ihm ein Beispiel. Und bald wollten viele das Schwert und die Axt gegen die Laute tauschen. Manche sagten gar, der Elf stelle eine Gefahr für die jungen Männer und damit für die Zukunft Firnstayns dar. Als Njauldred Nuramon zu sich holte und ihm die Vorwürfe darlegte, da sagte Nuramon, er wolle eine Hand voll Jünglinge im Kampf unterweisen und sie an die Tugenden Mandreds erinnern. Er nannte seine Krieger die Mandriden, die Söhne Mandreds. Und er lehrte sie den Schwertkampf, das Bogenschießen, aber auch den Axtkampf. Man sah ihn zwar selten eine Axt führen, doch er zeigte den Jünglingen das, was er bei Mandred gesehen hatte.

Da Mandred und Farodin ihre Pferde zurückgelassen hatten, kümmerte sich Nuramon um sie. Er sagte, Mandred habe davon geträumt, dass seine Stute ein Geschlecht der besten Pferde hervorbringe. Die edelsten Hengste des Nordens wurden ihr zugeführt, während die Rösser Nuramons und Farodins die prachtvollsten Stuten deckten. So entstanden die Firnstayner Rösser.

Im neunzehnten Jahr der Herrschaft Njauldreds kämpfte Nuramon mit seinen Mannen an der Seite des Königs gegen die Krieger der Stadt Therse und wütete wie ein Berserker unter den Feinden, nur um dem König danach als vornehmster Berater zu dienen. Ein jeder seiner Krieger ging lebend aus diesem Kampf hervor.

Nuramon unterwies den jungen Tegrod, den Sohn Njauldreds. Er lehrte ihn nicht nur, was er den Mandriden beibrachte, er zeigte ihm auch, wie er selbst ein Lehrmeister werden könne. Und Tegrods Fähigkeiten sprachen für sich.

Aus Dankbarkeit schenkte ihm der alte Njauldred ein Schiff, dem Nuramon den ungewöhnlichen Namen Albenstern gab. Doch er fuhr nie mit ihm hinaus. Stattdessen pflegte er es und stellte sich daneben, um aufs Meer hinauszuschauen. Das Schwanken zwischen Fröhlichkeit und Trübsinn war das Er-

kennungszeichen des Elfen. Einmal im Mond verbrachte er den ganzen Tag an Freyas Eiche und gedachte Mandreds Weib, obwohl er mir an einem Winterabend gestand, dass er sie nie gesehen habe. Und ebenfalls einmal im Mond ging er hinauf zum Steinkreis. Man sagte, er treffe sich dort mit anderen Albenkindern. Einmal begleitete er mich hinauf in die Berge zur Höhle des Luth. Er opferte den Eisenmännern, wie es üblich war, und erzählte mir in der Höhle, die seit den Tagen des Alfadas wieder geweiht war, was sich hier einst zugetragen hatte.

Und dann – eines Tages – kam der Abschied selbst für Nuramon überraschend …

LURETHOR HJEMISON, BAND 12 DER TEMPELBIBLIOTHEK DES LUTH ZU FIRNSTAYN, S. 53–55

ALTE GEFÄHRTEN

Nuramon schreckte aus dem Mittagsschlaf auf. Draußen auf der Straße herrschte lautes Geschrei. Nuramon erhob sich und zog sich an. Eben knöpfte er sein Hemd zu, als die Tür aufflog. Es war Neltor, der junge König von Firnstayn.

»Mein König? Womit kann ich dir heute dienen?« Er hatte den jungen Herrscher einst im Namen seines Vaters unterwiesen, und der Jüngling betrachtete ihn noch immer als eine Art Mentor. Er schlug gar nicht nach seinem Vater, der Mandred sehr geähnelt hatte. Neltor erinnerte eher an Alfadas. »Ist es wieder eine Fehde?«, fragte Nuramon.

»Aber nein! Stell dir vor!« Seine Augen glänzten. »Mein Ahnherr segelt den Fjord hinauf. Wie soll ich ihm begegnen?«

»Mandred? Mandred Torgridson?«

»Genau der!«

Nuramon atmete erleichtert aus. Fast war es ihm, als wäre es der Atem der letzten siebenundvierzig Jahre gewesen, den er nun ausstieß. »Bei allen Alben!« Endlich kamen seine Gefährten. Obwohl er in Firnstayn reichlich Ablenkung gefunden hatte, hatte er sich oft um seine Gefährten gesorgt – und war noch öfter in Versuchung geraten, seine Suche nach Noroelle allein fortzusetzen. »Ist auch ein Elf an seiner Seite?«

»Ja!«

Nuramon lächelte den König an. »Du hast mich gefragt, wie du Mandred empfangen sollst. Und als treuer Berater sage ich dir: Du trägst schon die richtige Rüstung.« Es war die von Alfadas. »Wenn du dich nun noch mit deiner besten Axt bewaffnest und dich auf der Treppe zur Königshalle bei den Löwenstatuen einfindest, dann wird Mandred große Augen machen.«

»Danke, Meister!«

»Neltor! Nenn mich Freund, nenn mich Vertrauter, aber bitte nicht mehr Meister.«

Der Jüngling grinste und ging.

Nuramon hatte es nun eilig. Er trat auf die Straße hinaus und machte sich auf den Weg zum Tor. Wie mochte Mandred wohl aussehen? Vielleicht war er nun ein alter Mann.

Plötzlich war Voagad an Nuramons Seite. Er war einer seiner Schüler und machte große Augen. »Mandred Torgridson! Das wird ein Fest!«

»Du denkst wie immer nur ans Saufen … Du tust gut daran, denn Mandred wird das zu schätzen wissen. Aber nun lauf los und rufe die Mandriden zusammen! Sie sollen sich am Luthtempel versammeln. Auf keinen Fall sollen sie auf den Platz kommen, ehe ich ein Zeichen gebe.«

Schon war Voagad verschwunden. Nuramon blickte dem Jüngling nach. Mandred war mit den Jahren mehr geworden als der Ahnherr der Könige, er war der Urvater Firnstayns. Und Nuramon hatte nicht gerade wenig dazu beigetragen. Er hatte Mandred in einem Licht erstrahlen lassen, das längst über Firnstayn hinausreichte und sich im ganzen Fjordland verbreitet hatte.

Nuramon hatte den Leuten von Firnstayn nicht die ganze Geschichte erzählt. Auch hatte er den Fjordländern verschwiegen, dass der Devanthar noch lebte. Nuramon hatte in den vergangenen Jahren oft an den Dämon gedacht. War er nun neue Wege gegangen, um andere ins Unglück zu stürzen? Oder lauerte er irgendwo und wartete nur darauf, ihm und seinen Gefährten noch einmal entgegenzutreten? Er konnte es nicht sagen, doch er hatte sich oft gefragt, warum das Schicksal ihnen so hart mitspielte und ob nicht der Devanthar so manches Mal seine Hände im Spiel hatte.

Jubel brandete auf. Mandred war also bereits in der Stadt! Eine Menschenmenge drängte sich langsam die Straße entlang. Vor fünfzig Jahren wären es noch nicht so viele gewesen. Firnstayn schien unaufhörlich zu wachsen. Noch fünfzig Jahre weiter, und Mandred würde keinen Schritt mehr machen können vor lauter Menschen.

Nuramon harrte aus und wartete ab. Irgendwo dort vor ihm

zwischen den Firnstaynern mussten seine Gefährten sein. Mit einem Mal bildete sich zwischen den Menschen eine Gasse.

Da waren sie! Mandred und Farodin. Sie sahen noch genauso aus, wie er sie in Erinnerung hatte. Er war froh, dass Mandred nicht gealtert war. Seine Gefährten erblickten ihn. Die Menschen rings umher hielten den Atem an. Offenbar wollten sie verfolgen, wie Nuramon der Elf nun endlich mit seinem Kampfgefährten Mandred zusammentraf.

»Nuramon, alter Eisenfresser!«, rief Mandred und kam ihm ungestüm entgegengeeilt.

Farodin hingegen schwieg, machte aber ein erleichtertes Gesicht.

Mandred schloss den Elfen in die Arme, so fest, dass er kaum noch Luft bekam. In den Jahren mit Njauldred hatte Nuramon gelernt, mit diesen freundschaftlichen Grobheiten zurechtzukommen.

Nuramon blickte an dem Jarl hinab. »Ich dachte schon, ich würde euch nie wiedersehen.«

Mandred grinste breit. »Wir mussten ein paar Trollen in den Arsch treten!«

»Und dabei haben wir offenbar die Zeit ein wenig vergessen«, setzte Farodin nach und sorgte bei den umstehenden Menschen für erstaunte Mienen. Nuramon verstand aber, dass sie offenbar an einem Albenstern ein Opfer der Zeit geworden waren.

Während Mandred in der Menschenmasse badete, schritten Farodin und Nuramon voran. Farodin berichtete von den Trollen, vom Tod Yilvinas und der Befreiung der anderen Elfen aus der Gefangenschaft. Und er erzählte, dass sie durch einen niederen Albenstern hatten fliehen müssen.

Die Nachricht von Yilvina ging Nuramon nahe. Sie war ihnen bei der Suche nach Guillaume eine gute Gefährtin gewesen. Und nur ihr war es zu verdanken, dass sie aus Albenmark entkommen waren. Hätte sie sich nicht niederschlagen lassen, dann wären sie vielleicht bis heute nicht auf die Suche nach Noroelle gegangen.

»Wie lange hast du gewartet?«, fragte Farodin und riss ihn aus den Gedanken.

»Siebenundvierzig Jahre«, antwortete Nuramon.

Mandreds Lachen drang von hinten an sie heran. »Dann hast du hier ja länger gelebt als ich! Na, bist du jetzt ein echter Firnstayner?«

Nuramon wandte sich um. »Vielleicht. Doch es mag auch sein, dass die Firnstayner echte Elfen geworden sind.«

Mandred lachte noch lauter und die Menschen mit ihm. »Wie heißt denn der König?«

»Er heißt Neltor Tegrodson; seinen Großvater Njauldred hast du ja noch kennen gelernt.«

Mandred drängelte sich zu Nuramon durch und fragte leise: »Taugt der was?«

»Er ist ein weiser Herrscher und ...«

»Ich meine, ist er ein guter Kämpfer, ein echter ...«

»Ich weiß, was du meinst ... Ja, er ist ein guter Kämpfer. Ein hervorragender Bogenschütze.« Er sah, dass Mandred das Gesicht verzog. »Herausragend mit Langschwert, besonders aber mit dem Kurzschwert ...« Missmut spiegelte sich in den Zügen des Menschensohns. »Aber unüberboten im Kampf mit der Axt!«

Mandreds Gesichtsausdruck wandelte sich schlagartig. Er strahlte geradezu. »Dann hat sich die beste Waffe doch durchgesetzt«, sagte er stolz.

»Komm! Ich werde dir deinen Nachkommen vorstellen«, sagte Nuramon und deutete voraus. »Und später werde ich dir deine Stute und *ihre* Nachkommen zeigen.«

»Stute? Nachkommen? Hast du etwa ...?«

»So wie du der Urvater der Könige bist, ist deine Stute die Mutter der Firnstayner Rösser.«

Mandred grinste stolz. »Nuramon, ich schulde dir was!«

Als sie den großen Platz erreichten, zeigte sich, wie viel sich in dieser Stadt verändert hatte. Alle Straßen waren gepflastert, die Häuser aus behauenem Stein errichtet, aber der Luthtempel war der größte Blickfang weit und breit. Menschen aus dem ganzen Königreich hatten dreißig Jahre lang daran gebaut. Der Platz war nahezu menschenleer, obwohl die Einwohner sich in den Seitenstraßen und an den Fenstern der Häuser dicht an dicht drängten. Das hatte Neltor gut gemacht, dachte Nuramon. So konnte Mandred dem König und seinem Gefolge offen entgegentreten.

»Ist er das?«, fragte Mandred und schaute zu Neltor hinüber.

»Ja. Komm! Lass uns zu ihm gehen.« Die drei traten Seite an Seite vor Neltor.

»Ich heiße dich willkommen, Mandred Torgridson. Ich bin Neltor Tegrodson, dein Nachkomme.« Er verbeugte sich. »Verweile bei uns, und sei dir gewiss, dass du für uns immer Jarl Mandred sein wirst.« Die Unsicherheit gegenüber seinem berühmten Ahnherrn war Neltor anzumerken. Sein Blick war unstet, und seine Hände zitterten leicht.

Mandred schien dies nicht zu kümmern. Er wirkte gerührt. Und sprach nur wenig, während Neltor die freundlichsten Worte fand, die seiner Ehrerbietung und Mandreds Bedeutung Ausdruck verliehen.

Nachdem Neltor auf Nuramons Dienste für ihn, seinen Vater und seinen Großvater zu sprechen gekommen war, gab der Elf ein Zeichen, und aus der Seitenstraße neben dem Luthtempel traten die Mandriden vor.

»Mandred, hier sind einige Firnstayner, die du kennen lernen solltest.« Nuramon deutete auf die zwei Dutzend Krieger. Sie trugen leichte Lederrüstungen und waren jeder mit einem Kurzschwert und einer Axt bewaffnet. Manche trugen zusätzlich Bogen und Köcher, andere hatten einen Rundschild auf den Rücken gegürtet. »Dies sind die Männer, die ich ausgebildet habe«, sagte Nuramon. »Dies sind die Mandriden.«

Mandred blickte den Kriegern mit großem Erstaunen entgegen. »Bei Norgrimm, solche entschlossenen Mienen habe ich noch nie gesehen! Mit diesen Leuten würde ich jederzeit auf Fahrt gehen.«

»Ich habe sie unterwiesen.« Nuramon war stolz darauf, dass er die Krieger zu guten Axtkämpfern ausgebildet hatte.

Er hatte sich an all das erinnert, was Mandred seinem Sohn Alfadas beigebracht hatte, und hatte es noch ein wenig mit dem gewürzt, was Alwerich ihm gezeigt hatte. »Über die Jahre haben sich die Krieger oftmals im Kampf bewiesen.«

»Diese Kerle an unserer Seite, und wir hätten die Leber des Trollherzogs für die Hunde der Stadt mitgebracht«, murrte Mandred grimmig.

Nuramon tauschte einen Blick mit Farodin. Der Gefährte schüttelte kaum merklich den Kopf.

»Mandred, es wäre mir eine Ehre, wenn du auf Bier und Met in meine Halle kämest«, sagte Neltor.

»Ein Angebot, das Mandred nicht ablehnen kann! Aber die da«, er deutete auf die Mandriden, »kommen auch mit.« Er wandte sich an Nuramon und Farodin. »Was ist mit euch?«

»Das ist eine Angelegenheit zwischen dem Jarl und seinen Nachkommen«, entgegnete Farodin.

Mandred sagte nichts darauf, sondern ließ sich von seiner Familie fortführen. Von allen Seiten schienen sie auf ihn einzureden. Die Leute am Rand des Platzes und in den Seitenstraßen folgten dem königlichen Zug.

»Er genießt das fast schon zu sehr«, sagte Farodin.

»Er wird eine Weile davon zehren können, wenn wir unterwegs zu Noroelles Tor sind.«

Farodin sah ihn ungläubig an. »Du hast es gefunden?«

»Ich habe es gesehen.«

»Wie sieht es aus?« So neugierig hatte Nuramon Farodin noch nie erlebt.

»Komm mit mir in Mandreds Haus!«

Farodin folgte ihm unruhig. Er hatte offensichtlich keine Geduld mehr, was ihm Nuramon nicht verdenken konnte. Dennoch hatte er selbst nahezu fünfzig Jahre hier auf Farodin und Mandred gewartet, obwohl er viel lieber nach dem Ort gesucht hätte, den er in der Sternengrotte Dareens gesehen hatte.

Als sie Mandreds Haus erreichten, blickte Farodin sich überrascht um. Nuramon hatte in den Jahren einiges verändert. Er war den Handwerkern Firnstayns zu einem lästigen Kunden geworden. Schränke, Tische und Stühle sollten sowohl elfischen Ansprüchen als auch denen Mandreds entsprechen. Dabei sollten die Waffen und Truhen sowie die Schilde an den Wänden daran erinnern, dass dies das Haus eines Kriegers war. Besonders auf die große Streitaxt war Nuramon stolz. Der Schmied hatte sie nach seinen Vorgaben geschmiedet, und ebenso die Axt, die Alwerichs Waffe nachempfunden war.

»Das wird Mandred gefallen. Es ist schlicht und martialisch. Und dieses Gemälde hier …« Er trat vor ein Porträt, das Alfadas zeigte. »Hast du es gemalt?«

»Ja.«

»Du überraschst mich.«

»Dann sieh dir erst einmal dieses hier an!«, meinte Nuramon und trat an ein verdecktes Bild heran, das auf einer Staffelei stand. Sodann nahm er das Tuch von dem Gemälde, an dem er über dreißig Jahre lang gearbeitet hatte. Es zeigte die Landschaft, die er beim Orakel in der Grotte gesehen hatte.

Farodin trat einen Schritt zurück, um das Gemälde besser betrachten zu können. Sein Blick wanderte suchend über das große Bild; über das Wasser, die Insel, das Festland mit seinen Wäldern und über das Gebirge.

»Als ich aus Iskendria fortging, fand ich nach einer Weile das Tor zum Orakel.« Während sein Gefährte das Gemälde bis in alle Einzelheiten erkundete, erzählte Nuramon von dem Rätsel an der Pforte, von den Kindern der Dunkelalben und dem Bild, das er in der Sternengrotte gesehen hatte. »Dareen sagte mir, ich solle mich wieder mit euch vereinen. Ich solle hier auf euch warten. Du ahnst nicht, wie oft ich in Versuchung kam auszuziehen, um diesen Ort zu finden, doch Dareens Worte und deine Schrift auf der Statue hielten mich zurück.«

Farodin berührte das Gemälde. »Ist das Yalfarbe?«

»Ja. Ich habe sie selbst hergestellt. Die Leute hier kennen sich nicht mit den Farben aus Yaldemee aus.«

Farodin sah ihn anerkennend an. »Das ist ein Meisterwerk.«

»Die Zeit kann sehr lang werden. Und du solltest meine frühen Versuche sehen. Aber dies ist nun das, was ich gesehen habe. Dareen sagte noch etwas …« Er schwieg und dachte an das Orakel und ihre Erscheinung.

»Was ist es?«

»Sie sagte, es gebe zwei Möglichkeiten, den Zauber an Noroelles Tor zu brechen – mit Hilfe des Stundenglases oder aber eines Albensteins. Ich habe viel darüber nachgedacht und frage mich, ob wir tatsächlich das Glas brauchen und nicht nur den Sand.«

»Lass uns zuerst diese Landschaft finden. Das Bild ist wundervoll. Doch wo kann dies sein?«

»Ich habe auf meinem Weg hierher versucht, den Ort zu finden. Und ich habe Seefahrer gefragt, ob sie ihn kennen. Doch mir war kein Erfolg beschieden. Ich bin so froh, dass ihr hier seid.«

»Dieses Bild wird uns helfen. Zusammen mit den Sandkörnern sollten wir diese Insel finden.« Farodin trat ganz nahe an das Gemälde heran. »Ich frage mich, ob dies hier ein See ist oder aber das Meer.«

Nuramon hatte Jahre damit verbracht, über die Küstenlandschaft auf dem Bild nachzudenken. »Es ist das Meer. Ich habe mich lange mit den Wellen beschäftigt. Es sind Meereswellen.« Er ließ einen Finger über das Bild fahren. »Dieses Gebirge könnte uns hilfreich sein. Es ist sehr mächtig, aber nicht so hoch, dass Schnee auf den Gipfeln liegt.«

»Es könnte ein Fjord sein. Vielleicht liegt er hier in unserer Nähe.«

»Nein. Hier gibt es solche hellen Berge nicht. Ich habe jeden Seefahrer, jeden Wanderer, jeden Ortskundigen gefragt. Und auf meinem Weg hierher habe ich nach diesen Bergen Ausschau gehalten. Sie befinden sich nicht im Fjordland.«

Farodin trat zurück und betrachtete das Bild in seiner Gesamtheit. »Bei allen Alben! Ich habe dir in Iskendria Unrecht getan. Dieses Bild! Ich spüre geradezu, wie alles in mir nach diesem Ort sucht.«

»Wir haben einander Unrecht getan. Aber wir mussten uns trennen, damit wir beide vorankommen konnten auf unserem

Weg … auf unserem Weg zu Noroelle. Ich habe das Gefühl, dass die Fauneneiche uns mit Absicht durch das Tor in die Wüste geschickt hat. Vielleicht hat sie irgendetwas in der Zukunft gesehen. Ich habe viel nachgedacht, und es verging kein Tag, da ich mich nicht fragte, warum die Königin mich nicht einfach zu sich holen ließ.«

»War niemand aus Albenmark hier?«

»Niemand! Gelegentlich habe ich mich mit Xern getroffen. Die Königin spricht nicht über uns und duldet nicht, dass in ihrer Nähe auch nur ein Wort über uns verloren wird.«

Farodins Mundwinkel zuckte. »Entweder sie ist außer sich vor Zorn und wartet nur, dass wir zurückkehren und sie über uns richten kann, oder da ist etwas anderes«, sagte er schließlich.

»Die Tore sind wieder offen und unbewacht, seit der Trollkrieg vorüber ist. Es scheint, als wäre die Bedrohung gebannt, vor der Emerelle sich fürchtete.«

»Sie hat gesagt, dass aus dem Tod Guillaumes etwas erwachsen könne und dass sie die Macht des Devanthars nach wie vor spüre. Wie sollte das einfach so vergehen?«

»Der Devanthar wurde nie wieder gesehen. Auch über ihn schweigt man. Zumindest sagt Xern das … Ich habe oft überlegt, was der Devanthar nun plant, wem er nachsetzt und ob er wirklich mit uns fertig ist.«

»Zerbrich dir den Kopf nicht darüber! Lass uns Albenmark meiden, wenn es möglich ist, und den Devanthar für den Augenblick vergessen. Mit diesem Bild hast du mir vielleicht einen Weg gewiesen. Jedenfalls habe ich das Gefühl, dass es so ist.«

»Da ist noch etwas. Bei den Zwergen habe ich …«

Plötzlich flog die Tür auf, und Mandred kam laut singend herein. *»Da trat hervor des Torgrids Sohn und trug die Leber von 'nem Eber!* Ah, da seid ihr ja! Und? Habt ihr sie gesehen?«

»Wen?«, entgegnete Farodin.

»Na, sie. Dieses wundervolle Weib! Die Schwester Neltors!«

»Für mich sehen die Frauen hier alle gleich aus«, gab Farodin zurück.

Nuramon lächelte. »Er meint Tharhild.«

»Ja! Welch ein Name! Tharhild!« Der Menschensohn grinste anzüglich.

»Wer hätte das gedacht«, sagte Farodin. »Mandred Torgridson ist verliebt.«

Der Jarl schien Farodins Worte nicht gehört zu haben. »Wie eng bin ich mit ihr verwandt?«, fragte er Nuramon.

»Lass mich überlegen. Du bist der Vater von Alfadas, dieser wiederum ist der Vater von …« Er schwieg und überlegte. Dann aber fragte er sich, wieso sein Freund das wissen wollte. Bei Ragna waren ihm diese Bedenken offenbar nicht gekommen. Oder fürchtete er etwa, dass Tharhild seine Tochter sein könnte? »Es liegen elf Generationen zwischen dir und Tharhild. Du brauchst dir also keine Sorgen zu machen. Es sei denn …«

»Es sei denn, was?«, fragte Mandred.

»Erinnerst du dich an den Namen *Ragna*?«

In Mandreds Gesicht verbreitete sich pure Angst. »Ist Tharhild etwa die …«

Nuramon ließ den Freund ein wenig schmoren.

»Nun sag schon, was Ragna mit Tharhild zu tun hat!«

»Nun, sie ist Tharhilds … Tante.«

Mandred atmete erleichtert aus. »Was ist aus ihr geworden? Hat sie um mich getrauert?«

»Mandred Torgridson, der große Frauenheld! Der Schürzenjäger von Firnstayn! Hat er einmal das Bett mit einer geteilt, wird sie ihm auf ewig nachweinen und warten, dass er zurückkommt. Nein, Mandred. Sie hat einen guten Mann gefunden, ihm Kinder geschenkt und ist nach einem glücklichen Leben gestorben. Aber dennoch …«

»Dennoch was … Los, raus mit der Sprache!«

»Ich habe den Frauen am Hof gelauscht. Die erzählen Geschichten über dich, nicht von Mandred dem Recken, sondern von Mandred dem Liebhaber, der nach Jahren zurückkehrt, um die Frauen zu verführen.«

Mandred grinste.

»Wie gefällt dir dein Heim?«, fragte Farodin den Jarl. Offenbar wollte er das Thema wechseln.

Dieser schaute sich um. »Bei Norgrimm! Das hier ... das ist die Halle eines Kriegers!« Er trat an die große Streitaxt heran. »Das gefällt mir ...« Dann schien er zu überlegen. »Mandred der Liebhaber!«, flüsterte er vor sich hin. »Ich muss jetzt fort. Nuramon, Freund, lass uns später zusammensitzen, damit ich höre, wie es dir ergangen ist ...« Mandred ging so schnell, wie er gekommen war. Das Porträt seines Sohnes hatte er in der Eile nicht einmal bemerkt.

Farodin starrte auf die Tür, die sich hinter dem Menschensohn schloss. »Er meint es ernst.«

Nuramon seufzte. »Ja. Aber du kannst dir gewiss sein, dass es für ihn morgen ein böses Erwachen gibt, wenn er die Eiche seiner Freya sieht. Ihr Anblick wird alle alten Wunden wieder aufreißen. Du kennst ihn doch.«

»Die Menschen sind nicht so treu wie wir, Nuramon. Vielleicht hat er mit Freya abgeschlossen.«

»Die Eiche ist ein zu mächtiges Zeichen. So lange sie steht, wird er sich an Freya erinnern.«

»Du hast die Menschen gut kennen gelernt.«

»Ja. Siebenundvierzig Jahre! Und ich habe viel getan. Diese Welt zwingt einen Elfen dazu, die Zeit anders zu nutzen, als er es gewohnt ist. Ich habe gesehen, wie aus jungen Männern Greise und aus Mädchen Mütter und Großmütter wurden. So sehr ich diese Zeit auch mochte, ich will nun endlich nach Noroelle suchen.«

»Du hast dich verändert, mein Freund.«

Nuramon war gerührt. Gewiss, er hatte sich verändert, aber Farodin war ebenfalls nicht derselbe. Das Wort *Freund* aus seinem Munde zu hören war ein Geschenk, das Nuramon nie und nimmer erwartet hätte, vor allem nicht nach dem üblen Streit in Iskendria. »Ich bin froh, dass du mit Mandred hier bist ... Freund.«

DIE KRAFT DES SANDES

Der junge König von Firnstayn hatte sich als großzügig erwiesen. Er hatte Nuramons Schiff, die *Albenstern*, ausrüsten lassen, denn den Gefährten war von Anfang an klar gewesen, dass Farodins Boot zu klein und zerbrechlich für die Reise war, die vor ihnen lag. Auch König Neltor war sich dessen bewusst, dennoch bestand er darauf, dass seine Leibwache, die Mandriden, sie begleiteten. Und er gab ihnen eine schwere Truhe mit Silber mit auf den Weg, sodass sie in fernen Häfen ihre Vorräte ergänzen konnten.

Farodin hatte die Reise mit großen Zweifeln angetreten. Nuramon setzte große Hoffnungen in das Bild, das er gemalt hatte, und er wollte nichts davon hören, wie lange man suchen mochte, um die Insel zu finden. Wie reiste man zu einem Ort, von dem man nicht wusste, wo er lag? Vor der Mannschaft hatten sie ihre Ungewissheit verborgen. Was hätten die Menschen wohl dazu gesagt? Selbst Mandred, der sie nun seit so vielen Jahren kannte, war unruhig. Er sorgte sich um seine Mandriden und hatte Angst, sie könnten alte Männer sein, bevor die Suche zu Ende war.

Farodin hatte sich Nuramons Bild der Insel sehr genau eingeprägt. Täglich versuchte er mit seinem Zauber diesen Ort aufzuspüren. Doch es war anders als mit den Sandkörnern; diese fand er, oder fand sie nicht. Wenn er nach der Landschaft auf dem Bild suchte, überkam ihn das vage Gefühl, sie müssten sich nach Osten wenden. Aber reichte ein Gefühl, noch dazu ein so vages?

Sie mieden die Gewässer der Trolle und folgten wochenlang der zerklüfteten Küste von Skoltan.

Es war an einem Sommermorgen, und sie lagerten an einem Strand unterhalb von weißgrauen Kreidefelsen. Farodin hatte sich von den anderen abgesondert. Wie immer verwendete er den ersten Suchzauber darauf, einen Hinweis auf die Landschaft des Bildes zu finden. Er suchte nach mehr als einem vagen Gefühl. Er wollte *wissen*, in welche Himmelsrichtung sie sich wenden sollten, nicht nur *ahnen*.

Dann wirkte er den Suchzauber ein zweites Mal. Jetzt hielt er die Silberflasche mit dem Sand fest in Händen, und er suchte nach den Sandkörnern aus dem zerschlagenen Stundenglas. Ein Stück weit ins Land hinein erspürte er ein einzelnes Sandkorn. Er konzentrierte sich und ließ dann die Macht des Sandes fließen. Wie ein Magnet einen Eisenspan anzieht, so holte der Sand in der Flasche ein einzelnes Korn heran.

Farodin streckte die Hand aus, und bald fühlte er eine hauchzarte Berührung. Zufrieden fügte der Elf das Korn dem Sand in der Flasche hinzu. Es war nur ein winziger Schritt. Doch jeder dieser Schritte brachte ihn ein kleines Stück näher zu Noroelle.

Sorgfältig verschloss er die Silberflasche. Dann wirkte Farodin ein drittes Mal den Suchzauber. Er schloss die Augen und dachte an das Meer. Er konnte zwar auch Sandkörner aufspüren, die tief im Wasser lagen, doch fiel es ihm schwer, sie zu sich heranzuziehen. Die stetige Bewegung des Wassers hielt sie zurück. Ein winziger Augenblick der Unachtsamkeit genügte, und er verlor die Verbindung zu ihnen. Am besten war es, sich ihnen so weit zu nähern wie möglich. In einem Boot hinauszufahren und sie zu erhaschen, sobald sie an die Oberfläche kamen.

Das Meer bereitete ihm Sorge. Wie viele Sandkörner mochte es verschlungen haben? Sandkörner, die er vielleicht niemals finden würde! Und wie viele Sandkörner durften im Stundenglas fehlen, wenn sie versuchten, den Zauber der Königin zu brechen?

Farodin verdrängte die Gedanken und konzentrierte sich wieder ganz auf seinen Zauber. Er fühlte einzelne Körner im Schlick des Ozeans und … Ein Schauer überlief ihn. Da war etwas Fremdes. Die Silberflasche in seiner Hand hatte sich bewegt. Es gab etwas, das sie anzog. Farodin war so überrascht, dass er den Faden verlor und den Zauber aufgeben musste. Was war geschehen?

Lange saß er am Strand und blickte hinaus aufs Meer. Was mochte die Ursache für das seltsame Phänomen gewesen sein? Gab es vielleicht einen Ort, an dem mehr Sandkörner beieinander waren, als er in all den Jahren gesammelt hatte? Kam dafür nicht einzig jener Fels in Frage, an dem Emerelle das Stundenglas zerschlagen hatte? Oder gab es noch jemanden, der die Sandkörner sammelte? Jemanden, der viel erfolgreicher war als er? Gab es eine Möglichkeit, diesen Verdacht auszuschließen? Vielleicht sollte er versuchen, Nuramons Gemälde in den Suchzauber nach den Sandkörnern mit einzubinden. Noch einmal schloss er die Augen und konzentrierte sich. Wieder spürte er den Sog nach Nordosten. Sogar deutlicher als zuvor. In seinen Gedanken formte sich ein Bild. Er sah den Stein, auf dem Emerelle das Stundenglas zerschlagen hatte. Und was bewies das? Konnte es nicht trotzdem sein, dass ein anderer Sammler existierte? Vielleicht war er an diesem Ort und wartete auf sie. Farodin wies den Gedanken von sich. Die unentwegte Suche ließ ihn wohl langsam verrückt werden. Es gab auch eine viel einfachere Erklärung. An welchem Ort sollten mehr Sandkörner sein als an jenem, an dem Emerelle das Stundenglas zerschlagen hatte? Er musste den Ort erspürt haben, an dem der Übergang zu Noroelles Gefängnis in der Zerbrochenen Welt lag. Er entschied, seinen Gefährten nicht alles zu sagen. Warum sollte er sie mit seinen womöglich unbegründeten Ängsten quälen? Er ging hinab ins Lager und berichtete, dass sie von nun an nach Nordosten segeln müssten, auf das offene Meer hinaus.

So tapfer die Mandriden auch waren, nachdem sie drei Wochen lang keine Küste mehr gesehen hatten, ergriff sie Unruhe. Selbst Mandred, dessen Mut außer Frage stand, offenbarte ihnen eines Morgens seine Sorge, man könne den Rand der Welt erreichen und in das Nichts stürzen, wenn man nicht bald den Kurs änderte.

Es war Nuramon mit seiner Seidenzunge, der immer wieder

die Unruhe der Menschen zerstreute. Sie vertrauten ihm. So geschickt vermochte er seine Worte zu setzen, dass sie bald sogar mit ihm lachten, wenn er zu ihnen sprach. Doch er konnte nicht wegreden, dass das Wasser in ihren Fässern längst so schal war, dass es Überwindung kostete, davon zu trinken. Auch die übrigen Vorräte gingen zur Neige. Doch sie wären bald am Ziel. Farodin musste jetzt die Silberflasche fest umklammert halten, damit sie ihm nicht aus der Hand gezogen wurde, wenn er den Suchzauber wirkte.

Am siebenunddreißigsten Tag ihrer Reise erreichten sie Land. Sie mussten das Ufer anlaufen und verloren zwei Tage, denn die Mandriden hielt nichts mehr an Bord der *Albenstern*. Sie suchten nach Wasser und gingen auf die Jagd. Auch Farodin genoss es, endlich wieder frisches Quellwasser zu kosten. Doch es fiel ihm schwer, Ruhe zu bewahren, denn er wusste, wie nah sie ihrem Ziel waren.

Nachdem die Vorräte aufgefrischt waren und die Mandriden sich erholt hatten, führte Farodin sie nach Norden die Küste entlang. Die bedrückenden Tage auf hoher See waren vergessen. Fast herrschte wieder dieselbe euphorische Stimmung unter den Menschen, mit der sie die Reise an der Seite ihres berühmten Ahnherrn begonnen hatten. Selbst die Menschenkinder schienen zu spüren, wie nahe sie dem Ziel gekommen waren.

Am neununddreißigsten Tag ihrer Reise wich das Ufer weit nach Osten zurück, und sie erreichten eine weite Bucht. Frischer Wind füllte ihr Segel, und sie machten gute Fahrt, als Nuramon plötzlich einen schrillen Schrei ausstieß. »Die Berge! Siehst du die Berge!«

Auch Farodin erkannte einen der Berge von Nuramons Bild. Alles schien zu stimmen. Die Bäume, die an den Ufern wuchsen, die Farbe der Berge in der Ferne. Obwohl sie gute Fahrt machten, sprangen die Mandriden auf die Ruderbänke und legten sich nach Kräften in die Riemen, um das Schiff noch schneller voranzutreiben.

Farodin und Mandred standen aufgeregt am Bug. Frischer

Wind spielte mit Farodins langem Haar. Tränen standen ihm in den Augen, und er schämte sich ihrer nicht.

»Spürst du das?«, fragte Nuramon. Er deutete über eine Landzunge hinaus, die sich weit in die Bucht schob. »Es gibt hier viele Albenpfade. Sie alle streben einem Punkt zu, der dort jenseits des Waldes liegen muss.«

Als sie endlich die Landzunge umschifften, stieß Nuramon einen weiteren Freudenschrei aus. Wie ein Besessener tanzte er auf dem Deck des Schiffes. Die Mandriden lachten und machten ein paar derbe Späße. Sie konnten nicht ermessen, was dieser Augenblick für die beiden Elfen bedeutete, dachte Farodin. Er konnte seiner Freude nicht so freien Lauf lassen wie sein Kamerad, sein Glück war stumm, und doch war er gewiss nicht weniger aufgewühlt. Vor ihnen lag eine kleine, waldbestandene Insel mit felsigem Ufer. Es war die Insel von Nuramons Bild.

Die Mandriden legten sich noch einmal mit aller Kraft in die Ruder. Wie ein Eistaucher schoss das Schiff mit dem großen blauen Segel über das Wasser dahin. Doch dann mussten sie den Kurs ändern. Graue Riffe wühlten das Wasser vor ihnen auf. Sie waren keine hundert Schritt mehr vom Ufer entfernt. Doch hier gab es keinen Landeplatz. Sie würden die Nordspitze des kleinen Eilands umrunden und auf der abgewandten Seite nach sicherem Fahrwasser suchen müssen.

Farodin blickte Nuramon an. Sein Gefährte verstand ihn, ohne dass sie ein Wort wechseln mussten, und grinste schelmisch. Dann sprangen sie gemeinsam über Bord. Das Wasser reichte ihnen bis zur Brust. Halb schwimmend, halb watend näherten sie sich dem Ufer, während das Schiff sich weiter nach Norden hielt, um die Insel zu umrunden.

Deutlich spürte nun auch Farodin die Kraftlinien der Albenpfade, die einem Stern entgegenstrebten. Sie bewegten sich nach Süden an der Insel entlang in das überflutete Watt hinein. Bald standen sie auf dem Knotenpunkt der Pfade. Bei Flut war er im Wasser verborgen, doch man musste ihn nicht sehen, um seine Kraft zu fühlen. Alles ringsherum stimmte mit Nuramons Bild überein. Es konnte keinen Zweifel geben. Sie hatten den Ort gefunden, an dem Emerelle ihre Liebste in die Zerbrochene Welt verbannt hatte.

Aufgewühlt von einem seltenen Glücksgefühl, schloss Farodin seinen Gefährten in die Arme. Ihre Suche war endlich zu Ende! Nun würde alles gut!

EIN ZAUBER ZUR EBBE

Es war Morgen, und Nuramon saß auf dem Stein, an dem die Königin einst das Stundenglas zerschlagen hatte. Hier hatten sie viele Sandkörner gefunden, und Farodin erzählte, er habe diesen Stein in einer Vision in der Gewandkammer der Königin gesehen.

Nuramon konnte immer noch nicht fassen, dass sie tatsächlich den Ort gefunden hatten, den das Orakel ihm gewiesen hatte. Es herrschte Ebbe. Das Meer hatte sich weit zurückgezogen und einen welligen Boden zwischen der Insel und dem Festland zurückgelassen. Das Watt erinnerte Nuramon an den Weg zum Orakel, der ihm wie ein trockenes Flussbett erschienen war.

Nur etwa zwanzig Schritt entfernt lag der Albenstern. Die Ebbe hatte ihn freigelegt. Die Stelle war an den Muscheln zu erkennen, die sich um den Albenstern sammelten.

Es war fast ein Wunder, dass sie hier so weit im Osten Land gefunden hatten. Jenseits der Insel schien ein ganzer Kontinent zu liegen, von dem die Menschen im Fjordland, in Angnos, Drusna oder Fargon nichts ahnten. Es sah fast aus wie unberührtes Land.

»Er ist so weit!«, sagte Mandred und schlug Nuramon auf die Schulter. »Farodin ist bereit.« Der Menschensohn sah müde aus. Die letzten Tage hatte er damit verbracht, Farodin mit dem kleinen Beiboot durch die ganze Bucht zu rudern, um nach verstreuten Sandkörnern zu suchen.

Nuramon nickte nur.

»Diesmal wird es schon klappen.« Mandreds Versuch, ihm Mut zu machen, fruchtete nicht. Zu oft hatte Nuramon sich in den vergangenen Tagen bemüht, das Tor zu Noroelle zu öffnen. Doch jedes Mal war er jämmerlich gescheitert. Zuerst hatte er es während der Flut versucht, doch das Wasser schien seinen Zauber zu schwächen, und um die Pforte zu Noroelle zu öffnen, war er auf all seine Kraft angewiesen.

Nuramon stand auf.

Die Mannschaft kam herbei und sammelte sich am Strand. Sie wollten sich das Schauspiel nicht entgehen lassen, auch wenn es in den letzten Tagen wenig zu sehen gegeben hatte. Farodin war nicht bei ihnen.

Die Insel, auf der sie sich befanden, mochte in der Zerbrochenen Welt ein Ebenbild besitzen. Nur ein Tor auf dem Albenstern, und sie wären bei Noroelle! Nuramon konnte nicht fassen, dass sie der Geliebten so nahe waren und doch nicht zu ihr gelangen konnten. Aus eigener Kraft war es unmöglich, an dem Albenstern eine Pforte zu öffnen, denn die Barriere der Königin war zu mächtig.

»Farodin hat nun alle Sandkörner gefunden, die es hier gibt«, sagte Mandred.

Die Worte seines Gefährten konnten nicht darüber hinwegtäuschen, dass sie wohl immer noch zu wenige Sandkörner besaßen und der Zauber der Königin übermächtig war.

Farodin kam schließlich herbei. Er wirkte ausgeruht. »Denk daran, Mandred«, sagte er mit entspannter Stimme. »Ihr dürft uns nicht zu Hilfe kommen, was auch geschieht. Am Ende scheitert der Zauber noch an eurer Sorge.«

»Versprochen!«, entgegnete Mandred. Auch die übrigen Firnstayner stimmten zu. Dann klopfte der Jarl Nuramon auf die Schulter. »Denk an deine Heldentat in der Höhle des Luth!«

Gemeinsam schritten Nuramon und Farodin dem Albenstern entgegen. Die Muscheln bildeten einen Kreis und folgten den Pfaden ein wenig, sodass sie wie ein Sonnensymbol wirkten. In der Mitte des kleinen Kreises häuften sich einige Muscheln. Offenbar war das Meer zu schwach, um sie fortzuspülen. Der Albenstern hielt sie fest.

Sie stellten sich in den Muschelkreis.

»Was ist los, Nuramon?«, fragte Farodin schließlich.

»Wir sind ihr so nahe, und doch …«

Farodin unterbrach ihn. »Ich werde die Kraft aus dem Sand

ziehen. Darin bin ich gut. Und ich werde sie zu dir fließen lassen. So können wir alle Macht aufbieten, die wir besitzen.«

Es beruhigte Nuramon zwar, dass Farodin ihm auf diese Weise helfen wollte, doch sein Gefährte ahnte nicht, wie machtvoll die Barriere der Königin war. Mandreds Vergleich mit der Höhle des Luth war nicht abwegig. Nuramon hatte gestern bei dem Versuch, den Zauber zu brechen, schreckliche Schmerzen gelitten. Farodin hatte ebenfalls versucht, ein Tor zu öffnen, war jedoch schon im Ansatz gescheitert. So hatte Farodin nicht gespürt, wie groß die Macht war, gegen die sie hier antraten. Sie mussten viel mehr Kraft aufbieten, um ihr Ziel zu erreichen. Das Schicksal schien sie wieder und wieder vor unlösbare Aufgaben zu stellen. Nuramon musste an den Kampf gegen den Devanthar denken. Dafür waren sie ebenso wenig gewappnet gewesen wie für diesen Zauber. Doch wenn sie ein einziges Mal über sich hinauswuchsen, dann mochte es reichen, um Noroelle zu retten.

»Bist du bereit?«, fragte Farodin.

»Nein, ich bin nicht bereit. Aber ich will zu Noroelle!« Nuramon fasste Farodins Hand und hielt sie fest. Dann schloss er die Augen. Er konzentrierte sich, und langsam erschienen die Albenpfade vor seinen Augen. Drei verliefen parallel zum Boden, nur einer drang aus dem Grund, durchstieß den Albenstern und reichte geradewegs hinauf zum Himmel. Dieser eine Pfad war es, der zu Noroelle führte. Er war schwarz und von grünen Lichtadern durchzogen. Die Barriere der Königin konnte Nuramon fühlen, nicht aber sehen. Sie war wie eine Kruste, die den Pfad zu Noroelle ummantelte und blockierte. Wie ein Sieb schien sie nur einen Teil der Macht des Pfades hindurchzulassen. Die Kruste war härter als alles, was Nuramon kannte. Er beschloss, direkt dagegen anzukämpfen und nicht wie zuvor den Versuch zu wagen, sich vorsichtig an die Barriere heranzutasten.

So wob er den Zauber und machte sich bereit, die Barriere mit einem mächtigen Schlag zu durchdringen und dem Albenstern eine Wunde zu schlagen. Wie ein Schwert fuhr seine

Zaubermacht gegen die Barriere. Noch ehe sie die Kraftmauer traf, spürte Nuramon, wie sich vor ihm etwas sammelte. Plötzlich griff es nach seinem Körper, und brennender Schmerz durchfuhr ihn.

Er brach den Zauber ab, als er seinen Leib nicht mehr spüren konnte. Dann löste er sich von der Barriere, und augenblicklich verschwand der Schmerz.

Nuramon schlug die Augen auf, ließ die Hand seines Gefährten los und atmete durch.

Farodin starrte ihn mitleidvoll an. »Du hast mir keine Kraft genommen«, stellte er fest.

»Ich bin nicht einmal dazu gekommen. Diese Barriere ist stärker als das Tor zu den Zwergenreichen.«

»Du willst aufgeben?«, fragte Farodin. »Niemand würde dich einen Schwächling nennen.«

»Noroelle ist auf der anderen Seite! Ich werde es noch einmal versuchen.«

Er fasste wieder Farodins Hand, schloss die Augen und konzentrierte sich erneut. Es musste einfach schneller gehen! In dem Augenblick, da sich die Kraft der Barriere sammelte, um ihm den Schmerz beizubringen, musste er mit seiner Macht bereits die Kruste durchdrungen haben. Er ging den Zauber noch einmal im Geiste durch. Dann wagte er es erneut. Seine Kraft traf auf die Barriere, drang dieses Mal in sie ein wie das Schwert in den Leib eines Gegners, und dennoch gelang es nicht, die magische Wand zu durchbrechen, ehe der Schmerz ihn übermannte. Ihm war, als hätte er sich selbst eine Klinge in den Leib gestoßen.

Plötzlich unterstützte Farodin ihn mit seiner Zaubermacht. Die Sandkörner gaben ihm große Kraft und halfen Nuramon, den Schmerz auszuhalten. Er versuchte verzweifelt, die Barriere zu durchstoßen, doch er kam zu langsam vorwärts. Und je mehr Macht er aufbot, den Zauber der Königin zu brechen, desto größer wurde der Schmerz.

Nuramon hörte einen Schrei. Es war Farodin! Die Pein schien auch nach seinem Gefährten gegriffen zu haben. Nuramon spürte, wie sie den Schmerz nun teilten. So blieb ihm mehr Kraft für seinen Zauber, und er drang noch tiefer in die Barriere ein. Doch mit jedem Stück, das er vorankam, wuchs der Schmerz, bis er schließlich so stark anwuchs, dass Farodins Schreie nicht mehr enden wollten. Der Schmerz war nun überall. Wie einst in der Eishöhle verlor Nuramon allmählich des Gefühl für seinen Körper. Doch er kam mit seinem Zauber noch immer vorwärts. Der Schutzzauber war fast gebrochen. Bald könnte er damit beginnen, seine Kraft in den dunklen Albenpfad zu lenken, um das Tor zu öffnen. Stück für Stück kam er näher an ihn heran. Bald wären sie bei Noroelle!

Dann steigerte sich der Schmerz ins Unermessliche. Noch immer spürte er Farodins Hand, doch sein Gefährte konnte ihm keine Kraft mehr geben. Es floss nichts mehr nach. Wie ein Blitz durchfuhr es Nuramons Geist. Er kämpfte verzweifelt gegen das Versagen an. Dann erlosch auch seine Macht, und er wurde vom Zauber zurückgeschleudert.

Nuramon öffnete die Augen. Vorsichtig löste er die Hand von Farodin. Sein Gefährte starrte ihn mit glasigen Augen an und atmete schwer. Das Fläschchen mit den Sandkörnern entglitt seinen Fingern. So verletzlich wie in diesem Augenblick hatte er Farodin noch nie gesehen.

»Verzeih mir! Ich war am Ende meiner Kräfte!«, sagte er schließlich. »Diese Schmerzen! Ist es das, was du gestern schon gefühlt hast?«

»Ja«, entgegnete Nuramon. »Bei jedem Versuch kam der Schmerz.«

»Ich hatte ja keine Ahnung … Wo hast du gelernt, das auszuhalten?«

»In der Höhle des Luth.«

Farodin machte ein erstauntes Gesicht.

»Unser Zauber ist nicht am Schmerz gescheitert«, erklärte Nuramon. »Unsere Kraft reicht nicht, um sich mit der Königin zu messen. Ich fühlte mich wie eine Auenfee, die einem Kentauren ein Bein stellen will. Ich bin leer und ausgebrannt. Dir geht es ähnlich, nicht wahr?«

Farodin nickte und holte tief Luft.

Nuramon schaute zu Mandred. Der Jarl und die Firnstayner machten besorgte Mienen, hatten sich aber wie versprochen nicht von der Stelle gerührt.

»Alles in Ordnung?«, rief Mandred ihnen entgegen.

»Es ist vorbei!«, entgegnete Nuramon mürrisch.

Die Enttäuschung auf Mandreds Gesicht schmerzte Nuramon. Der Menschensohn hatte immer an seine magischen Fähigkeiten geglaubt und ihn für einen großen Zauberer gehalten.

Mandred und die Firnstayner zogen sich in den Wald zurück, der nahezu die ganze Insel bedeckte. Als alle fort waren, wandte sich Nuramon an Farodin. »Wir müssen reden, wie es nun weitergehen soll.«

Seite an Seite schritten sie ans Ufer zurück und gingen an dem Stein vorüber in den Wald. Sie schwiegen lange. Nuramon musste an die Worte des Dschinns in Valemas denken. *Große Macht mit großer Macht bekämpfen!* Sie waren noch nicht so weit, die Barriere zu brechen. »Wir müssen fürs Erste aufgeben und einen anderen Weg beschreiten«, sagte Nuramon.

»Lass es uns morgen noch einmal versuchen«, entgegnete Farodin.

»Ich sage dir: Es ist unmöglich!«

»Wir sind so nahe am Ziel! Wir können jetzt nicht …«

Nuramon unterbrach seinen Gefährten. »Es ist unmöglich!«, wiederholte er. »Wie oft hast du mich diese Worte sprechen hören?«

Farodin stutzte. »Noch nie …«

»Dann glaube es mir. Wir sind dieser Macht noch nicht gewachsen. Es gibt nur eine Hoffnung: ein Albenstein!«

Farodin hob sein Fläschchen. »Wir haben hier viele Sandkörner gefunden, es wird mir nun noch leichter fallen, andere zu finden. Dann können wir es noch einmal versuchen.«

»Ich kann nicht glauben, dass du immer noch daran festhältst, Farodin. Die Kraft der Sandkörner ist zu gering, sie ist nicht gebunden. Wenn wir wenigstens das Stundenglas hätten!«

»Ich habe danach Ausschau gehalten, aber hier findet sich keine Spur. Da ist einfach nichts.«

»Die Sandkörner haben ihre Rolle gespielt. Sie haben uns hierher geführt und mögen uns am Ende vielleicht noch einmal dienen ... Stell dir vor, wie in der Zerbrochenen Welt Noroelle genau wie wir zwischen den Bäumen geht und an uns und vielleicht an Obilee denkt. Ich wünschte, dieser Gedanke allein würde mir die Kräfte verleihen, die wir brauchen. Gewiss, wir können über uns hinauswachsen, doch alles hat Grenzen, und ich spüre, dass uns noch vieles an Macht fehlt.«

»Aber woher sollen wir einen Albenstein bekommen? Außer der Königin weiß ich von keinem Albenkind, das einen solchen Stein besitzt. Und Emerelle wird uns ihren Stein niemals geben.« Er zögerte. »Aber vielleicht könnte man ihn stehlen?«

Nuramon lehnte sich mit dem Rücken gegen einen Baum. »Erniedrigen wir uns nicht! Es muss andere Steine geben.«

»Selbst wenn es sie gibt, dann können wir sie nicht finden, denn niemand wird dir den Weg zu einem Albenstein weisen. Wer einen besitzt, der wird ihn verborgen halten. Und selbst angenommen, wir finden einen: Weißt du ihn zu nutzen?«

»Nein. Aber es gibt einen Ort, an dem wir das lernen können. Und vielleicht finden wir dort auch eine Spur zu einem Albenstein.«

»Iskendria!«, entgegnete Farodin.

Nuramon nickte. »Ja, Iskendria.«

Sie erreichten die andere Seite der Insel. Hier hatten sie das Lager aufgeschlagen.

Mandred trat erwartungsvoll an Nuramon und Farodin heran. »Wie geht es nun weiter?«, fragte er.

»Wir sind gescheitert und werden wieder scheitern, egal wie oft wir es versuchen«, antwortete Farodin. »Wir werden wiederkehren, wenn wir stärker sind.«

»Wir werden einen Albenstein suchen und jedes Sandkorn aufsammeln, das wir finden können«, erklärte Nuramon. »Dann kommen wir hierher zurück.«

Mandred nickte. Seine Enttäuschung schien zu weichen. »Es ist töricht, eine Schlacht zu schlagen, die man nicht gewinnen kann. Den Krieg gewinnt, wer in der letzten Schlacht siegt. Und unsere letzte Schlacht ist noch lange nicht geschlagen.« Er wandte sich an die Mannschaft. »Wir brechen das Lager ab!«

Während die Männer sich an die Arbeit machten, begaben sich die drei Gefährten zurück auf das Schiff. Mandred war es, der das Schweigen brach. »Hier sind doch Albenpfade. Könnten wir auf einem zurück nach Firnstayn gelangen?«

»Und das Wagnis eingehen, einen weiteren Sprung in der Zeit zu machen?«, erwiderte Farodin. »Wir haben uns bereits damit abgefunden, aber was ist mit den Männern? Sie werden uns verfluchen, wenn sie heimkehren und ihre Kinder Greise sind. Das willst du doch nicht, oder?«

»Natürlich nicht. Ich habe mich nur gefragt, ob es geht.«

»Die Fauneneiche hat uns gesagt, dass wir einst zwischen Albensternen einer Welt reisen könnten. Aber ich schätze, so weit sind wir noch nicht.«

Nuramon mischte sich ein. »Doch, wir sind so weit, Farodin. Ich habe den Zauber auf meiner Suche nach dem Orakel versucht, als ich durch Angnos reiste. Irgendwann habe ich es einfach gewagt, und es ist geglückt. Im Grunde ist es ganz einfach. Man muss nur den Pfad genau kennen. Ich habe den Zauber verwendet, den uns die Fauneneiche gelehrt hat. Statt des Pfades in eine andere Welt wählst du einfach einen, der die Welt nicht verlässt.«

»Wieso hast du mir das nicht gesagt?«, fragte Farodin.

Nuramon musste schmunzeln. Es lag ihm auf der Zunge, seinen Kameraden daran zu erinnern, wie oft *er* ihnen sein Wissen vorenthalten hatte. »Neben allem, was sonst geschehen war, erschien es mir unwesentlich. Aber Mandred hat wieder einmal die richtige Frage gestellt.« Nuramon sah den

Stolz im Gesicht des Jarls. »Die Reise, die hinter uns liegt, war eine Reise der weiten Wege. Jene, die vor uns liegt, ist von einer anderen Art.« Er deutete den Albenpfad entlang. »Wir sind sehr früh auf diesen Pfad gestoßen. Wenn ich mich nicht irre, dann durchquert er das südliche Fjordland. Für den Rückweg wird uns das nicht helfen, weil wir nicht wissen, zu welchem Albenstern er führt. Aber es mag sein, dass er uns nützt, wenn wir hierher zurückkehren. Denn die Barriere blockiert nur Noroelles Pfad, nicht aber die anderen.«

»Du meinst, wir sollten von nun an von Albenstern zu Albenstern springen?«

»So können wir rasch nach Iskendria gelangen und die Menschen ebenso meiden wie lange Reisen durch unangenehme Gebiete.« Er musste an die Wüste denken.

Farodin lächelte. »Du willst also reisen wie die Alben.«

»Das ist es, was die Fauneneiche angedeutet hat«, entgegnete Nuramon.

»Was sagst du dazu, Mandred?«, fragte Farodin.

Der Jarl grinste breit. »Du fragst mich, ob ich statt Monden nur wenige Augenblicke unterwegs sein will? Was soll ich darauf wohl anderes antworten als: Ja, verdammt!«

Farodin nickte. »Dann lasst uns nach Firnstayn zurückkehren und von dort aus auf den Spuren der Alben wandeln …«

DIE CHRONIK VON FIRNSTAYN

Am fünften Tag des vierten Mondes im dritten Jahr König Neltors kehrte die Albenstern *zurück nach Firnstayn. Mandred, Nuramon, Farodin und die Mandriden, sie alle waren wohlbehalten. Es war ein Freudentag, der mit einem großen Fest begangen wurde. Tharhild brachte ihren Sohn vor Mandred. Und der Jarl erkannte das Kind als seines an. König Neltor bot sogar an, seine Krone an Mandred zu übergeben, wenn er sie denn wolle. Doch der Jarl lehnte ab und sagte, das Königreich brauche einen beständigen Herrscher, der sich vor Ort um alles kümmere. Sein Schicksal aber sei es, rastlos umherzuwandern und von daher nur selten in Firnstayn zu weilen. Als er das Kind in den Armen hielt, stand in seinen Augen eine Trauer, als wüsste er, dass er es niemals wieder sehen würde. Und er mied das Kind fortan.*

Mandred und seine Gefährten blieben zehn Tage und bereiteten sich indessen auf eine weitere große Reise vor. Die Mandriden aber, welche die drei Gefährten begleitet hatten, erzählten von dem Land im fernen Osten, von der Zauberei der beiden Elfen und der Weisheit Mandreds. Es sei keine Reise des Kampfes gewesen, sondern eine der Magie.

Als Mandred, Nuramon und Farodin dann auszogen, vermuteten wir, dass der Jarl wohl nicht in unserer Lebensspanne zurückkehren werde. Die folgenden Tage herrschte Trübsinn in Firnstayn. Doch der König versicherte, dass Mandred immer dann zur Stelle sein werde, wenn große Gefahr drohe. Und seit jenem Tag warten wir auf die Rückkehr des mächtigen Jarls von Firnstayn. Manche fürchten sie auch, denn wenn er wiederkehrt, wird eine Zeit der Not angebrochen sein.

Niedergeschrieben von Lurethor Hjemison,
Band 17 der Tempelbibliothek zu Firnstayn, S. 89

Neue Wege

Farodin strich seinem Hengst beruhigend über den Nacken. Das Tier war genauso unruhig wie er. Misstrauisch blickte der Elf in die Finsternis. Nuramon hatte ihm und Mandred genau geschildert, was sie erwarten würde. Doch Farodin hätte nicht damit gerechnet, dass es so sehr an seinen Nerven zerren würde.

Es war unheimlich still. Unablässig hatte er das Gefühl, dass dort draußen etwas lauerte. Aber was sollte im Nichts schon überleben?

Sorgsam achtete er darauf, den schmalen Pfad aus pulsierendem Licht nicht zu verlassen, der durch die endlose Dunkelheit schnitt. Es war unmöglich zu sagen, was ihn jenseits des Pfades erwartete. War der Weg wie eine schmale Brücke über einen Abgrund?

Nach wenigen Schritten erreichten sie einen Punkt, an dem sich vier Lichtpfade schnitten. Ein Albenstern. Nuramon, der vorausging, verharrte kurz. Dann wechselte er auf eine rötliche Lichtbahn und winkte ihnen, ihm zu folgen.

Farodin und Mandred sahen einander beklommen an. Es gab keine Möglichkeit, sich hier zu orientieren. Man musste das Gespinst der leuchtenden Pfade kennen, oder man war hoffnungslos verloren.

Wieder waren es nur wenige Schritte, die sie taten. In der Welt der Menschen mochten es hunderte Meilen sein. Am nächsten Albenstern überschnitten sich sechs Pfade. Ein siebenter stach senkrecht durch den Wegstern. Plötzlich wirkte Nuramon unruhig.

Farodin sah sich um. Hier wogten dünne Nebelschleier in der Finsternis. War da ein Geräusch? Ein Scharren wie von Krallen? Unsinn!

Plötzlich wölbte sich vor ihnen ein Bogen aus Licht. Nuramon führte sein Pferd hindurch. Farodin nickte Mandred zu, vor ihm zu gehen. Nachdem der Jarl verschwunden war, verließ auch der Elfenkrieger die unheimlichen Pfade zwischen den Welten.

Sie fanden sich in einem weiten Gewölbe wieder. Der Boden war mit einem farbenfrohen Mosaik ausgelegt. Es zeigte eine aufgehende Sonne und sieben Kraniche, die in verschiedene Himmelsrichtungen von der Sonne fortflogen. Auf den Wänden rings herum waren Bilder eines Festmahls von Kentauren, Faunen, Elfen, Zwergen und anderen Albenkindern zu sehen. Aber die Gesichter der Figuren waren zerkratzt oder mit Ruß beschmiert. Auf jede Wand war ein schwarzer Baum gemalt worden. Zauberzeichen in dunkler Farbe waren auf das Bodenmosaik geschmiert. Abgebrannte Kerzen hatten flache Wachspfützen zurückgelassen.

Farodins Hand tastete nach dem Schwert. Er kannte dieses Gewölbe. Es lag unter der Villa Sem-las, jener Elfe, die als Witwe eines Kaufmanns getarnt über den einzigen großen Albenstern wachte, der von Iskendria in die Bibliothek der Albenkinder führte.

»Was ist los?«, fragte Farodin. »Warum hast du uns nicht gleich bis in die Bibliothek gebracht? Wir hätten die Pferde auch im Quartier der Kentauren unterstellen können.«

Nuramon wirkte verstört. »Das Tor. Es hat sich verändert. Es gibt dort eine ...« Er zögerte kurz. »... eine Barriere.«

Farodin atmete flach aus. »Eine Barriere? Sag, dass das nicht wahr ist! Das ist nur ein Scherz von dir!«

»Nein. Aber dieser Schutzzauber ist nicht wie bei Noroelles Insel. Er ist ...« Er zuckte hilflos mit den Achseln. »Anders.«

Mandred grunzte. »Hier ist einiges anders.« Er deutete auf die Zeichen am Boden. »Sieht wie übler Hexenzauber aus. Was kann hier geschehen sein?«

»Das muss uns nicht kümmern«, entgegnete Farodin harsch. »Kannst du das Tor öffnen, Nuramon?«

»Ich glaube ...« Ein klirrendes Geräusch erklang.

Noch bevor Farodin ihn aufhalten konnte, hatte Mandred

seine Axt gezogen und war mit drei langen Schritten die Rampe hinaufgelaufen, die aus dem Gewölbe führte.

»Verdammter Hitzkopf!«, fluchte Farodin und wandte sich an Nuramon. »Sieh zu, dass du das Tor öffnest! Ich hole ihn zurück.«

Farodin lief die Rampe hoch. Sein Weg führte ihn durch mehrere kleine Kellerräume, bis er plötzlich einen gellenden Schrei hörte.

Bei den Vorratsräumen fand er Mandred. Er hatte einen ausgemergelten Mann mit dunklem Stoppelbart aus einer Ecke gezogen. Auf dem Boden stand eine flackernde Öllampe. Überall lagen die Scherben von dickwandigen Amphoren. Neben der Öllampe stand eine kleine Schale mit Linsen. Der Mann wimmerte und versuchte sich aus Mandreds Griff zu winden, doch er war hilflos gegen die Kraft des Nordmanns.

»Ein Plünderer«, erklärte Mandred voller Verachtung. »Er war dabei, Sem-la zu bestehlen. Ich habe ihn erwischt, als er gerade eine der Amphoren einschlagen wollte.«

»Bitte, tötet mich nicht«, flehte Mandreds Gefangener auf Valethisch, der Sprache, die man entlang der Küsten von Iskendria bis Terakis sprach. »Meine Kinder sind am Verhungern. Ich will es doch gar nicht für mich.«

»Na, wimmert er um Gnade?«, fragte Mandred, der offenbar kein Wort verstand.

»Sieh ihn dir an!«, entgegnete Farodin zornig. »Die eingefallenen Wangen. Die spindeldürren Beine. Er erzählt mir von seinen verhungernden Kindern.«

Mandred räusperte sich leise und wich dem Blick des Elfen aus. Dann ließ er seinen Gefangenen los.

»Was geschieht in der Stadt?«, fragte Farodin.

Der Mann sah sie überrascht an, wagte aber nicht zu fragen, warum sie so unwissend waren. »Die weißen Priester wollen Balbar erschlagen. Seit mehr als drei Jahren belagern sie die Stadt. Sie sind übers Meer gekommen, um unseren Gott zu töten. Seit vor drei Monden das Westtor gefallen ist, dringen sie Viertel um Viertel weiter vor. Doch die Tempelgarden treiben die Tjuredjünger mit Balbars heiligem Feuer immer wieder zurück.«

»Tjured?«, fragte Farodin verwundert.

»Ein elender Bastard! Seine Priester sagen, dass es nur einen Gott gibt. Sie behaupten auch, wir hätten Handel mit Dämonenkindern getrieben. Sie sind völlig verrückt! So verrückt, dass sie einfach nicht begreifen wollen, dass sie nicht siegen können.«

»Du sagtest doch, sie hätten schon Teile der Stadt erobert«, entgegnete Farodin nüchtern.

»Teile«, der hagere Mann winkte ab. »Niemand kann Iskendria ganz erobern. Zweimal schon hat Balbars Feuer ihre Flotte verbrannt. Sie sterben zu Tausenden.« Unvermittelt begann er zu schluchzen. »Seit sie den Hafen halten, bekommen wir keinen Nachschub mehr. Es gibt hier nicht mal mehr Ratten, die man noch essen könnte. Wenn diese verdammten Priesterritter nur endlich einsehen würden, dass man Iskendria nicht erobern kann. Balbar ist zu stark. Wir opfern ihm jetzt zehnmal am Tag. Er wird unsere Feinde in ihrem eigenen Blut ertränken!«

Farodin dachte an das Mädchen, das damals auf den Handflächen des Götzenbildes verbrannt war. Zehn Kinder jeden Tag! Was war das nur für eine Stadt? Er würde es nicht bedauern, wenn Iskendria unterging.

»Seid ihr Freunde der Herrin Al-beles?« Der Mensch sah in Richtung der Vorratsamphoren. »Ich habe es für meine Kinder getan. Es bleiben immer ein paar Linsen oder Bohnen zurück in den großen Amphoren. Man bekommt sie nie ganz leer.« Er senkte den Blick. »Es sei denn, man zerschlägt sie.«

Farodin hatte davon gehört, dass Sem-la schon früher mehrfach in eine andere Rolle geschlüpft war und sich für ihre eigene Nichte ausgegeben hatte, um das Haus weiterführen zu können. Als Elfe, die niemals alterte, war sie etwa alle zwanzig Jahre zu solchen Maskeraden gezwungen. Farodin hatte keinen Zweifel daran, dass diese Al-beles dieselbe Elfe war, die er als Sem-la kennen gelernt hatte.

»Was ist in dem Gewölbekeller geschehen?«, fragte Farodin.

»Als das Viertel besetzt wurde, sind Mönche hierher gekommen. Ich glaube, sie waren auch im Keller. Es heißt, sie hätten nach Dämonen gesucht.« Der Mann senkte die Stimme. »Sie suchen überall nach Dämonen. Sie sind verrückt!«

»Lass uns gehen, Mandred«, sagte Farodin auf Fjordländisch. »Wir müssen wissen, ob die Gefahr besteht, dass wir gestört werden, oder ob Nuramon in Ruhe seinen Zauber wirken kann.«

»Das mit seinen Kindern tut mir Leid«, entgegnete der Krieger zerknirscht. Er zog einen seiner breiten, silbernen Armreifen ab und schenkte ihn dem Mann. »Ich war zu voreilig.«

Farodin empfand kein Mitleid für den Plünderer. Heute kümmerte er sich selbstlos um seine Kinder. Aber vermutlich würde er sich geehrt fühlen, wenn morgen die Priesterschaft eine seiner Töchter forderte, um sie öffentlich zu verbrennen.

Der Elf eilte die Treppe hinauf und trat auf den weiten Hof der Villa. Über ihm spannte sich ein blutroter Nachthimmel. Die Luft war erfüllt von erstickendem Rauch. Sie durchquerten die Haupthalle und eilten zur Terrasse an der Rückseite des Hauses. Die Villa lag auf einem niedrigen Hügel, sodass sie einen guten Blick über die Stadt hatten.

»Bei allen Göttern!«, rief Mandred. »Was für ein Feuer!«

Der ganze Hafen stand in Flammen. Selbst das Wasser schien zu brennen. Alle Lagerhäuser rings herum waren eingestürzt, die mächtigen Holzkräne verschwunden. Etwas weiter westlich schossen glühend weiße Feuerkugeln vom Himmel herab in eine der Vorstädte. Farodin beobachtete, wie weiß gewandete Krieger, die in dichten Kolonnen durch die engen Straßen drängten, verzweifelt den Brandgeschossen zu entgehen versuchten.

»Fleisch, das faulig geworden ist, muss man ausbrennen«, erklang hinter ihnen die Stimme des Plünderers. Der dürre Mann trat auf die Terrasse. Seine Augen glänzten fiebrig. »Die Tempelwachen verbrennen die Stadtviertel, die verloren gegangen sind.« Er lachte. »Iskendria kann nicht erobert werden! Die weißen Priester werden alle verrecken.« Er deutete zum Hafen hinunter. »Seit zwei Tagen brennt ihre Flotte schon. Die Tempelwachen haben durch die Kanäle Balbars Feuer ins Hafenwasser geleitet und dann entzündet. All diese Priester werden verbrennen, so wie ihr verfluchter ...« Mitten im Satz brach er ab und deutete auf die Straße, die den Hügel hinaufführte. »Sie kommen zurück.« Eine Gruppe Krieger in weißen Waffenröcken eskortierte mehrere Mönche in nachtblauen Gewändern. Feierlich singend hielten sie geradewegs auf die Villa zu.

»Ihr wart gut zu mir«, sagte der Mann gehetzt. »Deshalb rate ich euch, schnell zu verschwinden. Ihr seht ein wenig seltsam aus ... Und die dort unten bringen alle um, die seltsam aussehen.«

»Was sagt der Kerl?«, fragte Mandred.

»Dass wir die Gastfreundschaft der Stadt nicht überbeanspruchen sollten. Komm, gehen wir zurück zu Nuramon.«

Der Jarl strich über das Blatt seiner Axt. »Die paar Mann dort unten jagen dir doch keine Angst ein, oder?«

»Wenn zwei Heere, die beide offensichtlich von Wahnsinnigen befehligt werden, aufeinander eindreschen, dann werde ich tunlichst darauf achten, nicht im Weg zu stehen, Mandred. Wir haben mit deren Krieg nichts zu schaffen. Sehen wir zu, dass wir hier wegkommen!«

Der Krieger brummelte etwas Unverständliches in seinen Bart und verließ die Terrasse. Im Gewölbekeller erwartete Nuramon sie schon. Ein goldener Lichtbogen wuchs inmitten des Mosaiks empor. Der Elf grinste. »Es war nicht schwer, die Barriere zu durchbrechen. Der Schutzzauber ist von seltsamer Struktur gewesen. So als wäre er nicht erschaffen worden, um Albenkinder fern zu halten.«

Farodin griff nach den Zügeln seines Hengstes, ohne weiter auf die Erklärungen seines Gefährten zu achten.

Nuramons Lächeln verschwand. »Stimmt etwas nicht?«

»Wir haben es nur eilig mit dem Aufbruch.« Entschieden trat Farodin durch das Licht. Einen Herzschlag lang war er geblendet. Dann blickte er einer gespannten Armbrust entgegen.

»Nicht schießen!«, gellte eine raue Stimme. »Es sind Elfen!«

»Liuvar!«, rief jemand anderes.

Farodin hatte sich im Reflex geduckt und nach seinem Schwert gegriffen. Der Albenstern war von seltsamen Gestalten umringt: zwei Hüter des Wissens in roten Kutten, die gezogene Schwerter hielten, einige Gnome mit Armbrüsten und ein weißer Kentaur, in dem Farodin Chiron wiedererkannte. Auch der steinerne Gallabaal war unter den seltsamen Wächtern.

Nuramon und Mandred kamen mit ihren Pferden durch das Tor.

Knirschend trat der Gallabaal einen Schritt auf den Menschensohn zu. Einer der Gnome zielte mit seiner Armbrust auf Mandreds breite Brust.

»Liuvar! Frieden!«, rief der Kentaur. »Ich kenne die drei. Der Mensch ist ein aufgeblasener Nichtsnutz, aber sie sind keine Feinde.«

»Was ist hier los?«, wollte Nuramon wissen.

»Das könnt ihr vermutlich besser beantworten«, entgegnete Chiron herablassend. »Was geht in der Menschenwelt vor sich?«

Farodin berichtete kurz von dem Treffen mit dem Plünderer und der brennenden Stadt. Als er endete, sahen sich die Wächter verwirrt an.

Chiron räusperte sich leise. »Ihr müsst einen Zeitsprung gemacht haben, als ihr durch das Tor gekommen seid. Iskendria ist seit mehr als hundert Jahren nur noch ein Ruinenfeld.« Er hielt inne, um den dreien Gelegenheit zu geben, das Gehörte aufzunehmen. Schließlich fuhr er mit seinen Erklärungen fort. »Die Tjuredmönche haben es immer noch nicht aufgegeben, die Barriere zur Bibliothek durchbrechen zu wollen. Sie halten den Albenstern besetzt und haben dort sogar einen ihrer Turmtempel errichtet. So verhindern sie, dass Albenkinder auf diesem Wege zu uns gelangen. Ihr seid seit Jahren die ersten Gäste hier unten.« Er verneigte sich förmlich. »Ich heiße euch im Namen der Hüter des Wissens willkommen.«

»Stellen sie denn wirklich eine Gefahr dar?«, fragte Nuramon.

Chirons Schweif zuckte unruhig. »Ja, das tun sie. Blinder Hass auf alle Albenkinder treibt sie an. Die Frage ist nicht, *ob* sie hierher in unser Refugium in der Zerbrochenen Welt kommen, sondern *wann* sie kommen. Bei uns macht sich keiner etwas vor, was die Gefahr angeht. All unsere Gäste und die meisten Hilfskräfte haben uns verlassen.« Er sprach voller Verbitterung. Dann breitete er in pathetischer Geste die Arme aus. »Die sterbende Bibliothek steht euch zur Verfügung. Sogar dir, Menschensohn. Seid uns willkommen!«

LEERE HALLEN

Nuramon kam in die Halle, in welcher der Gnom Builax ihn nach seinem Zeitempfinden vor über fünfzig Jahren empfangen hatte. Doch sie hatten beim Eintreten in die Bibliothek durch seine mangelnde Kenntnis mindestens hundert Jahre übersprungen, wahrscheinlich noch mehr, und so lag die Begegnung mit dem Gnom noch weiter zurück. Dennoch schien die Halle unverändert. All die Regale und die Bücher waren noch da, die Barinsteine verströmten ihr sanftes Licht. Nur Builax war nirgends zu sehen. In der Nische zwischen den Regalwänden, in welcher der Gnom einst sein Schwert verwahrt hatte, fand Nuramon Bücher, Schreibzeug und sogar ein kleines Messer. Doch der Staub darauf zeigte ihm, dass hier lange niemand gewesen war.

Ein umgekipptes Tintenfass fiel Nuramon besonders ins Auge. Die Tinte hatte sich über den Tisch verteilt und war längst eingetrocknet. Hier wirkte alles so, als hätte Builax nur das Nötigste genommen und den Rest einfach stehen und liegen lassen. Vielleicht hatte der Gnom fliehen müssen?

Nuramon ging zum dreiundzwanzigsten Regal und kletterte die Leiter hinauf. Als er das gesuchte Regal erreichte, kehrte das Gefühl zurück, das ihn ergriffen hatte, als er das erste Mal hier gewesen war. Er war auf den Spuren Yulivees gewandelt, als wäre sie eine Vertraute, wie Noroelle eine Vertraute für Obilee war.

Er nahm sich ihr Buch und machte sich wieder an den Abstieg. Während er Sprosse um Sprosse hinabkletterte, dachte er über die jüngsten Entwicklungen nach. Der Angriff auf den Albenstern beunruhigte ihn. Konnten die Tjuredpriester gar bis in die Bibliothek vordringen? Bisher offenbar nicht, doch ihre Attacken gegen die Albensterne richteten auch hier in der Zerbrochenen Welt Schaden an.

Noch einmal ließ Nuramon den Blick durch die Halle schweifen. Es war bedauerlich, dass weder Builax noch Reilif hier waren. Wer würde den Wissbegierigen nun den Weg weisen? Vielleicht war Reilif irgendwo anders in der Bibliothek zu finden. Wenn es niemanden mehr gab, der über die Bücher und ihre Inhalte Auskunft geben konnte, dann war die riesige Bibliothek für Besucher nahezu nutzlos.

Nuramon verließ die Halle und überlegte, wo er die Suche nach Wissen über die Albensteine beginnen sollte. Farodin hatte sein Gespür gelobt und ihn gebeten, auf eigene Faust nach Aufzeichnungen zu suchen, während er selbst mit den Hütern des Wissens sprach.

Nuramon trat in eines der Zimmer und legte Yulivees Buch auf einem Tisch ab. In den rautenförmigen Fächern der Regale an den Wänden stapelten sich Schriftrollen. Er griff nach einer beliebigen und öffnete sie. Kaum hatte er die ersten Zeilen gelesen, musste er seufzen. Es handelte sich um eine Ahnenliste der Kentauren.

Er ging zu einem anderen Regal und nahm sich eine weitere Rolle. In dem Text ging es um die Heldentat eines Menschen, der ein Tor nach Albenmark mit aller Macht verteidigte. Einzelheiten über die Tore wurden nicht genannt. Aber Nuramon wähnte sich auf der richtigen Spur. Jede Kultur hatte ihre Mythen und ihre Vorstellung vom Anfang der Welten. Dies waren die Geschichten, in denen er versteckte Hinweise entdecken mochte.

Er suchte Stunden und fand nur eine einzige Spur. In einer Chronik stand, dass Emerelle ihren Albenstein eingesetzt habe, um ein wichtiges Seetor zwischen der Menschenwelt und Dailos in Albenmark zu schaffen. Da hieß es: *»O wären die Alten doch nicht gegangen, wir hätten uns eigene Tore schaffen können!«* Alles, was er las, deutete darauf hin, dass die Königin den einzigen Albenstein besaß.

»So wirst du es nie finden«, sagte eine vertraute Stimme. »Denn die Zeit ist knapp …«

Nuramon fuhr herum. In der Tür stand eine Gestalt in einem schwarzen Mantel; die Kapuze bedeckte zur Hälfte ihre Stirn. »Meister Reilif!«, rief Nuramon.

»Ja, ich bin es. Und ich bin enttäuscht, dass du auf Elfenweise nach dem Wissen suchst.«

Nuramon legte die Schriftrolle, in der er gelesen hatte, zurück ins Regal. »Ist es so verwunderlich, dass ein Elf auf diese Weise handelt? Doch du hast Recht. Ich sollte an meinen menschlichen Gefährten denken und die Suche verkürzen.«

»Das meinte ich nicht so. Aber du sollst wissen, dass das Ende dieses Ortes naht.«

Ungläubig starrte Nuramon den Wissenshüter an. So groß war ihm die Gefahr bisher nicht vorgekommen. »Werden die Menschen die Tore zerstören, ohne zu wissen, was sie da tun?«

»Es ist nicht an mir zu sagen, was die Menschen wissen und mit welcher Absicht sie handeln. Ich kann nur sagen, dass wenig fehlt, bis diese Bibliothek verloren ist. Und welchen Sinn hätte es auch, Wissen zu behüten, wenn man mit ihm eingesperrt ist und niemand mehr hierher gelangt?«

»Keinen«, sagte Nuramon leise.

»Damit wenigstens du etwas von all der Weisheit hast, die dieser Ort birgt, werde ich dir helfen.« Reilif lächelte verbindlich.

»Hast du schon mit Farodin gesprochen?«

»Nein, Gengalos und die anderen Hüter sind bei ihm. Ich möchte nur mit dir sprechen.« Reilif blickte zum Tisch. »Wie ich sehe, hast du dir Yulivees Buch geholt.«

»Ich wollte noch einmal darin lesen«, sagte Nuramon, und seine Worte klangen wie eine Entschuldigung.

»Du tust gut daran. Und du darfst das Buch behalten.«

»Wie? Ich dachte ...«

»Das Wissen dieser Bibliothek wird verblassen, auch wenn die anderen das nicht so klar sehen wie ich. Doch wenn dieser Ort vergeht, dann soll zumindest ein wenig Wissen aus diesen Hallen gerettet sein. Außerdem sind die Bücher wertlos für mich und die anderen. Ich habe sie gelesen, und nun sind sie ein Teil von mir.«

»Wieso verlasst ihr die Bibliothek nicht und errichtet woanders eine neue?«, fragte Nuramon und dachte an Albenmark, wo man die Hüter des Wissens gewiss mit offenen Armen empfangen würde.

»Wir haben geschworen, diese Hallen nicht zu verlassen, ehe wir all das Wissen, das hier gesammelt ist, in uns aufgenommen haben. Bislang dachten wir, das würde niemals geschehen und dieser Ort würde auf immer ein sprudelnder Quell der Weisheit bleiben. Aber die Quelle ist versiegt, denn nichts Neues gelangt zu uns. Und weil es so ist, mag der Tag kommen, da wir all die Schätze dieser Hallen in uns tragen. Dann dürfen wir fortgehen. Doch leider sind wir sehr langsam. Nur einer unter uns, den wir aus Not aufnahmen, kann schneller lesen als wir. Sollten wir demnach das Wissen dieser Bibliothek erlangt haben, ehe das Ende kommt, werden wir sie verlassen und nach Albenmark zurückkehren.«

»Wie lange wird das dauern?«

»Gewiss hundert Jahre … Bei allen Alben! Hundert Jahre! Das wäre eine Zeit, über die wir beide früher gespottet hätten. Was sind schon hundert Jahre! Doch ich fürchte, die Menschen könnten früher kommen und alles verderben.«

Nuramon konnte die Hüter des Wissens verstehen. Wenn ein Schwur sie band, dann mussten sie das Wagnis eingehen, dass jede Verbindung zur Menschenwelt abriss und sie hier wie eingemauert leben mussten. Doch vielleicht war es klüger, den Schwur zu brechen, um zumindest einen Teil des unschätzbaren Wissens zu retten. Emerelle würde sie gewiss nicht verachten, wenn sie zu ihr an den Hof kämen.

»Lass uns ein Stück gehen«, sagte Reilif und schritt in den Gang hinaus.

Nuramon nahm Yulivees Buch vom Tisch und folgte dem Hüter des Wissens. »Kannst du mir helfen, etwas über Albensteine zu erfahren?«

Reilif lachte leise. »In deiner Frage steckt bereits eine gewaltige Annahme, nämlich dass es noch mehr Albensteine geben könnte als Emerelles.«

»Ist es so?«

Reilif nickte in seiner Kapuze. »Doch keiner weiß, wo sie sind … Und ich weiß ebenso wenig, wie man einen finden kann.«

Nuramon war enttäuscht. Er hatte mehr von Reilif erwartet. Sollte in all den Büchern, die er gelesen hatte, wirklich nichts darüber stehen, wie man einen Albenstein finden konnte?

»Nun, lass nicht gleich den Kopf hängen! Ich kann dir zwar nicht sagen, wo du einen Stein findest. Aber ich kann dir erklären, wozu ein Albenstein nützlich ist. Also hör gut zu! Wenn du einen solchen Stein besitzt, dann wird er dir ermöglichen, von einem Ende einer Welt zu einem anderen zu gelangen. Du schaffst dir damit Albenpfade, wo vorher keine waren. Du kannst Tore öffnen und schließen. Und du kannst sogar Albensterne erschaffen oder zerstören. Ein Albenstein, der in die falschen Hände gerät, ist ein großes Übel.«

»Kann man damit auch Zauberbarrieren durchbrechen?«

»Gewiss.«

Das war die Antwort, auf die Nuramon gehofft hatte. Er wollte einen solchen Stein zu nichts anderem verwenden als dazu, seine Geliebte zu befreien.

Sie verließen den Gang und nahmen eine Treppe nach oben. Der Hüter des Wissens sprach weiter. »Wer einen Albenstein nutzen will, der muss der Magie fähig sein. Und je mehr er damit erreichen will, desto schwieriger wird es, die Kraft des Steines zu beherrschen.«

»Aber so ein mächtiger Stein muss doch aufzuspüren sein! Seine Kraft müsste alles überstrahlen«, warf Nuramon ein. Er dachte an die Burg der Königin. Dort war nichts von dem Albenstein zu spüren gewesen. Vielleicht hatte Emerelle ihn mit einem Zauber umgeben, um die Aura seiner Macht zu verbergen.

»Du irrst dich. Die Kraft des Steins ist kaum wahrnehmbar. Gewiss würdest du ihn spüren, wenn ich ihn hier neben dir in Händen hielte, doch du würdest ihn trotz seiner Größe für eine Kleinigkeit halten.«

»Wie sieht er aus?«

Reilif schwieg und führte ihn in ein kleines Zimmer, das von der Treppe abging. Hier glommen die Barinsteine in kühlem Grün. Massige Schränke standen an den Wänden und reichten bis zur Decke. Der Hüter des Wissens öffnete einen davon, holte einen großen Folianten hervor und wuchtete diesen auf das Lesepult in der Mitte des Zimmers. Die Buchdeckel waren mit zwei Spangen verbunden, die Reilif nun öffnete. »In diesem Buch findet sich die Abbildung eines Albensteins. Es ist nicht der Emerelles, und sein Träger ist den Alben längst nachgefolgt.« Reilif rutschte die Kapuze vor die Augen. Mit einer schnellen Handbewegung warf er sie ganz zurück, und Nuramon war erstaunt, Elfenohren zu sehen, die aus dem grauweißen Haar hervorstachen. Dass der alte Elf sein Haupt zeigte, kam für Nuramon unerwartet. Reilif schien seine Verwunderung nicht zu bemerken, sondern schlug zielsicher die gesuchte Seite auf.

Das Bild des Steins nahm die ganze Seite ein. Er war dunkelgrau und wirkte glatt. Fünf weiße Furchen liefen an ihm hinab. Die Zeichnung war eher schlicht und keineswegs das Werk eines Meisters. Doch sie reichte aus, um einen Eindruck zu gewinnen.

Nuramon deutete auf die abgebildeten Vertiefungen. »Was sind das für Linien?«, fragte er.

Reilif fuhr mit dem Finger über die linke Furche. »Das ist die Welt der Menschen. Daneben liegt die Welt, die nun zerbrochen ist und in der wir uns befinden. Dann folgt die Mark der Alben, darauf dann deren Heim.« Er tippte auf die Linie ganz rechts. »Und dies ist schließlich das, was wir Elfen das Mondlicht heißen.«

Nuramon staunte. »Das kann ich kaum glauben.«

»Was kannst du nicht glauben?«

»Dass die Welten, die ich kenne, so einfach neben dem Heim der Alben und dem Mondlicht stehen.«

»Lass dich dadurch nicht verwirren, Nuramon. Es heißt, jeder Albenstein sei einzigartig. Jeder soll für ein anderes Verständnis der Welt stehen. Von Emerelles Stein heißt es, die Furchen lägen übereinander.«

»Wem gehörte dieser Stein?«, fragte Nuramon.

»Einem Drachen namens Cheliach. Wir wissen nicht viel über ihn, nur dass er den Alben spät nachfolgte und daraufhin die Drachen an Bedeutung verloren.«

Nuramon war zufrieden. Das war der Anfang, den er sich erhofft hatte. »Ich danke dir, dass du mir dieses Bild gezeigt hast.«

Reilif schloss das Buch. »Du wirst diesen Band hier finden, wenn du ihn deinen Gefährten zeigen willst. Ich lasse ihn auf dem Tisch liegen. Doch erst einmal solltest du jemanden aufsuchen, der dich kennt und dich gewiss gern wiedersehen möchte.«

»Wer sollte das sein?«, fragte Nuramon überrascht.

Meister Reilif schmunzelte. »Den Namen darf ich dir nicht sagen. Das habe ich versprochen.« Er deutete zur Treppe. »Folge den Stufen bis ganz nach oben! In einer der kahlen Hallen wirst du ihn finden.« Die grauen Augen des alten Elfen funkelten im Schein der Barinsteine.

Zögernd verließ Nuramon das Zimmer. Auf der Treppe atmete er durch. Ihm war, als hätte der Hüter des Wissens einen Zauber über ihn gesprochen, so sehr hatten ihn dessen Augen in den Bann gezogen. Was mochte die Geschichte dieses Elfen sein? Er wagte nicht, ihn danach zu fragen. Außerdem gab es im Augenblick etwas anderes, dass ihn beschäftigte. Wer mochte dort oben auf ihn warten?

Als Nuramon das Ende der Treppe erreichte, folgte er einem breiten Gang, von dem kleinere Hallen abgingen. Sie waren leer; hier gab es weder Bücher noch Regale. Offenbar war das Wissen der Bibliothek noch nicht bis hier hinaufgewachsen. Und wie aus den Worten Reilifs zu schließen war, würde es wohl nie geschehen. Umso mehr überraschte es Nuramon, in einem Seitengang Bücher zu sehen, die links und rechts an der Wand gestapelt lagen.

Eine leise Stimme hallte durch den Gang. Nuramon folgte ihr, spähte durch die Türöffnung und konnte kaum fassen, was er da sah: In einem kahlen, kreisrunden Saal saß der Dschinn auf einem Thron aus Büchern und nahm soeben einen Band von einem säuberlich angelegten Stapel zu seiner Linken, warf einen Blick hinein und warf ihn dann unachtsam auf einen Haufen zu seiner Rechten. Der Dschinn hatte weißes Haar und trug ebenso weiße Gewänder, die ihn viel ehrwürdiger wirken ließen als in Valemas.

Kaum hatte Nuramon den Saal betreten, da hob der Dschinn den Kopf und musterte ihn. »Ach, du bist es, Nuramon«, sagte er, als hätten sie sich vor kurzem noch gesehen. Rasch errichtete er einen kleinen Stapel aus umherliegenden Büchern und deutete darauf. »Nimm doch Platz!«

Kaum hatte Nuramon sich niedergelassen, da fragte der Dschinn: »Hat dich mein Rat damals weitergeführt?«

»Ja, und ich möchte dir dafür danken. Er war von unschätzbarem Wert.« Nuramon erzählte, dass er in der Bibliothek einst auf Yulivees Spuren gewandelt war. Und er berichtete von den Zwergen und von Dareen.

»Wie ich sehe, hast du einen Narren an Yulivee gefressen.« Der Dschinn deutete auf das Buch, das auf Nuramons Knien ruhte.

»Reilif hat es mir überlassen. Vielleicht sollte ich es nach Valemas zu den Freien bringen. Ihr Hass auf Emerelle würde durch die Schriften gewiss ein wenig gemindert.«

Der Dschinn machte ein bedrücktes Gesicht. »Es hat keinen Zweck, die Bücher nach Valemas zu bringen. Die Oase ist zerstört.«

»Was?«, rief Nuramon erschüttert. »Wie konnte das geschehen?«

»Die weißen Ritter aus dem Norden, die unter dem Banner des Tjured reiten, haben die Freien vernichtet.«

»Wie ist das möglich? Wie können Menschenkrieger sich so tief in der Wüste bewegen und gegen Krieger wie die Freien von Valemas im Kampf bestehen?«

»Indem sie Magie verwenden. Einige unter den Menschen haben das Zaubern gelernt. Sie sammeln sich unter dem Banner des Tjured. Sie sind Anführer und spüren die Macht der Albenpfade. Sie fanden den Steinring in der Wüste, und weil es dort keine schützende Barriere gab, öffneten sie das Tor mit ihrer Magie. So konnte es zum Kampf kommen. Ich floh, und als ich zurückkehrte, fand ich nur mehr Ruinen und Tote. Die Menschen haben nicht einmal die wenigen Kinder verschont.«

»Das ist unfassbar! Diese Narren werden alles zerstören.« Nuramon stockte. »Haben sie etwa auch Albenmark angegriffen?«

»Mach dir keine Sorgen. Ich zog für die Freien von Valemas aus, um die Menschen zu beobachten. Und ich sah, wie sie sich an einem Albenstern sammelten, der nach Albenmark führte. Die Priester beteten dort und fragten ihren Gott, ob dieser Ort seinen Segen finde. Dann sprachen sie Worte, die ich nicht verstand. Es war gewiss der Zauberspruch. Ich merkte, wie etwas gegen den Albenstern schlug; gleichzeitig zogen die Krieger ihre Schwerter. Als dann aber nichts geschah, zogen sie fort. Ich habe mir die Spuren angesehen, die sie hinterlassen haben. Mit diesem Zauber wären sie niemals nach Albenmark gelangt. Die gleichen Spuren fand ich nach der Zerstörung von Valemas am Steinring. Die Priester können offenbar nur Tore in die Zerbrochene Welt öffnen.«

»Wieso haben sie die Bibliothek bisher verschont?«

»Oh, sie versuchen wohl schon seit einer Weile, hierher durchzudringen. Die Hüter des Wissens sagen, die Menschen seien verwirrt, weil in Iskendria so viele Albenpfade verlaufen. Außerdem hätten sie Schwierigkeiten, die Schutzzauber an den Toren zu durchbrechen. Doch Reilif meint, die Menschen rissen die Barrieren langsam nieder. Jeden Tag kommen sie weiter voran. Es bleibt also nicht mehr viel Zeit, um das Wissen dieses Ortes aufzunehmen und zu verschwinden.«

»Bist du derjenige, der sich das Wissen so schnell aneignen kann?«

»Gewiss.«

»Was haben sie getan, um dich zu überreden?«

Der Dschinn zog eine verärgerte Miene. »Diese Kerle haben

mich reingelegt. Sie haben mich schließlich dazu gebracht, meinen Namen zu nennen. Nun muss ich ihnen dienen. Diese Halunken sind einfach zu schlau für mich. Aber was soll's … Was hier geschieht, erinnert mich an die Dschinnenbibliothek. Offenbar ist es das Schicksal des großen Wissens, einfach zu vergehen.« Der Blick des Dschinns ging ins Leere. »Ich frage mich, wo das alles enden soll.«

Nuramon schüttelte den Kopf. »Wenn das Schicksal uns Albenkindern hold ist, dann werden die Krieger alles verbrennen, was sich in diesen Hallen befindet. Wenn es uns böse mitspielt, dann werden sie sich das Wissen erschließen … Sofern sie denn all die Sprachen lernen können.«

»Daran haben wir gedacht. In dem Augenblick, in dem die Menschen hier eindringen, werden wir einen Zauber wirken, der alles zerstört, was hier gehütet wird. Auch wir werden vergehen. Der Zauber ist bereits gewirkt. Wir müssen nur noch die letzten Worte sprechen. Und dann wird hier alles in einem gigantischen …« Der Dschinn brach ab und schaute zur Tür.

Nuramon folgte dem Blick des Geistes, und was er sah, überraschte ihn zutiefst. Ein kleines Elfenmädchen kam mit einem Stapel Bücher ins Zimmer. Es mochte etwa acht Jahre alt sein, gewiss nicht älter. Das Kind machte große Augen, als es ihn sah, und ließ vor Schreck die Bücher fallen.

Der Dschinn erhob sich. »Du brauchst dich nicht zu erschrecken, kleine Elfe. Dies ist Nuramon, ein Freund aus Albenmark.«

Das Mädchen blickte auf die Bücher hinab. Mit einem Ruck schwebten sie hoch und stapelten sich wieder auf ihren Händen. Nuramon war verblüfft. Für das Kind schien dieser Zauber nur eine Fingerübung zu sein. Sie trat näher und legte den Bücherstapel dann neben dem großen Bücherthron ab.

»Komm her! Begrüße unseren Gast!«, sagte der Dschinn.

Mit einem schüchternen Lächeln trat das Mädchen an die Seite des Dschinns und ließ sich von dem Geist durchs dunkelbraune Haar streichen.

»Wie ist dein Name?«, fragte Nuramon.

»Wie meinst du das?« Die Kleine sprach fast im selben Tonfall wie der Dschinn.

»Hast du keinen Namen?«, setzte Nuramon nach.

»Ach so! Kleine Elfe oder Elfenkind nennen sie mich.«

Nuramon verschlug es die Sprache. Der Dschinn hatte diesem Kind nicht einmal einen Namen gegeben!

»So, Elfenkind, bring diese Bücher wieder runter«, trug der Dschinn der Kleinen auf.

Sie zog eine unzufriedene Miene und machte sich daran, einige Bände vom Haufen der gelesenen Bücher zu holen. Sie lächelte Nuramon noch einmal zu und verließ dann den Saal.

Kaum waren ihre Schritte im Gang verklungen, da wandte sich Nuramon an den Dschinn. »Wie konntest du ihr keinen Namen geben?«

»Namen bringen nur Probleme. Das habe ich dir doch schon gesagt. Sie führen nur dazu, dass andere Macht über einen erlangen.«

Nuramon deutete zur Tür. »Das hält dich nicht davon ab, dieses Kind wie eine Dienerin herumzuschicken!«

»Ho! Du kennst die Kleine nicht. Die ist ein übler Quälgeist. Sie hat eben nur auf mich gehört, weil du hier bist. Die hat einen Dickschädel, dagegen ist ein Trollkopf geradezu zierlich! Außerdem habe ich sie nur aus einem Grund fortgeschickt.«

»Und der wäre?«

»Sie weiß nichts von ihrer Herkunft. Ich habe ihr eine Geschichte erzählt, um sie vor der Wahrheit zu schützen.«

»Und was ist die Wahrheit?«, fragte Nuramon, winkte dann aber ab. »Ich ahne es schon. Die Kleine kommt aus Valemas, nicht wahr?«

»Ja. Sie ist vielleicht die Letzte der Freien.«

Nuramon schaute den Dschinn verwundert an. »Wie ist das möglich? Ich dachte, es wären mindestens hundert Jahre vergangen. Wie kann es da sein, dass sie noch ein Kind ist?«

Der Dschinn lachte. »Das hängt eben davon ab, wie stark die Schutzbarrieren der Albensterne sind und wie weit die

Kunst des Zaubers reicht. Ihr seid gewiss mit dem Kopf durch die Wand gegangen, ohne es mit Magie auszugleichen.«

Nuramon begriff, was der Dschinn sagen wollte. »Dann seid ihr in der Zeit, die wir beim Durchqueren des Tores verloren haben, hierher gekommen? Das heißt, die Tjuredanbeter haben erst Iskendria genommen und dann …«

»Valemas! Und gewiss haben sie auch andere Orte zerstört. So ist es. Das Mädchen wurde mir anvertraut, als die Schlacht vor Valemas bevorstand. Hildachi, ihre Mutter, war eine mächtige Zauberin und Seherin. Sie sagte, wir sollten die Kinder in Sicherheit bringen. Doch da es nur wenige Kinder gab und die Krieger die Gefahr viel zu gering einschätzten, war es nur die Kleine, die ich fortbrachte. Hildachi sagte mir, ich solle sie an einen sicheren Ort führen, um sie dann später zurückzubringen. Nachdem ich Valemas zerstört vorfand, kam ich mit ihr hierher. Das war vor sechs Jahren. Die Kleine konnte damals nicht einmal sprechen. Ich habe ihr inzwischen einige Sprachen beigebracht, auch das Lesen und das Schreiben vieler Schriften. Und ich lehrte sie ein wenig Magie. Unterschätze sie nicht! Da ich aber an diesen Ort gebunden bin, solange die Hüter des Wissens ihn nicht verlassen wollen, kann ich sie nicht in Sicherheit bringen. Doch ich möchte nicht, dass sie in der Gefahr dieser Bibliothek lebt, denn es mag sein, dass wir unser Ziel nicht erreichen, ehe die Menschen kommen.«

Nuramon überlegte. Ein Kind war das Letzte, was sie auf ihrer Suche gebrauchen konnten. Aber der Dschinn hatte Recht. Dies war kein Ort für ein Elfenkind. »Ich werde sie mitnehmen. Auch wenn ich das erst meinen Gefährten klar machen muss und das gewiss unsere Suche erschweren wird.«

»Ich habe gehört, ihr sucht nach einem Albenstein.«

»Weißt du vielleicht etwas darüber?«

»Aber ja. Doch alles, was ich dir in meiner großen Weisheit zuteil werden lassen kann, habe ich bereits getan.«

»Wie meinst du das?«

»So wie ich es sage«, entgegnete er grinsend. »Von mir wirst du nichts Neues erfahren.«

Was konnte der Dschinn nur damit meinen, dass er ihm bereits alles über die Albensteine gesagt hätte? Nichts hatte er gesagt! Weder heute noch damals in Valemas. Von Albensteinen war nie die Rede gewesen.

»Denk ruhig weiter darüber nach. Ich werde in der Zwischenzeit lesen.« Der Dschinn nahm sich das Buch, das er begonnen hatte, und schien langsam darin zu blättern. Doch Nuramon bemerkte, wie rasch die Augen des Geistes sich bewegten. Er blätterte nicht einfach nur, sondern er las.

Nuramon überlegte, was der Dschinn ihm damals in Valemas gesagt hatte. Er hatte Nuramon von der Zerbrochenen Welt erzählt und dass es unmöglich war, durch die unendliche Finsternis zu reisen. Aber es war nie die Rede von einem Stein gewesen. Oder doch? »Der Feueropal!«, sprach er vor sich hin.

Der Dschinn legte sein Buch zur Seite. »Du hast ein gutes Gedächtnis, Nuramon.«

»Du meinst den Feueropal, welcher sich in der verlorenen Krone des Maharadschas Berseinischi befindet? Ist er ein Albenstein?« Nuramon erinnerte sich noch an die Worte des Dschinns. Er hatte ihn gefragt, ob er ihm wohl eher glauben würde, wenn er sagte, der Opal sei ein Albenstern, der sich bewegte … Nach allem, was Reilif ihm über die Macht der Albensteine erzählt hatte, begriff er nun den Hintersinn der Worte des Dschinns. Nuramon schüttelte den Kopf. »Der Albenstein der Dschinnen! Das passt zu euch. Euren Stein an einem Ort zu verstecken, der so offensichtlich ist, dass man ihn dort niemals vermuten würde!«

»Wir Geister sind eben klug … Nun, nicht ganz so klug. Denn wir konnten nicht ahnen, dass dieser Dummkopf Elebal die Krone mit auf seine Eroberungszüge nehmen würde.«

»Ich kann es immer noch kaum glauben … Du sagst doch die Wahrheit, oder?«

Der Dschinn grinste schelmisch. »Habe ich dich jemals angelogen?«

»Nein, das hast du nicht. Du hast mir sogar gesagt, wo ich die Suche nach der Krone beginnen soll.« In Drusna hatte der

Maharadscha Elebal die entscheidende Schlacht verloren, und dort war die Krone mit dem Feueropal verschwunden. »Nur eines verstehe ich nicht. Wieso hast du nicht selbst nach der Krone gesucht? Warst du in Valemas etwa auch mit deinem Namen an den Ort gebunden?«

»Nein, das war ich nicht. Ich habe die Krone gesucht, nur habe ich sie nicht finden können. Entweder sie ist zerstört, oder ein Schutzzauber umgibt sie. Früher konnte ich sie an jedem Ort der Menschenwelt spüren.«

»Ich dachte, Albensteine könnte man nicht auf Entfernungen spüren.«

»Das stimmt auch, aber wir haben einen besonderen Zauber auf den Stein gelegt, den nur wir Dschinnen kennen und der uns sagt, wo sich der Feueropal befindet. Doch wie gesagt, sein Ruf ist verstummt. Und über die Grenzen einer Welt hinaus konnte man ihn ohnehin nicht vernehmen.«

Vielleicht vermochte Farodin zu helfen. Sein Suchzauber würde die Krone womöglich aufspüren können. »Gibt es ein Bild von der Krone?«

»Ja, sogar in dieser Bibliothek. Als ich das erste Mal hier war, da habe ich sie malen lassen. Damals war ich noch auf der Suche nach ihr und hatte gehofft, hier etwas über ihren Verbleib zu erfahren. Komm, ich zeig es dir!« Er erhob sich.

»Mein Gefährte Farodin beherrscht einen Suchzauber. Wenn wir ihm eine Abbildung der Krone zeigen und du ihm erzählst, was du über sie weißt, dann könnte es sein, dass er sie aufspürt. Aber dürfen wir den Stein auch für unsere Zwecke verwenden, wenn wir ihn finden?«

»Wenn du den Feueropal findest, dann werden die Dschinnen sich in einer Reihe vor dir aufstellen und dir die Füße küssen! Jeder von ihnen wird dir seinen Namen sagen und dir jeden Wunsch von den Augen ablesen! Mit schlichten Worten: ja, Nuramon!«

DIE KLEINE ELFE

Nuramon saß in seinem Zimmer über dem Buch, das ihm der Dschinn gegeben hatte, und betrachtete die Krone des Maharadschas, die in leuchtenden Farben auf das Pergament gemalt war. Welch ein Meisterwerk! Es war kaum zu glauben, dass ein Mensch dieses riesige Gebilde auf dem Kopf tragen konnte. Die Krone wirkte fast wie eine goldene Festung, die mit Edelsteinen übersät war. Der große Feueropal bildete das Zentrum, um das sich all die anderen Steine sammelten.

Mit der Abbildung hatte er eine wichtige Spur gefunden und war gespannt, was seine beiden Gefährten dazu sagen würden. Mit einem Mal hörte er ein Geräusch. Es klang wie ein Schluchzen. Er schlug das Buch zu und schritt zur Tür. Da weinte jemand! Vorsichtig öffnete er die Tür und trat nach draußen. Das kleine Mädchen saß gegen die Wand gelehnt da und weinte. Neben ihr lagen ein Beutel und drei Bücher.

»Was ist geschehen?«, fragte Nuramon und ging vor der Kleinen in die Hocke.

»Das weißt du doch genau!«, entgegnete die Elfe mit bebenden Lippen. Sie wandte den Blick ab und starrte zu Boden.

Nuramon setzte sich neben sie. Er wartete einen Moment, bis er sprach. »Der Dschinn hat dir alles erzählt.«

Die Kleine schwieg.

»Schau mich doch an!«, sagte er leise.

Sie blickte ihm ins Gesicht. Ihre braunen Augen funkelten.

»Du weißt nun, woher du kommst.«

»Ja … Der Dschinn hat mir gesagt, wo ich geboren wurde, wer meine Eltern waren und was mit Valemas geschah.«

»Hat er dir nie zuvor etwas erzählt? Nichts?«

»Er sagte immer, ich stammte von einer angesehenen Familie ab, und eines Tages würden mich meine Geschwister holen und nach Hause bringen. Ich habe ihm das geglaubt!«

»Er hat nicht gelogen. In gewisser Weise hat er die Wahrheit gesagt.«

Die kleine Elfe wischte sich die Tränen aus dem Gesicht. »Ich dachte, ich hätte eine Familie – eine Mutter und einen Vater. Ich dachte, sie warteten irgendwo auf mich. Und ich dachte, dass ich Geschwister habe.«

»Natürlich tut es weh zu erfahren, dass die Dinge nicht so sind, wie du sie dir ausgemalt hast. Aber deshalb darfst du deine Träume nicht aufgeben. Wenn du dich nach einer Familie sehnst, dann mag es eines Tages geschehen, dass du eine findest.« Nuramon dachte an die Nacht vor dem Auszug der Elfenjagd und an den Orakelspruch, den Emerelle ihm als Rat gegeben hatte. »Weißt du, was die Königin einmal zu mir gesagt hat?«

Das Mädchen schüttelte den Kopf.

»Sie sagte: *Wähle dir deine Verwandtschaft!*«

Die Kleine staunte. »Das hat die mächtige Emerelle dir gesagt?«

»Gewiss. Und dir mögen diese Worte auch helfen. Doch zuerst solltest du dir einen Namen wählen.«

Ein Lächeln legte sich auf das Gesicht der Elfe. Sie schien vergessen zu haben, dass sie eben noch geweint hatte. »Einen Namen!«

»Wähle gut!«

»Wieso machst *du* das nicht? Sieh dir mein Gesicht an und sage mir, was ich für ein Name bin!«

Nuramon schüttelte lächelnd den Kopf. *Was für ein Name ich bin!* Die kleine Elfe sah die Dinge auf eigentümliche Weise. Er ließ sich darauf ein und sagte: »Nun, vielleicht bist du eine Obilee …«

»Der Name gefällt mir«, meinte das Mädchen.

»Warte! Ein wenig weicher noch. Außerdem kenne ich schon eine Elfe, die so heißt. Es gibt aber einen Namen, der so ähnlich klingt.« Nuramon wurde klar, wonach er suchte. Für das Elfenkind konnte es nur einen Namen geben. »Wie gefällt dir *Yulivee*?«

Die Kleine ließ ihr Haar los, und die welligen Strähnen fielen ihr auf die Schultern. »Das ist ein schöner Name!«, sagte sie mit heller Stimme.

»Du hast ihn zuvor gewiss schon gehört, oder?«

»Noch nie.«

»Nun, eine Elfe namens Yulivee hat dein Volk aus Albenmark fortgeführt und Valemas gegründet.« Nuramon erzählte dem Mädchen von der alten Stadt Valemas in Albenmark und von der gleichnamigen Oasenstadt, in der er den Dschinn getroffen hatte.

»Aber der Dschinn sagte, meine Sippe sei die des Diliskar.«

»Das ist der Großvater Yulivees und der Begründer ihrer Sippe. Damit bist du sogar mit ihr verwandt.«

»Darf ich denn dann ihren Namen nehmen?«

»Aber natürlich. Es werden oft Namen an Neugeborene vergeben, deren frühere Träger ins Mondlicht gegangen sind.«

»Dann will ich ihn annehmen.«

»Eine gute Wahl! Du bist vielleicht die Letzte der Freien von Valemas. Einen besseren Namen könnte es für dich nicht geben … Yulivee!«

»Yulivee!«, wiederholte die kleine Elfe einige Male und betonte die Silben unterschiedlich. Übermütig sprang sie auf und rief ihren Namen. Dann stellte sie sich vor Nuramon und schaute in sein Gesicht. »Ich möchte fortan Abenteuer erleben und an deiner Seite sein.«

»Aber da bist du gewiss nicht so sicher wie in Albenmark. Wir könnten dich bis an die Pforte von Albenmark führen, wo dich jemand zur Königin bringen wird.«

Yulivee schüttelte den Kopf. »Nein, das will ich nicht. Ich bleibe lieber bei dir.«

Nuramon deutete auf den Beutel und die Bücher, die an der Wand lagen. »Ist das deine Ausrüstung?«

»Ja. Kleider und Wissen. Mehr brauche ich nicht.«

»Dann hol deine Sachen und bring sie ins Zimmer!« Nuramon ging voran; Yulivee tat, wie ihr geheißen, und legte die Bücher auf dem Tisch ab.

Nuramon setzte sich. »Was sind das für Bücher, die du da hast?«

»Die gehören mir!«

»Natürlich«, entgegnete Nuramon. »Aber wenn du mir sagst, was für Bücher es sind, dann schenke ich dir dieses Buch hier.« Er legte seine Hand auf die Aufzeichnungen Yulivees.

»Das sind Märchen. Von ihnen habe ich viel über Albenmark gelernt. Am liebsten habe ich die Emerelle-Märchen. Sie ist so weise. Ich wünschte, ich könnte sie sehen.«

Nuramon musste an Emerelles Verhalten ihnen gegenüber denken. Es passte nicht so recht zu der Elfenkönigin jener Märchen, die er als Kind so gern gehört hatte. »Kannst du mir denn ein Märchen erzählen?«

Yulivee lächelte ihn an. »Gewiss. Weißt du, ich habe noch niemals jemandem etwas vorgetragen. Die anderen waren einfach zu beschäftigt.«

»Nun, ich habe Zeit«, sagte Nuramon.

Die kleine Yulivee begann das Märchen von Emerelle und dem Drachen zu erzählen, an dem so viele Krieger gescheitert waren. Sie war gerade beim schändlichen Verrat des Drachen angekommen, als Farodin und Mandred eintraten. Während Mandred ein erfreutes Gesicht machte, spiegelten sich in Farodins Miene Misstrauen und Ablehnung.

Das Mädchen blickte kurz zu den beiden und erzählte einfach weiter. »Und dann kehrte Emerelle zurück und schenkte den Hort des Drachen an die Sippe derer von Teveroi, die viele Krieger im Kampf gegen den Drachen gelassen hatten. Meister Alvias war froh, dass die Königin in Sicherheit war. Und so endet die Geschichte.«

Nuramon merkte, dass Yulivee das Ende sehr kurz gefasst hatte. Er strich ihr übers Haar. »Das war ein sehr schönes Märchen. Ich danke dir.« Er stand auf. »Doch nun möchte ich dir jemanden vorstellen. Dies ist Farodin. Er ist der beste Krieger am Hof der Königin.« Während Farodin nur leicht die Mundwinkel hob, grinste Mandred. »Und dies hier ist Mandred Torgridson, der Jarl von Firnstayn. Ein Mensch.«

Das Mädchen schaute mit offenem Mund zu Mandred auf, als wäre er eine prachtvolle Statue, die es zu bestaunen galt.

»Euch beiden möchte ich die letzte Elfe von Valemas vorstellen!«

Farodin machte ein entsetztes Gesicht. »Soll das heißen ...«

»Ja. Valemas ist nicht mehr.« In knappen Worten erzählte er, was ihm der Dschinn berichtet hatte. »Und dieses Mädchen rettete der Dschinn hierher. Ihr Name ist Yulivee, und sie ist jetzt unsere Gefährtin.«

»Sei gegrüßt, Yulivee«, sagte Farodin mehr höflich als liebenswürdig.

»Sie wird uns eine Weile begleiten«, fuhr Nuramon fort. »Dann werde ich sie nach Albenmark bringen.«

»Ich will aber gar nicht nach Albenmark«, entgegnete Yulivee. »Ich bleibe lieber bei euch. Und dagegen könnt ihr auch ganz und gar nichts tun«, sagte sie mit selbstsicherer Stimme.

Mandred grinste. »Die Kleine scheint schon einen Plan zu haben. Sie gefällt mir! Lassen wir sie bei uns bleiben!«

Farodin schüttelte den Kopf. »Mandred! Es ist zu gefährlich für ein Kind. Stell dir vor, wir geraten in einen Kampf.«

»Dann mache ich mich unsichtbar«, sagte Yulivee darauf.

Mandred legte den Kopf in den Nacken und lachte laut. »Siehst du! Die weiß schon, was sie tut.«

Farodin sah sie eindringlich an. »Du kannst dich unsichtbar machen?«

Yulivee winkte ab. »Das ist doch leicht.«

Nuramon mischte sich nun wieder ein. »Der Dschinn hat ihr einiges beigebracht.«

Farodin musterte das Mädchen. »Nun gut, dann soll sie bei uns bleiben«, sagte er schließlich. Lächelnd drohte er Nuramon mit dem Zeigefinger. »Aber du bist für sie verantwortlich!«

»Einverstanden. Doch nun erzählt mir, was euch die Hüter des Wissens gesagt haben.«

Farodin nickte und begann seinen Bericht. Sie hatten ihn auf zwei wichtige Bücher über die Kunst des Suchzaubers hingewiesen. Und er war zuversichtlich, sein Können auf diesem Gebiet der Magie zu vervollkommnen. Auch über Albensteine hatten sie gesprochen und darüber, dass es irgendjemanden gab, der in den letzten Jahrhunderten einen dieser Zaubersteine benutzt hatte, um neue Pfade in das Netz der Alben zu weben. Einen solchen neuen Pfad hatten sie aufgespürt, als sie zum ersten Mal die Bibliothek besuchten. Offenbar waren auch anderen Reisenden diese neuen Pfade aufgefallen. Sie hatten etwas Fremdes an sich, was freilich daran liegen mochte, dass sie ganz neu in ein jahrtausendealtes Wegenetz gezogen worden waren. Auf jeden Fall war ihre Existenz der Beweis dafür, dass es mehr als nur Emerelles Albenstein gab.

Nachdem Farodin geendet hatte, erzählte nun Nuramon seinerseits von der Begegnung mit Reilif. Die Gefahr, von der der Hüter des Wissens gesprochen hatte, sorgte bei seinen Gefährten für besorgte Mienen. Schließlich erzählte Nuramon von dem Hinweis des Dschinns auf den verschwundenen Feueropal.

»Aber wo sollen wir der Krone habhaft werden? Was du da beschreibst, hilft mir kaum, eine sichere Spur zu finden«, gab Farodin zu bedenken.

»Schau dir das an!« Nuramon öffnete das Buch, das ihm der Dschinn gegeben hatte, und schlug die Seite auf, die er sich zuvor angesehen hatte. »Das hier ist die Krone des Maharadschas von Berseinischi.«

Farodin betrachtete das Bild und nickte tief in Gedanken. »Das ist eine gute Spur, Nuramon.«

Die kleine Yulivee stand auf Zehenspitzen am Tisch, um in den Band sehen zu können. »Aber welchen Weg nehmen wir? Folgen wir dem jüngeren Albenpfad und suchen diesen Wegeschöpfer, oder finden wir den Feueropal?«, fragte sie.

»Du hast gut aufgepasst. Genau das ist die Frage«, erwiderte Nuramon.

»Ich denke, wir sollten den Feueropal suchen«, schlug Mandred vor. »Es ist bestimmt leichter, eine verschollene Krone zu finden und an uns zu bringen, als irgendjemandem einen Albenstein wegzunehmen.«

Farodin schlug das Buch zu. »Mandred hat Recht. Ich bin mir sicher, dass ich mit meinem Zauber diese Krone finden werde. Wir wissen ungefähr, wo sie ist, und wir wissen, wie sie aussieht. Das sollte genügen! Dürfen wir das Buch behalten?«

»Ja«, antwortete Nuramon.

»Dann lasst uns auf die Suche nach dem Albenstein gehen!« Zum ersten Mal, seit sie Noroelles Insel verlassen hatten, wirkte Farodin wieder voller Tatendrang.

Nuramon war erleichtert. Er erinnerte sich an ihren letzten Abschied von Iskendria. Damals hatten sie sich im Streit getrennt. Jetzt war alles anders. Sie würden als Gemeinschaft ausziehen, mit einer kleinen Gefährtin an ihrer Seite.

BRIEF AN DEN GROSSEN PRIESTER

Bericht über die Umtriebe in Angnos und im Aegilischen Meer

Werter Vater Therdavan, Ihr Glaubenskönig auf Erden, von Tjureds Hand so weise eingesetzt,

Eurem Wunsch gemäß sende ich Euch Nachricht von den Umtrieben in Angnos und dem Aegilischen Meer. Wie überall, wo wir im Sinne der Mission hingelangen, gibt es zwei Schwierigkeiten.

Die eine ist, dass jene Orte, die uns heilig sind, von Albenkindern entweiht sind. Viele von ihnen kämpfen bis aufs Blut, wie jeder, der um Haus und Hof kämpft. Doch durch unsere überlegene Strategie und die Opferbereitschaft unserer Ritter haben wir nie einen Kampf verloren. Es gibt nur wenige Orte, die wir länger belagern müssen, bis wir auf die andere Seite durchbrechen und jenen Boden, der nur unserem Gott bestimmt ist, von den dämonischen Albenkindern befreien. Möge Tjured die Alben verfluchen!

Die zweite Gefahr für unser Vorhaben sind die Ungläubigen, all jene, die zu den anderen Göttern beten. Tjured sei Dank, dass der schreckliche Balbarkult ausgerottet ist. Eure Visionen entsprachen der Wahrheit. In den Katakomben von Iskendria fanden wir das steinerne Herz des Kultes. Balbar war nichts weiter als ein Steingeist, von den Albenkindern zum Leben erweckt.

Der Arkassakult verlor seine Bedeutung, als die Leute die Wunder des Tjured gewahrten. Eure Entscheidung, die Hohepriester von den Belagerungen der Albensterne abzuziehen und stattdessen dem Volk von Angnos die Macht des Tjured zu zeigen, hat den Arkassakult hinfortgespült.

Es gibt nur eines, was mir Sorgen bereitet. Zwar mag man es im Augenblick noch kaum als große Gefahr betrachten, doch könnte es womöglich zu einem wahren Problem heranwachsen. Ich habe von vielen Orten rings ums Aegilische Meer die Nachricht erhalten, dass berittene Elfenkrieger unsere Gotteshäuser schänden. Erst gestern ereilte mich die Botschaft, dass in Zeilidos der Tempel gebrannt habe. Außerdem vermissen wir einige der Schiffe, die nach Iskendria übersetzen sollten. Die Überlebenden berichteten von Elfen, die sie angegriffen hätten. Noch sind dies nur Nadelstiche, doch am Ende mag auch aus diesem derzeit gering einzuschätzenden Widerstand eine große Rebellion erwachsen.

Ich möchte damit nicht die Behauptung aufstellen, dass die Heere von Albenmark sich langsam in Bewegung setzten. Doch fürchte ich, dass die Albenkinder, die an den heiligen Orten leben, erfahren haben, dass wir früher oder später gegen sie vorzugehen gedenken. Es ist auch nicht auszuschließen, dass die plündernden Elfenreiter sich aus Flüchtlingen befreiter Heiligtümer zusammensetzen.

Als Letztes möchte ich Euch auf eine Nachricht unserer Spione aufmerksam machen. Sie haben herausgefunden, dass sich die Drusner tatsächlich erneut auf einen Krieg vorbereiten. Sie gehen davon aus, dass Ihr als Nächstes Euer Augenmerk auf sie richten könntet. Ihr Versuch, eine Rebellion in Angnos zu entfachen, ist gescheitert. Es gibt zwar Berichte über Elfen, die von Angnos nach Drusna zogen, doch diese sind nicht hinreichend gesichert. Ihr habt mich um meinen Rat gefragt, und ich schlage Folgendes vor: Lasst die Drusner ihren Krieg vorbereiten. In der Zwischenzeit stärken wir die Befestigungen in den Bergen von Angnos. Bisher waren wir immer die Angreifer, und nie haben wir verloren. Doch in Drusna hätte sich beinahe das Blatt gewendet. Es war ein Entschluss größter Weisheit, sich nicht in die Wälder von Drusna zu wagen, sondern rechtzeitig den Rückzug zu befehligen. Sonst wäre unserem Heer geschehen, was einst dem heiligen Romuald widerfuhr. Wir können die Drusner nur schlagen, wenn wir ihre Macht auf unserem Boden brechen. Dann steht uns alles offen. Lasst sie angreifen und uns die Verteidiger sein. Sie werden sich an den steinigen Hängen die Füße blutig laufen. Was die Nordmänner aus dem Fjordland angeht, so sehe ich keine Gefahr in ihnen. Sie sind Barbaren ohne Verstand, und sie haben keine Verbündeten. Wenn die Zeit gekommen ist, wird uns das Fjordland zufallen, so wie eine reife Frucht vom Baume fällt …

AUSZUG EINES BRIEFES DES ORDENSFÜRSTEN
GILOM VON SELESCAR AN THERDAVAN,
DEN ORDENSKÖNIG UND GROSSEN PRIESTER DES TJURED

DIE WÄLDER VON DRUSNA

Von Iskendria aus waren Nuramon und seine Gefährten einem bekannten Albenpfad ins westliche Angnos gefolgt, um von dort auf dem Landweg weiter nach Drusna zu reisen. Dabei hatten sie die Menschen gemieden und weit abseits von Dörfern, Städten und Straßen das Gebirge überquert. Schließlich waren sie bis in die Wälder von Drusna vorgedrungen.

Der Wald schien sich schier endlos zu erstrecken. Selten tat sich eine Lichtung auf. Nuramon erinnerte die Gegend an die Wälder von Galvelun, durch die er einst gereist war, denn wie dort auch mussten sie Wölfe fürchten. Von den braunen Drachen, die es in Galvelun gab, hatten sie zum Glück hier noch nichts gesehen. Mandred behauptete zwar, es gäbe Drachen in der Menschenwelt, doch Nuramon zweifelte daran, zumal die Geschichten des Jarls überaus fragwürdig klangen.

Schon seit Tagen bereisten sie ein Waldstück, das offenbar einmal der Schauplatz einer großen Schlacht gewesen war. Sie hatten verrostete Helme und Schildbeschläge gefunden, ebenso Schwerter und Speere. An manchen Findlingen lagen zerschlagene Rüstungen und Menschenknochen zu schaurigen Opferstätten geschichtet.

Während Farodin sie wie gewohnt anführte, saß Yulivee als Einzige im Sattel. Sie mochte Felbion, und das Pferd schien auch Gefallen an dem Mädchen gefunden zu haben. Für Yulivee war die Reise ein einziges Abenteuer. Jedes Tier und jede Pflanze betrachtete sie mit einer Neugier, die selbst Nuramon verblüffte.

»Wann sind wir da?«, fragte sie gewiss zum fünfzigsten Mal an diesem Tag.

Mandred grinste. Wahrscheinlich stellte er sich die gleiche Frage. Immerhin hatte Farodin gestern Mittag gesagt, sie würden noch vor Sonnenuntergang den Ort erreichen, zu dem ihn sein Zauber zog. Doch nun war ein neuer Tag angebrochen, und sie waren in ein feuchtes Waldstück gekommen, das zwischen zwei größeren Sumpfgebieten lag.

Farodin ignorierte die Frage des Kindes.

So wandte sich Nuramon an Yulivee. »Für jedes Mal, das du fragst, werden wir einen Tag länger brauchen.«

Die Kleine schwieg.

»Langsam wird mir dieser Ort unheimlich«, murrte Mandred. »Wölfe! Schön und gut! Denen gerben wir schon das Fell. Aber dieser elende Sumpf! Wir werden hier noch alle in einem bodenlosen Schlammloch verschwinden!«

Farodin atmete seufzend aus. Es war offensichtlich, dass er langsam die Geduld verlor. Er beschleunigte seine Schritte, um ein wenig Abstand zwischen sich und die anderen zu bringen.

»Wenn du dir Sorgen machst, dann solltest du auf deine Stute steigen«, sagte Nuramon leise zu Mandred. »Sie wird dich sicher führen.«

Der Jarl ließ sich dies nicht zweimal sagen und stieg auf.

Nuramon ging unterdessen zu Farodin; er wollte ihn fragen, was nicht stimmte, denn noch nie hatte der Elf ihn auf eine falsche Fährte geführt. Doch seit Tagen schien ihn etwas zu verwirren. Vielleicht spürte er ein weiteres Sandkorn in der Nähe. Oder etwas störte den Suchzauber, mit dem er der Krone nachspürte.

»Was ist los, Farodin?«, fragte Nuramon ihn.

»Ich hatte nicht mit dem Sumpf gerechnet. Und außerdem …« Ruckartig blickte Farodin zurück.

»Was ist?«

Der Elf beruhigte sich und schüttelte den Kopf. Dann massierte er sich die Stirn. »Da hat etwas aufgeblitzt, das meinen Zauber störte.« Er deutete in den Sumpf zu ihrer Rechten. »Ich sehe dort hinten die Spur, sie führt wie eine Tierfährte vorbei. Doch irgendetwas stimmt mit ihr nicht. Sie ist nicht klar genug. Außerdem habe ich immer wieder das Gefühl, dass hier irgendwo ein Sandkorn ist.«

»Vielleicht befindet es sich in einem Sumpfloch.«

»Nein, es ist fast so, als trüge der Wind es schon seit Tagen durch den Wald. Wenn ich es nicht besser wüsste, würde ich sagen, dass wir verfolgt werden.«

»Ich kümmere mich darum«, entgegnete Nuramon und kehrte zu Mandred und Yulivee zurück.

Mandred nickte, doch Yulivee beachtete ihn kaum. Sie war damit beschäftigt, sich ihre kleine Faust ans Auge zu halten.

Nuramon beschlich ein Verdacht. Er trat an Felbions Seite. »Was hast du denn da?«, fragte er Yulivee.

Das Mädchen senkte den Arm, behielt die Hand aber geschlossen. »Nichts«, antwortete sie.

»Du hast da doch etwas in der Hand«, setzte Nuramon nach.

»Nur ein Glühwürmchen.«

Nuramon konnte nicht anders, als zu lächeln. »Ich ahne schon, was für ein Glühwürmchen das ist ... Farodin!«

Die kleine Elfe spitzte die Lippen und schien zu überlegen, was sie nun tun sollte, als Farodin zu ihnen trat.

»Mach die Hand auf!«, sagte Nuramon zu Yulivee.

Das Mädchen öffnete die Hand.

»Nichts!«, sagte Mandred leichthin.

Nuramon aber sah, dass dort ein einzelnes Sandkorn lag. »Ein sehr kleines Glühwürmchen«, meinte er.

Farodin schien eher verblüfft als verärgert zu sein. »Du? Du warst das?« Er schüttelte den Kopf. »Hast du mir etwa ein Sandkorn aus dem Fläschchen genommen?«

»Nein, nein«, sagte Yulivee schnell. »Ich habe nichts gestohlen.«

»Woher willst du es sonst haben?«, setzte Farodin nach.

»Erinnerst du dich an die Nacht, als du ausgezogen bist, weil du ein Sandkorn gespürt hast? Da bin ich auch losgegangen. Und ich war schneller als du.«

»Sie ist sehr geschickt«, erwiderte Farodin. »Sie tischt uns ein Märchen auf, für das sie sich entschuldigen muss, nur um eine schlimmere Tat zu verbergen.«

»Ich habe nichts gestohlen«, wiederholte Yulivee. »Wenn du willst, dann kannst du ja deine Körner nachzählen.«

»Ich soll dir glauben, dass du das Sandkorn gefunden hast? Wie willst du das getan haben?«

Yulivee grinste frech. »Ich kann zaubern, hast du das schon vergessen?«

Nuramon mischte sich wieder ein. »Aber wer hat dir den Suchzauber beigebracht?«

»Farodin!«, antwortete Yulivee.

»Das habe ich nicht!«, entgegnete Farodin zornig.

Nuramon legte den Kopf schief. »Sag die Wahrheit, Yulivee!«

Mandred klopfte dem Mädchen leicht auf die Schulter. »Ich glaube der kleinen Zauberin.«

Yulivee standen die Tränen in den Augen. »Es tut mir Leid. Hier ...« Sie hielt Farodin das Sandkorn hin. Es schwebte in seine Hand. Dann holte er das Fläschchen hervor und ließ das Sandkorn hineinfallen.

Tränen rannen über Yulivees Wangen. »Ich wollte doch bloß auch mal etwas finden. Nur deswegen habe ich mir den Zauber abgeschaut.«

»Das kannst du?«, fragte Nuramon.

»Ja, und dann habe ich das Sandkorn vor Farodins Blicken geschützt. Ich wollte es mir doch nur ansehen. Es tut mir so Leid!«

»Hör auf zu weinen, Yulivee«, sagte Farodin leise. »Ich bin es, der sich entschuldigen muss. Ich habe dich wohl zu Unrecht für eine Diebin gehalten.«

»Die Kleine lässt euch ziemlich dumm aussehen, meine Freunde! Dafür darfst du nachher mit mir jagen gehen.«

Schon lächelte Yulivee wieder. »Wirklich?«

»Natürlich nur, wenn Nuramon es erlaubt.«

»Darf ich?«, fragte sie. »Bitte lass mich jagen gehen!«

»Na schön, aber du bleibst in Mandreds Nähe«, entgegnete Nuramon.

Yulivee brach in überschwänglichen Jubel aus.

Farodin und Nuramon gingen kopfschüttelnd voraus. Als sie außer Hörweite der beiden anderen waren, sagte Farodin:

»Die Kleine ist begabt. Bei allen Alben! Wie kann sie einen Zauber so einfach nachahmen?«

»Yulivee ist die Tochter einer Zauberin. Hildachi war ihr Name. Und sie stammt aus der Sippe des Diliskar und ist damit eine direkte Nachfahrin der ersten Yulivee. Die Magie ist stark in ihrer Sippe. Außerdem hat der Dschinn sie unterwiesen. Er warnte mich, sie zu unterschätzen.«

»Sie wäre eine gute Schülerin für Noroelle«, sagte Farodin ein wenig schwermütig. »Wenn wir die Krone haben und zu Noroelles Tor gesprungen sind, dann mag sie uns mit ihren kleinen Händen eine große Hilfe sein.«

»Hast du die Schmerzen vergessen? Ich möchte nicht, dass das Kind solche Qualen leidet. Wenn wir erst einmal den Albenstein haben, dann bin ich gern bereit zu warten und Yulivee selbst entscheiden zu lassen, ob sie uns bei diesem Zauber zur Seite stehen will.«

Farodin antwortete nicht, sondern schaute voraus. »Wir sind da! Da vorne! Neben der Buche muss es sein.«

Während sie sich dem Baum näherten, dachte Nuramon daran, wie schnell alles vorüber sein mochte, wenn sie erst die Krone gefunden hätten und der Feueropal noch existierte. Sie würden lernen, den Stein zu beherrschen. Dann endlich mochte es ihnen gelingen, Noroelle zu befreien.

Sie erreichten den Baum, der umgeben von blassem Gras am Rand eines Sumpflochs stand.

»Hier ist es!«, erklärte Farodin und starrte in das schlammige Wasser. »Irgendetwas stimmt nicht.«

»Ist sie da drin?«, fragte Mandred und deutete auf das Sumpfloch. »Nehmen wir mein Seil! Dann müssen wir nur noch auslosen, wer sich schmutzig macht.«

»Ich!«, rief Yulivee.

»Von wegen!«, gab Nuramon zurück.

»Ist ja auch egal, denn da unten werdet ihr den Feueropal nicht finden«, setzte die kleine Elfe nach.

Nuramon lächelte. »Und woher weiß unser altkluges Mädchen das?«

Farodin berührte Nuramon am Arm. »Die Kleine hat Recht. Die Krone ist nicht hier.«

»Wie bitte?«, fragte Nuramon. »Welcher Spur sind wir dann gefolgt?«

Farodin fasste sich an den Kopf. »Ich Narr!«

Mandred mischte sich ein. »Würde mir irgendjemand erklären, was für eine Scheiße hier gerade gekocht wird?«

»Mir ist es nicht gegeben, es in so anmutigen Worten zu erklären, wie du sie für deine Frage gefunden hast«, begann Farodin. »Doch die Krone ist nicht hier! Hier ist …« Er hob verzweifelt die Hände. »Stell dir vor, du legst deine Axt in den Schlamm und nimmst sie wieder auf. Es bleibt ein Abdruck zurück. Hier ist es ähnlich. Die Krone hat sehr lange in diesem Sumpfloch gelegen und einen unauslöschlichen Abdruck im magischen Gefüge der Welt hinterlassen. Dieser Abdruck ist so stark, dass ich ihn mit meinem Suchzauber für die Krone gehalten habe.« Farodin schloss kurz die Augen. »Es gibt zwei magische Fährten, die von diesem Ort wegführen. Auf der einen sind wir gekommen, und diese ist fast verblasst. Die andere aber ist noch frisch.« Er deutete voraus. »Wir werden dieser Spur weiter folgen müssen. Dann gelangen wir zur Krone.«

»Und warum haben die Dschinnen die Krone nicht längst gefunden, wenn sie eine Spur hinterlässt?«, fragte Yulivee.

Farodin lächelte. »Vielleicht vermögen Elfenaugen ein paar Dinge zu sehen, die selbst den Dschinnen verborgen bleiben. Sie hätten sich bei ihrer Suche Hilfe holen sollen.«

Er ging voraus und winkte den anderen, ihm zu folgen.

Nuramon machte sich auf den Weg. Auch wenn Farodin kein großes Aufhebens um seine Fähigkeiten machte, war er sich sicher, dass kein anderer sie bis hierher hätte führen können. Er hätte viel darum gegeben, Farodins Fähigkeit zu erlangen. Lange hatte er sich an dem Zauber versucht, doch er hatte nicht einmal die Grundlagen gemeistert. Umso mehr überraschte es Nuramon, dass Yulivee sich damit so leicht tat.

Plötzlich hielt Farodin an und deutete auf einen großen, efeubewachsenen Findling, der vor ihnen auf einer Lichtung lag. Es dauerte einen Augenblick, bis Nuramon bemerkte, was es mit dem Ort auf sich hatte. Er war so tief in Gedanken versunken, dass er blind für die veränderte Magie des Waldes gewesen war. Auf der Lichtung kreuzten sich sechs Albenpfade. Nuramon begann den Torzauber, ohne ein Tor erschaffen zu wollen. Es ging ihm allein darum, die Pfade des Albensterns näher zu betrachten. Bald hatte er sich ganz auf den Zauber eingestimmt. Und was er sah, entsetzte ihn. Alle Pfade leuchteten in einem hellen Licht. Es waren neu erschaffene Albenpfade.

»Die Spur der Krone endet hier«, sagte Farodin stockend.

»Nein!«, rief Nuramon und ließ den Albenstern vor seinen Augen verblassen. Das durfte nicht wahr sein! Sie waren so nahe daran gewesen, den Opal zu finden, und nun sollte er fort sein? »Irgendwer muss die Krone geholt, sie hierher gebracht und dann den Stein dazu verwendet haben, um einen Albenstern zu schaffen.«

»Da ist noch etwas«, entgegnete Farodin bedrückt. »Die Krone, oder genauer der Feueropal, hat ein magisches Muster hinterlassen. Eine Spur, der wir hierher gefolgt sind. Ich finde dieses Muster in den Albenpfaden nicht wieder. Sie sind anders.«

»Wie meinst du das?«, fragte Nuramon.

»Diese Albenpfade haben nichts mit dem Opal in der Krone gemein. Ich kann erkennen, mit welchem Albenstein ein Pfad gezogen wurde. Diese hier unterscheiden sich vom magischen Muster der Krone, wie sich Feuer von Wasser unterscheidet.«

»Du bist dir also sicher, dass dieser Stern nicht mit Hilfe der Krone erschaffen wurde?«, fragte Nuramon.

»Ja«, erwiderte Farodin knapp.

»Dann ist jemand mit einem Albenstein bis hierher gekommen, hat sich die Krone geholt und ist wieder verschwunden.« Irgendwer sammelte offenbar Albensteine. Welche Macht mochte sich in dessen Händen befinden? »Wenn er den Feueropal und mit ihm die Dschinnenbibliothek hat, dann besitzt er das Wissen der Vergangenheit, der Gegenwart und der Zukunft. Ist es das? Können die Tjuredpriester aus Fargon deshalb zaubern?«

Mandred und Yulivee schwiegen.

Farodin aber antwortete: »Das würde erklären, wieso sie etwas über die Albensterne wissen. Ich schätze, wir haben keine andere Wahl, als einem der Pfade zu folgen.«

»Darf ich wählen?«, fragte Yulivee leise.

»Welchen würdest du nehmen?«, entgegnete Farodin.

Das Mädchen überlegte und deutete dann nach Osten. »Fargon liegt doch dort, oder?«

DAS GESICHT DES FEINDES

Nuramon schrie auf und verschwand in der Dunkelheit. Bevor Farodin zurückspringen konnte, zerriss der Weg unter ihm in Spiralen wirbelnden Lichts. Er hatte das Gefühl zu fallen. Die Pferde wieherten in Panik. Yulivee schrie. Plötzlich wich die Dunkelheit zurück wie ein Vorhang, der den Blick auf ein neues Bühnenbild freigibt.

Farodin stand in einem hohen Raum. Um ihn waren seine Gefährten versammelt. Murmeln und Rufe erklangen. Der Elf blickte auf. Sie befanden sich im Innern eines großen Turmes. Entlang der Wände verliefen Galerien, auf denen dicht gedrängt Menschen standen.

Ein dicker Mann in fließenden weißen Gewändern kam vorsichtig auf Farodin zu. Er hielt einen Anhänger mit einer goldenen Kugel hoch. Schweiß rann in dicken Perlen von seiner Stirn. Der Priester blinzelte nervös. »Weiche von uns, Dämonenbrut!«, rief er mit zittriger Stimme. »Dies ist das Haus Tjureds, er wird euch mit seinem Zorn verbrennen!«

Farodin hielt seinen Hengst am Zügel. Das große Tier keilte aus und versuchte dann den Priester zu beißen. »Ruhig, mein Schöner«, flüsterte der Elf. »Ruhig.« Farodin hatte keine Ahnung, was sie vom Albenpfad abgebracht und hierher verschlagen hatte. Er wollte keinen Ärger. Er wollte nur hier heraus. Schnell sah er sich um. Der Kirchenbau war von innen weiß verputzt. Über einem Altarstein hing ein Banner mit einem schwarzen toten Baum auf weißem Grund. Farodin erinnerte sich, dieses Wappen schon bei den Ordensrittern, die Iskendria erobert hatten, gesehen zu haben.

»Wie hat dieser jämmerliche Fettsack es geschafft, uns von dem Albenpfad herunterzureißen?«, fragte Mandred auf Fjordländisch. »Ist er ein Magier?« Er deutete in Richtung des Priesters. Nun sprach er in der Zunge von Fargon, und das so laut, dass ihn gewiss jeder im Tempel verstehen konnte. »Geh mir aus dem Weg, Dickwanst, oder ich lege dir deinen Kopf vor die Füße!«

Der Priester wich ängstlich zurück. »Helft mir, meine Brüder und Schwestern! Vernichtet dieses Dämonengezücht!« Er schlug ein Zeichen über seiner Brust und begann zu singen: *»Kein Arg kann mich berühren, denn ich bin Tjureds Kind. Keinen Kummer werd ich spüren …«*

Die anderen Gläubigen fielen in den Gesang ein. Auf den Galerien gab es Bewegung. Farodin hörte Schritte auf verborgenen Treppen. »Raus hier!«, rief der Elf. Er stieß den Priester zur Seite und hielt auf das Portal zu, das offensichtlich der Ausgang des Tempels war. Über den beiden Flügeltüren hing ein großes, auf Holz gemaltes Heiligenbild. Es war stümperhaft ausgeführt wie die meisten Arbeiten der Menschen. Die Augen waren viel zu groß, die Nase wirkte unecht, und doch haftete dem Bild etwas Vertrautes an.

Neben Farodin schlug klirrend ein Messer auf den steinernen Boden. »Bringt sie um!«, rief eine sich überschlagende Männerstimme. »Es sind Dämonenkinder! Sie haben einst den heiligen Guillaume ermordet, der gekommen war, uns alle zu erlösen!«

Ein wahrer Hagel von Geschossen prasselte nun von den Galerien: Mützen, schwere Geldbeutel, Messer, Schuhe. Eine hölzerne Bank verfehlte Yulivee nur knapp. Farodin hob schützend die Arme über den Kopf und rannte auf den Eingang zu. Mandred hielt sich dicht an seiner Seite. Vor dem Tempeltor öffneten sich rechts und links zwei kleine Türen. Von hier aus mussten wohl Treppen hinauf auf die Galerien führen. Ein stattlicher Mann kam aus der linken Tür. Mandred streckte ihn mit einem einzigen Fausthieb nieder.

Farodin stieß das Tempeltor auf. Eine breite Treppe führte hinab auf einen gepflasterten Marktplatz. Nuramon hatte Yulivee auf den Arm genommen und drängte ins Freie. Hoch über ihnen erklang Glockengeläut. Mandred hielt seine Axt drohend erhoben. Rückwärts ging er neben Farodin, der die

Pferde führte, über die Treppe auf den Platz. Niemand wagte es, in die Nähe des rothaarigen Hünen zu kommen. Aus dem Tempel drang vielstimmiges Geschrei.

Die Gefährten sprangen auf die Pferde. Nuramon deutete auf die breiteste Straße, die vom Marktplatz fortführte. »Da entlang!«

In halsbrecherischem Tempo trieben sie die Pferde über das Pflaster. Hohe, bunt bemalte Fachwerkhäuser säumten ihren Weg. Nur wenige Menschen waren unterwegs. Offenbar hatte sich die ganze Stadt im Tempel versammelt. Farodin blickte zurück. Erste Verfolger hatten sich auf den Marktplatz gewagt. Mit drohend erhobenen Fäusten schrien sie ihnen ihre Flüche hinterher. Vor dem riesigen Tjuredtempel wirkten sie lächerlich klein. Wie ein massiger, runder Turm ragte er hinter ihnen auf. Auch von außen hatte man ihn ganz mit weißer Farbe getüncht. Sein Kuppeldach glänzte hell in der Sonne, so als wäre es mit Platten aus lauterem Gold beschlagen.

»Dort entlang!«, rief Mandred. Er hatte die Stute gezügelt und deutete in eine Seitengasse, an deren Ende man ein Stadttor sehen konnte.

»Im Schritt«, befahl Nuramon. »Wenn wir wie von Wölfen gehetzt auf das Tor zupreschen, dann schließen sie es am Ende noch.«

Farodin hatte Mühe, seinen unruhigen Hengst unter Kontrolle zu halten. Nuramon, der Yulivee vor sich im Sattel hatte, ritt voran. Hinter ihnen kam das Geschrei der aufgebrachten Tempelbesucher nur langsam näher. Keiner der unbewaffneten Bürger schien sie wirklich einholen zu wollen.

Ein Mann in weißem Waffenrock stellte sich breitbeinig in das Tor. »Wer seid ihr?«, rief er sie schon von weitem an.

Farodin bemerkte hinter den Schießscharten des Torturms eine Bewegung. Vermutlich Armbrustschützen. Ein paar Schritt noch, und sie wären im toten Winkel für die Schützen. Doch sobald sie das Tor hinter sich ließen, könnte man ihnen in den Rücken schießen. Sie durften sich nicht einfach durchschlagen, auch wenn es ein Leichtes gewesen wäre, den einzelnen Wächter niederzureiten. Sie mussten die Torwachen täuschen!

»Drüben beim Tempel hat es einen Aufruhr gegeben«, rief er dem Wächter zu. »Dort brauchen sie jeden Krieger!«

»Einen Aufruhr?«, fragte der Mann misstrauisch. »Das hat es noch nie gegeben.«

»Glaub mir! Dämonenkinder sind plötzlich in den Tempel eingedrungen. Ich habe sie mit eigenen Augen gesehen. Hörst du nicht das Geschrei? Sie setzen den Gläubigen nach und treiben sie wie Vieh durch die Straßen!«

Der Krieger blickte mit zusammengekniffenen Augen zu ihm auf und wollte gerade zu einer Antwort ansetzen, als ein Trupp Gläubiger am Ende der Gasse erschien. Sie hatten sich mit Knüppeln und Heuforken bewaffnet. »Da kommen sie«, sagte Farodin ernst. »Sie alle sind besessen, fürchte ich.«

Der Wachmann griff nach seiner Hellebarde, die neben dem Tor lehnte. »Alarm!«, schrie er aus Leibeskräften und winkte den Männern, die verborgen hinter den Schießscharten standen. »Ein Aufstand!«

»Rette deine Seele«, rief Farodin. Dann gab er seinen Gefährten ein Zeichen, und sie preschten durch das Stadttor davon. Niemand sandte ihnen einen Bolzen hinterher.

Sie flohen eine staubige Straße entlang, die zwischen goldenen Kornfeldern verlief. Im Westen stieg das Land in sanften Hügeln an. Dort gab es breite Waldstreifen zwischen grünen Weiden.

Nach etwas mehr als einer Meile verließen sie die Straße und ritten querfeldein. Eine Schafherde stob blökend vor den donnernden Hufen der Pferde auseinander. Endlich erreichten sie einen Wald. Im Schutz des Dickichts verharrten sie.

Farodin blickte zurück zur Stadt. Ein kleiner Trupp Reiter war auf der Straße zu sehen. Bis zum ersten Wegkreuz ritten sie miteinander, dann trennten sie sich und stoben in alle Himmelsrichtungen davon.

»Boten«, brummte Mandred. »Bald wird jeder Ordensritter im Umkreis von hundert Meilen wissen, dass in diesem verdammten Tempel Dämonenkinder erschienen sind.« Er wandte sich an Nuramon. »Was, bei der Schlachtaxt Norgrimms, ist eigentlich geschehen? Warum waren wir plötzlich mitten in diesem Tempel?«

Der Elf breitete hilflos die Arme aus. »Ich kann mir das nicht erklären. Wir hätten in einen Albenstern treten sollen, um von dort einen anderen Pfad zu nehmen. Es war so, als hätte man mir den Boden unten den Füßen weggezogen. Ich konnte fühlen, dass in dem Albenstern alle Pfade wie abgestorben waren.«

»Abgestorbene Pfade?«, fragte Mandred. »Was ist das für ein Unsinn?«

»Die Magie ist lebendig, Menschensohn«, mischte sich Farodin ein. »Du spürst die Pfade pulsieren, als wären sie die Adern dieser Welt.«

»War es vielleicht das komische Haus, das die Menschen gebaut haben?«, fragte Yulivee schüchtern. »Es war unheimlich, auch wenn es ganz weiß war. Da war etwas, das zerrte an mir ... In mir ... Etwas wollte mir meine Magie wegnehmen. Vielleicht war es dieser tote Baum oder der Mann mit den großen Augen.«

»Ja, der Mann auf dem Bild.« Nuramon drehte sich im Sattel um und blickte zu Farodin. »Ist dir etwas an dem Bild aufgefallen?«

»Nein, außer vielleicht, dass es nicht gerade ein bemerkenswertes Kunstwerk war.«

»Ich fand, der Mann sah aus wie Guillaume«, sagte Nuramon entschieden.

Farodin schnitt eine Grimasse. Das war albern! Warum sollte jemand ein Bild von Guillaume in einem Tempel verwahren?

»Du hast Recht«, stimmte Mandred zu. »Jetzt, wo du es sagst! Der Kerl sah wirklich aus wie Guillaume.«

»Wer ist Guillaume?«, fragte Yulivee.

Nuramon erzählte ihr vom Devanthar, während sie langsam tiefer in den Wald ritten.

»Guillaume war also ein Mensch, der einem die Magie wegnehmen konnte, wenn er zauberte?«, fragte Yulivee, nachdem Nuramon geendet hatte.

»Kein Mensch«, berichtigte sie Farodin. »Er war zur Hälfte ein Elf und zur Hälfte ein Devanthar. Menschen beherrschen keine …« Er hielt inne. Nein, das stimmte nicht mehr! So war es gewesen, so lange er denken konnte, doch die Ereignisse in Iskendria hatten bewiesen, dass zumindest die Mönche des Tjuredkultes zaubern konnten.

»Ohne Magie wären die bösen Ritter doch nicht nach Valemas gekommen«, sagte Yulivee traurig. »In dem Tempel hat es sich so angefühlt, als wollte mir jemand meine Magie wegnehmen. Wohnt vielleicht Guillaumes Geist in dem Bild?«

»Guillaume war nicht böse«, beschwichtigte Nuramon sie. »Da gab es bestimmt keinen Geist.«

»Aber etwas wollte mir meine Magie stehlen«, beharrte die Kleine.

»Vielleicht ist es der Ort«, wandte Mandred ein. »Der Tempel selbst. Er stand doch genau über dem Albenstern, wenn ich dich richtig verstanden habe, Nuramon.«

»Das kann auch Zufall gewesen sein. Menschen errichten ihre heiligen Stätten gern dort, wo sich die Pfade der Alben kreuzen.«

Farodin rann ein eisiger Schauer über den Rücken. »Was ist, wenn sie die Albensterne bewusst vernichten? Sie trennen diese Welt damit von Albenmark. Sie hassen uns und nennen uns Dämonenkinder. Wäre es da nicht folgerichtig, wenn sie danach trachteten, alle Tore nach Albenmark zu verschließen? Überlegt doch … Sie haben die Tore in die Zerbrochene Welt durchstoßen und vernichten die Enklaven dort. Und die Tore nach Albenmark verschließen sie. Erkennt ihr nicht den Plan, der dahinter steht? Sie trennen die Welten voneinander. Und sie vernichten alle, die nicht Tjured folgen.«

Nuramon hob die Brauen und lächelte. »Ich muss mich schon sehr über dich wundern, Farodin. Wie kommt es, dass ausgerechnet du den Menschen auf einmal so viel zutraust? Du verachtest sie doch sonst.«

Mandred räusperte sich.

»Nicht alle, zugegeben«, schränkte Nuramon ein. »Aber noch etwas spricht gegen dich, Farodin. Jemand zieht neue Albenpfade und erschafft neue Sterne. Das passt nicht zu deinen Überlegungen.«

Die Worte klangen einleuchtend. Nur zu sehr wünschte sich Farodin, dass Nuramon Recht hatte! Und doch wollte der Zweifel nicht weichen. »Du kennst die Gegend hier?«

Nuramon nickte.

»Dann führe uns zum nächstgelegenen größeren Albenstern. Lasst uns sehen, ob auch dort ein Tempel steht.«

VERLOREN FÜR IMMER?

Farodin blickte durch die zerbrochenen Scheiben der Tempelruine zum Waldrand. Schon gestern war er überzeugt gewesen, dass er Recht behalten würde. Auf ihrem Weg durch das Hügelland hatten sie eine kleine Kapelle gefunden, die auf einem niederen Albenstern stand. Nur drei Pfade kreuzten sich hier, oder besser gesagt, sie hatten sich dort einmal gekreuzt, denn der Ort hatte all seine Magie verloren.

Mandred trat gegen einen rußgeschwärzten Balken, der knarzend zur Seite kippte. »Ist schon länger her. Dieser Tempel hier wurde vor mindestens einem halben Jahr niedergebrannt. Seltsam, dass sie ihn nicht mehr aufgebaut haben.«

»Warum sollten sie?«, entgegnete Farodin gereizt. »Schließlich hat er seinen Zweck erfüllt, oder nicht?« Er sah zu Yulivee. Das Mädchen hatte die Augen zusammengekniffen und zog eine Grimasse. »Es ist hier«, sagte sie leise. »Genau wie in dem anderen weißen Haus. Etwas will mir meine Magie stehlen. Es zieht an mir. Es tut weh!« Sie riss die Augen auf und rannte zum Portal.

Mandred folgte ihr auf einen Wink. Farodin hatte keine Ruhe, wenn die Kleine allein herumlief.

»Ich spüre dieses Ziehen nicht«, sagte Nuramon zweifelnd.

»Du glaubst ihr aber?«

Er nickte. »Sie hat ein feineres Gespür für Magie als wir. Daran besteht kein Zweifel. Genau so, wie außer Zweifel steht, dass es hier kein Tor mehr gibt, das nach Albenmark führt. Alle Magie ist aus diesem Ort gewichen.«

»Und es nutzte auch nichts, diese Tempel zu zerstören«, stellte Farodin nüchtern fest. »Wenn dem Ort einmal seine Magie genommen ist, dann kehrt sie nicht mehr zurück. Oder irre ich mich?«

Nuramon hob hilflos die Hände. »Woher wollen wir das wissen? Ich begreife nicht, was hier vor sich geht. Warum werden diese Tempel gebaut? Und wer war hier, um den Tempel zu zerstören? Warum wurde der Tempel danach aufgegeben und nicht wieder neu aufgebaut?«

»Zumindest die letzte Frage kann ich dir beantworten«, erwiderte Farodin kühl. »Dieser Ort liegt mitten in der Wildnis. Hier gibt es keine Stadt, nicht einmal ein Dorf. Der Tempel wurde einzig und allein gebaut, um den Albenstern zu zerstören. Und deshalb muss man ihn auch nicht wieder neu errichten. Er hat seinen Zweck erfüllt.«

»Vielleicht suchen manche Priester die Einsamkeit«, wandte Nuramon ein. »Dies ist ein wunderschöner Ort.« Er wies durch die zersplitterten Fenster hinab zu dem kleinen See.

»Nein! Hast du nicht gehört, was der dicke Priester rief? Wir sind Dämonenkinder! Wir haben den heiligen Guillaume erschlagen und die ganze Menschheit damit um ihre Erlösung gebracht!« Farodin lachte bitter. »Mehr lässt sich die Wahrheit wohl kaum verdrehen. Aber dir ist klar, was es für uns bedeutet? Die Priester haben schon etliche Königreiche unterworfen. Sie dringen bis in die Zerbrochene Welt vor und jagen Elfen und andere Albenkinder. Zu ihrem Glauben gehört, dass sie uns alle tot sehen wollen. Und wenn es ihnen nicht gelingt, nach Albenmark selbst zu gelangen, dann werden sie jedes Tor zerstören, das sie nur finden.«

»Wir wissen viel zu wenig, um solche Schlüsse zu ziehen«, wandte Nuramon ein. »Ausgerechnet du folgst deinem Herzen und nicht deinem Verstand! Was ist mit dir, Farodin?«

Es war nicht zu fassen! Offensichtlich wollte Nuramon einfach nicht begreifen, was all das hier zu bedeuten hatte. »Wir sind unsterblich, Nuramon. Wir sind es gewohnt, dass alles ewig dauern kann. Und doch läuft uns mit einem Mal die Zeit davon. Bist du denn blind, die Gefahr nicht zu sehen? Sie zerstören Albensterne! Was wird sein, wenn sie den Stern vernichten, der zu Noroelle führt? Oder schlimmer noch, sie dringen durch ihn in die Zerbrochene Welt vor und töten Noroelle!«

Nuramon runzelte die Stirn. Dann schüttelte er entschieden den Kopf. »Das ist Unsinn. Dieser Albenstern liegt am Ende der Welt. Dort gibt es keine Königreiche zu erobern. Wahrscheinlich leben dort nicht einmal Menschen. Warum sollten die Tjuredpriester sich dort hinbegeben?«

»Weil sie jeden Albenstern zerstören wollen! Sie führen Krieg gegen Albenmark, auch wenn sie keinen Fuß in unsere Heimat setzen. Wir können es uns künftig nicht mehr leisten, ein unsicheres Tor zu benutzen. Sieh dich um, Nuramon. Sieh, was in dieser Welt geschieht! Vor ein paar hundert Jahren wurde ein Priester ermordet, und nun beherrschen seine wahnsinnigen Nachfolger einen halben Kontinent. Stell dir vor, wir machen noch einmal einen Zeitsprung! Die Macht der Priester wächst immer schneller. Kannst du dir wirklich sicher sein, dass es den Albenstern, der uns zu Noroelle führen wird, in hundert Jahren noch geben wird?«

»Vielleicht hast du Recht«, gab Nuramon zu.

Farodin war zutiefst erleichtert, dass sein Gefährte endlich seine Sorge nachvollzog. »Wir sollten in Bewegung bleiben. Ich bin sicher, die Ordensritter haben die Suche nach uns noch nicht aufgegeben. Spähen wir sie aus, und dann holen wir uns den Albenstein und die Dschinnenkrone.«

Nuramon erbleichte. »Die Krone! Sie werden wissen, was wir planen! Die Dschinnenbibliothek birgt alles Wissen, auch das um die Zukunft!«

»Das mag wohl sein«, erwiderte Farodin gelassen, »aber offensichtlich sind die Tjuredpriester zu dumm, dieses Wissen zu erschließen. Wir hätten den Sprung in den Tempel kaum überlebt, wenn sie gewusst hätten, dass wir kommen werden. Nicht Gläubige, sondern Armbrustschützen hätten dann auf den Galerien gestanden. Sie haben keine Ahnung, was wir tun werden. Und niemand, der vernünftig denkt, würde auf die Idee kommen, dass ein jämmerliches Häuflein wie wir versuchen wird, ihnen ihre größten Schätze zu stehlen.«

»Zu zweit eine Trollburg anzugreifen reicht dir wohl nicht?«

Farodin grinste. »Man kann alles überbieten.«

EIN MORGEN IN FARGON

Die Dämmerung war gekommen, und die Vögel sangen ihr Morgenlied. Nuramon und Farodin standen am Rand des Hains, in dem sie die Nacht über gelagert hatten. Von hier aus konnten sie das umliegende Land gut überblicken. Im Norden sahen sie in der Ferne einen großen Wald, und nach Süden hin erstreckte sich Hügelland, das sich bis kurz vor Felgeres an der Küste hinzog.

Mandred schnarchte noch immer, und Yulivee hatte sich die Decke über den Kopf gezogen. Wahrscheinlich würde es wieder einmal schwierig werden, sie zu wecken.

»Lassen wir die beiden noch ein wenig schlafen«, meinte Farodin. »Gestern war ein schwerer Tag. Ich habe die Pferde schon gesattelt. Wir werden keine Zeit verlieren.«

Die Flucht vor den Ordensrittern hatte sie an die Grenzen ihrer Kraft getrieben. Sie waren so übermüdet gewesen, dass Nuramon bei seiner Wache kurz eingenickt war. Zum Glück war nichts geschehen, und keiner seiner Gefährten hatte etwas davon bemerkt.

In Fargon gab es keine Ruhe mehr für sie. Seit sie Guillaumes Bild in der Kirche gesehen hatten, war ihnen klar, wieso die Menschen die Albenkinder so sehr hassten. Es hatte in Aniscans begonnen. Es war ihre Schuld, und Nuramon konnte sich nicht damit abfinden, dass ihre guten Absichten diesen Hass geboren hatten. Sie hatten die Lügengeschichten schon damals gehört, aber nie hätte Nuramon für möglich gehalten, dass etwas derart Folgenreiches daraus erwachsen könnte. Die Königin hatte Recht behalten; ihr Versagen in Aniscans war der Same gewesen, aus dem dieses Übel entsprossen war.

»Was machen wir jetzt, Farodin?«, fragte Nuramon. »Wir können uns hier nicht mehr so bewegen wie früher. Überall diese Feindseligkeit und die Krieger!«

»Damit kommen wir zurecht«, entgegnete Farodin kühl und blickte zur aufgehenden Sonne.

»Du weißt, dass ich nur wenige Dinge als unmöglich erachte. Aber nach dem, was wir gestern gesehen haben, bin ich mir nicht mehr sicher.«

»Du meinst die Kontrollen?«

»Ja.« Sie hatten aus einem Versteck beobachtet, wie Ordensritter Reisende anhielten, um deren Ohren zu betrachten. Und weil ein Mann ein wenig spitze Ohren hatte, wurde er abgeführt. Dabei hatten sie nicht einmal entfernt Ähnlichkeit mit Elfenohren. Was war nur aus dem Glauben geworden, dem sich einst Guillaume verschrieben hatte? Die Tjuredpriester heilten die Menschen nicht mehr, sondern quälten sie.

»Du machst dir Sorgen um Yulivee«, sagte Farodin leise.

»Um sie, aber auch um uns. All die neuen Albenpfade machen mir Angst. Es kann kein Zufall sein, dass sie die großen Städte von Fargon verbinden.«

»Du hast Recht. Ein Mensch ist offensichtlich im Besitz eines Albensteins und der Dschinnenkrone. So abschreckend dies alles hier auf uns wirkt, es ist gewiss leichter, einem Menschen einen Albenstein wegzunehmen als einem Albenkind. Ich bin zuversichtlich, dass wir den Stein aufspüren werden.«

»Aber wundert es dich nicht, dass du keine Spur von der Krone findest?«

Farodin lächelte selbstsicher. »Wenn ich raten sollte, würde ich sagen, dass die Krone in der Hauptstadt ist.«

Nuramon schüttelte den Kopf. »Algaunis ist eine Festung. Du hast es selbst gesehen.«

»Welche Wahl haben wir sonst? Was sollen wir deiner Meinung nach tun?«

»Wir könnten uns Verbündete suchen. Erinnerst du dich an die Geschichten über die Elfenkrieger, die in Angnos und auf den Aegilischen Inseln gegen die Tjuredanbeter kämpften?«

»Das mögen am Ende nur Menschen sein. Und wie sollen die uns hier helfen?«

Nuramon ließ den Blick über das Hügelland schweifen.

»Auch hier muss es Feinde der Tjuredanbeter geben. Niemand wird diese Unterdrückung ewig hinnehmen. Und die Leben der Menschen sind kurz.«

»Aber die Menschen sind schwach.«

»Du irrst dich«, entgegnete Nuramon. »Ich war in Firnstayn und habe gesehen, dass sie nach Freiheit streben. Sie werden sich immer wieder auflehnen.«

»Vielleicht ist das an Orten wie Firnstayn so. Sie sind weit weg von all dem hier. Erinnere dich an Iskendria und diesen Balbar. Die Einwohner haben ihre Kinder geopfert. Diese Narren!«

Nuramon dachte mit Abscheu an ihren ersten Aufenthalt in Iskendria.

»Und denk auch an Aniscans! Was haben die Menschen damals getan, um Guillaume gegen die Krieger zu helfen? Am Ende haben sie uns sogar zu seinen Mördern erklärt.«

»Du hast wohl Recht. Doch wenn jemand einen kleinen Funken in ihnen entfachen könnte, dann ...« Er brach ab. Da war ein Geräusch wie fernes Donnergrollen.

»Ich höre es auch«, flüsterte sein Gefährte und schaute zu den Hügeln jenseits der Wiese.

Weiß gewandete Ordensritter preschten über eine ferne Hügelkuppe und verschwanden wieder aus dem Blickfeld. Sie strebten ihnen entgegen.

Farodin zögerte nicht länger. »Los! Weck du die anderen!«

Einen Herzschlag später war Nuramon an Mandreds Seite und schüttelte ihn wach. Der Jarl schreckte auf und griff nach seiner Axt.

»Reiter! Wir müssen los!«, erklärte Nuramon.

Der Firnstayner sprang auf und stopfte sich absurderweise in aller Eile die Reste des Abendessens in die Satteltaschen.

Nuramon tippte Yulivee an und erschrak. Was seine Finger berührten, war viel zu hart für den Rücken der kleinen Elfe. Er schlug die Decke zurück. Dort lagen nur Yulivees Bücher und ihr Beutel.

»Sieh nur, Nuramon!«, rief Farodin.

Nuramon sprang auf und lief an die Seite seines Gefährten, während Mandred die Satteltaschen auf seine Stute wuchtete. Farodin deutete voraus.

Dort war Yulivee. Sie kam die Böschung zur Wiese heruntergelaufen. Zwei Hügeltäler trennten die Reiter noch von ihr. Deutlich sah Nuramon das Morgenlicht auf ihren Lanzen funkeln. Er wandte sich an Farodin. »Ihr macht euch jetzt davon! Wartet am Waldrand auf uns!« Nuramon sprang in den Sattel und galoppierte davon.

Yulivee rannte schnell, war aber noch ein gutes Stück vom Hain entfernt. Die Reiter befanden sich irgendwo zwischen den Hügeln. Er konnte nur hoffen, dass er schneller war. Niemals würde er es sich verzeihen, wenn Yulivee ein Leid geschah.

Die kleine Elfe war beachtlich flink, doch als die Reiter die Böschung des letzten Hügels hinunterritten, wusste Nuramon, dass es knapp werden würde. »Schneller, Felbion!«, rief er. Etwa die Hälfte der Ordensritter war mit Lanzen bewaffnet, die sie nun drohend senkten. Die anderen hielten Schwerter in den Händen. Wie die Ritter, die sie gestern gesehen hatten, trugen die Krieger lange Kettenhemden und darüber weiße Wappenröcke. Auf ihren Schilden prangte der schwarze Baum des Tjured, die Eiche, an der Guillaume verbrannt worden war. Dieses Symbol durfte nicht auch noch das Ende Yulivees markieren.

Felbion lief so schnell er konnte. Er würde noch vor den Reitern bei Yulivee sein. Sie hielt sich tapfer und lief, ohne zurückzublicken. Dann geschah es! Yulivee stürzte …

Nuramon spürte, wie Felbion ohne ein Kommando noch schneller lief.

Die Lanzenspitzen der Reiter senkten sich tiefer.

Steh auf, dachte Nuramon verzweifelt. Als hätte sie seine Worte gehört, sprang die kleine Elfe auf. Doch sie machte den Fehler, zurückzublicken und gleichzeitig loszulaufen. Schon strauchelte sie.

Dann war Nuramon bei ihr und streckte ihr die Hand entgegen. Yulivee sprang hoch und griff seinen Arm. Nuramon zog sie vor sich in den Sattel. Als er den Blick auf seine Feinde richtete, wusste er, dass er Felbion nicht mehr rechtzeitig wenden könnte. Die Lanzen der Krieger zeigten auf ihn, die Schwertträger hielten die Klingen hoch erhoben.

Er musste es zumindest versuchen. Er wollte Felbion herumreißen, doch das Pferd lief einfach weiter und stürmte gegen die Krieger an. Nuramon wusste im ersten Augenblick nicht, wie ihm geschah. Yulivee schrie vor Angst und klammerte sich vor Nuramon in die Mähne des Pferdes.

Der Elf hatte gerade noch Zeit, Gaomees Schwert zu ziehen. Felbion wieherte, und die Pferde der Feinde wichen aus. Da schoss von der Seite die erste Lanze heran. Nuramon duckte sich und schützte gleichzeitig Yulivees Körper. Die Lanzenspitze sauste an seinem Kopf vorbei, ihr Schaft aber streifte ihn hart an der Schläfe. Von rechts kam ein Schwertstreich. Nuramon schaffte es gerade noch, die Klinge zu parieren. Dann war er an den Reitern vorbei.

Er stieß sein Schwert zurück in die Scheide. Da entdeckte er eine abgebrochene Schwertklinge, die durch das Sattelhorn gedrungen war. »Yulivee!«, rief er voller Angst. Die Kleine antwortete nicht. Nuramon beugte sich vor. Das Mädchen hatte das Gesicht in den Händen vergraben und zitterte.

Nuramon schüttelte sie an der Schulter.

Sie blickte zu ihm auf. »Leben wir noch?«, fragte sie mit weit aufgerissenen Augen.

»Geht's dir gut?«

»Mir ja, aber du hast eine schlimme Beule!«

Nuramon atmete erleichtert aus und tastete nur kurz nach seiner Schläfe. Der Lanzenschaft hatte ihm offenbar eine Schürfwunde zugefügt.

»Soll ich sie heilen?«

Nuramon fragte sie nicht, woher sie diesen Zauber gelernt hatte. Denn er kannte die Antwort. »Das darfst du später machen.« Er blickte über seine Schulter und sah, dass die Reiter gewendet hatten und ihnen nachsetzten.

Nuramon trieb Felbion auf die Hügelkette zu. Das Elfenross lief den Hang mit Leichtigkeit hinauf. Bevor sie auf der anderen Seite hinabritten, schaute Nuramon zurück und sah, dass die Menschenkrieger ein wenig an Boden verloren hatten. Kaum hatte er die Senke zwischen den Hügeln erreicht, lenkte er Felbion nach Westen und ritt im Schatten der lang gezogenen Hügelkette. Mehrmals blickte er über die Schulter zurück und wartete, dass die Krieger erschienen.

Da waren sie! Sogleich trieb Nuramon Felbion den Hügel wieder hinauf, um zurück zur Wiese zu gelangen. Er sah noch, wie die Reiter ihn bemerkten und auf der Hügelkuppe entlangritten, um ihm den Weg abzuschneiden. Doch wieder war Felbion schneller. Schon hatte Nuramon den Hügel hinter sich gelassen und strebte dem Hain entgegen, in dem sie ihr Nachtlager aufgeschlagen hatten.

Die Menschen verloren viel Zeit, als sie die Böschung hinabkamen. Ihre Pferde waren von der Jagd auf Yulivee erschöpft und am Hang einfach nicht so trittsicher wie Felbion. Als die Verfolger schließlich die Wiese erreichten, lagen gewiss hundert Schritt zwischen den Menschen und ihnen.

Yulivee streckte sich und sah an Nuramon vorbei zurück. »Wir haben es geschafft!«

Nuramon zog die kleine Elfe zurück in den Sattel. »Freu dich nicht zu früh!«, mahnte er. Gewiss, die Menschen würden Felbion niemals einholen, doch wer wusste schon, welche Gefahren noch vor ihnen lagen?

Sie passierten den Hain und hielten auf den großen Wald zu.

»Da!«, rief Yulivee und deutete voraus.

Am Waldrand warteten Farodin und Mandred zu Pferde und blickten ihnen entgegen. Sie hatten gewartet! Das sah Farodin gar nicht ähnlich.

Endlich setzten sich die beiden langsam in Bewegung und verschwanden im Wald. Sie ließen Nuramon und Yulivee zu sich aufschließen.

»Seid ihr verletzt?«, rief Mandred.

»Nein, sind wir nicht!«, antwortete Yulivee, ehe Nuramon etwas sagen konnte.

»Das war gut, Nuramon!«, sagte Farodin anerkennend.

Nuramon war überrascht. Komplimente aus dem Munde des Elfenkriegers war er nicht gewohnt.

Schweigend ritten sie durch den Wald. Obwohl ihre Pferde für Menschenaugen kaum Spuren hinterließen, wateten sie ein Stück durch einen Fluss und wagten sich sogar durch ein kleines Sumpfgebiet. Die Pferde hatten ein Gespür für festen Grund und führten sie sicher bis zum Waldrand.

Dort machten sie im Schutz der Bäume eine Rast.

Kaum hatte Nuramon Yulivee vom Pferd gehoben, wollte die Kleine schon wieder fortlaufen, um die Gegend zu erkunden.

Nuramon packte sie bei der Hand und hielt sie fest. »Halt! Nicht so schnell! Wir sind noch nicht miteinander fertig.«

Yulivee hielt inne und machte ein zerknirschtes Gesicht. »Es tut mir Leid!«

Der Elf ging vor ihr in die Hocke und schaute ihr in die Augen. »Das sagst du immer, Yulivee. Und dann tust du doch wieder das, was du nicht tun solltest. Wie oft habe ich dir gesagt, dass du nachts nicht das Lager verlassen darfst? Und dann hast du mich auch noch glauben gemacht, dass du dort liegst und schläfst.«

»Ich werde es wieder gutmachen«, sagte Yulivee und legte die Hand auf die Wunde an seiner Stirn. Kurz verzog sie das Gesicht und nahm die Hand wieder herunter.

Als Nuramon nach der Wunde tastete, war die Haut glatt und die Schwellung verschwunden. Er musste lächeln. »Danke, Yulivee. Doch bitte bleib nachts im Lager!«

Farodin mischte sich nun ein. »Wie konntest du überhaupt unbemerkt entkommen?«, fragte er.

Nuramon fühlte sich ertappt. Er war in der Nacht eingenickt, und diesen Moment musste die Kleine genutzt haben.

Yulivee antwortete: »Du darfst Nuramon keinen Vorwurf machen. Ich habe mich unsichtbar gemacht, und als er am Rand des Lagers stand, bin ich davongeschlichen.« Das war eine gute Ausrede, doch der verschwörerische Blick, den Yulivee Nuramon zuwarf, machte sie wieder zunichte.

Farodin schwieg; sein wissender Blick sagte mehr als Worte.

»Aber warum hast du dich überhaupt in solche Gefahr gebracht?«, wollte Nuramon wissen.

»Ihr habt euch doch gefragt, was die Fargoner vorhaben. Und da dachte ich mir, ihr würdet euch freuen, wenn ich es herausfände. Also habe ich mich unsichtbar gemacht. Bei aller Zauberei, die dafür nötig war, bin ich schnell müde geworden. Aber ich habe durch Wände gesehen und Dinge gehört, die im Geheimen besprochen wurden. Ich habe Gedanken gelesen und vieles mehr. Allerdings bin ich ja noch klein und habe nicht so viel Kraft«, endete sie mit ernster Miene. Sie ahnte offenbar nicht, wie viel Macht sie tatsächlich besaß. Für sie war ihre Zauberkraft nur eine Spielerei.

»Das war sehr dumm von dir, Yulivee«, sagte Farodin.

»Was wollt ihr denn, ich bin doch noch am Leben!«

Mandred lachte, doch ein Blick von Farodin ließ ihn verstummen.

»Wollt ihr nun erfahren, was ich weiß, oder nicht?«

»Bitte erzähle es uns«, forderte Nuramon sie auf.

Yulivee setzte sich auf einen umgestürzten Baum und wartete, bis die Gefährten sich um sie versammelt hatten. Dann berichtete sie von ihren Abenteuern. »Der Mond schien hell, als ich leise über die Hügel schlich und bis hinab nach Felgeres lief. Unsichtbar ließ ich die Wachen hinter mir und folgte meinem Gespür. Und als ich zum Hafen kam, da sah ich, dass gewiss hundert Schiffe vor der Stadt lagen.«

»Bei allen Alben! Die werden das Aegilische Meer nun endgültig unter ihre Herrschaft bringen«, meinte Farodin. »Die Schiffe aus Reilimee werden keinen Handel mehr treiben können.«

»Danke, Yulivee, dass du das herausgefunden hast«, sagte Nuramon.

»Aber das war doch noch nicht alles! Ich habe nämlich auch einige Anführer belauscht. Kapitäne und Ordensritter, sogar den Ordensfürsten von Felgeres. Die Schiffe sollen nicht die Aegilischen Inseln kontrollieren, sondern nach Norden fahren. Sie wollen das Fjordland noch vor den Herbststürmen erreichen. Auf dem Weg dorthin wollen sie sich mit noch einer Flotte vereinigen.«

Mandred sprang auf. »Was?«

»Sie haben den Befehl bekommen, den Widerstand im Norden zu brechen«, erklärte Yulivee. »Sie waren auch nicht begeistert davon. Aber sie haben auch gesagt, dass der Große Priester es so will. Er möchte die Elfenfreunde Demut lehren, sagten die Männer.«

»Wir müssen los und sie warnen!«, rief Mandred. Er ging zu seinem Pferd, kam aber wieder zurück. »Wir müssen es wagen, wieder von einem Albenstern zum nächsten zu springen.«

»Ausgeschlossen!«, erwiderte Farodin. »Wir müssen zuerst den Albenstein und die Dschinnenkrone holen. Das wird sie wahrscheinlich von dem Angriff abhalten.«

»*Wahrscheinlich* ist mir nicht genug«, erwiderte der Krieger laut. »Es geht um Firnstayn, verdammt! Sie wollen es niederbrennen wie Iskendria! Dabei werde ich nicht tatenlos zusehen!«

Nuramon tauschte einen Blick mit Farodin. »Mandred hat Recht. Wir müssen die Suche nach dem Stein abbrechen. Denk an das Tor auf der Klippe. Es führt dicht an die Grenze des Herzlandes. Die Tjuredpriester dürfen es nicht zerstören! Oder schlimmer noch ... Stell dir vor, es gelingt ihnen, nach Albenmark vorzustoßen. Denk an die Freunde, die wir immer noch dort haben! Wir sind es ihnen schuldig, die Königin zu warnen. Könntest du vor Noroelle treten und ihr sagen, dass du ihretwegen nichts getan hast, nur um ein paar Monde für unsere Suche zu gewinnen?«

»Sie haben es noch nie geschafft, ein Tor nach Albenmark zu öffnen«, beharrte Farodin. »Sie können die Tore nur zerstören. Aber in etwas anderem hast du Recht: Es ist eine Frage der Freundschaft.« Farodin wandte sich an Mandred. »Verzeih mir.« Er streckte dem Jarl die Hand entgegen. »Du bist uns so lange ein treuer Freund. Es ist an der Zeit, dass wir dir nun unsere Treue erweisen. Firnstayn kann auf unsere Schwerter zählen! Wir werden alles tun, um die Deinen zu beschützen.«

Mandred ergriff die dargebotene Hand. »Ihr bringt zwei Schwerter, die mehr als hundert Äxte zählen. Ich bin stolz, euch an meiner Seite zu wissen.«

Farodin legte dem Jarl die Hand auf die Schulter. »Aber die Albenpfade von Fargon können wir nicht nehmen. Sie sind nicht sicher.« Er wandte sich an Yulivee. »Du sagtest, die Ordensritter würden vor Beginn der Herbststürme aufbrechen.«

Das Mädchen nickte.

»Dann lasst uns auf dem Landweg Fargon verlassen. Sobald wir dieses Reich hinter uns gelassen haben, können wir es wagen, auf den Albenpfaden zu reisen.«

»Farodin hat Recht«, setzte Nuramon nach.

Mandred nickte und starrte dann zu Boden. »Bei Luth! Dass unsere Tat in Aniscans selbst für Firnstayn eine Gefahr werden könnte, das hätte ich nie gedacht.« Er schaute zu Yulivee und musste lächeln. »Ich danke dir, kleine Elfe! Du bist eine wahre Gefährtin!« Der Nordmann wandte sich ab. »Lasst uns aufbrechen.«

Farodin folgte Mandred zu den Pferden.

Nuramon nahm Yulivee auf den Arm und trug sie zu Felbion. »Das hast du gut gemacht«, sagte er ihr. Dann hob er die kleine Zauberin auf das Pferd. Sie lächelte zufrieden. »Aber …«, setzte er nach.

»Aber?«, wiederholte das Mädchen.

»Aber mach mir nie wieder solche Angst.«

»Dir liegt wohl etwas an mir, nicht wahr?«

»Ja. Du bist wie eine Schwester für mich.«

Erstaunen legte sich auf das Gesicht der kleinen Elfe. »Wirklich?«, fragte sie.

Nuramon saß auf. Yulivee wandte den Kopf und sah ihn an. Offenbar erwartete sie eine Bestätigung. »Ja, Yulivee.«

»Dann hast du mich zu deiner Verwandtschaft gemacht. So, wie die Königin es gesagt hat?«

Nuramon nickte. »Genau so. Und was auch kommt, ich

werde gegen tausend Krieger anreiten, um dich in Sicherheit zu bringen.«

In Yulivees Augen sammelten sich Tränen. Nuramon konnte nachfühlen, was in ihr vorgehen musste. Doch er hatte die Wahrheit gesagt. Sie war für ihn wie eine kleine Schwester, nicht wie eine Tochter. Dafür war sie zu mächtig. Nuramon konnte nicht sagen, was das Schicksal für ihn und seine Gefährten bereithielt. Doch eine Schlacht wollte er der Kleinen unbedingt ersparen. Es war an der Zeit, sie nach Albenmark zu bringen, damit sie in Sicherheit war. Vielleicht würde Obilee sich um sie kümmern, wenn sie denn noch nicht ins Mondlicht gegangen war.

ZEIT FÜR HELDEN

»Hundert Schiffe werden kommen!«, rief der König mit lauter Stimme. Es wurde totenstill in der Festhalle. »Und eine zweite Flotte wird kommen, um sich mit den hundert Schiffen zu vereinen, so sehr fürchten sie die Männer der Fjordlande.«

Mandred sah, wie viele der Krieger und Fürsten in der Halle grimmig lächelten. Sein Nachfahr Liodred traf den richtigen Ton, um Kämpferherzen zu entflammen. Er war stolz auf ihn. Hoch gewachsen und muskulös, war er mit jedem Zoll ein Krieger. Langes rot gelocktes Haar reichte ihm bis auf die Schultern hinab, und seine blauen Augen leuchteten wie der Himmel an einem Sommernachmittag. Nur dass er seinen Bart kurz gestutzt trug, gefiel Mandred nicht.

Liodred hatte nach ihrer Ankunft schnell reagiert. Sie hatten Firnstayn am späten Nachmittag erreicht, und noch am selben Abend hatte er die Fürsten der näheren Umgebung und die Mandriden in der großen Königshalle versammelt. Mehr als dreihundert Krieger saßen an den langen Tischen, und viele von ihnen blickten ehrfürchtig hinauf zur Festtafel, an der neben dem König zwei kriegerische Elfen, ein Mädchen und der legendäre Ahnherr Mandred Torgridson Platz genommen hatten.

»Ihr alle kennt sie schon lange, die Tjuredpriester mit ihren Schlangenzungen. Ihr wisst, wie sie unsere Götter beleidigen und Lügen über unser Volk verbreiten. Und ich frage euch, fürchten wir sie deshalb?«

»Nein«, hallte es aus hunderten Kehlen.

»Sie haben also mehr als hundert Schiffe und tausende Krieger aufgeboten, um Firnstayn überraschend anzugreifen, denn den Krieg hat uns bis heute niemand erklärt!« Liodred beugte sich vor und deutete auf einen weißhaarigen Kämpfer mit einem Wolfsfell um die Schultern.

»Sehe ich da Furcht in deinen Augen, Skarbern?«

Der Alte lief rot an und wollte aufspringen, als Liodred fortfuhr. »Ich teile deine Sorge, Skarbern. Ich fürchte, unsere hitzköpfigen Mandriden werden sie auf den Grund des Fjords geschickt haben, bevor wir alten Männer auch nur dazukommen, die Axt aus dem Gürtel zu ziehen.«

Ohrenbetäubendes Gelächter erklang. Mandred ging das Herz auf. Sein Nachfahr war wahrlich ein Kriegerkönig. Jeder einzelne der Männer dort unten würde für Liodred durchs Feuer gehen. Auch in ihm hatten die Worte des Königs Kampfeslust geweckt.

»Männer von Firnstayn, meine Freunde. Die meisten von euch kenne ich von Kindesbeinen an. Ich weiß um eure tapferen Herzen, um euren Stolz und eure Dickschädel. Nirgends außer in den Fjordlanden findet man Männer wie euch! Säufer, Hurenböcke und Kameraden, wie man sich keine besseren vorstellen kann, wenn es hart auf hart kommt. Männer wie euch kann es nur in einem freien Land geben. Glaubt ihr, die Ordensritter kommen, weil sie unser Gold wollen? Sie haben so viel davon, dass sie die Dächer ihrer Tempeltürme damit schmücken! Glaubt ihr, sie kommen zum Plündern und Brandschatzen und um sich an euren Weibern zu vergehen?«

Liodred machte eine kurze Pause und ließ den Blick durch die weite Halle wandern. »Nein, meine Freunde. Die Ordensritter gürten sich mit großen Schwertern, doch zwischen ihren Schenkeln, da ist nichts. Wie sonst ist zu erklären, dass jeder dieser Ritter den Weibern abgeschworen hat.«

Mandred prustete in sein Methorn und bespritzte Farodin, der an seiner Seite saß. Der Elf blieb völlig ruhig. Vielleicht sollte er ihm den Witz noch einmal erklären, überlegte Mandred.

»Wisset, meine Freunde, all dies sind nicht die Gründe, warum die Ordensritter kommen. Sie greifen uns an, weil wir etwas unendlich Kostbareres besitzen. Freiheit! Sie stehen für ein Volk, in dem es nur noch Priester und Knechte gibt und das keine Freiheit in seiner Nähe ertragen kann. Wenn ich euch also zu den Waffen rufe, dann wisset, was euch erwartet. Es ist mehr als nur eine Seeschlacht. Sollten die Ordenspriester siegen, dann wird es uns ergehen wie den Männern von Angnos oder von Gornamdur. Sie werden jeden töten, der kein Priester oder Knecht sein mag. Sie werden die Eisenmänner verbrennen und die heiligen Haine und unsere Tempel. Nichts wird vom Feuer verschont bleiben, das an unsere stolzen Ahnen und ihre Art zu leben erinnern könnte.«

Liodred machte eine Pause, um seine Worte wirken zu lassen. Er hob das Trinkhorn und verschüttete etwas, um den Göttern zu huldigen. Dann setzte er es an die Lippen und trank in langen Zügen. Viele der Männer unten im Saal standen auf und taten es ihm gleich.

Auch Mandred war aufgestanden und legte seinem tapferen Enkel einen Arm um die Schultern.

»Es ist leicht, in einer Halle unter Freunden große Worte zu schmieden«, fuhr Liodred schließlich fort. »Ich weiß, dass die Tjuredpriester nur Krieg führen, wenn sie sich sicher sind, zu gewinnen. In ihrer Brust findet man nicht das Löwenherz eines Kriegers, sondern eine kleinliche Krämerseele. Sie zählen und rechnen und greifen erst an, wenn sie wissen, dass sie gegen jeden Krieger ihrer Feinde fünf Ordensritter aufbieten können. Der Fjord wird rot von Blut sein, wenn wir uns ihnen stellen. Und es wird viel von unserem Blute vergossen sein.« Er wandte sich zu Mandred.

»Hier an meiner Seite steht Jarl Mandred Torgridson. Der lebende Ahne! Der Begründer der Königssippe von Firnstayn. Ihr alle kennt die Geschichten um ihn. Er wird zurückkommen, wenn die Not für sein Volk am größten ist, so heißt es. Er war es, der mir heute die Kunde von dem heimtückischen Angriff brachte, der uns erwartet.«

Ein Raunen ging durch die Königshalle, und Mandred fühlte sich unwohl unter den Blicken, die ihn nun trafen. Viele sahen in ihm nicht nur den Helden, sondern auch den Boten kommenden Unglücks.

»Mein Ahnherr hat sein Weib und seinen Sohn aufgegeben,

um Firnstayn zu retten. Sein Mut ist seit Jahrhunderten in den Geschichten unserer Skalden lebendig. Nun ist es an euch zu beweisen, dass ihr nicht weniger mutig seid als unser Ahnherr. Seid ihr bereit zu kämpfen?«

Nun sprangen auch die letzten Männer auf, die noch gesessen hatten. »Wir kämpfen!«, erklang es aus hunderten Kehlen. »Wir kämpfen!«

Liodred breitete die Arme aus. Langsam wurde es wieder stiller. »Die Tjuredpriester zwingen Männer aus allen unterworfenen Völkern in ihre Heere. Bei uns kämpfen nur freie Männer. Doch auch wir haben mächtige Freunde. Es gibt einen Pakt aus alter Zeit. Ein Bündnis, das sich nun in der Stunde der Not erneut bewähren soll. Jahrhunderte sind vergangen, seit die Elfenkönigin die Krieger von Firnstayn um Hilfe gerufen hat. Nun werden wir die Elfen bitten, uns Beistand zu leisten. Ihr seht hier zwei Männer der Sage. Elfenkrieger, tapfer und edel und mit dem Schwerte tödlich wie kein Mensch. Sie haben mir versprochen, noch in dieser Nacht den Steinkreis auf der Klippe zu durchqueren und nach Albenmark zu reiten. Schon zum Morgengrauen wird ganz Albenmark widerhallen vom Ruf der Hörner, welche die Krieger am Hof der Königin versammeln.«

Mandred schluckte. Das hörte sich großartig an … Die Männer unten im Saal brachen erneut in Jubelgeschrei aus, aber er war sich nicht einmal sicher, ob Emerelle seine Gefährten empfangen würde. Und selbst wenn sie zur Hilfe bereit war: Wie lange mochte es dauern, eine Elfenflotte zu versammeln und zum Fjordland zu bringen?

RÜCKKEHR NACH ALBENMARK

Die Burg der Königin strahlte in der Nacht, ebenso wie all die Häuser auf den Hügeln. Sie mussten nur noch die Wiese hinter sich lassen, dann waren sie da. Nuramon ritt neben Farodin und schwieg ebenso wie Yulivee, die vor ihm im Sattel saß.

Sie waren durch das Tor bei Atta Aikhjarto geschritten und dort auf Xern getroffen. Als sie ihm von ihrem Vorhaben erzählt hatten, hatte er ihnen im Namen Atta Aikhjartos von einem Albenstern erzählt, welcher der Burg der Königin näher lag. So waren sie vom Tor aus zu dem anderen Stern gesprungen und hatten die Shalyn Falah umgangen.

An der Fauneneiche und an Noroelles See waren die Gefährten auf ihrem Weg nicht vorbeigekommen. Vielleicht war es auch besser so; sie waren so sehr in Eile, dass sie der Würde dieser Orte nicht gerecht geworden wären.

»Feenschein!«, sagte Yulivee leise. Sie spielte offensichtlich auf all die kleinen Lichter an, die in der Burg erstrahlten und sie weithin sichtbar machten. »Schneller, Felbion! Schneller!«

Zu Nuramons Überraschung legte Felbion einen Schritt zu. Jetzt hörte sein Pferd schon auf Yulivee! Es würde gewiss nicht mehr lange dauern, und Nuramon würde seiner kleinen Ziehschwester die Zügel überlassen müssen.

Je näher sie der Burg kamen, desto mehr fürchtete Nuramon, dass es ein Fehler sein könnte, als Boten für Liodred vor Emerelle zu treten. Gewiss, sie waren Elfen, doch die Königin hatte sicherlich nicht vergessen, dass sie sich ihr einst widersetzt hatten.

Sie ritten zum Tor hinauf. Es stand offen, und nirgends war eine Wache zu sehen. Der Hof war leer. Wären die Lichter nicht gewesen, Nuramon hätte geglaubt, dass die Burg verlassen war.

Die Mühe, die Pferde in den Stall zu bringen, machten sie

sich nicht. Sie hielten an der Treppe vor dem Palast, stiegen ab und ließen die Tiere dort einfach stehen.

Nuramon nahm Yulivee bei der Hand. »Nun, du kennst die Märchen. Es ist niemand vorlaut in den Hallen der Königin. Denk daran!«

»Ich weiß, ich weiß. Lass uns gehen!«, entgegnete Yulivee.

Seite an Seite traten die drei in die hellen Hallen Emerelles. Yulivee schaute sich mit offenem Mund um. Besonders die Statuen hatten es ihr angetan. Nuramon musste sie fast hinter sich herziehen, um vorwärts zu kommen, so sehr ließ sich die kleine Zauberin von der Pracht der Umgebung in den Bann ziehen. Sie erreichten die Vorhalle zum Thronsaal. Hier trafen sie das erste Mal auf Wachen. Zwei Elfenkrieger standen mit Speeren bewaffnet vor dem geschlossenen Tor und erwarteten sie.

»Wer seid ihr?«, fragte der Kräftigere der beiden.

»Wir sind Boten des Königs von Firnstayn«, antwortete Farodin. »Die Zeit ist gekommen, da die Hilfe des Alfadas vergolten werden soll.«

Die beiden Männer tauschten unsichere Blicke.

»Wer hätte das gedacht?«, fragte jemand neben ihnen.

Sie wandten sich um, und durch eine Seitentür trat Alvias ein. Der Meister hatte sich verändert. Eine Narbe zog sich über seine Stirn. Er musste durch eine magische Waffe verwundet worden sein. »Wer hätte gedacht, dass jene die Boten sein sollen, deren Namen in diesen Hallen seit Jahrhunderten nicht mehr genannt werden.«

»Meister Alvias!«, sagte Farodin überrascht. »Es tut gut, ein bekanntes Gesicht zu sehen.«

Der Vertraute der Königin trat an sie heran und musterte sie. »Ich wünschte, ich könnte behaupten, froh zu sein, euch zu sehen. Die Ankunft von Boten bedeutet Krieg, und *eure* Ankunft mag den Zorn der Königin erwecken.«

Nuramon dachte an das letzte Mal, dass er in diesen Hallen gewesen war. Damals hatte ihn die Königin auf die Suche nach Guillaume geschickt, und alles hatte seinen bedauerlichen Lauf genommen. »Wird uns die Königin empfangen?«, fragte er.

»Sie wird die Boten von Firnstayn gewiss zu sich vorlassen, doch es mag sein, dass sie die beiden Elfen, die einst ihren Zorn erweckten, abweist.« Er schaute noch einmal an ihnen herab. »Wartet hier! Ich werde euch der Königin ankündigen.«

Alvias öffnete das Tor ein Stück weit. Nuramon konnte zwar nicht hineinblicken, doch er hörte, dass dort viele Albenkinder versammelt waren. Der Meister trat ein und schloss das Tor hinter sich.

»Was ist los, Nuramon?«, fragte Farodin. »Du siehst aus, als hättest du einen Geist gesehen.«

»Ich habe nur ungeheure Angst. Der Zorn der Königin! Ich möchte ihn lieber nicht kennen lernen.«

Farodin lächelte kühl. »Nun, es gibt kein Zurück mehr.«

Yulivee schüttelte Nuramons Arm. »Habt ihr beiden etwas ausgefressen?«

»Ja«, antwortete Nuramon und nickte dabei. Er hatte der Kleinen nur in groben Zügen von ihrer bisherigen Suche nach Noroelle erzählt und dabei ausgelassen, dass Yulivees geliebte Emerelle ihnen übel mitgespielt hatte. »Wir haben uns gegen ihren Willen davongemacht. So wie du dich nachts auf den Weg machst.«

»Sie wird euch bestimmt vergeben. Sie ist sehr gütig«, erklärte Yulivee.

Die Königin ließ sie lange warten. Besonders Yulivee wurde unruhig und vertrieb sich die Zeit damit, dass sie nahe an die Wachen heranging und diesen Fragen stellte, welche die beiden Männer nur kühl und abweisend beantworteten. Sie fragte nach den Rüstungen und den Waffen. Außerdem wollte sie wissen, wie man zu einer Wache der Königin wurde. Nuramon lauschte dem Gespräch nur halbherzig und ging unruhig auf und ab.

Farodin stand ruhig da und behielt ihn im Blick. »Hast du in Firnstayn deine Geduld verloren?«, fragte er schließlich. »Oder hast du dir das bei Mandred abgeschaut?«

Nuramon blieb stehen. »Wenn du wüsstest, wie sehr ich um uns und unsere Suche fürchte!« Je länger die Königin sie warten ließ, desto größer schien ihm die Gefahr. Womöglich legte sich Emerelle gerade ein Urteil für sie zurecht!

Vom Thronsaal her kam ein Geräusch. Rasch war Yulivee wieder bei Nuramon und fasste seine Hand. Dann öffnete sich das Tor, und er konnte an Alvias vorbei und zwischen den Reihen der versammelten Elfen hindurch zu Emerelle blicken. Sie saß reglos auf ihrem Thron.

»Die Königin wird euch empfangen«, sagte Meister Alvias und schritt voran.

Die Gefährten folgten ihm. Nuramon war erstaunt, dass der Saal so voll war wie damals bei dem Auszug der Elfenjagd. Die Albenkinder links und rechts wirkten erstaunt. Nuramon kannte einige Gesichter, doch die meisten waren ihm fremd. Mit einem Mal flüsterte irgendwo jemand: »Farodin und Nuramon!« Und beide Namen suchten im Geflüster ihren Weg durch den Saal. Weit vorn erhob sich lautes Gerede. Die Königin hob die Hand, und es wurde sofort wieder still.

»Willkommen, Nuramon!«, flüsterte ihm jemand von links zu. Es war ein junger Elf, ein Krieger in weißer Tuchrüstung. Nuramon kannte ihn nicht, doch hinter ihm sah er Elemon, seinen Onkel, und andere aus seiner Sippe. Außer Elemon stand den meisten Freude, ja sogar Stolz ins Gesicht geschrieben. »Sei gegrüßt, Cousin«, sagte eine junge Frau leise, die er noch nie gesehen hatte, die aber seiner Tante Ulema ähnlich sah.

Nuramon begegnete ihnen allen mit freundlichen Gesten, doch er hielt weiter auf den Thron zu.

Einige von Farodins Sippe waren ebenfalls gekommen. Sie grüßten den Verwandten mit Zurückhaltung, doch zugleich auch mit einem Ausdruck größter Ehrerbietung.

Schließlich waren sie so nahe an den Thron herangetreten, dass sie im Gesicht der Königin lesen konnten. Was Nuramon dort fand, war Kälte.

Um den Thron herum sah Nuramon viele bekannte Gesichter. Da waren Ollowain, Dijelon, Pelveric und auch Obilee. Nuramon war froh, die Vertraute Noroelles zu erblicken. Sie sah würdevoller aus denn je und vermochte ihre Freude nicht zu verbergen. Ihr blondes Haar war zu dicken Zöpfen geflochten, die ihr bis über die Schultern fielen. Sie trug einen rotbraunen Harnisch, auf den Runen gemalt waren. Offenbar war es die Rüstung einer kämpfenden Zauberin.

Vor der Königin beugten Nuramon und Farodin das Haupt. Die kleine Yulivee machte einen Knicks. Bevor sie irgendetwas sagen konnten, sprach Emerelle: »Der Tag ist also gekommen! Der Tag, da Alfadas' Kinder unsere Schuld einfordern. Der Tag, da Farodin und Nuramon zurückkehren! Was ist geschehen, dass ihr es wagt, vor mich zu treten?«

Sie blickte Farodin an. Und so war er es, der antwortete. »Aus Freundschaft zu Mandred, Alfadas' Vater, sind wir gekommen. Firnstayn ist in großer Gefahr. Die Tjuredanbeter unterjochten Volk um Volk und bereiten nun einen Angriff auf Firnstayn vor. Die Flotte der Ordenspriester wird bald auslaufen.« Stimmen erhoben sich im Saal, doch Farodin ließ sich nicht aus der Ruhe bringen. Er sprach einfach weiter. »Im Namen Liodreds aus dem Geschlechte des Alfadas Mandredson kommen wir, die Hilfe der Albenkinder zu erbitten.«

»Die Königin von Albenmark wird ihr Versprechen halten und die Vorbereitungen treffen«, erklärte Emerelle.

Farodin verbeugte sich. »Wir danken dir im Namen des Liodred.«

»Damit ist euer Dienst getan. Euer Herr wird mit euch zufrieden sein. Doch nun lasst uns die Boten verabschieden und Farodin und Nuramon anhören, deren Namen in diesen Hallen lange nicht mehr gesprochen wurden, aber draußen in den Wäldern schon längst zur Legende wurden. Farodin und Nuramon! Die Elfen, die sich der Königin widersetzten, um nach ihrer Liebsten zu suchen! Ihr könnt nicht ermessen, wie groß mein Zorn war, als ihr gegen mein Gebot verstoßen habt. Ihr habt großen Mut, nach all dem vor mir zu erscheinen. Ihr kommt, obwohl ihr wisst, dass dies das Ende eurer Suche sein könnte. Du, Farodin, führst sogar den Sand mit dir, den ich einst in der Menschenwelt verstreute. Und du, Nuramon, hast es gewagt, ein Menschenleben lang in Firnstayn zu bleiben, direkt vor meinen Augen.«

Nuramon setzte zum Sprechen an, doch ein ernster Seitenblick Farodins ließ ihn schweigen.

»Du wolltest etwas sagen, Nuramon?«, sprach die Königin mit ironisch liebenswürdiger Stimme.

»Ich wollte dich nicht verärgern«, begann er stockend. »Als ich in Firnstayn war, wusste ich, dass du mich jeden Tag hättest holen können, doch du hast es nicht getan. Du hattest gewiss deine Gründe.«

Die Königin legte den Kopf schief. »Glaube nicht, ich hätte meine Ansicht über Noroelle geändert. Doch ich sehe, dass ich euch nicht halten kann. Eure Liebe ist zu stark. Ihr könnt versuchen, Noroelle zu retten, doch wisset, dass ihr es ohne meine Gunst tut. Es ist Zeit vergangen, seit ihr gegen mein Gebot verstoßen habt. Und manches Mal habe ich euch von hier aus gesehen. Einige Dinge, die ich sah, gefielen mir, andere nicht. Du, Nuramon, warst bei den Abtrünnigen. Im Grunde sollte es einer Königin missfallen, wenn einer der Ihren bei Abtrünnigen Zuflucht sucht. Doch niemand wird dich wohl dafür verachten, dass du bei den Kindern der Dunkelalben gewesen bist.« Geflüster verbreitete sich im Saal. Gewiss fragten die Anwesenden sich, welches Geheimnis die Kinder der Dunkelalben umgab. Und sie hätten bestimmt viel dafür geboten, zu erfahren, was Nuramon bei ihnen erlebt hatte. Die Königin schaute sich im Saal um, vollzog aber keine Geste, die für Ruhe sorgte, sondern sprach einfach weiter. »Und das Gleiche gilt für deine Zeit in Firnstayn. Niemandem steht Firnstayn näher als du. Und deshalb werde ich dich in die Pflicht nehmen. Du sollst auf meinem Schiff in die Schlacht fahren.«

»Ich danke dir, Emerelle«, entgegnete Nuramon und wusste nicht, ob dies nun eine Strafe oder eine Ehre sein sollte.

»Nun zu dir, Farodin! Du hast Mandred dazu verleitet, sich bei den Trollen als mein Gesandter auszugeben. Du hast in Friedenszeiten bei den Trollen gewütet … und letztlich das Richtige getan. Es schmerzte zu erfahren, was die Trolle mit

Yilvina und den anderen gemacht haben. Unsere toten Körper sind vergänglich, unsere Seelen aber leben fort. Eines musst du verstehen, Farodin: Wir brauchen die Trolle im Kampf gegen unsere Feinde. Und wir müssen sichergehen, dass sie an unsere guten Absichten glauben.« Das Gesicht der Königin wurde das einer gütigen Freundin und passte nicht so recht zu den Worten, die sie sprach. »Was würde Orgrim, der Herzog der Trolle, wohl dazu sagen, wenn du auf seinem Schiff in die Schlacht führest?«

Farodin schluckte kaum merklich. »Er würde es gewiss als eine Ehre betrachten«, war alles, was er darauf antwortete.

Nuramon konnte nicht fassen, dass die Königin Farodin tatsächlich als Geisel an die Trolle geben wollte. Zwar waren etwa zweihundertfünfzig Jahre seit Farodins Tat vergangen, aber die Trolle waren alles andere als vergesslich. Sie würden ihn gewiss aus einem zweifelhaften Versehen töten. Wollte die Königin Farodin und ihn trennen, seinen Gefährten gar in den Tod schicken, damit die Suche nach Noroelle erfolglos blieb? Er musste etwas unternehmen. So löste er sich von Yulivee und trat einen Schritt vor. Farodin streifte noch seine Hand; offenbar hatte er ihn zurückhalten wollen. Doch nun war der Schritt getan, und die Königin sah es mit Überraschung.

»Ja, Nuramon, was möchtest du sagen?«

»Die Trolle werden Farodin erschlagen. Jeder andere Elf aber würde gewiss mit dem Leben davonkommen. Und deswegen flehe ich dich an, schicke mich zu ihnen und halte Farodin an deiner Seite.«

Farodin trat neben Nuramon. »Bitte, Emerelle, hör nicht auf ihn. Ich werde mich deinem Willen beugen.«

Yulivee folgte den beiden Gefährten und umfasste Nuramons Hand.

»Ich bin beeindruckt, wie sehr ihr füreinander eintretet. Aber an meiner Entscheidung wird sich nichts ändern. Farodin, ich werde dich Herzog Orgrim als Geisel geben … Nur so kann ich die Trolle an uns binden. Es ist keine Rache, die ich hege, sondern ein Beweis meines Vertrauens. Ich habe es dir ausgesprochen, zuletzt bei der Elfenjagd. Erinnere dich an die Worte, mit denen ich dich aussandte. Ich möchte nicht nur, dass du eine Geisel bist, sondern ein Vorbild für alle Elfen. Du sollst das Leben des Herzogs schützen, wie du auf der Elfenjagd das Leben Mandreds schützen solltest. Wirst du es tun?«

Farodin zögerte lange. Schließlich hoben sich seine Mundwinkel zu einem kaum merklichen Schmunzeln. »Ich werde es tun, meine Königin.«

Irgendetwas war zwischen Farodin und Emerelle geschehen. Im Saal schien es kaum jemand zu bemerken. Sie glaubten offenbar, einer Versöhnung beizuwohnen, die zuerst als eine Strafe erschienen war. Aber was meinte Emerelle damit, dass Farodin Mandred schützen *sollte*? Die Königin sprach so, als hätte sein Gefährte versagt und als bekäme er nun die Gelegenheit, dieses Versagen wieder auszugleichen. Nach all den gemeinsamen Jahren gab es immer noch viel in Farodin, das Nuramon verborgen war.

Die Königin lächelte mit einem Mal. »Ich habe nur noch eine Frage.« Sie schaute zu Yulivee. »Wer ist das Mädchen, das sich an deiner Hand festhält, Nuramon?«

»Dies ist die Zauberin Yulivee, Tochter der Hildachi aus der Sippe des Diliskar. Sie ist vielleicht die Letzte der Freien von Valemas.«

Ein Raunen im Saal verriet Nuramon, dass Valemas und die Sippe des Diliskar nicht vergessen waren.

»Yulivee! Welch ein Name!«, sprach die Königin und starrte das Mädchen an, als wäre es eine Albe. »Komm her zu mir, Yulivee!«

Das Kind ließ Nuramons Hand nicht los, sondern schaute zweifelnd zu ihm auf.

»Geh nur! Das ist Emerelle, von der du so viel gehört hast.«

Yulivee löste sich langsam von Nuramon und trat mit vorsichtigen Schritten vor die Königin. Alle im Saal waren still. Es war nur das Rauschen des Wassers an den Wänden zu hören. Emerelle musterte Yulivee lange, als wollte sie sich jede Einzelheit einprägen. Dann sprach sie: »Yulivee, ich habe lange auf die Rückkehr der Sippe von Diliskar und der anderen Sippen von Valemas gewartet. Das macht diesen Tag noch wichtiger, denn dir ist eine große Zukunft vorherbestimmt. Wie bist du Nuramon und Farodin begegnet?«

Yulivee erzählte mit leiser Stimme von dem Tag, da sie Nuramon zum ersten Mal gesehen hatte. Das Gespräch mit ihm gab sie ausführlich wieder. »Und dann erzählte er mir, dass du ihm gesagt habest, er solle sich seine Verwandtschaft selbst wählen. Und da wusste ich, dass ich nicht allein bin.«

»Es war weise von Nuramon, dir dies zu sagen. So habt ihr euch gegenseitig als Verwandte gewählt?«

»Ja, er ist jetzt mein Bruder.«

Obwohl Nuramon beobachten konnte, dass manche im Saal die Worte der kleinen Zauberin mit einem verächtlichen Schmunzeln abtaten, fühlte er sich nicht verlegen. Er war stolz auf Yulivee und wie offen sie der Königin gegenüber war.

»Stell dich an die Seite meines Thrones. Du musst dich an den Platz gewöhnen.«

Yulivee tat, was die Königin von ihr verlangte. Im Gesicht der kleinen Zauberin war zu erkennen, wie sehr sie der Anblick all der Albenkinder beeindruckte. Als die Königin ihre Hand fasste, staunte die Kleine. Sie musste sich fühlen wie in einem der Märchen um Emerelle.

Die Königin wandte sich an Nuramon. »Du hast gut daran getan, dich dieses Kindes anzunehmen. Sie ist mächtiger, als du glaubst. Da ihr euch zu Geschwistern gewählt habt, möchte ich dich fragen, ob ich sie in der Kunst der Magie unterweisen darf.«

»Wer würde dieses Angebot ablehnen? Doch es liegt nicht an mir, zuzustimmen oder abzulehnen. Yulivee selbst soll entscheiden. Ich wäre glücklich, wenn du sie unterweisen würdest, denn ich kann sie nur wenig lehren.«

»Nun, Yulivee? Möchtest du meine Schülerin sein?«

»Ja, Emerelle. Ich möchte es … Aber ich möchte auch bei Nuramon bleiben.«

»Ich werde dir Bedenkzeit geben. Es ist keine leichte Wahl.

Doch wofür du dich auch entscheiden magst, du wirst mich nicht enttäuschen.« Emerelle erhob sich nun. »Und nun, ihr Albenkinder, rüstet euch zum Kampf! Alvias!« Der Meister trat an sie heran. Die Königin flüsterte ihm etwas ins Ohr, dann nahm sie Yulivee bei der Hand und verließ den Saal durch eine Seitentür. Die Krieger um ihren Thron folgten ihr, nur Obilee blieb zurück und schaute Farodin und Nuramon an, als wären sie ein Gemälde, das sie an schöne Tage erinnerte.

Farodin begann ein Gespräch mit seinen Verwandten, und auch Nuramons Sippe war rasch herbei und bestürmte ihn mit Fragen. Die meisten seiner Verwandtschaft waren ihm fremd. Nur Elemons Gesicht, in dem nach all den Jahren immer noch Argwohn lag, war ihm vertraut. Die Cousine, die ihn angesprochen hatte, hieß Diama. Sie fragte ihn, was bei den Kindern der Dunkelalben geschehen war. Nuramon gab eine ausweichende Antwort und suchte bei jeder Gelegenheit den Blickkontakt zu Obilee. Diese bewegte sich nicht von der Stelle, sondern schien Freude daran zu haben, ihn von seiner Sippe umringt zu sehen.

Als Elemon an Nuramon herantrat, dachte Nuramon, dass es nun mit all der Freude vorbei wäre. Sein Onkel hatte noch nie ein freundliches Wort für ihn gefunden. Die übrigen Elfen warteten schweigend auf das, was der alte Elf sagen würde. »Nuramon, wir alle stammen aus der Sippe des Weldaron«, begann er. »Und du weißt, dass ich und die anderen meines Alters dich stets verachtet haben. Wir haben in der Zeit, da du hier warst und Albenmark nicht verlassen durftest, Kinder gezeugt. Und nachdem du weg warst, wurden sie geboren, in der Sicherheit, dass sie nicht deine Seele trugen. Doch diese Kinder und deren Nachkommen sahen dich mit anderen Augen. Sie hörten die Geschichte von Nuramon dem Minnekrieger, von Nuramon dem Suchenden, dem ewigen Wanderer. In den Trollkriegen erfuhren sie, dass du einst ein Gefährte des Alfadas warst.« Er hielt inne und starrte Nuramon an, als wartete er auf eine Regung seinerseits. Dann fuhr er fort: »Uns Alten brauchst du nicht zu verzeihen. Viele von uns haben ihre Ansicht nicht geändert, doch diese Elfen hier verehren dich als einen Großen unserer Sippe. Lass sie deine Verachtung für uns nicht spüren.«

Nuramon hatte Elemon nie gemocht, doch diese Worte waren ein Entgegenkommen, das er nie und nimmer erwartet hätte. Und als er in die Mienen der jungen Elfen blickte, die ihn umringten, erkannte er, dass sein Onkel Recht hatte. »Wenn die Königin mich nicht an ihrer Seite wünschte, ich würde mit meiner Sippe in diese Schlacht ziehen. Ich danke dir, Elemon.«

»Und ich hoffe, du kannst mir verzeihen.« Die Augen Elemons glänzten.

»Ja, das kann ich. Im Namen Weldarons!« Nuramon erinnerte sich an all die Jahre, da er den Spott der Sippe hatte ertragen müssen. Hätte er Elemon nicht vor sich gehabt und gesehen, dass der Alte den Tränen nahe war, er hätte geglaubt, seine Verwandten würden ihn aus selbstsüchtigen Gründen in ihre Mitte zurückholen wollen. Doch Elemons Worte waren ernst gemeint, daran zweifelte Nuramon ebenso wenig wie an den Absichten der jungen Männer und Frauen, von denen manche wie er ein Kurzschwert trugen, so als wären sie darauf bedacht, ihm nachzustreben. Seine Cousine Diama war eine von ihnen. Sie trug sogar eine Rüstung, die der Gaomees ähnelte, allerdings aus Metallplättchen und nicht aus Drachenleder gefertigt war.

In diesem Augenblick begriff Nuramon, wie lange er fort gewesen war. Er war mehrmals zum Opfer der Zeit geworden. Und dabei waren etliche Jahrhunderte vergangen. In dieser Zeit war aus dem Spott der Sippe Anerkennung geworden, wenn nicht sogar Bewunderung.

Alvias trat mit Farodin näher. Der Meister nickte höflich. »Nuramon, die Königin wünscht dich und Farodin in der Seitenkammer zu sehen. Bitte folge mir!«

»Danke, dass ihr gekommen seid«, grüßte Nuramon seine Sippe unsicher. Er würde Zeit brauchen, um sich an die Veränderung zu gewöhnen.

Kaum hatten sie den Kreis der Verwandten verlassen, da flüsterte Farodin: »Es scheint, als wäre deine Sippe tüchtig gewachsen … Offensichtlich sehen sie mehr in dir als einen Wiedergeborenen.« Es hörte sich ganz so an, als freute sich Farodin auf seine Weise mit ihm.

Nuramon wollte antworten, doch da kamen sie an Obilee vorbei und hielten inne.

Alvias wirkte ungeduldig. »Ich werde vorgehen und der Königin melden, dass ihr unterwegs seid.«

Keiner von ihnen sagte etwas darauf. Nuramon musste an das letzte Mal denken, da er die Vertraute Noroelles gesehen hatte. Es war an dem ersten Tor gewesen, das er mit seiner Magie geöffnet hatte. Sie hatte ihm vom Hügel aus zugewunken. Damals schien sie mehr eine Zauberin gewesen zu sein als eine Kämpferin, nun jedoch trug sie ein Kriegergewand aus weichem Gelgerokleder, auf dem am Torso, auf den Ärmeln und an den Beinen Platten aus Hartholz befestigt waren. Die Runen, die auf das Holz gemalt waren, leisteten Obilee gewiss im Kampf Beistand. Um ihren Hals trug sie eine Kette, an der sie wie Nuramon den Edelstein Noroelles befestigt hatte. Es war ein Diamant.

Endlich brach Nuramon das Schweigen. »Xern hat mir erzählt, dass du in den Trollkriegen eine Heldin geworden seist.«

»Ja«, entgegnete Obilee, als bedauerte sie es.

»Noroelle wird stolz auf dich sein, wenn sie es erfährt«, sagte Farodin.

»Ich habe Noroelle nie vergessen. Es vergeht kein Tag, da ich nicht an sie oder an euch denke.« Sie schaute Nuramon in die Augen. »Ich wünschte, ich könnte euch begleiten.« Ihre Stimme klang so schwermütig wie ihre Worte. Sie lächelte gequält. »Lasst euch nicht von meinen Launen täuschen. Ich bin froh, euch zu sehen.« Mit diesen Worten umarmte sie Farodin und küsste ihn auf die Wange. »Ich wünschte, ich könnte irgendetwas für euch tun.« Sie schloss nun auch Nuramon in die Arme, küsste ihn aber nicht. »Ich bin so froh für dich. Noroelle hatte Recht. Deine Sippe hat dein Wesen erkannt.«

Noch ehe Nuramon etwas erwidern konnte, sagte Obilee: »Kommt! Lassen wir die Königin nicht länger warten! Sie will gewiss erfahren, was ihr erlebt habt. Auch ich bin neugierig.«

Sie folgten Obilee in die Seitenkammer. Nuramon konnte sich kaum vom Blick der Kriegerin lösen. Es war so viel Schmerz und Sehnsucht darin gefangen.

Als sie in die Seitenkammer eintraten, traute Nuramon seinen Ohren kaum. Die kleine Yulivee stand neben der Königin, von Kriegern umgeben, und erzählte die Geschichte ihrer Reise durch Fargon. »Und als ich schon glaubte, mein Leben eingebüßt zu haben, da erreichte mich Nuramon und hob mich zu sich in den Sattel. Doch hört, was nun geschah! Na, was hättest du in dieser Lage getan?« Sie wandte sich an Ollowain.

»Ich hätte so schnell wie möglich kehrtgemacht, um dich in Sicherheit zu bringen«, antwortete der Krieger. »Dann wäre ich zurückgeritten und hätte mich der Menschen angenommen.«

Yulivee grinste frech. »Eine weise Antwort. Doch keines von beiden machte Nuramon. Denn es hätte unseren Tod bedeutet. Er riss sein Pferd nicht herum, denn die Gegner waren zu nahe.« Das sagte sie Ollowain reichlich spät, doch der Krieger von der Shalyn Falah lachte über Yulivees Worte. »Stattdessen stieß er durch deren Mitte, entging Hieben und Stichen und …« Die kleine Zauberin erblickte Nuramon und stockte. Dann aber sprach sie schnell weiter: »Und rettete die kleine Yulivee vor den bösen Menschen. Und wenn die kleine Yulivee sich vorsieht, wird sie auch morgen noch leben.«

Die Krieger lachten, und selbst der Königin lag ein Lächeln auf den Lippen. »Kommt näher!«, sagte sie. Und als Farodin und Nuramon vor ihr standen, erklärte sie: »Ich möchte euch beiden noch einmal danken, dass ihr Yulivee beschützt habt.« Sie fasste die Hand der Kleinen. »Ihr wisst nicht, wie sehr ihr mir und ganz Albenmark damit geholfen habt.«

EIN WALL AUS HOLZ

Eine frische Brise spielte mit Mandreds dünnen Zöpfen. Gemeinsam mit Liodred und einer Leibwache von Mandriden stand er auf dem westlichen Kliff über dem Eingang zum Fjord. Von hier aus konnte man weit über das Meer blicken. Es war ein schöner Spätsommermorgen. Der Wind trieb kleine weiße Wolken vor sich her. Die Sonne brach sich funkelnd auf dem Wasser, und deutlich malten sich die Umrisse der Schiffe gegen den Himmel ab. Es mussten weit über zweihundert sein. Alle trugen das Zeichen der verbrannten Eiche auf ihren Segeln.

»Eine halbe Stunde noch, dann werden die ersten von ihnen den Eingang zum Fjord erreichen«, sagte Liodred ruhig.

Mandred sah zu der kleinen Flotte hinab, die sich dem Angriff der Ordensritter entgegenstemmen würde. Sie hatten weniger als sechzig Schiffe. Fünfzehn davon waren so klein, dass sie gerade einmal zwanzig Mann fassten. Bei den dreißig stärksten Schiffen hatte man Ketten durch die Ruderluken gezogen, um sie untrennbar miteinander zu verbinden. So bildeten sie eine Barriere, die das tiefe Fahrwasser in der Mitte des Fjords blockierte. Hier würde die Schlacht toben, und hier würde sich der Kampf mit den Priestern entscheiden. Die kleineren Schiffe hielten sich etwas hinter der Barriere. Sie sollten Verstärkungen bringen, wenn die Kampflinie auf den zusammengeketteten Schiffen zu zerbrechen drohte.

Voller Sorge betrachtete Mandred die breiten Lücken rechts und links der Schiffsmauer. »Du bist dir wirklich sicher, dass sie dort nicht durchkommen werden, Liodred?«

»Ganz sicher, Ahnherr. Die Flotte unserer Feinde besteht überwiegend aus Koggen mit reichlich Tiefgang. Offen gesagt, ich möchte sie dazu verleiten, dass sie uns über die Flanken angreifen. Dicht unter dem Wasser verbergen sich dort tückische Klippen. Beim höchsten Stand der Flut mag ein geschickter Kapitän vielleicht eine Kogge durch die Riffe bringen, doch wenn das Wasser weicht, sind sie zum Scheitern verdammt. Wenn wir etwas Glück haben, werden sie auf diese Weise ein Dutzend oder mehr Schiffe verlieren. Sobald ihre Flotte aufgefächert den Fjord füllt, werden wir sie mit Brandern angreifen.« Der König wies hinab zu mehreren kleinen Fischerbooten, die hoch mit Reisig beladen waren. »Wenn der Wind richtig steht, werden sie erheblichen Schaden anrichten.« Liodred wies mit weit ausholender Geste auf die Steilklippen rechts und links des Fjords. »Hier oben werden die Alten stehen, die nicht mehr kämpfen können, und Knaben, die noch zu jung für die Schlacht sind. Wir haben zehn Karrenladungen Pfeile aus dem Königreich zusammenbringen lassen. Sie werden die Schiffe unserer Feinde mit einem Pfeilhagel eindecken, wenn sie der Küste zu nahe kommen.« Liodred sprach so laut, dass alle Leibwachen rings herum ihn gut verstehen konnten. »Im Grunde tun uns diese Priester einen Gefallen, indem sie Firnstayn angreifen wollen. Hier im Fjord schlagen wir eine Seeschlacht zu unseren Bedingungen. In dem engen Gewässer können sie ihre Übermacht nicht nutzen. Sobald sie die Schiffsbarriere entern, steht es Mann gegen Mann.«

Der König winkte Mandred, ihm zu den Pferden zu folgen. Als Liodred sich in den Sattel schwang, sagte er leiser: »Ich hoffe, die Elfen werden rechtzeitig kommen. Der Feind ist uns um das Fünffache oder mehr überlegen.«

»Wenn es einen Weg gibt zu kommen, dann werden sie hier sein«, erwiderte Mandred entschieden. Doch er wusste nur zu gut, wie viele Unwägbarkeiten dies verhindern mochten. Würde Emerelle seine beiden Gefährten überhaupt empfangen? Und wie lange mochte es dauern, eine Flotte auszurüsten und durch einen Albenstern zu bringen?

Sie ritten den Pfad die Klippe hinab. Auf halben Weg kamen ihnen ältere Krieger entgegen, die Weidenkörbe mit Pfeilbündeln auf dem Rücken trugen. Liodred zügelte seinen Rappen und winkte einem Mann mit Augenklappe zu. »Heho, Gombart, was bringt dich denn dazu, deine hübsche Frau zu verlassen?«

»Hab gehört, du hättest jeden alten Knochen eingeladen, heute ein paar Ritter zu schießen.« Er bedachte den König mit einem zahnlosen Grinsen und klopfte sich auf die schwarze Stoffbinde über seinem linken Auge. »Außerdem heißt es, sie werden so dicht auf ihren Decks stehen, dass nicht einmal ich danebenschießen kann. Und für jeden, den wir erlegen, gibt es ein Horn voll Met in deiner goldenen Halle.«

Liodred brach in schallendes Gelächter aus. »Na, das wird wohl kaum mein Mundschenk gewesen sein, der diese Geschichte verbreitet hat. Doch ich nehme euch beim Wort, Männer. Ein Horn voll Met für jeden Ordensritter!« Er grinste breit. »Aber denkt nicht, dass ich euch nicht kenne, ihr Gaunerpack. Ich stehe unten auf der *Albenstern* und zähle mit!«

Die Männer lachten und machten weitere Späße. Der König winkte ihnen noch einmal, dann trieb er seinen großen Rappen weiter den Klippenpfad hinab.

»Manchmal denke ich, es ist besser für einen Mann, jung und im Vollbesitz seiner Kräfte zu sterben«, rief der König, sobald sie außer Hörweite waren.

»Nein«, widersprach ihm Mandred. »Das größte Geschenk ist, seine Kinder aufwachsen zu sehen. Glaub mir, ich weiß, wovon ich rede.« Bitter dachte er daran, wie wenig er von Alfadas gehabt hatte.

Auf dem letzten Stück Wegs bis zur Bucht, in der ein Ruderboot auf sie wartete, hing jeder stumm seinen Gedanken nach. Wo blieben nur die Elfen?, dachte Mandred. Würden sie Firnstayn im Stich lassen?

Am Strand stand Valgerd, Liodreds Weib. Sie trug ein Kleid in der Farbe von Sommerblumen, das von zwei goldenen Fibeln an den Schultern zusammengehalten wurde. Auf dem Arm hielt sie ein Kind, das keine fünf Monde alt war. Es war Aslak, Liodreds Sohn.

Der König ging zu den beiden und küsste den Jungen zärtlich auf die Stirn. Dann schnallte er ein Messer mit goldbeschlagener Scheide von seinem Gürtel und reichte es Valgerd. Die große blonde Frau nickte.

Liodred strich ihr zärtlich durchs Haar, dann kam er zum Boot, wo Mandred schon wartete. Der Jarl fühlte sich schlecht. Hatte der König Angst zu sterben? War das ein Abschiedsgeschenk für einen Sohn, der seinen Vater vielleicht nie kennen würde? Liodred war so verbunden mit all den Leuten hier. Er war beliebt! Ihm wird nichts geschehen, schwor sich Mandred.

Die beiden stiegen in das Boot. Die Ruderer grüßten den König, der dem Jüngsten von ihnen im Vorübergehen das Haar zerzauste. Sie stießen vom Strand ab und eilten mit kraftvollen Ruderschlägen dem Flaggschiff zu.

»Ein Erbstück?«, fragte Mandred.

Liodred schreckte aus seinen Gedanken auf. »Was?«

»Das Messer.«

»Ja … auch ein Erbstück.«

»Und was noch?«, hakte Mandred nach.

Liodred senkte die Stimme. »Ich weiß, wie sie sind, diese Priester. Es ist … Wenn sie siegen, wird Valgerd versuchen zu fliehen. Aber falls …«

»Sie soll deinen Jungen töten?«

»Und sich selbst«, bestätigte der Herrscher. »Es wird das Beste sein.« Er blickte auf das dunkle Wasser des Fjords. »Werden sie kommen, die Elfen?«, fragte er leise.

»Natürlich«, sagte Mandred, aber er konnte dem König dabei nicht in die Augen sehen.

An Bord der *Albenstern* schien Liodred wie ausgewechselt. Er scherzte mit den Männern und gab Anweisungen, wer in die vorderste Frontlinie sollte. Die *Albenstern* hatte nur wenig gemein mit dem Schiff, das Mandred und die Elfen einst zu Noroelles Insel getragen hatte. Es war viel größer und bot Platz für hundert Ruderer.

Auf allen dreißig Schiffen in der Sperrlinie waren die Masten flach gelegt worden, um bei dem bevorstehenden Gefecht nicht zu stören. Auch die Ruder waren eingezogen und sicher verstaut. Im Heck des Langbootes hatte man eine Stange aufgestellt, von der das alte Banner der *Albenstern* wehte: ein blauer Stern auf silbernem Grund.

Zwei Krieger halfen Liodred, seinen Harnisch anzulegen. Die wunderbar gearbeitete Elfenrüstung des Alfadas fand nicht ihresgleichen. Alle anderen Krieger trugen Kettenhemden und runde Helme mit langem Nasenschutz.

Auch Mandred ließ sich in ein knielanges Kettenhemd helfen. Als er gerade den Helm aufsetzen wollte, trat der König neben ihn. »Ich wollte dich schon immer fragen, ob es stimmt, dass jeder deiner Zöpfe für einen Mann steht, den du erschlagen hast. So erzählen es unsere Skalden.«

»Es stimmt«, erwiderte der Jarl knapp.

»Du bist ein gefährlicher Mann.«

»Solche Männer wirst du heute brauchen.«

Von den Klippen erklangen Hörner. Das erste Schiff der Ordensritter nahm Kurs auf den Fjord. Es war ein stattlicher Dreimaster mit hochgeschwungenem Heck. Nur Augenblicke später schwenkten vier weitere Schiffe in den Fjord ein.

Beklommen betrachtete Mandred die hohen Vorderkastelle. Die Angreifer würden mehrere Schritt über ihnen stehen. Die Mastkörbe der Schiffe erschienen ihm riesig. Jeder fasste fünf Armbrustschützen. Von dort oben konnten sie sich ihre Ziele in weitem Umkreis aussuchen.

Von der westlichen Klippe wurde eine Salve Pfeile abgefeuert. Sie verfehlte die Schiffe, die sich in der Mitte der Fahrrinne hielten, um mehr als fünfzig Schritt.

Liodred reichte Mandred einen großen roten Rundschild. »Den wirst du brauchen, Ahnherr!«

Der Jarl schob den linken Arm durch die breiten Lederschlaufen und zog sie fest, bis der Schild fest am Unterarm saß.

»Heißen wir die weißen Priester willkommen«, schrie Liodred und hob seinen Schild vor die Brust. Dann schlug er mit der flachen Seite seiner Axt auf den hochgewölbten Buckel. Entlang der ganzen Schlachtlinie folgten die Krieger seinem Beispiel. Ohrenbetäubender Lärm hallte von den Wänden des Fjords wider.

Das Scheppern und die Schreie der Krieger brachten Mandreds Blut in Wallung. Sollten die verdammten Tjuredpriester nur kommen. In den Männern des Fjordlands würden sie ihre Meister finden.

Immer mehr Schiffe erschienen im Eingang des Fjords. Sie fächerten zu einer breiten Reihe auseinander. Die Gegner waren noch etwa vierhundert Schritt entfernt. Mandred konnte die Helme der Ordensritter hinter den Schanzkleidern der Vorderkastelle funkeln sehen.

»Sieh auf uns herab, Norgrimm!«, rief Liodred aus Leibeskräften. »Lass unsere hölzerne Mauer stark sein, auf dass der Mut unserer Gegner an ihr zerbrechen möge!«

Auf den Koggen erklangen Fanfaren. Bewegung kam in die Front der Schiffe.

»Die Schilde hoch!«, schrie Mandred. Ein Hagel von Pfeilen ging auf die Langschiffe nieder.

Schnell bildeten die großen Rundschilde ein schützendes Dach. Pfeile prasselten auf das Holz. Einzelne Männer gingen schreiend zu Boden, doch die Schlachtlinie auf den Langbooten schwankte nicht.

Salve auf Salve folgte nun. Unter die Schilde geduckt, war es unmöglich zu beobachten, wie die Koggen näher kamen. Mandred hatte das Gefühl, dass eine Ewigkeit verging. Heißer Schweiß rann ihm den Nacken hinab.

Eine Pfeilspitze bohrte sich durch seinen Schild und verfehlte seinen Arm dabei nur knapp. Der Sand, mit dem die Decks der Langboote bestreut waren, färbte sich an einigen Stellen rot vom Blut. Immer wieder fanden Pfeile eine Lücke im Schildwall.

Plötzlich erbebte die Schiffsbarriere. Einige Männer wurden von den Beinen gerissen, Lücken klafften im Schildwall. Die Koggen waren aufgelaufen. Die Schiffe der Nordmänner und der Ordensritter standen nun Rumpf gegen Rumpf, wie wütende Hirsche, die im Zweikampf ihre Geweihe ineinander verhakt hatten.

»Auf die Beine!«, brüllte Liodred. »Die Bogenschützen zehn

Schritt zurück! Holt mir die Armbrustschützen aus den Mastkörben!«

Die leicht bewaffneten Bogenschützen hatten während des Pfeilhagels unter dem Schilddach Schutz gesucht. Nun liefen sie zurück, um ihrerseits dem Gegner zuzusetzen.

Ein Speer fuhr dicht neben Mandred ins Deck und blieb zitternd in den blutverschmierten Planken stecken. Jetzt, da die Schildreihe aufgebrochen war, konnte der Jarl endlich wieder den Feind sehen. Breite Planken, an deren Vorderenden Eisendornen saßen, schnellten herab. Wie Fangzähne gruben sich die Dornen ins Deck.

Überall entlang der Schiffsbarriere gingen solche Enterbrücken nieder. Über Mandred erschienen Krieger in weißen Waffenröcken, die sich hinter lange, tropfenförmige Schilde duckten. Jeder der Schilde trug das Wappen der verbrannten Eiche.

»Für Tjured!«, erklang es tausendfach. Dann stürmten die Ordensritter die Enterbrücken hinab.

Schild auf Schild prallten sie in wilder Wut gegen die Schlachtlinie der Verteidiger. Mandreds Axt fuhr in blitzendem Bogen hinab. Sie durchschlug Schild und Helm des ersten Angreifers. Mit einem Ruck löste der Jarl die Waffe und führte einen Rückhandhieb über die Schildkante des nächsten Ritters. Knirschend fuhr der Elfenstahl durch den Nasenschutz eines Gegners.

Neben ihm kämpfte Liodred wie ein wilder Bär. Bald war der Boden bedeckt mit Toten und Sterbenden.

Ein Schwerthieb spaltete Mandreds Schild. Mit einem Ruck entriss er dem Angreifer die Klinge, die sich im Schild verkantet hatte. Die Axt fuhr dem Ritter in die ungedeckte Flanke und traf ihn unter dem Rippenbogen.

Mit einem Satz war Mandred auf einer der Enterbrücken. Den zerschlagenen Schild warf er zur Seite. Dann packte er seine Axt mit beiden Händen. Wie ein Berserker kämpfte er sich Schritt um Schritt dem gegnerischen Vorderkastell entgegen. Dicht hinter ihm folgten drei Mandriden und versuchten ihn mit ihren Schilden gegen gegnerische Pfeile abzuschirmen.

Als er das Ende der Enterbrücke erreicht hatte, drängten sich die Ordenskrieger vor ihm so dicht auf dem Vorderkastell, dass sie kaum ihre Schilde zum Schutz heben konnten. In blindem Zorn hieb Mandred auf sie ein. Schwerter und Speere zersplitterten unter dem Elfenstahl. Dann sprang er mitten unter die Feinde. Einem groß gewachsenen Ritter rammte er den Dorn, der am oberen Ende des Axtschafts saß, unter der Helmkante durch den Kiefer ins Hirn. Fallend riss der hünenhafte Krieger zwei weitere Kämpfer mit sich. Auf dem Vorderkastell brach Panik aus. Schreiend versuchten sich die Ritter in Sicherheit zu bringen. Einige sprangen sogar über das Schanzkleid hinweg ins Wasser, obwohl das bei ihren schweren Kettenhemden den sicheren Tod bedeutete.

Augenblicke später war das ganze Vorderkastell von Nordmännern besetzt. Keuchend blickte Mandred auf das Hauptdeck. Die überlebenden Ritter waren zurückgewichen. Mit vor Angst geweiteten Augen blickten sie zu ihm auf. Weitere Koggen schoben sich von hinten in den Pulk verkeilter Schiffe. Sie brachten frische Truppen.

»Wir müssen zurück«, erklang eine raue Stimme an seiner Seite. Liodred hatte sich ebenfalls einen Weg auf die Kogge freigekämpft. Der König deutete nach Osten. »Sie haben es geschafft, über die Riffe zu kommen. Die Ebbe will nicht einsetzen! Bisher haben sie dort nur ein einziges Schiff verloren.«

Vom Vorderkastell aus hatte Mandred einen guten Überblick über die Kämpfe. Die Schlachtlinie der Nordmänner hatte gehalten. Doch der Tod hatte unter ihnen reiche Beute gemacht.

Auf beiden Flügeln der Schiffsbarriere war es einzelnen Koggen gelungen, durch die Riffe zu gelangen. Eines der Priesterschiffe war durch einen Brander in Flammen geraten. Eine schwarze Rauchsäule stieg in den hellen Sommerhimmel. Drei weitere der kleinen Feuerboote gingen todesmutig zum Angriff über, doch die Ritter versuchten sie mit langen Stangen fern zu halten, während die Armbrustschützen aus den Mastkörben auf die Bootsbesatzungen schossen.

Zwei Koggen waren durch die Langboote, die als Reserve zurückgehalten wurden, in Entergefechte verwickelt. Doch sieben Schiffe würden bald einschwenken, um die Barriere auch von der Rückseite anzugreifen.

»Zurück auf die Langboote«, schrie Liodred aus vollem Hals. »Wir bilden eine Doppellinie!«

Schweren Herzens stieg Mandred die Enterbrücke hinab. Hinter ihnen ertönten höhnische Rufe der Ordensritter. Der Jarl musste an den goldbeschlagenen Dolch denken, den Liodred seinem Weib gegeben hatte. »Lass die Elfen kommen, Luth!«, murmelte er verzweifelt. »Schick uns unsere Verbündeten, und ich werde nie wieder ein Methorn anrühren.«

AUF DEM SCHIFF DER KÖNIGIN

Nuramon stand an der Reling der *Elfenglanz*, des Flaggschiffs der Königin. Hier auf der Steuerbordseite konnte er die Firnstayner Schiffe sehen, die aneinander gebunden waren und wie eine Mauer den sicheren Zugang zum Fjord versperrten. Jenseits davon wölbten sich die mächtigen Segel der feindlichen Flotte, von denen jedes das Zeichen Tjureds trug, den schwarzen Baum. Kaum die Hälfte von ihnen hatten an die Schiffe der Firnstayner angelegt und diese in einen Kampf verwickelt. In der Enge des Fjords konnten die Ordensritter ihre Übermacht nicht nutzen. Liodred und Mandred hatten die Feinde in einen blutigen Kampf Mann gegen Mann gezwungen, und es war Nuramon unmöglich einzuschätzen, wie gut die Fjordländer sich hielten. Er konnte nur sehen, dass sich dort auf den Schiffen etwas bewegte und es offensichtlich ein großes Gedränge ohne Ausweichmöglichkeiten gab.

Ein Teil der gegnerischen Schiffe versuchte, den Sperrriegel der Fjordländer zu umfahren und zwischen den Langschiffen und den Klippen eine Fahrrinne durch das Riff zu finden. Eine Kogge lag bereits mit aufgerissenem Rumpf auf den Felsen. Die Besatzung schien über Bord gegangen zu sein. Doch das Schicksal der Kogge schreckte die Feinde nicht ab. Noch immer versuchten Schiffe, einen Weg durch das Riff zu finden, um die Fjordländer einzukreisen oder aber die Schiffe der Königin anzugreifen.

Nuramon hoffte, dass Mandred und Liodred nichts zugestoßen war. Schlachten gehorchten anderen Gesetzen als Zweikämpfe. Ein Zufall mochte über Leben oder Tod entscheiden. Wenn die *Elfenglanz* doch nur schneller wäre! Nuramon schaute die Riemen des Schiffes entlang, die unter ihm in der Bordwand verschwanden. Es mochten gewiss vierzig sein. Er hatte gesehen, wie etwa zweihundert Ruderer unter Deck gegangen waren. Sie gaben dort unten an ihren Bänken bestimmt ihr Bestes, doch das riesige Schiff der Königin kam nur langsam vorwärts. Die kleinen Galeeren aus Reilimee waren ihnen weit voraus und würden die Fjordländer bald erreichen. Nuramon hatte gehört, dass die Zauberin aus dem Meer, deren Namen niemand kannte, die Schiffe ausgestattet hatte. Dahinter fuhren die Triremen aus Alvemer. Nuramon war überrascht, wie schnell die Flotten Albenmarks hatten in See stechen können. Es hatte nur zwölf Tage gedauert, all die Schiffe auszurüsten und zusammenzuführen.

Das Tor, durch das sie gekommen waren, hatte sich längst wieder geschlossen. Nie würde er das wunderbare Farbenspiel über dem Meer Albenmarks vergessen, das Emerelle mit ihrem Zauber bewirkt hatte. Das Tor war so breit gewesen, dass die gesamte Flotte im Morgengrauen in einer Linie hindurchgefahren war.

Über Emerelle kursierten unter den Kriegern allerlei Gerüchte. So erklärten manche die Tatsache, dass die Galeere der Königin ohne Begleitschiffe fuhr, damit, dass sie die Feinde auf sich ziehen wollte. Wenn Nuramon sich umschaute, dann konnte er sich vorstellen, dass dieses Gerücht stimmte. Die *Elfenglanz* war wie ein fahrendes Schlachtfeld. Die Ruderer saßen im Rumpf an den Riemen, während sich auf dem Deck die Krieger sammelten. Es waren mehr als dreihundert Elfen, die auf den sechzig Schritt zwischen Heck und Bug auf den Kampf warteten. Die Königin hatte sogar auf die Seeleute für die Segel verzichtet, damit mehr Krieger an Bord kommen konnten. Es hieß, die Segel würden in dieser Schlacht nicht gebraucht, und so hatte man die Masten der Galeere flach gelegt.

Das Schiff würde auf die linke Flanke der Fjordländer zuhalten, um diese dort zu unterstützen. Obilee hatte Nuramon die Strategie erklärt: Sie und die Krieger der anderen Galeeren würden auf die Langschiffe der Fjordländer stürmen und die Kampflinie der Verbündeten entlasten. Diese sollten sich dann auf die Galeeren zurückziehen, sich ausruhen und später wieder in die Schlacht eingreifen.

Jemand klopfte Nuramon auf die Schulter. Er wandte sich um und sah Meister Alvias. »Die Königin möchte dich sehen«, sagte er.

Nuramon nahm seinen Bogen und folgte dem Vertrauten Emerelles durch das Gedränge. Alvias wirkte ungewohnt kriegerisch in seiner Lederrüstung und mit dem Schwert an der Hüfte. Es hieß, er habe schon beim ersten Trollkrieg an der Seite der Königin gekämpft.

Alvias führte ihn vor das Achterkastell, wo Emerelle und Yulivee von Wachen umgeben waren. Die Königin gab den Anführern Anweisungen. Sie trug das graue Gewand einer Zauberin, wie in jener Nacht, da sie ihn mit ihrem Rat auf die Elfenjagd vorbereitet hatte.

Nuramon sah auch Obilee, die auf letzte Befehle vor der Schlacht zu warten schien. Sie trug dieselbe Rüstung wie im Thronsaal.

Die kleine Yulivee grüßte Nuramon mit einer verspielten Geste. Auch sie war in ein graues Gewand gekleidet, wie die Königin. Nuramon störte sich noch immer daran, dass Emerelle die kleine Zauberin mitgenommen hatte. Er sorgte sich um sie. Dies war nicht der Ort für ein Kind, so mächtig Yulivee auch sein mochte.

Nachdem die Königin mit Obilee gesprochen hatte, winkte sie Nuramon vor sich. Sie grüßte ihn wohlwollend, dann sagte sie: »Ich sehe, dass du dich um Yulivee sorgst. Doch ich sage dir, dass es hier keinen Ort gibt, an dem sie sicherer wäre als an meiner Seite.«

Er nickte knapp. Die Königin hatte Recht. Und doch wäre es ihm lieber gewesen, Yulivee wäre in der Burg in Albenmark geblieben.

»Nuramon, ich möchte, dass du mit Obilee gehst.« Die Königin deutete auf die Kriegerin. »Sie wird auf dem Vorderkastell das Kommando führen, sobald Dijelon und Pelveric zu den Fjordländern gestoßen sind.«

»Ja, Königin.«

»Dann geh!«

Yulivee löste sich von Emerelle und trat zu Nuramon. »Du kommst doch zurück, oder?«, fragte sie.

Nuramon ging in die Knie. »Sehe ich da Sorge in deinem Gesicht?«

Sie wich seinem Blick aus und nickte.

»Hab keine Angst. Bleib bei der Königin. Du hast ihre Worte gehört.« Er küsste sie auf die Stirn. »Und nun geh.«

Wortlos kehrte Yulivee zu Emerelle zurück. Dort hob sie einen Köcher hoch und grinste. Darin waren die Pfeile, die Nuramon bei den Zwergen gemeinsam mit dem Bogen vorgefunden hatte. Er hatte sie zuerst in den Kampf mitnehmen wollen. Die Königin hatte ihm jedoch geraten, stattdessen einfache Pfeile zu verwenden und sich diese für besondere Kämpfe aufzuheben.

»Wir müssen gehen, Nuramon!«, sagte Obilee und legte die Hand auf seine Schulter.

Nuramon schaute ein letztes Mal zu Yulivee, dann ging er mit Obilee dem Bug entgegen. Die Kriegerin machte ein bedrücktes Gesicht.

»Was ist mit dir, Obilee?«, fragte er.

»Es ist nur …«, setzte sie an, brach dann aber ab, als traute sie sich nicht, die Worte auszusprechen. Dann aber sah sie ihn direkt an und sagte: »Ich sollte dich nicht anführen, Nuramon.«

»Du bist nicht mehr das junge Mädchen von einst«, entgegnete er. »Du bist eine große Kriegerin, viel bedeutender, als ich es jemals sein werde. Du hast dich schon in so vielen Schlachten bewährt. Ich bewundere dich.« Obilees Lippen bebten. »Sei nicht traurig wegen mir oder Noroelle. Der Tod ist nicht das Ende. Nichts kann mich davon abhalten, Noroelle zu finden, ob in diesem Leben oder im nächsten. Und was glaubst du, wird sie sagen, wenn sie dich wiedersieht? Sie wird ebenso stolz auf dich sein wie ich.«

Obilee lächelte, und endlich erinnerte sie ihn an das fröhliche Wesen von einst. »Danke, Nuramon.«

Der Elf verspürte keine Angst vor dem Sterben. Der Tod

würde nicht das Ende seiner Suche bedeuten, er würde ihn allenfalls eine Weile aufhalten. Vergangene Nacht hatte er seiner Sippe von seiner Reise erzählt und sie gebeten, das Wissen zu bewahren, falls er sterben sollte. Er hatte damit begonnen, sein Seelenbuch zu schreiben, ganz in der Art seiner Zwergenfreunde. Er hätte viel früher damit anfangen sollen, aber er hatte sich nie so klar dem Tod gegenübergesehen wie vor dieser Schlacht.

Sie erreichten Obilees Krieger; auf diesem Schiff waren sie die einzigen aus Alvemer. Zu erkennen waren sie an den Wappen auf ihren Waffenröcken: der silbernen Nixe auf blauem Grund. Es waren etwa fünfzig Männer und Frauen, die Hälfte mit Langschwertern bewaffnet, die anderen zusätzlich mit Bogen. Während Obilee einige Worte an ihre Krieger richtete, versuchte Nuramon vorauszuschauen. Doch hier standen die Kämpfer dicht an dicht, sodass sein Blick zu allen Seiten versperrt war.

Wann nur ging es endlich los? Irgendwo da vor ihm steckte Mandred in Schwierigkeiten, und diese Galeere machte kaum Fahrt! Er konnte nur hoffen, dass die Schiffe aus Reilimee bereits bei den Fjordländern angekommen waren.

Nuramon musste an Farodin denken. Die Vorstellung, dass er bei dem Trollherzog war, bedrückte ihn, obgleich Farodin ihn immer wieder beschwichtigt und gesagt hatte, er solle sich keine Sorgen machen.

Eine Kriegerin schob sich durch das Gedränge. »Bist du Nuramon?«, fragte sie.

Er schaute sie verwundert an. »Ja.«

»Mein Name ist Nomja.«

Das war der Name der jungen Gefährtin, die mit ihm auf der Suche nach Guillaume unterwegs gewesen war. »Bist du …?«

Sie nickte. »Ja, deine Gefährtin aus Aniscans. Ich wurde wiedergeboren.«

Sie hatte keine Ähnlichkeit mit der Kriegerin von einst. Sie war klein, hatte schwarzes, kurz geschorenes Haar und wirkte viel reifer als die junge Kriegerin, die sie auf der Suche nach Guillaume begleitet hatte. Doch in ihren Augen lag die gleiche Freude, die er damals in denen seiner Gefährtin gesehen hatte. Nomjas Tod während der Flucht aus Aniscans hatte sie alle sehr getroffen, besonders Mandred.

Nuramon schloss sie in die Arme; wie eine Freundin, die er lange nicht gesehen hatte. »Ich bin froh, dass du da bist.«

Als er sich von ihr löste, merkte er, wie sehr die Kriegerin seine Umarmung überraschte.

Nuramon sah den Bogen in ihrer Hand. »Du bist eine Schützin?«

»Ja.«

»Du warst damals schon sehr gut.«

Sie lächelte, schwieg aber. Gewiss war Nuramon ihr unheimlich. Sie konnte sich selbstverständlich nicht an ihr früheres Leben erinnern, und er begegnete ihr, wie ein Zwerg einer Wiedergeborenen begegnete.

Plötzlich hörte Nuramon Schreie. Sie kamen von vorn. »Haltet euch bereit!«, rief Obilee.

Nuramon reckte den Hals, doch die Sicht war ihm noch immer verwehrt. Dafür vernahm er Schlachtenlärm: das Klirren von Stahl und die Schreie der Verletzten.

Von Backbord drangen Rufe der Krieger. »Schneller!«, hieß es dort. Nuramon schob zwei Krieger zur Seite und drängte sich zur Reling an der Backbordseite. Was er dort sah, traf ihn wie ein Blitz. Ein mächtiger Dreimaster hielt auf sie zu. Der schwarze Baum des Tjured prangte auf dem Großsegel. Die Feinde mussten das Riff auf dieser Seite hinter sich gelassen haben und versuchten nun dem Schiff der Königin den Weg abzuschneiden.

Als mittschiffs Schreie erklangen und Bolzen über ihre Köpfe hinwegflogen, war klar, dass die Schlacht für sie nun begonnen hatte.

Plötzlich ging ein Ruck durchs Schiff. Ein zweiter Schlag lief durch das Schiff der Königin und hätte Nuramon fast von den Beinen gerissen. Der feindliche Dreimaster hatte sie mittschiffs gerammt! Dann brach das Chaos los. Von links und rechts drangen Kampfrufe an Nuramons Ohren.

Die Krieger um ihn herum wurden unruhig. Auch Nomja wirkte nervös. Nur Obilee schien keine Angst zu kennen. »Bogenschützen, tretet nach rechts!«, befahl sie, und Nuramon folgte ihren Worten, ohne zu zögern. Er drängte zur anderen Seite des Vorderkastells, wo die Formation entlang der Reling Aufstellung nahm.

Ein Stück voraus sah er nun die ganze Reihe der Fjordländer Langboote. Etliche feindliche Schiffe, aber auch die Galeeren aus Reilimee hatten dort angelegt und befanden sich bereits im Kampf. Die Koggen aus Fargon bildeten einen dichten Pulk; sie waren fest miteinander vertäut, und die Ordensritter, die als Verstärkung eintrafen, mussten über mehrere Schiffe hinwegsteigen, um zur Kampflinie zu gelangen. Das Schlachtfeld wuchs und wuchs, und die *Elfenglanz*, auf der Nuramon sich befand, wurde nun ebenfalls Teil davon. Er versuchte unter den Firnstaynern Mandred auszumachen, doch sein Gefährte war im dichten Kampfgewühl verborgen.

Obilee führte sie zu einer Lücke in der Reling. Dort hatte man eine hölzerne Treppe eingehakt, die dicht über dem ersten Schiff der Firnstayner endete. »Krieger, kommt zu mir nach vorn!«, rief Obilee. »Ihr Bogenschützen bleibt an der Reling! Und wagt nur sichere Treffer!«

Weitere Schützen kamen von hinten und füllten die Lücke bis zum Ende der Reling. Die übrigen nahmen in zweiter Reihe Aufstellung und würden einspringen, wenn einer von den Schützen an der Reling ausfiele.

Wie die Schützen zu seiner Rechten und Linken zog Nuramon einen Pfeil aus dem Köcher, legte ihn auf die Sehne und suchte ein sicheres Ziel. Da! Er entdeckte einen Ritter, der über ein Fallreep zu dem Langschiff direkt vor ihnen hinabstieg. Nuramon wollte die Sehne gerade loslassen, da merkte er, wie Nomja neben ihm einen Pfeil abschoss und sein Ziel traf.

Die Kämpfer bewegten sich zu schnell und unberechenbar

für Nuramon. Schließlich entdeckte er eine Gruppe feindlicher Krieger, die sich in einiger Entfernung sammelten, offenbar um einen geballten Angriff vorzubereiten. Sie standen gewiss hundert Schritt entfernt, doch da sie so zahlreich waren und im Augenblick nicht von Gegnern bedrängt wurden, schoss Nuramon auf sie. Er wartete nicht einmal, bis der Pfeil angekommen war, sondern zog sogleich einen neuen aus dem Köcher.

Einer der Krieger ging mit einer Bauchwunde in die Knie, was dessen Gefährten dazu brachte, Deckung hinter der niedrigen Reling zu suchen. Weitere Pfeile zwangen sie dazu, sich zurückfallen zu lassen, bis sie außer Reichweite waren.

Auf der Suche nach einem neuen Ziel sah Nuramon eine Flagge mit einem blauen Stern auf Silbergrund. Das war das Banner der *Albenstern*, die König Njauldred ihm einst geschenkt hatte! Es war nicht mehr dasselbe Schiff, auf dem er mit Farodin und Mandred einst nach Osten gesegelt war. Die neue *Albenstern* war viel größer, doch offenbar hatte man die Flagge beibehalten, vielleicht in Erinnerung an vergangenen Ruhm.

Mit einem Mal hatte Nuramon Mandred im Blick. Der Jarl hielt sich am Rand der *Albenstern*, wo er genug Platz fand, seine Axt zu schwingen. Er und seine Männer steckten in Schwierigkeiten. Die Gegner waren weit in der Überzahl. Zudem war gerade ein einzelnes Ordensschiff zwischen den Elfengaleeren durchgestoßen und griff das Langboot links neben der *Albenstern* an. Die Ritter stürmten von Bord und drohten mit ihrem Angriff die von allen Seiten bedrängte Schlachtlinie der Fjordländer zu durchbrechen. Sie trieben einen Keil zwischen Mandred und die Elfen.

Nuramon legte auf das Ordensschiff an. Er zielte auf die kurze Planke, die es mit dem benachbarten Schiff verband. Ein Krieger des Tjured versuchte auf die *Albenstern* zu gelangen. Nuramon schoss einen Pfeil ab. Im hohen Bogen flog das Geschoss und schlug kurz darauf in den Leib des Mannes.

Der Elf war unzufrieden. Er hatte auf den Kopf gezielt! Es verging einfach zu viel Zeit, bis ein Pfeil sein Ziel erreichte.

Am Ende würde er noch einen Freund treffen anstelle des Feindes.

Er legte einen neuen Pfeil auf die Sehne. Da geschah das, wovor Nuramon sich fürchtete: Von hinten schlich ein Krieger auf Mandred zu, während dieser mit zwei Gegnern vor ihm beschäftigt war! Schnell legte Nuramon an. Er musste sichergehen, dass er den Mann auch wirklich traf. Ein Fehler, und Mandred mochte tot sein. Als der feindliche Krieger das Schwert hob, vergaß Nuramon alle Sorgfalt und ließ die Sehne vorschnellen. Er hielt den Atem an, als das Geschoss im hohen Bogen seinem Ziel entgegenflog.

Der Pfeil traf den Mann in die Brust.

Mandred fuhr herum und versetzte dem Krieger, der ohnehin im Fallen begriffen war, einen Hieb mit der Axt, der ihn über Bord schickte. Dann schaute er sich verwundert um und winkte einige Krieger zu sich. Darunter erkannte Nuramon Liodred in der Rüstung des Alfadas. Mandred deutete zu Nuramon herauf, doch es schien nicht so, als hätte er ihn erkannt. Dann wies er zu den Ordenskriegern, die sie von den Elfenkriegern trennten. Die Fjordländer auf der *Albenstern* sammelten sich um Mandred und Liodred. Sie wollten durchbrechen, doch das hieße, zwischen zwei Reihen von Feinden kämpfen zu müssen.

»Da sind Mandred und König Liodred!«, rief Nuramon den Schützen in seiner Nähe zu. »Sie sind umstellt und wollen ausbrechen, um sich zu uns durchzuschlagen!«

Obilee kam an Nuramons Seite und schaute zur *Albenstern* hinüber. Dann rief sie: »Alle links von Nuramon schießen ihren ersten Pfeil auf die Krieger vor Liodred, alle rechts von ihm auf die Verfolger! Ab dem zweiten Pfeil schießt ihr nur noch auf die Verfolger. Da darf keiner durchkommen!« Mit diesen Worten trat sie von der Reling fort und überließ den Schützen ihr Werk.

Sie warteten darauf, dass Mandred den Befehl zum Durchbruch gab. Da! Der Jarl hob die Axt, und unter lautem Kampfgeschrei sprangen die Krieger um ihn herum aufs vierte Schiff.

Nuramon und die Kampfgefährten schossen ihre Pfeile ab. Dicht wie Hagelschlag prasselten sie auf den Feind. Jene, die verschont blieben, wussten nicht, wie ihnen geschah, und zogen die Köpfe ein.

Mandred und einige der Firnstayner schienen kurz zu stutzen, dann drängten sie voran. Die zweite Salve traf nur noch die Verfolger und hielt sie für einen Moment auf. Schon drängten die Schildträger nach vorn. Doch diese kostbare Zeit mochte reichen, um Mandred den Durchbruch zu sichern. Die Ordensritter, die den Fjordländern in den Rücken gefallen waren, waren nun nahezu eingekreist. Als sie merkten, dass sie auf verlorenem Posten standen, zogen sie sich auf ihren Zweimaster zurück. Mandred und Pelverics Elfen trafen aufeinander. Nuramon konnte sehen, wie Pelveric zu ihm heraufzeigte.

Mandred hob die Axt in die Höhe und schrie: »Nuramon!« Dann lief er, gefolgt von den Mandriden, durch die Reihen der Elfenkrieger ihm entgegen.

Nuramon atmete auf und blickte hinab auf das Schlachtfeld. Es schien, als ginge der Plan der Königin auf. Überall entlang der Schiffssperre lösten Elfenkrieger die erschöpften Fjordländer im Kampf ab, und die Schlachtlinie quer über die Schiffe vermochte dem Feind wieder standzuhalten. Zwar waren sie immer noch unterlegen, weil die Ordensritter so viele Schiffe und Krieger besaßen, doch spätestens, wenn die Trolle kämen, würde sich das Blatt wenden.

MÄCHTIGE MAGIE

»Holt das Vorsegel ein!«

Farodins Finger krallten sich um die Reling. Das war nicht zu fassen! Die Schiffe der Trolle waren ohnehin schon quälend langsam, und jetzt holten sie auch noch das Segel ein! Der Elf stand auf dem turmhohen Achterkastell der *Zermalmer*, des Flaggschiffs von Herzog Orgrim. Zwanzig Schiffe umfasste die Flotte, die Boldor, der König der Trolle, aufgeboten hatte. Jeder dieser schwerfälligen Segler erinnerte an eine schwimmende Burg, und die größten von ihnen hatten mehr als dreihundert Trollkrieger an Bord. Diese Streitmacht würde die Entscheidung bringen, wenn sie sich denn in die Schlacht bewegte.

Herzog Orgrim stand beim Steuermann und beriet sich mit Skanga, seiner Schamanin. Es war zum Aus-der-Haut-Fahren, dachte Farodin. Sie kamen ohnehin schon spät. Am Horizont konnte er als dünne weiße Linie vor dem grauen Küstengebirge die Segel der feindlichen Flotte ausmachen. Einzelne Rauchsäulen verrieten, dass die Schlacht schon begonnen hatte. Der Angriff der Trolle würde den Kampf entscheiden. Und was taten diese hinterhältigen Elfenfresser? Sie refften die Segel!

»Du machst so ein verkniffenes Gesicht, Gesandter.« Orgrim und die Schamanin waren zu ihm herübergekommen. Der Trollfürst war zum Kampf gewappnet. Er trug einen Brustpanzer aus dunklem Leder. Ein Bärenfell war um seine Schultern geschlungen. Er stützte sich auf einen Kriegshammer, dessen Kopf aus grauem Granit geschnitten war.

»Es muss an meiner Einfalt liegen, doch vermag sich mir die Strategie, mit der ihr die Schlacht unterstützt, nicht zu erschließen«, entgegnete Farodin, bemüht, nicht allzu deutlich zu sagen, was er von den Verbündeten hielt.

Die Schamanin sah ihn finster an. Farodin spürte die Macht ihres Zaubers.

»Er glaubt, wir würden in aller Ruhe abwarten, wie die Ordensritter Fjordländer und Elfen niedermachen. Er zweifelt daran, dass wir unseren ehemaligen Feinden wirklich zu Hilfe eilen wollen«, sagte die Alte.

»Farodin ist ein kluger Mann, da er diese Gedanken für sich behält. Würde er mein Volk beleidigen, indem er das offen sagte, müsste ich ihn in einen Sack Steine stecken und über Bord werfen lassen.« Der Trollfürst sah ihn durchdringend an. Farodin wünschte, auch er wüsste um die Gedanken seines alten Feindes. Er hatte Orgrim am Hof des Trollkönigs Boldor wiedergesehen. Der König hatte ihn als Gesandten Emerelles mit allen Ehren empfangen, und sehr zu Farodins Überraschung hatte Boldor dem Hilfegesuch zugestimmt, nachdem er sich eine Nacht lang mit seinen Fürsten beraten hatte.

Anschließend äußerte Orgrim den ausdrücklichen Wunsch, dass der Gesandte an Bord seines Schiffes untergebracht werde. Vom ersten Augenblick an, den Farodin sich unter den Trollen der Nachtzinne bewegte, hatte er ihre Feindschaft gespürt. Er war davon überzeugt gewesen, die erste Nacht an Bord der *Zermalmer* nicht zu überleben. Der Herzog allerdings bemühte sich um ihn und versuchte immer wieder mit ihm ins Gespräch zu kommen. Er verzichtete sogar darauf, ihm jegliche Art Fleisch servieren zu lassen.

»Wann werden wir angreifen?«, fragte Farodin ungeduldig. Das Schiff war gefechtsbereit. Auf dem Hauptdeck und dem Vorderkastell drängten sich Trolle mit riesigen Schilden. Steine, die offenbar als Wurfgeschosse dienen sollten, lagen entlang der Reling bereit. Die kleinsten der Steine waren noch so groß wie ein Kinderkopf. Die größten aber waren massige Felsbrocken. Farodin fragte sich, wie selbst ein Troll solche Steine heben wollte.

»Du spürst es nicht?«, fragte Skanga. Bei jeder ihrer Bewegungen raschelten die Federn, Knochen und Steine, die auf ihr grobes Lederkleid aufgenäht waren und die ihr in unzähligen Schnüren vom Hals hingen.

»Was spüre ich nicht?«

»Die Macht der Magie, Elflein. Die Macht der Magie.« Die Schamanin kicherte. »Der Tidenhub hat sich verändert. Die Ebbe will nicht einsetzen. Kannst du ermessen, wie mächtig man sein muss, um das Spiel der Gezeiten zu verändern? Wahrlich mächtige Magie ist das.«

»Refft das Hauptsegel!«, befahl Orgrim. »Werft Anker.«

Farodin spürte, wie sich sein Magen zusammenzog. Das durfte alles nicht wahr sein! »Hättest du die Freundlichkeit, mir zu sagen, was das zu bedeuten hat, Orgrim?«

Der Herzog deutete zum Schiff des Königs. Am Hauptmast wurde eine große rote Fahne aufgezogen. »Boldor ruft alle Fürsten und Schamanen zum Kriegsrat. Er wird wollen, dass du auch kommst.« Orgrim wandte sich kurz ab und winkte einigen Kriegern zu. »Macht das Beiboot klar!«

»Das ist nicht dein Ernst«, rief Farodin empört.

»Elf, ich weiß, was deinesgleichen von meinem Volk denkt! Aber wir sind keineswegs die ungestüm vorpreschenden Trottel, für die ihr uns haltet. Wir planen unsere Schlachten. Und so wird es auch diesmal sein. Mit einem Magier unter den Menschen, und dazu mit einem so mächtigen, haben wir nicht gerechnet. Wir werden unsere Pläne der veränderten Lage anpassen.«

»Er fürchtet, wir wollen zu den weißen Priestern überlaufen«, sagte die Schamanin.

Farodin hätte der alten Vettel den Hals umdrehen mögen.

Orgrim stieß einen knurrenden Laut aus. Dann ging er in die Knie, sodass er mit Farodin auf einer Augenhöhe war. »Ich weiß, du würdest mich und alle Trolle am liebsten tot sehen. Und du traust uns nicht einmal so weit, wie du spucken kannst. Trotzdem hoffe ich, dass in der Ödnis deiner Rachegedanken noch ein letztes Fünkchen Verstand glimmt. Die Tjuredpriester wollen alle Albenkinder vernichten. Ganz gleich ob Kentauren, Elfen, Blütenfeen … oder Trolle. Wir kämpfen mit euch, weil wir wissen, dass wir an der Seite der Fjordländer und Elfen stärker sind. Und weil wir wissen, dass es nur eine Frage der Zeit ist, bis die weißen Priester auch die Nachtzinne und all unsere anderen Burgen angreifen werden. Du bist ein Überlebender der Trollkriege, Farodin. Du weißt, wir warten nicht, bis der Krieg zu uns kommt. Wir tragen ihn in das Land unserer Feinde. Deshalb sind wir hier!«

»Und was hält euch davon ab, in aller Ruhe zuzusehen, wie sich eure Feinde gegenseitig umbringen, um dann den Überlebenden den Rest zu geben?«

Orgrim richtete sich abrupt auf. »So denkt ein Elf, aber kein Troll! Sei vorsichtig, Farodin. Irgendwann ist selbst dein Maß voll.«

VOR DER KÖNIGIN

Mandred nahm den Helm ab und fuhr sich durch das schweißnasse Haar. Nuramon führte ihn und Liodred zum Heck der Galeere. Der Jarl war stolz, Freunde wie Nuramon zu haben. Der Elf hatte ihm den Hals gerettet. Und eine Kriegerin, welche die Seele einer alten Gefährtin trug, hatte ihn dabei unterstützt. Nuramon hatte sie als Nomja vorgestellt … *Die* Nomja! Zum ersten Mal erlebte er, was Wiedergeburt bedeutete. Er hatte Nomja sterben sehen und erblickte nun ihre Seele in einem neuen Gewand. Sie stand am Bug des Schiffes, beschirmt durch einen Schildträger, und tat das, was sie auch in ihrem früheren Leben am besten gekonnt hatte: Bogenschießen!

Die Elfenkrieger bestürmten eine große Kogge, deren Bug mittschiffs die Reling der *Elfenglanz* überragte. Es schien, als hätten die Elfen das Schiff bald eingenommen.

Ohne auf das Kampfgeschehen zu achten, führte Nuramon sie weiter zum Achterkastell, vor dem die Königin sie erwartete.

»Mandred!«, rief Yulivee und lief ihm entgegen. Der Jarl war überrascht, die kleine Zauberin hier zu sehen. Doch Emerelle wusste gewiss, was sie tat. Mandred nahm das Mädchen auf den Arm. Die Kleine drückte ihm einen Kuss auf die Wange. »Gut, dass du da bist«, sagte sie dann und spielte mit seinen Zöpfen.

Nuramon wandte sich an die Königin. »Dies ist Liodred von Firnstayn, und an Mandred wirst du dich bestimmt noch erinnern.«

»Gewiss«, sagte Emerelle. »Doch zunächst berichte mir: Wie steht die Schlacht?«

»Im Augenblick gewinnen wir an Boden«, antwortete Nuramon.

»Der Feind hat eine erdrückende Übermacht«, mischte sich

Mandred ein. »Wir konnten unsere Flanken nicht schützen. Er wird versuchen, uns einzukreisen. Wie viele Schiffe und Krieger hast du mitgebracht, Herrin?« Der Jarl stellte Yulivee wieder auf den Boden.

»Mandred Aikhjarto, wie immer sprichst du unbeschwert von der Last höfischer Etikette!«, sagte die Königin schmunzelnd. »Es erfreut mein Herz, dich zu sehen. Und es freut mich ebenso, dich kennen zu lernen, Liodred, König von Firnstayn. Wir sind mit allen Schiffen und Kriegern gekommen, welche die Elfen von Albenmark aufzubieten vermochten. Wir werden eure Flanken sichern, und meine Streiter werden die erschöpften Kämpen in der Schlachtreihe auf der Schiffsbarriere ablösen. Zieh deine Männer zurück, Liodred, und lass sie zu neuen Kräften kommen. Wir Albenkinder sind hier, um die alte Schuld mit unserem Blut zu begleichen.«

Liodred verbeugte sich. »Wir werden so kurz wie möglich verweilen und bald wieder die Schlacht suchen. Der König muss seinen Kriegern nahe sein, sonst verlieren sie ihren …« Liodred wurde durch laute Entsetzensschreie unterbrochen. Mittschiffs brach eine Gruppe Elfen wie von unsichtbaren Pfeilen getroffen in sich zusammen. Einige wanden sich im Todeskampf und stießen gellende Schreie aus. Die meisten aber lagen reglos da.

Mandred blickte zur feindlichen Kogge hinüber und traute seinen Augen kaum. Eben noch hatte er gesehen, wie die Elfen dort an Boden gewannen, doch nun standen nur noch die Feinde entlang des Schanzkleids. Nirgendwo auf der großen Kogge wurde mehr gekämpft!

Plötzlich fielen direkt neben der Königin drei Wachen zu Boden, als erfasse sie eine steife Windbö, um ihnen das Leben aus den Körpern zu reißen.

Erschrocken wichen alle auf die Steuerbordseite zurück.

»Was, bei den Göttern, geht hier vor?«, rief Liodred. Blankes Entsetzen stand ihm ins Gesicht geschrieben. »Was ist das für eine heimtückische Art des Tötens?«

Nuramon riss Yulivee mit sich. Nur die Königin schien wie

in Bann geschlagen. Sie verharrte, starrte zum Schiff hinüber und flüsterte: »Also doch …«

Mandred konnte sehen, wohin ihr Blick fuhr. Auf dem Achterkastell der großen Kogge stand ein Mann mit nachtblauen, wehenden Gewändern und erhobenen Händen. Er sah aus wie die Mönche, die sie in Iskendria zwischen den Ordensrittern gesehen hatten.

»Emerelle!«, rief Nuramon.

Meister Alvias sprang vor die Königin und stieß sie zurück. Etwas schien ihn zu packen. Er taumelte und fasste sich ans Herz. Dann fiel er der Königin vor die Füße.

»Alvias?«, stieß Emerelle ungläubig hervor und kniete sich neben den alten Hofmeister.

Alvias röchelte und fasste ihre Hand. Er kämpfte verzweifelt darum, etwas zu sagen. »Verzeih mir die Grobheit, meine Königin!«, hauchte er mit zitternder Stimme. »Es ist mein Schicksal, dich …« Seine Augen wurden glasig, sein Atem brach.

Auf dem Gesicht der Königin stand zuerst Fassungslosigkeit geschrieben, doch dann wuchs ein Lächeln darauf.

Mandred war erschüttert, sie in diesem Moment lächeln zu sehen. Kannte Emerelle denn überhaupt kein Mitgefühl? Nicht einmal für ihre nächsten Vertrauten? Der alte Hofmeister hatte sein Leben für sie gegeben, und sie lächelte!

Plötzlich erglomm um die Königin herum ein zartes Licht. Es drang aus dem Körper von Alvias, umfloss ihn und hüllte ihn ein wie glitzernde Seidentücher. Dann begann Alvias' Gestalt im silbernen Schein zu verschwimmen. Die Elfenkönigin hielt noch immer seine Hand. Doch während ihre feingliedrigen Finger klar sichtbar blieben, wurden seine durchscheinend. Auch die Rüstung und das Schwert des Hofmeisters verblassten. Schließlich wurde Alvias eins mit dem silbernen Schein, der ihn umgab. Dann verlor sich das Leuchten wie Rauch, der vom Wind zerteilt wurde. Zurück blieb nichts außer einem Blütenduft, der Mandred vertraut erschien. Er hatte ihn schon einmal in Firnstayn bemerkt, in dem Zimmer, in dem die Elfe Shalawyn gestorben war.

Der glitzernde Schein um Alvias musste das Mondlicht gewesen sein. Nuramon und Farodin hatten so oft davon gesprochen, und doch hatten all ihre Worte Mandred nicht beschreiben können, wie es wirklich war. Der Jarl hatte das Gefühl, Zeuge von etwas Göttlichem geworden zu sein, von einem Wunder.

Auch die anderen waren tief aufgewühlt und hatten einen Augenblick lang die Schlacht vergessen. Yulivee starrte mit offenem Mund auf die Stelle, an der Alvias verschwunden war.

Die Königin ließ sich von Nuramon aufhelfen. »Er hat mich gerettet«, sagte sie. »Das also war sein Schicksal.«

»Was hat ihn getötet?«, fragte Yulivee Nuramon. Sie schien solche Angst zu haben, dass sie nur flüsterte.

»Ich weiß es nicht«, antwortete der Elf.

Mandred blickte zu dem Mann in dem nachtblauen Mönchsgewand. Alvias' Tod und sein Weg ins Mondlicht, all dies hatte nur wenige Augenblicke gedauert. Der Tjuredpriester wirkte völlig erschöpft. Gebeugt stand er an der Reling und musste sich mit beiden Händen festhalten. Ordensritter eilten herbei, um ihn mit ihren Schilden abzuschirmen.

Verfluchter Priester, dachte Mandred. Diese Bastarde hatten nichts mehr mit dem Heiler Guillaume gemein, den sie einen Heiligen nannten. Weiter konnte man sich von Guillaumes Idealen nicht entfernen als ... Der Jarl dachte an den Zwischenfall in Aniscans. Bei Luth! Das durfte nicht wahr sein! Er schlug das Zeichen des schützenden Auges. »Erinnerst du dich an Aniscans, Nuramon?«, fragte er mit halb erstickter Stimme. »Daran, was geschah, als wir auf den Marktplatz gekommen sind?«

»Bei allen Alben!« Mit schreckensweiten Augen sah der Elf zu der hochbordigen Kogge. »Die werden uns einfach töten und brauchen nicht einmal ihre Schwerter dazu.«

Krachend schlug eine Enterbrücke auf das Flaggschiff der Elfen. Schon formierte sich eine Einheit Ordensritter, um herabzustürmen. Der Priester und seine Leibwachen verließen das Achterkastell und schlossen zu ihren Kriegern auf.

Nuramon wandte sich an Emerelle. »Königin, wir müssen hier fort! Sonst ist alles verloren.«

Liodred deutete nach steuerbord. »Der Schildwall auf der Schiffsbarriere steht, Herrin. Wir können uns über die Langboote zu einer anderen Elfengaleere durchschlagen.«

Die wenigen überlebenden Elfen an Bord stürmten der Enterbrücke entgegen, um die Ordensritter aufzuhalten, bevor zu viele von ihnen an Bord Fuß fassten.

»Mandriden zu mir!«, rief Liodred und winkte den Kriegern auf dem nächstgelegenen Langboot zu. »Der König fordert euer Blut!«

»Königin?«, fragte Nuramon.

Emerelle nickte nur. Sie nahm Yulivees Hand und betrachtete das Kind gedankenverloren. Mandred sah, wie eine einzelne Träne ihre Wange hinabperlte, als beweinte sie bereits das Ende von allem.

KNOCHENSPIEL

Die Knochen hüpften über den großen Tisch mit Karten, der mittschiffs auf der *Albenhammer*, dem Flaggschiff des Trollkönigs, aufgestellt war. Farodin hatte die Daumen in seinen Schwertgurt eingehakt und bemühte sich um Fassung. Die Art, auf die Trolle Krieg führten, war ihm gelinde gesagt befremdlich. Er schielte zu den Rauchwolken, die jenseits der Klippen aufstiegen. Wie die Schlacht wohl stehen mochte?

Die alte Schamanin blickte lange auf die Knöchelchen auf dem Tisch. »Der Schatten des Todes liegt über Emerelle«, sagte sie mit tonloser Stimme. »Es ist ein Mensch, der mit seiner Macht nach ihr greift. Ein einzelner Mann, der mehr als hundert Elfen getötet hat.«

Alle Augen wandten sich zu Farodin. »Das … das ist unmöglich«, sagte er. »Kein Mensch ist einem Elfen im Kampf gewachsen. Du musst dich irren.«

»Sagst du das, weil nicht sein kann, was nicht sein darf?«, fragte Boldor. Der König der Trolle war fast vier Schritt groß. Breite Narben bedeckten seinen nackten Oberkörper. Die langen spitzen Ohren waren eingerissen und verwachsen. Helle Augen lugten unter einer wulstigen Stirn hervor und musterten Farodin kritisch. »Wirf die Knochen noch einmal, Skanga!«

Die Schamanin fügte sich mit einem bösen Seitenblick auf Farodin. Klackernd rollten die gelben, abgegriffenen Knöchelchen über den Tisch. Skanga verschränkte die Arme vor der Brust. »Es ist, wie ich sagte: Der Schatten des Todes liegt über Emerelle. Deutlich spüre ich die böse Macht des Menschen. Es ist die Art seiner Magie, die ihn so tödlich macht. Sie wirkt ganz anders als unsere Zauber. Er nimmt die Kraft aus der Welt und aus den Herzen der Elfen. Das ist es, was sie tötet. Ganz gleich, was er zaubert, man darf nicht in seiner Nähe sein.«

»Würde diese Magie auch Trolle töten?«, fragte Herzog Orgrim.

»Sie tötet jedes Albenkind!«

»Und kann man sich mit einem Bannspruch dagegen schützen?«, setzte der Herzog nach.

»Nein. Diese Magie ist anders. Nichts bietet davor Schutz. Menschen jedoch kann dieser Zauber nicht verletzen.«

Farodin fühlte sich an die Ereignisse in Aniscans erinnert. Gab es einen zweiten Mann wie Guillaume? Konnte ein Mensch denn jemals so mächtig werden wie ein Bastard, der zur Hälfte Elf und zur Hälfte Sohn eines Devanthars war?

»Was also rätst du zu tun, Skanga?«, fragte der Trollkönig ernst.

»Wer immer sich in die Nähe des Zauberers wagt, der spuckt dem Tod ins Antlitz. Im Augenblick ist er geschwächt. Doch ich spüre, wie seine Macht mit jedem Herzschlag wieder wächst.«

Der König rieb sich mit der Faust die Stirn.

»Gebt mir ein Boot«, sagte Farodin entschieden. »Ich werde an der Seite meines Volkes kämpfen.«

Boldor überging ihn. »Was wird geschehen, wenn wir in die Schlacht eingreifen?«

Wieder warf die Schamanin die Knochen. Diesmal blickte sie lange auf das verwirrende Muster. »Wenn wir kämpfen, wird königliches Blut vergehen«, sagte sie schließlich.

Der König strich sich mit dem Zeigefinger über die wulstige Unterlippe. »Emerelle und der König des Fjordlands kämpfen dort auch, nicht wahr?«

»Sie beide stehen dem schrecklichen Magier gegenüber.«

Boldor hieb mit der Faust auf den Kartentisch. »Koboldscheiße!«, brüllte er leidenschaftlich. »Wir werden nicht hier warten und zusehen, wie Emerelle und dieser Menschenkönig allen Ruhm allein ernten. Holt die Segel ein und bemannt die Ruder! Wir ziehen in die Schlacht.« Er deutete auf die Rauchsäulen hinter den Klippen. »Schüttet Wasser über die Decks, ich will keines meiner Schiffe brennen sehen.«

»Auf welche Weise sollen wir angreifen?«, fragte Orgrim.

»Auf Trollweise! Wir schicken jedes Schiff auf den Meeresgrund, das sich uns in den Weg stellt.«

Noch einmal klapperten die Knochen. »Da ist eine Gefahr am Westflügel. Etwas ...« Die Schamanin schob einige Knochen auseinander. »Etwas verbirgt sich dort.«

Der König blickte auf und wies zu den Rauchsäulen. »Um diese Gefahr zu erkennen, brauche ich deine Hilfe nicht, Skanga. Dort brennen die meisten Schiffe. Wir werden uns vorsehen und auf den Flug der Funken achten.«

EMERELLE IN GEFAHR

Sie standen in einem verzweifelten Kampf. Allein Mandred, König Liodred und die Mandriden bewahrten die Elfen davor, von Feinden eingeschlossen zu werden. Die Firnstayner versuchten eine Gasse auf dem Deck zu schaffen, damit die Königin über das Vorderkastell zu den Langbooten entkommen konnte. Ein kleiner Trupp von Ordensrittern war durchgebrochen und besetzte die Kampfplattform am Bug, doch den Mandriden war es gelungen, sie vom Rest ihrer Truppen abzuschneiden. Obilee versuchte die Bastion über dem Bug mit einer Hand voll Elfenkrieger wieder zurückzuerobern. Verzweifelt rangen indessen die Mandriden darum, einen zweiten Durchbruch der Feinde zu verhindern und die Ordensritter zu ihrer Kogge zurückzudrängen.

Emerelle war von ihrer Leibwache umgeben. Sie hielt sich dicht an der Reling und drückte Yulivee an sich. Noch immer schien sie mit ihren Gedanken abwesend zu sein.

Die Zahl der Verletzten stieg, und es schien nur mehr eine Frage der Zeit zu sein, bis die Übermacht der Gegner ihre Reihen zersplitterte.

Nuramon behielt die Kogge im Auge, doch den Priester konnte er nicht sehen. Er befürchtete, dass dieser, verborgen von seinem Tross, langsam vorrückte. So nah, wie die Königin ihm jetzt war, könnte er sie und ihre ganze Leibwache mit einem einzigen Zauber auslöschen.

Ein Krieger hatte Mandred umgangen und näherte sich. Schnell legte Nuramon an und schoss. Der Feind ging zu Boden, doch zwei weitere nahmen seinen Platz ein. Nuramon erkannte, dass die Mandriden nicht länger in der Lage waren, die Gegner zur Kogge zurückzudrängen, sondern nun alles taten, um möglichst wenige vorbeizulassen. Auch der Kampf um das Vorderkastell der Galeere wollte nicht vorangehen.

Noch immer hielten sich dort Ordensritter und versperrten den Weg zu den Langbooten.

Nuramon schoss und schoss. Als ein Krieger einem seiner Pfeile auswich und bereits mit dem Schwert ausholte, wusste Nuramon, dass er nie und nimmer rechtzeitig einen neuen Pfeil auf die Sehne bringen würde. Er riss den Bogen hoch, um damit nach dem Mann zu schlagen, doch ein Gardist der Königin kam ihm zu Hilfe und schwenkte seinen Speer. Der Lauf des feindlichen Kriegers endete in der Speerspitze. Der Tjuredanbeter riss dem Gardisten den Schaft aus der Hand, taumelte zurück und fiel leblos zu Boden.

Plötzlich waren die Bogenschützen aus Alvemer da und unterstützten sie. Nomja kam an Nuramons Seite. »Was war das eben?«, fragte sie.

Nuramon hätte lieber geschwiegen. Er verstand selbst nicht alle Zusammenhänge. Immer wieder musste er an Mandreds Worte denken. Der Jarl hatte ihn gefragt, ob er sich an Aniscans erinnere. Selbstverständlich hatte Nuramon nicht vergessen, wie Gelvuuns durch Guillaumes Zauberkraft den Tod gefunden hatte. »Da ist ein Priester des Tjured!«, war alles, was er Nomja antwortete.

Nuramon schaute sich nach Yulivee um. Sie klammerte sich an Emerelles Arm. Das Klirren der Waffen und die Schreie der Verwundeten ließen das Kind immer wieder zusammenzucken. Sie vergrub ihr Gesicht in Emerelles Kleid.

Obilee war in der Nähe und unterstützte mit ihren Leuten den Kampf der Mandriden. »Geht nicht zu weit vor!«, rief sie. Sie führte ihr Schwert mit großer Kraft, und an der Klinge entlang zitterten kleine blaue Blitze. Wann immer ihr Schwert auf einen Gegner niederfuhr, zuckte dieser und schrie, als wäre der Blitzzauber schlimmer als der Stahl, der in seinen Leib drang. Hinter Obilee und ihren Kriegern standen unbewaffnete Elfen. Das waren Ruderer!

Mandred und Liodred ließen sich mit den Firnstaynern ebenso zurückfallen wie Obilee mit ihren Kriegern. So bekamen die Schützen aus Alvemer eine freie Schusslinie auf die

Feinde. Sie schossen Pfeil nach Pfeil, sodass nur wenige Gegner sich vorwagten. Jene, die es taten, wurden von den Mandriden zu beiden Seiten der Schützen niedergestreckt. Die Mehrzahl der Ritter zog sich bis fast zur Reling zurück und bildete dort einen Schildwall.

Nuramon hatte bald all seine Pfeile verschossen und überließ seinen Platz in der Reihe einem Speerträger. Er wandte sich an die Königin. »Emerelle!«

Sie schaute ihn an, sagte aber nichts.

»Wir werden es schaffen«, sagte er, auch wenn er wusste, wie schlecht es um sie alle und um Albenmark stand. Er schaute über die Reling ins Wasser und sah, dass dort dutzende Elfen schwammen. Ob das die Ruderer waren? Oder hatten gar Krieger es gewagt zu fliehen?

Die Gardisten vor Emerelle öffneten ihre Reihen, als Obilee sich mit Mandred und Liodred an die Königin wandte. »Wir bringen dich zu Ollowain. Er kämpft nicht weit von hier auf einem Langboot. Ein Angriff noch, und wir haben unser Vorderkastell zurückerobert. Dann ist der Weg frei.« Sie atmete schwer.

Emerelle schwieg.

»Königin?«, fragte Obilee.

»Ich bin in deinen Händen, Obilee«, antwortete Emerelle schließlich und schien durch die Kriegerin hindurchzuschauen.

Nuramon blickte auf das Schlachtfeld der Fjordländer. Weitere feindliche Schiffe waren hinzugekommen. Der Weg von der Galeere der Königin bis zum Schiff Ollowains war auf jedem Schritt umkämpft. »Wir werden es nicht rechtzeitig schaffen«, rief Nuramon. Er deutete zur Kogge hinüber. »Der Priester ist dort irgendwo. Und während wir hier stehen, sammelt er neue Kräfte für seinen nächsten Zauber. Wir können nicht mehr warten, bis das Vorderkastell freigekämpft ist! Jeden Augenblick mag uns das Verhängnis ereilen!«

»Vielleicht müssen auch wir schwimmen«, schlug Yulivee vor.

Emerelle strich der Kleinen über den Kopf. »Nein, die Königin wird nicht davonschwimmen. Ich gehe über die Schiffe!« Endlich schien sie mit ihren Gedanken bei der Sache zu sein. »Obilee! Ich möchte, dass du uns den Weg freizauberst.«

Die Kriegerin nickte. »Ja«, sagte sie leise. »Aber das wird nicht reichen. Selbst wenn ich dich rette, kann der Priester die Schlacht für sich entscheiden.«

Mandred mischte sich ein. »Dann müssen wir Menschen den Priester eben töten. Ich und meine Mandriden werden uns zu ihm durchschlagen!«

Nuramon schüttelte den Kopf. »Mandred, das ist viel zu gefährlich!«

»Wenn ihr Elfen sterbt oder flieht, dann sind wir verloren. Dieses Priesterpack wird Firnstayn vernichten! Lass mich das tun, was getan werden muss! Wünsch mir lieber Glück!«

Nuramon tauschte Blicke mit Obilee und der Königin. Beide nickten. »Mandred!«, sagte er. »Ich kenne keinen Mutigeren als dich, ob Mensch oder Albenkind.«

Mandred schloss Nuramon in die Armee, dann wandte er sich an Liodred. »Wir werden wie ein Schwert durch ihre Reihen dringen und sie zurück auf ihr Schiff prügeln!« Der Jarl blickte noch einmal zurück, und Nuramon fürchtete, dass er seinen Freund nie wiedersehen würde.

Die Firnstayner sammelten sich zwischen den Bogenschützen. Mandred sprach einige Worte mit Nomja. »Für Firnstayn!«, schrie er dann, und die Menschen liefen los, von Pfeilen links und rechts gedeckt. Mit Waffengeklirr und wilden Schreien prallten sie auf den Schildwall der Ritter.

»Wir müssen los!«, erklärte Obilee.

Nuramons Blick fiel auf die Luke zum Unterdeck. Dann schaute er zum Achterkastell zurück. Er wandte sich an Yulivee. »Hast du meine Pfeile?«

Die Kleine hielt ihm den Köcher mit zitternden Händen hin.

Dankend nahm er ihn entgegen. Dann holte er die Zwergenpfeile heraus, steckte sie sich in den Köcher, den er trug, und rief: »Obilee! Emerelle! Ich habe einen Plan!« Er deutete auf die Luke, die hinab zum Deck der Ruderer führte.

STEINE UND TROLLE

Unter dem Deck der *Zermalmer* dröhnte dumpf der Schlag der Kesselpauke. Rhythmisch tauchten die Ruder ins Wasser und wühlten es zu weißer Gischt auf. Farodin war überrascht, wie diszipliniert die Trolle den Takt hielten und wie schnell das schwerfällige Schiff unter Rudern vorankam.

Weniger als eine Viertelmeile trennte sie noch von einer großen Kogge, die auf sie zu hielt. Nur wenige Schiffe der Priesterflotte hatten es geschafft, zu wenden und Kurs auf den neuen Feind zu nehmen, der in ihrem Rücken aufgetaucht war. Die überwiegende Masse der Koggen drängte sich im engen Fjord, um den Kampf gegen die Schiffsbarriere der Firnstayner zu unterstützen. Für sie war es unmöglich, sich schnell aus dem Gefecht zu lösen, um sich den Trollen zu stellen.

Farodin zog den Kinnriemen seines Helms nach und prüfte den Sitz seines Waffengurts. Den schweren Schild ließ er noch an die Reling gelehnt stehen. Er würde ihn aufnehmen, sobald das Gefecht begann.

Herzog Orgrim stützte sich lässig auf seinen großen Kriegshammer. »Wir kämpfen erst, wenn wir in das Gedränge vorstoßen«, sagte er ruhig. »Die dort vorn werden uns nicht aufhalten.«

Farodin blickte dem feindlichen Dreimaster entgegen. Das Schiff war viel kleiner als die Galeasse der Trolle. Einen Atemzug lang empfand der Elf Respekt vor den Ordensrittern, die furchtlos einen so viel mächtigeren Feind angriffen. Das Hauptsegel mit dem Wappen der verbrannten Eiche verdeckte den Blick auf das Achterkastell des Schiffes. Farodin fragte sich, auf welche Weise sich die Menschen wohl auf den ungleichen Kampf vorbereiteten. Bisher hielt die Kogge genau auf sie zu, ganz so, als wollte sie das Trollschiff rammen.

»Er wird im letzten Moment ausscheren und versuchen, unsere Ruder auf der Backbord- oder Steuerbordseite zu zerstören«, sagte Farodin.

»Ich weiß«, entgegnete Orgrim ruhig. Er winkte einem der Anführer mittschiffs. »Macht die Deckbrecher bereit!« Entlang der Reling kam Bewegung in die Trolle.

Die beiden Schiffe trennten jetzt weniger als hundert Schritt. Farodin umklammerte die Reling des Achterkastells und machte sich auf den Aufprall gefasst. Er zweifelte nicht daran, dass die Trolle das Gefecht gewinnen würden. Aber sie würden Zeit verlieren. Zeit, die sie nicht mehr hatten, wenn sie Emerelle und den Fjordländern in ihrem verzweifelten Kampf beistehen wollten.

Die Armbrustschützen auf dem Vorderkastell der Kogge eröffneten das Feuer. Ein Troll fiel mit einem Bolzen in der Stirn. Ein anderer grunzte und zog sich ein Geschoss aus der blutenden Schulter. Die Trollkrieger hoben nicht einmal ihre Schilde, um sich vor dem Beschuss zu schützen, sondern verharrten in stoischer Todesverachtung.

Plötzlich scherte die Kogge nach steuerbord aus.

»Ruder steuerbord auf!« Orgrims Ruf war laut wie ein Fanfarenstoß. Die Kesselpauke verstummte. Die Ruderblätter tauchten aus dem Wasser. Einen Augenblick lang verharrten sie waagerecht vom Rumpf abstehend. Die Kogge war nur noch wenige Schritt entfernt.

Hastig wurden die langen Riemen nun durch die engen Ruderluken eingezogen. Krachend zersplitterten die ersten, als die Kogge in zwei Schritt Abstand das Trollschiff passierte. Die meisten Ruder wurden jedoch geborgen.

»Die Deckbrecher!«, rief Orgrim.

Steuerbord duckten sich entlang der Reling mehr als ein Dutzend Trolle. Jeweils zu zweit hoben sie die riesigen Felsbrocken, die Farodin schon zuvor aufgefallen waren. Wie Müllersburschen in der Menschenwelt, die Schwung holten, um einen Mehlsack auf einen hohen Kutschwagen zu werfen, schwenkten die Trolle die Felsbrocken ausgelassen vor und zurück und ließen sie dann in hohem Bogen auf die Kogge zufliegen.

Das Schiff der Menschen lag viel niedriger. Farodin konnte sehen, wie die Ritter mittschiffs ihre Schilde über die Köpfe gehoben hatten. Dicht miteinander verkeilt, bildeten die Wappen einen Wald toter Bäume. Gegen die Felsbrocken schützte sie das nicht. Fast senkrecht schlugen sie auf die Schilde, zermalmten die Männer und zerschlugen die Decksplanken. Krachend und splitternd verschwanden die Felsbrocken im Rumpf des Schiffes.

Neben Farodin schlug ein Armbrustbolzen in die Reling. Der Elf blickte auf. Die Mastkörbe der Kogge waren mit Schützen besetzt. Weitere Bolzen prasselten auf das Achterkastell. Ein Geschoss traf den Steuermann an der Ruderpinne ins Bein. Er fluchte. Doch niemand hier machte Anstalten, in Deckung zu gehen. Farodin war sich klar, dass man schon einen ausgesprochenen Glückstreffer landen musste, um einen Troll mit einem einzigen Bolzen zu töten. Bei ihm allerdings sah das anders aus.

Neben ihm an der Reling lehnte noch immer sein Schild. Der Elf blickte zum Herzog. Dieser stand ganz ruhig auf seinen Streithammer gelehnt. Nein, dachte Farodin, diesen Triumph würde er den Bastarden nicht gönnen! Gewiss warteten alle hier darauf, wie er sich feige hinter seinem Schild verkroch, während die Trolle den Beschuss stoisch über sich ergehen ließen. So stellte er sich lediglich ein wenig seitlich, um den Schützen weniger Trefferfläche zu bieten.

»Wir haben lange an der Angriffstaktik mit den Felsbrocken gefeilt«, sagte Orgrim so entspannt, als säße er in der Nachtzinne an seiner Festtafel und stünde nicht auf einem Deck, das unter Beschuss lag. »Ich hätte gern gesehen, wie diese Art des Angriffs sich gegen Elfen bewährt. Eure Schiffe sind von leichter Bauart und haben nur wenige Decks, soweit ich weiß. Gewiss wären die Steine bis durch den Kiel geschlagen.«

»Ich schätze eher, wir hätten euch nicht bis auf Steinwurfweite an uns herankommen lassen«, entgegnete Farodin kühl.

Insgeheim war er jedoch froh, dass es nie zu einer Seeschlacht mit den Trollen gekommen war.

»Willst du dich nicht schützen?«, fragte der Herzog und deutete auf Farodins Schild an der Reling. »Ich käme nur ungern in die Lage, König Boldor deinen Tod erklären zu müssen.« Der Troll blutete aus einer tiefen Schramme, die sich über seinen kahlen Schädel zog. »Oder glaubst du, du wärst ebensolch ein Dickschädel wie ich?«

»Ich glaube, dass kein Mensch auf einen Elfen schießen wird, der von Trollen umringt ist, die man viel leichter treffen kann.«

Orgrim lachte. »Für einen Elfen hast du das Herz am rechten Fleck. Schade, dass mein Urahn dein Weib erschlagen hat und du ihm die Seelenfehde geschworen hast. Ich werde dich nur ungern töten, wenn die Schlacht vorbei ist und unser beider Frieden endet.«

»Wie kommt es, dass du dir so sicher bist, die Schlacht zu überleben?«

Der Herzog grinste breit. »Es gibt nur wenig, was einen Troll umbringt. Das haben wir deinem Volk voraus.«

Farodin setzte zu einer zynischen Antwort an, doch im selben Moment schlug eine neue Salve Deckbrecher auf der Kogge ein. Das Getöse und die Schreie der Verwundeten waren unbeschreiblich. Dunkle Rinnsale von Blut rannen aus den Speigatten den Rumpf der Kogge hinab.

Der Hauptmast neigte sich. Er war dicht über dem Deck von einem der Felsklötze glatt durchgeschlagen worden und wurde nur noch von den Wanten gehalten.

Das Schiff der Priester hatte die Galeasse fast passiert. Nun hoben die Trolle entlang der Reling die kleineren Felsbrocken auf. So wie Kinder Steine in einen See warfen, schleuderten sie die Felsen in das Gewühl aus Menschen. Farodin sah, wie der Steuermann der Kogge an der Brust getroffen und gegen die Rückwand des Achterkastells geschleudert wurde. Angewidert wandte sich der Elf ab, um das Massaker nicht länger mit ansehen zu müssen.

ZEHN SCHRITT

Mandred hatte sich die Enterbrücke hinaufgekämpft. Er und die Mandriden waren bis auf das Vorderkastell der Kogge vorgestoßen. Wie ein Turm überragte es den Bug des feindlichen Schiffes. Nur zwei Treppen führten vom Hauptdeck hier herauf. Die Stellung war leicht zu halten. Doch die Feinde hatten einen Schildwall gebildet und schon zwei ihrer Angriffe zurückgeschlagen.

Wütend stürmte Mandred ein drittes Mal vor. Seine Axt hämmerte in Schilde und durchschnitt Kettenhemden. Die Mandriden hielten respektvoll Abstand, wenn er die Waffe schwang. Doch ganz gleich, mit welcher Wucht er vorstürmte, sofort schlossen sich die Reihen wieder. Schwerter zuckten durch die Lücken oder über Schildränder. Blitzschnell wie Vipern sprangen sie hervor. Die Ordensritter waren erfahren darin, auf diese Weise zu kämpfen, und sie gaben keinen Fußbreit Boden preis. Ein Stich traf Mandred über der Hüfte. Warmes Blut rann ihm das Bein hinab. Gedeckt durch die Schilde der Mandriden, zog er sich auf das Vorderkastell zurück.

Niedergeschlagen blickte er über das Schanzkleid. Zwischen dem Flaggschiff der Königin und der großen Kogge trieb eine kleine Galeere. Offenbar hatte sie herbeieilen wollen, um die Mannschaft Emerelles zu verstärken. Niemand lebte mehr an Bord. Krieger und Ruderer lagen zusammengesunken an Deck: Opfer des verfluchten Tjuredpriesters!

Es war zum Verzweifeln. Auch die Schlacht um die aneinander geketteten Langboote schien nicht gut zu stehen. Fjordländer und Elfen hatten fast ihre letzten Reserven in die Schlacht geworfen. Der Nachschub der Ordensritter hingegen schien unerschöpflich. Ganz gleich, wie viele Krieger sie verloren, die Lücken in ihren Reihen schlossen sich sofort wieder.

Liodred kam an seine Seite. »Bist du verletzt?«

»Nur ein Kratzer!«, brummte Mandred. Er log seinen Nachkommen an. Die Wunde brannte, als hätte ihn nicht ein Schwert, sondern ein glühender Schürhaken getroffen. »Es sind zu viele Gegner! Wir müssen uns darauf beschränken, das Vorderkastell zu halten.« Er blickte zurück zu einem jungen Mandriden, der erschöpft am Schanzkleid lehnte und über das Schiff der Königin hinweg das Geschehen auf den Langschiffen verfolgte.

»Werden sie Verstärkung zu uns durchbringen?«, fragte Mandred.

»Nein! Sie stecken in schweren Abwehrkämpfen. Die Ordensritter greifen auf ganzer Front an!«

»Verdammt!«

Mandred blickte zum Hauptdeck der Kogge. Die Feinde hatten sich neu formiert und griffen nun ihrerseits wieder an. Todesmutig stürmten sie die beiden Treppen zum Vorderkastell. Ein hünenhafter Ritter führte sie auf der linken Seite an. Er rammte den Mandriden zu Boden, der sich ihm in den Weg stellte. Seine Klinge schlitzte die Kehle des jungen Kriegers auf. Mit Schildstößen schaffte er sich Platz und fasste Fuß auf dem Vorderkastell. Sogleich drängten weitere Ritter nach.

Mandred warf sich nach vorn. Er verabscheute diese Art des Kampfes. Dicht eingekeilt im Gedränge blieb kein Platz, mit seiner Axt auszuholen. Nur wenn er sie über den Kopf hob, konnte er ihre ganze Kraft ausnutzen. Doch dazu würde er sich nicht verleiten lassen. Dann wären Brust und Bauch ungeschützt, und er müsste schmerzhaft erfahren, wie geschickt die Ritter mit ihren Kurzschwertern waren. Verbissen beschränkte er sich darauf, mit dem kurzen Stoßdorn seiner Axt anzugreifen. Er rammte ihn in den Schild des Kriegers vor sich. Der Ritter schrie auf. Mandred hatte sein Ziel getroffen, den Arm, der hinter dem Holz mit Lederbändern festgelascht war. Der Ordenskrieger ließ den Schild kurz sinken. Es war nur ein Augenblick, doch lange genug, um ein zweites Mal mit der Axt zuzustoßen. Knirschend drang der Dorn durch den Sehschlitz des Vollhelms.

Die Lücke nutzend, griff er den Mann links an, der nun nicht mehr durch den Schild seines Kameraden gedeckt wurde. Der Krieger riss sein Schwert hoch, um den Hieb zu parieren, doch der Wucht des Angriffs hatte er nichts entgegenzusetzen, und Mandreds Axt grub sich ihm in die Brust.

Der Jarl war fast bis zum Schanzkleid vorgedrungen. Auf dem Hauptdeck zwischen den Reihen der Krieger erblickte er den Priester. Er war etwa zehn Schritt entfernt. Sein nachtblaues Gewand wehte im Wind. »Vorwärts!«, rief er in der Sprache von Fargon. »Wir müssen weiter! Sonst flieht die Dämonenkönigin!«

Die Ordensritter stürmten entschlossen die beiden Treppen zum Vorderkastell. Noch immer hielt sich der hünenhafte Ritter neben dem Treppenaufgang. Zwei tote Mandriden lagen zu seinen Füßen.

Mandred blickte noch einmal hinab zum Hauptdeck. Es war unmöglich, an den verfluchten Priester heranzukommen. Zehn Schritt! Zehn Schritt, und alles wäre gewonnen! Doch dazu müsste er auf das Schanzkleid steigen und mitten in die Feinde dort unten springen.

Der Jarl duckte sich unter einem Schwerthieb weg und hämmerte seinem Gegner am Schild vorbei die Axt ins Knie. Schreiend ging der Mann zu Boden und versuchte, Mandred sein Schwert in die Leiste zu rammen. Mandred trat gegen den Schild, sodass dem Ritter die eisenbeschlagene Kante gegen den Helm schlug. Sein Kopf wurde zurückgerissen, und Mandred rammte ihm den Dorn der Axt in die Kehle.

Sofort blickte der Jarl wieder auf. Wenn er über das Schanzkleid sprang, dann wäre das sein Tod. Aber vielleicht konnte er mit seinem Leben der Königin die Flucht erkaufen und Albenmark und das Fjordland retten.

Der Priester hatte die Arme erhoben. Er begann wieder zu zaubern! Mandred blickte zurück. Das letzte Mal war der Priester mindestens zehn Schritt weiter hinten gewesen. Emerelle stand nun im Todeskreis!

Aus den Augenwinkeln sah er eine Bewegung. Der hünenhafte Ordensritter hatte sich zu ihm vorgekämpft. Mandred wich zurück. Das Schwert des Ritters schrammte über sein Kettenhemd. Der Schlag hatte tief gesessen und sein Schienbein getroffen. Ein Schildstoß warf ihn zurück. Hände griffen nach ihm und zerrten ihn in den Schutz des Schildwalls der Mandriden. Jetzt war das Schanzkleid unerreichbar. Er hätte springen sollen!

DEM TODESHAUCH NAHE

Nuramon lief mit Nomja unter dem Deck der Galeere dem Heck entgegen. Der Anblick all der toten Ruderer auf der Steuerbordseite entsetzte ihn. Die Männer und Frauen lagen einfach da, manche waren vorwärts über die Ruder gefallen, manche zurück hinter die Ruderbank. Es waren keine Wunden zu sehen, und in ihren Gesichtern lag nicht der geringste Schrecken. Sie hatten wohl keinen Schmerz empfunden und das Ende nicht einmal kommen sehen.

Was Nuramon aufwühlte, war die Frage, ob die Toten wiedergeboren wurden. Durch Nomja wusste er, dass Elfen, die in der Menschenwelt starben, in Albenmark wiedergeboren werden konnten. Und die Zwerge waren ein Beispiel dafür, dass den Albenkindern sogar innerhalb der Menschenwelt ein neues Leben bevorstand. Doch der Zauber der Priester mochte die Wiedergeburt unterbinden. Das hatte er nicht bedacht, als er Emerelle und Obilee seinen Plan unterbreitet hatte. Wenn es keine Wiedergeburt gab, dann könnte mit einem Hauch des Todeszaubers seine Suche beendet sein. Doch dann dachte er an Meister Alvias. War er nicht vor seinen Augen ins Mondlicht gegangen? War das nicht der Beweis, dass die Priester die Seelen nicht vernichten konnten? Es stellte sich nur die Frage, wer Kinder zeugen oder gebären sollte, wenn alles verloren war …

Sie erreichten die Heckluke und stiegen vorsichtig die breite Leiter hinauf. Nuramon hob den Kopf ein Stück aus der Luke, um zu sehen, wie es am Vorderkastell der Galeere stand. Zu seiner Überraschung war dort niemand mehr. Die Elfen mussten die Ordensritter überwunden haben! Obilee und die Königin waren gewiss schon auf den Langbooten in Sicherheit. Er stieg aus der Luke und hielt sich geduckt. Über die Reling hinweg sah er, dass die Fjordländer noch immer das Vorderkastell der Kogge besetzt hielten und so verhinderten, dass die Ordensritter der fliehenden Königin nachsetzen konnten.

Sobald Nomja aus der Luke geklettert war, schlichen sie gemeinsam zur Reling. Sie hielten sich gebeugt und hoben ihre Köpfe nur ein wenig, um den Kampf zwischen den Ordensrittern und den Mandriden beobachten zu können.

Es stand nicht gut um die Fjordländer. Sie hatten zwar bis auf das feindliche Schiff vorstoßen können, doch dort endete ihr Weg.

Da war Mandred! Er kämpfte in der ersten Schlachtreihe. Dass er sich immer so weit vorwagen musste! Seinem Trupp standen gewiss fünfzig Ordensritter gegenüber. Es war nur eine Frage der Zeit, bis die Mandriden unterlagen.

»Da ist der Priester!«, flüsterte Nomja. »Umringt von Leibwachen mit Visierhelmen.«

Nuramon sah den Mann. Er stand nur wenige Schritt von Mandred entfernt nahe der Reling des Hauptdecks, und doch war er unerreichbar für den Jarl. All die Schildträger würden ein Durchkommen nicht zulassen. Und ihre Kurzschwerter waren bei einem Kampf auf engstem Raum gegenüber den großen Äxten und langen Klingen der Mandriden im Vorteil.

Nuramon holte tief Luft und blickte die Reling entlang zum Bug. Da lagen zahlreiche Elfen, die der Zauber des Priesters getötet hatte. Er und Nomja befanden sich nun in dem Kreis, der den Tod bedeuten mochte. Nuramon reichte Nomja vier Zwergenpfeile. »Hier, nimm sie!«

Die Kriegerin betrachtete die glitzernden Pfeilspitzen mit großen Augen. »Danke, Nuramon«, sagte sie leise, nahm aber nur zwei der Geschosse.

Sie hatte Recht. Mehr als zwei Pfeile würden sie nicht brauchen. Denn wenn der Priester nach zwei Schüssen noch am Leben war, dann wären sie gewiss des Todes.

Nuramon legte einen Pfeil auf die Sehne und wartete, bis auch Nomja angelegt hatte. Tief atmete er durch. »Jetzt!«, flüsterte er, und sie standen auf.

Nuramon zielte auf den Priester in den dunkelblauen Gewändern, dann ließ er die Sehne vorschnellen und schickte den Pfeil auf seinen Weg. Nomjas Schuss folgte nur einen Augenblick später.

Nuramon traf einen der Leibwächter in die Schulter, als dieser zufällig in den Weg trat, Nomja verfehlte den Priester nur um ein Haar. Schnell legten sie neue Pfeile auf die Sehnen. Nuramon sah, dass die Krieger um den Priester ihre Schilde hoben und ihn in Deckung zerren wollten. Es musste schnell gehen, sonst würde der Tjuredpriester seinen Zauber wirken.

Nomja kam zuerst zum Schuss, doch ihr Pfeil wurde von einem Schildbuckel abgelenkt. Nuramons Geschoss traf gerade auf einen Schild und durchschlug diesen. Der Krieger dahinter schrie auf, fiel nach vorne und gab den Blick auf den Priester frei. Dieser stand ein wenig vorgebeugt, hielt aber die Hände erhoben. Er zauberte. Nur noch einen Schuss! *Einen Schuss!* Sobald die Lücke geschlossen wäre, die der gefallene Krieger hinterlassen hatte, wäre alles vergebens.

Mit fliegender Hast legte Nuramon einen neuen Pfeil auf die Sehne. Auch Nomja zog einen Pfeil aus seinem Köcher. Nuramon zielte und schoss. Der Pfeil flog dicht am Kopf des Priesters vorbei. Die Ordensritter um den Tjuredpriester rückten enger zusammen und waren im Begriff, die Lücke zu schließen. Einer deutete mit ausgestrecktem Arm in ihre Richtung und rief etwas.

Da! Nomjas Pfeil! Es kam auf einen Augenblick an. Nur ein schmaler Spalt klaffte noch im Schildwall. Nuramon erwartete bereits, dass sich der Pfeil in einen der Schilde bohrte. Da geschah das Unfassbare. Das Geschoss verschwand zwischen den beiden Schilden. Nuramon sah den Priester die Arme emporreißen. Dann stürtzte er zwischen die Ritter.

DURCHBRUCH

Plötzlich verbreitete sich Panik unter den Ordensrittern. Ohne dass Mandred erkennen konnte, warum, wichen sie vom Achterkastell auf das Hauptdeck zurück. Selbst der hünenhafte Ritter, der ihm eben noch so arg zugesetzt hatte, griff nicht mehr an, sondern deckte den Rückzug seiner Gefährten.

»Mandriden! Vorwärts!«, brüllte Mandred und trat gegen den Schild des Hünen. Auf der blutverschmierten, steilen Treppe geriet dieser ins Taumeln. Dann stürzte er und riss etliche Krieger mit sich. Mandred sprang hinterher und landete auf dem Schild seines Gegners. Der Durchbruch war geschafft!

Der Jarl setzte den Dorn seiner Axt auf die Kehle des Ordenskriegers. Er konnte das Entsetzen in den Augen des Mannes sehen.

Rings herum war der Kampf fast zum Erliegen gekommen. Kaum einer leistete noch Widerstand. Die meisten duckten sich hinter ihre Schilde.

»Ich bitte nicht um deine Gnade«, stieß der Hüne röchelnd hervor.

»Und ich gewähre keine Gnade!« Mandreds Axt fuhr herab. Doch er schlug mit der Breitseite zu, um den Mann nur zu betäuben. Der Ritter hatte gut gekämpft. Ihn abzustechen wäre ohne Ehre gewesen.

Noch einmal versuchten die zurückweichenden Ritter sich zu einem Schildwall zu formieren. Entschlossen stürmte Mandred vor. Es durfte ihnen nicht gelingen, wieder eine Kampflinie zu bilden. Er schlug Schilde zur Seite, drängte Krieger mit quer stehender Axt zurück, nur um möglichst schnell voranzukommen und einen Keil in die entstehende Front zu treiben. Liodred und die Mandriden würden sich um den Rest kümmern.

Dann war er bei den Leibwachen des Zauberpriesters angekommen. Allein ihr Anblick fachte seinen Zorn neu an. Wie ein wütender Bär warf er sich ihnen entgegen, duckte sich unter ihren Schwertern hinweg und schmetterte einem von ihnen die Axt in die Rippen. Vor Wut spürte Mandred kaum, wie die Klinge seinen Nackenschutz durchdrang. Doch die Kettenringe hatten die Wucht des Treffers abgefangen, sodass er nicht mehr als einen flachen Schnitt davontrug. Er stieß einem Angreifer den Dorn der Axt in die Leiste, befreite die Waffe und parierte einen Rückhandschlag, der auf seine Kehle zielte. Unbarmherzig sang der Elfenstahl sein Lied vom Tod. Die Leibwächter des Priesters kämpften bis zum letzten Mann.

Als Mandred schließlich erschöpft die Axt sinken ließ, stellte er überrascht fest, dass die übrigen Ritter inzwischen die Waffen gestreckt hatten.

Schwer atmend sah der Jarl sich um. Endlich entdeckte er den einen Feind! Der Zauberpriester lag mitten zwischen den Toten. Mandred trat zu ihm. Er war überrascht zu sehen, wie jung der blau gewandete Priester war. Ein Pfeil hatte sein Leben beendet.

Liodred kam an Mandreds Seite. »Sie geben auf!«, erklärte er müde. »Auch auf den unteren Decks wird nicht mehr gekämpft.«

Mandred hörte zwar, was der König sagte, doch er hatte nur Augen für den Priester. Mit einem Ruck zog er ihm den Pfeil aus dem Leib. Er hatte diese silberweißen Federn schon einmal gesehen. Und als er mit dem Daumen das Blut von der Spitze wischte und das glitzernde Eisen sah, da wusste er, wem dieser Pfeil gehörte. Mandred schaute sich um und erblickte am Heck der Elfengaleere Nuramon und Nomja. Sie winkten ihm zu.

Der Jarl schüttelte den Kopf und grinste dann Liodred an. »Dieser verdammte Elf hat mir schon wieder den Arsch gerettet. Und seine bescheuerte Familie glaubt, der taugt nichts.«

EINE GOTTESGABE

Nur noch wenige hundert Schritt trennten die *Zermalmer* von den Langbooten der Fjordländer. Acht Schiffe folgten der Galeasse des Herzogs. Die übrigen hielten mit dem Flaggschiff des Königs auf das westliche Ende der Schiffsbarriere zu, wo die Ordensritter inzwischen die Übermacht gewonnen hatten. Wenn man sie nicht aufhielt, würden sie von der Flanke aus die ganze Verteidigungslinie der Fjordländer aufrollen.

Der Rauch, den sie von fern auf dieser Seite des Fjords gesehen hatten, war verflogen. Farodin entdeckte die Wracks von drei ausgebrannten Schiffen, die dicht unter der Küste trieben. Die Brände waren verloschen.

Der Elf fand es befremdlich, dass der König sich ausgerechnet den Teil des Schlachtfeldes aussuchte, vor dem ihn Skanga ausdrücklich gewarnt hatte.

»Es ist das Vorrecht des Königs, dort zu kämpfen, wo man den meisten Ruhm gewinnen kann«, sagte die Schamanin ungefragt.

Farodin fuhr wütend herum.

»Nein, ich werde nicht aufhören, in deinen Gedanken zu lesen.« Ihre Augen blitzten. »Nicht, so lange dein Wunsch, ihn tot zu sehen, nicht verloschen ist.«

Der Herzog ignorierte sie beide. Er winkte den Kriegern mittschiffs zu. »Schafft neue Deckbrecher heran!«

Farodin beugte sich seitlich über das Schanzkleid, um zu sehen, was Orgrim zu diesem Befehl veranlasste. Drei kleine Koggen hatten sich aus dem Pulk der Ordensschiffe gelöst und kamen ihnen mit dem Mut der Verzweiflung entgegengesegelt. Sie sind verrückt, dachte der Elf. Hoffnungslos verrückt! Eigentlich konnten sie sich auch gleich selbst die Kehlen durchschneiden. Das Schicksal der anderen Schiffe, welche die Trollflotte angegriffen hatten, konnte den Rittern und Seeleuten auf den drei Koggen schwerlich entgangen sein. Und trotzdem wagten sie diese unsinnige Attacke!

Neue Steine wurden aus einer Frachtluke an Deck gehoben und entlang der Reling der *Zermalmer* aufgeschichtet. Farodin konnte hören, wie die Trolle miteinander scherzten und Wetten abschlossen, wem es gelingen würde, den Hauptmast zu zerschmettern.

Neben den Steinen lagen die Leichen einiger Seeleute. Die Trolle hatten sie nach dem kurzen Gefecht mit dem Dreimaster aus der See gezogen. Farodin ahnte schon, warum man dieses *Fleisch* an Bord geholt hatte. Die Sitten seiner Verbündeten ekelten ihn.

»Man muss das Herz eines toten Feindes gegessen haben, um in meinem Volk als Krieger anerkannt zu werden«, sagte die Schamanin mit heiserer Stimme. »Viele junge Trolle werden heute Nacht von ihren Fürsten in den Bund der Krieger aufgenommen werden. Wir ehren unsere Feinde damit. Keinem Troll würde es jemals einfallen, das Fleisch eines Feiglings zu essen.«

»Ich will das nicht hören!« Farodins Hände schlossen sich fester um die Reling. Er beugte sich ein wenig weiter vor, um die Kogge, die auf die *Zermalmer* zuhielt, besser sehen zu können.

»Für dich gibt es nur einen Weg zu leben, nicht wahr, Elf? Alles, was auch nur um einen Zoll davon abweicht, ist falsch.«

Farodin verschloss sich vor den Worten der Alten. Es gab nichts, was die widerlichen Sitten der Trolle rechtfertigte.

An Bord der kleinen Kogge schien Panik ausgebrochen zu sein. Seeleute hieben mit Äxten auf Fässer ein, die an Deck vertäut waren. Eine ölige Flüssigkeit schwappte knöchelhoch über die Planken und rann in schillernden Schlieren aus den Speigatten.

Nur wenige Schritt trennten die beiden Schiffe noch voneinander. »Die Ruder auf!«, rief Orgrim. Sofort verstummte die Kesselpauke unter Deck.

Die Kogge verschwand im toten Winkel vor dem Rumpf der Galeasse. Farodin konnte sehen, wie sich einige Seeleute mit einem Sprung ins Wasser retteten. Dann gab es einen gewaltigen Schlag. Der Elf wurde von der Wucht des Aufpralls hart gegen die Reling geschleudert.

Von den Achterkastellen der Priesterschiffe, die voraus zum Pulk verkeilt waren, stiegen dunkle Rauchfäden steil in den Himmel. Brandpfeile!

Knirschend schrammte die steuerlose Kogge an der Galeasse der Trolle entlang. Ein Stück entfernt schlugen die Brandpfeile in die See. Die Priester hatten zu kurz geschossen.

»Bringt Wasserfässer an Deck!«, rief der Herzog.

Farodin wunderte sich über den sinnlosen Angriff. Hunderte dunkler Streifen malten sich nun gegen das Blau des Himmels ab. Die Trollschiffe waren fast außer Reichweite der Bogenschützen. Die meisten Pfeile fielen wieder zu kurz.

Farodin betrachtete das verlassene Schiff. Die Kogge zog einen breiten schillernden Streifen hinter sich her. Schlieren hafteten nun auch an der Bordwand der Galeasse. Einige Trolle bemühten sich, das kleine Schiff mit Stangen fortzudrücken.

Farodin versuchte zu durchschauen, was der Plan hinter diesem Angriff sein mochte. Das alles ergab keinen Sinn ... Noch zwei weitere Schiffe der Flotte waren mit kleinen Koggen zusammengestoßen. Doch so weit er beobachten konnte, hatten die Galeassen keinen Schaden davongetragen.

Ein Schauer Pfeile fiel vor ihnen in die See. Zischend verloschen die Geschosse. Eines jedoch hinterließ eine kleine Flamme, die auf dem Wasser trieb.

Feuer, das auf Wasser brennt! Farodin musste an die Flotte der Ordenspriester im Hafen von Iskendria denken. Die Schreckensbilder waren noch frisch in seiner Erinnerung. Auch wenn in der Menschenwelt die Eroberung der Hafenstadt viele Generationen zurücklag, waren für ihn seitdem nur wenige Monde vergangen.

Der Elf fuhr herum. Jetzt fügte sich alles zu einem deutlichen Bild zusammen. Die Menschen wollten das Feuer so weit wie möglich von ihrer eigenen Flotte entfernt entfachen. Es gehörte zum Plan, dass die Koggen fast außerhalb der Bogenschussweite ihre Rammmanöver durchgeführt hatten. Doch warum hatte nicht ein Fanatiker die Schiffe selbst mit einer Fackel entzündet? Hatte man Angst gehabt, sie würden zu früh in Brand geraten?

»Weg von dem Schiff!«, rief Farodin und eilte auf den Steuermann zu. Dabei deutete er auf die schillernden Schlieren, die überall auf dem Wasser trieben. »Wir dürfen dort nicht hineingeraten! Lasst die Ruder wieder ausfahren. Wir müssen sofort wieder Fahrt aufnehmen.«

»Was ist los mit dir, Elf?«, fragte der Herzog überrascht. »Kommen wir dir immer noch nicht schnell genug in den Kampf?«

»Wir kommen nie mehr in den Kampf, wenn wir nicht schnell handeln!«

Orgrim runzelte die Stirn. Die Schnittwunde in seiner Kopfhaut riss wieder auf. Ein Tropfen Blut rann seitlich an seiner breiten Nase herab.

»Die Ruder werden ausgefahren, sobald wir die Kogge passiert haben. Wir können uns nicht leisten, weitere Riemen zu verlieren«, entschied der Herzog und wandte sich ab.

»Bei den Alben, Orgrim! Sie haben das Feuer Balbars gestohlen! Die Wunderwaffe, die den Flotten Iskendrias jahrhundertelang die Herrschaft auf der Aegilischen See sicherte. Wir sind des Todes, wenn wir nicht von diesen treibenden Ölflecken wegkommen. Nichts vermag diese Flammen zu löschen, wenn sie einmal entfacht sind!«

»Ich werde nicht …«, begann der Herzog, als steuerbord eine Stichflamme aus der See schoss. Im selben Augenblick fing eine jener beiden Koggen Feuer, die weiter im Westen angegriffen hatten. Flammen leckten die hohen Bordwände der *Knochenreißer* empor. Rings um das Schiff stand die See in Flammen. Obwohl der Brand mehr als dreißig Mastlängen entfernt lag, spürte Farodin seinen Gluthauch auf den Wangen. Gestalten, in Flammen gehüllt, sprangen von Bord der *Knochenreißer*. Gellende Schreie klangen über das Wasser, das sie vor dem Feuer nicht retten konnte.

Steuerbord gab es einen dumpfen Schlag. Der Mast der Kogge, die sie gerammt hatte, verfing sich an den ausladenden Aufbauten des Achterkastells der *Zermalmer*. Knirschend rieben die Schiffsrümpfe aneinander, und die wuchtige Galeasse, die immer noch Fahrt machte, zog das kleinere Schiff mit sich.

»Zimmermann«, schrie Orgrim. »Auf das Achterdeck. Kappt die Rahen! Die Ruder raus!« Unter Deck ertönte der dröhnende Klang der Kesselpauke. »Zurück! Rudert zurück!« Orgrim packte seinen Kriegshammer und lief zum Schanzkleid, um auf Rahen und Takelage einzuschlagen, die sich dort verfangen hatten.

Farodin hatte den ersten Schreck überwunden und eilte nun dem Herzog zur Seite. Verzweifelt drosch er auf die Seile der Takelage ein. Orgrim schlang sich ein dickes Tau um den Leib und ließ sich an der Bordwand hinab, um besser an die Rahe der Kogge zu kommen. Das gereffte Segel hielt das zersplitterte Holz noch immer zusammen. Tuch und Seile hatten sich an einer Stützstrebe unter den Aufbauten des Achterkastells der *Zermalmer* verfangen.

Orgrim warf den schweren Kriegshammer zurück auf Deck und versuchte mit bloßen Händen das Takelwerk zu zerreißen. Sein Gesicht war schweißüberströmt. Er blickte zu Farodin auf. »Na, wünschst du dir zum ersten Mal, dass ich nicht sterbe?«

Der Elf schob sein Schwert in die Scheide zurück und kletterte auf das Schanzkleid. »Ich wünsche mir, dass du mit deinen dummen Reden aufhörst und deine Arbeit machst.« Mit einem weiten Satz sprang er ab und schlug gegen die Rahe. Seine Hände krallten sich in die Taue. Er schwang ein Bein hoch und fand einen sicheren Sitz. Dann zog er einen Dolch und zerschnitt mit stummer Verbissenheit das Segeltuch.

Plötzlich rutschte Orgrim zur Seite, pendelte an dem Haltetau und schlug hart gegen die Bordwand der *Zermalmer*. Jubelrufe erklangen auf dem Achterdeck. Die Galeasse war freigekommen. Farodin saß noch auf der unbeschädigten Hälfte der Rahstange. Mit jedem Herzschlag vergrößerte sich der Abstand zum Trollschiff.

Orgrim stieß sich von der Bordwand ab und schwang sich in Richtung der Kogge. Doch das Seil war zu kurz. »Spring, du verdammter Elf!«, schrie ihn der Troll an und reckte ihm seine breite Hand entgegen.

Vom Pulk der verkeilten Schiffe stiegen wieder dunkle Rauchfäden in den Himmel. Diesmal schienen alle Bogenschützen auf die *Zermalmer* angelegt zu haben.

DIE OFFENBARUNG

Nuramon hatte sich nur notdürftig um Mandreds und Liodreds Wunden kümmern können, als die Königin mit Obilee und etwa fünfzig Kriegern auf ihre Galeere zurückkehrte. Die neue Leibwache sicherte das Schiff, während sich die Kampfgefährten achtern um die Königin scharten. Yulivee und eine andere junge Elfe brachten Emerelles Wasserschale aus ihrer Kajüte.

Obilee flüsterte Nuramon zu, dass die Königin gegen ihren Rat zurückgekehrt war, noch ehe sich die Kunde vom Tod des Priesters verbreitet hatte. Nuramon wunderte es nicht, dass Emerelle schneller als alle anderen davon erfahren hatte. Ihr Blick reichte weit, selbst ohne den Wasserspiegel.

Mandred und Liodred blickten neugierig in das Wasser des Spiegels. Ein vages Bild erschien, das unter der Oberfläche zu schwimmen schien. Yulivee musste sich auf die Zehenspitzen stellen, um etwas sehen zu können. Obilee schien die Macht des Spiegels bereits zu kennen. Sie stand ruhig da und schien mehr Blicke für die Anwesenden zu haben als für das, was im Wasser Kontur annahm. Nomja hingegen machte große Augen. Es war für sie gewiss das erste Mal, dass ihr die Ehre gewährt wurde, in den Spiegel der Königin zu blicken. Nuramon erging es ebenso.

Durch das Wasser vermochte die Königin an jeden Ort des Schlachtfelds zu blicken. Auf dieser Seite der Barriere aus Langschiffen hatten sich die Kämpfe beruhigt. Kurz zeigte der Spiegel das Bild Pelverics, der neben dem Leichnam Dijelons kniete. Nuramon hatte keine guten Erinnerungen an Dijelon. Er war es gewesen, den die Königin ausgesandt hatte, um Guillaume den Armen Noroelles zu entreißen und ihn zu töten. Nuramon berührte der Tod des Kriegers wenig.

Emerelle fuhr mit den Fingerspitzen durchs Wasser. Das

Bild verschwamm und fügte sich zu einem neuen. Da war Ollowain! In der Mitte der Barriere aus Schiffen kämpfte er verbissen um den Zugang zu einer feindlichen Kogge. Viele Fjordländer hatten sich erneut in die Schlacht geworfen und standen ihm zur Seite. Es war gut, dass die Menschen am Kampf teilnahmen, denn in vielen Elfenmienen stand die Angst. Was auf der *Elfenglanz* geschehen war, hatte sich herumgesprochen. Zwar hatte die Königin die Kunde verbreiten lassen, dass sie noch lebe und der Priester tot sei, doch es war zu befürchten, dass es weitere Priester mit derselben Macht unter den Feinden gab.

Unter den tastenden Fingern der Königin zerrann das Spiegelbild, und eine neue Szene zeigte sich. Es war ein großes Schiff, das in hellen Flammen stand. Trolle sprangen über die Reling und versuchten sich zu retten, doch selbst auf dem Wasser war Feuer. So grausam war das Bild, dass Emerelle Yulivee beiseite nahm, damit sie den Schrecken nicht mit ansehen konnte.

Nuramon blickte auf und sah am Horizont zwei Feuersäulen. Ihm wurde übel. Was für eine Waffe war das? Waren die Tjuredpriester dabei, die ganze Flotte der Trolle zu verbrennen? Eine dritte Flammensäule griff in den Himmel. Hoffentlich war Farodin auf keinem dieser Schiffe! In diesem Inferno halfen weder Mut noch Geschicklichkeit, um dem Tod zu entrinnen.

Das Bild im Spiegel verging, und ein neues entstand. Nun sah man das Flaggschiff des Trollkönigs. Zu erkennen war es am Banner, zwei weiße Kriegshämmer, die sich auf schwarzem Grund kreuzten. Das Schiff hielt geradewegs auf einen Dreimaster der feindlichen Flotte zu.

»Sie werden dem Angriff der Trolle nicht widerstehen«, sagte Emerelle mit fester Stimme.

Nuramon blickte zu den Flammen am Horizont. Der Sieg war ihm schon so nah erschienen!

Wieder und wieder fuhr die Königin mit der Hand durch das Wasser, und mit jedem Mal zeigte sich ein neuer Ort im

Spiegel. Die Schlacht war noch längst nicht gewonnen. Die Trolle hatten zwar das Blatt gewendet, und den Feinden war der Rückweg abgeschnitten. Doch einer jener mächtigen Zauberpriester des Tjured reichte aus, um den Kämpfen eine neue Wendung zu geben.

»Lasst uns sehen, wer der Anführer der Feinde ist«, sagte die Königin und schaute nach Westen. »Welches Schiff ist es wohl?« Ein wahrer Wald von Masten drängte sich im Fjord. Auf den meisten Priesterschiffen hatte man die Segel eingeholt, da sie in einem Gefecht, in dem es nicht mehr galt, seinen Gegner auszumanövrieren, nur noch störten.

Mandred deutete auf eines der wenigen Schiffe, bei dem man die Segel nicht eingeholt hatte. »Der Dreimaster da!«

Die Königin berührte das Wasser, und ein neues Bild fügte sich zusammen. Es zeigte die Brücke eines Schiffes. Dort stand ein Priester.

Erschrocken zuckte die Hand der Königin zurück. »Besitzt er die gleiche Macht?«, fragte Obilee.

»Nein! Eine viel schlimmere ...« Ihre Stimme senkte sich zu einem Flüstern. »Bei allen Alben! Du bist also zurückgekehrt.«

»Wer ist das?«, fragte Yulivee.

Bevor Emerelle antworten konnte, sprach Mandred: »Diese blauen Augen kenne ich!«

Auch Nuramon kamen die Augen bekannt vor. Der Mann war groß und kräftig, hatte langes blondes Haar und war in ein nachtblaues Gewand gekleidet, wie es die Tjuredpriester schon zu Guillaumes Tagen zu tragen pflegten.

»Das ist der Devanthar«, hauchte die Königin.

»Bei Luth!«, knurrte Mandred und packte seine Axt fester.

In Obilees Gesicht stand Hass geschrieben, in Nomjas Angst. Die Einzige, die offensichtlich nicht wusste, was die Worte der Königin bedeuteten, war Yulivee. Sie schaute in die Runde.

In diesem Augenblick begriff Nuramon, warum sich der Tjuredglaube über die Jahrhunderte so sehr verändert hatte. Wie aus einer Religion, die Liebe predigte und deren Priester

Heiler waren, ein Glaube werden konnte, dessen Ordensritter Reich um Reich unterworfen hatten und alles Fremde mit unbändigem Hass verfolgten. Jetzt hatte diese Kirche ihr wahres Gesicht gezeigt!

Mit einem Mal trat ein Mann an die Seite des Devanthars: ein Priester mit goldener Maske, die ein bekanntes Gesicht zeigte.

»Da!«, rief Mandred.

Obilee zuckte zusammen. »Nein … Das ist Noroelles Gesicht!«

»Guillaume!«, sagte Nuramon vor sich hin.

»Das also ist der Gegner!«, sprach Emerelle. »Jetzt fügt sich alles zusammen! Die Krieger in Aniscans, die Lügen über Guillaumes Tod, die Macht der Priester. All das steht in diesen blauen Augen des Devanthars geschrieben, wie eine Rune der Alben.« Plötzlich beugte sich Emerelle vor, als wollte sie irgendetwas genauer betrachten. Nuramon merkte, dass ihre Hände zitterten. »Seht ihr! In seiner Hand! Ein Albenstein! Beim Glanz der Alben! Er bereitet etwas Großes vor.«

Nuramon starrte auf den Stein. Es war nicht der Feueropal der Dschinnenkrone, sondern ein durchscheinender goldener Edelstein, in dem fünf Adern verliefen: ein faustgroßer Chrysoberyll.

Nun ergab alles einen Sinn. Der Devanthar war das Haupt der Tjuredpriester. Nuramon dachte an all die neuen Pfade, die Fargon durchzogen und die ihr Zentrum in der Hauptstadt des Königreichs hatten, in Algaunis. Der Dämon missbrauchte die Menschen, um an den Albenkindern Rache für die Vernichtung der Devanthare zu nehmen. Und die Menschen in Fargon und all den anderen unterjochten Königreichen glaubten gewiss, ihrem Gott Tjured zu dienen.

Die Königin schlug ihren Mantel zurück und löste einen Beutel von ihrer Hüfte. Daraus holte sie einen grauen Stein.

Nuramon erschauerte vor Ehrfurcht. Zum ersten Mal sah er den Albenstein der Königin, jenes Artefakt, dessen Macht ihm seinen innigsten Wunsch erfüllen konnte. Reilif hatte Recht gehabt. Die Furchen auf Emerelles Stein verliefen übereinander. Er war rau, und in ihm wohnte eine rote Glut. Nuramon vermochte seine Macht nicht zu spüren. Die Magie der Königin überstrahlte sie, und seine Sinne reichten nicht aus, um die Kraft der Königin von der des Steins zu unterscheiden.

Emerelle wandte sich an Yulivee. »Du musst nun genau aufpassen, was ich tue, mein Kind! Sieh und lerne!«

DER ALTE FEIND

Eine kräftige Hand griff nach Farodin und zerquetschte ihm fast den Arm. Der Herzog schlug gegen die Bordwand, als das Seil zurückpendelte. Pfeifend wich der Atem aus seinen Lungen. Er hielt Farodin jetzt fest umklammert, fast wie eine Mutter ihr Kind.

»Zieht mich endlich hoch, ihr Trottel!«, rief Orgrim zornig.

Farodin sah, wie die Riemen unter ihm das Wasser aufwühlten. Die Galeasse fuhr rückwärts, und mit jedem Ruderschlag entfernten sie sich weiter von den treibenden Ölflecken.

Plötzlich erklang ein Fauchen wie von einem wütenden Drachen. Gleißende Helligkeit blendete den Elfen. Er riss den Arm vors Gesicht, um sich vor der Hitze zu schützen, die nach ihm griff. Orgrim stöhnte auf.

Raue Hände packten den Elfen. Noch immer geblendet, fühlte er, wie man ihn aufs Deck legte. »Schneller«, knurrte Orgrim. »Sie sollen sich in die Riemen legen! Und kippt Wasser über das Deck!«

Blinzelnd öffnete Farodin die Augen. Sein Gesicht brannte vor Schmerz. Benommen richtete er sich auf und sah auf das Wasser. Brandpfeile hatten die dritte Kogge getroffen und Balbars Feuer entfacht. So hell waren die Flammen, dass man nicht direkt in sie hineinsehen konnte. Wie Drachenatem schlug Farodin die Hitze entgegen. Er wandte sich ab.

Orgrim saß gegen die Reling gelehnt. Die alte Schamanin beugte sich über den Herzog und betastete dessen Gesicht. Seine Lippen waren aufgeplatzt, und Brandblasen wölbten sich auf seiner Stirn. Der Herzog lächelte und zeigte seine riesigen Zähne. »Ich wünschte, ein Elf könnte in einem Troll wiedergeboren werden. Ein Krieger mit deiner Seele wäre der Stolz meines Volkes.«

Farodin antwortete nicht. Mochte Orgrim denken, was er wollte. Die Tatsache, dass der Herzog ihm das Leben gerettet hatte, änderte nichts an der Vergangenheit. In Orgrim war die Seele von Aileens Mörder in Fleisch gekleidet. Ganz gleich, was geschehen mochte, er würde nie etwas anderes in dem Troll sehen als den Krieger, der ihm seine Liebste entrissen hatte.

Unter Skangas heilenden Händen verschwanden die Verbrennungen. Der Herzog streckte sich und stand dann auf, um das Schlachtfeld in Augenschein zu nehmen. Fünf Trollschiffe waren bis zum großen Pulk der Koggen vorgestoßen. Hunderte Krieger stürmten auf die Decks der Ordensschiffe und würden sich bis zu den Langbooten der Fjordländer durchkämpfen.

Skanga trat vor Farodin. Sie streckte die dürren Finger nach seinem Gesicht aus. Farodin wich ein wenig zurück.

»Siehst nicht gut aus«, krächzte sie. »Hast kein hübsches Gesicht mehr.« Die Schamanin blinzelte. Zum ersten Mal war kein Hass in ihrem Blick. »Ich biete meine Hilfe stets nur einmal an.«

Farodin nickte, und ihre Finger tasteten über sein Gesicht. Sie brachten einen kühlen Hauch. Der Schmerz verging. Er fühlte, wie seine Haut sich straffte.

Plötzlich griff sich die Alte an die Brust. Sie zitterte am ganzen Leib. »Er ist hier«, stieß sie atemlos hervor. »Er nutzt …« Sie schlug die Hände vors Gesicht und stieß einen gellenden Schrei aus.

Auch Farodin spürte einen stechenden Schmerz hinter seiner Stirn. Ein Prickeln lief über seine Haut. Erschrocken sah der Elf auf. Etwa eine halbe Meile entfernt hielt das Flaggschiff des Trollkönigs auf eine große, dreimastige Kogge zu. Doch zwischen den Schiffen erblühte auf dem Wasser eine schwarze Wolke, die schnell anwuchs. Die seltsame Erscheinung schien alles Licht rings herum zu verschlingen. Noch immer wuchs die Wolke weiter. Schon war sie halb so groß wie das Königsschiff.

Schwarzer Nebel quoll aus dem Dunkel und griff mit langen Armen über die See.

»Was siehst du?«, fragte Skanga.

Der Elf beschrieb ihr, was geschah. Das Wasser vor der Wolke war aufgewühlt, so als gäbe es dort eine starke Strömung. Boldors Schiff versuchte der unheimlichen Erscheinung auszuweichen. Es legte sich quer, doch die Strömung zog es auf die Finsternis zu. Ein Kranz aus Licht erschien um einen der Nebelarme. Die Dunkelheit breitete sich nicht weiter aus, doch sie wich auch nicht zurück.

»Gib mir deine Augen!«, krächzte die Schamanin heiser. »Niemand vermag besser in die Ferne zu blicken als Elfen.«

Dürre Finger schlossen sich um Farodins Nacken. Der Elf bäumte sich auf. Seine Kraft zerrann. Seine Glieder fühlten sich schwer und kraftlos an. Seine Augen … Alles verschwamm vor seinem Blick! In der Ferne vermochte er jetzt nur noch einen Schatten über dem Wasser zu sehen.

Er wollte aufbegehren, sich losreißen, doch seine Kraft reichte nicht aus, den Gedanken Taten folgen zu lassen. Verzweifelt blickte er an sich hinab. Ganz deutlich konnte er seine Finger sehen, die feinen Linien in seiner Haut. Doch wenn er den Blick hob, dann wurde schon der Steuermann zu einem unsicheren Schemen, obwohl er nur wenige Schritt entfernt stand.

»Der Verderber ist hier«, zischte die Schamanin. Ihre krallenhafte Hand wühlte zwischen den Amuletten, die ihr vom Hals hingen. »Der Devanthar. Er hat ein Tor in das Nichts geöffnet, in die dunkle Leere zwischen den Splittern der Zerbrochenen Welt. Emerelle versucht ihn aufzuhalten. Doch ihre Macht reicht nicht aus. Er … Welch eine Kraft! Er besitzt einen Albenstein!«

Skanga holte ein längliches Jadestück hervor und strich die Rabenfedern zur Seite, die den Stein verborgen hatten. Farodin erkannte fünf Linien in der Jade, die sich zu einem Stern trafen. Besaß diese alte Vettel tatsächlich einen Albenstein? War sie die Hüterin des größten Schatzes ihres Volkes?

Der Stein glühte von innen heraus. Skanga begann einen auf- und abschwellenden Gesang, der nur aus einzelnen Silben bestand.

Erschrockene Rufe erklangen vom Hauptdeck. Farodin blinzelte hilflos. Er konnte nicht mehr sehen, was auf See vor sich ging! »Was geschieht dort draußen?«, rief er verzweifelt. »Sag es mir, ich kann nichts sehen!«

»Boldors Schiff wurde in die Dunkelheit gezogen«, antwortete der Herzog leise. »Jetzt verschwindet eine kleine Kogge, die in den Sog geraten ist. Es sieht aus, als stürzte das Wasser in einen Abgrund.«

Farodin musste daran denken, wie er mit seinen Gefährten auf den leuchtenden Albenpfaden durch die Leere gegangen war. Er erinnerte sich an die Angst, die er dabei empfunden hatte, und an die bange Frage, ob eine Seele für immer verloren ginge, wenn man dort starb.

Der Singsang der Schamanin ging in schrilles Kreischen über. Ihr Griff um seinen Nacken lockerte sich ein wenig, doch Farodin hatte nicht mehr die Willenskraft, gegen Skanga anzukämpfen.

»Noch eine Galeasse ist verschwunden«, sagte Orgrim. »Selbst hier an Bord spüre ich den Sog des Abgrunds. Der schwarze Nebel beginnt sich aufzulösen. Ein Kreis von Licht umgibt die Dunkelheit. Licht und Dunkel ringen miteinander. Blitze zucken durch die Finsternis. Sie reißen Stücke aus dem Dunkel. Es zerfließt ...«

Die Schamanin atmete schwer aus und löste ihren Griff nun ganz. Mit einem Mal sah Farodin wieder deutlich. Die schwarze Wolke über dem Wasser war verschwunden. »Das Tor ist verschlossen.« Die Falten in Skangas Gesicht waren tiefer geworden. Sie stützte sich schwer auf die Reling.

Von den Langbooten erklang lautes Jubelgeschrei. Die Trolle waren bis zu den Verteidigern vorgedrungen und vereinten sich mit Menschen und Elfen.

»Sieg!«, rief Orgrim begeistert und reckte seinen Kriegshammer zum Himmel. »Sieg!«

Einzelne Koggen lösten sich aus dem Pulk der ineinander verkeilten Schiffe. Die Ordensritter versuchten verzweifelt, den übermächtigen Trollen zu entkommen.

Vor den Klippen im Westen drehte ein ganzes Geschwader feindlicher Schiffe bei und hielt auf den Ausgang des Fjords zu. Inmitten der Flüchtenden sah Farodin das Flaggschiff. Doch die Trolle aus dem Flottenverband des Königs waren bereits nah. Mit mörderischen Steinsalven vernichteten sie alle Schiffe, denen sie nahe kamen.

»Ich spüre seine Angst«, erklang Skangas heisere Stimme. »Die Königin hat begonnen, einen Zauber zu wirken, der ihn töten kann. Es ist jene Magie, mit der die Alben im Krieg gegen die Devanthar obsiegten. Er versucht einen neuen Stern zu erschaffen.«

Vom fliehenden Koggengeschwader wurden Brandpfeile abgeschossen. Eine Wand von Feuer stieg aus dem Wasser und erfasste etliche Schiffe.

Farodin war erschüttert. Es schien den Menschen nun gleich zu sein, ob sie ihre eigenen Kameraden den Flammen überantworteten. Die Galeassen der Trolle setzten zurück. Dennoch wurden zwei von ihnen ein Raub der Flammen. Eine Brise trieb beißenden Rauch über die See. Er stank nach Öl, verbranntem Fleisch und noch etwas, das dem Elfen zugleich fremd und vertraut war.

»Riechst du das?«, fragte Skanga. »Schwefel! Das ist der Geruch des Täuschers.«

Farodin erinnerte sich daran, den Geruch schon einmal wahrgenommen zu haben. Damals in der Eishöhle. Nur war er dort schwächer gewesen.

Der Trollherzog fluchte herzhaft wegen der feigen Flucht der Feinde und bedachte den Devanthar mit Ausdrücken, die selbst Farodin noch nie gehört hatte.

»Sei froh, wenn du ihm nie Aug in Aug gegenüberstehst, Orgrim. Es gibt keinen schrecklicheren Feind. Er ist der Meister der Täuschung. Ich spüre, wie er jetzt das Tor öffnet, um sich zurückzuziehen. Wir haben gesiegt. Doch wer weiß, vielleicht war er nur hier, um uns zu seiner Verfolgung zu verleiten und ins Verderben zu locken.«

Farodin deutete auf die riesige Flotte rings herum. »Das alles opfert er, um uns zu einer Verfolgung zu verleiten! Nein, das ist Unsinn! Er kam, um Firnstayn zu zerstören und den Norden zu erobern. Er hat nicht mit unserem Bündnis gerechnet. Und …« Der Elf zögerte kurz. »Es waren die Trolle, die uns letztlich den Sieg gebracht haben. Verzeiht, wenn ich an euch zweifelte.«

Die Alte ignorierte seine Entschuldigung. »Wenn du glaubst, du könntest die Winkelzüge eines Devanthars verstehen, dann hast du dich schon in seinem Netz verfangen. Schiffe und ein paar tausend Menschenleben bedeuten ihm nichts! Jetzt haben wir gesiegt, doch der Kampf hat eben erst begonnen.«

DIE CHRONIK VON FIRNSTAYN

... und so wurden unsere Stadt und das Königreich gerettet. Menschen, Elfen und Trolle besiegten die Flotte der Tjuredpriester und trieben ihren dämonischen Anführer in die Flucht. Nie soll die Nacht nach dem Sieg vergessen sein. Firnstayn war hell erleuchtet, überall brannten Freudenfeuer, und Menschen und Elfen tanzten gemeinsam. Die Trolle feierten den Sieg auf ihren Schiffen, und Donnergrollen drang bis nach Firnstayn hin. Doch es waren derer viele, die in dieser Nacht um die Gefallenen trauerten. Sie beteten für die Toten und waren stolz, dass diese Anteil an dem großen Sieg hatten.

Selbst die Elfenkönigin Emerelle kam in unsere Stadt, und nie wurde solcher Liebreiz bei einer Frau gesehen. Sie schritt anmutig durch die Straßen von Firnstayn und richtete das Wort an viele der Menschen. Der bescheidene Schreiber dieser Zeilen kam selbst in den Genuss ihrer Worte. Sie sprach: »Du bist die Erinnerung dieses Reiches? Dann merke dir: Das Schicksal des Fjordlandes wird auf immer mit dem Albenmarks verbunden sein.« Und so ist es nun niedergeschrieben.

Als der Morgen kam, waren Mandred und König Liodred fort. Die Elfen sagten, sie seien ausgezogen, einen den Anführer der Feinde zu töten. Da bekamen wir alle Angst um unseren König, denn sein Sohn war noch lange nicht im rechten Alter, ihm auf den Thron zu folgen, sollte das Schlimmste geschehen. Doch wir waren auch stolz auf ihn. Nun ist ein weiterer Firnstayner an der Seite der Elfen auf Reisen gegangen. Möge Luth ihnen allen einen guten Faden spinnen!

NIEDERGESCHRIEBEN VON TJELRIK ASWIDSON,
BAND 67 DER TEMPELBIBLIOTHEK ZU FIRNSTAYN, S. 45

ABSEITS DER SIEGESFEIER

Es war Nacht, und Nuramon schritt an der Seite Obilees den Strand entlang. Überall am Fjord brannten Lagerfeuer, Laternen und Barinsteine. Firnstayn, die Schiffe und selbst die Wälder waren hell erleuchtet. Die Menschen feierten gemeinsam mit den Elfen, nur die Trolle blieben unter sich und hatten ihre Schiffe nicht verlassen. Ihre Pauken aber waren bis hierher zu hören, und der Geruch von gebratenem Fleisch zog das Ufer entlang.

Sie hatten einen großen Sieg errungen. Manche feierten ausgelassen, andere hatten Verwandte und Freunde verloren und trauerten um diese. Die Leichen der Menschen waren im Luthtempel und den angrenzenden Hallen aufgebahrt worden. Die toten Elfen waren bereits verbrannt. Die zusammengesunkenen Scheiterhaufen glühten noch jenseits der Stadt.

»Willst du es wirklich wagen?«, fragte Obilee.

»Ja«, sagte Nuramon. »Der Devanthar hat Noroelle ins Unglück getrieben. Er ist es, der für die Menschen hier und auch für Albenmark zu einer Gefahr geworden ist. Außerdem hat er einen Albenstein.«

»Aber denke an das Wagnis!«

»Würdest du für Noroelle weniger wagen?«

»Nein. Aber ein Devanthar! Wie wollt ihr ihn besiegen?«

»Es wird sich ein Weg finden. Jedenfalls rechnet er gewiss mit allem, nur nicht mit uns.«

»Vielleicht sollte ich euch begleiten? König Liodred hat sich auch angeschlossen.«

»Liodred handelt aus Abenteuerlust und aus Bewunderung für Mandred. Ein König, der mit dem Ahnherr auf dessen legendäre Reisen geht! Nein, Obilee. Es ist nicht dein Schicksal. Dein Platz ist bei der Königin. Begib dich nicht auf unseren traurigen Pfad. Vielleicht erreichst du durch Treue das, was wir durch Ungehorsam erreichen wollen. Vielleicht befreit die Königin Noroelle einst dir zuliebe.«

»Nun gut, Nuramon. Ich werde bleiben.« Sie lächelte. »Und ich werde Yulivee sagen, dass wir gemeinsam auf dich warten müssen. Sie wird dich sehr vermissen.«

»Ich fürchte, sie könnte eine Dummheit begehen.«

»Das wird die Königin nicht zulassen. Sie liebt die Kleine ebenso sehr wie du.«

Nuramon wusste, dass Obilees Fähigkeiten ihnen bei der Suche nach dem Devanthar von unschätzbarem Nutzen wären, doch allein der Gedanke, dass alle, die Noroelle die Treue hielten, zugleich sterben mochten, war ihm unerträglich. Vielleicht war es selbstsüchtig, Obilee von seinem Pfad fern zu halten, doch die Gewissheit, dass sie als große Kriegerin an der Seite der Königin bliebe, würde ihm Kraft verleihen.

Sie näherten sich dem Feuer, wo sie zuvor mit Farodin und Mandred gesessen hatten. Nomja, Yulivee und Emerelle waren mit ihren Wachen hinzugekommen. Zu Nuramons Überraschung hatte sich auch Ollowain hinzugesellt. Den Elfenkrieger hatte er heute nur aus der Ferne gesehen. Er hatte seinem Ruf alle Ehre gemacht und wie ein Drache gekämpft.

Yulivee kam Nuramon entgegengelaufen. Er ging in die Hocke und schloss das Kind in die Armee. »Ich will mitkommen«, sagte sie.

»Das geht nicht. Die Königin braucht dich hier«, entgegnete er.

»Sie kommt auch ohne mich aus.«

»Nein, Yulivee. Sie wäre gewiss sehr enttäuscht.«

»Ich dachte, wir wären Bruder und Schwester.«

»Mein Haus steht schon zu lange leer, und Felbion wird sich gewiss einsam fühlen. Irgendjemand muss sich um ihn und auch um die Pferde von Mandred und Farodin kümmern. Und ich möchte das Haus und die Pferde in den besten Händen wissen. Ich habe dir doch von Alaen Aikhwitan erzählt. Er ist einsam.«

»Aber da bin ich ja allein.«

Obilee strich Yulivee über den Kopf. »Nein, ich werde da sein und dir Gesellschaft leisten. Und vergiss Emerelle nicht.«

Die kleine Zauberin wirkte besorgt und blickte Nuramon mit großen Augen an. »Und wenn du nicht zurückkommst? Was geschieht mit mir, wenn du stirbst?«

»Dann wird dir irgendwann ein kleiner Bruder namens Nuramon geboren. Für den musst du dann sorgen.«

Yulivee lächelte und küsste Nuramon auf die Stirn. »Dann werde ich bleiben ... und von Obilee und der Königin einige Zauber lernen.« Sie wandte sich an die Kriegerin. »Wir könnten große Abenteuer erleben. Yulivee und Obilee! Das klingt schön. Wir könnten Freundinnen sein. Ich hatte noch nie eine beste Freundin. Ich habe nur davon gelesen und mir immer eine gewünscht.«

Obilee drückte die Kleine an sich. Sie flüsterte ihr etwas ins Ohr. Yulivee nickte. Gemeinsam begaben sie sich zu den anderen.

Farodin stand da und wirkte entschlossen. Mandred hielt Nomja an den Schultern. Offenbar hatte er sich gerade von ihr verabschiedet. Liodred erhob sich von seinem Platz am Feuer und legte den Waffengurt an.

Die Königin hatte ihnen allen die Ehre erwiesen, sie zu heilen. Gewiss musste Emerelle dabei keine Schmerzen leiden. Nun stand sie am Wasser und blickte zu den Schiffen draußen im Fjord. Sie schien tief in Gedanken zu sein. Der Wind zerrte an ihrem grauen Gewand und wirbelte ihr Haar.

»Bist du bereit, Nuramon?«, fragte Mandred und trat an ihn heran. »Hast du deine Waffen?«

»Ja.« Er holte seinen Bogen und den Köcher mit den restlichen Zwergenpfeilen. Das Langschwert mitsamt der Scheide und den Waffengurt wickelte er aus einem Tuch. Es waren die Waffen, die er bei den Zwergen erhalten hatte. In seinem früheren Leben hatte er mit ihnen einen Drachen getötet. Vielleicht mochten sie auch etwas gegen den Devanthar ausrichten.

Die Königin wandte sich um und trat ans Feuer. »Meine Albenkinder, die Zeit ist gekommen. Der Devanthar erwartet mich, die Schamanin Skanga oder einen anderen Träger eines Albensteins. All seine Sinne sind darauf gerichtet. Wenn ich ginge, dann würde er mich zu früh bemerken. Geht aber ihr, dann werdet ihr ihn vielleicht überraschen. Es ist nun alles vorbereitet. Einige Freiwillige aus meiner Leibwache werden euch begleiten, um euch die Ordensritter vom Leib zu halten. Doch gegen den Devanthar müsst ihr allein vorgehen.«

»Wo können wir ihn finden?«, fragte Farodin. »Sollen wir dem Pfad folgen, auf dem er entkam?«

»Nein, es ist eine Falle. Der Pfad bricht unterwegs einfach ab. Ihr würdet mitten in einem Berg erscheinen und sofort tot sein. Ich habe die verschiedenen Wege, die euch offen stehen, im Wasserspiegel betrachtet. Ganz gleich, wie ihr wählt, der Schatten des Todes liegt über euch. Ich habe auch das Netz der neuen Albenpfade hier in der Welt der Menschen studiert. Ihr müsst in ein Kloster in den Bergen bei Aniscans gelangen. Ich werde euch einen Weg dorthin öffnen. Doch euch bleibt nicht viel Zeit. Ihr werdet an einem Albenstern herauskommen, an dem ihr sogleich ein Tor in die Zerbrochene Welt öffnen müsst. Dort findet ihr den Devanthar.«

»Aber können wir ihn mit unseren Waffen überhaupt besiegen?«, fragte Liodred.

»Haltet eure Waffen ins Feuer!«, entgegnete die Königin.

Farodin führte sein Schwert und seinen Parierdolch in die Flammen, Liodred seine Axt. Als Mandred und Nuramon ihre Waffen hoben, sprach die Königin: »Nuramon, Mandred! Ihr beiden nicht!«

Er ließ das Schwert stecken. Er wusste, dass sein altes Langschwert magisch war, das hatte er schon bei den Zwergen gespürt. Und auch seinem Bogen und den Pfeilen haftete Magie an. Er fragte sich, ob auch die Waffe der Gaomee von Magie erfüllt war.

Nuramon tauschte einen Blick mit Mandred. Der Jarl machte ein verwundertes Gesicht und schaute Ollowain an. Dem Krieger stand ein Schmunzeln auf dem Gesicht. Er hatte gewiss die ganze Zeit über gewusst, dass Mandreds Axt von Magie durchwoben war. Nuramon hatte nichts davon gespürt. Offenbar war der Zauber gut versteckt, was im Kampf gegen den Devanthar ein Vorteil sein mochte.

Die Königin winkte Obilee zu sich. »Du musst den Zauber auf die Waffen legen. Deine Magie ist ihm fremd.«

Die Kriegerin trat ans Feuer und zog ihr Schwert. Die Waffe beeindruckte Nuramon noch immer. Die Klinge war über und über mit Runen verziert, und die Bügel des Messingkorbs schienen ein verschlungenes Zauberzeichen zu bilden. Obilee hielt das Schwert zu Farodins und Liodreds Waffen ins Feuer. Es zischte leise, und die Flammen leuchteten hell auf. Dann wurden sie hellblau und leckten gierig nach den Klingen. Obilee blickte konzentriert auf ihr Schwert. Es knisterte, und blitzende Lichtfäden spannten sich von ihrer Klinge zu denen der beiden Krieger. Die Runen auf Obilees Waffe fingen an zu glühen. Auch der Korb, der ihre Hand umgab, leuchtete auf. Mit jedem Herzschlag schoss die Kraft aus Obilees Klinge durch die Lichtfäden, die nun zu Strängen anschwollen, und fuhr in die Schwerter der beiden Gefährten. Die Macht war so groß, dass Nuramon sie wie einen Windstoß spüren konnte. Schließlich zog Obilee ihr Schwert zurück und ließ es in die Scheide gleiten, ehe die Glut daran verblasst war. Die Schwertzauberin trat zur Seite und machte der Königin Platz.

Die Waffen Farodins und Liodreds wurden matt, die blauen Flammen des Lagerfeuers allmählich wieder rot. »Nehmt eure Waffen!«, sagte Emerelle.

Die beiden Krieger hoben die Klingen vorsichtig an und musterten sie, als wären diese ihnen gerade zum Geschenk gemacht worden. So viel Kraft Nuramon beim Zauber auch gespürt hatte: den Schwertern war nun kaum etwas von ihrer Magie anzumerken. Darin bestand das Geheimnis eines guten Waffenzaubers. So merkte der Gegner zu spät, welche Macht der Klinge innewohnte.

»Ihr alle verfügt nun über Waffen, denen Magie anhaftet«, sagte die Königin. »Ihr werdet sie in meinem Namen, aber auch im Namen der Menschen des Fjordlandes tragen. Und auch um euretwillen werdet ihr sie führen. Tretet vor mich!« Mandred, Liodred, Farodin und Nuramon taten, wie die Königin sie geheißen hatte. Dann sprach die Königin weiter. »Ihr werdet gegen einen Feind antreten, der eines Alben würdig ist. Ihr werdet nur eine Gelegenheit haben, ihn zu besiegen.«

»Aber kann uns dies gelingen?«, fragte Nuramon.

»Ja, Nuramon. Ihr alle habt eure Gründe, an diesem Kampf teilzunehmen. Und ihr werdet stark sein, wenn ihr dem Feind gegenübersteht. Denn nur eine magische Waffe vermag ihn endgültig zu töten.« Emerelle trat vor. Sie küsste Liodred auf die Stirn. »Fürchte nicht um das Schicksal deines Reiches! Bevor mein Volk morgen nach Albenmark zurückkehrt, werde ich, mit deiner Erlaubnis, die Patenschaft deines Sohnes antreten. Dann wird niemand es wagen, deinem Blute den Thron streitig zu machen, solange du nicht in Firnstayn weilst.« Sie trat vor Mandred. Auch ihn küsste sie. »Mandred Aikhjarto! Denk an den Manneber und was er dir genommen hat. Heute ist der Tag der Rache gekommen.« Sie trat vor Farodin und Nuramon und betrachtete sie beide. Dann küsste sie beide auf die Stirn und sprach: »Denkt an Noroelle! Nichts wird euch mehr Kraft verleihen.«

Nun traten die anderen zu ihnen und nahmen Abschied. Ollowain begegnete ihnen wie gewohnt kühl und distanziert. Nomja strich Nuramon über die Wangen und flüsterte: »Es ist mir fast so, als kennten wir uns schon ewig.« Er musste an die Zwerge und ihren Erinnerungskult denken. Vielleicht hätte er Nomja davon erzählen sollen. Doch nun war es zu spät dazu. Obilee küsste ihn wie die Königin zuvor auf die Stirn. Sie sagte kein Wort, doch in ihrem Gesicht spiegelten sich Trauer und Schmerz. Sie würde um ihn bangen, das war gewiss. Doch sie würde der Königin eine wertvolle Vertraute sein. Und wenn er und seine Kameraden versagten, dann würde sie an der Seite Emerelles vielleicht das vollbringen, was ihnen verwehrt geblieben war.

Zuletzt nahm Nuramon Yulivee auf den Arm. »Tu, was die Königin gesagt hat. Denk an Noroelle, wenn du dem Devanthar gegenüberstehst!«, sagte sie. Er stellte sie wieder auf den Boden und betrachtete sie lange. »Geh, mein Bruder!«, forderte sie ihn auf und wirkte dabei so ernst, wie er sie noch nie erlebt hatte. Wusste sie irgendetwas? Hatte die Königin sich ihr anvertraut? Oder hatte die kleine Zauberin es gar gewagt, auf eigene Faust in den Wasserspiegel der Königin zu schauen?

»Haltet euch bereit!«, sprach Emerelle.

Die zwölf Freiwilligen gesellten sich nun zu Nuramon und seinen Gefährten. Sie waren mit Hellebarden und Schwertern bewaffnet und für Elfenkrieger ungewöhnlich schwer gepanzert. Jeder von ihnen trug eine mit Gold verzierte Sturmhaube und einen massiven Brustharnisch. Es gab keinen Zweifel: Kaum jemand würde sie besser schützen können als die Leibwachen der Königin. Nur eine große Übermacht von Ordensrittern wäre in der Lage, diese Krieger zu überwältigen.

Emerelle holte den Albenstein aus einem schlichten Lederbeutel an ihrem Gürtel hervor. Farodins Augen glänzten, als er ihn sah. Und auch Nuramon war von dem Anblick aufs Neue tief berührt.

Die Königin schloss die Augen und sprach unhörbare Worte. Nuramon spürte, wie kraftvolle Magie ihn umgab. Albenpfade lösten sich aus der Luft. Sie waren einfach da und ließen den Zauber der Königin wie eine Fingerübung erscheinen. Große Magie sah meist einfach aus. So hatte es ihn seine Mutter gelehrt.

Neben Emerelle kreuzten sich nun fünf Pfade, und unvermittelt schoss ein gleißendes Licht aus dem Albenstern empor. Es war die Pforte, durch die sie gehen würden.

»Wachen, sichert den Albenpfad!«, rief die Königin. »Rasch! Jeder Augenblick zählt!«

Die Freiwilligen schritten vor und verschwanden im Licht.

Nuramon tauschte kurze Blicke mit Mandred, Farodin und Liodred. In ihren Mienen las er Entschlossenheit. Seine Gefährten waren bereit, das letzte große Wagnis einzugehen. Und er war es auch. Denn wenn sie den Devanthar besiegten, dann mochte alles gewonnen sein.

»Geht nun!«, sprach die Königin.

Nuramon schritt an der Seite seiner Gefährten ins Licht. Er schaute noch einmal zurück und sah, wie Yulivee, Obilee und Nomja langsam verblassten. Die Königin aber wandte sich um und sprach mit leiser werdender Stimme: »Wir stehen am Rande eines neuen Zeitalters.«

TROPHÄEN

»Besetzt alle Ausgänge!«, befahl Farodin den Wachen.

Sie befanden sich in einer hohen Kammer aus grauem Stein, die spärlich von Kerzenschein erhellt wurde. Über ihnen spannte sich ein kunstvolles Kreuzgewölbe. Ein leichter Duft nach Weihrauch hing in der Luft. Irgendwo in der Ferne erklang feierlicher Gesang. Sie standen inmitten eines goldenen Sterns, der von vier Silberplatten umgeben war.

Mandred sah besorgt zu Liodred. Der König war leichenblass. Die wenigen Schritte, die sie über den Albenpfad durch die Leere gegangen waren, hatten ihn offenbar zutiefst entsetzt. Mandred versetzte ihm einen freundschaftlichen Stoß mit dem Ellenbogen. »Alles in Ordnung?«

Liodred schluckte und bemühte sich um Fassung. »Natürlich!«

Er war ein schlechter Lügner, dachte Mandred. Und ein tapferer Mann! Noch am Abend hatte er versucht, Liodred auszureden, ihnen in den Kampf gegen den Devanthar zu folgen. Doch der König hatte davon nichts hören wollen.

»Willst du den Befehl über die Wachen übernehmen?«, fragte Mandred nun leise. »Mir wäre wohl, wenn ich wüsste, dass du unseren Rückzug sicherst.«

Der König lächelte gequält. »Ahnherr, ich glaube nicht, dass die Elfen besonders erfreut darüber wären, wenn ein Mensch, der keinem von ihnen das Wasser reichen kann, ihnen Befehle gäbe. Gib es auf, mich von meinem Weg abzubringen.«

Mandred dachte an Liodreds kleinen Sohn, dann dachte er an Alfadas. Ein Vater, der erst seinen erwachsenen Sohn kennen lernte. So etwas durfte nicht noch einmal geschehen! Der König hatte ein gnädigeres Schicksal verdient. »Vielleicht solltest du …«

»Nein, bestimmt nicht«, unterbrach ihn der König. »Hast du

gezögert, in jener Winternacht auf die Jagd zu gehen, als man dir berichtete, ein Ungeheuer treibe in den Wäldern bei Firnstayn sein Unwesen? Hattest du nicht das Gefühl, als Jarl sei es deine Pflicht, dein Dorf zu schützen? Hättest du diese Pflicht jemals an einen anderen Mann abgetreten?«

»Ich war nur ein Jarl, du bist König. Dein Volk braucht dich!«

»Ob König oder Jarl, die Pflichten sind die gleichen. So wie du dein Dorf geschützt hast, habe ich ein Reich zu schützen. Wenn der Devanthar überlebt, dann wird er erneut angreifen. Ich stehe hier, um das Unheil von jedem Fjordländer fern zu halten. Dieser Pflicht kann ich mich nicht entziehen. Immer schon haben deine Erben in vorderster Schlachtreihe gekämpft, Mandred. Ich werde nicht der erste sein, der mit dieser Tradition bricht.«

Ein Tor aus goldenem Licht öffnete sich. Mandred gab es auf, den König überzeugen zu wollen. Und insgeheim musste er sich eingestehen, dass er an Liodreds Stelle wohl nicht anders gehandelt hätte. Er würde sich im Kampf an dessen Seite halten und ihn schützen, so gut es ging.

Gemeinsam durchschritten sie das Tor und gelangten in ein … Kreuzgewölbe aus grauem Stein. Verblüfft sah Mandred sich um. Sie waren noch immer in derselben Kammer! Kerzen brannten in großen, eisernen Ständern. Flackernde Schatten huschten über die Wände, und sie standen auf einem goldenen Stern, der von vier silbernen Platten umgeben war.

»Ist der Zauber missglückt?«, fragte Mandred verwundert.

Nuramon wirkte verunsichert. »Nein, das kann nicht sein. Ich habe gefühlt, wie wir durch die Leere in die Zerbrochene Welt gegangen sind.«

»Unsere Wachen sind verschwunden«, sagte Farodin ruhig. Seine Hand ruhte auf dem Schwert. Misstrauisch spähte er in die Schatten.

»Ihr nennt diese Kreatur doch den Täuscher«, sagte Liodred. Seine Stimme klang heiser, und jeder seiner Gesten merkte man an, wie angestrengt er seine Angst verbarg. »Ist dies vielleicht eine List, mit der er seine Feinde verwirren will?«

»Das würde zu ihm passen«, murmelte Mandred. »Verdammter Bastard!« Er strich über das Blatt seiner Axt. »Ich hoffe, er ist hier, und wir bringen ihn diesmal endgültig zur Strecke.«

Das Tor verblasste langsam. Nach wenigen Augenblicken war es ganz verschwunden. Farodin bedeutete ihnen, ihm zu folgen. Sie betraten einen Gang, der von tiefen Nischen flankiert wurde. Dort gab es Feldzeichen, prächtige Waffen und reich verzierte Schilde. Rüstungen, die deutliche Kampfspuren trugen, hingen auf Ständern. Mandred entdeckte eine Statue, die dem Gallabaal von Iskendria ähnelte, jedoch aus dunklerem Stein gefertigt war. Man hatte das Standbild mit schweren Ketten gefesselt, deren Enden mit Eisenringen verbunden waren, die man in die Wand eingelassen hatte. Mandred tastete nach den schweren Ketten. Er hoffte, dass der Gallabaal vielen Ordensrittern den Schädel eingeschlagen hatte.

»Lass das«, zischte Farodin und zog ihn ein Stück zurück. »Die Magie in ihm ist noch nicht ganz verloschen.«

Eine der Ketten klirrte. In der Stille hier unten klang das Geräusch unnatürlich laut.

»Was ist das?«, fragte Liodred flüsternd.

Mandred erklärte dem König, was es mit dem steinernen Wächter auf sich hatte, wurde aber von einem Schrei unterbrochen. Nuramon ging vor einer der Nischen in die Knie, als hätte ein Pfeil ihn getroffen. »Sie ist es!«, rief er verzückt. »Sie ist hier!«

Mit erhobener Axt eilte Mandred an die Seite seines Gefährten, bereit, es mit allem aufzunehmen, was sich in der Nische verborgen halten mochte.

THERDAVAN DER ERWÄHLTE

Farodin hätte Nuramon ohrfeigen können. Wenn es hier Wächter gab, dann waren sie durch den unbedachten Freudenschrei nun alarmiert.

Verärgert wandte er sich ab. Vor wenigen Wochen noch hätte er für den Schatz in der Nische sein Leben riskiert. Doch jetzt hatte er kaum ein Auge für ihn. Misstrauisch spähte er den Gang hinauf. Das unstete Kerzenlicht ließ Schatten über die Wände tanzen. In jeder der vielen Nischen vor ihnen mochte sich der Devanthar versteckt halten. Vielleicht lauerte er auch hinter dem hohen Bronzetor am Ende des Ganges. Oder hinter ihnen!

Farodin rann der kalte Schweiß über den Rücken. Er wagte einen zweiten Blick in die Nische, vor der Nuramon kniete. Die Krone dort war das prächtigste Schmuckstück, das er jemals gesehen hatte. Sie erinnerte ein wenig an eine goldene Festung, deren Erker und Fenster aus großen Edelsteinen gefügt waren. Und das Festungstor war ein faustgroßer Feueropal.

»Ist das die Dschinnenkrone?«, fragte Mandred ehrfürchtig. »Mit all den Klunkern könnte man im Nordland ein ganzes Fürstentum kaufen.«

Nuramon war aufgestanden und ganz dicht an die Krone herangetreten. Seine Finger tasteten über den Feueropal.

»Komm zurück!«, zischte Farodin. »Das Ganze riecht nach einer Falle.«

Nuramon wandte sich um. »Der Albenstein ist wertlos. Ich weiß nun, warum der Dschinn ihn nicht finden konnte. Der Feueropal ist zersprungen. Er hat all seine Macht verloren.« Sein Gefährte lächelte gequält. »Nur ein Gutes hat die Sache. Wir können sicher sein, dass der Devanthar niemals in die Dschinnenbibliothek gelangt ist. Er weiß also nicht um die Geheimnisse der Zukunft.«

Herzhaftes Lachen ließ Farodin zusammenzucken. Schwefelgeruch lag in der Luft. Die Hand am Schwert, fuhr er herum. Das hohe Bronzetor hatte sich lautlos geöffnet. Ein Mann im nachtblauen Gewand der Tjuredpriester stand dort. Er war mittleren Alters und hatte ein offenes, freundliches Gesicht. Langes blondes Haar reichte ihm bis auf die Schultern herab. Seine Augen leuchteten hellblau, wie der Himmel an einem Sommermorgen. »Ich brauche keine Dschinnenbibliothek, damit ich um eure Zukunft weiß. Eigentlich sollte ich beleidigt sein. Ich hatte Emerelle erwartet oder mindestens Skanga. Auf der anderen Seite schließt sich mit unserer neuerlichen Begegnung ein Kreis, und das verleiht unserer Geschichte die Harmonie epischer Dichtung.« Er deutete auf Liodred. »Ich würde vorschlagen, wir halten das Menschlein dort aus dieser Sache heraus. So bleibt jemand übrig, der zurückkehrt und von eurem Schicksal berichtet. Er war nicht in der Eishöhle dabei. Ich finde, er stört das Gefüge dieses Zusammentreffens.«

Farodin strich sein Haar zurück und schlang ein dünnes Lederband darum, damit es ihm nicht in die Stirn fallen konnte. Ignoriere seine Worte, ermahnte er sich in Gedanken. Vor dem Kampf der Klingen liegt der Kampf um die Herzen. Vernichtet er unsere Hoffnung auf den Sieg, dann ist das Duell entschieden, noch bevor die Schwerter gezogen werden.

»Wer ist dieser großsprecherische Priester?«, fragte Liodred harsch. Zornesröte flammte auf seinen Wangen. »Gestattet, dass ich ihm das Maul stopfe.«

Mandred hielt den König zurück und flüsterte ihm etwas ins Ohr.

»Oh, bitte, verzeiht.« Der Devanthar deutete eine Verbeugung an. »Unter den Menschen bin ich Therdavan Scallopius, der Erwählte! Der Erste unter den Tjuredpriestern. Die Elfen hingegen fürchten mich als den Letzten meines Volkes. Ich bin ein Devanthar, Liodred. Sie nennen mich auch den Täuscher und haben wohl noch hundert andere verleumderische Namen für mich. Du siehst, hier wird nicht dein Kampf ausgefochten, Mensch. Darum tritt nun zurück und lebe.«

Farodin streckte sich und lockerte seine Schultermuskeln.

Liodred schien verwirrt. Seine Hand ruhte auf der Axt in seinem Gürtel.

»Ich verstehe.« Der Devanthar nickte beiläufig. »Man hat dir von mir erzählt, und du hast ein Ungeheuer erwartet. Eine Kreatur halb Mensch, halb Eber. Haben sie dir nicht gesagt, dass ich meine Gestalt wechsele, wie es mir beliebt?« Er schwieg kurz, so als erwartete er tatsächlich eine Antwort. »Sie haben es dir also verschwiegen«, fuhr der Devanthar schließlich fort. »Es ist auch wirklich zu peinlich.« Er deutete auf Nuramon. »Diesem dort sah ich einmal so ähnlich, dass selbst seine Buhle keinen Unterschied bemerkte und mit Freuden das Lager mit mir teilte.« Er lächelte. »Pikant wird die Geschichte, wenn man bedenkt, dass sie dem wirklichen Nuramon diese Gunst nicht zukommen ließ. Ihm fehlt wohl etwas, das mir gegeben ist. Anders kann ich mir nicht erklären, dass dieses Weib mir so bereitwillig den Schoß öffnete. Sie war die Erste unter vielen, die mir einen nützlichen Bastard gebaren.«

Nuramon zog sein Langschwert. »Genug der Worte!«

»Willst du dein Leben für einen gehörnten Liebhaber wagen, Liodred?«, spottete der Devanthar. »Ist seine verletzte Eitelkeit wirklich dein Blut wert?«

»Man nennt dich Täuscher …«, setzte der König an.

Der Devanthar lachte auf, und kleine Fältchen umkränzten seine Augen. »Sieh sie dir an! Würden die beiden Elfen hier so verbissene Gesichter machen, wenn meine Geschichte nicht wahr wäre?«

»Wahr ist auch, dass du über mein Volk Tod und Verderben bringen wolltest, und dafür wirst du sterben.«

Der Devanthar ließ mit fließender Bewegung das Priestergewand von seinen Schultern gleiten. Darunter trug er eine eng anliegende dunkelblaue Hose und ein silberbeschlagenes Wehrgehänge. Das weite Priestergewand hatte zwei Kurzschwerter verborgen. Der Oberkörper des Priesters war nackt. Seine Muskeln schimmerten im Kerzenlicht. Der Devanthar zog die beiden schlanken Schwerter, kreuzte ihre Klingen vor der Brust und verneigte sich knapp. »Du hast dich soeben dazu entschieden, deinen Sohn niemals wiederzusehen, König.«

»Genug geschwätzt!« Wie ein wütender Stier stürmte Mandred vor. Der Devanthar wich tänzerisch zur Seite aus. Eines der Schwerter zuckte vor und glitt klirrend über Mandreds Kettenhemd.

»Kreist ihn ein«, rief Farodin seinen Gefährten zu. Ganz gleich, wie gewandt der Devanthar auch sein mochte, kein Kämpfer konnte seine Augen überall haben.

Farodin zog sein Schwert und den Parierdolch. Gleichzeitig mit Nuramon griff er an. Schneller als das Auge zu folgen vermochte, wirbelten die Klingen. Der Devanthar blockte ab und duckte sich unter einem Axthieb Liodreds. Blaues Licht züngelte um die verzauberten Waffen. Farodins Dolch durchdrang die Deckung des Täuschers, während er mit dem Schwert eine der Klingen des Devanthars band. Ein dunkler Schnitt zerteilte den Brustmuskel über dem Herzen des falschen Priesters. Die Wunde war nicht tief. Erstaunlicherweise blutete sie kaum.

Farodin sprang zurück und entging nur knapp einer Riposte. Der Devanthar setzte ihm nicht nach, sondern machte einen Ausfallschritt auf Liodred zu. Er täuschte einen Hieb auf den Kopf an, wechselte im letzten Augenblick die Schlagrichtung und unterlief die Axt des Königs. Kreischend schrammte sein Schwert über die Brustplatte der Rüstung, die einst Alfadas gehört hatte.

»Eine schöne Arbeit«, lobte der Devanthar und sprang zurück außer Reichweite der Axt. »Menschenstahl hätte meine Klinge durchstoßen.« Fast spielerisch blockte er einen Axthieb ab, den Mandred nach seinem Rücken führte. Das zweite Schwert schlug Liodreds Waffe zur Seite.

»Verrecke, Dämon. Ich ...«, schrie der Herrscher des Fjordlands zornig.

Die Klinge des Devanthars schnitt ihm das Wort ab. Sie traf den König in den Mund. Mit einem Ruck stieß der Täuscher nach.

»Nein!«, rief Mandred und warf sich mit dem Mut der Verzweiflung nach vorn. Er sprang den Devanthar an. Eine Klinge schrammte über seine Braue und hinterließ einen klaffenden Schnitt, doch die Wucht des Angriffs brachte den falschen Priester aus dem Gleichgewicht. Sie beide stürzten zu Boden. Sofort war Nuramon über ihnen. Er fing einen Stoß ab, der auf Mandreds Kehle zielte.

Der Priester rollte sich seitlich ab und kam mit katzenhafter Gewandtheit wieder auf die Beine. Spöttisch blickte er zu Liodred. Der König war gestürzt. Dunkles Blut schoss aus seinem Mund. »Was nutzt die beste Rüstung, wenn man seinen Helm nicht trägt?«

Mandred war wieder auf den Beinen und stürmte erneut vor. Der Jarl schwang seine Axt wie eine Sichel und zwang den Devanthar, vor ihm zurückzuweichen. Farodin eilte ihm zu Hilfe. Und auch Nuramon griff erneut an. Der Devanthar war nun in der Defensive. Farodin entdeckte eine Lücke in der Verteidigung ihres Gegners. Er duckte sich tief, machte einen Ausfallschritt und stieß dem falschen Priester sein Schwert unter der Achsel hindurch. Die Klinge schrammte am Schulterblatt vorbei und trat aus dem Rücken wieder aus. Mit einem Ruck befreite er die Waffe.

Ein Zittern durchlief den Devanthar, doch er gab keinen Schmerzenslaut von sich. Trotz der mörderischen Verletzung wehrte er einen Hieb Mandreds ab, drehte sich an der Axt vorbei und hämmerte dem Firnstayner den Knauf seines Schwertes gegen die Stirn. Mandred fiel wie vom Blitz getroffen.

Nuramon setzte einen tiefen Angriff, der auf die Leisten des falschen Priesters zielte. Sein Schwert wurde abgeblockt. Mit einer Drehung aus dem Handgelenk schlug er die Waffe des Elfen zur Seite. Ein schneller Gegenangriff zerschnitt Nuramons Lederrüstung dicht unter der Kehle.

Der rechte Arm des Devanthars hing nutzlos herab. Doch er hatte das zweite Schwert nicht fallen lassen. Farodin wunderte sich, dass die Wunde unter der Achsel kaum blutete. »Glaubt ihr wirklich, ich wäre nicht vorbereitet gewesen?«, höhnte der Devanthar. »Ich habe mit Emerelle und ihren besten Kriegern gerechnet.« Er setzte eine beleidigte Miene auf. »Nun, wenn sie nicht zu mir kommt, dann werde ich sie wohl bald mit meinen Ordensrittern in Albenmark besuchen.« Er schrieb mit dem Schwert eine Rune in die Luft und stieß einen kehligen Laut aus. Dann deutete er zurück zu dem Gewölbe mit dem Albenstern. »Ganz gleich, wie der Kampf endet, ihr habt euch schon jetzt in meinen Zaubern verfangen, ihr Narren.« Der Devanthar hob die Rechte und strich sich in übertriebener Geste über die Stirn.

Deutlich sah Farodin, dass sich die Wunde unter der Achsel geschlossen hatte. Das musste die Macht des verfluchten Albensteins sein!

Stöhnend tastete Mandred nach seiner Stirn.

»Na, Menschlein«, spottete der Priester. »Für dich habe ich mir etwas Besonderes überlegt. Ich werde dir deine Leber herausschneiden, um sie dich dann essen zu lassen. Du wirst staunen, wie lange Magie dein Leben erhalten kann, ohne zugleich irgendwelche Schmerzen zu lindern!«

Noch während der Devanthar sprach, griff Farodin erneut an. Ein wahrer Hagel von Schlägen ging auf den Täuscher nieder. Schritt um Schritt trieb der Elf ihn auf das Bronzeportal zu. Auch Nuramon griff wieder an. Seine Klinge streifte den Devanthar am Oberarm und hinterließ einen klaffenden Schnitt. Der falsche Priester stieß wiederum keinen Schmerzenslaut aus.

Farodin zog dem Täuscher mit einem Rückhandschlag eine lange, flache Schramme über den Bauch. Im selben Moment durchbrach ein Stoß die Deckung des Elfen. Er riss den Kopf zur Seite und trug dennoch eine Schnittwunde an der Wange davon.

Auch Nuramon blutete aus zahlreichen leichten Wunden. Es schien ganz so, als spielte der falsche Priester mit ihnen und trachtete danach, den Kampf in die Länge zu ziehen, um sie zu verhöhnen. Die kleinen Schnitte und Prellungen zehrten an ihren Kräften.

Ein Stoß zerfetzte Nuramons Lederrüstung nun endgültig.

Dunkles Blut durchtränkte das Hemd, das er darunter trug, und benetzte den rotbraunen Almandin, der an einer dünnen Kette von seinem Hals hing. Ein tiefes Glühen ging vom Innern des Steins aus.

Der Devanthar stieß einen überraschten Schrei aus und wich zurück. Blut troff aus seinem linken Auge. Mit wirbelnden Schlägen ging er auf Nuramon los. Farodin sprang dazwischen und versuchte den Dämon abzulenken, doch der Devanthar kämpfte nun wie ein Berserker. Ein Tritt des falschen Priesters ließ den Elfen straucheln. Beide Schwerter des Devanthars fuhren nieder. Farodin konnte den Hieb der rechten Hand blocken. Doch mit der linken traf der Devanthar Nuramon seitlich am Kopf. Der Elf wurde in eine der Wandnischen geschleudert, schlug hart gegen den Stein und stand nicht mehr auf.

»Nun zu dir, Farodin«, fauchte der Devanthar. Das Spotten war dem falschen Priester vergangen. Eine dunkle Höhle klaffte nun dort, wo einst ein Auge gewesen war. Das geschundene Fleisch war verbrannt, als hätte man ihn mit einem glühenden Eisendorn gemartert. In ungezügeltem Zorn ging er nun auf den Elfen los. Seine Hiebe waren schlechter gezielt als zuvor, und doch trieb die Wildheit des Angriffs Farodin in die Defensive. Er wich zurück, duckte sich oder drehte sich weg und schaffte es kaum noch, seinerseits einen Schlag zu setzen. Der Devanthar drängte ihn durch das Bronzetor in eine Halle, die von einem großen, steinernen Thron beherrscht wurde. Entlang der Wände standen Götterstatuen, die wie der Gallabaal in schwere Eisenfesseln geschlagen waren. Fackeln und ein großes Becken mit glühenden Kohlen erleuchteten den Raum.

Farodin spürte, wie seine Kräfte nachließen. *Denkt an Noroelle! Nichts wird euch mehr Kraft verleihen.* Das waren die Abschiedsworte der Königin gewesen. Farodin parierte einen Stoß mit seinem Dolch und duckte sich unter einem Rückhandschlag. Wenn er nur an Noroelles Smaragd gelangen könnte! So viele Jahre trug er den Edelstein nun schon im Lederbeutel an seinem Gürtel. Deutlich hatte er die Magie gespürt, die dem Stein innewohnte, ohne je zu verstehen, welchem Zweck sie dienen mochte. Noroelle musste geahnt haben, dass sie dem Devanthar noch einmal begegnen würden. Sie hatte ihnen die Steine nicht nur zur Erinnerung, sondern auch zum Schutz gegeben.

Klirrend schlug Stahl auf Stahl. Jede Parade nahm Farodin ein wenig mehr von seiner Kraft. Mit einer seitlichen Drehung löste er sich aus dem Kampf. Doch sofort setzte der Devanthar nach. Der Dämon schien zu ahnen, dass es noch einen zweiten Stein geben mochte. Er ließ nicht zu, dass der Kampf auch nur einen Herzschlag lang stockte. Gnadenlos trieb er den Elfen vor sich her. Farodin blieb keine Zeit, um nach seinem Gürtel zu greifen und die Schnur des Lederbeutels zu lösen. Er musste die Initiative im Kampf zurückgewinnen, sonst war seine Niederlage unabwendbar!

Ein wuchtiger Hieb fegte Farodins Dolch zur Seite. Sofort folgte ein Stich durch die Lücke, die nun in seiner Deckung klaffte. Er warf sich zur Seite und doch schnitt der Stahl des Devanthars durch Kettenhemd und Gambeson. Dunkles Blut sickerte durch die Ringe von Farodins Rüstung. Aus dem Gleichgewicht geraten, stürzte er, als er einem zweiten Hieb des Dämons auswich.

Der Devanthar verfehlte ihn so knapp, dass Farodin den Luftzug der Klinge auf seiner verletzten Wange spürte. Der Elf warf sich nach vorn. Sein Parierdolch stieß nieder und fuhr dem Dämon mit leisem Knirschen hinter der Kniescheibe ins Gelenk.

Der Devanthar knickte seitlich ein und führte noch im Stürzen einen schlecht gezielten Hieb auf Farodins Kopf. Der Elf duckte sich und rollte sich seitlich ab, während der Devanthar sich den Dolch aus dem Knie zog.

Mit fliegender Hast tastete Farodin nach dem Lederbeutel am Gürtel. Seine Finger ertasteten den Knoten, doch er vermochte das blutverschmierte Lederband nicht zu öffnen.

Mit einem wütenden Grunzen schleuderte der Dämon den Dolch zur Seite. »Du wirst langsam sterben«, sagte er.

Farodin konnte sehen, wie sich der schmale Stich über dem

Knie des Devanthars schloss. Vorsichtig belastete der Täuscher das verletzte Bein und lächelte dann zufrieden.

Farodin gab es auf, das Lederband aufknoten zu wollen, und zerschnitt den Beutel mit dem Schwert. Klirrend fiel Aileens Ring zu Boden. Farodins Finger schlossen sich um den kühlen Smaragd. Funkelnd brach sich das Licht der Fackeln in den Facetten. In seinem Innern erblühte ein zartes Licht.

Der Devanthar schleuderte eines seiner Schwerter nach Farodin, doch die Klinge verfehlte den Elfen um Armeslänge. Dunkles Blut trat nun auch aus dem verbliebenen Auge des Priesters.

Immer heller wurde das Licht des Smaragds. »Spürst du die Kraft Noroelles?«, fragte Farodin. »Dies ist dein Lohn für die gestohlene Liebesnacht.«

Der Devanthar wand sich vor Schmerz. Er hatte die Hände vors Gesicht geschlagen. »Sie liebte den Samen jener Nacht, Elf«, stieß er gequält hervor. »Und auch ich mochte Guillaume, so wie ich alle meine Kinder mag. Viele sind so wunderbar begabt darin, auf den Pfaden der Magie zu wandeln. So wie Vater Marcus, der beinahe Emerelle getötet hätte.«

Farodin erhob sich. Auf der breiten Armlehne des Throns lag ein golden schimmernder Stein. War er das? Der Schlüssel zu Noroelle? Der Albenstein, mit dem der Devanthar all die neuen Pfade gezogen hatte?

Der falsche Priester nahm die Hände vom Gesicht. Beide Augen waren nur noch klaffende Löcher. Er bückte sich und tastete nach dem Schwert, das vor ihm auf den Boden gefallen war. Als er es fand, nahm er es hastig auf und deutete dann mit der Klinge auf jene Stelle, an der Farodin eben noch gesessen hatte. »Glaubst du, du hast gesiegt, Elflein?« Schwankend kam der Devanthar auf die Beine.

Lautlos trat Farodin neben den Thron und nahm den Albenstein. Es war ein durchscheinender, goldener Chrysoberyll, der von fünf hellbraunen Adern durchzogen wurde. Jetzt würde alles gut werden! Mit der Macht des Steins konnten sie Noroelle befreien.

Der Devanthar tastete sich in Richtung des Thrones. Vorsichtig trat Farodin ein Stück zurück. »Du buhltest doch auch um die Gunst dieser Elfe, die ich bestiegen habe, nicht wahr? Wie war es für dich, dass sie sich mir in Gestalt dieses Nuramons so bereitwillig hingegeben hat?«

Die Hand des Devanthars tastete über die Armlehne des Thrones. Er stutzte. Noch einmal ließ er die flache Hand über die Lehne streichen.

»Du bewegst dich sehr leise, Farodin … Hatte ich schon erwähnt, wie laut dieses Elfenweib wurde, als es unter mir lag? Ich glaube, sie hatte einfach darauf gewartet, einmal richtig genommen zu werden.« Der Devanthar war ein Stück vom Thron zurückgetreten. Er hielt das Schwert leicht angewinkelt, bereit zur Parade, auch wenn er keinen Angriff mehr kommen sähe.

Jämmerlich, dachte Farodin. Leise umrundete er den Devanthar. Dann griff er ihm ins Haar und riss ihm den Kopf in den Nacken. Mit kaltem Blut hieb er nach dem Gelenk der Schwerthand und durchtrennte Sehnen und Knochen. Klirrend fiel die Waffe des Dämons zu Boden. Seine Finger zuckten kurz, dann lag die Hand still.

Farodin setzte dem Devanthar das Schwert an die Kehle.

Erinnerst du dich noch, was geschah, als ich in der Eishöhle starb, Elf?, erklang die Stimme des Dämons nun in Farodins Kopf. *Vielleicht gefällt es mir, eure Liebste noch einmal zu besuchen, wenn du mir meinen Leib nimmst.* Die verbliebene Hand des Täuschers streifte Farodins Bein. Der Elf zuckte zurück. Etwas Kaltes schien nach seinem Innersten zu greifen.

Welch eine schöne Insel, wisperte die Stimme. *Willst du mich wirklich dorthin schicken? Soll ich ihr diesmal in deiner Gestalt erscheinen?*

Hellblaues Licht spielte um Farodins Klinge. »Du irrst dich, Täuscher. Niemand kann zu ihr. Nicht einmal du.« Der Stahl grub sich tief in das Fleisch. Mit einem Ruck durchtrennte der Elf die Nackenwirbel und hob den Kopf dann an seinem langen, blonden Haar in die Höhe. Voll kalter Wut blickte er in die ausgebrannten Augen. Dann legte er das Haupt auf die Schale mit den glühenden Kohlen.

Plötzlich begann das Schwert hell zu strahlen. War da ein Schemen bei der Leiche des falschen Priesters?

Farodin sprang vor. Jetzt sah er nichts mehr. War es nur eine Sinnestäuschung gewesen? Eine Illusion, geschaffen von flackerndem Fackellicht? Farodin drehte sich um und ließ dabei seine Klinge wirbeln. Er sprang vor und zurück und hieb in die Luft, als wäre er närrisch geworden. Und mit jedem Herzschlag wuchs seine Angst. Waren die letzten Worte des Devanthars mehr als nur eine verzweifelte Drohung gewesen?

Plötzlich verblasste das Leuchten des Schwertes. Feine schwarze Adern krochen den Stahl hinauf. Eiseskälte drang durch die Lederumwicklung am Griff und tastete nach Farodins Fingern. Erschrocken ließ der Elf die Waffe fallen. Der Stahl war rabenschwarz geworden. Als es auf den Steinboden schlug, zerbrach das Schwert in unzählige Splitter.

DIE RACHE DES DEVANTHARS

Nuramon schmerzte jeder Knochen im Leib. Merkwürdigerweise empfand er keine Befriedigung, als er den Leib des toten Devanthars betrachtete.

Hier war alles getan. Der Feind war tot, die Wunden ein wenig geheilt. Es blieb ihnen nur noch, von diesem schrecklichen Ort zu verschwinden.

Müde kehrte er mit seinen Gefährten in die Halle zum Albenstern zurück. Mandred und Farodin trugen Liodreds Leiche, und dem Jarl war die Trauer anzusehen. Vorsichtig legten die beiden den Leichnam des Königs neben den goldenen Stern.

»Wir hätten dich nicht mitnehmen sollen«, sagte Mandred, strich Liodred zärtlich über das Gesicht und schloss dessen Augen.

In Farodins Antlitz stand Sorge. Nuramon teilte dieses Gefühl. Sein Gefährte hatte ihm von den letzten Worten des Devanthars berichtet. War Noroelle in Gefahr? Oder war die Drohung nur ein letzter, verzweifelter Versuch gewesen, sie einzuschüchtern? Nein, sie hatten ihn besiegt! Es konnte keinen Zweifel geben. Dass Farodin den Albenstein in der Hand hielt, war der Beweis ihres Triumphes. Aber diesen würden sie erst genießen können, wenn sie wieder in der Menschenwelt waren und das Kloster verlassen hatten. Im schlimmsten Fall mussten sie sich ihren Weg freikämpfen, und dann würden sie Mandred klarmachen müssen, dass er den Körper des Königs nicht mitnehmen konnte.

Nuramon stellte sich auf die goldene Platte. Er würde das Tor öffnen und sich bereithalten, rasch ein Neues aufzutun, das sie sogleich aus dem Tjuredkloster nach Firnstayn führen würde. Er konzentrierte sich auf den Zauber. Um ihn herum erschienen die Albenpfade. Doch irgendetwas stimmte nicht. Die Pfade hatten sich verändert, schienen von züngelnden

Flammen umgeben. Er versuchte den Zauber zu wirken, doch schon im Ansatz fuhr ein Schmerz in seinen Geist, als griffen glühende Hände nach seinem Kopf, um ihre Finger in seinen Schädel hineinzuschmelzen.

Erschöpft brach er den Zauber ab und fiel auf die Knie. Als er wieder klar sehen konnte, blickte er in die entsetzten Gesichter seiner Gefährten.

»Was ist geschehen?«, fragte Mandred.

»Nein, nur das nicht!«, rief Farodin. Sein Blick schien ins Leere zu gehen, doch Nuramon wusste, was sein Gefährte sah. Die Flammen um die Albenpfade konnten auch ihm nicht verborgen bleiben. »Das ist die Rache des Devanthars!«

Sie waren eingesperrt. So wie die Barriere der Königin den Weg zu Noroelle blockierte, hinderte sie die Barriere des Devanthars daran, die Zerbrochene Welt zu verlassen. Nuramons Blick fiel auf den Albenstein in Farodins Händen. Er war ihre einzige Hoffnung. Doch sie wussten nichts über diesen Stein und mussten erst lernen, seine Macht zu nutzen. Es mochte Jahre dauern, bis sie die Geheimnisse des goldenen Edelsteins enträtselt hätten. Und diese Zeit hatten sie nicht, denn hier gab es weder Wasser noch Nahrung. Sie würden verdursten, ehe sie den Stein auch nur im Ansatz ergründet hätten.

»Da!«, rief Mandred plötzlich und deutete auf eine der großen Silberplatten, welche den Albenstern umgaben. Der Jarl ging davor in die Hocke.

Nuramon und Farodin blickten ihm über die Schulter. Auf der Fläche der Silberplatte erschien ein Bild, fast wie im Wasserspiegel der Königin. Es zeigte den Fjord von Firnstayn. Sie konnten westlich am Steinkreis vorbei hinab zur Stadt blicken. Es war bereits Morgen, und die Siegesfeuer schienen verloschen zu sein. Der Arm des Fjords erstreckte sich nach Süden. Die Galeeren der Elfen und die schwimmenden Festungen der Trolle waren verschwunden. Entlang der Ufer waren noch die grauen Aschehügel der Scheiterhaufen zu sehen. Es gab keinen Zweifel: Die Silberplatte zeigte Firnstayn nach der Seeschlacht.

Mit einem Mal regte sich etwas. Es waren die Wellen! Sie bewegten sich, als wehte im Fjord ein heftiger Wind. Doch irgendetwas stimmte nicht mit dem Bild. Für starken Wind waren die Wellen viel zu klein. Wolken kamen in Sicht und zogen geschwind über den blauen Himmel. Als die Sonne erschien und sich schnell voranschob, war klar, dass es kein Wind war, der Wolken und Wellen bewegte. Die Sonne strebte rasch zum Horizont, und die Nacht kam mit ihren Sternen, nur um wenige Herzschläge später einem neuen Tag zu weichen.

Die Zeit ging vor ihren Augen vorüber. Nuramon musste an die Höhle des Luth denken. Vor der Eiswand, die ihnen den Ausgang versperrt hatte, hatten sie damals ein ähnliches Lichtspiel beobachtet. Und damals waren sie dreißig Jahre später aus der Höhle herausgekommen.

Mandred sprach aus, was Nuramon dachte. »Bei Luth! Dieser verdammte Devanthar hat uns in die gleiche Falle wie damals gelockt!« Der Jarl schüttelte unglücklich den Kopf und starrte auf seine Stadt.

»Nur ist diesmal niemand da, der uns befreien wird«, sagte Farodin leise. »Wir Narren!«

»Vielleicht kommt die Königin uns zu Hilfe«, wandte Nuramon ein.

»Erinnerst du dich an das, was die Königin gesagt hat?«, fragte Farodin. »Der Devanthar hat mit ihr oder der Trollschamanin gerechnet.«

Nuramon erinnerte sich daran. Die Königin hatte aber auch von anderen Mächtigen gesprochen. Doch das mochte im Augenblick nichts bedeuten. »Du meinst, wir sind nun für die Königin in die Falle gegangen?«

»Ja. Und sie wird alles andere tun, als sich in das Kloster zu wagen, wo der Zauber eines Priesters mit Dämonenblut in seinen Adern sie das Leben kosten könnte.«

Nuramon nickte. Farodin hatte Recht. Sie waren auf sich allein gestellt. »Dann müssen wir versuchen, gegen die Macht des Devanthars anzukommen. Wir haben keine andere Wahl.

Wir können nur hoffen, dass wir irgendwie lernen, den Albenstein zu nutzen.«

»Wie kann das sein?«, rief Mandred.

Nuramon schaute auf die Silberplatte. Tag und Nacht waren nicht mehr zu unterscheiden. Es gab nur das trübe Licht der Dämmerung. Schnee und Gras wechselten sich ab und zeigten, wie rasch die Jahre vorüberzogen. Doch das war es nicht, was Mandred bewegte. Er deutete auf den Steinkreis. Dort war ein Tor zu sehen, aber nicht das Nebeltor, das ihnen vertraut war. Nichts verhüllte die Pforte, sie konnten direkt nach Albenmark schauen, den Hügel hinabblicken und die Turmruine sehen. Sogar Atta Aikhjartos volles Geäst war zu erkennen. »Warum steht das Tor offen?«

Nuramon war entsetzt. Wenn die Zeit so rasch vor ihren Augen vorüberlief, blieb nur das sichtbar, was Bestand hatte. Das waren die Berge, die Stadt, die verschwommene Fläche des Wassers, der Steinkreis und der Blick nach Albenmark. Wenn ein Elf oder ein Mensch vor ihren Augen vorüberginge, würden sie es nicht einmal merken, es sei denn, er würde eine ganze Jahreszeit unbeweglich verweilen. Das Tor nach Albenmark stand offen, während sich die Jahreszeiten immer schneller vor ihren Augen abwechselten. Auch die Stadt wuchs. Immer größer wurde der Hafen. Wie Jahresringe wucherten Häuserreihen über die Mauern hinaus, bis eine zweite, starke Stadtmauer mit hohen Türmen angelegt wurde.

Dann geschah etwas, das sie nie und nimmer erwartet hätten. Die Pforte nach Albenmark verbreitete sich, wie ein Riss, der durch die Welt ging. Er reichte die Steilklippe hinab bis zum Fjord, zog sich über das Wasser bis zum Strand, wo Emerelle ihnen das Tor zum Kloster erschaffen hatte. Was geschah da nur? War dies das Ende von Albenmark, und sie konnten nichts anderes tun als zusehen? Wut keimte in Nuramon auf.

»Das kann nicht wahr sein«, sagte Farodin. »Das muss eine Täuschung sein! Eine Illusion des Devanthars! Das ist nicht die Wirklichkeit!«

Nuramon schüttelte den Kopf. Er glaubte nicht daran. »Gib

mir den Albenstein, Farodin!« Er wartete nicht einmal, bis dieser seinen Worten nachkam, sondern nahm ihn sich einfach.

Farodin blickte ihn missmutig an, doch dann bemerkte er Nuramons entschlossenen Gesichtsausdruck. »Du wirst es schaffen«, sagte er.

Mandred hingegen war völlig abwesend und hatte nur Augen für das Bild am Boden.

Nuramon trat zurück auf die goldene Bodenplatte und bereitete sich auf den Zauber vor. Was immer auch geschah, er würde nicht aufgeben, ehe er die Barriere durchbrochen hätte.

Kaum hatte er mit dem Zauber begonnen, da flammte das Feuer um die Albenpfade auf und schlug ihm entgegen. Glühende Zungen drangen ihm in den Schädel. Doch er ließ nicht ab, sondern kämpfte dagegen an. Schnell merkte er, dass er der Zauberkunst des Devanthars weit unterlegen war. Verzweifelt versuchte er einen Weg zu finden, die Magie des Albensteins für sich zu gewinnen. Er stellte sich vor, dass er von seiner Kraft erfüllt wurde, doch nichts geschah. Er drückte seine Hände fest gegen den Stein, als könnte er die Macht aus ihm herauspressen. Selbst einen Heilzauber versuchte er über den Edelstein zu sprechen. Vergebens! Der Albenstein, dessen verborgene Zauberkraft er zwar spüren konnte, entzog sich seiner Macht, während die Hitze der Flammen ihn zu verbrennen schien. Kälte war alles, was der Stein ihm schenken konnte. Seine Hände waren von der Hitze befreit.

Das war es! Es ging noch nicht darum, mit aller Macht das Feuer zu durchstoßen, sondern darum, die Flammen auszuhalten. Die Kälte des Albensteins gegen die Hitze des Feuers! Sanft strich er über die Oberfläche des Chrysoberylls und fühlte sich in die Kälte ein, die ihm innewohnte. Und er spürte, wie ein kühler Fluss seine Arme heraufströmte und sich langsam in seinem Körper verteilte, so wie das Blut, das durch die Adern floss. Der Stein war eine Quelle. Er dachte an Noroelles Quelle unter den beiden Linden und an die Zaubersteine, die darin lagen. Die Flammen leckten zwar noch an Nuramon, doch er konnte sehen, wie sie bei der geringsten Berührung zurückzuckten. Jetzt musste er die Kraft des Steins nur noch lenken, um die Barriere zu durchbrechen, und sie hätten es geschafft. Als er aber den Stein näher ans Feuer führte, verbrannte er sich die Handrücken, während seine Handflächen vereist schienen.

»Du musst dich beeilen!«, rief Mandred mit hallender Stimme. »Hörst du! Du musst dich beeilen, sonst ist alles verloren!«

Fast hätte er den Zauber abgebrochen, um zu sehen, was den Jarl zu diesen Worten bewegt hatte. Doch er hielt sich zurück und biss die Zähne zusammen.

Seine Hände waren zwischen Glut und Frost gefangen. Er durfte nicht aufhören. So brachte er den Albenstein näher zum Albenstern.

»Gut so!«, rief Mandred. »Es wird langsamer! Gut so!«

Als Nuramon die Worte hörte, wurde ihm klar, dass er nicht nur gegen eine Barriere ankämpfte, sondern auch gegen den Zauber, der das Bild von Firnstayn schuf. Die Flammen, die den Pfad zur Silberplatte umgaben, leuchteten heller als die der anderen Pfade.

Nuramon begann zu zittern, als er den Albenstein direkt über die Flammen hielt. Er verlor die Macht über die Magie.

»Bei allen Alben!«, hörte er Farodin rufen. »Schnell! Nuramon! Schnell!«

Nuramon spürte, wie es kühler und kühler wurde. Seine Hände schienen einzufrieren. Es war ihm, als fräße sich der Frost durch seine Adern. Der Stein war längst keine Quelle der Kälte mehr, sondern ein Meer, in dem Nuramon zu ertrinken drohte. Die Macht des Steins drohte ihn zu überwältigen.

»Du musst es schaffen, Nuramon!«, schrie Farodin. »Entweder jetzt oder nie!«

Der Schmerz von tausend Nadeln stach auf ihn ein. Er hörte sich schreien, dann verlor er das Gleichgewicht und spürte nur noch, wie etwas Heißes ihn packte und fortriss.

RUINEN

Kalter Nieselregen streichelte Mandreds Gesicht. Ihm war schwindelig, und er lehnte sich gegen das verwitterte Mauerwerk. Dort, wo sich das schöne Kreuzgewölbe hätte spannen sollen, war nur mehr grauer Himmel. Das Kloster, durch das sie in die Zerbrochene Welt gelangt waren, lag in Ruinen. Mandreds Finger gruben sich in eine Mauerfuge. Der hellbraune Mörtel zerbröckelte schon bei der leisesten Berührung. Dieses Kloster war schon lange verlassen, ganz gleich, was Farodin auch sagen mochte.

Der Jarl blickte zu Nuramon. Sein Kamerad hockte vor der Wandnische, in der Liodreds Leichnam aufgebahrt lag. Er hatte sich verändert. Von einem Augenblick zum anderen hatte er eine weiße Haarsträhne bekommen. Es schien, als wäre der Elf um Jahre gealtert. Seine Gesichtszüge wirkten weniger weich als zuvor. Doch diese Veränderung war nicht das Schlimmste. Nuramon wippte auf seinen Fußballen und summte dabei leise. Er starrte mit leerem Blick auf einen Schutthaufen an der gegenüberliegenden Wand. Seine Hände hielten noch immer den goldenen Albenstein umklammert. Zweimal hatte Mandred auf Farodins Bitten hin versucht, den Stein zu holen. Doch Nuramon hielt ihn so fest, dass er dem Elfen die Finger hätte brechen müssen, um den Albenstein zu bekommen. Seit Nuramon seinen Zauber gewirkt hatte, war er nicht mehr so recht bei sich. Manchmal schien er sie nicht zu erkennen. Mandred fragte sich, ob der Elf vielleicht besessen war.

Ein goldener Lichtbogen erwuchs zwischen den Ruinen. Farodin lächelte erschöpft. »Sie haben die Tore hier nicht zerstört. Es ist nicht wie in den Turmtempeln.«

Mandred kämpfte einen neuerlichen Anflug von Übelkeit nieder. Dumpfer Schmerz pochte in seiner Stirn. Er musste an die Bilder denken, die er im Silberspiegel gesehen hatte. »Ist das Tor sicher?«, fragte er misstrauisch. »Wir dürfen keinen Zeitsprung machen. Du weißt …«

Farodin schnitt ihm mit einer harschen Geste das Wort ab. »Sicher kann man nie sein. Vergiss, was du in dem Spiegel gesehen hast. Er war der Täuscher! Er wollte Angst in dein Herz säen, und das ist ihm wohl auch gelungen.«

»Es sah so echt aus«, wandte Mandred ein.

Farodin sagte nichts dazu. Er ging zu Nuramon, redete leise auf ihn ein und half ihm dann aufzustehen. »Wir gehen nach Hause?«, hörte Mandred die zittrige Stimme des Elfen.

Farodins langes Haar war vom Regen strähnig geworden. Er strich es sich aus dem Gesicht und stützte Nuramon. »Ja, wir gehen zurück. Es ist nur noch ein kleines Stück Weg. Emerelle erwartet uns.«

Mandred hätte heulen können vor Wut. Was war nur mit seinem Freund geschehen? Was hatte der Zauber ihm angetan? Wieder musste er an die Bilder im Spiegel denken. Hoffentlich hatte Farodin Recht, und alles war nur Trug!

»Beeile dich!«, rief der Elf.

Mandred nahm den toten König auf und legte dessen Kopf an seine Schulter, als trüge er ein schlafendes Kind. Unter dem Gewicht ging er fast in die Knie. Nur ein paar Schritt, ermahnte sich Mandred. Stolpernd trat er auf das Tor zu. Ein letztes Mal sah er sich zweifelnd um. Was war hier geschehen? Warum war dieses Kloster zerstört? Hätte es nicht das bedeutendste aller Klöster der Tjuredpriester sein müssen?

Farodin und Nuramon verschwanden in dem goldenen Licht, und Mandred beeilte sich, ihnen zu folgen. Der Weg durch die Leere hatte sich nicht verändert. Sie folgten einem goldenen Pfad durch völlige Stille. Das einzige Geräusch war sein pfeifender Atem.

Eine Kante der Brustplatte von Liodreds Rüstung schnitt schmerzhaft in Mandreds Schulter. Fast wäre er gestrauchelt. Der Jarl hielt die Augen fest auf den leuchtenden Pfad gerichtet. Nicht abweichen!

Der Übergang kam plötzlich. Eisiger Wind griff nach Mandreds dünnen Zöpfen. Fassungslos nahm der Jarl die Veränderungen auf. Das Bild im Silberspiegel war keine Täuschung gewesen.

»Runter!«, zische Farodin und zerrte am Umhang des Fjordländers. Erschöpft brach Mandred in die Knie.

Bei den Göttern! Was war hier geschehen? Wo war seine Heimat? Es herrschte tiefer Winter. Sie kauerten in einer Schneewehe, nahe am Ufer des Fjords. Ein dicker Eispanzer lag über dem Wasser.

Vor ihnen erstreckte sich Firnstayn. Die Stadt war um ein Vielfaches gewachsen, ganz so, wie sie es in der Zuflucht des Devanthars gesehen hatten. Festungsmauern aus dunklem Stein reichten bis dicht an den Albenstern, den Emerelle einst eine Meile vor der Stadt erschaffen hatte. Breite Breschen waren in die Wälle geschlagen.

Am ungeheuerlichsten aber war die Veränderung direkt vor ihren Augen. Etwas wuchs aus dem Albenstern, den sie durchschritten hatten. Mandred fand keine richtigen Worte dafür. Es war etwas, das es nicht geben durfte! Quer über den Fjord bis hinauf zum Steinkreis auf der Klippe zog sich … eine Veränderung. Der Anblick erinnerte ihn an etwas, das er in der Bibliothek von Iskendria gesehen hatte. Einmal war er dort in einen Raum gekommen, dessen Wände mit wunderschönen Bildern geschmückt waren. Eine der Wände jedoch war beschädigt, der Putz war aufgerissen und an manchen Stellen abgeplatzt. So konnte man ein zweites Bild erkennen, das unter dem ersten lag, in leuchtenden Farben gemalt und nicht minder schön als das neue Wandbild. Mandred hatte nicht verstehen können, warum man es unter einer Schicht von Putz versteckte.

So war es auch hier. Etwas war aufgeplatzt oder zerrissen. Und hinter dem Fjord, den Mandred von seiner Kindheit an kannte, kam etwas anderes zum Vorschein. Die Luft zwischen den beiden sich überlagernden Bildern schimmerte und schien zu zerfließen, wie sie es manchmal an besonders heißen

Sommertagen tat. Das Bild aber, das sich jenseits des Risses darbot, war unscharf. Und dennoch erkannte Mandred auf den ersten Blick, was er dort sah. Es war jene Landschaft, in der er nach seiner Flucht vor dem Manneber erwacht war. Er sah die blühenden Frühlingswiesen von Albenmark. Dort, am anderen Ufer des Fjords, schien nun der verfallene Wachturm zu stehen. Und nicht weit davon spannten sich die mächtigen Äste Atta Aikhjartos dem Himmel entgegen. Doch etwas stimmte nicht mit der alten Eiche. Anders als die Bäume, die weiter entfernt standen, trug sie kein Laub! Mandred kniff die Augen zusammen, um besser sehen zu können. Die gewaltige Eiche zeichnete sich dunkel gegen den Himmel ab. Etwas Kleines, Weißes war neben ihr, doch Mandred konnte es nicht erkennen. Die zerfließende Luft verzerrte alles. Schließlich wandte er sich an Farodin, der nicht minder aufgewühlt wirkte, während Nuramon einfach nur im Schnee saß und vor sich hin starrte.

»Was ist mit Atta Aikhjarto?«, fragte der Jarl. »Warum trägt er kein Grün?«

»Tote Bäume tragen keine Blätter.«

Die Antwort traf Mandred wie ein Schlag in den Magen. Das konnte nicht stimmen! Was konnte einen beseelten Baum töten? Er hatte Magie und war so unvorstellbar alt. »Du irrst dich!«

»Ich wünschte es«, entgegnete Farodin bedrückt. »Sie müssen um ihn herum Feuer entzündet haben. Vielleicht haben sie dazu sogar Balbars Feuer aus Iskendria benutzt. Aikhjartos Stamm ist verkohlt. Alle kleineren Äste sind gänzlich verbrannt. Sie haben ihn wohl zum Symbol im Krieg gegen Albenmark gemacht. Eines ihrer Banner ist daneben aufgesteckt. Du kennst es. Es zeigt die verbrannte Eiche!«

»Aber wie konnte er …«

»Wie sollte ein Baum wohl davonlaufen«, unterbrach ihn Farodin gereizt. Dann fügte er versöhnlicher hinzu: »Und selbst wenn Atta Aikhjarto Beine gehabt hätte, wäre das alte Eichenherz niemals vor einem Feind davongelaufen.«

Mandred sagte nichts mehr. Er musste an den Eid denken, den er Aikhjarto an dem Tag geleistet hatte, da er in Albenmark erwacht war. Er hatte geschworen, dass seine Axt zwischen der Eiche und ihren Feinden stehen würde. Dass er seinem Freund nicht hatte helfen können, machte seine Trauer umso verzweifelter.

Er wandte den Blick ab und betrachtete Firnstayn. Auf manchen der Türme wehten Banner der Tjuredkirche. Ganze Stadtteile waren niedergebrannt. Entlang der Anlegestellen lagen Schiffe, halb im Eis versunken. Auch im Fjord selbst ragten an einigen Stellen Masten durch den dicken Eispanzer. Wie viele Menschen wohl in der Stadt gelebt hatten? Und wo waren sie jetzt? Hatten die Ordensritter sie alle getötet? Mandred dachte an die Nacht im belagerten Iskendria. Hatte es hier ein ebenso grausames Schlachten gegeben?

»Duck dich tiefer!«, zischte Farodin. Von Süden her kam ein Trupp von drei Reitern über das Eis. Sie waren die Vorhut einer langen Kolonne von Pferdeschlitten. Die Reiter jagten der Stadt entgegen. Von einem der Türme erklang ein Signalhorn.

Die drei trabten keine zwanzig Schritt am Ufer vorbei. Ihre Rüstungen erschienen Mandred seltsam. Sie waren geschwärzt und aus ineinander greifenden Metallplatten gefertigt, so wie der Harnisch Liodreds. Schwere Stulpenhandschuhe schützten die Hände vor der Kälte. Die Reiter trugen kniehohe Stiefel und lange weiße Umhänge mit dem Wappen des schwarzen Baums. Helme mit tief hinabreichenden Wangenklappen und einem metallenen Kamm, der längs über den Kopf verlief, krönten ihre Häupter. Ein breiter Waffengurt verlief quer über die Brustplatte ihrer Rüstungen. Daran hing ein ungewöhnlich schlankes Schwert. Vorn am Sattel waren zwei seltsame Ledertaschen befestigt. Es schienen kurze Keulen darin zu stecken.

Den Pferden stand in weißen Wolken der Atem vor den Nüstern. Sie wirkten erschöpft, und die Gesichter der Reiter waren rot vor Kälte. Mandred fragte sich, wie viel Zeit er und seine Gefährten in den Schatzhallen des Devanthars verbracht haben mochten. Diese Reiter … Sie wirkten so anders als die Ordensritter, gegen die er in der Seeschlacht angetreten war. Sie führten auch keine Schilde mit sich.

Er blickte zum zerstörten Firnstayn. Wie viele Jahrhunderte hatte die Stadt gebraucht, um so sehr zu wachsen? Er fand keine Antwort.

Einer der drei Reiter scherte aus dem Trupp aus und hielt dann geradewegs auf den Riss zu. Angespannt hielt Mandred den Atem an. Ross und Reiter wechselten einfach so auf die andere Seite. Zwei oder drei Herzschläge lang waren sie verschwunden. Dann erschien der Krieger auf der weiten grünen Wiese, passierte den verfallenen Wachturm und hielt auf den Waldweg zu.

Die anderen beiden Reiter ritten kurz darauf eine Rampe zu einer Hafenmole hoch und verschwanden in den Gassen der Stadt.

Mandred drehte sich um und blickte zurück. Die Schlitten waren ein gutes Stück näher gekommen. Reiter, die wie die drei Männer der Vorhut ausgerüstet waren, beschützten die Flanken der Kolonne. Die Schlittenwagen waren hoch mit Vorräten beladen. Ihr Beobachtungsposten am Strand lag zu niedrig, um einen guten Überblick zu haben. Mandred konnte nicht abschätzen, wie viele Schlitten wohl kamen. Doch es waren gewiss nicht weniger als hundert. Er blickte zurück zur Stadt. Trotz des dunklen Winternachmittags glommen nur vereinzelt Lichter in den Fenstern. Wer solche Steinhäuser baute, litt keine Not. Es hätten mehr Lampen brennen müssen. Brannten nur noch dort Lichter, wo feindliche Priester, Offiziere und Soldaten Häuser besetzt hatten, die von den Bränden verschont geblieben waren?

»Wir müssen hier weg«, flüsterte Farodin leise und deutete zu dem zersplitterten Stamm einer Kiefer, der ein Stück die Uferböschung hinauf aus dem Schnee ragte. Die letzten Herbststürme hatten den Baum wohl entwurzelt und hier angespült. Vorsichtig krochen sie dorthin. Mandred war zu schwach, um den Leichnam Liodreds mit sich zu ziehen.

Schweren Herzens ließ er ihn zurück. Es waren ja nur ein paar Schritt.

»Riechst du das?«, fragte Farodin, als sie sich hinter den Stamm kauerten.

Mandred roch den Schnee. Auch der Geruch von Kaminfeuern und Kohlsuppe hing in der Luft. Er konnte daran nichts Besonderes finden. Er blickte hinab auf das Eis und fragte sich, was wohl alles auf den Schlitten transportiert wurde. Was würde er jetzt für Eier und ein paar Streifen gebratenen Speck geben! Gewiss hatten sie in den Fässern dort unten auch Met. Mandred seufzte leise. Ein Trinkhorn voller Met … Er dachte an den Schwur, den er Luth während der Seeschlacht geleistet hatte. Der Jarl schmunzelte. Diesen Eid würde er nicht brechen, aber er würde trotzdem trinken!

»Es riecht nach Schwefel«, sagte Farodin schließlich, als er keine Antwort erhielt. »So roch es in der Nähe des Devanthars. Jetzt riecht die ganze Welt nach ihm.«

»Aber du hast doch erzählt, wie du ihn besiegt hast. Das Schwert zerbrach.« Mandred deutete auf die leere Lederscheide am Gürtel des Elfen. »Es hat den Devanthar doch getötet, oder?«

»Hoffen wir es.«

»Mir ist kalt«, sagte Nuramon leise. Seine Lippen waren blau, und er zitterte. »Warum gehen wir nicht zu der Wiese hinüber? Dort ist Frühling.«

»Es gibt keine Deckung auf dem Eis.« Farodin sprach mit ihm wie mit einem Kind. »Die Menschen dort hinten wollen uns Böses. Und sie haben einen Weg nach Albenmark gefunden. Wir werden auf anderem Wege in unsere Heimat gelangen. Wir nutzen den Albenstern, durch den wir hierher gekommen sind. Er hat sich verändert. Es gibt dort einen neuen Pfad, der vor nicht allzu langer Zeit geschaffen wurde. Er hat dasselbe magische Muster wie die anderen. Emerelle muss ihn mit ihrem Albenstein gezogen haben. Ich glaube, sie hat auf uns gewartet. Sie wusste, wir würden hierher kommen. Der Weg ist ein Zeichen für uns. Er wird uns in Sicherheit bringen!«

Über dem Fjord wurde es dunkel. Sturmwolken zogen von Westen her über die Berge. Der Himmel in Albenmark hingegen erstrahlte noch immer in hellem Blau.

Vom Hafen her erklangen Flötenspiel und Trommelschlag. Während die Schlitten an einer Rampe die Landungsbrücken hinauffuhren, erschien zwischen den Schiffen eine Kolonne marschierender Soldaten. Sie alle trugen Brustplatten und hohe Helme. Ihre Hosen und die Ärmel ihrer Jacken waren seltsam aufgeplustert. Noch merkwürdiger waren ihre Waffen. Sie alle trugen Speere, die mehr als sechs Schritt lang sein mussten.

Die Krieger marschierten in geschlossener Kolonne. Acht Pfeifer bildeten die erste Reihe. Ihnen folgten acht Trommler. Berittene Offiziere begleiteten die Einheit. Sie führten sie geradewegs auf den Riss zwischen den Welten zu.

Mandred zählte stumm die Reihen der Marschierenden. Fast tausend Mann gingen nach Albenmark. Ihnen folgten hochrädrige Karren und eine Kolonne aus Packtieren.

»Sie sind verrückt geworden«, erklärte Mandred, während die Marschsäule auf den Weg neben der Turmruine einschwenkte. »Mit diesen langen Speeren werden sie sich beim Kampf nur selbst im Weg sein.«

»Wenn du das sagst«, murmelte Farodin und duckte sich tiefer hinter den Baumstamm. Frischer Wind blies über den Fjord, und mit den Wolken aus dem Westen kam Schnee. Sie kauerten in ihrer Deckung und warteten, bis es Nacht wurde.

Völlig durchgefroren kehrten sie zu dem Albenstern am Strand zurück. Liodred war unter einem dünnen Leichentuch aus Schnee verschwunden. Mandred kniete neben dem toten König. Wenigstens war es ihm erspart geblieben, Firnstayn gebrandschatzt und von Feinden besetzt zu sehen.

Der Jarl blickte zu Farodin. Hoffentlich machten sie keinen Zeitsprung. Diese verfluchten Tore! Alles war aus dem Gleichgewicht geraten! Ein Heer, das in Albenmark einfiel. Ungeheuerlich! Wie weit mochten sie wohl vorgedrungen sein? Wer würde siegen in diesem Kampf?

Ein rotgoldener Lichtbogen wuchs aus dem Schnee empor.

»Schnell«, rief Farodin und schob Nuramon vor sich her durch das Tor.

Von der Stadtmauer erklang ein Signalhorn. Mandred packte den toten König bei seinem Gürtel und zog ihn durch den Schnee. Liodred hätte im Grabhügel unter der Eiche seine letzte Ruhe finden sollen, dachte der Jarl bitter. Dort waren seit Jahrhunderten die Toten der Königsfamilie bestattet worden. So wäre Liodred wenigstens im Grabe wieder an die Seite seines Weibes und seines Sohnes zurückgekehrt.

Mandred tauchte in das Licht. Nur ein einziger Schritt war diesmal zu tun, dann begrüßte der Duft von frischem Grün den Jarl in Albenmark. Sie traten aus dem Tor auf eine taufeuchte Lichtung. Schatten regten sich entlang des Waldrandes. Die Luft war erfüllt von Blütenduft und Vogelgezwitscher.

Unter einer Pinie trat ein junger Elf hervor. Auch er trug eines dieser seltsam schlanken Schwerter an seiner Hüfte, die Mandred schon bei den Reitern am Fjord aufgefallen waren. Der Jarl blickte zurück. Das Tor hinter ihnen hatte sich geschlossen. Eben noch war es Nacht gewesen, und jetzt war heller Morgen! Mandred fluchte stumm. Es war wieder geschehen! Sie hatten wieder einen Zeitsprung gemacht!

»Wer betritt das Herzland von Albenmark?«, rief der Elf ihnen entgegen.

»Farodin, Nuramon und Mandred Aikhjarto. Am Hof der Königin sind unsere Namen wohl bekannt, und das ist auch der Ort, zu dem wir wollen«, antwortete Farodin selbstsicher.

DIE GROSSE ZUSAMMENKUNFT

Sie schritten durchs Gras und näherten sich langsam dem Heerlager vor dem Burghügel der Königin. Dort waren hunderte von Zelten aufgeschlagen, und neben jedem wehte ein seidenes Banner im Morgenwind. Reiter und Fußkämpfer sammelten sich in der Nähe, und zwischen den Zelten gingen zahlreiche Albenkinder ihren Aufgaben nach.

Alles, was Nuramon hier sah, verwirrte ihn ebenso wie das, was er auf dem Weg hierher gesehen hatte. Seine Gefährten hatten viel Geduld mit ihm. Und dennoch waren ihre Worte so fern …

Irgendetwas war mit ihm während des Zaubers in den Hallen des Devanthars geschehen, etwas, das man ihm auch ansehen konnte. Er hatte sein Spiegelbild in einem Teich betrachtet. Eine Strähne seines Haars war weiß geworden, und er sah älter aus. Doch das war ein geringer Preis für ihre Freiheit.

Bald erreichten sie den Rand des Lagers. Nuramon fühlte sich fremd hier, so als wäre er kein Krieger und hätte nie an einer Schlacht teilgenommen. Doch da waren die Seeschlacht, die zahlreichen Kämpfe an der Seite der Firnstayner und andere Gefechte, die viel weiter zurücklagen … Oder waren sie nur ein Traum?

Nuramon schaute sich um und hoffte, irgendeinen der Krieger hier zu erkennen. Die meisten waren ihm fremd. Zwar hatte er das Gefühl, manche der Gesichter schon einmal gesehen zu haben, aber sie erinnerten ihn mehr an Traumgestalten als an lebende Albenkinder.

Sie kamen an Kentauren vorüber, und Nuramon war es so, als hätte er einst einem Kentauren das Leben gerettet. Oder hatte er es versucht und war gescheitert? Er war sich nicht sicher. Die Kentauren begegneten Mandred mit Anerkennung und neigten ihre Häupter vor ihm.

Je weiter sie ins Lager kamen, desto eindringlicher wurden die Blicke der Krieger. Sie starrten sie an, als wären seine Gefährten und er leibhaftige Alben. Ihre Namen wurden geflüstert, von manchen gar gerufen. Und mit den Namen verbreitete sich die Fassungslosigkeit auf den Gesichtern der Krieger.

Nuramon fühlte sich fehl am Platz. Noch immer hatte er niemanden gesehen, den er kannte. Oder erinnerte er sich einfach nicht? Vielleicht hatte der Zauber in den Hallen des Devanthars ihm einen Teil seines Gedächtnisses geraubt. Oder waren sie so lange fort gewesen, dass viele der Elfen, die er kannte, längst ins Mondlicht gegangen waren?

Die Krieger umringten sie und redeten auf sie ein, doch Nuramon hörte ihnen nicht zu. Er wusste nicht, ob das, was ihn umgab, ein Traum war oder aber die Wirklichkeit. Langsam nur klärte sich sein Geist, und mit einem Mal erinnerte er sich an die Suche nach Noroelle. Die Gedanken an seine Liebste halfen ihm dabei, sein Gedächtnis ein wenig zu ordnen.

Als Nuramon ein Hirschgeweih über den Köpfen der Krieger erblickte, wurde er aufmerksamer für seine Umgebung. Der Träger des Geweihs mochte jemand sein, den er kannte. Und als dieser aus dem Gedränge vor sie trat, wusste Nuramon, dass er sich nicht geirrt hatte.

»Xern!«, rief Mandred.

»Jawohl, Mandred Aikhjarto! Vor dir steht Meister Xern, der immer daran geglaubt hat, dass du zurückkehren wirst.«

Nuramons Erinnerung kehrte zurück. Meister Xern! Also stand Xern in der Nachfolge des Hofmeisters Alvias. Sein Geweih wirkte wie eine Krone und verlieh ihm die Würde eines Vertrauten der Königin.

Farodin schien ebenso erfreut zu sein, Xern wiederzusehen, wie Mandred. »Du bist also Emerelles Vertrauter!«

»Gewiss, und es wird euch nicht überraschen, dass sie euch erwartet. Deswegen ruft sie zum Kriegsrat. Folgt mir!«

Die Worte Xerns verwirrten Nuramon. Dann entsann er sich des Wasserspiegels der Königin. Darin hatte sie seine Gefährten und ihn gewiss kommen sehen.

Sie folgten Xern durch die Reihen der Krieger. Nuramon versuchte den Blicken jener auszuweichen, die ihn neugierig empfingen. Sie waren ihm unheimlich. Was sahen sie wohl in seinen Gefährten und in ihm? Welche Geschichten erzählte man sich über sie? Er konnte so viel Aufmerksamkeit nicht ertragen und wünschte sich beinahe in jene Zeit zurück, da alle ihn verachtet hatten. Denn mit den Blicken waren große Erwartungen verbunden. Und diesen konnte er nicht gerecht werden … zumindest nicht im Augenblick.

Sie erreichten das safranfarbene Zelt der Königin, an dessen Eingang zwei Wachen standen. Davor steckten weiße Steinbrocken einen weiten Kreis im Gras ab. Dies war gewiss der Ort, an dem der Kriegsrat zusammentrat. Hinter jedem der Steine erhob sich eine Stange mit einem der Banner Albenmarks. Direkt am Eingang zum Zelt der Königin stand das Elfenbanner: ein goldenes Ross auf grünem Grund. Daneben wehte die Standarte Alvemers, eine silberne Nixe auf blauem Stoff.

Xern führte sie in die Mitte des Steinkreises. Die übrigen Krieger, die sie neugierig begleitet hatten, wagten es nicht, den Kreis zu betreten. »Ich werde die Königin holen«, sagte Xern und verschwand im Zelt.

Nuramon sah sich die Wappen an. Er kannte sie alle, auch wenn er sich bei vielen nicht sicher war, woher. Das hellblaue Banner von Valemas war ihm in der Oase aufgefallen, und die schwarze Fahne der Trolle mit den weißen, gekreuzten Kriegshämmern kannte er aus der Seeschlacht. Vielleicht hatte er dort auch all die anderen Wappen gesehen. Er bemerkte, dass neben dem Stein, der dem der Königin gegenüberlag, kein Banner stand.

Die ersten Anführer erreichten den Platz. Am auffälligsten war der König der Trolle, der von einem alten Trollweib begleitet wurde. Er setzte sich, während die Alte hinter ihm stehen musste. Mit herrischem Blick musterte er die Elfen rings herum, die ihm selbst jetzt, als er saß, kaum bis zu den Schultern reichten.

»Das ist Orgrim«, flüsterte Farodin mit einer Stimme, die all seine Verachtung ausdrückte.

Mandred ballte die Fäuste und behielt den Troll im Blick. »Dem hab ich noch nicht die Zeche gezahlt«, sagte er leise.

»Dazu wird es wohl nie kommen«, sprach Farodin und starrte dem Trollkönig mit steinerner Miene entgegen.

Nuramon schaute zu dem Stein, hinter dem kein Banner stand. Während um sie herum die Anführer Platz nahmen, blieb der Steinbrocken dort leer. Er musterte all jene, die gekommen waren, und erblickte schließlich ein bekanntes Gesicht. Direkt links neben dem Sitz der Königin stand eine Elfenkriegerin am Banner von Valemas. Sie trug eine helle Tuchrüstung und einen weiten sandfarbenen Mantel. Ihr linkes Auge wurde von einer dunklen Binde verdeckt. Dennoch erkannte Nuramon sie sogleich. Es war Giliath, die Kriegerin, die Farodin einst im neuen Valemas zum Duell gefordert hatte und die sein Gefährte nur mit einer List hatte bezwingen können.

Sie kam ihnen entgegen. »Farodin!«, sagte sie. »Es ist lange her, dass wir uns sahen.«

»Giliath. Ich dachte, alle Freien von Valemas wären …«

»Tot? Nein. Eine Hand voll von uns hat überlebt und den Tjuredanbetern das Leben schwer gemacht.«

»Und ihr seid hierher zurückgekehrt? Hat die Königin sich etwa für das Unrecht, das sie euch antat, entschuldigt?«

Sie lächelte still, antwortete Farodin aber nicht. Stattdessen wandte sie sich an Nuramon. »Wir verdanken einer großen Zauberin, dass wir den Weg nach Albenmark zurückfanden und nun wieder unsere alte Stadt bewohnen. Und der Dank gebührt dir, Nuramon. Du hast in dem Kind der Hildachi etwas Besonderes erkannt und ihr den Namen Yulivee geschenkt. Eine Yulivee hatte uns aus Albenmark fortgeführt, und eine Yulivee führte uns zurück.« Sie fasste Nuramons Hand, und er konnte spüren, wie ihre Finger zitterten. »Sie hat uns alles erzählt.«

»Ist Yulivee hier?«, fragte Nuramon.

Ehe Giliath antworten konnte, trat Xern wieder aus dem Zelt hervor und rief: »Die Königin von Albenmark!«

Giliath drückte Nuramons Hand noch einmal, dann nickte sie Farodin stumm zum Gruß und kehrte unter das Banner von Valemas zurück.

Die Wachen am Zelt der Königin schlugen die Planen am Eingang zurück, und Emerelle trat heraus. Nuramon würde sie nie vergessen. Denn alles verging, nur die Königin blieb. Sie war schön wie eh und je. Wie er sich damals gewünscht hatte, dass sie ihn so sehen könnte wie einen Geliebten! Wann hatte er sich das gewünscht? Er konnte es nicht sagen. Er wusste nur, dass dieses Gefühl nicht mehr bestand. Seine eigenen Gedanken verwirrten ihn.

Als Obilee hervortrat, staunte Nuramon. Die beste Kriegerin der Königin war unverändert. Sie trug die gleiche Rüstung wie an dem Tag der Seeschlacht. Fast schien es, als hätte sie mit seinen Gefährten und ihm die Jahrhunderte übersprungen. Doch anders als damals fand Nuramon nun Freude in ihrem Gesicht. Sie strahlte ihm geradezu entgegen, und nur ihm, nicht etwa Farodin oder Mandred.

Schließlich trat eine Elfe im grauen Zaubergewand aus dem Zelt. War das Yulivee? Diese Frau erinnerte ihn kaum mehr an das Kind, das er nach seinem Empfinden erst vor wenigen Tagen zuletzt gesehen hatte. Ihr dunkelbraunes Haar wellte sich bis auf ihre Schultern, und zwei lange, dicke Zöpfe reichten ihr bis zu den Ellenbogen. An der Seite der Königin trat sie vor und folgte ihr bis zu deren Stein. An ihrem schelmischen Lächeln erkannte Nuramon sie schließlich. So sehr sie sich verändert hatte, das Lächeln war geblieben.

Die Königin nahm auf ihrem Stein Platz, Obilee und Yulivee rechts und links neben ihr. Es verwunderte Nuramon nicht, dass Yulivee sich als Anführerin unter das Banner von Valemas setzte.

Emerelle musterte ihn und seine beiden Gefährten lange, und Unruhe verbreitete sich unter all den Kriegern, die sie umgaben. Erst als sie die Hand hob, kehrte Stille ein. »Willkommen, meine treuen Recken! Nie war Albenmark so glücklich, euch zu sehen!« Die Königin zeigte ihnen das Gesicht einer gütigen Herrscherin. »Ich habe nicht daran gezweifelt, dass dieser Tag kommen werde. So habt ihr den Devanthar vernichtet.«

Farodin nickte vornehm. »Wir haben ihn getötet und seinen Albenstein erbeutet.« Mit diesen Worten holte er den goldenen Edelstein hervor. »Wenn er dir im Kampf gegen die Feinde helfen kann, dann vertrauen wir ihn dir an. Doch du weißt, wozu wir einen Albenstein verwenden würden.«

Die Königin wich kurz ihren Blicken aus. »Ich habe nicht vergessen, dass ihr Noroelle befreien wollt. Und ihr allein dürft entscheiden, was wir mit dem Albenstein tun sollen. Niemand wird euch die Wahl abnehmen. Seit der Seeschlacht herrscht Krieg zwischen uns und den Tjuredpriestern. Ihre Macht ist gewachsen, und sie haben das Land jenseits der Shalyn Falah besetzt. Sie sind sogar schon ins Herzland eingedrungen.«

»Sie haben die Shalyn Falah überquert?«, fragte Mandred empört.

Emerelle antwortete nicht, sondern schaute sich suchend um. Schließlich trat Ollowain aus den Reihen der Krieger hervor. »Nein, Mandred!« Der Hüter der Shalyn Falah wirkte längst nicht mehr so kriegerisch wie einst. Wahrscheinlich hatte er vor kurzem noch in einer Schlacht gefochten. Er trat an die Seite der Königin. Diese bedeutete ihm weiterzusprechen. »Kein Feind hat die Shalyn Falah überschritten. Sie sind an anderer Stelle durchgebrochen.«

»Auf dem Weg, den damals Aigilaos genommen hat?«, fragte der Jarl.

Ollowain blickte zu Boden. »Das ist wahrlich lange her. Aber du hast Recht.«

Die Königin sprach: »Als sich eure Ankunft näherte, gab ich den Befehl, die Feinde mit aller Kraft aus dem Herzland zurückzutreiben.«

Nuramon erinnerte sich an die Landschaft. Die Shalyn Falah führte über eine tiefe Schlucht. Es kostete viele Wegstunden, sie zu umgehen. Dies bot den Verteidigern genügend Zeit, sich aufzustellen.

Emerelle sprach weiter. »Ich habe es getan, damit wir diesen Krieg auf unsere Weise gewinnen können. Wenn ihr drei euch dazu entscheidet, mir euren Albenstein anzuvertrauen, dann werden wir unser Erbe antreten. Wir werden das tun, was die Alben einst getan haben … Albenmark wird für immer von der Anderen Welt getrennt!«

Stille kehrte ein. Nuramon sah, wie sich die Krieger fassungslos anschauten. Die Königin schlug nichts Geringeres vor, als es den Alben gleichzutun! Sie erhob sich nun von ihrem Platz. »Wir haben die Feinde in das Land zwischen der Shalyn Falah und dem Tor des Atta Aikhjarto zurückgedrängt. Doch sie sammeln bereits neue Kräfte, um zurückzuschlagen. Wir erwarten, dass sie mit einem gewaltigen Heer erneut einen Durchbruch ins Herzland versuchen werden. Daher müssen wir unseren Plan baldmöglichst durchführen.«

»Wie lautet der genaue Plan?«, fragte Farodin. »Wie können wir uns von der Anderen Welt lösen?«

»Während unsere Krieger das Herzland verteidigen, gewinnen wir Zeit. Unbehelligt von den Tjuredpriestern, werden die Mächtigen Albenmarks mit den Albensteinen zwei Zauber sprechen. Der erste wird all das Land jenseits der Shalyn Falah für immer von Albenmark trennen. Der zweite Zauber trennt alle Pfade zwischen Albenmark und der Anderen Welt. Dann werden wir frei sein von Tjured und seinen Dienern.« Sie blickte Mandred an. »Und die Fjordländer werden neuen Mut fassen und das Schwert ergreifen, wenn ihr Ahnherr als König zurückkehrt, um mit ihnen einen ewigen Platz in Albenmark zu erkämpfen.«

Mandred wirkte erfreut, doch mehr noch verstört. Er war sich offensichtlich der Tragweite dieser Ehrung bewusst. Nie zuvor hatten Menschen einen festen Platz in Albenmark gefunden, und die Königin bot nun einem ganzen Volk ein solches Geschenk an.

Emerelle wandte sich an Farodin. »Das alles kann jedoch nur geschehen, wenn ihr uns euren Albenstein überlasst.«

»Wir sollen demnach Noroelle aufgeben?«, fragte Farodin.

»Nein, ihr sollt wählen. Ihr könnt den Stein nehmen und zu Noroelle gehen und sie befreien. Oder ihr rettet damit Albenmark. Doch ich warne euch. Manchmal ist die Gefangenschaft besser als die Gewissheit, dass alles, was einst war, verloren ist.«

Nuramon konnte nicht fassen, was die Königin ihnen da vorschlug. Eine Entscheidung zwischen Noroelle und Albenmark! War es wirklich eine Wahl? Sie waren von Kriegern umgeben. Die Königin könnte sich den Albenstein jederzeit einfach nehmen. Nein, sie hatten keine Wahl. Sie konnten nichts anderes tun, als Emerelle den Stein geben. Nuramon tauschte einen Blick mit Farodin. In dessen Gesicht las er Verzweiflung.

Nuramon nickte, und sein Gefährte sprach: »Wir werden dir den Stein überlassen, denn sonst wäre die Freiheit für Noroelle grausamer als die Gefangenschaft. Aber gibt es keinen Weg, Noroelle vorher noch zu retten?«

Die Königin sprach mit bedauernder Stimme: »Nein, denn mein Urteil von einst hat noch immer Bestand.«

Farodin senkte den Kopf. Er schien jede Hoffnung verloren zu haben.

Nuramon war enttäuscht. Das Geschenk, das sie Emerelle und Albenmark brachten, hätte größer nicht sein können, und doch war es der Königin nicht möglich, das Urteil aufzuheben. »Wir haben nur eine Bitte«, sagte Nuramon und merkte, wie schwach seine Stimme war. »Öffne uns einen Pfad in die Andere Welt, ehe die Welten sich trennen. Wir werden einen anderen Weg finden, Noroelle zu befreien.«

»Wenn ihr geht, wird es kein Zurück mehr geben«, erklärte Emerelle.

»Du weißt, wie weit wir für Noroelle gehen würden«, erwiderte Farodin.

Die Königin musterte sie lange. »Nie hat es wohl eine solche Liebe gegeben«, sprach sie dann. »Nun gut. Die Albensteine müssen eine Nacht im Großen Wald an der Felsnadel ruhen. Am Morgen werden wir damit beginnen, die beiden Zauber zu weben. Es wird viele Stunden dauern, bis unser Werk vollendet ist. Die Trennung des Landes jenseits der Shalyn Falah erfolgt dann binnen eines Lidschlags. So mögen wir die Schlacht für uns entscheiden. Die Trennung von der Anderen Welt wird erst einen Tag nach dem Zauber geschehen. Und während dieser Zeit werden die Albensteine ihr Werk allein tun. Ich werde euch eine Pforte öffnen, die in die Andere Welt führt, direkt zum Tor eurer Liebsten.«

»Wir danken dir, Königin«, sagte Farodin und beugte sein Haupt vor Emerelle. Dann trat er vor sie und legte den Albenstein in ihre Hände.

Emerelle hob den goldenen Edelstein in die Höhe und zeigte ihn den Kriegern. »Dies ist der Albenstein des Weisen Rajeemil, der einst in die Andere Welt ging, um deren Geheimnisse zu ergründen. Er fand dort das Mondlicht, doch der Albenstein fiel dem Devanthar in die Hände. Und nun wird dieser Stein den Händen von Valemas anvertraut.« Sie gab den Stein Yulivee.

Die Zauberin nahm den Chrysoberyll entgegen, hatte aber keine Augen für ihn. Sie sprach zur Königin: »Emerelle! Du weißt, wie ich dazu stehe. Ich glaube nicht, dass es uns gelingen wird. Du besitzt einen Stein.« Sie deutete mit einer fließenden Geste zu der Schamanin, die hinter Orgrim stand. »Skanga besitzt einen, und ich halte nun einen weiteren in Händen. Damit können wir das Land jenseits der Brücke entrücken, doch niemals wird es uns mit nur drei Steinen gelingen, Albenmark von der Menschenwelt zu trennen. Wir brauchen mindestens noch einen weiteren … und jemanden, der ihn beherrschen kann.«

»Du hast Recht«, sagte Emerelle und schmunzelte. »Doch es wird einen weiteren Stein geben.« Sie deutete voraus. »Wenn der Platz dort besetzt ist, dann werden wir einen weiteren Albenstein haben. Die Frage ist nur, ob wir dessen Träger dazu bringen können, sich dort niederzulassen.«

»Königin, uns läuft die Zeit davon«, sagte Obilee und erhob sich.

Emerelle schüttelte den Kopf. »Nein, denn die Weisen wissen, wann die richtige Stunde gekommen ist. Es geht nur noch darum, zueinander zu finden.«

Plötzlich ertönte ein Hornsignal, begleitet von Rufen. »Ein feindliches Heer in unserem Rücken!«, klang es rings herum im Lager.

Während sich um sie herum Unruhe erhob, sah Nuramon der Königin in die Augen. Sie erwiderte seinen Blick gelassen und lächelte. Es gab keinen Zweifel: Wer immer da kam, überraschte die Königin nicht. Emerelle hob die Hand. »Weichet und macht mir den Blick auf die Hügel frei!«, befahl sie.

Die Reihen der Krieger drängten auseinander, und auch Nuramon und seine beiden Gefährten machten der Königin Platz. Ein gewaltiges graues Heer schob sich über die Hügel und Wiesen der Burg entgegen. Banner ragten aus den Reihen der Krieger; sie waren rot und zeigten einen silbernen Drachen.

»Das sind die Kinder der Dunkelalben!«, sprach Nuramon vor sich hin.

Seine Worte verbreiteten sich unter den Kriegern und sorgten für blankes Entsetzen. »Die alten Feinde sind zurückgekehrt!«, hörte er jemanden rufen. »Die Nacht hat sich mit dem Feind verbündet!«, sprach ein anderer. Mandred und Farodin aber bewahrten Ruhe, denn ihnen hatte Nuramon von den Kindern der Dunkelalben erzählt.

Obilee schüttelte den Kopf, offenbar kannte sie das Geheimnis der Zwerge. »Wie konnten sie sich uns so unbemerkt nähern?«, fragte sie.

Die Königin antwortete ihr nicht. »Nuramon!«, rief sie stattdessen. »Hier ist ein Pferd. Du wirst ihnen entgegenreiten und sie im Namen Albenmarks empfangen.«

Xern führte einen Hengst herbei. Es war Felbion. Sein treuer Hengst hatte all die Jahre gewartet! Es wieherte freudig. »Gibt es etwas, was ich in deinem Auftrag sagen soll?«, fragte er und konnte dabei den Blick nur mit Mühe von Felbion abwenden.

»Bring den König dazu, hierher zu kommen! Wie du es erreichst, das liegt bei dir.«

»Wir sollten ihm eine Wache mitschicken«, schlug Ollowain vor.

»Die wird er nicht brauchen«, entgegnete Yulivee und schaute Nuramon stolz an. Er hatte ihr auf der Reise von den Kindern der Dunkelalben erzählt und ihr die Hallen der Zwerge bis ins Kleinste beschrieben.

Nuramon stieg in den Sattel. »Nun, Felbion!«, flüsterte er dem Pferd ins Ohr. »Lass uns sehen, ob du in all der Zeit etwas verlernt hast.«

Das Ross trabte los, und Nuramon spürte dessen unbändige Kraft. Doch kaum hatte er das Heerlager hinter sich gelassen, überkam ihn ein Gefühl von Demut. Er ritt allein einer gewaltigen Streitmacht entgegen! Es waren gewiss mehr als zehntausend Krieger, die ihm entgegenkamen. Sie marschierten in Formation, wie sie es im Drachenkampf zu tun pflegten; Schilde schützten sie zu allen Seiten. Im Zentrum des Heeres gab es Speerträger, deren Waffen wie Bäume aus den Reihen herausstachen. Dort war gewiss der König, sein Freund Wengalf, mit dem er einst so viele Abenteuer erlebt hatte. Nie würde er den Kampf gegen den Drachen Balon vergessen, all den Schmerz, den er erlitten hatte, und den Augenblick … seines Todes.

Mit einem Schlag war Nuramon klar, was ihn so verwirrte … was mit ihm geschehen war. Der Zauber in den Hallen des Devanthars hatte nichts ausgelöscht, sondern die Pforte zu seiner Erinnerung aufgetan. Das war es! Doch alles war so ungeordnet. Ihm schien es so, als hätte sich der Kampf gegen den Drachen auf dem Weg zum Orakel Dareen ereignet. Obwohl es unmöglich war, schien es ihm so, als hätte er im Tal der Zwerge mehrere hundert Jahre verbracht, ehe er mit Alwerich auszog, um zum Orakel zu reisen. Es ergab alles keinen Sinn, es passte nicht zusammen.

Der Damm, der das Wissen um die Vergangenheit zurückgehalten hatte, war gebrochen, und nun ergossen sich all die

Erinnerungen seiner früheren Leben über jene, die sich in diesem Leben angesammelt hatten.

Wie war es früher gewesen? Wann war er mit den Zwergen ausgezogen? Als Nuramon sich diese Frage stellte, entsann er sich des Tages, an dem er Alwerich kennen gelernt hatte. Er war ein junger Zwerg gewesen, der in einer Schlucht in den Ioliden gestürzt war und sich das Bein gebrochen hatte. Nuramon hatte ihn gefunden und ihn gerettet. Seither waren sie Freunde und hatten viel miteinander erlebt. Alwerich hatte ihn zu den Zwergen geführt, und dort war er König Wengalf begegnet. Das war lange her, sogar lange bevor er mit den Zwergen Albenmark verlassen hatte.

Nuramon erinnerte sich an einen Blick von den Gipfeln der Ioliden zu Alaen Aikhwitan, an Kämpfe gegen Bestien tief in den Höhlen des alten Aelburin, an die riesigen Schmieden in den hellen Hallen der Zwerge, an Jagdzüge in den Tälern und an vieles mehr. Die Erinnerungen stürzten ihn in ein Wechselbad der Gefühle, ohne dass er in der Lage war, ihnen eine Ordnung aufzuzwingen. Denn ehe er sich versah, verlangsamte Felbion seinen Tritt. Das Heer der Zwerge war zum Stehen gekommen. Eine kleine Gruppe, die von Wachen und Bannerträgern umringt wurde, löste sich aus der Mitte der vordersten Marschreihe und kam ihm entgegen.

Nuramon stieg ab und lief vor dem Pferd den Zwergen entgegen. Er erkannte Wengalf, Alwerich und Thorwis sogleich, auch wenn sie gealtert waren.

König Wengalf bot eine prachtvolle Erscheinung. Er trug ein goldenes Kettenhemd und einen goldenen Helm, auf dem sich Runen zu einer Krone schlängelten. Alwerich war in einen glänzenden Eisenpanzer gekleidet und hatte eine Axt geschultert, die Nuramon noch gut in Erinnerung war. Ein völlig anderes Bild bot Thorwis, der ganz in eine schwarze Robe gewandet war, auf die mit dunkelgrauem Faden Schriftzeichen aufgestickt waren. Sein weißes Haar und der lange Bart bildeten einen starken Kontrast zur Farbe seines Gewandes. Die drei Zwerge wirkten wie Gestalten aus den großen Heldenepen, und auch die Wachen waren auf das Beste gerüstet. Es konnte keinen Zweifel geben: Die Zwerge hatten sich lange auf diesen Tag vorbereitet.

Der König gab seinen Wachen ein Zeichen, und sie blieben stehen, wo sie waren. Nur Alwerich und Thorwis traten gemeinsam mit ihm näher.

»Nuramon! Dich zu sehen, am Ende des Zeitalters, das rührt ein altes Zwergenherz«, sprach Wengalf.

»Auch ich bin froh, euch alle wiederzusehen«, entgegnete Nuramon.

»Und? Hast du dein Gedächtnis gefunden?«

»Ich erinnere mich an unseren Kampf mit dem Drachen.«

Wengalf nickte stolz. »Emerelle hat gut daran getan, dich zu uns zu schicken.«

»Du sollst uns willkommen sein, mein Freund«, sagte Nuramon.

»Willkommen?« Er blickte an ihm vorbei. »Nun, wenn ich die Streitmacht sehe, die sich dort sammelt, dann scheinen wir nicht so willkommen zu sein, wie du es sagst.«

Nuramon blickte über die Schulter. Tatsächlich war vor dem Lager die Reiterei aufgezogen. »Mach dir keine Sorgen. Es ist nur so, dass sie die Kinder der Dunkelalben fürchten. Nur wenige wissen um eure wahre Geschichte.«

»Und offenbar glauben sie, wir hätten Angst vor Pferden«, warf Thorwis ein. »Die werden sich wundern, wie sehr sich die Zeiten ändern können!«

Nuramon erinnerte sich an seinen letzten Besuch bei den Zwergen. Alwerich und seine Gefährten hatten schon einen gewissen Respekt vor Felbion gezeigt. »Sie stehen nicht dort, um euch anzugreifen, Wengalf.«

»Wenn sie wollen, dass wir ihnen beistehen, dann sollten sie uns freies Geleit zum Feind geben.«

Thorwis mischte sich ein. »Der Orakelspruch Dareens führt uns hierher. Hier soll die letzte Schlacht dieses Zeitalters geschlagen werden, und kein Zwerg soll in der Anderen Welt oder der Zerbrochenen Welt zurückbleiben.«

»Wir sind nicht gekommen, um uns der Königin zu unterwerfen«, setzte Wengalf nach.

»Ich weiß nichts von irgendwelchen Zeitaltern«, erwiderte Nuramon mit freundlicher Stimme. »Ich weiß nur, dass unsere einzige Hoffnung darin besteht, Verbündete zu sein. Die Königin hat die Träger der Albensteine um sich gesammelt. Sie wünscht sich, ihr würdet euch uns anschließen.«

Wengalf tauschte einen langen Blick mit Thorwis. Dann sprach er: »Nuramon, wir sind Freunde. Und ich will dich eines fragen: Können wir der Königin vertrauen?«

Das war eine schwierige Frage. »Das kann ich euch nicht beantworten. Doch ich kann euch sagen, dass meine Gefährten und ich einen Albenstein besaßen. Mit diesem hätten wir meine Geliebte befreien können. Und doch haben wir ihn Emerelle überlassen.«

Wengalf winkte Thorwis beiseite. »Entschuldige uns!«, sagte er und ließ Nuramon mit Alwerich stehen. Er hätte gern gewusst, was sie miteinander sprachen, doch so wandte er sich an Alwerich. »Wie ist es dir ergangen, Freund?«, fragte er. »Hast auch du deine Erinnerung gefunden?«

Der Zwerg lächelte. »Ja. Und was ich fand, war viel mehr, als ich durch meine Bücher erfahren konnte. Nun, da du dich auch erinnerst, möchte ich dir danken für all die Male, die du mir das Leben gerettet hast.«

Nuramon ging in die Hocke und legte Alwerich die Hand auf die Schulter. »Verzeih mir, aber ich bin noch sehr durcheinander. Doch ich sehe den Tag klar vor mir, an dem ich dich in der Schlucht fand. Ich habe dich geheilt. Und ich erinnere mich an Solstane, und wie glücklich sie war, dich unversehrt zu sehen. Wo ist Solstane?«

»Sie und die anderen warten in den alten Hallen auf unsere Rückkehr … auf die eine oder andere Weise.«

»Lebendig wäre ihr gewiss lieber.«

»Du kennst uns ja. Der Tod bedeutet uns noch weniger als den Elfen. Besonders wenn man die große Erinnerung errungen hat.«

Wengalf und Thorwis kehrten zurück. »Wenn du und deine Gefährten so selbstlos seid, den Albenstein für eine größere Sache zu opfern«, hob der König an, »dann werden wir Zwerge nicht zurückstehen. Es soll nicht an uns scheitern. Führe uns zu Emerelle! Sei uns ein guter Freund und deiner Königin ein treuer Diener!«

»Dann folgt mir!«, sagte Nuramon und wandte sich um. Felbion aber flüsterte er zu: »Lauf voraus!«, und sogleich lief das Ross los.

Wengalf gab den Befehl, dass das Heer warten solle, ebenso die Leibwache des Königs. Der Anführer der Garde sträubte sich, doch Wengalf blieb hart. »Keine Wache! Nur Thorwis und Alwerich sollen mich begleiten. Drei Zwerge, von einem Elfen geführt!« Er winkte Alwerich herbei. »Nimm dir das Banner!«

Einer der Bannerträger des Königs reichte Alwerich sein Feldzeichen.

»Die sollen genau sehen, mit wem sie es zu tun haben«, erklärte Wengalf.

Seite an Seite machten sie sich auf den Weg. Und wieder überkam Nuramon ein merkwürdiges Gefühl. Diesmal schritt er zu Fuß auf die Reiterei der Elfen zu. Und obwohl er wiederum keinen Angriff erwartete, war es beeindruckend, solcher Macht entgegenzutreten. Seine Begleiter schienen keine Angst zu kennen. Als wären sie auf einem Spaziergang, fragte Wengalf ihn: »Wie ist es dir ergangen, mein Freund?«

Nuramon erzählte in aller Kürze, was seit dem Abschied von Alwerich geschehen war. Er berichtete von seinen Jahren in Firnstayn, von der Suche nach dem Albenstein, von Iskendria und Yulivee und schließlich von der Seeschlacht und dem Kampf gegen den Devanthar.

»Bei allen Hallen der Alben!«, rief Wengalf. »Was für Abenteuer! Da wäre ich gern dabei gewesen.« Er klopfte Nuramon gegen den Arm. »Aber in der Schlacht, die uns bevorsteht, haben wir gewiss genügend Gelegenheit, Seite an Seite zu kämpfen.«

»Solange es nicht so endet wie beim Kampf mit dem Drachen!«

Schon näherten sie sich den Reitern, und Nuramon konnte sehen, mit wie viel Ehrfurcht die Krieger die Zwerge betrachteten. Und als sie wenige Schritt vor den Pferden stehen blieben, wurden die Reiter unruhig.

Nuramon rief: »Dies ist Wengalf von Aelburin, König der Zwerge, der in der Anderen Welt sein neues Reich Aelburin gründete, um heute nach Alt-Aelburin zurückzukehren. An seiner Seite steht Alwerich, Bezwinger des Höhlenwurms! Und dies ist Thorwis, das erste Kind der Dunkelalben!« Nuramon wunderte sich über seine eigenen Worte. Es stimmte. Alwerich hatte einst den Höhlenwurm erschlagen. Nuramon war selbst dabei gewesen. Und es entsprach ebenso der Wahrheit, dass Thorwis der älteste Zwerg war und aus einer Zeit stammte, da die meisten Zwerge noch ins Mondlicht gegangen waren.

Die Reihen der Reiter öffneten sich und boten einen Weg zu den Kriegern des Lagers, die nun ihrerseits eine breite Gasse bis vor das Zelt der Königin schufen. Entschlossen ließ Nuramon die Zwerge vorangehen und freute sich an all den bewundernden Blicken, die seinen Freunden zuteil wurden.

Schließlich blieben sie etwa zehn Schritt vor der Königin stehen. Nuramon trat vor und machte eine Verbeugung. »Meine Königin, ich bringe dir einen Gast und vielleicht einen Verbündeten.«

»Ich danke dir«, sprach Emerelle mit sanfter Stimme.

Nuramon machte für die Zwerge Platz.

Wengalf trat vor, gefolgt von seinen beiden Gefährten.

Die Königin blickte hinauf zum Banner, das Alwerich an der Stange trug. »Wengalf von Aelburin! Es ist lange her, dass wir uns zuletzt sahen.«

»Und wir sind nicht im Guten auseinander gegangen«, sagte der Zwerg, ohne der Königin die geringste Ehrerbietung zu erweisen. Er zeigte allen, dass er ein König und damit Emerelle ebenbürtig war.

Die Königin saß auf ihrem Stein und war so fast auf gleicher

Augenhöhe mit Wengalf. »Dann müssen wir die richtigen Worte suchen, um wieder zusammenzufinden.«

»Es führt nur ein Weg dahin.«

»Ich weiß, und ich kann dir nur das Gleiche sagen, was ich König Orgrim sagte. Ein neues Albenmark wird entstehen, wenn diese letzte Gefahr gebannt ist. Und in diesem Albenmark wird es genügend Platz für Trollkönige, Elfenköniginnen und auch für den König der Zwerge geben.«

»Wenn das die Zukunft ist, dann sieh in uns deine Verbündeten.« Wengalf blickte zu Thorwis, und der Zauberer trat an seine Seite. »Wir werden dich in deinem Zauber unterstützen.«

Thorwis holte einen Stein aus den Falten seines Gewandes hervor. Es war ein Bergkristall, durch den sich fünf schwarze Fäden zogen. Der Albenstein der Zwerge! »Wir danken dir, dass du deinen Schwur gehalten hast«, sprach der Zauberer.

»Ich habe niemandem gesagt, dass ihr einen Stein besitzt. Auch wenn ich gestehen muss, Andeutungen gemacht zu haben, als ich wusste, dass ihr kommen würdet.«

»Was ist dein Plan, Emerelle?«, fragte nun Wengalf.

Die Königin wiederholte noch einmal, was sie zuvor gesagt hatte: dass ein Zauber das Land jenseits der Shalyn Falah abtrennen sollte und ein zweiter ganz Albenmark von der Anderen Welt. Thorwis und Wengalf hörten sich die Worte der Königin aufmerksam an. »So soll es geschehen!«, rief Wengalf. »Mein Heer wird an der rechten Flanke stehen, zwischen dem Ende der Schlucht und dem Wald, sofern sich das Land nicht verändert hat.«

»Es ist noch so, wie du es in Erinnerung hast. Doch die Menschen kommen in Massen. Allerdings werdet ihr nicht allein kämpfen müssen.« Die Königin blickte über die Zwerge hinweg. »Mandred!«, rief sie dann.

Der Jarl trat vor, und die Zwerge sahen ihn neugierig an. Nuramon hatte ihnen von Mandred erzählt.

»Wir brauchen die Mandriden in diesem Kampf. Du musst zu den deinen gehen und sie wachrütteln, auf dass sie morgen an der Schlacht teilnehmen.«

Mandred nickte ernst. »Das werde ich tun, Emerelle!«

»Farodin!«, sprach die Königin, und Nuramons Gefährte trat vor und verbeugte sich. »Du wirst an Ollowains und Giliaths Seite die Shalyn Falah verteidigen. Ich werde dir meine Leibwache unterstellen, die du nun befehligen sollst.« Sie schaute hinüber zu Orgrim. »Und die Trolle werden euch unterstützen, denn sie sind einst selbst gegen die Brücke angelaufen. Wenn Verteidiger und einstige Angreifer vereint sind, wird die Shalyn Falah halten.«

»Ich danke dir, Königin«, sagte Farodin tonlos.

Emerelle richtete ihren Blick auf Nuramon. »Und nun zu dir! Ich möchte, dass du die Elfen anführst, die an der Seite der Zwerge kämpfen.«

»Anführen?«, fragte Nuramon.

»Schwertkämpfer und Reiter aus Alvemer und die Bogenschützen Nomjas sollen dir zur Verfügung stehen, ebenso die Krieger deiner Sippe.«

»Ich danke dir, Emerelle«, hörte sich Nuramon sagen. Doch er sah sich nicht als Anführer. Farodin war dazu geschaffen, oder Obilee, Ollowain und Giliath. Er war gewiss nicht der Richtige, solche Verantwortung zu tragen.

Die Königin wandte sich wieder an Wengalf. »Ich bitte dich, Wengalf … König von Aelburin. Nimm den Platz ein, der dir in dieser Runde zusteht. Damit schließt sich der Schicksalskreis, und wir sind bereit für den Sturm, der dieses Zeitalter beenden wird.«

Stille kehrte ein, während der König der Zwerge mit Thorwis und Alwerich zu dem Stein ging, der dem der Königin gegenüberlag. Dort angekommen, verharrte er und sah in die Runde. Er gab Alwerich ein Zeichen, und dieser rammte mit aller Kraft die Stange des Banners in den Boden, als der König sich setzte.

Jubel erhob sich im Lager, wie Nuramon ihn unter Albenkindern selten vernommen hatte. Die Elfen jauchzten, die Kentauren wieherten, die Trolle grölten und Mandred … Mandred grölte ebenfalls.

DER LEBENDE AHNHERR

Liodreds Leichnam war auf einer mit weißen Tüchern verhängten Kutsche aufgebahrt worden. Fünfzig Kentauren bildeten das Ehrengeleit für den gefallenen König von Firnstayn. An der Seite der raubeinigen Pferdemänner fühlte sich Mandred wohl, obwohl ihn die Nachrichten über sein Volk mit tiefster Trauer erfüllten. Nur wenige hatten freiwillig den alten Göttern abgeschworen, um den Glauben an Tjured anzunehmen. Darauf hatten die Ordensritter ganze Dörfer niedergemetzelt. Emerelle hatte allen Bewohnern des Fjordlands Zuflucht in Albenmark versprochen. Elfenreiter und Trolle waren ausgerückt, um die Flüchtlinge zu eskortieren, doch tausende waren in Schneestürmen oder durch Lawinen auf den Hochpässen ums Leben gekommen. Wer die Flucht überstanden hatte, war ins Lamiyal-Tal etwa zehn Meilen von Emerelles Burg entfernt geführt worden. Die Königin und auch Ollowain hatten Mandred gewarnt. Die Moral der Menschen war gebrochen; sie waren vollkommen ausgezehrt, und all das Leid der Vergangenheit hatte sie gezeichnet. Man rechnete nicht damit, dass mehr als vielleicht zweihundert an der bevorstehenden Schlacht teilnehmen würden.

Als der Jarl die Anhöhe über dem Tal erreichte, wurde ihm schwer ums Herz. Eine unübersehbare Zahl Flüchtlinge lagerte hier. Es gab noch kaum Zelte; die Menschen mussten unter freiem Himmel auf dem Erdboden schlafen. Der Holzrauch hunderter Lagerfeuer hing wie eine dunkle Glocke über den Wiesen.

Die Menschen starrten Mandred an, als er den Hang herunterkam. Sie erkannten ihn nicht. Woher auch? Niemand im Elfenlager hatte ihm sagen können oder wollen, wie viele Jahrhunderte sie durch die Falle des Devanthars verloren hatten. Es spielte auch keine Rolle. Das Einzige, was zählte, war, dass sie morgen den Angriff zurückschlugen. Doch wenn Mandred sich diese Schar Verzweifelter ansah, wusste er nicht, ob die Menschen noch an den Gefechten teilhaben sollten. Am meisten schmerzte ihn der Anblick der Kinder. Hohlwangig und mit eingesunkenen Augen, ausgezehrt von der Flucht, standen sie am Wegesrand und beobachteten, wie die Kentauren und der prächtige weiße Wagen näher kamen. Manche lachten und winkten sogar, obwohl sie sich vor Schwäche kaum auf den Beinen halten konnten. Was waren die Tjuredpriester nur für Ungeheuer, dass sie sogar Kinder zu Tode hetzten!

In der Mitte des Flüchtlingslagers stand ein Zelt aus verschossenem grünem Leinen. Vor dem Eingang stand breitbeinig ein Hüne von einem Krieger. Er trug eine geschwärzte Rüstung und stützte sich auf eine große Axt. Seine Miene wirkte mürrisch, und er musterte Mandred mit kalten, blauen Augen. »Dich haben die Elfen also geschickt, um uns den Ahnherrn vorzuspielen.«

Der Jarl schwang sich aus dem Sattel und unterdrückte den Drang, dem Wachposten die Faust in den Rachen zu schieben. »Wo finde ich den König? Ich bringe ihm seine Rüstung.«

»Deine Freunde haben dich schlecht unterrichtet. Der König liegt tot auf dem Habichtpass. Er hat sich dort mit hundert Mann gegen das Heer der Ordenspriester gestemmt, um unseren Frauen und Kindern ein paar Stunden mehr für die Flucht einzuhandeln.«

Mandreds Zorn auf den Krieger war verraucht. »Wer führt an seiner Stelle das Kommando?«

»Königin Gishild.«

»Darf ich sie sehen? Königin Emerelle schickt mich. Ich ... Ich komme gerade erst von Firnstayn. Ich habe alles gesehen.«

Der Wächter strich sich über den Schnauzbart und runzelte die Stirn. »Seit Tagen kommt niemand mehr durch die Linien der Ordensritter. Wie hast du das geschafft?«

»Einer meiner Gefährten öffnete einen Albenpfad.«

Eine steile Falte zerfurchte die Stirn des Kriegers. Er blickte zu dem weißen Wagen. »Wozu bringst du diese Kutsche mit?«

»König Liodred liegt darauf aufgebahrt. Er starb an meiner Seite.«

Der Wächter riss erschrocken die Augen auf. Dann ging er in die Knie. »Verzeih, Ahnherr! Ich … Niemand hat mehr daran geglaubt, dass sich die alte Prophezeiung noch erfüllen würde. Wir haben so viele …«

Mandred packte den Krieger bei den Armen und zog ihn wieder hoch. »Ich mag es nicht, wenn Männer vor mir knien. Du hattest Recht mit deinem Misstrauen. Und ich bin stolz, dass es im Fjordland noch immer Männer wie dich gibt. Wie heißt du?«

»Ich bin Beorn Torbaldson, Ahnherr.«

»Ich würde mich freuen, dich morgen in der Schlacht an meiner Seite zu wissen, Beorn.« Mandred bemerkte, wie der Krieger die Lippen zusammenpresste, wie um einen plötzlichen Schmerz zu unterdrücken. »Der König hat dich auf dem Habichtpass fortgeschickt, nicht wahr?«

Ein Muskel in der Wange des Wächters zuckte leicht. »Ja«, stieß er gepresst hervor.

»Ich weiß nicht, was mein Nachfahr für ein Mann war, Beorn. Ich kann dir nur sagen, was ich an seiner Stelle getan hätte. Ich hätte meinen tapfersten und treuesten Krieger ausgesucht, um mein Weib in Sicherheit zu bringen. Und wenn ich jemals erleben sollte, dass dich jemand einen Feigling nennt, weil du nicht als Rabenfraß an der Seite deines Königs auf dem Habichtpass liegst, dann werde ich ihn so lange weich prügeln, bis er die Wahrheit erkennt. Reite morgen an meiner Linken. Du musst wissen, ich hasse es, einen Schild zu tragen. Sei du mein Schild!«

Die Augen des Kriegers strahlten. »Kein Schild könnte dich so schützen, wie ich es tun werde.«

»Ich weiß.« Mandred lächelte. »Darf ich nun zur Königin?«

Beorn verschwand kurz in dem Zelt, dann erklang eine helle Frauenstimme. »Tritt ein, Mandred Torgridson, Ahnherr meiner Sippe.«

Die Zeltwände dämpften den Sonnenschein zu grünem

Zwielicht. Das Zelt war karg eingerichtet. Es gab eine schmale Bettstatt, einen kleinen Tisch, zwei eisenbeschlagene Kleidertruhen und als einzigen Luxus einen schön geschnitzten Lehnstuhl mit einem hohen Fußschemel. Gisheld war eine junge Frau. Mandred schätzte sie auf höchstens Mitte zwanzig. Ihr Gesicht war fein geschnitten, doch ungewöhnlich blass. Rotblondes Haar fiel ihr offen auf die Schultern. Sie trug ein eng verschnürtes dunkelgrünes Wams und darunter ein weißes Hemd. Gishild saß auf dem Lehnstuhl, die Füße auf dem Schemel. Um ihre Beine hatte sie eine dünne Decke gewickelt. Auf dem Tisch an ihrer Seite lag griffbereit ein schlanker Dolch.

Die Königin machte keine Anstalten, sich zu erheben, als Mandred eintrat. Sie entließ Beorn mit einer flüchtigen Geste. »Nun kommst du also doch noch, Ahnherr«, sagte sie bitter. »Wir haben so sehr auf dich gehofft, als sie die erste Bresche in die Mauern Firnstayns schlugen. Oder in jener Nacht, als mein Mann im Schneesturm einen Ausfall gegen das Lager der Ordensritter führte, damit die Überlebenden der Stadt in die Berge fliehen können. Selbst auf dem Habichtpass habe ich noch zu Luth gebetet, dass du endlich kommen mögest. Nun ist es zu spät, Ahnherr. Es gibt kein Land mehr, für das dein Volk kämpfen könnte. Wir sind Flüchtlinge, Bettler in der Fremde, angewiesen auf die Almosen Emerelles. Und wie es scheint, vermögen nicht einmal die Elfen die Macht der Priester noch zu brechen. Die verbrannte Eiche wirft ihren Schatten selbst auf das Herzland.«

Mandred atmete tief ein. Was sollte er ihr sagen? Wie grausam es war, im Refugium des Devanthars zu stehen und hilflos zusehen zu müssen, wie das eigene Volk einen verzweifelten Krieg führte? »Ich kann nichts ungeschehen machen. Und es wird für uns auch keinen Weg zurück in die Heimat geben. Doch Emerelle hat mir versprochen, uns in Albenmark ein eigenes Königreich zu überlassen. Nur einmal werden wir noch kämpfen müssen, dann werden die Tjuredpriester für immer zurückgeschlagen sein. Emerelle wird die Tore Albenmarks verschließen, und nie mehr wird ein Priester kommen und einen Fjordländer foltern und morden, weil er treu zu den alten Göttern steht.«

Die Königin sah ihn müde an. »Ich habe von zu vielen letzten Schlachten reden hören, Ahnherr.« Sie deutete zum Eingang des Zeltes. »Du siehst, was aus deinem Volk geworden ist. Die Menschen haben alle Hoffnung verloren. All die Niederlagen haben ihren Stolz zerstört.«

»Wir werden ihnen wieder Mut machen! Heute Nachmittag will ich Liodred beerdigen. Und dann möchte ich zu ihnen sprechen. Bitte steh an meiner Seite. Ich bin mir sicher, sie verehren dich noch immer, Gishild.«

»Ich werde nie mehr an irgendjemandes Seite stehen!« Die Königin schlug die Decke zurück, und Mandred sah zwei rot entzündete, mit schwarzem Pech beschmierte Stümpfe. Man hatte ihr dicht über den Knöcheln die Füße amputiert.

»Ich will keine Worte des Mitleids. Dies ist nichts! Auf dem Habichtpass ist mir mein kleiner Sohn auf dem Arm erfroren. Ich konnte ihm nicht genug Wärme geben …« Sie stockte. »Ein Paar erfrorene Füße sind nichts gegen diesen Schmerz. Ich … Ich will in kein offenes Grab mehr blicken, Ahnherr. Ich selbst bin ein offenes Grab. Und damit bin ich ein Spiegel deines Volkes.«

Fassungslos starrte er auf die verstümmelten Beine. »Du hättest die Elfen um Hilfe bitten können. Ihre Zauber sind mächtig. Sie hätten …«

»Hätte ich einen ihrer Heiler vom Lager eines kranken Kindes fortrufen sollen? Wir haben mehr Elend mit nach Albenmark gebracht, als ihre Zauberkraft zu tilgen vermag.«

Mandred fühlte sich ohnmächtig. Was sollte er dieser verbitterten Frau noch sagen? Worte der Hoffnung mussten wie Hohn in ihren Ohren klingen. Wäre er doch nur früher zurückgekehrt! Er verneigte sich. »Mit deiner Erlaubnis werde ich mich zurückziehen und das Begräbnis König Liodreds vorbereiten.«

»Warte noch, Ahnherr!« Sie winkte ihm, näher zu treten. »Knie neben mir nieder.«

Verwundert gehorchte er.

Gishild senkte die Stimme zu einem Flüstern. »Ich habe gehört, wie du zu Beorn gesprochen hast. Seit dem Tag auf dem Habichtpass war er ein gebrochener Mann. Du hast ihm seinen Mut zurückgegeben. Nimm die Rüstung des Alfadas und lege sie an, wenn du am Grab von Liodred zu deinem Volk sprichst. Vielleicht vermagst du in der Asche der Trauer noch einmal einen Funken der Hoffnung zu entzünden. Mir ist diese Kraft nicht gegeben, Mandred Torgridson. Doch ich weiß, dass manche selbst jetzt noch auf die Rückkehr des lebenden Ahnherrn hoffen. Sprich zu ihnen. Du hast Recht … Es darf nicht sein, dass nach all den Jahrhunderten der Freundschaft in der letzten Schlacht nicht mehr das Banner von Firnstayn an der Seite der Elfen weht. Behüte unser Volk vor dieser Schande.«

ZWEI SCHWERTER UND ERINNERUNGEN

Nuramon war in der Kammer der Gaomee. Die Königin hatte ihm diese ein letztes Mal zur Verfügung gestellt. Und es hatte ihn zutiefst überrascht, ein Abbild seiner selbst an der Wand zu finden. Zwar hatte man jedem, der in dieser Kammer die Nacht vor der Elfenjagd verbracht hatte, eine Szene in dem umlaufenden Fries gewidmet, doch Nuramon war nicht darauf vorbereitet gewesen, sein eigenes Antlitz an der Wand zu erblicken. Was ihn vor allem wunderte, war die Art und Weise, wie er abgebildet war: Er stand da, hielt seine beiden Schwerter in Händen und drohte einem Schatten, der einen goldenen Edelstein umhüllte; dies war der Devanthar mit seinem Albenstein. Entweder war dieses Gemälde irgendwann nach der Seeschlacht entstanden, oder der Blick der Königin hatte weit in die Zukunft gereicht.

Nuramon musterte die Gesichtszüge seines Abbilds. Es waren die eines mutigen Elfen, der jeder Gefahr gewachsen schien, dabei aber nicht grimmig wirkte. Dieser Elf wäre gewiss ein guter Anführer. Die Frage war nur, ob Nuramon morgen diesem Abbild gerecht werden konnte. Der heutige Tag ließ nicht so recht darauf schließen. Er war anstrengend gewesen, besonders weil sein Gedächtnis immer noch verworren war.

Er hatte viel Verantwortung an Nomja übertragen. Und dabei hatte er die Bogenschützin noch nicht einmal gesehen, sondern sich nur über Boten mit ihr ausgetauscht. Sie befand sich im Heerlager an der rechten Flanke, gut fünf Wegstunden von Emerelles Burg entfernt. Sie und Wengalf hatten über die Aufstellung der Krieger gesprochen, und Nuramon hatte alles in ihre Hände gelegt.

Statt zu befehligen, hatte er hier in der Kammer gesessen und nachgedacht. Seine Sippe hatte ihn besucht, um ihn auszustatten; auf seinen Wunsch hin hatten sie ihm eine Plattenrüstung überlassen, die der Drachenrüstung der Gaomee nachempfunden war. Bald darauf hatte er sie verabschiedet, wohl auch deshalb, weil niemand mehr da war, den er von früher kannte. Der alte Elemon war längst ins Mondlicht gegangen, und selbst die Jüngeren wie Diama waren lange fort. Unter ihren Nachkommen war Nuramon zur Legende geworden. Welch eine Enttäuschung würden sie morgen erleben, wenn der große Nuramon, der mit seinen Gefährten einen Devanthar besiegt hatte, wie ein ganz gewöhnlicher Elf in die Schlacht reiten und nichts ihn über andere erheben würde!

Er musste lachen. Damals, als er zum ersten Mal in dieser Kammer gewesen war, hatte ihn die Abneigung seiner Sippe gequält. Und nun war es ihm unangenehm, dass sie ihm mit Ehrfurcht und Anerkennung begegneten? Das konnte doch nicht wahr sein! Seine Erinnerung sagte ihm, dass ihm Anerkennung keineswegs fremd war. Er hatte sie schon früher erfahren, besonders bei den Zwergen. Aber das war in einem anderen Leben gewesen …

Ganz allmählich ordneten sich seine Erinnerungen; nicht mehr lange, und er würde die Steinchen des Mosaiks zusammensetzen können. Im Augenblick gab es einfach zu viel, das es zu verstehen galt. So entsann er sich daran, einst eine Elfe namens Ulema geliebt zu haben. Aus dieser Liebe war ein Kind hervorgegangen, das sie Weldaron genannt hatten. Dies war der Name seines Sippenbegründers. Sollte er, Nuramon, gar der Vater von Weldaron sein? Das konnte er nicht glauben.

Auch verwirrten ihn all die Gefühle, die er einst für Emerelle gehegt hatte, die diese aber nie hatte erwidern können. Gewiss, viele Elfen sahen Emerelle und träumten insgeheim von ihrer Liebe. Es gab keine Frau, über die es mehr Liebesgedichte und Minnelieder gab, als die Elfenkönigin …

Das Geräusch von Schritten vor der Tür rief in ihm die Erinnerung an die Nacht vor dem Auszug der Elfenjagd wach. Nuramon wandte sich um; er ahnte, wer da zu ihm kam. Und als sich die Tür öffnete und er Emerelle erblickte, wusste er, dass er sich nicht getäuscht hatte. Die Königin war zu ihm gekommen, wie in jener Nacht, in der für ihn alles begonnen hatte. Wie damals trug sie das graue Gewand einer Zauberin, und ihr dunkelblondes Haar wellte sich sanft über ihre Schultern. Er blickte in ihre hellbraunen Augen und fand auch dort den Glanz jener längst vergangenen Nacht.

Sie schloss die Tür hinter sich und lächelte ihm entgegen, als wartete sie auf eine Regung seinerseits.

»Emerelle«, sagte er und blickte sie lange an. »Es ist kein Zufall, dass du zu mir kommst, oder?«

»Nein. Nichts, was wir sagen oder tun, ist Zufall. Hier schließt sich der Kreis, Nuramon, Vater des Weldaron und Sohn der Valimee und des Deramon.«

Als die Königin die Namen seiner ersten Eltern nannte, kehrte die Erinnerung an sie zurück. Sein Vater war ein Krieger gewesen, seine Mutter eine Zauberin. Sie waren früh ins Mondlicht gegangen, doch sie hatten ihn geliebt, wie nur die ersten Albenkinder ihre Söhne und Töchter geliebt hatten. »So alt bin ich?«, fragte er.

Die Königin nickte. »Ich wusste seit langem, dass dir eines Tages ein bedeutendes Schicksal zukommen würde. Du warst damals einer meiner Kampfgefährten. Wir haben uns in Ischemon kennen gelernt, im Kampf gegen die Sonnendrachen. Damals gab es noch keine Königin. Ich war noch auf der Suche nach meiner Bestimmung, und wir gingen gemeinsam zum Orakel Telmareen. Was sie sagte, das weißt du.«

Nuramon erinnerte sich an alles, wovon die Königin sprach. Ihre Worte waren wie Zauberformeln, die ihm Vers um Vers das Gedächtnis ordneten und all die Empfindungen von einst zurückbrachten. Selbst die Lichtgestalt des Orakels hatte er plötzlich wieder vor Augen, und ihre Stimme hallte nach so langer Zeit noch in seinen Ohren: *Wähle dir deine Verwandtschaft! Kümmere dich nicht um dein Ansehen! Denn alles, was du bist, das ist in dir.*

Die Königin trat nun direkt vor ihn, ihr Blick wanderte zwischen seinen Augen hin und her. »In jenen Tagen gab es nur wenige Regeln. Wir mussten sie uns selbst schaffen, und deswegen hast du dich in all deinen Leben immer schwer damit getan, nach den Regeln der anderen zu leben. Erinnerst du dich, was ich dir sagte, bevor du deinen letzten Atemzug getan hast?«

Damals war er durch das brennende Licht eines Sonnendrachen verwundet worden. Nun entsann er sich der Worte Emerelles und sprach sie aus: *»Beim Orakel sah ich dich und das mächtige Kind.* Yulivee! Du hast damals schon Yulivee gesehen?«

»Ja. Ich wusste seither, dass du sie eines Tages zu mir führen würdest. Doch ich wusste nicht, wann. Und so übte ich mich in Geduld. Ich musste so lange warten und Dinge sagen und tun, die nicht von Herzen kamen. Doch alles, was ich in jener Nacht vor der Elfenjagd sagte, ist die Wahrheit. Allerdings musste ich dir einige Dinge verschweigen, so wie die Orakel es zu tun pflegten. Nun aber sollst du sie erfahren, so du sie nicht schon weißt. Komm!« Sie fasste seine Hand und führte ihn zu der Steinbank. Dort setzten sie sich nieder. »Ich kann nicht nachfühlen, was du nun empfindest, denn ich bin nie gestorben. Meine Erinnerungen sind die eines einzigen langen Lebens. Doch ich weiß, dass es nicht leicht ist, mit all den Erfahrungen zurechtzukommen. Du musst wachsen, um es zu begreifen. Und das ist eine deiner Stärken.« Sie ließ seine Hand los und deutete hinauf zur Decke, zum Abbild der Gaomee. »Ich habe dir damals mit Bedacht die Kammer der großen Gaomee zugeteilt. Mir war bewusst, dass dir eine lange Reise bevorsteht. Es war der richtige Zeitpunkt, dir ihr Schwert zu geben. Doch ich sagte dir nicht, was es mit dieser Waffe auf sich hat.« Emerelle erhob sich, schritt hinüber zu Nuramons Bett und holte seine beiden Schwerter. Dann kehrte sie an seine Seite zurück und zog das Kurzschwert der Gaomee. »Die Zwerge haben dir gewiss etwas über die Waffe gesagt.«

»Sie sagten mir, sie sei von einem Zwerg namens Teludem für einen Elfen geschmiedet worden.« Nuramon bekam einen Verdacht und fragte: »War diese Waffe etwa einst ein Geschenk an mich?«

»Nein, die Zwerge schenkten sie *mir*. Sie sagten, sie würden in die Andere Welt gehen, um sich dort ein Reich zu suchen, in dem Wengalf König bleiben konnte. Es war eine Zeit, in der ich niemanden neben mir dulden durfte, damit das geschehen konnte, was nun sein wird. Wir trennten uns im Zorn. Doch Wengalf ist kein Narr. Er schenkte mir die Waffe und sagte, dass ich sie ihm schicken solle, wenn ich bereit sei, ihn als König zu respektieren.«

»Davon haben mir die Zwerge nie etwas gesagt«, erwiderte Nuramon.

»Ich gab die Waffe Gaomee, weil sie aus dem Geschlecht stammte, dem es bestimmt war, den Zwergen nahe zu kommen.« Die Königin schien auf eine Regung seinerseits zu warten.

Plötzlich wurde Nuramon klar, was sie meinte. »Gaomee stammt aus meiner Sippe?«

»Sie stammt nicht nur aus deiner Sippe. Sie war deine Tochter.«

Diese Kunde traf Nuramon wie ein Schlag. Gaomee war seine Tochter! »Ich erinnere mich nicht an sie.«

»Du warst längst gestorben, als Diyomee sie gebar.«

»Diyomee!«, sprach Nuramon vor sich hin. Es war eine unglückliche Liebe gewesen. Ihr Vater hatte ihn gehasst, und Nuramons Nebenbuhler hatte ihn in einem Duell erschlagen.

»Die Familie verstieß Diyomee. So entschloss ich mich, sie bei mir aufzunehmen. Sie gebar das Kind, gab ihr den Namen Gaomee und ging ins Mondlicht. Ich habe mich des Neugeborenen angenommen. Und als ich sie zur Elfenjagd berief, da spürte ich, dass es richtig war, Gaomee das Kurzschwert anzuvertrauen. Ich erzählte ihr alles über ihren Vater, und sie bewunderte dich für deine Taten in Ischemon. Nur so konnte sie den Drachen Duanoc besiegen.«

»Ich wurde doch wiedergeboren. Wieso kam sie nicht zu mir?«

»Sie wagte es nicht. Sie fürchtete sich davor, dass du sie zurückweisen könntest. Doch bevor sie ihre Liebe fand und ins Mondlicht ging, vertraute sie mir das Schwert an und sagte, ich solle es für dich aufbewahren und es dir geben, wenn die Zeit reif wäre. Und das habe ich getan.« Sie steckte Gaomees Waffe fort. »Du hast das Schwert zu den Zwergen gebracht, und so wussten sie bald, welches Ende dieses Zeitalter nehmen würde. Sie erfuhren von Dareen, wann sie in ihre alten Hallen zurückzukehren hätten.« Emerelle zog nun das Langschwert, Nuramons alte Waffe. »Thorwis und Wengalf waren weise. Sie gaben dir dein altes Schwert, und als ich es bei dir sah, wusste ich, dass du bei den Zwergen gewesen warst. So wurdest du zum Boten des Schicksals. Du sagtest mir mit dieser Waffe, dass die Zwerge kommen würden. Und du hast mich daran erinnert, woher diese Waffe stammt.«

»Das weißt du?«, fragte Nuramon überrascht.

»Erinnerst du dich etwa nicht?«

Nuramon überlegte. Das Schwert hatte ihn durch manches Leben begleitet. Seine Kampfgefährten hatten es zu seiner Sippe gebracht, wo es auf ihn gewartet hatte. Doch wo kam es her?

»Zerbrich dir nicht den Kopf«, meinte Emerelle und steckte das Schwert zurück in die Scheide. »Es ist ein Geschenk von mir gewesen. Jedem meiner Kampfgefährten schenkte ich einst eine Waffe.«

Nuramon konnte sich nicht erinnern, und das ärgerte ihn.

Die Königin legte ihm die Hand auf die Schulter. »Deine Erinnerung wird wiederkehren. Du wirst deine Zeit brauchen, um alles zu entdecken. Es ist eine ganz besondere Reise. Sie ist von einer anderen Art als jene, die du bisher erlebt hast. Halte es wie die Zwerge. Nimm meine Worte so lange in dein Gedächtnis auf, bis du dich selbst erinnerst.«

Nuramon starrte auf die Waffe, die neben der Königin lag. »Dann ist die Magie in diesem Schwert deine Magie.«

Emerelle lachte. »Ich war damals eine andere, so wie Yulivee früher eine andere war. Selbst der Devanthar wird den Zauber deines Schwertes nicht erkannt haben.«

Nuramon blickte zu Boden. Was die Königin ihm offenbarte, stieß tausend Pforten auf, und er wusste nicht, in welche Welt er zuerst eintreten sollte. Emerelle hatte Recht: Es war eine Reise. Sie führte ihn durch vergessene Gefilde. »Wie soll es nun weitergehen?«, fragte er. »Ich fühle mich verloren, so als hätte ich mich auf meinem langen Weg verirrt.«

»Dabei sollten dir meine Worte Halt geben«, entgegnete sie. »Sie sollten dir zeigen, dass du mehr bist, als du glaubst, und dass du so viel mehr sein kannst, als du es dir je erträumt hast.«

Die Königin sprach, als drohte ihm keine Gefahr, als wäre sein Weg fortan ohne jedes Hindernis. »Werde ich morgen sterben?«, fragte Nuramon und merkte, wie Emerelle überrascht die Augenbrauen hob.

»Nuramon, du weißt, dass ich dir das nicht sagen würde, selbst wenn ich es wüsste. Der Ausgang einer Schlacht ist auch für mich nicht zu überschauen. Zu oft ändert sich dabei das Schicksal. Zu viele Schwerter, zu viele Pfeile und zu viele Bewegungen machen es mir unmöglich, das Ende von allem zu sehen. Ich kann nicht einmal erkennen, ob wir Albenmark retten werden. Ich weiß nur, was sein sollte. Und das muss ich verschweigen, weil es sonst nicht eintreten kann. Ich weiß, was dich bewegt. Du fürchtest, du und Farodin, ihr könntet beide sterben.«

»Ja. Noroelle wäre dann verloren, und ich würde in ein neues Leben hineingeboren, in dem ich mich an Noroelles bitteres Schicksal erinnern würde, ohne jemals etwas für sie tun zu können. Warum vermagst du dein Urteil nicht aufzuheben? Warum muss der Zauber, der Albenmark von der Anderen Welt trennt, direkt nach dem ersten Zauber gesprochen werden?«

»Weil ich meinen Tod sah, wenn wir nur das Land jenseits der Shalyn Falah abtrennen.« Emerelles Blick reichte ins Leere. »Ein Pfeil trifft mich, und dann kann der Zauber nimmermehr gesprochen werden. Die Tjuredpriester aber werden andere Tore nach Albenmark öffnen, wenn wir unsere Welt nicht von der ihren trennen.« Sie blinzelte und sah Nuramon wieder an. »Noroelle muss dort bleiben, wo sie ist, damit ich leben kann.

Doch glaube nicht, dass ich aus Selbstsucht handle. Mir geht es nur um Albenmark. Auch die Königin kennt Mitgefühl und leidet, wenn sie Dinge sagen und tun muss, die den Wünschen ihres Herzens widersprechen.« Emerelle legte ihm die Hand auf die Schulter. »Und mein Herz sagt mir, dass es für Noroelle Hoffnung geben muss. Deswegen gebe ich dir ein Versprechen.« Ihre Augen glänzten. »Wenn Farodin und du sterben solltet, dann werde ich Yulivee meinen Thron anvertrauen und an eurer statt Albenmark den Rücken kehren.«

Nuramon hätte alles erwartet, aber nicht dies. »Das würdest du tun?«, fragte er.

Die Königin nickte. »Ja, denn so sehr ich all die Jahrhunderte dem Schicksal ergeben war, so unerträglich wäre es, in einem blühenden Zeitalter zu leben und dich und Farodin als Wiedergeborene zu sehen. Auch Obilees Trauer könnte ich nicht länger ertragen. Es wäre eine Schuld, mit der ich nicht leben könnte. Du siehst, für Noroelle bleibt Hoffnung, wenn wir nur den morgigen Tag gewinnen.«

Nuramon fasste die Hand der Königin und küsste sie. »Ich danke dir, Emerelle. Das nimmt mir die Angst vor der Schlacht.« Er schaute auf die beiden Schwerter. »Ich möchte dir Gaomees Schwert geben, denn du hast Recht: Hier schließt sich der Kreis.«

»Nein. Nicht für das Schwert. Du musst die Waffe behalten. Sie hat ihren Zweck für Albenmark erfüllt, doch für dich ist sie ein Zeichen deines Weges. Und dieser ist noch nicht an seinem Ende angelangt.« Sie küsste ihn zum Abschied auf die Stirn und erhob sich. »Überlebe die Schlacht und finde Noroelle! Danach kannst du die Waffe erleichtert aus den Händen geben.« Mit diesen Worten verließ die Königin das Zimmer.

DER DOLCH DER KÖNIGIN

Bis hinauf zum Turm klang das Lärmen des Heerlagers. Laut hallten die Hämmer von Waffenschmieden. Pferde wieherten unruhig. An einigen der Feuer wurde gesungen. Jeder bekämpfte die Angst auf seine Weise. Der morgige Tag würde über das Weiterbestehen Albenmarks entscheiden.

Farodin lehnte an der Brüstung des Balkons und dachte an den Tag, der all dies herbeigeführt hatte. Wäre Guillaume still, vielleicht durch ein Kissen erstickt, in seinem kleinen Haus nahe dem Turmtempel in Aniscans gestorben, wäre dann all dies nicht geschehen? Hätte er es tun können? War es seine Schwäche gewesen, die dazu geführt hatte, dass der Feind vor dem Herzland Albenmarks stand? Oder hatte alles bereits mit Gelvuuns Tod begonnen?

Er atmete tief ein. Der kühlen Nachtluft haftete ein Makel an. Ein Hauch eines allzu vertrauten Geruchs. Der Gestank von Schwefel. Bildete er sich das nur ein? Wurde er langsam verrückt? Oder hatte er in seinem wichtigsten Kampf nicht gesiegt? Lauerte der Devanthar etwa wie damals, nachdem sie ihn in der Eishöhle tot wähnten, im Verborgenen und zog weiterhin seine Fäden?

Er bemühte sich, die verzweifelten Gedanken zu verdrängen und einfach nur das Bild des Heerlagers in sich aufzunehmen. So weit das Auge reichte, waren Zelte aufgeschlagen, und Feuer glommen bis hinauf zu den fernen Hügeln. Nie hatten alle Völker Albenmarks zusammengestanden. Auch das war aus Guillaumes Tod erwachsen. Alte Fehden waren vergessen … Farodin dachte an Orgrim. Nachdem die Seele des Trollkönigs Boldor hundert Jahre nach der Seeschlacht immer noch nicht wiedergeboren war, hatte Skanga Herzog Orgrim zum Herrscher seines Volkes ausgerufen. Die Trolle, die so viel Unglück über das Elfenvolk gebracht hatten, würden morgen bei Welruun nahe an der Shalyn Falah stehen, um Seite an Seite mit den Elfen zu kämpfen. Ausgerechnet an jenem Ort, an dem sie vor Jahrhunderten eine erbitterte Schlacht untereinander ausgetragen hatten! An dem Ort, an dem Aileen gestorben war! Alles hatte sich in dieser Welt verkehrt. Und alles schien möglich. Wenn er den morgigen Tag überlebte, dann würden sie zu Noroelle gelangen. Farodins Hand strich über den kleinen Lederbeutel, in dem er Aileens Ring und Noroelles Smaragd bewahrte. Er spürte, wie ihm die Kehle eng wurde. Das Ende der Suche war so nahe! Doch wie mochten die Jahrhunderte der Einsamkeit Noroelle verändert haben? Was war von der Elfe geblieben, die er einst so geliebt hatte? Und was war von dem Farodin geblieben, den sie einst gekannt hatte?

Ein Geräusch ließ den Elfen herumfahren. Die Tür zu den Gemächern der Königin öffnete sich, und Emerelle trat zu ihm auf den Balkon. Sie war ganz in Weiß gekleidet. Nie zuvor hatte Farodin sie in diesem Gewand gesehen. Es war schlicht und ohne Schmuck. Ein hoher Kragen umschloss ihren Hals. Das Kleid war tailliert, mit weit ausgestellten Ärmeln und reichte ihr bis zu den Knöcheln.

»Ich bin froh, dich noch einmal hier treffen zu können«, empfing sie ihn mit warmer Stimme. »So oft haben wir hier oben über den Tod gesprochen.« Die Königin trat neben ihn an das steinerne Geländer und blickte hinab auf die Ebene.

»Für dich ist viel Zeit vergangen, seit wir zum letzten Mal hier oben standen. Damals habe ich nicht daran gezweifelt, dass alles, was du befahlst, zum Besten von Albenmark sei«, sagte Farodin nachdenklich.

Im Heerlager erklang das ausgelassene Gelächter von Kentauren. »Und was denkst du heute?«, fragte Emerelle.

»Ich bin froh, dass ich Guillaume nicht getötet habe. Er war ein guter Mann. Hätte er länger gelebt … Vielleicht wäre all dies nicht geschehen.« Er trat ein Stück zurück vom Geländer und betrachtete die Königin. Sie sah so jugendlich aus. So schön und unschuldig. »Was habe ich an mir, dass du mich unter allen Albenkindern als deinen Henker auserwählt hast?«

»Wenn ein einziger Dolchstoß hunderte andere Tode verhindern kann, ist es dann verwerflich, ihn zu führen?«

»Nein«, erwiderte Farodin entschieden.

»Und weil du so denkst, habe ich dich meinen Dolch sein lassen. Es gab Zeiten, da hätte ein einzelner Dolchstoß den Auszug der Zwerge verhindert oder den Fortgang der Elfen von Valemas. Ich hatte Angst, dass unsere Völker in alle Winde zerstreut würden oder schlimmer noch, dass wir lange, blutige Fehden miteinander ausfechten würden. Albenmark drohte zu vergehen. Unsere Morde haben es bewahrt. Und wenn wir morgen bestehen, dann wird Albenmark so stark wie nie zuvor sein, und ein neues Zeitalter wird beginnen. Was bedeutet es, einen Körper zu opfern, wenn man weiß, dass die Seele wiedergeboren wird? Es ist nur Fleisch, das vergeht. Und der Seele wird ein neuer Anfang gewährt, der sie diesmal vielleicht nicht auf dunkle Pfade führt.«

»Hast du niemals gezweifelt, ob du das Richtige tust?«

Emerelle drehte sich um und lehnte sich gegen die Brüstung. »Was ist das Maß für Richtig und Falsch, Farodin? Ich habe dir und Nuramon befohlen, Guillaume zu töten. Stattdessen habt ihr beide versucht, ihn zu retten. Und dennoch wurde Guillaume ermordet. Das Schicksal hatte den Tag seines Todes längst festgesetzt. Und obwohl nicht ihr die Bluttat begangen hattet, wurde sie dem Volk der Elfen zugeschrieben. Es war Noroelles richtige Entscheidung als Mutter, mir das Kind nicht zu überlassen. Es war eure richtige Entscheidung, Noroelles Sohn nicht zu töten. Und doch stehen wir hier und kämpfen um Albenmark. Ich habe mich immer bemüht, im Sinne aller Albenkinder zu handeln. Vielleicht hilft es dir, wenn du weißt, dass ich nie leichten Herzens über einen Tod entschieden habe.«

Farodin empfand die Antwort als unbefriedigend. Früher war es ihm leichter gefallen, ihre Worte anzunehmen, ohne sie zu hinterfragen.

Lange standen sie schweigend beieinander und lauschten dem Lärmen des Heerlagers.

»Riechst du den Schwefel?«, fragte er.

Sie nickte. »Man braucht sehr feine Sinne, um den Geruch selbst hier noch wahrzunehmen. Er kommt von jenseits der Shalyn Falah.«

Farodin seufzte. Sie hatten vor dem letzten Kriegsrat von ihrem Kampf mit dem Devanthar berichtet. Emerelle hatte dazu geschwiegen. War es, weil sie nicht vor allen Heerführern die Wahrheit offenbaren wollte? »Er hat uns also wieder getäuscht«, sagte Farodin verzweifelt. »So wie damals in der Eishöhle, als wir dachten, er wäre besiegt. Ist er es, der die Heere der Ordensritter befehligt und den Riss zwischen den Welten erschaffen hat?«

Die Königin strich sich nachdenklich eine Haarsträhne aus dem Gesicht. Schließlich sah sie auf und suchte seinen Blick. »Der Devanthar ist für immer vergangen. Ihr habt ihn auf Albenweise getötet. Einst bannten unsere Ahnen die Devanthar in ihre magischen Waffen. Und dann vernichteten sie diese Waffen. Er wird nicht wiederkehren ... Und doch ist er auf gewisse Weise unsterblich. Seine Saat in der Anderen Welt hat reiche Früchte getragen. Es war ein Ordensritter mit seinem Blut in den Adern, der während der zweiten Belagerung von Firnstayn den Riss erschuf. Ich weiß nicht, wie er es vollbrachte. Er hätte nicht mehr leben sollen ... Du hast einen Nachfolger, weißt du, Farodin. Der geheimnisvolle Riss zwischen den Welten ... Dies geschah nicht zum ersten Mal. Darin wirkte noch einmal die Macht des Devanthar. Doch über die Jahrhunderte ist sein Blut ausgedünnt. In dieser Stunde sollte es gänzlich versiegt sein. Ereignisse wie während der Seeschlacht, als ich fast getötet worden wäre, werden sich nicht mehr wiederholen. Unsere Feinde brauchen allerdings auch keine Magie mehr. Sie gewinnen allein durch die Kraft ihrer Waffen. Und ganz gleich, wie hoch ihre Verluste in den Schlachten gegen uns sind, sie können jeden Toten ersetzen, während die Völker der Albenkinder langsam ausbluten. Deshalb müssen wir morgen siegen! Wir müssen unsere Welt nur noch einen einzigen Tag vor ihnen bewahren!«

Kurz kam Farodin der Gedanke, ob sie ihn vielleicht belogen hatte, um ihm nicht seinen Kampfesmut zu nehmen. Sie sah so unschuldig aus. So rein.

Doch war es in diesem Augenblick nicht völlig gleichgültig, ob sie ihn anlog? Die Schlacht um Albenmark musste geschlagen werden, und eines glaubte er ihr: Sie würde alles tun, um die Völker der Albenkinder zu retten.

Farodin verneigte sich knapp. »Ich werde noch in dieser Nacht zur Shalyn Falah reiten.«

Die Königin trat vor ihn und küsste ihn sanft auf die Wangen. »Gib auf dich Acht, mein Freund. Es gibt eine Emerelle, die nur wir beide kennen. Du hast ihr Geheimnis über die Jahrhunderte bewahrt. Dafür möchte ich dir danken.«

Farodin war überrascht. »Ich dachte, Ollowain hätte meinen Platz eingenommen.«

Die Königin sah ihn eindringlich an. »Nein. Er mag der beste Fechter von Albenmark sein. Doch um der Dolch der Königin zu sein, dazu fehlt ihm das Talent. Er hat in Aniscans versagt. Danach warst allein du es wieder, der meinen Willen vollstreckte. Du warst mein Gesandter unter den Trollen, und du hättest sie mit ihrem Blut zahlen lassen, hätten sie uns in der Seeschlacht verraten. Und zuletzt war deine Klinge es, die den Devanthar tötete, den mächtigsten Feind, den Albenmark je hatte.«

AUF DEN SPUREN EINER VERGANGENEN NACHT

Nuramon wandelte durch den Obstgarten der Königin. Wie schon in seiner Kammer musste er an die Nacht vor dem Auszug der Elfenjagd denken. Damals hatten die Bäume ihm zugewispert, nun aber schwiegen sie. Nuramon tastete nach den Zweigen der Feentanne, doch die Wärme, die sie stets verströmt hatte, war vergangen. Enttäuscht zog er die Hand zurück.

Was war hier geschehen? Waren die Seelen der Bäume etwa ins Mondlicht gegangen? Der Zauber, der diesem Ort anhaftete, schien noch zu wirken, denn all die Bäume trugen zugleich ihre Früchte. Doch die Zeit schien so manche Veränderung gebracht zu haben.

Nuramon kam an der Linde vorüber, an der er Noroelle zum ersten Mal gesehen hatte, und er gelangte zu den beiden Maulbeerbäumen, die ihm damals ihre Früchte geschenkt hatten. Wie die Schlacht morgen auch ausging, all das würde Noroelle nie wiedersehen. Ihren See, die Fauneneiche und ihr Heim würde sie nur mehr in ihrer Erinnerung finden.

Nuramon erreichte die Linde und den Ölbaum am Rande des Gartens. Hier hatte er als Baumgeist zu Noroelle gesprochen, und sie hatte sich auf das Spiel eingelassen. In jener Nacht hätte er nie und nimmer geglaubt, dass das Schicksal sie alle auf so einen schweren Pfad führen würde. Er schaute auf und sah dort zwei Gesichter, die zu ihm hinabblickten.

»Na, belauschst du uns?«, fragte Yulivee lächelnd.

Obilee legte der Zauberin die Hand auf die Schulter. »Lass ihn!«

»Komm doch zu uns«, setzte Yulivee nach.

Nuramon antwortete nicht, sondern stieg über die schmale Treppe zur Terrasse hinauf. Die beiden Elfen boten einen bezaubernden Anblick. Yulivee war in graue Gewänder aus leichtem Stoff gekleidet. In ihr dunkelbraunes Haar hatte sie weiße Bänder geflochten. Obilee trug ein fließendes blaues Kleid und hatte das Haar hochgesteckt. Niemand hätte geglaubt, sich einer Kriegerin gegenüberzusehen.

»Yulivee und Obilee!«, sagte Nuramon. »Seid ihr beste Freundinnen geworden?«

»Seit der Nacht, da du fortgingst«, bestätigte Yulivee.

Er trat vor sie.

Yulivee schaute ihm in die Augen. »Es ist seltsam, nicht mehr zu dir aufzublicken.« Sie war genauso groß wie Nuramon. »Du warst damals ein Riese für mich. Und ich war für dich gewiss nur ein törichtes Mädchen.«

»Nein, eine kleine Zauberin von großer Macht warst du … und ein liebenswürdiger Quälgeist.«

Obilee lächelte. »Das ist sie auch noch eine Weile geblieben, nachdem du fort warst.«

»Dafür möchte ich mich entschuldigen«, sagte Yulivee.

Nuramon schüttelte den Kopf. »Das musst du nicht … Schwester.«

»Ich habe es nicht vergessen … Bruder«, sagte Yulivee. »Und ich habe getan, worum du mich gebeten hast. Ich habe auf Felbion aufgepasst, und ich lebe in deinem Haus. Du wirst es noch wiedererkennen, auch wenn Alaen Aikhwitan fort ist.«

»Er ist nicht mehr da?«, fragte Nuramon und dachte dann an die Feentanne.

»Es gibt im ganzen Herzland keinen beseelten Baum mehr«, antwortete Obilee.

Yulivee holte aus einem kleinen Beutel eine Eichel hervor. »Diese gehört Alaen Aikhwitan. Wenn wir morgen siegen, dann werden die Seelen der Bäume wiedergeboren. Ich weiß nur noch nicht, wo ich diese Eichel pflanzen soll.«

»Was ist mit Atta Aikhjarto geschehen?«

»Xern wird ihn neu pflanzen.« Die Zauberin deutete zum Obstgarten hinab. »Die meisten Seelen der Bäume sind ins Mondlicht gegangen. Nur einige der Großen haben ihre Seelen gebunden. Alaen Aikhwitan, Atta Aikhjarto, die Feentanne, die Fauneneiche und wenige andere. Sie werden die Urväter und Urmütter neuer Seelenbäume sein. Emerelle sagte, sie wolle die Feentanne bei den Auenfeen pflanzen.«

Nuramon musste an Noroelles See denken, der an die Wiese der Auenfeen grenzte. Alles würde sich ändern, zu etwas Neuem werden. Noroelles See würde im neuen Albenmark gewiss seinen Platz im Gefüge behalten.

»Du wirst tatsächlich gehen?«, fragte Yulivee und riss Nuramon aus seinen Gedanken.

»Ich muss es tun«, antwortete er.

Yulivees Lächeln verging. »Ich würde viel dafür geben, der Frau zu begegnen, für die du ein solches Opfer bringen willst. Obilee hat mir von ihr erzählt.«

»Bist du enttäuscht?«

Yulivee schüttelte den Kopf. »Nein. Du wirst immer mein Bruder sein. Ich würde niemals erwarten, dass du die Liebe zu Noroelle meinetwegen aufgibst. Ich bin so froh, dass ihr den Devanthar besiegt habt und dass ich dich noch einmal sehen darf. Ich hatte solche Angst um dich.« Sie fiel ihm in die Arme. »Jetzt bin ich glücklich.«

»Wird es dir sehr wehtun, wenn ich Albenmark hinter mir lasse?«, fragte er sie leise.

Die Zauberin löste den Kopf von seiner Schulter und schaute ihn mit großen Augen an. Er strich ihr über die Wange, und schon entfaltete sich ein Lächeln auf ihrem Gesicht, das ihn an das des Kindes erinnerte, das er in Iskendria in seine Obhut genommen hatte. »Nein«, antwortete sie. »Wir hatten unsere Zeit miteinander. Unsere Reise von Iskendria bis hierher war das Schönste, was ich je erlebt habe.« Sie küsste ihn auf die Stirn. »Sei stark morgen!« Sanft befreite sie sich aus seiner Umarmung. »Ich muss nun in den Großen Wald zurück«, sagte sie und ging.

Nuramon blickte ihr nach. Er hatte so viel verpasst! Aus dem kleinen Mädchen an seiner Seite war unversehens eine mächtige junge Zauberin geworden. Der Sieg über den Devanthar hatte einen hohen Preis gehabt.

Obilee trat an seine Seite. »Sie hat dich sehr vermisst.«

»Für mich ist das alles schwer zu begreifen … Bei dir war es damals ähnlich. Du warst ein Mädchen, als wir mit der Elfenjagd auszogen. Als Frau hast du uns hier erwartet und Noroelles Worte gesprochen … Und hier habe ich Noroelle zum ersten Mal berührt.«

»Sie erzählte es mir in jener Nacht.« Obilee machte ein trauriges Gesicht. »Sie schwärmte so von dir und Farodin.«

»Du siehst mich so betrübt an. Hat die Königin dir nicht gesagt, dass Hoffnung besteht, solange wir morgen die Schlacht gewinnen?«

»Für wen besteht Hoffnung, Nuramon?«

»Natürlich für Noroelle.«

Obilee nickte. »Die Königin hat mir alles gesagt. Und ich weiß es schon seit Jahren. Sie sagte mir, wie weit sie gehen würde, damit diese Hoffnung nicht versiegt.«

»Wieso bist du dann so traurig?«

»Du weißt es nicht, Nuramon? Hast du es denn nie bemerkt?«

Im ersten Augenblick verstand Nuramon nicht, doch die gequälte Miene, die funkelnden Augen und die bebenden Lippen verrieten ihm, was Obilee bewegte. Sie liebte ihn! Verlegen wich er ihrem Blick aus. »Ich Narr!«, sagte er leise. »Verzeih mir!«

»Weswegen? Du gehst in großen Schritten durch die Jahrhunderte. Für dich bin ich noch das Mädchen, das von Noroelle vor die Königin geführt wurde.«

»Nein. Bei der Seeschlacht erkannte ich, dass du eine Frau bist. Doch seit wann …?« Er zögerte, die Frage ganz zu stellen.

»Mein Gefühl zu dir wuchs aus einer Zuneigung, die ich schon verspürte, als Noroelle mit mir über dich und Farodin sprach. Du warst mein Liebling. Und je länger ihr fort wart, desto größer wurde meine Zuneigung. Erinnerst du dich an eure Abreise, damals, als ich dir vom Hügel aus zuwinkte?«

»Ja.«

»Da liebte ich dich bereits.« Sie biss sich auf die Lippen und schien insgeheim auf eine Regung Nuramons zu warten. Dann sprach sie weiter. »Ich wusste von Emerelle, dass du mit deinen Gefährten Großes vollbringen würdest. Und ich durfte euch nicht von eurem Pfad abbringen. Schließlich will auch ich, dass ihr Noroelle rettet. Und es beruhigt mich, dass Hoffnung für sie besteht, gleich, was morgen geschieht. Doch ich weiß auch, dass es für mich keine solche Hoffnung gibt. Selbst dein Tod und deine Wiedergeburt könnten mir diese nicht schenken. Denn Emerelle sagte mir, dass du dich nun an deine früheren Leben erinnerst. Was für ein Schicksal ist das, welches mir zuerst Noroelle nimmt und dann unsere Liebe unmöglich macht? Soll ich denn immer die sein, die zurückstehen muss? Ich habe manchmal das Gefühl, selbst eine Gefangene zu sein. Doch da ist niemand, der mich rettet.« Sie fing an zu weinen, und dieser Anblick schmerzte Nuramon. Obilee wirkte auf einmal so zerbrechlich und nicht wie die starke Kriegerin, die er von der Seeschlacht her kannte.

Behutsam schloss Nuramon sie in die Arme. Er strich ihr durch das Haar und über den Rücken. In ihr Ohr flüsterte er: »Obilee! Wenn wir morgen siegen, dann bricht für Albenmark ein goldenes Zeitalter an. Und ich weiß, dass du dann dein Glück finden wirst, deine Bestimmung. Doch ich bin es nicht. Es liegt nicht an dir, sondern an meiner Liebe zu Noroelle. Du bist bezaubernd, und wüsste ich nichts von Noroelle, dann würde ich deinem Glanz erliegen, deinem goldenen Haar, deinen Augen, so grün wie die See in Alvemer, und deinen lieblichen Lippen. Es wäre einfach zu sagen, dass du für mich nur eine Schwester oder eine Freundin bist. Doch es wäre eine Lüge. Denn ich empfinde mehr für dich als das … Aber noch mehr empfinde ich für Noroelle.«

Sie löste sich von ihm. »Das ist alles, was ich hören wollte, Nuramon. Ich weiß, dass ich neben Noroelle nicht bestehen kann. Ich weiß, dass es keine Hoffnung für meine Liebe gibt. Aber die Gewissheit, dass ich mehr als eine Freundin bin, ist ein Geschenk, das ich mir nicht zu wünschen wagte. Es ist wie ein Augenblick, der nur mir gehört.«

Nuramon fasste Obilees Hände. »Ja, dieser Augenblick ist dein.« Er strich ihr über die Wange und legte wieder die Arme um sie. Dann küsste er ihre Lippen. Er spürte, wie sie sich geradezu in seinen Armen fallen ließ. Sie hatte sich gewiss noch nie einem Mann ausgeliefert. Als er die Lippen von ihr löste, blieb Obilee so nahe vor seinem Gesicht, dass er ihren sanften Atem schmecken konnte. Eine Geste von ihr, ein betörendes Wort, und er könnte der Versuchung nicht widerstehen …

Sie lächelte und biss sich auf die Lippen. »Ich danke dir, Nuramon«, sagte sie leise. Schließlich wich sie vor ihm zurück.

AM ANFANG DER SCHLACHT

Nuramon ritt auf Felbion seinem Heer entgegen. Wengalf hatte seine gewaltige Zwergenstreitmacht in zwei Hälften geteilt und die Alvemerer Schwertkämpfer in die Mitte genommen. Gemeinsam bildeten sie das Hauptheer. An den Flanken standen Nomjas Bogenschützen bereit, während sich ein wenig abseits die Reiter sammelten. Er selbst würde darüber entscheiden müssen, wo die Reiterei eingesetzt werden sollte.

Er erreichte den kleinen Kreis der Anführer, die sich vor den Katapulten der Zwerge sammelten. In den Gesichtern der Anwesenden war zu erkennen, dass es schlechte Nachrichten gab.

»Gut, dass du da bist«, sagte Nomja. »Die Späher haben uns berichtet, dass das Hauptheer auf uns zuhält. Mehr als fünfzigtausend Krieger!« Sie deutete auf die Hügelkette in der Ferne, über welche die Feinde kommen würden.

Nuramon konnte sich nicht vorstellen, wie viele Menschen das waren. Ihr eigenes Heer bestand aus nicht einmal zehntausend Kämpfern.

»Das ist die größte Streitmacht, die sie je an einem Ort aufgeboten haben«, fuhr Nomja fort. »Und unser fruchtbares Land nährt sie auch noch.«

Nuramon hatte gehört, dass die Menschen im Land jenseits der Shalyn Falah ganze Wälder abgeholzt hatten, um daraus Quartiere für die Krieger zu bauen. Und die kahl geschlagenen Flächen waren zu Äckern gemacht worden, die den Eindringlingen alles schenkten, was sie zum Überleben brauchten.

»Für fünfzigtausend ist der Platz zwischen der Schlucht und dem Wald viel zu eng, und im Wald werden sie nicht kämpfen wollen«, erklärte Nuramon.

»Die Krieger aus Yaldemee sorgen dafür, dass der Wald sicher ist«, warf Lumnuon ein, der zu seiner Sippe gehörte. Am Abend zuvor hatte er ihn in der Kammer aufgesucht.

Nuramon blickte voraus zur Ebene und nickte. Dies war für die Ordenskrieger der richtige Ort, um durchzubrechen. Er wandte sich an Nomja. »Du hast mir erzählt, dass sie auf dem offenen Feld immer erst die Reiterei vorrücken lassen. Wie seid ihr ihnen begegnet?«

»Mit Pfeil und Bogen. Dagegen haben sie wenig auszurichten. Aber sie sind überheblich und lassen sich nicht so leicht zurückdrängen. Wenn sie nun mit einer solchen Übermacht kommen, werden uns die Bogenschützen nicht retten können.«

Nuramon wandte sich an den Zwergenkönig. »Wengalf, ich vermute, dass ihr in Drachenpanzern gegen die Feinde ziehen wollt …« Wann immer ein Trupp sich mit Schilden zu allen Seiten und auch nach oben hin schützte, nannten die Zwerge diese Formation den ›Drachenpanzer‹. »Habt ihr auch noch die Spieße, die ihr einst gegen die Drachen eingesetzt habt?«

»Aber ja. Was sollen wir tun?«

»Haltet die Reiter auf, wie ihr damals Balon aufgehalten habt.«

Wengalf grinste.

Als Nächstes wandte Nuramon sich an Nomja. »Deine Schützen werden die Reihen der Reiter ausdünnen, dann kann Wengalf den Rest übernehmen.«

»Und was machen wir Alvemerer in der Mitte?«, fragte eine Elfe namens Daryll. Sie war die Stellvertreterin Obilees und hatte Nuramon nur mit Widerwillen als Anführer anerkannt.

»Die Zwerge werden euch Partisanen geben«, erklärte Nuramon. »Seht zu, dass die feindlichen Reiter diese auch zu Gesicht bekommen. Sie werden euch meiden und mit den Zwergen vorlieb nehmen. Deren Spieße werden sie erst sehen, wenn es zu spät ist.« Nuramon wandte sich wieder an Nomja. »Ihr müsst auf die Flanken der Reiter schießen. Es darf keiner durchkommen.«

»Und was machen wir?«, mischte sich nun Mandred ein.

»Du wirst mit deinen Firnstayner Reitern verborgen in der weiten Bodensenke auf dem rechten Flügel warten. Sobald die Feinde nahe genug sind, fällst du ihnen in die Flanke. Auf dem anderen Flügel werde ich die Alvemerer Reiter anführen und dort das Gleiche tun.«

Nomja nickte anerkennend. »Meine berittenen Schützen werden dich begleiten.«

Lumnuon meldete sich zu Wort. »Wir aus der Sippe des Weldaron werden unseren Verwandten schützen.«

Nuramon klopfte dem jungen Elfen auf die Schulter. »Nomja wird uns eine gute Verstärkung sein.«

Wengalf wandte sich an Nuramon. »Das ist ein ausgezeichneter Plan. Wenn der Kampf losbricht, rücke ich mit meinen Kriegern Schritt für Schritt vor. Der Drachenpanzer wird den Freund in sich aufnehmen, den Feind aber vor sich aufspießen. Lasst uns ans Werk gehen! Möge das Schicksal dir hold sein, Nuramon!«

Der König machte sich mit seinen Leuten auf den Weg zu seiner Streitmacht. Nur Alwerich blieb. »Mein Freund! Wage dich nicht allzu weit vor!«, mahnte er. »Denk an das, was du verlieren könntest! Hier, dies steht einem echten Anführer zu.« Er reichte Nuramon einen ledernen Gegenstand, der an beiden Enden mit Glas verschlossen war.

»Was ist das?«, fragte er den Zwerg.

»Ein Fernrohr«, entgegnete Alwerich. »Du musst es ans Auge halten.« Der Zwerg deutete auf die Seite, die mit dem kleineren Glas verschlossen war.

Nuramon tat, wie der Zwerg ihn geheißen, und war erstaunt: Durch dieses Rohr konnte er Dinge, die weit entfernt lagen, ganz nahe sehen! Deutlich erkannte er vor ihnen das Drachenbanner der Zwerge. Als Nuramon das Rohr absetzte, musste er blinzeln. »Wieso sind wir Elfen nicht auf so etwas gekommen?«

»Weil ihr ungern zugebt, dass auch euren Sinnen Grenzen gesetzt sind«, entgegnete Alwerich mit einem Lächeln. »Pass auf dich auf!«

»Vielen Dank, Alwerich. Und gib du auf dich Acht!«

Alwerich folgte seinem König. Auf seinem Gesicht stand die Sorge geschrieben, die er um seinen Freund hatte.

»Lass mal sehen!«, forderte Mandred, und Nuramon gab ihm das Rohr.

Während der Jarl der Firnstayner sich mit dem Fernrohr beschäftigte, schickte Nuramon Lumnuon zu seiner Sippe. Sie sollten sich an der linken Flanke sammeln.

Außer Mandred war nun nur noch Nomja an seiner Seite.

»Das war ein guter Kriegsrat. Deine Bedenken sind unbegründet. Du bist ein guter Anführer. Bevor du gekommen bist, hatten viele Angst.«

»Die Zwerge hatten gewiss keine Angst, und die Firnstayner kennen dieses Wort nicht.«

»Glaub mir, meine Fjordländer kennen Angst«, sagte Mandred bitter. »Aber wir werden kämpfen. Meine Männer wissen, dass es, wenn wir heute verlieren, keinen Ort mehr geben wird, an den man noch fliehen kann. Sie werden siegen oder sterben. Dein Plan ist gut, Nuramon, und deine unerschrockene Rede hat gewiss Eindruck bei den anderen Anführern hinterlassen.«

»Du meinst wohl eher meine Unwissenheit.«

Mandred grinste, doch Nomja schüttelte den Kopf. »Wie dem auch sei: Die Anführer werden deine Zuversicht zu ihren Kriegern tragen.«

»Glaubst du, wir können diese Schlacht gewinnen?«, fragte er sie leise.

Nomja blickte zu den Zwergen. »Wengalf scheint mir sehr zuversichtlich zu sein. Und ich habe das Gefühl, dass er noch einige Überraschungen in seinem *Drachenpanzer* verbirgt.«

Mandred reichte Nuramon das Fernglas. »Das ist wirklich ein Wunderwerk! Kannst du deine Zwergenfreunde vielleicht fragen, ob sie noch eins davon haben? Damit kann man bestimmt gut Wild aufspüren.«

Nuramon lachte. »Wenn die Schlacht vorbei ist, werde ich Wengalf fragen.«

»Gut, mein Freund.« Mandred hielt Nuramon die Hand zum Kriegergruß hin.

Nuramon umfasste dessen Unterarm. Der Jarl hatte einen

festen Griff. »Mandred, ich weiß, dass ihr Firnstayner Dickschädel seid. Aber wage nicht zu viel! Wir müssen sie nur lange genug aufhalten. Dann ist alles gewonnen.«

»Ich mach schon keine Dummheiten. Pass du lieber auf dich selbst auf! Seit dem Kampf mit dem Devanthar schulde ich dir ein Leben, und ich bin am rechten Flügel zu weit entfernt, um dir zu Hilfe zu kommen.«

Nuramon schmunzelte. »Wenn es dein Luth gut mit uns meint, dann treffen wir uns in der Mitte der Feinde. Da kannst du mir dann den Hals retten.«

»So soll es sein!«, sagte Mandred. Dann stieg er auf seine Stute und ritt davon.

Nuramon folgte seinem Freund mit dem Blick. Der Jarl hatte nur dieses eine Leben. Zumindest hieß es, dass Menschen nicht wiedergeboren würden. Nuramon hatte Angst um Mandred und fürchtete dessen Tod ebenso wie den eigenen. Er wusste nicht, ob Mandred sie in die Andere Welt begleiten würde. Es würde ihn jedoch nicht wundern, wenn der Jarl das Angebot der Königin annähme und mit den Seinen hier in Albenmark bliebe.

»Komm, Nuramon!«, sagte Nomja. »Wir sollten zu unseren Leuten reiten.«

Gemeinsam gingen sie zu ihren Pferden. Schon wollte Nuramon aufsteigen, als er seinen Bogen an Felbions Sattel hängen sah. Er hatte vorhin beobachtet, wie die Schützen ihre Bogen gespannt hatten. Die Elfenkrieger hatten neue Sehnen auf ihre Bogen aufgezogen, so als wäre die Sehne das Leben und der Bogen selbst die unsterbliche Seele. Vor jeder Schlacht pflegten sie dieses Ritual zu wiederholen und eine neue Sehne zu spannen, so wie ein neues Leben sich um die Seele spannte. Doch bei Nuramon war es anders. Sein Leben und seine Seele waren nun eins. Denn er erinnerte sich an alles, was geschehen war. Und sein Bogen und dessen Sehne waren wie ein Zeichen, das ihm den Weg gewiesen hatte. Doch sie hatten ihre Rolle bereits gespielt. Einen Augenblick überlegte Nuramon, dann fasste er einen Entschluss. Er nahm den Bogen vom Sattel und trat zu Nomja. Die Elfe war schon aufgesessen. »Hier, Nomja, das möchte ich dir schenken.«

»Was?« Die Kriegerin schaute ihn verwundert an. »Warum?«

»Für deine Heldentat während der Seeschlacht … Und außerdem sollte die beste Schützin diesen Bogen tragen.«

Sie nahm die Waffe zögernd entgegen. »Ich wäre eine Närrin, dieses Geschenk abzulehnen. Ich danke dir.«

Nuramon stieg auf, und Seite an Seite ritt er mit Nomja zur linken Flanke. Dort erwarteten ihn die Reiter seiner Sippe. Jeder von ihnen war mit einem Kurz- und einem Langschwert bewaffnet. Die Alvemerer Reiter hatten rechts neben ihnen Stellung bezogen. Sie trugen kurze Lanzen und waren zusätzlich mit Langschwertern bewaffnet. Nomja kam links neben Nuramon heran und hielt sich so am Rande ihrer Reiterei. Nuramon konnte sehen, wie verwundert Nomjas Reiter über ihren neuen Bogen waren. Sie hatten Kurzbogen, die sie auf den Pferden leichter handhaben konnten, und Schwerter für den Nahkampf.

Das Warten schien kein Ende zu nehmen. Ab und an kamen Boten zu Nuramon und berichteten, dass es auch an der Shalyn Falah und den anderen Orten noch nicht zum Kampf gekommen sei. Dann endlich hieß es, der Feind werde in Kürze über die Hügel kommen. Nuramons Herz pochte. Hatte er etwa Angst? Fürchtete er, dass die Masse der Feinde sie erdrücken und sein kleiner Plan jämmerlich scheitern würde?

Da sah er weiße Banner, die sich hinter den Hügeln erhoben. Er musste nicht durch Alwerichs Fernrohr schauen, um zu wissen, dass der dunkle Fleck in der Mitte der Feldzeichen der Schwarze Baum des Tjured war.

Die ersten Feinde kamen in Sicht. Sie erschienen auf der ganzen Länge der Hügelkette und strömten langsam die Anhöhe herab; Reihen um Reihen folgten ihnen.

Nuramon nahm das Fernrohr und spähte hindurch. Zuerst sah er nur Silber und Gold, doch dann erkannte er die Krieger. Es hieß, die Mehrheit der Gegner komme aus dem wilden Drusna. Ihre Rüstungen waren ganz aus Metall und verliehen ihnen breite Schultern. Die Helme glänzten silbern im Sonnenlicht. Golden aber waren ihre Gesichter, denn sie trugen Masken. Vor Schreck hielt Nuramon den Atem an. Diese Masken zeigten das Gesicht Guillaumes, das ihn so sehr an Noroelle erinnerte. Nuramon schwenkte das Fernrohr nach links und nach rechts, und überall sah er das Gesicht seiner Geliebten.

Immer mehr Krieger marschierten über die Hügelkette. Die erste Reihe hatte bereits den Fuß des Hügels erreicht. Von der linken Flanke kamen Reiter herbei und setzten sich vor das feindliche Fußvolk. Auch ihre Gesichter waren von goldenen Masken bedeckt. Nuramon war halb benommen. Ob Reiter oder Fußkämpfer, jeder Feind, dem er gegenüberträte, würde das Antlitz Noroelles tragen. Und nun musste er zusehen, wie sich diese Streitmacht vor dem Hügel formierte und gegen sie ins Feld zog. Welch ein Heer! Die Reiterei allein wäre schon ein würdiger Gegner gewesen.

Langsam bewegten sich die Feinde voran, und Nuramon merkte, wie die Elfen um ihn herum unruhig wurden. Nomja beugte sich zu ihm herüber. »Wir haben noch nie gegen so ein großes Heer gestanden.«

»Wir haben einen entscheidenden Vorteil«, entgegnete Nuramon leise. »Für uns ist dies die letzte Schlacht. Wir werden alles opfern, wenn es sein muss. Für sie aber ist dieser Kampf einer von vielen. Sie glauben, wenn sie heute nicht gewinnen, dann warten in der Zukunft neue Gelegenheiten auf sie. Sie werden sich wundern. Und unterschätze mir die Zwerge nicht!«

Nomja nickte und schwieg.

Die Feinde waren inzwischen bis auf etwa achthundert Schritt herangekommen und verharrten dort. Zwischen Schlucht und Wald erstreckte sich nun ein Meer von Kriegern, und es war nur eine Frage von Augenblicken, bis die Flut kam.

Schon setzten sich die feindlichen Reiter wieder in Bewegung. Zuerst trabten sie langsam an, doch schon wurden sie schneller und schneller, bis sie in vollem Galopp und auf breiter Front näher kamen. Sie bildeten mehr als ein Dutzend Reihen und hielten die Lanzen hoch erhoben. Die Erde erbebte vom Hufschlag ihrer Pferde.

»Haltet euch bereit!«, rief Nomja den Kriegern zu. Ihre Bogenschützen und Reiter legten Pfeile auf die Sehnen. »Wir schießen auf deinen Befehl«, sagte sie zu Nuramon und hob die Hand. Sogleich legten die Schützen an.

Die Reiter waren noch etwa zweihundert Schritt von ihnen entfernt, als Nuramon spürte, dass Nomja unruhig wurde und ihn aus den Augenwinkeln betrachtete.

»Schießt!«, rief Nuramon.

Nomja senkte die Hand, und hunderte von Bogen klapperten und sandten die zischenden Pfeile los. Ein tödlicher Hagel ging auf die feindliche Reiterei nieder.

Nuramon konnte nicht sehen, wie es auf Mandreds Seite aussah, doch hier vor ihnen knickte die Flanke der Feinde ein. Pferde und Reiter gingen zu Boden, wurden niedergetrampelt oder von weiteren Pfeilen niedergestreckt. Die Überlebenden versuchten so weit wie möglich von den Schützen fortzukommen und drängten in die Mitte, denn von den Zwergen schlug ihnen kein Beschuss entgegen. Manche ließen sich lieber zurückfallen und zogen so die Formation der gegnerischen Reiterei in die Länge.

Nomja hatte Nuramons alten Bogen angelegt und schoss. Immer neue Pfeile sandten die Schützen den Reitern entgegen. Und doch war der Strom der Feinde noch immer so mächtig, dass Nuramon um die Zwerge fürchtete.

Ein Blick hinter die gegnerische Reiterei zeigte Nuramon, dass das Fußvolk mit einigem Abstand folgte. Er zog sein Langschwert und hielt es in die Höhe. »Mir nach, ihr Albenkinder! Für Albenmark!« Dann ritt er los, und seine Leute folgten ihm.

Es fehlte nicht mehr viel, und die Reiterei würde auf die Zwerge treffen. Nuramon wartete darauf, dass Wengalfs Leute irgendetwas unternahmen. Es sah fast so aus, als stünde dort gar kein Heer, sondern ein riesiges Gestell aus Schilden, das ein kluger Stratege ersonnen hatte, um seinen Feinden die Anwesenheit von Kriegern vorzugaukeln, wo es keine gab. Fünfzig Schritt vor den Zwergen senkten die Ordensritter die schweren Lanzen. Zwanzig Schritt, und sie ritten noch immer so schnell, als könnte nichts ihren Weg versperren. Zehn Schritt, und es geschah! Zwischen den Schilden der Zwerge schossen blitzschnell die Partisanen hervor; sie drehten die Klinge, sodass die Ohren quer standen, und stellten sich mit einem raschen Ruck schräg nach oben. Die Feinde ritten auf ganzer Länge in die Spieße hinein. Nuramon beobachtete, wie einige von ihnen es tatsächlich schafften, ihr Pferd zu zügeln. Doch die nachfolgenden Reiter drängten sie in die Lanzen. Manche Pferde setzten über den spitzen Wall hinweg und verschwanden in den Reihen der Zwerge. Die Reiterei als Ganzes aber wurde aufgehalten, als wäre sie gegen die Mauer einer Feste geritten. Die Feinde drängten ineinander, schoben sich ungewollt voran.

Ehe sie sich neu orientieren konnten, war Nuramon mit seinen Leuten heran. Er hob das Schwert. Doch als er es auf den ersten Feind niederfahren lassen wollte, blickte dieser ihm entgegen, und Nuramon sah in das Gesicht seiner Liebsten. Er wollte den Feind verschonen, doch der Ritter griff an. Nuramon war es, als führte Noroelle das Schwert gegen ihn, um ihn für sein Versagen zu strafen. Die Klinge streifte seinen Schulterpanzer. Dann war er an ihm vorbeigeritten.

Langsam kam ihr Vorstoß zum Halten, und sie befanden sich mitten im Gedränge der Schlacht. Nuramon war unfähig, auch nur einen Schlag zu führen. Um ihn herum hatten das Töten und das Sterben längst begonnen. Seine Verwandten nahmen ihn in ihre Mitte und schützten ihn von allen Seiten, während er nur wie gebannt in die Gesichter der Feinde blicken konnte.

Dann wurde Lumnuon von einem Schwertstoß ins Bein getroffen und schrie auf. Fassungslos blickte Nuramon dem feindlichen Krieger in das Maskengesicht. Als dieser das Schwert hob, um einen Streich gegen Lumnuons Kopf zu führen, packte Nuramon die Wut. Er stieß mit seinem Langschwert zu. Die Klinge durchdrang den Brustpanzer des Ritters. Als der Elf sein Schwert dem Körper entriss, sank der Feind im Sattel zusammen.

Plötzlich wurde Nuramon aus dem Sattel gerissen. Hart schlug er auf dem Boden auf. Über sich sah er einen Maskenträger, der zum Schlag ausholte.

Nuramon rollte zur Seite und sprang auf. Zwei Schläge des Feindes parierte er, dann deutete er einen Angriff auf den Kopf an, zog mit der Linken Gaomees Schwert und stieß dem Gegner die Klinge in den Hals. Rasch schaute er sich um und erkannte, dass er von seiner Sippe umgeben war. So wandte er sich wieder dem Tjuredkrieger zu. Der lag auf dem Rücken und rang gurgelnd um Luft.

Nuramon beugte sich über den Todgeweihten und zog ihm die Maske fort. Darunter kam das blutbefleckte Gesicht eines Jünglings hervor, der ihm voller Verachtung entgegenblickte. Dann spuckte er Nuramon Blut entgegen, und sein Gesicht erstarrte zu einer hassverzerrten Miene.

BEI DER SHALYN FALAH

Ollowain versetzte Farodin mit seinem Panzerhandschuh einen klirrenden Schlag auf die Schulter. »Das war die letzte Schnalle.«

Farodin richtete sich ein wenig ungelenk auf. Die Rüstung war leichter, als er erwartet hatte, und doch würde sie seine Beweglichkeit erheblich einschränken.

Ollowain schritt die Reihe der gepanzerten Elfen ab. Sie waren zwanzig, und alle trugen sie Glattharnische, meisterhaft gefertigte Rüstungen, von deren abgerundeten Panzerplatten jeder Speerstoß abgelenkt wurde.

»Vergesst nicht, die Köpfe zu senken, sobald wir angreifen!«, schärfte Ollowain der Elfenschar ein. »Unsere verwundbarste Stelle sind die Sehschlitze des Helms. Die Menschen wissen das. Deshalb senkt den Kopf!«

»Haben sie Reiterei?«, fragte ein Elf links von Farodin. Seine Stimme klang blechern durch das geschlossene Visier.

»Ich will ehrlich sein. Seit gestern Mittag ist keiner unserer Späher zurückgekehrt. Wir kämpfen zu lange gegen sie. Sie kennen unsere Kriegslisten.« Er deutete mit ausgestrecktem Arm zum Himmel. Dort waren die Silhouetten von drei Raubvögeln zu sehen, die mit weit ausgebreiteten Schwingen ihre Kreise zogen. »Sie haben Turmfalken darauf abgerichtet, Blütenfeen zu jagen. Unsere Späherinnen wussten um die Gefahr. Sie sind trotzdem ausgeschwärmt. Nehmt euch ein Beispiel an den tapferen Herzen unserer kleinen Schwestern.«

Farodin traute seinen Ohren kaum. Wie weit war es mit Albenmark gekommen, wenn man selbst Blütenfeen in den Krieg schickte!

»Achtet darauf, dass ihr immer mindestens zwei Schritt Abstand zueinander haltet«, riet Ollowain. »Wir wollen uns schließlich nicht gegenseitig die Schädel einschlagen.«

Orgrim kam den Weg zu ihnen hinab. »Sie rücken an!«, brüllte er. »Seid ihr bereit?«

Ollowain hob sein riesiges Zweihandschwert. »Bereit!«, rief er und drehte sich noch einmal zu den Elfen in den Harnischen um. »Vergesst alles, was ihr über einen ehrenvollen Kampf gelernt habt. Unsere Feinde kennen keine Gnade. Sie werden keine Gefangenen machen. Also tötet so viele von ihnen, wie ihr nur könnt. Und hütet euch vor den Hellebardenträgern.«

Farodin nahm das mächtige Zweihandschwert, das vor ihm an der Felswand lehnte, und schloss das Visier seines Helms. Er wollte nicht, dass der König der Trolle ihn erkannte. Mit dem wiedergeborenen Mörder Aileens könnte er an dem Ort, an dem einst seine Liebste gestorben war, kein Wort wechseln!

Der kleine Elfentrupp marschierte das letzte Stück des Klippenwegs hinauf und dann vorbei an den ausgebrannten Resten von hölzernen Wachtürmen. Vorgestern erst hatten die Albenkinder den Ordensrittern die Stellung am Rand der Klippe wieder entrissen. Und sie hatten mit Strömen von Blut dafür bezahlt.

Die Schar der Verteidiger, die sie noch aufbieten konnten, um den gewundenen Steilweg hinab zur Shalyn Falah zu halten, war lächerlich klein. Siebenhundert Trolle, bewaffnet mit riesigen Schilden und Keulen, vierhundert Elfenbogenschützen und etwa dreihundert Gnome mit Armbrüsten. Die Festung jenseits der Brücke war nur mit Verwundeten besetzt und mit Kobolden, die zu klein waren, um in einer Feldschlacht gegen Menschen anzutreten. Dies hier war das letzte Aufgebot!

»Die Menschen werden verdammt überrascht sein, wenn wir sie angreifen«, sagte Ollowain gut gelaunt. Er hatte sich zu Farodin zurückfallen lassen und marschierte nun an seiner Seite.

»Ich selbst bin auch überrascht, dass ich mit einer Schar von zwanzig Irren gegen eine Schlachtreihe von tausenden Menschen anstürmen werde. Kann es sein, dass du mir gestern Nacht etwas in den Wein getan hast, als du mir davon erzählt hast und ich ganz begeistert war von deiner Idee?«

Ollowain schob sein Helmvisier auf und grinste ihn breit an. »Über die Sache mit dem Wein hatte ich nachgedacht, Farodin. Aber dann habe ich mir gesagt: Wer verrückt genug ist, nur mit einem Menschen an seiner Seite eine Trollburg anzugreifen, der wird sich auch für den heutigen Schlachtplan begeistern.«

In den Reihen der Trolle öffnete sich eine Lücke für die gepanzerten Elfen. Noch vor den Trollen hatten die Bogenschützen Aufstellung genommen. Der Zugang zum Steilweg war in weitem Halbkreis mit angespitzten Pfählen gesichert, die schräg in den Boden gerammt waren. Das Hindernis bot einen guten Schutz gegen die Reiterei. Einen Angriff von Fußsoldaten würde es jedoch nicht aufhalten.

Hinter der schwachen Verteidigungslinie lag ein abfallender Hang, der von breiten grauen Felsbändern durchzogen war. Der Wald, der hier einmal gestanden hatte, war verschwunden. Selbst die Baumstümpfe waren fort. Fahles Gras wuchs nun hier. Der Steinkreis von Welruun lag nur wenige hundert Schritt entfernt. Farodin schluckte. Für einen Moment sah er wieder das blasse Gesicht Aileens vor sich. Das dunkle Blut, das über ihre Lippen quoll.

»Duckt euch!«, befahl Ollowain.

Farodin gehorchte. Wenn sie knieten, waren sie weniger deutlich für die Angreifer zu sehen. Es war wichtig, dass es ihnen gelang, die Menschen zu überraschen!

Etwas mehr als eine Viertelmeile entfernt kamen die Ordenskrieger den Hang hinauf. Dicht wie ein Wald standen die langen Piken über ihren Häuptern. Trommelspiel und Flötenklang ertönten aus ihren Reihen. Es war eine überraschend fröhliche Melodie, die gar nicht wie ein Schlachtlied klang. Die Pikeniere marschierten im Gleichschritt den Hang hinauf. Sie trugen hohe Helme und schimmernde Brustplatten, ganz wie jene Soldaten, die sie vor Firnstayn auf dem Eis gesehen hatten.

»Verteilt euch!«, rief Ollowain. Die Krieger in den Glattharnischen bildeten nun hinter den Bogenschützen versteckt eine weite Linie und achteten sorgfältig darauf, Abstand zueinander zu halten.

Farodins Mund war ganz trocken geworden. Gebannt beobachtete er die vorrückenden Menschen. Wie steigende Flut zerteilten sich ihre Kampflinien vor den einzelnen Felsblöcken am Hang und schlossen sich danach wieder zusammen. Es waren tausende! Allein ihre Masse würde ausreichen, um die Verteidiger über den Rand der Klippe zu drängen.

Scharfe Kommandorufe erklangen entlang der Pikeniere. Die ersten fünf Reihen der Piken senkten sich. Die Bogenschützen der Elfen begannen ihr tödliches Handwerk. Die Luft war erfüllt vom Surren der Pfeile und vom scharfen Klacken der Armbrüste der Gnome. Dutzende Ordenssoldaten der ersten Reihe brachen zusammen. Sofort schlossen sich die Lücken mit Kriegern aus den hinteren Linien.

Schon waren die Feinde nur noch hundert Schritt entfernt. Farodin konnte beobachten, wie Armbrustbolzen blutige, runde Löcher in die Brustplatten der Angreifer stanzten.

Nur noch achtzig Schritt. Der Trommeltakt änderte sich. Die Flöten verstummten. Die ganze Kampfreihe beschleunigte den Marschschritt.

»Zum Angriff!«, erschallte Ollowains Stimme. Der blonde Elf schloss das Visier seines Helms. Farodin nahm den Zweihänder auf. Die Bogenschützen ließen die Krieger in den Harnischen passieren. Die Gnome, die noch vor den Elfen kniend eine Schützenlinie gebildet hatten, zogen sich zurück.

Farodins Hände zitterten. Er riss das Zweihandschwert hoch über den Kopf und beugte sich vor wie ein angreifender Stier. Es war völliger Wahnsinn! Vor ihnen standen tausende Ordenssoldaten, und sie gingen mit zwanzig Mann zum Angriff über!

Noch vierzig Schritt!

Farodin begann zu rennen. Die Piken der ersten Reihe ragten um sechs Schritt vor. Dahinter gestaffelt lagen noch weitere vier Reihen von stählernen Stichblättern. Der Elf sah, wie Unruhe in die Schlachtreihen kam. Die Piken bündelten sich auf einzelne Punkte. Dorthin, wo die Angreifer auf die Reihen treffen würden.

Der Aufprall erfolgte mit viel weniger Wucht, als Farodin erwartet hatte. Knirschend schrammte Stahl auf Stahl. Die Stichblätter der Piken glitten seitlich an seiner Rüstung ab. Farodin hielt weiter den Kopf gesenkt. Wieder ruckte es. Die zweite Reihe der Piken war geschafft. Gellende Schreie erklangen. Farodin ließ sein schweres Schwert kreisen. Krachend zerbrachen die Eschenschäfte.

Farodin spürte, wie ihn etwas an der Halsberge traf und abglitt. Jetzt wagte es der Elf den Kopf zu heben. Er blickte direkt in die entsetzten Gesichter der Männer vor ihm. Noch drei Schritt, und er war heran. Ein Stichblatt glitt seitlich an seinem Helm ab. Die Welt erschien ihm winzig. Die schmalen Sehschlitze ließen ihn nur erkennen, was direkt vor ihm lag. Einige der Ordenssoldaten hatten ihre Piken fallen gelassen und versuchten ihre Dolche und Kurzschwerter zu ziehen. Ein Mann mit einem breitkrempigen Hut fuchtelte mit einem seltsamen Stab herum. Plötzlich gab es einen Knall, und weißer Rauch quoll aus dem hohlen Stab. Farodins schwere Waffe schnitt durch Rüstungen, Fleisch und Knochen. Anderthalb Schritt maß die Klinge des Zweihänders, und nichts vermochte dem Elfenstahl zu widerstehen. So fürchterlich eine Einheit Pikeniere auf dem Vormarsch war, so verwundbar wurde sie, wenn man es an den Stichblättern vorbeigeschafft hatte. Die Offiziere in den hinteren Reihen achteten streng darauf, dass keiner der Männer seine Pike fallen ließ. Doch man brauchte beide Hände, um die schwere, unhandliche Waffe zu halten. Wer die Pike fallen ließ und ein kurzes Schwert zog, der hatte keinen Platz, um in der dicht gedrängten Formation auszuholen. Die Stiche aber glitten wirkungslos von Farodins Harnisch ab. Wie ein Schnitter im Korn, so schlug sich der Elf mit dem Zweihänder durch die dicht gedrängten Reihen der Pikeniere. Blut spritzte ihm durch den Sehschlitz und rann warm seine Wange hinab. Er war gefangen inmitten verzweifelter Schreie, reißenden Metalls und dumpf splitternder Knochen.

Voraus sah Farodin jetzt die funkelnden Stichblätter von Hellebarden. Mit ihrem langen, dreikantigen Dorn, der breiten Hiebklinge und dem Haken auf der Rückseite waren diese Waffen einzig dazu geschaffen, schwer gepanzerte Gegner das Fürchten zu lehren. Der dreikantige Dorn vermochte selbst die besten Rüstungen zu durchdringen, wenn er im rechten Winkel auf eine glatte Fläche auftraf. Das Hiebblatt war schwer genug, jeden Helm oder Schulterpanzer zu spalten, und mit den Haken mochte man nach den Füßen der Feinde angeln, um sie mit einem Ruck niederzureißen und ihnen dann den Dreikantdorn durch das Visier zu stoßen.

Sein Schwert riss einem Mann vor ihm den Kopf von den Schultern. Farodin griff keinen einzelnen Krieger gezielt an. Er ließ die Waffe kreisen, und in dem Gedränge war es schwer, seinem Todeskreis zu entgehen.

Jemand klammerte sich an sein Bein und versuchte ihn zu Boden zu reißen. Der Elf blickte kurz hinab, ohne dass er im Angriff innehielt. Ein verwundeter Ordenssoldat hielt sein linkes Bein umklammert. Farodin rammte ihm den Panzerschuh ins Gesicht. Er fühlte die Zähne des Kriegers splittern. Der Mann ließ los und rollte zur Seite.

Etwas Funkelndes schoss auf Farodin herab. Nur knapp verfehlte ihn das Hiebblatt einer Hellebarde. Eine Gruppe von Hellebardieren hatte sich durch die Formation der Pikeniere zu ihm vorgedrängt. Die Hälfte der Krieger hielt die Waffen gesenkt und zielte mit den Dornen und Haken nach seinen Beinen.

Farodin senkte den Kopf. Etwas traf ihn an der Schulter. Sein linker Arm war halb betäubt vor Schmerz. Der Elf machte einen Satz nach vorn. Das schwere Schwert ruckte. Es zerschmetterte einen Helm und grub sich tief in die Brust des nächsten Kämpfers.

Farodin fühlte, wie sich ein Haken hinter seine linke Ferse setzte. Er versuchte, den Fuß anzuheben, als ihn mehrere Stoßdorne gegen die Brust trafen. Die Klingen glitten zur Seite weg, doch ihr Aufprall brachte ihn vollends aus dem Gleichgewicht.

Er stürzte nach hinten. Das Schwert wurde seinen Händen entrissen. Der Elf versuchte sich zur Seite wegzurollen, doch ein Fuß setzte sich auf seine Brustplatte und drückte ihn zu Boden.

Über Farodin glitt der Schatten eines Falken über den wolkenlosen, türkisblauen Himmel von Albenmark. Dann glitzerte ein Dreikantdorn silbern im Sonnenlicht und stieß herab.

RASTLOSIGKEIT

Die Schlacht ließ Nuramon keinen Augenblick der Ruhe. Felbion hatte er im Getümmel aus den Augen verloren. Nachdem er dreimal aus dem Sattel geholt worden war, fühlte er sich am Boden sicherer. Zwei Armwunden und eine Schulterwunde plagten ihn. Seinen rechten Arm konnte er nur unter Schmerzen heben, und er spürte, wie warmes Blut seine Haut hinabrann.

Sein Plan war nicht ganz aufgegangen. Die Reiterei hatte sie in einen längeren Kampf verwickelt, und sie hatten die Übermacht der Feinde nicht vollends brechen können. Zwar hörte Nuramon wieder und wieder die rauen Schreie der von Pfeilen getroffenen Menschen. Doch er konnte nicht sagen, woher diese Schreie genau kamen. In der Hitze der Schlacht hatte er die Orientierung verloren, und all seine Sinne waren allein aufs Überleben ausgerichtet.

Weit über sich sah er Steinbrocken hinwegfliegen. Das konnte nur eines bedeuten: Die Fußsoldaten waren so nahe gekommen, dass die Katapulte der Zwerge sie treffen konnten.

Er sah sich um. Seine Verwandten und die Alvemerer kämpften tapfer und bewiesen einmal mehr, dass ein Elfenkrieger mindestens so gut war wie zwei Menschen.

Schwindel überkam Nuramon, gefolgt von Schmerz. Er taumelte, versuchte Halt zu finden, spürte dann aber, wie seine Sinne ihm schwanden. Plötzlich wurde er aufgefangen, und verschwommen sah er ein Gesicht. Wenn es die Maske Guillaumes war, dann wäre es um ihn geschehen!

»Nuramon!«, rief jemand und ließ ihn aufschrecken. Er kniff die Augen zusammen und erkannte Lumnuon. »Krieger der Weldaronsippe! Zu mir!«, rief der Elf. »Halte durch! Wir werden dich schützen …« Was sein junger Verwandter danach noch sagte, hörte Nuramon nicht. Sein Geist war ganz von der

Sorge erfüllt zu sterben. Ihm fiel nur eines ein, was er tun konnte. So begann er mit seinem Heilzauber und sprach ihn auf sich selbst. Sogleich verkrampfte sich sein verletzter Arm; es fühlte sich an, als risse ihm jemand das Fleisch von den Knochen. Dann ergriff dieser Schmerz seinen ganzen Körper. Der Elf biss die Zähne zusammen, dass sein Kiefer schmerzte. Plötzlich traf ihn etwas Kaltes ins Gesicht, und er schreckte auf. Über sich sah er Lumnuon; die Krieger seiner Sippe hatten einen schützenden Kreis um ihn gebildet. Lumnuon tastete nach seinem Arm. »Hast du dich selbst geheilt?«, fragte er.

Nuramon nickte angestrengt und rang nach Luft. Lumnuon half ihm auf die Beine. Plötzlich stürzte neben ihm einer seiner Krieger vom Feind getroffen zu Boden. Nuramon packte die Wut. Endlich gelang es ihm, die Lähmung abzuschütteln, die ihn ergriffen hatte, seit er tausendfach in das Gesicht Guillaumes hatte blicken müssen. Er griff nach seinen Schwertern und sprang in die Lücke, gerade als ein Ordensritter sein Schwert senkte. Blitzschnell kreuzte er seine Klingen über dem Kopf und fing die Schneide des Gegners auf. Mit einem Tritt sandte er ihn zu Boden, setzte ihm nach und stach ihm in die Seite. Nachdem er zwei weitere Ordenskrieger zu Fall gebracht hatte, hob er sein Langschwert und schrie seinen Leuten zu: »Weldaron!« Seine Leute riefen den Namen ihres Sippenbegründers, sie drängten zu allen Seiten die Feinde zurück, taten sich mit Gefährten zusammen und kämpften sich zu den Zwergen vor.

Die Kinder der Dunkelalben hatten die Formation des Drachenpanzers noch nicht geöffnet. Nur allmählich bewegten sie sich vorwärts. Die Leichenberge und die Kadaver toter Pferde verschwanden unter ihren Schilden, so als wären die Zwergenhaufen Bestien, die sich vom Fleisch der Toten nährten.

Plötzlich hallten Schreie aus tausenden von Kehlen zu ihnen herüber. Das feindliche Hauptheer musste angekommen sein.

»Zu mir!«, rief Nuramon. »Sammelt euch hier!« Seine Waffengefährten ließen sich ein Stück zurückfallen und scharten sich erneut um Nuramon. Die wenigen Berittenen wies er zu seiner Linken, alle anderen zu seiner Rechten.

Da kamen sie! Unzählige Ordenskrieger drängten in die Lücken zwischen den Kämpfenden. Sie umflossen sie wie Wasser, welches das Land überschwemmt.

Nuramon fühlte sich wie tags zuvor, als er dem Zwergenheer und danach der Elfenreiterei entgegengegangen war. Doch nun mischte sich auch Angst in seine Empfindungen. Er sah, wie zwei Drachenpanzer langsam auseinander drängten, wie Wesen, die ihnen stumm bedeuten wollten, zwischen sie zu treten. Nuramon gab seinen Leuten ein Zeichen, und sie zogen sich in den Schutz der Zwergenformation zurück.

Das Fußvolk würde gnadenlos über sie herfallen. Bis auf fünfzig Schritt waren die Feinde herangekommen. Für die Firnstayner war es zu spät, in die Schlachtreihe einzutreten.

Nuramon riss sein Langschwert in die Höhe und schrie: »Albenmark!« Seine Verwandten und die Alvemerer stimmten in den Ruf ein. Die Feinde waren auf zwanzig Schritt heran, als Nuramon die Waffe senkte und »Angriff!« schrie. Doch sein Kampfesruf ging unter in dem Gegröle, das sich in diesem Augenblick links und rechts von ihm erhob.

Die Drachenpanzer der Zwerge öffneten sich! Die Schildträger der ersten Reihe stießen vor und zogen ihre Kurzschwerter. Ihnen folgten die Partisanenträger mit weiteren Kriegern, die ihre Schilde vom Kopf vor die Brust senkten und voranstürmten. Es war wie eine Verwandlung. Die riesige Kampfbestie zerfloss zu unzähligen Zwergenkriegern.

Der Vorstoß von Wengalfs Leuten ließ auch die Feinde nicht unberührt. Die Krieger in den ersten Schlachtreihen verlangsamten ihre Schritte, die blechernen Schreie verstummten. Und als die ersten stehen blieben, trafen die beiden Heere aufeinander, und Nuramon stieß weit in die Reihen der Feinde vor. Für den Augenblick war ihm die Angst vor dem Tode genommen.

BEULEN UND KAUTABAK

Ein türgroßer Schild verdunkelte den Himmel und fing den Dorn der Hellebarde auf. »Schlagt die Kerle in Stücke!«, rief eine wohl vertraute Stimme. Eine starke Hand packte Farodin und half ihm auf. »Sieht so aus, als hättest du noch alle Glieder beieinander!« Orgrim grinste breit. »Das war dafür, dass du im Fjord mich und mein Schiff gerettet hast.«

Der Elf blinzelte benommen. »Wie … wie hast du mich erkannt?«

»Ollowain hat mir einen Gefallen getan. Er hat ein weißes Kreuz auf die Rückseite deines Helms gemalt. So konnte ich hinter dir bleiben, als du die Bresche in die Pikenformation geschlagen hast.«

Dumpfer Schmerz pochte in Farodins linker Schulter. Eine Platte seines Harnischs war eingedrückt und quetschte ihm das Fleisch. Den linken Arm konnte er kaum noch anheben. »Du könntest mir gleich noch einen Gefallen tun, Orgrim. Öffne die Schnallen an meinem linken Schulterstück und nimm es ab.«

Der König hielt ihm seine großen Hände vors Gesicht. »Du glaubst doch nicht wirklich, dass diese Finger die zierlichen Schnallen einer Elfenrüstung öffnen können?«

Farodin streckte sich und fluchte. Allein war es ihm nicht möglich, die Rüstung abzunehmen. Er sah sich um. Rings herum lagen dutzende Tote.

»Kannst du aus eigener Kraft laufen?«

»Ich brauche jedenfalls keinen Troll, der mich trägt«, erwiderte der Elf gereizt. Die Schmerzen in der Schulter wurden schlimmer.

Der Angriff der Trolle hatte die Pikeniere ein weites Stück zurückgeworfen. Die breiten Rücken der Hünen versperrten Farodin den Blick auf das Kampfgeschehen. Noch immer erklang infernalisches Geschrei.

»Wie steht die Schlacht?«

Orgrim spuckte aus. »Es gibt 'ne verdammt große Menge Menschen, die nicht mehr zu Hause mit ihren Heldentaten prahlen werden. Wir haben sie zurückgeschlagen.« Er winkte einem Troll aus seinem Stab, und Augenblicke später erklang ein lang gezogenes Hornsignal. »Sie sammeln Reiter unten am Hügel. Wir sollten uns zurückziehen, bevor sie mit dem Gegenangriff beginnen.« Ohne weiter auf Farodin zu achten, stapfte der König zu den Seinen und deckte den Rückzug der Truppen.

Nur sechs jener zwanzig Elfen, die den Angriff angeführt hatten, kehrten zurück hinter die Schanzen der Bogenschützen. Ollowain gehörte zu den Überlebenden. Seine Rüstung war verschrammt und rot vor Blut. Der Elf hatte den Helm abgenommen; das lange blonde Haar klebte ihm in Strähnen am Kopf. »Welch ein Sieg!« Er deutete den Hang hinab. An manchen Stellen konnte man das Gras nicht mehr sehen, so dicht lagen die Toten. Nachdem die Trolle in die Breschen vorgestoßen waren, welche die Elfen in die Pikenreihe geschlagen hatten, war der Kampf zu einem Massaker geworden.

Ollowain nahm Farodin die eingedellte Schulterplatte ab. Er schob den wattierten Gambeson zur Seite und tastete die Schulter ab. »Nichts gebrochen. Hast Glück gehabt. Wie geht es dem Arm?«

Farodin machte eine weite, kreisende Bewegung. Jetzt, da kein Druck mehr auf der Prellung lastete, ließ der Schmerz nach. »Um es mit Menschen aufzunehmen, wird es reichen.«

Ollowain deutete zu einem der niedergebrannten Türme über dem Steilweg. »Dort drüben findest du einen Rüstmeister der Gnome. Er wird deine Schulterplatte ausbeulen, damit du sie wieder anlegen kannst. Lass dir nicht zu viel Zeit. Die Ordensritter haben leider ein sehr kurzes Gedächtnis, was ihre Niederlagen angeht. Sie werden bald wieder angreifen.« Mit diesen Worten ging der Wächter der Shalyn Falah. Farodin sah ihm nach. Ollowain scherzte mit ein paar Bogenschützen und rief einem Troll etwas zu, das den Hünen grinsen ließ. Der Anführer der Elfen strahlte eine Zuversicht aus, als stünde völlig außer Zweifel, dass sie ihre Stellungen bis zum Abend halten würden. Dabei war noch nicht einmal die Mittagsstunde angebrochen.

Farodin fand den Plattner ohne Schwierigkeiten. Der Gnom war ein geschwätziger alter Kerl mit einem weißen Bart voller Kautabaksflecken. Er ließ sich Zeit damit, die Rüstung auszubeulen. Er sprach über alles, außer über den Krieg. Anscheinend flüchtete sich der Alte in seine Arbeit und versuchte verzweifelt, ein kleines bisschen Alltag zu bewahren. Zuletzt spuckte er auf die Schulterplatte und polierte sie mit seinem Ärmel blank. Als er die Schnallen der Rüstung schloss, blickte er den Elfen besorgt aus seinen trüben braunen Augen an. »Werden wir die Brücke halten?«

Farodin mochte den Alten nicht belügen. »Ich weiß es nicht.« Er blickte den Hang hinab. Die Menschen hatten eine neue Angriffslinie gebildet.

»Hmmm«, war alles, was der Alte dazu sagte. Dann bückte er sich und holte eine Armbrust unter seiner Werkbank hervor. »Mein Volk hat der Königin immer die Treue gehalten.« Es gelang dem Plattner nicht, seine Angst zu verbergen. Er blinzelte nervös und strich immer wieder über das Schulterstück der Waffe. »Ein Gutes hat es mit den Menschen. Sie kommen immer gleich so zahlreich, dass nicht einmal ein alter, halb blinder Plattner danebenschießen wird.«

»Darf ich dich zur Schlachtreihe begleiten?«, fragte Farodin ernst.

Der Gnom sah überrascht zu ihm auf. »Du bist doch ein berühmter Elfenheld. Was willst du mit mir?«

»Für den nächsten Kampf hat man mir keinen Platz in unserer Schlachtlinie angewiesen. Ich habe noch nie an der Seite eines Gnomhelden gekämpft. Wenn du nichts dagegen hast, wäre es mir eine Ehre, den Platz zu deiner Linken einzunehmen. Wie heißt du?«

»Gorax.« Der Alte zog einen dunkelbraunen Riegel Kautabak hinter seinem Gürtel hervor. »Ein Elf, der einen Gnom darum bittet, an seiner Seite kämpfen zu dürfen! Wir leben in wundersamen Zeiten. Darf ich dir was hiervon anbieten? Das macht den Kopf klar.« Er hielt Farodin den Kautabak hin.

Der Elf nahm den Riegel und biss ein Stück von der zähen Masse ab. Der Tabak brannte auf der Zunge, und Speichel lief ihm im Mund zusammen. Am liebsten hätte er das Stück sofort wieder ausgespuckt. Doch er schob es mit der Zunge in seine Backentasche und reichte Gorax den Riegel zurück. »Einen klaren Kopf können wir wahrlich gebrauchen.«

Am Fuß des Hügels erklangen wieder Trommelschlag und Flötenspiel. Die Ordenssoldaten rückten erneut vor.

TOD UND WIEDERGEBURT

Nuramon schaute wie gebannt auf den Körper des jungen Kriegers hinab. Lumnuon hatte besser gekämpft als er, und doch lag er dort vor ihm am Boden und starrte ihn aus leeren Augen an. Nuramon hatte ihn nicht einmal sterben sehen. An den Beinen und Armen hatte Lumnuon zahlreiche Wunden, und sein Gesicht war zerkratzt. Doch gestorben war er an der Halswunde. Jemand hatte ihm die Kehle durchgeschnitten.

Bei dem Anblick des Jünglings packte Nuramon die Wut. Er schaute sich um, erblickte einen Gegner. Dieser schlug voller Hass auf einen Elfen ein, der die Angriffe nur mit Mühe und Not parieren konnte. Nuramon trat von hinten an den Krieger heran und stieß ihm sein Langschwert durch den Rücken. Dann riss er ihm die Maske fort und stieß ihn zu Boden. Der Elf, dem er zu Hilfe gekommen war, bedankte sich bei ihm. Ehe Nuramon jedoch darauf reagieren konnte, griff ein Ordensritter von rechts an. Nuramon riss Gaomees Schwert hoch und parierte den Hieb. Das Langschwert stieß er dem Feind in die Brust. Der Gegner verharrte in der Bewegung, dann erschlafften seine Arme, und Nuramon ließ ihn von der Klinge gleiten.

Mehr und mehr Krieger kamen ihm entgegen. Mit jedem Feind, den er zu Boden sandte, schien er neue Aufmerksamkeit auf sich zu ziehen. Oder wurden die Krieger seiner Sippe, die in seiner Nähe kämpften, schwächer?

»Hinter dir!«, rief eine Elfenstimme von der Seite.

Nuramon blickte über die Schulter und sah aus den Augenwinkeln einen Krieger, der zu einem Hieb ausholte. Noch ehe Nuramon sich bewegte, wusste er, dass ihn die feindliche Klinge treffen würde. Als er herumfuhr, rechnete er schon mit dem Schmerz. Doch der Schlag ging fehl. Sein Schwert aber traf den Helm des Feindes und durchdrang diesen. Zugleich erkannte Nuramon, warum ihn der Schlag des Gegners nicht verletzt hatte. Vor ihm krümmte sich ein Zwergenkrieger in einer silbern glänzenden Rüstung und stürzte zu Boden. Nuramon kannte den Harnisch. Er drehte den Zwerg auf den Rücken und blickte in das Gesicht Alwerichs. Sein Freund lächelte gequält.

»Alwerich!«, rief eine vertraute Stimme, und Wengalf kam mit seinen Kriegern herbeigelaufen. »Bildet einen Schildwall!« Die Zwerge folgten dem Befehl ihres Königs.

Alwerich war ganz blass. Das Schwert hatte ihn unterhalb der Brust getroffen. Blut quoll aus der frischen Wunde. »Du darfst noch nicht sterben«, sagte der Zwergenkrieger mit schwacher Stimme. »Du musst zu Noroelle gehen. Ich werde wiedergeboren.«

Nuramon schüttelte fassungslos den Kopf. »Warum hast du nicht an Solstane gedacht?«

»Sie wird es verstehen. Nimm dieses Geschenk von mir und vergiss auf keinen Fall deinen ... deinen alten ...« Der Kopf sank ihm auf die Brust, und es schien, als wäre er vor Erschöpfung eingeschlafen. Er hatte aufgehört zu atmen, und sein Herzschlag war vergangen. Alwerich war tot.

Nuramon küsste den Zwerg auf die Stirn. »Ich werde dich nie vergessen, alter Freund.« Es war ein schmerzhafter Abschied, selbst wenn die Wiedergeburt auf den Zwerg wartete. Erst hatte es Lumnuon getroffen, nun Alwerich.

Nuramon überlegte, ob er ihn heilen sollte, wie er damals Farodin in der Höhle geheilt hatte.

Doch Wengalf legte Nuramon die Hand auf die Schulter. »Lass ihn! Er wird als Held wiedergeboren und wird sich mit Stolz an diesen Tag erinnern. Wir müssen nun die Schlacht für uns entscheiden. Wir schlagen uns gut. Vielleicht können wir sie wirklich aufhalten.«

Plötzlich drängte sich ein Zwergenkrieger zwischen den Schildträgern hindurch. »Mein König! Unsere Krieger haben auf dieser Seite die feindlichen Schützen zerschlagen. Ihre merkwürdigen Feuerrohre sind für immer gelöscht. Sollen wir vorstoßen? Und wir hören von der rechten Flanke, dass Mandred mit einer kleinen Schar von Menschen versuchen will, zum Herzen des gegnerischen Heeres vorzustoßen.«

Nuramon erschrak. Er wollte nicht auch noch Mandred verlieren! Für den König der Fjordländer gab es keine Wiedergeburt.

Der König wandte sich an den Boten. »Gib den Befehl, auf dieser Seite die Flanke anzugreifen. In der Mitte des Feldes sollen unsere Leute aber zurückfallen und die Feinde ein wenig fortlocken. So ziehen wir Mandred einige Krieger aus dem Weg.«

Nuramon schaute dem König ins Gesicht. »Danke, Wengalf!«

»Komm! Nimm deine Schwerter! Lass uns diese Schlacht zu Ende bringen. Ich bin des Tötens müde.«

Nuramon nickte. Widerstrebend löste er sich von Alwerichs Körper und nahm seine Schwerter auf. Auch er wollte, dass die Schlacht endlich aufhörte. Er wandte sich zu den wenigen verbliebenen Elfen. »Sammelt euch! Es geht zum letzten Angriff!«

HINTER DEN LINIEN

Mandred betrachtete die abgeschnittenen roten Zöpfe, die rings herum im Gras lagen. »Ich behalte euch in Erinnerung, meine Toten«, murmelte er leise und strich sich über die glatten Wangen und den rasierten Schädel.

Beorn schob sein Messer zurück in den Gürtel, von dem auch ein bronzenes Signalhorn hing, und nickte zufrieden. »So kannst du als einer ihrer Anführer durchgehen, Ahnherr. Aber lass mich reden, wenn wir angehalten werden.« Auf dem Hof von Beorns Eltern hatten einige gefangene Ordenskrieger als Knechte gearbeitet. Von ihnen hatte der Leibwächter die Sprache Fargons gelernt. Er wusste um den Aufbau der Ordensheere und kannte sogar die Horn- und Trommelsignale der Feinde.

Mandred setzte den Reiterhelm mit den tief gezogenen Wangenklappen auf und zupfte an der breiten roten Bauchbinde, die um seine Hüften gewickelt war. Schweren Herzens hatte er Alfadas' Rüstung abgelegt, doch mit ihr hätten sie die Feinde nicht täuschen können.

Sein Blick wanderte über die verwegene Schar von Mandriden, die sich freiwillig gemeldet hatten. Der Reiterangriff der Ordensritter war zurückgeschlagen, doch gegen die Übermacht der feindlichen Fußsoldaten würden sie nicht gewinnen können.

»Ich schätze, eure Freunde werden euch dringend geraten haben, nicht mit mir zu reiten!«, rief Mandred mit lauter Stimme seinen Männern zu. »Wenn sie das taten, sind es gute Freunde! Sie haben Recht! Wer mit mir geht, der wird in einer Stunde ein Held sein oder in der goldenen Halle der Götter sitzen. Und wenn ihr lebt, dann wird man den Rest eurer Tage hinter eurem Rücken munkeln, dass ihr völlig verrückt gewesen seid.«

Die Männer grinsten, und selbst einige der Kentauren lachten. Die Pferdemänner aus Dailos hatten ihm ihre Hilfe zugesagt. Fast hundert von ihnen warteten auf den Befehl zum Einsatz. Voller Stolz musterte Mandred seine Freiwilligen. Sie alle hatten die Rüstungen erschlagener Panzerreiter angelegt und sich die Bärte rasiert, um nicht als Nordmänner aufzufallen. Mandred wünschte sich, er hätte eine so ergreifende Rede halten können wie Liodred damals in der Königshalle. Gestern, als er am Grab des Königs gesprochen hatte, hatte er die besten Stellen, die ihm in Erinnerung geblieben waren, wiederholt. Und wieder hatten Liodreds Worte den Kampfgeist der Fjordländer entfacht. Der Jarl blickte die Reihen der Männer entlang, die ihm bei diesem selbstmörderischen Ritt folgen wollten. Die meisten von ihnen waren erschreckend jung.

»Appanasios?« Er wandte sich an den Anführer der Kentauren, einen wilden schwarzhaarigen Kerl, der über die Brust eine breite Lederschärpe trug, von der sechs kurze Feuerrohre hingen. Außerdem hatte er einen Köcher mit Pfeilen auf den Rücken geschnallt und dazu noch ein Langschwert. »Du wirst uns mit deiner Bande von Halsabschneidern verfolgen und ein gewaltiges Spektakel veranstalten. Schreit, schießt, tut ganz so, als wären wir wirklich Panzerreiter, die in wilder Flucht davonjagen.« Mandred hob seine Rechte. Die Hand steckte in einem schön gearbeiteten Panzerhandschuh. Er ballte sie zur Faust, sodass die Eisenglieder leise knirschten. »Wenn deine Strauchdiebe auch nur einen meiner Männer wirklich treffen, Appanasios, dann komme ich wieder und ramme dir das hier in deinen dicken Pferdearsch.«

»Wenn du wirklich wiederkommst, dann kannst du mir deinen Panzerhandschuh sonst wohin stecken, und ich werde dabei ein Loblied auf deinen Heldenmut singen.« Der Kentaur lächelte, doch in seinen Augen lag Trauer. »Ich bin stolz darauf, dir begegnet zu sein, Mandred Aikhjarto.«

»Mal sehen, ob du immer noch stolz darauf bist, wenn ich dich und deine Halunkenbande heute Abend auf der Siegesfeier unter den Tisch saufe.«

»Ein Mensch, der einen Kentauren betrunken macht! Das wirst du nicht erleben!« Appanasios lachte rundheraus. »Selbst du wirst das nicht schaffen, Ahnherr von Firnstayn.«

»Ich habe sogar schon eine Eiche besoffen gemacht!«, entgegnete Mandred und zog sich in den Sattel. An seiner Hüfte klirrte eines der neumodischen, schlanken Reiterschwerter. Vor dem Sattel hingen zwei Ledertaschen. Der Jarl drehte sich zu dem Kentauren um und deutete auf seine Schärpe. »Wie gebraucht man diese Dinger eigentlich?«

Appanasios zog eine der Waffen und ließ sie spielerisch herumwirbeln. »Dies, verehrter Ahnherr, sind Radschlosspistolen, Beutewaffen vom Feind. Du ziehst hier unten den Haken, dann geben sie einen Schuss ab. Am besten hältst du sie dazu leicht schräg. Sie sind mit einer kleinen Bleikugel geladen.«

»Blei?«, fragte Mandred ungläubig.

»Täusche dich nicht. Auf kurze Entfernung vermögen diese Kugeln jede Rüstung zu durchschlagen.« Der Kentaur schob die Waffe in seine Lederschärpe zurück.

Mandred strich über den Schaft seiner Axt, die vom Sattelhorn hing. Er würde auf althergebrachte Waffen vertrauen.

Kurz blickte er über die kleine Reiterschar. Neben den Schwertern und Radschlosspistolen waren sie mit Lanzen bewaffnet. Fünf von ihnen trugen aufgerollte Banner. Für Mandred war ihr Wappen neu, doch den Ordensrittern war es wohl vertraut, denn die Nordmänner hatten es in Jahrhunderten der Kriege gegen ihre Feinde geführt.

Der Jarl hob die Hand. »Vorwärts, Männer!«

Dumpf grollte der Hufschlag auf dem aufgewühlten Boden, als sich die Reitertruppen in Bewegung setzten. Dieselbe Senke, aus der sie den ersten Angriff begonnen hatten, hatte sie noch einmal vor den Blicken der Feinde verborgen. Nun trieben sie die Pferde die Böschung hinauf. Hinter ihnen erklangen die gellenden Kriegsschreie der Kentauren.

Zu ihrer Linken war die Schlacht in vollem Gange. Die meisten gegnerischen Reiter waren zurückgeschlagen, doch das Fußvolk lieferte den Elfen und Zwergen einen harten Kampf.

Ein Pfeil verfehlte Mandred nur knapp. Er beugte sich tief über den Hals seiner Stute. In gestrecktem Galopp hielten sie nun geradewegs auf den rechten Flügel der Feinde zu. Dort gab ein Offizier Mandred ein Zeichen mit seinem Schwert und deutete auf eine Lücke zwischen zwei Truppen mit Feuerrohren. Die kleine Reiterschar passierte die feindliche Kampflinie, während sich die Kentauren fluchend zurückfallen ließen und eine Salve Pfeile auf die gegnerischen Fußsoldaten abschossen.

Mandred zügelte sein Pferd. Beorn, der nicht von seiner Seite gewichen war, hob den rechten Arm und drehte sich im Sattel. »Halt!« Er stieß das Wort in merkwürdigem Singsang aus und zog es endlos in die Länge.

Besorgt blickte Mandred sich um. Niemand unter den Ordenskriegern schien Beorns Verhalten seltsam zu finden. Ein Botenreiter preschte die Schlachtlinie entlang und verschwand hinter einem kleinen Waldstück. Ob er wohl auf dem Weg zur Shalyn Falah war? Wie mochte es um Farodin stehen?

»In Zweierreihen!«, kommandierte Beorn, und die Reiter bildeten eine Marschkolonne.

Mandred deutete auf einen Hügel, der etwa eine halbe Meile entfernt hinter dem Zentrum der Schlachtlinie lag. Banner mit der verbrannten Eiche waren dort aufgepflanzt. Eine Gruppe von Offizieren beobachtete den Verlauf der Kämpfe. Ein wenig abseits hielten sich ein paar Botenreiter und ein kleiner Trupp Hellebardenträger. Die große Einheit Schwertkämpfer, die als Reserve zurückgehalten worden war, hatte wohl gerade ihren Marschbefehl erhalten. Die Zwerge im Zentrum der Schlacht wichen zurück. Mandred blieb fast das Herz stehen. Vielleicht war es zu spät für seine List. Es schien, als bräche die Schlachtlinie zusammen. Doch die Zwerge gingen nur zurück, sie flohen nicht! Die Elfen auf der linken Seite hielten stand. Gehörte dies alles zum Plan der Zwerge, um die letzten Reserven der Feinde in die Schlacht zu locken? Dann gäbe es wenigstens eine geringe Aussicht, seinen Schlachtplan zu überleben.

»Marsch!«, befahl Beorn, und der Reitertrupp setzte sich in Bewegung. Der Leibwächter lächelte. »Ich hätte niemals gedacht, dass wir so leicht durch ihre Reihen kommen.«

Mandred erwiderte das Lächeln. »Das war der einfache Teil. Das Kunststück ist, hier lebend wieder herauszukommen.«

»War das jemals wirklich Bestandteil unseres Plans?«, fragte Beorn so leise, dass die Reiter hinter ihnen es nicht hören konnten.

Mandred antwortete nicht darauf. Was sollte er auch sagen? Sie beide wussten genau, wie unwahrscheinlich es war, zu überleben.

Sie ritten an einer langen Reihe von Fuhrwerken entlang. Ein gutes Stück entfernt sammelten sich die geschlagenen Reitertruppen im Schutz eines Wäldchens.

Nach einer Weile verließ Mandreds Schar den schlammigen Weg und hielt in weitem Bogen auf den Feldherrenhügel zu. Auf der Rückseite, außer Sichtweite der Soldaten, war eine Festtafel aufgestellt. Mehrere Köche arbeiteten an großen Feuern. Dort brieten auf eisernen Spießen zwei Spanferkel und allerlei Geflügel. Mandred lief das Wasser im Munde zusammen. »Sehr zuvorkommend von ihnen, uns unser Siegesmahl zu bereiten.«

Beorn blieb ernst. Er deutete auf einen Offizier mit weißem Federbusch am Helm, der den Hügel hinab in ihre Richtung geritten kam. »Bitte lass mich mit ihm sprechen, Ahnherr.« Er winkte den Reitern, und die Männer schwenkten aus der Kolonne aus, um eine lange Linie am Fuß des Hügels zu bilden.

»Was tut ihr hier?«, rief der Offizier aufgebracht und deutete zum Wald. »Alle Reitertruppen haben Befehl, sich dort hinten zu sammeln. Wenn unsere Fußtruppen die gegnerischen Linien durchbrechen, erhaltet ihr Gelegenheit, die Schmach eurer fehlgeschlagenen Attacke zu sühnen.«

»Ich habe dringende Nachricht für den Großmeister Tarquinon«, entgegnete Beorn ruhig.

»Dann sage mir, was du zu berichten hast!«

»Bei allem Respekt schätze ich, dass der Großmeister in diesem Fall die Nachricht lieber aus erster Hand erhalten möchte. Ich bin mit meinen Reitern in den Rücken des Feindes vorgedrungen. Wir haben eine riesige Streitmacht von Trollen entdeckt, die sich in einer Bodensenke verborgen hält, um unseren Truppen in die Flanke zu fallen, wenn wir weiter vorrücken.«

Der junge Offizier starrte ihn erschrocken an. »Es hieß doch, wir hätten das Heer der Trolle bis auf ein kleines Kontingent zerschlagen! Folge mir!« Er wendete sein Pferd und trieb es den Hügel hinauf.

Der Großmeister und sein Stab standen bei einem schweren Eichentisch. Darauf entrollt lag eine Karte des Schlachtfeldes. Bunte Holzklötzchen schienen die Positionen verschiedener Truppenteile zu markieren.

Mandred und Beorn saßen ab und gingen der Versammlung der Offiziere entgegen. Ein großer, hagerer Mann drehte sich zu ihnen um. Seine Brustplatte glänzte, als wäre sie aus poliertem Silber. Ein weißer Umhang ruhte auf seinen Schultern. Die Arroganz der Macht spiegelte sich in seinen asketischen Zügen. Er hatte langes, weißes Haar, das ihm offen auf die Schultern fiel. »Ich halte nicht viel von Offizieren, die auch auf der Flucht an der Spitze ihrer Truppen reiten, Hauptmann …«

»Balbion, Eminenz. Hauptmann Balbion.«

Der Großmeister runzelte die Stirn. »Dieser Name ist mir nicht geläufig.«

»Ich wurde erst vor vier Tagen nach den Kämpfen bei der weißen Brücke befördert, Eminenz.«

Mandred hasste aufgeblasene Wichtigtuer wie diesen Tarquinon. Beorn sollte endlich zur Sache kommen und nicht so viel Zeit mit nutzlosem Geschwätz vergeuden.

Als hätte der Großmeister seine Gedanken gehört, wandte er sich halb um und blickte ihn an. »Was hat Euer Adjutant denn da? Das Reglement für die Bewaffnung von Panzerreitern sieht keine Äxte vor. Die hat er wohl einem dieser Barbaren entrissen. Wie ist sein Name?«

»Sein Name ist Mandred Torgridson«, entgegnete Mandred ruhig und ging auf den Großmeister zu. »*Er* ist der Befehlshaber der Fjordländer, der Jarl von Firnstayn. Und er ist hier, um mit dir darüber zu verhandeln, für heute die Waffen ruhen zu lassen.«

Ein Lächeln spielte um die schmalen Lippen des Großmeisters. Die anderen Hauptleute starrten Mandred verwundert an. Einige griffen nach ihren Schwertern. Tarquinon neigte sein Haupt. »Ich verbeuge mich vor solch tollkühnem Mut, Jarl.« Er griff nach einer Radschlosspistole auf dem Kartentisch. »Zugleich verachte ich so außergewöhnliche Dummheit.«

Beorn sprang vor und schlug nach dem Arm des Großmeisters. Beißender weißer Qualm quoll aus der Waffe. Ein Schlag traf Mandred an der Hüfte. Doch er fühlte keinen Schmerz. Der Jarl blickte kurz an sich herab. Die Platte des Brustpanzers schien keinen Schaden genommen zu haben. Rings herum zogen die Offiziere ihre Schwerter.

Mandred machte einen Satz nach vorn. Seine Axt beschrieb einen weiten Halbkreis. Feine Bluttröpfchen spritzten über die Karte, die das Schlachtfeld zeigte. Dann fiel polternd der Kopf des Großmeisters auf den Tisch und brachte die Formationen der Holzklötzchen durcheinander.

Beorn parierte einen Schwerthieb, der auf Mandreds Kopf zielte. Rücken an Rücken stellten sich die beiden Nordmänner den angreifenden Offizieren. Mandred zerschlug eine dünne Schwertklinge und stieß einem der Angreifer den Dorn seiner Axt durch den Harnisch. Ein Schlag glitt scheppernd von der Schulterplatte des Jarls ab. Er drehte sich halb und zerschmetterte einem Angreifer die Beine.

Plötzlich ertönte das Knallen von Radschlosspistolen. Beißender weißer Rauch wehte über den Hügel und hüllte die Kämpfenden ein. Es stank nach Schwefel, ganz so, als wäre der Devanthar wieder unter ihnen.

Mandreds Axt grub sich tief in die Schulter des jungen Offiziers, der sie den Hügel hinaufgeführt hatte. Der Mann starrte ihn mit weit aufgerissenen Augen an. Dann brach er in die Knie.

Im Pulverdampf tauchten Reiter auf. Mit ihren langen Schwertern machten sie die letzten Offiziere des Stabs nieder. Mandred sah, wie die Banner mit der schwarzen Eiche niedergerissen wurden. Beorn hatte das Horn von seinem Gürtel genommen und blies aus Leibeskräften hinein. Über den Köpfen der Reiter flatterten die entfalteten Firnstayner Banner. Sie zeigten eine grüne Eiche auf weißem Grund. Der lebende Baum hatte den toten Baum besiegt. Das ganze Heer der Ordenssoldaten würde den Pulverrauch auf dem Feldherrenhügel sehen und die Banner der Feinde! Dazu blies Beorn das Signal zum Rückzug.

Schon löste sich eine der Einheiten aus der Schlachtlinie und ließ sich kämpfend zurückfallen.

Von der Hügelflanke erklang lautes Waffengeklirr. »Die Hellebardiere greifen an«, schrie ein junger Firnstayner.

Mandred zog sich auf ein reiterloses Pferd. »Treibt sie zurück!«, befahl er scharf. Der Hügel durfte nicht wieder in die Hände der Feinde fallen. Sonst wäre alles vergebens gewesen.

Mandred riss den schwarzen Hengst herum und hielt auf die Feinde zu. Er nahm die Zügel zwischen die Zähne und zog eine der beiden Radschlosspistolen aus dem Sattelholster. Voraus erschien die Formation der Hellebardiere. Sie hatten bereits mehrere Reiter niedergehauen. Mandred drehte die Waffe in der Hand und schleuderte sie in die Formation der Feinde. Einer der Hellebardiere schrie erschrocken auf. Niemals würde er eine Waffe abfeuern, die den Atem des Devanthars in die Welt spie. Aber sie taugten als Wurfkeulen.

Mandred zog die zweite Radschlosspistole und holte aus. Noch immer erklang hinter ihm das Rückzugssignal. Andere Reiter schlossen zu ihm auf und bildeten eine Linie. Sie alle zogen ihre Sattelpistolen. Wie auf einen lautlosen Befehl feuerten die Mandriden gleichzeitig. Weißer Rauch umschloss die Reiter. Etliche Hellebardiere stürzten. Die Reihen der Angreifer gerieten in Unordnung.

»Zieht blank!«, rief Mandred über den Lärm hinweg. Schlanke Schwerter klapperten in Blechscheiden.

»Zum Angriff!« Der Jarl gab dem Hengst die Sporen. Es waren nur noch wenige Schritte bis zu den Ordenssoldaten. Mandred warf die zweite Radschlosspistole fort und hob seine Axt.

»Für Firnstayn!«

FEUER UND SCHWEFEL

Feuerzungen leckten aus der Wand aus weißem Rauch unter ihnen am Hügel. Etwas klatschte gegen Farodins Brustpanzer. Der Elf hob das Geschoss vom Boden auf. Es war eine platt gedrückte, dunkelgraue Metallkugel. »Auf diese Entfernung vermögen sie keinen Panzer mehr zu durchschlagen«, sagte Giliath, hob ihren Bogen und schoss einen Pfeil in die Wand aus Rauch. Die Elfe und ihre Reiter waren vor einer Stunde eingetroffen, um die ausgedünnten Reihen der Verteidiger zu verstärken.

An Farodins Seite kauerte sie hinter dem großen Schild eines toten Trolls, den sie zwischen zwei Schanzpfählen verkeilt hatten. Sie zog einen neuen Pfeil aus dem Köcher, spannte mit fließender Bewegung und schoss. »Ich begreife diese Ordenssoldaten nicht. Diese Feuerrohre sind völlig widersinnige Waffen. In der Zeit, die ihre Schützen zum Laden brauchen, bringe ich fünf Pfeile in die Luft. Der Rauch nimmt ihnen spätestens nach der zweiten Salve so sehr die Sicht, dass sie gar nicht mehr wissen, worauf sie schießen. Ihre Waffen machen einen schrecklichen Lärm und verbreiten üblen Gestank. Und wenn ihnen das Pulver nass wird, dann sind sie völlig wehrlos. Ich begreife wirklich nicht, was sie an diesem Unfug finden!«

Farodin betrachtete den alten Gnom, der zu seinen Füßen lag. Blutiger Brei war aus seiner linken Augenhöhle geflossen. Wer keine Rüstung trug, dem vermochten die Kugeln der Feuerrohre durchaus etwas anzuhaben.

Zwei Angriffe auf ihre Stellung hatten die Verteidiger der Shalyn Falah zurückgeschlagen, doch der Preis dafür war schrecklich gewesen. Mehr als die Hälfte der Krieger war tot.

Die Trolle standen nun gemeinsam mit den Bogenschützen in der vordersten Linie und versuchten die Elfen mit ihren mächtigen Schilden vor dem Beschuss zu schützen.

»Wenn das hier vorbei ist, dann würde ich dich gern zu einem Kampf mit Übungsschwertern herausfordern, Farodin. Es wäre sehr zuvorkommend, wenn du dabei die Freundlichkeit besitzen würdest, nicht deinen Ring zu tragen.«

Der Elf sah die Kriegerin verwundert an. »Bist du mir immer noch böse?«

»Es war ein Schlag von ausgesprochen unelfischer Tücke, mit dem du unser Duell beendet hast.«

»Ich konnte es mir damals nicht leisten, verwundet zu werden«, entgegnete er knapp, in der Hoffnung, damit das Gespräch zu beenden. Er fand weder den Ort noch die Zeit angemessen, um über kriegerische Tugenden zu streiten.

»Ich würde dir gern Gelegenheit geben, dein Ansehen bei mir wiederherzustellen.«

Das konnte nicht wahr sein, dachte Farodin. Sie standen mitten im Hagel feindlicher Geschosse, und Giliath wollte ihn zum Duell fordern. »Du hast ein Auge verloren. Dadurch hätte ich einen großen Vorteil.«

»Ich hatte seit unserem letzten Duell sehr viel Gelegenheit zu üben. Ich bin überzeugt, dass ich damals schon besser war als du. Es wäre sicherlich interessant festzustellen, ob auch du dich entsprechend verbessert hast.«

Farodin rollte mit den Augen. Fast sehnte er den nächsten Angriff herbei, damit dieser Unsinn endlich ein Ende nähme. Krachend feuerten die Ordenssoldaten die nächste Salve ab. Der Elf duckte sich hinter den großen Schild.

»Was hältst du davon, wenn wir uns morgen bei Sonnenaufgang auf der Wiese vor der Burg treffen?«, fragte Giliath.

Farodin seufzte. »Du gehst also davon aus, dass wir morgen noch leben?«

»Ich bestimmt«, sagte die Elfe mit überraschender Zuversicht. »Und ich werde gut auf dich aufpassen, damit auch du noch unter den Lebenden weilst. Schließlich erzählt man sich, dass du morgen für immer in die Welt der Menschen gehen willst. Ich wäre sehr erfreut, wenn wir unsere Angelegenheiten vorher klären könnten.«

»Warum ist dir dieses Duell so wichtig?«

Die Elfe sah ihn überrascht an. »Es ist eine Frage der Ehre. Du bist meine einzige Niederlage.«

Farodin sah sie zweifelnd an. Der dunkle Tuchstreifen über ihrem zerstörten Auge ließ sie verwegen aussehen. Manche Siege haben einen zu hohen Preis, dachte er.

Ein Gnom mit einem großen Weidenkorb auf dem Rücken kauerte sich keuchend in die Deckung ihres Schutzschildes. Dann nahm er zwei Bündel mit Pfeilen aus dem Korb und legte sie vor Giliath auf den Boden. »Es fehlt uns an Kriegern, aber an Munition fehlt es uns wenigstens nicht«, erklärte er mit meckernder Stimme. »Ich soll euch von Ollowain ausrichten, dass es für jeden Schützen noch mehr als hundert Pfeile gibt. Er erwartet, dass ihr sie alle zu den Feinden hinunterschickt.« Der Gnom zuckte zusammen, als das Donnergrollen einer neuen Salve den Hügel hinaufrollte. Ohne ein weiteres Wort lief er davon, um die nächsten Schützen zu versorgen.

Giliath zerschnitt den Lederriemen eines der Pfeilbündel und füllte ihren Köcher auf. »Die Überlebenden von Valemas sind dir und deinen Gefährten sehr dankbar, dass ihr Yulivee gerettet habt«, sagte die Elfe unvermittelt. »Yulivee ist ganz vernarrt in diesen Nuramon. Seinetwegen hat sie sich sogar gegen die Befehle der Königin aufgelehnt.«

»Wovon redest du?«

Giliath blickte auf und lächelte kalt. »Ich dachte mir schon, dass sie euch davon nichts erzählt hat. Sie war sehr niedergeschlagen, als sie euch nicht befreien konnte.«

Langsam verlor Farodin die Geduld. »Was hast du mir zu sagen?«

Giliath richtete sich auf und blickte ihn geradeheraus an. »Sie hat mich und meine Krieger von Firnstayn aus über einen Albenpfad in eine Klosterfestung nahe Aniscans geführt. Dort wollte sie durch einen zweiten Albenstern treten und nach euch suchen. Doch es lag ein Bann auf dem Tor. Wir konnten es nicht öffnen und wurden entdeckt. Bei dem Kampf, der folgte, haben wir das Kloster bis auf die Grundmauern niedergebrannt. Yulivee war dagegen. Aber diese Tjuredpriester verstehen nur eine Sprache! Ich finde, du und deine Gefährten, ihr solltet das wissen. Ich glaube nicht, dass sie von sich aus jemals darüber sprechen würde. Sie fühlt sich in eurer Schuld.«

Eine Bleikugel riss Holzsplitter aus dem Trollschild. Giliath hob den Bogen und zielte erneut auf die Mauer aus dichtem Qualm.

Trommelschlag und Flötenspiel erklangen. Eine Reihe von Männern mit Feuerrohren trat aus dem Pulverdunst und kam den Hang hinauf. Ihnen folgten eine zweite und eine dritte Reihe. Giliath fluchte und schoss.

Farodin zog zwei Kurzschwerter, die er toten Elfen abgenommen hatte. Der Zweihänder war zu unhandlich, um mit ihm inmitten der eigenen Verteidigungslinien zu kämpfen.

Den Schützen unten am Hang folgten jetzt Ordensritter, die mit Schwertern und Rundschilden bewaffnet waren. Zwischen ihnen gingen Männer mit Fackeln. Sie trugen allesamt kleine Holzkästen vor den Bauch geschnallt.

Krachend löste sich eine Salve der Feuerrohre. Ein Treffer riss Farodin von den Beinen. In seine Brustplatte war eine tiefe Beule geschlagen.

Die Schützen der ersten Reihe blieben stehen und luden ihre Feuerrohre nach. Sie gingen in offener Formation, sodass die anderen Ordenssoldaten bei ihrem Vormarsch nicht behindert wurden.

Ganze Hagel von Pfeilen gingen auf die Angreifer nieder. Giliath schoss ohne Unterlass und stieß dabei die lästerlichsten Flüche aus. Farodin bewunderte den Mut der Menschen. Ihnen musste klar sein, mit wie viel Blut sie zahlen würden. Und dennoch rückten sie unablässig vor.

Als die nächste Reihe von Feuerrohrschützen stehen blieb, kauerte sich Farodin besorgt hinter den dicken Holzschild. Flammenzungen schossen vor, und weitere Kugeln prasselten auf das Holz. Farodin sah, wie ein Troll von mehreren Geschossen getroffen ins Taumeln geriet und zusammenbrach.

Die Elfen erwiderten den Beschuss mit verzweifelter Verbissenheit. Salve auf Salve schlug den Angreifern entgegen. Doch nichts schien ihren Vormarsch mehr aufhalten zu können.

Als sie weniger als vierzig Schritte entfernt waren, rammte die dritte Reihe der Feuerrohrschützen ihre Stützgabeln in den Grund. Sie legten die schweren Waffen auf und bliesen die Glut ihrer Lunten an.

»Wirf dich hin!«, rief Giliath, stieß den Bogen zur Seite und legte sich flach auf den Boden. Farodin kauerte sich neben sie. Als die Salve krachte, hörte er das Holz des großen Schutzschilds splittern. Rings herum gellten Schreie.

Der Elf rollte auf die Seite und kam schwerfällig wieder hoch. Er sah die Löcher in dem dicken Trollschild. Langsam begriff er, warum die Menschen von diesen neuen Waffen so überzeugt waren. Zwischen den Schützen kamen die Krieger mit den umgeschnallten Holzkistchen hervorgelaufen. Jeder von ihnen hielt nun eine kleine, kugelige Tonflasche in der Rechten. Sie entzündeten Stoffstreifen auf den Flaschen, von denen dicker, öliger Rauch aufstieg. Dann schleuderten sie die seltsamen Geschosse den Verteidigern entgegen.

Klirrend zersplitterte eine Flasche auf dem Trollschild. Eine lodernde Flamme schoss empor. Farodin schreckte vor der plötzlichen Hitze zurück. Überall entlang der Verteidigungslinie brannte es. Farodin sah, wie ein Bogenschütze getroffen wurde und sich in eine lebende Flammensäule verwandelte. Der Elf warf sich zu Boden und rollte sich schreiend hin und her, doch nichts vermochte den Brand zu löschen.

»Balbars Feuer«, flüsterte Farodin. »Der Fluch von Iskendria.«

»Zurück zur zweiten Linie!«, tönte Ollowains Stimme über das Inferno. »Zurück, und fangt mir ein paar dieser Flaschen.«

Farodin und Giliath rannten in Richtung der Turmruinen am Eingang zum Steilweg.

»Die Flaschen fangen? Bist du von allen guten Geistern verlassen, Elf? Geht den Flaschen aus dem Weg!«, schrie Orgrim.

»Wir brauchen sie, um ein Feuer auf der Brücke zu legen!«, rief Ollowain zurück.

Der Kampfeswille der Verteidiger war gebrochen. In dichten Scharen drängten die letzten Überlebenden auf den Klippenweg.

Schon waren die ersten Menschen bei den Schanzen angekommen. Schwertkämpfer und Feuerrohrschützen drängten zwischen den Pfählen hindurch. Mit ihnen kamen die Krieger mit den Fackeln und den Holzkistchen.

Die Brandgeschosse fielen jetzt mitten in die dicht gedrängten Flüchtenden. Orgrim versuchte mit einem kleinen Trupp Trolle einen Gegenangriff zu führen, um die Menschen noch ein wenig länger aufzuhalten. Giliath schoss Pfeil auf Pfeil, während sie sich an der Seite von Farodin zurückzog.

Der Elf hatte seine beiden Schwerter in die Scheiden zurückgestoßen und eilte zu Ollowain. »Wir brauchen dieses verdammte Feuer, um die Brücke zu blockieren. Wir müssen sie länger aufhalten!«

Plötzlich sprang der Elf vor. Seine Hand schnellte hoch. Im Flug fing er eine der verfluchten Tonflaschen. Er riss den brennenden Stoffstreifen ab und stellte die Flasche vorsichtig auf den Boden. »Na also, es geht doch!«

Farodin atmete gepresst. »Ich hole mir lieber so eine Kiste!« Er biss die Zähne zusammen und stürmte Orgrim hinterher.

Dort, wo die Trolle angriffen, wichen die Ordenssoldaten zurück. Mit dem Mut der Verzweiflung warf sich Farodin in die Masse der Feinde. In tödlichem Tanz drehte er sich, blockte Klingen und schlug durch die Lücken in der Verteidigung der Gegner. Ein Rückhandhieb zerschnitt die Kehle eines Feuerrohrschützen, der seine schwere Waffe nicht schnell genug hochreißen konnte, um den Hieb abzufangen. Ein Stich ging durch die Parade eines Schwertkämpfers und stieß ihm durch den Mund. Farodin duckte sich, befreite die Klinge und blockte den Hieb eines zweiten Schwertkämpfers. Mit einem Schulterstoß brachte er den Mann aus dem Gleichgewicht und setzte gnadenlos nach.

Ducken, blocken, Stich! Blut spritzte ihm ins Gesicht. Ein Feuerrohr krachte so nah, dass er den Biss der Mündungsflamme spürte. Doch die Kugel verfehlte ihn. Sein Mund war erfüllt von Schwefelgeschmack. Dies waren wahrlich die Kinder des Devanthars! Farodin schlitzte dem Schützen den Bauch auf, und der Mann brach schreiend in die Knie.

»Zurück!«, rief Orgrim. »Sie schneiden uns von den anderen ab.«

Farodin sah aus den Augenwinkeln einen Schützen auf den König der Trolle anlegen. Der Mann war zu weit entfernt, um ihn noch rechtzeitig zu erreichen. Der Elf schleuderte eines seiner Schwerter. Die Klinge drang dem Ordenssoldaten fast bis zum Heft in den Rücken.

Farodin bückte sich nach der Waffe eines Toten.

»Zurück, du verdammter Berserker! Du wirst sie nicht allein besiegen!« Der Trollkönig war an seine Seite geeilt.

Eine Ölflasche zersplitterte auf dem Schild Orgrims. Helle Flammen leckten das Holz entlang. Spritzer von Balbars Feuer trafen auch Farodins Harnisch. Doch die dunklen Flecken gerieten nicht in Brand.

Ganz in der Nähe sah der Elf zwei Krieger mit ihren verfluchten Holzkisten niederknien. »Die holen wir uns«, rief er Orgrim zu. »Dann ziehen wir uns zurück!«

Der Trollkönig stieß einen Fluch aus, der selbst Mandred hätte erblassen lassen, doch Farodin scherte sich nicht darum. Drei Schwertkämpfer eilten ihm entgegen. Er fing einen Schlag ab und ließ die Klinge des Angreifers an seiner Waffe entlanggleiten. Dann drehte er sich halb, wechselte den Griff und rammte dem Krieger sein Schwert in den Rücken, während er mit dem zweiten Schwert einen Schlag über seinem Kopf blockte. Dem nächsten Kämpfer zerschmetterte Orgrims Keule den Schädel.

Farodin drosch nun mit beiden Schwertern auf den überlebenden Ordenssoldaten ein. Mit einer drehenden Bewegung band er die Klinge des Mannes und stieß ihm sein zweites Schwert am schützenden Schild vorbei in den Unterleib.

Mit einem weiten Satz war der Elf bei den Männern mit den Feuerkugeln. Gnadenlos machte er die beiden nieder. Die kleinen Holztruhen waren durch Zwischenwände in acht Fächer eingeteilt. Jedes der Fächer war mit geflochtenem Stroh ausgepolstert, sodass man die dünnwandigen Keramikflaschen stoßsicher transportieren konnte. In der ersten Truhe waren noch fünf Flaschen, in der zweiten vier. Das musste reichen!

Orgrim nahm einen der Holzkästen auf. »Zurück zur Brücke! Sie überrennen alles. Wir können sie höchstens noch auf der Shalyn Falah aufhalten.«

Farodin nickte stumm und nahm den zweiten Holzkasten auf. Ollowain hatte ein paar Trolle und Bogenschützen um sich geschart. Er versuchte, ihnen den Rücken freizuhalten.

Dichte Rauchschwaden zogen nun über das Schlachtfeld. Überall war das Krachen von Feuerrohren zu hören. Die Schlachtlinie der Elfen war völlig zerschlagen.

Farodin hackte einem Offizier die Hand ab, der mit einer Radschlosspistole auf ihn anlegte. Ein Rückhandhieb traf den Mann oberhalb der Halsberge ins Gesicht. Unter der Wucht des Treffers zersplitterten dem Ritter die Zähne.

Ein Angreifer sank neben ihm von einem Pfeil getroffen in sich zusammen. Farodin blickte kurz auf und sah Giliath neben Ollowain stehen. Er musste lächeln. Die Elfe machte sich wohl Sorgen um ihre Verabredung zum Duell.

Fauchend schoss dicht vor ihnen eine Flamme in die Höhe. Farodin sprang zur Seite. Einen Moment lang verlor er seine Gefährten aus den Augen. Dann sah er Ollowain. Der Elfenritter sprang vor und griff eines der verfluchten Fläschchen mit Balbars Feuer im Flug. Triumphierend hielt er seine Beute hoch, als eine Kugel seine Hand zerschmetterte. Dunkles Öl spritze auf und entzündete sich an den brennenden Stofffetzen der Flasche. Die Flammen griffen nach Ollowains Kopf und Rüstung. Einen Herzschlag lang stand der Elf ganz still. Dann zog er mit der unverletzten Hand sein Schwert und rannte schreiend einer Reihe von Feuerrohrschützen entgegen.

Atemlos sah Farodin, was nun geschah. Weißer Qualm hüllte die Ordenssoldaten ein. Doch keine ihrer Kugeln vermochte den Wächter der Shalyn Falah aufzuhalten. Ganz in Flammen gehüllt, verschwand er in der Wand aus Rauch.

»Einen Krieger wie ihn gibt es einmal in einem Jahrtausend«, sagte Orgrim und packte Farodin bei den Schultern. »Lass uns gehen, bevor neue Schützen nachrücken.«

Giliath wartete bei den verbrannten Türmen mit einigen Bogenschützen und gab ihnen Deckung. Sie hatten den höchsten Punkt der Klippe erreicht. Farodin blickte hinab auf den gewundenen Pfad zur Brücke. Selbst dort brannten schon Feuer. Höchstens dreihundert Verteidiger lebten noch. Die meisten von ihnen waren verwundet. Rußgeschwärzt und abgekämpft flüchteten sie zurück zur Festung auf der anderen Seite der Schlucht.

Farodin drehte sich um. Ein Windstoß zerteilte den Rauch über dem weiten Berghang. Tausende von Ordenssoldaten stürmten heran. Auf Höhe des Steinkreises sah der Elf Männer mit langen Belagerungsleitern. Sie hatten die Schlacht verloren!

DAS ENDE DER FELDSCHLACHT

An Wengalfs Seite stürmte Nuramon vor. Die Ordensritter hatte der Mut verlassen, seit die Banner von Firnstayn über ihrem Feldherrenhügel wehten. Sie schienen völlig verwirrt zu sein. Immer mehr wichen vor ihnen zurück. Dann sah Nuramon Mandred. Auf den ersten Blick hätte er ihn fast nicht wiedererkannt. Er trug die Rüstung der Feinde und hatte seinen Bart geschoren. Von Gefährten in erbeuteten Rüstungen umringt, saß er auf einem schwarzen Hengst und hielt den abgeschlagenen Kopf eines Menschen an den Haaren. Von den Fleischfetzen am Ansatz des Kopfes tropfte das Blut herab. »Seht in das Gesicht eures Heerführers!«, rief er.

Die Zwerge drängten unerbittlich vorwärts und schufen einen weiten Schildwall um Mandred und seine Krieger. Da brach der letzte Widerstand, und die Feinde stürzten sich in eine wilde Flucht.

»Mandred!«, rief Nuramon.

»Mein Freund! Sieh diesen Tag!«

Nuramon schaute sich misstrauisch um. Noch mochte ein Schütze Mandreds Triumph zerschlagen. Doch die Feinde machten keine Anstalten mehr, sich zu wehren. Einige riefen ihnen Flüche zu und schworen, binnen Tagesfrist mit einer neuen Streitmacht wiederzukommen. Doch das vermochte niemanden zu beunruhigen.

»Kommt nur wieder!«, brüllte Mandred ihnen nach. »Dann treten wir euch noch einmal in den Arsch!«

Nuramon reichte Mandred die Hand. Der Freund wirkte auf seinem hohen Ross wahrhaftig wie ein echter Herrscher. Er schlug mit seiner blutigen Hand ein. Nuramon hielt bei seinem Gefährten nach Wunden Ausschau. Er konnte nicht sagen, ob das meiste Blut, das an dem Jarl haftete, dessen eigenes oder das der Feinde war. Mandreds Rüstung wirkte unversehrt. Eine lange Schramme lief über seine linke Wange. Doch der König der Fjordländer schien keine Schmerzen zu fühlen, sondern strahlte über das ganze Gesicht.

»Bist du verletzt, Mandred?«, fragte Nuramon seinen Freund, um sicherzugehen.

»Nur ein paar Kratzer«, entgegnete der Jarl.

Die Zwerge ließen eine Schar Elfen in den Schildkreis. Darunter waren Nomja und Daryll, die Anführerin der Alvemerer, die im Zentrum der Schlachtreihe dem Ansturm der feindlichen Reiterei standgehalten hatte. Sie führte Felbion am Zügel.

Nuramon war erleichtert. Mandred und Nomja lebten, und auch sein Pferd hatte die Schlacht überstanden!

Daryll reichte ihm die Zügel Felbions. »Hier ist dein Pferd! Es hat mir das Leben gerettet.« Die Anführerin erzählte, wie Felbion drei Feinde mit den Hufen niedergeschlagen habe, die ihr sonst den Todesstoß versetzt hätten.

Nuramon fuhr seinem treuen Ross durch die Mähne. »Du bist ja ein wahrer Held!« Felbion blickte scheinbar gelangweilt zur Seite.

Nuramon sah in die Runde. »Ich möchte euch allen danken.« Er wandte sich an Nomja. »Deine Bogenschützen sind die besten in Albenmark.« Zu Daryll sagte er: »Du warst für uns Elfen der Fels in der Brandung.« Dann kniete er sich zu Wengalf hinab. »Dir haben wir alles zu verdanken. Ohne dich hätten wir diesen Tag verloren.«

Wengalf winkte ab. »Nein, nein. Mandred gebührt die große Ehre!«

Nuramon schaute zu Mandred auf und lächelte. »Heute, mein mächtiger König, hast du dich unsterblich gemacht. Die Albenkinder werden deinen Namen auf immerdar rühmen.«

»Noch ist es nicht vorbei! Wer weiß, wie es an der Shalyn Falah steht! Komm! Lass uns rüberreiten!« Der Jarl warf einem seiner Mandriden den Kopf des feindlichen Anführers zu. Das Blut spritzte weit umher.

Ein Mann in der Rüstung eines Offiziers kam herbei und brachte Mandreds Stute. Der Jarl schwang sich aus dem Sattel und begrüßte sein Pferd. Als er aufsitzen wollte, fehlte es ihm an Kraft. Der Mann in der Offiziersrüstung half ihm rasch in den Sattel.

Nuramon sah sich um. Diese Krieger hier waren am Ende ihrer Kräfte. An diesem Tag würde keiner von ihnen mehr den Marsch zur Shalyn Falah schaffen. Und es wäre unklug, die Truppen hier abzuziehen, solange der Feind nicht gänzlich vernichtet war. »Nun, Mandred, wir werden wohl allein reiten müssen. Die Krieger sollen hier die Stellung halten.«

»Nun gut. Farodin kann unsere Hilfe bestimmt gut gebrauchen. Wenn die dort hören, dass wir die Feinde nicht nur aufgehalten, sondern in die Flucht geschlagen haben, dann wird sie das gewiss beflügeln.«

Nuramon grinste. »Nun gut, Mandred! Bete zu deinem Luth! Er hat uns heute wahrlich geholfen.« Er stieg auf Felbion und blickte den fliehenden Tjuredkriegern hinterher. Sie wären gewiss noch eine beachtliche Streitmacht gewesen, doch ohne ihren Kopf waren sie nur ein ungeordneter Haufen.

Als Nuramon sich an Mandreds Seite zur Shalyn Falah aufmachte, beschlich ihn ein beklemmendes Gefühl. Gewiss, die Brücke war noch nie eingenommen worden, und Farodin hatte mehr Erfahrung als sie beide zusammen. Und doch …

Während sie das Schlachtfeld passierten, jubelten Scharen von Kriegern ihnen zu. Nuramon sah seine Verwandten, die ihm zuwinkten und begeistert seinen Namen riefen. Die Mandriden reckten ihre Äxte und Schwerter in die Höhe und schrien: »Lang lebe Mandred, Jarl von Firnstayn!«

Als sie das Schlachtfeld hinter sich ließen, sagte Mandred: »Jetzt noch Farodin helfen, und dann mit zwei hübschen Mädels die Nacht verbringen!«

»Mit zwei?«, fragte Nuramon.

»Ja. Das war was gestern! Zuerst habe ich den beiden meinen …«

»Bitte, Mandred! Erspare mir deine Liebesabenteuer! Du findest nicht die Worte, die für Elfenohren angenehm klingen.«

»Du bist nur neidisch, weil ich gleichzeitig mit zwei …«

Nuramon lachte. »Halt ein, Mandred! Sprich nicht das aus, was bereits in aller Klarheit in meiner Vorstellung erwacht ist und mir jeden Gedanken an etwas Holdes verdirbt. Bitte!«

Mandred lachte. »Was weißt du schon von der Poesie einer Nacht zu dritt.«

»Lass uns lieber reiten«, schlug Nuramon vor. Diese Wortgeplänkel hatte er vermisst. Er wünschte sich, Mandred könnte ihn und Farodin begleiten. Doch es würde gewiss schwer werden, den Jarl aus dem Bett seiner beiden Geliebten zu reißen.

Sie galoppierten über das Grasland. Bis zur Shalyn Falah würden sie gewiss einige Stunden brauchen. Sie hatten etwa die Hälfte des Weges hinter sich gelassen, als Mandred sich ein wenig zurückfallen ließ. Als aber seine Stute unruhig wieherte, drehte Nuramon sich um. Sein Freund war im Sattel zusammengesunken!

Felbion stürmte der wiehernden Stute entgegen und kam neben ihr zum Stehen. Mit zitternden Händen berührte Nuramon seinen Gefährten und versuchte ihn aufzurichten. »Mandred!«, rief er.

Der Jarl schreckte auf und schaute sich unsicher um. Er taumelte und fiel dann aus dem Sattel.

Nuramon sprang vom Pferd und drehte ihn behutsam auf den Rücken.

Mandred schaute ihn aus angstgeweiteten Augen an und presste die Hand auf den Bauch. »Es ist wohl mehr als nur ein Kratzer«, flüsterte er und löste die Hand von seinem Körper. Die Brustplatte der Rüstung war unversehrt. Doch als Nuramon nach der breiten Bauchbinde griff, wurden seine Hände rot von Blut. Erschrocken zerrte er die Binde zur Seite und entdeckte ein rundes Loch in der Rüstung. Mit zitternden Händen löste der Elf die Schnallen der Brustplatte. Auch das gepolsterte Leinenhemd hatte sich mit Blut voll gesogen. Mit seinem Dolch zerschnitt Nuramon den zähen Stoff. Die Wunde in Mandreds Bauch war voller faseriger Kleidungsfetzen. Sie musste von der Kugel eines dieser unheimlichen Feuerrohre stammen. Vorsichtig tastete Nuramon nach Mandreds Rücken.

Die Kugel hatte den Körper nicht verlassen. »Hast du keine Schmerzen?«, fragte Nuramon.

»Nein«, sagte Mandred überrascht. »Mir ist nur so ... schwindelig.«

Mandred hatte viel Blut verloren, und er würde sterben, wenn nichts geschah. So legte Nuramon seine Hand auf die Verletzung und begann mit seinem Heilzauber. Er erwartete den Schmerz, und dieser kam auch, doch weit schwächer, als Nuramon angenommen hatte. Dann merkte er, dass sich die Wunde zwar unter seinen Fingern schloss, aber seine Magie nicht ins Innere von Mandreds Körper gelangte. Er bekam Angst. Der Schmerz verschwand, doch Mandred war nicht geheilt. Dass er die Bauchwunde verschlossen hatte, würde nicht helfen. Nun sammelte sich das Blut in Mandreds Leib, ohne ablaufen zu können. Der Tod würde ihn etwas langsamer ereilen, das war alles, was erreicht war. Noch einmal sammelte Nuramon all seine Kräfte. Doch wieder scheiterte er.

»Was ist das nur?«, fragte er sich. Irgendetwas störte seinen Zauber; etwas, das in Mandred war. Es konnte nur die Kugel sein. War es das letzte böse Geschenk des Devanthars an seine Gefolgsleute? Vielleicht konnten diese Schusswunden mit Elfenmagie nicht geheilt werden.

»Ich glaube, das ist das Ende, Nuramon«, flüsterte Mandred. »Und was für ein Ende das für einen Menschen ist!«

»Nein, Mandred!«

»Du warst mir immer ...« Seine Augen schlossen sich, und er atmete erschöpft aus.

Nuramon schüttelte den Kopf. So durfte Mandreds Leben nicht enden! Er tastete nach dem Puls seines Freundes. Er war noch da. Der Atem ging nur mehr schwach. Mit großer Mühe hob Nuramon den schweren Menschenkönig auf Felbion und setzte sich dann hinter ihn in den Sattel. Dann ritt er in Richtung des Heerlagers vor der Burg der Königin. Sie lag näher als die Shalyn Falah.

Er machte sich Vorwürfe. Es war seine Schuld, wenn Mandred nun stürbe. Er hatte in der Schlacht selbstsüchtig seine eigenen Wunden geheilt und gewiss zu viel Kraft dabei aufgewendet; Kraft, die ihm nun fehlte, da sie einen Freund retten sollte. Er würde es sich nie verzeihen, wenn Mandred wegen seiner Unfähigkeit sterben müsste.

Während er im Galopp voranpreschte, drang in der Ferne ein gleißendes Licht gen Himmel und verbreitete sich wie ein vielfach verästelter Blitz. War das der Beginn des Zaubers, auf den sie gewartet hatten? Nuramon wünschte sich, einen Hauch dieser Macht zu Mandreds Heilung gewinnen zu können. Im Augenblick des Triumphes traf das Schicksal ihn und seine Gefährten mit voller Wucht. Er konnte nur hoffen, dass es Farodin bei der Shalyn Falah nicht ähnlich erging.

DAS LETZTE AUFGEBOT

Sie hatten sich über die Mitte der Brücke zurückziehen müssen. Langsam verloschen die Flammen von Balbars Feuer. Auf dem Klippenweg standen hunderte von Ordenssoldaten, bereit für den letzten Angriff. Sobald das Feuer herabgebrannt war, würde der letzte Sturmlauf beginnen.

An Farodins Seite standen nur noch Orgrim und Giliath. Alle anderen Kämpfer der zusammengeschmolzenen Schar der Verteidiger hatten sich zur Festungsmauer jenseits der Brücke zurückgezogen.

Farodin sah verzweifelt zum Himmel hinauf. Bis zur Dämmerung würde es noch mindestens zwei Stunden dauern. So lange konnten sie die Brücke nicht halten. Eine Brise benetzte sein Gesicht mit Gischtwasser. Das Donnern der Wasserfälle hatte etwas Beruhigendes. Wie weiße Adern zogen sie sich die Felsen hinab. Das Sprühwasser ließ die Oberfläche der Brücke spiegelglatt werden. Die Shalyn Falah war gerade einmal zwei Schritt breit und sie hatte kein Geländer. An diesem Tag war Farodin den längst vergessenen Baumeistern dankbar für ihre seltsame Brücke. Mehr als drei Mann konnten hier nicht nebeneinander stehen. Und wer die Brücke betreten wollte, der musste schwindelfrei sein, oder er würde dem Ruf des Abgrunds nicht widerstehen.

»Heißt es nicht, man dürfte auf der Shalyn Falah kein Blut vergießen?«, fragte Orgrim. Der Troll musste schreien, um das Tosen des Wasserfalls zu übertönen.

Farodin blickte auf die blassrosa Flecken, die langsam vom Sprühwasser weggewaschen wurden. »Dieselbe Frage habe ich gestern Nacht Ollowain gestellt. Er meinte, der Stein der Brücke werde so schlüpfrig, dass man sie nicht mehr überqueren könne, wenn sie mit Blut benetzt sei. Ich habe aber auch von einer Prophezeiung gehört, in der es heißt, dass an dem Tag, an dem der weiße Stein der Shalyn Falah mit Blut besudelt werde, sich ewige Finsternis auf die Brücke senken werde.«

»Ich glaube, mir liegt eher die erste Geschichte«, murmelte der Trollfürst. Blut troff von seinem Verband am Arm. Dennoch hielt er den schweren Schild hoch, den er von einem Sterbenden genommen hatte.

Die Flammen des Feuers am Brückenaufgang schlugen nicht einmal mehr einen Schritt hoch. In die Truppen auf dem Steilweg kam Bewegung.

Ein Schuss krachte. Einige Schritt vor ihnen schlug eine Bleikugel auf den weißen Stein.

»Diese Idioten wollen einfach nicht wahrhaben, dass wir außerhalb der Reichweite ihrer Waffen stehen«, murrte Giliath. Sie zählte leise die Pfeile in ihrem Köcher.

Farodin wusste auswendig, zu welchem Ergebnis sie kommen würde. Dreizehn! Sie zählte die verbliebenen Geschosse mindestens schon zum zehnten Mal.

Am anderen Ende der Brücke warf ein Offizier einen schweren grauen Umhang über die Flammen und erstickte das Feuer. Soldaten mit Feuerrohren rückten vor.

Giliath hob den Bogen. Plötzlich lachte sie auf. Die Ordenssoldaten waren stehen geblieben. Sie winkten mit den Armen und versuchten die Krieger zurückzutreiben, die hinter ihnen kamen.

»Ihre Luntenschnüre und das Pulver sind nass geworden. Die Feuerrohre nutzen ihnen nichts mehr.«

Im Durcheinander am Ende der Brücke verlor einer der Schützen den Halt und stürzte mit einem gellenden Schrei in die Tiefe. Endlich zogen sich die Männer zurück. An ihrer Stelle kamen nun Schwertkämpfer.

Farodin ließ seine beiden Klingen wirbeln, um seine verspannten Armmuskeln zu lockern. Vorsichtig tastend prüfte der Elf noch einmal den schlüpfrigen Untergrund. Der Stein der Brücke war poliert. Ein falscher Schritt, eine unbedachte Bewegung, und er würde wie der Soldat vorhin in die Tiefe stürzen.

Ein gleißender Lichtstrahl zerteilte das Blau des Himmels

und zerfaserte dann plötzlich in hunderte Blitze. Doch kein Donner hallte über das Firmament. Farodin spürte, wie sich jedes Härchen an seinem Leib aufrichtete. Wo die Blitze verblassten, blieben feine schwarze Linien, so als wollte der Himmel zerbrechen.

Die Ordenssoldaten wurden unruhig. Manche von ihnen knieten nieder und begannen laut zu beten. Eine einzelne, klare Stimme erhob sich über alle anderen. Sie sang ein Lied von der Erhabenheit Tjureds, des Heilers allen Übels. Andere Stimmen fielen ein. Und schließlich sangen hunderte das Loblied des Gottes.

Schwarzer Nebel sickerte durch die Risse am Firmament.

Farodin wich ein wenig zurück. Der Zauber der Königin hatte begonnen. Keine zehn Schritte vor ihnen traf einer der Risse auf die Brücke. Der schwarze Nebel schoss nun in wirbelnden Kaskaden den Himmel hinab. So weit Farodin blicken konnte, spannten sich Risse über das Firmament.

Der Nebel fraß den Blick auf das jenseitige Steilufer. Schlagartig verstummte der Gesang. Mitten durch die Schlucht zog sich eine Wand aus wogender Finsternis. In weitem Bogen spannte sich die weiße Brücke und mündete nun in die Leere.

»Es ist also vollbracht«, sagte Orgrim ehrfürchtig.

Farodin schob sein Schwert zurück in die Scheide. Der Krieg war zu Ende. Doch er fühlte sich nicht wie ein Sieger.

DER FLIEGENFISCHER

Mandred lauschte dem Lied der Nachtigallen. Die kleinen Vögel saßen hoch über ihm im Geäst der beiden Linden. Eine leichte Brise ließ die Blätter rascheln. Neben sich hörte Mandred das Plätschern einer Quelle. Nuramon hatte Recht. Dies war der zauberhafteste Ort von Albenmark.

Sein Freund hatte ein Lagerfeuer entzündet und ihn in die Pferdedecken eingewickelt. Dennoch kroch die Kälte immer tiefer in seine Knochen, so wie damals, als er auf das Hartungskliff gestiegen war, um Firnstayn vor dem Manneber zu warnen. Ob wohl alles anders gekommen wäre, wenn er das Signalfeuer hätte entzünden können?

Nuramon hatte einen Boten zur Shalyn Falah geschickt und einen weiteren zur Königin. Mandred hatte sehen können, wie sich der Himmel verdunkelte. Der erste Zauber war also geglückt. Sein Volk war gerettet. Albenmark würde weiter bestehen. Seine Fjordländer würden sich eine raue, stürmische Küste suchen. Einen Ort, an dem es ein wenig so war wie in ihrer verlorenen Heimat. Fast die ganze Nacht vor der Schlacht hatte er im Zelt von Königin Gishild verbracht. Er hatte mit ihr gesprochen und versucht, den Traum von einem neuen Firnstayn an sie weiterzugeben. Er glaubte an ihre Kraft. Sie würde ihrem Volk eine gute Anführerin sein.

Mandred wandte den Kopf ein wenig zur Seite und beobachtete seinen Freund. Nuramon legte gerade einen Scheit Holz auf dem Feuer nach. Leuchtende Funken stiegen zum Nachthimmel auf. Die Flammen vertieften die Schatten in Nuramons Gesicht. Mandred musste lächeln. Sein Gefährte hatte ihm tatsächlich geglaubt, dass er die letzte Nacht mit zwei jungen, hübschen Fjordländerinnen verbracht hatte.

Nuramon blickte auf. Seine Augen leuchteten, als er das Lächeln bemerkte. »Woran denkst du?«

»An die beiden Frauen von letzter Nacht.«

Der Elf seufzte. »Ich glaube, ich werde euch Menschen niemals verstehen.«

Fast tat Mandred der Scherz Leid. Einen Augenblick lang war er versucht, dem Elfen die Wahrheit zu sagen. »Es tut mir Leid, dass ich euch bei eurer letzten Reise nun nicht begleiten kann.« Der Jarl spürte einen metallischen Geschmack im Mund. Es würde jetzt nicht mehr lange dauern. Er spürte keine Schmerzen. Seine Beine waren wie tot, er konnte sie nicht mehr bewegen. Und seine Fingerspitzen prickelten. »Sag keinem, dass es so eine kleine Bleikugel war, die mich umgebracht hat. Das ist kein Tod für einen Helden vom alten Schlag …«

»Du wirst noch nicht sterben!«, begehrte Nuramon auf. »Ich habe einen Boten zur Königin geschickt. Sie wird dich heilen können. Wir werden zusammen reisen. So wie wir es …« Er stockte. »So wie wir es fast immer getan haben.«

»Sei nicht zu streng mit Farodin. Er ist ein sturer Dickkopf, ja … Aber auch ein Freund, der ganz allein eine Trollburg angreifen würde, um dich …« Mandred seufzte. Das Reden schwächte ihn. »Wo ist meine Axt?«

Nuramon ging zu den Pferden und kam mit der Waffe zurück. Im Licht der Flammen leuchtete das Axtblatt golden. »Gib sie Beorn …« Mandred fielen die Augen zu. Er tauchte in die Finsternis. Ein Reiter kam auf ihn zu. Er hörte den Hufschlag, auch wenn es zu dunkel war, um etwas zu erkennen. Gar nichts konnte er sehen. Er hob die Hand. Nicht einmal sie war da. Der Boden erzitterte unter dem Hufschlag. Der Reiter musste jetzt ganz nahe sein, und noch immer konnte er ihn nicht sehen. Erschrocken schlug der Jarl die Augen auf. Neben ihm kniete Farodin. Der Elf wirkte gehetzt.

Farodin hielt seine Hand. »Ich hatte schon befürchtet, dass du gegangen wärst, mein Waffenbruder. Halte aus! Die Königin wird kommen.« Dem blonden Elfen standen Tränen in den Augen. Nie zuvor hatte er Farodin weinen sehen. »Deine neue Frisur steht dir gut, Krieger. Du siehst gefährlicher aus mit der Glatze.«

Mandred lächelte schwach. Er hätte den beiden gern etwas gegeben. Etwas zur Erinnerung. Aber er besaß nichts von Wert außer seiner Axt.

»Es war gut, mit euch geritten zu sein«, flüsterte er. »Ihr habt mein Leben reich gemacht.«

Wieder war undurchdringliche Dunkelheit um ihn herum. Mandred dachte an die goldenen Hallen der Götter. Hatte er sich einen Platz an der Seite der großen Helden verdient? Dort würde er Alfadas begegnen ... Es wäre gut, mit ihm Fliegenfischen zu gehen. Er hatte es dem Jungen nie richtig beibringen können. Ob es ein Land jenseits der Halle gab? Ein Land wie das Fjordland, mit schroffen Bergen und Fjorden voller Fische?

Er musste mit Luth reden! Kein Methorn mehr anzurühren konnte nicht auch in der Halle der Helden gelten!

Plötzlich verging die Kälte. Er stand in knietiefem, klarem Wasser. Silberne Salme zogen langsam über dem steinigen Grund dahin und schwammen gegen die Strömung flussaufwärts.

»Bist du endlich gekommen, alter Mann!«

Mandred blickte auf. Unter einer Eiche am Ufer stand Alfadas. Mit einem lockeren Schwung aus dem Handgelenk ließ er die Schnur von seiner Angel schnellen.

Nicht schlecht für einen Anfänger, dachte Mandred. Nicht schlecht.

DIE HEILIGE SCHRIFT DES TJURED

Buch 98: Vom Ende Albenmarks

Der weise Krieger Erilgar träumte eines Nachts von Tjureds Worten. Und diese geboten ihm, einen großen Angriff anzuführen. So stellte er gewaltige Heerscharen auf und führte sie gegen die Feinde. Doch siehe! Da standen sie nun, die Dämonenheere von Albenmark, und die Gläubigen Tjureds waren in der Unterzahl. Doch weil der Glaube in ihnen stark war, kämpften sie tapfer. Aber die Albenkinder sind seit jeher heimtückisch gewesen. Sie zauberten und ließen Steine vom Himmel regnen. Sie verhexten die Pferde der Gläubigen, auf dass sie sich vor den Feinden fürchteten. Und sie ließen ihre Toten auferstehen, damit sie nimmermehr besiegt würden. Und trotz alledem blieben die Gläubigen unter der Führung Erilgars stark.

Nun geschah es, dass Erilgar in Bedrängnis geriet, ihm Tjureds Antlitz erschien und der Heerführer an den göttlichen Lippen ablesen konnte, was zu tun war. So sprach er ein Gebet, rief seine Boten zu sich und befahl den Rückzug. Diesem Befehl widersetzten sich viele. Doch Erilgar sprach: »Hat mir Tjured nicht die Macht verliehen? Hat er mich im Gefüge nicht über euch gestellt?« Und doch glaubten viele, sie wären Tjured näher als Erilgar. So geschah, was geschehen musste.

Die Gläubigen hatten sich zurückgezogen, die Ungläubigen blieben und kämpften gegen die Albenkinder und die Verräter aus dem Fjordland. Und so begab es sich, dass an jenem Tage Tjured selbst vom Himmel herabkam und die ewige Finsternis über die Albenkinder legte. Ihr Land verschwand in einem dichten Nebel. Nur der Boden, auf dem die Gläubigen mit ihren Füßen standen, blieb zurück. Und nie wieder ward ein Alben-

kind gesehen, denn in der ewigen Finsternis erwarteten sie die Alben, die alten Dämonen. Und sie quälen ihre Kinder noch heute.

ZITIERT NACH DER SCHOFFENBURG-AUSGABE,
BD. 45, FOL. 123 R.

DIE LETZTE PFORTE

Es war Morgen. Am Waldrand waren Fjordländer und Albenkinder versammelt und schauten zu ihnen auf die Lichtung. Farodin und Nuramon standen vor dem offenen Grab ihres Freundes. Und sie waren von den Großen der Albenkinder umgeben: von Emerelle, Wengalf, Thorwis, Yulivee und Obilee. Auch Nomja und Giliath waren hier. Selbst Orgrim und Skanga hatten es sich nicht nehmen lassen, dem Menschenkönig die letzte Ehre zu erweisen. Von den Firnstaynern waren Beorn und die blasse junge Königin gekommen, die man auf einem Stuhl zum Rand des Grabes tragen musste.

Farodin und Nuramon blickten in die schmale Grube. Dort lag der Körper ihres Freundes. Er trug die Rüstung des Alfadas, und neben seinem Kopf waren die abgeschnittenen Zöpfe in das dunkle Erdreich gebettet. Nach dem Brauch der Fjordländer hatte man dem Toten Gaben ins Grab gelegt. Von den Firnstaynern hatte er Brot, Trockenfleisch und einen Krug voll Met bekommen, der mit einer Holzplatte abgedeckt war. Sie sagten, Mandred brauche die Wegzehrung, denn die goldenen Hallen der Götter lägen weit entfernt. Die Kentauren hatten ihm den besten Wein aus Dailos an die Seite gegeben. Von den Zwergen hatte er ein Fernrohr erhalten und von den Trollen einen roten Barinstein. Emerelle aber schenkte ihm eine Krone aus Gold und Silber, die ihm auf der Stirn saß und ihm einen Glanz verlieh, wie ihn gewiss kein Menschenherrscher je geboten hatte. Um seinen Hals trug Mandred zwei Ketten mit elfischen Amuletten der Freundschaft. Es waren Geschenke von Farodin und Nuramon. In Elfenrunen stand dort *Liuvar Alveredar* geschrieben, *Frieden für den Freund*. In Nuramons Amulett war ein Saphir eingelassen, in Farodins ein Diamant. Die Kobolde hatten diese Stücke in nur einer Nacht gefertigt.

Xern trat näher und gab vier Kriegern aus der Leibwache

der Königin mit einer unscheinbaren Geste ein Zeichen. Mit Speeren führten sie ein weißes Tuch aus Feenseide in die Tiefe und spannten es über den Körper des toten Königs. Dann kamen zwei weitere Wachen hinzu, und sie schaufelten das Grab zu. Dunkle Erde fiel auf das helle Seidentuch, und mit jeder Schippe Erde trat das Weiß der Feenseide zurück, bis das Tuch schließlich ganz mit Erde bedeckt war. Der Barinstein der Trolle leuchtete auf und war das letzte Licht, das zwischen der Erde hervordrang. Doch bald war auch dieses bedeckt.

Für Farodin war Mandred nun endgültig fort. Es hatte in seinem Leben nur einen Verlust gegeben, der ihm mehr Schmerzen bereitet hatte. All die Albenkinder, die gestern in der Schlacht gefallen waren, würden wie nach jedem großen Krieg wiedergeboren werden. Eine Zeit der Liebe würde all den Seelen neue Körper schenken. Doch Mandred und die anderen Menschen hatten ihr einziges Leben geopfert, um die Schlacht zu gewinnen. Das passte zu Mandred. Für einen Freund selbst bis in die Höhle der Trolle zu gehen!

Farodin lief eine Träne über die Wange, als er an all die Abenteuer dachte, die er mit Mandred erlebt hatte, angefangen bei der Elfenjagd, über die Suche nach Guillaume, den quälenden Weg durch die Wüste, die Befreiung der Elfen aus der Festung der Trolle, bis hin zu der letzten Schlacht um Albenmark. Als Jarl eines unbedeutenden Dorfs war er zum legendenumwobenen Ahnherrn der Königsfamilie des Fjordlands geworden und hatte seinem Volk den Pfad nach Albenmark gewiesen. Mandred war für die Fjordländer das, was die erste Yulivee für die Elfen von Valemas, was Wengalf für die Zwerge und Emerelle für die Albenkinder war. Er war immer wieder nach Firnstayn zurückgekehrt, während die Jahrhunderte verstrichen waren. Er hatte das Leben eines Albenkindes gelebt und war als Held gestorben. Zwar flossen Farodins Tränen, doch wenn er ehrlich war, dann hatte Mandred ein vollendetes Leben geführt.

Nuramon konnte Mandreds Tod nicht fassen. So lange er den toten Körper seines Freundes gesehen hatte, war ihm klar gewesen, dass sein Gefährte gestorben war. Doch nun hätte er sich am liebsten in die zur Hälfte gefüllte Grube gestürzt, um seinen Freund wieder auszuscharren. Ohne ihn in die Andere Welt zu gehen, schien ihm unvorstellbar. Er war ein guter Gefährte gewesen und sein bester Freund. Auch konnte er einfach nicht glauben, dass für die Menschen mit dem Tode alles endete. Sie lebten in Ungewissheit, und vielleicht war es das, was ihr Leben so wertvoll machte. Niemand wusste, was nach dem Tod mit ihrer Seele geschah. So musste jeder das Beste aus sich machen. Und Mandred hatte mehr erreicht als jeder andere Mensch. Selbst unter den Albenkindern gab es nur wenige, die auf ein solches Dasein zurückblicken konnten.

In den fast fünfzig Jahren, die Nuramon in Firnstayn verbracht hatte, war ihm bewusst geworden, wie sehr die Fjordländer Mandred verehrten. Sie sahen in ihm sowohl den glanzvollen Ahnherr als auch den bodenständigen Krieger, der sich nicht zu fein war, mit seinen Nachfahren ein derbes Trinklied anzustimmen. Nuramon musste an die Geschichten der Frauen am Firnstayner Hof denken, die er damals vernommen hatte. Mandred der Liebhaber! Das ließ ihn lächeln. Er erinnerte sich noch an jene Nacht, da er Mandred zum ersten Mal gesehen hatte. Er hatte gehört, dass der fremde Menschensohn die Frauen an Emerelles Hof mit anzüglichen Blicken bedacht hatte. Nuramon war deswegen gegen Mandred voreingenommen gewesen, weil er fürchtete, er könnte Noroelle auf die gleiche Weise ansehen. Doch kaum hatte er den rauen Nordmann erblickt und ihn reden hören, da hatte er nicht umhingekonnt, Gefallen an ihm zu finden. Und während er diesen Gedanken nachhing, beobachtete Nuramon, wie das Grab seines Freundes sich langsam füllte.

Als die Leibwachen der Königin ihre Arbeit getan hatten, wichen sie zurück. Xern trat nun ans Grab und öffnete seine Hand. Darin war eine Eichel, und Nuramon musste an die Worte Yulivees in der Nacht vor der letzten Schlacht denken.

Der Hofmeister sprach: »Dies ist die Eichel Atta Aikhjartos.

Auch im neu erblühten Albenmark wird er der Älteste unter den Seeleneichen sein, ebenso wie Mandred der älteste Mensch von Albenmark war.« Xern kniete sich ans Grab, und sein mächtiges Geweih beugte sich vor. Mit den Händen schuf er eine Mulde, in die er die Eichel Atta Aikhjartos legte. Dann füllte er die Mulde mit Erde. Nachdem er sich erhoben hatte, sagte er feierlich: »Hier wird sich die Seele des alten Eichenvaters mit dem Leib des großen Menschensohnes verbinden. In seiner Weisheit hatte Atta Aikhjarto Mandred einen Teil seiner Macht geschenkt, denn er sah diesen fernen Tag und wusste um das Schicksal des Menschensohns. Und er wusste, dass für seine Seele hier über Mandreds Körper ein neues Leben beginnen würde. Aikhjartos Wurzeln werden Mandred umfassen und das, was von dem Menschensohn zurückblieb, in sich aufnehmen. Ein neues Wesen wird entstehen. Und ihm soll diese Lichtung gehören. Der Albenstern hier ist fortan der des Mandred Aikhjarto.« Xern trat vom Grab zurück und blickte Farodin und Nuramon zuversichtlich an.

Emerelle kam nun vor, fasste die Hand der jungen Königin Gishild und sprach: »Mandred hat wie ein Albenkind gelebt und ist wie einer unserer Helden gestorben. Mit ihm wollen wir jeden Menschen fortan als Albenkind betrachten. Denn selbst die Weisesten unter uns kennen nicht euer Geheimnis. Wir wissen nicht, woher ihr kamt und wohin ihr gehen werdet. Doch mein Herz würde sich freuen, wenn das, was ihr Fjordländer die goldenen Hallen der Götter nennt, nichts anderes wäre als das Mondlicht. Und wenn dies die Wahrheit ist, dann wird Mandreds Seele uns alle eines Tages dort erwarten, auch wenn er seinen Körper hier zurücklassen muss.«

Nuramon kamen erneut die Tränen. Der Gedanke, Mandred im Mondlicht wiederzusehen, rührte ihn. Er glaubte fest daran. Eine Seele verschwand nicht einfach. Und auch wenn fast alle Albenkinder mit ihrem Körper, ja sogar mit dem, was sie auf dem Leib trugen, im Mondlicht verschwanden, so waren es doch ausgerechnet die beseelten Bäume, denen man nachsagte, dass sie ihren Körper zurückließen, um ins Mondlicht zu schweben. Nuramon glaubte daran, dass es Mandred ebenso ergehen würde.

Farodin blickte auf die Stelle, an der Xern die Eichel vergraben hatte. Er und Nuramon hatten sich oft gefragt, wie Atta Aikhjartos Magie Mandred verändert hatte. Nun, am Ende des Weges, hatten sie die Antwort erhalten. Mandred war seit dem Tag, da er nach Albenmark kam, mit Atta Aikhjarto verbunden. Sein Körper würde sich nun mit der Seele Aikhjartos verbinden.

Die Königin berührte Farodin und Nuramon an den Schultern. »Meine beiden treuen Freunde, es ist Zeit für den Abschied. Der Zauber schreitet voran, die Albenpfade in die Andere Welt werden schwächer. Noch habt ihr Zeit dazu, allen euer Lebewohl zu sagen. Kommt!« Emerelle fasste sie beide an der Hand und führte sie zwischen der Trauergemeinschaft hindurch in die Mitte der Lichtung zu den Pferden.

Farodin und Nuramon hatten in der Nacht über Felbion und den Braunen gesprochen und beschlossen, sie zurückzulassen. Die beiden Pferde waren ihnen treue Gefährten gewesen und hatten es sich verdient, in Albenmark zu bleiben. Also hatten sie die Dinge, die sie mitnehmen wollten, in große Leinentaschen gepackt, die sich bequem über der Schulter tragen ließen. Nun redeten sie den Tieren gut zu. Zu ihrer Überraschung sträubten sie sich nicht, sondern schwenkten den Kopf immer wieder zu Yulivee.

»Bei dir werden sie auch weiterhin gut aufgehoben sein«, sagte Nuramon zu der Zauberin und trat zu ihr, während Farodin zu seinen Verwandten ging. Sie trug rote Trauergewänder, wie sie in Valemas üblich waren; sie waren von weitem Schnitt und aus feinstem Tuch gewoben. »Wir müssen nun Abschied voneinander nehmen. Du bist mir eine gute Schwester gewesen, auch wenn unsere gemeinsame Zeit nur von kurzer Dauer war. Alles, was mir gehörte, ist nun dein. Du trägst mein Vermächtnis, Schwester.«

»Ich werde es mit Würde tragen«, entgegnete Yulivee und zeigte ihr schelmisches Lächeln. »Und ich werde eine Sage schreiben, *Die Sage des Elfen Nuramon*. Sie wird sehr schmeichelhaft sein. Es wird eine lange Erzählung sein, von deiner Geburt bis zu diesem Augenblick. Anschließend werde ich sie bei Hofe vortragen. Dann werden deine Taten und die deiner Gefährten auf ewig gerühmt.«

»Du warst schon als Kind eine gute Erzählerin«, entgegnete Nuramon.

Sie lachte. »Ich komme ganz nach meinem Bruder.«

Nuramon dachte an den Tag zurück, da er Yulivee zum ersten Mal begegnet war. »Ich frage mich, was aus dem Dschinn und den Hütern des Wissens geworden ist.«

»Die Menschen haben die Bibliothek vernichtet.«

Nuramon senkte den Blick.

Yulivee legte die Hand unter sein Kinn und hob seinen Kopf. »Habe ich dir die Geschichte von der mutigen Yulivee erzählt, die auszog, um in Albenmark die Seelen der Dschinnen und die der Hüter des Wissens zu finden? Habe ich das? Nein?« Sie grinste. »Ich fand sie alle und habe sie nach Valemas gebracht. Wir haben dort eine Bibliothek errichtet. Das alte Wissen ist nicht verloren. Eines Tages werden sie sich an ihr früheres Leben erinnern.«

Nuramon schloss sie in die Arme. »Du bist einzigartig, Yulivee. Leb wohl!«

Sie küsste ihn auf die Stirn. »Grüße Noroelle von mir.« Sie hob den Finger in ironischer Drohung. »Und halte dich von den Ordensrittern fern.«

»Das werde ich!«, versprach Nuramon.

Nomja trat näher. Sie trug hellblaue Kleider aus schwerem Stoff, so wie alle Alvemerer an diesem Tag der Trauer. Sie hielt seinen alten Bogen in Händen. »Du solltest ihn mitnehmen. Er wird dir gute Dienste leisten.«

Nuramon schüttelte den Kopf. »Nein, er mag dir ein Zeichen sein. Doch nur, wenn du es willst. Ich habe die Erinnerung an meine früheren Leben erreicht. Und du kannst es ebenso. Dann wirst du dich an unsere Zeit in der Menschenwelt erinnern. Der Tod, der dich dort ereilte, wird verblassen und dir gewiss heldenhaft erscheinen.«

»Und der Bogen soll ein Zeichen dafür sein?«

»Du musst ihn nie spannen. Bogen und Sehne sind immer eins, wie die Seele und das Leben.«

Nomja nickte langsam. »Ich verstehe … Der Weg zur Erinnerung ist lang. Aber ich werde ihn beschreiten, Nuramon.«

»Leb wohl, Nomja!« Er schloss sie in die Arme. »Du warst mir eine gute Kampfgefährtin und eine Freundin.«

»Nuramon!«, rief eine bekannte Stimme, und Wengalf kam mit Thorwis herbei. Der König trug eine goldene Plattenrüstung, der Zwergenzauberer seine schwarze Robe.

Nuramon ging in die Hocke und legte seinem alten Freund die Hand auf die Schulter. »Danke für alles, Wengalf.«

Die Augen des Königs funkelten. »Ich werde Alwerich von diesem Tag erzählen, wenn er wiedergeboren ist. Er wäre gewiss gerne dabei gewesen.«

»Sage ihm, dass ich ihm seine letzte Heldentat nie vergessen werde. Und sag Solstane, dass es mir Leid tut.«

»Das werde ich.«

»Kennst du nun das Geheimnis deiner Schwerter?«, fragte Thorwis.

»Ja. Emerelle hat mir alles erzählt. Und meine Erinnerung ordnet sich allmählich. Ich verdanke euch Zwergen, was ich heute bin. Lebt wohl in euren alten Hallen und vergesst mich nicht.«

Während Nuramon sich nun von seiner Sippe verabschiedete, traf Farodin auf Giliath. Die Kämpferin lächelte ihn an.

Sie hatten sich im Morgengrauen vor Emerelles Burg getroffen, und Giliath hatte das Duell gewonnen. Sie hatte ihm einen Schlag auf die Wange versetzt. Damit war der Kampf entschieden gewesen. »In Valemas ist es Brauch, einem Freund eine Bitte zu erfüllen, bevor man geht«, sagte sie.

»Was ist es?«, fragte er und lächelte zurück. »Wünschst du noch ein Duell?«

Sie schüttelte den Kopf. »Nein, diese Fehde ist endgültig ausgetragen … Wenn eines meiner Kinder ein Sohn sein sollte, darf ich ihm deinen Namen geben?«

»Wie viele Kinder gedenkst du denn zu bekommen?«

»Ein langer Krieg ist vorüber, Farodin. Das Sterben hat ein Ende. Es ist die Zeit des Lebens angebrochen. Unzählige Seelen wollen wiedergeboren werden.«

Ihr Lachen drang zu Nuramon. Er wandte sich um, und sein Blick fiel auf Obilee, die abseits stand, als wollte sie das Geschehen aus sicherer Entfernung betrachten. Auch sie trug das blaue Gewand der Alvemerer. Er trat zu ihr. »Möchtest du dich nur von ferne von mir verabschieden?«, fragte er.

»Es ist nur …«, begann sie leise. »Es tut mir Leid, was ich in jener Nacht gesagt habe. Ich hätte schweigen sollen. Den Augenblick, den du mir geschenkt hast, hätte ich nicht annehmen dürfen.«

»Sag das nicht, Obilee. Der Augenblick war dein, und es liegt nichts Schlechtes in ihm.« Er fasste ihre Hand. »Bewahre diesen Moment in deiner Erinnerung als etwas Schönes. Farodin und ich werden nun gehen. Eines Tages werden wir stark genug sein, Noroelle zu befreien. Mach dir keine Sorgen um uns, sondern erinnere dich stets daran, dass wir in der Anderen Welt abseits von allem Übel leben und an dich und all die anderen denken. Wir werden uns ausmalen, wie du einem vortrefflichen Elfen begegnest und dich in ihn verliebst. Und wir werden uns fragen, wie viele Kinder du haben wirst und ob sie ihrer Mutter nacheifern werden. Eines Tages werden wir dich im Mondlicht wiedersehen. Und dann werden wir von dir die Wahrheit erfahren.« Er umarmte sie innig.

»Ich danke dir«, flüsterte sie leise.

Gemeinsam mit Farodin trat Nuramon nun vor die Königin, die mit den anderen am Albenstern versammelt war. Dort lag ein flacher, runder Fels im Boden. In ihm liefen die Pfade zusammen.

Emerelle trug an diesem Tag ein grünes Kleid mit roten Stickereien. Sie empfing die beiden mit den Worten: »Meine beiden treuen Krieger, ich sehe, ihr habt euren Abschied genommen. Hier ist euer Tor, die letzte Pforte in die Andere Welt.« Neben der Königin auf der Felsplatte erschien ein Lichtfaden und schob sich zu einer breiten Wand auseinander, die sich vom einen Ende des Felsens zum anderen spannte. »Ihr beide werdet die Letzten sein, die von Albenmark in die Andere Welt gehen. Lebt wohl, meine Getreuen!« Sie stellte sich auf die Zehenspitzen und küsste sie beide auf die Stirn.

»Leb auch du wohl, Emerelle«, sagte Farodin. »Du warst uns eine gute Königin. Wir bereuen nicht, den Albenstein für all dies geopfert zu haben.« Er deutete zu den Baumkronen. »Albenmark zu verlassen und zu wissen, dass es auf immer blühen wird, beruhigt mich.«

Nuramon machte einen Kniefall vor Emerelle, fasste ihre Hand und küsste sie, wie es früher am Hofe üblich gewesen war. »Meiner Königin sage ich Dank, dass sie immer das tat, was das Schicksal verlangte.« Er richtete sich auf. »Der alten Kampfgefährtin aber möchte ich die Zeit in Ischemon danken.«

Farodin war über die Worte seines Gefährten verwundert. Gewiss, die Königin war einst in Ischemon gewesen, aber das lag so fern zurück, dass nur noch die Märchen davon erzählten.

Nuramon ließ sich nicht beirren. Er sprach weiter. »Ich danke dir für den Pfad, auf den du mich geführt hast und der nun Albenmark verlässt. Leb wohl, Emerelle!«

Die beiden Gefährten waren schon im Begriff, auf das Tor zuzugehen, als die Königin sich noch einmal an sie wandte. »Wartet noch einen Augenblick! Ich kann euch nicht gehen lassen … Nicht, ohne euch meine Entschuldigung mit auf den Weg zu geben.« Aus den Falten ihres Gewandes holte sie etwas hervor, das Farodin und Nuramon erstarren ließ. Es war ein Stundenglas, das fast völlig mit Sand gefüllt war!

Ein Raunen ging durch den Wald. Nuramon sah, dass allein Yulivee und Xern nicht überrascht zu sein schienen. »Ist es *das* Stundenglas?«, fragte Nuramon.

»Ja, es ist das, mit welchem ich Noroelle verbannte. Ich habe es an dem Stein zerschlagen. Viel des Sandes und auch die Scherben nahm ich mit mir zurück nach Albenmark. Ich versteckte alles tief unter meiner Burg; dort, wo ihr es nicht finden konntet. Ich wusste, der Tag würde kommen, da ich es euch geben wollte. Doch bis heute musste ich die kalte Königin sein, damit all das geschehen konnte, was geschehen ist.« Sie wandte sich an Farodin. »Gib mir den Sand aus deiner Silberflasche!«

Er holte das Fläschchen hervor, und Emerelle öffnete den Deckel des Glases. Farodin entleerte das Silberfläschchen über dem Stundenglas, und der feine Sand rieselte hinab. Dann steckte er das Fläschchen fort und sah zu, wie die Königin den Deckel wieder auf das Stundenglas setzte.

Emerelle sprach: »Es fehlt noch viel Sand. Doch ihr werdet den Rest nicht benötigen, um das Tor zu öffnen. Dies wird die Zauberbarriere brechen. Ihr beiden und Noroelle werdet die letzten Albenkinder in der Anderen Welt sein. Sucht euren Schicksalspfad. Doch handelt nicht töricht. Denn wenn ihr sterbt, werdet ihr nicht bei uns wiedergeboren. Das Mondlicht aber ist für euch in der Anderen Welt erreichbar. Strebt danach! Sucht eure Bestimmung!« Die Königin hielt Farodin das Glas hin.

Mit zitternden Händen nahm Farodin das Stundenglas entgegen. Er tauschte einen Blick mit Nuramon, der noch immer wie erstarrt war. »Wir danken dir, Emerelle!«, war alles, was Farodin hervorbrachte. Er warf einen letzten Blick zu Giliath und Orgrim, mit dem ihn nicht länger der Wunsch nach Rache verband. Sie lächelten ihm zu, und der Trollkönig winkte gar mit seinen gewaltigen Armen.

»Geht! Die Pfade in die Andere Welt sind fast verblasst. Ihr müsst jetzt aufbrechen, oder ihr müsst für immer bleiben.«

Nuramon legte Farodin die Hand auf die Schulter. »Komm!« Sein Gefährte blickte ihn an und nickte mit einem Schmunzeln. Dann schritten sie Seite an Seite voran ins Licht. Nuramon hatte sich vorgenommen, nicht mehr zurückzublicken, doch als er vom Licht umgeben war, konnte er nicht anders, als über die Schulter zu sehen. Da standen sie und lächelten ihnen zu: Emerelle und Yulivee, Obilee, Nomja, ihre Verwandten und Wengalf. An Mandreds Grab war Xern, der ihm würdevoll hinterherschaute. Nuramon wollte all diese Gesichter für immer im Gedächtnis behalten. Langsam verblasste die Lichtung hinter ihm, und damit verschwanden all jene, die er lieb gewonnen hatte. Zurück blieb nur das Weiß des Tores, durch das er schritt. Seine Augen würden Albenmark nie wiedersehen.

DAS MONDLICHT

Sie warteten auf die Ebbe. Farodin saß an einen Baum gelehnt, Nuramon auf dem Stein, an dem die Königin einst das Stundenglas zerschlagen hatte. Und beide ließen sie die zurückliegenden Jahre an sich vorüberziehen.

Farodin dachte an das letzte Mal, da er Noroelle gesehen hatte. Sie war so ängstlich gewesen und hatte gefürchtet, ihnen könnte etwas geschehen. Wer hätte damals schon geglaubt, dass sie es war, der etwas zustoßen könnte?

Nuramon blickte weit zurück auf die Anfänge seines Daseins, das so viele Leben gesehen hatte. Er erinnerte sich daran, ein Kampfgefährte der Königin gewesen zu sein, der Vater von Gaomee und der Freund Alwerichs und Wengalfs. Doch nichts bedeutete ihm mehr als dieses Leben. So glänzend manche der früheren Ereignisse auch schienen, nichts konnte ihn so sehr berühren wie die letzten Jahre.

Farodin strich mit der Hand über das Stundenglas, das neben ihm ruhte. »Wir waren so wenige Jahre unterwegs, und doch erscheint es mir wie eine Ewigkeit«, sagte er leise.

Nuramon lächelte. »Ich habe fünfzig Jahre auf dich und Mandred gewartet. Für mich war es eine viel längere Zeit, als du glaubst.«

»Mandred!«, sprach Farodin und ließ den Blick ins Leere fahren. »Ob die Königin Recht hat mit ihrer Vermutung?«

»Ich glaube, Mandreds Seele ist wie die eines Baumes ins Mondlicht gegangen. Ich wünschte, er wäre hier, am Ende unseres Weges. Ich vermisse ihn ... und sein loses Mundwerk.« Nuramon würde nie vergessen, wie Mandred seinen Sohn Alfadas mit Axtübungen gequält hatte oder wie er in Iskendria den Weinkeller in Beschlag genommen hatte.

Nuramon seufzte und starrte ins Wasser. »Ich habe Angst. Was wird uns drüben erwarten?«

»Ich weiß es nicht«, entgegnete Farodin. »Ich kann nur hoffen, dass Noroelle nicht zu sehr gelitten hat, sondern ihr wundervolles Wesen den Ort jenseits des Tores zum Blühen gebracht hat.« Er hatte sich manches Mal ausgemalt, wie Noroelle wohl in ihrer kleinen Scherbe der Zerbrochenen Welt lebte. Gewiss wartete sie nicht auf sie, sondern hatte sich mit ihrer Lage abgefunden.

Nuramon starrte auf die Muscheln und dachte an das letzte Mal, da sie beide dort gestanden hatten. Sie waren jämmerlich an der Macht der Barriere gescheitert. Nun aber würde sie nichts mehr aufhalten.

»Es ist Ebbe!«, sagte Farodin und erhob sich.

Nuramon nickte und stand ebenfalls auf.

Sie gingen über den welligen Sand zu den Muscheln und verharrten dort lange. Nun, da sie so weit gekommen waren, hatten sie es nicht eilig, den Zauber zu wirken. Für Noroelle waren mehr als tausend Jahre vergangen. Was bedeutete da dieser eine Augenblick der Ruhe!

Schließlich tauschten die beiden Elfen einen Blick und machten sich ans Werk. Farodin legte das Stundenglas in den Muschelkreis. Dann fragte er: »Du oder ich?«

Nuramon reichte Farodin als Antwort seine Hand.

Farodin nickte. Sie würden das Tor gemeinsam öffnen.

Sie schlossen die Augen, und jeder sah auf seine Weise den Albenstern. Der Pfad nach Albenmark war für immer erloschen. Als sie den Zauber woben, spürten sie, dass Emerelles Barriere verschwunden war. Sie hatten so oft Tore geöffnet, dass es ihnen nicht schwer fiel, auch dieses aufzutun. Doch es war nicht das Gleiche. Nur um dieses eine Tor war es ihnen in all den zurückliegenden Jahren gegangen. Endlich gab es nichts mehr, was sie von ihrer Liebsten trennte.

Als sie die Augen öffneten, sahen sie das Lichttor vor sich. Und wieder zögerten sie beide.

Nuramon schüttelte den Kopf. »So ein schwieriger Weg, und nun soll es nur einen Schritt kosten, und wir haben unser Ziel erreicht?«

Farodin fühlte dasselbe. »Lass uns Seite an Seite gehen … Freund.«

»Ja … Freund«, entgegnete Nuramon.

Gemeinsam schritten sie durch das Tor und hatten das Gefühl zu fallen. Dann aber spürten sie unter den Füßen den welligen Meeresgrund. Doch statt im Wasser standen sie im knöcheltiefen Nebel. Vor ihnen lag eine grüne Insel, die von dem Nebelmeer umgeben war, das weit in der Finsternis verschwamm. Auf der Insel war ein Wald, dessen Bäume mit Moos überwuchert waren. Leises Vogelgezwitscher drang bis ins Watt. Ein grünliches Licht lag über dem Wald, das wie ein dünner Schleier unter den Baumwipfeln im Wind zu schweben schien.

Langsam näherten sich Farodin und Nuramon der Insel. Ihre Schritte plätscherten auf feuchtem Boden.

Nuramon atmete tief ein. »Dieser Duft!«

Farodin wusste sogleich, was Nuramon meinte. Es duftete wie an Noroelles Quelle. »Sie ist hier!«, sagte er.

Kaum hatten sie die Füße auf den Sand des Strandes gesetzt, da vernahmen sie eine Stimme, die ein verträumtes, melancholisches Lied sang. Es war Noroelles Stimme! Wie oft hatten sie des Nachts unter freiem Himmel im Gras gesessen und dem Gesang ihrer Liebsten gelauscht.

Obwohl sie Noroelle in der Nähe wussten, gingen sie nicht schneller, sondern taten bedächtig Schritt um Schritt und sahen sich dabei um. Sie hatten zwar Vögel gehört, doch sehen konnten sie keine. Aus dem grünen Licht über ihnen senkten sich hauchdünne Nebelschwaden und verliehen dem Wald eine Aura des Geheimnisvollen. Die Bäume hier standen so dicht beieinander, dass ihre Wurzeln sich verschränkten. Knorrig ragten sie aus dem Erdreich hervor.

Sie kamen dem Gesang immer näher. Als sie schließlich an den Rand einer kleinen Lichtung traten, erstarrten sie in der Bewegung. Dort vor ihnen saß Noroelle auf einem weißen Stein. Sie wandte ihnen den Rücken zu und schien in den kleinen Teich zu ihren Füßen zu schauen. Ihr dunkles Haar fiel ihr weit über die Schultern. Es war gewachsen, seit Farodin und Nuramon sie zuletzt gesehen hatten.

Farodin war gebannt. In seinen Ohren hatte sich der Gesang verändert. Zwar war ihre Stimme noch die gleiche, doch sang sie die Melodie, wie Aileen es gern getan hatte, wenn sie sich allein wähnte. Sie sang ein paar Verse und summte dann nur noch die Melodie.

Endlich waren sie angekommen. Allein dieser Augenblick war ihnen all die Mühen und Nöte wert. Farodin fiel die Last eines ganzen Lebens von den Schultern.

Nuramon war es, der es wagte, das Wort an Noroelle zu richten. Er sprach: *»O schau nur, holdes Albenkind!«*

Noroelle fuhr zusammen. Eine Stimme, die sie nicht herbeigezaubert hatte? Sie lauschte, aber da kam nichts weiter. Doch dann spürte sie, dass da jemand war. Sie erhob sich. Und als sie sich umwandte, traute sie ihren Augen nicht. »Bei allen Alben! Ist das ein Trugbild? Ein Zauber meiner Sehnsucht? O süße Sehnsucht! Welch ein Geschenk!«

Farodin und Nuramon traf es wie ein Blitz, das wunderschöne Antlitz ihrer Geliebten wiederzusehen. Sie hatte sich nicht verändert. Sie sah noch aus wie an jenem Tag, da sie sich von ihr hatten trennen müssen, um auf die Jagd nach dem Manneber zu gehen. Sie trug ein weißes Kleid und um den Hals eine Kette aus geflochtenem Gras, in die ein Aquamarin eingefasst war.

»Du irrst dich, Noroelle«, sagte Farodin mit weicher Stimme. »Wir sind es selbst!«

»Wir sind gekommen, um dich zu befreien«, setzte Nuramon nach.

Noroelle schüttelte ungläubig den Kopf. Das war nicht möglich! Die Königin hatte ihr vor all den Jahren klar gemacht, dass es keine Hoffnung gab. Und nun sollten ihre Liebsten doch einen Weg zu ihr gefunden haben? Ängstlich näherte sie sich den beiden, dann hielt sie inne und starrte die beiden lange an, ehe sie die zitternden Hände nach ihnen ausstreckte. Sie fuhr ihnen übers Gesicht und hielt dabei den Atem an. Ihr

Blick wanderte zwischen ihren Händen hin und her. Sie konnte einfach nicht glauben, dass sie wahrhaftig die Gesichter ihrer Liebsten berührte. Sie strich Nuramon durch die einzelne weiße Strähne in seinem Haar. Er hatte sich verändert. Farodin aber sah genauso aus wie damals.

»Was habt ihr auf euch genommen, um hierher zu gelangen?« Sie ließ von ihren Liebsten ab und wich einen Schritt zurück. »Welche Schrecken habt ihr hinter euch gelassen, um mich zu retten?« Sie begann zu weinen.

Nuramon und Farodin fassten ihre Hände, wagten es aber nicht, etwas zu sagen. Sie schauten Noroelle nur an, und es schmerzte sie, ihre Tränen fließen zu sehen.

»Verzeiht«, sagte die Elfe. »Ihr seid zu mir gekommen, und ich weine, als wäre es ein Verhängnis.« Sie lächelte gequält. »Aber versteht, dass ich nie und nimmer ...«

Nuramon legte sanft einen Finger auf ihren Mund. »Wir verstehen dich, Noroelle!«

Sie küsste Nuramons Hand und danach auch die Farodins. Dann lächelte sie befreit. »Führt mich hinaus in die Andere Welt, meine Liebsten! Bringt es zu Ende!«

Farodin und Nuramon nahmen Noroelle in die Mitte und schritten langsam durch den Wald.

Plötzlich blieb Nuramon stehen.

»Was ist mit dir?«, fragte Farodin.

Nuramon schaute Noroelle in die Augen. »Unsere Suche ist am Ende.« Langsam zog er das Schwert der Gaomee. »Diese Waffe trage ich seit jener Nacht vor dem Auszug der Elfenjagd. Sie hat mich unsere ganze lange Reise begleitet. Doch nun beginnt ein neuer Weg.« Er stieß die Waffe in den Boden. Dann kehrte er an die Seite von Noroelle und Farodin zurück, und sie gingen weiter, dem Albenstern entgegen.

Noroelles Blick wanderte zwischen ihren beiden Liebsten hin und her. So viel Zeit war vergangen, und doch erschien es ihr so, als hätten sie alle drei vor kurzem noch an ihrem See im Schatten der Linden gesessen.

Nuramon konnte sein Glück kaum fassen. Seine Liebste

nach all den Jahren wieder zu berühren, ihre Stimme zu hören, ihr Antlitz zu sehen und ihren Duft zu atmen! Auch wenn er fest daran geglaubt hatte, eines Tages hier zu sein und genau das erleben zu dürfen, was nun geschah, war ihm plötzlich so, als könnte dies nur ein Traum sein.

Farodin musste daran denken, wie unterschiedlich er und Noroelle die Zeit erlebt hatten. Für ihn waren nur wenige Jahre vergangen, für Noroelle Jahrhunderte. Es hätte ihn nicht gewundert, wenn sie sich verändert hätte. Doch zu seiner Überraschung hatte er das Gefühl, dass sie noch immer dieselbe war wie damals beim Abschied vor der Elfenjagd.

Sie verließen die Insel, schritten durch das Nebelmeer und erreichten den Albenstern. Nuramon und Farodin wollten gerade das Tor wieder öffnen, da hielt Noroelle ihn zurück. »Lasst mich diesen Zauber sprechen.« Sie erinnerte sich an das letzte Mal, dass sie es getan hatte. Damals war sie mit ihrem Sohn in die Menschenwelt geflohen.

Farodin und Nuramon traten zurück und betrachteten ihre Liebste. Die Fauneneiche hatte ihnen viel von den Künsten Noroelles erzählt.

Sie schaute auf. Eine Sonne gab es hier nicht. Sie war auf sich allein gestellt. So schloss sie die Augen, sah die Albenpfade und ließ ihre eigene Zauberkraft in deren Strom einfließen. Sie konnte spüren, wie sich die Magie auf den Pfaden in der Umgebung verbreitete. Dann schlug Noroelle die Augen auf und lächelte.

Farodin und Nuramon waren verwundert, als sie merkten, wie alles um sie herum sich wandelte. Es wurde heller, der Nebel schwand, und der Boden verformte sich leicht. In der Ferne drangen die Wälder und die Berge aus der Finsternis, und die Insel im grünen Licht verwandelte sich in die Insel der Menschenwelt. Der Himmel wurde dunkelblau. Es dämmerte, und die Sterne gingen auf. Nuramon und Farodin standen da und staunten. So mächtig war der Torzauber ihrer Liebsten!

Noroelle atmete die Luft tief ein. »Es ist wunderschön.« Sie sah das Stundenglas, das im Muschelkreis stand, nahm es auf und ging voraus zur Insel. Am Stein blieb sie stehen und schaute zum Albenstern zurück. »Hier stand die Königin, als sie das Tor öffnete und mich fortschickte.« Sie zerschlug das Stundenglas an dem Stein. Das Glas zerbrach, und der Sand verteilte sich. »Nun schließt sich auch dieser Kreis.« Sie deutete zum Wald. »Dort auf der kleinen Lichtung hat Emerelle mir gesagt, dass ich jede Hoffnung vergessen soll. Ich würde alles verlieren, selbst das Mondlicht. Und sie hat es so liebevoll gesagt, als wäre nicht sie es, die das Urteil über mich sprach. Lasst uns dort hingehen!« Sie schritt voran. Ihre Liebsten nahmen die Taschen auf, die am Waldrand lagen, und folgten ihr.

Sie erreichten die Lichtung auf der anderen Seite der Insel. Hier hatten Farodin und Nuramon mit ihren Gefährten vor langer Zeit ein Lager aufgeschlagen. Nichts erinnerte mehr daran.

»Lasst uns hier sitzen«, sagte Noroelle. Sie fasste ihre Liebsten bei den Händen, und gemeinsam ließen sie sich im hohen Gras nieder. »Erzählt mir alles, was ihr erlebt habt. Alles. Ich möchte es wissen.«

Nuramon holte zwei Barinsteine aus seiner Tasche, die ihm Wengalf letzte Nacht geschenkt hatte, und legte sie ins Gras. Er sah Farodin fragend an, und dieser nickte. Dann begann er mit den Worten: »Als wir durch das Tor bei Atta Aikhjarto schritten und in die Andere Welt kamen, da erkannte ich, wie sehr sich diese Gefilde von unserer Heimat unterscheiden. Die Luft war trübe, und die Dinge schienen auf den ersten Blick nicht zueinander zu passen. Wir fanden die Spur des Mannebers, und als die Nacht kam, da lagerten wir in einem Wald. Und dort begann das Verhängnis …«

Farodin lauschte den Worten Nuramons und wurde ganz in ihren Bann geschlagen. Sein Gefährte besaß eine Erzählstimme, die mit keiner anderen zu vergleichen war. Er beneidete ihn ein wenig darum. Nuramon schreckte nicht davor zurück, Noroelle die Geschehnisse und Gräuel jener Nacht in allen Einzelheiten zu beschreiben. In Noroelles Gesicht konnte Farodin lesen, wie nahe ihr die Erzählung ging. Sie umfasste den Aquamarin, den sie an der geflochtenen Kette trug, und immer wieder stockte ihr der Atem. Die Erzählung von Farodins Heilung durch Nuramons Hände ließ sie zittern. Und Farodin spürte, wie sehr sein Herz klopfte. Er hatte diese Geschichte so noch nie aus dem Munde seines Gefährten vernommen. Als er von der Rückkehr nach Albenmark sprach und von Obilee und ihrem Empfang auf der Terrasse, fragte Nuramon, wie Farodin diesen Moment wahrgenommen hatte. Und fortan wurde ihre Geschichte ein Wechselspiel zwischen den beiden Gefährten.

Noroelle hing an jedem Wort, das ihre Liebsten sprachen. Sie lösten einander bald so harmonisch ab, als hätten sie in den letzten Jahrhunderten Tag für Tag ein großes Epos gelernt. Wenn sie von den Leiden erzählten, standen ihr die Tränen in den Augen. Wenn sie von den Eskapaden Mandreds erzählten, da musste sie lachen, selbst wenn sie derb waren und ihre Geliebten Wörter in den Mund nahmen, die sie früher wohl schockiert hätten. Sie erzählten bis spät in die Nacht hinein.

Nuramon endete mit den Worten: »Die Königin sagte uns, wir drei wären die letzten Albenkinder in der Anderen Welt. Dann schritten wir durch das Tor. Der Pfad nach Albenmark löste sich auf, und mit dem Schritt in die Zerbrochene Welt endete unsere Suche. Und das ist die Geschichte von Noroelle der Zauberin, von Farodin dem großen Recken, von Nuramon der alten Seele und von Mandred Torgridson, dem Menschensohn.«

Sie schwiegen lange und sahen einander an.

Noroelle wünschte sich, dieser Augenblick könne ewig währen. Sie ließ die Geschehnisse, die ihre Liebsten geschildert hatten, noch einmal an sich vorüberziehen. »Ich wünschte, ich könnte Mandred danken! Ich habe ihn nur so kurz gesehen, aber eure Worte haben ihn auch zu meinem Gefährten gemacht. Vielleicht steht den Menschen das Mondlicht tatsächlich offen. Und ihr, meine beiden, ihr habt mehr getan, als irgendwer von euch erwarten konnte. Ich gab euch die Steine, um euch von dem Devanthar zu schützen. Nie und nimmer hätte ich erwartet, dass ihr nach mir suchen und mich befreien würdet.« Sie strich sich eine Haarsträhne aus dem Gesicht. »Ich freue mich für euch, denn ihr werdet in Albenmark auf immer Helden sein. Besonders für dich freue ich mich, Nuramon. Du hast deine Erinnerung gefunden, und nun weißt du, was ich immer gespürt habe: dass du mehr bist, als du scheinst. In all den Jahren in meiner kleinen Welt habe ich gelernt, in mich hineinzublicken. Und auch ich bin mehr, als ich scheine. Denn auch ich trage die Seele einer gestorbenen Elfe in mir.«

Damit hatte Nuramon nicht gerechnet. »Auch du erinnerst dich an deine früheren Leben?«

»Ja. Früher hieß ich Aileen. Wie so viele starb ich in den Trollkriegen bei der Shalyn Falah. Dolgrim, der Herzog der Trolle, hat mich einst erschlagen.«

Farodin wich den Blicken Noroelles aus. Seine Liebste erinnerte sich an ihr früheres Leben! Dann musste sie sich auch an ihn erinnern.

Noroelle strich Farodin über die Wange. »Warum hast du es mir nicht gesagt? Warum hast du nicht gesagt, dass ich die Seele Aileens in mir trage?«

»Ich wollte nicht, dass du mich wegen einer alten Verpflichtung liebst.«

»Dann hast du aus dem richtigen Grund geschwiegen … Ich habe dir damals die ewige Liebe versprochen. Doch ich war Aileen, und als Noroelle habe ich euch beiden neue Versprechen gegeben. Ich habe euch gesagt, dass ich meine Entscheidung treffen würde, wenn ihr von der Elfenjagd zurückkehrt. Und dann habe ich sie offen gelassen, weil ich dachte, ich würde euch nie wiedersehen. Ich wünschte, ich könnte euch beide wählen. Und nun, da wir die einzigen Albenkinder in dieser Welt sind, wäre das gewiss ein kluger Pfad. Doch mir ist offenbar geworden, wem mein Herz gehört und was geschehen wird, wenn ich mich zu ihm bekenne.«

Farodin wurde unruhig. Sie hatten sich so lange um Noroelle gesorgt, dass ihre Entscheidung für eine Weile unwichtig geworden war. Doch nun kehrten sie auf ihrem Pfad dorthin zurück, wo sie damals am Beginn der Elfenjagd gestanden hatten. Und es gab jetzt keine Geheimnisse mehr zwischen ihnen. Nun würde sich entscheiden, ob seine Suche nach Aileen und dann die Suche nach Noroelle, ja, ob sein ganzes Leben Früchte trug.

Nuramon war noch immer überrascht, dass Farodin Noroelle als Aileen kannte. Er musste an den Streit in Iskendria denken, wo er Farodin viele Vorwürfe gemacht hatte, weil er sich Noroelle lange Zeit nicht hatte offenbaren können. Nun verstand er, warum sein Gefährte es so gehalten hatte.

»Ich sehe, wie sehr euch meine Worte aufwühlen«, sagte Noroelle. »Ihr beide hättet eine erfüllte Liebe verdient. Wer wäre jemals so weit gegangen wie ihr? Welche Minneherrin hat jemals einen solchen Dienst empfangen? Doch ich kann nicht aus Dankbarkeit lieben.« Sie fasste Farodins Hand. »Du bist der Mann, den ich einst liebte, als ich Aileen war. Du warst alles, wonach ich mich damals sehnte. Doch ich bin schon seit langem Noroelle. Und Noroelle ist viel mehr, als Aileen einst war. Betrachte mich wie eine Elfe, die sich über die Jahrhunderte verändert hat und nicht dieselbe geblieben ist. Selbst du hast dich verändert, seit wir uns bei der Elfenjagd verabschiedeten. Du versteckst deine Gefühle nicht mehr.« Nun nahm sie Nuramon bei der Hand. »Und du bist gewachsen, wie ich es mir immer gewünscht habe. Wie ich selbst bist du so viel mehr als damals. Ich kann begreifen, wie du dich fühltest, als die Erinnerung emporkam … Die Frage ist: Waren Farodin und ich damals füreinander bestimmt? Oder hatten wir bereits unsere Zeit? Und war Aileen die Liebste Farodins, und ist Noroelle die Liebste Nuramons? Ich kenne die Antwort. Nach all diesen Jahren, die für mich vergangen sind, sollt ihr sie hören.«

Sie schaute sich auf der Lichtung um. »Hier hat mir die Königin offenbart, dass einer von euch mein Schicksal ist. Sie sagte mir: *Wen auch immer du gewählt hättest, mit ihm wärst du ins Mondlicht gegangen. Doch dies wird nun nimmermehr geschehen.* Ich weiß nicht, ob die Königin damals schon wusste, wie es enden würde. Doch nun seid ihr hier, und das, was mir verwehrt schien, kann nun geschehen. Ich habe meine schwere Wahl getroffen. Du bist es …«

Sie blickte Farodin an, und dieser wusste nicht, ob das gut oder schlecht war. *Du bist es!* War er nun derjenige, den sie erwählt hatte, oder der, den sie abwies? Sein Herz pochte.

»Wir waren füreinander bestimmt, vom ersten Tag an«, setzte Noroelle nach. »Wir werden Hand in Hand ins Mondlicht gehen.«

Eine schwere Last fiel von Farodin ab. Dies war der Augenblick, auf den er sein Leben lang gewartet hatte. Ihm kamen die Tränen. Er schaute zu Nuramon und sah den leeren Blick seines Gefährten.

Noroelles Worte hallten in Nuramons Gedanken nach. Sie würde mit Farodin ins Mondlicht gehen? Und er würde hier allein zurückbleiben, auf immer von Albenmark getrennt? Er würde gefangen sein in einer riesigen Welt. Seine Gefühle übermannten ihn. Verzweiflung und Angst trieben ihm die Tränen in die Augen.

Noroelle trat zu ihm und legte ihm die Hand auf die Schulter. »Es tut mir Leid, Nuramon«, sagte sie leise.

Es fiel ihm schwer, sie anzuschauen. Als er aber aufblickte und in ihre blauen Augen sah, kehrten all die Erinnerungen an die Tage an ihrem See zurück. Er hatte zwanzig Jahre mit ihrer Zuneigung gelebt, und er hatte seine Liebste gemeinsam mit Farodin gerettet.

Noroelle wischte ihm die Tränen fort. »Ich bin nicht dein Schicksal, Nuramon. Ich bin nicht dein Weg ins Mondlicht. Ich liebe dich, wie ich Farodin liebe. Doch du bist nicht meine Bestimmung. Und es schmerzt mich zu wissen, dass du diesen ganzen Weg auf dich genommen hast, um am Ende allein dazustehen. Du hast mir von Obilee erzählt. Und ich danke dir für den Augenblick, den du ihr geschenkt hast, und für die süßen Worte, die du für sie gefunden hast. Es ist wie ein Dolch in meinem Herzen, zu wissen, wie sehr sie dich liebt und vermisst. Nun trennen euch Welten, die nie wieder zusammenfinden werden. Und das alles meinetwegen! Das kann ich nie wieder gutmachen.«

Nuramon strich Noroelle durchs Haar. »Das hast du bereits getan. Allein dich noch einmal sehen zu dürfen war alles wert, was ich durchlebt habe.«

»Du musst auf dem Pfad gehen, der nur dir bestimmt ist. Schau in dich hinein! Dann wirst du sehen, dass es dein Schicksal ist, durch die Jahrhunderte zu wandern. Nicht wir drei sind die letzten Albenkinder in dieser Welt, sondern du wirst es sein.«

Sie küsste ihn und streichelte ihm über die Wangen. Dann hauchte sie: »Bald werde ich nur noch Erinnerung sein, genau wie alles andere.« Sie küsste ihn erneut. »Ich liebe dich. Vergiss das nie, Nuramon!«

Sie löste sich von ihm und wandte sich an Farodin. »Du hast so lange auf mich gewartet«, sagte sie. »Und nun bin ich erwacht und erinnere mich an alles, was einst gewesen ist.« Sie schaute auf. »Da! Das Ende ist nahe! Der Mond scheint hell! Und ich spüre, wie er uns ruft, Farodin. Es ist Zeit, Abschied zu nehmen. Komm!« Sie fasste ihn bei den Händen und zog ihn auf die Beine.

Nuramon erhob sich ebenfalls. Nun wusste er, wie sich Obilee gefühlt hatte. Auch er hatte ihr gesagt, sie sei nicht seine Bestimmung. Und sie hatte ihn gehen lassen. Das Gleiche musste er nun tun.

Farodin trat mit Schuldgefühlen vor Nuramon. Obwohl er am Ziel seines Lebens war, schmerzte es ihn, seinen Freund so traurig zu sehen und einsam zu wissen. »Ich wünschte, es müsste nicht hier und jetzt enden. Ich wünschte, wir hätten ein Jahrhundert, in dem wir drei dieses Land dort draußen erkunden könnten.«

»Schau dir Noroelle an«, entgegnete Nuramon. »Und dann sage mir, dass du dir irgendetwas anderes wünschst als das, was euch bevorsteht.«

»Du hast Recht. Doch ich werde dich vermissen.«

Nuramon reichte Farodin die Hand zum Kriegergruß.

Farodin schlug ein. »Leb wohl, Nuramon! Denk immer daran, was uns verband.«

»Ich werde es niemals vergessen«, erwiderte er.

»Wir werden uns einst im Mondlicht sehen. Da werden Noroelle und ich auf dich warten. Und ich hoffe, Mandred ist bereits dort.«

Nuramon musste schmunzeln. »Wenn es so ist, dann sage ihm, dass seine Tat die Firnstayner zu Albenkindern machte.«

Sie umarmten sich.

Dann kam Noroelle und schloss ihrerseits Nuramon in die Arme. »Eine Reise endet hier, eine neue beginnt. Für uns alle! Leb wohl, Nuramon!«

Noroelle und Farodin küssten sich, und Nuramon bemerkte, wie sich etwas veränderte. Er wich zurück und betrachtete seinen Freund und seine Liebste. Sie umfingen und küssten einander. Und wie er sie betrachtete, wurde ihm klar, dass Noroelle Recht hatte. Farodin war die richtige Wahl. Fast war es ihm, als erwachte er aus einem langen, süßen Traum.

Blütenduft wehte über die Lichtung. Nuramon sah, wie sich Silberschein verbreitete und Farodin und Noroelle umhüllte. Sie lächelten ihm entgegen und wirkten wie Lichtgestalten, wie höhere Wesen, wie Alben. Dann vergingen sie mit allem, was sie am Leib trugen. Sie verblassten einfach vor dieser Welt; ebenso, wie Albenmark vor seinen Augen verblasst war. Zurück blieb nur er.

Er war nun allein. Und doch konnte er nicht weinen. Noroelle hatte ihm die Trauer genommen. Zu wissen, dass sie ihre Bestimmung gefunden hatte, beruhigte ihn. Dass sie sich für Farodin entschieden hatte, schmerzte nun weit weniger als zuvor.

Nuramon schaute zum Vollmond hinauf. Ob es wirklich das Mondlicht war? Ob die Toten wirklich dort oben lebten?

Bis zum Morgen stand er da und folgte der leuchtenden Scheibe mit dem Blick. »Ich werde das Mondlicht nie vergessen«, sprach er leise vor sich hin. Als die Dämmerung kam, nahm er seine Sachen und ging zum Stein, an dem Noroelle das Stundenglas zerschlagen hatte, und setzte sich. Die Flut war während der Erzählung der Nacht gekommen und hatte Scherben und Sandkörner fortgespült. Schon näherte sich wieder die Ebbe.

Er musste an Noroelles Worte denken: »*Eine Reise endet hier, eine neue beginnt.*« Ja, für ihn begann nun wirklich etwas Neues. Er war der Letzte, der letzte Elf dieser Welt, das letzte Albenkind. Dort jenseits des Wassers lag ein fremdes Land, das es zu erkunden galt. Dort herrschte noch nicht der Schwefelgeruch. Und vielleicht würde der Glauben an Tjured niemals bis dorthin vordringen. Dort gab es neue Wege, neue Erfahrungen und neue Erinnerung zu finden. Die Unendlichkeit lag vor ihm, doch ewig würde er sich an Noroelle und Farodin, an Obilee und Yulivee, an Mandred und Alwerich, an Emerelle und all die anderen erinnern. Und nie würde er Albenmark vergessen.

Als die Ebbe zurückkehrte, schritt er über den welligen Boden dem Festland entgegen. Und er betrachtete die Landschaft, als hätte er sie noch nie zuvor gesehen. Diese Welt würde niemals aufhören, ihn zu faszinieren.

BONUSMATERIAL

Nuramon der Wanderer

von James Sullivan

Pfade der Erinnerung ziehen sich von der Gegenwart zurück durch meine vergangenen Leben. Seit ich Albenmark verließ, habe ich gelernt, auf diesen Pfaden zu wandeln, und vermag es, mir jeden Augenblick meines Daseins ins Gedächtnis zu rufen. Auf manchen Wegen lässt es sich leichter wandeln als auf anderen. Manche Erinnerungspfade sind zugewachsen oder verschüttet, andere sind verschleiert, weil ich sie verdrängte oder sie durch Erzählungen meiner jeweiligen Nachfahren verfälscht wurden.

Als ich von Albenmark Abschied nahm, dachte ich, sich zu erinnern hieße zu wissen, welche Leben ich lebte, in welcher Folge sie sich aneinanderreihten und was sie prägte. Nun aber ist mir die Erinnerung zu einer Sinnesreise geworden. Auf Zauberpfaden kehre ich in meine vergangenen Leben zurück und komme dem Geschehen so nahe, als hätte ich es gerade erst erlebt.

Zuerst fürchtete ich, die Erinnerung würde mich in dieser Klarheit zu sehr verändern. Was, wenn ich mich in den Wäldern meiner Erinnerung verlieren würde und all das Erfahrene nicht in Einklang bringen könnte? Zu meiner Überraschung aber festigten mich die Entdeckungen. Viele Fragen, die in diesem Leben offen blieben, wurden mir in einer früheren Inkarnation beantwortet, und zahlreiche Erfahrungen, die ich in diesem Leben noch nicht gesammelt habe, machte ich in einem früheren. Die Schmerzen wie die Freuden, die Enttäuschungen wie die Triumphe prägten mich.

Keines der Leben fühlt sich fremd an. Selbst jene, die ich in Schmerz und Zorn verbrachte, sind ein Teil von mir. Sie erklären viele der Gefühle, die ich in späteren Leben verspürte, ohne ihren Grund zu kennen. Sogar die Taten, die ich nun verabscheue, kann ich nicht von mir weisen. Der Schmerz, der Zorn, die Scham und all das andere bilden einen Teil von mir. Es ist, wie die Königin mir damals in Gaomees Kammer sagte: Alles, was ich bin, ist in mir. Das Gemüt eines Wiedergeborenen zehrt von den Gemütern früherer Leben. Und so ziehen sich trotz aller Unterschiede die wichtigen Züge meines Wesens durch all meine Inkarnationen.

Wie der Erwachsene an die Kindheit zurückdenkt, so blicke ich auf meine Leben zurück – nur dass ich vieles, das andere nur einmal erfahren, mehrmals erlebte. Ich hatte viele Eltern, viele Kinder und viele erste Geliebte, viele erste Schlachten und Verwundungen, und ich starb zahlreiche Tode. Meine Gefühle jedoch mindert diese Fülle an Erinnerungen nicht. Was immer sich mir in einem meiner Leben in die Seele brannte, glimmt noch heute und wartet darauf, erneut entfacht zu werden. Und so fügt sich alles zu einem einzigen, langen Leben, wie es die Zwerge anstreben.

Die Kinder der Dunkelalben haben die Wiedergeburt und die Suche nach der Erinnerung zu ihren Idealen erhoben. An ihnen habe ich mir ein Beispiel genommen. Denn im Grunde führe ich das Leben eines Zwerges im Körper eines Elfen. Ich bekenne dies ohne die Scham, die andere meines Volkes beschleicht, wenn sie an sich Gemeinsamkeiten mit anderen Völkern erkennen, die nicht dem Ideal der Elfen folgen. Fast könnte man meinen, eine Zwergenseele hätte sich zu den Elfen verirrt.

Vor Kurzem dachte ich, wie so oft, an die Suche nach Noroelle, die mich zu den Zwergen führte. Ich dachte an Alwerich und unsere Reise zum Orakel Dareen. Diese Gedanken öffneten mir Tore zu alten Erinnerungen. Dass ich Alwerich aus früheren Leben kenne, wusste ich bereits, doch das Ausmaß dessen, was wir gemeinsam erlebt hatten, war mir nicht klar.

Zudem dachte ich an jene Totenkammer im Reich der Zwerge, in die mich König Wengalf geführt hatte. Er zeigte mir den Körper eines Elfen, der in Bergkristall eingeschlossen war – ein Krieger in Metallrüstung, mit langem, schwarzem Haar. Das Gesicht des Kriegers wirkte wie die Statue eines Helden, und ich erkannte mich sogleich darin wieder. In diesem Körper hatte ich an der Seite der Zwerge Albenmark verlassen. Schließlich hatte ich gemeinsam mit Wengalf den Drachen Balon bezwungen und diesen Triumph mit meinem Leben bezahlt.

So schwer es mir damals fiel, meine Position als Betrachter und Betrachteter in Einklang zu bringen, so leicht fällt es mir heute. Ich muss lediglich den Anblick des Kriegers in Bergkristall mit meinen vagen Lebenserinnerungen an jene Zeit in Einklang bringen, und schon sind alle Barrieren verschwunden, und ich kann die Vergangenheit mit all meinen Sinnen durchschreiten. Denke ich an Alwerich, suchen sich meine Zauberkräfte fast von allein den Weg und ziehen mich in jene Zeit zurück.

Dieser Pfad in die Vergangenheit ist für mich wie ein Schatz. Dort bei den Zwergen, in jenen verschütteten Jahren meines Daseins, werde ich alles finden, was mir den Weg zu jenem Wissen ebnet, das ich nun benötige. Tag für Tag schreite ich zurück in die Vergangenheit und erinnere mich heute ebenso gut an jene Zeit wie an das, was ich mit Farodin und Mandred bei der Suche nach Noroelle erlebte.

Die Drachenkriege waren gerade so lange vorüber, dass jene, die die Zeit erlebt hatten, in der Minderheit waren. Viele hatten am Ende des Zeitalters ihr Leben verloren und waren wiedergeboren worden, viele waren ins Mondlicht gegangen. So konnten bald schon jene, die die Wahrheit kannten, den Nachgeborenen die Vergangenheit in einem idealen Licht erscheinen lassen, um das zu überstrahlen, was wirklich geschehen war, und das zu verbergen, dessen man sich schämte.

Emerelle war damals bereits eine der Mächtigen in Albenmark. Sie verstand es, sich unentbehrlich zu machen und dadurch die Völker an sich zu binden. Ihren Idealen galt es zu folgen, ihren Regeln zu gehorchen. Sie war die Mutter eines Goldenen Zeitalters und nutzte ihr Ansehen und auch die

Dankbarkeit der anderen aus, um ihre Macht zu festigen. Ideale wurden zu Zwängen, Regeln zu Gesetzen, und Emerelle wurde zur Königin von Albenmark.

Mit großem Geschick verstand sie es, den Einfluss ihrer Widersacher und Konkurrenten zu schmälern. Ihr Machtanspruch würde später die Elfen von Valemas ins Exil treiben und ebenso die Kinder der Dunkelalben. Es begann mit Kleinigkeiten, einer Quelle oder einem Hain, auf die sie Anspruch erhob, einem Pass oder einer Brücke, deren Schutz man ihr anvertrauen sollte. Die meisten beugten sich ihr, doch in jener Zeit wurden auch die Grundsteine langer Feindschaften gelegt, und selbst die Fehden, die in den Drachenkriegen wurzelten, stießen wieder empor.

Von den Kindern der Dunkelalben forderte Emerelle, sie sollten die Albenpfade am Rande der Ioliden – dem Gebirge, unter dem sich das Reich der Zwerge erstreckte – sichern und ihr einige Albensterne überlassen. Sie sorgte sich wegen der Trolle und was geschehen mochte, falls sie einst über die Albenpfade ins Herzland gelangten.

Die Zwerge wiesen jeden Anspruch Emerelles zurück, obwohl sie den Albenpfaden und Albensternen am Rande ihres Gebirges kaum eine Bedeutung zumaßen. Über Boten warfen sie Emerelle vor, sich in ihre Angelegenheiten zu mischen.

Doch eines Sommers griffen die Gelgerok im Grenzland zu den Ioliden, am Rande des Herzlandes, einige Nixen an, und schnell ging am Hof Emerelles das Gerücht um, die Zwerge hätten die Gelgerok entfesselt. Man erzählte sich, sie wollten ihre Herrschaft ausweiten, wenn die Bestien erst einmal das Leben am Rande des Herzlandes ausgelöscht hätten.

Die Gelgerok waren Segen und Fluch zugleich. Als Jagdwild schätzte man ihr Fleisch und fertigte Schuhe, Stiefel und sogar Kleidung und Rüstungen aus ihrer Haut. Einst, so erzählte man sich, hatten sie das Überleben des Elfenvolkes gesichert. Aber wenn sie hungrig waren oder sich verteidigen mussten, wurden sie zu rasenden Bestien, und wann immer sie in Scharen auftraten, war rasch ein ganzer Landstrich in Gefahr, denn in der Herde schien ihre Angriffslust keine Grenzen mehr zu kennen. Alles konnte zur Beute geraten, und aus Jägern wurden rasch Gejagte.

Der Königin blieb nichts anderes übrig, als Jäger zu bestimmen, um den Albenkindern nahe der Ioliden Schutz zu gewähren. In anderen Zeiten hätten sich reihenweise Freiwillige gefunden, um ihr zu Diensten zu sein – nicht so dieses Mal. Die Elfen genossen den Frieden, und nur einige wenige unter den Jüngeren empfanden das Goldene Zeitalter als eine Zeit des Niedergangs. Doch obwohl jene Jüngeren ihren heldenhaften Vorfahren nacheifern und Heldentaten vollbringen wollten, schien ihnen weder der Kampf gegen einen Gelgerok noch die Aussicht, einer ganzen Schar dieser Bestien zu trotzen, ausreichend Ruhm zu verheißen. Sie suchten lieber nach Drachen oder nach dem, was von dem Drachengeschlecht übrig geblieben war. Und so blieb Emerelle keine Wahl, als ihre Jäger selbst zu bestimmen.

Ich war der Bote der Elfen aus dem Wald des beseelten Baumes Alaen Aikhwitan. Mein Vater hatte mich gesandt, Emerelle um Hilfe zu bitten.

Ich fand die Königin auf der Lichtung im Norden des Großen Waldes, an jenem Ort, der später immer öfter Alter Wald genannt wurde und von dem aus, so hieß es, einst die Alben die Welt verlassen hatten. Vor der großen Felsnadel thronte Emerelle auf einem Steinsitz und empfing mich. Sie war bereit, mir zu helfen und wählte sogleich jene aus, die das Grenzland schützen sollten. Sie sollten im Wald des Alaen Aikhwitan meiner Sippe, den anderen Sippen und all den Albenkindern, die dort lebten, gegen die Gelgerok beistehen.

»Ihr werdet euch zu Garemon dem Wanderer begeben und seinem Befehl folgen«, sagte Emerelle ihnen.

Garemon war mein Vater. *Wanderer* nannte man ihn, weil er sich in jungen Jahren, kurz nach den Drachenkriegen, auf eine große Reise durch Albenmark begeben hatte. An den Mienen der Versammelten sah ich, dass mein Vater ihnen bekannt war und dass sie ihn respektierten.

Alles schien beschlossen zu sein, doch Emerelle betrachtete mich, als zögere sie, mich fortzuschicken. Ihr Blick schien mich zu durchstechen, so sehr starrte sie. Schließlich blinzelte sie, sah in den Silberspiegel, der neben ihr auf einem Felsen lag, und wandte sich dann wieder den Versammelten zu. »Eine kleine Schar von euch wird in die Ioliden vorstoßen und dort die Quelle des Übels finden. Ich will wissen, ob die Kinder der Dunkelalben hinter der Gelgerokplage stecken.«

Und dann begann sie damit, jene auszuwählen, die dem Spähtrupp in die Ioliden angehören sollten. »Golvadas!«, sprach sie, und es traten gleich drei Elfen vor. Ich hatte von Golvadas und seinen Begleitern gehört. Sie waren Jäger aus Lyn und hatten Emerelle Trophäen zum Geschenk gemacht, insbesondere den Schädel eines Felsenwurms, einer kleinen Drachenart, für deren Tötung Emerelle eine Belohnung gewährte. Auch die anderen Elfen, die sie wählte, kannte ich nicht persönlich, aber doch beim Namen. Zu ihnen gehörte auch Narelun, dessen helles Wüstengewand und stolzer Blick seine Herkunft aus Valemas, der Stadt in der Einöde, schon auf den ersten Blick verriet. Doch als er vor die Königin trat und ihre Wahl annahm, fiel mit einem Schlag aller Stolz von ihm ab und er beugte sein Haupt vor ihr.

Auch Yoradae gehörte zu den Auserwählten – eine Zauberin, die Emerelle selbst unterrichtet hatte. Sie kam aus Gauremas, der jungen Stadt jenseits der Ioliden – ein Ort der Lebenslust, der in den Drachenkriegen in einem Augenblick des Triumphes entstanden und schnell erblüht war. Erst viel später sollte er von den Trollen zerstört und nie wieder errichtet werden. Starr, fast statuenhaft, trat Yoradae vor und stellte sich zu den anderen. Sie entsprach nicht im Mindesten der Vorstellung, die ich mir von einer Elfe aus dem lebensfrohen Gauremas gemacht hatte: Ihr Gewand war von einem trüben Grau, das braune Haar schmucklos wie ihr ganzer Körper. Sie schien auf alles zu verzichten und wirkte schlicht, aber zugleich überaus schön – eine kalte Schönheit, die nicht nur meine Blicke auf sich zog.

Die Anführerin des Spähtrupps sollte die Kriegerin Danarelle sein. Sie kam aus Yaldemee, und man erzählte sich, Emerelle werde sie zu ihrer Schwertmeisterin machen, eine Würde, die die Königin seit einer Weile nicht mehr vergeben hatte und nach der sich viele sehnten.

Emerelle wandte sich nun erneut an mich. »Nuramon«, sagte sie und durchbohrte mich abermals mit ihrem Blick. »Du wirst jene kleine Schar begleiten.« Sie erklärte uns, dass wir uns durch ein Tor an einem Albenstern in der Nähe des Grenzlandes auf einen Albenpfad begeben sollten und jene Albensterne als Tore verwenden sollten, die eigentlich unter der Herrschaft der Zwerge standen und auf die Emerelle ein Auge geworfen hatte. »Die Kinder der Dunkelalben kümmern diese Tore nicht«, sagte die Königin. »Aber falls sie euch entdecken und zur Rede stellen, so seid offen und sagt, dass die Königin von Albenmark ihnen keine Rechenschaft darüber schuldet, wohin sie ihre Jäger schickt – solange es im Tageslicht geschieht.«

Emerelle hielt mich noch immer mit ihrem durchdringenden Blick gefangen. Damals dachte ich, sie wolle mich lediglich ihre Macht spüren lassen. Nun aber, nach allem, was geschehen ist, ist dieser Blick Emerelles für mich nichts anderes als der Blick durch die Jahrhunderte.

Schließlich entließ die Königin uns. Ich folgte Danarelle und den anderen und schaute ein letztes Mal zurück. Emerelle bat die Barden, mit ihrer Musik fortzufahren, die ich mit meiner Ankunft unterbrochen hatte. Das Leben schien wieder aufzublühen. Doch kurz bevor ich mich abwenden wollte, sah ich, wie Emerelle erneut einen Blick in ihre Silberschale warf, und fragte mich, ob sie dort etwas sehen konnte, das mit der Zukunft unseres Spähtrupps zusammenhing. Heute weiß ich es besser. Was sie sah, war wie ein kleines Pflänzchen, verborgen zwischen den Gräsern und Blumen, ein Pflänzchen, das über Jahrhunderte ein unscheinbares Dasein fristete und sorgfältig genährt werden musste, ehe es irgendwann für einen Augenblick gerade hoch genug emporwuchs, um ihr zu nützen.

Mit ihrer Entscheidung hatte die Königin meinen geheimen Herzenswunsch erfüllt. Oft hatte ich davon geträumt, es meinem Vater gleichzutun. Ich wollte auf meiner Stute Daerunau durch Albenmark reisen, wollte mich Gefahren stellen und an Orte vordringen, an denen selbst mein Vater noch nicht gewesen war. Doch trotz aller Träume hatte ich meine Sippe nur selten verlassen, und selbst als Bote hatte mein Vater mich nur deswegen ausgesandt, weil er die Gefahr auf dem Weg zu Emerelle für weit geringer hielt als jene, die angesichts der Gelgerok im Wald drohte. Hätte meine Sippe geahnt, dass Emerelle mich für eine Queste bestimmte, sie hätten einen anderen geschickt.

Schon in jener Zeit haftete mir der Makel der Wiedergeburt an. Hatte der Heldentod in den Drachenkriegen meiner Seele Lob gebracht, so hatte ich alles verspielt, als ich im nächsten Leben unrühmlich im Meer ertrank. Ich wurde wiedergeboren, und meine Eltern prägten mir ein, ich solle die Gefahr meiden, denn ich neigte dazu, in ihr umzukommen.

Meine Mutter fasste allen Rat in drei einfache Regeln: Suche nicht die Gefahr, wähle deine Freunde weise und hüte dich vor der Liebe. Wer mit solchem Rat und dem Schutz einer ganzen Sippe aufwächst, der sehnt sich danach, aus der Enge des Wohlwollens auszubrechen. Statt aber mein Schicksal in die eigene Hand zu nehmen, hatte ich lediglich davon geträumt, und statt mich der Gefahr auszusetzen, hatte ich mich auf sie vorbereitet. Mein Schwert und mein Bogen waren Erbstücke, die nach einer geübten Hand verlangten, und ich hatte viel geübt. Was mir fehlte, war die Erfahrung.

Unser Weg führte uns zu einem Hügel nahe meiner Heimat, der von stehenden Steinen gekrönt wurde und an dem ich gern mit meiner Sippe rastete, wenn wir auf dem Weg nach Yaldemee waren. Die Magie des Ortes strahlte wie ein Licht um den Hügel. Im Steinkreis angekommen schaute ich den Ioliden entgegen. Oft hatte ich in Sehnsucht aus dem Fenster meines Zimmers die grauen Hänge hinaufgeschaut und mich gefragt, wie wohl der Blick von dort oben sein mochte. So nahe die Berge schienen – das Grenzland, welches es zu überwinden galt, erstreckte sich vom Rand dieses Tieflandes bis zu den ersten Berghängen.

Während wir rasteten, lauschte ich den Gesprächen der Gefährten. Von Bestien, Schlachten und Helden, von Reisen, Festen und Zaubern wurde erzählt. Auch ich musste Dinge von mir preisgeben und damit offenbaren, dass ich ein ruhiges Leben geführt hatte. Sie fragten nach Alaen Aikhwitan, und ich konnte ihnen erzählen, dass meine Eltern seine Stimme zu erwecken vermochten, und ich hoffte, meine Zauberkräfte eines Tages so weit ausprägen zu können, es ihnen gleichzutun. Ich verschwieg, dass mein Vater mehr als hundert Jahre gebraucht hatte, um diese Macht zu entwickeln.

Die Gefährten sahen meine Waffen, mein schmales Langschwert und den Bogen aus dem Holz der Ceren, und fragten, wer mich unterwiesen hatte. Ich musste gestehen, dass ich mir selbst ein Lehrer gewesen war, und erntete damit manchen enttäuschten Blick und auffälliges Schweigen.

Nach einer Weile setzte sich Narelun, der Krieger aus Valemas, neben mich. »Hast du die Gelgerok mit eigenen Augen gesehen?«, fragte er.

»Ich sah sie lediglich als weiten Schatten, der sich im Morgengrauen in eines der Täler zurückzog.«

Narelun lächelte spöttisch.

Baumpflänzchen nannte man Elfen wie mich gerne: Elfen, die abseits der Konflikte ein ruhiges Dasein im Einklang mit der Welt führten. Meine Sippe hatte in den Drachenkriegen viel gelitten und wäre beinahe ausgelöscht worden. Die meisten meiner Verwandten waren wie ich Wiedergeborene, und doch sah man auf mich herab. Der Tod in Friedenszeiten wog schwerer als das, was ich in den Drachenkriegen für meine Sippe getan hatte.

Narelun erhob sich und ging zu seinem Pferd. Kaum war er fort, setzte sich Yoradae neben mich. »Nimm es dir nicht zu Herzen«, flüsterte sie und schaute dem Krieger aus Valemas nach. »Sein wahres Gesicht wird sich zeigen, wenn es ernst werden sollte.«

»Ich zweifle nicht an seinen Fähigkeiten«, sagte ich.

Yoradae schmunzelte, und ihre braunen Augen funkelten mich an. »Das ist ein Fehler. Du solltest an seinen zweifeln und an deine glauben. Nicht umgekehrt.« Das Schmunzeln der Zauberin entfaltete sich zu einem Lächeln, und ich muss gestehen, dass es mich entzückte und trotz allem auch heute noch bezaubert.

Danarelle trat zu uns. »Wir brechen auf. Wir haben nur noch drei Stunden Tageslicht.«

»Willst du wirklich im Grenzland übernachten?«, fragte Golvadas.

»Wir schauen uns erst einmal um. Wenn wir keinen guten Ort zum Übernachten finden, kehren wir hierher zurück.« Die Kriegerin wandte sich an die Zauberin und nickte ihr zu.

Yoradae erhob sich langsam und trat in die Mitte des Steinkreises. Nur ein Augenblick, und aus der einfühlsamen Zauberin, die mir zugeflüstert hatte, wurde wieder jene kühle Frau, die mit regungsloser Miene vor Emerelle getreten war. Sie schien in den Tiefen des Zaubers zu versinken, der uns eine Pforte auf die Albenpfade öffnen sollte.

Anders als in späteren Zeiten hatten die Albenkinder in jenen Jahren den Torzauber noch nicht verfeinert. Er war kompliziert und erforderte Zeit und viel Kraft, viel mehr als Farodin und ich später aufbringen mussten. Ich betrachtete die Zauberin aus Gauremas mit Bewunderung, und die Warnung meiner Mutter, mich vor der Liebe zu hüten, schien in diesem Augenblick vergessen.

Erst die Vorbereitungen meiner Gefährten brachten mich dazu, meine Aufmerksamkeit von Yoradae abzuwenden. Ich versorgte meine Stute, bestückte meinen Sattelköcher mit Pfeilen, dann spannte ich eine Sehne auf meinen Bogen und steckte ihn ebenfalls in den Sattel. Zum Anlegen des Schulterköchers fand ich keine Zeit mehr. Eine Lichtsäule erhob sich direkt vor Yoradae aus dem Boden, als hätte sie ein Erdgeist aus dem Hügel emporgeschoben. Kaum war das Tor da, führte Danarelle ihren Schimmel ins Licht, und die anderen folgten ihr.

»Nun du, Nuramon«, sagte Yoradae, als wir als Einzige zurückgeblieben waren.

Ich redete Daerunau gut zu und streichelte ihr über die Stirn. Dann führte ich sie langsam durch das Tor. Wir fanden uns auf einer Insel pulsierenden Lichts wieder, umgeben von der ewigen Nacht. Lichtbahnen stießen in alle Richtungen in die Finsternis. Ein kühler Luftzug wehte hier, und jeder Atemzug erquickte mich. Es war, als würde ich Magie in mich einsaugen. Wenn man tief atmete, konnte einem schwindelig werden. Dies waren also die Pfade der Alben!

Wärme verteilte sich in mir und besänftigte mich. Damals war die Macht der Pfade stark. Es war, als hätte sich der Zauber, der einst die zerbrochene Welt nährte, noch nicht gesetzt und als suche er sich über die Albenpfade einen Platz.

Yoradae setzte sich sogleich an die Spitze des Zuges. So besänftigend dieser Ort auch war, die Eile der Magierin sagte uns deutlich, dass sie nicht gedachte, länger auf den Pfaden zu verweilen, als es nötig war. Das erstaunte mich nicht, denn Erzählungen gab es über die Pfade viele, besonders über die Schatten, die angeblich abseits davon in der Finsternis lauerten; Geister, die nur darauf warteten, einen Weg in die Welt zu finden. Vielleicht aber schwiegen sie auch aus Respekt vor den Wegen, die der Sage nach von Albenhand geschaffen waren.

Yoradae brachte uns auf einen rötlich pulsierenden Pfad, und nach wenigen Schritten sahen wir bereits zwei glitzernde Wege, die sich mit unserem kreuzten.

Ehe ich noch begriff, dass wir nach diesem kurzen Stück unser Ziel erreicht hatten, standen wir auf dem Lichtplateau des Albensterns und warteten darauf, dass Yoradae das Tor in die Welt öffnete. Diesmal gelang es der Zauberin binnen weniger Augenblicke.

Schon öffnete sich eine neue Lichtsäule, und einige der Gefährten hatten es besonders eilig, hindurchzuschreiten. Ihnen schienen die Pfade unheimlich. Ich hingegen hätte gerne länger die zauberhafte Luft geatmet.

Als wir in die Welt zurückkehrten, waren meine Sinne verwirrt. Hatten die Ioliden eben noch in der Ferne gelegen, ragten sie nun vor uns in die Höhe. Mit einem Sprung waren wir aus der sicheren Distanz bis an die Gefahr herangerückt.

Während ich meine Stute Daerunau beruhigen musste, hatten meine Gefährten ihre Pferde stehen gelassen und waren auseinandergestrebt, als hätten sie es zuvor abgesprochen. Offenbar war es unter erfahrenen Recken üblich, sich erst nach allen Seiten hin zu vergewissern, dass keine Gefahr drohte.

»Dort sind sie«, rief Golvadas und deutete zwischen die Berghänge und den Wald des Aikhwitan. Und tatsächlich, dort in der Ferne strebten die Gelgerok langsam aber sicher dem Wald meiner Sippe entgegen. Wir waren zwar weit entfernt, doch ich vermochte die einzelnen Tiere zu erkennen. Vorne liefen die großen Bestien mit ihren mächtigen Schädeln, die ohne Weiteres einem Schwertstreich widerstehen mochten. Hinten folgten die kleineren Tiere.

»Sie werden in den Wald vorstoßen«, sagte Danarelle. »Und wir können nichts tun.« Es schien sie zu plagen, dass wir abseits stehen mussten, während andere bald schon im Kampf gegen die Bestien ihr Leben lassen mochten. Auch ich wäre nun lieber dort in der Ferne im Wald gewesen und hätte an der Seite meiner Sippe um unser aller Überleben gekämpft.

»Vielleicht drehen sie ab«, sagte Golvadas. »Der Weg ist noch weit.«

»Ganz gleich, was geschieht: Es lässt sich nicht ändern«, sagte Narelun. »Die Königin hat uns auf diesen Pfad geschickt.« Er schaute mich an. »Wir müssen ihm folgen.«

Danarelle nickte. »Gehen wir noch ein Stück auf den Albenpfaden.«

Yoradae deutete ins Gebirge. »Eine der Spitzen dort ist ein Turm, den die Zwerge nicht mehr nutzen. Der nächste Albenstern hat sechs Pfade, einer davon führt dorthin. Da könnten wir übernachten.«

Narelun nickte anerkennend. »Von dort aus können wir alles überblicken.«

»Du kennst dich gut aus«, sagte Golvadas. Yoradae lächelte.

Wir folgten Yoradae und ihrem Hengst wieder auf die Albenpfade. Dort führte die Zauberin uns zum nächsten Albenstern. Die Macht strahlte auch hier in die Breite und spannte sich wie Bahnen aus Licht zwischen den Pfaden. Und wieder schuf Yoradae eine Lichtsäule. Diese wölbte sich, dass sie fast wie ein echtes Tor wirkte. Vorsichtigen Schrittes traten wir hindurch.

Aus dem Weiß löste sich ein Bild. Grün, Grau und Blau mischten sich. Ein grünes Hügeltal, die grauen Berge, der blaue Himmel. Wieder strebten die Gefährten auseinander, um die Umgebung zu mustern. Diesmal war ich bei ihnen. Ich hatte meine Lektion gelernt.

Der Albenstern lag auf einem Felsen, der sich zur einen Seite zum See, zur anderen auf die Wiese hinabwölbte. Zu unserer Rechten erstreckte sich ein kleiner Wald bis nahe an die Hügelkette heran, die das Tal ringsherum begrenzte.

»Wo liegt die Bergspitze, von der du sprachst?«, fragte Danarelle. Yoradae deutete die Felswand hinauf. »Dort oben.«

Danarelle nickte. »Dann schauen wir uns zuerst hier unten um und gehen dann über den Albenpfad nach oben.« Sie verzog das Gesicht zu einer misstrauischen Miene. »Das Tor liegt mir zu niedrig. Man sieht nicht, was ringsherum lauert.«

»Aber man ist auch vor den Blicken der anderen geschützt«, sagte Golvadas. »Vielleicht sollten sich einige von uns auf einen der Hügel begeben und sich umschauen.«

Danarelle wandte sich wieder an Yoradae. »Du wartest hier. Wenn etwas geschieht, öffnest du sofort das Tor, und ihr geht hindurch.«

Die Zauberin nickte.

Danarelle stieg auf ihren Schimmel. »Narelun, Nuramon! Wir reiten.«

Der Krieger aus Valemas machte eine gelangweilte Miene, mir aber war es eine Ehre, von Danarelle ausgewählt worden zu sein.

Wir ritten vom Felsen und dem See fort, der Hügelkette und damit dem Blick über das Grenzland, den Wald des Alaen

Aikhwitan und dem Herzland entgegen. Das war es, wovon ich all die Jahre geträumt hatte.

Als wir endlich den Fuß der Hügelkette erreichten, fiel ich hinter Danarelle und Narelun zurück. Die Pferde meiner Gefährten brachten die Steigung schneller hinter sich als Daerunau. Oben jedoch hielten die beiden Krieger unvermittelt an. Ich dachte, der wunderbare Anblick müsse sie wie ein Schlag getroffen haben, doch noch ehe ich zu ihnen stoßen konnte, erhob sich ein tiefes Gebrüll, als würde ein hundertköpfiger Drache jenseits des Hügels erwachen.

Daerunau bäumte sich auf und drehte sich zur Seite, nur um sich dann nicht mehr zu rühren. Oben wandte Danarelle sofort ihren Schimmel, dann gab sie Narelun flink einen Klaps auf die Schulter. »Zurück!«, rief sie.

Rechts neben Narelun, ein Dutzend Schritte entfernt, sprang ein Wesen auf den Hügel und stieg sofort auf die Hinterbeine. Das Wesen war größer als der mächtigste Bär und drohte mit seinen Krallen. Das graubraune Fell, das seinen bulligen Körper überzog, zuckte im Wind.

Ein Gelgerok!

Die Bestie legte den langen und knochigen Schädel zur Seite, da sprangen zwei weitere Tiere herbei.

»Nuramon!«, rief Danarelle und ritt an mir vorbei.

Ich war noch ganz vom Anblick der Bestien gebannt. Ich hatte Gelgerok gesehen und war mit meiner Sippe auf die Jagd gegangen. Doch man hatte mich erst dann näher herangelassen, als aus der Bestie die erlegte Beute geworden war.

»Zurück zum Tor«, rief Narelun. Schon war auch er an mir vorüber.

Inzwischen standen ein halbes Dutzend Gelgerok auf dem Hügel über mir. Der Größte unter ihnen schwenkte seinen schweren Schädel, die anderen öffneten ihre Mäuler, und gewaltige Raubzähne strahlten hervor. Die Bestien stießen tiefe Schreie aus. Jenseits der Hügel setzte sich ein Grollen in Bewegung und strebte die Hügelkette entlang.

Daerunau erschrak vor den Schreien der Bestien und machte

das Richtige: Sie lief davon. Links und rechts erschienen die Gelgerok auf den Kämmen und schwappten wie eine Flut die Abhänge herab in das Tal. Ich schaute zurück und sah, dass die Herde hinter mir zusammenfloss.

Während Danarelle sich auf ihrem Schimmel ganz klein machte und rasch an Boden gewann, ließ Narelun, der Krieger aus Valemas, sich zu mir zurückfallen. »Folge mir!«, rief er und lenkte sein Pferd zur Seite.

Ich tat es ihm gleich und schaute voraus.

Danarelle hatte unsere Gefährten bereits erreicht. Die Jäger aus Lyn schossen dort Pfeile ab, die in hohem Bogen auf die hinteren Reihen der Gelgerokherde hinabgingen.

»Verdammt!«, fluchte Narelun und folgte einem der Pfeile mit dem Blick.

Danarelle hinderte Golvadas und die anderen mit einer schwungvollen Geste daran, weitere Pfeile abzufeuern, während Yoradae bereits am Boden kniete und ihren Zauber wirkte. Sie würde das Tor schneller öffnen müssen als zuvor. Sie würde es geradezu aufstoßen müssen. Und da verstand ich, worin Nareluns Plan bestand. Wir würden versuchen, die Gelgerok von den Gefährten fortzulocken, um Yoradae Zeit zu verschaffen.

Es war ein verzweifelter Plan, und ich glaubte nicht an ihn. Warum sollten sie uns folgen, wenn dort am Felsen die größere Beute wartete? Doch zu meiner Überraschung entschied der große Gelgerokbulle, dass wir die Beute waren, und so folgte die Herde uns und schien unsere Gefährten nicht wahrzunehmen.

Seite an Seite strebten Narelun und ich der Hügelkette entgegen; der Abstand zwischen uns und den Gelgerok wuchs. Narelun deutete auf den kleinen Wald, der schräg vor uns lag. Mit einer kreisenden Bewegung machte er klar, dass wir ihn umrunden würden.

Gut hundert Schritt trennten uns jetzt von den Gelgerok, und das Leittier betrachtete uns noch immer als Beute. Weit hinten aber hatte sich eine Schar von etwa zwanzig Tieren aus der Herde gelöst und strebte dem Albenstern entgegen. Vermutlich waren es die Pfeile gewesen, die einige der Tiere auf die Gefährten aufmerksam gemacht hatte.

»Bei allen Alben!«, fluchte Narelun, doch in diesem Augenblick schob sich die ersehnte Lichtsäule neben Yoradae aus dem Boden. Wir aber preschten weiter. Am Wald angekommen, verschwanden die Gefährten aus unserem Blickfeld, und erst als wir ihn zur Hälfte umrundet hatten, sahen wir sie wieder. Das Lichttor war noch da. Golvadas und all jene, die über einen Bogen verfügten, schossen Pfeil nach Pfeil ab. Ob die Gefährten ihre Ziele trafen, sahen wir nicht. Die kleine Gelgerokschar, die sich von der Herde gelöst hatte, wurde noch vom Wald verdeckt.

Ich spürte mit einem Mal einen Lufthauch hinter uns. Ein Schatten huschte aus dem Wald hervor und an uns vorüber. Narelun schrie auf. Er saß zur Seite gewandt im Sattel und hielt die Zügel nur noch mit der Linken. Rasch nahm er die Rechte hinzu und zog sich wieder gerade in den Sattel. Sein Mantel war an der Seite zerfetzt. Hinter uns setzte ein Gelgerok auf den Boden auf und grollte uns nach.

»Verflucht!«, stieß Narelun aus und schaute voraus.

Ich folgte seinem Blick zu unseren Gefährten. Einer nach dem anderen verschwand im leuchtenden Nebel, bis schließlich nur noch Yoradae übrig war. Es schien, als wischte sie sich Tränen vom Gesicht. Sie ließ ihren grauen Hengst zuerst durch das Tor schreiten und wartete einen Moment. Dann schaute sie gehetzt zur Seite und sprang gesenkten Hauptes ins Licht.

Kurz darauf hatten wir den Wald passiert, und ich erkannte, warum unsere Gefährten sich zurückgezogen hatten. Sie hatten mit ihren Pfeilen nur einige Tiere zu Fall bringen können, die abtrünnigen Gelgerok strebten noch immer dem Albenstern entgegen, und kein Pferd in ganz Albenmark hätte uns vor den Bestien zur Lichtpforte tragen können.

Nun aber, da die Gefährten im Licht verschwunden waren, schienen die Gelgerok, die ihnen entgegengelaufen waren, nicht mehr zu wissen, was zu tun war. Sie trabten bis zum Felsen, hielten dort inne und schwenkten die Köpfe hin und her, als suchten sie die Gefährten. Selbst, als sie unser gewahr wurden, setzten sie sich nicht in Bewegung, sondern verharrten dort, als wüssten sie, dass das Lichttor unser Ziel war.

»Schneller!«, rief Narelun. »Sie werden das Tor schließen!«

Hinter uns folgte die Herde der Gelgerok wie eine tosende Welle, und vor uns warteten einige der Bestien, die ihre Verwunderung rasch überwinden mochten, sobald wir in ihre Nähe kamen; und ebenfalls dort erhob sich die Lichtsäule, unsere Zuflucht, die jeden Augenblick verschwinden mochte.

Als wir uns dem Albenstern näherten, stürmten die abtrünnigen Gelgerok uns entgegen. Narelun zog sein Schwert, während ich die Zügel fahren ließ, rasch meinen Bogen aus dem Sattel emporzog, einen Pfeil aus dem Köcher holte und ihn auf die Sehne brachte. Daerunau und ich hatten es so oft geübt, dass es fast wie von selbst ging.

Ich schoss, ohne zu zögern, und traf einen Gelgerok am Kopf. Der Pfeil streifte den Schädel entlang, die Bestie schüttelte das Haupt, lief aber weiter. Rasch brachte ich einen zweiten Pfeil auf die Sehne, mein letzter Schuss, ehe wir auf die Gelgerok trafen. Daerunau wollte nach rechts laufen, ich hielt sie mit meinen Beinen auf unserem Weg und feuerte den zweiten Pfeil ab. Ich hatte auf den Hals des Gelgerok gezielt, den ich bereits gestreift hatte, doch der Pfeil flog zu tief und traf das Tier am Bein. Ein gequälter Schrei, und der Gelgerok sprang zur Seite.

»Auseinander!«, rief Narelun.

Er strebte nach links, ich nach rechts.

Auch die Gelgerok liefen auseinander, zwei auf Nareluns Seite, der Rest, gewiss neun Tiere, hatte es auf mich abgesehen. Da sah ich es! Das Leittier der kleinen Schar, ein kleiner Bulle, lief mir entgegen.

Ich strebte zurück nach links. Einige der Tiere schienen verwirrt zu sein, und sogar eines, das auf Narelun zujagte, ließ sich von mir ablenken. Doch es half nichts. Der Bulle und jene, die ihm blind folgten, ließen sich nicht beirren. Ein letzter Haken, dann ließ ich Daerunau springen, und tatsächlich huschten die Gelgerok links und rechts an mir vorüber.

Dann aber traf mich etwas an der Schulter, mir wurde schwindelig, und ich fühlte mich schwerelos. Ich sah Narelun davonreiten. Ich hörte Gewittergrollen und Schreie. Ein Knurren über mir, und verschwommen erkannte ich die Zähne eines Gelgerok. Ich hielt etwas in der Hand und schlug die Bestie damit.

Der Gelgerok drückte seinen Körper auf mich, und mit einem Mal herrschte Klarheit vor meinen Augen. Ich hielt der Bestie meinen Bogen ins Maul. Das Tier versuchte nach mir zu schnappen. Mein Bogen aus dem Holz der Ceren hinderte es daran, das Maul zu schließen. Es gelang der Bestie jedoch, die Sehne der Waffe abzureißen.

Mit einem Mal traf den Gelgerok etwas von der Seite. Der Schrei eines Elfen erklang. Narelun! Er war neben mir und stach dem Gelgerok in den Rücken. Doch hinter ihm erhob sich ein Schatten und fuhr auf ihn nieder. Der Krieger aus Valemas blieb auf den Beinen, entriss dem kreischenden Gelgerok über mir die Klinge und fuhr herum.

Ich ließ sofort den Bogen los. Während der Druck der Bestie noch stärker wurde, fasste ich den Dolch an meinem Körper und stach dem Gelgerok damit in den Hals.

Die Bestie ließ von mir ab, warf sich zurück und schwenkte den Kopf. Sie riss mir so den Bogen aus der Hand und schleuderte ihn fort. Ich aber rollte mich zur Seite und richtete mich nach Atem ringend auf. Dann zog ich mein Schwert und stach dem Gelgerok abermals in den Hals.

Die Bestie riss ihren blutenden Körper herum und lief zur kleinen Schar ihrer Artgenossen. Da sah ich es! Daerunau war in der Mitte der Gelgerokschar gefangen. Die Stute schrie, wie kein Pferd schreien sollte. Es klang nicht wie die Stimme eines Tieres. Es hätte genauso gut eine Kentaure sein können, die dort um ihr Leben kämpfte. Aus der Schar der Gelgerok wuchs nur Daerunaus Haupt empor, während das Schmatzen, Reißen und Hacken erahnen ließen, was darunter geschah. Das

Maul meiner Stute war weit aufgerissen, sie versuchte nach den Gelgerok zu schnappen und versetzte einem von ihnen einen Tritt, der ihn niederwarf.

Zuerst wollte ich loslaufen, um Daerunau zu helfen, doch das Schicksal bewahrte mich vor dieser Dummheit. Daerunau versank nun vollständig inmitten der Bestien. Ihre Schreie verstummten, und ich hörte nur noch die hungrigen Gelgerok, die sich vom Fleisch meines Pferdes nährten, und das Grollen der Herde, die rasch herannahte. Wenn ich nun nicht davonlief, wäre es zu spät.

Narelun war bereits wieder im Sattel und ritt zu mir herüber. Ich steckte mein Schwert zurück in die Scheide, nahm meinen sehnenlosen Bogen aus dem Gras, warf ihn Narelun zu und sprang hinter ihm auf. Die Stoffrüstung des Kriegers war blutig und an vielen Stellen zerfetzt. Es hatte nur eines Augenblickes bedurft, ihn so zuzurichten, und doch wirkte er, als hätte er eine lange Schlacht bestritten.

Hinter uns erhob sich ohrenbetäubendes Gebrüll. Die Herde scharte sich um den Leitbullen. Es würde nicht mehr lange dauern, bis sie auf uns losstürmten. Das Leittier zerrte einen Teil von Daerunaus Körper hervor. Ich musste meinen Blick abwenden.

Narelun zögerte einen Augenblick, als warte er auf etwas. Dann ritt er los.

Nun fiel es auch mir auf. Das Lichttor war verschwunden. Narelun trieb seine Stute zu einem Sprung auf den Felsen an, und ich kniff die Augen zusammen und bemühte mich, die geringste Veränderung in der Luft zu erkennen. Vergeblich. Das Tor hatte sich geschlossen. Die Gefährten hatten die Albenpfade geschützt.

Wir ritten auf der anderen Seite vom Felsen hinab ins seichte Wasser des Sees, dann am Ufer entlang.

Das Gebrüll der Gelgerok schwoll zu einem Gedonner an. Wir schauten zurück, und da sahen wir, wie die Gelgerok untereinander kämpften. Der große Leitbulle fiel über den kleineren her, der sich mit anderen von der Herde abgesondert hatte. Sie liefen aufeinander zu und stießen mit ihren knochigen Häuptern gegeneinander. Dann verbiss sich der kleine Bulle im Hals des Leittieres.

Wir warteten nicht, bis der Machtkampf sein Ende fand, sondern ritten höher ins Gebirge hinauf. Schließlich waren wir gezwungen zu halten. Nicht nur, dass unser Pferd der Erschöpfung nahe war, auch Narelun verließen die Kräfte. Wir rasteten auf einem Hügel, der sich an eine Felswand schmiegte. Ich half dem Krieger aus dem Sattel und erkannte nun erst das Ausmaß seiner Verwundung. Der Gelgerok, der hinter ihm aufgetaucht war, hatte ihm tiefe Wunden in den Rücken geschlagen, und eine Krallenspur verlief vom Schlüsselbein über die Brust bis zur Hüfte.

Narelun hustete, als ich ihn vom seinem Pferd an einen der Bäume führte, die auf dem Hügel wuchsen. Er lehnte sich gegen den Stamm und bemühte sich, ruhig zu atmen. »Das ist das Ende«, sagte er schließlich.

»Nein«, entgegnete ich. »Ich werde dich heilen.« Ich legte Narelun die Hand auf die blutende Brust und wirkte meinen Zauber. Ein Meister der Heilung war ich nicht, doch eine Wunde zu schließen oder einen Bruch zu richten vermochte ich recht gut. Während meine Kräfte aus meinen Händen flossen, sprach ich mit Narelun, denn er schien der Bewusstlosigkeit nahe. »Schlaf nicht ein«, sagte ich. »Narelun!«

»Bist du sicher, dass deine schwachen Hände mich heilen können?«, fragte er.

»Du spottest. Demnach lebst du noch.« Narelun lächelte gequält.

»Sag, hast du meinetwegen kehrtgemacht? Bist du mit ihr durchgekommen?« Ich schaute zu Nareluns unversehrter Stute.

»Du hast mir geholfen, den anderen zur Flucht zu verhelfen, und ich habe dir geholfen, es nicht mit dem Leben zu bezahlen.« Narelun hustete und verdeckte den Mund mit den Fingern. Dann wischte er sich die blutigen Hände an seinem hellen Mantel ab. »Es geschieht nichts, Nuramon.«

Der Krieger hatte recht. Meine Magie sickerte zwar in Nareluns Körper, doch sie setzte sich dort nicht fest und vollbrachte nicht das, was ich gewohnt war. Die Wunde war unverändert.

Narelun schaute sich um. Sein Blick fiel ins Tal, aber mich vermochte der von mir ersehnte Blick hinab über das Grenzland hinweg zum Wald des Alaen Aikhwitan nicht mehr zu locken. Ich schaute nur kurz hin.

»Was ist das?«, fragte Narelun und starrte mit erstaunter Miene in die Luft. »Was habe ich getan, dass es so endet?« Es lag kein Bedauern in seiner Stimme, sondern Verwunderung. Es schien, als fixiere Narelun etwas für mich Unsichtbares. Ein Duft von frischen Blüten verbreitete sich.

Dann fasste er mich im Nacken und starrte mir in die Augen. Er öffnete den Mund. Seine Zunge war voller Blut. »Bist du dieses Opfers wert?« Er hustete und wischte sich das Rot von den Lippen. Erschöpft ließ er von mir ab.

»Nein, Narelun«, lautete meine Antwort. »Du hättest der Gemeinschaft eher gedient, wenn du ohne mich durch die Pforte geritten wärest.« Das war die Wahrheit. Wer wusste schon, was den Gefährten bevorstand und ob sie des Schwertarmes dieses Kriegers bedurften.

»Mir ist dein Schwert aufgefallen. Und dein Bogen. Das sind die Waffen eines großen Kriegers.« Er schloss die Augen und öffnete sie langsam wieder. »Lass meinen Tod nicht umsonst gewesen sein.«

»Ich werde dir keine Schande machen.«

»Du sagtest, du hättest keinen Mentor gehabt?« Nareluns Augen glänzten.

Ich nickte.

»Dann lass mich dir mit meinem letzten Atem noch ein Mentor sein.« Er lächelte. »Drei Dinge musst du befolgen: Gib dein Leben nur, wenn dein Gewissen es fordert! Gehorche nur deinem Willen, beuge dich nicht dem Willen anderer! Und vor allem: Finde deinen eigenen Weg! In tausend Jahren soll man sich noch von Nuramon erzählen.«

All die Sehnsüchte, die ich bei meiner Sippe gelitten hatte und mit denen ich in die Ferne geschaut hatte, kehrten in diesem Augenblick zurück. Ich wünschte mir, Narelun hätte diese Worte früher zu mir gesprochen. Ich war mir selbst ein Lehrmeister gewesen, vermochte aber nicht, den ganzen Weg zu gehen. Es brauchte Narelun, um meine Lehrjahre abzuschließen.

»Nimm mein Pferd. Yerimee wird sich an dich gewöhnen. Und nimm meine Sachen. Bring sie nach Valemas und erzähl jedem, wie ich starb. Und wenn dich jemand fragt, wer du bist, dann sag, ich sei dein Lehrmeister gewesen.«

»Und ich werde ihnen auch sagen, dass du ein Freund warst.«

Narelun schaute sich fragend um. Dann starrte er auf die Felswand, als stünde dort jemand. »Er?«, fragte der Krieger. »Das wird er tun?« Er musterte mich, als sähe er mich zum ersten Mal. »Dann war es mir eine Ehre.«

Ein silbernes Licht umstrahlte Narelun. Als wäre sein Körper nichts weiter als Nebel, löste er sich vor meinen Augen auf. Als der Silberschein verging, war der Krieger mitsamt seiner Kleidung verschwunden. Der Blumenduft blieb.

Noch heute läuft mir ein Schauer über den Rücken, wenn ich mir diesen Moment in meine Sinne rufe. Narelun war ins Mondlicht gegangen, und ich frage mich noch immer, was er gesehen und gehört hatte. Hatten ihm die Ahnen aus Valemas gezeigt, dass ich einst mit Farodin und Mandred in das neue Valemas gelangen würde? Hatten sie ihm zugeflüstert, dass ich Yulivee in Iskendria finden und sie mir zur Schwester wählen würde? Ich werde es nie erfahren, nicht solange ich lebe. Erst im Mondlicht mag die Antwort auf mich warten, so ich es je erreiche.

Zuerst fühlte ich mich einsam, weil ich den Eindruck hatte, nur auf mich allein gestellt zu sein. Doch Yerimee teilte mein Schicksal. Wir beide hatten unseren Vertrauten verloren. In den drei Tagen, die wir den mühsamen Aufstieg wagten und immer wieder gefährlich nahe an die Gelgerok herankamen, hatte ich gelernt, mich auf die Stute zu verlassen. Sie besaß Kraft, und ich wagte es mit ihr, Steigungen hinaufzureiten, die ich Daerunau nicht zugemutet hätte. Doch so wie Yerimee gewiss lieber Narelun auf ihrem Rücken gewusst hätte, so gerne hätte ich Daerunau bei mir gehabt.

Mein Ziel war der Turm der Zwerge, von dem Yoradae gesprochen hatte. Vielleicht hatte ich Glück, und meine Gefährten warteten dort auf mich. Leider musste ich feststellen, dass dieser Ort nur über gewaltige Umwege zu erreichen war.

Mir boten sich in den folgenden zwei Tagen viele Blicke ins Tal, und wohin ich auch sah, die Gelgerok beherrschten die Berge. Sie waren ständig auf der Jagd, sei es in Herden, in kleinen Scharen, die zusammenstießen und sich nach verspeister Beute wieder trennten, oder sei es, dass Einzelgänger auf der Suche nach Beute abseits der Herden das Land durchstreiften.

Im Morgengrauen des dritten Tages wagte ich mich mit Yerimee auf einen schmalen Pfad, der am Rande eines Hochtals zum Zwergenturm hinaufführte. Wir gewannen allmählich an Höhe, und der Hang unter uns wurde immer steiler, bis er sich schließlich zu einer Felswand aufgerichtet hatte. Ich kam dem Turm immer näher und sah schließlich Steintreppen, die in eine Schlucht zu einem Fluss hinabführten. Dann erblickte ich einen Gelgerok. Er kam über eine Brücke gelaufen, die jenseits des Turms über die Schlucht und auf den Weg führte, der sich ins Tal hinabsenkte. Die Bestie sprang auf einer der Treppen in die Tiefe.

Aus der Schlucht hallte das Gebrüll weiterer Gelgerok empor. Dazwischen mischten sich die Kraftschreie eines Albenkindes. Ehe ich die Schlucht ganz überblicken konnte, flohen zwei Gelgerok hastig die Stufen herauf, liefen über die massive Brücke davon und folgten dem Weg hinab ins Tal.

Unten in der Schlucht waren jedoch noch zwei Gelgerok verblieben. Der eine stand auf den Stufen, der andere war am Boden, den Fluss im Rücken. Nun sah ich, worauf sie es abgesehen hatten. Sie drohten einer eisernen Gestalt. Ringsumher lagen weitere seinesgleichen, aber auch die Kadaver von einem halben Dutzend Gelgerok.

Die eiserne Gestalt saß mit dem Rücken gegen einen Stein gelehnt und hob etwas, das wie ein Holzschaft aussah. Aus diesem löste sich ein Pfeil und traf den Gelgerok vor ihm. Der andere setzte zum Sprung an, doch der Eiserne warf rasch einen Dolch nach ihm. Beide Tiere waren nun verletzt, und doch ließen sie sich nicht in die Flucht schlagen.

Der Eiserne legte den Kopf zurück. Es war ein Albenkind, offenbar ein Zwerg in metallener Rüstung. Sein Gesicht wirkte grau wie Stein. Sein Harnisch war an vielen Stellen verbeult, die Kettenhaube saß ihm schief auf dem Schädel, und verkrustetes Blut klebte an seiner Wange.

Die Gelgerok ließen von dem Zwerg ab, umliefen ihn und stürzten sich jenseits des Steines auf etwas. Der Zwerg versuchte verzweifelt, aufzustehen und um den Stein herumzukommen. Er stützte sich auf dem Felsen ab und vermochte sich so auf das linke Bein zu stellen. Mit seinem eigenwilligen Querbogen feuerte er einen weiteren Pfeil ab. Einer der beiden Gelgerok fiel leblos zu Boden, der andere schnappte nach etwas und zog es hinter dem Felsen hervor. Es war ein weiterer Zwerg, doch er rührte sich nicht. Der Gelgerok versuchte, seine Beute in Sicherheit zu bringen. Der Zwerg am Felsen fiel zu Boden und schaute dem Tier vor Verzweiflung schreiend nach.

Ich ritt rasch den Weg entlang. An den Stufen, die sich in die Tiefe wanden, hielt ich an, schwang mich aus dem Sattel, zog mein Schwert und lief hinab. Weder die Bestie noch der Zwerg hatten Augen für mich. Erst als ich die letzten Stufen mit einem Sprung hinter mich brachte und auf dem Boden aufsetzte, erstarrte der Zwerg und riss die Augen auf, als hätte er einen leibhaftigen Alben gesehen. Der Gelgerok ließ von seiner Beute ab und fuhr herum.

Ich dachte an Narelun und daran, dass ich ihm keine Schande machen durfte. Er hatte meine Lehre abgeschlossen, und ich war hier und jetzt bereit, alles aufzubieten, was ich gelernt hatte, und all die Wut über den Verlust Nareluns und Daerunaus in den Angriff auf die Bestie vor mir zu stecken.

Ich drohte nicht, ich wartete nicht, ich lief direkt auf den Gelgerok zu. Die Bestie sprang zurück, doch nicht weit genug. Schon stieß mein Schwert vor und traf ihren harten Schädel. Unbeeindruckt schlug das Tier mit einer Kralle nach mir. Ich tauchte rasch unter dem Hieb hinweg, strebte nach vorn und stieß mein Schwert in die Höhe, genau in den Hals des Gelgerok. Das Blut des Ungetüms ergoss sich über meine Hände. Schließlich riss ich mein Schwert zurück und sprang zur Seite.

Die Bestie ging zu Boden, doch ich stieß ein weiteres Mal zu, und noch einmal. Dann erst ließ ich von dem Gelgerok ab und wandte mich dem Zwerg zu.

Die Erzählungen entsprachen der Wahrheit. Die Kinder der Dunkelalben waren kleiner und viel breiter gewachsen als Elfen. Nur einer der Toten trug einen Bart, und im Gesicht meines Gegenübers waren lediglich einige Stoppeln zu erkennen. Der Zwerg saß erschöpft am Felsen und starrte mich noch immer an. Auf meinem Weg zu ihm hinüber kam ich an fünf Kadavern der Gelgerok vorüber. Die Zwerge waren in die gleiche Lage geraten wie meine Gefährten und ich.

»Wer bist du?«, fragte er mit müder Stimme. Sein graues Gesicht schien von seiner Erschöpfung herzurühren.

»Ich bin Nuramon, Sohn des Garemon.«

»Du bist ein Kind der Lichtalben«, sagte er und spielte damit auf die Vorstellung an, dass es in Vorzeiten Licht und Dunkelalben gab, von denen die einen unter der Sonne lebten, die anderen unter der Erde. Und jedes der beiden Völker habe Wesen erschaffen, ihre Albenkinder. »Ein Elf«, setzte der Zwerg nach.

»Und du bist ein Kind der Dunkelalben.«

Er nickte bemüht. »Alwerich.« Er hob den Kopf und blickte zur Brücke. »Sie werden bald wiederkommen.«

»Ist dein Bein gebrochen? Konntest du dich deshalb nicht hinaufretten?« Ich deutete zum Turm in der Höhe.

Der Zwerg nickte. »Der Oberschenkel. Aber ich will auch nicht die Leichen meiner Gefährten aufgeben.«

»Aber sind ihre Seelen nicht fort?«, fragte ich.

»Und doch sollen ihre Körper in Stein bestattet werden. Du bist stark, du kannst mir helfen, bevor die Gelgerok wiederkommen.«

»Glaubst du, sie kehren zurück, wenn sie das Blut ihresgleichen riechen?«

»Drei Wellen habe ich schon überstanden.«

»Einer weiteren bist du nicht gewachsen, Alwerich.«

»Dann hilf mir. Ich würde gerne meine Flasche füllen.« Er nickte hinüber zum Fluss.

Ich half dem Zwerg auf und stützte ihn. Humpelnd bewegten wir uns ans steinige Ufer. Während er trank und seine breite Metallflasche auffüllte, wusch ich mir das Gelgerokblut von den Händen, das nicht bereits davon abgetropft war. Vieles perlt von unserer Haut ab, doch Blut ist hartnäckig und mag selbst unsere Hände beschmutzen, besonders das Blut von Gelgerok und Drachen. Danach säuberte ich mein Schwert und bemerkte, dass Alwerich die schmale Klinge mit verwundertem Blick musterte.

»Hilfst du mir, meine Gefährten nach oben in den Turm zu tragen?«, fragte er.

Ich nickte. »Aber zuerst werde ich dich hinaufbringen.« Er machte eine beschämte Miene.

»Hast du noch Pfeile?«, fragte ich.

»Ich habe noch zwei Bolzen bei mir, die anderen sind in meinem Rucksack. Und meine Armbrust liegt noch am Felsen.«

Ich holte ihm die Pfeile, die er Bolzen nannte, und auch seinen Bogen, den er als Armbrust bezeichnete. Dann trug ich ihn auf meinem Rücken hinauf zu Yerimee.

Der Zwerg war von der Stute ganz gebannt. Das Pferd aber schien sich nicht sicher zu sein, was es von dem Zwerg halten sollte, und wich zurück. »Sie hat offenbar noch nie einen Zwerg gesehen«, sagte ich.

»Und ich sah noch nie ein Pferd. Wie falsch wurden sie mir beschrieben!«

Ich machte mich ans Werk, und unter der Last der Zwergenkörper fragte ich mich, was jeden dieser Toten, die ich auf meinem Rücken trug, mit Alwerich verbunden hatte und welche Lebenswege dort unten ein Ende gefunden hatten. Oben legte ich die Leichen vor Alwerich ab, und der Zwerg machte sich daran, die geschundenen Körper in ihre Mäntel und Decken einzuwickeln.

Als ich alle Gefährten und ihr Hab und Gut aus der Schlucht geholt hatte und Alwerich auch den letzten Körper bedeckt hatte, reichte mir der Zwerg seinen Wasserbeutel, und ich trank daraus. Er lächelte, als freue er sich darüber, dass ein Elf das Angebot eines Zwergs nicht zurückwies.

Ich bot ihm die letzten Speisen, die ich noch in meinem Beutel führte. Es waren einige Blätter und Beeren.

Der Zwerg zeigte auf die Blätter. »Rotherzen!«, sagte er.

»Bei uns heißen sie Feenschatten«, erklärte ich.

Alwerich nahm ein Rotherz und aß es, während ich mit den Beeren vorliebnahm.

»Ich verstehe mich aufs Heilen«, sagte ich und zeigte Alwerich meine offene Hand.

»Kann Elfenmagie einen Zwerg heilen?«

»Hast du eine andere Wahl?«

Er schüttelte den Kopf. »Hilf mir aus der Rüstung.«

Unter Schmerzen ließ Alwerich sich von mir die Kettenhaube und die Metallrüstung abnehmen. Er hatte eine schwere Platzwunde am Kopf, und seine Rüstung hatte den Rammangriffen der Gelgerok nicht standgehalten und sich nach innen gebeult. Sie war durch das dicke Wollhemd hindurchgedrungen, hatte Alwerichs Rippen geprellt und unterhalb des Brustkorbes sogar eine Wunde gerissen. Am meisten aber plagte ihn sein gebrochener Oberschenkel.

»Das Bein muss geschient werden«, sagte er.

Ich legte ihm meine Hand auf die Kopfwunde. Alwerich zuckte vor Schmerz und zog die Schultern zusammen. »Vom

Schienen verstehe ich nichts«, sagte ich. »Wir werden es mit Magie richten.«

Alwerich lehnte sich ruhig zurück. Ich achtete auf jede Regung meiner Magie und merkte, wie sich die Zauberkraft an Alwerichs Kopf festsetzte. Dann schaute ich mir die anderen Wunden an und versorgte sie.

Schließlich war Alwerichs Bein an der Reihe. Es war nicht das erste Mal, dass ich einen Bruch heilte. Ein Augenblick Konzentration, ein Ruck, ein magischer Stoß! Und das Werk war vollbracht.

Der Zwerg starrte mich mit entsetzter Miene an. »Ich verstehe« war alles, was er sagte.

»Es ist gerichtet, nun muss es heilen. Mit ein wenig Ruhe und lindernder Magie könnten es schöne Tage werden. Ohne Magie und bei Überanstrengung wirst du Qualen leiden.«

»Und ich dachte, es wäre ganz einfach«, sagte der Zwerg grinsend.

»Ich kann heilen, bin aber kein Meister auf diesem Gebiet.« Ich reichte Alwerich einen Mantel und neue Hosen aus seinem Gepäck. Als er sich angekleidet hatte, hob ich ihn in meinen Sattel. Der Zwerg lachte wie ein Kind, und Yerimee duldete ihn auf ihrem Rücken. Ich fasste die Zügel und führte meine beiden Gefährten hinauf zum Turm.

Die Zwerge hatten das graue Gebäude aus dem Berg gehauen und ihm nur auf dieser Seite die Attribute eines von Hand geschaffenen Bauwerks verliehen. Ein Tor, Fenster, Luken und Scharten. Nachdem ich mich vergewissert hatte, dass auf der Brücke zur Rechten keine Gelgerok nahten, entriegelte ich das Tor, und wir betraten den Turm. Die Decke war höher, als ich es von einem Zwergenbauwerk erwartet hätte. Aber ich hatte gehört, dass die Zwerge weite Hallen liebten, und so wunderte ich mich nur kurz, dass die Decke auch für mich hoch genug war.

Ich half Alwerich vom Pferd und trug ihn an den Kamin, wo der Zwerg trotz seiner Schwäche Feuer machte. Dann holte ich mit Yerimee Alwerichs Gefährten und deren Hab und Gut in den Turm und schaffte die Leichen in den Keller. »Dort sind sie am besten aufgehoben«, sagte Alwerich, und ich stimmte ihm zu.

Als alle Arbeit erledigt war, bat mich Alwerich, Schinken und Wein aus dem Keller zu holen. Als ich auf dem Rückweg an den Leichen vorüberkam, fühlte ich mich wie ein Dieb. Die Speise und der Trank waren nicht für mich bestimmt gewesen, sondern für die Zwerge, die dort tot am Boden lagen.

Wir aßen am Kamin zu Abend, doch Alwerichs Schweigen und sein Blick zur Kellertreppe verrieten, dass ihn ähnliche Gedanken plagten wie mich. »Wir kommen nicht oft in diesen Turm«, sagte er schließlich. »Nur wenn wir in diesem Gebiet jagen, füllen wir die Vorräte auf.« Alwerich erzählte mir, dass er und seine Gefährten die Lage hier im Tal untersuchen sollten und vor lauter Gelgerok nur noch den Turm als Ausweg gesehen hatten. »Dass ich diesen Wein mit einem Elfen trinken würde, hätte ich nie gedacht.« Er senkte den Kopf und schaute in seinen Becher. »Wir könnten hier eine Weile bleiben. Doch leider …« Er brach ab und schaute zu mir auf.

»Du musst zurück und berichten, nicht wahr?«

Er nickte. »Und ich will, dass sie die Toten holen. Nun, da sie hier sind, können andere sie über die Albenpfade fortschaffen. Und du? Was führt dich in unser Reich?«

Ich erzählte, dass die Gelgerok im Tiefland in Herden wüteten. »Wir kamen auf einen Albenpfad und gerieten in einen Hinterhalt. Ich hatte die Wahl, ein Gebiet zu durchqueren, das die Gelgerok fest im Griff halten, oder aber hier heraufzukommen, um mir einen Überblick zu verschaffen.«

»Der König hört es nicht gerne, wenn Fremde ohne sein Wissen in sein Reich eindringen«, sagte Alwerich. »Ich aber will nachsichtig sein, denn ohne dich wäre ich nun wahrscheinlich der Nachtisch eines Gelgerok.«

Ich lächelte.

»Wenn es ein Überblick war, den du gewinnen wolltest, dann komm mal mit.« Der Zwerg stützte sich an der Wand ab und richtete sich auf. Das rechte Bein belastete er nicht, sondern ließ sich von mir helfen.

Im ersten Stock des Turmes brachte ich Alwerich an ein niedriges Fenster, das sich rechts die Wand entlangzog. Für ihn und seinesgleichen war es hoch genug, ich aber musste mich bücken, um hinauszuschauen.

Unter uns erstreckten sich Hügel, Berge und Täler. Steil unter uns sah ich sogar den Albenstern, an dem Daerunau zur Beute der Gelgerok geworden war. Jenseits des Grenzlands erblickte ich den Wald Alaen Aikhwitans. Wäre der Turm nur ein wenig weiter entfernt gewesen, meine Heimat wäre im Dunst der Ferne verschwunden. Einen Moment genoss ich den Blick auf den Wald. Dann aber sah ich die Gelgerok, die überall zu wüten schienen. Und jeder schöne Gedanke verging.

»Unglaublich«, flüsterte Alwerich. »Tatsächlich. Ganze Herden.«

Ich zählte fünf Herden, die weit voneinander entfernt über die Hügel und durch die Täler zogen. Dazwischen Scharen, und abseits dieser etliche Einzeltiere. »Woher kommen sie?«, fragte ich den Zwerg, als müsse dieser die Antwort wissen.

»Manche glauben, ihr hättet die Plage über uns gebracht. Aber deine Anwesenheit sagt mir, dass ihr genauso wenig wisst wie wir.« Er grinste. »Ich vermute, auch bei euch denkt man nichts Gutes über uns. Machen wir uns also nichts vor.« Er deutete in die Mitte des Raumes. Dort befand sich ein Mosaik, eine Spirale. Die Fuß- und Hufspuren im Staub waren kaum zu übersehen. »Waren das deine Gefährten? Und bist du deshalb hergekommen?«

Ich nickte und zeigte ihm von der Fensteröffnung aus, wo uns die Gelgerok überrascht hatten, wo mein Pferd das Leben verloren hatte. Ich erzählte ihm alles, deutete nach links, die Turmwand entlang, und zeigte, wo ich ins Gebirge emporgestiegen war.

»Dort verlor Narelun sein Leben.«

Alwerichs Grinsen war verschwunden. »Du hast also im Grunde das Gleiche durchgemacht wie ich.«

»So scheint es. Nun, da meine Gefährten hier waren, werden sie wissen, dass diese Plage zu groß ist, um von Albenkindern heraufbeschworen zu sein. Vielleicht sind sie bereits wieder im Tal und haben Emerelle Bericht erstattet.«

Alwerich holte tief Luft. »Und was würden sie tun, wenn sie erkennen, dass die Quelle des Übels auf Zwergengebiet liegt?«

»Unsere Königin wird Forderungen stellen.«

»Mein König wird drei Dutzend Krieger herschicken, wenn er erfährt, dass deine Gefährten hier waren. Vielleicht ist es der Beginn eines Krieges. Und das, während überall das Chaos herrscht. Eigentlich müsste ich dich zu meinem Volk bringen, damit du dich erklärst. Ich würde es jedoch nicht durch das Tal schaffen. Mit deinem Pferd könnte es gelingen. Aber du willst dich sicher nicht vor meinem Volk erklären müssen.«

Ich dachte den ganzen Abend über Alwerichs Worte nach und fragte mich auch, ob ich mich überhaupt noch auf dem Pfad befand, auf dem ich ausgezogen war. Mit Nareluns Tod hatte etwas Neues begonnen, und da drei Tage vergangen waren, hatten meine Gefährten ihren Auftrag vielleicht längst zu Ende gebracht. Der Abstieg durch die Herden der Gelgerok würde, so er mir glückte, gewiss Wochen dauern. Ich musste mir eingestehen, nicht mehr Teil des Spiels zu sein, in das mich Emerelle entlassen hatte. Wie sollte ich ihr und uns allen nun am besten dienen? Nareluns Worte nagten an mir. *Finde deinen eigenen Weg*. Genau das würde ich tun. Denn das Schicksal hatte mich von meinen Gefährten getrennt und zu weit von Emerelle entfernt, um ihren Willen zu erfragen.

Am nächsten Morgen wartete ich bis nach dem Frühstück. »Ich werde dich zu deinem Volk bringen, Alwerich«, sagte ich dem Zwerg schließlich. »Auch damit sie deine Gefährten holen können.«

Alwerichs Augen glänzten. »Dir ist klar, dass das übel für dich enden könnte.«

»Würden sie einen Elfen töten, der einem Zwerg das Leben gerettet hat?«

»Du kennst unseren Hof nicht. Am Ende danken sie dir und lassen dich dann hinrichten.«

»Vielleicht solltest du darüber schweigen, sonst überlege ich es mir noch anders.«

»Ich sag kein Wort mehr«, sagte der Zwerg grinsend.

Am Mittag machten wir uns auf den Weg. Alwerich behielt recht. Alleine hätte er den Weg durch das Tal nicht geschafft. Auf Yerimees Rücken jedoch behaupteten wir uns. Die Kraft der Stute schien keine Grenzen zu kennen. Trotz des enormen Gewichtes des Zwergs lief das Pferd den Gelgerok davon.

Am Ende des Tales folgten wir einer langen Schlucht und fanden schließlich Jagdspuren. Blut, Haut und Knochen. Die Zwerge hatten die Gelegenheit genutzt und die Gelgerok erlegt, die sich hierhergewagt hatten.

Ein Bolzen schoss an uns vorüber. Ich packte die Zügel fester und war bereit, Yerimee herumzureißen, doch dann brüllte jemand von jenseits der Felsen: »Das ist Alwerich, ihr Narren!«

Nun hagelte es statt Pfeilen Entschuldigungen, und kurz darauf blickten drei Köpfe über einen Felsen, der den Eingang zu einer Felsspalte verstellte – zwei mit Kettenhauben, der andere mit einem Eisenhelm geschützt.

»Verzeiht! Wir dachten, ihr wäret Beute!«, sagte der Zwerg mit dem Eisenhelm. »Alwerich! Wo sind die anderen?«

»Sie sind tot, Wuregalf.« Alwerich berichtete knapp, was am Turm geschehen war. Einem Schützen standen die Tränen in den Augen, der andere senkte den Blick.

Wuregalf schluckte und atmete tief durch, ehe er sprach. »Und dieser Elf hat euch beigestanden?«

»Er rettete mir das Leben.« Alwerich berichtete, dass ich ihn die Stufen emporgetragen und auch die Leichen seiner Gefährten bis in den Turm hinaufgebracht hatte.

Wuregalf nickte. »Nuramon. Zu welcher Sippe gehörst du?«

»Zu der des Weldaron.«

»Nie gehört. Lass mich offen sprechen: Elfen sind in diesen Zeiten nicht gern gesehen.« Er sah zu Alwerich. »Aber ein Lebensretter ist ein Lebensretter. Der König soll über dich entscheiden.«

»Ich erkläre mich ihm gerne«, sagte ich. Dann stieg ich von Yerimee ab und führte sie und damit auch Alwerich hinter Wuregalf her. Die Schützen flankierten uns und zeigten großes Interesse an mir und Yerimee. Von Misstrauen fand ich keine Spur in ihren Gesichtern. Wuregalf aber schaute sich immer wieder mit ernster Miene zu mir um. Er wirkte alt. Ich hatte gehört, dass die meisten Zwerge Zeichen des Alters trugen, und tatsächlich war das Haar, das sich unter Wuregalfs Helm herunterwölbte, grau. Auch seine Wangen waren, anders als die der beiden Schützen, von tiefen Falten durchzogen.

Der alte Zwerg führte uns zu einem gewaltigen Tor, das offen stand. Jenseits davon warteten rund ein Dutzend Zwerge und tuschelten untereinander. Ich spürte die Magie des Albensterns, der direkt im Torrahmen zu liegen schien.

Als wir die Schwelle überschritten, zuckte ich zusammen, und auch Yerimee ließ sich von meiner Bewegung verunsichern und blieb für einen Augenblick stehen. Etwas war mit einem Schlag anders. Vielleicht lag es am Luftzug, der aus einer anderen Richtung kam, vielleicht an den Lichtverhältnissen. Ein Blick zurück, und ich sah den Weg, auf dem wir gekommen waren. Dann aber verschwammen der Weg und die Felswände, und nur der Torrahmen und die Torflügel blieben zurück. Dahinter war nichts anderes mehr als eine Mauer. Das Tor zum Zwergenreich war ein mächtiger Albenstern. Es bewies, dass die Zwerge enorme Macht erworben hatten.

Weit oben im Gewölbe drang Licht aus Kristallen und wurde von den hellen Wänden reflektiert. Viele der Wachen, die uns hier erwarteten, waren schwergerüstete Krieger, und ich konnte nicht anders, als zu denken, dass sie unter anderen Umständen meine Feinde gewesen wären. Ich sah auch, dass die Eingangshalle eine Todesfalle war. Das mächtige Tor gegenüber würde Eindringlinge aufhalten, und aus den Scharten in den Wänden würden Bolzen dem Feind einen unliebsamen Empfang bereiten.

Wuregalf sprach kurz mit einem Krieger in einer Prachtrüstung, dann öffnete sich das Tor auf der anderen Seite, und wir gelangten in eine riesige Halle. Sie war rund, und durch offen stehende Tore erspähte ich weitere Pforten, die scheinbar in den Fels gebaut waren. Eine bot einen Blick ins Freie, in ein felsiges Tal, über dem niedrige Wolken schwebten. Ein weiter See zog sich bis zu den schneebedeckten Hängen hin. Die Magie, die hier überall floss, machte mich fast schwindelig.

Mir fiel auf, dass die einzelnen Durchgänge und Pforten nicht gleichmäßig angelegt waren. Der eine Raum war kleiner als der andere, der eine etwas niedriger, der andere etwas höher. Die Zwerge hatten ihre Hallen an die Albenpfade angepasst. Sie hatten hier eine Stelle gefunden, an denen sich besonders viele Albensterne befanden, und ein gigantisches Torhaus erschaffen.

Wir folgten Wuregalf einen langen Gang in die Tiefe zu einem Lichttor, wie Yoradae es zu öffnen vermochte. Der Torrahmen jedoch, in den sich das Licht spannte, pulsierte grün. Vor lauter Magie schien die Luft zu zittern.

Wir traten ins Licht, und kaum befanden wir uns in der Dunkelheit, schaute ich zurück. Tatsächlich! Nicht weit entfernt befanden sich so viele Albensterne, dass ihre Strahlen einander überdeckten. Doch keiner der Pfade stieß in den Albenstern, auf dem wir uns befanden. Einige stachen über uns hinweg in die Ferne, doch hier kreuzten sich nur zwei Pfade. Der eine fuhr senkrecht in die Höhe, auf dem anderen gelangten wir zu einer Kreuzung. Hier traten wir durch ein weiteres Lichttor.

Eine gewaltige Halle öffnete sich vor unseren Augen. Die Decken waren aus Bergkristall, aus dem Licht strömte; Säulen strebten wie Baumriesen in die Höhe, und mächtige Barinsteine an den Säulen ließen die Halle bis in die Ferne erstrahlen.

Erst die von überall herannahenden Zwerge zogen meine

Blicke in die Tiefe. Sie bestaunten Alwerich, der noch immer auf Yerimee saß und von mir geführt wurde. Ich fand mehr Neugier als Feindseligkeit in den Mienen, und abermals machte Alwerich keinen Hehl daraus, dass ich ihm das Leben gerettet hatte. Er rief es den Leuten rasch zu, und jedes Mal, wenn es ihm über die Lippen kam, schien ihn das Schicksal seiner Gefährten mehr zu bekümmern.

»Wo ist Thureine?«, fragte schließlich ein Krieger.

Alwerich kämpfte mit den Tränen. Seine Erzählung von der Zauberin, die ohne schwere Rüstung den Angriffen der Gelgerok als Erste erlag, sagte mir, welche der Leichen es war. Ich hatte mich gefragt, wie das Schicksal der Gefährten Alwerichs verlaufen war. Ein Blick in die trauernde Miene des Kriegers zeigte mir, dass er offenbar Thureines Geliebter gewesen war, und ich wusste nun mehr, als meinem Herzen lieb war.

Nachdem Alwerich von meiner Hilfe berichtet hatte, trat der Krieger an mich heran.

»Das soll dir vergolten werden, Elf.«

Ich nickte dankend.

Durch eine Reihe von Seitenhallen, die eine prachtvoller als die andere, führte uns Wuregalf weiter, bis an eine Pforte. Sie war mit goldenen Platten geschmückt, welche die Geschichte des Zwergenvolkes erzählte. Die Anfänge unter den Alben, die Kämpfe gegen die Drachen und andere Bestien, die in den Tiefen der Welt wohnten. Eine Darstellung fiel mir besonders ins Auge. Ein Zwerg in schlichtem Gewand stand zwischen leuchtenden Strahlen, die sich kreuzten, und wies mit den Händen darauf, als wären sie Geschenke. Das musste Thorwis sein, der Weise unter den Zwergen, der die Herrschaft mied und die Macht Wengalf, dem König der Zwerge, überlassen hatte.

Ich half Alwerich vom Pferd, und er erzählte mir, dass die größten Erzähler hier vor den Bildnissen die Vergangenheit in Geschichten zum Leben erweckten.

Nach einer Weile trat ein edel gekleideter Zwerg durch eine kleine Tür zu uns und fragte Wuregalf nach unserem Anliegen. Nach einer ausführlichen Erklärung verschwand er wieder, und wir warteten.

»Alwerich!«, rief plötzlich jemand, und eine Zwergenfrau kam mit wehendem Gewand näher.

»Sie haben mir erzählt, was geschehen ist.« Sie küsste ihn.

»Solstane!« Er wies auf mich. »Dies ist Nuramon, mein Lebensretter.«

Die Zwergin verbeugte sich vor mir. »Du ahnst nicht, zu wie viel Dank ich dir verpflichtet bin.« Dann sah sie sich Alwerichs Wunden an. Da dieser jede seiner Verletzungen als Kratzer bezeichnete, wandte sich Solstane an mich, und ich sagte die Wahrheit. »Seine Verletzungen sind nicht kuriert. Er braucht Ruhe oder starke Magie. Ich könnte …«

»Du hast genug getan«, entgegnete Alwerich.

Solstane lächelte. »Ich werde mich schon darum kümmern.«

Der edel gekleidete Zwerg kehrte zu uns zurück. »Der König möchte dich sehen, Nuramon aus der Sippe des Weldaron. Aber Alwerich soll zu den Heilern gehen, ehe er vor Seine Majestät tritt.«

Während Alwerich mit den Schultern zuckte, verzog Solstane das Gesicht zu einer misstrauischen Miene. Sie winkte einen Wächter herbei. »Stütz du Alwerich und bring ihn zu den Heilern.«

»Und was machst du?«, fragte Alwerich Solstane.

»Wenn ich dich schon nicht heilen darf, dann werde ich für dich zuhören.«

Alwerich grinste. »Ich werde den Heilern meinen Diamanten geben, wenn sie mich nur rasch wieder auf die Beine bringen.« Er schaute mich an. »Und dann gehen wir gemeinsam auf Gelgerokjagd. Dann zahlen wir es ihnen heim.«

Ich nickte und lächelte, teilte aber die Zuversicht meines Gefährten nicht. Solstanes Miene machte mir Sorgen. Wahrscheinlich drohte mir Schlimmes, und man wollte Alwerich nicht dabeihaben.

Das große Tor öffnete sich und gab den Blick auf eine Halle frei, in der Licht und Schatten sowie ein Schein aus Gold und

Silber herrschten. Ohne eine einzige Säule erstreckte sich der breite Saal bis zum Thron des Zwergenkönigs.

Der Hofmeister wollte sich Solstane in den Weg stellen, ich aber drückte ihm rasch die Zügel Yerimees in die Hand, und der Zwerg erstarrte vor Überraschung. An Wuregalfs Seite, immer noch begleitet von den beiden Schützen und Solstane im Gefolge, schritt ich den Saal entlang. Durch Seitentore strömten weitere Zwerge herein und musterten mich mit neugierigen Blicken. Ich bemühte mich vorauszuschauen.

Um den Thron des Königs und den leeren Thron neben ihm standen unauffällig gekleidete Gestalten mit hohen Hüten, anscheinend Berater des Königs. Und dann war da eine Gestalt, ein alter Zwerg mit langem Bart, ganz in Blau gekleidet, der Mantel mit kleinen Sternchen und Fadenbahnen bestickt. Es musste Thorwis sein. All die Wachen um den König und seine Berater sagten mir deutlich, dass man mir nicht vertraute. Auch die Miene des Zwergenherrschers verriet, dass ich hier nicht willkommen war.

Ich senkte mein Haupt vor König Wengalf, ebenso wie Wuregalf und Solstane. Der König hielt sich nicht mit langen Gesten auf, sondern erkundigte sich bei Solstane nach Alwerichs Befinden. Sie gab knapp Auskunft, fragte dann aber: »Warum hast du Alwerich fortgeschickt? Er hätte dir alles berichten können. Ich hoffe, er wird gehört, ehe über das Schicksal dieses Elfen entschieden wird.« Solstane wies auf mich.

»Das ist meine Entscheidung«, erwiderte der König. Solstane verbeugte sich und trat einige Schritte zurück.

Nun wandte sich der König an Wuregalf, der alles berichtete, was er beobachtet und vernommen hatte. Alwerichs Anwesenheit hätte mich in einem besseren Licht erstrahlen lassen. So aber blieb vieles vage.

Der Zwergenkönig musterte mich. »Was führt deinesgleichen in unser Reich?«, fragte er schließlich.

»Die Plage der Gelgerok«, war meine Antwort.

»Bist du ein Bote – oder ein Spion?«

»Nicht ganz das eine, und das andere ganz und gar nicht.« Ich erzählte vom Auftrag Emerelles und dass ich mit meinen Gefährten auf den Albenpfaden gewandelt und in Bedrängnis geraten war. Ich berichtete auch von der Gefahr, die meiner Sippe drohte und jedem Lebewesen, das den Gelgerok in den Weg kam.

Der König winkte seine Berater zu sich, und sie flüsterten ihm zu. Nur Thorwis hielt den Blick fest auf mich gerichtet und verharrte wie eine Statue.

Als die Berater wieder vom Thron fortstrebten, zögerte König Wengalf. Seine blauen Augen stachen zwischen seinem braunen Haar und dem Bart heraus. All das Haar vermochte seine jugendliche Mimik nicht zu verbergen. Offenbar war auch er wiedergeboren worden. In einem früheren Leben hatte er die Zwergenvölker geeint. Die Besonnenheit eines Herrschers schien ihm in diesem Leben noch zu fehlen, stattdessen brodelte Zorn in ihm.

»Seid du und deine Gefährten auf unseren Pfaden gewandelt und durch unsere Albensterne getreten?«, fragte er.

»Das sind wir«, antwortete ich.

»Du gibst also zu, unser Gebiet verletzt zu haben.«

»Ich gebe zu, das Gebiet der Gelgerok verletzt zu haben, denn sie herrschen von den Hängen und Hochtälern der Berge bis hinab ins Tiefland.«

Thorwis trat vor, und der König erteilte ihm das Wort. »Du sagtest, du wärest nicht ganz ein Bote«, sprach der Zauberer mit ruhiger Stimme. »Das heißt, dass du so etwas wie eine Nachricht bei dir trägst.«

Ich zögerte.

»Wie lautet die Botschaft?«, fragte der Zwergenkönig.

»Die meine lautet: Lasst uns die Feindseligkeit vergessen und die Gelgerok bekämpfen. Die Botschaft meiner Königin lautet anders. Die Königin von Albenmark schuldet euch keine Rechenschaft, wohin sie ihre Jäger ausschickt, sofern es im Lichte des Tages geschieht. Das sagte meine Herrin.«

Thorwis machte eine enttäuschte Miene, und im Saal erhoben sich empörte Rufe.

König Wengalf hob die Hand. Als Ruhe eingekehrt war,

wies er auf einen seiner Berater. »Was rätst du mir?«, fragte er.

Mit durchdringender Stimme sprach ein Zwerg mit langem Schnauzbart. »Du solltest Krieger ausschicken, damit sie unsere Albensterne besetzen. Und auch Zauberer, auf dass ihre Magie nicht nur die Trolle von den Pfaden abhalte, sondern auch die Kinder der Lichtalben.«

Man erzählte sich, dass Emerelle Geister an einen Albenstern zu knüpfen vermochte und sie so zu Wächtern machte. Thorwis traute ich dies ebenfalls zu, und der Rat, den Wengalf soeben erhalten hatte, sagte mir, dass die Zwerge solchen Zauber zu wirken vermochten.

Der Zwergenkönig wandte sich an einen alten Mann mit eingefallenen Wangen. Auch dieser verbeugte sich. »Schlag diesem Boten den Kopf ab«, sagte er. »Schick diesen als Antwort auf die dreiste Botschaft zu Emerelle zurück.«

Wengalf schaute zu mir herab. »Du siehst, wir sind bereit, die Grenzen unseres Reiches mit Waffen zu verteidigen. Binnen Tagen könnte Krieg herrschen.«

»Auf welchem Schlachtfeld soll der Krieg gefochten werden?«, fragte ich. »Während die Gelgerok das Land verheeren, sollen sich Elfen und Zwerge um unwichtige Albenpfade streiten?«

Nun trat Solstane vor. »Ich glaube nicht, was ich hier höre«, sagte sie. »Zolderich! Das ist doch nicht dein Ernst! Ihm den Kopf abschlagen? Und du, König? Wenn das deine Berater sind, dann lass auch mich dir raten.«

»Nur zu«, sprach Wengalf, und Solstane deutete auf mich. »Schaut ihn euch an und fühlt euch in seine Lage ein. Er sieht Alwerich, er sieht die Gelgerok, die gleich über ihn herfallen. Es wäre ein Leichtes gewesen, die Dinge einfach geschehen zu lassen. Er hätte bewahren können, was wir nun erfahren haben. Aber nein, er wählt den Weg, der alles offenbart. Er sieht ein Albenkind in Gefahr und hilft ihm. Und denkt auch an die Leichen der Getöteten, die er auf seinem Rücken in Sicherheit brachte. Denkt vor allem an Alwerich! Er will den Heilern einen Diamanten bieten, wenn sie ihn nur rasch heilen. Er möchte mit Nuramon ausziehen und die Gelgerok jagen. Er glaubt, dass nun, da die Gelgerok unser aller Feinde sind, wir vereint gegen sie vorgehen sollten. Stellt euch seine Enttäuschung vor, wenn er erfährt, dass der Elf, der ihm das Leben rettete, plötzlich wie ein Feind behandelt wird. Was wir diesem Elfen tun, das tun wir Alwerichs Würde an.«

Viele Blicke richteten sich auf den König, und dieser nickte. »Du sagst, dass wir den Elfen nicht von Alwerich und damit von uns selbst lösen können. Du hast recht. Trennen wir also die Rettungstat Nuramons von den Worten Emerelles. Was bleibt dann?«

Ich erinnerte mich an Alwerichs Warnung im Turm. Sie schienen mir tatsächlich danken zu wollen, nur um mir dann den Kopf abzuschlagen.

Der König schaute zur Seite. »Thorwis! Wie lautet dein Rat?«

Es wurde still im Saal.

»Behalten wir die Gelgerok im Blick«, sagte er. »Unsere Späher berichten uns, dass die Quelle allen Übels irgendwo in den Tälern unseres Reiches liegt. Und wir wissen, dass Magie im Spiel ist.«

Das war etwas, das ich noch nicht wusste und das selbst Emerelle offenbar noch nicht erkannt hatte. »Alte Magie. Manche von euch glauben, es sei der Zauber Emerelles, der die Plage nährt. Andere vermuten, die Gelgerok seien die Vorboten der Drachen, vor deren Rückkehr sich so viele fürchten. Aber es ist weder das eine noch das andere. Die Drachen sind geschlagen, nur ihre Kinder leben noch ein Dasein in Verfolgung. Emerelles Macht ist zwar alt, doch ihr Zauber schadet ihrem eigenen Volk mehr als dem unseren. Und doch spricht aus ihren Worten eine Feindseligkeit, ein Anspruch auf etwas, das uns gehört. Das könnte uns dazu verleiten, den Konflikt zu suchen. Doch leben wir nicht in dem Reich, das wir uns immer gewünscht haben? Sind wir nicht zum ersten Mal sicher vor den Gefahren, die uns früher plagten? Ist unsere

Macht nicht größer, als sie es jemals war? Haben wir dies nicht nur deswegen erreicht, weil wir bereit waren, mit der Vergangenheit zu brechen und neue Wege zu gehen?«

Viele Köpfe nickten, manche Zwerge riefen ihre Zustimmung laut heraus.

»Dann frage ich euch: Warum sollen wir uns grämen, wenn die Königin uns nicht den Respekt zollt, den wir verdient haben? Während die anderen Albenkinder ruhten, waren wir fleißig. Wir kennen nun das Geheimnis der Seelenmagie und der Großen Erinnerung. Wir wissen die Albenpfade zu nutzen wie kein anderes Volk und konnten so unsere alten Gänge und Hallen aufgeben, in denen so viele von uns umkamen. Unsere Stärke ist, dass wir trotz allem, was man uns nachsagt, zu gewaltigen Veränderungen fähig sind. Stein ist unser Element, nicht jedoch, weil wir starr wie ein Fels sind, sondern weil wir dieses Element nach unseren Vorstellungen zu formen vermögen. Deswegen haben wir nichts zu befürchten, nicht von den Elfen und auch nicht von den Trollen. Seien wir also offen. Sagen wir diesem Elfen gerade heraus, dass die Albenpfade, die Emerelle beansprucht, für uns keinen Nutzen mehr haben, wir aber dennoch daran festhalten wollen. Und welchen Nutzen haben diese Pfade den Elfen zu bieten? Es geht um Anspruch, um Anerkennung ihrer Macht. Emerelle will nicht die Pfade, sie will, dass wir uns unter ihre Herrschaft begeben. Und das werden wir nicht tun.«

Wiederum erhob sich laute Zustimmung im Saal. Ich wusste nicht, ob ich es gutheißen oder ablehnen sollte. Ich hatte vor diesem Tag noch nie jemanden gegen unser Volk sprechen hören.

»Einen Fehler dürfen wir bei allem nicht begehen. Wir dürfen die Dinge nicht zu einfach sehen. Emerelle ist ein Wesen mit vielen Gesichtern. Wir dürfen sie nicht nur an ihren Worten messen, denn sie sind oft nur ein blendendes Licht, hinter dem sich etwas anderes als das Scheinbare verbergen kann.« Thorwis lächelte mir zu. »Emerelles Botschaft besteht nicht nur aus Worten, sondern auch aus Taten. Und an Taten sollten wir alle Albenkinder messen. Wäre Nuramon nicht erschienen, wäre Alwerich tot, seine Leiche und auch die Leichen seiner Gefährten wären an die Gelgerok verloren.«

»Das mag für ihn sprechen«, sagte Zolderich. »Und vielleicht ist mein Rat wahrhaftig ein wenig hart ausgefallen. Aber das ändert nichts an Emerelles Plänen. Ihn können wir ehren, Emerelle aber sollten wir eine warnende Botschaft schicken.«

Thorwis schüttelte langsam das Haupt. »Aber sie war es, die Nuramon auswählte. Hätte sie ihn und seine Gefährten nicht ausgesandt, hätte sie auch nur einen Hauch anders entschieden, so wäre Alwerich nun tot.«

»Willst du sagen, dass Emerelle uns einen Gefallen getan hat?«, fragte Zolderich.

»Ich sage, dass wir bei Emerelle den Schein ihrer Worte von ihren Taten unterscheiden müssen. Es mag sein, dass sie uns unter der Hand etwas zugespielt hat.«

Ich hörte dem Gespräch neugierig zu. Dass sie so offen vor mir sprachen, wunderte mich. Sie hätten all das bereden können, ohne dass ich lauschte. So aber erfuhr ich, wie die Zwerge von uns Elfen dachten.

Der Zauberer wandte sich dem König zu. »Majestät, ich rate dir: Bring in Erfahrung, was aus den Gefährten dieses Elfen geworden ist. Ihre Spuren müssten zu finden sein. Schick die besten Heiler zu Alwerich. Er soll seinen Diamanten behalten. Seine Sippe soll Krieger stellen, die mit Nuramon aufbrechen, um das zu Ende zu bringen, weswegen er auszog. An seinen Taten können wir ihn messen. Er mag noch mehr Dankbarkeit ernten oder aber alles wieder zunichte machen.«

König Wengalf musterte mich abermals, dann winkte er Thorwis zu sich und flüsterte ihm etwas ins Ohr. Der Weise antwortete. Zu gerne hätte ich von seinen Lippen abgelesen, doch alles, was sich meinen Augen bot, war der zuckende Bart des alten Zwergs.

Als Thorwis sich zurückzog, nickte der König. »Solstane!«, sagte er dann.

»Ja, König.« Die Zauberin beugte ihr Haupt.

»Eure Sippe stellt die Krieger, und du wirst die Zauberin

sein. Ihr werdet euch um Nuramon kümmern. Ihr werdet ihn ausstatten und ihr seid für ihn verantwortlich. Seine Taten sind eure Taten. Denn durch die Rettung Alwerichs und das Bewahren der Leichen unserer Recken soll er dem Recht nach zu eurer Sippe zählen.«

Solstane verbeugte sich. »Es geschehe!«

Der König winkte schwergepanzerte Krieger zu sich, die goldene Ketten trugen, an denen mit Edelsteinen besetzte Siegel hingen. Den einen wies er an, eine Schar über die Albenpfade zum Turm zu schicken und die Leichen der Getöteten zu sichern. Einem anderen gab er den Befehl, nach meinen Gefährten zu suchen.

Schließlich wandte sich der König wieder an mich. »Nuramon. Wir werden Thorwis' Rat befolgen. Doch sei gewarnt. Die Ehren die du bei uns empfangen hast, werden bei deinesgleichen rasch zur Schande.«

Ich neigte mein Haupt. »Ich danke dir, König. Ich werde weder dich noch meine Herrin enttäuschen.«

So wenig wie ich wusste, wo in den Ioliden ich mich genau befand, so schwer fiel es mir zu sagen, wie viel Zeit vergangen war, seit ich das Zwergenreich betreten hatte. Als aber das Leuchten aus den Deckenkristallen allmählich verging und nur noch die Barinsteine ihr warmes Licht spendeten, wusste ich, dass der Abend gekommen war. Solstane bestätigte mir auf dem Weg zu ihrer und Alwerichs Sippe, dass die Lichtkristalle an das Tageslicht gebunden waren.

Die Sippe nahm mich freundschaftlich auf. Sie lebte in einer langen Halle, von denen die Räume und Nischen der einzelnen Familien abgingen und die mit all ihren Tischen, Stühlen und Feuerstellen wie ein gewaltiger Festsaal wirkte. Gut hundert Zwerge stellten mir Frage nach Frage. Sie waren dankbar, dass ich Alwerich gerettet hatte. Ich erfuhr, dass Alwerich zwar kein hohes Amt bekleidete und auch keine großen Heldentaten vollbracht hatte, aber überaus beliebt war.

Während ich in einer der Kammern darauf wartete, dass

Alwerich von den Heilern zurückkehrte, pflegte die Sippe meine Waffen und flickte meine Lederkleidung. Während ich mich badete, nahmen sie meinen Bogen mit, um ihn mit einer neuen Sehne auszustatten. Sie erkannten ihn als etwas Besonderes, und das war er – ein Erbstück, nicht aber von irgendeinem Verwandten, sondern von mir selbst. In meinem vorletzten Leben, am Ende der Drachenkriege, hatte ich mit einem Teil meiner Sippe den beseelten Baum Ceren in Sicherheit gebracht. Die Drachen hatten die Birke aus der Erde gerissen. Wir hatten um sie gekämpft, denn wir spürten, dass ihre Macht noch nicht erloschen gewesen war. Wir brachten die Reste der Ceren zu Alaen Aikhwitan – eine mühsame Reise mit vielen Gefahren war es gewesen. Aber wir hatten es geschafft, und Alaen Aikhwitan rettete Ceren, indem er mich anwies, aus dem Holz ein Haus in seiner Krone zu bauen. Es sollte mein Haus sein. Es blieb nur ein kleiner Rest übrig, gerade genug, um einen Bogen und einige Pfeile daraus zu machen. Die Pfeile gingen nach und nach verloren, der Bogen aber blieb in meiner Familie und war nun wieder in meinem Besitz.

Auch mein Schwert fiel den Zwergen auf. Einer der Krieger sagte mir, dass es aus einer Zeit stammte, als Elfen und Zwerge Seite an Seite schmiedeten. Ich berichtete, dass ich in einem früheren Leben in Ischemon einer von vielen Gefährten Emerelles gewesen war und sie mir dieses Schwert zum Geschenk gemacht hatte.

Als ich meine Waffen zurückbekam, staunte ich. Mein Schwert strahlte, wie ich es noch nie zuvor gesehen hatte. Und mein Bogen hatte eine Sehne, die ihresgleichen suchte. Jalestor, Waffenmeister von Alwerichs Sippe und ein angesehener Krieger, hatte Zugang zur Waffenkammer des Königs gehabt und eine magische Sehne geholt, die – das sagte er – so alt war wie mein Schwert. »Sie wird nie erlahmen«, sagte Jalestor voller Stolz. Dazu reichte er mir einen Köcher Pfeile. »Aus einer Zeit, da wir noch keine Armbrüste führten. Gut gepflegt, nicht wahr?«

Ich dankte ihm, dankte allen.

Alwerich sah ich erst beim Frühstück wieder. Die Heiler des Königs hatten ein wahres Wunder gewirkt, denn der Zwerg vermochte zu gehen. Nur die ein wenig vor Schmerz verzogene Miene erinnerte noch daran, dass Alwerich gestern noch ein gebrochenes Bein gehabt hatte. Seine Heilung schien den Zwerg aber weit weniger zu beschäftigen als die Tatsache, dass er seinen kostbaren Diamanten, den er den Heilern angeboten hatte, behalten durfte.

In der vergangenen Nacht hatten die Krieger die Leichen von Alwerichs Gefährten zu ihren Familien gebracht, und von der Schar, die nach meinen Gefährten Ausschau halten sollte, hieß es dass sie gerade vor dem König Bericht erstattete.

Kurz darauf stand auch ich – Alwerich, Solstane und Yerimee an meiner Seite – vor König Wengalf. Im Thronsaal herrschte an diesem Morgen eine andere Stimmung. Fast schien es, als wären Solstanes und Thorwis' Worte auf fruchtbaren Boden gefallen und in der Nacht erblüht.

»Wir wissen nun, was zu wissen ist«, sagte der König, nachdem er uns begrüßt und Alwerich für seine Hartnäckigkeit im Kampf gegen die Gelgerok gedankt hatte. Dann wandte er sich an mich. »Die Schar, die ich aussandte, um deine Gefährten zu finden, hat mir Bericht erstattet. Einer unserer Magier hat sie kurz vor dem Morgengrauen entdeckt. Sie sind in einem Tal gefangen.«

»Dann werde ich ausziehen, um sie zu retten«, erklärte ich.

»Die Gelgerok strömen durch das Tal auf den Pass die Hänge hinab, wie ein reißender Fluss streben sie in die Tiefe. Deine Gefährten halten dagegen wie ein Fels in der Flut. Doch wie lange wird ihre Zauberkraft ausreichen?«

Ich dachte an Yoradae. Das hieß, dass sie noch am Leben war. »Gebt mir genug Pfeile, und ich werde es wagen.«

Der König erhob sich von seinem Thron. »Geht hin und rettet Nuramons Gefährten, wie Nuramon Alwerich rettete. Geht hin und bringt in Erfahrung, woher die Gelgerok kommen, was sie so zahlreich und so mächtig macht. Lüftet das Geheimnis!«

»Das werden wir, König«, sagte Alwerich.

Kurz darauf brach ich inmitten einer Schar von vier Dutzend Bewaffneten auf und durchquerte an Alwerichs Seite die breiten Gänge, angefeuert von den Zwergen der einzelnen Hallen. Solstane führte uns auf einen Albenpfad, und wir folgten der Zauberin von Lichtkreuzung zu Lichtkreuzung. Ich verlor die Orientierung, aber es kümmerte mich nicht. Denn ich dachte nur an Yoradae und die anderen.

»Hier ist es«, sagte Solstane schließlich. »Dies ist das Tor. Ich spüre die Magie deiner Gefährtin, Nuramon.«

Kaum hatte die Zwergenzauberin das Tor in die Welt geöffnet, tauchten Alwerich und ich in das Licht ein. Wir gelangten auf einen Absatz am Hang, der sich langsam in die Tiefe zog und im Schatten der Berge lag. Nur am Ausgang des Hochtals traf der Schein der Sonne den Boden.

Da war ein mattes Licht im Tal, eine graue Kugel leuchtete dort. Es war Yoradaes Magie. Rings um das Licht wimmelte es vor Gelgerok. Einige versuchten, gegen die Kugel anzurennen und prallten, von Blitzen getroffen, zurück. Andere begnügten sich damit, in der Nähe der Kugel auszuharren und zu warten, bis ihre Beute von selbst herauskäme. In der Kugel saßen mehrere Gestalten dicht gedrängt beieinander. Mehr vermochte ich von meinen Gefährten nicht zu erkennen.

Im Tal herrschte das Chaos. Es war übersät von Gelgerok. Überall huschte und wimmelte es; an einer Stelle kämpften die Tiere untereinander, anderswo schien sich eine Herde zu bilden, nur um sogleich wieder auseinanderzubrechen.

»Wie sollen wir das schaffen?«, fragte Alwerich und schüttelte den Kopf, während die Krieger hinter ihm aus dem Lichttor traten. Die ersten Gelgerok sammelten sich bereits und würden gewiss bald den Mut fassen, uns entgegenzukommen.

»Wir werden nicht durchbrechen können«, sagte Jalestor.

»Das müssen wir auch nicht.« Ich stieg auf Yerimee. »Ich lenke sie ab, vielleicht bietet sich meinen Gefährten eine Möglichkeit zur Flucht.«

Alwerich tauschte einen Blick mit Solstane, dann mit Jalestor. »Wir kommen in Formation den Hügel hinab und bewegen uns wie ein Drache. Pass du auf dich auf.«

Ich nickte, dann trieb ich Yerimee an. Ich ritt den Hügel hinab und zwischen zwei Gelgerokscharen hindurch. Erst als ich über eine weite Wiese preschte, setzten sie mir endlich nach. Mit Genugtuung sah ich, dass nur wenige Tiere am Fuß des Hanges verharrten und kurz darauf bereits von den Bolzen der Zwerge niedergestreckt wurden.

Das Spiel, das Narelun und ich gespielt hatten, begann von Neuem. Ich ritt auf die Lichtkugel zu. Abseits davon gab es Boden auf den ich ausweichen konnte. Es war genug Platz, wenn man über ein schnelles Pferd verfügte. Dort am Hügel war zwar eine Gelgerokschar, doch diese war damit beschäftigt, untereinander zu kämpfen. Erst als ich auf Yerimee fünfzig Schritt an sie herangekommen war, entdeckten sie mich.

Einzelne Tiere brüllten, und Unruhe entstand bei jenen, die meine Gefährten belagerten. Mein Blick suchte nach einem Leittier, aber die Bestien schienen nicht zu wissen, ob sie überhaupt jemandem folgen sollten. Mir war diese Unsicherheit recht. Bis auf gute zwanzig Schritt ritt ich an die Lichtkugel heran und trieb Yerimee dann schräg zur Seite und mit etwas Abstand an der Lichtkugel vorüber.

Ein Gelgerok sprang heran, bäumte sich auf und schlug nach mir. Rasch machte ich mich im Sattel ganz klein, und die Kralle der Bestie verfehlte mich. Ein weiteres Tier versuchte Yerimee zu rammen, doch die Stute sprang einfach zur Seite, und ich ließ sie gewähren. Der Gelgerok lief ins Leere. Sein Haupt senkte sich zu weit und stieß in den Boden. Dann fiel die Bestie.

»Nuramon!«, rief eine Elfenstimme.

Ich schaute nach links, während die Gelgerok in Bewegung gerieten und sich hinter und neben mir in Angriffsstellung brachten. Obwohl meine Gefährten durch die Kugel nur trüb und ein wenig verzerrt zu erkennen waren, sah ich, dass sie aufgesprungen waren. Golvadas reckte seinen Bogen in die Höhe, und auch die anderen winkten mir zu. Yoradae rief meinen Namen wieder und wieder, als könnte sie nicht glauben, was sie sah.

Schon war ich vorüber. Die Gelgerok, die hinter mir waren würden nicht zu mir aufschließen, nicht solange Yerimee bei Kräften war. Doch die Tiere, die links kamen, zwangen mich dazu, nach rechts zu halten. Ich kam der Schar nahe, die eben noch untereinander gekämpft hatte, sich nun aber gegen mich wandte. Die einen wollten mir von links den Weg abschneiden die anderen von rechts. Der Pfad wurde enger und enger.

Wir hatten es fast geschafft, nur wenige Schritte noch, als ein Gelgerok direkt vor uns sprang. Abermals wich Yerimee zur Seite aus. Sie lief direkt gegen einen Gelgerok, und schon änderte sie wieder die Richtung, schlug Haken wie ein Hase und lief dann mit aller Macht weiter.

Wir hatten die Bestien hinter uns gelassen, doch die Freude währte nur einen Herzschlag lang. Auf einem Hügel vor uns stand ein Bulle, und ich ahnte, was jenseits des Hügels auf uns wartete, also ritt ich in einem Bogen nach rechts. Die Gelgerok folgten mir. Yerimee und ich waren ihre Beute, und sie würden mich nicht ohne Weiteres aufgeben.

Ich hielt Ausschau nach Alwerich und den anderen Zwergen. Sie waren den Hang herabgekommen. Alwerich stand auf einem mächtigen Felsen und winkte mich zu sich. Ich ahnte, was die Zwerge planten. Sie hatten erkannt, dass die Schilde ihrer Krieger der Kraft der Bestien nicht standhalten würden. An dem Felsen aber würden die Herde der Gelgerok wie eine Schiffsflotte an einer Steilküste zerschellen.

Alwerich und einige andere Schützen sammelten sich auf dem Felsen, während sich die Schildträger neben ihm aufbauten. Ihre Reihe führte schräg in den Schatten des Felsens. Dahinter brachten sich die Speerträger in Stellung, und auch die wenigen Pikeniere fanden dort ihren Platz.

Kaum war ich so nahe herangekommen, dass die Zwerge

freie Sicht auf die Flanke der Gelgerokherde hatten, flogen die ersten Bolzen, und die Schreie getroffener Tiere mischten sich unter das Getöse der Herde.

Ich war auf der Höhe des Felsen, als Alwerich mir abermals zuwinkte. »Gut, Nuramon!«, rief er.

Schon war ich vorüber und blickte sofort zurück.

Als fließe nach einem Dammbruch ein gewaltiger Fluss in ein trockenes Flussbett, strömten die Gelgerok an den Felsen. Die Zwerge schossen Bolzen nach Bolzen ab. Die Armbrüste klangen wie Kriegstrommeln. Zwischen den Schilden im Schatten des Felsens stachen Piken und Speere hervor. Sogar Schwerter ragten heraus und rissen den vorbeilaufenden Bestien die Leiber auf. Einige Gelgerok hielten an und wollten die Zwerge attackieren doch der Druck der nachfolgenden Tiere spülte sie fort.

Solstane warf Steine in die Herde, und wo diese auftrafen, sprengten Flammen in alle Richtungen und erfassten die Körper der Bestien.

Hinter mir herrschte das Chaos. Und trotz allem strebten mir immer noch Tiere nach. Ich führte sie wieder vom Fuße des Hanges fort auf die weite Wiese.

Yoradaes Lichtkugel war vergangen. Die Gelgerok hatten sich tatsächlich fortlocken lassen, und die Gefährten ritten auf ihren Pferden so rasch sie konnten. Es waren nicht mehr viele von ihnen übrig. Ich sah Golvadas, der an der Spitze der kleinen Schar ritt. Sieben Pferde zählte ich, auf drei von ihnen ritten zwei Gefährten. Rasch strebten sie zum Hang. Danarelle und auch Yoradae waren nicht unter ihnen.

Da blitzte es nahe der Stelle, an der die Lichtkugel gewesen war. Ein Gelgerok lief brüllend davon. Ein weiterer Blitz schoss zwischen den Bäumen hervor. Dort war Yoradae. Mit ausgestrecktem Arm stand sie da und ließ Blitze aus ihren Fingern schießen. Danarelle und drei weitere Gefährten stachen einen Gelgerok nieder und bewegten sich weiter in den Wald hinein.

Ich konnte nicht zu ihnen, solange mir noch Gelgerok auf

der Fährte waren. Als ich zu einer zweiten Runde meines Weges ansetzte, sah ich, dass Golvadas die Zwerge erreicht hatte. Es war nicht schwer zu erkennen, warum Danarelle sie fortgeschickt hatte. Sie waren verwundet und so sehr geschwächt, dass sich kaum einer von ihnen bei den Zwergen zum Kampf einreihte.

Einmal mehr winkte Alwerich mir zu. Ich vermied es, denselben Weg am Felsen vorüber zu nehmen, denn dort lagen die Gelgerokkadaver mittlerweile dicht an dicht. Nur wenige der Bestien lebten noch, und noch weniger von ihnen waren in der Lage zu kämpfen. Ich führte die kleine verbliebene Herde in sicherer Distanz am Felsen vorüber. Die Armbrustschützen schossen ihre Pfeile ab, und die Krieger hinter den Schilden nahmen sich die Tiere vor, die sich zu nahe heranwagten.

Ich hatte den Felsen passiert, als die Gelgerok sich von mir und dem Felsen der Zwerge abwandten und über die Wiese davonliefen. Die wenigen Tiere, die verblieben waren, schossen die Zwerge nieder.

Die Zwerge jubelten im Triumph und reckten ihre Waffen in die Höhe. Ich kehrte zu ihnen zurück und hielt bei Golvadas. Zum Feiern war mir nicht zumute. Der Jäger aus Lyn kümmerte sich um einen seiner beiden Gefährten aus der Heimat; von dem anderen war nichts zu sehen.

»Nuramon. Wie bei allen Alben hast du das geschafft?«, fragte Golvadas und gab seinem Gefährten Wasser aus der Flasche eines Zwergen.

»Eine lange Geschichte«, sagte ich nur. »Was machen die anderen?«

»Yoradae hat die Quelle der Gelgerok gefunden. Sie glaubt, es sei ein Tor, durch das sie herbeiströmen. Danarelle will es schließen.«

Solstane kam mit Alwerich näher. »Sprach sie wirklich von einem Tor?«

»Sie erwähnte es nicht ausdrücklich«, antwortete Golvadas. »Aber sie sagte, dass die Gelgerok von dort kommen.«

»Ich werde hinreiten«, erklärte ich. »Ein weiterer Schwertarm wird sicher helfen.«

Solstane nickte. »Du musst mich auf deinem Tier mitnehmen.«

»Wie?«, fragte Alwerich und schüttelte den Kopf.

»Bleib lieber hier«, sagte ich. »Wer weiß, wann die Gelgerok neuen Mut fassen.«

Aber Solstane widersprach. »Deine Zauberin wird geschwächt sein. Sie wird nicht nur jeden Schwertarm, sondern jeden Funken Magie benötigen, um das zu bändigen, was dort lauert.« Sie küsste Alwerich. »Er wird mich zurückbringen.«

Der Zwergenkrieger nickte. »Ich weiß.«

Mich berührten die Worte der beiden Zwerge, doch die Verantwortung, die sich mir dadurch aufbürdete, lastete bereits schwer auf mir. Ich reichte Solstane die Hand und half ihr zu mir herauf. Kaum saß sie vor mir, ritt ich los.

Die Gelgerok schienen das Feld geräumt zu haben. Vielleicht mieden sie den Geruch ihrer Toten, der mit dem Wind vom Hang hinüberwehte. Unbehelligt erreichten wir den Waldrand. Solstane hielt sich schweigend am Sattel, aber auch an meiner Rüstung fest.

Als wir vorsichtig in den Wald hineinritten, waren das Brüllen der Gelgerok und die Kampfgeräusche meiner Gefährten bereits zu hören. Ich folgte dem Pfad der erschlagenen Gelgerok.

Da waren sie! Yoradae, Danarelle und zwei weitere Elfen schauten einem Gelgerok nach, der die Leiche eines Gefährten davonzerrte.

Auf den letzten Schritten scheute Yerimee und weigerte sich, weiterzugehen. Der Boden war hier feucht, und neben uns lag eine graue Haut, so groß wie ein gewaltiger Mantel. Sie war zwar nass und ein wenig schmutzig, aber Blut war weit und breit keines zu sehen. Doch weder das eine noch das andere schien Yerimee zu schrecken. Sie spürte gewiss, was ich spürte – die Magie dieses Ortes, die geradezu aus dem Boden emporzuschweben schien.

Ich stieg von Yerimee ab, half auch Solstane aus dem Sattel

und griff Bogen und Köcher. Dann redete ich der Stute gut zu und ließ sie zurück. Sie würde sich gewiss in Sicherheit bringen, wenn Gefahr drohte.

Raschen Schrittes näherten wir uns Yoradae und den anderen drei Gefährten. Sie wirkten erschöpft. Trübes Wasser perlte von ihren Gesichtern ab.

»Nuramon!« Danarelle lächelte, und Yoradae trat an mich heran und schloss mich schweigend in die Arme. Es war ein vollkommener Augenblick, eine Ruhepause mitten im Chaos.

Yoradae löste sich schließlich von mir und sagte: »Bringen wir es zu Ende.«

Ich nickte.

Solstane stellte sich kurz vor und fragte Yoradae: »Wo ist es?«

»Dort!« Die Zauberin deutete tiefer in den Wald. »Was immer es ist.«

Wir waren nun zu sechst. Die beiden verbliebenen Krieger aus Yaldemee, Uldoron und Beredin, sprachen kaum ein Wort. Ihnen standen die Tränen in den Augen. Viele der Gefährten hatten ihr Leben gelassen, einer gerade eben erst.

Mit großer Vorsicht schritten wir voran und folgten dem Pfad den Danarelle uns wies. Immer wieder sahen wir diese dicke Haut, die neben Wasserlöchern lag. »Sind das die Mägen irgendwelcher Tiere?«, flüsterte ich.

»Vielleicht«, hauchte Danarelle.

»Das sind keine Mägen«, sagte Solstane stockend und deutete voraus.

Im trüben Wasser regte sich etwas. Ein pulsierendes Gebilde erhob sich darin. Dann knurrte es. Es war ein Gelgerok. Ich hatte Jungtiere gesehen, ich hatte trächtige Tiere beobachtet. So kamen die Gelgerok nicht auf die Welt.

Halb verborgen hinter einem Baum beobachteten wir, was mit dem Gelgerok geschah. Ein gurgelndes Brüllen, dann biss sich das Tier durch die feuchte Haut. Es war ein ausgewachsener Bulle, und es dauerte, bis er sich hervorgequält hatte. Dann versuchte er, auf dem feuchten Boden zu stehen, brach aber unter zitternden Beinen zusammen und brüllte auf.

Ich tauschte einen Blick mit Danarelle. Die Elfe nickte, und schon liefen wir aus der Deckung des Baumes auf den Gelgerok zu. Die Bestie wusste nicht, wie ihr geschah, und sprang in die Luft, knickte aber um, als sie wieder zu Boden kam. Doch da stieß Danarelle bereits ihr Schwert in den Körper des Tieres. Ich machte einige Schritte zur Seite, sodass Danarelle mir nicht ins Schussfeld kam, dann schoss ich einen Pfeil ab.

Danarelle duckte sich unter einem Krallenhieb weg, dann traf sie der Schädel der Bestie und warf sie zur Seite. Ich schoss ein weiteres Mal, und die Bestie bäumte sich auf.

Auch Uldoron und Beredin, die beiden Krieger aus Yaldemee, trafen die Bestie wieder und wieder mit ihren Schwertern. Erst als Danarelle auf den Beinen war, gelang es, die Bestie in das Wasserloch zurückzustoßen, wo sie zusammenbrach und starb.

Als alles wieder ruhig war, tasteten wir uns vorsichtig weiter und hielten uns dabei abseits der Wasserlöcher. In einigen sahen wir die Haut dieser sonderbaren Gelgerok, ihre Geburtsblase, wie es schien.

»Dort ist es!«, hauchte Solstane schließlich und deutete auf einen gewaltigen Baum, der inmitten einer Lichtung stand und das Geheimnis dieses Tales offenbarte. Er war laublos, und seine dicken Äste hingen tief herab. Das Holz war grau wie Stein. Unter der welligen Rinde bewegte sich etwas. Ein ständiges Knistern drang hervor, als würde die Rinde Stück für Stück aufgebrochen. Der Baum wuchs neben einem flachen Felsen, dessen Oberfläche glitzerte. Einige der Wurzeln wanden sich über den Felsen und wölbten sich wie schlafende Schlangen ungeheueren Ausmaßes durch das wässrige Gras der Lichtung. Auf den langen Wurzeln pulsierten Adern.

Ein Rascheln im Gras, und wir sahen, dass die Wurzeln lebendig wurden. Sie wanden sich wie riesige Würmer. Und auch oben im Geäst schlängelte sich etwas.

Danarelle warf einen Blick über die Schulter, zurück in den

Wald. Ich musste es ihr nicht gleichtun, um zu wissen, wohin die langen Wurzelarme jenes Wesens führten.

»Ist das ein Alb?«, fragte Uldoron.

Die Frage trieb mir einen Schauer über den Rücken. Ich wäre nicht einmal auf den Gedanken gekommen, dieses Ungeheuer, das Gelgerok ausbrütete, für einen Alben zu halten. Und doch stellte ich mir vor, wie Elfen oder Zwerge in solch einem Wald der Erde entstiegen.

»Nein, Uldoron«, antwortete Yoradae. »Es ist eine Bestie, die sich von einer Wunde unserer Welt nährt.«

»Es ist wie eine magische Garnison«, flüsterte Solstane. »Man errichtet sie im Land des Feindes und nährt sie mit Zaubermacht. Die Drachen haben in unserem Reich damals Geisterquellen gesät. Aber ein Wesen, das Gelgerok gebiert?« Sie schüttelte den Kopf.

»Wir müssen es töten«, sagte Danarelle.

»Vorsicht«, hauchte Solstane. »Dort fließt viel Magie. Es ist der Fels – daraus bricht die Magie hervor. Das ist die Wunde. Daraus nährt sich das Wesen. Es könnte sich verteidigen.«

Ich schlug vor, erst einmal einen der schlangenartigen Arme zu attackieren oder einen Pfeil aus der Ferne abzuschießen. Danarelle zögerte nicht und wagte sich auf die Lichtung, hob ihr Schwert und schlug es mit aller Kraft in den dicken Arm des Wesens. Die Klinge drang tief ein und durchtrennte den Arm beinahe. Schwarzes Blut quoll aus der Wunde, und mit diesem schlug uns ein Schwall von Magie entgegen. In der Krone des grauen Baumes krachte es, und totes Holz schoss in alle Richtungen davon. Zum Vorschein kamen die Fangarme des Wesens, die sich dem Geäst angepasst und den Baum offenbar von innen aufgefressen hatten. Die Wurzeln auf der Lichtung wanden sich nun durch die Luft, und überall um uns herum raschelte und plätscherte es. Der Wurzelarm, den Danarelle abgetrennt hatte, schlängelte sich zum Baum zurück.

Die Kriegerin ließ sich nicht beirren, attackierte bereits den nächsten Wurzelarm und durchtrennte ihn mit drei Hieben. Schon waren Uldoron, Beredin und ich an ihrer Seite.

Während die beiden Krieger ihre Schwerter kreisen ließen, zog ich einen Pfeil aus dem Köcher. Doch ich hatte ihn kaum auf die Sehne gesetzt, da fuhr einer der abgetrennten Arme in die Höhe und schlug nach uns. Danarelle riss mich zur Seite, und Beredin stieß Uldoron zu Boden. Wie ein gefällter Baum ging der gewaltige Tentakel des Wesens nieder und traf Beredin mit voller Macht. Der Gefährte war auf der Stelle tot.

Uldoron hob sein Schwert und lief schreiend auf das Ungeheuer zu.

Danarelle rief ihm nach, doch Uldoron ließ sich nicht zurückhalten. Unsere Anführerin biss sich auf die Lippen und lief ihm nach. Und ich? Ich folgte ihr.

Ein Riss fuhr die Baumrinde herab. Die Hülle, in die sich das Wesen gekleidet hatte, brach auseinander, und endlich konnten wir den Körper des Wesens erkennen. Er platzte hervor, und ich konnte kaum glauben, dass dieser wulstige Leib eben noch im Innern des Baumes gehaust hatte. Mit dem Stamm stürzte das, was noch von der Baumkrone übrig war, mit einem gewaltigen Krachen zur Seite und schlug auf die Lichtung auf. Gekrümmt stand das Wesen da und riss seinen Körper von den Resten des Baumes los.

Das Gebrüll von Gelgerok ließ mich herumfahren. Solstane und Yoradae folgten uns und blickten immer wieder zurück. Kurz dachte ich an Yerimee, doch dann erkannte ich die Schreie wieder. Sie waren so schmerzerfüllt wie jene, die ich vernommen hatte, als die Zwerge die Gelgerok am Felsen niedergeschossen hatten. Die Bestien am Ende der Wurzelbahnen litten.

Uldoron war mittlerweile bei dem Ungeheuer angekommen und stach sein Schwert mit aller Gewalt in dessen Leib. Die Bestie zog all ihre Arme ein Stück aus dem Wald zurück, so weit, dass am Rande der Lichtung sogar einige Gelgerok in ihren Geburtsblasen zappelten. Dann fuhren zwei Fangarme aus der Krone herab, packten Danarelle und rissen sie in die Höhe. Die Kriegerin klammerte sich an einen der Fangarme und ließ sich, als kenne sie nicht die geringste Furcht, daran herabgleiten. Den Dorn am Schwertgriff bohrte sie dabei in das Fleisch des Tentakels. Am Felsen fing ich sie mit meinem Körper auf und half ihr dann, die Wurzelarme am Felsen und direkt am Körper des Ungeheuers mit dem Schwert zu durchtrennen.

Immer wieder fuhr mein Blick dabei zu Solstane und Yoradae. Auch sie gerieten in Bedrängnis, und ich stand kurz davor, ihnen zu Hilfe zu eilen. Doch eine Flamme Solstanes oder ein Blitz Yoradaes, und die Fangarme schreckten zurück.

Wann immer Danarelle und ich einen Wurzelarm durchtrennt hatten, fiel dieser mit lautem Krachen zu Boden. Da sah ich, dass einer der Gelgerok, der an einem der Arme schwebte, sich nicht mehr nur mit Gebrüll begnügte, sondern sich in die Blase verbiss, die ihn barg. Er wollte heraus.

»Dieser!«, rief ich Danarelle zu, und wir schlugen den Arm gerade in jenem Augenblick durch, da der Gelgerok seinen Kopf freigelegt hatte und sich bemühte, seinen Körper durch die schmale Öffnung zu zwängen. Der Wurzelarm fiel, und der Gelgerok schlug auf den Boden auf und rührte sich nicht mehr.

Uldoron hielt sich nun den Schwertarm und starrte schwer atmend zum Wald, dorthin, wo Beredin lag.

Solstane und Yoradae kamen hinzu und legten ihre Hände auf den glitzernden Felsen. Sie machten sich ganz klein, sodass die Fangarme sie nicht erreichen würden. Als sie es doch versuchten, sprang Uldoron auf und schlug, ohne auf seine eigene Sicherheit zu achten, auf die Bestie ein. Mit einem Ruck presste das Ungeheuer den Körper herab, fasste Uldoron mit den Fangarmen und riss ihn in die Höhe. Der Krieger schrie auf.

Schon schlug Danarelle auf das Monster ein, während ich Pfeil um Pfeil von der Sehne sirren ließ. Das Ungeheuer bäumte sich auf, aber es fiel nicht.

Yoradae und Solstane lösten sich nun vom Felsen, hoben ihre Arme und schleuderten Blitz und Feuer. Der Fels schien ihnen Macht verliehen zu haben. Die Bestie wand sich vor Schmerz.

»Nuramon!«, rief Danarelle. Ich lief um den Fels herum und folgte ihrem Fingerzeig. Oben, knapp unter den Fangarmen, saß ein riesiges, wild rollendes Auge. Wir hatten das Wesen im Rücken angegriffen, doch nun sah ich die Stelle, die es zu treffen galt. Ich legte an und schoss. Ein mächtiges Zittern durchlief das Wesen. Oben wirbelten die Fangarme zuckend durcheinander.

Uldoron hatte sich befreit und hing hoch oben am Ende eines Fangarms. Er sah über die Schulter in die Tiefe – und dann ließ er sich einfach fallen.

Danarelle warf ihr Schwert zu Boden und lief los, um ihn aufzufangen, aber sie war zu langsam. Mit einem Knacken, als bräche der Ast eines Baumes, traf Uldoron am Boden auf. Sein linkes Bein war abgewinkelt. Er schrie, als Danarelle ihn fortzog.

Die Fangarme senkten sich bereits wieder.

Ich schoss einen weiteren Pfeil auf die Bestie, und endlich taumelte sie – und neigte sich mir zu. Ich lief zur Seite, da fuhr etwas herab und erwischte mich an der Brust. Mit einem Mal lag ich auf dem Rücken und sah zu dem Wesen auf, direkt in sein Auge, in dem noch meine Pfeile steckten. Schwarzes Blut rann daraus hervor, und noch immer senkte sich das Ungeheuer mir entgegen.

Ich richtete mich auf und hastete beiseite, da schließlich fiel das Wesen vom Felsen herab zu Boden. Die Fangarme plätscherten noch im wässrigen Gras. Da sahen wir es. Ein gewaltiges Maul mit Zähnen öffnete sich dort, wo die Wurzelarme auseinandergingen. Als der letzte Fangarm erstarrte, hörten wir nur noch das Gebrüll der Gelgerok im Wald.

Solstane und Danarelle kümmerten sich um Uldoron. Sein Bein und sein Arm waren gebrochen, aber er lebte. Yoradae nahm sich meiner Brust an und erklärte kurz darauf: »Es sind drei gebrochene Rippen.«

Ich hielt meine Augen auf den Rand der Lichtung gerichtet.

Die Gelgerok, deren Geschrei wir vernahmen, kamen nicht näher. Doch irgendetwas bewegte sich dort. Ich biss die Zähne zusammen und nahm meinen Bogen. Kaum hatte ich einen Pfeil bereit, zielte ich auf den Schatten, doch Yoradae legte mir die Hand auf die Schulter.

Ich senkte den Bogen und holte den Pfeil von der Sehne. Dann legte ich beides zur Seite und lehnte mich zurück.

»Gut so«, sagte die Zauberin. »Es ist vorbei«, hauchte sie mir ins Ohr.

Der Schatten im Wald trat auf die Lichtung heraus. Es war Yerimee.

»Das ist Nareluns Pferd«, sagte Yoradae.

Ich nickte und erzählte, was uns geschehen war.

»Es tut mir leid, Nuramon«, sagte die Zauberin, und ihre Augen glänzten.

»Narelun ist ins Mondlicht gegangen.« Ich erzählte von seinem Tod, und die Trauer in Yoradaes Augen wich der Faszination.

»Es war sein Schicksal, dich zu retten.« Sie schüttelte den Kopf. »Das ist eine Ehre, Nuramon.«

»Es wird nicht leicht, mich dieses Opfers würdig zu erweisen.«

Yoradae legte mir die Hand auf die Brust. Ihre Hände waren warm von Magie. »Vielleicht hast du gerade den ersten Schritt getan.«

Der Zauber Yoradaes wärmte mich, und ich spürte, wie er ans Werk ging. Zuerst verschwanden die Schmerzen, dann bewegten sich die Rippen kaum merklich.

Schließlich löste sie die Hände von meiner Brust, fasste mein Kinn und küsste mich mit ihren weichen Lippen. Dann lächelte sie mich an, als wären wir längst wieder in Sicherheit.

Das Gebrüll der Gelgerok erstarb schließlich. Als Solstane Uldoron versorgt hatte, hoben wir ihn aufs Pferd und verließen den Wald, wie wir gekommen waren. Unterwegs sahen wir die Wasserlöcher, aus denen die Gelgerok entsprungen waren. Wir fanden sogar Fruchtblasen, die wir zuvor nicht gesehen hatten.

Als wir aus dem Wald kamen, war weit und breit keine der Bestien mehr zu entdecken. Aber erst als wir unsere Gefährten in der Ferne sahen, wie sie uns entgegenkamen, uns zuwinkten und zujubelten, wusste ich, dass es vorüber war.

Wir kehrten als Helden nach Aelburin zurück. Frohen Mutes schritten meine zwergischen Gefährten zwischen den Reihen der Gratulanten hindurch, und selbst bei meinen Elfengefährten schwand die Trauer und wich dem Erstaunen. Keiner von ihnen hatte die Hallen der Zwerge je betreten, und als wir im Thronsaal vor dem König standen, schien jedes Misstrauen, das sich vorhin noch in Schweigen gehüllt hatte, verflogen.

König Wengalf begrüßte uns, doch es war Thorwis, der nach Solstanes Bericht das Wort an uns richtete. »Sorgt euch nicht. Wir sind nicht auf diese Weise in die Welt gekommen. Das Wesen, das ihr beschrieben habt, war ein Dannastyr, eine dämonische Kreatur, geschaffen, um Unheil zu säen. Ich weiß nicht viel über sie. Die Arme, das Auge, das Maul. Es entspricht den Sagen. Die Sänger sprechen von finsterem Werk, einem Frevel an der Welt. Aber sie benennen es nicht. Wir kennen nun das Geheimnis. Und die Plage wird schwinden.« Der Weise blickte mich an.

»Nuramon und ihr anderen, kehrt zu eurem Volk zurück. Berichtet, was ihr erlebt habt. Erzählt von Alwerich und Solstane, von ihrer Sippe, von mir und vom König. Sprecht von Taten, und vielleicht schwindet bald die Feindseligkeit aus den Worten zwischen unseren Völkern.«

An diesem Abend wurde uns zur Ehre ein Fest gegeben. Hier war es, dass Yoradae mir süße Worte zuflüsterte. Und ich flüsterte zurück. Wir liebten uns in dieser Nacht, und das erste Mal in jenem Leben fühlte ich mich am Ziel meiner Träume.

Am nächsten Morgen verabschiedeten wir uns von Alwerich, Solstane und all den anderen. Alwerich hätte uns am liebsten begleitet. »Versprich, dass du wiederkehrst«, sagte er schließlich, nachdem Solstane ihn davon abgebracht hatte.

»Alwerich, ich werde wiederkehren. Versprochen. Und falls mich einer fragt, zu welcher Sippe ich gehöre, dann sage ich: zur Sippe des Weldaron. Und zur Sippe des … Wie heißt eure Sippe eigentlich?«

»Die der Golestane. Sie ist längst im Silberlicht, wie so viele der Ersten. Eine große Zauberin und Kämpferin.«

»Die Sippe des Weldaron und der Golestane! So soll es sein.«

Ich verließ das Reich der Zwerge widerwillig. Es war zu früh um zu gehen. Am liebsten wäre ich mit Yoradae dort geblieben und anschließend auf eine große Reise aufgebrochen. Doch wir mussten Emerelle Bericht erstatten. Als wir gingen, schaute ich immer wieder zu Alwerich und Solstane zurück. Sie standen mit vielen der Sippe im Tor und winkten mir nach. Und weit hinten im Schatten stand Thorwis und schmunzelte.

Als wir zurück ins Tiefland kamen, bedauerte ich es, dass wir abseits meiner Heimat ritten. Ich hätte zu gerne erfahren, wie der Kampf meiner Sippe gegen die Gelgerok verlaufen war und ob es Opfer gegeben hatte. Doch Danarelle drängte darauf, der Königin Bericht zu erstatten. Wir hatten viel zu lange für unsere Aufgabe benötigt.

Wir trafen Emerelle wie zuvor im Großen Wald und störten sie abermals bei einer Feier. Zuerst berichteten Danarelle und Yoradae, dann musste ich erzählen, was geschehen war. Die Königin hörte sich alles bis zum Ende an, und dann schwieg sie lange und betrachtete mich. Ich fürchtete ihren Blick. Ich hatte Angst, sie würde mich tadeln.

»Unglaublich«, sagte sie schließlich. Es war ein Wort, das Emerelle selten im Munde führte. Sie war verwundert, und das überraschte alle. »Ein Dannastyr!« Sie erhob sich von ihrem Sitz. »Ich bin stolz auf euch.« Für einen Augenblick war es ganz still, dann erhob sich Zuspruch unter den Gästen der Königin.

Sie dankte jedem Einzelnen von uns. Auch für die Gefallenen hatte sie nur Lob übrig. Danarelle machte sie vor allen Versammelten zu ihrer neuen Schwertmeisterin, und Yoradae versprach sie magische Steine aus ihren Quellen.

An mich wandte sie sich zuletzt. Sie erzählte mir, dass meine Sippe den Angriff zurückgeschlagen hatte. Es hatte natürlich Opfer gegeben, und jeden Einzelnen von ihnen kannte ich. Trotz allem war ich erleichtert, dass mein Vater und meine Mutter unverletzt geblieben waren. Schließlich sagte Emerelle: »Du sollst einer meiner Boten sein.«

Ich dankte der Königin und ahnte nicht, dass die Würde, welche sie mir verliehen hatte, mir gleichermaßen zum Segen und zum Fluch werden würde. Ich war noch voller Hoffnung, dass Thorwis' Worte sich erfüllen würden.

Wir blieben bei Emerelle und feierten unsere Rückkehr. In der Nacht sangen die lieblichsten Stimmen Lieder im Gedenken an die Toten. Emerelle ließ alle Lichter löschen, sodass nur der Schein des Mondes herrschte. Sie setzte sich zu mir und Yoradae ins Gras. Der Kopf der Zauberin ruhte in meinen Armen. Es wurde still auf der Lichtung, und die Lieder wurden mehr und mehr zum Schlafgesang.

»Du sagtest, es schien, als hätte Narelun Geister gesehen«, hauchte die Königin in mein Ohr.

Ein Blinzeln, und ich war wach.

»Jene, die ins Mondlicht gehen, sehen manchmal das, was die Orakel sehen, und jedes Wort aus ihrem Mund mag ein Gewicht tragen. Was also sagte er?« Die Stimme der Königin war so sanft wie die der Sängerinnen, die ihr Mondlied sangen.

Ich zögerte, denn Nareluns Worte waren die eines Freien, nicht die eines Dienstmannes, eines Boten der Königin. Aber ich wagte es nicht, Emerelle anzulügen oder ihr etwas zu verheimlichen. »Er sagte mir: *Gib dein Leben nur, wenn dein Gewissen es fordert. Gehorche nur deinem Willen, beuge dich nicht dem anderer! Und finde deinen eigenen Weg! In tausend Jahren soll man sich noch von Nuramon erzählen.*«

Emerelle schwieg lange und starrte mich an. Der Mond spiegelte sich in ihren Augen. Nichts und niemand würde je an die Geheimnisse gelangen, die hinter diesem Blick verborgen waren, es sei denn, sie selbst gab diese preis. »Nuramon«, flüsterte sie nach einer Weile. »Hinter allem Schein verbirgt sich immer noch die Frau, die du in Ischemon begehrt hast und die dich zurückwies.«

Ich war überrascht. Dass ich in meinem früheren Leben einer von Emerelles Kampfgefährten gewesen war, hatte ich erfahren, doch dass ich sie begehrt hatte, war mir neu. Wer wenn nicht Emerelle hätte es mir auch erzählen sollen?

»Ich musste dich zurückweisen. Nicht nur weil da ein anderer war, sondern auch weil das Orakel Telmareen mich auf dich aufmerksam machte. Auch wenn du es mit dem Tod vergessen hast, so erinnere ich mich noch daran.« Sie strich Yoradae durchs Haar. »Und es beruhigt mich, dass du in diesem Leben eine Frau wie Yoradae gefunden hast. Sie kann dir das geben, was ich dir verwehrte. Denn nun bin ich die Königin und sehe die Zukunft, die sich stets in ein neues Gewand kleidet, ehe wir zu ihr aufschließen. Was Narelun für dich tat und was du für Alwerich getan hast, hat einen Pfad geschaffen, der am Ende Früchte tragen wird, so süß und heilsam, das wir alle davon kosten wollen und alle davon kosten werden. Du ahnst nicht, was ich gesehen habe, und ich sage dir nur so viel: Folge Nareluns Rat, ganz gleich wie sehr ich dich im Antlitz der Königin verfluche und dir Hindernisse in den Weg stelle, ganz gleich, wie die anderen dich verspotten. Denk immer daran, dass unter der strengen Miene der herrschsüchtigen Königin eine Frau lächelt, die von einer Zukunft träumt, die du ihr eines Tages bringen sollst.«

»Ist das mein Schicksal?«

»Du bist Nuramon der Wanderer, Erbe deines Vaters. Das Mondlicht liegt noch fern. Es ist ein weiter Weg, der dir viel abverlangen wird.« Lächelnd schaute sie auf Yoradae hinab. »Die Liebe wird deinen Schmerz lindern, ganz gleich, was dir geschieht. Bist du bereit, diesen steinigen Weg zu beschreiten?«

»Ich bin es«, sagte ich und hätte sie gerne etwas gefragt, was mich plagte, seit ich im Thronsaal der Zwerge gewesen war. Doch ich wagte es nicht.

»Nur zu. Stelle deine Frage.«

Sie hatte mich durchschaut, also fasste ich Mut. »Sieht Thorwis das, was du siehst?«

Sie lachte leise. »Wärest du sonst hier?«, fragte sie.

Ich erinnerte mich an Thorwis' Rat an den König. »Wer weiß?«

»Es sind Dinge in Bewegung geraten, denen wir uns nicht entziehen können. Thorwis weiß es. Bald schon wirst du ihm eine Botschaft überbringen, und je nachdem, wie er dann antwortet, mag sich mit einem Schlag das Schicksal von Jahrtausenden entscheiden.« Die Königin erhob sich und ließ mich staunend zurück, wie sie mich all die Jahrhunderte später in einem anderen Leben in der Kammer der Gaomee zurücklassen würde.

Ich bettete Yoradaes Kopf vorsichtig auf meine Brust und starrte in den Nachthimmel. Emerelle hatte mir die Augen geöffnet, ohne zu viel zu verraten. Meine Neugier war groß, mein Mut gestärkt, und meine Zuversicht kannte kaum Grenzen. Den Spott würde ich ertragen, und am Ende würde ich auf all dies zurückblicken und sagen, dass es das wert war. Ich würde Nareluns Regeln folgen und die Regeln meiner Mutter hinter mir lassen, denn ich hatte sie alle gebrochen. Ich hatte die Gefahr gesucht und war ihr nicht ausgewichen. Meine Freunde hatte ich nicht gewählt, das Schicksal hatte sie mir beschert. Und die Liebe? Ich hütete mich nicht vor ihr. Im Gegenteil. Meine Eltern und meine Sippe würden meinen Weg nicht gutheißen, doch sie würden es hinnehmen müssen.

Und nun, nachdem alles vorüber ist und Albenmark für mich unerreichbar geworden ist, muss ich wahrhaftig meinen eigenen Weg gehen. Ich denke gern an jene Zeit zurück, als Narelun und Alwerich, ohne zu wissen, und Emerelle und Thorwis, die Zukunft erahnend, mich auf einen Pfad brachten, der schließlich nach Jahrtausenden dazu führte, dass Albenmark gerettet wurde. Was damals gesät wurde, das ist erblüht und emporgewachsen.

Nun befinde ich mich auf dem letzten Stück meines Weges. Meine Rolle für Albenmark ist gespielt, das Mondlicht ist mir nach wie vor ein Rätsel. Ich bin noch immer auf der Suche nach meiner Bestimmung, und die Erinnerung an die Plage der Gelgerok hat ein Tor geöffnet. Es wird mich meinem Schicksal näherbringen. Am Ende, wann immer das sein wird, wartet auch auf mich das Mondlicht. Und vielleicht … vielleicht werde ich alle, die ich kannte, dort wiedersehen.

Farodin

von Bernhard Hennen

Gegenwart, im Wald, nahe des Steinkreises von Welruun

Farodin hielt ihre schlanken, weißen Hände. So kalt waren sie! Fast alles Blut war daraus gewichen. Aileen lächelte ihn tapfer an, aber er schaffte es nicht, ihr Lächeln zu erwidern. Stattdessen wandte er sich ab und legte all seinen Zorn und all seine Verzweiflung in einen Fluch: »Wo verdammt ist Emerelle? Hat sie uns im Stich gelassen?«

Niemand antwortete ihm. Abgesehen vom leisen Stöhnen der Verwundeten war es still auf dem Schlachtfeld. Es waren nur wenige Stimmen. Alle Trolle, die verletzt zurückgeblieben waren, hatten sie längst getötet, und kaum ein Elf hatte den Angriff überlebt. Stunden um Stunden hatten sie gefochten, obwohl sie von Anfang an wussten, dass es aussichtslos war. Sie waren viel zu wenige gewesen; zehn Trolle auf einen Elfen, vielleicht sogar mehr. Hünen, die einen Elfen um mehr als einen Schritt überragten und das Vierfache wogen. Tumbe Ungeheuer, die immer wieder anstürmten, ganz gleich wie viele von ihnen fielen. Der Steinkreis, den die kleine Elfenschar hatte halten sollen, war nicht zu verteidigen gewesen. Sie hatten in den angrenzenden Wald zurückweichen müssen, um den Trollen wenigstens den Weg zur Shalyn Falah zu verlegen, der Brücke, die ins Herzland führte. Dorthin, wo Burg Elfenlicht lag, der Königssitz Emerelles, der die Trolle die Krone Albenmarks entreißen wollten.

Im dichten Wald waren die Elfen im Vorteil gewesen. Ein wenig zumindest. Die Schlachtreihe der Trolle war aufgebrochen, und jeder hatte für sich allein gekämpft. War für sich allein gestorben. So viele Stunden lang. Nun wichen die gleißenden Lichtspeere, die den ganzen Tag über durch das dichte Blätterdach auf die Kämpfenden und die Toten hinabgestoßen waren, der Dämmerung. Der Anblick des Grauens wurde gnädig vom Zwielicht verschluckt, aber der Gestank blieb. Der Geruch nach Eingeweiden, Blut, zerstampftem Laub, verbrannten Leibern. Sie hatten mit allen Mitteln gekämpft: mit Pfeilen, Schwertern und Magie, die nicht gegen lebendes Fleisch hätte gerichtet werden dürfen. Ja, sogar mit nackten Fäusten und Zähnen. Nie hatte Farodin ein solch verzweifeltes Gemetzel erlebt – und doch war zuletzt das Unvermeidliche geschehen. Das, was allen Verteidigern von Anfang an klar gewesen war und dem sie sich doch mit verzweifeltem Trotz entgegengestemmt hatten. Die Zahl der Trolle hatte über den Heldenmut der Elfen triumphiert. Ihre Stellung war einfach überrannt worden.

»Du … blutest, Farodin.« Aileens Stimme war kaum mehr als ein Hauch.

»Das ist nichts«, wiegelte er ab. »Nur eine Schramme.«

»Wie bei mir.«

Er hatte ihren Humor immer geliebt, doch dieses Mal wollte ihm kein Lächeln gelingen. »Ja«, sagte er schlicht und vermied den Blick auf die klaffende Wunde in ihrem Unterleib. Das Leben rann ihr davon. Der Blutstrom war nur mehr ein schwaches Tröpfeln. Ihre Hand so kalt!

»Ich habe deine Hände immer gemocht, Farodin. Schon am ersten Tag.« Sie verschränkte ihre Finger mit den seinen. So nah … Fast eins. Sie hatten einander geschworen, unzertrennlich zu sein. Und nun ging sie fort.

»Deine Hände«, hauchte sie. »So zart und doch voller Kraft. Deine schlanken Finger, die all meine Geheimnisse kennen.« Aileens Hand verkrampfte sich in der seinen, und ihre grünen Augen weiteten sich, als wolle sie den Tod allein mit der Kraft ihres Blickes bannen. Sie war so blass! Und immer noch wunderschön.

Farodin blinzelte gegen die Tränen an. Nur Emerelle, die Elfenkönigin, könnte Aileen jetzt noch retten. Er aber war machtlos. Ja, seine Hände waren kräftig, aber heilen konnten sie nicht. Sie hatten gelernt, Wunden zu schlagen und …

Er schluckte, und kurz flackerte das Bild eines Gebirgsmassives vor seinem inneren Auge auf – das Bild der einsamen Täler der Mondberge, in denen er groß geworden war. Weit fort von den Kriegen um den Thron Albenmarks. Er hatte sich heraushalten wollen. Seine Familie gehörte nicht zu den Günstlingen Emerelles, sondern hütete das Land, das ihnen anvertraut war. Sie beschützten alle Albenkinder, die dort lebten. Selbst die zahllosen Kobolde, deren Launen so unerträglich waren, dass Farodin als Kind fast einmal einen von ihnen erschlagen hätte, weil sie ihm Ziegenpisse in den Milchbrei gerührt hatten. Sie beschützten auch die Faune, die sich in den dunklen Wäldern verbargen und am liebsten allein gelassen wurden, und die Minotauren, deren rasende Tanzfeste in Vollmondnächten Farodin als Kind geängstigt hatten. Seine Sippe bewahrte den Frieden in den Mondbergen. Sie waren Hüter, und sie machten ihre Sache besser als Emerelle – denn ihr war es nicht gelungen, den Frieden zu halten.

Nie hatte Farodin einer ihrer Henker werden wollen.

Bis er Aileen begegnet war.

Sie hatte ihn das Bluthandwerk gelehrt. Das Bluthandwerk und die Liebe. Sie war seine Meisterin im Schwertkampf gewesen. Nie hatte er ihr Können erreicht. Selbst Trolle hatten Aileen gefürchtet, jene Kriegerin, die auf dem Schlachtfeld so unerbittlich war und zugleich in schlaflosen Nächten Gedichte schrieb, die ihn zu Tränen rührten.

»Emerelle wird kommen«, flüsterte sie. »Sie hat es versprochen. Ich werde durchhalten – um deinetwillen. Wir müssen …« Ein Krampf ließ sie verstummen, und ihre schwache Stimme wich einem hohen, pfeifenden Atemgeräusch. Doch ihre Augen hielten ihn weiterhin gefangen, erstickten seine Verzweiflung und sagten mehr als alle Worte.

Nie hatte er sich so hilflos gefühlt wie in diesem Augenblick. Er konnte nichts tun! Konnte nur die tiefer werdenden Schatten des Waldes betrachten und warten. Wo blieb die Königin, verflucht! Er wollte aufspringen, seine Verzweiflung hinausschreien und zum Waldrand laufen, um nach Emerelle Ausschau zu halten. Stattdessen saß er weiterhin einfach nur da und hielt Aileens Hand in der seinen. Bei ihr zu sein, ihren Kopf in seinem Schoß gebettet, das war alles, was er ihr jetzt noch geben konnte.

Gedankenverloren strich er durch ihr Haar; da erinnerte er sich an den Barinstein, den er wohlverwahrt in seiner Gürteltasche trug. Er holte ihn hervor. Der verwunschene Stein war kaum so groß wie das erste Glied seines Daumens. Warmes, honigfarbenes Licht strahlte von ihm aus und vertrieb die Schatten. Selbst Aileens Blässe wich in diesem Licht einer lebendigeren Farbe, und ihre Augen erlangten noch einmal ein wenig von der strahlenden Kraft, die sie früher einmal gehabt hatten.

Doch die Illusion wiedererstarkten Lebens währte nicht lange: Dunkles Blut sammelte sich auf ihren Lippen. Ein Tropfen rann aus ihrem Mundwinkel, ihr Kinn hinab. Fahrig tastete sie danach, betrachtete das Blut auf ihren Fingerspitzen, und die Hoffnung in ihrem Blick erstarb. Hätte er nur sein Leben für ihres geben können! So konnte, so durfte es nicht enden!

Sie sah zu ihm auf und lächelte schwach. »Erinnerst du dich noch an unseren ersten Tag?«, flüsterte sie.

Farodin nickte, stählte sich, verbannte mit aller Macht den Schmerz aus seiner Stimme. Wenn er nur für einen Herzschlag lang seine Fassung verlöre, würde er sie nicht mehr wiedererlangen, würde den Damm kein zweites Mal errichten können, der jetzt noch seinen wogenden Schmerz zurückhielt. »Natürlich erinnere ich mich. Wie sollte ich diesen Tag jemals vergessen?«

Sie drückte seine Hand. So schwach! »Erzähl mir von dem Tag. Ich möchte deine Stimme hören, wenn ich gehe.«

»Ich sage es dir ungern, aber ich glaube, in deinem Zustand wirst du nirgendwohin gehen.« Das hatte er von ihr gelernt, sich dem Schicksal mit trotzigem Humor zu stellen. Eigentlich entsprach es nicht seinem Wesen. Sie hatte so vieles in ihm geweckt. Nur mit ihr zusammen fühlte er sich als ein Ganzes.

Aileen lächelte schwach, die Augen fest auf ihn gerichtet. Als könne sie auch ihr Leben halten, solange sie nur seinen Blick gefangen hielt.

»Emerelle wird bald bei uns sein. Dann wird alles wieder gut. Die Macht des Albensteins vermag jede Wunde zu schließen.«

Er log. Niemand wusste, wo die Elfenkönigin kämpfte. Ja, man wusste nicht einmal, ob sie noch lebte.

»Bitte erzähl …« Aileens Stimme war nur mehr ein Hauch über ihren Lippen. Blutleere Lippen, die einst in so wunderbarem, lebendigem Rot geschimmert hatten. So rot, als habe sie gerade frische Waldbeeren gegessen. Sie lächelte, und er versank in dem tiefen Grün ihrer Augen. Seine Erinnerung trug ihn fort von diesem Ort des Todes. Deutlich sah er ihn wieder vor sich, jenen Abend vor drei Jahren, der ihm Aileen geschenkt hatte.

»Der Herbst neigte sich schon dem Winter zu«, begann er, und die Worte fühlten sich an wie Asche. Tot, unfähig, den Zauber jenes Abends einzufangen. Stockend fuhr er fort: »Die Zeit, in der die Salme die Ströme hinaufziehen, um zu laichen, war fast vorüber. Ich stand fast bis zu den Hüften im eisigen Wasser …«

»Du warst … Du …«

»Scht, meine Schöne – nicht!«

Sie lächelte.

Ja, er war nackt gewesen! Nur ein Idiot stellte sich zum Fischen angezogen in einen kalten Gebirgsbach, statt seine Kleider an einer trockenen Stelle zu verwahren. Und er war steif gewesen in jenem vergangenen Leben, verklemmt sogar. Sie aber hatte ihm beides genommen und ihm einen Hauch ihrer Ungezwungenheit geschenkt. Weshalb also unterbrach er sie jetzt? Warum war jene Scham zurückgekehrt? Und dann verstand er. Wenn sie starb, würde jene Ungezwungenheit, die ein Teil seines Lebens geworden war, mit ihr sterben. Er schluckte, rang darum, einen kühlen Kopf zu bewahren. Das war sein Kampf ! Sie verlangte nach seinen Worten! Er musste es gut machen. Das war alles, was er tun konnte. Und genau das würde er auch, bis sie …

»Bitte erzähl.« Er las die Worte mehr von ihren Lippen, als dass er sie hörte. »Sprich zu mir, sprich einfach weiter, ganz gleich, was …«

Aileen verstummte.

Und in diesem Augenblick verstand er, dass sie aufgehört hatte zu kämpfen. Verstand, dass sie gehen würde. Aber das würde er nicht zulassen! Er würde nicht aufhören zu kämpfen. Niemals!

»Der Herbst neigte sich schon dem Winter zu«, begann er leise. »Und ich hatte den Auftrag, hundert Salme zu fangen …«

Drei Jahre zuvor in den Mondbergen

Farodin stand nackt im Fluss und spürte die Blicke wie glühende Nadeln in seinem Rücken. Es waren keine feindseligen Blicke. Seine Familie, die Sippe des Askalel, war in den Mondbergen hoch angesehen. Er hatte nichts zu fürchten, obwohl er auf dem besten Weg war, dem Namen der Seinen Schande zu machen. Morgen früh schon hatte er, einem alten Vertrag zur Folge, hundert Salme bei der Koboldsippe vom Nachttann abzuliefern. Im Gegenzug stellten die Kobolde seiner Familie zwei Diener, die ihnen ein Jahr lang die lästigen Alltäglichkeiten abnahmen. Es gab viele solcher Familienbündnisse. So kamen die Elfen der Mondberge zu ihrer Dienerschaft, jenen zahllosen helfenden Händen, die in den Palästen seiner Sippe Böden schrubbten, Küchendienste erledigten, Ställe und Kloaken reinigten und die Gärten wässerten, kurz – all das taten, was wenig Geist, aber einige Ausdauer verlangte. Und Farodins Sippe gewährte ihren Dienern und deren Familien Schutz und andere Dienste. Vor Jahrhunderten schon waren sie von den Alben zu den Hütern ihrer Kinder berufen worden – all jenen Geschöpfen, denen es an Verstand oder Kraft fehlte, sich allein oder unter ihresgleichen gegen die Unbilden des Lebens zu wappnen. Für die Kobolde etwa war das Fangen der Salme ein gefährliches Unterfangen, denn sie waren kaum fünf Hand hoch, und etliche von ihnen waren in der Vergangenheit von den großen Fischen in tiefes Wasser gezerrt worden und jämmerlich ertrunken. Morgen früh jedoch würden die Kobolde ihre Salme in Empfang nehmen und über Birkenholzfeuern räuchern. So blieben die Fische haltbar, und niemand aus der Sippe vom Nachttann würde den Winter über Hunger leiden. War die Sache mit den Salmen erst einmal erledigt, galt es einen Keiler zu jagen, der großen Flurschaden anrichtete. Und in fünf Tagen würde er einem großen Ratstreffen am Gamshaupt beiwohnen müssen, wo seine Sippe die Streitereien des kleinen Volkes schlichten würde.

Farodin hasste das endlose Gezänk der Kobolde um gestohlene Eier, verhexte Haustiere, Wiesenbrände und mutwillig herbeigeführte Steinschläge. Lieber streifte er durch die Wälder und lauschte den Geschichten, die die Natur zu erzählen hatte. Dem Wispern der Eichen, dem Keckern der Elstern, dem vielstimmigen Murmeln der Bergbäche. Wenn Farodin jagte, konnte er derart still verharren, dass die scheuen Waldvögel seinen Bogen für einen Ast hielten und die jungen Füchse um seine Stiefel tollten, als wäre er ein Baum. In seiner Sippe war es wohlbekannt, dass er die Streifzüge durch die Wälder philosophischen Streitgesprächen oder Abenden zum Klang der Harfe vorzog. Er war kein begabter Zauberweber, kein herausragender Fechter, kein Dichter, ja nicht einmal angenehme Gesellschaft, denn er war einsilbig, und wenn er sprach, dann war er oft so direkt, dass es schon fast beleidigend war. So vermisste man ihn nicht, wenn er manchmal wochenlang durch die Wälder streifte.

Farodin war nicht immer so gewesen. Als Kind hatte er die rauschenden Feste in den Palästen an den Südhängen der Mondberge geliebt. Die Musik, den Tanz, das ausgelassene Lachen. Das helle Klingen der Schwerter in den Fechtstunden und die Geschichten der Reisenden, die von den unheimlichen Albenpfaden berichteten, den tödlichen Wintern Carandamons oder dem legendären Fest der Lichter, wenn am fernen Waldmeer in der Dschungelstadt Vahan Calyd Emerelle, alle achtundzwanzig Jahre aufs Neue, zur Herrscherin Albenmarks gekürt wurde. Das Glück seiner Kindheit endete, als man hinter seinem Rücken über ihn zu tuscheln begann, er sich immer häufiger zurückzog und schließlich zum Eigenbrötler wurde. Erst Jahre später erfuhr er den Grund für das wachsende Misstrauen seiner Sippe: Sie befürchteten, Askalel, der Begründer seiner Familie, sei in ihm wiedergeboren worden. Einst war Askalel ein Held in den Drachenkriegen gewesen – und ein Vertrauter Emerelles, als deren Herrschaft noch jung war. Aber er hatte auch eine dunkle Seite gehabt. Nur die Ältesten wussten darum, was genau damals geschehen war, aber es hieß, er sei jähzornig gewesen und habe jene unsichere Grenze überschritten, die den Krieger vom Mörder trennt.

Farodin lächelte grimmig. In seiner Sippe wimmelte es von schwatzhaften Dummköpfen. Er jedenfalls hatte nie das Blut von Albenkindern vergossen! Die Einzigen, die ihn zu fürchten hatten, waren Fische.

Der melancholische Ruf des Silberschweifs in den nahen Zedernwäldern schreckte ihn aus seinen Erinnerungen auf. Die Stunde der Dämmerung war nicht mehr fern. Ihm lief die Zeit davon, und diese Gafferin in seinem Rücken war immer noch dort. Sie störte ihn!

Eine Nymphe war es nicht, überlegte er. Und auch keine Dryade, Najade oder Oreade. Dafür war das spärlich bewachsene Tal mit dem schmalen Uferstreifen zu reizlos und karg. Kobolde hätten sich niemals so lange still verhalten, und Faune und Minotauren würden einen unbekleideten Elfen kaum eines Blickes würdigen. Ihr Interesse gälte allein den gefangenen Salmen am Ufer. Also musste der Beobachter ein Elf sein – eine Elfe, vermutete er –, auch wenn er sich nicht vorstellen konnte, wer sich in diese einsame Gegend verirrt hatte. Lag da nicht auch der Geruch eines Pferdes in der Luft? Der Wind stand ungünstig und … Ach, verdammt! Er war hier, um Fische zu fangen. Was scherte es ihn, ob ihm jemand dabei zusah!

Ein Salm kämpfte sich gegen die Strömung den Fluss hinauf, ein riesiges Tier, mehr als einen Schritt lang. Der Fisch war sichtlich erschöpft, aber noch immer vorsichtig. Farodin verharrte und fixierte abwechselnd das sich nähernde Tier und seinen eigenen Schatten, der lang auf das Wasser fiel. Der Fisch würde den Schatten suchen – und den abgetrennten Fuß des Schwertreihers, den Farodin mit einer Seidenschnur um den Knöchel gebunden trug. Eine Drüse in diesem Vogelfuß sonderte einen Duftstoff ab, der Fische anlockte. Auch lange über den Tod des Reihers hinaus. Der Salm hatte Farodin nun fast erreicht, und obwohl die Strömung hier schwächer wurde, kostete es das Tier viel Kraft, sich weiter flussaufwärts zu bewegen. Zum Ort seiner Geburt. Die meisten Salme starben dort. Farodin hatte dieses Verhalten nie verstanden. Warum schwammen sie zurück zu den klaren Bergseen, um zu laichen und zu sterben?

Aufmerksam betrachtete der Elf das Muster aus rostbraunen Flecken und die deutlich sichtbare Narbe auf dem Rücken des Salms. Dieser Fisch war ein Kämpfer.

Noch zwei Schritt.

Jetzt reichte der schwache Schwanzschlag kaum noch aus, ihn gegen die Strömung auf der Stelle zu halten.

Komm, dachte Farodin. *Komm her!*

Als der Salm mit ein paar plötzlich wieder kräftigen Schwanzschlägen die Schattenfläche auf dem Wasser durchquerte, stieß Farodin hinab. Pfeilschnell packte er den Fisch dicht vor der Schwanzflosse und riss ihn aus dem Wasser. Der Salm bäumte sich verzweifelt auf. Sein Leib schwang wild hin und her und schlug Farodin gegen die Brust, doch der Elf hielt ihn eisern gepackt. Mit weitem Schwung warf er ihn auf das Ufer. Dorthin, wo all die anderen Salme lagen. Erstickt, mit weit aufgerissenen Mäulern.

»Das war eindrucksvoll!«, erklang eine dunkle Frauenstimme. Ein Hauch von Spott lag darin, und Farodin drehte sich verärgert zu ihr um. Er hatte sich also nicht geirrt – es war eine Elfe. Breitbeinig stand sie im Schatten eines Felsens, die Arme vor der Brust verschränkt, das Lächeln selbstgefällig. Sie wusste, dass sie gut aussah. Ein Stück den Hang hinauf, am Waldrand, weidete ein Schimmel. Von seinem Sattel hing ein Schwert. Die fremde Elfe war eine Kriegerin – und sie wollte, dass er das wusste.

»Was gibt es hier zu sehen?«, fragte er ärgerlich.

»Eine Menge.« Sie lächelte und ließ ihren Blick von seinem Gesicht abwärts wandern und dann dort verweilen, wo es am unschicklichsten war. »Du bist schnell, geschickt und ausdauernd« fuhr sie etwas sachlicher fort. »Ich streife umher und suche Männer wie dich.«

Er musterte sie. Zunächst überrascht, dann mit wachsendem Zorn. Sie log! Dieses Tal war viel zu abgelegen, um zufällig hierherzukommen. Sie hatte nicht irgendwelche Männer gesucht, sie hatte *ihn* gesucht. »Ich stehe nicht zur Verfügung«, entgegnete er barsch.

»Unsere Königin braucht jeden Schwertkämpfer. Die Trolle haben sich erhoben, um sich Albenmark untertan zu machen. Ein großer Krieg steht bevor. Selbst ihr in den Mondbergen müsst davon gehört haben.«

Das war genug! Sie ignorierte seine Absage einfach! Diese arrogante, eingebildete Hofelfe. So wie sie stellte er sich Emerelle vor. Auch von der Königin hieß es, dass sie allein ihre eigene Meinung gelten ließ. Ohne die Elfe eines weiteren Blickes zu würdigen, watete Farodin ans Ufer, nahm einen Stein und versetzte dem Salm einen heftigen Schlag. Heftiger, als nötig gewesen wäre. Farodin atmete langsam aus. Sonst ließ er sich nicht so leicht in Rage versetzen. Ob er der Reiterin einfach sagen sollte, dass sie ihrer Wege ziehen könne? Nein, entschied er, das wäre zu unhöflich. Es genügte, dass er sich dazu hatte hinreißen lassen, seinen Ärger an einem Fisch auszulassen. Seine Sippe hatte die Gesetze der Gastfreundschaft stets hochgehalten. Und jeder Reisende in den Mondbergen durfte diese Gastfreundschaft beanspruchen – selbst so eingebildete Schnepfen wie diese Kriegerin! Also blickte er erneut zu ihr auf. »Ich habe keinen Streit mit Trollen.« Dass man seiner Stimme keinerlei Ärger anhörte, machte ihn stolz.

»Das mag sein«, entgegnete sie kühl. »Aber die Trolle werden auch hierherkommen. Und wenn sie dich treffen, werden sie nicht wissen, dass sie nicht im Streit mit dir liegen. Weißt du, was sie mit toten Elfen tun?«

Farodin wusste es sehr genau und schüttelte den Kopf über ihre billige Rhetorik. Damit mochte man vielleicht einen Kobold provozieren, aber nicht ihn! Für was hielt sie ihn, dass sie es auf diesem Wege versuchte? Für einen dümmlichen Hinterwäldler? Ja, die Trolle waren Leichenfresser. Aber was bedeutete das schon? Elfen wurden wiedergeboren. Wenn das Leben sie verließ, dann war ihr Körper ein Nichts. So unbedeutend wie die abgestreifte Haut einer Schlange. »Was schert es einen Toten, was mit der leiblichen Hülle geschieht, die er abgelegt hat?«

»Es schert die Lebenden, die dabei zusehen müssen. Es …« Sie verstummte, und mit Erstaunen bemerkte er, wie sie mit sich rang, um ihre Gefühle wieder unter Kontrolle zu bringen. Was sie wohl erlebt hatte? Er hatte sie nicht verletzen wollen. Mit einem Mal tat sie ihm leid. Sie wirkte nun verletzlich, fast wehrlos. Die Maske der kühlen Kriegerin war gefallen. Überraschend schnell … Oder sollte er das nur glauben, und sie versuchte, ihn nun auf subtilere Art für ihre Sache zu gewinnen? Aufmerksam taxierte er sie. Das lange, schwarze Haar fiel ihr in Locken in das schmale Gesicht, verdeckte halb ihre grünen Augen, nicht aber ihren Mund. Die Lippen waren von einem dunklen Rot, wie er es noch nie zuvor bei einer Elfe gesehen hatte. Sie war zweifelsohne hübsch.

»Und? Zufrieden? Liest du nur in meinem Gesicht oder bildest du dir schon ein, einen Blick auf meine Seele werfen zu können?«

Er fühlte sich ertappt. »Was willst du von mir?«

»Ich habe einiges über dich gehört, Farodin. Und ja … Ich

gestehe, ich bin nicht zufällig hier. Ich bin geschickt worden, um dich zu den Schwertern der Königin zu holen.«

»Ich bin kein Krieger«, sagte er kühl. Er konnte sich schon denken, was sie gehört hatte. Das Gefasel vom wiedergeborenen Askalel. »Für das Kämpfen ...« Er machte mit Bedacht eine kurze Pause, um seinen nächsten Worten mehr Gewicht zu verleihen. »... und für das Morden habe ich kein Talent.«

Sie lachte, als habe er einen guten Scherz gemacht. »Du bist schnell, geschickt und hast offenbar Gefallen daran, dich zu widersetzen. Ich bin überzeugt, dass ich aus dir einen ausgezeichneten Schwertkämpfer machen könnte. Es heißt auch, dass du das Erbe Askalels in dir trägst. Er war ein Held ...«

»Askalel«, sagte Farodin müde. Selbst hier in der Wildnis verfolgte sein Ahnherr ihn noch. Der Drachentöter! Unüberwindbar mit dem Schwert. Dutzende Duelle hatte er gefochten, so sagten jene, die ihn verehrten. *Ist ein Duell, dessen Sieger von Anfang an feststeht, ein Mord?*, fragten die anderen. Etliche der Elfen die unter Askalels Klinge starben, waren Männer und Frauen, die mutig genug gewesen waren, die Entscheidungen der Königin in aller Öffentlichkeit infrage zu stellen. Soweit Farodin wusste konnte niemals bewiesen werden, dass es einen Zusammenhang zwischen der Missgunst Emerelles und dem Tod in einem Duell mit Askalel gab.

Schlimmer noch waren die Gerüchte um den Selbstmord Melianders, des gelehrten Bruders der Königin, der mehr als jeder andere über die Geheimnisse der Zerbrochenen Welt und der Drachenkriege gewusst hatte. Es hieß, er habe nicht durch seine eigene Hand sondern durch Askalels Schwert den Tod gefunden.

Mit alldem hatte er, Farodin, nichts zu schaffen! »Wenn du dich über mich erkundigt hast, dann musst du doch wissen, dass ich noch nie ein Duell ausgetragen habe. Ich bin nicht streitsüchtig und leider auch nicht selbstlos. Eigenbrötlerisch vielleicht ...« Er blickte zu den toten Fischen. »Man könnte mich allenfalls den Schrecken der Salme nennen. Wie es aussieht, ist Heldentum nicht vererbbar. Ich bin nicht der, den du suchst. Und nun verzeih mir. Ich habe zu fischen.«

»Ich habe Emerelle versprochen, dich an ihren Hof zu bringen.«

Ihr beharrliches Auftreten ärgerte ihn zunehmend. »Man sollte nicht versprechen, was man nicht halten kann.«

»Und dass die Trolle Albenmark überrennen, interessiert dich nicht?«

Er seufzte. Wie oft würde er ihr noch erklären müssen, dass er nicht mitkommen würde? Wie unhöflich musste er werden, bis sie endlich begriff, dass sie ihn nicht gewinnen konnte? »Meine Welt ist klein. Sie umfasst nur ein paar Täler hier in den Mondbergen. Hier kannst du fragen, wen du willst – du wirst jedes Mal hören, dass meine Sippe und ich uns einmischen. Es ist uns durchaus nicht egal, was hier geschieht. Wir tragen Verantwortung. Dazu gehört auch, dass ich bis Sonnenuntergang noch dreizehn Salme aus dem Fluss hole. Aber in alles, was jenseits der Welt geschieht, die ich überblicken kann, mische ich mich nicht ein. Und ehrlich gesagt, ich glaube nicht, dass sich hier irgendetwas ändern wird, wenn ein Troll auf dem Thron in Burg Elfenlicht sitzt.«

Sie trat aus dem Schatten des Felsens. Ihr auffallend blasses Gesicht betonte ihre dunklen Lippen. »Ich schlage vor, wir spielen um dich.«

Farodin lachte laut auf. »Wie bitte?« Das war ja absurd! So etwas konnte sich nur ein Höfling ausdenken.

»Eine Wette. Du suchst dir etwas aus, worin du wirklich gut bist. Wie etwa, Fremde unhöflich zu behandeln. Ich muss dich darin übertreffen. Wenn ich gewinne, begleitest du mich zur Burg Elfenlicht. Dort kannst du gern der Königin ins Gesicht sagen, dass du ihr nicht dienen willst.«

Er starrte sie ungläubig an. Sie meinte es tatsächlich ernst! »Und wenn ich gewinne?«

»Dann reite ich davon und erzähle, ich hätte dich leider nicht finden können. Offensichtlich wünschst du dir das ja.«

»Das genügt mir nicht!« Obschon er äußerlich vollkommen

ruhig blieb, tobte er innerlich über ihr arrogantes Auftreten. Nur weil nun auch sie sich in den Kopf gesetzt hatte, er sei der wiedergeborene Askalel, würde er sich bestimmt nicht dazu machen lassen. Er allein war Herr seines Schicksals! Und ihr Wetteinsatz – lächerlich! Was sah sie in ihm, außer Askalel? Einen Dummkopf nur weil er die Einsamkeit der Wälder dem hohlen Spektakel bei Hofe vorzog?

Diese Lippen, in deren Winkeln der Spott tanzte! Gewiss hatte sie etliche Verehrer. *Also gut*, dachte er, *mal sehen, wie weit dein Hochmut dich trägt.* Und dann lächelte auch er. »Wenn ich gewinne, verlange ich einen leidenschaftlichen Kuss von dir.«

Ja, das hatte gesessen! Er sah deutlich, dass sie Mühe hatte, ihren Gleichmut zu wahren.

»Und? Wagst du immer noch eine Wette?«

Sie fand schnell zu ihrem überheblichen Lächeln zurück. Ärgerlich schnell. »Worin soll ich dich überbieten, Farodin?«

»Geh in den Fluss und fang einen Fisch auf dieselbe Art, wie ich es tue.«

Sie lachte. »Das hältst du für so außergewöhnlich, dass ich es dir nicht gleichtun könnte? Ehe du eine Wette auf meine Ungeschicklichkeit abschließt, solltest du etwas gesehen haben … Heb einen Kiesel auf und wirf ihn nach mir.«

Farodin griff nach einem Kiesel, wog ihn in der Hand und sah sie fragend an.

»Ich weiß, dass du nicht übel Lust hättest, ihn mir an den Kopf zu werfen. Warte, noch einen Augenblick.« Sie schloss die Augen. »Nun wirf!«

Das ging zu weit. Das konnte er nicht tun. Sie …

»Wirf den Stein!«

Er holte aus und legte nicht besonders viel Kraft in den Wurf.

Ihre Hand schnellte vor. Dicht vor ihrem Kopf fing sie den Stein im Flug. Mit geschlossenen Augen! Sie lachte triumphierend auf. »Willst du immer noch um einen Fisch wetten, Farodin?«

»Du bist eine Zauberweberin …«

»Und du bist von unübertrefflichem Scharfsinn!«

»Diese Aufgabe mit Zauberei zu lösen, ist Betrug. Magie macht alles möglich. Es ist …«

»Ich sehe, du weißt auch nicht sehr viel über Zauberei. Also gut. Ich fange einen Fisch mit bloßer Hand und ohne magische Tricks. Wenn es mir gelingt, kommst du mit mir.«

Farodin musterte sie erneut. Sie war so verdammt selbstsicher. Sie tat, als wisse sie alles über ihn – und er, er wusste nichts über sie. War sie berühmt? Oder einfach nur eine Aufschneiderin? »Wie heißt du?«

»Aileen.«

Farodin schluckte. Er hatte tatsächlich schon von ihr gehört. Die berühmte Zauberweberin Aileen … Mit wachsender Irritation blickte er zu dem Schwert, das vom Sattel ihres Pferdes hing. Dass sie auch eine Kriegerin war, hatte er nicht gewusst. Ob sie am Ende log?

»Keine Zauberei?«, hakte er nach.

»Mein Wort!«

»Hast du schon einmal Salme gefangen?«

»Nein.«

Diese Närrin. Ob sie glaubte, ihm beim Fischen zuzusehen reichte aus, um selbst eine Fischerin zu werden? Er verbeugte sich auf übertriebene Art, um sein siegessicheres Lächeln zu verbergen. »Wohlan denn, schöne Fremde, zeig mir deine Kunstfertigkeit.«

»Solltest du darauf spekuliert haben, dass auch ich meine Gewänder ablege, um einen Fisch zu fangen, muss ich dich enttäuschen.«

»Wie kommst du darauf, dass ich dich nackt sehen möchte?«

Sie ging an ihm vorüber und bedachte ihn mit einem spöttischen Blick. »Etwas daran, wie du mich angezogen anschaust, verrät es mir.«

Arrogante Ziege, dachte er, verbiss sich aber jeden Kommentar. Sollte sie sich doch das Leder ihrer Stiefel ruinieren! Ein wenig unsicher sah er an sich herab, ob es noch anderes als seine Blicke gab, das sie zu ihrer selbstsicheren Behauptung gebracht haben mochte. Erleichtert sah er, dass dem nicht so war. Während er mit ihr gestritten hatte, hatte er ganz vergessen, dass er nackt war. Jetzt spürte er, wie ihm das Blut in die Wangen stieg, und dieser Umstand irritierte ihn. Ebenso sehr wie die Tatsache, dass ihm plötzlich der Gedanke kam, ob diese fremde Elfe seinen Körper hager oder auf andere Art unansehnlich gefunden haben könnte. Schließlich hatte sie ihm die meiste Zeit über geradewegs in die Augen gesehen. Die Jahre in den Wäldern hatten alles Fett von seinem Körper geschmolzen – er war gestählt, aber nicht übermäßig muskulös. Irritiert über seinen plötzlichen Anflug von Eitelkeit schüttelte er den Kopf und beschloss, dass es das Beste wäre, dafür zu sorgen, dass Aileen schnellstmöglich wieder verschwand. Ein zauberndes, arrogantes Hofelfchen war das Letzte, was er in seinem Leben gebrauchen konnte.

Aileen war derweil bis in die Mitte des Flusses gewatet. Sie bewegte sich geschickt auf den schlüpfrigen Kieseln. Dann verharrte sie wie versteinert. Sie hatte Geduld, dass musste er ihr lassen.

Nicht mehr viele Fische kamen den Fluss hinauf. Farodin hatte kein Glück; die Salme schienen ihn zu meiden, und es dauerte auch fast eine halbe Stunde, bis einer nahe genug an Aileen vorbeischwamm. Schnell wie ein Reiher auf der Jagd stieß sie hinab und hob den großen Salm aus dem Wasser. Der Fisch bäumte sich auf, wand sich, schlug mit dem Schwanz, und einer der Hiebe traf Aileen ins Gesicht. Sie taumelte zurück, glitt auf den Kieseln aus und stürzte rücklings ins Flussbett.

So schnell kommst du von deinem hohen Ross herunter, dachte er voller Genugtuung.

Sie nahm ihren Sturz überraschend leicht. Als sie sich wieder aufrappelte, lachte sie sogar. Der Salm war verschwunden, und ihre kostbaren Kleider hingen nass an ihr hinab. Ihre elegante Erscheinung hatte arg gelitten, das Haar hing ihr in tropfnassen Strähnen ins Gesicht, und dennoch war sie bester

Laune. »Gewonnen!«, rief sie. »Ich habe einen gefangen. Ganz ohne Magie!«

Er erwartete sie mit versteinerter Miene am Ufer.

»Nimm es nicht so schwer.« Sie lächelte. »Ich verliere sehr selten.«

Durchnässt aber triumphierend sah sie hinreißend aus. Plötzlich konnte er sich vorstellen, einen Abend am Lagerfeuer mit ihr zu verbringen. Natürlich nur, weil sie ihre Kleider trocknen musste. So konnte er sie schließlich nicht reiten lassen, triefnass und als Verliererin. Voller Vorfreude dachte er an das, was nun kommen würde. Würde sie Haltung bewahren? Oder ihn beschimpfen? Die Freude über ihren vermeintlichen Sieg hatte nun lange genug gedauert.

»Du hörst nicht sonderlich gut zu«, bemerkte er schmunzelnd. »Erinnerst du dich daran, was ich gesagt hatte? *Geh in den Fluss und fang einen Fisch auf dieselbe Art, wie ich es tue.*« Er deutete auf all die toten Salme am Ufer. »Dir mangelt es an Ernsthaftigkeit. Einen Fisch in der Hand zu halten heißt nicht, ihn gefangen zu haben. Gefangen hast du ihn, wenn er tot am Ufer liegt.«

Sie strich sich das nasse Haar aus der Stirn. Dabei wirkte sie erstaunlich gelassen. »Du bist also ein schlechter Verlierer.«

»Ich habe nicht verloren«, entgegnete er mit herablassender Milde.

»Dann hast du die Regeln schlecht erklärt.«

»Ist es so schwer zu akzeptieren, dass du schlecht zugehört hast?«

Dieses Funkeln in ihren Augen. Ja, sie war auch eine Kriegerin und jetzt, das wusste er, würde sie am liebsten auf ihn losgehen. Sie war es offensichtlich nicht gewohnt zu verlieren. Er lächelte. »Wir können es ja noch einmal versuchen. Ganz einfache, klare Regeln diesmal. Wir beide gehen in den Fluss. Wir beide stehen ganz still. Und derjenige, zu dem zuerst ein Salm kommt, hat gewonnen.«

Sie maß ihn abschätzend mit Blicken. Ganz offensichtlich

traute sie ihm nicht mehr. »Was hast du da um deinen Knöchel gebunden?«

Kannte sie die Bedeutung einer Schwertreiherkralle? Er war nicht gerade ein erfahrener Betrüger, aber die Aussicht, sie noch einmal als triefnasse Verliererin vor sich zu sehen, gefiel ihm. Wenn ihre Arroganz erst einmal gebrochen wäre, würde er ein sehr zuvorkommender und höflicher Gastgeber sein.

»Das ist nur ein Glücksbringer!«, log er und lächelte.

»Du bist abergläubisch?« Sie runzelte ungläubig die Stirn. »Und das hilft? Diese … Das ist eine Vogelkralle, nicht wahr?«

»Ja, ja. Daran zu glauben hilft.« Farodin senkte den Blick, und befürchtete, dass sie dem Spiel nun ein Ende setzen würde. Sicherlich merkte sie, dass etwas nicht stimmte.

Doch nichts dergleichen. Stattdessen nickte sie ernst. »Gibt es noch irgendwelche Doppeldeutigkeiten bei der neuen Wette?«

Überrascht schüttelte er den Kopf. »Nein.« Konnte es wirklich sein, dass sie jemandem, den sie für den wiedergeborenen Askalel hielt, blindlings vertraute? Oder plante auch sie, ihn zu hintergehen, und er war zu dumm, um zu durchschauen, auf welche Art sie es tun würde?

Sie lächelte ihn siegessicher an. »Dann gehen wir.«

Farodin zuckte mit den Schultern, folgte ihr ins Wasser und betrachtete nicht ohne Gefallen ihre schlanken Beine, die sich nun durch den nassen Stoff ihrer Hose abzeichneten. Sein Blick wanderte höher, doch dann wandte er sich abrupt ab und sah auf den Fluss hinaus, der im letzten Abendlicht wie ein breites Band aus Gold schimmerte. Sie war so anders als die Frauen, die er bisher getroffen hatte. So selbstbewusst und zugleich so … leichtgläubig? Nein, das war das falsche Wort. Sie vertraute ihm, ohne ihn zu kennen.

Plötzlich schämte er sich für den Betrug, den er plante. Sein Blick wanderte zu der Reiherkralle. Er würde gewinnen. Wenn sie die Wette ehrlich anging, konnte sie nicht siegen.

Ein Salm kam den Strom hinauf, den aufgewölbten, hellen

Bauch voller Eier. Farodin versuchte, den Fisch nicht anzuschauen. Manchmal genügte ein Blick, um sie scheu zu machen. Sie spürten das irgendwie. Stattdessen beobachtete er Aileen aus den Augenwinkeln. Sie stand ruhig. Konzentriert. Starrte auf das Salmweibchen. Und dann sah er es: Der Fisch schwamm auf sie zu! Hatte Aileen einen Bann gesprochen? Anders war das nicht zu erklären. Aber dann änderte der Salm die Richtung, hielt nun auf Farodin zu, schwamm dicht an seinem linken Bein vorbei, machte eine enge Kehre und kam zurück.

»Das war eindeutig«, sagte Aileen. Mit hängenden Schultern ging sie zurück zum Ufer.

Farodin folgte ihr und war erstaunt, wie wenig sie es verstand, ihre Enttäuschung zu verbergen. Er hingegen war sehr gut darin, andere nicht merken zu lassen, was er fühlte. Was in ihm vorging, war nichts, das er teilen wollte.

Aileen blieb stehen, und als er sie fast erreicht hatte, wandte sie sich um. Sie wirkte steif. »Du kannst jetzt deinen Siegerpreis einfordern.«

»Ich ...« Sich jetzt zu offenbaren war dumm, das wusste er nur allzu gut. Aber er konnte sie nicht betrügen, konnte nicht einen Preis einfordern, der ihm nicht zustand. »Ich ... Also ... Ich hatte einen Glücksbringer. Das war kein ehrlicher Sieg.«

Sie legte den Kopf schief und musterte ihn nachdenklich. Solche Betrügereien waren sonst nicht seine Art, aber sie hatte ihn provoziert, und diese kleine Rache hatte ihm gefallen. Was sie jetzt wohl dachte?

»Ich gehe heute jedenfalls nicht noch einmal ins Wasser«, sagte sie und lächelte vieldeutig. »Wir lösen das jetzt anders.« Aileen nahm ein Medaillon von ihrem Hals, ein flaches Goldstück mit einem geprägten Drachenkopf auf der einen und einer Blüte auf der anderen Seite. »Was wählst du?«

»Den Lotus.«

Sie sah ihn überrascht an. »Du kennst diese Blume? In den Mondbergen kann man sie nirgends finden.«

Als Kind hatte er sich oft in die Bibliothek im Palast seiner

Familie zurückgezogen und stundenlang in den reich illustrierten Bänden geblättert. Sein Kopf war vollgestopft mit allem erdenklichen Wissen über Blumen, exotische Tiere, Stammestätowierungen von Kobolden und Trollen. Tausend Dinge, für die er wohl nie eine Verwendung haben würde und die sich doch tief in seiner Erinnerung festgesetzt hatten. Sie aber hielt ihn offenbar für einen Tölpel.

Aileen nahm ihr Medaillon von der Kette, warf es hoch, fing es geschickt wieder auf und legte es, von der Rechten verdeckt auf ihren linken Handrücken. »Du bleibst beim Lotus?«

Farodin nickte.

Aileen zog ihre Hand fort, und er blickte auf die goldene Blüte.

»Du hast heute wirklich Glück.«

Sie beugte sich zu ihm vor, aber er wich ihr aus. »Ich …«

»Gefalle ich dir nicht?«

Niedergeschlagen schüttelte er den Kopf und wandte den Blick von ihr ab. »Ich … Ich habe dich doch betrogen«, flüsterte er. »Dieser Vogelfuß …«

Sie lachte leise. »Du bist kein sehr geübter Betrüger. Warum hast du dir den Kuss nicht geholt?«

»Ich … Weil … Du solltest etwas wissen. Der Reiherfuß …« Er räusperte sich verlegen. »Du hättest vorhin gewonnen. Der Salm wollte zu dir kommen. Nur weil ich dich hintergangen habe, kam es dazu, dass du das Medaillon geworfen hast. Es wäre unanständig, wenn ich jetzt den Preis einfordern würde. Ich … So bin ich nicht.«

»Wie bist du nicht? Unanständig?« Aileen lachte laut auf. »Du bist wirklich ungewöhnlich. Wenn es dein Gewissen entlastet: Ich habe dich auch betrogen.«

Verblüfft musterte er sie. »Was? Aber … Wie?«

»Du solltest dich jetzt sehen. Du bist einfach entwaffnend. Hier!« Aileen drückte ihm ihr Medaillon in die Hand. »Wirf es in die Luft, fang es auf, und es wird einen Drachenkopf zeigen.«

»Es ist verwunschen?«

»Genau. Es liegt immer die Seite oben, an die ich gerade denke.«

»Dann hast du ja absichtlich verloren!«

»Hat man verloren, wenn das geschieht, was man sich wünscht?« Sie lächelte. »Es wäre also nicht sehr ehrenhaft, wenn du mir nicht erlauben würdest, meine Wettschulden einzulösen. Zumal du es warst, der diesen Einsatz bestimmt hat.«

Und dann beugte sie sich vor und küsste ihn. Er verstand nicht, warum sie so handelte, aber er leistete keinen Widerstand. Ihr Kuss raubte ihm den Atem. Als ihre Lippen sich trennten, fühlte er sich benommen. Es war nicht sein erster Kuss gewesen, aber es hatte sich noch nie so angefühlt. Schnell schob er den Gedanken fort. Man erzählte sich schließlich allerlei über den Hof der Elfenkönigin. Angeblich herrschten dort recht lockere Umgangsformen. Farodin räusperte sich. »Ich sollte ein Feuer machen. Du holst dir noch den Tod in deinen nassen Kleidern.«

»Du hast recht. Ich sollte sie ablegen.«

»So habe ich das nicht gemeint. Ich meine … Ich …« Er verstummte und musterte sie. Wieso stammelte er ständig, wenn er mit ihr sprach? Und warum entschuldigte er sich andauernd bei ihr?

»Findest du es anstößig, wenn ich mich ausziehe? Du bist doch auch nackt.«

»Aber ich war fischen.«

Sie lachte. »Ich war auch fischen. Also muss dich das nicht beunruhigen.«

Ihr machte es also Spaß, ihn zu überrumpeln. Er wusste nicht was er davon halten sollte. »Also ich … ich geh dann mal Holz sammeln«, sagte er. Und genau das tat er auch.

Als er zurückkehrte, hatte sie ihr Pferd abgesattelt und trockene Kleider angelegt. Er war erleichtert und zugleich ein wenig enttäuscht.

»Ich werde Feuer machen, während du dich anziehst«, verkündete sie, und er nickte. Als er zu dem Felsen am Ufer ging, auf dem seine Sachen lagen, wurde ihm bewusst, dass er seit einer ganzen Weile stets genau das tat, was sie wollte. Das gefiel ihm nicht. Seit sie erschienen war, war sein Leben durcheinandergeraten. Weder hatte er genügend Fische gefangen noch die toten Salme ausgenommen. Er würde seiner Sippe Schande bereiten, wenn er das Abkommen mit den Kobolden nicht erfüllte. Er sollte jetzt zurückgehen und ihr erklären, dass er noch jede Menge zu tun hatte. Das würde, das musste sie verstehen. Aileen hatte bereits ein Feuer entzündet und wirkte, wie er verwundert feststellte, bedrückt. Ganz anders als eben. Auf einmal wusste er nicht mehr, wie er ihr sagen sollte, dass er jetzt gehen würde.

»Bringt dein Vogelfuß auch Glück oder lockt er einfach nur Fische an?«

»Hm … mit Vogelfüßen ist das so eine Sache. Ich kenne Kobolde, die der festen Überzeugung sind, dass man einen sehr mächtigen Talisman gewinnt, wenn man einen schneeweißen Flusskiesel in eine vertrocknete Rabenkralle klemmt. Andere halten Füße von in einem vom Blitzschlag getroffenen Baum ausgebrüteten Lerchen für Glücksbringer. Vor allem, wenn man sie noch mit Silberdraht umwickelt.« Er verstummte, beobachtete, wie sie am Feuer saß, die schmalen Schultern hochgezogen, den Kopf gesenkt.

»Ich habe heute auf eine Art gelacht wie schon lange nicht mehr«, sagte sie leise.

Ihre melancholische Stimmung berührte ihn, und er verwarf die Worte, die er sich zurechtgelegt hatte. Sie so am Feuer sitzen zu lassen wäre kaltherzig. Auf der anderen Seite: Worüber sprach man mit einer Elfe, die am Hof der Königin verkehrte? Er war in derlei Konversation nicht geübt.

»Ich dachte, bei Hof gäbe es jeden Tag ein Fest, und alles wäre ganz wunderbar«, versuchte er es.

Sie hob abrupt den Kopf, und in ihren Augen funkelte Zorn. Ob sie dachte, dass er sie verspotten wollte? »Das glaubst du wirklich, nicht wahr?« Ihr Blick veränderte sich. Der Zorn wich einer tiefen Traurigkeit.

»Habe ich etwas Falsches gesagt?«

»Die Zeit der Feste ist vorüber, seit vielen Monden schon. Selbst hier in der Wildnis solltet ihr gehört haben, was die Trolle mit den Elfenfürsten von Vahlemer getan haben. Meine Eltern waren dort. Meine Mutter ...« Sie drehte den dünnen, goldenen Ring an ihrem linken Mittelfinger. Drei Granate waren darin eingelassen, dunkel wie Blutstropfen. »Wir konnten sie nur noch an ihrem Ring wiedererkennen. Ich ...« Ihre Stimme erstarb.

»Das tut mir leid«, murmelte er. Er wollte sie trösten, wagte aber nicht, sie zu berühren. Was, wenn sie es als Annäherungsversuch missverstand?

Aber Aileen schien seine Gegenwart für den Augenblick ganz vergessen zu haben und starrte stumm in die Flammen. Wenn ihm die Worte doch nur leichter von den Lippen gingen und er irgendetwas sagen könnte, das sie zum Lachen bringen würde! Er zermarterte sich das Hirn, doch ihm fielen nur hohle Floskeln ein. Schließlich band er den Schwertreiherfuß von seinem Knöchel und hielt ihn ihr wortlos hin.

Sie hob den Blick. »Ein Geschenk?«

»Eine Erinnerung an den Tag, an dem dich ein Salm geohrfeigt und umgeworfen hat.«

Sie grinste, stand auf, nahm den Vogelfuß und betrachtete ihn von allen Seiten, ehe sie die Seidenschnur an ihren Gürtel knotete. Der verdorrte Fuß wirkte seltsam deplatziert an dem kostbaren, mit Gold beschlagenen Schwertgehänge und wollte auch nicht zu dem reich bestickten Gewand, den Stiefeln aus geprägtem Leder oder dem fein ziselierten goldenen Armreif an ihrer Rechten passen. Kurz betrachtete sie ihren neuen Talisman, dann streifte sie den Ring ab, den sie eben noch so kummervoll betrachtet hatte. »Für dich.«

Farodin schüttelte den Kopf. »Das kann ich nicht annehmen.«

»Sieh es einmal anders. Ich tausche eine gute Erinnerung gegen eine schlechte. Ich kann den Ring nicht mehr betrachten ohne an den Leichnam meiner Mutter zu denken. Für dich aber ist er nicht mit Blut befleckt. Du kannst ihn ansehen, schmunzeln und an die Närrin denken, die sich von einem Fisch ohrfeigen ließ.«

»Ich …« Wieder einmal verstummte er. Sie aber nahm seine Hand, legte den Ring hinein, schloss seine Finger darum und hielt seine Faust fest umschlungen. Ihre Hände waren angenehm warm. »Ich bin froh, hierhergekommen zu sein. Froh, den Frieden hier in den Bergen gefühlt zu haben. Froh, dich getroffen zu haben, Farodin.«

»Ich bin froh, dass die Königin dich als Boten geschickt hat und nicht irgendeinen Kerl, der nichts vom Fischen versteht.«

Sie lächelte. »Ja, eine glückliche Fügung. Üblicherweise verrichte ich keine Botendienste. Es ist das erste Mal, dass ich … Sie bestand darauf, dass ich nach dir suchen soll. Ich glaube, sie wollte, dass ich nicht immerzu an das Massaker in Vahlemer denke. An die Schrecken und …« Sie schüttelte den Kopf. »Emerelle glaubt, dass du einmal ein sehr bedeutender Krieger sein wirst. Ein Elf, dessen Name die Trolle mit Furcht erfüllt.«

Farodin schüttelte den Kopf. »Falls die Königin wirklich der Ansicht ist, dass in mir mein Ahne Askalel wiedergeboren wurde, irrt sie sich.« Wusste auch Aileen um die weniger heldenhaften Geschichten, die man sich über Askalel erzählte? Falls nicht, war es besser, wenn sie sie aus seinem Munde erfuhr. »Mein Ahne hatte eine dunkle Seite. Einige seiner Taten waren nicht … sehr ritterlich. Ich bin anders – und noch nicht einmal ein Ritter.«

»Zum Ritter wird man nicht geboren, Farodin. Ein Ritter wird man durch seine Taten.«

»Aber man sollte doch zumindest mit dem Schwert umgehen können«, wandte er verlegen ein.

Sie schüttelte den Kopf und legte ihre Hand auf seine Brust. Dorthin, wo sein Herz schlug. »Allein hier entscheidet sich, ob du ein Ritter bist. Alles andere kann man lernen.«

Ihre Berührung wühlte ihn auf, verwirrte ihn, und er wich einen Schritt vor ihr zurück. Er brauchte etwas mehr Abstand.

Sein Rückzug schien sie zu verletzen. Sie setzte sich und blickte wortlos ins Feuer.

Zweifel überkamen Farodin. Wenn Emerelle sich sicher war, dass er ein bedeutender Krieger werden würde, war er dann vielleicht doch der wiedergeborene Askalel? Hatte seine Sippe immer schon recht gehabt? Gab es einen Beweis für die Wiedergeburt der Seele des Schlächters, den man ihm verheimlicht hatte? Hatte seine Familie ihn hintergangen und manipuliert? Ihm war bewusst, wie leicht es war, seinen Trotz anzustacheln. War es am Ende nicht wirklich seine eigene Entscheidung gewesen, sich in die Wälder zurückzuziehen, sondern war es seine Sippe gewesen, die ihn Zug um Zug dazu gebracht hatte, diesen Weg zu wählen? Als ein mürrischer Einzelgänger in der Wildnis wäre ein Elf mit dem Charakter Askalels ungefährlich. Betrachtete er seine Vergangenheit aus diesem neuen Blickwinkel, fügte sich Stein um Stein zu einem neuen Mosaikbild seiner selbst zusammen. In seinem siebten Sommer hatte seine Mutter begonnen, ihn in die Geheimnisse des Zauberwebens einzuweihen. Deutlich, als sei es erst gestern gewesen, erinnerte er sich an den Rosenpavillon, in dem sie ihn unterrichtet hatte. Den mit weißem Kies bestreuten Weg dorthin. Farodin schluckte. Er war damals voller Eifer gewesen. Hatte an den Lippen seiner Mutter gehangen und so leidenschaftlich versucht, alles richtig zu machen. Dann aber ereignete sich der Unfall. Am zweiten oder dritten Nachmittag schon. Berlios, ein kleiner, weißer Welpe mit schwarzen Hängeohren und großen blauen Augen, war bei ihnen gewesen. Träge von der Sommerhitze hatte er auf dem Kies gelegen und gedöst. Farodin hatte damals versucht, ein Wort der Macht zu erlernen. Jenen Zauber, der es einem erlaubte, zu sehen, wie alles von Magie durchdrungen war und miteinander in Verbindung stand. Es war ihm schwergefallen, jene alten Worte auszusprechen. Sie waren nicht für Elfenzungen erschaffen und stammten angeblich aus der Zeit der Drachenherrscher. Immer und immer wieder hatte Farodin es versucht, hatte die Kraft all seiner Gedanken auf dieses eine vertrackte Wort gerichtet, bis Berlios plötzlich einen misstönenden Laut ausstieß. Nie würde Farodin den Anblick des kleinen Hundes auf dem Kies vergessen. Sein Innerstes hatte sich nach außen gewendet. Überall auf dem Kiesweg, den Rosen und auch auf den Gewändern seiner Mutter war helles Blut gewesen.

Natürlich hatte Farodin den Fehler bei sich gesucht. Er wusste, dass das Zauberweben gefährlich war. Viele Jahre hatte er es danach nicht mehr versucht. Und als er schließlich doch noch einige wenige Zauber erlernte, fehlte ihm jegliche Begeisterung. Nun aber fragte Farodin sich zum ersten Mal, ob es seine Mutter gewesen sein mochte, die Berlios auf so schreckliche Weise getötet hatte, damit das Interesse ihres Sohnes an der Magie versiegte. So vieles in seiner Vergangenheit bekam mit einem Mal einen neuen Sinn! Nie hatte jemand aus der Sippe einen ernsthaften Versuch unternommen, ihm das Schwertkämpfen beizubringen. Stattdessen hatte er Bogenschießen gelernt. Er war ein guter Jäger und Fischer und ein passabler Reiter. Eine Tante hatte gar einen ganzen Winter lang versucht, ihm die Dichtkunst nahezubringen, und schließlich behauptet, er habe Talent. Dennoch hatte er nie etwas zu Papier gebracht, das ihm gut genug erschienen war, um es vor den Gästen der Familie laut vorzulesen. Alles Spiegelfechterei. Lug und Trug, erdacht mit dem Hintergedanken, ihn vor seinem dunklen Erbe zu bewahren. Ja, dachte er jetzt, seine Familie hatte alles unternommen, um zu verhindern, dass der wiedergeborene Askalel noch einmal ein bedeutender Krieger werden würde. Dass er *selbst* je ein bedeutender Krieger werden würde.

»Aileen, bist du eine gute Schwertkämpferin?«, fragte er sie aufgewühlt.

»Ich habe mehrere Begegnungen mit Trollen überlebt.«

»Und du hattest einen guten Lehrer, nehme ich an.«

»Den besten. Den Schwertmeister der Königin.«

Farodin nickte geistesabwesend. Warum hatte seine Familie das alles getan? Trotz seiner dunklen Seiten war Askalel auch ein Held gewesen. Warum wollten sie ihm, Farodin, versagen,

Askalels Erbe anzutreten? Er wäre doch nicht der Sklave seines Vorfahren. Er könnte es doch besser, könnte es anders machen. Es war doch nicht allein die wiedergeborene Seele seines Ahnen, die sein Schicksal bestimmte. Es lag doch auch in seiner Hand! Er würde sich nicht länger in den Wäldern verstecken. Er würde endlich beginnen, seinen eigenen Weg zu gehen. Farodins Weg!

Er malte sich aus, wie er in einigen Jahren als berühmter Held zu seiner Sippe zurückkehrte, den Ältesten ins Gesicht lachte und ihnen sagte: Nichts ist vorherbestimmt. Jeder ist selbst seines Glückes Schmied.

Entschlossen blickte er zu Aileen. Das Licht des Lagerfeuers ließ geheimnisvolle Schatten über ihr Antlitz tanzen. Sie war schön. Wahrlich schön. »Ich werde mit dir kommen, aber ich muss noch eine letzte Schuld begleichen. Das musst du verstehen. Die Salme ziehen auch bei Nacht den Fluss hinauf und deshalb …«

Der Anflug eines Lächelns umspielte ihre Lippen. »Das muss die dunkle Seite Askalels in dir sein. Kaum sitze ich in meinen letzten trockenen Kleidern am Feuer, schlägst du mir vor, noch einmal mit dir ins eiskalte Wasser zu steigen.«

Verwundert sah er sie an. Er hatte sie doch um gar nichts gebeten! Niemals hätte er erwartet, dass sie noch einmal in den Fluss stieg. In ihren Augen blitzte der Schalk. »Wäre es möglich, dass du nun doch nicht abgeneigt wärest, wenn ich meine Kleider ablegen würde? Zum Beispiel, um so zu fischen, wie du es tust?«

»Bei den Alben, nein! Ich muss mich entschuldigen. Ich …« Jetzt stammelte er schon wieder! Wie konnte sie seine Worte so missverstehen?

Sie lachte, ein herzliches, offenes Lachen. »Du musst dich für gar nichts entschuldigen. Ich komme mit dir.«

Sie nahm ihn bei der Hand, und gemeinsam gingen sie zum Wasser hinab.

Gegenwart, im Wald nahe des Steinkreises von Welruun

»… diesen Augenblick werde ich nie vergessen«, flüsterte Farodin und strich Aileen zärtlich durch das dunkle Haar. »Nie werde ich vergessen, wie du im Mondschein in den Stromschnellen standest. Eine Nymphe. So zart wie ein Traum aus Gischt und Mondlicht, der unter der zartesten Berührung … vergehen muss …«

»Sie hört dich nicht mehr, Farodin. Sie ist tot.«

Die Worte trafen ihn wie ein Dolch aus Eis, und er umklammerte Aileens Hand nur umso fester. »Es war in jener Nacht, dass du mich lehrtest, wie Blicke Zauber weben, die stärker sind als jeder Bannspruch.«

»Sie ist von uns gegangen, Farodin.« Eine Hand legte sich sanft auf seine Schulter. Er schrak zusammen und fuhr herum. Wer wagte es, sie zu stören? Wer …

Hinter ihm stand Emerelle, die Königin der Elfen, das Gesicht fahl vor Gram. Dunkle Ringe lagen unter ihren Augen, das Kettenhemd und der weite Rock waren zerrissen. Blutspritzer funkelten zwischen den Opalen auf ihren Armreifen.

»Wir haben gesiegt, Farodin«, sagte sie, »und einen hohen Preis dafür gezahlt.«

Aileens Hand noch immer umschlungen haltend, folgte er dem Blick der Königin. Im goldenen Licht des Barinsteins konnte er nur ein kleines Stück des Waldes ringsherum erkennen. Der Boden war zerstampft. Überall lagen Tote. So viele! Aileen war nun eine von ihnen geworden. Sie hatte nur fünf Schritt von ihm entfernt gestanden, als die mächtige Steinaxt des Trolls sie traf.

Die Erinnerung an diesen Augenblick schnürte ihm die Kehle zu. Die Steinaxt hatte ihr Kettenhemd durchtrennt wie dünne Seide, und die Wucht des Treffers hatte sie nach hinten geschleudert. Niemals würde er dieses Ungeheuer von einem Troll vergessen, das sie niedergestreckt und dann seine Axt über den Kopf gehoben und einen Triumphschrei ausgestoßen hatte. Ein Hüne, selbst unter den Trollen. Mehr als dreieinhalb Schritt hoch; die Brust mit wulstigen Schmucknarben bedeckt, die einen stilisierten Wolfskopf zeigten. Blind vor Wut hatte Farodin versucht, sich zu dem Troll durchzukämpfen, aber dann war auch er getroffen worden und bewusstlos zu Boden gegangen. Wahrscheinlich lebte er nur deshalb noch.

Warum? Warum lebte er, und warum war sie gestorben?

Seine Gedanken überschlugen sich. Am Morgen hatte sie den Reiherfuß nicht gefunden. All die Jahre hatte Aileen den Talisman immer an ihrem Gürtel getragen, und ausgerechnet heute war er unauffindbar gewesen!

Sie hatte es leicht genommen. Wie sie stets alles leichter genommen hatte als er. Zu leicht. Wie die Hand, die nun in der seinigen lag und sich schwerelos anfühlte in ihrer Leblosigkeit.

Leblos.

Er zwang sich dazu, sie anzusehen. Ihre weiß schimmernden Lippen. Hätte ein vertrockneter Vogelfuß sie retten können? Wenn sie zwei oder drei Schritt zurückgewichen wäre, hätte der mörderische Hieb sie verfehlt. Wenn …

»Ich konnte ihre Wunde nicht …«, stieß er erstickt hervor. »Wenn ich doch nur …«

Der Griff der Elfenkönigin um seine Schulter wurde fester. »Sieh in ihr Gesicht. Sieh in ihre Augen. Sie blicken selbst im Tod noch zu dir auf. Sie ist mit einem Lächeln auf den Lippen gestorben, und das trotz ihrer schweren Verletzung. Du konntest ihr nicht mehr helfen – und ich bin sicher, sie wusste es. Quäl dich nicht mit Fragen, auf die es keine Antwort gibt, Farodin. Du hast alles richtig gemacht.«

Farodin nickte langsam und strich Aileen die widerspenstige Haarsträhne aus dem Gesicht, gegen die sie ein Leben lang angekämpft hatte. Eine Strähne dunklen Lockenhaars, die immer wieder vor ihr linkes Auge gefallen war und die sie doch nie abgeschnitten hatte. Er hatte alles getan, was möglich war. Emerelle hatte recht; er wusste es auch, aber das war ihm kein Trost.

Farodin dachte daran, wie er aus seiner Ohnmacht erwacht und sofort zu ihr gekrochen war. Wie er sein Schicksal verfluchte dass nicht ihn der tödliche Hieb getroffen hatte. Wie er ihr geschworen hatte, ihr für immer treu zu sein. Dass es niemals eine andere für ihn geben würde. Dass er auf ihre Wiedergeburt warten würde.

»Hast du den Troll gesehen, der sie getötet hat?«, fragte Emerelle.

Farodin nickte. Mit tonloser Stimme beschrieb er die Narben auf der Brust des Hünen.

»Dolgrim«, sagte die Königin. »Der Herzog. Ihr Heerführer. Ein Fluch unseres Volkes. Ich habe vorausgesehen, dass er entkommen würde.«

»*Sein* Fluch will ich sein!«, zischte Farodin voll kalter Wut. »Ich werde ihn finden und töten. Und wenn er wiedergeboren wird werde ich ihn erneut richten. Nie soll seine Seele Frieden finden!«

Emerelle schüttelte den Kopf und wirkte nun noch erschöpfter. »Ich habe ihn in vielen Zukünften gesehen. Glaub mir, Farodin er wird zur Geißel unseres Volkes werden. Aber ich weiß, wo er in dieser Nacht sein wird. Er ist allein. Die Fährtensucherin, die seiner Spur folgte, hat er getötet. Er wird entkommen.«

»Wo ist er?«, knurrte er leise.

Emerelle schüttelte erneut den Kopf: »Du wirst ihn nicht im Zweikampf besiegen können. Er ist geschickt.«

Farodin ließ sich nicht beirren: »Er hat mein Leben zu Asche werden lassen. Lass mich durch sein Blut wiederauferstehen.«

Die Königin bedachte ihn mit einem langen Blick, den er nicht zu deuten vermochte. Sie wirkte nicht überrascht, und in ihren sonst so sanften Augen blitzte eine unerbittliche Härte. »Nimm mein Schwert«, sagte sie schließlich. »Und sei vorsichtig. Albenmark braucht dich, Farodin.«

Er nickte. »Wo finde ich ihn?«

»Dolgrim ist sehr durstig. Er hat einen weiten Bogen geschlagen, um seiner Verfolgerin zu entkommen. Sie fand ihn dennoch und bezahlte dafür mit ihrem Leben. Durch dieses Opfer kannst du ihn noch erreichen.«

Farodin lauschte ihren Worten mit kaltem Herzen, und als sie endete, nickte er grimmig. »Gut, ich werde ihn finde.«

Fünf Stunden später, im Satyrwald, zwanzig Meilen nördlich der Shalyn Falah

Kaltes, klares Wasser strömte über Farodins Leib. An eine unterspülte Eichenwurzel geklammert, drückte er sich gegen die schlammige Uferböschung und atmete ruhig und gleichmäßig durch ein Schilfrohr. Immer tiefer drang die Kälte des Wassers in seinen Leib, ließ ihn gefühllos werden und löschte schließlich selbst die Glut seiner Rachegedanken. Wie lange wartete er schon? Eine halbe Stunde? Eine Stunde? Was, wenn die Stelle, an der er wartete, nicht die richtige war? Vollkommen reglos lag er da und blickte durch das klare Wasser zur überhängenden Böschung hinauf. Die Krone einer mächtigen Eiche schluckte das spärliche Licht des Nachthimmels, und er konnte kaum etwas erkennen. Mit tauber Hand tastete er nach ihrem Schwert. Er hatte die kurze Klinge der Königin im Schlamm der Böschung verborgen, damit kein verirrter Lichtstrahl auf den Silberstahl treffen und Dolgrim womöglich warnen konnte.

Immer wieder wanderten seine Gedanken zu Emerelle. Wenn sie gewusst hatte, dass Dolgrim in dieser Nacht hier im Satyrwald nahe dem verfallenen roten Turm aus der Quelle trinken würde – hätte sie dann nicht auch wissen müssen, dass Aileen in Todesgefahr geschwebt hatte? Hätte sie Aileen nicht warnen können? Hatte Emerelle vorhergesehen, dass er hier liegen würde? Hatte Aileen am Ende sterben müssen, damit er hierherkam? Denn wenn sie noch lebte, wäre er ganz gewiss nicht hier.

Farodin dachte an jene unheimliche Silberschale im Thronsaal von Burg Elfenlicht. Es hieß, sie zeige immer nur kurze Ausschnitte der Zukunft, und stets seien es Bilder des Schreckens. Schrecken wie … Nein, das konnte nicht sein! Bestimmt hatte Emerelle nicht um den Verlauf dieses Tages gewusst. Niemals hätte sie den Sieg über die Trolle so blutig erkauft. Er hatte ihr Gesicht gesehen, den Schrecken darin. Sie war über jeden Zweifel erhaben.

Ein Schatten beugte sich über das Wasser und riss ihn aus seinen Gedanken. Eine riesige Gestalt, das Gesicht nur eine Fläche aus Dunkelheit. Unmöglich, es genauer zu erkennen. Ja, es war ein Troll, daran konnte kein Zweifel bestehen. Aber war es auch wirklich Dolgrim?

Er durfte nicht zögern! Es würde nur diese eine Gelegenheit geben. Farodin wusste, dass er dem Trollherzog im offenen Zweikampf hoffnungslos unterlegen wäre. Vorsichtig zog er das kurze Schwert aus dem Uferschlamm, ängstlich darauf bedacht, keine Schmutzwolke aufzuwirbeln, die ihn verraten würde. Dann riss er die Klinge empor und spürte, wie sie das weiche Fleisch der Kehle durchtrennte.

Erschrocken fuhr der Hüne zurück, aber es war zu spät. Wie ein Schatten aus dem Nichts erhob sich Farodin aus dem Wasser. Der Anblick des Trolls erfüllte ihn mit dunkler Genugtuung. Behände duckte er sich unter einem Fausthieb hinweg. Ein letzter, fahriger Angriff. Sterbend sank der Troll gegen den Stamm der Eiche, eine Hand auf seine Kehle gepresst. Er blickte Farodin unverwandt an. In seinen Augen lag keine Furcht, er wirkte vielmehr überrascht.

Das ist nicht genug, dachte Farodin. *Das ist nicht genug!*

»Wir sind noch nicht fertig miteinander, Herzog.« Seine Stimme klang so kalt wie der Stahl, der in Dolgrims Kehle gefahren war, doch sie hatte ein anderes Ziel, das Herz des Trollfürsten.

»Ein Tod genügt nicht, um zu sühnen, was du mir angetan hast. Wir werden uns wieder begegnen. Hast du von Askalel gehört? Heute hast du die dunkle Seite seiner Seele in mir erweckt.« Jetzt lag Angst im Blick des sterbenden Trolls.

Nahe des Steinkreises von Welruun,
nur wenige Stunden später

Aileens Leib ruhte auf einem Scheiterhaufen und war in frische, weiße Gewänder gehüllt. Ihr sorgsam gekämmtes, schwarzes Haar fiel wie ein Schatten über das frisch geschlagene Buchenholz.

Die Fackel in Farodins Hand zitterte nicht, aber in seinem Inneren loderte ein Feuer, das ihn verzehrte. Er dachte an all jene wunderbaren Stunden, die sie durchlebt hatten. Stunden, in denen der schreckliche Krieg zu einem fernen Schatten verblasst war. So gut hatte er sie gekannt! All jene kleinen Marotten, die Aileen so vehement abgestritten hatte, weil sie ihr peinlich waren. Nie hatte sie ein Lied zu Ende gesungen und war stattdessen stets nach zwei oder drei Strophen in ein leises Summen verfallen, bei dem sie nur selten die rechte Melodie gehalten hatte. Manchmal hatte sie sich beim Lesen in einer Stunde mehr als ein dutzendmal ihre widerspenstige Haarsträhne aus dem Gesicht gestrichen. Wenn er sie darauf ansprach, hatte sie stets behauptet, sie habe sich nicht gerührt.

Jetzt stand er an ihrem Totenfeuer, und diese Strähne lag noch immer über ihrem linken Auge. Er strich sie ihr ein letztes Mal aus dem Gesicht.

Mehr als hundert Überlebende hatten sich um Aileen versammelt, und das, obwohl überall rings umher die Totenfeuer brannten. So viele waren gegangen, und doch war es Aileen, der die Großen des Königreiches die letzte Ehre erwiesen. Emerelle und ihr Hofmeister Alvias. Auch Ollowain, der Schwertmeister der Königin, der Farodin zu Aileens Lebzeiten stets herablassend behandelt hatte. Ganz so, als habe er von Anfang an gewusst, dass ihm Askalels Seele wiederbegegnet war. Farodin spürte die Blicke jedes Einzelnen, der jetzt an Aileens Feuer stand, auf sich lasten. Sie alle warteten darauf, dass er die richtigen Worte fand, die Aileen auf ihrer letzten Reise begleiten sollten. Doch Farodin schwieg. Was er mit Aileen geteilt hatte, das wollte er mit niemand anderem teilen.

Ein letztes Mal betrachtete er ihr ebenmäßiges Gesicht – jene wunderschönen Lippen, denen der Tod ihre einzigartige Farbe geraubt hatte. Dann schob er die Fackel in den Scheiterhaufen und wandte sich ab. Es war nur ihr Fleisch, dachte er, aber er wollte es nicht brennen sehen. Wollte es nicht riechen. Das war mehr, als er hätte ertragen können.

Schweigend ließ er das Feuer hinter sich und ging fort, zum Steinkreis von Welruun.

Zwei Stunden später im Wald beim Steinkreis von Welruun, dort, wo Aileen starb

Der Morgen dämmerte bereits, als Emerelle an seine Seite trat. Die Elfenkönigin war ihm trotz ihrer kleinen, zierlichen Gestalt stets unüberwindlich erschienen. Stolz und selbstbewusst. Herrscherin seit Jahrhunderten. Jetzt aber, im fahlen Licht der Dämmerung, wirkte sie gebrochen, und zum ersten Mal sah Farodin die Last des Alters in ihren Zügen.

»Einen Tag wie diesen soll es nie wieder geben«, sagte sie, und in ihrer Stimme schwang jene dunkle Bitterkeit, die auch ihm in den Stunden seit Aileens Tod zum steten Begleiter geworden war. An Emerelle aber wirkte sie fremd. »Nur eine Niederlage ist noch schrecklicher, als auf dem Schlachtfeld eines solchen Sieges zu stehen.« Sie straffte sich, und ihr Blick wurde hart. Fordernd. »Manchmal kann ein Dolchstoß zur rechten Zeit das Leben Hunderter retten. Willst du mein Dolch sein, Farodin? Mein Mörder in den dunkelsten Stunden der Nacht? Mein Held in jenen geheimen Schlachten, über die kein Barde Albenmarks je ein Lied singen wird?«

»Wirst du mich freigeben, wenn Aileen wiedergeboren wird?« Die Härte wich aus ihrem Blick, und einen Herzschlag lang schien es, als habe sie Mitleid mit ihm. Wusste sie um seine Zukunft?

»Wenn ihre Liebe zu dir so tief ist, dass sie dich selbst in einem neuen Leben wiedererkennt, dann magst du mit ihr gehen. Bis dahin gehörst du mir. So wie einst Askalel.«

Farodin zögerte. Ein Meuchler zu sein, darin lag keine Ehre. Was würde Aileen von ihm denken? Es mochten Jahrhunderte bis zu ihrer Wiedergeburt verstreichen. Würde sie ihn bei ihrer Rückkehr wiedererkennen? Auch dann, wenn die Opfer, die er würde bringen müssen, seine Seele verdunkeln und ihn zu einem Anderen machen würden?

Farodin zitterte. Vor Schwäche, aber auch, weil ihm in diesem Augenblick eines mit schrecklicher Klarheit bewusst wurde: Ganz gleich, wie er sich nun entschied, der Weg, der vor ihm lag, würde einsam sein.

Unvorstellbar einsam.

Und unendlich lang.

ANHANG

Dramatis personae

Aigilaos: Kentaur am Hof Emerelles. Er freundet sich mit Man- dred an und ist als Bogenschütze Teil der Elfenjagd.
Aileen: Farodins einstige Geliebte. Sie wurde vom Trollherzog Dolgrim getötet und später als Noroelle wiedergeboren.
Alaen Aikhwitan: Beseelte Eiche, in deren Krone sich Nuramons Haus befindet.
Al-beles: Einer der Namen der Elfe Sem-la.
Alfadas Mandredson: Sohn Mandreds, der bei den Elfen aufwächst und bei den Menschen zum König des Fjordlands aufsteigt. Sein weiteres Schicksal wird im Roman *Elfenwinter* erzählt.
Alvias: Ein Elf, der gemeinhin Meister Alvias genannt wird. Er ist Haushofmeister am Hof Emerelles.
Alwerich: Junger Krieger bei den Zwergen, den mehr mit Nuramon verbindet, als dieser anfangs ahnt.
Appanasios: Anführer der Kentauren aus Dailos.
Arkassa: Einer der Götter der Menschenwelt, der vor allem in Angnos verehrt wird.
Aranae: Elfe, Kapitänin der *Purpurwind*. Farodin und Mandred reisen mit ihr.
Askalel: Ein Vorfahr Farodins und der Begründer seiner Sippe.
Asla: Enkeltochter Ereks, Fjordländerin, in die sich Alfadas verliebt. Mehr zu ihr findet man im Roman *Elfenwinter*.

Aslak: Sohn von Liodred, König des Fjordlandes, und seiner Frau Valgerd.
Asmund: Ein Begleiter Mandreds bei der Jagd auf den Manneber.
Atta Aikhjarto: Eine beseelte Eiche, die nahe der Grenze zum Herzland bei einem großen Albenstern steht. Sie rettet Mandred nach dessen Kampf gegen den Manneber das Leben.
Balbar: Stadtgott von Iskendria, der nach blutigen Menschenopfern verlangt.
Balbion: Der Deckname Beorn Torbaldsons, als er sich mit seinem Gefährten beim Stab der Tjuredanbeter einschleicht.
Balon: Ein Drache, den die Zwerge in der Welt der Menschen bekämpfen. Wengalf und Nuramon (in einer früheren Inkarnation) besiegen den Drachen, bezahlen dies aber mit ihrem Leben.
Beorn (1): Lahmer Mann aus Firnstayn, früher Gefährte Mandreds.
Beorn (2) Torbaldson: Hünenhafter Fjordländer. Er schleicht sich mit seinem Kampfgefährten beim Stab der Tjuredanbeter ein.
Boldor: Der König der Trolle.
Brandan: Ein elfischer Fährtensucher, der an der Elfenjagd teilnimmt.
Builax: Ein alter Gnom in der Bibliothek von Iskendria.
Cabezan: König von Fargon zu der Zeit, da Guillaume in Aniscans lebt. Er gilt als Tyrann und erteilt einen Mordbefehl, der alles verändern wird.
Ceren: Einst war sie eine beseelte Birke. Nuramons Haus ist aus ihrem Holz gefertigt.
Cheliach: Ein Drache, der den Alben angeblich spät folgte, woraufhin die Drachen der Sage nach an Bedeutung verloren.
Chiron von Alkardien: Ein Kentaur, der in der Bibliothek von Iskendria lebt. Er war der Lehrer des Königs von Tanthalia.
Dalagira: Eine Riesin. Der Sage nach besteht die legendäre Brücke Shalyn Falah aus einem ihrer Fingerknöchelchen.

Dandalus: König der Aegilischen Inseln, der einst erfolglos Isken- dria belagerte.
Danee: Begründerin einer großen Elfensippe. Obilee ist ihre Ur- enkelin.
Dareen: Ein Orakel, das Albenmark verließ, um in der Welt der Menschen Fuß zu fassen. Es gilt als einziges Orakel in der Men- schenwelt.
Daryll: Alvemerer Elfe. Sie ist die Stellvertreterin Obilees.
Deramon: Elfenkrieger, dessen Eltern Alben waren. Er ist Valimees Gatte und der Vater Nuramons (in dessen erstem Leben). Wie Valimee ging er früh ins Mondlicht.
Devanthar: Ein Dämon, der Letzte seiner Art. Er überlebte als Einziger den Krieg gegen die Alben und sinnt seither auf Rache.
Diama: Eine Cousine Nuramons.
Dijelon: Ein treuer Krieger Emerelles, der jederzeit bereit ist, sich für sie zu opfern, und ihr blind gehorcht. Emerelle schickt ihn nach der Geburt von Norelles Sohn aus, um das Neugeborene zu töten.
Diyomee: Nuramons Geliebte in einer früheren Inkarnation. Sie und Nuramon sind die Eltern der legendären Gaomee.
Diliskar: Der Großvater Yulivees (der Älteren). Er ist der Begründer der nach ihm benannten Sippe.
Dolgrim: Trollherzog und die frühere Inkarnation Orgrims. Er tötete Aileen, Farodins Geliebte, und löste damit eine Seelenfehde aus, die noch immer andauert.
Dschinn von Valemas: Ein Geist, der dem Elfenvolk von Valemas verbunden ist und mit diesem in ihrem gewählten Exil lebt.
Duanoc: Sagenhafter Drache, der durch das Tor von Halgaris in die Elfengefilde gelangt war. Er wurde von Gaomee besiegt.
Ejedin: Faun. Ein Stallknecht der Königin Emerelle.
Elebal: Maharadscha von Berseinischi, unter dessen Herrschaft die Krone verloren ging, die den kostbaren Feueropal der Dschinne und damit die sagenumwobene Dschinnenbibliothek enthielt.

Elelalem: Junger Elf in der Bibliothek von Iskendria, der Ele ge- rufen wird.
Elemon: Ein Onkel Nuramons.
Elgiot: Ein Hauptmann König Cabezans.
Elodrin: Elf, Seefürst von Alvemer. Der Kommandant von Emerelles Flotte. Ein Gefangener in der Nachtzinne der Trolle.
Emerelle: Elfe, die Königin von Albenmark, eines der ältesten Geschöpfe ihrer Welt. Sie ist bereit, alles zu tun und alles zu opfern, um Schaden von Albenmark abzuwenden. Dabei macht sie auch vor sich selbst nicht Halt. Sie verbirgt ihr wahres Wesen hinter der Fassade der Herrscherin, die mal warmherzig, mal gefühlskalt agiert – ganz so, wie der Schicksalspfad, auf dem sie sich sieht, es verlangt. Das wahre Gesicht der Königin bekommen nur wenige zu sehen.
Emergrid: Einer der Namen, die die Menschen der Königin der Elfen gegeben haben.
Eras: Eras der Pandride, eine Sagengestalt.
Erek Ragnarson: Sohn Ragnars, Fischer in Firnstayn.
Erilgar: Weiser Krieger der Tjuredanbeter.
Faraschid: Name der Menschen im Süden für Farodin.
Faredred: Name der Menschen im Norden für Farodin.
Farodin: Ein Elf aus der Sippe des Askalel, der als Held und Vorbild gilt. Weniger bekannt ist, dass er Meuchler in Diensten der Königin Emerelle ist. Er liebt Noroelle und hat in ihr die Seele seiner früheren Geliebten Aileen erkannt. Diese wurde vom Trollherzog Dolgrim getötet, worauf Farodin Dolgrim die Seelenfehde erklärte und so seine Seele in jeder Inkarnation verfolgt.
Fauneneiche: Eine beseelte Eiche in der Nähe von Noroelles See. Sie lehrte Noroelle vieles und beherrscht den Zauber der Albenpfade.
Feentanne: Beseelte Tanne im Herzland. In einem Garten im Palast Emerelles befindet sie sich zwischen anderen beseelten Bäumen.
Felbion: Nuramons Schimmel.
Firn: Gott des Winters im Götterpantheon der Fjordländer.

Fjeel: Fjeel der Flinke, zeichnete die Erzählungen Yulivees (der Älteren) auf.
Freya: Mandreds Frau und Alfadas' Mutter. Sie kann das Verschwinden Mandreds und die Übergabe ihres Sohnes an die Elfenkönigin Emerelle nicht überwinden und stirbt einen frühen Tod.
Galsif: Maharadscha von Berseinischi. Dem Dschinn von Valemas zufolge steckt eine riesige Bibliothek im Feueropal der Krone des Maharadschas. Da er seinen Sohn nicht für würdig hielt, verschwieg er ihm angeblich die Anwesenheit der Dschinnbibliothek. Unter dem Maharadscha Elebal soll die Krone in Drusna verloren gegangen sein.
Gaomee: Sagenhafte Elfe, die den Drachen Duanoc besiegte, der durch das Tor von Halgaris in die Elfengefilde gelangt war. Emerelle schickt Nuramon mit Gaomees Schwert auf die Elfenjagd. Dass dies mehr als ein ermutigendes Symbol ist, wird sich erst sehr viel später herausstellen.
Gengalos: Ein Elf, Hüter des Wissens in der Bibliothek von Iskendria. Er hegt eine besondere Vorliebe für die Lyrik der Blütenfeen.
Gelvuun: Krieger aus dem Gefolge Ollowains. Er begleitet die Gefährten auf der Suche nach Guillaume.
Giliath: Elfe, eine der Freien von Valemas. Sie ist eine große Kriegerin, wie Farodin und später auch die Tjuredanbeter feststellen müssen.
Gilom von Selescar: Ordensfürst der Tjuredkirche.
Gilomern: Schweigsamer Elf. Er lebt im Wald um Nuramons Baumhaus. Es ist üblich, ihm Reste von Jagdbeuten zu überlassen.
Gishild Gunnarsdottir: Die letzte Königin des Fjordlandes. Ihre Geschichte wird in der Trilogie *Elfenritter* erzählt.
Glekrel: Figur aus der Saga von Alfadas Mandredson. Dort ist er ein Trollschmied, der Alfadas hintergeht und von ihm verwundet wird, aber überlebt. Von ihm erhält Alfadas angeblich seine Elfenrüstung.

Golisch Reesa: Der Herausgeber der Text-Sammlung »Die Erzählungen der Wüstenvölker«.
Gombart: Alter Firnstayner mit Augenklappe. Er lebte zur Zeit König Liodreds.
Gornbor: Ein Troll. Er ist der Rudelführer, der in Orgrims Abwesenheit das Kommando auf der Nachtzinne führt. Er wird von Alfadas getötet.
Gorax: Gnom, Plattner und Bogenschütze mit einer Vorliebe für Kautabak. Farodin begegnet ihm vor der letzten Schlacht.
Gudleif: Fjordländischer Fischer. Er ist einer der Begleiter Mandreds bei der Jagd auf den Manneber.
Gudrun: Frau aus Firnstayn. Sie ist eine Bekannte aus Mandreds früher Zeit.
Guillaume: Sohn Noroelles und des Devanthars. Seine Magie vermag Albenkinder zu töten. Er wird zum Heiligen der Tjuredkirche. Er wird angeblich in Aniscans auf grausame Weise durch Elfen ermordet. Tatsächlich aber wird er auf Befehl König Cabezans getötet.
Gunhild: Erek Ragnarsons Frau.
Halvaric: Obilees Vater. Er stammt aus Alvemer.
Heldred: Hvaldreds Vater.
Hildachi: Mutter der kleinen Elfe Yulivee. Sie war eine mächtige Zauberin und Seherin in Valemas.
Horsa Starkschild: König des Fjordlands, zu der Zeit, als Mandred auf den Manneber trifft.
Hrafin: Vater des Svanlaib aus Tarbor.
Hrolf Schwarzzahn: Mann aus Firnstayn, der Mandred kennt.
Hrolaug: Skalde aus Firnstayn, der für seine *Mandredsaga* bekannt ist.
Hvaldred: Sohn des Heldred. Er wird in Hrolaugs *Mandredsaga* erwähnt.
Jidena: Legendäre Elfe, die sich im Kampf gegen die Trolle hervortat.
Kalf: Fjordländer, der vom Fischer zum Jarl von Firnstayn aufsteigt. Mit Asla und Alfadas spielt er erst im Roman *Elfenwinter* eine tragende Rolle.

Ketil: Skalde aus dem Fjordland, der für seine *Alfadassaga* be- kannt ist.
Landal: Einer der Elfen, den Farodin auf der Nachtzinne befreit. Bei der Flucht bewahrt er Mandred vor dem Ertrinken.
Landowyn: Elf, der sich einst in der entscheidenden Schlacht gegen die Trolle hervortat.
Lijema: Elfe, die an der Elfenjagd auf den Manneber teilnimmt. Da sie ein kleines Rudel Wölfe beherrscht, nennt man sie *Wolfs- mutter*.
Liodred: König des Fjordlands zur Zeit der großen Seeschlacht, die später Dreikönigsschlacht genannt wurde.
Lumnuon: Elf aus der Sippe Weldarons (Nuramons Sippe), der in der letzten Schlacht an Nuramons Seite kämpft.
Lurethor Hjemison: Chronist der Tempelbibliothek des Luth zu Firnstayn.
Luth: Der Schicksalsweber. Für die Fjordländer ist er der Gott, der alle Lebensfäden webt und zu einem wunderbaren Teppich für die Wände der goldenen Halle verbindet, in der die Götter mit den tapfersten der toten Krieger zechen. Er gebietet über das Schicksal der Menschen und bestimmt, wann jeder Lebensfaden endet.
Malawayn: Silberhaariger Elf, der Älteste unter den Bewohnern der Oase, in der die Freien von Valemas im Exil leben.
Mandred Torgridson: Ein legendärer Held unter Menschen und Elfen, Vater von Alfadas und Jarl von Firnstayn, Gefährte von Farodin und Nuramon, mit denen er nach der verbannten Noroelle sucht. Verheiratet mit Freya, deren einziges Kind als Dank für die Befreiung des Fjordlandes vom Devanthar zur Erziehung an den Hof Emerelles gegeben werden musste.
Marcus: Vater Marcus, magiebegabter Tjuredpriester, der beinahe Emerelle getötet hätte.
Mendere: Name für Mandred in den Erzählungen der Wüstenvölker. Dort ist er ein Riese mit wildem Flammenbart.
Mijuun: Legendärer Elf, der sich im Kampf gegen die Trolle hervortat.

Naida: Göttin im Pantheon der Fjordländer – die Wolkenreiterin, die über die dreiundzwanzig Winde gebietet.
Nardinel: Eine begabte Heilerin, die zum Gefolge des Seefürsten Elodrin gehört. Einst eine Elfe von außergewöhnlicher Schönheit. Die Gefangenschaft bei den Trollen hat sie zugrunde gerichtet.
Neltor Tegrodson: König von Firnstayn. Er ist der Enkel Njauldreds und der Sohn von Tegrod. Nuramon unterweist den jungen Herrscher im Namen seines Vaters.
Neremesch: Name der Menschen der Wüstenvölker für Nuramon.
Nessos der Telaide: Eine Sagengestalt, Sohn des Telas.
Njauldred Klingenbrecher: Elfter König des Fjordlandes aus der Sippe des Alfadas.
Nomja: Elfenbogenschützin und einst eine von Emerelles Wachen. Sie zählt zu dem Gefolge, das mit Nuramon und den Gefährten auf der Suche nach Guillaume unterwegs war.
Norgrimm: Gott des Krieges im Götterpantheon der Fjordländer.
Noroelle: Magierin am Hofe Emerelles. Sie wird verbannt, als sie ein Kind des Devanthars gebiert und es nicht opfern will. Stattdessen versteckt sie es in der Welt der Menschen, wo es unter dem Namen Guillaume aufwächst. Sie ist die große Liebe von Farodin und Nuramon.
Nuramon: Ein Elf, der wenig Ansehen besitzt, weil er wieder und wieder sein Leben verlor und wiedergeboren ist, was dem Idealbild des Elfenlebens (das Schicksal zu suchen, es zu finden und ins Mondlicht zu gehen) widerspricht. Wie Farodin liebt er Noroelle und macht sich nach ihrer Verbannung auf die Suche nach ihr. Er besitzt die Wahrnehmung eines alten Elfen: Er vermag die Welt zu betrachten, als sähe er sie zum ersten Mal und als seien alle Ideale und Regeln noch nicht for- muliert. Noroelle ist eine der wenigen, die diese Eigenschaft an ihm liebt.
Nuredred: Name der Menschen für Nuramon in nordischen Sagen.

Obilee: Elfe, ein Schützling Noroelles und später eine Vertraute der Königin Emerelle. Obilee stammt aus Alvemer und ist die Urenkelin der Danee. Sie wurde von Ollowain im Schwert- kampf unterwiesen und von Noroelle in der Magie. Insgeheim liebt sie Nuramon.
Olav: Alter Mann aus Firnstayn.
Oleif: Ursprünglicher Name von Alfadas.
Ollowain: Zuerst Wächter der Shalyn Falah, später Schwertmeister der Königin Emerelle. In den Romanen *Elfenwinter*, *Elfenlicht* und *Elfenkönigin* ist er eine der zentralen Figuren.
Ollwyn: Ollowains Name in den Sagas der Fjordländer.
Orgrim: Troll. Zunächst war er Rudelführer und hatte das Kommando über ein eigenes Schiff, später stieg er zum Herzog der Nachtzinne und schließlich zum König der Trolle auf. Siehe auch: *Dolgrim*.
Orone: Elfe aus Alvemer. Sie ist Obilees Mutter.
Pelveric: Elf aus Olvedes. Er ist ein angesehener Krieger der Elfenkönigin.
Phillimachos: Kentaur. Er ist der Fährtenleser der Königin.
Potheinos: König von Iskendria. Er verspricht Balbar seinen Sohn als Opfer, wenn dieser die Belagerung aufhält.
Ragna: Tochter Njauldreds und Tharhilds Tante. Sie ist eine begabte Heilkundige.
Ragnar: Zuerst Fischer, dann Krieger aus dem Gefolge Jarl Snorris. Er stellt sich mit Mandred und anderen dem Mannebær, der Firnstayn bedroht.
Ragnhild: Mandreds Mutter.
Rajeemil: Weiser, der einen Albenstein besaß. Einst ging er in die Menschenwelt und fand dort das Mondlicht, doch der Alben- stein ging verloren und fiel dem Devanthar in die Hände. Nach der Rückeroberung wurde der Stein, ein Chrysoberyll, Yulivee (der Jüngeren) anvertraut.
Reilif: Elf, auch als Meister Reilif bekannt. Er ist einer der Hüter des Wissens in der Bibliothek von Iskendria.

Ribauld: Mönch der Tjuredkirche. Meist wird er Vater Ribauld genannt. Er hat sich um Guillaume gekümmert und ihm den Weg zum Glauben gezeigt.
Romuald: Ein Heiliger der Tjuredkirche, dessen Martyrium ein beliebtes Motiv auf den Bleiglasfenstern der Tempeltürme ist. Seine zerschmetterten Glieder hatten Heiden auf ein Rad ge- flochten.
Scandrag: Orgrims meisterlicher Koch.
Segestus: Ordensbruder der Tjuredkirche.
Sem-la: Elfe, die von Emerelle verbannt wurde und über einen großen Albenstern in Iskendria wacht. Sem-la ist ein menschlicher Name, den sie annahm, um unerkannt unter den Menschen zu leben.
Shalawyn: Elfe, die zu den handverlesenen Kämpfern gehört, die Fürst Elodrin für seinen Angriff auf die Nachtzinne ausgesucht hat. Er entkommt später der Gefangenschaft Orgrims und erstattet Farodin in Firnstayn Bericht.
Skanga: Trollschamanin, Hüterin des Albensteins ihres Volkes und eine der mächtigsten Zauberinnen Albenmarks. Sie wird von den Elfen auch die Schattenweberin genannt und ist über Jahrhunderte die Gegenspielerin Emerelles.
Skarbern: Fjordländischer Krieger zur Zeit König Liodreds.
Snorri: Fjordländischer Krieger, früherer Gefährte Mandreds.
Solstane: Zwergin, Alwerichs Frau. Sie und Alwerich verbindet eine jahrhundertelange Liebe, die Inkarnation nach Inkarnation überstand.
Soreis: Weiser in Firnstayn, meist wird er Vater Soreis genannt.
Svanlaib Hrafinson: Sohn des Hrafin aus Tarbor, Bootsbauer.
Tarquinon: Tjuredanbeter, Großmeister des Ordens vom Aschenbaum.
Tegrod: König von Firnstayn, Enkel Njauldreds, von Nuramon unterwiesen, Sohn von Neltor.
Teludem: Legendärer Schmied der Zwerge, der einst auch Waffen für Elfen geschaffen hat, unter anderem das Schwert

der Gaomee, das ursprünglich ein Geschenk der Zwerge für Emerelle war.

Tharhild: Die Schwester Neltors und die Nichte Ragnas.

Therdavan Scallopius: Auch Vater Therdavan oder »Der Erwählte« genannt. Der Legende nach ist er ein von Tjureds Hand eingesetzter Glaubenskönig auf Erden.

Thor wis: Weiser Zwergenmagier. Er ist der engste Vertraute des Zwergenkönigs. Was Obilee für die Elfen und Skanga für die Trolle, das ist Thorwis für die Zwerge.

Tjelrik Aswidson: Chronist der Tempelbibliothek zu Firnstayn.

Tjured: Erlösergottheit einer monotheistischen Religion, die in Fargon ihre Wurzeln hat und sich nach dem Märtyrertod des Heiligen Guillaume schnell in der Welt der Menschen ausbreitet.

Torgrid: Mandreds Vater.

Torklaif: Mann aus Firnstayn zu der Zeit, als Mandred noch in Firnstayn lebte.

Ulema (1): Elfe, die Nuramon in einer seiner früheren Inkarnationen kennenlernte. Sie wurde seine Geliebte, woraus ein Kind hervorging, das sie Weldaron nannten.

Ulema (2): Eine Tante Nuramons, die den Namen der Mutter des Sippengründers Weldaron trägt, aber nicht deren Seele in sich trägt.

Valeschar: Eine Gestalt aus den Erzählungen des Wüstenvolkes Tearagi. Sie nennen ihn *den großen Wüstenwanderer*. Viele Wüstenvölker begegnen ihm mit Ehrfurcht und sind ihm gute Gastgeber, um ihn günstig zu stimmen. Sie halten ihn für einen Wüstengeist.

Valgerd: Frau von Liodred, König des Fjordlandes.

Valimee: Elfenzauberin, deren Eltern Alben waren. Sie ist Deramons Frau und die Mutter Nuramons (in dessen erstem Leben). Wie Deramon ging sie früh ins Mondlicht.

Valiskar: Anführer der Krieger unter den Freien von Valemas.

Vanna: Elfenzauberin, die an der Elfenjagd auf den Manneber teilnimmt.

Voagad: Einer von Nuramons Schülern in Firnstayn.
Weldaron: Begründer der Sippe des Weldaron, zu der auch Nuramon zählt.
Wengalf: König der Zwerge und Herrscher von Aelburin. Ein alter Freund Nuramons. Wengalf und sein Volk kehrten nicht nur gemeinsam mit Nuramon Albenmark den Rücken, sie kämpften auch gemeinsam gegen den Drachen Balon. Nuramon und Wengalf bezwangen ihn, bezahlten den Sieg jedoch mit dem Leben.
Xeldaric: Berühmter Drachenrüstungsmacher aus Olvedes. Sein Lebenswerk war eine vollständige Albenrüstung für Emerelle.
Xern: Waldgeist von großer Macht, später Berater Emerelles.
Yilvina: Junge Elfe, Kommandantin der Elfengarde auf der *Mondschatten*, dann Offizierin in der Leibwache Königin Emerelles. Sie ist dem Königshof von Firnstayn eng verbunden und war einst eine Schülerin des Schwertmeisters Ollowain. Später befehligt sie die Leibwache des Seefürsten Elodrin.
Yulivee (die Ältere): Die Begründerin der Oase von Valemas in der Zerbrochenen Welt. Zuvor hatte sie ihr Volk aus Albenmark fortgeführt, weil sie sich der Herrschaft Emerelles entziehen wollten.
Yulivee (die Jüngere): Eine der wenigen Überlebenden der Oase von Valemas in der Zerbrochenen Welt. Sie ist die Enkelin des Diliskar, der ihre Sippe begründete. Als die Tjuredanbeter die Freien von Valemas in ihrer Oase überfielen, brachte sie ein Dschinn in die Bibliothek von Iskendria. Nuramon findet sie hier.
Zelvades: Legendärer Elf, der sich im Kampf gegen die Trolle hervortat.
Zimon von Malvena: Selbsternannter Führer von Nuramon, Fa- rodin und Mandred in Iskendria.

Schauplätze

Aegilische Inseln: Region mit über hundert weit verstreuten Inseln. Berüchtigtes Piratenversteck, nördlich von Iskendria gelegen. Einst ein mächtiges Seekönigreich.
Aelburin: Das Zwergenreich. Es bezeichnet das Reich unter den Ioliden in Albenmark und zugleich das Reich, das sich die Zwerge in der Menschenwelt schufen.
Albenmark: Die Welt der Albenkinder.
Algaunis: Hauptstadt des Königreichs Fargon.
Alkardien: Herkunftsland des Kentauren Chiron.
Alvemer: Elfenfürstentum, das an die Snaiwamark und das Wind- land angrenzt.
Andere Welt: Bezeichnung der Albenkinder für die Menschen- welt.
Angnos: Ein Königreich der Menschen, weit südlich des Fjordlands.
Aniscans: Stadt in Fargon, die zur Metropole heranwächst und Hauptsitz der Tjuredkirche wird.
Arkadien: Mächtiges Elfenfürstentum, berühmt für seine Schönheit wie für die kalte Arroganz seiner Herrscher, die auch als besonders intrigant und skrupellos galten. Farodin tötete einst den Fürsten von Arkadien im Auftrag der Königin.
Berseinischi: Sagenhaftes Scheichtum in der Welt der Menschen.
Dailos: Heimat der Faunen in Albenmark. Hier gibt es ein wichtiges Seetor zur Menschenwelt, von Emerelle geschaffen.
Drusna: Waldkönigreich, das an das Fjordland angrenzt und sich weit nach Westen erstreckt.
Dschinnbibliothek: Angeblich eine riesige Bibliothek im Feuer- opal der Krone des Maharadschas von Berseinischi.
Fargon: Ein Königreich der Menschen. Es liegt im Süden und grenzt an Angnos. Ein grünes und fruchtbares Land. Hier hat der Tjuredglaube seinen Ursprung.
Felech: Ebene in der Wüste bei der Oase Valemas.

Felgeres: Hafenstadt in Fargon.

Firnstayn: Kleines Dorf im Fjordland, benannt nach dem großen, schneeweißen Felsblock unten am Fjord. Zu Mandreds Zeit bestand Firnstayn aus vier Langhäusern und einer Handvoll kleiner Hütten, umgeben von einer kleinen Palisade. Unter der Herrschaft des Königs Alfadas wird Firnstayn nach seiner Zerstörung durch die Trolle neu aufgebaut und zur Hauptstadt des Fjordlands erwählt.

Fjordland: Ein Königreich, hoch im Norden der Welt der Menschen. Ein raues Land, durchzogen von dunklen Fjorden und schroffen Bergen.

Gabelbart: Gabelbart und das Trollhaupt, zwei Gipfel am Rande des Fjordlands, auf denen selbst im heißesten Sommer der Schnee nie schmilzt.

Galvelun: Ein Gebiet in Albenmark, in dem Wölfe eine Gefahr sind. Dort soll es braune Drachen geben.

Girat: Heißt in der Sprache der Tearagi (einem Wüstenvolk in der Menschenwelt) so viel wie *Geister*. Elfen – wie etwa die »Freien« von Valemas, die die Tearagi mit großem Respekt behandeln – werden oft als derartige Geister betrachtet.

Göndir-Fjord: Hier stellte Alfadas die plündernden Trolle und brachte ihnen eine schwere Niederlage bei. Noch auf dem Schlachtfeld riefen die anderen Fürsten Alfadas zum neuen König aus.

Gonthabu: Einst Königsstadt des Fjordlands. Hier erschlugen Trolle den König und seine ganze Familie.

Gornamdur: Von der Tjuredpriesterschaft erobertes Land.

Gygnox: Land, in dem Kentauren leben.

Habichtpass: Ein Pass im Fjordland. Hier fand die letzte Abwehrschlacht gegen die Tjuredanbeter statt, um Frauen, Kindern und Greisen die Flucht nach Albenmark zu ermöglichen.

Halgaris: Eine Elfensiedlung mit einem Tor zu den Menschenreichen. Der Drache Duanoc war vor langer Zeit durch dieses Tor in die Elfenwelt gelangt, wurde aber von der Elfe Gaomee besiegt.

Hallen der Gesichter: Halle im Zwergenreich, in dem die Zwerge die Körper ihrer früheren Inkarnationen aufbewahren.
Hartungskliff: Es fällt zum Fjord bei Firnstayn hin fast senkrecht ab.
Herzland: Elfenfürstentum, Provinz in Albenmark. Hier liegt der Hof der Königin Emerelle.
Höhle des Luth: Ein Ort der Macht. Luth, der Weber der Schicksalsfäden, soll dort einen langen Winter verbracht haben. Hier kreuzen sich fünf Albenpfade.
Ischemon: Elfenfürstentum, ehemals Heimat der roten Sonnendrachen. Hier kämpften einst Emerelle und Nuramon (in einer frühen Inkarnation) gegen die Sonnendrachen.
Ioliden: Ein Gebirge am Rande des Herzlandes. Dort lebten einst die Kinder der Dunkelalben.
Iskendria: Berühmte Hafenstadt in der Welt der Menschen. Sie liegt im Süden am Rande der Wüste an zwei großen Handelsstraßen und einem mächtigen Strom. Die Albenkinder meinen mit Iskendria aber in der Regel nicht die Menschenstadt, sondern die legendäre Bibliothek, die durch die Albensterne Iskendrias zu erreichen ist und in einem Splitter der Zerbrochenen Welt liegt. Sie treibt auf einem riesigen Felsen durch das Nichts. Der Sage nach wird hier alles Wissen Albenmarks verwahrt, doch es ist eine Kunst, in der labyrinthischen Bibliothek zu finden, was man sucht.
Kelpenwall: Eine gewaltige Mauer, die durch Magie unterstützt Gefahren abhalten soll. So wurden etwa bei der letzten Elfenjagd die Trolle dank des Walls zurückgedrängt.
Lamiyal-Tal: Rund zehn Meilen von Emerelles Burg entfernt, Zufluchtsort der Firnstayner nach der Niederlage gegen die Tjuredanbeter.
Larnpass: Pass im Fjordland.
Lyn: Stadt in Albenmark, die für ihre Wasserquelle bekannt ist und die sich den Blicken der Elfen durch strahlendes Licht entzieht. Die Stadt ist berühmt für ihre Philosophen.

Nachtzinne: Felsenburg der Trolle, nördlich von Firnstayn, am Ende eines kurzen Fjords gelegen. Herrschersitz des Herzogs Orgrim.
Neri-See: See bei Gonthabu, der Königsstadt des Fjordlands.
Das Nichts: Umgebung der Albenpfade, der Raum zwischen den Welten, durch den die Alben einst ihre goldenen Pfade gezogen hatten. Es ist aber auch die Leere zwischen der Welt der Menschen, Albenmark und der Zerbrochenen Welt.
Olvedes: Stadt in Albenmark, die für ihre Drachenrüstungen bekannt ist. Nur dort stellen Drachen noch eine Gefahr dar, auch wenn die Kreaturen keineswegs mit jenen früherer Jahrtausende zu vergleichen sind.
Quilas: Meeresenge vor Reilimee.
Reilimee: Bedeutende elfische Hafenstadt, die während des Trollkriegs zerstört wurde. Sie wird *Die Weiße Stadt am Meer* genannt.
Rileis: Feste in Angnos. Der Alfadas-Saga nach haben Alfadas, Mandred und ihre elfischen Begleiter die Feste von Geistern befreit.
Schwarze Stiege: Farodins Bezeichnung einer Treppe aus Obsidian in der Nachtzinne, die verborgen in einer tragenden Wand des Turms bis hinauf zur Spitze führte.
Shalyn Falah: Die weiße Brücke, einer der Wege in Herzland. Es heißt, sie sei aus einem Fingerknöchelchen der Riesin Dalagira geschnitten.
Skoltan: Landstrich in der Welt der Menschen, mit zerklüfteter Küste unweit der Trollgebiete.
Sternengrotte: Der Ort, an dem das Orakel Dareen wirkt. Es ranken sich zahlreiche Legenden um die Grotte, doch kaum einer vermag aus eigener Erfahrung zu berichten, was er dort erfuhr. Über die Lage der Grotte gibt es unterschiedliche Aussagen. Manche vermuten sie in Angnos, andere glauben, dass zwar das Tor zum Orakel in Angnos liegt, man aber über einen Albenpfad an einen anderen Ort der Menschenwelt gelangt.
Tanthalia: Kleines Inselkönigreich, das südwestlich Arkadiens liegt.

Tarbor: Ortschaft im Fjordland.
Telmareen: Ort mit einem berühmtem Orakel, das einst Königin Emerelle weissagte.
Terakis: Stadt am anderen Ende der Küste von Iskendria.
Therse: Stadt, gegen die König Njauldred mit Nuramon und dessen Gefährten in den Kampf zieht.
Tildanas: Versunkener Ort. Traumscheiben aus Tildanas zeichnen die Erinnerungen derjenigen auf, die sie in die Hand nehmen und betrachten.
Tilgis: Menschenstadt an der Küste, im Osten von Angnos.
Trollhaupt: Gabelbart und das Trollhaupt, zwei Gipfel am Rande des Fjordlands, auf denen selbst im heißesten Sommer der Schnee nie schmilzt.
Valemas: Eine lange verlassene Elfenstadt in Albenmark. Es heißt, die Elfen von Valemas hätten sich der Herrschaft Emerelles nicht unterordnen wollen und Albenmark nach Streitereien den Rücken gekehrt. Sie gingen in die Welt der Menschen und fanden dort einen Zugang zur Zerbrochenen Welt. Dort schufen sie sich eine Oase und nannten sie ebenfalls Valemas. Man spricht zur Unterscheidung gerne vom alten beziehungsweise neuen Valemas.
Welruun: Überreste eines einst von den Trollen zerstörten Steinkreises, nahe an der Shalyn Falah.
Yaldemee: Stadt jenseits des Hügellandes im Herzland Albenmarks. Sie liegt knapp einen Tagesritt oder zwei Tagesmärsche von Emerelles Burg entfernt.
Zeilidos: Einer der vielen Orte rings um das Aegilische Meer.
Zeola: Eine der Aegilischen Inseln.
Zerbrochene Welt: Ein altes Schlachtfeld, der Ort, an dem die Alben gegen die Devanthare kämpften und sie vernichteten. Während jenes Krieges wurde die Welt auseinandergerissen. Ihre Trümmer schweben weit verstreut im Nichts.

Begriffe und Bezeichnungen

Albenhammer: Flaggschiff des Trollkönigs.
Albenkinder: Sammelbegriff für alle Völker, die von den Alben abstammen (Elfen, Trolle, Zwerge, Holde, Kentauren usw.).
Albenpfade: Ein Netzwerk magischer Wege, das einst von den Alben erschaffen wurde.
Albensteine: Magische Artefakte. Jedes der Albenvölker erhielt einen solchen Stein, ehe die Alben die Welt verließen. Ein Albenstein stärkt die Zauberkraft seines Benutzers. Werden mehrere Albensteine zusammengeführt, kann Magie von weltenverändernder Macht gewirkt werden.
Albenstern: Nuramons Schiff, das er als Geschenk von König Njauldred erhielt.
Albensterne: Schnittpunkt von zwei bis sieben Albenpfaden. An Albensternen kann man die Albenpfade betreten und auf ihnen sogar in andere Welten gelangen.
Andere Welt: Name der Albenkinder für die Welt der Menschen.
Apfelfest: Fest im Fjordland zur Apfelernte.
Auenfeen: Ein Volk unter den Albenkindern. Geschöpfe von knapp Fingerlänge mit elfenähnlichem Äußeren, die Schmetterlings- oder Libellenflügel haben. Auch *Blütenfeen* genannt.
Balbars Feuer: Von den Tjuredanbetern entwickelte Angriffstechnik auf See, dem Griechischen Feuer vergleichbar.
Blütenfeen: Eine andere Bezeichnung für *Auenfeen*.
Bohrkäfer: Käfer, die sich von totem Holz nähren.
Dailisch: Die Sprache der Kentauren.
Devanthar: Eine dämonische Wesenheit. Der Erzfeind der Elfen. Ein Geschöpf mit fast göttlicher Macht, das verschiedene Gestalten annehmen kann.
Dunkelalben: Der Sage nach der Albenstamm, der die Zwerge schuf. Man weiß nichts über sie, aber die Vermutung liegt nah, dass die Unterteilung in Licht- und Dunkelalben angesichts

der Vielfalt der Albenkinder eine Unterteilung von Elfen und Zwergen war und ihren starken Einfluss widerspiegelte. Die Vorstellung der Dunkelalben ist vielfältig und widersprüchlich. Die Menschen setzen die Dunkelalben gern mit den Kindern der Dunkelalben (den Zwergen) gleich – ein Irrtum, der auf einen Übersetzungsfehler zurückgeht.

Dunkelelfen: Eine Bezeichnung aus der Welt des Aberglaubens. In den Märchen der Menschen werden die Zwerge oft als Dunkelelfen bezeichnet und mit allerlei abenteuerlichen Attributen ausgestattet.

Eisenbärte: Holzfigur, in die man Eisenstücke als Opfergaben schlägt. Die Fjordländer stellen Eisenbärte zu Ehren ihres Schicksalsgottes Luth auf. Auch *Eisenmann* genannt.

Eisenmänner: Andere Bezeichnung für *Eisenbärte*.

Elfen: Der Mythologie nach das letzte der Völker, die einst von den Alben erschaffen wurden. Sie sind etwa menschengroß, von schlankerer Gestalt, haben längliche, spitz zulaufende Ohren und sind in der Regel magiebegabt.

Elfenglanz: Flaggschiff der Königin Emerelle.

Faune: Bocksbeiniges Volk in Albenmark. Das Volk steht in dem Ruf, verschlagen zu sein. Es ist aber zugleich berühmt dafür, mit den beseelten Bäumen einen guten Umgang zu pflegen.

Firnstayner Rösser: Pferdegeschlecht, das auf die Elfenrösser Mandreds, Nuramons und Farodins zurückgeht.

Freie von Valemas: Das Volk, das aus der Stadt Valemas in Alben- mark in die Menschenwelt zog und in der Zerbrochenen Welt die Oase Valemas gründete.

Galeasse: Hochbordiges Schiff, das sowohl gesegelt, als auch ge- rudert werden kann. Wesentlich hochseetauglicher und größer als Galeeren.

Galeeren: Schiffstyp aus Reilimee.

Gallabaal: Ein durch Magie belebtes steinernes Standbild. Dient als Wächter in der Bibliothek von Iskendria.

Gelgerok: Ein wildes Tier, das die Elfen gerne jagen. Es ist berühmt für zartes Fleisch und weiches Leder.

Getwerg: Name der Zwerge in alten Märchen.
Ghule: Wolfsähnliche Wüstentiere.
Girat: Einer der Wüstengeister.
Gnome: Albenkinder von kleiner Statur. Sie werden von Menschen oft mit Zwergen verwechselt, obwohl sie in der Regel weit zierlicher sind. Gnome gelten oft als Bewahrer des Wissens. Wegen ihrer Gestalt und weil viele von ihnen meisterliche Handwerker sind, werden sie oft zu den Kobolden gezählt.
Goldene Hallen: Nach dem Glauben der Fjordländer der Ort, an den die verstorbenen Helden gehen, um gemeinsam mit den Göttern zu zechen, in weiten Wäldern zu jagen oder an silbernen Strömen Salme zu angeln.
Jarl: Titel für den Anführer eines Dorfes im Fjordland, der jährlich neu gewählt wird.
Jeschilit: Eine Art Kristall im Zwergenreich. Er glitzert wie Gras im Morgentau.
Kentauren: Mischgeschöpfe aus Elfen und Pferden. Dem Pferdeleib entwächst ein elfenähnlicher Oberkörper. Die meisten Kentaurenstämme leben nomadisch und sind im Windland beheimatet. Der Oberkörper der Kentauren ist muskulöser als bei ihren »Elfenvettern«, viele haben Bartwuchs, und ihre Ohren sind weniger lang als bei den Elfen.
Knochenreißer: Eine Galeasse der Trolle.
Kobolde: Sammelbezeichnung für eine ganze Gruppe verschie- dener Völker oder Stämme. Kobolde sind, geschätzt nach den Maßstäben eines Menschen, etwa knie- bis hüfthoch. Viele Ko- bolde sind magiebegabt. Die meisten gelten als hervorragende Handwerker.
Koggen: Schiffstyp aus Fargon.
Lichtalben: In Märchen und Sagen werden die Alben, die die Elfen schufen, oft als Lichtalben bezeichnet, weshalb die Elfen einst auch *Kinder der Lichtalben* genannt wurden – ähnlich den Zwergen, die auch heute noch als *Kinder der Dunkelalben* bezeichnet werden.

Liuvar: Das elfische Wort für Frieden. Es hilft, den Gallabaal und andere Wächter der Bibliothek von Iskendria zu besänftigen.

Liuvar Alveredar: Elfisch für »Frieden für den Freund«.

Mandriden: Gruppe von Kriegern in Firnstayn, auch die Söhne Mandreds genannt. Nuramon, der siebenundvierzig Jahre lang in Firnstayn auf seine Gefährten Farodin und Mandred wartet, unterweist sie im Schwertkampf, im Bogenschießen, aber auch im Axtkampf, wie er ihn bei Mandred gesehen hat. Diese berühmte Kriegertruppe wird später die Leibwache des Königs des Fjordlands.

Manneber: Eine Kreatur, halb Mann, halb Eber, die am Anfang des Romans Firnstayn bedroht und deren wahres Wesen sich erst mit der Zeit offenbart. Siehe: *Devanthar*.

Minotauren: Stierköpfige Hünen. Ihr Leib ähnelt dem von Trollen, wobei sie im Gegensatz zu diesen den Kontakt mit Metall nicht als unangenehm empfinden.

Mondlicht: Bezeichnung der Elfen und anderer Albenkinder für das Jenseits. Elfen, die ihre Bestimmung finden, werden ins Mondlicht entrückt. Es ist ein magischer Moment, der sich auf vielfältige Weise gestalten kann. Meist verschwinden die Elfen in einem Augenblick der Erfüllung, andere lösen sich mit dem Tode auf. Wer stirbt, ohne seine Seele zu finden, wird in einen neuen Körper wiedergeboren und vergisst, was seine Seele zu- vor erlebt hat. Die Wiedergeburt erfolgt so lange, bis man das Mondlicht erreicht. Einmal ins Mondlicht entrückt, gibt es kein Zurück mehr.

Nixen: Elfenähnliche Albenkinder, die im Wasser leben.

Raki: Wüstenschnaps.

Silberlicht: Name der Zwerge für das Mondlicht. Anders als bei den Elfen ist die Wiedergeburt bei den Zwergen die Regel. Sie streben danach und haben ihre Kultur über die Jahrhunderte hinweg ganz darauf eingestellt. Der Tod gilt nur als ein Schlaf, der die Erinnerung an frühere Leben trübt. Zwergen wie Thorwis gelang es, die Erinnerung an ihre früheren Leben zu erlangen, ein Ziel, das alle Zwerge anstreben, das jedoch viel Disziplin fordert. Die Zwerge notieren ihre Erlebnisse akribisch und lesen die Schriften ihrer früheren Leben, in der Hoffnung, sich das Wissen so sehr einzuverleiben, dass es zur Erinnerung wird. Erst wenn die Erinnerung erlangt wurde, streben die meisten Zwerge nach dem Silberlicht.

Silbernacht: Das Fest, das die Elfen in der letzten Herbstnacht im Alten Wald feiern. Es heißt, nur in dieser einen Nacht könne Emerelle die Stimmen der Ahnen hören, die ins Mondlicht gegangen sind.

Silberschale Emerelles: Gewährt Emerelle einen Blick in die Zukunft – der allerdings nicht klar und eindeutig ist. Es bedarf großer Erfahrung, die Zukunft darin zu lesen; auch für Emerelle selbst.

Silene: Albenkinder, die in Dailos beheimatet sind.

Skalde: Fjordländische Bezeichnung für einen Barden.

Sonnendrachen: Magisches Drachengeschlecht aus der Frühzeit Albenmarks. Die Sonnendrachen galten als die Fürsten unter den Drachenvölkern.

Sternenglanz: Seltenes Metall, aus dem die wertvollsten Waffen geschmiedet sind. Es findet sich nur im Hochgebirge.

Tearagi: Reitervolk, das in der Wüste nahe Iskendria lebt.

Teveroi: Elfensippe, der in einem Märchen um Emerelle der Hort des Drachen geschenkt wird, die viele Krieger im Kampf gegen diesen gelassen hatte.

Triremen: Schiffstyp aus Alvemer.

Trolle: Das kriegerischste Volk Albenmarks. Mehr als drei Meter groß mit grauer Haut in der Farbe von Stein. Trolle scheuen vor der Berührung von Metall zurück.

Trollkriege: Seit den frühen Tagen Albenmarks gab es immer wieder Konflikte zwischen Elfen und Trollen, die dreimal in Kriege mündeten. Im ersten Krieg der beiden Völker stand das heutige Herzland vor dem Fall, doch die Elfen bereiteten den Trollen eine schmachvolle Niederlage. Der zweite Trollkrieg endete damit, dass die Trolle aus ihrer Heimat vertrieben werden. In diesem Krieg ist auch Farodins Hass auf die Trolle begründet.

Twerge: In alten Sagen die Bezeichnung für die Zwerge.
Valethisch: Sprache, die man entlang der Küsten von Iskendria bis Terakis spricht.
Waldvolk: Albenkinder, ihr Leben ist eng verbunden mit den Bäumen. Wollen sie nicht gesehen werden, findet sie auch niemand – außer vielleicht ihresgleichen. Sie sind berühmt für ihren Gesang und den Umgang mit dem Bogen. Sie bewegen sich wie Schatten durch das Geäst.
Wichtel: Eine andere Bezeichnung für Gnome.
Zermalmer: Flaggschiff von Herzog Orgrim.
Zwerge: In alten Märchen und Sagen auch *Twerge* oder *Getwerg* genannt. Sie sind Meister des Bergbaus und lebten einst in Albenmark unter der Erde oder im Fels. Die Zwerge werden oft als *Kinder der Dunkelalben* bezeichnet und sind neben den Elfen und Trollen eines der großen Völker Albenmarks. Anders als die Elfen streben sie nicht sofort nach dem Mondlicht, das sie Silberlicht nennen. Sie suchen die Wiedergeburt und streben danach, sich an ihre früheren Leben zu erinnern. Siehe auch: *Silberlicht*.

Elfen-Chronologie

3600	**Zeitalter der Drachenkriege**
	Kampf um Nangog
1100	Goldenes Zeitalter Iskendrias
745	Erster Trollkrieg
125	Zweiter Trollkrieg
	Beginn des Goldenen Zeitalters Albenmarks
1	Kampf Mandreds gegen den Manneber
31	Tod des heiligen Guillaume, Beginn des Aufstiegs der Tjuredkirche
40	**Beginn des Dritten Trollkrieges**
56	Elfenkönigin Emerelle verliert ihren Thron
68	Krönungsfest der Trolle in Vahan Calyd
	Kampf der Tjuredkirche gegen die letzten freien Völker
1021	Prinzessin Gishild wird von den Rittern der Tjuredkirche zur Ordensburg verschleppt
1033	Invasion Albenmarks durch die Tjuredritter beginnt, Mandred begegnet Gishild

Bernhard Hennens magische ELFENWELTEN

Die Elfen-Saga

Die Elfen

Als ein gefährlicher Feind die Welt der Elfen bedroht, schickt Königin Emerelle Farodin und Nuramon – die kühnsten Krieger Albenmarks und Rivalen um die Gunst der Zauberin Noroelle – aus, um Albenmark zu retten. Vor ihnen liegt eine gefährliche Reise durch verschiedene Zeiten und Welten, an deren Ende sich das Schicksal der Elfen entscheiden wird.

Elfenwinter

Das sagenumwobene Fest der Lichter, bei dem die Elfenfürsten ihrer ebenso schönen wie kühlen Königin Emerelle die Treue schwören, ist das wichtigste Ereignis in ganz Albenmark. Doch unter der prunkvollen Oberfläche des Hofes regieren Neid und Missgunst. Als ein Mordanschlag auf die Königin verübt wird, flammt ein seit Jahrhunderten gewonnen geglaubter Krieg wieder auf ...

Elfenlicht

Als ein Heer von Trollen Albenmark angreift, zerstört Königin Emerelle für einen letzten Sieg der Elfen einen der goldenen Albenpfade und gewährt damit dunklen Schatten Einlass in die Welt der Elfen. Schatten, die das Schicksal aller Völker Albenmarks bedrohen ...

Elfenkönigin

Von ihrem Thron vertrieben reist die Elfenkönigin Emerelle unerkannt durch das Land, nur begleitet von dem wiedergeborenen Helden Falrach, der ihr in den Drachenkriegen das Leben rettete. Einst liebte Emerelle Falrach, doch als sie in der

Stunde höchster Gefahr erkennt, dass ihr Herz einem anderen gehört, ist es beinahe zu spät.

Einzelband

Elfenlied

Dies ist die Geschichte der jungen Lutin Ganda Silberhand, die einer unglaublichen Verschwörung auf die Spur kommt.

Die Elfenritter-Saga

Die Ordensburg

Gishild ist die letzte Herrscherin des Fjordlands und die einzige Hoffnung für die freien Völker der Welt. Luc ist Ritter eines mächtigen Ordens, dem Todfeind der Elfen. Als Kinder unzertrennlich, stehen sich Gishild und Luc nun an der Spitze zweier Heere gegenüber ...

Die Albenmark

Seit Jahren wütet nun schon der Krieg der Elfen und Fjordländer gegen die Ordensritter der Tjuredkirche. Als Gishild, die Königin der Fjordländer, von den Ordensrittern entführt wird, scheint das Schicksal aller Albenkinder endgültig besiegelt.

Das Fjordland

Obwohl es Gishild gelingt, das Fjordland zurückzuerobern, kann sie nicht verhindern, dass die Ordensritter in das Reich der Elfen vorstoßen und die legendäre Stadt Vahan Calyd zerstören. Die Rache der Elfenkönigin Emerelle ist schrecklich – für das Fjordland und für Gishild selbst ...

Die Drachenelfen-Saga

Drachenelfen

Die verbotene Welt Nangog birgt den Schlüssel zur Herrschaft über Albenmark. Als die dämonischen Devanthar versuchen, diesen Schlüssel in ihren Besitz zu bringen, und die Himmelsschlangen, die Fürsten des Drachenvolkes, sich ihnen entgegenstellen, entbrennt ein grausamer Kampf um das magische Reich.

Die Windgängerin

Noch herrschen die mächtigen Drachen über die Völker Albenmarks. Doch ein unglaublicher Verrat in ihren eigenen Reihen beginnt zu wirken – und plötzlich müssen sich die Drachenelfen entscheiden: Dienen sie weiter ihren Herren oder kämpfen sie für eine neue Zeit, eine Zeit der Elfen …

Die gefesselte Göttin

Immer verbitterter stehen sich Devanthar und Drachen in ihrem Kampf um Macht gegenüber und schrecken auch nicht davor zurück, ihre besten Krieger, den Herrscher Aaron oder die Drachenelfen Nandalee und Gonvalon, für ihre Zwecke einzuspannen. Doch dann soll die gefesselte Göttin Nangogs erweckt werden – und mit ihr eine Magie, von der niemand weiß, was sie bewirken wird …

Die letzten Eiskrieger

Im Feuer von Selinunt hat Nandalee ihren Geliebten und damit den Glauben an ihre Herren verloren. Während sich Elfen und Menschen zum ersten Mal in offener Schlacht am eisigen Himmel von Nangog begegnen, will sie nie wieder ihr Schwert für die Himmelsschlangen erheben. Doch dann mehren sich unheimliche Vorzeichen um die Geburt ihrer Kinder, und Nandalee muss begreifen, dass eine Drachenelfe niemals vor ihrer Vergangenheit fliehen kann.

Himmel in Flammen

Seit sieben Jahren tobt der Krieg um Nangog, und Drachen und Elfen stehen kurz vor der Niederlage. Eine letzte Schlacht am Himmel über der Goldenen Stadt soll die Wende bringen. Immer noch glaubt die Drachenelfe Nandalee, sich aus allem heraushalten zu können, doch dann zeigt sich, dass ihr Schicksal untrennbar mit dem Nachtatems verbunden ist. So werden sie und ihre Kinder zu Gejagten, die nirgends mehr auf Zuflucht hoffen dürfen. In der Stunde der Entscheidung aber geschieht das Unglaubliche: die legendären Alben treten aus den Schatten …

Einzelband

Elfenmacht

Wer wird künftig über die verwunschene Albenmark herrschen? Sind es die grausamen Drachen oder die raubeinigen Zwerge? Oder die geheimnisvollen Elfen, deren Kräfte bisher im Verborgenen geschlummert haben? Als die beiden Geschwister Emerelle und Meliander sich auf die Suche nach ihrer verschwundenen Mutter machen, der legendären Drachenelfe Nandalee, ahnen sie nicht, dass ihre Reise das Schicksal aller Völker Albenmarks für immer verändern wird. Während Emerelle den Weg des Kampfes wählt, findet ihr stillerer Bruder eine junge, mysteriöse Elfe, die ihn vom ersten Augenblick an fasziniert. Doch es gibt Geheimnisse, an deren Wurzeln man nicht rühren sollte …

DANKSAGUNG

Wie viele Fantasy-Romane begann auch die Geschichte dieses Buchs in einer stürmischen Herbstnacht und mit der Einladung zu einer Queste. Während mein Freund James Sullivan unmittelbar vor seiner Abschlussprüfung zur mittelalterlichen Epik stand, brachte ich ihn mit einem Anruf an den Rand eines Nervenzusammenbruchs. Ich fragte ihn, ob er nicht Zeit und Lust hätte, das Abenteuer einzugehen, gemeinsam mit mir ein Buch zu schreiben. Eine Frage, die man zwischen der Lektüre des Prosa-*Lancelot* und Wolframs *Parzival* nicht wirklich hören will. Eine Stunde später begannen wir das Gespräch noch einmal von vorn, und James redete davon, dass ein wahrer Ritter nun mal nicht ablehnen könne, wenn Frau Aventiure die Hand ausstrecke. Und so begann die Suche nach den Elfen …

Es gibt kaum ein Volk in der Fantasy-Literatur, das Autoren zu so unterschiedlichen Interpretationen inspiriert hat wie die Elfen. Sie sind die holden Lichtgestalten aus J.R.R. Tolkiens *Der Herr der Ringe*, die seelenlosen und unnahbaren Ritter und Edelfrauen aus Poul Andersons *Das zerbrochene Schwert* oder die Märchengestalten aus Lord Dunsanys *Die Königstochter aus dem Elfenland* – und vieles mehr. Bei so großer Vielfalt sind auch wir ganz bewusst das Wagnis eingegangen, ein eigenes Elfenbild zu entwickeln, das sich wie bei den Klassikern der Fantasy aus Altvertrautem und Neuem zusammensetzt.

Zehn Jahre später nun hat der Erfolg des Elfenexperiments die kühnsten Erwartungen übertroffen. *Die Elfen* und alle neun Folgeromane wurden zu Bestsellern und sind bislang in neun Sprachen übersetzt. Obwohl die Saga um Albenmark inzwischen auf rund 9000 Seiten angewachsen ist, bleibt *Die Elfen* der Schlüsselband der Reihe. Die meisten der nachfolgenden Romane sind innerhalb des tausend Jahre umfassenden Erzählrahmens von *Die Elfen* angesiedelt. Bedingt durch Zeitsprünge, die ein prägendes Element in *Die Elfen* sind, werden viele bedeutsame historische Ereignisse nur angerissen. So bietet die Saga keinen durch die Bände linear fortlaufenden Zeitstrang, sondern es folgen zwei Trilogien, deren Ereignisse innerhalb der erzählten Zeit von *Die Elfen* angesiedelt sind. Zunächst die Trollkriegs-Trilogie (*Elfenwinter, Elfenlicht, Elfenkönigin*), die Ereignisse, die am Beginn des Romans *Die Elfen* liegen, weiter fortführt. Hier wird die Geschichte des Alfadas Mandredson erzählt, der die neue Königsdynastie des Fjordlandes begründete. Der zweite Zyklus, die *Elfenritter*-Trilogie (*Die Ordensburg, Die Albenmark, Das Fjordland*), beginnt wenige Jahre vor den Ereignissen, die den Abschluss im Roman *Die Elfen* bilden. Es ist die Geschichte der Königin Gishild, der letzten Nachfahrin des Alfadas, die versucht, ihr »heidnisches« Königreich gegen die Heere der Tjuredkirche zu verteidigen. Elfen und Fjordländer fechten Seite an Seite einen verzweifelten Kampf gegen einen Feind, für den ihre bloße Existenz schon die Verhöhnung seines Glaubens bedeutet.

Die Drachenelfen-Saga (*Drachenelfen, Die Windgängerin, Die gefesselte Göttin, Die letzten Eiskrieger* und *Himmel in Flammen*) führt die Geschichte weit zurück in die Vergangenheit Albenmarks. Erzählt wird von jener Zeit, in der die Elfen die Magie erlernten und die Himmelsschlangen mit den Devanthar um die verwunschene Welt Nangog kämpften.

Der Gedichtband *Elfenlied* und der Bildband *Elfenwelten* runden die Reihe der Elfenbücher ab. Und all das begann mit einem Traum in einer Herbstnacht …

Man kann keine Queste ohne Gefährten bestehen. Und *Die Elfen* wäre wohl kein so großer Erfolg geworden, hätten uns nicht Martina Vogl, Angela Kuepper, Natalja Schmidt, Bernd Kronsbein, Momo Evers sowie Menekse Deprem, Heike Knopp, Karl-Heinz Hennen, Elke Kasper, Stefan Knopp und Sven Wichert als treue Weggefährten geholfen, das Abenteuer dieses Romans zu einem guten Ende zu führen.

BERNHARD HENNEN
Sommer 2014

»So müssen DIE ELFEN klingen.« Bernhard Hennen
BERNHARD HENNEN
DIE ELFEN
Erlebe »Die Elfen« als atemberaubende und einzigartige **Hörspieladaption.**
Hörproben und Infos auf www.folgenreich.de
Hörspielstaffel 1 »*Elfenwinter*« und Hörspielstaffel 2 »*Elfenlicht*« komplett in 11 Teilen.
BERNHARD HENNEN DIE ELFEN
11 Elfenlicht
Alle Folgen als CD & Download erhältlich.
FOLGEN REICH
UNIVERSAL
UNIVERSAL MUSIC GROUP